U0587961

上海市文化發展基金會圖書出版專項基金資助項目

二〇一九年華東師範大學江南文化研究院項目

"松江藝文志"（項目批准號：ECNU-JNWH-201904）

松江總集叢刊

彭國忠 主編

國朝松江詩鈔

〔清〕姜兆翀 輯

韓立平 唐玲 徐儷成 楊焄 趙厚均 整理

第一册

圖書在版編目(CIP)數據

國朝松江詩鈔/(清)姜兆翀輯;彭國忠主編;韓立平等整理.--上海:上海古籍出版社,2022.3
(松江總集叢刊)
ISBN 978-7-5732-0237-6

Ⅰ.①國… Ⅱ.①姜… ②彭… ③韓… Ⅲ.①古典詩歌-詩集-中國-清代 Ⅳ.①I222.749

中國版本圖書館CIP數據核字(2022)第009898號

松江總集叢刊
國朝松江詩鈔
(全四册)
[清]姜兆翀 輯
彭國忠 主編
韓立平 等整理
上海古籍出版社 出版發行
(上海市閔行區號景路159弄1-5號A座5F 郵政編碼201101)
(1)網址:www.guji.com.cn
(2)E-mail:guji1@guji.com.cn
(3)易文網網址:www.ewen.co
上海展强印刷有限公司印刷
開本850×1168 1/32 印張68.375 插頁20 字數1,214,000
2022年3月第1版 2022年3月第1次印刷
ISBN 978-7-5732-0237-6

I·3615 定價:460.00元
如有質量問題,請與承印公司聯繫
電話:021-66366565

總序

地域總集，源遠流長。四部未名之前，已有總集之實。《詩經》十五國風，即是周、召、邶、鄘、衛、王（洛）、鄭、齊、魏、唐、秦、陳、檜、曹、豳十五個地方詩歌總集，共一百六十篇。逮至西漢，劉向編輯屈原、宋玉等人辭賦爲《楚辭》，而《詩》三百升爲經，《楚辭》遂成爲中國最古之集部，亦是最早之總集。「屈宋諸騷，皆書楚語，作楚聲，紀楚地，名楚物」（陳振孫《直齋書録解題》卷十五《楚辭類》引宋黄伯思《翼騷序》語），故《楚辭》既是南方楚地民歌總集，也是第一部明確在書名中標示地域名稱之總集。劉歆《七略》録「秦時雜賦九篇」「長沙王群臣賦三篇」，雖未編集，然亦有總集之實。曹丕將「一時俱逝」之徐、陳、應、劉諸人遺文編爲一集，以誌紀念，亦是總集。逮至晉代，荀勖分群書爲四部：六藝、小學爲甲部；諸子、兵書、術數爲乙部；歷史記載和雜著爲丙部；詩賦、圖贊、《汲冢書》爲丁部。東晉李充加以調整，以五經爲甲部，歷史記載爲乙部，諸子爲丙部，詩賦爲丁部。二家之丁部，即後世之集部。梁阮孝緒《七録》改王儉《七志》之「文翰」爲「文集」，其「文集録」下，已分楚辭部、別集部、總集部、雜文部四大類，是爲總集之名首次出現。《隋書·經籍志》易《七録》之「文集」爲「集部」，下設楚辭、别集、總集三大類。《七録》著録之總集十六種，六十四帙，六百四十九卷。《隋書·經籍志》著録總集一百七部，二千二百十三卷，反映出早期總集之發展。而齊《青溪詩》三十卷，《吴聲歌辭曲》一卷，實帶有地域性質。

李唐肇興，始以經、史、子、集名四部，「而藏書之盛，莫盛於開元，其著録者，五萬三千九百一十五卷，而唐之學者自爲之書者，又二萬八千四百六十九卷」，盛况之下，總集數量大增，然《舊唐書·經籍志》混一百二十四家總集于《楚辭》以來别集中；《新唐書·藝文志》著録總集七十九家一百七部，其中《丹陽集》《河岳英靈集》《李氏花萼集》《韋氏兄弟集》《竇氏聯珠集》《大曆年浙東聯唱集》《廖氏家集》《宜陽集》《泉山秀句集》，皆地域總集，雖多數僅一卷、二卷，然如《李氏花萼集》《韋氏兄弟集》各二十卷，《泉山秀句集》三十卷，規模較大；而殷璠所編《丹陽集》《河岳英靈集》二種，劉松編《宜陽集》，卷帙少而聲名久播。另有《汝洛集》《洛中集》《彭陽唱和集》《吴蜀集》《壽陽唱咏集》《峴山唱咏集》《荆潭唱和集》《盛山唱和集》《荆夔唱和集》《漢上題襟集》《松陵集》十一種，雖以地名爲稱，實非地域總集。

宋代奉行右文政策，文化文學發達，所存總集數量遠邁唐代，《宋史》著録者達四百三十五部，一万六百五十七卷。其與地域相關者有四類，一曰題咏地方名勝之總集，諸如《荆門惠泉詩集》《潤州金山寺詩》《滁州琅琊山古今名賢文章》《郢州白雪樓詩》《留題落星寺詩》《潯陽琵琶亭紀咏》《潯陽庾樓題咏》《滕王閣詩》《君山寺留題詩集》《桃花源集》《麻姑山集》《下邳小集》《鵝城豐湖亭詩》，此類最夥；二曰歷代咏寫某一地域之總集，如《吴都文粹》《會稽掇英集》《横浦集》《續横浦集》《清漳集》《樵川集》《括蒼集》《續括蒼集》《括蒼别集》《劍津集》《臨江集》《臨賀郡志》《相江集》《豫章類集》《桂林文集》《桂林集》《郴江前集》《郴江後集》《郴江續集》《澧陽集》，幾乎地各有集；三曰唱和集，地域僅僅作爲唱和發生之空間，此與唐代一樣，諸如王安石《建康酬唱詩》、王十朋《楚東唱酬集》、莫若冲《清湘泮水酬和》、陳讜《西江酬唱》、廖伯憲《岳陽唱和》等；四曰一地士人詩文作品，如《清江三孔集》《柴氏四隱集》《臨川三隱詩集》《梅江三孫集》。以上四類，幾乎囊括地域與總集關係之全部類型。此後，元明清三代，地域總集之種類概不能逸出宋代地域總集之外，然數量大增。史家陳衍《江上詩鈔補序》稱：「近世詩徵之刻，幾遍各省，下至一郡一邑，亦恒有之。」堪稱實録。二〇一六年國家圖書館出版社出版《歷代地方詩文總集彙編》共五百册，收録各地詩文總集二百十九種，涉及廿五省市地區，規模空前，然仍非地域總集之全部，吴肇莉《雲南詩歌總集研究》統計，明清時期雲南詩歌總集數量近七十種，民國時期雲南詩歌總集數量達一百二十種。一地如此，其他可見。

然收録地方詩文作品者，並不限於集部總集。

史部方志中，亦有詩文作品。四庫館臣云：「古之地志，載方域、山川、風俗、物産而已，其書今不可見。然《禹貢》《周禮·職方氏》，其大較矣。《元和郡縣志》頗涉古迹，蓋用《山海經》例。《太平寰宇記》增以人物，又偶及藝文，於是爲州縣誌書之濫觴。元明以後，體例相沿。列傳侔乎家牒，藝文溢於總集。末大於本，而輿圖反若附録。其間假借詩飾，以侈風土者，抑又甚焉。王士禎稱《漢中府志》載木牛流馬法，《武功縣志》載織錦璿璣圖，此文士愛博之談，非古法也。然踵事增華，勢難遽返。」雖然《四庫全書》「去泰去甚，擇尤雅者録之。凡蕪濫之編，皆斥而存目」，但一些方志仍然編纂藝文作品，類同集部總集。是總集與史部有交集，以至《石鐘山志》「雖以志爲名，實總集也」；《吴都文粹》「雖稱文粹，實與地志相表裏。」

叢書中亦有地域詩文作品。總集與叢書，自名義言，截然爲二，總集之基本單位爲單篇作品，叢書之基本單位爲别集。然古之總集，已有闌入别集者；今人著述，或置叢書於總集之先列，如《中國古籍總目》，其「編纂説明」中言：「沿用四部分類法，經、史、子、集部外增設叢書部，各部下復設若干類屬，據著録規則編次入録諸書。」而集部目録之「編纂説明」首條稱：「集部下分楚辭、别集、總集、詩文評、詞、曲六類。各類所收諸書，依其内容或體裁分歸各『屬』。」總集條言：「總集類所收諸書，分爲叢編、通代、斷代、郡邑、氏族、尺牘、課藝諸屬。其中『叢編之屬』下分詩文合編及分編兩段，按通代、斷代順序編次；『通代之屬』依次著録歷代詩文總集、詩總集、文總集等；『斷代之屬』依次著録斷代詩文總集、詩總集、文總集等。」而「叢編之屬」，即是叢書，諸如《山曉閣文選十五種》《屈賈文合編》《七十二家集》《漢魏六朝一百三家集》等皆是。其「郡邑之屬」下，收繆謨《耆簪集》、王葉滋《雕篆集》之《華亭二家詩詞》當屬叢書，與《松風餘韵》前後相次。故今《松江總集叢刊》於地域叢編，凡屬松江者，概予收録。

地域總集與家族總集有交集，有的家族總集限於一地，故亦作爲地域總集收録。如前言唐代竇氏、宋代孔氏等。以松江爲言，杜世祺編《雲間杜氏詩選》專輯雲間杜氏詩，叢刊亦予入録。

地域總集與課藝之屬亦有交集，收録一地課藝文者甚夥，諸如《孝感瑞芝録翰林館課》《南畿代射録》等。其屬松江一地課藝總集者，亦當予以收録。

《四庫全書總目提要》嘗論總集之源流與價值云：

> 文籍日興，散無統紀，於是總集作焉。一則網羅放佚，使零章殘什，並有所歸；一則删汰繁蕪，使莠稗咸除，菁華畢出。是固文章之衡鑒，著作之淵藪矣。《三百篇》既列爲經，王逸所裒又僅《楚辭》一家，故體例所成，以摯虞《流别》爲始。其書雖佚，其論尚散見《藝文類聚》中，蓋分體編録者也。《文選》而下，互有得失。至宋真德秀《文章正宗》，始别出談理一派，而總集遂判兩途。然文質相扶，理無偏廢，各明一義，未害同歸。惟末學循聲，主持過當，使方言俚語，俱入詞章，麗制鴻篇，横遭嗤點，是則並德秀本旨失之耳。今一一别裁，務歸中道，至明萬曆以後，儈魁漁利，坊刻彌增，剽竊陳因，動成巨帙，並無門徑之可言。姑存其目，爲冗濫之戒而已。

對濫編總集之否定，固無不當；於總集之價值，則曰「網羅放佚，使零章殘什，並有所歸」，曰「删汰繁蕪，使莠稗咸除，菁華畢出」，若就地域總集而言，此二點尚不足稱賅備。地域總集價值之三，在以詩文集合體顯示一地整體創作水準，反映該地文化發展程度；其四，在對地方自然景物、風土民情、人文風尚之書寫；其五，在保存文學批評文獻。地域總集有爲詩人撰寫小傳者，有前附編者或鄉人或他人所撰詩話者，則總集兼詩文評功能。其六，在張揚地域文化聲氣，傳達鄉梓之情。館臣所稱「《丹陽集》惟録鄉人，《篋中集》則附登乃弟。雖去取僉孚衆議，而履霜有漸，已爲詩社標榜之先驅。其聲氣攀援，甚於别集。」揆諸人情，在所難免，要在評論家之權衡而已。蓋士生天地間，往往屈勢於門閥氏族、權力、金錢與地籍，唐時殷璠《河岳英靈集序》稱：「大同至於天寶，把筆者近千人，除勢要及賄賂者，中間灼然可尚者，五分無二，豈得逢詩纂集，往往盈帙。」於勢要、金錢之控制文學甚爲不滿。隴西李氏爲有唐望族，李揆自詡「門户第一，文學第一，官職第一」，肅宗皇帝亦歎賞「卿門地、人物、文學皆當世第一」，而盧肇以狀元及第，卻被先達審問「袁州出舉人耶？」故藉總集之編纂，張揚桑梓之情，亦無不可。

作爲地域範疇，松江有小大之别。唐天寶十載，置華亭縣，屬吴郡。乾元二年，改吴郡爲蘇州，隸浙江西道，華亭屬蘇州。五代吴越寶大初，置開元府于嘉興，華亭縣隸開元府。後晉天福五年，華亭縣改隸初設之秀州。南宋慶元元年，升秀州爲嘉興府，華亭縣屬嘉興府。元至元十四年，升華亭縣爲華亭府，領華亭縣。次年，華亭府改名松江府。至元二十九年，分華亭縣東北境置上海縣，屬松江府。明嘉靖二十一年，分華亭、上海兩縣部分土地，建青浦縣，設治青龍鎮。清順治十三年，分華亭縣西北部建婁縣，隸松江府。雍正二年，分華亭縣東南境白沙鄉、雲間鄉設奉賢縣，分華亭縣西南及婁縣之胥浦，設金沙縣。民國時期，撤松江府，併婁縣于華亭縣，隸江蘇省；後改華亭縣爲松江縣，隸滬海道；道撤，仍隸江蘇省；後或設松江行政督察專員公署、蘇南行政公署，松江縣均爲其屬縣，偶或直屬江蘇省。一九一九年，蘇南行政公署設松江專區，松江隸焉。一九五八年三月，撤松江專區，松江劃歸蘇州專區；十一月，轉歸上海市。一九九八年，松江撤縣設區。因此，「大松江」指松江府，「小松江」指松江縣、松江區。今「松江總集叢刊」所收，以今日松江區爲主，然歷史上以松江命名之總集，如《國朝松江詩鈔》等，不能不予收録。

歷史上松江總集之編纂，清代《國朝松江詩鈔》以爲起於明人《松風餘韵》，實則《宋史·藝文志》總集中已有《松江集》一卷，因著録過簡，不知區域與性質若何。今即據以上松江空間之界定，時間則以一九四九年爲斷，凡該年前輯纂之松江總集，皆予以入録。其原有作者小傳、詩話評論、詩間注釋等，悉仍其舊，不作删削。

彭國忠

辛丑年冬月

整理説明

《國朝松江詩鈔》是清代松江人姜兆翀編纂的一部大型松江地域詩歌總集。

姜兆翀（一七四一—一八一二）字健翮，又字墁傭，號孺山，晚年自號如三老人。先世爲中州望族，元代末年十七世祖姜德明任兩浙經歷郎，勸内農兼茶馬政事，卒於官，因天下亂離不能回籍安葬，乃著籍華亭，後世遂爲華亭人。姜家歷史上頗有科舉入仕和名宦者，其十五世祖廉，洪武初年以人材征爲廣西武靖通判。十三世祖清，正統三年（一四三八）舉人，任陜西臨潼縣教諭，有惠政，卒後祀於名宦祠。七世祖雲龍，明中書舍人，累官太僕寺少卿，因爲六君子之獄被彈劾歸，崇禎初年以原官起用，加一品服，出使西洋。六世祖爾珠，爲金山衛學廩膳生；六世叔祖爾珏，爲天啓甲子副貢生。五世祖鎜如，以歲貢生官太湖縣訓導。曾祖開平，金山衛學廩生。祖毓麟，婁縣拔貢生。父熿，華亭縣學增生，貤授文林郎江西永新縣知縣。

姜兆翀爲家庭長子，下有三弟三妹。他九歲入家塾，十五歲外出課蒙以補家用，讀書刻苦自勵，爲文淵博絶麗，府縣試必居前列。乾隆三十年（一七六五），以古學受知于學使梁公，入金山衛學。三十三年（一七六八）省試不售，三十五年（一七七〇）舉於鄉。次年應禮部試失意。三十八、三十九年間，館于翰林院編修百公家，課其弟。四十年（一七七五），復下第，買舟南返。四十一年，館于浦南莫氏。四十二年（一七七七）入都，考取景山教習，仍館百氏家。四十三年，百氏爲山西學政，姜兆翀同往，爲諸生校閲文字。四十五年（一七八〇）回里省視。四十六年北上，大挑二等。四十七年，署溧陽訓導，僅十月而去。四十九年（一七八四），赴任舒城教諭，救旱賑災，有「見青天」之目。五十六年（一七九一）十一月，六年俸滿，驗看畢告假省親，明年三月回任，倡修文廟。五十九年（一七九四）冬，引疾去任，六十年二月回籍。嘉慶六年（一八〇一），館于杭嘉湖道袁秉直家課其子，復爲浙江學政聘校諸生。七年秋回里，不復出，直至去世。姜兆翀生於乾隆六年（一七四一）二月二十日，卒于嘉慶十七年（一八一二）六月初八，享年七十二歲。

姜兆翀一生著述豐富，早在乾隆三十四年（一七六九）即著《曲臺酌注》四卷。四十一年，成《尚書今古文解》一卷、《禹貢山水考》一卷。四十七年，成《讀詩識》四卷。而著述高峰期在舒城教諭任及晚年回籍後。乾隆五十一年（一七八六），成《春秋偶讀》三卷，附《地理氏族考》二卷；五十二年（一七八七），成《易論》一卷，《讀易摘存》二卷；過屬邑周瑜城、元代余闕青陽山房，懷古撫今，作《周郎記》《余公記》。當地有男女情深伉儷誓死相從，而不容于常理者，復取《孔雀東南飛》中廬江小吏焦仲卿劉蘭芝情事，撰成傳奇《孔雀記》二卷；又演繹文翁教化事成傳奇《文翁記》一卷；記載舒城鄉紳應役之議成《鄉夫議》一卷，記載修建文廟事成《修學紀略》一卷。五十九年，得門下諸生校輯參訂，成《四書隨筆》二十卷。嘉慶二年（一七九七），纂姜氏《家譜》四卷。五年，著《孟子篇叙》七卷，《孟子篇叙補編》一卷。七年，著《明末松江忠節録》二卷。八年，著《來生秘》。

晚年鄉居的姜兆翀，致力於鄉邦文獻的編纂整理，《國朝松江詩鈔》爲代表。該書編纂始于嘉慶九年甲子（一八〇四），至十三年完成，歷時五年。嘉慶十四年，他又選各家詩集中散見之駢體文，輯成《國朝松江駢儷文見》八卷，又補姚宏緒所輯《松風餘韵》成《松風餘韵補遺》三卷。十五年，輯《華亭文萃》，擬漢訖唐宋一集，元明一集，清朝諸名家一集，可惜未畢其事。姜兆翀的個人創作，有《漱芳齋雜録》、《茨山集》（詩文古辭）、《存吾春齋制藝》二卷。據其子姜臯《行狀》言，《茨山集》本有數册，輯纂《松江詩鈔》後他自以爲不足存，盡舉而焚之，搶救之下，僅得二卷，可以看作編纂《松江詩鈔》對他的影響。而保存在《松江詩鈔》中的《漱芳齋詩話》，則可以視爲他的詩論著作。

《國朝松江詩鈔》六十四卷，篇帙巨大，是繼姚宏緒《松風餘韻》而編輯的松江詩歌總集。《松風餘韻》輯録西晉至明代一千四百餘年間，松江地區六百餘家詩人三千一百餘首詩歌，含閨閣及僧道二十四家七十二首。《松江詩鈔》輯録清代順治至嘉慶時期松江地區一千四百八十六家詩人六千五百餘首詩歌。書名中的「松江」，是「大松江」，也就是松江府，在《凡例》第二條，姜兆翀明確界定「松江」的範圍：「松江屬邑，國（清代）初僅華亭、上海、青浦及金山衛。自順治十二年華亭分婁縣，雍正四年上海分南匯，青浦分福泉，華又分奉賢，婁又分金山。乾隆八年，省福泉。四十年，罷金山衛。今編中注籍悉遵所隸。」也就是現在上海市所屬各區各縣均在松江範圍之內。嘉慶九年（一八〇四）春，姜兆翀即親擬《徵闔郡諸先輩詩集啓》，以鄉梓之情向全松江人徵集先輩（不收在世之人）詩集，從中選出合於其標準的詩作：「誠以誼關梓敬，學溯薪傳，望搢紳先生，敢云月旦？思德坊老輩，未沫風流。奏大樂於六成，謬思傾耳；集光裘以千腋，邀跂同心。伏願盡發曹倉，共探鄴架。承家學者小同，自述夫鄭志；奉師傳者步舒，豈愚夫董書。或李漢序昌黎之文，或裴延編樊川之集。行見洸洸大部，積玉固有平原；抑且寥寥片言，碎金或出安石。隴首雲飛之句，珍重扇頭；瀟湘波起之章，流連屏角。與夫繡閣左班之所著，禪門島可之所傳，總寓心魂，幸垂諸編。」無論與詩集主人究屬家學還是師承，抑或戚屬（女婿、外甥等），無論作品是煌煌大部還是吉光片羽、斷章零句，無論閨秀抑或僧人，皆在徵集之列。從《徵詩啓》可以看出，姜兆翀的收録範圍很廣泛。

《徵詩啓》的徵詩標準在嘉慶十四年所寫《凡例》中得到印證。《凡例》共二十二條，第一條交代編輯目的是繼《松風餘韻》之後，搜集松江「全郡詩學」，以和聲鳴國家之盛，這同時也劃定《國朝松江詩鈔》收録的時間範圍，是有清一代。第二條劃定空間範圍，就是松江屬邑。第三條，確定順次以及詩人身份，順序是「以世次爲先後」，卷一至十三順治朝人，卷十四至二十五康熙朝前三十年人，二十六至三十四康熙朝後三十年人，三十五至三十九雍正朝人，四十至四十五乾隆朝前二十年人，四十六至五十四乾隆朝後四十年及嘉慶初年人，卷五十六名媛，五十七方外，五十八、五十九名宦、寓賢，六十係姜氏家集，六十一至六十四遺民。其中，名宦、寓賢，非以籍貫爲限；遺民，非「國朝」所能涵納，二者爲一般斷代地域總集之通例。第四條至第十二條，是對「以世次爲先後」之細化，諸如科甲以鄉會榜爲序，名媛之詩，「其有根本忠孝節烈者一一詳載，以尊詩品」，而出生松江歸於他郡，出生他郡歸於松江者，兩收之，等等。第十三條爲收録姜氏家集尋找理由：學朱彝尊《明詩綜》選其叔父詩之例。第十四條確定一個原則：「所抄之詩以已故者爲准。」這是學《昭明文選》不録何遜之詩，以免聲氣黨羽派别之嫌。第十五條交代小傳編寫原則，「自忠孝、節義、政事、文學，以及嘉言美行，罔不具載」云云。第十六、十七條係收詩標準：「是編以詩存人，以人存詩。」也就是以詩人本色之作、擅長之體爲標準，並不「以雲間體爲斷」，所謂雲間體，應該指明末清初雲間派諸子風格，包括模擬、師法雲間派，書寫雲間風物民情之作。同時，他還指出，温柔敦厚是詩教所在，不能不遵，但就松江而言，嚮有雲間陸機「緣情綺靡」之説風行海内，有人以此相訾，殊不知「本原固正，亦在言之有文」，所以，《松江詩鈔》對「温柔敦厚而綺麗出之者」亦予收録，他説此「似亦正法眼藏」。這就兼顧道德與美學兩個方面，將清朝詩學通行標準與松江地域詩學傳統結合起來，從而與一般總集不同，帶有鮮明的松江地域特色。第十八條交代版本，第十九條交代體例：詩人姓名之下摘録評語，這是師法朱彝尊《明詩綜》之例；其自作詩話《漱芳齋詩話》因非「妄爲評論」，亦加摘録。第二十條交代編纂原則：原作有闕文，詩人字號、籍貫不詳者，原詩用韻不盡合于唐韻、古韻者，一仍其舊。第二十一條交代文獻來源：在他之前王昶等人所編《青浦詩傳》《上海詩鈔》《海曲詩鈔》《續松風餘韻》《淞南清氣集》等總集，「皆所取資」。最後一條交代，爲《松江詩鈔》採訪、校訂、助刊諸人姓名，將根據年齒列於各卷之後。

《松江詩鈔》編成付刊之前，姜兆翀賦七律四首，抒發數載晨鈔暝寫之甘苦，以及遺珠之憾在所難免等複雜心緒。嘉慶十三年，他請鄞縣人黄定文撰序，黄自稱嘉慶十二年丁卯秋權守松江。嘉慶十五年姜兆翀之子姜皋請梅春撰後序。姜兆翀去世後，姜皋于嘉慶十七年撰《皇清敕授修職郎安徽廬江府舒城縣教諭例晉文林郎候選知縣顯考孺山府君行狀》，詳細交代姜兆翀世系淵源及其生平著述，並對《松江詩鈔》有概括性之描述：「合一千五百餘家之集，先百六十餘年之時事，而次第之。姓名更改，籍貫舛錯，悉爲徵訂。晨鈔暝寫，雖嚴寒酷暑不輟，亦不以爲煩。至小傳詩話，或考逸事，或舉生平，一以秀水朱氏《明詩綜》爲法。」無過飾之語，堪稱實録。

《國朝松江詩鈔》僅于嘉慶十三年戊辰（一八〇八）由姜氏敬和堂刊刻，版本較爲簡單，故此次整理即以該版爲底本，其原有闕字保留，原作墨釘者改爲空格；底本顯係手民誤植者徑改；異體字酌改爲常用繁體字。

《松江詩鈔》是本課題組「松江總集叢刊」第一輯之一部，「松江總集叢刊」于二〇一九年由華東師範大學江南文化研究院立項，項目全稱是「松江藝文志」，項目批准號爲ECNU-JNWH-201904。項目組成員有楊君、趙厚均、韓立平、湯志波、唐玲、倪春軍、徐儷成、劉宏輝。本次整理即賴課題組成員諸君，及研究生周露、劉澤華、酈寅、林祥濤、柳婕鼎力相助。整理過程中，得到胡曉明先生指導。上海圖書館提供底本掃描件。謹此聊表謝忱。不足之處，敬請讀者批評指正。

彭國忠

二〇二二年元月十一日

目録

國朝松江詩鈔卷六……一四一

國朝松江詩鈔卷七……一七三

國朝松江詩鈔卷九……二四五

國朝松江詩鈔卷十……二七四

國朝松江詩鈔卷十一

國朝詩鈔卷十八……五二一

國朝松江詩鈔卷十九

國朝松江詩鈔卷二十……五八九

國朝松江詩鈔卷二十一……六二〇

國朝松江詩鈔卷二十二

國朝松江詩鈔卷二十三

國朝松江詩鈔卷二十四

國朝松江詩鈔卷二十八 …… 八四一

國朝松江詩鈔卷二十九 …… 八七四

國朝松江詩鈔卷三十……九〇五

國朝松江詩鈔卷三十一……九三八

國朝松江詩鈔卷三十三

國朝松江詩鈔卷三十四……一〇五三

國朝松江詩鈔卷三十五

國朝松江詩鈔卷三十九……一一九六

國朝松江詩鈔卷四十二……一二八六

國朝松江詩鈔卷四十四……一三五五

國朝松江詩鈔卷四十五

國朝松江詩鈔卷五十……一五五一

國朝松江詩鈔卷五十二

國朝松江詩鈔卷五十三……一六六六

國朝松江詩鈔卷五十四

國朝松江詩鈔卷五十七上……一八一六

國朝松江詩鈔卷六十

國朝松江詩鈔卷六十四……二〇五七

序

詩自河梁，下逮建安，蘇、李、曹、劉諸鉅公，大抵皆北産，獨至二陸奮起雲間，狎主中原壇坫，自是以後，大雅之材，萃于東南，遂至傖荒河北。然則雲間固南國之詩祖也。自余來江南，始獲交于嗇生李君，因以知雲間姜君孺山之賢。丁卯秋，權守松江，乃得就見孺山委巷中，老屋數椽，圖書插架，孺山擁膝，危坐其中，穆然如見古君子之儀型，爲神移久之。越明年，乃出其所輯《國朝松江詩鈔》索序于余。竊謂人材之生，創始者難，聚而爲極盛則尤難。松江固詩國，然自二陸以來，又千餘年，其見于姚太史《松風餘韻》者，多卓卓爲海内職志。然或負其才而未遇其時，甚至猖狂自晦如袁景文者，尤可嘅息。夫山川光岳之氣，磅薄而鬱積，必有所待而後興。松江當具區下流，東南之水，千支萬派，胥匯而歸之于海，形勢完固，風俗淳茂，士皆敦本勵行，不爲浮華以眩世，故閟之千百年而非有所夭閼其材。及其光氣之淬發也，必將沐浴日月，呼吸風雲，掞天之藻爲藝林鉅觀，其積之已深，則發之必熾，亦其勢然也。我國家文教昌明，士生其間，上之和聲鳴盛，耀黼黻之光，否亦閉户著書，垂之永久。大江以南，幾于家靈珠而户崑璧，而松江爲尤盛。若張溪之王、林塘之張，以及近世述菴、耳山、璞函諸公卿，比肩接迹，以文章華國。而時方表章勝國遺臣，若陳、夏諸子，皆賜謚立祠，於是一時遺民黍離麥秀之詞，懷故都而抒忠孝者，皆得彰明較著，無所忌諱。孺山集而傳之，猗歟盛哉，蓋自二陸以來所僅有也。余衰遲失學，自媿不文，兹得觀風問俗，獲交孺山，讀前輩之遺書，附名簡端，以爲深幸，乃不辭而爲之序。是書成，凡若干卷，略倣《中州集》例，冠以小傳，間作詩話，散見其行事。孺山嘗作《孟子篇叙》行世，子皋，尤精于詩。

嘉慶戊辰孟夏，鄞縣黄定文撰。

徵閩郡諸先輩詩集啓

粵自太史之軒，下采詩以觀風；藝文之傳，爰陳辭原言志。馳鶩歌咏，自古爲昭；發揮性情，於今不易。屈指江左，越在雲間。泖助文瀾，峰列筆格。一郡之風騷斯在，五茸之文獻可徵。自晉張、陸開其先，迄明陳、夏振其後。此《松風餘韵》一編可觀大概也。我國家德化久洽，文教聿宣。車書是頒，韎韶相和。我郡操觚林立，擊盋棼來。溯夫一鐙肇始於幾、幾社。求，求社。百泱迭開乎雅、大雅堂。藻。春藻堂。東皋之碩彦，媲孅三高；吴、金、王三高士。南浦之英流，追芳七子。焦南浦先生。周堪官令，曾主敦盤；周茂源太守。盧植儒宗，亦張旗鼓。盧文子明經。景蘇閣則國中屬和，徐景吾□□。醉白池則座上聯吟。顧思昭訓導。戴安道率以龍頭，戴丙章殿撰。黄叔度執夫牛耳。黄庴堂中允。谷陽勝舉，斯爲盛焉。是以俊彦飈流，卿才霞蔚。唐家翰苑，簪筆而賦《早朝》；漢代從軍，磨盾而歌《出塞》。以及遊子之範模山水，雲鶴風高；逸民之描繪田園，沙鷗夢穩。各標馨逸，自擅葩華。當夫灑作雲煙，假之副墨；亦或壽諸金石，奏以文刀。惟是壁間藏書，久而朽蠹；井中有史，多半沉埋。長吉錦囊，幾轉愁於投厠；子雲纂組，卒致厄於覆瓿。况夫僅付鈔胥，罔貴洛陽之紙；未登剞氏，空題漢上之襟者。更字蝕皃蟫，書殘耗鼠；塵封三尺，墨繡一窩。徒俾吟魂，夜夜誦秋水長天之句；真成夢境，年年作池塘春草之篇。今夫《文選》蕭家之樓也，華篇斯在；《中州》元氏之集也，名蹟長留。此誠往喆之遺規，豈即末流之式短？然而萱蘇有志，梟藻彌殷。擬薈蕞乎香芸，待挼摩於汗竹。誠以誼關梓敬，學溯薪傳。望搢紳先生，敢云月旦；思德坊老輩，未沫風流。奏大樂於六成，謬思傾耳；集光裘以千腋，遥跂同心。伏願盡發曹倉，共探鄴架。承家學者小同，自述夫鄭志；奉師傳者步舒，豈愚夫董書。或李漢序昌黎之文，或裴延編樊川之集。行見洸洸大部，積玉固有平原；抑且寥寥片言，碎金或出安石。隴首雲飛之句，珍重扇頭；瀟湘波起之章，流連屏角。與夫繡閣左、班之所著，禪門島、可之所傳。總寓心魂，幸垂諸編貝；長騰光燄，毋憾乃遺珠。且夫傳青溪者疑尚局於一隅，王蘭泉侍郎。鈔海上者亦祇該乎兩界。曹北居訓導。他若吴季重之纂輯，既斷爛如嶧碑；吴陶宰。王元長之編排，尚沈淪如汾鼎。王碧山。是宜廣爲捃摭，亟事闡揚。輶才敢冀於鼎成，鏤願待觀乎圖備。仙風環佩，好聆步虚之聲；佛界香花，直作受持之偈。庶幾鐘鳴谷應，都負雞次而來；任教石爛海枯，長藉龍威而守。謹啓。

嘉慶甲子季春。華亭姜兆翀。

輯松江詩鈔成將授剞劂漫賦長句

茸城三事首詩窠，當代人文自較多。秉筆誰爲間史傳，乘軒擬采國風歌。五朝盛治關培養，十載閒情寄網羅。一自晨抄兼暝寫，衣冠仿佛夢中過。

積册編摩閱幾春，淞南清氣恐同湮。吴陶宰輯《淞南清氣集》，以未刻，終歸散軼。棗梨庶補文章壽，桑梓原應臭味親。但有傳雞皆德業，最憐留豹總精神。殷勤不敢藏私篋，紙貴何妨遍國闉。

成家羅列已逾千，尚恐遺珠在海壖。古井從來多久秘，名山或者不輕傳。《蘭亭序》，當此還徵《笠澤》篇。多少枕中鴻寶在，可能同證大羅仙。恐人議佚

三年刻楮甫經營，無米將炊巧婦驚。頭白自嫌何好事，汗青願見亦真情。時方玉桂原難强，人共金蘭或易成。詞客有靈還乞取，從來谷應自鐘鳴。

嘉慶戊辰春日，孺山姜兆翀稟。

凡例

一、是編實繼姚太史聽巖而作也。姚選《松風餘韻》，自晉迄明詩家六百餘人，得詩若干首，鄉邦著述，昭若日星。國朝文治之隆，涵濡百六十餘年之久，風雅一途，尤徵大備。爰力爲搜輯，亟付梓人，以見全郡詩學，允足以和聲鳴盛焉。

一、松郡屬邑，國初僅華亭、上海、青浦及金山衛。自順治十二年，華亭分婁縣。雍正四年，上海分南匯，青浦分福泉，華又分奉賢，婁又分金山。乾隆八年，省福泉。四十年，罷金山衛。今編中注籍悉遵所隸。

一、鈔詩以世次爲先後，自卷一至十三，順治朝人。卷十四至二十五，康熙朝前三十年人。卷二十六至三十四，康熙朝後三十年人。卷三十五至三十九，雍正朝人。卷四十至四十五，乾隆朝前二十年人。卷四十六至五十四，乾隆朝後四十年及嘉慶初年人。卷五十〔至〕五六則名媛。卷五十七則方外。卷五十八、九，則名宦寓賢。卷六十附家集。卷六十一至六十四則遺民。

一、科甲以鄉會榜爲序，考府縣志及歷科松郡題名録，似無差誤。

一、諸生以歲科案爲序，自順治乙酉始，每一案以一人領之，其有姓名更改、籍貫訛錯，但知爲諸生而無可考者，俱附卷末。明季諸生之與本朝試者，則以不次次之。

一、監生、布衣，則約略時代爲序，題詞評語、友朋贈答，旁見側出，悉爲訂証。

一、諸生監生有出仕者，俱以次並列，不更别叙，以省煩瑣，亦如科甲中有已仕、未仕之判，不可復分也。

一、名媛之詩每多吟花弄月之作，易涉奩體。其有根本忠孝節烈者，一一詳載，以尊詩品。若松産歸他郡，他郡歸松者，亦兩收。

一、方外，如僧之無凡、鶴山，道之蟾陽等，一本忠孝，詩固卓卓可傳。其他野鶴閒雲不盡土著，住持既久，亦爲登載。

一、寓賢棲托，唱和爲多，志乘所登，不敢湮没。末附遊寓之寄籍與試者，并及山長，更可稽書院之興圮焉。

一、名宦循良之績，民不能忘。苟有遺篇樂爲諷咏，特用《金華詩録》之例抄存之。

一、勝代遺民，不忘故國，然身入本朝，食毛踐土，歷有年所。因采其詩，以附卷末。即有爲《明詩綜》及《松風餘韵》所已載者，而梗概未顯，著作未成，亦得甄綜諸人，都爲一集。

一、家集所抄，用朱竹垞選父叔詩之例。

一、所抄之詩以已故者爲準，不敢濫及，稍涉聲氣，蓋自《昭明文選》不録何遜之詩始。

一、小傳，自忠孝、節義、政事、文學，以及嘉言美行，罔不具載，庶世之覽者，得以知人論世焉。其題咏之下或附注山水古迹、土風物産者，爲鄉邦言，故不厭其詳也。

一、是編以詩存人，以人存詩，故所鈔者各就其本色存之，且就其擅長者存之，不專以雲間體爲斷。

一、詩教在温柔敦厚，而我鄉陸士衡，有緣情綺麗一語。論者或以是相訾，不知本原固正，亦在言之有文，是編所抄其有温柔敦厚而綺麗出之者，似亦正法眼藏。

一、詩鈔于行世刊本及各家鈔本外，全稿每多未見，持擇不當，閲者諒之。至見聞固陋，遺逸尚多，自有待於鄉大夫、鄉先生之明教也。

一、姓氏下摘録評語品藻全詩，法《明詩綜》輯評也。至自作詩話，或舉逸事，或考生平，不敢妄爲品論。

一、詩中有闕文者，仍之。字號、里居不詳者，缺之。前人用韵間有不盡合于唐韵、古韵者，亦不敢妄改。

一、先是編而搜輯者，有王蘭泉《青浦詩傳》、曹北居《上海詩鈔》、馮墨香《海曲詩鈔》、王碧山《續松風餘韵》、吴陶宰《淞南清氣集》，皆所取資。

一、是編所抄詩家若干人，得詩若干首，其採訪校訂助刊諸同人，約略年齒，列于各卷之次云。

嘉慶十四年正月，華亭姜兆翀謹識。

弟　華校字

子　皋校字

姪　欽亮　曰贊　聯璧

甥　王藹　郭以慶　廖大經

壻　馬棠

姪壻　吴騏　吴樹枋校字

國朝松江詩鈔卷一

鄉人姜兆翀孺山録
盛灝元百堂閱

張安茂

字子美，號蓼匪，華亭人。殿撰以誠子，順治乙酉舉人，丁亥進士，授工部主事、兼理節慎庫，戊子鄉試，同考官。出督清江閘，董造船務。署本省按察使，攝漕政、兼鹽務。晉工部員外郎，擢浙江按察提學僉事。轉陝西布政使，以劾罷。康熙初，原官起用，放陝西西寧道，四年，致仕歸，卒，祀鄉賢。同考時，熊伯龍卷已在鄰房，見遺，乃以本房他卷易之力薦，熊始登第。視兩浙學，所賞拔如史大成、嚴我斯、蔡啓僔，後皆大魁。所著有《樂英堂集》、《蓴溪詩稿》、《泮宫禮樂全書》。

熊次侯曰：「經術湛深，天才敏擅，詩尤駿雄。」

《漱芳齋詩話》曰：蓼匪當陳、夏《壬申文選》後，幾社日擴，多至百人。嘗與宋直方出爲領袖，又嫺武事，能立馬上揮戈，明季諸帥有欲延之幕下者，悉辭不赴。及撫玉門，西極産善馬，親爲羈絡，馳驟如飛，并示《相馬經》，邊人羅拜，以爲神人。

駿圖行

吴人墨妙工山水，揮灑柔翰擅奇名。黄君雄思愛神駿，十年牀櫪通形聲。忽焉會心寫騏驥，丹青落處天閑成。展卷身入大宛國，霜蹏霧鬣縱横行。草根有聲卧可起，卷舒偃仰人皆驚。旁有馬官含微笑，撫兹多駿懷深情。嗟乎！龍驤未許郊坰老，伯樂千秋如再生。會見此馬參八駿，不似立仗徒崢嶸。

送宋尚木出守潮州

漢廷要津不可問，使君慷慨獨領郡。尺五長安近莫比，使君崎嶇八千里。生平岳立鳳池旁，經年載筆殿東廂。一麾出守日南國，五馬踟躕去故鄉。同時薄宦我更拙，愁聽越吟心欲折。勢去終無王貢交，時艱惟見蕭朱絶。感君高義重丘山，素書幾度慰加餐。聖朝雨露金雞出，振我初衣拂釣竿。憶昔逢君討孤島，萬斛餘皇千驃裹。征蠻幕府第一功，參佐風流古來少。即今叱馭復天涯，朝吹簞箓暮金笳。嶺煙不斷伏波柱，海月還乘博望槎。莫説炎方溪水惡，威重如君祇卧閣。季布河東是股肱，長孺淮陽原勿薄。君不見，潮州刺史舊知名，此行不免爲蒼生。

孫洲

當年孫破虜，此地出從軍。勳業曹劉並，風煙吴楚分。荒洲生暮靄，錦石散春雲。客子山川外，空餘殷仲文。

次心涵上人泛湖之作

地擬昆明勝，當年亦禁園。隔隄人似畫，卷幔樹成村。窈窕東山月，殷勤北海樽。空餘孤鶴夢，江上暮雲昏。

華山

天際巍然紫巘浮，中原秀色勢全收。蒼龍雲散三秦雨，石馬風生萬里秋。白帝樓臺懸碧落，上方林壑盡丹丘。當年封禪應何意，空向雲亭事遠求。

登崆峒

九秋凝爽上崆峒，翠壁蒼苔接太空。樓閣丹霞迎曉日，仙靈元鶴馭清風。五原北枕關河險，二華東連呼吸通。龍去鼎湖終不返，人間芳草鎖離宫。我憶辭榮訪赤松，名山深處覓仙蹤。雲霞不散孤峰寺，虎豹常驚萬壑鐘。問道當年傳盛事，微言千古暢元宗。幽巖無限棲真地，欲學休糧愧莫從。

登六盤山和郭卧侯韵

迴車峻坂意如何，仕路羊腸盡若他。馬下危坡同雁落，人從絶壁共雲過。崤函紫氣東來盡，河隴風霜西去多。秋半更應瞻華岳，衰年登陟畏嵯峨。

允吾道中

允吾雉堞拱咸京，南望荒原百里平。秋樹蒼煙連曠野，斜陽返照入高城。休兵朔塞銷烽燧，解組車塵少送迎。我亦欲尋耕鑿地，孤村流水最關情。

婺州八咏樓

婺州城畔起蒼煙，八咏樓存睥睨前。自是詞人工引疾，非關傲吏善談元。千秋棟宇成圖畫，四照花枝入管絃。但使風流太守在，無煩采藥事遊仙。

歸田

嘗向風塵願息機，君恩今日遂初衣。幸全卧雪餐冰節，再上盟鷗浴鷺磯。白髮自然宜野笠，青山偏欲遶柴扉。若尋仲蔚閒居處，滿眼蓬蒿人迹稀。

懷王阮亭

才子青雲總不如，鳳城煙柳入春初。遥知朝罷焚香坐，讀盡蘭臺四庫書。每一相思輒惘然，比來尺素不輕傳。野夫斷絶人間事，卧病荒村已二年。

宋徵輿

字轅文，號直方，懋澄子也。順治乙酉舉人，丁亥進士，授刑部主事，晉員外、郎中，外轉福建布政司參議，兼按察司僉事，提督學政。内擢尚寶卿。歷太僕、大理、太常、宗人府丞，至都察院左副都御史。康熙丁未，年五十卒。其自著《林屋詩草》，又嘗與陳、李共選明詩行世，在閩又有《全閩詩選》。董閬石謂其詩聲詞醇雅，文尤有體裁，格法兼備。

詩話：轅文與陳卧子、李舒章刻《雲間三子詩》，時在庚辰、辛巳間，轅文少卧子十歲，少舒章八歲。當壬申刻文選時，爲十五歲。至丙子，乃在南園與卧子倡和。今觀「十年裘馬同知己，萬里江湖等比鄰」、「滄海北遊迴碣石，滹沱東走向桑乾」等句，聲調宛然卧子。至順治庚寅，與子建、尚木、荔裳、柴雪，刻《宋氏五家詩》，即從《三子詩》及《金臺新稾》取出。

古意

梧桐在堂襟，緑竹在室幽。桐枝何鬱鬱，竹竿何修修。上有甘露滋，其下清醴流。請問賢主人，致此將焉求。主人再拜答，鳳凰且來遊。鳳凰將九雛，和鳴聲啾啾。翩然下我堂，十年爲我留。鳳凰何所居，乃在丹山陬。天路豈不遠，明德當見酬。

寓山夜游祁侍御別業

清酒泛玉尊，繁燈耀幽館。月華流雲中，前墀素輝滿。主人啓名山，客子不辭遠。揚舟駭潛魚，入林走棲鼴。白雲湛深池，明水照修阪。陟逕無遐蹊，聿憑千仞巘。閣際星影疏，林間露光泫。萬里攬碧煙，泠然御風善。遥聞荒雞鳴，始悟歸志晚。嗟此秉燭遊，悵彼秋夜短。

思舊園詩

初懋澄居净土、米市二橋間，有二宅，後子敬輿、徵輿分居之。前爲友恭堂，後爲佩月堂。

我家歇浦陽，衡宇海雲曲。祖父存數椽，慈親更修築。旁穿十丈地，背樹萬竿竹。陰雨棲高樓，當暑蔭喬木。冬負南茨暄，秋採西圃菊。梨栗分昆弟，雞黍會宗族。此樂三十年，於今不能續。稚子從南來，我問當時屋。答言書院中，仿佛崑山麓。桃李已成蹊，藤蘿覆盤谷。繁花秀紅顔，幽塘緑如玉。鯈魚川上游，好鳥枝間宿。但期主人歸，披襟豁心目。

江南曲

明月下揚州，青雲度京口。吴兒解掉舟，吴女工垂手。碧煙衫子白雪裙，臨風一笑桃花春。開窗理鬢照明水，兩槳生浪飄紅巾。憶昨秋風秣陵路，吹到門前烏柏樹。白雁紛紛千里來，不見郎舟下江渚。儂家高樓十二閣，長夜欄杆對簾箔。垂露如珠挂玉釵，雙星自帶秋河落。秋河斜落歷陽西，歷陽城北征馬嘶。長干作書寄京口，今歲江頭歸不歸。

少年行

三五玉童好顔色，二十少年氣無敵。可憐却遇如花人，春風之中夜相憶。妾家露桃風中開，紅霞照人光滿臺。自炙玉壺煖春酒，間燒蘭麝待君來。與君少年不相棄，上如青天下如地。悲樂同心各自知，莫令他人得君意。

擣衣篇

高秋八月涼風起，日暮佳人心萬里。白玉窗前月作霜，鴛鴦樓角天如水。月影天光見顔色，雲鬟窈窕當窗立。獨斂青娥悄悄來，自憐素手纖纖出。翩翻兩袖星影摇，拂拭清砧露華濕。清砧哀響高入雲，落葉嘒蛩誰共聞。玉户斜開殘寶炬，金鑪半暖絶蘭熏。蘭熏寶炬心不惜，重向空房理刀尺，迴文織就細腰寒，鴛錦裁成紅淚滴。滴殘紅淚入孤幃，雙燕辭巢夜半飛。路逢遼海防秋士，爲報君家正擣衣。

贈張燕客

我來句踐國，結交張公子。華燈夜相迎，痛飲從此始。三尺羅袖紅，一尺虬髯紫。紫髯飄飄拂半肩，自言疇昔稱少年。西走咸陽北走燕，終南太行相接連。此鄉索莫少奇士，風沙萬里心茫然。以兹感歎歸故鄉，黄河千尺流湯湯。河堤蓄水出平地，竊憂他時灌大梁。黄龍青雀未可測，果然今日成懷襄。酒酣對伎重岸幘，爲道當年解音律。琵琶絃索誰第一，武宗供奉查八十。萬曆季年范昆白，雷轟鐵撥今有誰？練川陸曜稱傑出，聞君此論多嶔嵜。河轉星稀未忍歸，歸來落月屋梁西，卧龍山上烏亂嘒。

報國寺松樹歌

松樹千年方偃蓋，報國寺中兩株在。旁枝斜出五丈餘，疑是蒼龍卧雲海。既能拂地復摩空，交柯接影青重重。春陰不散五夜雪，日落常鳴千里風。憶昨都門經亂離，長楊五柞皆崩摧。豫章凋枯玉樹盡，山童木仆生蒿藜。此松亭在郊寺，常令行人見幽翠。喬木還生舊日恩，石碑猶刻當年字。毘盧高閣陵泰清，闌干四面俯帝京。紅泉碧瓦互輝映，遥見西山草木青。人言此寺天下希，金銀宫闕若可期。有時白鶴棲松頂，欲問當年丁令威。

聊城道中留别袁水部籜菴

布帆直出天津口，緑水波摇萬楊柳。四月南風撲面來，我向浮雲自揮手。輕舟亂流日瀰瀰，便欲垂竿釣雙鯉。水通北海常北流，白日横空照無底。舉頭欲問燕昭王，此去蓬萊幾千里？同行壯士路相失，使我南行少顔色。清源水部故鄉人，紫轠白馬迎嘉賓。瓊筵瑶席一時設，玉壺滿酌蘭陵春。坐中老人能鼓琴，坐中少年能吴音。琴聲欲作《廣陵散》，吴音直是《長干吟》。七弦罷彈清歌息，林鳥無聲月華白。主人興來持洞簫，不減桓彝弄長笛。初如流鶯嚦建章，後如紫鳳鳴高岡。秦皇女兒坐煙霧，手攜簫史登君堂。近來逸興不如前，此夕因君似壯年。朱鐙玉几儼相向，夢中仿佛遊鈞天。明朝却向聊城去，迴望清源但煙樹。古岸新開丹棗花，荒郊欲散黄梅雨。薰風送我下姑蘇，西子紅顔今在無。秋來蓴菜鱸魚美，千里思君在五湖。

關山月

玉門遮不住，月色到皋蘭。影入金微小，光生玉塞寒。山前人早見，閨裏夢同看。落去長城外，清輝亦未殘。

白蓮驛戰場宿

百里戰場空，千村野燒紅。旌旗横落月，笳鼓咽悲風。斗柄元臨北，谿流還向東。窮途知阮籍，能不歎英雄。

銅雀臺

我遊漳水上，不見魏王臺。夾道蒼狼起，巢林紫燕來。羅衣飛蛺蝶，碧瓦繡莓苔。目斷西陵樹，佳人安在哉？

林天孫自漳州來我郡見訪賦贈天孫乃黄石齋先生弟子，時黄先生被逮。

燕市霜飛五月寒，投荒君子漫南冠。謫同賈誼官仍奪，時異靈均死亦難。大滌春陰猿鶴怨，武夷秋雨薜蘿殘。大滌、武夷皆黄先生講學處。憑君歸報金雞信，重掃先生舊講壇。

懷卧子

春雲飛盡夏雲過，客路悠悠意若何。曉月半天高岱嶽，夕陽千里見黄河。漢廷對策才名舊，燕市論交慷慨多。北闕上書休痛哭，異時前席未蹉跎。

濟寧太白酒樓

何當風利泊歸舟，百尺懸梯亦壯遊。雲裏泰山堪北望，窗前濟水自西流。當時醉客憐詞客，此地城樓竟酒樓。俯視南池賞同調，蒲荒八月少陵秋。

送慤人將水師北上何剛，上海舉人，官兵部員外，參史可法軍事，殉難。

何生慷慨著綸巾，猶是先朝抗疏臣。蹈海自成天下士，起兵還用故鄉人。畫旗落日明朱雀，錦纜迴風帶緑蘋。從此便宜專閫外，沈舟一戰定三秦。

禹陵

大禹東巡竟不還，萬年祠廟鎖空山。陵前江海朝宗地，殿側臯夔侍從班。谿水自流青嶂口，亂峰遥拱白雲間。喬松翠柏風蕭瑟，猶拜冠裳識聖顔。

薊門雜咏

燕雲秋老鳳城寒，宣武門前馬上看。地塞盧龍迴左輔，天開恒岱抱長安。飛沙自擁黄河道，古木長存赤社壇。八百年來占王氣，當時創業盡艱難。

西山煙樹浄蒼蒼，十里風泉爽氣涼。木末蓮峰懸寶座，天邊柳色映宫牆。片雲度嶺邀青鶻，落月穿林走白狼。獨負孤笻尋宿處，羅衣拂盡寺門霜。

燕南趙北兩躊躇，讀史空悲樂毅書。葬地祇今成劇邑，良鄉縣。古墳常自對清渠。琉璃河。行人灑泣千年後，野火頻燒百戰餘。更去無終山下望，昭王陵廟亦丘墟。

去年講武獵長楊，叨奉丹符玉輦旁。天馬直空南海子，龍旗偏照古沙場。星摇燈火辭行殿，風動弓刀出帳房。還向晾鷹臺上飲，醉看霜月滿漁陽。

諸舜發

字元升，號陶叟，青浦人，前己卯舉人，順治丁亥進士，授户部主事，陞員外，官至陝西提學參議。卒於官。

忽雨復晴

奔霄疊雲蓋，龍氣騰天衢。高響空際落，挾雨驚風驅。野田忽霑足，焦灼屏斯須。雨收風色定，陽和耀平區。驟來不可倖，聽觀頃刻殊。霢霂漸始渥，天澤常霑濡。

湯潛菴遣子持書至喜賦

落日客叩門，乃是故人子。攜來尺素書，相思寫滿紙。老眼拭模糊，讀罷情無已。君子固其窮，教學代耒耜。

夜宿鏡湖草堂同乾一弟作

草堂波影裏，投宿正良宵。夜步月相引，春遊花暗招。鳥歸煙柳動，魚躍水天遥。何處笙歌起，前谿泊畫橈。

移家歸琴村

歸來猶未晚，灑掃舊茅檐。散帙晴烘日，看山静捲簾。愁懷因野發，詩思爲秋添。點綴幽窗景，黄花笑月拈。

京口

鐵甕城邊雨欲浮，扁舟艤岸一閑遊。楚臣剩有千秋淚，昭關有子胥血淚石。晉代空傳萬歲樓。隄柳晴連江草碧，檣烏晚帶市煙收。却因南北咽喉地，不盡興亡弔古愁。

曹垂璨

字天琪，號緑巖，上海人。順治乙酉舉人，丁亥進士，官遂安縣知縣。癸巳海島張名振犯縣境，總兵王爆畏縮，轉誣邑中通洋，禍且莫測。垂燦泣告縣令，願以百口保邑境，并與紳士跪請於撫軍，因得免。所著有《明志堂全集》。詩話：明府五七言如「流鶯穿葉語，輕燕到簷斜」，「緑天苔徑寂，清蔭石牀涼」，「日落煙光暝，霜飛雁影單」，「闌邊浴鴨波紋縐，浜上看雲落照微」，「一竿秋老桐江月，半榻雲開帝座星」等句，皆可誦。

南園

暇日喜登臨，山亭聊信步。疎林斜日飛，高閣輕雲度。池清帶餘煙，石瘦斂殘霧。修鱗潛静波，倦鳥投深樹。物性各有託，而我將焉務。結契在山靈，考槃常獨寤。寢迹栖沉冥，藉此愜幽素。

秋江漁樂

殘霞雨歇抹遥天，晴波一道陵秋煙。鯉魚風起蓼花紫，綸竿三尺躍輕鯿。淺水蘆葦隨意住，笑指長空排雁字。生涯一葉自年年，吏不追呼官不使。横吹短笛四山青，骨肉團頭柳下停。淡淡歛雲新月挂，攜兒抱女自扳罾。得魚沽酒且高歌，雜採溪毛菱芡多。擎鳌斫鱠傾甆甕，鄰翁有約隔篷過。丹楓斜襯新編笠，浪花觸船岸蛩嘖。烏唬月落潮正平，酣眠不覺東方白。

吴淞江即景

禹蹟今猶在，移舟問渡頻。長流承震澤，濁浪接春申。鳥下嗔人避，魚跳刺眼新。風光吹不定，何處采香蓴。

題友人别墅

輞水煙雲别，青山解送迎。種魚添鶴俸，簡歷紀花庚。谿曲關詩意，林深得鳥情。幽居不少暇，爲有研田耕。

同年張無近留飲道故

薊門柳陌擁鳴騶，諫草曾分聖主憂。十載知交猶按劍，一尊風雨漫停舟。君閒玩世同鷗鷺，我拙逃名任馬牛。地主只今能醉客，好逢華月更登樓。

閒居

雨净苔衣石徑幽，竹摇新粉緑香稠。山從斷處雲來補，春欲歸時鳥解留。簾捲朱樓延日入，柳舒碧岸帶煙流。攜琴坐愛風光好，培菊籬邊待晚秋。

山房

花下高歌月又弦，烏藤白袷且隨緣。偶因摘果方勤步，除却看山只愛眠。樹密宜亭雙睡鶴，童閒灌菊數聲蟬。頹巒疊谷幽谿瀉，棋局敲殘手一編。

聞鶯

誰笑到遼西，醒來還獨棲。時時驚宿夢，賴有曉鶯啼。

田茂遇

字楫公，號髴淵，華亭人。順治戊子舉人，考選知縣，以奏銷罣誤。康熙癸卯，授山東新城縣知縣，不赴。後以博學鴻儒徵，不遇，歸，卒。著有《悱齋集》、《大雅堂集》。嘗居燕溪，著《水西高逸詩》。又與同郡張淵懿、董俞選當代名賢詩，曰「十五國風」，行世。顧開雍曰：「田子詩鬱陶唱歎，準乎神明。」董閬石曰：「髴淵重聲氣，好結納，平生有俠概，能急人之難，人亦以此多之。其計偕赴都，報罷。後每流連，浹歲與名公巨卿遊，若王崇簡、魏裔介、吴偉業輩，皆與倡和，其舉鴻博，即以裔介薦。」

詩話：鬍淵在水西築園亭，即元季高士邵桂子、邵亨貞故居，掘地得奇石甚衆，名曰「邵園」。故王勝持詩曰：「藥欄花榭尚依然，奇石重開至正年。」

君子行

君子慎細微，幽隱貴自知。譽至不以喜，毀集不以疑。夙夜祇黽勉，衾影辨慊欺。流言顯姬旦，削迹見仲尼。名高苦炫俗，道大易違時。所懼在處利，所豫在見危。昭昭勉無忝，冥冥勗在兹。至剛慮小屈，大素防微緇。釋謗必内反，日省敢辭疲。弗以一眚掩，反爲小人嗤。

招隱詩

杖策登高岡，採芝入元圃。上有白雲馳，下有列仙聚。我儀抱朴子，夜静吟《梁父》。蒼條映明霞，修竹鳴秋雨，逍遥觀所尚，俯仰成今古。本無入世榮，烏知出世苦。惟應返田廬，長揖謝珪組。

東飛伯勞歌

東飛伯勞西飛燕，春暮花飛流似霰。誰家好女倚朱欄，自云生長在邯鄲。金環玉佩曳明璫，白練輕盈蘭有香。女年十六正芳年，游絲弱裊蕩輕煙。曲終還作邯鄲舞，獨立風前淚如雨。

秣陵行寄徐武静

秣陵十月西風緊，風急天空下一隼，紛紛車馬市如雲，驊騮大道青絲靷。孺子當今第一流，交游元禮與太丘。老成雖謝典型在，聞説當年鸚鵡洲。鸚鵡洲前埋芳草，鳳凰臺下黄塵掃。清霜寂寂景陽鐘，孺子歸來苦不早。平生意氣抗青雲，即今無計更從軍。投壺夜坐鳴絲竹，倚馬朝傳露布文。南陽舊日吟《梁父》，東山今看揮元麈。元戎閫帥分金符，三千犀甲皆螭虎。赤羽馳聞江寇多，手把芙蓉影婆娑。擊楫中流易慷慨，鼉鼉四静江水波。吉甫凱旋燕張仲，孺子歸來意如何？

寄計子山燕中

之子才無敵，燕山喜過從。文章兩司馬，意氣一元龍。劍北傳詞賦，江東感戰鋒。遥知杯酒後，愁聽掖門鐘。

送鹽官錢武子同周宿來比部入都

春水度江城，江花夾岸明。兩年燕市别，萬里越郊情。獻賦逢楊意，狂歌謝禰衡。相逢知不遠，聯轡聽春鶯。

萬里揚鑣去，相期未有涯。錦帆春對酒，彩筆夜生花。揮手要離墓，從游劇孟家。白雲歌咏地，詞賦滿京華。

見江上陳兵

南國愁饑饉，頻年復苦兵。舳艫連遠岸，羽檄傍孤城。風急摇山色，潮迴雜鼓聲。曾傳黄石法，猶作一書生。

晉陵朱晉白謁王夫子泛泖過訪詩以贈之

寂寞空山愧草元，西來孤客致翩翩。揭從太尉招賢榻，更下山陰乘興船。百里江花停暮靄，一尊籬菊對寒煙。秋風莫問多蕭瑟，攜手長吟桂樹篇。

酬宋尚木

江東宋子自悲秋，贈我瑶華久未酬。欲寄梅花空悵望，因攀桂樹動離愁。十年風雨思才子，萬里京華憶舊遊。無那鳳凰池上客，祇今潦倒醉吴鈎。

中秋

秋風蕭瑟動蘭皋，碧海清光顧影勞。漢使有槎浮夜月，枚生無筆賦秋濤。黄龍塞冷狼煙直，丹鳳城空雁字高。千里可憐同此夕，天涯何處奏雲璈。

袁國梓

字若遺，號丹叔，華亭人。順治乙酉舉人，己丑進士，授刑部主事，轉員外、郎中，出知衢州府，勦平劇盗林文等。以母老乞歸，服闋，補平陽府，值絳州丈量之役，勘出無産之税，力請豁免。

訊鄉寧諸生任宏贊一案，開釋株連甚衆，以事免。起補嘉興府，至即修府志，會纂修《一統志》，而嘉興先以其志上，上官嘉歎焉。卒於官。

詩話：先生制藝與蘭雪、鶴静並列四家，而詩獨未見。今其曾孫湖北臬使柏田於家傳中録得數章見示，亟爲録入，以見埋劍之久而必出云。

立秋旅次有懷步卓湄韵

暑月憐秋早，堂虚起夕風。蛩聲將沸草，葉影已疎桐。不覺年光换，偏驚歲序窮。朝來添客思，擊楫望江東。

秋日聞海氛息警誌喜

烽煙經幾歲，海國免防秋，解甲田横島，求仙徐福舟。鱸魚催客夢，蟾魄引清謳。迢遞將隨雁，匡廬勿復留。

過劍城苦旱有感

愛閲名山恣壯遊，西江暮靄片帆收。寒星莫問豐城氣，熯日將乾富水流。好友相逢孰投轄，空庭小立見横鈎。冥鴻已作天邊想，漫説陳蕃一榻留。

王釪

字含章，華亭人。順治乙酉副榜。杜登春《社事本末》載，甲午時社局復起，釪與顧偉南、陶冰修輩皆赴原社之約。晚歲以其族子事奔走燕都，卒於道路。

贈盛香樾叔丈翁甲申春以建言入都，遇變南旋，作歌表之，以當贈言之義。

憂時未肯卧南陽，雄略偏思佐上方。魚忘江湖名已重，鷄鳴風雨更何傷。浮雲滅没看宮闕，烽火砰訇變海滄。自是壯心中尚熱，薊丘北望重剛腸。

許纘曾

字孝修，號鶴沙，華亭人。順治戊子舉人，己丑進士，點庶常，除檢討，陞編修，轉中允，出爲江西副使。擢四川參政，陞雲南按察司使，以康熙十一年告歸。所著有《寶綸堂集》。

董倉水曰：「古核幽峭，奇麗淹博。」沈文慤謂：「其七古飛騰滅没，荒幻凌虚，可云善學太白。」王苧東曰：「縱横跳盪，得力初唐。」

遊峨眉山歌

伊昔披山經，峨眉冠五嶽。傑然鎮坤維，蒼翠萬仞削。初疑宇内無此奇，今日所見更過之。乃知天地靈怪不可測，生平游覽快意無如斯。既躡飛龍嶺，還登歌鳳臺。狂客已長逝，真人不復來。丹爐火冷鶴駕遠，譚經木榻生莓苔。一步一驚詫，十步一徘徊。上有排空疊嶂翠欲滴，下有飛泉百尺聲如雷。巉巖鳥道崎嶇入，天門一隙雲光白。八十四盤最上頭，婆娑萬樹清陰碧。探帝座，陵丹丘，白雲飛揚，長風颼颼。積雪如嚴冬，凛冽披重裘。俯視岷江萬里蜿蜒僅一綫，蜀山千點參差羅列兒孫儔。花爲優曇色，鳥作迦陵聲。天香夜不散，法鼓晝長鳴。金輪忍土震旦推第一，赤髭白足靈機妙道真難名。須臾報道佛光現，蒼茫雲海蒸奇變。爛似慶雲暈若虹，林巖五色增蒽蒨。金橋突兀駕虛空，仿佛珠眉紺髮容。忽然雲散光亦滅，惟有朝暾蕩漾倒挂金芙蓉。睠此靈異境，神魂欲飛越。遠勝赤城梁，何數蓬萊窟。吁嗟！蜀道之難難于上青天，幾人能到峨眉巔？仙都佛國盡在此，請君莫惜多留連。

金陵行

江流揚子日潺湲，六代煙雲一望閒。陵霄絶壁梁朝寺，隔岸群峰楚國山。北府新軍雄鐵甕，西州舊路泣羊曇。是處旌旄開邸第，靈和楊柳含風細。赤烏碑版炳丹青，白馬金書盟帶礪。元武湖邊鵷鷺行，蔣陵松畔貔貅衛。自徙漁陽控上游，常餘佳氣治城秋。祠官俎豆供原廟，世秩勳名盛子侯。幾度花飄邀笛步，相看月下景陽樓。蓬萊海淺知何日，重向臨春傳警蹕。大業巢危鶴羽輕，永熙苑廢蛙鳴疾。不見桓彝凛義聲，争聞江總參機密。長干金鼓接天來，尚醉新亭更舉杯。倒戈倉猝迷桃葉，飛鳥淒其咽鳳臺。惟有臙脂陳氏井，年年寂寞鎖蒼苔。

界嶺阻雪

虎頭關前凍雲起，二月披裘寒似水。腥雨盲風萬樹號，客行夜泊空山裏。空山無人古戰場，三軍白骨齊崇岡。新鬼啾啾故鬼哭，千里狐火依枯桑。鵂鶹聲悲四山響，天明雪花大如掌。炊罷晨餐晝掩扉，征夫太息徒惘惘。征夫萬里益州來，黔楚山川次第開。明日天晴度關去，春風綺陌到江隈。

過舊函谷關

千載雄圖事鼓鼙，桃林落日陣雲低。天開華岳通京兆，地枕黄河抱隴西。七國存亡三寸舌，二陵形勝一丸泥，樓船鐘鼎今何在，故國山川路已迷。

小孤山

大江西去接天遥，一柱中流拱上霄。黛色浮空陵象馬，濤聲直下控金焦。匡廬爽氣堪吟咏，陶令遺蹤漫寂寥。二十四年湖海客，隨風重駕木蘭橈。瞿塘諺云：「灩澦大如馬，瞿塘不可下。灩澦大如象，瞿塘不可上。」崩雷萬疊下晴空，屹立千年氣象雄。地坼長江分左右，天開斗野辨西東。雲鬟遥帶巫山雨，眉黛平臨洛浦風。不向此中尋小隱，那知人世有瓊宫。

癸酉中秋奉和秦望山莊耆年燕集詩原韵

仲舉留賓榻久懸，欣看此夕會神仙，尚書望重魁三象，柱史名齊尺五天。十四日，健菴司寇、誠齋侍御偕至秦望。叢桂香濃秋正半，高齋人至月同圓。司徒矍鑠多豪致，愧我龍鍾醉綺筵。

詩話：癸酉中秋，秦望山莊爲耆年之會，各倣香山詩意，爲賦七言六韵。嗣甲戌上巳，又會其耆年，姓氏如錢陸燦湘靈，常熟人，八十四；盛符升誠齋，崑山人，八十；尤侗悔菴，長洲人，七十七；黄與堅忍齋，太倉人，七十五；王日藻却非，松江人，七十二；何棟涵齋，蘇州人，七十；孫暘赤崖，常熟人，六十九；許纘曾鶴沙，華亭人，六十八；徐乾學健菴，崑山人，六十四；周金然廣菴，上海人，六十四；徐秉義果亭，崑山人，六十二。是時諸老婆娑，敦盤雅會，想見太平盛事焉。

梓人馬生鎸刻同人倡和之作云是女工所成余亦附驥詩以志愧

五月行吟寄瀼西，漫勞紅女爲災梨。詩逢老媪多烹煮，歌出雲鬟定品題。墨汁有時霑翠黛，銀鈎終日費柔荑。諸公可有香匳咏，消受閨中學印泥。

王廣心

字伊人，號農山，華亭人。順治戊子舉人，己丑進士，授行人，歷主事。擢御史，巡視京、通二倉，釐剔漕弊，疏凡數十上，又修會通河運道，輸輓無阻。以親老乞歸。著《蘭雪堂集》。

沈文愨曰：「先生經義，雕繢襞績，時作駢體，而韵語則疎暢條達，不拘一律。」

陳情作

在昔飛龍期，矯步躡華闕。星浮漢水槎，霜激潞河節。君恩詎不崇，親愛良已闊。十載謝丘園，千里曠燕越。摇曳東海雲，荏苒北山蕨。睠彼府中烏，感此堂上髮。潔華爽晨羞，沈疢耿宵惙。杕杜本孤生，岵屺更雙陟。懷哉四牡章，陳情扣閶闔。閶闔雙鳳凰，翔翔接飛翮。聖人中垂裳，元老與天格。俯鑒烏鳥私，言歸展晨夕。三月春事徂，殘花明水驛。陵帆岸屢迴，蕩槳雨初滴。詎悵秋風懷，寧冥飛鴻迹。黍稷親所甘，鼓歌帝之力。俱享黄髮期，朝野譽無斁。

題趙文度晴雲千頃圖

峰泖精靈日噴薄，顧陸銷亡陳董作。文章翰墨俱絶倫，文敏含毫更沈著。風流不數元四家，紛紛文沈徒丘壑。維時趙子老布衣，長揖公卿喜盤礴。興酣落筆寫此圖，長松夭矯臨重湖。青楓漸紫槲葉暗，石梁瀺灂通樵夫。屋後千峰競蒼翠，白雲卷舒無時無。雲邪山邪互離合，筆端元氣相縈紆。兩翁顧此重噴噴，茅堂恍惚群仙宅。徵士高題千頃雲，尚書忽憶廬山壁。攬秀巢雲面九江，千載清吟推李白。爲君移贈岸幘書，趙家真有連城璧。余愛此圖三十年，屏風坐卧心怡然。衰病侵尋置高閣，蠹魚蝕字蝸垂涎。秋日蕭閑加拂拭，裝池猶記宣和傳。樗蒱美錦金屈戌，爲我好置晴窗前。吁嗟人生得意在清適，誰到三山與七澤？畫圖皆成五嶽形，逍遥寧費幾兩屐。况今陳董兜率游，妙畫飛騰少真蹟。聊題歲月附前賢，余家此是平泉石。

尚書墓道行 陸文定公墓道也。

茸城北郭清明路，士女提壺拜墳墓。紙錢飛盡濁酒乾，還向落花深處步。楊柳陰陰栝柏晴，尚書墓道滿嘸鶯。牲碑滴露行人淚，石馬嘶風故國情。老人指點爲余説，尚書百歲高清節。第宅張蒼賜予隆，丘山郭泰呼號切。宰木無端又百年，根株盤互葉相連。祠荒蜀相春應老，劍挂徐君樹可憐。子孫繁衍如嘉木，玉樹鴻枝代相續。剪伐誰憂召伯棠，青葱不改萊公竹。蹉跎奕世有蘭孫，二俊才名衆所尊。貧賤那知公子貴，衰遲偏受少年恩。配邊萬里哀笳急，木葉山頭相對泣，蘇武丁年鬢已非，鍾繇丙舍嗟何及。軍紙抄家盡賜莊，墓田門帖更凄凉。十圍畫柳千尋柏，官吏商量到北邙。匠石操斤仰而立，小者爲薪大論值。昔時馬下信陵墳，今日牛牽到家石，鄂君飛鷁正掄才，南國梗楠豈在哉？輪囷生爲華棟用，松楸死作濟川才。昨日三江秋水闊，木蘭檝戒沙棠發。青雀舟中有白雲，麒麟塚上無黄葉。荒隧西風我重過，石人瞪目雨滂沱。君不見燕昭墓表千年木，既遇張華可柰何。

烏嘸曲 順治戊戌，殷元素長子翮冲迎其母徐氏於燕歸。

霜壓毵毛風塞口，城上哀烏夜求母。啞啞頭白我所生，海闊天長義安負。殷生殷生有老親，相公門第神仙人。嫁得金吾偏骯髒，生來玉樹本嶙峋。五十年過太平日，緑窗婀娜調琴瑟。不解人間有别離，何况山川與兵革。一夜金城鐵騎穿，銅仙淚盡市朝遷。田横賓客誰無恙，袁粲妻孥倍可憐。寶鏡猶懸收者至，白髮遭俘老兵繫。無家空望石頭城，有骨終埋范陽寺。卵破巢翻十載餘，孤兒蹤迹更難知。沙中喜見封雍齒，複壁驚傳赦趙岐。殷生歸來人不識，仰面呼天淚霑臆。採蕨先招北海魂，寫經便走長安陌。長安宫闕控雲霞，别部分旗百萬家。獨有健兒栽苜蓿，偏多少婦撥琵琶。朝叩濯龍門，暮入平陽里。不見母音容，但見黄塵起。暮宿靈臺側，朝登易水陽，不聞母太息，但聞流湯湯。高者穹蒼下者地，殷生有母知何處。齒髮逢來幾信疑，家鄉問到還非是。騎馬喬生督亢來，偶同燕市許徘徊。爲談隔巷中常侍，家有南音婦最哀。殷生聞言拜稽首，中夜傍徨跣而走。獨鹿山高涿水清，前朝力士門庭舊。向前致語不勝情，座上衰璫老淚横。自昔君恩弛織室，至今嫠婦得春耕。昨日東菑收晚穀，黄雲隴上緣難卜。雪鬋驚扶洗眼看，天地重開鬼神哭。在傍鄰里各潸然，借得牛車喜共還。不是蔡姬歸紫塞，翻如鄭母見黄泉。我聞唐宗有母當離亂，十道龍輿尋不見。又聞棄官訪母朱壽昌，十年灑血行四方。何如殷生無擔石，萬里高堂奉顔色。人生忠孝信不虧，如磁引鐵須臾得。嗚呼殷生負母歸故都，興頑立懦何其多！誰將燕客烏嘑曲，付與韓娥繞市歌。

單藥園五十　藥園，名玉華，單狷菴姪，能詩。崇禎丙子間，有與狷菴、南村倡和詩，至康熙辛酉，年七十，坐化于白燕菴狷菴影堂中。其詩則求之不得，附記於此。

我家乃在始皇山下歇浦西，桑麻十里聞鳴雞。或言漢代留侯來從赤松子，清泉漉漉今張溪。惜哉此地二千載，欲往從之竟誰在？蒲帆十幅隨樵風，彼美柴門北山北。彼美何所爲，云亦無所爲，昔年擊劍今談詩。彼美何所欲，云亦無所欲，昔年畫棟今茅屋。茅屋三間半頃田，一具黃牛兩弓竹。人生貴盛那可期，何況興衰同轉轂。君不見秦王宮，蓬萊水緑咸陽紅。又不見楚王國，美人未老春申族。誰能五十髮不絲，誰能五十顏如玉。有地須栽洞口桃，無官好看東籬菊。吁嗟真仙不辟穀，大隱不避秦。先生握麈垂綸巾，清酒三升且復斟，吾師乎單子春。

務關

百里畿南路，關門夕照晴。亂松攢野寺，一水嚙春城。吏急商緡薄，官閒客夢輕。棄繻非我事，鷗鷺引歸程。

送別宋荔裳限樵字尊字

昔日金門侶，論心散早朝。酒樓仙珮暖，花市玉驄驕。多病鵷鸞隔，長吟鬢髮銷。憐君逢舊雨，過我話漁樵。

繁萼吐蘭蓀，花香觸酒樽。故人從此別，大雅更誰論。客久囊錢減，官閒醉尉尊。莫愁芳草暗，京國重王孫。

送别和嵩菴韵

河梁春草碧萋萋，觱篥聲喧馬亂嘶。萬里風霜連塞雁，十年冠劍憶朝雞。時逢寒食邨煙斷，路繞居庸驛樹低。更過遼河堪一慟，家山今在海門西。

撥盡琵琶萬古情，塞垣鬼嘯夜狐鳴。臣愚自合投湘死，天鑒終憐囓雪生。龍尾坐來穿木榻，虎頭歸去老承明。期君漢殿雞竿在，一夕春風五國城。

送客之蜀

荆門秋色渚宫開，攬轡初看萬里才。蜀盜漸銷人買犢，巴歈争唱客銜杯。空舲峽轉清猿度，苦竹祠荒細雨來。此去偶懷燕市侶，仲宣樓上一徘徊。

九日登查山

仙山海上雨初晴，勝侶攜笻老衲迎。當户藤蘿雙樹合，諸天鐘鼓一燈明。亂餘洞壑秦碑没，秋到谿泉玉井清。却笑廿年臨戲馬，漫將書劍學縱横。

喜鷹垂北行不果

木蘭舟戒布帆飛，忽悵關河定省違。二頃豈如蘇相印，三公不易老萊衣。冰開黄浦浮魴鯉，春到機山長蕨薇。令子那從貧賤老，深憐絶裾昔賢非。

贈魏惟度

騷人卜築枕江流，洗耳投綸有唱酬。六代鶯花憑醉眼，二陵風雨入羈愁。早看王謝傾元麈，未許蕭梁傍選樓。千古瀼西人不見，草堂今在古皇州。

楊宮保海上凱旋枉顧草堂賦謝

將軍望氣識長鯨，密算潛移細柳營。豕突未窺吴苑樹，龍驤已瞰越王城。寶刀截處妖星落，雉尾焚來海霧清。指搦舟中歸路斷，水仙衮衮葬蓬瀛。

獨樹臺西百戰場，三軍獻馘旆旌揚。横戈數級軍聲壯，列隊椎牛酒氣香。金賞先登人踴躍，錦披歸路馬騰驤。雕弓欲倚扶桑樹，滄海波平白日光。

親磨盾鼻墨光浮，一疏先寬聖主憂。獲醜盡歸門下將，麾旄誰説陣前頭。秦關露布開三殿，閩海降旗到十洲。今日東南還送喜，彤廷應錫鳳凰樓。

柴門何意枉雕鞍，再拜人扶禮數寬。縱有壺漿羞獻酒，卻緣粗糲許加餐。兒童聚隴瞻金甲，部曲聽歌倚藥闌。日暮馬鳴鐃吹發，碧雲紅旆畫圖看。

高句麗

都護高邊二十年，望來宮闕倚青天。春風一夜楊花渡，貢使爭開樂浪船。

殷客東風歲月遲，陪臣猶是漢威儀。可憐元菟宮前麥，幾度漸漸總不知。

國朝松江詩鈔卷二

鄉人姜兆翀孺山録
張　鐘鼎臣閱

周茂源

字宿來，號釜山，華亭人，順治乙酉舉人，己丑進士，授刑部主事，轉郎中。嘗奉使卹刑河南，平反冤獄甚衆。補處州知府，勦禦山鬼，備著勞勩。又開山路三百五十里，然火沃醋，巨石立碎，自括入甌，悉成康莊，報墾荒田一千四百頃有奇。在任五載，以冒户逋糧失職歸。著《鶴静堂集》。

王丹麓曰：「宿來官比部郎，署爲王、李舊遊地，所云白雲樓，即其處也。與宋直方、施愚山過從，賦詩飲酒，雖大風雪勿輟，都下以爲復見前輩風流焉。」董閬石曰：「先生挂冠後，年甫及艾，優游林泉間，與四方之交商榷古今，討論風雅，意豁如也。不意僅及下壽，玉山遽頽。」

《漱芳齋詩話》：鶴静集中五古都如《選》體，蓋自陳、李倡始，以《選》爲宗，即其選唐詩，亦兢兢以漢魏六朝爲説。又謂唐無五古，故杜、韓之體皆所勿尚。鶴静親炙風流，宜其有此。而丙戌秋，卧子與吴門朱雲子論詩，朱謂我與雲間論詩，終古而不能合者，五言古也，彼固謂不必泥於選體耳。鶴静别業在干山，其住宅在城内北倉橋北，與溦廬鄰比，已百餘年。堂額仁壽，趙宧光書，東偏熊巖齋，庭有紫牡丹一叢，頗盛。余幼時與鶴静五世孫咸中會文於中，故家堂構，宛在目前，回首曩遊，可勝忏悒。

園居詩

生年不滿百，每爲婚宧牽。胡不棄羈紲，終得返自然。應龍豈長豢，高鳥亦戾天。嗛嗛謝微禄，耕我隴上田。田疇日以廣，筋骨日以堅。人生各有役，户樞常永年。結髮念儔侶，無如沮溺賢。

憶仙都舊遊作

彌歲隸棘林，一麾守山谷。幸與雲霞親，匪期升斗禄。南明暨括蒼，洞天盈我目。名勝首仙都，千峰麗遐矚。丹竈金蓮華，軒皇受圖籙。馳騖四五年，登臨苦未足。去輸度縉雲，勞人謝徵逐。茂宰真逸才，留我車前轂。駕言仙都遊，除道飭林麓。川漲值秋霖，危梁幾斷續。徒御褰裳行，狎視等平陸。捫葛循懸崖，前後趾相屬。遂踰仙榜巘，嵐翠襲輕縠。忘歸洞杳冥，鍾乳滋石屋。嵯峨鼎湖峰，童子及其腹，記云：童子峰及鼎湖之半。古碑篆籀文，剥蝕苔蘚緑。絳霄吐芙蓉，列嶂紛攢簇。石髮翳靈葩，蕨根蟠地軸。鐵峽隱重闉，黝然縈灌木。上聞好鳥鳴，其下擾群鹿。濟勝固有餘，搜奇難殫録。放溜改回塗，飛舸祇一蹴。孤岑媚夕陽，婉孌澄江曲。張席進羽觴，停橈舉華燭。不醉且無歸，娱耳非絲竹。今我徒卧遊，斯遊安可續。

懷李方思 李名延榘，上海人。順治乙酉舉人，壬辰進士，南寧府推官。

君歸東海頭，我走邯鄲道。兩馬縱橫馳，朱顔各自保。津門柳枝緑萬條，白日春風啼伯勞。李生槖金一時盡，腰間常佩烏孫刀。去去復去去，濟陽城北館陶東，我曾夜行達天曙。君歸正及櫻桃花，玉缸傾倒月欲斜。邯鄲雖樂非我土，仰視青天如覆釜。西園沈沈烏夜棲，主人吹笙我擊鼓。千金駿馬馱嬋娟，低眉輕撥鴛鴦絃。蘭堂紅燭半月滅，茱萸錦襦挂我肩。昔與李生共高會，笑髡飲酒太無賴。今來一飲一石餘，惜君遠在千里外。

同帶三雪峰洮侯蒼水諸子偶飲夏考功廢宅有感

有酒寧煩折簡召，閒居詎顧尚書期。下馬徑入高陽會，岸幘連傾金屈巵。一斗不醉盡一石，仰視屋梁三歎息。此地今成孫楚樓，當年本是袁安宅。主人疇昔此堂居，窈窕深藏萬卷書。月旦清流推望重，朱輪結駟日充閭。末俗衣冠多不古，鳳梟殊種分門户。考功先生長食貧，時人誤説城西府。令子三吴號聖童，高才直與機雲同。靈均自沈湘水曲，義公復死平陵東。行過西州輿慟哭，山丘零落存華屋。録入官家甲第空，恍忽精靈致回禄。飛甍畫棟悉飄零，僅見侯芭問字亭。地下昆明灰有劫，窗前書帶草猶青。生死存亡真異代，中郎虎賁竟誰在？北海尊罍客已孤，東山絲竹人難再。眼前數子氣嶙峋，忘老忘憂作酒人。無人不共公榮飲，坐客偏于車允親。今夕渾疑飲燕市，狗屠擊筑悲風起。拔劍歌呼奈若何，考功父子長已矣。

春日同餐公過白燕菴即事

白燕題詩袁御史，讀書東郭傳遺址。捨宅仍沿白燕名，精魂不散祇園裏。隔代滄桑易主人，尊僧本是宰官身。昔日歌鐘嘗會客，無妨粥鼓再留賓。二十年來棲遯久，浮雲變幻成蒼狗。求死嘗祈處士星，餘生願醉中山酒。如何大獄起東南，劫火腥風到石龕。懷王豈復存苗裔，盆子由來一妄男。五色銀鐺濺頸血，身經搒掠堅於鐵。碎首甘心亡國臣，沈冤賴有皋陶雪。微聞頌繫在深冬，不日金雞下九重。歸夢已隨黄犬信，唱囚猶聽景陽鐘。我同老衲遊郊甸，潛行爲訪空梁燕。入徑依稀三笑亭，披帷不見斯人面。只看花木尚依然，棐几無塵列簡編。經營慘澹煩臧獲，苦待生還舊輞川。我告僕夫淚如雨，僮客紛紛多賣主。高爵輕封不義侯，藐孤誰吮蒼頭乳。尊僧侍者真可兒，共命之鳥無去時。掃花爲道歸期近，多恐花前鬢已絲。

青田弔古

材略真王佐，攀龍擇主難。封留三寸舌，釣渭一漁竿。鼎定陰符祕，天崩廟食寒。平生遺恨在，博士本秦官。

夜過李氏屏山園

秉燭遊山館，林皋迥絶塵。鶴迎霜後客，花照月中身。野飯蒸黄獨，南烹進紫蓴。便應忘去棹，長作武陵人。

過宜溝見同里張中丞（青堂）宰濬時戰功碑

古驛殘碑在，中丞紀戰功。旗翻蒼隼落，劍指赤眉空。石窌封猶缺，庚桑祀未同。招魂孤島外，墮淚更何窮。

汴梁感懷

汴河堤柳接重城，帶甲中原幾戰争。龍種春迷朱邸月，狐祥夜語白波營。誰分息壤陻洪水，更築新豐表舊京。盡道信陵賓客盛，夷門何處訪侯生？

漳州感懷

嶺外風烟動客愁，側身西望一登樓。千巖紫氣奔龍馬，大海銀濤泛斗牛。男女尚餘徐福伴，吏民争厭尉佗謀。戈船下瀨軍容盛，懸賞誰當萬户侯？

薊門雜咏

十年襆被老諸郎，負病趨朝重慨慷。懸筆未消秦吏獄，持旌難發漢家倉。鄉心橘柚寒煙外，旅館芙蓉別苑旁。客至元談猶小劇，驚看青鬢欲如霜。籬花莫訝淹陶令，廚酒猶堪屈阮公。詔許談經雙奪席，何妨几杖石渠中。

平吴二俊起江東，上表還山去志同。白首功名甘失馬，丹霄雨露屬非熊。

懷王玠右名世兄弟

海曲飄零白氎巾，乾坤無恙草廬身。姜肱兄弟成高行，虞寄家門並隱淪。歷朔閒隨叢桂老，騷文只與杜蘅親。扁舟欲訪東郛去，恐笑緇衣十斛塵。

宋荔裳觀察移家旅松元日奉柬

芝幢羽葆出殊庭，來駐江城放鶴亭。東海芥浮三泖白，泰山拳視九峰青。非關王粲依劉表，直共麻姑降蔡經。偶爾移居先種竹，妝樓還帶護花鈴。雲間日下無恒隔簾先識鳳雛聲，英物嚬來坐客驚。韋相授經今有種，郤成分宅况多情。

語，孔雀楊梅許後生。承過獎綸兒詩文。已幸吐茵容醉吏，何當倒屣下階迎。

讀閬石建業宫詞感賦

讀罷新詞一悵然，煙花如夢只終年。貴臣早辦譙周表，方鎮誰懷祖逖鞭。玉樹淒涼明月夜，黄旗潦倒朔雲天。龍蟠地勢鍾陵在，放馬今開苜蓿田。

南州送張子退時從嶺南攜徐孤子扶櫬歸雲間

閒憑江閣對斜暉，嶺外人來淚共揮。青草瘴邊催旅鬢，木棉花後换秋衣。艱危歲月虞翻老，浩蕩乾坤李燮歸。無限當年琴酒客，素車萬里似君稀。

夏日三山陳昌箕魏惟度松陵徐松之婁東許九日鹽官錢武子同集小齋

午風初到竹間樓，珍簟俄然六月秋。老我花前惟濁酒，同人海内幾名流。才高孰肯居龍尾，癡絶偏多類虎頭。纔擘蠻牋爭麗句，便應傳徧鈿箜篌。

金山即事此紀順治十六年事。

鐵鎖千尋屢戰攻，微茫煙島幾傳烽。山僧親見孫恩遯，起撞高臺夜半鐘。

陸振芬

字今遠，號蘭陔，青浦人。順治戊子舉人，己丑進士。兩廣未平，破格用人，隨兵進討，命振芬巡惠、潮。及抵韶州，時韶以南俱已送款，獨省城未下，督兵攻破之，遂由省城至惠州，勦撫歸善、海豐諸寨。抵潮州，檢制土官，招撫流亡，及平總兵郝尚文之變，題署監軍道。以失事歸里，優游林下四十餘年。其著作甚多，以仇家欲搜求文字以搆難，因悉焚棄，今從選本内得此一章存之。

贈周東岡

婁江才筆君何綺，壯歲蜚聲霄漢起。騷壇酒壘雄絶倫，雲中白鶴差堪擬。廿載曾看上苑花，公卿倒屣滿京華。定當早晉周侯秩，名高第五句籠紗。那知繁艷翻超軼，採却春花忘秋實。海内咸知碩果存，盤堆苜蓿情偏逸。坐擁皋比士氣淳，孝先便腹羅奇珍。時從九點看嵐翠，更向三江擷紫蓴。知君意氣寧終老，金門發策真瓌寶。功名事業不可量，暫從枳棘窺鸞藻。爾我論交已有年，結茅地復接由拳。花時斗酒欣酬唱，醉後忘機任往還。向平婚嫁行將畢，瓢笠同君訪偓佺。

朱紹鳳

字儀聖，號蒿菴，上海人。前癸酉舉人，順治己丑進士，任臨縣知縣，奏最，擢給事中，歷吏、刑、禮三科，終户科都給事中。江南兑漕困敝，紹鳳詳陳利弊，得旨允行官收官兑之法。順治十六年，會推總漕某，紹鳳昌言其不可，後以疏救周亮工降謫閩中，然亮工之獄亦藉以解。康熙三年，有摘發紹鳳請復漕儲，一疏者，急徵至京，事大白。以疾卒。

班婕妤

望裏昭陽殿，愁來長信宫。君恩不可恃，妾夢更誰同。輦路餘芳草，妝臺滿落紅。夜深憐薄命，團扇泣秋風。

塞上曲

書生本燕頷，結客度龍沙。朔氣金戈冷，邊風玉轡斜。射雕千嶺雪，落雁數聲笳。坐看樓蘭滅，銘功報漢家。

薊門雜咏

雄關萬里控神州，極目高空賦勝遊。刁斗夜寒秦塞月，笙歌曉度漢宮秋。平時調馬歸天仗，壯士呼鷹上臂鞲。慚愧十年珠履客，憑風獨嘯仲宣樓。

次高念東贈别元韵

故人策杖訪元居，西子湖頭落照餘。謝傅名高偏卧病，賈生淚盡欲焚書。乾坤偶合雙龍劍，身世空歸一草廬。釣罷滄江夢秋水，天門遥見碧雲車。

陶　愓

字冰修，松江人，嘉善籍。順治甲午舉人，官天台教諭，卒於任。初冰修鄉舉時爲蔣虎臣所得士，謂爲「生於吴，遊於越，兩地名雋，久奉敦盤，幾以古人目之，而其年甫鄧仲華也」云云。後六上公車不第。嘗祈夢於京城文昌祠，夢天上懸一棺，遂以夢棺得官爲解，謁選得天台廣文，不半年卒。是天爲天台，棺爲蓋棺也，夢之巧驗如此。

詩話：教諭在順治丙申春於里中倡興詩會，所刻《棠溪詩選》，凡已出仕在朝者不與，故所選只里中如玠右、天石、日千、六益、律始、勝時等三十許人。其詩古宗漢魏，近法初盛，蓋謹守陳黄門之緒論以相揚扢者也，可見是時詩學之正焉。棠溪在蜀眉州，昔有棠溪書院，址今爲董文敏祠堂。緣明代蜀之黄平來任通判，故以署額。若柊之草堂，殆出襲名，其址後爲華亭主簿署。

觀滄海

廓然臨大海，望空而視明。雲物有殊狀，恍惚鴻古情。日華冒四荒，照水蛟龍驚。駭波如連山，怒濤亦雷行。淮漢相呀呷，至此静無聲。浩淼豁幽慕，所歷惟太清。萬水皆朝宗，蕩蕩天地平。

陽春曲

楊柳碧春風，桃花覆井紅。採桑秦氏女，嬌怨踏歌中。

咏史

嬴秦方帝制，壯士懷不平。讀書能忍辱，捐軀豈徇名。長揖辭太子，提劍入虎京。羽聲動天地，悲歌感神明。圖秦雖不就，函關日月驚。易水西北流，臨兹憶慶卿。

華頂觀日

陽烏迅雙翮，大海躍金輪。波濤静不喧，吐納若有神。秦橋若垂虹，漢柱連青旻。千巖豁氣象，萬頃光無垠。八州耀靈景，蛟龍意逡巡。登崖一遠眺，動與神明親。因思陵空際，鬱華乃吾民。朝自扶桑來，會當息虞津。

赤城吟

晨策陵絶險，爰自赤城始。赤城群峰如雉堞，層巒疊嶂霞光紫。旭日照之艷芙蓉，玉京琪樹垂錦綺。君不見王母琅輿矗彩雲，華陽歌舞真仙史。又不見當年授書魏夫人，佩聲珊珊迥出塵。玉清隱書今何處？丹臺姓氏留千春。吾今歷之瞰縉雲，蒼山煙樹連青旻。側身北望四明嶺，衣裳烱爍飛星辰。東臨溟海西剡川，支提千尺擁青蓮。振衣縹緲躡丹梯，盤石坐之調錦弦。白鹿銜花相走逐，黄猿挂樹嘯碧煙。玉爲室兮金爲臺，學長生兮植芝田。恨不輕舉若飛鴻，頃刻歷遍蓮花峰。從今更上層崖巔，雲端應憩葛仙公。

集徐文在山園

徐文學景曾，文貞孫，居城内集仙街，中美堂，董文敏書。其園，在西佘。著詩集，宋徵輿序之。

草堂倚絶巘，山色映朝輝。晴日凝花氣，香風到客衣。霜崖丹樹迥，竹徑秋雲飛。况乃登高節，長吟坐翠微。

子遊天台同學諸子以詩相送賦酬

此是丙申以前事，非之官也。

河梁一分手，身在玉霄青。真逸慚陶隱，尋仙訪蔡經。晴峰連碧漢，遠樹接滄溟。投我多佳什，高吟坐翠屏。

宿高明寺贈寒月上人

蓮峰落照映朱霞，古殿松杉集暮鴉。香谷幽溪皆玉液，磐陀錦石盡丹砂。花明翠徑秋煙靄，月隱禪房桂影斜。子夜毹經堪説法，遠公重復進胡麻。

同諸子遊石梁時張九夏不至

丹崖萬仞倚天高，臨水登山託彩毫。金嶺秋風馳列騎，石梁落月挂寒濤。劉根自是乘霞客，子晉寧嫌控鶴勞。竊怪季鷹招不至，悠然亭下續《離騷》。

曉渡錢塘

夏雨初收潮欲生，江空人静露華清。扁舟此去尋仙侣，天外芙蓉是赤城。

沈　荃

字貞蕤，號繹堂，華亭人。順治辛卯舉人，壬辰進士第三人及第，充國史院編修。出爲河南大梁道副使，殲盜首董天禄、牛充大等，餘黨解散。康熙元年，丁母憂。服闋，補通薊道，以他事詿誤，部降同知。召見，復四品，仍入翰林，仕至禮部侍郎兼詹事。二十三年，卒於位，謚文恪。著《充齋集》。充齋者，蓋其爲大梁道時，親謁孫夏峰，夏峰爲講充實之爲美數句，有省，遂以自號焉，則其立朝風采，有所受之也。在詹事時，於民生利弊，時政人才得失，剴切詳言。十八年旱，詔求直言，時新例當流者徙烏喇極北，荃謂「烏喇距蒙古三四千里，地不毛，極寒，人畜凍輒死，罪不至死，不應驅之死地。」乃獨爲一疏上之，詔令畫一，荃堅持前議，曰：「此議行三日，不雨，臣願受欺罔罪。」聖祖改容納之，越二日，大雨盈尺，例竟罷。又歲壬辰旱，詔謂時政必有闕失，令會議以聞。衆皆謂袞職無缺，荃獨昌言三事：一、山海關滿洲差員宜撤，一、湖口關宜仍徙九江爲便，一、有司盗案處分太嚴，反滋諱盗。雖經轉奏，事不果行，亦足見仁者之勇，爲不可及。荃以書名海内三十餘年，被聖祖特達之知，殿庭屏幛，以及御座箴銘，皆荃書之。董閬石曰：「學士清修自好，不問家産，獨好汲引寒素，曲加薦揚，是以困貧之士，望門而赴。」

詩話：文恪不僅以善書法見長，其詩筆崢嶸，實與一時施愚山、曹顧菴、新城昆季並相頡頏，今觀其集中多閎肆瑰麗之作可見。而隱君日千則嘗議其皆臺閣裔皇之體，少性情之作。因謂公昔鄉行遇雨，有「拔樹龍雷急，平隄鷗浪寬」之句，而集中無之，是詩必有遺云云。閱此知公詩尚不可以一例盡也。

送顧赤方歸楚

廿載夢黄陂，懷古思赤壁。英傑垂千秋，異代猶奕奕。顧子南金彦，摛詞冠今昔。江山助奇思，户牖自開闢。邂逅燕市中，談笑展良覿。誰知昭丘館，不宿隆中客。悵望黄鵠磯，浩蕩白鷗迹。扁舟下煙江，羊裘釣楚澤。閒和臨臯詞，雪堂訪遺墨。才人與英雄，古來互相惜。玉局前後賦，名與公瑾敵。君去懷二子，嘯歌天地窄。

繁臺懷古

梁王全盛日，置酒登此臺。層軒出霄漢，壯構陵塵埃。當時侍從者，一一皆鄒枚。抽毫必金石，酌醴盈樽罍。歡娛及百年，盛事流九垓。我來過夷門，望古增徘徊。浮雲亘千里，宮觀成飛灰。平池走狐兔，阿閣生莓苔。霜雪日以零，風流日以頹。衰謝有如此，悢悢詎能裁。

寄贈李素心備兵岳州

寂寂黃陵廟，娟娟帝子靈。杯邀江月白，笛破楚山青。玉珮投珠浦，仙臺放鶴亭。此中紛杜若，好爲折芳馨。

度大𢈔山

峭折千盤上，微茫一線通。馬嘶清澗底，人語翠微中。仰面峰疑墜，回車路已窮。松間聊息影，謖謖下清風。

過峽石

曉渚葱蘢色，征帆取次開。山形依岸轉，河勢遶峰回。日上雲初霽，春深雁正來，今朝風色好，橫笛莫頻催。

峽口雙崖峻，中流一槳輕。山疑驅鬼鑿，石是叱羊成。古洞迷仙迹，相傳八公與劉安烹鍊處，今名八公山。寒蕪没故城。揭來形勝地，憑弔不勝情。

咏雪

能深雒下夢，欲結剡溪情。玉女裁雲下，天工剪月聲。樓明宵色曙，砌静凍雲盈。脈脈愁思婦，流黄織未成。

登廣武山

晴秋振屐層峰上，壁壘風雲萬里開。山接嵩邙多北向，河連汾沁正東來。寒沙白磧埋遺鏃，衰草青燐没廢臺。霸業帝圖俱泯没，阮公千載有餘哀。

送顧淡叟方伯之任粤西

天南列岳帝恩崇，八桂山川坐嘯中。銅柱雨來千嶂洗，牙璋風静百蠻通。越裳職貢看馴雉，横海樓船早挂弓。莫道遐荒持節遠，只今萬里盡堯封。

趙州留贈施別駕珍公時未出都

飛沙斜日撲征裘，有客停驂古趙州。亂後千村消燧火，春來四野遍耡耰。淳龐舊俗仍唐晉，慷慨餘風近薊幽。却喜故人能捧檄，虔刀新試莫淹留。

送宋牧仲榷關之章貢

蘭臺作賦大夫才，玉節星槎亦壯哉。去日霸橋難折柳，到時官閣正看梅。天邊翡翠從空下，海底珊瑚度嶺來。獨有使君心似水，鬱孤時眺一銜盃。

贈孫鍾元先生

蘇門夫子腹便便，每憶風流季漢年。鈎黨竟須賈父策，黄巾終信鄭公賢。空山夜月吟《梁甫》，野水秋風下釣船。落寞寒林誰把臂，邵家安樂在西偏。

懷鍾青巖

幾年悵别楚江潯，愛弟傳書惠遠音。萬里關河鴻雁影，中宵風雨鶺鴒心。黄塵戰甲悲何晚，白髮漁竿思不禁。剪燭題詩清夢繞，嚴城月落響秋砧。

送朱石者憲副之岢嵐

流風藉藉兩河濱，列戟仙城憲府新。雪嶺雲霞連北嶽，龍門波浪下西秦。秋高紫塞題詩遍，日落轅門饗士頻。却喜邊陲烽火息，郊原春水聽吹豳。

穀日同吴六益董得仲蒼水翁紀長姜暉發陸唐冶集張洮侯齋分韵得七虞

穀日招攜生遠興，城西霽色暮煙孤。談詩未許方流輩，把酒相看盡我徒。萬壑春雲來几席，幾年白眼對江湖。憐余舊是高陽侶，漫向青門倒玉壺。

溪上

安于道院東唐文獻文恪宅有占星堂，後沈繹堂居之，亦謚文恪云。

枝頭春色歸，溪光緑於染。碉户寂無人，落盡桃花片。

曹爾堪

字子顧，號顧菴，華亭人，嘉善籍，侍郎勷子。順治丙戌舉人，壬辰進士，由庶常至侍講。其在館閣時，嘗蒙世祖「學問最優」之褒，與宋琬、施閏章、沈荃、王士禎、王士禄、汪琬、程可則稱海内八家。爾堪性强記，諸瑣屑事，能舉其原委，人一見輒不忘。若輿圖要害，山川形勝，指畫纖悉，聽者神聳。放歸後，與二三老友選勝賦詩無虚日。著《南谿集》。

平定州至柏井驛五十里用少陵法鏡寺韵。

春老山風高，僕夫重藹苦。冷食邨無煙，尚留遺俗古。危崖松際落，圓石澗陰聚。淙淙咽細泉，濛濛散靈雨。斗壁深淺紅，野桃半含吐。翔禽高復低，老眼倚衡數。翠屏供賞心，林影忽移午。何殊畫中遊，筆墨聊攜取。

翠蛟潭

策馬發州城，行行路逼窄。高峰接晨霞，幽徑蹲怪石。紺乳結層冰，中有老蛟宅。濤湧日月陰，脈錯雷霆坼。人静山鬼號，孱質蕩魂魄。緇塵恐難浣，瘋憂徒日積。照水添雪髭，神傷久爲客。路轉一迴顧，潭影春雲白。

養蠶詞

清明洗箔出蠶子，細小如鍼黑如蟻。緑鬢不理剪嫩桑，半月辛苦一寸長。二眠起後筠筐滿，羅敷陌頭愁日短。不寒不暖四月天，薪炭何曾費一錢。銀釵換魚衫換肉，清還直待頭蠶熟。頭蠶已熟繭蛾早，今年郭外繅車少。戰鼓頻驚成亂絲，養蠶安得如往時。

嘯臺重修碑，李空同撰，左國璣書。

兩三翠柏搖天風，古臺突兀荒山中。弘正殘碑斷復續，左氏書法文崆峒。摩挲句讀歎古雅，萬顆珍珠春自瀉。中散原非入道姿，公和本是逃名者。人間機穽苦相攖，石髓青精足養生。嵇公援琴阮公哭，虛負空巖長嘯聲。

古銀槎歌贈荔裳

長安伏日赤如火，曲檻虛亭門不鎖。宋公召我園林遊，河朔冰盤浸瓜果。山雨忽收賓客至，出示酒鎗異恒製。枯槎怪石坐神仙，周彝漢卣應無二。元季巧人朱碧山，市隱皋橋稱絶藝。倪黄山水吴興書，幾與古人争位置。群賢驚詫手摩挲，神刀鬼斧曾琢磨。西陲好貯葡萄酒，南海空矜鸚鵡螺。至正年間遭殺戮，野火燒天煙萬斛。内府珍裘裂雉頭，舊家寶瑟焚蛇腹。獨此古物在人間，感慨乾坤同轉轂。祕器偕藏埒球貝，波斯問價昂珠玉。三百年來貴有徵，請檢陶家《輟耕録》。亟呼從者傾郫筒，恢拓智勇開心胸。爲慶遭逢落公手，甆盌況出隗囂宫。兩美相兼且觴月，干將莫耶亦神物。枕蛟騎虎安足愁，讀罷長歌歎奇絶。宋公本是神仙才，文筆不從人間來。何妨跳入銀槎裏，御風萬里游蓬萊。

彭燕又五十長句爲贈

南國才名人辟易，文章夙是雲間伯。壇宇從來立漢幟，聲價何難重趙璧。回憶啓禎全盛年，庚午諸公天下傳。楊陳碧血埋荒草，張何筆冢委寒煙。堪歎乾坤同轉轂，遺賢落落晨星續。祇今惟有萬與吴，詞苑推君爲鼎足。興來落墨氣象新，風雨颯沓如有神。青龍江上留題徧，白苧城邊唱和親。挑燈學易梅花夜，間出詩歌轢顔謝。昨日文成示吾儕，今朝紙貴喧都下。紅綾畫餅堪贈無，努力須將大雅扶。酒間意氣正慷慨，未許先生稱老夫。

送宋荔裳大參之任秦川

臘雪街亭滿，何時到鞏昌。關山樽底月，斧鉞帳前霜。閣暖調鸚鵡，花濃隱麝香。出門憐舊侶，白首尚爲郎。

伯紫贈詩依韵奉酬

簫鼓秦淮舫，爲歡及盛時。烏衣堂上燕，朱雀桁前碑。隄女憐垂手，山禽弄畫眉。羊羔斟尚淺，莫惱党家姬。

廣陵懷古

何須故老話興亡，兵後繁華事渺茫。邗水曲流通汝漢，蕪城衰草恨齊梁。客尋芳樹鶯歌斷，馬過朱欄識酒香。不盡淚痕傷往迹，野桃紅雨濕雷塘。

夏夜

久别親闈賦遠遊，中宵躑躅迴添愁。步兵可學唯青眼，江令難堪是黑頭。夙志鱸魚千里約，虚名駿骨九重收。更聞除目紛紛下，衹恐深恩未易酬。

晚晴漫興

海燕紅襟乳脱翎，碧天洗出髻螺青。濕薪歸市牛銜鐸，禿筆藏罌鶴瘞銘。遠貰清尊如下若，貴求甜水比中泠。醉來濡髮今餘幾，落盡顛毛鬢有星。

初冬旅懷

南威邀寵鬭新妝，我對三支已坐忘。歌任燕姬揮寶瑟，譚容越客據胡牀。蜜盈脾後蜂猶競，繭息機時蛹自藏。何似玉蛆浮茗椀，蓴絲椶筍舊時香。

秋日南還留别西樵阮亭次來韵

相看豈復舊時顔，曾玷承明玉筍班。縱解牧羝憐漢節，偶聞市駿入燕關。何妨滄海同鷗泛，卻勝遼東化鶴還。爲報藍田知近狀，濃陰十畝憩桑間。

喬石林燕邸夜話同程崑崙劉峻度曾青藜周雪客汪蛟門陶季深即席限韵

悲歌燕市乍相逢，坐對西山暮靄濃。詞客共吟宫苑柳，舍人長倚掖門松。十年道路隨征雁，半夜風雷起蟄龍。久旱，是夕雷雨。老去渾忘宣室召，白頭占席更疎慵。

冬日長安書所見

北地寒偏劇，經冬雪未消。霜嚴鴻雁去，風勁駱駝驕。屈耳馴狂象，披肩賣紫貂。葡萄封紙密，鑪炭和泥燒。燭借羊腸照，歌連羯鼓挑。黄芽三尺菜，白韭四時苗。香味珍吴橘，辛盤點蜀椒。搜車疑薏苡，僦舍半鵂鶹。金屋人難貯，塵羹客易邀。銀罌函乳酪，土室護芭蕉。燈市懸紅蠟，弓媒挂皂雕。畫樓檀板協，繡閣舞裾飄。雍伯矜長袖，崔姬鬬細腰。歲時真可記，宫闕待誰描。寒笛梅方咽，羌笳柳正凋。江南相似否，呵凍寫無聊。

衛源竹枝詞

玉杯金椀暗埋雲，潞府人猶説舊聞。石押衙同狐夜語，月中環佩内家墳。

顧大申

字見山，初名鏞，華亭人。順治丙戌舉人，壬辰進士，授工部主事，督江寧蘆政，又分司夏鎮，爲建城，以資一方保障，被論歸，又以奏銷坐降。甲辰，丁艱。戊申，自陳七載沈冤事，准復原官。庚戌，吴越水災，大申言宜濬三江故道，因條爲十二則。後濬婁湖、吴淞江，皆用其議。出爲洮岷道僉事，卒于官。其所著《河渠志》，是出理夏鎮河務時著，凡十有三載成。後権虔州，復撰次圖經二十八篇。又嘗輯《毛詩》《楚騷》及《文選》詩并唐人詩，著《詩原》五集，共二十五卷，其於詩教頗有益。其自著爲《堪齋詩集》三卷。又善丹青，工設色。詩集則其曾孫綏臣刻之。

王漁洋曰：「鶴巢樂府於古人可謂毫髮無遺憾。七律高華，可追王、李。」　黄叔琳曰：「淋漓跌宕，情深而文至。乃知典麗宏贍之目，殊不足以盡之。」　姚宏緒曰：「先生少年之作，才情焕發，波瀾壯闊，作者久棄置勿存，衹有手訂《鶴巢詩》一册，皆通籍以後詩。今綏臣一併付梓，其未刻者俱刻之，益成大觀。」　沈文慤曰：「氣足神完，可以步武卧子。」

善哉行

薄遊西山，枳棘雲連。臺館既平，長鳴烏鳶。一解　我欲獨往，聽彼烏鳶。谿風蕭條，澗水潺湲。二解　夜夢金母，攜手乘鸞。碧月流照，白雲在天。三解　命非金石，曷云長年。我有旨酒，不樂神仙。四解　夸父渴走，顛於扶桑。海鳥銜石，載飛載揚。五解　日月逝矣，如何其臧。並坐鼓瑟，聊以徜徉。

賦謝李山人天然硯詩《天然硯石記》見《弇洲集》，故不序。山人名隱，廣陵人，家鍾山。其子悦，善書。

在昔宣和中，九重布紘綱。中使分道出，靈寶搜遐方。度嶺伐端溪，石匱元夷藏。苞絡蒼梧雲，揮灑清殿旁。丹篆挺御筆，寸璽摇光芒。鼇降南宫彦，標記摹鍾王。吹簫結鳳侣，濡兔馳巖廊。後先扃祕閣，晚登弇山堂。歷數厄陽九，劫火回星霜。夜半秋雨飛，墨波吐劍光。十年斗屋下，尺璧聲琅琅。提攜涉江淮，紫氣流縹囊。開匣照四牖，巖泉涌雲梁。愧乏掞天藻，報爾雲漢章。

詩話：《施愚山集》謂天然硯爲余同年友顧子見山所藏，蓋得之李山人云。硯不待劖琢，堅潤發墨，峰壑隱然。李山人居金陵，兵艦至，自閩舁甕，覆以石，甕□而石委地，棄不顧。山人拾之，三沐則硯也，有宋仁宗御書璽文，米南宮、黄山谷諸題識，前後凡三十字。林茂之一見，驚曰：「此《弇州集》中所記天然硯也。」試驗之，款識、分寸，銖兩悉合。上下千餘年來，陵谷變遷無紀極，而硯山獨存。既淪没兵火，棄諸泥塗中，山人得之完好，因蘄以歸工部，豈偶然云爾哉！後此硯顧氏寶之，既又歸于瞿，見後瞿衷一詩。

登高邱而望遠海

黄帝且戰且學仙，喬山弓劍攀龍髯。吁嗟政徹不及此，扶桑滄海空青天。沙丘之雲茂陵樹，萬弩射魚氣張怒。童男未返青雀遥，銀雁金鳧起泉路。瓊田草不死，蓬萊塵不飛。丹丘靈藥如可致，千秋萬歲詎相辭，汾陰宫，瑯琊碣，石麟秋草莽蕭蕭，銅仙望斷咸陽闕。不見當時九鼎成，鼎湖雲氣時明滅。

有所思

城邊月出花滿墀，美人遺我瓊瑶枝。被以錦綺紅蠶絲，五色照耀光流離。攜手相期月三五，複閣迴窗洞金鎖。芙蓉帳下玉龍垂，雲母屏前青雀舞。博山銅匳爇都梁，繡褁蛺蝶羅衣裳。妝成圍燭捲簾坐，星移斗轉遥相望。未央宫中鐘漏徹，金吾禁夜九衢絶。漸聽城上烏鴉嗁，已見樓頭河漢没。自從良會阻佳期，木落霜飛錦字稀。三年握節遼陽去，八月乘槎博望歸。歸來芳草侯門緑，楊柳花飛暗君屋。蛾眉翠袖理新歡，子夜前溪非舊曲。有所思，邈雲端，夢中歧路參差寒。安得長風吹送碧月裏，夜夜徘徊妝閣前。

嶧山吏

嶧山青青嶧水曲，飛泉四注明如玉。梨紅柘白冷寒煙，棗刺參天攢破屋。里胥篝火夜抱符，叩門致詞煙爨無。傳説縣官需船夫，奔走亡命他州趨。楚師閩師滇廣師，更番來往無窮期。黄鬚白帽舵樓坐，此輩强半非熊羆。今春南還兵，調卒千八百。里下募夫錢，按日雙匹帛。銜尾王筏來，貢舫行如織。電掣雷雨轟，縣官戰失色。前驅之馬騰飛龍，怒罵醉宿水驛中。無夫輒縛驛吏打，以斯搜索窮黄童。揚舲吹簫擊鼉鼓，突如其來縣令苦。牽羊炰豕宰肥牛，道路金錢賤如土。近時山陝抽調兵，成群什伯如狼虎。驛騷未能滿旬日，禁旅雲屯接淮浦。此行按檄役九千，半月召募羸一年。稽籍祇及三千户，一家三單詎能全。木棉在機麥在田，饑寒不敢私流連。那知越站更逼抑，揮置不用横索錢。往往搒掠死道旁，行人見之淚如綆。嶧山吏，爾何迫，烽火滿山盜未息。況復徭役日煩苛，頓令愛子坐作賊。近聞朝廷下尺書，船夫無庸縣官除。雖云毋庸縣官除，皮之不存毛焉如。

董尚書畫卷歌贈朱子雪田

嗚呼！張曹顧陸不可攀，東吴繪事推雲間。雲間三百年中論風雅，隆萬之際多作者。我家亭林中翰名正誼。與秋水，莫雲卿是龍。濁世翩翩兩公子。臨摹欲駕黄大癡，中郎虎賁何神似。同時宋旭志高潔，雖非晉産亦擅絶。避地時通谷水船，移家擬載鴛湖月。漢陽太守孫雪居克宏。好雲山，縱横不數大米顛。蘭亭金谷盛賓佐，珠履雜遝原嘗間。寸縑尺楮争傳出，絶藝驚人衆工失。貪買丹鉛不計錢，一山一水寧論日。尚書董文敏其昌。雅得鍾王真，畫通書理空前人。下筆森瘦秀徹骨，吴振趙左振字竹嶼，左字文度，皆同時工畫者。皆逡巡。左之澹逸得天趣，振也瀟灑工枯樹。董公墨妙天下傳，潤飾特資兩君助。一時氣韵皆尊元，荆關董巨無兒孫。却憐世上多耳食，此事難與常人論。文敏亡幾四十載，時移物换風流改。碌碌甘爲屠狗驅，栖栖莫救黔婁餒。畫師接踵人不同，宿瘤嫫姆矜姿容。循聲逐影概聾瞶，末俗那得知真龍。僕也蕭條好泉石，興酣潑墨不自惜。邇來頗許朱雪田，苦心書畫皆工力。爾家先人慕長年，尚書亦授錢鏗傳。傳心盡合《參同契》，促膝半寫《黄庭》篇。以兹密證忘昏曙，好手初呈憑割據。彩筆還同江令留，丹雞不逐劉安去。誰道生兒翰墨精，臨池走筆多崢嶸。清波門外老屋裏，四壁絢爛藏丹青。韓生曠字平原。陸老灝字平遠。恒攜杖，展玩紛然各惆悵。吝惜時虞勢家奪。知我無心屢相餉。況此短卷與衆殊，庚庚秀削同璠璵。南宮北苑應避席，始知名下真無虛。吁嗟乎！雪田爾之能事已如彼，我有新詩泣神鬼。古人代積如山丘，前賢往往畏後起。何不將取董公之畫換酒來，與爾沉醉臨高臺？我力粗健君未老，廣武之歎奚有哉！

疇昔篇贈黃子 黃子者，大中丞家瑞黃公仲子也。余與中丞晤於浦南，距今十五年，中丞死國而諸子幸全。來過夏陽，拊論曩昔，感而作詩。

嗚呼！西日不復迴，操戈割據如奔雷。玉衣宵舉歌鐘徙，震澤樓船沸地起。東道諸侯盡解兵，推誠獨有黃中丞。疇昔移家浦南走，中丞下帳欣攜手。降旗晝捲海東雲，戰鼓遥沉白門柳。黃門義旅翻淞江，縞衣誓衆酬天王。中丞夜半歌清商，躍馬何殊張子房。八月潢潮秋水急，長弓大劍闌江入。萬艪延燒火烏飛，孤軍轉戰馮夷立。是時桴鼓猶親操，勢窮力竭從波濤。爾之兄弟不及此，天爲忠孝存鴻毛。十五年前事如掌，江草江花偏丘壤。愛子東歸夜雨飛，銀濤白馬空來往。拊今追昔淚霑衣，萬里河山化劫灰。可憐畫棟珠簾在，不見春來燕子歸。

按：黃家瑞，字禎臻，滕縣人，進士。崇禎間，爲揚州兵備僉事，超拜右都督。福王時乞休。乙酉，與陳子龍等起兵，據此詩，乃知其殉節于松也。又有蘇松道李向中者，鍾祥人，及副使荆本徹□□人，俱同起兵，及兵敗，李則遯去，後殉節於福寧，荆以丙戌至舟山，爲黃斌卿所殺。

舟山捷至

廟算稱神武，軍聲振九圍。越巢看已破，閩海更何依。鳥火環牙纛，龍風撼鐵衣。捷書傳北極，壯士射魚歸。

上將王寧朔，中權謝鎮西。蛟門秋結陣，禹穴夜聞鼙。白羽摇沙島，青帆散水犀。長鯨新築壘，麟閣會標題。

雪後登歌風臺示沛令

茂宰調弦地，雄圖想像中。臺空晴捲雪，鴟冷夜呼風。半醉尋榆社，長吟歷沛宫。千年遺老在，攀陟感何窮。

送楊青巖提學江右

天子念儒衣，郎官出鎖闈。春風吹別酒，柳色動征騑。白鹿君須到，青門我未歸。十年雙劍氣，應傍斗間飛。

送施尚白提學山左

大江東峙宛陵西，古調千年謝朓題。才子爲郎官閣静，仙人飛馭嶽雲齊。探來玉簡金爲策，望裏天孫石作梯。歷盡盤峰看日出，秋空匹練敬亭低。

九日登毘盧閣

霜空木落古幽州，極目風煙望裏收。白雁曉依千里月，黄花晴入萬家秋。山連碣石環京轉，水向蘆溝出海流。聊落半輪天北極，撫時懷古一登樓。

薊門雜咏

黄花古鎮枕神京，松柏晴開十二城。月落衮衣銀海斷，山空天馬玉階行。寢園春盡含桃熟，隧道秋高秬黍平。無數雲山連北極，上陵鐘鼓絶淒清。

薊門西望鬱崔巍，白日繁霜徧草萊。一代君臣隨劍客，千秋松柏傍高臺。雲迴塞鴈邊風急，地枕孤城曉角哀。駿骨黄金同土壤，祇今誰復解憐才？

禁旅横戈接上游，秋深蜃氣日邊收。將軍組甲環珠島，太史丹書出鳳樓。五色花飛金作勒，九重雲動雪爲裘。時以裘馬賜降將。趙佗南服終煩漢，廟算宜勤聖主憂。

清秋客枕雁來頻，讀罷鄉書益愴神。三徑井梧黄葉早，中閨紈扇白頭新。家分香稻雲連屋，月暗空城虎向人。便欲抽簪老漁釣，西風襆被更逡巡。

早春泛淞江

不到江鄉二十年，澹雲遲日泛吴天。平疇芳草摇晴緑，遠岸垂楊弄曉煙。春鳥自啑修竹外，人家如在亂離前。青帆桂楫今吾事，老去綸竿把釣便。

施維翰

字及甫，號研山，上海人。順治戊子舉人，壬辰進士，授臨江推官，擢兵部主事，授山東道監察御史。康熙初，調江南道，陞鴻臚寺少卿，轉光禄、大理、太常。尋晉左副都御史，巡撫山東，簡浙江總督。旋調福建，至浦城卒，謚清惠，賜祭葬。大學士宋文恪德宜爲作墓志銘，稱其在院，章凡數十上，於國家大禮則請耕耤田以勸穡，請太皇太后勿出關，謁陵以節勞。於東南賦役，則請減蘇松重額，禁漕米耗贈，除塘長、塘工名色，緩開徵，定編審。於文武吏治，則請懲監司之貪，嚴大帥之縱，官吏勿得侵牟商利，盜案不許營弁羅織，特糾督撫之縱兵爲盜，及曲庇貪吏者，咸正厥罰。以至簡投誠之兵，伸言路之氣，專鼓廳一官以省推諉，免旗下婦女墩門以別嫌疑。諸條奏皆蒙俞允。又，首陳督撫有薦舉非人者，照定例降調，不得以加級抵銷，中外肅然。及涖山東任，則黜貪墨，輯悍兵，勸墾闢，禁耗羨。時連歲災祲，疏請截留漕米五萬石，所全活飢民無算。一切案牘皆親自裁決，至苞苴餽遺，嚴行謝絶，菜羹糲飯，廚舍蕭然，清望大著。其在浙，一如東省。又以衢州地界浙閩，控温台，爲瀕海重地，疏請如前任督臣移駐衢州，以資彈壓，得旨報可。到衢，部署甫畢，旋奉調閩。時已得病，力疾赴新任而卒云云。據此其得謚清惠，名稱其實，惟是爲國柱石，不屑以文墨争長，是以詩不多見，于選本得一二存之。

張洮侯客武昌有詩見寄奉酬

故人客裏念離居，江漢郵筒一載餘。自擬望之慚結綬，更同叔夜懶酬書。停雲谷水懷春草，兼懷漢度。走馬燕臺戀故廬。聞説比來才益健，題詩曾到武昌魚。

國朝松江詩鈔卷三

鄉人姜兆翀羅山録
王寶序秋農閲

張淵懿

字元倩，號硯銘，華亭人。順治甲午舉人，以奏銷罷。後居西郊，有别業曰「蟄園」與田髴淵、沈雪峰、馮个臣、趙雙白輩相唱和，著□□集。《潄芳齋詩話》：硯銘詩頗佳，如「野衲分香積，閒鷗伴水湄」「夕陽乍散寒塘柳，微雨輕沾碧渚魚」等句，皆可誦。又工于詞，董閬石稱其《鷓鴣天》詞云「腰鐮薙草魚支俸，手插栽花鳥僦居」，謂非獨工麗，可以覩其風趣焉。

織婦詞

邨中少婦工織帛，凌晨下機聲拍拍。繰絲雜作兼哺兒，日暮停梭纔十尺。翁嗔姑怒苦號饑，安得易米供今夕。風花漫漫雪花白，單衣綻裂不掩脊。朱門女伴握杼無，重緜簇錦圍紅鑪。

牧童詞

放牛莫近溪，蘆根矗矗傷牛蹄。放牛莫近麓，提防乳虎欺黄犢。不如放牛入野田，草多地廣從安眠。日斜横笛歸家去，阿翁勞酒不須慮。

題吴羌僧舍和吴園次使君韵

絶磴探幽勝，松杉夾徑稠。目窮千嶂夕，身入萬重秋。野水穿城堞，歸雲宿寺樓。昔人高隱地，吟眺若爲儔。

雜感

席門牢落隱漁磯，草木經時到眼稀。紅逼山花憐望帝，翠沉湘竹怨靈妃。宦游兄弟音塵隔，物化賓朋第宅非。垂老江千生白髮，愁情脈脈下斜暉。

鳳城宫闕五雲開，玉輦巡游萬騎回。醉尉盡能呵大將，省郎直欲避輿臺。中天金掌仙人出，複道琱鞍貴主來。聞説昆明方習戰，侍臣無取長卿才。

淒清風物暗芳洲，感慨悲歌憶舊遊。簟展緑陰三月暮，尊開紅樹萬山秋。佳人小閣朝匀粉，俠客重垣夜探鈎。潦倒十年歸故里，狗屠名姓半沈浮。

單顒

字爲卬，號勿菴，華亭人。恂從子。順治甲午舉人，辛丑後澹泊養高，絶意仕宦，壽八十六，卒。著《從醇堂詩稾》。

春遊曲

三月楊花滿船墮，船頭紅亂棠梨朵。抽得輕帆疾似飛，白鷗驚起黄鸝坐。一篙漲玉晴溶溶，煙開列岫新黛濃。四聲五聲漁叟笛，忽斷忽續山家舂。山家酒香緑陰下，紫荆一樹交簷瓦。緩櫂門前沽滿壺，縷衫過盡春遊馬。幾度東風寒食催，幾程芳草好銜杯。東風甦草年年碧，如水韶光逝不回。

憩陳逸人山館看花

春暄肆遊薄，嵐翠滴荆扉。碧泛金鹽嫩，紅争石醋肥。踐苔隨徑息，採藥隔峰歸。擬共誅茅隱，丹砂晚可希。

咏瓶中杏花

杏花一夜雨，紅雪墜千林。遺我膽缾艷，照人瘿琖深。安知攀折者，非是護持心。仍恐臙脂落，徐熙何處尋。

挽陳烈婦

烈婦，吴江人張士松妻。里豪徐洪謀逼，知縣章日炌冤陷。於路巡按柏臺下控，仗劍自刎死。此崇禎九年事，後請旌。

慷慨紅顔佩刃來，虹悲霜慘動烏臺。青蠅點壁真何意，黄鵠盟絃更不回。濯錦江頭壚掩月，浣紗谿畔石銷苔。争如絮酒城東陌，齊拜靈旗楚調哀。

寶鏡敲殘冷珮聲，誰云古井起瀾輕。身投獬豸仇應雪，魂作鴛鴦憤未成。白晝影昏疑化石，黄泉淚斷尚崩城。今朝閨閣堪師世，多少鬚眉贅此生。

春晚登秦望山

碧樹蒙茸響白鴉，一峰巑屼趁飛花。春陰蘿磵山魈影，晝静苔龕海燕斜。鐸自驅秦逃蜃氣，杯仍流晉占鷗沙。晚風吹急游人散，獨羨紅桃繫釣槎。

宋祖年

字子壽，華亭人，徵輿子。順治甲午舉人。有儁才，夭卒。

詩話：宋直方爲翀六世祖神超府君壻，子壽又爲翀五世叔祖兩玉府君壻。詎子壽與其兄河宗俱先直方而隕。杜登春哭之云：「河宗履華膴，慘慘不得志。同盟一相失，静言心似醉。」又云：「次公負奇疾，渴飲心已狂。造物誠妬才，孤劍掛空房。」云云。幾有賢嗣夭折，堂構傾頽之恐。而周冰持《容居堂集》内有爲宋戒平作其母姜淑人壽序，稱「抱兹弱㲉，以伴單雌。儼有仍之復斟鄩，猶宗人之全即墨」云云，知直方尚有幼子大夔承蔭，并淑人之爲功於宋氏云。

冬日寄懷

天寒懸落日，地闊動陰風。古樹輕煙斷，平林宿鳥空。五陵思縱酒，三輔欲鳴弓。獨有披裘者，行吟大澤中。

蔡文炳

字耀升，一字惠涵，青浦人。順治甲午舉人。

次韵懷吴寧周

回首長安思黯然，關河去住各風煙。愁來短髮羞窺鏡，賦就凌雲欲撚天。五夜江聲篷底急，千門月色省中圓。遥知仙禁供縑被，可有熏鑪護醉眠。

王日藻

字印周，號卻非，原名濂，順治戊子舉人，乙未進士，授主事，遷員外、郎中，尋爲江西提學僉事。丁内憂，服闋，補河南道，陞浙江按察，江西布政，河南巡撫，擢刑、户兩部侍郎，拜工部尚書，遷户部，以事落職。三十八年，上南巡召見勞問，賜御書，旋以永定河工起用，卒於工所，詔復原秩。其撫河南，請墾荒田四十四萬餘頃，悉成沃壤，至今賴之。

詩話：尚書爲太僕陞孫，少孤，母徐撫之，所以發憤砥礪，與幾社諸子互爲長雄。其所傳詩，多建節大梁時之作，即營秦望山莊後，惟傳山莊耆年會唱和諸什以外，吟風弄月之篇，亦不多見。

艮嶽遺址

土岡矗立蹲拳石，宣和艮嶽留遺迹。古洞蒼涼丹竈荒，枯松剥落蒼虬瘠。離宮别殿徧蒿萊，輦路宸遊安在哉？花石漫從萬里致，黍離已見五陵哀。銀潢弈弈開藩府，邸第仍連舊花塢。加築亭臺綴小山，重栽梧竹成新圃。屈指繁華三百年，浪花千尺滚城邊。王孫一去無芳草，望帝歸來化杜鵑。吾乘暇日閒憑眺，纍纍廢址縈殘照。鶴訴千秋華表愁，蛩將兩度遺宫弔。土木神仙總渺茫，幾看滄海變成桑。夜深燐火青熒處，髣髴宫娥話上皇。

雒陽道

天闕日華通，晴煙繡陌中。銅駝春草碧，金谷妓樓紅。去挾看花彈，來驚歕玉驄。靈妃曾解佩，還過洛川東。

九日同顧見山張謀遠登報國寺毘盧閣

握手難爲别，逍遥紫陌塵。興逢秋思苦，情到異鄉親。繫馬穿幽徑，尋僧問法輪。斜暉將薄暮，過我醉芳樽。

贈莫穉聯

梁苑韶光早，梅花官閣陰。三江千里夢，五柳十年心。鞅掌餘衰鬢，浮沉且短吟。鄒枚良友在，相對慰幽襟。

覃懷道中望嵩少悵未及登漫賦

中嶽嵩高接上台，古皇登蹕駐蒿萊。西連紫塞千峰合，東望黄河一線開。歸雁度雲銜絶嶺，飛泉漱石隱輕雷。振衣欲躡芙蓉頂，無那熇炎攬轡回。

偕吴六益遊報恩寺

從遊梵寺過江濆，朱檻雕楹法相尊。塔勢入雲低白日，鐘聲出樹黯黄昏。芙蓉别院闗城杳，禾黍高原古蹟存。聞説昔王垂創闢，艱難專欲示文孫。

張錫懌

字越九，號宏軒，上海人。順治辛卯舉人，乙未進士，官山東泰安縣知縣。山有捨身崖，越九禁止愚民之投崖者，歲活無算。會校秋闈，以元卷改字被議，歸居鄉，留心地方公事。如癸巳海警，闔邑將罹不測，以抗辨得釋。所著有《南歸》、《涉江》、《漫遊》等稿。盧漫嚴曰：「越九攬勝名區，胸中無復尋常蹊徑。」王壽胥曰：「越九古體胸情泉湧，筆彩葩繁。」侯紀原曰：「越九慷慨激發，放情山水，舉藴隆結轖之氣一寓於詩，無薈萃摹畫之迹。」

御墨歌贈沈繹堂同年兼呈賁園

我友繹堂，爲昔雲間大小二沈之子孫，傳家簪笏澤猶新。紫誥金章靡不有，中有御墨之寶尤絶倫。御墨之寶藏什襲，質色闇然如點漆。黑松使者號龍賓，周鼎商彝不世出，借問此墨製何年，緑煙浮處五雲斑。云是前朝宣廟物，尚方寶玩錫人間。上有標題鐫八字，鐵畫銀鈎鳥迹似。紀年并紀賜沈郎，御迹斑斕人共識。憶昔二沈起布衣，金門召見賜金緋。三朝翰墨鍾王繼，一代才名李杜齊。宸翰屢頒沐寵賚，雍容殿陛瞻風采。其人往矣物尚存，埋没百年傳後代。只今繹堂博學工詩文，馬蹏長蹴六街塵。臨軒姓氏推臚唱，落筆雲烟動至尊。御賜貂裘錦綺多，何如當年鸜鵒圖畫及詩歌。宣宗嘗賜鸜鵒圖及御製《睡起》詩，又《醉太平》詞於二沈學士。先後恩榮在癸丑，祖孫濟美誠相符。媿我與君同硯席，十年燕市曾託迹。一官聊復解組行，君也彤廷我川澤。行吟川澤廿載餘，時與君家賁園唱和重欷歔。喆兄已自紆青紫，難弟未許老樵漁。吁嗟乎！昔之兄弟誠堪美，今之兄弟亦如此。青雲接武咫尺間，肯讓風流兩學士。

醉歌行贈曲刺史憲章

鳳毛麟角世所希，我儕遇合生光輝。一朝肝膽向君盡，河嶽傾翻白日飛。如君慷慨洵古道，五馬翩然風肆好。縞帶相投傾蓋間，冲霄佩劍非常寶。人生意氣各有期，白龍魚服誰能知？淮陰不免少年辱，將軍或受醉尉欺。英雄失路盡如此，俗眼紛紛徒爲爾。拂拭塵埃有幾人，微軀願借酬知己。噫嘻世路如蓬轉，轉眼浮雲烏足羡。五侯七貴詎長存，惟有雷陳終不變。感君知，盡君酒，白雪盈庭開笑口。我去當從射獵遊，君來乍展經綸手。楚江浩浩岱雲連，百年勳業君當前。功成倘畫淩煙閣，訪我青松白石巔。

小吴軒

杖策陵高頂，天風萬里收。人烟縈木末，雲影散峰頭。江海奔群壑，乾坤只一丘。放懷閶闔近，擬向碧空投。

婁東弔吴梅邨先生

盛年簪筆擅詞壇，俊及聲名海内看。稽古桓榮重被詔，哀時庾信强彈冠。故知親在身難許，欲報君恩淚未乾。南國只今耆舊盡，西風酹酒獨盤桓。

贈魏叔子次帶三叔韵

招尋酒伴復登臺，傾蓋欣逢作賦才。絃管風清吴岫出，帆檣月白楚江來。聲名浪逐浮漚去，文字還從絶壁開。縞帶欲投相見晚，夜闌執手重徘徊。

八月十五夜攜尊虎丘招集魏叔子宗子發姜學在丁會公吴苧菴朱雪田沈賁園家梅巖思成時帶三叔偶恙不出苧菴即席賦詩次和

問月偏宜載酒呼，狂夫名姓動江湖。百年歌舞餘陳迹，此夕風騷屬我徒。緑樹蕭森連碧漢，白雲縹緲散平蕪。只今雅集堪千古，拂石題詩作畫圖。

明妃怨

寶馬七香車，問郎宿何處。妾家桃李蹊，日夕黄鶯語。

旅夜聞歌

一婦自言故燕妓，嘗以歌舞供奉鞏駙馬宅，亂後流落從賈人，寄迹蕪城，撫景徘徊，聊歌《清夜遊》曲。

笠簇小按鬢堆鴉，曾侍平陽公主家。飛盡鳳凰簫史去，有誰重上七香車。

畫閣青樓事已非，歌殘月冷倚柴扉。淚痕怕染輕羅濕，珍重花間舊舞衣。

張有光

字星燦，號揆原，青浦人。順治辛卯舉人，乙未進士，授工部營膳司主事。監督奉先殿工，請釋回各省匠役之老弱病羸者，全活甚衆。後擢員外郎，授南旺河道。未幾，以奏銷案，降級歸里。

梅雨

黄梅新雨集，簷霤滴霏微。薄霧浮紗幙，輕寒透葛衣。泉深魚婢樂，陰重木奴肥。此景堪幽賞，無人來叩扉。

漁舟

幾隊漁舟唱晚天，一江風雨網初牽。寒潮纔上齊摇櫓，錯認吴儂放鴨船。

陸鳴珂

字天藻，號曾菴，華亭人。順治辛卯舉人，乙未進士，由揚州教授授國子博士，轉禮部主事、户部員外郎，任四川主考、山東學使。著有《使蜀》《萊青》《湖濱》等集，與其兄鳴玉、弟鳴球稱「三鳳」云。

過劍門關

淩晨飯大木，行行費登陟。群山莽迴互，巀嵲更險仄。夾岸羅青林，陰洞蔽叢棘。古榦何槎牙，根蟠石同色。雙劍劃然開，化工信奇特。大劍列崇牖，削壁浄如拭。小劍從西來，崢嶸立巖側。誰錫此嘉名，武侯建闔閾。茫茫人代改，割據紛蟊賊。王路方清和，聲教被巴僰。中丞肅紀綱，周行如矢直。應歌棧道平，大書復深刻。

望中條山

我行已永久，最愛中條山。青靄自朝暮，白雲相往還。桃花明古洞，玉女駐朱顔。竟日車塵裏，風流未可攀。

晚雨過真定

汗漫畿南路，衝泥僕僕行。亂雲迷古堠，遠樹擁巖城。遇淖前騶唱，臨歧候吏迎。王程方萬里，不敢憚晨征。

草凉驛

疑入桃源路，微茫一逕通。人行叢樹裏，泉響亂山中。雞犬林端見，煙雲馬首逢。平生幽賞意，憑眺思無窮。

徐溝道中

搴帷行水際，六月轉微涼。草作江南緑，山連塞外長。土人初種秫，仙令早含香。夾道棠陰裏，風流憶沈郎。

蒲關道中

郤喜今朝霽色開，迢迢長薄絶纖埃。封仍故絳流風遠，關近新秦望氣來。擊壤渾忘虞后力，濟川還想傅巖才。只今兩地飛鴻集，無限恩膏徧草萊。

奉送汪舟次太史出使琉球

恩覃海外盡歸誠，特簡詞臣擁傳行。詔向中山金作册，節從三殿玉爲京。相如綵筆陵雲壯，博望仙槎狎浪輕。采得方書來絶域，漢廷側席待迴旋。

舟行望瑯琊山

連山蔽野古瑯琊，極目長安道里賒。夾渚維舟多斷岸，臨河放牧幾人家。馬陵事業同流水，瑯琊山即馬陵山，孫臏勝龐涓處。上蔡文章付落霞，李斯勒銘此山。日暮正愁鄉思切，那堪明月濕蒼葭。

謁西山悼靈王廟王乃思宗第五子。

烽火當年接建章，前朝王氣日蒼涼。陵園極目惟秋草，宮寢傷心一女墻。龍種依然餘木主，鼎湖邈矣在山陽。登臨至此愁無限，不是悲秋欲斷腸。

陸慶曾

字子元，華亭人。順治丁酉舉人。慶曾，文定公孫，素負才名，以序貢入都中式，事發，遣戍遼左，後卒於戍所。

詩話：陳其年《五哀詩》，子元與吳漢槎並稱，謂爲「才大工轗軻，名盛詘遭際」，蓋深悼之矣。按孝廉嘗祈夢于忠肅祠，夢授紙一幅，啓視，則瀋陽圖也。初以爲官其地之兆，至是乃驗。

秋興

故園卧病任西風，九日龍山幾客同。灞岸柳條摇月白，吴江楓樹待霜紅，荒原落日騎西馬，遥水停雲下塞鴻。一自邊笳開北闕，清砧夜夜響秋空。

張世紳

字臨武，號戒亭，華亭人。安豫子。順治丁酉舉人，以病卒。

詩話：孝廉嫺韜略，當其父東省監軍時，登城保障，杜登春詩故云「佐父牧三齊，十城攻不破」也。後公車屢擯，康熙丙子，庭有古梅，三年不花，一日老幹忽發一萼，狀似葵而絶大，人皆謂不吉，俄而孝廉病卒。

游陸氏別業

載酒尋游興未賒，到來人説謝公家。逶迤曲岸遲青舫，窈窕文窗護碧紗。三徑秋深饒桂樹，一亭春半繞梅花。垂楊別鎖沉沉院，知駐仙人萼緑華。

張永澂

字又季，號梅巖，初名陳鼎，婁縣人，秀水籍。順治丁酉舉人。

詩話：梅巖所居曰「振雅堂」，在龍潭之東，嘗倡文會於西郊，一時後進推爲祭酒。百餘年來，故家零落，而前喆風流，無復有過而問者矣。

毘陵道中

行行別故鄉，望望毘陵道。歲月何遷次，山川良悠邈。仰瞻出岫雲，俯聽辭林鳥。飄飄靡定蹤，客行動懷抱。弧矢志四方，會須致身早。引領希春陽，躑躅慚小草。

送朱晉公歸燕臺

梅雨初晴後，驪歌送遠行。涼風吹別酒，垂柳暗孤城。游子輕千里，歸心動五更。不堪分手處，煙樹暮雲横。

送王五丈歸萊陽

送爾萊陽去，臨歧欲黯然。今宵一尊酒，明發五湖船。皓月添詩思，秋風攪客眠。他時相憶處，獨雁下江天。

集朱雪田宅分得山字

賓主東南滿，高秋未擬還。盃傾鸚鵡緑，香爇鷓鴣斑。晴雪含梅蕊，斜陽照遠山。春來饒樂事，相對已酡顔。

七賢堂

曲磴岩嶤絶巘通，昔賢祠宇寄蘭叢。百年書史荒煙外，六代衣冠落照中。猿鶴有時嘑夜月，尊罏何處感秋風。客來長嘯凴欄檻，俯仰乾坤萬事空。

張一鵠

字友鴻，華亭人。前歲貢，順治丁酉舉人，戊戌進士，官雲南推官。未浹歲，以奏銷事謫歸。其詩文才氣壯健，陵爍一時，兼長於畫，工山水，著《滇黔詩》，與中州彭而述禹峰爲滇右藩時詩合刻爲《滇黔二客詩》。

王漁洋曰：友鴻歸自雲南，在京口寄予畫卷，自題云：「别一山川氣象更，迢迢萬里不勝情。歸來蕭瑟餘詩卷，畫得煙霞寄遠行。」覽之愴然。

懷黔中陳憲長自修

下馬飲君酒，上馬讀君詩。君詩慰遠道，邂逅即臨歧。爲我呼僕夫，送我南山陲。去去長相憶，睠此青松枝。

懷趙叔文先生

孑身投蠻府，四顧誰爲儔。高賢矜下吏，臭味日見投。從容述世好，登余百尺樓。樓上何所有？縹緗覆蛟虯。樓下何所有？錦瑟雜箜篌。貽我青玉案，贈我紫驊騮。人生貴意氣，一別懷百憂。湯湯江漢水，此意日悠悠。

長江曲

黄河有九曲，長江僅一瀉。我來鬭水水力雄，扁舟直欲捫蒼穹。天門夾江江勢急，衝波遡迴小孤立。水氣蒼茫神鬼騰，甘寧廟食神鴉憑。彭澤南去潯陽畔，琵琶夜雨蘆花岸。匡廬遥望白雲多，漢陽渡口木蘭歌。共上樓頭弔黄鶴，禰衡既死風如昨。從此三湘指顧閒，鄂王城下水潺潺。曹劉事業今已矣，英雄淚滿江山裏。巴蜀荆襄共一區，風雲變幻只須臾。嗟嗟人生天地真逆旅，出門風波復如許。山川名勝不可忘，艱危辛苦皆身嘗。行路難，且莫嗔，終日笙歌老此身，空有七尺未爲人。

舞象行

滇中有解象之役，土司命司象者演善舞而後進之北闕，余得見焉，爲作《舞象行》。

土官幕下鐃歌闋，笙管喧闐將士列。繡麟刺虎黄金鞍，一道傳宣肅儀節。須臾大象軒軒來，司閽虎豹登高臺。朱盔白鎧耀皎日，胸前纓絡五色裁。觀者争言進天子，於今學舞殿門裏。象奴逡巡按八風，九象通神呈妙技。疾徐進退各有期，金鼓司節無參差。生長交趾不知漢，此來始習君王儀。君王旌旗耀羅甸，赤羽白羽挾雷電。當年率舞誦虞廷，只今齒革多靈變。賤子窮邊祝太平，昆明波息黄河清。

通海梨花行 壬寅春王二日，有臨安之役，取道于澂江府之江川，由江川六十里至通海，一望梨花如雪，緜亘數里，與趙子虛令下馬，席地而坐，以爲異觀，爲作《梨花行》。

驅車過澂江，江浪白於雪。無山不嵯峨，無泉不清冽。忽然疋練半空來，白雲黯黯砌瑶臺。停車縱目多奇狀，平原絶巘梨花開。江南此時花未吐，花開千樹亦可數。那能遍地靚明粧，東阡西陌誰爲主。高如玉峰插雲霄，樓臺十二氣蒸歊，幕天席地坐鮫綃。山山連屬成香國，樹樹輕盈負殊色。僰婆蠻女笑簪花，曠然此地無荆棘。曲江寧海遶花前，暮鴉殘照促紅韉。馳驅萬里筋骨盡，一日看花勝一年。顧謂趙子揚鞭去，急須索酒醉花處。嗟彼遊宦忘朝昏，只見梨花等飛絮。

遊舊宫歌 滇省城池宏壯，尚存當年之遺。余以分校，得遊舊宫。燕罷登臺縱目，太華踞其東，昆明繞其西，亦奇觀也。宫中以大理石砌地，長二丈餘，闊亦稱是，目所未見，爲作歌以紀之。

身立中原最高頂，羅施鬼國如觀井。吐蕃交趾地相連，日月在望江湖迴。空城亂冢草連天，設官分署蔽殘烟。海外奸雄盡屏迹，河山百戰屹然堅。就中雙闕陵雲起，畫棟雕梁誰帝子。高峰千仞竭人工，流泉百折金錢死。塵封蛛户集昏鴉，庭前老樹獨槎枒。開元天寶無人見，五色綵雲雜暮笳。徙倚極目山川邈，太華特立諸峰小。昆明水聲挾風颸，滔滔萬古何時了。點蒼尚隔千里遥，怪石何來嵌碧霄。不作君王屏障玩，卻令輿隸踏瓊瑶。世間萬物有貴賤，一時顛倒埋生面。離宫别館總可憐，笙歌冷落鞦韆院。君不見，銅駝青草黄昏夜，蜀帝遊魂杜鵑化。呢喃燕子舊亭臺，興亡瞬息休嗟訝。

京口遣弟姪歸答施愚山見懷作

誰云豺虎穴，孤客不能行。雙鯉何來訊，千山是去程。關河同月色，邊塞雜秋聲。莫聽秋笳發，淒然故國情。

雨後新緑

年年嘗改色，春草獨含情。新沐疑匀黛，初酣類曉酲。晴光驚乍暗，池影漲無聲。聯袂尋芳徑，攜尊聽晚鶯。程晏如詩選云：友鴻佳染，一便面不輕得。今將其詩中之畫流布，破其腕慳。

别滇

十里壺漿送，都言羨爾歸。獨憐車下泣，半是壑中饑。日落懷難盡，交深淚不揮。漸遥金碧地，還整舊漁磯。

小孤山午日經過此地，同年王心䢖舟在後，到此相值。

衆山環拱一峰青，壁立江心勢杳冥。陰雨怒濤生夜壑，亂松神雨聳孤亭。海門雲暗魚龍出，鐵樹峰高燕雀停。卻喜子猷船並到，蒲觴醉把快揚舲。

黄鶴樓

客裏披襟黄鶴樓，三湘寥廓望中收。當亭帆影長江逼，隔岸烟波大別浮。烏鵲月明風浩浩，白雲人去水悠悠。酒酣不盡憑欄興，獨對蒼茫鸚鵡洲。

頂站

短組扶轎上巑岏，夜宿山腰晨未餐。霜葉亂飛迷虎迹，湍聲急下走龍蟠。依稀古刹雲中見，淅瀝秋風馬首寒。更苦蠻歌猶未歇，鷓鴣嘑處月初殘。

舟還鄂渚篷窗夜坐讀芝麓龔先生贈詩漫和一首

往回萬里孤身客，碧水丹山若送迎。吴月一帆辭故國，滇雲雙屐盡平生。鐙前細讀魚中素，塞外頻催隴上耕。努力微官酬慰勞，那知遷謫罷遐征。

沈　珣

字邃苞，號冰崖，婁縣人，嘉善籍。順治辛卯舉人，戊戌進士，以奏銷案罷。

水邊林下

家在芳葭裏，垂楊掛緑溪。姓名鄰婦識，沽酒割黄雞。

朱錦

字天襄，號岵思，上海人。順治辛卯舉人，己亥進士第一，授庶吉士，轉户部主事。辛丑同考禮闈，旋以母老乞歸，杜門卻掃，殫思著述，卒年五十四。著《藜照堂集》。

吴梅邨曰：「多沉湛之思，而高華之氣不可掩。」王玠右曰：「才情醇粹，宇度端凝，其詩温雅和厚，間涉綺麗而不過於柔，或爲高唱而不過於剛。其多歡愉之詞，少憂愁之作，則以所處之地使然。」

袁將軍墓

獨樹老風煙，將軍姓氏傳。何來三古恨，不及六朝編。海氣憑戈挽，霜威借日懸。忠魂如可作，碑碣有嘑鵑。

虞美人墓

帝子悲歌罷，芳魂舞草憑。尚傳虞氏墓，無復漢家陵。日暮鳴驢過，荒邨野燒騰。千年龍戰後，旅夢落殘鐙。

寄懷同年彭駿孫

倦遊久已謝朝簪，静掩柴門獨苦吟。萬里江湖芳草思，一鐙風雨故人心。晚花浥露光逾碧，積水連雲氣自陰。吾道卷舒隨造物，莫憂秋老鬢霜侵。

南翔白鶴寺鴛鴦殿

鴛鴦殿上澹朝暉，古木蕭蕭入翠微。玉女捧簾雲欲合，金龍盤柱雨常飛。寺名累代看猶在，鶴去千年恨不歸。聞道有僧詩畫好，竹房深鎖客何依。

細林山過乾一別業

細林峰色雨中看，自古神仙隱煉丹。雙輦遊來銘石爛，五雲高處閣松寒。箕山曾不離堯地，茅氏偏能棄漢官。羡爾宦情如脱屣，園林卜築傍黄冠。

董　俞

字蒼水，號樗亭，華亭人。少宰邃初孫。順治庚子舉人，以奏銷案除名。俞在童時喜讀古人詩，略上口即能爲聲偶之言，與其弟含齊名。坐事歸，即卜築南郭，方塘小榭，竹翠花深，灌園鋤菜，歌嘯自如。嘗遊楚，過洞庭湖，遭風浪，有投詩湖中事。晚歲自定詩一册，客山東遇盜，與盜争篋，爲刃臂奪之去，惟存《楚遊草》。後其壻曹映曾撿拾殘賸付梓，宋荔裳爲之序。其詩學卧子而較清蒼。

將軍篇 此亦刺馬逢知也，當是馬未敗時所作。

城西聞磤聲，城東聞磤聲。殷殷復填填，磤聲如雷轟。乘宛馬，揚翠旗，雕弧長戟百隊馳，中有將軍踞坐五彩輿。珊瑚爲輿輹，玳瑁爲輿扉，四角綴金鈴，内施紅氍毹。頭上何所飾？朱纓韎韐光陸離。身上何所服？天吴蹙錦貂襜褕。刺史伺候顔色，縣令負弩前驅。朝謁將軍門，夕侍將軍堂。將軍中央坐，銀燭正煇煌。歌姬一百二，翠袖揺珠璫。陳設擬皇宫，服食效上方。將軍召客，客步趑趄，座中盡屏息，再拜捧一巵。以次上壽畢，昵昵多諛辭。將軍笑謂爾曹，今吾不樂何爲？黄金如丘積，白金如山高，誅殺聊快意，人命如菅茅。道旁蚩蚩咸謂將軍豪，嗟嗟將軍何其豪。

遊靈巖山

夙昔耽幽奇，恥與煙霞隔。頃來遂所懷，縱策恣探歷。惟時春氣融，鳴鳥振逸翮。娟娟芳條媚，冉冉柔荑碧。洲渚靄晴暉，連巖蒼翠積。攀援極巑岏，雲物若咫尺。慨念昔時人，音徽不可覿。琴臺既蕪没，蘿徑空遺迹。代異景自遷，事往悲徒劇。近矚卑胥山，遠眺隘笠澤。眷此久延佇，俯仰羈愁釋。終當謝煩囂，千載契沉寂。

湘江

岷江如英雄，湘江如美女。英雄勁而峭，美女静且嫵。我來泛清湘，風日何恬煦。輕烟蕩碧波，金翠浮晴嶼。譬諸傾城姝，粲然含笑語。有時晚粧靚，螺黛淡可數。姍姍月中姿，可即不可侮。未幾風雨來，行人避江滸。山水忽變色，朱顔持薄怒。喜愠雖殊態，性情皆可取。吁嗟失意遊，光艷偏得覩。短句識快心，湘靈應見許。

遊七星巖此在桂林城東，八桂勝境，此當爲第一。

茲巖如北斗，樞衡合位置。七峰若龍盤，輔弼左右峙。濯濯無纖埃，蒼蒼聳靈異。其巖皆嵌空，又若龍之蜕。洞府試一窺，窈墨同古隧。黄冠然松鐙，前引歷幽閟。隘若入鼠穴，傴僂身俯地。有手無可捫，有足無可跂。隆者忽而躋，窪者忽而墜。同遊六七人，此尻接彼髻。匍匐似蚓行，攀附若棋累。蘚磴巖乳滑，布武數顛躓。壯夫難賈勇，孱士猶惴惴。予固乏濟勝，兩奚翼以臂。忽然過天門，坦途可方駟。仰視穹然高，厦屋新塗塈。或如錦幔懸，或如疋練曳。有堂仍有奥，方床宜静憩。旁有千尺潭，寒光淡溶漪。想係神物潛，俯瞰慄然悸。蝙蝠拍拍飛，衆竅出涼吹。仙卉競吐葩，仙果皆連蒂。仙獸聳獨角，仙禽展雙翅。俱是石所爲，偶與群物類。松枝然欲盡，穴口猶未至。從來探奇者，身命等兒戲。吾聞真仙窟，往往藏深邃。髯羊守雙扉，玉髓味香膩。紫府苟有緣，仙路豈迢遞。遘此靈異境，差饜煙霞嗜。倏然踐平疇，斜陽猶在袂。

贈顧偉南

君不見，當年陳李最有名，文價籍籍定公卿。先生鵲起稱鼎峙，詞壇狎主誰敢争。揮毫振臂興飛揚，班馬失色曹劉驚。高流逸事今安在，風塵澒洞將廿載。滄海曾浮少伯船，鹿門近負龐公耒。抱膝蓬蒿絶世塵，五噫咏罷淚沾巾。洛下盛傳窮鳥賦，牆東孰識儈牛人。俞也落拓無一能，窮途彳亍感慨增。仲卿漫高奇士節，子敬遂得狂兒稱。丈夫行樂須年少，著書翻若無同調。布帽探來博肆驚，接䍦著去兒童笑。世事反覆無不有，先生首肯余言否。快意休論身後名，相逢且盡花前酒。

良鄉道中題逆旅主人壁

汝南晨雞聲咿喔，東方漸白月欲落。驛舍鐙昏起著衣，菜羹冷淡邯酈薄。宵征況瘁心暗傷，手足皸皴體欲僵。偏怪梁鴻常作客，可能張翰不思鄉。戍壘蕭蕭笳鼓咽，平沙漠漠人烟絶。雁影寒穿督亢雲，馬蹏曉踏滹沲雪。北望燕山落照殘，金臺突兀鳳城端。十三陵畔荒煙暮，多少征人掩淚看。

遊浯溪尋元次山故宅讀顏公所書摩崖碑

祁陽南去山嵯峨，清湘迤邐匯碧波。艤棹攝衣陟層坡，浯溪中有幽人窩。憶昔元子宦天涯，惓惓愛君心可嘉。此時狂羯弄干戈，乘輿播遷痛如何。長安荆棘生銅駝，天心厭亂祚唐家。鷹揚義旗誅么麽，靈武嗣統奠山河。公也喜操中興歌，顏公爲書大劈窠。屹然十丈蒼崖摩，龍跳虎卧巖之阿。詩篇書法兩足誇，照耀林壑生光華。漫郎故宅埋煙霞，千年怪石常谽谺。唔臺突兀俯晴柯，寒泉一罅翳薜蘿。當年勝地賓從過，窊罇猶想醉顏酡。風流雲散空咨嗟，後來題咏何紛拏。涪翁之作無以加，撫軍即位遭譏訶。春秋責備似微苛，元子一頌音自和，古人命意正不頗。我來憑弔白日斜，幽禽格磔飄巖花。碑字斑駁間缺譌，良久諦視更摩挲，韓陵片石安足多。嗚呼浮生羈旅鬢欲皤，目前百事俱蹉跎！每遇名迹輒長哦，快然心胸釋沉疴。青山萬點水一渦，當來此地披漁蓑。

將入零陵界

烟蒼蒼，波畠畠。湘雲秋，湘月曉。亂山無數鷓鴣嘑，清江幾曲芙蓉老。灘高水急帆行遲，吾有愁心人不知。荒草遠尋漫郎宅，蘋花獨薦重華祠。客程那可數，去去知何所。瀟水風寒竹影愁，九疑月淡猿聲苦。零陵南去即蠻陬，楚地欲盡溪山幽。自古才人兼薄命，天教盡向此中遊。

秋夜夢與沈雪峰田髯淵於蕭寺中賦詩余詩有夜深桐葉飄冷雨空廊無人墖鈴語十四字二子極爲稱賞餘忘之醒後續成一篇時七月十四夜也

何來二妙鐙前聚，清譚蟬聯酒如乳。軒渠相對互爾汝，揮毫刻燭才如許。夜深桐葉飄冷雨，空廊無人墖鈴語。此景幽絶正栩栩，夢醒孤客傷行旅，荒江月落聞柔艣。

塞下曲

元戎臨馬邑，候騎出龍城。轉戰三千里，横行十萬兵。沙明殘雪映，海闊凍雲生。静夜天山月，邊笳起怨聲。

龍旂討疏勒，豹旅度桑乾。竇憲新推轂，班超舊築壇。風高狐腋煖，雪凍馬蹏寒。突兀燕然石，征人含笑看。

卷旆陰山日，横鞭瀚海秋。精兵從李廣，奇士得田疇。月落旌旗暗，雲深鼓角愁。甘泉烽火息，驃騎正封侯。

魚麗三河選，龍驤七萃臨。烽煙塞地闊，鼓角戍樓沉。馬渡河冰壯，鵰寒嶺雪深。玉關飛奏捷，當户已成擒。

懷曹次典

每到煙霞外，長吟便憶君。繩床天竺雨，芒屩道場雲。疎牖鐘聲入，重巖樹影分。此宜空徙倚，散髮對斜曛。

洞庭湖

極望浩無際，滄溟氣象同。神祠陰樹黑，龍藏霽霞紅。晚眺當新月，晨裝趁好風。靈休無可答，肹蠁渺茫中。

巨浸雄南紀，晨昏景萬千。鳥飛無遠岸，水盡有遥天。叫月龍仙笛，衝濤蠻估舩。書生一樽酒，載拜酹風前。此先生過湖時於銀山雪屋中作，以投入湖中者。及宿巴陵，夢冕而衮者，神采非常，揖坐相對，辭出，回顧已失。夢中似有人云，此洞庭君也。豈以先生千里跋涉，履危蹈險，且俾囊中詩稿點綴數題，故隱隱默佑之耶？

和王南州聽楊太常彈琴楊蜀人，乃先朝太常也。時與王相遇於淮上。

雅樂淪江上，先皇舊賜琴。曲終嘗變徵，愁絶不關音。風雨孤舟淚，乾坤故國心。岷峨西萬里，彌望白雲深。

零陵雜詩

千山圍合市，即此是愁城。地暖秋遲到，嵐深月不明。昔賢安置處，獨客倦遊情。宋范純仁、鄒浩、范堯夫，俱永州安置。惆悵巖扉掩，荒階蟲亂鳴。

過三百六十灘

灘名三百六，冒險任孤舟，霧重常如雨，山童無可秋。螢枯寒渚草，猿響古城樓。莫問愁多少，覊人已白頭。

答沈宏濟

十載青山伴索居，蕭條湖海意何如。枕中獨秘王充論，帳裏空懸梁鵠書。滿院落花春雨後，半江疎柳晚潮餘。最憐短棹相逢後，日暮清談更啓予。

柬諸乾一

曲曲幽溪花漫栽，亭亭翠竹鳥飛迴。客留寶劍星垣動，神授奇書石壁開。司馬風流時病渴，元龍慷慨故多才。知君寂寞憐同調，日暮江城載酒來。

次大衢禪師韵

偶然飛錫此中遊，辛苦仍爲至道謀。雙屐夕陽松徑暝，一鐙殘雨石堂秋。鵲如有意聽經下，雲自無心伴客留。此日相逢無一語，相期還在碧山頭。

宿青溪田家

由拳山翠入雲平，滿眼桑麻繞屋生。里社烏烏春酒態，繅車索索夜鐙聲。溪橋雨過繁花麗，邨店鳩鳴落照横。遥想彈琴賢邑宰，愛民無事曉衙清。

灘江

灘江南下灘形險，暫借覊城半日風。水送石聲春樹外，崖翻月影曉船中。閒關鳥弄珊瑚碧，珊瑚，越鳥名。的皪花開躑躅紅。愁絶五湖留滯客，此時吟嘯有誰同？

錦石

一葉飄然錦石邨，湘江煙草又黄昏。多情斑竹皇英淚，無恙幽蘭屈宋魂。傍水月明人獨坐，還鄉夢醒酒猶温。船頭誰弄桓伊笛，屬玉驚翻碧浪痕。

旅食

旅食湘江歸未能，東風打槳浪千層。身如遠樹無依鵲，心似空巖入定僧。自有煙霞供我好，不將襏襫使人憎。此生婚嫁粗完日，二室三峨要盡登。

蘄陽書感三首

荆王舊日分茅處，一種荒煙路欲迷。七府繁華人不見，春山贏得杜鵑啼。

元妃國破爾何堪，聞説披緇寶月菴。剩有白頭老宫監，麟山軼事尚能談。舊府在麒麟山陽。

蛾賊紛紛下楚城，蘄州一夜鼓鼙驚。最憐輦路餘瓊甃，芳草年年不忍生。殿基尚存白石階數丈。

桃花夫人廟

當年楚息事俱陳，香火猶傳漢水濱。落日東風一憑弔，桃花不語似夫人。

王　儈

字士悦，上海人。順治庚子舉人，榜姓朱。著有《鼎尊堂詩鈔》。

弔元秦行省墓

山河故國重欷歔，萬里逃名海畔居。新主屢裁五色詔，逋臣不受兩朝糈。心馳塞北行臺久，身老河南待制餘。今古玉埋龍浦上，柏翳里後孰旌閭。

沈　沐

字禹臣，上海人。順治庚子副榜，績學不遇，著《四書講略》。其門人有朱鑑、高廷亮輩百餘人，卒後私謚「貞素先生」。

寄懷吴梅邨太史

獮城春盡雨蕭蕭，夢想高風尺素遥，海内勳名惟著述，樽前人物半漁樵。澄湖玩月蘭橈轉，小閣攤書樺燭燒。讀罷江南新樂府，時梅邨新詞有「江南好」諸闋。六朝花柳盡魂銷。

國朝松江詩鈔卷四

鄉人姜兆翀孺山録
沈步垣薇軒閲

董含

字閬石，號蓴鄉贅客，華亭人。順治甲午舉人，辛丑進士，殿試卷益都孫□□擬列第二，而滿州巴□□改爲第五，進呈如擬，因歸班。旋以奏銷案除籍歸里。後優游林下三十餘年，著《古樂府》、《間居□□》等稿，總名《安蔬堂集》。

《漱芳齋詩話》：國初甲午時，社事復興，閬石與其弟蒼水掉鞅詞壇，聲振吴越。在都中，陳悦巖太宰尤所賞拔。其初，詩宗盛唐，晚年有漸近范、陸者。翀叔祖禹承公配董太孺人爲閬石公孫女，諸生東集公女，以乏嗣，故其家書籍叔祖母攜歸我家。翀幼時曾見《安蔬堂集》十卷，《盍簪集》一卷，曾欲付梓，未果。今又殘缺，尚藏於家，故所鈔較多。

劉生

俠者曰劉生，秋風匹馬鳴。論交傾北地，仗劍出東平。一諾連城重，千金落葉輕。由來負意氣，不是慕虚名。

將軍行 此爲提督馬逢知作。

强非虎，貪非狼。臨津有小吏，與之弓，不能張。胡爲棄所事，潛身竄邊疆。投充騎都尉，先驅効戎行。一解 左吹悲笳右擊鼓，窮寇勢將遁，我軍色如土。明晨去之二百里，殺戮平人，上功幕府。二解 一年十夫長，二年歷參戎。三年握兵符，尊嚴亞王公。將軍拊髀坐帳中，何時金印盤螭龍，裹蹏當與南山同。三解 將軍起甲第，内列十二樓。樓下鋪氍毹，粉黛居上頭。四角夜光珠，管絃間清謳。捧觴進酡酥，將軍大醉喜復怒，拔劍斫斷珊瑚鉤。四解 輦黄金，募死士，尺書走海島，東西同日起。麾下健兒能射生，彎弓夜夜南塘行。五解 新天子，垂旒坐明堂。收治支黨，無令猖狂。艷妻配象奴，少女發教坊。將軍若盧出，緹騎刀如霜。解衣恐怖叩頭泣，父子狼籍東市旁。哀哉將軍，不如爲吏，可以久長。六解

紫竹庵古冢 自注：敝廬東相去數武有紫竹庵，屋後古冢，歲久露磚，爲尼發掘，聞内樹一碑，乃宋季某尚書之墓也。盜取所有，復以磚封之。鄰人知者報之官，尼挾寶而遁，竟不得尚書姓名。余徘徊墓側，作詩弔之。

白楊雨，蒼苔烟。何人冢，古道邊。石斕斑，帶碧色。碑上銘，不能識。昨見墓門閉，今見墓門開。玉衣灰飛揚，日暮牛羊來。寂寂春風吹野馬，離宮複道何爲者。沙丘臺畔新鬼嘑，銅雀西陵無片瓦。君不見，漳水上，驪山下。

夏日雜咏

弱齡際清時，家世掛仕籍。門户雖鼎盛，所志在典策。荏苒逾强壯，歲月輕一擲。出處兩無成，撫躬徒自惜。兹者返舊隱，琴書永晨夕。吾年如可假，黽勉追學《易》。陋巷屏人事，往來絶儔侶，開卷對古人，心迹久相許。長林蔭四座，短簟扇頻舉。松風激竽，驟雨滌熇暑。誰歟乘華軒，仰視嚇腐鼠。爾殊不我顧，我亦無庸汝。林端唼朝禽，砌角鳴夕蟲。微物各有感，不在言語通。俯仰覽陳迹，萬象靡終窮。擁鼻時孤吟，寧論拙與工。渺焉絶流俗，掉臂塵埃中。古今既茫茫，天地殊浩浩。吾生等石火，隕落同腐草。日月浮短景，榮名非所寶。出入生死間，形骸有何好。庶從羨門徒，陵風上瑶島。

夏杪偕山陰朱晋叔朱敬身傅德孚同郡蔣大鴻諸子集壽介堂

芙蕖被清沚，竹影摇虚廊。好風吹我襟，蕭爽如秋涼。開軒集群英，共舉南皮觴。勝事傳山陰，風流數蕙鄉。主賓諧素心，四座皆老蒼。揮麈縱談笑，褫衣廢矜莊。曠懷脱塵氛，高論成文章。嘒嘒新蟬鳴，翩翩溪鳥翔。夕陽下西麓，酾飲歡未央。浮世鶩野馬，餘生託清狂。相看頭半白，聚散詎得常。促坐互相勸，欲行更徬徨。他年溯良會，悢悢安能忘。

久雨傷麥

一春足風雨，黕黕雲布族。瞥眼春欲暮，節過三百六。白晝淴喧豗，重陰被巖麓。寒飈襲衫袖，陽燄閟幽谷。庭草薅復長，遊蜂冷亦伏。涔涔檐溜滴，時見饑烏撲。穠艷粘青泥，殘花帶餘馥。呻吟褫巾佩，孤寂困僮僕。念兹民命艱，所望兩麥熟。根葉半枯萎，相看各頻顣。春深土膏發，壟樹嘑布穀。既乏耕胝資，畚𦮒空在目。我廬傍城市，隱几頹槁木。荒徑瀉流泉，盤餐缺野蔌。憂時屢滋歎，散步聊捫腹。何日披層雲，晴光逗茅屋。

秏磨日大雪

月魄輝午夜，雪葩璨天曙。寒暖變頃刻，春風歛何處。僕本蕭疎人，脱鞅謝世務。愛此皎潔姿，泠然諧我素。卷簾坐對久，景夕未能去。呼酒剪殘燭，相看領幽趣。晨當没堦戺，不在復何慮。凄清映霜髩，縹眇翻玉樹。緬彼高卧客，悠悠我其庶。

聖像詩

距松郡四十里，陳陀橋積雨基陷，見一巨碑，石紋駁犖，拭視，乃先聖遺像也。旁列大字五，曰「唐吴道子作」。衆迎入青浦學宫。按隋大業中，夫子二十二代孫禎宦於吴，遂家焉，因葬衣冠并立廟此地。有僧掘得三璧、一環、一簪，皆古寶玉。今復得碑像，謹作詩恭紀焉。

帝車南指肇聖儒，水精之子續唐虞。斯文未墜道不孤，麟銜玉書龍吐符。降靈尼丘躔泗洙，德被蠻貊屆禽魚。何况吴越賢才都，郊西十里地盤紆。縱横阡陌畇膏腴，農人激流互灌輸。栟櫚欂椽柳柘榆，走者豚犢浮鶺鳧。傳聞耳孫挈生徒，仿擬闕里餙宗櫨。不知何年化榛蕪，寢殿漫漶生菰蒲。詢之父老曰匪誣，歲丁閹茂月畢辜。雨師鞭龍没城郛，上流之水來太湖。傾江倒海天吴驅，老翁負耒洩穢污。鍧然有聲出黄壚，若非伏藏定璠璵。掘未數尺露龜趺，野人聚觀復奔呼。遠邇爭助鍤與鈇，泥沙窋窫岸屈迂。中函巨石重莫扶，貫以纍索施轆轤。翠紋駁犖侵肌膚，磨光剔垢樹路衢。熟視乃是東家模，上有鐵畫墨瀋枯，誰其貌者道子吴。世方賤儒貴屠沽，夫子出欲何爲乎？衣冠古雅晚近殊。面如蒙倛秀幹軀，煌煌佩服飄髭鬚。案列簡册字糊塗，口雖不言知聖謨。當年栖栖笑佞諛，漆書三摘形神劬，道之不行命也夫。伊余四過鄒魯區，宫牆聳峙嘉木敷。灑掃願一登庭除，有志未遂歲月徂。兹覩章甫中心愉，仿佛孔堂游賜俱。有唐妙手名豈虚，後千百載誰能圖？秦碑漢碣遭剖刳，此像儼列非天與。樵歸齊魯驚妻孥，晨昏展謁氍毹鋪。子孫護藏防覬覦，山頹木壞無時渝。

聽客彈琴

越客攜桐君，就我招提中。自云好之四十載，微妙略與真宰通。一彈四座寂，音響何冲融。時序當凜秋，穆如坐春風。激昂漸覺商調多，朔飈颯颯摧庭柯。恍聞流波之湯湯，忽見懸崖疊巘之峨峨。驚風驟雨雜沓至，半壁倒瀉崑崙河。改絃易調無定主，十指紛紜落如雨。啾啾切切令我哀，疑是去國之妃，黄沙白草徘徊而掩泣。又似湘潭之逐客，欷歔侘傺呼彭咸，中有煩冤不得吐。猿嘑鬼嘯山石裂，白鶴元雲相對舞。傾耳未及終，泠然移我情。雖非成連徒，頗作鍾儀聲。華陽亭邊日色酸，雍門有客空悲歎。時不遇兮誓將隱，請君爲我彈《幽蘭》。

石城送趙叔卿赴遼陽并柬陸子元

昔爲園中花，今作路傍柳。柳花易飄蕩，那得常相守。君家甲第尚湖旁，紆金曳紫翔明光。風流吴下稱三謝，人地江東數八王。翩翩年少烏衣客，彩筆縱横才一石。不信文章解誤人，扶摇卻鎩摩天翮。黄金西邸擁朱輪，璞抱陵陽淚滿巾。騏驥受縻凡骨貴，丈夫窮達豈猶人。白苧才名推大陸，一朝獻策遭驅逐。尚書墓樹斫作薪，風雨夜深翁仲哭。可憐攜手向天涯，尺素難憑道路賒。皂帽鑿坯堪作伴，悲歌莫遣鬢成華。十年暫把歸裝理，我亦棲遲今已矣。塞上俱爲失馬翁，人間枉學屠龍技。聞道春帆指薊雲，相逢纔喜悵離群。鴒原對酒應思弟，鶴髮臨歧更憶君。看君意氣陵雲霓，人生豈合長蹉跌。著書原自屬窮愁，患難誰能困英傑。蕭瑟關河一雁飛，黄沙白草繞征衣。聖朝求士真如渴，浩蕩恩波待爾歸。

日本刀歌

南船遠涉虬龍穴，换得東溟三尺鐵。金絲纏靶玉鹿盧，斑斑翠滴妖螭血。電光斜拖老蛟尾，鋒割芙蓉淬秋水。摩挲黑夜鬼怪愁，脊上猶凝青兕髓。感君持贈光拂面，月蝕良工親鍛鍊。純鈎巨闕何足珍，雪點霜花團一片。藏之寶匣蜀錦兜，白氣爛爛晨方收。莫向牀頭亂騰躍，平生不辨作恩仇。

窮烏行

東鄰白榆樹，有烏窟其巔。長嘯善飲啄，拍拍毛羽鮮。經年覓食歸巢中，飽時揚翮陵秋空。性貪嘴利衆鳥畏，便捷不憚罼與弓。昨暮風勢劇，到曉雪一尺。高枝本枯萎，中斷如劈畫。烏生八九子，夜深睡方適。剨然墮污泥，轉眄族已赤。爾巢既破，爾身亦戕。有喙不能鳴，有翼不能張。鵂鶹戲汝側，黄雀躍汝旁。吁嗟乎之禽無知，乘烏之危，汝不悲，烏行將自悲。汝獨不見鵬鳥之晝出，與鵂鶹之夜旋，哲人遇之，往往遭愆。烏之所短，肆而自專。以彼較烏，烏乃大賢。略其平生，哀其目前。命僕瘞之，誄以新篇。烏若有靈，又何憾焉？

顔修來吏部索題藤陰讀書圖

謝公塹卧東山側，小築亭臺枕泉石。鄰侯架上多奇編，文舉座中無俗客。問君何好惟好書，藤蘿窈窕幽人居。遶牆已遣栽薜茘，舐筆豈屑箋蟲魚。空翠撲衣松影薄，紫茸作蕊垂瓔珞。緑莎茵軟烟霏微，斜倚繩牀傾鑿落。看君意氣隘入溟，吐辭歷落詩清泠。香爐茗椀白日暮，一聲唬鳥花冥冥。男兒讀書破萬卷，湖海襟期須一展。誰能蹋壁仰面對屋梁，挾册空齋長偃蹇。君不見藤陰圖，軒然七尺鬚眉都，風流才藻世所無。前列縹緗後笙竽，撚髭枯坐何爲乎？甕頭吏部醉倒亦不惡，隔花自有紅裙扶。

三伏唫示謝少軒

主人性慵復多暇，脱巾曳履牆陰下。參差桐樹影翻堦，羃歷蒲萄烟覆架。輕雷殷殷不成雨，漏屋疎櫺穿野馬。逕埽先教短簟横，客來早遣平頭謝。新蟬翳日噪林杪，小鳥嬉涼窺葉罅。鼂魚出没意甚得，灑汗行人蓋誰借。朝梳把扇臂苦痛，暮浴披襟肩半卸。煩歊觸人無處避，况兼屋小如蝸舍。忽思何地少炎熱，烈燄蒸空真可怕。老龍幽宫冷沁骨，冰蟾桂窟寒光射。巖竇陰森不見天，杉篁晻靄疑無夏。峨嵋凍雪十丈積，匡廬怒瀑千尋瀉。欲往從之隔靈怪，飄飖鶴背驚難駕。起斟清泉沸石鼎，秋岕玉壺矜帶胯。日夕松風落庭際，一編初讀《南華》罷。北牕高卧思悠然，便便詎免兒童詫。

與徐電發暨同郡諸子飲清畫堂牡丹花下

風雨三春無空罅，故人折柬柴門下。芒鞵扶杖踏晴泥，繞逕紅雲低復亞。茶新酒釅翠幃張，年年列坐花枝傍。此花此客不常有，别後思量應斷腸。古人看竹不問主，樂事我還求伴侣。只今何處無此花，爛漫滿庭心未許。主人能飲客能文，移鐙促席香氤氲。城頭日落不歸去，與爾狂吟到夜分。

暨陽懷古

朝移晉陵棹，夕宿澄江煙。季子風流不可見，春申遺廟還依然。大江歕薄山繚繞，極目風濤何渺渺！凭高試躡黄山巔，來往飄檣疾如鳥。江潭逐客原多愁，披襟萬里當清秋。茫茫對此百端集，欲采蘭杜陵滄洲。眼前酒徒安足數，身後浮名那復顧。攜樽且覓劉伶街，把酒重澆杜康墓。人生適意能幾時，吁嗟乎！左徒獨醒空爾爲。

題沈石田坐聽松風圖

主人家住千山裏，净几疏簾列書史。香鑪茗椀芙蓉屏，一榻翛然横緑綺。庭前挺出徂徠松，蒼鱗翠鬣撑螭龍。虬枝蜿蜒劈雲霧，古怪疑與精靈逢。何人獨坐清陰下，斜倚胡牀興瀟灑。桐帽椶鞵白苧衫，衣冠不似凡人者。藤蘿裊裊摇微風，寶幢玉節聲玲瓏。清吟初罷還側耳，恍惚天籟鳴虚空。有眼不看河陽谷，有耳不聽絲與竹。是中空洞無纖埃，貯得松風幾千斛。先生散朗骨格清，片楮久擅千秋名。此人此畫不易得，摩挲珍重逾連城。我欲懸之度炎溽，虚堂六月凉飆生。

初夏雜詩

學道無他累，鑪香盡日焚。鬌枯矜得句，頭責戲成文。張敏有《頭責子羽文》。幽磵留殘雨，高松隱暮雲。

久拚麋鹿伴，不復悵離群。

烽烟猶未息，那敢問行藏。夜讀憐鐙檠，朝眠傍藥囊。三間藤覆屋，七尺柳遮牀。莫放登臨懶，仍須并日忙。

良辰宜秉燭，白髪况相催。嚬鳥勾詩興，繁花誘酒盃。隔牆新筍出，穿逕故人來。甫里吾將老，無勞感鶴媒。江湖流浩浩，歲月去悤悤。榮落觀朝槿，推遷感夏蟲。老償兒女債，狂泣路途窮。記取雙蓬鬢，經秋漸作翁。

閉門

避炎常謝客，蔓草繞堦生。匿彩山中豹，忘機海上蜻。酒煩鄰叟致，詩愛野人評。近悟禪那理，風波總不驚。

光復堂再集賦詩者八人分得江字餘韵悉和

寂寥元亮徑，松影覆虛窗。舊曲翻《金縷》，新知倒玉缸。采詩移桂櫂，結客過楓江。痛飲休辭醉，疏鐘尚未撞。按八人，則許九日得佳字，錢武子得删字，徐松之得肴字，魏惟度得蒸字，陳昌箕得覃字，沈彦澈得鹽字，吴六益得咸字也。與先生爲八人，各和詩，不録。

登穹窿謁句曲行宫

山勢岧嶤欲到難，玉真宫殿擁千官。香飄下界青冥近，磬入諸天碧落寒。洞口斷雲朝放鶴，石根晴樹暮棲鸞。金門羽客龍泥印，夜禮星辰上醮壇。

春暮陪朱畜山郡伯山遊分得雲字

畫舫輕橈蹙浪紋，繞堤晴翠水沄沄。丹峰倒障林邊日，白鳥斜衝嶺上雲。古寺泉聲雙澗落，夕陽煙影半帆分。勝遊病怯黄桑屐，管領青山屬使君。

送宋觀察荔裳入朝

莫辭簪紱卧東山，聞道君王早賜環。萬里秋高羊角健，九天烟鎖鳳池閒。鳴珂重沐金莖露，擁傳争看玉笋班。此去柏梁懸絶唱，五雲深處許誰攀。

李竹西招泛東湖同王徵宣倪石麓分韵

重來湖畔繫扁舟，九派秋濤遶郭流。分罷詩籤才共勝，（石麓攜詩牌分韵。）勒成觴政量偏優。（徵宣著《觴政圖》。）誰人宦路稱同調，我輩交情肯漫投。夜半老龍眠正穩，月明齊上弄珠樓。

風雨晉陵道中

十年欹枕卧煙霞，偶向江頭采石華。風静水光涵菡萏，雨餘秋静落蒹葭。青山宛轉通樵徑，緑樹蒙茸嚮釣車。此際頻經雙鬢改，隔溪鷗鷺莫驚嗟。

友聖遠歸適逢重九開樽召客戲贈

風雨都無夕照微，半欹烏帽叩柴扉。漸逢四海干戈息，轉覺三秋故舊稀。籬畔暮寒花未放，樓頭霜早雁初飛。客囊纔解還邀客，怪殺清狂老布衣。

葑溪袁重其七十

當年孝行聞名久，頭白依然見典型。花下横琴欹皂帽，牕閒拂硯寫《黄庭》。寂寥湖海誰同調，放浪形骸漫獨醒。便欲就君攜手去，短衣長鍤劚松苓。

同吴山人六益招朱錫鬯周青士飲藻野閣

古木寒烟傍水城，重攜雙屐聽松聲。虚堂卷幔遲佳客，小閣銜盃送晚晴。翰苑文章新得士，散人詩筆舊知名。燭殘便擬悤悤去，倚檻空餘惜别情。

仲夏雨窗再次盧半林韵四首

亭亭松蓋障埃塵，碧水丹山入夢頻。鬅鬙未髡慚梵客，笭箵初戴學漁人。交游零落同飄瓦，宦路升沉抵積薪。毁譽久忘生事少，年來無喜亦無嗔。

榴花紅綻藥苗肥，幽夢時時戀竹扉。三徑柳深元亮宅，五湖蓴熟季鷹歸。青藤早辦登山杖，白羽新裁跨鶴衣。回首便成靈寶刦，乞將仙篆訪龍威。

白石愁聽扣角歌，謝公捉鼻意如何。荒唐世上屠龍少，變幻人間賣鬼多。躍馬横戈踰鐵柱，鑿山開嶺下檀羅。紛紛勝負君休問，共向莊生一夢過。

梅雨經旬水拍犂，荷鋤閒傍斷垣西。白萍乍長鱗隨罩，魚子曰白萍，見《甫里集》。紫汞新抽甲裹泥。脾病藥囊從友借，眼昏書札唤兒題。玉缸翠釀勞相勸，絶勝劉伶止酒妻。

客有嗤予貧者賦此自解

杜陵羞澁歎囊空，山鬼何勞也笑窮。落拓且浮杯伯仲，粗豪頻拭劍雌雄。亦知勳業歸屠狗，卻恐文章似蠹蟲。二頃薄田三畝宅，儘堪匡坐老廧東。

恭閱思陵賜先少宰公御書係「石藴玉而山輝，水懷珠而川媚」十二字，上有御璽。

前皇潛邸駕鈴鑾，手挈乾綱去大奸。六等已刊群小案，三朝悉復黨人官。先臣已分甘蛇蠖，新詔俄教厠孔鸞。佐憲振揚心獨苦，掌銓拮据勢尤難。十年鼇禁聆温語，幾度鴛行瀝寸丹。敕賜御書奎壁麗，載歸蓬户斗牛干。金題玉躞光逾燦，鳳舞龍拏墨未乾。最喜亂離能擁護，卻憐家世竟凋殘。良辰展拜焚香讀，暇日登樓拭目看。梁帝論書殊草草，唐宗遺蹟本漫漫。縱横共訝天資異，晻曖旋將睿藻刊。衹擬光華聯斗極，那知弓劍墮雲端。千秋賸有銅駝淚，灑向蒼梧夕照寒。

子夜歌

儂如蓮中心，郎如藕中絲。藕絲容易斷，心苦無窮時。

夢中見歡來，還向夢中去。願儂不復醒，留歡夢中住。

情人白團扇，題詩故相戲。含笑索儂讀，恨儂不識字。

歡言體中惡，裌衣曉猶怯。歡病從何來，與儂不相涉。

菱鏡久不開，瑶琴絃已絶。鬱金磨作湯，那解心頭結。

學綰同心結，顛倒手中線。幸有鏡中人，與儂分一半。

田家詩

貧農苦無本，米賤不得賖。手攜三尺雛，入城鬻誰家。
賴此造化力，三時足甘雨。卧聞圩岸崩，呼童連夜補。
朝聞吏怒呼，納履未及正。寄語城中人，莫言老夫姓。
新逋朝未措，舊逋暮索償。不如棄田廬，去種他人秧。

雲間竹枝

擬住紅樓狹巷中，繡鞋橋畔待春風。郎來不用青驄馬，雙槳穿城一水通。
颯颯輕風蓼葉飄，木犀初見擔頭挑。遊人畫舫斜塘路，泖塔同看十八潮。
禾豆秋深葉滿田，繞溪鵝鴨亂人烟。鄰姬相約過橋去，黑布纏頭采木棉。
古蹟荒涼岸谷移，行人誰問赤烏碑。馬嵴寺裹陳朝樹，鴨脚穿心僅裹皮。

宋慶遠

字原裕，號南陔，華亭人。家楨子。順治庚子舉人，辛丑進士，以奏銷案斥。有《葯園草》。宋氏三世單傳，家楨孝友篤行，尤善屬文，初誕五男，先後殤，晚舉慶遠，初名處厚，六歲時，病痁危甚，禱於關壯繆，夢神示以「積善餘慶」四字，遂更以今名。

登新安河西石梁

步出新安城，飛虹作門户。泉聲若鐘鳴，迅激噴玉乳。石闌竪三百，水竇分十五。登陟不知高，但覺群山俯。中央翼廣亭，千人足憩武。誰謂此孔道，往來日旁午。上有竺乾宫，依然清静宇。地闊忘喧囂，目曠無塵土，人家隱巖隈。深林烟火吐，壖阻帆檣稀。小艇傍江滸，未授黄石書。不題司馬柱。何事長徘徊，前峰正可數。

登燕子磯

巑岏復突兀，臨江迥千尺。天命此元鳥，飛飛如矯翮。孤亭出其巔，浩淼烟波白。吴楚通上游，南北中爲劃。魏帝觀兵去，天塹曾不易。王濬桴鼓來，所向無扞格。堅者忽已瑕，俯仰多陳迹。試望建業城，參差在几席。六朝幾變遷，咄嗟此拳石。不入齊梁宫，不棲王謝宅。不築銜泥壘，不作寒暄客。游子悲往來，濤聲自潮汐。

得潮州二叔書寄答

秋風瑟瑟鴻雁飛，帛書迢遞粤東歸。書中有言作吏苦，夢魂嘗憶霜鱸肥。隴頭未寄梅花賦，短歌一曲江雲暮。古人叱馭志經綸，丈夫不作山林慕。遐陬絶域惟君使，從來賢達未易數。不見平章李衛公，救時相業同姚崇。平泉花石隔天際，惡谿來往烟波中。又不見昌黎韓刺史，上書直諫觸天子。衰年跋涉游瘴江，一麾出守八千里。况今聖教敷蠻貊，文物聲名異疇昔。鳳城新荔白如茶，蒲魚瑶柱供几席。西湖緑漾四間亭，東山翠矗雙旌石。署齋謖謖聞松濤，公餘嘯咏良自適。雖然勝覽近庭除，聞説中郎眉未舒。俯仰千古長太息，衛公未任專城居。元和當日何所事，爲民患者惟鱷魚。南海幾閲滄桑變，潮陽太守今何如？輿馬帆檣紛絡繹，幕府刻限呼儲胥。衝波不少恩循輩，跳梁直犯南寨内。時潮陽有群盜。綢繆未雨心如焚，早坐堂皇夜未退。愧我才難如幼度，淝水捷音馳太傅。又乏仲子神仙姿，空中湧出藍關句。惟期奏績邁龔黄，不憚馳驅向皇路。家聲共紹廣平徽，盛世勳猷光竹素。

送魏惟度歸武彝

只有故山青，依然繞畫屏。荔支紅日爛，榕樹緑雲冥。長鋏趨仙館，扁舟到幔亭。獨憐吴下士，寥落阻晨星。

謁都諫史聚菴先生

彭蠡鍾英傑，飛才入鳳池。家傳太史史，經授我師師。公爲我師周石翁師。鐙下常焚草，朝中早進規。樞垣猶造士，載咏召公詩。

登太白酒樓

濟上有高臺，登臨萬古哀。雕甍覆塵土，殘碣卧蒿萊。黄鶴題詩去，金龜换酒來。高風邈難即，明月滿蒼苔。

竹徑避暑

何處能忘暑，琅玕萬壑深。子猷閒倚嘯，中散坐鳴琴。月落千尋影，雲窩一片陰。此君堪療俗，消暑本無心。

不寐

不寐因何事，生平憶往還。夜長千慮集，才短一身閒。未涉風波慣，安知世路艱。詰朝慵攬鏡，早歲已蒼顏。

廣陵懷古

煬帝東巡駐彩旌，六飛縹渺下蕪城。貔貅十萬鑾輿肅，粉黛三千錦纜輕。芳樹晝迷金屋影，畫橋晴咽玉簫聲。只今輦路知何處，寂寞垂楊囀暮鶯。

姑蘇懷古

寥落吴山染碧苔，城頭高對舊胥臺。宫人昔妬鴛鴦枕，過客今浮鸚鵡杯。廊下空傳珠屧響，江邊不見錦帆開。霸圖惟剩寒鴉隊，安得當時萬乘來。

金陵吉祥寺探古梅

偶逢山寺探春葩，老榦扶疎曲檻遮。素影一簾秋月動，暗香十里午風斜。拜梅有客書黄絹，庵額曰「拜梅」，焦弱侯、陳仲醇有碑記。題壁何人護碧紗。錯認六朝遺粉澤，俗稱六朝梅，蓋梅有六叉，聲之訛也。壽陽裝束競紛華。

攜酒登雲陽望湖亭亭臨練河，俗稱開家湖。

孤亭隔水立山巔，把酒登臨意灑然。僻地有香吹茂草，平湖無際接長烟。松坡小翠畦丁業，荻畔輕鷗漁父船。聞道曲阿淵注好，風流猶似永和年。丹陽古稱曲阿，晉謝萬經此，曰：「故當淵注停著，納而不流。」

王又汧

字少西，號澹園，華亭人。順治丁酉舉人，辛丑進士，奏銷削籍，捐復除平和知縣。丁憂起服，補房山知縣，陞兵部主事、員外、郎中，終德安府知府。　王芓東曰：「族父無專集，所見蓋壯時之作，故多沉摯之音。」

白帝宮萬壽閣

高閣崚嶒霄漢間，勝情許掾獨躋攀。蓮花欲吐朝霞出，仙掌徐收暮雨還。白帝宮前軒鳳翥，青牛樹下駐龍顔。登臨至此塵氛盡，雲卧衣裳意自閒。

戊戌春紀恩恭賦

瓦冷鴛鴦拂柳枝，曉風臺榭正參差。相看共倚星光下，正是君王問夜時。

太和門左紫煙浮，七寶珠簾繫玉鈎。寂歷空庭揺細草，忽傳天子出龍樓。

白玉闌干動曉容，佩聲輕送瑞煙濃。螭頭寶鼎籠雲日，身在瑶天第幾重。

題翻綵筆出新裁，錦字還從北斗來。染翰應思酬主眷，只今誰是長卿才。

葉映榴

字丙霞，號蒼巖，上海人。有聲子。順治丁酉舉人，辛丑進士，授庶吉士，以奏銷案降博士，轉禮部主事，陞郎中。康熙十四年，榷贛關，值吴逆亂，與同城官守險保贛無虞。十七年，視學陝西。二十四年，授湖北糧道，會裁督標兵，軍中有夏包子者倡亂，巡撫逸去，映榴冒白刃前，諭以朝廷威德，不應，擁去，以兵迫脅，乃紿以回署理文書，三日後聽命。回即令妻奉母吴易服從水溝遁出。繕疏訖，升公座，自刎死。疏聞，上震悼，予祭葬，贈工部右侍郎。明年南巡，御書「忠節」以謚之。其詩文散失，子芳收拾殘剩，刻遺稿十二卷。

詩話：論忠節者，幾不品題其詩，然偘偘正爽，具有風骨。

橋陵

大荒浮黄雲，衆山失故黛。劃然川原開，蒼翠出烟靄。居人爲余言，橋陵在其内。下車拂征塵，屏息謹再拜。古木參青雲，枝葉爲偃蓋。黄帝未仙時，此樹乃先在。其餘二千株，環陵而向背。陵廟與樹連，雲氣時靉靆。沮水流其中，觸石響清籟。懷古有餘情，瞻眺得大概。當年神聖興，制作史具載。采銅首山巔，鑄鼎荆山界。鼎成龍下迎，其説近迂怪。左徹不能從，抱弓致忠愛。鑿山葬衣冠，廟祀崇百代。且戰且學仙，漢武發深嘅。至今祈仙臺，芳草尚晻藹。候神幸緱山，采藥巡海外。封禪何紛紛，徒爲公孫賣。余意帝至尊，不仙亦何害。緬彼垂裳時，今古所嘉賴。不死今有家，此言良大快。惟有柏長生，風雨勿能壞。

雙江秋月行

雙江秋寒潭，空翠輕烟流。雙江月從人，所見自圓缺。雙江今夜秋月明，霓裳無聲戰鼓鳴。月亦如人遇離亂，陣雲圍老姮娥城。潮州鱷魚南海鯨，張口争欲吞天星。天星散落夜飛雪，城南山下光熒熒。十八危灘水波惡，古渡無船水亦涸。月光半歛慘不舒，似畏灘頭風浪作。我思此月懸帝鄉，未央宫殿流輝光。君王深坐應歎息，南征將士侵風霜。風霜瘴癘遠相惜，思婦樓頭眠未得。空庭水浸擣衣砧，卻似江干望夫石。此時明月亦暫圓，人人相顧心淒然。幾處堠烽催鐵騎，數聲清怨入冰絃。夜闌自笑我癡絶，不因我愁可無月。將軍乘月擁如花，一曲新歌淚流血。

二十日次介休縣縣有介之推禁火臺

策馬戴疎星，崎嶇足未經。水環三郡碧，城對數峰青。寒食空烟火，豐碑蝕墓銘。泠泉關下過，秋色正泠泠。

虔州雜詩

佳節重圍裏，銜杯涕泗横。軍聲思北府，歸路斷西京。戰伐乾坤小，流移骨肉輕。還聞二千石，閒架税孤城。

城騎東西合，軍心草木愁。輕肥堪大將，功級恥通侯。墟落無寧犬，衣糧責賣牛。遺民復何意，簫鼓賽龍舟。

乘驄趨幕府，推轂下江津。重鎮驚新拜，微詞避舊人。糉憐無益智，湯幸有茵陳。得婦兵戈裏，相看愛子親。

落落南征將，逢人色慘然。吏偷裴度印，糧逐呂嘉船。卷石封庾嶺，懸軍守甕天。回看灘水隔，跕跕墮飛鳶。

孫恩圖竊據，嶺暗百蠻氛。遂有長生號，多憑娘子軍。番黎騎白象，旗鼓屬紅裠。汝父今如在，焉知不負君。

將略徒知己，風雲善屈伸。全師真得計，能走即忠臣。河上堪持狄，山中可避秦。空城羅雀鼠，慚愧説張巡。

白下江頭路，重圍風鶴驚。多憑李常侍，直取蔡州城。殺氣湮川谷，軍聲別姓名。可知飛將少，今古不常生。

膽略大於身，漁陽拜後塵。兩城無立草，千里有行人。神速先驃騎，風流愛角巾。論功休樹下，儒雅意恂恂。

八部螺山戍，圍城隔大江。飛濤横畫檻，燎火照軍幢。未戰皆輕敵，相持待受降。嗚笳催月上，兒女話船窗。

白露洲前望，書生意不平。九重空帑藏，一戰惜身名。師老輕民命，田荒藉寇兵。依然春殿上，唯諾是公卿。

咏史

特牲告廟誓兜鍪，萬騎從王度隴頭。政府尚思開蜀道，邊書又報失梁州。欲分處仲無君謗，故遣钃羌就父謀。兩將可憐膏野草，骰間白骨有誰收。

花門別部騎如雲，飲馬西湖落日曛。緑酒自澆蘇小墓，青碑卻碎岳王墳。千邨燕壘荒林見，八月潮聲午夢聞。天使無諸真授首，酬功可及李將軍。

飛猿嶺上夜鳴笳，野哭江邨淚掩沙。八口賊中猶望活，全城兵到已無家。平臺寶玉門成市，明月歌鐘女簇花。便復豫章歸版籍，不知何地種桑麻。

中原財賦大江通，特借賢王坐鎮功。遂有蛾眉陪曲宴，可憐猿臂怯雕弓。田荒吏酷三丁盡，賊去兵來萬室空。牢落新亭杯酒後，更誰揮淚説江東。

酬杜讓水孔目

武庫真堪作史臣，編摩歲月綵毫新。甘爲李杜專門學，恥説機雲同郡人。野酎勸君偏苦口，嗔魚食我不批鱗。故園風味天涯得，莫指雕盤羨八珍。

酌酒與馬玉坡

依然話舊帝城春，相視相驚鬢髮新。回憶六年風雨夜，同經萬里亂離身。沅湘賦就文憎命，祠祝官閒性愛貧。莫笑浮沉甘吏隱，只今不敢羨山人。

重經渭南

貧緣生世結秦州，舊句重看感昔遊。山截大河仍北向，心隨清渭欲東流。奇文未逐風烟燼，巧宦知難筆墨求。殘雪夜窗期一醉，但澆塊壘不澆愁。

送毛會侯歸浙江

十年學《易》悟盈虚，笑别花封返故廬。折簡恥求韓衆藥，嘔心貪著傅元書。問奇屨滿多因酒，作客歌闌不羡魚。歸去奚囊何所有，一篇游記與詩餘。只今臨水送將歸，采采江蘺悵落暉。此夜曲終誰畫壁，到時春盡恰更衣。身能出世真名士，論得勞生解息機。一聽越吟愁欲絶，那堪雙槳去如飛。

趙子瞻

字半眉，上海人。禮部升之子。順治丁酉舉人，辛丑進士，榜姓唐。初丁酉以主司被論，戊戌、己亥春，兩奉覆試，自制舉藝外，雜試詩賦、序論、表策、頌記數篇，拔置上等，殿試，例授推官。以奏銷免歸里，書畫自娱，著詩集四卷，詞一卷。

巫山高

巫山層層何獨高，烟深湘水迷雲濤。朝霞亭亭剪翠立，暮雨半飛山腰濕。巒槊盤流玉女泉，嶜岑秀變如雲烟。日照芙蓉困室濃，渡河織女遠相逢。崑崙隄溢蓬萊小，齊州九點烟縹渺。半夜楓江落月低，山高水遠風淒淒。

柬寄於潛宰楚璧兄

不辭盤鳥道，吏隱未爲非。城對青山僻，郵藏碧樹稀。千家泉作碓，五月絮添衣。爲問鳴琴者，丹砂近有幾。

茸城雨中訪宋荔裳兼以秬園詩請正

風雨暗茸城，蒹葭動遠情。未能忘作賦，聊此復班荆。憑弔空天地，悲歌賴友朋。歸來煙樹晚，雲鎖亂峰平。

諸嗣郢

字越臣，號乾一，青浦人。順治庚子舉人，辛丑會試中式，未殿試，以奏銷案見斥。嗣郢性躭泉石，結廬細林山，創建亭臺，連亘數里，於九峰皆有營建。凡琳宫梵刹之隸九峰者，無不修舉。歲以上巳下九，招賢士大夫爲九峰遊，以及高人、逸士、黄冠、緇衣，至則分題拈韵，文酒之燕，間以絲竹，與其會者，人人自以爲登仙。宋荔裳贈以詩云「客到常支白鶴糧，人間自洗青山骨」，此實録矣。且其習簡略，耽岑寂，尤耆奇好道，延致方外，錬水銀、硫黄服之，以期冲舉。故夙工詩文，不自收拾，以爲此身外物，無與大道者也。未幾歿。其生平與崑山葉方靄最契，故山中築吉亭、訒齋以待之。《述異記》載山人歿後，有寓書于葉，並寄當歸事，豈精靈不泯，真有逍遥于十洲三島者耶？著《九峰志》成，未刻。

袁重其訪余九峰於其行也爲長歌以贈之

九峰九月當九日，蘋蘩爲酬先賢畢。袁子拏舟破浪過，登臺擬擷茱萸實。手持五色延陵書，再拜摳衣有所述。危襟展紙讀未終，形神肅穆欽高風。便欲直上神鼉挾天馬，狂吟響落崑岡東。曩時虞山愛賓客，風雲顧盼生光澤。入幕親承玉屑飛，看花並坐珊瑚席。踞牀揮灑正英豪，錦毫點破江流碧。曾幾何年萬事非，升沉得失如看弈。袁子袁子歸去來，故園喜對萱花開。黄金白璧空蕭索，但願斑斕學老萊。家貧三月無烟火，欲進菰根日旁午。但念堂中短髮皤，誰知誓墓冰霜苦。母年八十三，子年五十五。若非眼前長跪祝加餐，五鼎三牲竟何補。袁子聞歌揖我前，我謂袁生我亦然。潦倒泥沙慚捧檄，與君同廢《蓼莪》

篇。男兒託身遠在青霄上，不若躬耕十畝存微尚。艱貞血淚掩牛衣，小人有母倚閭望。袁子爲我左琴右史招名流，歲寒常作九峰游。將母蓴鱸良不惡，莫向侯門怨淪落。

雜花林次旅和尚韵

頻年勤説法，帝賜特歸山。坐久雲知幻，林空鳥覺還。繙經松月静，洗硯石池閒。自絶塵寰擾，何心遠市寰。

夜集僊山書屋限高字

閒把茱萸試濁醪，西潭秉燭照蓬蒿。青山意氣須同惜，白髪文章儘自豪。露滴桂花傳暮弆，風摇松影帶秋濤。醉餘盡整田冠坐，狂態争如落帽高。

過横雲李氏園感賦

廿載曾經此地過，一時亭閣枕層阿。黄金散盡朝霞卷，青鳥歸來夜月多。漠漠寒烟迷石徑，凄凄荒榭接藤蘿。於今空有山陽淚，鄰笛秋風意若何。

九峰草堂同吴梅邨先生夜話

名花美酒共婆娑，月落烏啼奈曉何。爲遇潯陽舊供奉，殷勤重唱《渭城》歌。

送客之茅山

直上蓬萊宫裏居，繩牀丹井近何如。君行倘遇華陽子，爲我殷勤乞素書。

送沈友聖之楚哭所知

東閣難逢吐握非，空懷白璧怨知稀。憐才御史高軒過，從此長安識布衣。

畫得三賢鎮虎丘，烏臺揖客最風流。丈夫雨雪殉知己，豈是尋常汗漫遊。

國朝松江詩鈔卷五

鄉人姜兆翀孺山鈔
胡鼎蓉松溪閲

李雯

字舒章，華亭人。工部郎中逢申子也。諸生。初逢申爲兵部梁廷棟所搆論戍，雯與弟某走京師，上書頌冤，事白，以孝聞。甲申四月，逢申死國難，後雯絜血行乞三四日，乃得版櫬以殮，守父棺不去。王師定鼎，有物色雯者，既哀其孝，又重其才，睿親王薦授宏文院撰文中書，一時典册，咸出其手。順治乙酉，北直鄉試同考官。丙戌，以父喪歸葬。明年北上，病瘵不治，道卒。有《蓼齊集》五十二卷，其乙酉門生清苑石維崑梓行。

《潄芳齋詩話》：初，舒章與陳黄門創起幾社，要以復王、李之學。輿瞻氏謂其古詩本於陳王、阮公，間出二謝，近體多追青蓮、少陵，間有王維、李頎，殆亦親承緒訓而得其大旨耶。

古詩六首

芊芊池上柳，泛泛水中萍。高卑雖則異，自言本同生。飄風吹霖雨，流潦浩縱横。隨波遠別離，各自懷青青。不如寄生草，枯桑託微莖。今歲雖同落，來歲還同榮。

飛燕銜青泥，翩翩上君屋。徘徊玉梁間，日暮自棲宿。如何挾彈子，過我揚雙目。羽毛幸非豐，微軀不足辱。君家空倉中，鳥雀相追逐。雖復同飛鳴，于我無近欲。既不登君鼎，亦不食君粟。飛飛上青天，無爲傷心曲。

百川到黄河，歲月何滔滔。龍門險崒嵂，層波爲之高。相彼吕梁人，披髮乘鴻濤。出入任天機，鵠舉陵風超。精衛填滄海，毛羽日翛翛。千秋有遺恨，豈惜無成勞。

清蟬鳴樹間，但飲不能食。與世亦無求，相軀何太迫。鵜鶘逝君梁，相呼振羽翼。食君池中魚，厭君堂上客。儔侣既云多，有矢不遑弋。河清咏伐檀，亦衼徒三百。駕言激商歌，斯人在巖澤。

戰馬出長城，含霜齧衰草。朔風吹沙磧，日暮交河道。懸蹏裂層冰，聳轡若束縞。回首望玉門，貳師成功早。神駒獻至尊，天閑肅清顥。渴飲太液泉，飢餐上林藁。未得駕鼓車，爲食常苦飽。

飛龜遊蓮葉，自言壽千秋。暮宿靈蓍根，朝乘甘露浮。前知爲患害，豫且來相求。元裳協幽夢，蹁躚卒見收。金刀解玉骨，朱火發英疇。七十無遺策，常爲愚者謀。

經謝公墓下作

昔爲洛生咏，太息思英流。今出長干路，登高見荒丘。徽音仰若人，素風存松楸。握麈平世務，披襟靖神州。翱翔鸞鳳姿，抗絶貎虎儔。承桓既暇豫，摧堅亦綢繆。道秀江海波，德與生民休。微管功已迫，懷潁志未遒。遂令西州歎，不協東山謀。而今羊曇路，猶近石城頭。泉臺有代謝，竹帛無沈浮。吾聞無字碑，穹窿遂千秋。

觀許泉嶧縣。

兹泉徑百步，汜濫流清英。潛波起圓沙，洄文如列星。云自臯繹山，發滎此渟渟。女蘿覆深陰，苹藾浮淺清。下流迴澗曲，上壑終窈冥。我來憩嘉樹，飲馬兼濯纓。桑柘高下居，黄鳥枝間鳴。寫影碧潭静，隨波雜花輕。翛然惠風至，懷此滄浪情。

憶弟

翩翩巢中燕，羽衣自蔥蒨。兄弟四五餘，飛鳴互相盼。嗟我懷同生，沈吟阻鄉縣。契闊三年，家國逢雙難。丁年阻層憂，鬒髮俄已變。朝雲戀故山，暮雨趨荒澗。人生念本根，幽思自組緬。同懽每忘樂，在戚恒念群。况乃罹鞠凶，骨肉苦横分。親柩寄京域，居者號空墳。驚飈發陰埃，蒿露沾衣巾。顧影何傫傫，孤特傷我神。窮途隕高節，苟活非俊民。雖託同根條，能不愧余身。

分咏西京雜記得斬蛇劍

金虎東攫六禽死，大鑪銷兵烟燄紫。那知尚有三尺鋒，芒碭山中護龍子。秦險楚氛剸若豚，區區群盜安足論。七星璀璨抱日月，留侯蕭相功名尊。憶昔高宗伐鬼方，神鋒巖巖白大荒。千年灝氣不可滅，再興真人肅世綱。此物豈用珠宮秘，月色霜華暗中熾。雲孫龍睡媟英威，柄入椒房與長侍。二猾竊鐵無久功，典午創業非英雄。異物不爲庸主御，衝飈抉雲有所從。

擣衣篇

閨閣佳人字莫愁，年年紅粉對青樓。乍知玉腕羅衣薄，早識金風紫塞秋。紫塞秋風那可度，思君更遠交河去。難從明月望刀環，且向機頭拂紈素。紅袖初憐金剪寒，青砧還近石牀安。誰家横笛清商動，賤妾虚桐響夜闌。夜闌顧影常微歎，一輕一重隨風亂。緩振鳴環雜夜蛩，急迴玉節驚飛雁。鳴環玉節動金波，素錦迴紋幽怨多。此夜清霜侵蕙帶，此時朔雪照銀戈。庭槐月落砧聲歇，斗帳微紅心斷絶。量揣君身尺幅詳，還加妾意裁縫密。昨聞移戍向龍城，萬里黄雲愁不行。空閨用盡三秋力，寄到軍前春草生。

汴梁行

大梁古道高睥睨，昔時畏賊今畏水。百丈黄河天際來，魚鼊紛紜亂旌棨。中原開府心慨慷，夷門大道羅舟航。梁王絲管竟不作，紫裘翠帽隨輕裝。白龍魚服去河北，故宮泥淹青雲屋。守臣荷戟愁空城，十萬流尸悲獨漉。刁斗無聲銀浪深，繩橋夜渡陰燐哭。中州賊將青馬駒，指揮河伯稽天誅。蛟龍有時怒狂悖，黃旗捲折城南隅。河北諸軍擁麾蓋，直視河流莽奔駭。他年請塞黃金隄，何時更斬白波帥。

贈陸子敏舉吏部

壯年落魄無行伍，再入長安負黃土。有眼日見尋常人，幸逢陸生洞心腑。陸生磊落文武材，赤車應詔從東來。博徒劍客相奔問，虬髯玉面臨風埃。公卿齗齗竟不得，挺懷直作金臺客。龍驤虎步覽八荒，買臣主父皆辟易。男兒致身自有時，四十專城亦不遲。天下十年苦盜賊，賢良一日傾京師。况君神理更無對，脱穎囊中見鋒利。當今草澤識張剛，乃使朝廷重龔遂。長劍倚天星列陳，群龍一下四海春。勸君爲掃麒麟閣，余亦江南徒步人。

大滌山行上黃石齋先生

大滌山南芳草秋，風吹薜荔紅泉流。先生講堂在空翠，明星曉映蒼龍湫。中藏寶書石窟幽，武夷仗策凝清眸。褒然述作動天地，山鬼夜叫寒竹愁。九重聖人問金匱，畫閣蓬池儼相對。閶闔門開虎豹疑，玉階雲霧當空墜。洞霄弟子伏青蒲，紫陽真人披素膚。長離折翼九苞在，葳蕤四海浮雲徂。此時草堂猶鶴呼，石華紫桂山之隅。會稽以南三湘北，結蘭紉蕙心躊躇。須臾霧捲招摇見，下照滄洲滿芳甸。素卷朝看太乙宫，鶴書晚下披香殿。玉骨乾坤尚可留，丹心日月悲重見。山上白雲晝不封，先生獨立青芙蓉。晚出已愁鼙鼓急，時來不畏旌旗紅。赤車白馬馳山東，乘軺使者來匆匆。願辭玉杖見天子，莫使蒼生望碧空。

後道周在唐王時，以丙戌三月救徽州被獲，至金陵，洪内院勸之降，不從，不食半月，見殺。

曹生行

同郡曹森陽，精射理，會天下多盜，詔諸生習騎射。予將受射法于曹君，曹君曰：「必欲射者，以詩爲贄。」作《曹生行》。

我持三尺弓，腰佩百餘矢。云將决拾，應明詔，西郊爲訪森陽子。森陽學射三十年，布衣獨步神黯然。雄心落魄成老大，幾歲惆悵秋風前。舉世但知毛錐貴，雖有穿楊人不傳。雕弓掛壁象弭脱，赤翎零落蛛絲纏。邇來豺虎竟不息，官長文儒皆惻惻。天子方思廣成頌，諸生欲學參連格。南陌春風領少年，一朝故技爲生色。天下射手亦無數，如君注發資精識。太息時無英雄姿，弓矢之間見咆勃。我亦猶然儕輩人，未能穿札徒逡巡。願拾君家一羽箭，小逐南山狐兔塵。

雪冤行懷仲弟在長安

長安白日懸滄海，吾父荷戈十三載。阿兄陳冤事不成，阿弟悲嘑復請行。赤沙五月燕齊趙，足踏蒺藜詣帝京。帝京盤盤護紫城，聖人垂拱咨公卿。頭如飛蓬履無襪，叩閽大叫金雞鳴。金雞鳴，沉冤白，聖德如天千萬年。宰相期頤與天格，阿翁初整頭上冠，阿兄伏地無顔色。阿弟日上燕昭臺，望兄不來長太息。嗚呼！爾爲緹縈事可歸，余老伏虔願更違。讀書不曾學鴻寶，何用白璧投空扉？弟當策蹇辭皇畿，濁醪已熟黄雀肥。

送周農父南歸 癸未時，何剛上書，稱農父知兵可用，而周已歸。故舒章作此詩。後何與周同在史可法幕，何殉節，周脱去。

君爲高堂不得留，予爲高堂不得去。天下萬事如奔濤，遊子出門安識路。同作長安縫掖人，披懷攬袖心所親。愁來仰望蒼龍闕，終年誰拂黄金塵。我亦不能朝叩銀臺門，君亦不能夜吐丞相茵。西山逐寇章不報，東閣上書誰見伸。悵此悠悠不可問，秦關楚甸多遺恨。闕下無餘季子貂，篋中獨著《潛夫論》。雁塞雲昏繞戍樓，高歌易水淚交流。羨子行藏能自决，短衣雕弧跨紫騮。紫騮踏處黄雲合，萬里河山帶冰雪。歸去江城聽落梅，歲寒子舍親懷橘。日下李生霜薄衣，出門無馬食苦飢。誰能短褐無同調，日暮燕山送落暉。

東門行 此乙酉在京預寄卧子之作，并附書，謂三載以來，不敢復通書札，然側聞故人念舊之言，欲訴鄙懷，難于尺幅，遂申意斯篇云。

出東門，草萋萋。行入門，淚交頤。在山玉與石，在水鶴與鷄。與君爲兄弟，各各相分攜。南風何飂飂，君在高山頭。北風何烈烈，余沉海水底。高山流雲自卷舒，海水揚泥不可履。喬松亦有枝，落秦亦有心。結交金石固，不知浮與沈。君奉鮐背老母，余悲父骨三年塵。君顧黄口小兒，余羞三尺童子今成人。聞君誓天，余愧無顔，願復善保南山南。聞君痛哭，余聲不續，願復善保北山北。悲哉復悲哉，死不附青雲，生當同蒿萊。知君未忍相决絶，呼天叩地明所懷。

晚意

敞墅寒原外，孤亭亂木中。雜霞停暝色，清吹入高桐。村静砧舂急，星嚴鳥雀通。蕭條無客過，閒久欲成翁。

金陵雜感

帝里歌鐘斷，龍池浴鐵齊。無花開上苑，有雨漲青谿。文彩王寧朔，風流謝鎮西。吾懷獨不見，江外數峰低。

往在西京盛，人稱鄴下才。星辰忽一散，麟鳳至今哀。銀海沈三尺，金枝落九畡。翠華空想像，仿佛閲江來。

穆王

曾聞穆滿厭皇州，白首增城號壯遊。天子龍鸞雲上出，群臣猿鶴野中秋。西來草木多英異，北望河山足冥搜。玉果金膏攜滿轂，璧臺猶有盛姬丘。

獨立

碧天空藻敞高姿，獨立丘園多所思。客愧博徒無勝氣，身非才子有微詞。論交四海將安屬，託志千秋良自嗤。文舉元龍今見否？恢奇浩蕩是吾師。

寄贈楊伯祥太史之蜀藩

暫停視草下明光，絳簡西傳龍鳳章。八月風雲馳劍閣，三秋辭賦横瞿塘。漢朝才子多巴蜀，高帝雲孫出獻王。聞道閬東猶戰伐，長卿作檄舊能長。

寄懷友三從兄于海外

儋耳珠崖極望遥，銅章猶作漢官僚。飛霜欲到蠻雲樹，夜雨常添瘴海潮。江介羽書愁落日，天南鴻鴈隔春霄。相憐不少萊蕪氣，未遣明珠慰寂寥。

寄懷睢陽友人

薊門黄鳥昔嚶嚶，珍重春郊送别情。自惜從戎非李廣，猶思結客問侯嬴。新成辭賦空梁苑，故里衣冠滿宋城。躍馬涼風秋隼疾，中原今日欲銷兵。

寄吴次尾

飛揚不耐白門秋，壯節由來屬虎頭。投筆何須辭衛霍，請纓還欲駕曹劉。秦樓歌管猶堪醉，楚岸烽煙恨未收。五十封侯年尚少，好將紅袖拂吴鈎。

四月二十七日先君忌辰禮懺憫忠寺乙酉

緇素相參肅起居，晨聽法鼓禮真如。人逢初地心微悟，事到終天報已虚。寶鐸勤宣消萬劫，雨華輕散接三車。憫忠祠畔忠魂在，應抱生前痛哭書。先君于破城半月前尚有疏，請募義旅討賊。

宋徵璧

字尚木，原名存楠，華亭人，子建弟。前癸未進士，授中書，甲申，歸里。順治初，薦授秘書院撰文中書，從大將軍宜爾德征舟山捷，叙功擢禮部員外、郎中，出知潮州府。十二年，卒於官，著《抱真堂集》。

陳大樽曰：尚木爲學最早，取裁亦最正。吾黨論詩，諸子皆悔其少作，壬申以前之詩，惟尚木爲可存。　吴梅村曰：尚木以其身爲才子，爲宿業，爲廉吏，爲勞臣，合觀前後篇什，自非歲月之深，閱歷之久，未足以幾此。

詩話：陳迦陵與尚木論詩云：「音節宏亮，七律便是長城。境地縹緲，七古乃爲合作。」又云：「七古静如玉潔，動若璣馳，徘徊要渺，便娟依遲，譬若大海安瀾，澄瑩皎澈，明鏡如拭，千里一碧。繼則魚龍夭矯，珊瑚絡繹，鮫人怪物，波委雲屬于其際。卒之，江妃一笑，萬象杳冥，老子猶龍，成連移我矣。」數語洵作詩三昧。輯尚木詩，因附載之。

作蠶絲

女兒年十五，纖指恒織素。獨坐可憐人，背地看郎過。願養同心蠶，抽絲供儂織。春蠶自相向，多情人不識。誰將金剪刀，剪斷機上絲。錦紋猶可續，續就莫嫌遲。

次賓之世父韵

人家種花花滿谿，阿儂種荼荼覆圃。花情嘗使人心愁，荼葉不如儂意苦。夜寒共被傲鴛鴦，夢覺呼名避鸚鵡。名花相對不識名，侍側青衣進花譜。

竹枝詞

吴中女子真無賴，暮暮朝朝换妝束。去年袖帶今年窄，今年典盡不須贖。

紫玉歌 此歌在壬申時，陳、李推重之作。

夫差霸業雄江東，金閶遍地吹春風。春風獨坐如花女，一枝嬌占吴王宫。仿佛瑶臺名弄玉，珪璋秀質情偏足。閒將眉黛效連山，不道腰肢常一束。雲屏十二看昏曉，萬户千門愁不少。玉池學種並頭蓮，金籠愛蓄相思鳥。曲房深苑路迢迢，清揚邂逅心相挑。折殘元圃將離草，吹徹秦樓跨鳳簫。人間天上不曾難，紅潮碧浪長波瀾。瀟湘澤畔逢蘭芷，烏鵲橋邊任羽翰。三江滔滔那可測，東流海水將安極。朝潮夕汐重殷勤，鶯唬燕語無消息。燕鶯消息遂茫茫，珠簾半捲菱芰光。黯淡流蘇雙蛺蝶，參差荇藻兩鴛鴦。交靈托夢忘時節，一日三年成氣結。南山有鳥懼張羅，何期抱疹去黄壚。黄壚一隙天還漏，真宰上訴天應瘦。月亮風清鬼火紅，鳳衾角枕苔紋厚。紫玉半生恒自棲，松楸石槨更淒迷。干將莫邪渺同穴，玉環金盌殉香泥。盛年游學波濤滑，錦字不傳人遽没。一代芳顔爲君盡，歸來宛頸看荒碣。涼風吹衣日影寒，蛾飛蜻引摧心肝。佳人恍惚破塚出，驚鴻舞鳳何跚跚。君看掌上明珠串，燭天芒焰精靈變。贈君珍重莫相忘，一種清光冀相見。曲終掩淚睇山阿，陰陽道隔煩經過。願爲江上連枝樹，歲歲年年攀女蘿。

崔道母畫松歌邸寓飛蟲嗑人，王敬哉曰：此名丁𧈢。偕崔畫長松于壁上。

崔生道母名子忠，畫家往往推神工。其時作者滿京洛，崔子一出金臺空。長安道上塵蔽天，六月火炙洪罏中。崔也與王素莫逆，請爲宋生畫蒼松。蒼松枝幹長萬丈，布梯每出屋梁上。解衣礠礴几案間，慘淡經營殊想象。恍聞雷霆鬬霹靂，如覩烈士恣慨慷。屈曲蛟螭蟠深潭，閃爍精靈露英爽。其時觀者成堵牆，怪哉奇樹生高堂。四坐峨峨照冰雪，松風謖謖來清涼。飛蟲嗑人有細羽，小過麻衣健乳虎。搔抓動見瘡痏成，蒼蠅之聲拂塵苦。自從壁上長松生，堂上不復潛丁𧈢。彈棋擊劍消日午，飲酒賦詩酬月明，我聞松老化爲石，牆下應當産琥珀。似兹粉壁布龍鱗，韋偃不得誇筆迹。崔子爲我來，一日常幾回。長松之旁同坐卧，興酣嘯傲登高臺。繼崔者誰有王子，煙雲變幻隨十指。此壁倘遭兵火傾，此松只在報國寺。

答同門生姚龍懷給諫敬哉弟，與崔齊名。

憶我初讀十九首，乃知世有同門生。不念攜手若遺迹，南箕北斗徒虚名。年來青松顔色落，季布何曾重然諾。談笑能爲猛虎行，卷舒還比浮雲薄。自從卧病滄江上，瑣尾流離那可狀。賤子飄零賦式微，故人音問常無恙。身作江東老布衣，香餌不設垂釣磯。采菉充飢陟山去，銜花報恩彈射歸。君不見爰居之鳥饗鐘鼓，又不見號寒之蟲誇鳳羽。及至憔悴霜雪中，鄉里小兒笑襤縷。君不見沅湘浩渺生風波，又不見燕趙慷慨恒悲歌。男兒墮地恐不早，堂上白髮高嵯峨。以茲茹荼如噉薺，形影蕭條慙僕隸。市門執役苦鞭笞，骨肉相隨遭唾涕。意氣慘淡煙塵昏，雞鳴風雨金石敦。因君官務多牽面，我懼嚴威吹積霰。大厦寧安燕雀棲，壎篪豈使滄桑變。燕山越水夢魂遥，紙窗木榻風蕭騷。餘生愁苦寧有極，相思展側朱顔凋。

至日漫詠

閒居憶舊恩，珠履幾人存。北極題新歷，南冠總故園。削漿俱上客，抱器過朱門。無復飛揚意，寒灰向爾論。尚木舊居在本一禪院西。

登岣嶁山絶頂遥望江水

香案仙幢古，清虚怪石涼。鶴歸雲影寂，花發石壇香。一水錢塘繞，千巖禹穴藏。徘徊諸象外，天地鬱蒼蒼。

泊舟江上得靈字寄姚若侯劉良弼

春事愁將暮，花枝欲漸零。村孤常扃户，水長戒揚舲。斜日棲楊柳，微風起鶺鴒。隔江還鼓瑟，彷彿覩湘靈。

甲申奉使天津上元日雪霽馮中丞邀同遠眺

太行西去鬱神州，佳節同登庾亮樓。千里長風吹碣石，萬家蒼靄接之罘。晴臨宮闕熊羆冷，雪滿樓臺鳷鵲愁。翹首五雲銀漢裏，紫宸朝散鳳池頭。

上元後三夕見彈箏走馬苦憶張子美乙酉

相思良夜理雲和，未飲當尊發浩歌。兵火間關生計少，音書滅没淚痕多。黄金赤羽驅風電，白日青春爛斧柯。共道茂先饒寶劍，豐城拂拭近如何？

寄民部吴繩如

夙昔常聞行路難，愁心江上夜將闌。蕭條易水閒中憶，突兀金臺夢裏看。杜宇欲啼紅樹冷，春風自動白楊寒。十年燕趙悲歌客，回首先朝感舊官。

西征詩三首此甲申正月遣閣臣李建泰督師討秦寇而作。

相國行邊綵仗齊，張皇天討命征西。金眸尚且能毆爵，鐵距曾聞有鬭雞。四塞殽函仍帶礪，中原父老慶雲霓。貔貅十萬紛如雨，大華峰頭震鼓鼙。

天半雷霆迅欲驚，六飛遥指陣雲横。青州海島猶馳義，時將調島帥。赤子潢池爾弄兵。將略尚煩愁卒惰，天心應不負王明。孔璋才調從來健，駐聽鐃歌入帝京。

秦庭流血積山河，薪膽常憑泣斧柯。沙苑寒風春欲盡，二陵狂雨夜何多。但將禹鼎陳姦象，會祝湯詞解雀羅。一日除凶千古事，肯令歲月易蹉跎。

黃大行冬日山右頒詔入都小飲

城西高卧亦佳哉，三徑欣逢驛使來。雲物盡占天子氣，風謡應入大夫才。鴻雁西望隨征騎，橘柚南來及早梅。珍重黃金臺上客，飛騰無那且銜杯。

聞舒章將卜葬

當年几硯共悠游，江左人推第一流。長揖横刀誰健者，短衣射虎不封侯。依劉豈意江淹盡，感鮑徒增庾信愁。慷慨悲歌疑在眼，漫將孤劍挂松楸。

夢勒卣

學業先推項領成，同人萬里共聞聲。黃金白璧酬文筆，紅燭清尊勒酒銘。羽扇丰姿矜鶴立，葛巾談笑每風生。夜臺此際多儔侶，總向天門掉臂行。

順治□年御翰爲明思陵立碑奉勅詞臣賦詩紀事二首

白馬黃巾灑血鮮，野人多半泣寒烟。秦碑漢篆新恩渥，如覩憂勤十七年。

盛際唐虞各一朝，年來兵甲已全消。揄揚往烈憑謨誥，虎脊龍文出九霄。

彭　賓

字燕又，號五蕤，華亭人。前庚午舉人。國朝汝寧府推官，爲周端臣屬吏，仍投舊時名柬，觸怒免歸。賓自少登壇坫，才名赫然，晚歲與門下講論文藝，娓娓不倦，可想見先正典型焉。其著述初在壬申《文選》中，爲六子體，甲申後，著《偶存草》，吴偉業序。又有《越州草》，姜垓序。後又合刻二集，侯方域序。

詩話：彭氏自其祖汝讓居郡西金沙灘，有春藻堂。隆萬間，與同人結詩古文詞之會，沈嘉則宴集，有「山堂慣坐雕龍客」之句，謂春藻也。明季陳、夏主盟風雅，燕又與其兄彦昭鼓吹唱和。卜居於披雲門外濯錦巷，仍移金沙春藻舊額署之，是爲幾社諸君子高會處，而春藻猶未著名。至國初彦昭子孝緒讀書其中，與一郡才彦聯詩文會，于是易社名爲「春藻堂」而名乃大著。

龜雖壽

神龜雖壽，假食飛塵。貪吸桂露，不能藏身。俗務虚名，精白爲黑。啜羹有功，久乃生惑。
秋氣夜至，日逝如馳。清觴短歌，安能待時。幸甚至哉，歌以咏思。

善哉行

不周没日，丹淵出月。道逢老翁，西指螭窟。園葵朝榮，黄粱夜舂。三世耕鑿，不知戰攻。
王母下降，武王之孚。虚音駭空，置酒設廚。桀得妹喜，湯求吉妃。誰無家室，殷喪致譏。
驅車索禍，讒諂是服。赫赫宗周，下民無禄。春風蕩懷，秋露傷髪。昔者我友，與淚俱没。

君馬黄

君馬出玉澤，臣馬繫金厄。日短憎鞭長，奉君走大漠。張鬣頓足心恐惶，君恩方重臣力薄。去年流沙之東載馳載驅，世無伯樂將安徂？今年流沙之西載馳載驅，世無伯樂將安徂？

田家雜詩

上鄉多乾封，下鄉無葆土。二患均天時，請言上鄉苦。阜高不產禾，鬱鬱宜桑圃。主者違地利，使我無處所。三歲天澤枯，茫茫皆平阻。大海雖洪波，安能率水滸。居民鮮稻粱，植絮遍千畝。一旦根株亡，所傷實已普。天子思東南，此土聞膴膴。當事何人斯，蕭條未云覩。我言亦絕痛，願獻金門下。

北郊看梅

香引前林永，迴看花影疎。理色庶不辱，静然明月初。輕寒春艷薄，太古物華虚。延景互慊慊，濯心冰雪餘。

題胡彦遠感懷詩

長河雨没白浩浩，與君相逢苦不早。出門踏雪皆路人，邂逅知心大官道。茗中有大官山。衣履珊珊若有期，當是金庭道士姿。登堂叉手徹深語，盡日欷歔不及私。天涯風雨半斗酒，君交萬子謂年少。即吾友。傷心易水客不來，手磨蒯緱各掩口。嗟哉胡子芒蹻涼，風人四海泣楚湘。

何幸陳留舊遺逸，姓名久挂君衣裳。乾坤莽莽渺無際，停詩罷飲惟出涕。讀君前後感懷篇，因想西州舊兄弟。霜寒難待五更風，雞曙咿咿又無計。君不見，隆中《梁甫吟》，草廬未出誰知音？君不見，炎精中燼平陵東，黄鵠悲秋碧血濛。萬事不如吾徒意，相與射獵南山中。相與射獵南山中，爲君且繫白玉驄。

病鸚鵡

花簾愁日夕，倩爾伴微櫳。不密身先失，相思夢未通。緑衣羈客瘦，紺趾美人工。遠掠驚迴看，藏身幸主翁。

山棲夜意

肅氣闊四野，高天皓月流。蒼冥媚幽目，清迴入寒流。北澗響枯籜，南池起驚鷗。渺思不可禁，孤緒獨深抽。

春感

驅車曾到越王城，萬壑千巖曉黛明。禹廟旌旗飛雨色，苧蘿花草照江晴。函開玉字名山聳，甲冷犀皮霸國平。莫怪謝公貪著屐，紅泉碧樹坐中迎。

初夏

南風吹老艷陽天，新緑亭亭静綺聯。朱實已從幽鳥食，葛巾欲向嫩篁眠。醉鳩獨立依桑樹，孕鯉相將入水田。時雨吴農初插稻，青苗遮莫税緡錢。

剡溪寄贈周方伯

峨峨憲府古諸侯，公瑾風流未易儔。梁苑文章勞夜寐，薊門飛傳借前籌。幾人能繼曹劉興，獨我思隨許郭舟。徙倚六橋樽酒盡，何時攜手得同遊。

張安豫

字子建，華亭人。安茂兄。前以貢入南雍，謁選得齊東縣丞，攝齊河、青城諸縣事，與撫軍謀統官兵勦平龍山賊，擢齊河知縣。壬午冬，守城有功，事聞，下部優擢。王師入關，詔少司馬王鼇永招撫山東群盜，鼇永以東省爲安豫故拊循地，請與偕。安豫爲設榜諭慰，仍單騎之賊壘，賊羅拜争持牛酒受約束，授清軍布政使兼理監軍事。命未下，有受撫賊恣横，安豫擒殲，中飛語，左遷金華知府。時越東初定，安豫加意招徠綏輯，尋陞浙西道，以忤上官掛吏議下制府訊。士民走三衢頌冤，事白，補長蘆鹽運使。值三輔大饑，召諸商倡議賑卹，建廠設糜，活飢民數十萬，奉特旨紀録，爲鹺使者以風影入奏，當事代白其冤，遂拂衣歸。年五十六，卒。

寄山左王中丞

重臣賜履勝營丘，申甫聲華第一流。績紀岱峰瞻峻極，波澂溟海奠滄洲。齊風變後尊周禮，姬澤深來頌魯侯。自是九重優眷注，望高補衮上金甌。

朱在廷

字思皇，又字瞻洪，前癸酉舉人。國朝河間府推官，在官四年，有廉直聲。著《洛浦齋詩集》。

村居

逃名甘寂寂，杖策步荒苔。野衲隨雲去，山樵帶月來。揮絃逢友和，索飲帶花開。欲覓扁舟訪，桃源人未回。

須友堂大會此張安茂舊居，在南門陸家橋。

大雅年來惜未敦，誰知吾道古今尊。青松未覺喬柯改，緑水還將舊譜論。千里友聲方在座，九峰靈氣欲當門。須看歷落傳孤調，時向堂前話一樽。

都門雪即事

酸風馬首思沈沈，一望長安玉屑侵。天上由來驚白雪，人間豈必重黄金。徒憐衰草催還易，那識寒威煖更深。寄語江梅須自愛，春風莫負隴頭人。

和涉江韵余南歸渡江，舟輕不進，榜人取石壓之。同行者以詩見投，因次其韵。

鼓柁風吹五兩輕，鬱林一片送行旌。鄉心乍放南歸楫，津戍還移北府兵。蓴菜好搴新雨過，釣艖不繫夕陽横。吴淞煙水年來夢，逐次春風知幾程。

同年鄒木臣招飲看菊同集呂子秦子座有女郎度曲詩以紀之

十年風雨重淒其，酌酒臨風慰所思。南浦鶯喧驚曉夢，北山鶴穩息群疑。自憐郢雪誰同調，漫憶吴歈有故知。長夜鼓吹行樂地，傳杯搔首意遲遲。

朱在鎬

字周望，號拜石，上海人。前壬午舉人，入國朝爲江西廣信府推官，有賢聲。歸田後，與曹垂璨、張錫懌輩以詩詞唱和焉。王苧東謂其宦情素淡，其詩有「蹈道固所安，能貧亦奚慕」句，亦可見其雅尚焉。

懷葉嵋初

天末初回棹，東封復戒駒。王程萬里小，宦轍一身孤。杼軸人憔悴，雲亭事有無。清時重廉吏，争識范萊蕪。

題鐸菴菴有同善會。

休訝我儕善會難，此中最樂可盤桓。常扶陽德如觀火，莫誦陰符中薄寒。百歲飛光知夢幻，寸心如水不波瀾。惟將宗乘由來意，好共同人諦眼看。

范景范

字文希，號熊菴，華亭人。榜姓董。前壬午副榜，順治戊子貢，官處州府遂昌縣知縣。

遊净居山酬項非喬韵

東風催人植五柳，五柳移來換五斗。選勝纔知覓净居，策馬梵宫闢户牖。數聲清磬肅心魂，一片禪機到林藪。悟徹瞿曇有項斯，叩我學得長生否。我昔辭師綰組來，跨虎丹成追逸叟。有異人跨虎至山，鍊丹成，乃去。誰知一去不曾迴，勾漏靈砂緣不偶。今攜舊衲掛丹瓢，石髓瓊芝隨處有。長生畢竟化無生，藥王空王皆我友。

憂旱

雲净龍湫龍睡渴，蒼山欲童泉欲竭。仙鷲洞井鷲不飛，飛出即雨。赤烏鼓翅如電掣。蟲蟲歊氣逼人肌，老農搏顙流炎血。誰引西瀛十二童，跨鯨逐浪歸晶宫。披襟北牖待飈發，封姨匿影天無風。襲體冰紈同挾纊，涼臺鬱蒸神恍惘。皓月窺窗滿户熛，肥螢扇火添攘攘。莫仍陋俗暴巫尫，白鶴真人須急訪。

遊含輝洞步許任宇先生原韵

魚服當年駐此無，石牀龍卧史模糊。宋高宗曾避于此。鑾迴猶識鸚哥語，魂去應聞杜宇呼。泉叶宫商諸籟寂，輝含日月一峰孤。投簪有意探靈蹟，覓得瓊漿盡幾壺。

輓姜中翰神超先生

内史官非顯，安危身任之。綺齡搴兔蕊，華髮入凰池。既潤絲綸美，還參帷幄咨。一鳴能指佞，三策裕匡時。奏賦雄天馬，宣威貢月氏。摧璫鷹翮迅，算敵豹韜奇。許國誠逾廣，投軀俗見嗤。東山恒卧謝，洛邑已居司。奬善饋常起，扶貧帛屢施。元函恣訪討，梵部且棲遲。徒步諏遺佚，勞心畫繭絲。感懷頻灑涕，託諷每聯詩。周鼎俄遷步，商巖失采芝。登朝天下重，在野遠人知。耄壽勤無斁，童顔算豈私。蘭蓀方鬱茂，松柏忽椅枏。越石纍誰解，荆和璞愈悲。遺經留滿架，長劍尚懸罳。世誼瞻風古，登堂辱睞慈。哲人云往矣，泚筆寫哀辭。

詩話：先中翰神超府君，翀六世祖也。事蹟另見。兹讀熊菴先生詩，情致縷縷，具見當日世誼，存之。

宋家楨

字艾詒，華亭人。前庚午、壬午兩中副榜。順治八年，以貢授通判，未仕，卒。有《鳩菴集》《修吉堂草》。董閬石謂其善屬文，聞有異書，不憚手抄口誦，積書庋棟，允爲愛素好古之士。

和友人咏夜合花

輕風拂拂日融融，膩粉明粧繡户東。錦瑟有人彈别怨，捲簾相對夕陽中。

玉轂冰綃絶様粧，幽姿端合倚銀牀。窺人月色如相伴，次第清暉下短牆。

依約烟鬟眉黛顰，倚闌無語月黄昏。朝來似識春風意，消釋閒愁付緑雲。

遶砌芳菲日欲西，數莖却立舞鬟低。迎風浥露連朝暮，從此人間重别離。

張世榮

字豈名，號賓田，安泰子，青浦縣人。諸生。順治元年開伏凖功貢授推官，轉同知，歷治中，陞郎中，至山西雁平道，布政司參政。

送陸蘭垓之任

高柳蟬嘶拂旆旌，吴山楚水兩關情。數行桃李環橋立，百里風雷動地鳴。鄉曲久推陳氏長，殿頭曾冠魯諸生。衡山向是斯文地，到日雲開五色呈。

莫　琛

字人玉，號循蜚，華亭人。監生。能詩，書法宗二王，著《秦游草》二卷。爲人權奇倜儻。曾入洪經略幕，薦授教諭。康熙丁巳，西凉未平，烽火方熾，又以長武令張純儒邀入秦，其《遊草》即此時作也。張子偉序以爲奇士，非特文士云。

聞喜道上即事

春光晴未麗，涑水霧初分。屋斷谿邊樹，山遮天外雲。急風催馬疾，遠磬過橋聞。貿貿長征者，空思澤豹文。

過郃州

再來豳國地，囊橐憶公劉。落落親雄劍，茫茫對敝裘。虎頭人已没，狼乳蹟長留。蜒蜿紫微麗，春深草樹稠。

開元古刹暫憩訪趙長春張元公近況不得

眼前戎馬地，身外石松寮。小院閒芳草，空山長藥苗。營平屯牧久，博望泛槎遥。彼此無消息，含情擁敝貂。

蒲州道上即景

柳條初茁未藏鴉，蔽日浮雲去路賒。搔首故園春過半，滿山殘雪似梅花。

國朝松江詩鈔卷六

鄉人姜兆翀孺山録
陳廷慶古華閲

顧開雍

字偉南，又字偉男，華亭人。前諸生。國朝壬辰考貢，嘗一應京兆試而不遇。自少好學，務湛思，不爲口耳之功。初與陳、李結詩文社，善漢魏樂府及五古。晚歲入滇，詩文更蒼秀精深，追古作者。又凡題咏，援筆立就，書法勁逸。所居在跨塘橋外，林木森秀，琴書瀟灑，獨坐一室，風流猶可想見云。

《漱芳齋詩話》：當乙酉時，偉男去之浙，卜築東義間，夏存古送偉男南行詩所爲作也。旋留張玉笥署中，故松郡丙丁之變不之及。後又遊浙江、湖南各幕，晚遊滇中。已七十矣。當日名滿海内。卓犖才華，惜其著作無專稾，僅從各選本内存其數篇，不勝寥落之感云。

東飛伯勞歌

上山黄鵠下青姑，瓊英玉女相歡娛。誰家短鬢學《楊柳》，歌出東風度花右。金房珠構音徽闌，羅帳珊瑚明月寒。可憐十五尚不足，連蜷繡帶春一束。葡萄夜夜美難忘，私語移姿香氣長。

秦女卷衣

秦王古丈夫，縹渺三山意。泥金簡玉書，磨崖鑿文字。置酒咸陽宮，恬淡阿房祕。馳道鐘鼓發，窈冥美人至。寢簾罷守宮，沈香紅火瘞。君王夜好齋，夢來生紫氣。承恩三千人，心同入海市。何時仙人居，明綃捲雲臂。

從段橋泛出西陵橋

風潭曠容與，窈窕尋幽期。晨舲既逋望，午谿旋依湄。入橋不厭深，北山時逶迤。塘蕖剩晴媚，小鳥翻陰涯。澄光澹遐景，瀲灩動短篠。安楫稍已遠，迴帶隄難羈。灘藏巖屢興，石曲風聲悲。長楸夾松門，蘚苔砌古碑。塞雨寒不落，山鬼含燈吹。蕭蕭土中花，紫煙生冷脂。不見西陵門，年年秋自知。

自錦帶塘至湖心亭

浮水無限綠，高涼息大隄。殘蜆宿岡渚，落景明歸鷖。岸道直如馬，松風常在谿。解纜安中流，反顧疑有徯。空光羅未已，摇澹前容迷。畫船沿晴波，越女喧音齊。浩浩無時無，憩此停遠倪。含黛下山勢，妍鏡澄圓睇。參差倚天杪，湍聲薦層題。薄南悲草多，春秋長汙泥。

由永寧州頂站至象鼻嶺過安龍箐

冷雲淡不流，漠漠孤城旦。攝衣陵寒空，輕軥濕河漢。氣高萬象落，峰危翠中斷。鳥道跨鈎梁，蒼茫下天棧。密篠聞雞鳴，人煙雜霜霰。入箐杳以長，崎嶇古嗟歎。悲哉行路難，不見南飛雁。瞻彼霞外天，層城路方漫。且復車遥遥，清璬隔羽翰。將歸理宿昔，閉關守清宴。

遊平彝衛清谿洞

岑樓大道旁，陰崖扃靈閟。石浪懸穹窿，方丈展初地。青霞縵檐阿，丹泉滴空翠。中有龍眠窟，窈窕邈難既。攜杖舉燧入，周遊甚藏䆳。千年鍾乳垂，結成諸天器。驂鸞中迴翔，舞象自遊戲。牀幔兩行陳，群真庶幾至。昔有巢居子，高棲巖上翅。身輕接手猿，永夜忘寤寐。君公召不來，來亦兩相視。遐哉彼何人，深衷復誰寄。惟有清谿流，青青色無異。

下新安哨龍丹灣過甕城橋遂遊添衛憑虚洞

看山度遥岫，目玩寒谿流。石梁照清淺，白羽翻蒲洲。高雲吐真氣，逕入蒼苔幽。上陟憑虚洞，梵宇諸天秋。中央圜一柱，象王香海遊。洞中一石柱，上撑下亘，皆石乳結成，甚奇。然松且鳴磬，攜伴尋丹丘。靈府竟何處？隱然遺層樓。巖空太古寂，竅邃洪濛留。下有白龍堆，淵蟠元水岸。浪静無風波，潭深卧方宴。遺世以千年，漫漫長夜半，徘徊洞門外。此復何時旦？

青谿城望天馬諸峰

城頭草深馬尾青，白雲拂樓千片明。遥巒八九眠不起，中懸一峰縹渺子。参差堌莽老緑平，山煙如嘑春聲死。昏蒼浩浩理難收，真宰頽唐青冥愁。睥睨晨挂長天路，人向此中空光度。

同方稚華俞再李飲柴天目話舊

兩夜飲君酒，疎鐘動戍樓。芙蓉幔亭久羈客，鴻雁嘹嚦寒江頭。欲言不能我且醉，風波黯淡當清秋。憶昔妖雲障牛女，天南斥堠俱平楚。翠華千騎竟四巡，杜鵑仍聽三更雨。至今野老長吞羞，殘笛萬里悲君侯。降書已上龍城幕，東山舞宴排九斿。一朝烽舉三山外，南冠絡繹相鈎帶。干戈滿地吹煙塵，回首長春悵空靄。誰家身手好兒郎，田横有客悠扶桑。夫人七首漸離筑，俯仰天地哀菁芒。飲君酒，登君堂，蠟炬燒紅眼望洋。真人釣龍遲南陽，子陵山水何其長。

遊天台歌

憶昔夢入東蒼峰，滿頭珠露搴芙蓉。青鬟五兩躡霄漢，玉女命我燒山松。踏遍風塵四十年，吴鈎蝕影迷仙蹤。一朝籃輿過桐柏，千巖錦樹秋能碧。鷓鴣嘑到天姥宫，丹井濛濛稚川宅。瑶草琪林不自名，黄猸飲水潺潺清。絶磴排空放飛鳥，紅泉濺衣衣更輕。攀枝忽登萬馬渡，白影嘶風卧元霧。天上白楡種兩行，龍媒長繫奔泉路。爲君借問仙人鞭，野馬勞勞天可憐。側足金庭最高處，赤章草就穹皇眠。茫茫世短不得意，神芝欲丹飛鳥還。九微日落苦不息，虎豹帶煙鳴我前。幽尋直上萬年寺，八峰夜凝山殿翠。鉢池百尺龍雨腥，華藏銖衣卷靈祕。大舍銅魚無所求，石橋路滑通丹丘。玉虹挂海未足道，河漢淺淡長途修。琢成橫坂限南北，人間煙雨空悠悠。應真五百佳遨遊，上有金闕飛重樓。醴泉福庭那可渡，冰絃咫尺懸三秋。三秋瀑布衆山白，我亦欲爲華頂客。香爐東畔摘星西，遶袂風雷盪魂魄。萬古寒荒雪已老，扶桑日出山猶夕。璚臺雙闕有無間，犬吠雲中聽不得。更衣進謁青童君，玉笙寥泬何時聞。三橋如山隱彩霧，點染元髮芬氳氳。司馬子微既仙去，華陽都水留斜曛。雲漿半冷凝芳髓，鶴去天清夢如水。洞口胡麻不計年，桃花拂面春風起。天涯汗漫遠遊吟，矚目山川旅思侵。何況登臨共今古，浮雲於我俱傷心。波濤吹送五峰下，日月當門坐瀟灑。法鼓琅玕憶智公，香琳只向杯中瀉。

柳生歌有序：楊之泰州柳生名遇春，號敬亭，本姓曹，年十五，犯法亡命盱眙市，苦饑，乃挾稗官一冊，爲人説書，遂傾盱眙市。已而渡江，攀柳枝曰：「吾自此姓柳矣。」世因號柳生。所至輒傾諸豪。是時南中士大夫避寇卜居者多狎柳生，與之遊，而柳生故與寧南侯左良玉善，在軍中多所全活。會馬士英、阮大鋮用事，齮齕左，左乃命柳生往請罷兵，不報，師遂東。柳生還吳，時時向人説寧南事，聞者皆涕下，而柳生從説書益奇。庚寅七月，僕始相見淮浦，爲僕發故宋小吏宋江軼記一則，縱橫撼動，聲搖屋瓦，俯仰離合，皆出己意，使聽者悲泣喜笑，世重稱柳生不虛云。

廣陵柳生能好奇，千年野史口説之。濮陽遊俠走天下，上坐手弄王公卮。十五亡命盱眙市，渡江直上長干里。長干不乏使酒人，白銀蠟炬氍毹紫。諧談一笑哄滿堂，長風天末涼如水。是時江左稱太平，楚豫已見萑苻兵。柳生獨言報讐亡命事，聽者咸能感動心怦怦。問汝何師此工巧，雲間少年有莫生。此術自是儒者授，悲歡離合搜經營。憶昔南都擁旄節，山頭廷尉横江截。執政何人馬貴陽，公子扶蘇禁門血。桓家兒郎五湖長，石頭城下桅檣列。柳生游説歸中朝，司馬西上追嫖姚。欲烹食其侈得意，柳生夜逝還漁樵。逢人劇説故侯事，涕泗交頤聲墮地。落日青山泣鷓鴣，掩袂向君君筆記。僕亦江南樂毅古雅人，黄河岸傍理憔悴。聽君前席徵羽聲，猶見公孫瀏漓舞劍器。酒罷巾車各自馳，鵑唬南浦吹秋絲。興亡日月手版出，吁嗟柳生真好奇。

春望

城外春難約，遥青盡可名。遠煙淡林畫，薄雨滯川晴。岸帶數家暮，橋餘一板平。江南多媚日，天地不休兵。

長州路

冬塘獨木路，歸鴈照寒沙。白霧兼波闊，黄蘆倚岸斜。客行何歲暮，落日乃天涯。念此茫茫者，江楓點數家。

日晚定何去，荒煙與斷橋。平田出野燒，村社雜枯蕭。牛蹋已眠地，鴉群半渡潮。傷心波浪闊，遲暮一寒橈。

曉入西湖

湖水秋夜白，暝雲時在巒。帶隄煙勢直，過月艣聲寒。入北半歸樹，浸南純定瀾。紛紛鳬鴈起，摇碧倚闌干。

送董子北遊

秋約吴江萬水清，送君蕭颯理縱横。十年遼海要鈎學，九日燕臺論劍名。投策解環虚掌右，探圖入穴飲奇兵。書生賦草能當敵，得似驅羊薄紫城。

賦得五月十三日爲臥子而作。

新蒲菀柳緑茫茫，五月天涯望國殤。博浪烽沙韓將相，巫陽天地楚滄浪。春迴大澤乘潮怒，花落江關入夢長。一自西州雲散後，幾經凝碧冷吴霜。

萬年珠樹晝鵾鳴，宿莽孤臣草夜生。黄鵠九州飛不到，杜鵑三月怨難平。名因魯仲遊秦薄，客有田横蹈海輕。終古凄涼猶望幸，桓郎笛裏不勝情。

與沈嗣宗言三朝事有感

傷秋卻話定陵年，孤鳳元嘉五座前。孟博生徒高太學，杜喬賓客散林泉。承光侍酒龐眉重，長樂彈筝泣袖乾。不是避賢初罷相，詔書鈎黨亦凄然。

求衣一月麗初陽，辟召真空十畝桑。上壽漢高寧有藥，國醫許止總無將。青宮帝子留長信，墨敕才人坐未央。終是巇鸞能早計，謗書翻列五侯行。

度藜嶺

重岡縹渺接丹梯，路入層霄望不迷。碧洞高懸千澗冷，白雲晴壓萬山低。石樓瘴癘隨風合，玉女烽煙向日迷。獨有年年松檜色，夜深吹送梵鐘西。

張宮

字處中，號嶰谷，華亭人。邵陽知縣軏端子。乙酉貢生，後客遊，至康熙辛酉卒於宋城，逾六十矣。著《檀齋詩集》、《槃廬雜識》。

詩話：初，處中與邵景悦、徐桓鑒、王勝時，師事大樽，稱爲「四子」云。景悦《青門》之作、惠朗《心穎》之吟、處中《檀齋》之章、勝時《輞川》之咏，均可問世。乙酉邵子先逝，丙丁時徐子客死桐城，至處中與勝時浮沈三十年，皆踰六十。今《青門》《輞川》《檀齋》詩皆存，而《心穎吟》則軼。

古意

東家紅粉樓，西鄰白玉堂。自矜新巧笑，懷袖多芬芳。千金買一顧，盈盈驕路旁。狂且慕傾城，竝坐諧笙簧。獨憐彼姝女，引領春江渚。膏沐不及施，終日事機杼。三歎無良媒，棄置勿復語。行矣慎多露，逍遥命儔侶。

雜興

浩浩清江水，歷歷水中石。泠泠巖下溜，亭亭巖上柏。仿佛餐霞人，逍遥陵風翮。長揖謝故知，揮手横八極。我欲乘白雲，迢迢萬里隔。帝鄉不可知，山中但遺迹。一爲離索吟，憮然念疇昔。

畫梅

梅花春發江南道，東風吹落江南草。江花江草相對老，畫入輕綃常美好。昔年君入秣陵回，千條側映鳳凰臺。青葱真靚吴宫色，摇落偏同漢苑栽。今年君向家園住，遥寫海雲連嶺樹。南枝纔謝北枝榮，天涯遍看花開處。

題繡鷹

吴姬初乞天孫巧，明眸素手繡花鳥。流黄凝碧次第成，生綃七尺紛繚繞。秋風颯爽赤霄中，龍鱗翠蓋大夫松。海東奇毛下天際，霜飛電擊凡鳥空。仿佛漢家開紫殿，喬柯勁翮披簾見。跨馬健兒狐腋裘，牽犬弄臣雕翎箭。長楊羽獵多歡娱，蒼鷹盤盤鳳城隅。雄心恥受當時掣，側目驚看振臂呼。吁嗟畫師素絹高插雲，金鍼五絲如有神。紅樓明月應添線，重挑錦字寄征人。

經楊龍湖故里

宋室諸儒重，龜山遺老尊。公卿趨絳帳，弟子散龍門。畫像雙谿樹，豐碑千里邨。立言如未朽，耆老至今存。

粤中早春

百粤春光早，青峰雨後明。潮來三島動，雲散五谿平。夜夜思鄉信，朝朝計客程。卻憐馬新息，垂老更南征。

暮抵晉江

晉安風景重淒其，愁客迴車麥秀時。日暮瘴煙依古戍，夜深烽火接叢祠。松枝謖謖嘑烏起，蓮葉田田浴鷺遲。父老十年歌頌處，不堪遊子問殘碑。伯父曾宰晉江，多善政。

王澐

字勝持，晚號僧士，原名溥，華亭人。順治間歲貢。初爲子龍門人，子龍授命澐收葬之。事載《江南通志》。後嘗遊燕及魯、淮、粤、楚、蜀，著《紀游草》。蓋始則藉遊以葬親，繼遂有不能卻其聘者。其在淮也，嘗贊蔡襄敏士英定官收官兑之法。其在粤也，佐周中丞有德行海禁開界之命。所著詩集有《輞川草》及《文無草》。

蔣大鴻曰：「吐納風華，標致蘊藉，擬諸大樽，具體而微。」　吴日千謂：「爲清真，蓋以其生平有王成、郭亮之節，本其性情，發爲詩歌，所以不可及也，豈徒在取材宏博，立格醇正也哉！」

田園雜詩

南郙固僻壤，考築荒原中。農夫三四家，煙火時一通。朝槿聊樹籬，三徑亦蒙茸。敗垣衣丹荔，頹楹蔭青楓。庶幾蔽風雨，差足具宿舂。衰至交自稀，時往非途窮。愧彼避世人，卜居近牆東。

負郭十畝間，林竹周四隅。自予誅茅來，隙地乃有餘。荷鋤植江梅，荏苒歷歲除。參差帶層阜，偃蹇臨清渠。姑射耀雪膚，萼緑垂輕裾。開軒引春酒，浩然陵清虚。隴頭將誰寄，東閣空躊躇。願言保貞素，抱道常獨居。

鎮南將軍李公唐禧

李公，華亭人，起家世胄。乙酉授閩帥，由閩入越，拜鎮南將軍，鎮天台。丙戌城陷，死之。

將軍始詰戎，閩越播國屯。先幾避長鯨，銜命出紫宸。整旅下東甌，義聲翕然臻。遂建赤城標，爰授黄鉞新。甲楯無安棲，枕戈志未申。毅魄上瓊臺，顥氣陵秋旻。吁嗟山河誓，零落苗裔存。重光乃祖烈，無忝奕葉孫。炳炳侯與李，東海表世臣。

茂才張公寬

張公，字子服，華亭人。陳子龍妻弟，以與吴勝兆之謀見殺。

張子天下士，鬢髯如戟張。深沈多大計，英爽神飛揚。投分礪金石，蘊義生風霜。蹈海有孤憤，揮戈無重光。歲序嗟龍蛇，野血哀元黄。臧洪願同日，孔融肯獨亡。神理何荼酷，天道抑蒼茫。吾有同心言，平生矢不忘。時無黄石公，安得張子房。

中書舍人殷公之輅殷公字元素，華亭人。原任車駕司主事。性忠烈，與吴勝兆之謀見殺，竝其同胞弟之璉愬商，族弟懋略台柱，姪鼎答鳴、璋半如四人。

殷生避金馬，梓澤足嘯歌。思齊李杜名，漫論王霸圖。婆娑歎枯樹，溝壑及餘波。亦爲殷遺民，追蹤首陽阿。

游擊翁公英公字際蜚，松江人。崇禎辛未武探花。曾與沈猶龍守城，及夏完淳郵表事破，被殺。

將軍偉丈夫，剛毅本天性。猛氣獨射虎，勇力能扛鼎。漢主始臨軒，首應非熊命。霸陵遺故將，雲臺慕大耿。平陸起龍蛇，瀛洲陵倒景。雙鯉書莫憑，九烏天未定。愧君讓宅意，孫周竟誰竝。

貢士董公巽申公華亭人，太宰邃初姪，亦以郵表事見殺。

舞勺登公堂，玉山映秋月。壯歲招公魂，丹旌飛碧血。孤鸞清夜唳，弱蘿喬木折。不及强艾年，已作生死别。賦詩重哭公，西風吹短髮。

茂才李公之檀公華亭人，中書待問弟，亦以郵表事見殺。婦袁氏，聞難自縊。

李子衣縫掖，慕義輕結客。浪言天漢槎，那得支機石。君死名不虚，隴西皆生色。兄弟雙南金，夫婦懷白璧。

詩話：《輞川集》中有「南哀」「北哀」等篇，皆紀鄉人之死事者，共三十四人。今祇録此數詩者，則以殷、李諸公史傳未登，鄉邦或昧，其人已在，若明若晦間也。若守城、郵表兩案，遇難姓名別見予所著《松郡忠節録》。

東田歌贈宋秋士待詔子建宅在東門菓子巷，有四志堂，李待問書。

東郊十里春雲碧，東田半頃梅花白。雲深花落人不知，到來知是陶潛宅。中有人兮永今夕，一代風流四海客。客子常披鶴氅裘，主人獨岸華陽幘。自言避世歸東田，痛飲狂歌不記年。白墮輒傾鸕鷀杓，紅牙自案昆雞絃。有時夜奏秋風篇，周郎四顧心茫然。颯如三峽叫杜鵑，靈旗颭忽來風前。宋子近作西北祠亭，中祠累代忠烈。嗚呼我朝稱逸史，前有衡山後秋士。冥鴻懶曳王門裾，歲星遠照蒼江水。我來東田歲月多，三年春色空蹉跎。欲向君家尋《九辨》，一曲清歌可柰何。

西陵陸麗京過訪賦贈并追憶令弟鯤庭大行麗京索予所藏先師遺筆託爲采藥之行

昔與君別者，乃在石頭城。城頭烏啼日欲暮，新亭握手惟吞聲。參辰倏忽垂十年，應徐陳劉皆雲煙。君家大行先化碧，我師毅魄歸深淵。谷水陰沈沓空谷，西陵松柏鬼夜哭。愛君不問雒下名，偏入深山採黄獨。竭來扶路到西州，阜帽朱顔青雀舟。男兒須識孔文舉，女子猶知韓伯休。高堂置酒春花落，擊鉢詩成恣諧謔。秦州流落何足陳，詩狂酒態還如昨。何以贈君一素書，十年懷袖長欷歔。莫向江頭獨吟諷，一夜驚濤怒子胥。

楚州酒人歌爲陳階六使君賦

三年不見陳驚座，有酒不飲惟高卧。高陽酒徒半寒煙，江南江北愁無數。今年遇君在武丘，舉觴未飲先欲愁。真娘墓上露初白，小令祠前月半鈎。爲憶楚州全盛日，美酒如淮世無匹。東平開府旌旗紅，漠北傳烽風雨疾。欲歸不歸且徜徉，遂呼我土作醉鄉。卜居欲近機雲宅，中聖常追嵇阮狂。是時龍眠孫司馬，與君攜手長林下。海立塵飛尚不知，猶倒接羅傾玉斝。依牆蹈海空復情，送君還向楚州城。故園松菊渾無恙，始信淮南不被兵。暇日扁舟過江浦，往來吴越成今古。黄公酒壚何處尋，賸有吴姬能楚舞。爲君楚舞還楚歌，緑鬟微嚲紅顔酡。安石流風恐不免，子野深情可柰何。不如拂袖賦歸去，黄河莽莽方東注。攜酒須醉劉伶臺，下邳橋畔天欲曙。

人日集孔厓秋草堂同吴華苹董蒼水顧子韶

朔客衝寒歸，冰雪交行路。入門妻子無顔色，相向長吁歲已暮。負郭窮巷席爲門，庭前疎梅枝獨存。鄰里小兒賀改歲，老夫閉户忘朝昏。掉頭忽遇孔巢父，攜我草堂日亭午。樂府舊詩《三婦艷》，初筵新薦五熟釜。今日何日樂不支，同遊三子皆工詩。時賢頗好吴均體，人日曾記董勳辭。衹有元歎同寂寞，昏黄聯袂出南郭。回首春鐙月半規，思君醉卧梅花落。

詩話：顧子韶名家駿，幼爲夏考功館甥，與存古同學，有「連璧」之稱。勝時客岳陽，子韶以詩寄之，有「故園新濯清漣水，待爾行吟賦樂飢」句。今輯詩時，吴、董皆有集，而子韶竟無從探採，誦「同遊三子皆工詩」之句，益爲悵悵。

吁嗟行酬陳默公

與君生年同甲子，别來歲月將三紀。雨散雲飛曾幾時，吁嗟少年今老矣。相對一笑舌尚存，篝鐙重話當年事。君也避世金馬門，悲歌慷慨過燕市。掩耳惡聞蒼蠅聲，早棄華簪如脱屣。窮愁何意老虞卿，有時縱游慕太史。後車滿載惠施書，兼金不易咸陽字。莫歎闌干日照盤，有子傳經詩濟美。問余作客近何如，請君端視我屈指。衹爲饑驅負夙心，二十年來行萬里。生憎幕下謝宣明，浪稱四海習鑿齒。參卿軍事空爾爲，男子附之疲欲死。晚向沙場垂淚别，濛濛雙眼兵戈裏。歸來閉目不窺園，兀兀窮年常隱几。但可呼兒讀素書，那堪仰面看雲起。忽聞天外故人來，振衣出户生狂喜。乍對蒼顔似夢非，聞聲驚座欣然是。相歌相泣若無人，欲語不語誰能擬。胸中伊鬱怒濤聲，一夕連書數十紙。君提其耳我拭目，貴耳賤目真知己。風能憐目目憐心，剖心片片還相視。我且欲焚左氏編，爲君洗卻巢父耳。願言塞兑從兹始，曰希曰夷吾與爾。

皇甫林 皇甫林，我師大樽先生墓也。師有子孝歧，幾壯而逝，孤孫望若相繼夭折，遺腹生男，蓋大母禱於北斗，而舉曾孫焉。既悲未亡人，遭家不造，而幸我師之有後也。戊辰春日，入林展墓，作歌以告之。

皇甫林，乃在崑山之陽谷水陰。谷水東流不復返，白日一閉夜沈沈。杜宇嘔血哀猿吟，空林無人傷我心。若有人兮林之下，素冠縞衣乘白馬。山鬼陵風嘯後塵，國殤雲車驅前駕。風迴雲變渺何之，月落烏飛聲啞啞。烏飛南來又向北，驚起阿母仰天哭。膝下雙雙嫠女星，天乎奪我兩黃鵠。黃鵠悲鳴反乎覆，叔帶持腰福所伏。林中抱得鳳雛歸，北斗光芒射茅屋。使我聞之喜欲狂，向天再拜涕滿裳。幾見破巢有完卵，胡然還珠得夜光。元經寂莫今有託，可憐五世無他揚。令伯再頌《陳情表》，小同復起鄭公鄉。寒食尋春春已暮，重入林中展師墓。毵毵白髮淚雙垂，芊芊宿草人非故。一世休明徹九泉，好把愍孫自呵護。他年應像祈連山，今日還歌薤上露。薤上露，露霑襟，田横之客誰知音。聲聲唱入皇甫林，皇甫林，乃在崑山之陽谷水陰。皇甫林，見楊維禎《干山志》，今作「廣富林」。忠裕曾孫名世貴，庠生，又再傳而絶。

戊辰元日 時年七十。

便是傳家日，羞稱杖國年。五辛花未頌，貳膳韭居先。有酒時當醉，無車不用懸。羲皇驚宿夢，鳳歷已茫然。前戊辰，爲崇禎改元。

會葬貞定先生孝廉含文

耆舊晨星落，靈光君獨尊。何期披宿草，今日到南郵。空谷人來少，生芻我道存。曾元三十輩，濟濟立松門。

泗鼎沈淪後，孤舟風雨時。死生同旦暮，忠孝格神祇。抱恨天靡極，埋憂地不知。素車還躑躅，大鳥去遲遲。乙酉尊人忠介公殉節金陵，先生扶柩渡江，中夜風雨大作，鄰舟皆溺，先生舟漂泊孤洲，若有神助焉。

宿負蒼生志，維桑借箸籌。周餘安雁澤，海若靜鯨流。飛舄歸何暮，霑衣涕未收。桐鄉遺事在，蘋藻共春愁。先生前從忠介公董築捍海塘，後爲婁邑李令建議行均編良法，有大功德於民。晚年倡議歸李令之喪，今鄉人奉先生與合竝祀焉。

晚託忘年契，呼兒負杖從。隆中追司馬，柱下拜猶龍。禮失今求野，文亡世莫宗。惟餘故國淚，霑灑向青松。鄉人舉私謚之禮，吴子日千爲之議。

仲夏喜得元亮周公闈中書

高卧移長日，孤鴻嶺外歸。開緘情不盡，失喜淚重揮。眠食將無損，親朋在亦稀。知公增嘯咏，春雪點征衣。

寄獻漳浦黄先生時在大滌山

元蓋栖真訪列仙，講壇卜築自何年。雲中猿嘯千峰雨，簾外花飛五色泉。吾道未窮悲虎兕，有人獨立媚嬋娟。先生莫擬《龜山操》，帝夢於今到洞天。

春興

扶桑日月隱南天，海上遺民未息肩。持節便須分帶礪，請纓争起護樓船。張陳讓印今誰在，劉段登壇更幾年。異域那能飛雁帛，每逢春盡獨潸然。
自别江潭緑水深，三年不見悵行吟。鸞凰日遠無奇服，虎兕途窮獨鼓琴。猶有舊交知豫讓，可憐故吏似盧諶。幽蘭杜若傷春路，讀罷遺經淚滿襟。
上苑花飛御柳絲，葱蘢煙樹鎖龍池。已誇絶域來符拔，更著新冠飾駿鸃。種就葡萄驕玉勒，吹殘觱栗醉金卮。漢宫舊事誰曾記，青塚春光又一時。
初聞飛將起雲中，又見魚書上黨通。三晉關河誰逐鹿，二庭玉帛問歸鴻。李陵臺外清沙白，魏豹城頭獵火紅。爲憶武皇親駐蹕，煙花十部奏離宫。

喜劉臣向至即送其括蒼之遊

聞君耕釣大江濵，十載心期託隱淪。檻外風帆收楚蜀，夢中煙月隔梁陳。逃名昔日因鈎黨，作賦經年未逐貧。東浦爲予勤寄問，仙都賓客是何人。

過蔣大卿泖上園亭有懷大樽師

一夜春殘落柳花，迷離小苑隔平沙。鹿門舊是龐公宅，羊仲方知蔣詡家。亂後烽煙餘故壘，愁來風雨雜鳴笳。酒酣卻憶平生語，淚灑西州日影斜。

二孝子詩二孝子者，孫伯子止文、仲子放質也。孝子父太僕公守深州，崇禎戊寅兵至城陷，公題詩蕪蔞亭，引刃自剄於城上。公父年七十餘，亦不屈，死之。仲子守父屍不去，身被數創，絶而復甦。伯子在家聞變，走京師伏闕上書，有詔贈公官如例，并旌其父閭。二子營葬其祖若父於元墓山，隱居不仕。伯子今年七十，仲子年六十，時人稱二孝子焉。

當年徒跣赴長安，雨雪滹沱道路難。疏上漢廷雙闕震，傳來冏命九天寒。山中樹靜風偏急，籬下花開酒未闌。珍重尚書曾幾載，世人已作伏生看。

五世論交世所稀，况通親串喜相依。白頭兄弟聯書幌，皁帽春秋一布衣。每到虎谿添笑語，先生仲子鶴山和尚嗣法元墓。閒看鷗鳥自翻飛。海田亦是尋常事，惟向天邊禮少微。孫伯子止文。

人生大節惟忠孝，三世相承曠古無。杜宇啼殘血影碧，《蓼莪》讀罷淚痕枯。曾聞丁令歸華表，今見黄公隱具區。七十二峰皆頫首，讓君縹渺一峰孤。

君生視我後一月，已是神皇末命年。鄉齒自應慙馬長，家聲猶得附盧前。蕪蔞亭下無人迹，鄧尉山中有墓田。百里梅花天際水，春風常放五湖船。孫仲子放質。

上巳集王崍文齋

雨餘花霧晝冥冥，千尺遊絲繞畫屏。昔日流觴隨雒水，我家修禊在蘭亭。開簾紫燕迎風入，把酒黄鸝隔樹聽。吟唱不知今夕永，玉樓高處落春星。

柳渭公山人菊圃

我愛東籬徑未荒，秋來風物引悲涼。雁聲驚起三湘夢，鬢影飛殘九月霜。欲向黄公尋酒伴，空憐青女鬬新妝。藥欄花塢知多少，老圃偏宜近夕陽。

陸起鳳

字儼若，上海人。甲申貢生。以子鳴珂貴封贈。著《映玉堂稾》。

辛丑六月彭德符夫子崇祀名宧祠敬賦

彭名長宜，字申伯，號德符，海鹽人。崇禎癸未進士，官上海知縣。在任科條寬簡，邑因寇警焚掠，撫軍擒斬，長宜請停罷告捕，全活數百家，又止巡按之兵戍川沙者。夏旱勘災，力請減税。以順治二年去官，民攀留不得，爲像祠於城隍廟西。其後殉節則回家遇變，以不食卒。至崇祀名宧，惟見此詩，亟存之，以備一掌故。

治行三吴孰與儔，流馨俎豆足千秋。帝鄉夢去雲迷鼎，仙表歸來月滿緱。召伯棠陰龍浦上，羊公遺蹟鳳樓頭。公有登樓詩。臨風一向鹽官望，不散當年國士羞。予辱公賞識。精忠蓋世血猶丹，二曜争光海色寒。劍履已隨箕尾去，文章猶向斗牛干。諸生仰止圜橋立，三老謳思負杖看。落落人琴成異代，淒涼山水復誰彈。公詩有《瞿瞿齋集》。

馮瑞振

字振仲，號水甄，華亭人。明進士明玠子。順治中歲貢。

經光武廟

戎首窺炎鼎，妖氛蝕紫微。絳衣龍是種，白水鳳旋飛。幕井懸軍古，荒祠薦藻稀。鄗南如有望，佳氣未全違。

送沈繹堂同吴六益北行

馬首春風壯此行，旗亭日落送飛旌。雲連遠樹千山度，月滿征鞍萬里明。惜别自憐遊子意，論交應見古人情。更逢季重推同調，詞賦于今勝二京。

陸慶裕

字文饒，華亭人。彦章孫。順治中歲貢，候選知縣。

金陵懷古

雨色臺城近，淒涼入故關。春風低燕子，落日隱鍾山。古渡煙波闊，離宫花鳥閒。當時平子在，曾賦兩京還。

長干行

門前烏柏樹，夜夜宿雙禽。腸斷江南信，還爲日暮吟。

紫騮馬

安西都護騁龍媒，萬里沙場掣電回。老向漢園悲苜蓿，秋風還自塞門來。

錢起龍

字荀一，華亭人。順治中歲貢。初在幾社中，以闇公爲師，後與談公叙璘、唐毆冶鎔有《求社會業》之刻，則王玠右兄弟評選焉。

廢關

故壘倚天半，風煙此地分。雷飛千澗雪，日落萬重雲。猿淚霑羌笛，蛇矛指漢軍。河山遺恨在，薊北日紛紛。

和文子春日卧雪

連霄微雪苦寒侵，春日棲遲曲巷深。駿馬漫傳黄竹賦，梅花空贈白雲心。十年渠閣燈花暗，千里延陵劍氣沈。亦有《陽春》誰賡和，傷心此日在人琴。

落葉

未及飄羅幌，偏宜拂舞衣。秋風憐客意，先向路旁飛。

王宗蔚

字崍文，號彙升，華亭人。諸生，國朝歲貢。少與夏存古同學。康熙己酉八月十五夜，飲徐朗璇幕，無疾而逝。著《蓉墅樓稾》。董閬石曰：「其近體風華秀整，另是一格。」

詩話：初崍文與韓友一、計子山、王麗文有《四子詩餘》之作，王玠右序謂爲「喪亂以還無所聊賴，每爲小詞以自娱遣，竝令解事小奚，和絃而歌之，四子酒杯檀板，駘蕩宫商，使人不以爲哀怨，而以爲風流」云云。此可以想當日情事，至麗文則未知其名，不可考。

門有萬里客

京都游俠子，自云本朔方。金羈耀白日，寶鍔生輝光。褰裳渡洮水，棄繻出秦疆。平生慕遠烈，抗志覽八荒。結交命儔侶，秉義懷不忘。西登太山阪，東指龍門岡。願同雙黄鵠，萬里陵清霜。

古意

崑崙出雲中，梧桐何鬱鬱。下有雙鳳凰，葳蕤揚其側。翱翔欲安之，薫風披緑池。一朝不飲啄，九翼空參差。令儀不見遇，行行保珠樹。何時西海遊，刷羽瑶臺路。明月生東嶠，照我西南池。所思在萬里，形影長相馳。山川一何遠，秋風落庭院。坐使巖花吹，不惜皋蘭變。皋蘭自芬芳，玉宇凝微霜。哀哉秦氏樓，機杼不成章。

春江曲

吴江三月水接天，芳波不斷摇輕煙。夾岸桃花垂錦幄，隔谿榆莢拂金錢。迢迢樓閣臨江汜，珠簾繡箔東風裏。楚管横吹萬堞青，秦箏欲散千山紫。誰家走馬美少年，銀騮倒挂珊瑚鞭。鸚鵡洲前看舞柘，鴛鴦浦上醉鳴絃。可憐離别江亭路，《渭城》一曲春將暮。長堤日送木蘭舟，短棹空迴桃葉渡。别有思婦倚斜陽，高樓翠黛不成妝。萬里黄榆人出塞，十年紫陌燕歸梁。昔時此地繁華處，鳳艒龍舸捲江樹。靈妃初弄漢皋珠，神女還迷巫峽雨。今來回首春風狂，誰識江中白石郎。仿佛青谿小姑在，夜深猶唱楚明光。

小春風雨集錢寶汾齋

雲冥冥，雨悠悠，錢郎招我登北樓。白雁丹楓相對出，閒庭積水空堦流。坐中有客皆奇士，户牖紛紛羅圖史。百代文章定有群，蘭臺中壘安足比。此日華堂開四筵，接䍦欲倒西風前。懷君九華玳瑁之翠帳，珊瑚木難盈其間。鐙燭熒熒照四壁，醉來舞罷心茫然。與君歌，飲君酒，城頭鼓角聲烏烏。且復彈箏共擊缶，原嘗春陵安在哉？當年杯斝知何有，羨君意氣真騰驤。揚輝刷羽萬仞翔，即今風雨蛟龍藏。干戈匝地方未歇，何時試爾雙干將。

過平原舊里有感和逸伶作

野色微茫盡，蒼煙古木冥。蔭堦一水碧，卷幔數峰青。遠道悲豺虎，高原散鶺鴒。蕭蕭北來雁，嘹唳不堪聽。

槃敦當年會，風流擅鄴臺。肆筵開鳳蠟，夾岸走龍媒。賓客梁園散，星霜遼海哀。醫閭一片石，明月幾徘徊。

過中峰蘭若贈董蒼水

祇園宫殿聳雲端，知爾棲遲興未闌。梵影月涵松色静，曇花風動石臺寒。千盤薜荔煙中出，萬堞芙蓉雨後看。幾爲招攜尋舊侶，好憑白社共登壇。

游徐丹崖南園南園本陸樹德梅南草廬，後歸徐氏。

南州高館翠亭幽，曲磴迴欄積靄浮。遠岫雲銜滄海暮，平川花動碧城秋。陰森臺榭煙中樹，隱見星河水上樓。絲管當年人不見，蒼蒼月色自深愁。南園大丘舊游地也。

懷玠右海上

雲濤東望海天晴，十載真成管樂名。白石不堪頻扣角，青山嘗憶滯班荆。風迴蛟島秋潮急，水度龍湫夜月平。弔古有懷臨滬瀆，離鴻野鶴倍關情。

王夢求

字九徵，青浦人。順治十七年歲貢生。

汶上道中得季弟秋試之信

鎩羽南歸日，扁舟夜泊時。逢人傳榜帖，知爾又差池。魯酒勞頻勸，齊歌轉欲悲。家門寒已甚，暖律待誰吹。

沈　迴

字子凡，號藥園，華亭人。順治中歲貢生。相傳當日文社中有茅、沈、胡、盧之目，茅謂起翔，胡謂琬珠，盧謂文子，沈則子凡也。今惟文子有集，餘俱軼。《金山縣志》載其有《潛確堂詩稾》，亦未得見。

丙午春冷然兄枉駕草堂尊酒清談兼及天官家言謂余今秋可售賦此哂謝冷然藍姓

幾載江頭理釣竿，空翻白雪向人彈。光華自逼郎官動，意氣難同國士看。湖海秋風催獻賦，鶯花春酒暫追歡。憑君物色休文早，破浪緣知自古難。

章飈高

字武謀，案姓張，上海人。順治甲午拔貢生。

懷許鶴沙

碣石曾歌行路難，相逢握手慰加餐。暮銜珠勒歸宣室，曉值螭頭振綵翰。銀管秋清仙仗迴，梨花春轉禁鐘寒。爐煙日繞同歡宴，杓斗今從北極看。

吴　定

字澹菴，上海人。順治五年貢，授澄城縣知縣，有惠政。陞行人，擢户部主事。出督夏鎮河道，增築河堤，有廉幹稱。假歸杜門，著有《河渠志》。

咸陽道中

策馬咸陽道，巖疆不易行。亂雲吞日過，遠樹插天生。地闊春花少，山空朔吹鳴。風塵多鞅掌，不敢滯王程。

杜同春

字子曠，號南池，華亭人。登春兄。順治中貢生。癸未春曾與夏存古、徐度遼、王后張及弟九皋入求社。

郊遊即事

何處春深院，春歸自寂寥。亂紅隨蝶舞，弱柳貯鶯嬌。草色迷芳逕，谿流斷小橋。舊時王謝燕，飛去覓新巢。

朱萬禧

字匏菴，華亭人。明太常國盛子。順治八年貢生。

亂後葺城中舊廬

其廬在東馬橋繡衣坊西，本朱大韶宅，後有文園，明季歸國盛。

劫火嗟何烈，蓬蒿滿廢墟。燕歸皆遶樹，狐嘯每登閭。復此存危棟，誰能委敝廬。荆花猶自媚，次第可安居。

張世璘

字孝鄮，號玉文，華亭人。順治戊子拔貢，官陝西靈臺縣知縣。在任七年。丁父艱歸里，不復起補，遯迹鄉間，至饘粥不給云。

送董蒼水遊兩粤

岸柳初飛絮，依依送客行。春山遊子夢，明月故園情。五嶺啼蠻鳥，孤雲繞粤城。知君多博物，能辨海花名。

張世紹

字衣聞，號約園，華亭人。安豫子。順治間歲貢生，官鄧州知州。著《無聊吟》。

舟行遣懷

愁隨長日遠，極浦趁微風。白髮江湖變，青山今古同。雨痕添岸緑，夕照襯帆紅。屈指前程近，鄉音漸可通。

朱與琮

字令芳，上海人。在廷子。康熙元年歲貢，績谿縣訓導。

折楊柳詞

嘗向離筵唱《渭城》，柔條折盡又還生。銷魂堤畔銷魂樹，玉笛愁聞第一聲。

曹偉謨

字次典，號南陔，華亭人。谿仙次子。幼慧，十一歲隨父謁陳眉公，眉公奇之，大書「英才」二字與之。後遊夏考功之門。前己卯入平湖學，赴棘闈二十一次。康熙丙戌以元薦不售，乙丑歲貢廷試第一。韓長洲、徐玉峰皆以枚、馬相待，忽憶故鄉菱角，襆被而歸。其詩學劉賓客、李玉谿，以工緻香艷爲宗。著《南陔集》，皆七絶，蓋尤其所長也。

山陰道上

男兒成名苦不早，驅車空走山陰道。酒酣拔劍且悲歌，山川歷歷傷懷抱。可憐霸業盡蕭條，昔日繁華不自保。君不見越王城中烏夜啼，越王臺上鷓鴣飛。舊時粉黛無消息，故國川原今是非。浣紗津頭落日低，苧蘿山下行人稀。禹甸荒蕪只衰草，蘭亭谿口盡漁磯。煙波繚繞浮雲暮，音信天涯歸未歸。

靈隱寺同六益繹堂朗誼諸子分韵

岧嶤古刹鬱千年，靈鷲高峰矗殿前。晝日鐘聲聞下界，雲霄梵語逼諸天。萬山落葉開樵徑，百道飛泉出樹巔。攬勝幸同詞賦客，斜陽吟眺起寒煙。

謁禹陵

夏王陵墓對塗山，翠輦千秋不可攀。松下衣冠留葬地，雲中劍佩想朝班。靡山有路樵難到，越廟無巢鶴引還。總爲當年巡幸後，至今金簡落人間。

地敞平原氣鬱森，朱旗曾繞翠華臨。松杉影落園陵路，玉帛朝回宛委陰。石紐已虛雙鳳去，梅梁時鎖一龍吟。經過芳草無窮事，尚有王孫祀至今。

題若冲秀才新居兼以志别

竹塢花潭小市東，草堂新築擬楊雄。一尊雞黍山家味，半榻琴書處士風。紅藥影翻春正好，緑楊斜拂徑還通。谿橋握别春江晚，細雨孤帆煙靄中。

擬西宫怨

寂寂梨花小苑愁，東風吹斷隔金溝。君恩不似觚棱雨，長信昭陽一樣流。

天街咫尺隔銀河，鏡裏何曾減翠娥。一自金輿恩幸斷，六宫争道不如他。

複道西來小院東，蛾眉謡諑怨春風。昭陽姊妹猶争寵，那許旁人冠六宮。
玉簫吹徹一聲秋，銀鑰監宮夜夜收。妾命自同紈扇薄，涼風先到殿西頭。朱二垞云，七絶最佳，頗近唐音。

和公錫婕妤怨

鴛鴦瓦上有微霜，望斷君恩玉漏長。寂寂西宫人不到，月明歌管在昭陽。

送劉野從歸鄴下

鄴下風流恨見遲，江干分袂動離思。憑君爲報南皮客，今日曹劉又一時。

憶故園

小巷烏衣落日斜，捲簾争賞牡丹花。遥知兄弟飛觴處，坐倚雕闌話永嘉。

江行口占

江頭木葉正紛紛，江上孤篷對夕曛。兩岸青山舟一葉，不知何處是桐君。
布帆千尺趁潮還，越絶風煙指顧間。畫取富陽南去路，一條江水萬重山。

秦淮竹枝詞

秦淮春水緑迢迢，柳線千條更萬條。每過珠簾停打槳，惹他簾内罷吹簫。
戲演魚龍夜不眠，梨園牌號阮家編。輕輕斷送南朝事，一曲《春燈》《燕子箋》。

閔峻

字山紆，號筠菴，原籍烏程，遷上海，仍入烏程學。十五歲，嘗謁周勒卣，即以其所爲詩贄，勒卣稱爲今之少陵。後少司成吴駿公、吏部夏彝仲皆賞之。庚辛間，命修積分法，校士兩雍，冀得異才，峻凡十五試，六居冠軍。後兩雍祭酒復拔其尤百餘人合試之，而峻名則第五。至順治甲午拔貢，授盧龍令，擢職方主事，遂乞假歸。著《筠菴詩文集》、兵法等書。

友人召飲别業

隴雁入江鄉，迎寒過草堂。月歸簾影細，露滴竹枝涼。落漠非詩瘦，飄零尚酒狂。與君暫舒嘯，人自擬山陽。

隴西行

劉生壯志滿關河，安得朝廷議止戈。海甸秋來芳草盡，畫樓人去落花多。征衣不及西江浣，隴樹曾無越鳥過。鞅掌沙場思鳳轄，問君裘馬竟如何？

國朝松江詩鈔卷七

鄉人姜兆翀孺山録
吴興仁静巖閲

林子卿

字安國，華亭人。景暘曾孫。前諸生，康熙初貢。少穎悟，從包長明、李舒章游。讀書日盈寸，於天官、地輿、律吕、典制之學，靡不精貫。著有《素園詩稿》，又著《通鑑紀事本末箋注》一百卷。蔡公仁菴毓榮借刻，而其版向藏林氏祠堂中。又續《松江府志》二十卷，自康熙二年迄二十年止。知府魯超命修，子卿秉筆。按：素園本其祖有麟宅内園，在北倉橋北，其後抵本一禪院河，子卿故以名稿。國初，宅歸周釜山云。《漱芳齋詩話》：素園根抵在《文選》、初唐，故五古、七律氣味迥别。其《閒居讀書賦》仿佛子山。

月夜渡浦

揚舲渡南浦，率爾成佳賞。皓魄升東隅，落日猶餘晃。泯然華彩接，微際窮心想。平林渺蒼翠，白露俄森朗。遥烟隱修岸，孤櫂陵幽響。眷言攬清暉，曠望將安往。

贈山陰朱朗詣

仲冬元陰集，草木變嚴霜。落葉聚寒谷，層冰耀北塘。鴻聲何嚦嚦，乃在夜中央。橘柚雖甘旨，不及桃李芳。客子念行役，四顧起彷徨。利器寧剛折，烈士慕冰稜。家世相韓國，忠孝素所憑。共負魯連恥，詎同子魚升？黄金若丘山，不易一令名。巍巍子雲閣，千載爲世憎。

豫章行

白楊生豫章，綿綿忘歲時。幸逢聖明世，養育雲漢枝。左拂徐孺墓，右蔭昭靈祠。青龍遶元榦，白虎護喬支。一朝逢喪亂，羽檄縱横馳。斧斤一旦至，禍匪自工師。丹檜無易種，沙棠豈翳榴。况兹百尺條，焉得暫相持。大匠督繩墨，小匠急斤槌。枝葉盡狼戾，根榦遽崩離。芬芳達數里，道路爲傷悲。斵削彌春夏，始事清江湄。行爲彩鷁舞，止爲青雀嬉。洞庭風浪作，霹靂震天逵。帆檣同覆没，千載無還期。身糜大湖側，根在豫章陲。寄語謝枝葉，勿復長相思。

賦壽王玠右名世尊人君謨先生

何人不愛《武陵圖》，義熙甲子終有無。何人不解厭城郭，貴游門庭少羅雀。一翁笑傲東海濱，大雲五色占隱淪。忠信久持涉波浪，患難脱迹披荆榛。狐裘蒙茸奚足貴，廣文先生何所畏？樹近陶潛緑似絲，水經嚴瀨清如渭。元方季方世莫當，才名壁立三君行。功名棄去甘蓬蓽，出處端應似鳳皇。種瓜自向青門外，采芝焉用南山傍。爲君起舞進君觴，客星奕耀垂光芒。

詩話：君謨先生以乙酉之新昌學官任，旋遭鼎革，是以父子徒跣萬山中。事迹久晦，而傳其梗概者惟有此詩，蓋作於已歸海上時云。

吴山登眺

舊識吴山路，風高石磴明。暮烟浮古刹，畫舫接高城。海闊憐飛雁，江空見晚晴。霸圖今已矣，碑碣自縱横。

贈吴漢槎

高會逢君金叵羅，詩成三復轉嵯峨。黄河曲裏星辰動，太華峰頭日月過。枚叟功名悲畹晚，左思詞賦愧蹉跎。鳳池才子多年少，遲暮憐君奈若何！

贈陳其年

楊柳春深送馬蹄，江郎行處倍凄迷。高樓明月嘗歸庾，海内青山欲姓嵇。鵰鶚秋飛南嶽嶺，芙蓉露落五雲谿。潁川自昔多才士，北斗平臨萬象低。

讀周子俶東岡詩稿寄懷

東岡詩句擅三吴，《雅》《頌》翩翩信我徒。世上曾無丹水玉，憐君空有夜光珠。傳經自擬推《洪範》，獻賦終當冠《子虚》。公瑾風流今再見，青絲應控内家駒。

過鶴林蘭若含暉上人相送至米南宫墓前賦贈

青山獨步野風秋，旅思茫茫賦遠遊。元亮幸逢蓮社畔，遠公真過虎谿頭。蓬萊仙誥悲黄鶴，溟海天機到白鷗。日色可中分手去，春風應憶杜鵑樓。

折楊柳歌

好馬得人愛，好女得夫憐。阿母不嫁女，空伴女兒眠。
竹竿曾作笋，阿母曾作女。回思少年時，應憐女兒許。

林子威

字武宣，子卿弟，諸生。著《貞娱草堂詩稿》。蔣平階謂其不徒恃才與法，而能不謬正宗，王勝時亦以爲然。此蓋謂其五古也。吴日千謂「近體門户既廣，取材亦易，惟五古以漢魏爲絶調。字有原本，雜一字不受；句有體裁，雜一句不受。字皆樸質，而句反奇逸；句多健直，而篇反委婉。思沈而聲揚，體静而氣流。盡而有餘，去而更留。學者得其膚貌，未得其音節；得其音節，未得其神氣。非屏息淵思不能悟入也。而武宣乃獨見長，渾融閒曠，無迹可尋，聲光神理，自然入古」云云。以此言五古，談藝入微矣。今存數章，以見大概。至其五七律亦堅卓凝鍊，有聲有光。

左太冲咏史

燕趙重遊俠，四海同衣裳。感激班荆言，出門不夙裝。撫劍如有神，白日澹低昂。蘭摧性不移，本爲君子芳。纍纍黄土中，荒草盡飛揚。人生會有死，富貴安足望！人死有若生，貧賤安足傷！

謝元暉閒望

高軒啓遥覽，光景紛交會。鳥飛池上烟，樹入山中靄。平沙激錦湍，修篁發幽籟。空翠杳然深，渺渺侵衣帶。有美婉清揚，憂心無良邂。爲我一清歌，標響行雲外。相從遺世悦，遐步凔沆瀣。

咏史

太白蒼然高，氣振邯鄲壘。馳函大河南，梁王壯圖改。神器天所崇，擴持爲國賄。新垣戎馬人，承命乃不怠。猶有魯仲連，片言重鼎鼐。驅車魏使歸，退舍秦軍在。彭彭十萬師，一擊侯朱亥。夷門不下士，空爲蹈東海。

壯士入秦去，易水萬古寒。酒酣見生死，慷慨無餘言。計窮在一决，何以圖百全。泠泠少女琴，白衣化爲丹。湛盧不及身，六雄寧得完？天威既可狎，博浪乃踰樊。勞人在中澤，振臂良不難。

玉曆有代興，涓涓爲洪流。多防愈生患，禍發非所憂。縛信未央宮，醢越賜諸侯。蛟龍既已盡，妖雉不得謀。當時茅土封，維城擬宗周。内史進嘉言，骨肉還相讐。芟枝作斧柯，本根將見求。北望梁楚間，慨然想條侯。

哀歌

將軍投袂起，士馬皆豪勁。誓旅海風揚，行師禾黍靜。捐軀自有所，敢殉元戎令。高墉苦戰時，一呼起創病。從容拜宮牆，大義君師並。南溟自湯湯，懸首心不怲。哀侯指揮承祖也。初，吳志葵欲留之麾下，指揮謂：「承祖但以金山爲存亡耳。」乃堅守衛城。及破被獲，擁入郡，説之降。曰：「吾家食禄三百年，今日不當死耶！」南嚮立，就義於華亭學前。

考功勵清節，海内稱人宗。一言感忠義，五湖動魚龍。群帥既不斷，秋風江火紅。天地何茫茫，俯仰多我躬。得當知幾時，九京且相從。車馬亦紛紛，但覺三吳空。哀夏考功允彝也。總兵吳志葵、參將魯之璵，皆考功門弟子。乙酉起兵，監其軍事，及敗，乃謂其子完淳曰：「自六月興師，周旋諸帥間，固知師、武臣之不力也。特以臣子之道當然耳。事不就，則以身死之。」遂投松塘而死。

咏懷

離軌貞天中，八綖蕩鴻明。烈烈北風涼，陰雨閉重冥。秣馬望咸池，流潦踣不行。反服舊鄉邑，悠悠傷我情。秦龜既匪良，楚鐘豈無聲？世變會有宜，君子慎厥名。

南山有奇木，爨餘發清響。不遇斧斤求，猶當在榛莽。靈珍不久藏，因災獲心賞。所以古達人，悠然任俯仰。

白日冥紅塵，山原曖無極。蟪蛄聲嗚悲，遊子心惻惻。晷短道路長，行行各努力。堂上陳歌舞，堂下生荆棘。纖鱗竭洪淵，應龍矯羽翼。商山有紫芝，誰爲好顔色。

昔人縱酣宴，嘉問輕千載。豈徒曠士懷，所畏人言改。取彼林中灰，焉辨荆與茝？嘗彼筵上珍，焉知鼎與鼐？迢迢楊子雲，寂寞竟何待！

蘭生幽谷中，玉露含丹房。寸莖未爲微，重巖竟芬芳。臨風遲所思，因之託餘香。商聲變朱曦，天地爲清霜。萎絶庸所辭，毋令置道旁。

翛翛秋氣生，淅淅商陰發。皛皛來素雲，俄俄出明月。曠野涼風微，藴隆方不歇。疎林會繁響，哀吟應清節。念欲遠百憂，運晷曾何絶。

繁星故在天，爲日匿其光。傾羲幾何時，燦燦已成行。寂寞徒永晝，中夜攬衣裳。珠露垂廣庭，鳴飈應金商。燕雀怡安息，孤鶴警徜徉。不惜摧羽翰，念彼靈枝傷。翯翯有素姿，陧陧固其常。何當味旦期，嘹唳與雲翔。

攬衣起遥思，翛然想高步。策我青絲騎，思與賞心遇。雞鳴見人烟，長河没曉樹。九州廣以遥，皆從此中去。去去將何之，旁皇淹徒御。嗟彼行道人，中野紛馳騖。彼美洵可居，豈不懷安處！

上巳大會虎丘作

命駕越長路，攬衣登高岡。文星曜南紀，佇景此山陽。滄海會群川，大音協宫商。約略知名氏，宛轉結中腸。澹澹春容微，明燈照未央。促席進華樽，舒情藹無方。守真洵有素，榮期不可常。自非金石貞，疇與同衣裳。穆穆衆君子，願言永不忘。

寄壽子山

季春桐始華，鳴鳩拂其羽。千里交惠風，芳蕤滿平楚。咏彼《伐木》詩，良朋在何許？衡門静春陰，微吟對玉女。相樂可延年，恐君復羈旅。羈旅亦多途，高宴思梁園。八斗醉二參，觴至如流湍。簷冰下垂地，脱帽不知寒。良會一差池，飄風吹羽翰。青谿柳絲緑，攜手採琅玕。琅玕鳳凰食，三山隔海水。舂石難爲糧，攬衣涉荆杞。掉鞅黄塵中，髮垢不得理。猗猗庭前花，月黑嘑烏起。出門畏工言，芬芳恃君子。君子久行役，帶緩愁急觴。少日輕途軌，中年愛景光。駕車南以北，忽復聚故鄉。本是餐霞人，賞心寄濠梁。咄咄馬蹶間，同余謀稻粱。

余行富春渚，遥望桐君山。蘿薜貯巖雲，飛泉鳴佩環。仿佛想徽音，黄鶴不可攀。客游干戈際，行留俱未安。鯤鵾各逍遥，君能貴自然。束髮相追隨，金石永自保。蘭生幽谷中，馨香未應老。君有握中璆，潁源振衣早。每念平生言，珍重在懷抱。滄洲意不遲，還期拾瑶草。

代贈嚴平子

浩蕩涉湘漢，縱横觀古今。念彼往軫遒，感此逝日駸。折瓊欲誰與？願言懷所欽。明瑶儲廣淵，嘉材毓珍林。憑風緼芳訊，佇景藉徽音。忘機存抱甕，有道在鳴琴。結宇入蒼碧，舒嘯接高深。髣髴靈脩詞，悽愴鍾儀吟。代起雖殊邈，私淑豈異任。思賢咏秣駒，顧己慙和陰。永懷濠濮意，毋言隔飛沈。

旅懷

少小尚奇節，遠遊涉江潯。洞庭暢遐覽，九歌發哀吟。商秋滿天地，芳緒横古今。龍門秉高節，婉孌懷好音。壽無金石固，椒蘭閉重陰。襆被遊朱門，廿載徒浮沈。局若轅下駒，悴若繞枝禽。艱危戎馬間，事平難再尋。榮華忽已過，衰病日交侵。人世有知己，曠如商與參。客行循舊途，三歎淚霑襟。

隴頭水

隴山西去路，隴水向東流。殘照依荒磧，孤灘隱戍樓。征衣常似夢，木葉更兼秋。絶域陽關道，何年萬里侯。

出塞

飛將本知名，秋臨右北平。周陆陵絶漠，都肄出長城。雪暗雙鵰影，天空萬馬聲。平陽給事史，斗印却縱横。

題楚中盧氏一門殉節傳

有序：吕侯先生循規蹈範，鄉里以爲君宗，而隕首圍城，其事烈矣。人生軌義或均，遭遇有幸不幸。王蠋奮樹，龔生却食，誠結於中，固不重其死，薰香膏明，非知言也。敬托短章，以誌景行云爾。

楚國先賢傳，千秋事可師。家傳子幹學，人畏彦方知。磐澗鴻飛日，孤城鳳鎩時。年年江漢水，常與薦芳蘺。大將居全地，書生在戰場。乘堙無上策，縈帶豈周防。華髪歌虞殯，丹雛弔國殤。九原留勁草，雲藹暮蒼蒼。彤管垂遺咏，芝蘭此共傾。無心還恤緯，有淚已傾城。朱火芳仍烈，寒泉骨愈清。酬恩良不易，執義及衿褸。褒典虚前代，推恩自聖朝。天書輝草木，泉户仰雲霄。華表遲歸語，青春托《大招》。尚餘榮養恨，灑淚滿征軺。

中州雜感

西來睢水暫停車，朱邸旌旗事已虚。何處重看梁苑雪，千秋猶有茂陵書。平原落日歸嵩少，野燒横雲走孟諸。近喜東州鼙鼓静，征途懷古一踟躕。

竹箭奔流勢不旋，司空歲發水衡錢。虚聞玉檢誇秦瑞，無復金隄紀漢年。輓道雲帆依落日，辖車荑柳遍春田。梁城雉堞埋煙草，欲問夷門事悯然。

大梁城北枕河流，曲觀曾看紫氣浮。水泛桃花歸大陸，圭分桐葉冠諸侯。廿年豺虎雕戈暗，永夜魚龍玉殿留。莫問夷門人去盡，繁臺簫管不勝愁。

策馬昆陽指漢京，翠華何處下霓旌。繁花古殿春陰合，歒樹幽潭夕照明。當日春陵看王氣，千年滍水憶軍聲。南巡望祀遺碑在，玉節祠官識姓名。

奉壽大兄

清暉相望越江東，百尺西堂引碧桐。餐以明霞甘晚節，學成秋實見家風。人間禮樂文中子，天下山川太史公。採得江陵千歲草，歸期應對菊花叢。

秋懷

微櫨河麋憲府開，一朝封事上蘭臺。束薪欲變吴兒俗，披褐誰憐楚國材。日色花陰相旦暮，玉光劍氣共徘徊。可憐江左風流盡，年少鴻都接武來。

感事

海鶻漳南已合圍，城頭遥望白牙旂。若爲秋夜魚龍静，可奈空城雀鼠稀。越甲三年怨零雨，吴兵六月賦《無衣》。主恩雙節新開府，買犢中田歸未歸。

越舲邪許泝江波，江畔旌旗日夜過。上策褚衣隨陸賈，終年堅壁效廉頗。依依楊柳今如此，跕跕飛鳶奈若何！郡國材官頻調發，舊聞精鋭羽林多。

岳陽雜作

黔蜀潯潭道路通，高城勢壓洞庭雄。戍從漢鼎三分後，水盡荆州四望中。朔吹陵霜驅曉雁，傾崖倒日换丹楓。壯丁輸輓經年盡，日暮軍書自漢東。

答贈洮侯

卧病三秋尺素遲，每從明月問清姿。相知故國尋兵後，却憶華筵按舞時。滄海空懸陳令榻，青山獨對謝郎詩。叢生桂樹應無恙，昨暮登樓有所思。

錢　穀

字子璧，號内史，華亭人。諸生，後入國學。幼聰穎，爲夏考功高弟。考功父子授命，曾收輯其碑志、墓銘欲付梓，且欲立碑于墓道旁，其敦誼人所莫及。素精八法，嘗摹古人名蹟。書《孝經》一卷，注明某字某帖，一字一畫，皆有依據，人争寶之。嘗客大名成相國家，先後幾二十年，成光，其弟子也。時廷臣嘗以其書達御覽，而迄不遇。晚自號東海逸民，詩筆亦工雅絕倫。

山陰遇蔣大鴻

纔艤鑑湖船，逢君意邈然。風煙上巳後，詩草義熙前。天地寬鴻鵠，鄉關泣杜鵑。挑燈無限話，宵漏莫頻傳。

閲世驚殘夢，飄蓬失舊谿。南皮荒草没，東海暮雲迷。我意揮風樹，君懷切絮雞。便施牀下拜，此義古人齊。大鴻哭先君于旅舍。

送越僧

纔共遠公遊，須臾起别愁。挂瓢來浙水，飛錫向邗溝。霜落飛鴻急，江清木葉流。故山靈隱寺，帶甲幾時休。

送沈彦澈之澶淵

行矣休文詩思多，奚囊不復戀煙蘿。離樽落日蓮花浦，客袂秋風瓠子河。人遇班荆新意氣，我曾攜劍舊經過。故交若問山中況，爲道幽棲阻笑歌。

上巳後二日集張登子齋賦贈因憶大樽先生

一官早棄咏歸與，江左歌思十載餘。視草尚傳金馬詔，登子由内翰爲李官。臨池肯示鐵門書。家藏永師真蹟。永和修禊今還昔，太史占星客共余。却憶孟公驚座日，幾回辭賦滿園居！

和別王幼輿

秋深天末伴隨陽，越鳥南歸莫怨傷。路繞金隄沙似霧，江明鐵甕月如霜。徜徉且息馮驩鋏，牢落何知趙壹中囊。祇悵故交分手易，來年葭菼賦蒼蒼。

贈成仲謙

綵服庭趨足壯猷，君家奕葉重金甌。牀分秘閣書千卷，巷擁鳴珂客五侯。報國每懷丹鳳闕，承恩親賜紫貂裘。石渠虎觀還虛席，接武三公在黑頭。

論交深惜孝標文，那管家山星野分。縱酒共銷燕市月，飛書常下洞庭雲。綺窗同席探鴻寶，逸興揮毫溢練裙。氣誼十年蘭茝重，陳雷膠漆似輸君。

贈閭中趙蕁客

座擁皋比漳浦尊，知君少小託龍門。悟來聽《易》羲文見，客至歌《詩》禮樂存。漳浦先生所著《易象正》授徒。鄴山講學時，士大夫造訪者修士相見之禮，進退皆歌《詩》章，令弟子幼者歌之。蕁客，其一也。故老鱣堂空蔓草，平時珂里亦荒村。因兹放浪銷孤憤，剩有交遊重虎賁。

若爲蕁菜到華亭，數載淹留處士星。閩嶠暮雲千里斷，江峰秋雁五更聽。牀頭金盡還浮白，海内詩來便殺青。聞道柏梁賡和切，碧紗籠字慰飄零。

張　憲

字漢度，彦之弟，諸生。有《麗矚軒詩草》。

感遇

灼灼桃李花，根株欣有托。清蔭垂修柯，餘輝分並蕚。下有濯錦川，上有棲雲幕。倏忽春已徂，終風振莽薄。一朝歎飄零，繁英隕如擇。人生亦須臾，何必怨摇落。百里鬻羊皮，甯戚鼓牛角。貧賤良足哀，委蛇亦可樂。昔饜膏與粱，今日藜與藿。振策歷崇崖，褰裳涉幽壑。非不感倦遊，所志在濠濮。以兹忘盛衰，嘯傲諒無作。

輓詩 有序：去冬王崍文葬佘山西麓，余同徐武静臨其喪。今春二月，武静忽焉暴亡。時聞王駕徵病在膏肓，未幾物化。入夏，復得徐默菴訃音。四子皆余密友，半載間相繼殞滅，後死者能不憮然？因賦輓詩，聊當西州之慟爾。

崍文 王宗蔚也。

南山擁宿霧，元豹藏異姿。豐毛曳長林，文采何陸離。奮激固有意，跳躍非其時。屈首灌莽間，不得揚鬚眉。寒風噓萬籟，偉質忽云摧。豈愜首丘志，愈深伏櫪悲。蜕骨亦已矣，絶允亦何爲。鬱鬱巖下松，徒使零淚滋。

武　静

徐致遠也。爲閽公弟，曾入制府幕，幸邀國恩，許伯氏生還，而閽公已先不食死，是以其柩得歸。

北溟化大鯤，擊水水沸立。揚鬐游九州，吹沫潤七澤。螭虬恒爲伍，蛟蜃非見嫉。一朝觸網羅，幾致瀝斧鑕。汙淖潛逸鱗，涸轍復何恤。混迹鯤鮞中，風雨忽相失。迹去神不留，名存志猶屈。雲騤洵有種，顧此長歎息。

駕徵 王朝藩也。

西方有彼美，姣好容色殊。釵瑑于闐玉，璫垂南越珠。皓腕束長袖，纖腰約短襦。盛年守空閨，嫵婉待須臾。豈意芳華歇，直與歲月徂。畹蘭馨易萎，行與塵土俱。佳人不復作，隴草秋易枯。鄰女曾借光，佇立徒欷歔。

默菴 徐鼎也。丁亥進士，麻城知縣。

東壁騰紫氣，鍾靈降石麟。聖朝盛符瑞，侈爲希世珍。躬負仁義質，聲中律吕均。乍分藜閣輝，即發河陽春。徜徉歸故土，遂乃返其真。白日沈北陸，元陰翳中旬。鳳鳥傷同類，喙血何酸辛。吾欲撫哀絃，絃絶淚霑巾。

憶昔行

憶昔東城列西第，崔題峨閥臨三市。晴雲映瓦耀琉璃，麗日開屏摇火齊。廣庭綃幕影沈沈，小苑芳櫳香細細。玉軸門前繡幔垂，金羈户外青絲繫。金羈玉軸日相尋，夾道垂楊十里塵。夜夜鳴鐘延上客，朝朝列鼎集嘉賓。此時梁苑多才子，此日秦樓盡麗人。乍看龍走珊瑚筆，又見鸞回蛺蝶裙。不惜嫣丸馳翠甸，肯攜湘瑟坐文茵。文茵翠甸春將去，漠漠輕煙飛柳絮。葡萄酒暖席未闌，薔薇架冷天欲曙。曉鶯方自轉雕籠，暮鴉俄已棲芳樹。蜀牋纔賦早春行，楚人已作悲秋句。秋月春花不計年，依稀總是繁華處。豈意江南鐵騎屯，孤城海角角聲喧。羽旗遍插平陽第，軍帳横陳沁水園。燕子啄泥移舊壘，杜鵑啼雨上頹垣。連年赤燧樓臺燼，一片青燐瓦礫存。可憐陵谷須臾改，昨日丹崖今碧海。仲蔚蓬蒿亦一時，辟彊亭榭誰千載。椒壁寧須數石崇，錦帷何必非王愷。但看畫棟析爲薪，對此灰飛徒感慨。

小崑山祀七君子次董蒼水韵

昔賢同逝水，今我此登山。一代人如昨，千秋鶴未還。帆飛芳樹裏，雁落暮雲間。夜就松風榻，泠然蝶夢閒。

翁　歷

字紀長，號逸伶，晚號蟄園，華亭人。諸生。初有聲幾社中，入國朝，遷居當湖，不返。

詩話：逸伶在國初曾爲故人居守，力詘走當湖，遂訛傳其死，故周釜山詩云：「身護雙環舊版扉，故人馬角尚依稀。令威遼海渾無恙，有客今先化鶴歸。」後錢越江有贈逸伶詩云：「故里長違疑絶域，歡場追溯似前生。」又云：「何時廣厦棲寒士，一笑迎君返舊廬。」惟在當湖以詩學傳借山和尚，亦以見賢者所居，流風廣布云。又翁氏有義僕，紀長亡命後，爲葬其父母，見盧文子詩中。

從軍行

手持兩角弓，飲馬遥尋窟。哀笳中夜動，軍吏不敢歇。獨立大漠間，黄沙墮秋月。

送陸生明五出關

浮雲馳白日，悵遠臨飄風。游子去何之，哀哀不我從。昔爲護雛燕，今爲鎩羽鴻。人生一失足，零落如轉蓬。我有盈觴酒，將以慰離悰。眷言歧路側，泣下徒忡忡。佇立啜以泣，悢悢望我子。豈無骨肉親，長往何能爾。丈夫志四方，一去萬餘里。心知同日月，安必生與死。揮淚不復陳，離别從此始。

登天闕山

天末牛頭寺，西林度石牀。翠微寒帶月，碧落曉含霜。祇樹藏經閣，曇花會法堂。入山應不返，欲與問慈航。

弇谿

卷幔憑虚閣，秋雲度弇谿。翠筠翻石壁，朱果落金隄。水静歌聲續，山昏眉黛低。不須羅袖拂，沈醉夕陽西。

邗溝送陸孝曾遊梁

朱門彈鋏五陵侯，有客翩翩白鹿裘。茂苑雪消迷北轍，蕪城雲冷度南樓。紅牙拍散《伊州曲》，紫玉歌殘汴水流。我醉欲留鸜鵒筆，春風杜若使人愁。

塞下

青海長雲黯若屯，琵琶立馬怨王孫。三秋白草虚鷄塞，九月黄榆落雁門。已見欃槍驚急羽，不堪弧矢對芳罇。清宵聽徹龍城角，曲裏應知感漢恩。

朱　錚

字拂鐘，上海人。會元錦弟，諸生。著有《二仲居詩草》，張錫懌序之，謂申酉之交嶽嶽諸生間，試必先其曹耦，其蹈厲駿發，英氣逼人，與其兄岵思之沈静者異。詩尤其刻意嗜好者。無何，竟卒。其孤子泓較刻詩稿云。

青谿舟次同扈芷上人許天玉諸同社限韵

相逢惟刻燭，覓句欲揮琴。漁火分窗近，蘭橈載月深。醉添紅袖夢，詩入晚秋音。吾道風流在，揮杯贈寸心。

寄婁城吴德藻

歷落江湖倒夜樽，鳳城春色正南轅。池塘佳句先康樂，梅村先生之從弟。河朔英風似太原。繯山先生之甥。秋浦別深蓉桂老，寒潭夢入水雲昏。鷄來婁上齊盟主，何日停杯敢細論。

夜泊龍華憶舊

曾停煙寺夕陽舟，獨樹疎星理舊遊。日色晝偏移石竈，潮聲暝欲上鐘樓。夢中僧定三更月，杖底風生萬壑秋。愧我十年空訪道，敢將心事問堂頭。

孫雲鵬

字扶雲，青浦人。諸生。自少能詩，入國朝，遊越、走長安，歷陝、豫，凡所歷之境，一寓諸詩。吴懋謙曰：「其天才俊劭，神采雕華，風力更遒，琢思彌烜。」周季琬曰：「其英慧天成，於詩文無所不工。爲沈繹堂師一時望重。又工繪事，於荆、關、王、董諸家，摹仿入神云。」

和六益吴山登眺

清尊山館共低徊，浩渺湖光映席開。千里大江趨雉堞，萬重青嶂擁樓臺。天空野渡孤帆迴，木落寒城一雁來。此際棲遲忘歲晚，晴霜欲盡斗牛迴。

津門

津門樓閣起晴空，萬户鱗鱗驛路通。雲滿滹沱秋度馬，月臨滄海夜飛鴻。山山木落懷南國，歲歲砧寒對北風。半載一身千里外，扣舷把酒思無窮。

曹思邈

字魯元，原名嘉，華亭人。前諸生。初在幾社中，博聞强記，工書法，然嘗有却某郡守以百金請書壽屏事，可見其立品不以藝役也。子重暻，字孝需，五歲即能草書。自虞山暨我郡日千、宿來諸公，均有詩贈之，而其名不甚著，故附記于此。

贈沈碩菴

西風蕭瑟滿燕關，短褐逢君蕭寺間。縱酒夜窺松際月，題詩朝對雪中山。虞卿歲月愁將暮，庾信鄉園夢自還。投筆可能西塞去，賀蘭青嶂足躋攀。

陸希倕

字孝曾，青浦人。諸生。入國朝，以名士聲望，讀書玉屏山中。有忌之者，遂北之燕。康熙戊申，客死旅邸。貧甚，不能棺殮。時蔡襄敏士英家居夜坐，忽夢一人儒衣冠進謁，自通姓名，曰：「某覓食長安，不幸客死某寺，望公垂憫，俾骸骨得返首丘，九泉之下，感且不朽。」公驚悟，適同里林子卿館于蔡，質之信，大異之，因厚有所贈，旅櫬始得歸里。歿後，其著述爲人竊取，僅存《關中偶筆》數張云。

過首山

周覽襄邑外，群峰信起伏。旅程無遠近，遵彼首山麓。麥秀既以繁，峻嶺動遐矚。幽禽囀密林，猛虎嘯深谷。紺宇結山椒，琳宫響哀玉。憶昔乘龍人，採金遊巖曲。丹泉駐頹顔，神鼎守金樸。道術久能留，濛汜詎憂促。瑩情挹元風，願言依薖軸。

大梁行

憶昔四海鼎沸時，黑山盜賊方南馳。殺人如麻未快意，囊沙擁水衝高陴。洪波濁浪如雷迅，大梁城堞須臾危。鴟鵲椒宫化鱗屋，珊瑚邸第宅馮夷。隆準玉顔不可問，何况萬姓飽鯨鯢。水退泥沙高百尺，僅見宣和古殿脊。燐火紛紛入草青，夜烏慘慘嘑月白。山川改易時代非，一望荆榛迷九陌。臨關不辨侯生門，結客那知信陵宅。只今河水日湯湯，竹箭逆流愁宣房。祠官白馬徒故事，使者金隄竟渺茫。負薪役夫淚如雨，將身填壑殊未央。何時緑圖浮翠嬀，中原黎庶歌樂康。

秣陵天壇

騁望南郊地，升中事寂寥。璧壇通紫極，金殿出丹霄。劍履祠官廢，星辰龍馭遥。傷心惟輦道，煙草日蕭蕭。

渡淇水

朝歌行又近，淇水日湯湯。遠響通哀壑，飛流控石梁。吟蟬當夏急，細草入谿涼。憶得迴車者，塵途黯自傷。

送馮寶初遊河湟

年少紫騮馬，長驅到酒泉。黄雲迷絶塞，青嶂出遥天。客渡河湟水，人嘶苜蓿煙。勝遊真可羡，况有筆如椽。

同林子白遊净慈寺

一入招提徑幾重，振衣還欲上高峰。樓臺叠嶂雲邊屐，誥敕前朝寺裏鐘。十里疎林巢鸛鶴，千盤朔氣散芙蓉。與君攜手南屏路，不分天涯客易逢。

登封傅孝廉左嵒留宿峻極下院

良朋攜酒話招提，檜柏陰森暝色低。二室雨餘開翠嶂，三花煙鎖接丹梯。燈明方丈僧初定，樹繞香臺鳥欲棲。清磬一聲驚客夢，風塵真擬問金鎞。

路鶴徵

字湘舞，一字青城，初名迺登，華亭人。諸生。研精古學，文采宏麗，嘗同王含章客大梁幕，共輯《二十一史纂注》。子名齊青，爲彭椒巖壻。

關山

峭壁際蒼旻，雄關俯白雲。乾坤一柱合，吴楚萬山分。此日弛乘障，危時可策勳。經過頻駐馬，矯首望斜曛。

旅菴和尚僑寓雷音原韵

地僻如空谷，跫然聽足音。春歸紅藥晚，僧到白雲深。小憩依雙樹，清言駐夕陰。從兹誇勝事，惠遠下廬岑。

范箴

字莘尹，號蘇林，上海人。諸生。明景文孫，十餘歲即食餼，推爲黌中之雋。後遊京師，與臺館諸公相酬唱。倪永清刻其古今體詩數十首行世。

縉雲縣城隍山觀李陽冰篆碑歌

六書鳥迹開古篆，後有吏籀前頡皇。陽冰迥出唐代間，筆勢更與游龍翔。體象直擬參神鬼，方圓頓欲開元黄。縉雲山高谿水碧，元都叠嶂遥千尺。峰頂石蓮黄帝祠，源上紅桃仙吏宅。西山峨峨亘邑中，當年闢之正李公。青壇石勢赤城並，紅泉月照銀河通。壁下高碑五尺餘，碑文熠熠紫英書。左攫右偃勢莫比，欲張忽弛縱所如。波瀾神骨鬱深秀，百靈群帝還相守。風雷杳冥垂太陰，蛟龍蛇蝘行清晝。我聞古碑奇字天所開，蔡邕秦相皆蒿萊。仙都片石臨高臺，坐令春雨生莓苔。

吴宫詞

蘇臺高宴簇香塵，玉面紅妝幾隊新。明月自隨君意好，清光先照浣紗人。

陳　廖

字機來，華亭人。諸生。初張王屋於辰山有四賢祠，諸乾一躋王屋於四賢，而合祀之於三茅殿之西偏，曰「五賢山堂」，廖爲之記，載《九峰志》。

秋日謁孔宅衣冠墓

高原古廟暮煙平，隧道秋風落雁聲。禮樂淵源通泗水，文章日月壯青城。碑存鳥迹眠荒緑，樹老龍形接太清。恭薦瓣香陳俎豆，白雲牢落笑儒生。

張寶籙

亦佩，華亭人。諸生。

閨怨

黃鸝枝上唬，少婦停針顧。去年聞此聲，曾問平沙路。錢武子云：「開簾見明月，君家住何處。」謂得齊梁遺意，此正仿佛。

瞿然恭

字欽我，號核園，華亭人。諸生。書學李北海。楚人重新岳陽樓，有仙降乩云：「必得雲間瞿然恭書榜。」好事者訪於郡人，以幣請書。詩有《潛谿》《廣陵》諸稿。其從子天潢，亦工書。

贈白生

茅檐尋舊雨，轉過小橋灣。佐饌蓴絲滑，垂牕竹篠斑。揮絃辨流水，潑墨見高山。向爾詢同調，何人最往還。

吴薗次太守邀集愛山草堂分賦得東字

官閣崔巍倚碧空，千村煙火萬峰中。子瞻墨妙人如昨，有墨妙亭，坡公題額。處仲泉清心自同。池上寒雲穿鶴羽，城頭新月静絲桐。公餘聊適登臨興，裘馬翩翩名士風。臺榭平臨湖水東，放衙無事類花宫。雁迴碧漢寒初逼，蟻泛清樽氣漸融。澤國煙霞親傲吏，名山金石待群公。敝裘濫吹當高會，授簡徒慚字未工。

陳章

字惠文，華亭人。諸生。康熙初，與修郡志。晚年遊幕，張持遠《招鶴樓集》有《送惠文遊閩》詩可見。

詩話曰：康熙初修府志者，包長明秉筆，其諸生之與纂修者四人：謝廷楨、錢德震、林子襄、陳章也。今武子、平子、惠文俱有詩，而謝隄月無考。惟陳卧子以徐文定《農書》尚少條貫，乃屬謝楨禔元、張密子退修飾成書，以二子皆博雅，多識才也。相傳廷楨即楨，隄月即禔元，而其詩則求之不得。

贈杜于皇

舊游三十載，重到旅魂消。痛飲荒城晝，清吟野寺宵。饑難尋戒鉢，醉復渡繩橋。潑悶惟茶乳，江潮是海潮。

關龍逢祠

古冢連祠宇，群瞻夏直臣。孤忠開諫議，百代有君親。北闕吞聲日，南巢放伐辰。精靈依禹社，金簡在河濱。

屠旭

字初生，青浦人。諸生。有《刪餘集》。

田家詩

家住澱山前，種秫數畝餘。年豐釀事盛，秋深蟹亦腴。語婦營斗酒，舉網先得魚。兒女繞室坐，嬉笑復牽裾。稻粱堪鼓腹，疆場多瓜葅。真率田家味，相聚良歡娛。征輸非我事，不畏吏與胥。惟幸太平久，長此守吾廬。

杜元鑣

字天馭，上海人。諸生。

春暮同念陶姪麗初壻遊佘山

久負登臨志，逶迤春暮行。兩山濃不斷，一水静無聲。荷鍤尋殘筍，攜樽坐落英。煙霞如可惜，十畝足躬耕。

杜甲春

字端成，華亭人。郎中麟徵長子，諸生。當壬申刻《文選》，後另有《幾社會藝初集》，宋轅文、張子美出爲領袖，而甲春與其叔騏徵、駿徵偕郡中子弟，如徐武静、張子退、錢子璧、王勝時、張處中、曹魯元等二十餘人，並在較課者。入國朝，不遇卒。

秣陵九日寄懷同盟諸子

九日相看又客中，故鄉寂寞寄征鴻。一年秋色登高盡，幾曲寒江去路窮。雨後煙迷桃葉渡，夜深鐘斷景陽宫。遥憐知己能相憶，零落芙蓉秋水東。

春思

傷心碧草又萋萋，楊柳輕煙拂舊隄。二月東風山谷曉，一江春水夕陽低。尊前玉笛調鶯舌，花裏紅樓住馬蹏。無限閒愁人欲老，幾回歸路望中迷。

中秋夜集素心樓中分得非字

寥落長空樹影稀，千門秋色滿澄輝。庭前落葉銀牀冷，臺上吹簫玉鏡飛。紫塞經年征戍别，明河萬里客槎歸。欲窮王粲登樓思，愧我風流故國非。

駱金聲

字聞遠，華亭人。諸生。

送尹嘉聞赴任遼陽

寂歷漁陽道，淒然此送君。吏情同尹喜，年少羡終軍。月上龍門峽，人行鐵嶺雲。臨風一樽酒，寒夜惜離群。

陸　平

字静持，青浦人。諸生。

同松槎諸子集朗公山房即事

帆挂蒼波落照時，暮烟横刹樹參差。高談華燭頻彈劍，綺席飛觴好賦詩。人静佛燈風撼行，鐘沈僧榻月臨池。無端夢覺聞清梵，頓豁塵襟只自知。

初夏集香雪亭集句

楊花落盡子規啼，蘆笋初生漸欲齊。對酒看山俱惜去，夜深臺殿月高低。

曹垂雲

字天翼，號紫庭，上海人。府學諸生。其弟貧，有多男累，抱乳之，既長，而歸之。戚家有事被逮，力直其冤，義聲震閭里焉。

上真觀贈施度師

天半瑶臺不易逢，箇中幻出翠芙蓉。回頭紫氣多乘鶴，出袖青蛇盡化龍。丹竈辟除飢煮石，魔心降伏静聞鐘。從君欲問安期術，醒却浮生夢幾重。

盛朝綱

字領臣，青浦人。諸生。著有《浪遊草》。

寄山箎姪時在都昌

同寄西江路，平分今日秋。廬峰我有望，彭澤汝能遊。念舊應多感，思鄉諒各愁。音書煩數寄，會面正悠悠。

焦惟山

字子静，華亭人。前壬申，年十五入華亭學，國朝順治戊戌分縣，爲婁庠廪生。著《東皋雜吟》。此南浦徵君之祖，知詩學，固有自始焉。

六月二十六日大風懷章二飛霞

涼飈起天半，綺霞披我襟。風塵竟若此，山水誰知音？白鶴志萬里，引吭遶仙岑。仰視浮雲飛，俯矚河鯉沈。思君積年歲，樂志移陽陰。卧看石上月，逍遥理素琴。大雅遲鸞翮，小隱作龍吟。

聽雨

幽棲念天地，萬籟寂無名。疑瀉千山影，懽傳百谷聲。勢傾石燕舞，時驟土龍行。何夕澄雲曙，孤帆釣海鯨。

清理邁群動，遥呼載酒過。洗兵氛亦止，流麥瑞如何。著樹含聲急，躍鱗鼓浪多。肅狂聊可卜，静念屬風波。

秋興十首隣汝冰修子政耳君同作存二

極眺秋原草木知，流風一曲奏《涼》《伊》。無情霜露能侵日，有志雲霞獨感時。金屋寶瑺摇劍佩，玉樓紅粉雜旌旗。傷心往事頻吹夢，學作虹霓理釣絲。

佳日閑將風雨驚，兼葭秋水忽移情。漫誇鄴下諸文學，遥羡江東兩步兵。清酒攜來花外冷，故人應笑眼前明。芙蓉瀉艷汀如織，摇落金波撫素箏。

陳鸞章

字書傳，號汐菴，華亭人。諸生。

游焦山三詔洞

久卧浮玉顛，尋幽擬所欲。輕舟受兩人，采采江上蕢。緣葦道轉紆，陵波意還續。水口金在鎔，江山光互緑。中流萬象生，須臾及江曲。我來懷前人，選山洗塵辱。一洞可自寬，三詔徒相促。廬飄火滌煩，雪石夜相告。鶴骨凝晚青，龍雲絢朝旭。俯視雲木間，静觀水石觸。名山得人靈，諸峰未辭俗。

春日登禹航塔

游情忽復壯，攀躋試登臨。策足入蒼蒼，天風吹衆音。獨立飛鳥上，揮手摘商參。日月棲澗户，雲雷出履襟。去地凡幾級，近天疑一尋。瓊簾棲鴿繞，幡蓋乖龍吟。幻花騁風馭，空緑摇青岑。兩山扶壑秀，七嶺入雲深。物象搜已盡，悠然愜此心。

古意

寂寂花到地，蕭蕭葉滿林。容光不相待，摇落易驚心。遠道豈易覯，憂懷非自今。思君日月改，衰草忽蟲吟。

邊詞

邊氣忽摧顔，蕭蕭萬馬間。黄雲依漢塞，素月冷秦關。朔吹連荒磧，沙流出斷山。戍樓清夜笛，隴水合潺湲。

俠客行

一劍白如霜，生平思戰場。夜來烽火急，走馬到漁陽。

銅雀臺

雕闌雲裏碧層層，此日君王怨未曾。華表朦朧七十二，教人何處望西陵。

陳鵬章

字九萬，號漪園，鸞章弟。

舟行雜感

曉辭京口驛，暮宿淮南道。禾黍已登場，室家樂温飽。力田貴及時，行樂亦須早。盛年一蹉跎，青鬢變成皓。蕭蕭河畔柳，離離原上草。秋冬霜雪來，枝條不相保。晨雞催行邁，殘月留素影。薄衾未成眠，顛倒衣裳冷。隔船聞人聲，波光朗如鏡。鳥鳴天欲曙，雲霞燦朝景。旭日射林端，光芒耀萬頃。倏然微風來，黑霧罩千嶺。變幻在須臾，對之發深省。

紫陽洞追步薩天錫韵

探奇直上妙高峰，嶙峋峭壁真玲瓏。窅然一線窺天罅，崩崖削就金芙蓉。石洞幽深藏石屋，洞口娟娟生紫竹。往來只見白雲飛，化鶴仙人獨寤宿。

將至青溪阻雨沈子棟上口占首句漫成一律

曰歸春欲晚，留滯欲何爲？連雨添新漲，殘花謝舊枝。雲移江樹暗，風急海潮遲。遥望鄉關近，行行任所之。

過吴淞江

吴淞江上暮雲横，斜日西飛送客程。帆影半隨寒鳥没，秋光全與晚霞明。疎林隱約遥山現，衰草萋迷薄霧生。却羨扁舟垂釣者，蘆花灘畔狎鷗盟。

五花橋宿邑名景漫題誌感

鎮宣橋畔月昏黄，鷗鷺棲遲自徜徉。却笑行人何太遽，朝啣日色暮啣霜。

錫成橋下水潺潺，日落帆檣月滿灣。一夜寒風吹白浪，河冰凝合似銀山。

李　略

字定遠，華亭人。中書雯子，諸生。後以官租被逮，潦倒而卒。

雪堂原注：此堂背山，是園中最幽處。

一片荒凉委緑苔，小園修葺重徘徊。堂前一勺潺湲水，猶似當年噴雪來。

詩話：秀水曹秋岳溶有《李氏横山草堂歌》云：「華亭作城枕潮汐，其西乃有横雲山。往年采石恣斧鑿，窮巔絶壑無人攀。忽傳選勝意匠苦，出錢置屋懸崖間。連綿不斷數十里，芒鞋踏碎蒼苔斑。轉入深山見金碧，清池種蓮常百尺。文杏裁作堂上梁，好峰磨向堦前堿。群詫林稀岡勢迴，倏看履過溪流坼。渡江南來僅見此，乃知神物天所惜。陵秋直上青松梯，下瞰三泖蛟龍棲。時時晞髮弄明月，不與常候同暄萋。憶昔此園全盛日，掃除盡力無纖泥。平坡直許萬馬過，削壁到處遊人題。笙管啁啾澗底發，壺觴絡繹空中移。盛極還衰有常度，赤棘戎戎塞前路。君家父子已遊仙，那得林泉尚如故。百年藻井環獸裂，珠閣離披若煙霧。松鼠晝出不避人，酒臺墨沼空無數。嗚呼吾友今寂然，空餘旅旐纏幽燕。時危壯士薄升斗，思親睠國身同捐。魂魄應知戀鄉里，姓名定足文山川。霜天夜半起橫笛，倘有孤鶴來盤旋。」

按：國初，定遠曾經修葺只怡堂，稍復舊觀，後則園址又歸清河，人事之不常如此。

國朝松江詩鈔卷八

鄉人姜兆翀羂山録
徐祖鎏香沙閲

盧元昌

字文子，晚自號半林居士，華亭人。諸生，以奏銷案斥。元昌精於注疏及兩《漢書》，著《分國左傳》十六卷、《杜詩闡》四十餘卷。其自著詩有《思美廬半林稿》、《鼓離稿》。董閬石曰：「氣雄以沉。格鍊而老。」蓋十餘年闔户注杜，故落筆便似。《漱芳齋詩話》：半林初在彭燕又社中，與王伊人、顧見山等俱爲社中翹楚。嘗自言少時夢至一所，高絶雲表，有榜曰「離塵樓」，因吟曰「草花喧晝夢，螢火暗秋鐙」。醒而感悼，恐爲淒落之讖，至後果然，將登八十一，旦以疾卒。

述懷

枋榆有小鳥，力不及青雯。鴻鵠戾天飛，厥聲何遠聞。所賦有隆薄，遇即崇卑分。我生本弱質，鶡鳩甘爲群。載飛亦載止，身隱將焉文。仰盼九霄翮，有時落青雲。

黃河向天瀉，其源從崑崙。遷徙無常所，變化寧有垠。世人泛支流，意氣陵乾坤。空被鯤鮞笑，大道難與論。我欲與俱遊，西向觀龍門。星斗出其裏，日月無曉昏。欿然不自溢，能爲衆水尊。

歲暮雜咏

英英彼都士，狐裘耀五紽。灼灼彼都女，顏色如蒲荷。疇昔邂逅見，今日邈山河。人與代俱謝，逝景同流波。佻達非所思，羞向城闕過。古道不復作，禮失求諸儺。

年豐人自瘠，穀賤悲生計。雖有一夫田，難得一夫稅。百畝無一鍾，八口荒如寄。歲暮衣裳單，牆頭看薜荔。傳家有一經，養親乏兼味。悵然語山妻，何以卒吾歲？

人生如朝露，勿躭身後名。所貴明達人，教子有賢聲。瞻彼阪田時，灌溉抽華莖。螟蛉肖蜾蠃，況乃蜾蠃生。詩書從吾好，義方古所爭。周公撻伯禽，千載稱賢明。

夜起見螢火

人於明處暗，誰於暗處明？之蟲獨不然，宵行耿耿清。人能見而前，不能見而後。之蟲更異是，背後照人走。高亦不到天，卑亦不墜淵。嘗與書生伴，依依几席前。所以感我心，夜起攬衣襟。徬徨不忍寐，寂寥橫斗參。

爲婁邑令李復興之子作

婁民十載前，邨邨踐更死。幸有隴西公，賦役均所使。豪户絕隱占，尺寸莫敢詭。下户一體輪，奸猾空睥睨。其法似手實，久行平若水。白骨以之肉，溝瘠因而起。慈母忽見背，一棺滯茸里。廉吏不可爲，嗟哉負薪子。豬肝孰爲遺，米囤孰肯指？斯人饑我土，得毋薦紳恥。耆老心惻然，握粟良有以。義感非沽名，當厄踰嘗旨。我聞召南人，甘棠尚弗棄。何况廉吏後，伶仃忍至此？聊作遺後詩，以示我桑梓。按：李公名復興，濱州人，以康熙三年任婁。先是元年，巡撫韓世琦飭行均田、均役之法，至是，李公慨然以爲己任，椽吏馬天騏亦贊成之。因與舉人吳欽章、諸生莊徵麒、王鑣等釐定章程，照田編甲，錢糧各自完納，差徭各自承應，田均則役均，且并無役矣。因請於撫憲行之。以後蘇松各縣，漸相效法，而其始則李公倡之也。此事行在六年至八年，李公以海塘被議罷官。是年八月，李公卒於松，棺厝□□寺，至李公之子來松扶柩，則在康熙十五年丙辰，故云十載前也。

初夏董蒼水貽余杜闇長歌仲秋賦答志感

予生遭薄祐，未老身先棄。俯仰世無徒，尚友嗟誰寄。伊昔嶔崎人，蹤迹頗憔悴。詩史杜陵翁，數卷留天地。君父性所鍾，饑寒命所使。性生多摯辭，分定語達旨。旁羅古今英，曲鬯天人理。衆品析毫芒，情狀抉表裏。磊落或萬言，陶冶無一字。是以千百家，不敢與公齒。余生不同時，曠世忝知己。循文想其人，因辭揣其意。即事多傳疑，置身論其世。訓詁亦云何，考訂徒然爾。所貴渺衆慮，搜精絶擬議。開卷闇茂年，斷手攝提歲。謬持管窺天，偶將蠡測水。顧此區區心，見賞豢龍氏。貽余杜闇歌，情長字累紙。强半寫杜陵，流離竄江汜。强半寫盧生，坎壈悲失志。如鶴唳九皋，如猿嘯山際。颯如秋風來，愴如急雨至。身非拾遺官，薄命共顛躓。皇天寶俊乂，遭際乃至此。首夏蒙長篇，及今久徂暑。感君獎勵辭，激余侘傺志。呼兒具側理，含毫拂棐几。譬彼蟋蟀蟲，候至斯吟耳。古人歎才難，今人談何易？仰首交杜公，俯首見董子。

箜篌行

公乎公乎，不見黃河之水多風波，五尺之兒張口嗟。人生縱然不顧家，何至將身試龍蛇？公乎公乎已白首，提壺披髮今焉走，河不可馮君知否？公乎公乎何其謬，河不可渡妄渡之。自趨死所非人爲，坎侯坎侯聲何悲！

灌研歌 研係灌將軍廟瓦，廬陵李司馬家藏焉。同董蒼水賦。

將軍豐沛之故人，吹簫屠狗其等倫。當時武功定淮右，馬上詩書安足論。芒碭人歸雲氣杳，將軍香火遺廟貌。只今廟貌空夕陽，獨留片瓦出秋草。片瓦沈沈光陸離，金星銅雀何足奇。學書不成亦焉用，雕蟲壯夫恥不爲。蛟龍之性還自許，墨池有時吐雲雨。置諸座右光怪生，恐是當年大風處。廬陵司馬酷愛之，麻沙故物老淚垂。眼中還見故侯物，東陵種瓜彼一時。君不見漢宮仙掌金莖折，茂陵玉盌秋風咽。芝房寶鼎不復歌，銅人頭髻浸寒月。又不見舞陽鼓刀廟亦災，淮陰釣竿安在哉？銅章鐵券淪何處，片瓦精靈雷雨開。

題張擇端畫 張，宋人。其圖追寫宣和以前汴京勝概，故極富麗豐穰，太平景象云。

清河老人哭南渡，平生夢想趙家土。汴梁已作黍離基，清明上河誰掃墓？玉津艮嶽安在哉，披圖怳惚生樓臺。龍舟鳳舸載簫管，金支翠旗擬蓬萊。重熙累洽民豐樂，萬家煙火環城郭。鬬雞走狗匝地呼，鞦韆未已更走索。壚頭李白號酒徒，市上韓康掛藥壺。幾處倡樓邀杜牧，幾家陌上尋羅敷。别有門第勢薰灼，蔡家恩寵敵衛霍。官家下馬坐錦茵，飲食若流等谿壑。青青楊柳汴河濱，撲面春風醉殺人。城頭畫角一聲咽，城下金人鐵騎陳。可憐二帝蒙塵去，汴梁宫闕斜陽暮。故國不聞麥秀歌，清河畫手淚如雨。含毫想像鬢鬢枯，畫出《清明上河圖》。傳與子孫作殷鑒，不獨繁華記彼都。臨安風景亦如汴，荷花桂子錢唐徧。一朝白雁飛不還，他日冬青死誰唁。

廣川惠新詩札中有邇來貧困詩境愈落語賦以解之

我讀廣川詩愈工，乃信廣川真奇窮。若云貧困詩境落，此語得毋亦假託。請言廣川窮，夏五糧絶釜常空。飛書何處營斗粟，家人索飯啼門東。故人厚禄不分俸，子桑素琴終日弄。青青荷錢不療饑，縱使窺園亦焉用。所以廣川詩，霹靂一聲叫餓鴟。清空了無烟火氣。排奡妥貼超等夷。有時光怪何陸離，餐霞食柏吞靈芝。口銜黄金還吐鳳，肉食者子徒爾爲。君不見，休糧鶴，九皋一唳破寥廓。又不見，下食烏，不鳴而去遭泥塗。用杜陵詩語。廣川苦吟愈工愈窮鬼神使，天雖雨粟不到子，眼看侏儒飽欲死。

送董蒼水遊粤

江樓寒食淒其雨，落花無言唬杜宇。我友驪駒忽在門，萬里之行從此始。我友我友董樗亭，此行馬首西南征。天下風塵離别苦，三江八桂路縱横。路縱横，難爲情。嗟爾棲棲者子，胡爲乎遠行？炎荒五嶺雪不到，白雪詩篇誰與賡？觴三行，膝席起，樗亭抗言色且喜。男兒胸襟海天闊，吞吐百粤如杯水。何畏乎灘瀨，何愁乎荔浦。文章作楫輕波瀾，忠信涉江如素履。上湘江，陟銅鼓。醉桄榔，題鸚鵡。兹遊料得冠平生，眼前有景皆塵土。君不見陸賈使粤一豎儒，尉佗折節稱老夫。歸裝散盡千金橐，日與諸子謀歡娱。又不見伏波名標桐柱上，烏鳶跕跕迷秋浪。丈夫壯遊還故鄉，珍珠何勿盈車輛。請君勿爲枋榆鳥，不離數武枝頭老。我生已過强仕年，堪笑向平達不早。盧生聽之心茫然，自慚跼蹐棲茅椽。江干楊柳年年折，送爾今朝先著鞭。

王季友連投西堂山輝二稿

瑯琊才子王季友，驥子鳳雛世希有。胸羅二酉才八斗，陵雲之筆雕龍手。客冬貽我西堂詩，黄絹幼婦絶妙辭。今朝貽我山輝稿，一枝珊瑚出海島。白晝光芒透户牖，夜深還怕蛟螭走。藏諸懷袖采澤生，如得膏沐失老醜。江河東下波日流，繁星錯落光難收。我有瓣香禮杜甫，穿心透脇縱冥搜。杜甫以來誰大雅？陶冶性靈乃作者。皓首著書秉燭行，不知造物年肯假？才難才難古所珍，天地愛寶岳瀆貧。後生可畏但見子，老翁眼中有幾人。

東郊晚興二首

我里烽烟外，東郊野興長。衣冠耆舊社，雞犬少年場。鴉噪夕陽黑，人歸秋樹黄。邨春幾處起，晚稻也垂芒。

生涯靡可托，暮景一消魂。只合長鑱老，還嫌短髮存。牛羊歸暝色，鼓角動黄昏。避世憑高枕，寒鐙各掩門。

春正坐雨獨酌有賦

行年過耳順，萬事到頭空。老眼春常白，衰顏酒暫紅。江梅摇細雨，岸柳受和風。一種乘時物，相逢又不同。

欲求不死藥，難得等身金。撥火春心在，關河雨脚深。泥人千盞酒，老我一牀琴。白髮消磨得，韶華無用尋。

維揚吴園次見過

甲午論交後，暌違廿五年。還思公瑾宅，同醉子蒼筵。多病爲時棄，無官歎汝賢。白頭一相見，老淚落花前。

鄒衍執牛耳，時鄒麗農主席。談天舌在無？同時老輩盡，回首壯年徂。江水春還緑，君山月正孤。

重逢吴季重，直欲話窮途。往年同訂於君山。

冬夜

愁來直罷寐，老至幾回腸。白髪書千卷，青鐙雨一牀。丁年嗟不再，子夜坐何長。多壘滿天地，聽雞空自傷。

群忠祠

祀嘉靖間死倭寇之難者，事在三十一年。

徐海樓船卷土來，角聲吹落暮雲哀。將軍卧鼓空城閉，國士搴旗戰壘開。五尺汪童能破賊，三千瓦氏浪銜枚。自注：明世廟徵瓦氏兵禦倭甚暴。先朝祠宇還香火，蕭瑟寒鴉夕景催。

王阮亭鄒程邨徵予詞稿

年來蓬首歎沈埋，嬾把山河筆架開。黄絹暗從碑裏摸，紅牙愁聽酒邊催。徵歌《白雪》梁園客，託乘青雲鄴下才。王粲鄒陽皆絶唱，還題錦字到莓苔。

瓶山院

按：平山道院，《府志》謂，昔袁崧犒軍，酒瓶聚爲山。今詩以爲錢武肅事，或又訛爲韓蘄王。紛紛吟咏，似爲實事。惟明董宜陽著《松郡雜志》云：「十八保平山道院，宋時開酒務於此。予幼時過其地，見屋後酒瓶和土，高積如山，以是名之。今土既夷平，瓶亦無有，遂訛爲平山耳。」此説疑更可據。

瓶山一帶水潺湲，廢院依稀武肅年。錦里霸圖秋雨外，石壇真簡白雲邊。春來雞犬迷丹竈，亂後桑麻種玉田。三節還鄉人不見，投醪遺迹話空傳。

秋感

白盡人閒處士頭，詩書難得療窮愁。蟄龍夢冷三更雨，老鶴心懸萬里秋。市羨擁旄新意氣，人看折角舊風流。可憐慷慨陳登在，獨倚青山百尺樓。

漫興

一壺美酒一張琴，剗盡名心是我心。問序久删皇甫姓，消愁無過杜陵吟。人疑天半閒雲落，客有梁間老燕尋。轉眼春光又歸去，清秋好景緑成陰。

宿昔

宿昔論文苦數奇，年來渾欲棄毛錐。蹉跎王粲《從軍》賦，孤負張華《勵志》詩。清白家聲司馬後，元黄天地卧龍時。十年消受江樓雨，添得浮生鬢幾絲。

四月書懷

清和天氣雨晴分，潦倒襟懷似酒醺。洗耳厭聞西邸事，科頭閒卧北窗雲。捐貲趙壹錢難得，輟業君苗硯久焚。不是腐儒甘放廢，自憐少壯喜論文。

暮春接吴門王子札

櫻笋山廚昔暮春，開椷憶得淚沾巾。花紅短簿祠前客，頭白專諸巷裏人。班草交情原似舊，浮雲富貴幾番新。何時重把王郎手，還到西江采白蘋。

春日感懷

采玉他山信有無，春江濁浪有潛夫。誰能尺水馴龍性，肯使高霄落鳳雛。懷抱向人空自盡，風塵知己不妨孤。常憐中散餐霞者，不及劉伶是我徒。

莊徵麟

字思來，華亭人。諸生，以奏銷案斥。初，莊氏繁衍，稱「莊家行族多業賈，獨思來累世儒風」。祖大儒字梅崖，爲錢肇陽弟子。肇陽講學，訓纂諸經，大儒有力焉。其行己孝友，爲錢相國機山所敬禮。父廷楨字穉端，亦品行峻潔。徵麟穎敏好學，博通經史。後才氣無所發，遂作詞曲，使梨園歌之，以寫懷抱。吴門袁籜菴至松，見其著作，改容握手，曰：「吾五十年來，唯遇君一人耳！」後其年五十二卒。同時有陳瑞政者，博學相似，與之友，最相得。陳序貢入太學，亦終不售。

秋夜招錢存埜坐月

虚堂月漸闌，風裊葉珊珊。雲瘦銀河近，天空玉樹寒。彈余瑶瑟怨，遲爾蓼花灘。清夜涼如此，應知就寢難。

彭師度

字古晉，號省廬，華亭人。賓子，諸生，以奏銷案斥。前戊寅時年十五，與於虎丘千英之會，即席成《虎丘夜宴同人序》，吴梅村於千人石撫掌稱善，故梅村有「江左三鳳凰」之目，謂師度與吴漢槎、陳其年也。詎師度中年廢錮，侘傺無聊，益復陵厲，人所側目。至博學鴻儒科，亦無援引及之者。晚以蒱博自廢，乃至賦《凡鳥》篇以自悼，亦可慨已。後客死於邯鄲。所著有《省廬詩文稿》。

送蔣樸菴之杭令二首

飛蓬吹古道，寒林煙霏霏。鼓吹發征駕，前旌薄初暉。海色照墨綬，别情方牽衣。朔鴻南日近，代馬北風依。尺木今自始，雙鳧旦夕飛。行矣歌《四牡》，極目送驂騑。

冀北有古道，江南多寒潯。渡吴登越岸，山色何崎嶔。一入無諸城，邨邨皆榕陰。吾友本鸞鳳，枳棘非所任。既知瘡痍苦，復有保障心。行行竟叱馭，陵飆起楓林。去住各自勉，同爲遊子吟。

爲施醇乎題宋石門後峰圖石門名旭，湖州人。

雨脚雲根暗日午，濛濛山色籠陰霧。絶壁風生大壑寒，藤蘿千尺虹霓吐。此中窈深不可入，前峰如拱後峰立。誰知鳥道絶人煙，翻令筆墨生奇突。石門畫手世所珍，一軸可值錢千緡。苔紋剥落側理碎，劫灰幾燼阿房塵。丹青聚散亦有數，施生什襲非朝暮。傳自神宗已百年，青緗淚落思其父。手攜此卷向人泣，當年遺澤猶堪述。握玩如同韋氏經，卧遊每點宗生筆。石門此畫真神手，揮毫亂逐蛟龍走。僧繇幾與共飛揚，虎頭漫自分先後。洞壑松風冷素秋，山中桂樹堪淹留。施生磊塊胸中有，只此能消萬古愁。

題海天夕照圖

小李將軍名昭道，丹青神理無不好。海天夕照繪成圖，壁上蒼茫見三島，緑樹丹崖忽自開，仙真無數下樓臺。綺雲絢爛明毫素，赤日峥嶸射酒杯。熹微濃淡斜復整，魚尾千條涵倒影。中流颯颯帆欲行，貫月槎來風更静。須臾返照金碧凝，萬壑怒湧松濤聲。盡收阿育千層塔，沓出羅天一片青。青天欲沈光復吐，參差照見仙人圃。瑶草琪花相間開，欲采金荆愁日暮。古墨淋漓年復年，鵝谿絹上生雲烟。俞君什襲三十載，如此丹青豈浪傳？海天吸波鰲眼墨，精衛欲填苦無力。安得虞公一揮戈，重看萬象滄波色。

讀麗京南浮草憶鯤庭

晉代衣冠有二陸，數百年來絶芳躅。河橋鶴列吴草枯，錢塘别著平原族。平原自昔多風騷，伯仲翩翩稱鳳毛。大似荀龍小賈虎，驅車倜儻交賢豪。雙棲再啄崑山玉，小者雄飛大者伏。鯤庭奮策不逾時，讀禮還遊谷水曲。是時壇坫名方揚，余從末座邀輝光。行年二十貫群史，雕蟲羞作尚書郎。畫船却是鄭莊驛，日日賓朋望顔色。吐語昂藏河漢驚，炙轂談天皆辟易。不料乾坤忽變遷，百年世事如雲煙。小陸死忠埋碧血，毅節翻因伯氏傳。伯氏才華傲國士，屢刖荆山淹壯齒。忽逢飲馬到西陵，浮家直入鴟夷市。坎坷險難多殷憂，淚哭秦庭佩蒯緱。賦成悼逝心慘切，恍如《哀郢》悲三秋。龔君赴死真堪羡，申胥倚牆亦罕見。羈流萬里託金根，飄泊千山依翠輦。躍馬屠龍未有時，詞賦空勞隱士知。傷心不數梁孝穆，痛飲翻同魯客兒。比來聞逐韓康老，相思夢到臨安道。范蠡湖邊看暮雲，要離冢畔尋荒草。落日行吟大道旁，欲采亭花作稻粱。辛夷何處弔女鬼，野葛空令憶故鄉。君不見羊角山中雨雪深，縣上遺灰不可尋。名垂後世已不朽，琴亡何必悲知音。寶真自愛莫荼苦，吾亦甘心如棄瓠。山陽笛淚咽三聲，千里浮雲低不度。

繁昌縣

鏡裏樓臺出，江烟蕩夕波。群山争倚伏，一塔轉嵯峨。野色迷晴樹，邨田暗緑莎。東風吹乳燕，樂國此中多。

南陽道中三首

豈是觀魚地，還疑濟北間。泅鱗噓碧浪，疏萼綴晴山。土室仍憔悴，漁舟互往還。江南花木盡，此景尚堪攀。

舳艫多轉餉，留賑荷殊恩。雁户依中澤，鳩形尚幾邨。畫船看使節，飛鳥惜離魂。不見流移繪，行途淚更吞。

山色青未了，風高一棹過。中流官舫出，荒磧戍兵多。夜柝憐童稚，朝餐乏稻禾。不須哀歲儉，幸已避干戈。

送李召林侍御補信宜令

欲挽驪駒未可留，羊城花發駐行輈。漢家相業多由吏，宋室文人半乞州。道在攖鱗何慷慨，才看展驥亦風流。異時軒鏡應回照，績著屏風最上頭。

寄許力臣

屈指雞壇數舊遊，汝南月旦最風流。已知驥足終能騁，反惜蛾眉晚見收。綠染宫袍傳詔夜，青生藜火校書秋。瀛洲自屬神仙地，君獨延登在上頭。康熙後壬寅，彭漢班輯其祖父詩文，燕又曰「搜遺稿」，古晉曰「撿存稿」，並刻之，今亦未見。

徐懋勳

字南州，華亭人，居七寶鎮。鴻洲厚源裔，諸生，以奏銷案斥。初爲宗陵霄所器重，嘗受業夏考功門。中歲無聊，一託於詩。歲辛丑，以《秋興》詩獲譴，南冠囚縶，幾蹈不測，幸秦中雪崖田司李力救得釋。後杜門削迹，食貧苦吟。所著《蒲谿草堂詩集》六卷。何安世謂其「學博才雄」。朱在鎬謂其：「質而綺，清而腴。渾涵光芒，超然自得。」

雜感

天地有異寶，匣劍名雌雄。捧鑪與鼓橐，鑄此詎人工。神物知顯晦，變化自無窮。一麾靖邊境，再麾攘奸兇。有時當伏處，斂迹石函中。精靈没塵土，紫氣騰蒼穹。丈夫即不遇，寧與腐草同！

兀然處蓬户，鬱鬱嘗不樂。著書聊自娱，幾爲卞和璞。吾欲舍此遊，縱覽窮寥廓。遠不妨三山，近亦當五嶽。崆峒訪廣成，瑶池謁方朔。左手弄白雲，右手招黄鶴。逍遥忘歲年，暮景差不惡。

太湖修禊時偕濮澹軒張鶴民朱望子周勒山家松之張墨鳴

有劍直倚崑崙丘，有杯直吸滄海流。我儕意氣貴灑落，胡爲局促篷窗感百憂。太湖之峰七十二，太湖之水三萬六。今日正當修禊辰，願言少長嗣芳躅。琴兩張，棋一局。筆數牀，酒百斛。樓船簫鼓中流逐，觴咏幽情如可續，風流肯讓古人獨？君不見吴王伯業委蒿萊，越國君臣安在哉？人生百年能得幾上巳，會須歲歲湖邊修禊來！

堯峰山訪汪鈍翁先生

不爲看山到，還因訪客遊。峰高沈日月，樹古識春秋。寶劍昆吾得，奇書汲冢留。此中有大隱，寧復羡羊裘。

小吴軒遠眺

偶憩層軒上，山川眼底分。推窗元墓雪，卷幔太湖雲。去鳥投春渚，歸漁帶夕曛。誰言吴地闊，隔岸越鐘聞。

贈計子山

計子天下士，悠悠淪落何。江潭《九辨》賦，京洛《五噫歌》。壯氣横霄漢，閒情寄薜蘿。窮愁勿復歎，吾道在巖阿。

赴讞江臯登雨花臺

有客南冠歎路窮，重來登陟眺長空。山川不改壺觴外，形影相看涕淚中。花老經臺秋月白，鐘疎寶閣夕陽紅。雙鬟玉樹仍無恙，旅思驚魂自不同。

懷周勒山

周郎風調迴嶙峋，牢落相看意倍親。四海久無青眼士，百年重見素心人。月窺小榻茶烟細，秋到虛堂詩思新。何事別來偏憶汝，論交今日更誰真。

姜輝發過齋兼謝牡丹詩

初冬把臂共踟躇，又見春殘過敝廬。遠道漫羈徐稚榻，到門空辱吕安車。花仍爛漫霞難並，句自清真雪不如。幾度思君頻悵望，天南弱柳帶烟疎。

杏花墳序云：「聖清張公子之歌伎楊幽姸者，姿容才藝，香艷一時，陳眉公爲作小傳。墓在黄石園之西隅，相傳有杏花一樹誌其墓，今無矣。詩以弔之。」按：聖清七澤仲子，隨父之衢守任，時遇女鬼，張真人驅之，書「幽姸」字于其臂，令轉生。後十五年，聖清遇楊，臂字宛然，納之。

歌喉宛轉遏行雲，零落春園舊舞裙。風度不傳《楊柳》調，月明空照杏花墳。

孫日隆

字衍孟，青浦人，居西涇灣上。諸生，以奏銷案斥。方弱冠，即爲郡守方禹修所賞識。後訓迪諸弟，俾次第成名。爲人孝友，好行其德。工於詩，晚年猶吟咏不輟云。

九華山

我賫一瓣香，千里朝九華。遥望五雲中，九朵青蓮花。但許躡屐登，福地誰敢家？石奇獅象雄，樹老優鉢芽。峻坂懸松顛，繚繞玉色嘉。坦處敞金碧，輝赫流雲霞。聞之邃古時，荆榛亂槎枒。能仁自西來，就地鋪袈裟。十笏不日成，萬鳥勝可誇。擇地以示寂，法體垂無涯。年年七月晦，薙髮猶鬖髿。尚遺履與衣，求見不我遐。履長尺有咫，祖衣裁綘紗。偉碩超世人，稽首倍咨嗟。安得地獄空，不教宏願賒。

夜投祖堂山勗公房

犖确陵秋風，沈沈日西下。投林歸棲鳥，呼侣駭奔麝。山冷莫煙團，澗喧哀湍瀉。我行將何之，黯然怯將夜。忽從松林杪，乃見衛城化。噌吰撞無射，三發旋已罷。入門見惠遠，相視兩驚訝。無隱昔曾參，一别幾春夏。拱手歸雲房，茶槍傲杯斝。鑪煙拂紙窗，叢花滿臺榭。山月林外升，清輝淡無價。兀然兩相對，其境甘如蔗。我將究風播，師亦同桑柘。紙帳潔於雲，喜得一夕假。

田家留客

征途摇遥日欲落，野逕蕭蕭悵靡託。樹底黄茅半掩扉，老農負鋤陌上歸。見我徬徨留我宿，入廚呼婦早炊粥。園中剪韭佐晚飧，白酒盛來老瓦盆。歡然相勸得微醉，泥壁無風君且睡。

富春旅舍

孤客坐山樓，瀟瀟山雨秋。雲横危磴斷，松扼響泉流。鳥道思樵徑，羊裘憶釣舟。嚴陵何處宅，吾欲訪兹丘。

贈殳山夫

細林山下踏春暉，得遇高人隱翠微。蓬户全開楊柳岸，箬冠半袒芰荷衣。祇將詩道分今古，不管人情有是非。濁酒一樽琴一曲，孤松漫倚看雲飛。

江行

渺渺江山一葉舟，無心鷗鳥對沈浮。鄰帆十幅追風馬，隔隴三聲唤雨鳩。山似迎人多北向，水如送客只東流。此中來往能消幾，瘦影臨流笑白頭。

湖上訪丹麓不遇

幾年離索賦《停雲》，有鳥嚶鳴不忍聞。今我暫爲湖上客，六橋花柳倍思君。

沈見龍

字聖作，號樗菴，華亭人，居衛城。諸生，以奏銷案斥。老於詩，著《鋤經堂集》。楊玉符謂：吾里得二詩人，一沈樗菴、一徐岱清。樗菴詩激昂軒亮，岱清詩敷腴淡宕，兩家不同云云。初，見龍與子澄乾字幼清號覺田皆能詩。及澄乾無子先歿，而見龍繼之。後其門人郭予恬嘗欲梓其集，屬黄中允庴堂作序，所謂「得郭子表章，想其父子魂魄未必不破涕爲笑」云。然郭之刻否究未知，欲求其集不可得，得一詩於熊曰蘭詩集後，姑存之。

題畹仙留菴詩稿畹仙，熊曰蘭字。

百篇詞賦信雄哉，知帶豐城劍氣來。故國未消彭蠡夢，窮鄉應借豫章才。君方招隱開樵徑，我已埋名老釣臺。何日得探龍卧處，重吟《梁父》共徘徊。

馮樾

字个臣，華亭人。廷尉恩元孫，諸生。工詩文，善書。其父斗如，字孝杓，以世多故，不樂仕進，惟手抄先世譜牒與累朝誥册、先世奏議、詩文數萬言爲若干卷，乙酉兵燹，抱持踉蹌而走，曰：「此譜無恙，先德不墜矣。」亂後病卒。樾素有行誼才望，與王光承、張若羲輩結吟社於西郊。

吴日千謂：「其詩得魏晉人風骨。」沈歸愚謂：「其典切處有自己身分。」

詩話：个臣詩佳句如「波光浮楚樹，雲氣隱蕪城」，「經旬千嶂隱，此日一鞭輕」，「霜威嵩嶽迥，雪色吹臺多」，「汾流近向龍門落，恒嶽遥連帝里長」，「急管遏雲吹落帽，寒砧敲月擬添衣」，皆其矯矯者。又个臣工度曲，沈文恪有贈其新劇衍成，云：「莫道《陽春》猶寡和，一時齊按《小梁州》」句可見。个臣在文恪大梁道署中，年六十，時順治十三年也，則申酉時已將艾矣。

對月有懷

朗月經中天，流光鑠遥甸。華星錯寒空，明河半清淺。草際歇鳴蟲，秋潭泠流濺。規步野躊躇，攬物識節變。參辰自迢遞，形影何由見。良覯邈無期，懷哉動遐戀。端憂與雲結，孤衷故難展。

荒園漫興

鼓角連天地，荒園正掩關。雲依春樹盡，花落曉窗閒。灌菊能消晝，提壺可破顔。浮名於此避，不用買青山。

遊太原崇善寺

相傳寶刹創賢王，寺爲晉王建。臺殿巍峨冠此方。檜老虬枝停雪古，碑殘鴻篆點苔蒼。意珠光逼天花墜，忍草晴滋法雨香。鐘動一聲流夜月，重檐遲步落清霜。

偶過沈參藩漢章署中留飲

山城步屧喜尋歡，冰署風生五月寒。盛世行藏偏懶慢，異鄉天地此盤桓。晴雲移席流鶯過，落照憑軒借鶴看。爲道官閒稱吏隱，壺觴終日對琅玕。

過陳留

天邊鵲影客心傷，落日驅車及外黃。誰具草蔬邀郭泰，自慚名姓賞中郎。巴河風起荒煙黑，博浪雲開遠樹蒼。明發梁園舊遊地，十年潦倒愧行藏。

馮　鐩

字天垂，又字閎覽，華亭人。樾之弟。弱冠爲諸生，亦有詩名。爲人愷悌柔和，温良慈惠。書法承家學，技愈工，名愈高，交遊日廣。乃年未五十遽卒。初，婢舉一子，妻夏氏不能容，寄友人家。主人卒後，攜其子歸，痘殤。夏氏逐其婢，使適人，婢毅然不從，遂自殺，國人傷之。

花朝集六益齋與陸孝曾計子山金天石錢虞鄰吴日千分韵得花字

煙靄連郊墅，青山北去斜。春宵宜縱酒，細雨欲催花。琬玉詞人筆，蓬蒿處士家。狂歌燒短燭，愁殺暮棲鴉。

九日登簇宿樓

勝日登高思渺然，暮雲蒼色滿江天。一行鴻雁銜寒雨，幾樹丹楓護晚煙。北海樽罍還此地，南樓賓客憶當年。知君自有珊瑚管，不羨龍山賦獨傳。

歸寓無害諸弟鐵勤堂

飄然吾欲卧滄洲，風葉霜花照客裘。一夕思鄉眠未穩，三年失怙淚難收。空山豺虎時時出，瀕海風煙日日愁。故里舊遊星散盡，却憐兄弟共登樓。

陸從龍

字吟只，號可菴，華亭人，青浦籍。諸生。秉性孝友，内行敦篤。侍父疾，衣不解帶者三載。奉養祖母，垂十五年毫不委其叔。友愛幼弟，弟亡，撫其三子成立。鰥少寡之妹至老。好施與，故人死，貧不能具棺槥，爲倡義殮之。學術醇正，爲文力追先正，詩詞雋逸出塵，兼工行草書。年六十五卒，門人私謚怡情先生。

邨莊留飲

大火乍西流，涼風動寥廓。日夕露華新，爽氣滿丘壑。野人具壺漿，邀我至邨落。雖無珍羞列，尊酒共酬酢。至人厭膏粱，令德飽藜藿。胡爲坐羈困，易此平生樂。

張　溁

字飛瀾，號東皋，上海人。諸生。諸草廬、厲樊榭撰《絮吴羹》，曾録其詩，謂自其曾孫端木見示者。又蔣天錦《懷舊吟》謂：「康熙初，曾得見於京邸，阻予勿就户部吏缺，而謂當歸，力學事親。」故其詩云「少年出處昧常經，故鄉父執肯垂青」也。此可見老成垂訓。

渡黄浦

孤舟臨大浦，遠水接輕陰。兩岸垂楊接，中流没馬深。身疑天上坐，詩向海涯尋。日暮東風急，蕭蕭白髮侵。

中流忽遇大風有作

南風倏換北風飄，震蕩中流魂欲消。巨浪拍空疑水立，狂波撼楫似山摇。飄飄擬作陵虚侶，浩浩還同泛海舠。幸得馮夷輕借力，片時移送泊谿橋。

上塚志感

先人遺澤在筠谿，佳景菁葱望欲迷。勝國衣冠成故迹，興朝碑碣誌新題。壁藏經史兒堪讀，門擁松楸鶴待栖。酹爵未乾思往事，不禁清淚灑春畦。

陸　騏

字鴐茵，華亭人。諸生。

過陳徵君故廬

昔羡神仙宅，今過處士廬。青山思舊德，白石想遺書。三徑琴尊冷，孤牀風雨疎。秋來大小桂，冉冉夜窗虛。

霅谿曉發

夜宿猶殘雨，晨昏已及晴。青山緣岸出，緑水送舟行。林鳥嗁春盡，谿花照客明。此中招隱地，買築愧微生。

春感

二月東風柳漸舒，平皋極望眇愁予。洲邊暮雨堪披笠，隴上春晴欲荷鋤。世事艱危成反覆，生涯蕭索歎迂疎。絲絲空白潘郎鬢，憔悴鄉關歲月虛。

題雒陽橋

飛梁千尺跨中流，大海銀濤萬里收。拍浪帆檣天地失，安瀾砥柱古今浮。車驅水市疑蛟屓，槎拂長虹逼斗牛。此日神功瞻俎豆，豐碑墨妙至今留。

莆陽道上望海

振策還登萬仞岡，憑高極望海波揚。霞光一片縈危島，雪浪千層混大荒，水國黿鼉空隱隱，仙人樓閣杳茫茫。珊瑚翡翠俱寥落，横海於今在越裳。

重陽前三日至和署步孝西韵

故人尺素到吴天，白雁丹楓越水船。馬首夕陽斜度嶺，灘流明月起寒烟。聯牀聽雨三千里，把袂論心二十年。不獨茱萸堪對酒，河陽花色滿山川。

馮永世

字東臨，華亭人。諸生。

上黨行爲牛潛菴使君賦

晉陽雄風稱上黨，五龍靈氣恣萬狀。陰壑自噴玉女盤，層巒翠插蓮花掌。漳潞滔滔西復東，連檣艑舸横波中。夜霧沙沉鼇背黑，朝霞日射魚鱗紅。路險羊腸九曲轉，熊虎成群當晝見。龍門匝地激千雷，鳥道逼天窺一線。關河百二比咸秦，藩王宫闕鬱嶙峋。桐圭作鎮高皇種，茅社分封武帝臣。中貴腰横金翡翠，昭容案賜銀麒麟。炊蠟塗椒何足數，撞鐘伐鼓誰與倫？此時侯門競豪奢，此時戚里競繁華。香車寶馬遊平樂，銀蒜瓊鈎宿狹邪。狹邪倡婦顔如玉，含態含嬌情意足。暮舞朝歌《白紵詞》，哀絃急管清商曲。桂房羅幌焚都梁，辟寒爲珮月爲璫。千金買笑黄衫客，百斛追歡粉面郎。鴉青蟬鬢飄香屑，細骨纖肌妬冰雪。螺黛巧描柳葉眉，胭脂妙染桃花靨。誰家臺館築平陽，杏柱蘭楣玳瑁梁。堤上緑楊飛蛺蝶，湖邊碧藕戲鴛鴦。鴛鴦蛺蝶相對舞，櫻桃顆顆真珠吐。九微鐙焰映氍毹，四照花開題鸜鵒。才子情深戀酒巵，王孫高讌擁蛾眉。江花山月無終極，春賞秋遊豈盡時。那知灰滅塵飛早，百年光景同衰草。二陵寂寞風雨深，三晉悲涼煙水杳。青髮俄成塞上翁，紅顔不覺鏡中老。沙棠樹死金谷荒，繅絲蛛網滿池塘。風流人散笙歌歇，殿閣旋爲麋鹿場。寄語行人休歎息，興亡環轉今猶昔。君不見魏帝漳河銅雀臺，汀蒲岸柳年年碧！

閏上巳

江潮帶月湧長川，裊裊游絲繞樹巔。蕭寺遲逢浴佛會，山家恰喜養蠶天。數完蓂莢增三日，笑指桃花又一年。醉向黄壚題短句，永和勝事漫流連。

蜘蛛歎

蜘蛛結網羅，腹小經緯多。網羅語蚊蚋，前路大轗軻。

沈翰

字林士，號寂菴，華亭人。諸生，文恪兄也。周茂源謂：沈子讀書，鄙章句，有意世務。如松郡之田賦紊亂，三江水利不講，邑中受害獨深，沈子條列利害，審時察變，實可見之施行云。又諸嗣郢以孝子稱之，則又不僅以詩文見者。其所著有《西園初集》《城南草》。

寄顧茂倫

聞道松陵顧虎頭，點睛妙筆至今留。尋春漫著花閒屐，把釣閒乘雪裏舟。盛世文章歸大雅，吾鄉壇坫樹風流。遥知户滿英華侶，瘦島寒郊迥不侔。

西園夜坐

已分疎慵樂有餘，荒齋恰似野人居。一簾花影三更月，消盡閒愁是讀書。

單玉華

字藥園，華亭人。諸生。見前。詩稿已失，兹於單氏家譜中得此存之。

同子然早服及茗園爲印家仲遊華未齋太史廢園

堂署天均屬阿誰，畫梁塵暗冷香遺。興亡亦是尋常事，落得煙霞占便宜。

巖壑而今舊事非，管絃消歇彩雲飛。風流合是隨人去，留得青山送落暉。

范　青

字筠堅，上海人。諸生。詩才敏捷，遊浙閩范忠貞幕，忠貞死耿逆之亂，爲輯其畫壁記傳於世。著有《筠堅堂詩稿》。

峽山謡

昔聞蜀道難，惟稱劍閣與連雲。不知何年鑿混沌，又與楚甸相糾紛。荆王射麋出夢澤，藍縷歸謁巴苴君。神女朝煴氲，雲華玉笈文。鞭笞鐸驅曷不之海澨，乃令蟻封蠶簇屯菌輪。岷水天上來，二百八十之江合湧争喉脣。高艑如山，葉舞而將淪。長年持招，叫呼躑躅危後濟，未若兹路尤嶙峋。巨靈磨刀削蒼冥，呀然裂墜贔屭嗔。又如怪鰐飛鯨破風而吸浪，舉頭振鬣趨噬人。猩狺自飛虎自嘯，百足之蟲尤岐翹。修蛇欲上不得上，山鬼騎崖向之笑。一粟緣羊腸，須臾蠻觸粘蕭牆。聳身逼仄魄惝恍，俯窺終古韜曦陽。天南干戈方擾攘，奚爲攜長劍、仗短策、臨絶巘而旁皇？謝豹嘔血猨悲傷，側足四海空茫茫。自古文人好蜀行，仰攀玉壘俯青城。錦江百丈浸縹碧，笑指峨眉横太清。歸巫山林誰出此。倥偬尤覺難爲情。難爲情，天涯子。五溪山，三巴水。晝日冥冥瘴煙起，邊笳愁殺征人耳。渝州戍馬，未有歸期。

回頭欲尋十二峰，知隔幾萬青芙蓉。

西陵咏古

荆門陡竦截江迴，石壁何年鐵鎖開。魚眼射波因吮血，虎牙穿穴爲歕雷。公孫門户從頭破，漢將蒙衝接尾來。躍馬虚疑牢設險，投鞭實有不凡才。公孫述鎖橋截江，岑彭等大破之。

王慶生

字雲子，號嬾雲，上海人。諸生。著有《春及堂詩稿》。朱拂鐘曰：「太白仙才，長吉鬼才，我以雲子爲兼才。」程非璧曰：「雲子七古最爲古奥。」

篆籀篇贈姚青丘

鬼因一畫哭不休，混沌已死人心浮。虎繡龍雕競奇秘，蟲書鳥迹飛銀鈎。秦漢璽籀多紛錯，近代石鼓不可求。崔許庶接中郎派，直入元奥姚青丘。青丘古樸不偶世，生平恥作繞指柔。家徒四壁意氣在，守望日月鬚眉留。大家隱忍螻蟻側，推壁搥胸莫杞憂。有時我作登封頌，泰山頂石煩君鏤。

九月八日坐雨臨别軒

擁書小閣裏，風雨石粼粼。劈竹支清溜，投花養瘦鱗。翻飛樹有恨，失意鳥如人。明日登臨者，龍山草色新。

唐廷球

字簣山，上海人。諸生。

建文

遺恨强枝建北藩，忽驚飛燕啄皇孫。紛更未免諸儒誤，名教終因烈士存。江海飄零餘老佛，丹青圖畫有沙門。秋風木末亭邊路，不散千秋搏賊魂。

弘光

纆衣氊笠陷神京，半壁江山又石城。仗鉞師臣誇定策，横金闖帥擅强兵。朝廷已錫曹彬劍，黨籍猶鈎張儉名。江左風流誰似此，酒杯明月笑無情。

曹　燕

字子翼，華亭人。前諸生。博覽群籍，刻意爲詩，與小蘭亭社。著《浮香舫》《梅厂未删詩》二集。

人日小蘭亭社集

臘盡江皋好放春，更逢今日是靈辰。草茅兄弟多詞客，落拓乾坤一酒人。風破玉梅寒未減，話長吟箭漏還頻。朝來池草誰傳句，且聽西堂鼓吹新。

曹　詩

字起邠，諸生。著《賜研齋集》。王侍御伊人作序云：「起邠以宕遠矜秀之才，有谿仙先生爲之父，又得次典爲二難，惠連獻賦于康樂，士衡投贈於士龍，吾不知其所際矣。」

集次典壽香亭移酒對菊

江村秋色晚，黄菊冷山齋。對酒成幽興，看花送好懷。幾侵高士履，曾上玉人釵，風物真堪賞，狂歌屬我儕。

共羨東籬勝，攜樽到草亭。花深宜秉燭，坐久欲忘形。乍覺仙娥醉，彌令騷客醒。籃輿期後會，還眺晚山青。

詩話：自谿仙創小蘭亭會課，地在干溪，當日四圍煙水，稱小普陀，有亭翼然，與山陰相似。會者一門群從得十二人，如子翼、起邠、次重、十經及贊可、彦博皆是，亦云盛矣。今則化爲平陸，地利異而人風亦殊，可勝今昔之感！

朱履吉

字其旋，華亭人。古匏弟，諸生。工詩古文。

尋法忍寺海叟題詩處同顧偉南陸亮中作

筠管留題處，尋蹤到草叢。旛幢猶仿佛，樓閣已朦朧。壁化神虬去，詩存簡蠹中。我來同顧陸，一爲問紗籠。

王性之

字育麒，青浦人。諸生。

杜元期

字貞起，明諸生，上海人。生前癸巳，卒康熙己未。

過桃源

杪春一棹過仙津，猶見桃花幾樹新。古洞依然傳晉代，空山何處著秦人。寰中樂土應非少，畫裏淳風恐未真。我幸寄身元亮後，太平時世作遺民。

晚宿山房

石壁含秋氣，涼飔吹短衣。淡雲將月曉，孤鶴帶星飛。露濯松身濕，天清竹影微。捫蘿陵絶頂，蒼翠欲相依。

蘇臺懷古

蘇臺寥落錦帆賒，緑水緣城映晚霞。劍客酬恩仍有塚，美人去國已無家。煙消香徑菱歌歇，月上靈巖響屧斜。七十二峰空設險，臨風惆悵莫雲遮。

杜元良

字起占，號袂六，上海人。諸生。生前庚戌，卒康熙戊午。

塞上曲

榆林關外駐征鞍，大漠風塵倚劍看。萬里清霜鼙鼓暗，十年歸夢驛燈寒。沙飛絶塞雲常暝，春入邊城雪未殘。聞道折衝開幕府，鐃歌何日向長安。

杜如恂

字□□，上海人。諸生。前丙辰生，卒康熙甲寅。

同侯懷王表兄海中閱操

水國屯征蓋，揚帆縱復横。旌麾摇日色，金鼓沸濤聲。萬壽陵風轉，千檣破浪行。争標雄虎豹，露布入承明。

杜啟文

字景韓，上海人。諸生。前丙午生，卒順治己丑。

黄金臺

昭王不可作，君子感何深。買骨一時事，求賢千古心。薊門悵摇落，碣石眺嶇嶔。巖穴虛延佇，高臺空古今。

杜啟徵

字以謙，上海人。諸生。前丙午生，卒順治己丑。

雨中過法相

登臨常得雨，南北兩三峰。清共一泓水，寒分九里松。茶煙因竹出，酒力近花濃。吾意原無住，隨機任所從。

杜啟旭

字馭初，上海人。諸生。生前乙卯，卒順治乙未。

奉送舅氏董有仲先生開府兩浙

清秋銜命出蓬萊，繡斧聲名重外臺。地擁吴山煙樹合，江盤越水浪雲開。談兵賓佐梁園客，判牒文章鄴下才。最是渭陽情更切，瞻依時復望三台。

杜爾詔

字欽生，上海人。諸生。前戊申生，卒康熙癸卯。

元夕馮與參錢古男陳天孫陳文孫小集

故人良夜集，尊酒共題詩。别院燒燈早，閒庭掛月遲。世情貧後見，老態病餘知。自歎行藏舊，空教雙鬢絲。

董宏度

字君節，上海人，嘉定籍，與叔憲之子。著有《邨居集》。其詩骨蒼勁，又嘗傳李中梓學。李有《醫宗必讀》、《頤生微論》、《内經知要》、《傷寒括要》等書，君節故亦精于岐黄術。

織婦歎

饑亦織，凍亦織。一梭一梭復一梭，日短天寒難成匹。豪户徵租吏徵糧，兩兩叩門如火急。

丈夫欲催未忍催，向屋無言向機泣。織婦宛轉訴可憐，自來君家已十年。嫁衣雖有豈堪著，布袴百結衵服穿。無朝無夜儉且辛，寸絲半縷不上身。丈夫有志苟富貴，無忘機上糟糠人。努力織成已況瘁，回頭忍淚聊相慰。猶勝鄰家賤且窮，布機賣却賣兒童。

送男德其試自宏度與其弟宏儒俱教授嘉定邑中，至德其遷居廠頭，不赴會試，敦志行。著《兩世詩文集》。

送汝非無淚，相看不忍彈。恐傷游子意，强作老人歡。旅底單衣薄，家中一飯難。春明如有信，把釣待江干。

國朝松江詩鈔卷九

鄉人姜兆翀鄉山録
于世燦東巖閲

季　遂

字鳴九，華亭人。順治乙酉諸生，明嘉靖乙丑進士建昌府知府季鷹曾孫也。鳴九在國初諸老中亦有聲。

謝屠閬兼述建昌府庫所貯顔魯公麻姑壇石刻無恙詩

鳴九曾祖雁山官建昌時，曾購顔魯公《麻姑壇記》石刻，臨行封貯府庫。至康熙年間，當湖屠閬兼因其友王來又尊人現守建昌，具知此石無恙，作詩以示鳴九，而鳴九和之。閬兼名敦增，當湖諸生，明太史象美季子。其詩云：「九峰生奇光，雁山擅詞翰。淹博嗜遺文，名蹟滿几案。尤愛魯公書，體勢獨稱冠。石刻麻姑壇，古色何燦燦！流傳江之右，遼絶起長歎。一朝守建昌，蒐輯徧里閈。帝子忽留賓，從容訪奇玩。爲言前守歸，攜之涉江漢。蛟龍復相妬，沈没汀沙畔。雁山投袂起，遐搜窮浩涆。金懸都市旁，網集長江岸。拂拭見光輝，石角微微斷。撫碑更悵然，懸金益無算。未幾石刻全，璧合不復散。封置府藏中，去官乘款段。莽莽烽煙生，舉目滄桑换。遺珍委塵土，况乃白石矸。文孫念先志，渺渺心曲亂。試問宦遊人，海枯石不爛。迴望斗牛寒，寶雲落天半」云云。詩所言帝子，謂益籓也。雁山好事，留此一段翰墨緣，亦藝林佳話。

魯公千載書，麻姑一片石。安得重摩挲，先人有手澤。

唐　采

字翰宣，號闇夫，上海人。諸生。著《晚香堂稾》。董得仲云：「詩筆崚嶒，有不可一世之概。」

雜感

南方有一鳥，鎩羽悲風霜。鷹鸇既知避，繒弋曷能傷。悠悠安飲啄，何敢貪稻粱。高林且勿集，危岡且勿翔。雖與鴝鵒遊，出入時徬徨。吁嗟天地内，當慎行與藏。

述懷

生憎漂母飯，不欲學王孫。吾道豈終蹇，浩歌常閉門。開卷晤良友，旦氣片心存。脂韋甚所恥，磬折非自尊。有酒足曠懷，一觴咏一言。無使俗士知，窺我家與園。

横塘歌

茂陵杜陵同我貧，臨邛客舍浣花身。琴聲一取富貴來，盈盈花貌相徘徊。鸘鸘且换犢鼻袴，當壚之婦誠奇才。世間翻覆多輕薄，此輩少陵昔所惡。古人窮途有知己，今人落魄安可數？眼前誰是嚴將軍，眼前誰是卓王孫？文君不見嚴武死，英雄飲恨淚如水！

秋雨歎

六月泉枯草無色，八月夕漲撼江國。稼時欲雨雨不來，穡時欲晴晴不得。頻年旱澇官不恤，舊逋新逋交相逼。郊野瀰瀰邨無煙，簷霤浪浪雲如墨。陶公乞食杜老饑，感此徬徨增歎息！

浦風行

有序：爲邑宰德符彭公賦。公宰海上，時督郵有東海聖人之題，每疾風暴雨，戒輸糧者勿渡浦，防覆没也。後之宰邑者，嘗以嚴限，致民葬魚腹中。予因憶公善政，作《浦風行》。

浦風拔木浦水立，我思聖人能不泣？怒濤如山千尺飛，輸將繹絡無虛日。君不見彭公作宰稱神明，海邦善政聲錚錚。此時蓋公猶可遇，此時杜母疑復生。公誠撫民民自服，徵輸寧用相催促。吁嗟黃浦真無情，蛟龍突鬬鬼神驚。煙雲貼水白日蔽，沙礫亂飛危閣傾。石壕之輩氣如虎，斯時猶欲鞭糧户。糧舟葉葉争西渡，不畏風濤畏官府。六十餘人同一時，身葬碧波誰救取！至今青燐渡口飛，啾啾哭向黃昏雨。

毘陵夜泊

歲晚乘流急，寒江況暮天。鐙依雙岸雨，鳥宿一帆煙。淮海常爲客，毘陵暫泊船。故鄉霜信近，歸夢阻前川。

宿寒翠堂贈朱鶴亭

雜樹臨谿出，閒雲傍石欹。蓬門留野雀，花影護殘碁。寄興鐙前酒，懷人月下詩。爲君情不淺，譚笑忘歸期。

寄俞青岑明府粤西

仙凫萬里外，銅柱伏波封。月爛猺歌合，風薰蠻酒濃。木奴秋代税，藥户夏歸農。料得琴堂暇，飛鷗滿緑榕。

秋晚姚通所方伯過舍茶話至月上東皋而别

柿葉紅稠巷不貧，草堂開揖舊綸巾。黄花庭畔懷高士，白髮江南重老臣。時年九十有六。響觸風廊雷莢細，香飄玉乳石泉新。一圍海月芸窗濕，話遍群仙汞火真。翁善導引。

重登宏濟寺山樓樓臨大江。

弭棹攀蘿問舊遊，香幢高出水聲幽。花開古寺空王澹，水落長江獨客愁。仄徑僧歸虹外雨，寒林鶴睡竹邊樓。依稀重歷題詩處，霞冷雲凝碧樹秋。

和友人姑蘇懷古

梅里人歸風漸華，荆南復見霸圖奢。香飄響屧千門月，煙落吴宫幾度花。石室馬嘶悲范蠡，水犀軍没笑夫差。那知《越絶書》成後，羅綺傾城已萬家。

諸 謣

字廷一，青浦人。諸生。乾一弟。

同彝中薦臣孝先子房過佘山

宿雨開新霽，登臨自渺茫。春深嘑鳥亂，澗斷野雲荒。樹色青連幔，山光翠若妝。追陪同逸興，天地酒徒狂。

重過嬾菴遇何伯求出示畫卷

無恙名藍在，招尋此再過。春流縈藥圃，佛火散煙蘿。落日城邊盡，青山筆下多。坐看艤棹處，不渡欲如何。

杜登春

字九高，號讓水，華亭人，青浦籍。職方麟徵子。諸生，辛卯拔貢，以奏銷案斥，捐復授翰林院孔目。繕《太宗實録》，書成，議叙授廣昌知縣，除丁糧五年一查之弊，又除礦害，任十二年歸。逾十年，起補處州同知，遇瘴卒于官，年七十。著有《尺五樓詩文集》。吴梅村曰：「才致奔軼，軌於法度。其采藻高翔，爛漫歷落，不可端倪，而天空木落，清磬一聲，詩境似之。」趙昕曰：「選聲布格，獨造精微。」

《潄芳齋詩話》：讓水幼時與夏存古、徐度遼、顧子韶、王后張均有聖童之目，既而不遇，踽踽入都，年已五十矣。晚始得一令，故其詩多沈鬱之氣、牢落之音。至所著《社事本末》一書，則以吾郡幾、求，承流復社，而一時風會，覺人人得所造就，蔚爲文風，亦可以備，國初掌故云。

悼霞城許公

王父金蘭友，亂後存許公。公與先方伯公爲丙辰同年進士。豈是貪生徒，身出萬死中。中壽享耆耋，餘生得考終。節義自千古，胡必追遺弓。當年擊璫事，慷慨成大功。楊漣拜疏後，抗詞相繼雄。力請除君側，英斷決帝聰。責以無將誼，兼之不赦讐。羊頭宵黨嫉，趙嬈怨後宮。廷推制已紊，黄門遷竟朦。欲奪金吾秩，内操烏合訌。中旨日濫觴，叵測典兵戎。岌岌兩宫危，蕭牆兆白虹。歷歷數厥罪，二十四條同。殷勤秉鈞者，屬望申屠忠。大臣奉嚴敕，小臣抒赤衷。群賢盡詔獄，公惟薄譴蒙。扁舟泛泖濱，日盼緹騎東。周魏斃箠楚，周公順昌、魏公大中。膚髮全微躬。時邀剡牘推，祇安花藥叢。潔身甘恬退，釋老極研窮。少伯變姓名，夢兒伴老翁。同棲隱者爲修微王少君。維桑計彌切，郡邑禀下風。撫我諸藐孤，剪拂自成童。緇衣叨過從，敦勉情實隆。行誼既不朽，賈譽謝珥彤。列之殉節後，無愧被華蟲。吁嗟同黨人，令德應褒崇！

給諫宅在集仙街，本通政樂善舊居。

吾友詩此九高追憶舊遊而作，凡四十五人，不皆松人也。今存其松人之事有可紀者，得十人焉。

夏舍人玉樊名完淳以郵表事殉節，乾隆四十□年，賜謚節愍。

玉樊王佐才，少小薄章句。生不辭黨魁，死不辭刀鋸。虎阜前致詞，徘徊淚如雨。俎豆有餘馨，悲哉《大哀賦》。

徐子世威名度遼闇公子，以乙酉守城時見殺。

徐生美白皙，昂然七尺軀。握槊上樓船，戰没在須臾。書生慷慨志，一死良不虚。束髮數友生，慷烈君先驅。

秦子孝力名宜兆明舉人秦道力弟。

六郎足智謀，料事若指掌。落紙非駕空，元言必標牓。生平謹取友，周旋亦明朗。自從斯人亡，中心日惘惘。

李令宜名顯素心子。

李生擅豪舉，不肯矜世閥。寄情詩書園，抒藻諸子窟。三十六男兒，子職良匪闕。縱然厭俗情，云何遽消歇。

李子定遠名略舒章子。

李大清俊才，父風良可挹。將母實作苦，坐使官租急。書生被逮來，千古嗟束濕。屢邀故人問，難向雪中立。

盛子弁名建威翼進子。

盛大淡泊姿，靜與理道會。招徠盡妍妙，切磨辨蕭艾。同時登樓人，締交出肝肺。遺風邈難即，祗慮天道昧。

曹文學彥博名爾埏

第五盛才藻，讀書干谿傍。丰容世所仰，翺翔比鳳凰。不復朝陽棲，鎩羽良足傷。雲中逍遥侶，何處聞歸昌。

夏比部名長泰嘉遇子。

比部稱晚達，蓬蒿得望衡。當年擊瑺事，含淚有餘驚。身從覆巢來，凛凛矢忠誠。一官還作苦，有子可貽清。

宋河宗名泰淵徵輿子。

河宗履華膴，慘慘不得志。當時作遠遊，豈是趍榮利。同盟一相失，緩急罕所恃。形神恍如接，静言心似醉。

施文學呂授名樟

施生特達姿，骯髒輕流輩。廿載戀棘闈，十年守藥碓。悵悵何所之，惘惘存感慨。臨喪不成聲，中心刺欲碎。

詩話：呂授著《筠窗心語》，蔣谷西題其後云「天生施大真奇挺，手奪文章一座鼎。筆光摇撼動星文，墨瀋淋漓徹幽冥。蕩蕩才情萬斛舟，不遇長江大海流。觸石驚濤拂天落，散作鴛鴦一種愁。西樓有女字湘筠，秀絶蛾眉首一人。綵鸞豈是人間偶，飛燕能翻掌上身。睥睨王孫無李賀，塵埃物色貧施大。莊周蝴蝶夢雙成，雲雨巫山身兩箇。春風秋水入鳴琴，夜雨孤燈一片心。對月有情紅粉面，落花無語《日頭吟》。悠悠誰解相如渴，深思幽想何時割。宛轉筠窗千首詞，黄河可竭心難抹」云云。此亦西樓一段佳語也，附記于此。

讀梅郵海市詩及觀海市後作

始讀梅郵集，中有《海市》詩。七言窮萬變，造語多詼奇。小儒矜目睫，往往疑議之。我來見海市，此輩誠井窺。但審真幻理，可信轉可疑。讀詩視爲幻，其事真如斯。見市得真景，幻莫幻于兹。真幻非二境，疑信何兩歧。瓊宫與貝闕，由來著楚詞。蜃氣象樓臺，孟堅語非欺。請得言其狀，東北微風吹。諸島倏忽變，瞬息不及支。乍沈而乍起，乍合而乍離。

乍大而乍小，乍高而乍卑。或變爲塞堡，或變爲城陴。或變爲橋梁，或變爲旌旗。或人作偶語，或樹作交枝。或鳥參差見，或馬東西馳。或如冠蓋至，冉冉雲中居。或如囷廩積，米粟堆京坻。或如萬間厦，魚鱗集獸鴟。或如千丈杓，上欲挹天池。或如蜿蜒狀，非龍亦非螭。或如蹲踞態，非象亦非獅。種種靈異境，變現若有司。如何漢魏來，罕言當何爲。坡公實親炙，梅老僅聞知。余兼聞而見，不能撰一辭。安得江海才，作賦傳當時。窮辨真與幻，我以爾爲師。

自上杭縣至峰市作

千山逢積雨，摇蕩駕輕舟。檀槳藉厚力，揮豁任意浮。暮泊石縫宿，猶云是安流。清晨發棹歌，峻越無停留。潭深碧淼淼，惝怳乘風鷗。倏忽過數灘，放逸不可收。上擬流星度，下擬魚脱鉤。身世總變幻，閲此真浮漚。驚魂定復散，汗漫悔昔遊。不知求仙使，何以駕海桴？更疑銀漢槎，支機礙高秋。人生經險難，可以消百憂。

同繹堂太史暨素文大令觀山陰張登子所攜智師真草千文墨蹟

我斑右軍實爾祖，隋末唐初焚行苦。虞歐褚薛萃其門，各竊一班恣所取。千載何幸觀真文，紙光墨彩神色古。圓轉如環運正鋒，千鈞力折萬石弩。肘腕空擎勢欲飛，姿態矜莊餘秀嫵。懸鍼垂露無營心，天門鳳閣何須數。如對瞿塘八陣圖，宛覩公孫大娘舞。真書脱落三十三，草字飄零七十五。當年鐵限何爲哉，登樓縱書屨滿户。古墨流傳幾見真，八百部中惟一部。石刻臨摹總失神，金錢購置矜良賈。時有欲易以三千金者，張不願售。良賈知書不善書，學士專精辨魯魚。茂苑章生雅同好，命我作歌良不虚。

永寧金門寨作呈蘭孺太守越青給諫兩張君

嵩高咫尺接天翠，净拭無雲呈贔屭。渡河欲上洛陽難，間道云從汝州易。不向澗瀍行，衹尋伊洛程。程途迢迢六十里，疋馬來問永寧城。永寧城中少人迹，數椽茅屋依城闢。官衙土築坐堂皇，堂上無聲驚過客。返轡出城闉，都逢樵牧人。會言金門寨，蓬蒿有隱淪。登顛涉澗何足道，碧石青松千尺瀑。馬首徘徊鞭暫停，平頭入寨先傳報。太守扶迎廳事高，蕭然棐几列笙璈。屈膝畫扃人繫馬，豚肩晨辦客投醪。給諫先生常謝客，邑中久不逢車軛。空谷何來海角人，登樓忽爾摇鈴索。兩公相見解相憐，坐我園亭别一天。嶺號望夫饒竹箭，水通龍腹灌山田。漫詢遊屐來何故，漫言宦況今何所？一見唯談數載心，兩心兩兩難回溯。涕淚無端入暮愁，嘯歌中夜似悲秋。臨歧莫復丁寧再，我欲登車不可留。

遇申凫盟述其尊人殉難事有感

舊國敦臣誼，新綸實勸忠。扶笻來帝里。折節見高風。十載傷心事，諸孤灑淚中。夜臺知與否，隔代已推崇。

登中條山

策蹇中條峻，登埤驛路長。桑田分晉國，陶穴自虞鄉。百里人煙静，千山狐兔藏。不經太行險，翹首盡康莊。

眺龍門

舜甸嗟昏墊，神功萬古聞。黄河天際直，石闕地中分。岸柳迷秦晉，流澌度絳汾。當年平水土，八載此辛勤。

峴山拜先方伯遺像

祖像殘雙履，孫謀愧一經。風清霅水緑，淚漬峴山青。石鼎無餘火，豐碑尚有亭。樊川誰嗣美，短髮已星星。

永定阻兵

倦游投信宿，帶甲滿城闉。絹客衣冠麗，魦皮刀劍新。受降餘淚在，南顧市恩頻。相遇憐囊澀，狺狺不我嗔。

元夕集㯶亭齋

華鐙翹揭敞朱門，柏酒椒羹儒素存。舊日文章難再見，故鄉風物好重論。蒼黄雜座人同醉，裘褐連裾室自温。滿眼囂塵偏潦倒，却敦古道有金昆。

喜天中骸骨奉恩歸葬

批鱗一自别彤廷，天子深宫注《吕刑》。死入玉關親未老，恩刊石碣夢曾經。離魂猶戀悲鸞鳳，香骨初歸痛鶺令。多少翩翻遼海鶴，漸應零落似晨星。

過穆苑先先生故居

棲心已是息禪關，此徑蓬蒿魂不還。草長芸香猶未宿，書多貝葉幾經删。酒鐺莫折田文券，飯鉢何來楊寶環。頭白舊游都健者，清齋一食損丹顔。

題潮州景韓寺僧房

扶病支牀許借棲，異鄉風雨共凄凄。故侯擊鉢悲金馬，降將披緇説水犀。市購奇蛇蒸夜饌，鐙分畫蠟爇寒藜。滔滔西下汀州水，莫洗蕭關屐齒泥。

望嵩山

嵯峨嵩岳亘天中，積翠連雲曉日紅。伊洛水深通陸渾，崤函山險接崆峒。懸車遥想登封日，停轍常思洗耳風。不少雲亭學道者，三花照灼講堂空。

病中得武宣札自衢城郵至

降王兵起震三衢，秉鉞同游賦執殳。甘苦經年謀掘鼠，倉皇終日聽嘑烏。孤城報國心何壯，千里思家淚欲枯。我有衡門堪自閉，羽書傳箭任紛驅。

人日遇柴道人述仙事

不辭策蹇叩行藏，雪裏歸鞭兩鬢霜。一枕雲程憑噩夢，九衢春意在慈航。加餐漫憶青晶飯，解渴何須白玉漿。且向侯門誇揖客，懸知調笑似東方。

七録齋讌集即張天如讀書處

木落寒江玉露頻，芙蕖深處正留賓。聲名自愧論才地，家世同驚鈎黨人。四海知心多異域，半生求友總浮塵。不須更設蘭亭譜，斗酒狂吟意已真。

舒垂齋中連宵夜話

久客重登和鶴堂，花陰春晝散餘香。梟盧具設迎劉豫，弓矢門懸揖孟莊。一命冠纓雄細柳，十年賓客老高陽。相憐投筆紅鐙炧，莫歎書田已就荒。

送袁若遺太守任嘉興

犀符魚服策春驚，柳拂朱旛候吏迎。三月桑麻連谷水，一帆煙雨到禾城。蓴鱸近處無煩憶，琴鶴當年有重名。此日驪駒空欲唱，徵車應不厭承明。

袁天麟

字振公，華亭人。丙戌諸生，歲貢。

春仲又懷熊畹仙

海國人文異輞川，平沙月落静無煙。抱琴每憶滄洲客，拂麈終思雒社賢。庾子樓中笳隱隱，王孫墓上草芊芊。爲看翠鈿歌殘後，應有當年禾黍篇。

杜啟慶

字錫餘，上海人。元期子，諸生。

晚渡

避潮恒繫纜，傍晚却開船。落日摇津樹，歸帆帶莫煙。天寒紅葉下，江闊白雲連。誰説罟師苦，蘆花醉獨眠。

黄張美

字含章，青浦人。諸生，丁未貢。

次韻答倪思曼

亦是高陽客，三年學下帷。黄金交態重，白眼世情宜。飛鳥驚虞繳，晴江穩釣絲。棲遲如有待，風雨共論詩。

羈懷

羈懷忽不樂，驚此歲華淹。酒盞深依席，花枝好隔簾。無心趨世賞，拙計謝人嫌。天欲老吾志，何妨愁病兼。

唐于逵

字用儀，之屏曾孫，華亭人。諸生。幼嗜學，善屬文。鄉闈屢絀，遂謝去舉子業，專事吟咏。著有《春浮室稾》。

狡兔窟

責馮驩也。驩爲孟嘗君營三窟，以自固於齊，其後孟嘗君相魏，遂與燕共伐破齊。孟嘗君死，諸子争立，齊、魏共滅之。

蒯緱三彈西結靷，三窟已就君高枕。齊王恐懼貽尺書，黄金千鎰駟馬車。北兵忽來王出走，魚龍失水鱗骨朽。窟中狡兔方爰爰，不如狐死能丘首。吁嗟乎，薛公相魏魏師亟，薛公之滅魏人力，狡兔雖狡竟何益！

禹川人

哀張彪也。彪初在若耶山爲群盗，後奉表梁元帝。及陳霸先起震澤，將還據會稽。彪部將沈泰、申進等叛之，彪遂敗走，獨與妻楊氏及一犬倉皇入若耶山中。霸先遣人殺之，欲迎其妻，妻誓死不辱，遂請爲尼。

若耶高峰飛鼪狖，若耶壯士髯如戟。男兒有身復有心，此心已向蕭家赤。車前部曲列虎羆，生死相隨犬與妻。紅顔剪髪黄耳死，平生結客將何爲。若耶山樵倚擔哭，吁嗟乎，人不如犬，纓不如幗！

胭脂井 弔陳後主也。後主起臨春、結綺、望仙三閣，日與張麗華、孔貴人等遊宴。及隋兵至，乃匿入井。

臨春高閣中天起，寶帳珠簾照淮水。狎客新聲玉樹花。六宮詩學江郎體。金陵王氣光徘徊，齊兵三來周再來。長江天塹亘古險，北軍飛渡安能哉？君臣謾語猶未畢，朱雀門開擒虎入。先驅忽到景陽宮，蛾眉井底胭脂泣。隋家作法何草草，仁壽宮成亦太早。千騎迢遥清夜遊，龍舟又夢江都好。

錦車行

馬何矯矯，車何轔轔。金羈玉勒花錦茵，車中月貌蛾眉新。明珠翠羽嬌芳春，冰綃婀娜風紛綸。紅妝静女扶輕輪，道旁嘖嘖稱天人。豪華富艷誰與倫，須臾賓從羅星辰。張筵設醴揚椒芬，雕盤細縷飛玉鱗。吹笙擊鼓調□□，蘭煙桂火華燈陳。星繁月墮河逡巡，千秋萬歲樂與均。君不見，五陵夾道生荆杞，舊是金張七貴門。

雜詩二首

丈人圃漢陰，抱甕方滑滑。挈水有桔槔，純然守其一。學道惡機心，利巧終不入。哀哉風波民，忘此渾沌術。

物性有恒適，仁義空籧廬。何如采真遊，遊此逍遥墟。變化不可執，大道無困拘。張樂洞庭野，流聲滿空虛。

浪平驛

山城雜步騎，人馬均逸勞。饘粥飽我腹，寒茱散空槽。馳驅過一舍，日昃飛星軺。摩肩半賈豎，往來雜號呶。誰識山氣佳，紫翠紛飄飖。石城信回環，列嶂雲周遭。三卿昔分晉，故君若弁髦。躊躇置食邑，崎嶇萬山交，俱酒爲家人，叔虞幾若敖。廢興定如此，悲歌空鬱陶。

黎川

秋色媚遠客，十里楓林紅。返景逐馬蹏，宿我黎川東。黎川山水會，矧復名都雄。煙火列萬家，石樓鬱雲虹。山田接飛泉，高下紆層峰。疎林澹月姿，秀嶺回風容。明發度西川，石氣何沖瀜。平岡天半直，馳道西南通。千里曠遠眸，豁達來無窮。大矣造化力，剷削勞人工。

岸邗

迢迢山巔路，棱棱路旁石。蕭蕭石上雨，悠悠雨中客。客行出邗西，遊目多險仄。風雨截危岡，斬若斧斤劈。巑岏抽石筍，崖脚不可測。猿猱相顧嘑，矧我遠行役。行役雖苦辛，雨餘彙佳色。霜楓綴林丹，莎草貼地碧。更有無名花，翠萼映紅葯。好鳥名相呼，山光晚來赤。遥見村墟煙，裊裊若咫尺。慷慨忘饑疲，清歌暢幽適。

芹池

客行戒晨星，星光動郚墟。褰裳涉瀘水，雲英濕衣裾。季秋朔氣至，征衣苦無袽。霜清馬蹶滑，矧復人饑虛。沁水更曲折，截流趁紆徐。紫瀾挾輕沙，盤渦積沮洳。駛水泐碉棱，石骨浮鯨魚。驅馬踐鱗甲，飛動洵可虞。踰嶺既百盤，涉澗仍千紆。衆人喧既濟，我馬猶踟躕。

付七

高秋天宇明，山光裊深碧。遥峰變青黄，參錯金銀色。北山盤舞來，翔鸞奮高翮。昂頭有餘勢，陡嶺忽横值。孤標出雲霄，青天去三百。攀躋雜行坐，屏息疲筋力。巉巖有穿穴，千載錯趾迹。倉皇失高盼，諦視安齒屐。陡下若懸溜，千仞不可極。微軀恃兩足，性命恐一擲。艱哉遠征人，執策三太息。

孺兒勤讀志喜

威鳳被丹彩，孔鳥颺翠翎。方其出彀時，意已排青冥。孺子秀眉目，粲粲揚珠庭。雖憐羸弱姿，喜見膚神清。負書就良師，汲汲載寢興。朝饑不遑食，恐後同舍生。歸來散筐篋，圖史紛縱横。擘窠爛漫書，竹馬無移情。吾家高曾來，七葉傳一經。紙札當良田，厥秋幸有成。遐哉清白裔，世濟貽雲仍。春光暄南陌，桃李舒新英。風檐一清聽，咏歌聞流鶯。報之梨與栗，努力揚休名。

超果寺

招提臨谷水，勝地亦東林。洗足僧初定，梳翎鶴在陰。竹房清磬遠，蓮漏午鐘沈。欲問宗雷社，高風不可尋。

新柳

遲日薰風拂曙城，城邊柳色試輕盈。舞餘玉殿分清露，影落金閨動早鶯。青草未歸羈客思，紅亭先繫故人情。春來無限關山道，短髮長條一夜生。

莫　筵

字次延，華亭人。丁亥諸生。壬辰、癸巳間，顧偉南、陶冰修輩復舉幾社之會，次延亦與之。詩見《棠谿詩選》。

訪張漢度辰山

九月涼風動客槎，招尋何處訪仙家。庭前霽色黄花滿，野外秋聲白雁斜。仲蔚蓬蒿開曲徑，季鷹鱸鱠憶天涯。相攜更有平原約，叢桂香殘醉晚霞。

秣陵懷古

新亭碧檻瞰江流，岸柳垂垂繫客舟。六代煙霞迷澗壑，二陵風雨暗松楸。浮雲不散蒼龍闕，遠樹空銜白鷺洲。我欲登樓望明月，可能常照故宫秋。

謁林和靖墓

懷古空尋放鶴亭，暮雲如黛數峰青。惟餘一片西河月，夜夜還來照客星。

杜世祉

字尹受，號忍堂，上海人。啓功子，諸生。

次王玠右先生山居韵

竹匝青青閣，荷香曲曲堤。閒花隨意落，野鶴任情嘑。雨潑書聲細，風和琴韵低。儒冠非所慕，塵市不吾迷。

阮别駕左遷歸粤僑寓鴛水留飲漫成

主亦依然客，重開客裏筵。易傾杜氏酒，難辨阮家錢。失路悲同調，無媒敢自憐。醉餘思往事，搔首問青天。

姚子苻水别十年矣喜復下榻得讀詩卷因憶南園共事曾幾何時遂傷老大援筆志感情見乎詞

爾我依然舊酒徒，相逢誰復笑屠沽。風流不覺天涯盡，詩句驚看海内無。白眼原非甘慢世，青雲何處泣窮途。與君留得張儀舌，且任當年牛馬呼。

閱名山記

煙雲嘗繞仲宣樓，指顧名山足卧遊。萬里遠疑峰入坐，半牀寒似㵎常秋。移情不費捫蘿力，覽勝何如秉燭收。最是洞天恍忽處，渾如身已遍神州。

鄒允颺

字彦康，號南園，青浦人。諸生，以歲貢官當陽縣知縣，撫循整飭，地方免苛派之累，盜賊屏迹。著有《樂來堂詩草》。

蕪城作

南北分馳春復秋，竹西風雨一帆收。登車未敢輕投刺，攜屐何妨暫枕流。蟹舍重沽桑落酒，魚磯同泛木蘭舟。寒光更覺蕪城早，回首家鄉動客愁。

泊蕪湖

萬家煙火護城闉，迤邐江干對眼新。榷使由來寬賦税，孤舟獨喜最清貧。閒看風景差堪隱，自笑行藏識未真。西望楚山雲路杳，夢回空負五湖蓴。

張安苞

字子固，號再菴，華亭人。以誠長子，戊子諸生。以歲貢考授知縣。

送董蒼水遊閩

平生性僻難爲別，遲暮分攜感更多。千里忽然欣把臂，一朝復爾唱離歌。山陬雲擾方歸命，海嶠風清乍戢戈。喜遇高賢能好客，應知懸榻待君過。

李　顥

字令宜，華亭人。諸生，後入太學，愫子。李愫字素心，號嗇齋，前癸酉舉人，順治九年進士，授吏部主事，督學河南，試汝寧，却縣令之懷金以謁者。丁艱，服闋補湖廣上江防道，有惠政，甫一年卒於任。其生平好客，藜藿自甘，而賓筵豐腆，可想其交游氣誼之盛焉。至顥在庚寅間與舊家子弟如張硯銘、施吕壽、秦孝力、林武宜、李定遠、朱彦則、李漢爲、杜子曠、容三等十人磨錬古今文，刻原社初集一部，盛行於時，後竟不禄。杜登春哀詩所云「三十六男兒，云何遽消歇」者。

天馬歌

天馬來，出修彌谷，竦身鼓鬣天池浴。神龍頭，靈鳥目，汙溝深入如斬竹。强其脊，張其腹，雙膝如團麴。翹首須臾千里陸，三軍莫相促。天馬來出濛汜濱，附筋樹骨博基文，英姿滅没超輕塵。驚流電，逐飛雲，歷山跨海無其群，毛色騰光日月分。一形十影，鳥翼魚鱗。天馬來出虞淵之域，千年毛鬣萬里足，奔虚野質誰能服？誰能服，金勒羈連之，背滑不可騎。障泥文韉編繞之。東臨大瀣，西上瑶池，蹶如歷塊連翩馳。艱哉太行道，負車涉險絶。德誰能知？俯以噴，仰以鳴，嗟哉伯樂來何遲？鹿似馬，馬似鹿，千金市骨常不足。莫邪却遜一錢錐，騏驥焉能與鼠逐？追風非所畜，惟願祈招愔愔服輦轂。皇帝萬年，天下人民受其福。

張李定

字慧曉，華亭人。止監子，諸生。

秋感

粉堞晴雲碧四垂，北風代馬起長嘶。荒臺舊是尚書宅，蔓草新生丞相祠。九日絳囊難繫臂，一杯黄菊莫停巵。辭來不盡登臨興，還上高原讀古碑。

讀吴梅村太史集中贈陸生歌行有感贈陸子元作。

十上金門策乍收，最憐結客誤黔婁。黄金臺畔當年事，紅粉妝前此際愁。邊塞日高沈鼓角，墓田風冷泣松楸。只今身在龍興地，倘念南陽尚可侯。

莊　驤

字澄挹，華亭人。諸生，長詩古〔文〕。遊幕豫省。著《湄在亭稾》一卷。

郾城南宿新店遇雨

郾城古勝地，一望盡蒼煙。村樹青于染，野花濕更鮮。沿隄波漾漾，隔岸草芊芊。宵柝驚鄉夢，悲歌起扣舷。

顧　炳

字麗蒼，華亭人。諸生。

採蓮曲

挹露歌風別樣妍，半江采得晚晴天。歌聲忽入花陰裏，驚散雙鴛貼水眠。

彭梧鳳

字雲山，華亭人。諸生。

魚臺即景

秋波新漲渺湖田，過客高歌幾扣舷。十里荷香開曉露，千重山翠斂晴煙。漁村天闊飛孤鳥，官柳風清噪斷蟬。佳景依稀湘水畔，欲從此處採芳荃。

盛　熙

字有九，號謠旦，華亭人，占上海籍。諸生。其平生訓誨子弟，敦睦宗族。嘗識沈繹堂于未第時，曰「此公輔器也」，與締姻好。及繹堂建牙大梁，於友誼最厚，而鮑叔之知則惟謠旦焉。所著有《南田吟》《遊嵩草》《釣臺雜咏》諸稾。其季子爲日千婿，故隱君遺稾今尚藏盛氏。

登龍潭寺喜參洞元戒師

招提雲外迥，杖策到巖扉。松影摇青壁，泉聲落翠微。優曇空際見，花雨坐間霏。爲指無生理，塵蹤喜暫依。

遊靳氏呰

傳聞三谷勝，此日共攀援。比屋依巖竇，幽棲入洞門。寒煙迎暮嶺，落木下雲根。坐有桑麻處，桃源未足論。

坐石漱紅泉，看松拂紫煙。花源依絶壁，竹塢隱平田。鷄犬懷淳里，圖書想舊賢，山齋一信宿，未忍整歸鞭。

九日繹堂史公延李直指盛僉憲登博文樓有感

臺使登高樂事奢，搖搖旌騎日初斜。城邊寒落圮樓水，檻外晴飛荆嶺霞。潦倒吾徒憐白髮，清華仙客醉黄花。龍山嘉會千秋話，今夕題詩有孟嘉。

自靳砦至崆峒山行四十里攀崖越嶺觸目幽勝漫賦一律

挈伴扶筇踏紫煙，蒼藤絶壁擬窺天。屢經疊岫雲中起，更訝飛樓樹杪懸。山静自浮諸界色，心空欲證一乘禪。軒轅訪道知何處，笑倚長松獨鶴旋。

杜世祺

字以介，號南山，上海人。啓勳子，諸生，嘗與其弟世祉編緝《杜氏通族詩》，自其先世宗原公而下至於國初，計九十餘人，詩六百餘首。吴懋謙序「其昆季留心風雅，無忝爲中書象南先生後起」云。

同賡虞登茅峰絶頂

山勢出重霄，憑虚陵縹緲。置身絶壁間，但覺天地小。仙宫隱翠微，香霧晝繚繞。大江從東來，奔流何浩浩。南顧皆遠黛，嵐氣青未了。風疾起松濤，雲開散高鳥。共道心目寬，那識塵情擾。日暮攜筇歸，夕陽淡林表。

春暮放歌

春風摇蕩欺桃李，滿地芳菲鬭红紫。鶯老花殘春欲歸，愁心却傍花枝起。頻年病肺知交疎，酒盡牀頭還自沽。可憐四十不得志，短褐茅簷只著書。

錢塘舟中

爲憐春日好，擊楫賦歸歟。舊熟《吴都賦》，新傳《越絶書》。山盤雲氣合，江折水聲紆。南北頻回首，扁舟意自如。

渡江

片帆西下曉風清，瞬息波濤千里程。山色迴分南北望，江流閲盡古今情。陵空去鳥隨煙没，極目浮雲過嶺平。一帶春光圖畫裏，遠遊翻覺客愁輕。

大茅峰

振衣直上渺無端，彷彿真人天際看。雲護三峰晴作雨，風清萬木晝常寒。高岡望去乾坤小，絶壁攀來心目寬。山以人名俱不朽，煙霞長自擁林巒。

中秋夜同天植天馭兩叔祖桃葉渡看月

滿城風雨晚來收，皓月横空照帝州。六代關山同此夜，千家檀板又今秋。孤光冷浸寒江净，清磬遥傳古渡幽。鄉思不堪共回首，碧霄銀漢意悠悠。

杜龍德

字馴伯，上海人，諸生。

除夜

又值三餘盡，翻令百感深。貧無親戚問，老覺歲華侵。鏡裏明朝鬢，燈前此夜心。妻孥相慰藉，轉覺涕霑襟。

湖上獨坐

暫憩長松下，風來雨去時。鳥飛追杖履，山翠撲鬚眉。野曠天如笠，湖平水在卮。漁樵未相識，混迹了無疑。

孫日階

字雅生，青浦人。諸生。

柬張揆原工部張有光。

十年鞅掌乞滄洲，擁節歸來正黑頭。俊顧交游仍故里，古今文物盛中州。鶯花且遂還家願，風雨仍懸去國憂。北海清樽知未倦，可容王粲一登樓？

國朝松江詩鈔卷十

鄉人姜兆翀孺山録
陸寶鍔劍泉閲

周綸

字鷹垂，太守茂源子。華亭人，占青浦籍。庚寅諸生，例貢，候補國子監學正。所著有《芝石堂》、《八峰》、《不礙》、《雲山樓》等稾，總爲《柯齋選稾》。《潄芳齋詩話》：宋荔裳謂「鷹垂方在羈丱，嘗以其詩雜《釜山稾》中，閲者竟無以辨。今詩益工，幽燕老將之雄奇，三河年少之俊逸，未能軒輊」云云。今觀其集，七古視鶴静尤肆横，其駢體文較容居亦新整。昔范武功有周家父子之慨，然鷹垂特不遇耳，非如冰持之夭也。計其庚寅入學，至庚申卒，在庠雍已閲三十年。

感興

卜築山之阿，抗懷良寡偶。松竹遶四隅，方廣足數畝。花落踐作茵，鳥鳴求其友。致身無所能，立言庶不朽。時俗乏千金，誰爲享敝帚？

疇昔翰墨場，發言矜掞藻。覃思窮高深，制作極研討。同文疾故轍，落紙多新造。神傷荆庭玉，心惻封禪草。幽有鬼神憑，干禄失所禱。散亂牀上書，咄咄日潦倒。人壽詎金石，煩憂徒用老。

南樓面横雲如几案間物左天馬右機山暇日與仲榮斐章玉文爰椲賦之本朱永佑别業，是時歸周，内有鶴静堂。《釜山集》名以此。

岧兀萬古山，興來豁心目，豈無巖居者？地幽故自俗。要爲外物攖，足音遲空谷。伊余異所秉，扁舟憩林麓。深厭城市喧，不復縈心曲。荒蕪三徑迹，漸得供遊矚。侍親樂清暇，於焉返初服。僕身本樵漁，曾無慕食肉。廣池紅蕖開，曲廊蘭臭續。登我池上樓，峰勢裂數幅。横雲秀可餐，綿衍松與竹。疇昔布名園，婉孌輝金屋。主人擅文章，振筆落珠玉。高下結搆奇，選勝嘗移足。左顧天馬來，居然作近局。寥落村市稀，翻成伴幽獨。機山處西偏，一望浄如沐。朝爽當衣襟，飛鳥難名族。我友争和歌，擊鉢未爲速。

贈旅菴和尚

蘭陵郭外柳如烟，夏伏炎蒸好泛船。蘭陵陳生敬愛客，方外如公真莫逆。周郎舊與陳生遊，下榻卧我百尺樓。相攜谿口見公面，六月揮麈如清秋。愛山不數支道林，落紙遠過湯惠休。藝林戒律並神妙，先皇御極應明詔。欲起瘡痍問鬼神，還將慈筏渡迷津。一朝龍藏皈依切，勅與香臺翰墨頻。鼎湖龍去不相待，師也翩然故山在。講席精微説往時，人王梵帝同雲海。擲錫看教遍大千，傳燈偶到苧城邊。周郎牽迹牛馬走，呼馬呼牛混好醜。黄口小兒訝姓名，昔何强項今何有？記師摩頂向師言，世事應須付酒罇。不爾太常齋自可，從師學道給孤園。

檢篋見季冠月先生所贈詩畫率爾爲歌

昔在長安久爲客，一身自笑天地窄。市駿不向燕昭臺，博物猶訪張華宅。薊門春至花晚紅，西山天寒雪先白。豐臺芍藥千萬莖，報國寺中松百尺。同時得有高陽徒，紛紛肝膽輕相擲。驅馬只愛烟霞行，迴鞭却愁市塵隔。丈夫出門何爲乎？及時富貴意亦適。咄嗟掃門良足羞，拔刀欲斷任安席。先生出入承明廬，叨蒙盼睞增欷歔。二十詞賦獻天子，赫赫才名動玉除。握中日玩江淹筆，腹内家傳韋相書。文章經國等閒事，拾遺補闕省中居。聞道君王能止輦，遂令臣子效牽裾。同官幾見封章達，盤錯寧論一死餘。杞人憂天天浩浩，觸鱗折檻難躊躇。琅璫繫頸去桑梓，親朋滿眼車屯軌。仰天太息從此辭，哭聲遠似連雲起。諫草恍惚難明論，罔知忌諱罪應爾。長白山頭好著書，粟末河邊竟已矣。春來雨露徧人間，展轉宸衷幸賜環。一斷鵷行投塞外，幾回蝶夢到鄉關。何因更有相如渴，長夜冥冥葬故山。牧羊不見子卿返，化鶴教同丁令還。先生翰墨留高閣，長此生存誰繼作？擲地已同金石聲，曠懷得復圖丘壑。每憶當年父執前，殷勤奬誨傷飄泊。北海樽罍早已空，西州門路渾如昨。天陰日暮爲悲歌，想像靈旗下寥廓。

義烏金繡湄別余三載其之官詔安知道經江陰始余遲久言旋尋即金至彼此悵然遥有是寄

與君三年不相見，離懷每憶津亭宴。別君三載乏短書，君行專刺我樵漁。人生貧賤與富貴，丈夫自合有意氣。世態論交似爾稀，拔刀斷席生憎畏。看爾翱翔日月邊，盤根那不借才賢。一州拜命方司牧，宦迹無端竟左遷。七閩山色婺州同，試宰巖疆製錦工。拄笏好看朝氣爽，揮絃漫放緑尊空。只今作吏事何謀，百里深爲杼軸愁。乍可飲冰勤撫字，兼須解橐副徵求。詔安濱海成甌脱，井税曾無費剸割。三户遺民雨露殷，九遷直上官仍達。顧余作客暨陽城，蕭寺經旬滯旆旌。把臂未能同悵望，寄聲爲見故人情。

歌送東籬山人歸華亭

栝州之山高倚天，栝州官閣浮雲連。江東三俊推彦先，飄然振策娱林泉。處士會應光星躔，座中往往談安禪。令人心地依青蓮，胸中萬卷真便便。下筆一掃走雲烟，隴西數奇功棄捐。金閨通籍徒喟然，群飛海水不可延。五馬一馬長江邊，金章紫綬傾國鄽。一時上相稱渴賢，先生持論驚四筵。銅駝荊棘銅人遷，長陵化作陌與阡。閉關雲卧越十年，負郭得有種秫田。著書不爲塵網牽，文章屈宋堪聯翩。金樽清酯紛相傳，檀欒綠竹媚窗前。東風元巳花正妍，千里命駕崑山顛。思歸一曲揮高絃，千山萬山響杜鵑。故鄉景物今最憐，脱帽健兒鳴金鞭。和門帥旗晝高懸，盡滅鯨鯢計萬千。至尊南顧方憂煎，鹿門鄭谷地自偏。欲往從之路綿綿，栝州之山高倚天！

詩話：此謂顧在觀也。寫其辭，馬士英事最爲生色。釜山先生亦有《懷東籬》七律云：「聖童江夏芳名早，耆舊襄陽雅望存。」又云：「卧龍諸葛真名士，金馬東方是歲星。」聯最警切。又得此詩，可見其父子皆傾心東籬云。

此地

此地南荒遠，歌風帶百蠻。嶺雲當户落，宿鳥到窗還。每自開樽酒，相看只亂山。放懷真不淺，已得破愁顔。

由馮公嶺抵括蒼作

雲氣晝冥冥，山深虎豹扃。嵐光疑曉霧，獵火亂寒星。地自飛泉白，天由密樹青。窮荒開郡國，次第入郊坰。

趙雙白自閩來吴栖止無定屬覓山居詩以慰之

羈旅稱尊客，思鄉字荔民。並雙白自號。一瓢喪亂後，十口播遷身。詩句看全進，愁懷那易陳。顧慚招隱計，把臂爾何親。

別業機山下，干將有劍谿。舟從緑浦進，徑與雜花迷。攜榼趨鄰酌，閒吟徧舊題。子來成勝侶，相望日沈西。柯齋又有別業在南梁，亦有園亭。

訓山陰錢去病次原韵

避暑違城市，機雲有舊山。蟬聲來枕上，荷氣襲衣間。白眼真成慢，青尊喜暫閒。廿年數詞伯，傾倒爲開顔。

徐立齋太史枉過

六載與君別，翩然過我廬。每憎西向笑，多愧北來書。貴賤論交外，風塵歷世餘。不才甘自廢，且莫問鹽車。

過巴城湖

湖水碧摩空，湖光似鏡中。舉頭當落日，挂席趁長風。遠樹隨人緑，殘花著野紅。扁舟不能去，幽獨意無窮。

楞伽山望太湖

梵王香界鬱雲中，膜拜言看士女同。儘有笙歌流洞壑，爲憑杯斝立秋風。山光斜映長天碧，水色遥吞落照紅。勝地可容我輩在，登臨詞賦幾人雄。

懷吴漢槎

汝承嚴譴去遼東，萬里蕭條泣路窮。投分弟兄形影外，故鄉景物夢魂中。紅顔共老龍沙月，白首同披毳幙風。不學虞卿空怨别，幾回極目歎飄蓬。

不見

同人一别信俱稀，况爾飃零百慮違。不見遼東新皂帽，那堪江左舊烏衣。交情異地均埋照，世亂無家感式微。爲待還歸丁令鶴，何年却傍故園飛。

奉簡張帶三先生

陵雲詞賦漢時雄，漢殿晨趨想像中。一出閶天方攬轡，廿年吴市老編蓬。棲心紺宇看馴鴿，學圃青門笑弋鴻。最是荀龍才總健，會應長醉百花叢。

金華季休文陳仲允江上趙在兹同攜酒登君山觀潮

君山峭立瞰江潮，山寺憑闌入望遥。峽束浪花標臬壑，天圍岸影接層霄。驚心蜿蟺真龍下，謁帝虚無海若朝。人世浮漚同一瞬，放懷深喜百壺邀。

同陳允倩高阮懷鮑子韶朱人遠宋楚鴻飲嚴顥亭先生宅分得八庚

嚴助承明舊有聲，爲勤補闕鳳池輕。十年諫草曾回日，一代文章少抗衡。仙掌乍看卿月皎，天街向肅夕郎行。公餘好事還盈座，檢點新篇起後生。

屆遠過別北行因邀禹服豫章同飲口占送之

秋風鎩羽共南旋，送爾臨歧倍黯然。此去鄉關三載別，向來愁緒一樽前。儒生旅食閒看劍，輦下才名近問天。笑憶舊遊多早達，漫將車笠話當年。

鄒氏問松廊爲連城題贈鄒居南橋，與周爲姻，當連城在時，情誼固好。

主人幽寄即深山，石徑看松静掩關。勢作遠峰春雨暗，聲疑大壑夜潮還。高枝閃日虬龍走，翠蓋翔空鸛鶴閒。我昔驅車東岱過，秦封千尺媿塵顔。

塞上曲

黄沙磧裏風蕭蕭，青海城邊狐兔驕。十年百戰甲未解，何時復見咸陽橋。

劉徽之

字子承，號櫟夫，華亭人。諸生。其入學稍後，而齒學俱優，故早入棠谿詩社，詩亦初、盛爲宗。

捉搦歌

種田不成怨翁嫗，養蠶不成怨男女。懸衣儲粟日幾許，一人一心不相與！

城上烏尾長一尺，舍中黄粱不盈石，婉女守寡錢爲室，欲嫁不嫁心反側。

雨中渡江

我行返故鄉，汎舟指瓜步。渫雲蔽層巒，零雨迷江樹。驚濤迅若駛，浩邈無朝暮。輕帆天際浮，飛鳥烟中騖。杳杳海門潮，瀰瀰廣川路。感興偕良儔，賞心愜幽趣。擊楫任夷猶，乘流自洄溯。旅程不逾期，利涉無恒度。引領江皋人，緬焉企予慕。

經淮陰釣臺作

東風吹動淮陰城，柳枝初緑江波平，欲行不行客子情。驅車更指釣臺路，緬想當年垂釣處。楚漢功勳已古今，淮水南流自朝暮。韓侯臺上黄雲飛，漂母祠前烏夜啼。側身却笑羊裘子，老大無成早拂衣。

入南高峰過十八澗

欲盡南峰勝，躋攀興不違。亂山探虎迹，絶壑聽泉飛。松子懸崖落，天香過雨微。烟霞渾滿目，竟日澹忘歸。

鹿城夜泊

扁舟棲泊處，烟火隔江明。緑水平侵郭，青山曲抱城。年華催短鬢，生計誤微名。滿目離愁劇，蕭條念友生。

春郊

過雨春郊静，園亭有落花。斷雲收碧嶂，遲日隱紅霞。横笛聲何怨，清尊興未賖。不堪摇落意，悽惻聽歸鴉。

昌箕雙白松之九日釜山研銘彥澈集光復堂余不能赴留得齊字補之

觴咏偕同志，高齋珠履齊。阿誰矜擊鉢，有客畏銜泥。獨愧知還鳥，真憐失旦雞。飄摇重回首，此夕倍凄迷。

登吴山眺浙江

絶巘岧嶤鎖碧苔，振衣極目大江開。千峰雲樹連天出，三浙秋潮動地來。麋鹿游臺悲故國，樓船蕩海憶雄才。東山安石今何在？回首蒼生重可哀。

舟發吴閶

水闊春江青雀飛，征人此日又東歸。隄邊柳色催游騎，樹裏斜陽映客衣。吴苑樓臺雲外出，長洲花草望中非。年來無限河山興，回首登臨事屢違。

從軍行

日暮城南鼓角哀，雁門一夜羽書迴。傳聞驃騎徵兵急，絶漠黄塵動地來。

沈道映

字彥澈，號近岑，華亭人，占青浦籍。諸生。著《鴻迹軒詩草》。生平遊歷燕、齊及越。後康熙己卯間，至武岡彭孝緒署中，年已暮矣。有子霞，字綺城，康熙戊寅拔貢，朝考入都，卒于邸。文人之轗軻如此。

贈魏惟度

魏子本名家，清襟静瀟灑。山水深賞音，性情寄風雅。超然滄洲趣，白眼視車馬。來此憩中峰，松蘿蔭長夏。訪君遇招提，永晝接杯斝。謖謖依松風，胸懷對披寫。酒半出新編，措語妙天下。一碧湛秋空，澄翠若可把。絶壁蒼崖高，幽壑寒泉瀉。此真冰雪姿，豈藉粉黛假。同心得吴郎，風調實相亞。名高重南徐，月旦傾東冶。江右與關中，居然兩作者。青燈細雨天，高吟出蘭若。下里慙巴人，識面倚子野。落落知交中，古道今則寡。

送浪軒上人之金山

振錫横江去，煙波天外蹤。亂山京口驛，殘月海門鐘。雲氣侵藤杖，濤聲起鉢龍。定餘持半偈，獨上妙高峰。

送朱再苟之閩

君到天南去，掄文愜此游。笛高荒嶠月，猿冷暮江秋。殘照無諸國，閒雲夾漈樓。一尊憑弔處，應動古今愁。

遊朱葵石太守鶴州草堂

名園枕郊郭，百頃水雲寬。深竹長疑雨，喬松故作寒。燕從花外度，魚向鏡中看。便欲攜清簟，開襟傍赤闌。

登武水城橋望胥塘

閒攜雙屐向河橋，緑野青塍入望遥。幾處鶯花迷古堞，一川煙雨送歸橈。英雄去後名猶在，芳草春來恨未消。無限吴宫零落盡，空城猶上伍胥潮。

贈閶中陳昌箕孝廉與舅祖夏考功先生交最厚，時將往白門。

開元詞客擅才雄，垂老江湖放浪中。浩劫山川雙鬢改，良宵風月一樽同。苧城雨氣蒼茫白，荔子鄉心寂寞紅。百尺元龍豪尚在，肯從此地泣途窮！鯉湖仙侶劍谿樵，耆舊風流歷盛朝。老去詩篇真爛漫，貧來湖海未蕭條。一時故友西川淚，六代新愁北固潮。歸計好尋麋鹿伴，商巖芝草足逍遥。

送顧偉南姑夫之江右

江頭離思亂垂楊，緑草春流正渺茫。帝子樓臺銜暮雨，仙人洞壑倚斜陽。鐘聲重聽東林下，劍氣還留南斗旁。手捫芙蓉真汗漫，看雲莫恨滯他鄉。花滿江頭放鷁初，片帆西去是匡廬。星辰地接三湘闊，烟水天涵九派虚。入幕彦先名自重，尋山康樂興何如？音塵遠道思遊子，莫説彭蠡少雁書。

董用楫

字曇友，華亭人。諸生。

山棗驛

小憩郵亭裏，殊方日影斜。亂山開驛路，荒洞隱人家。林囀鈎輈鳥，冬繁爛漫花。征途登頓苦，吾欲問仙槎。

九日同馮个臣盧文子沈彦澈集雙白蓴廬

依舊登高節，酣游有幾人？烽烟傳赤羽，草澤半黄巾。地僻容耕秫，秋深恰採蓴。二三知己在，莫負歲時新。

東皋玉川子，登賦有新篇。令節欣無恙，良朋豈偶然。題糕麟士在，落帽野王前。杯酒忘身後，風流似昔年。

零陵旅次送楊嘉樹東歸時余將往粤西，有明春燕山之訂。

鄉園話未傾，揮手送君行。同是飄蓬客，那堪折柳情？蠻雲穿去棹，江月引歸程。記取銜杯處，皇州聽早鶯。

盛爾鋏

字超士，華亭人。諸生，以歲貢官常熟縣訓導。

遊拂水巖

望中横白練，空際挂青林。倒峽全成畫，飛濤半入琴。澗聲晴亦雨，山色古猶今。是水吾真樂，於兹獨會心。

秋日遊吾谷

昔聞吾谷好，今向此山登。松露幽崖滴，蘿烟翠壁凝。臨谿紅葉寺，度嶺白雲僧。興逸歸途晚，漁村半上燈。

送嚴復巖之銅陵廣文任

有道如君少，皆稱老鄭虔。谿環書幌外，山擁講堂前。金馬才争慕，銅陵學競傳。彩毫揮不盡，艷勝九峰蓮。

王　鏐

字紫雋，號蔚軒，華亭人。諸生。爲廷和之祖。少工舉業，見文事廢隳，嘗舉錫朋、振雅諸會，延獎後進。所著有《四書彙參》《二十一史纂注》《通鑑節要》等書，有韵之學，蓋非所好云。

秦望山莊宴集

清和霽晚月輪圓，曳履閒庭敞玉筵。照水紅茵花撲面，隔林翠管鳥啼煙。脱巾瀟洒團頭會，投轄殷勤洗斝傳。攬勝欣逢四美具，幾忘歸去且忘年。

秦宜兆

字孝力，華亭人。明舉人秦宜宏道力弟，諸生。有志爲古今文，與林子威最契，早卒。

贈林子威

林子振大雅，卓犖邁豪賢。興文理自達，令音衆所宣。既藉金閨彥，勤心敦古篇。矯翮恥鴻冥，德輝美鳳全。懷璧耀卞和，利劍輝龍泉。翺游城南陌，蹀躞稱華年。微吟吐芳緒，哀歌空四筵。處道信葵藿，履時亦迍邅。保兹雲霓翼，豈曰長棄捐。謬荷親知樂，敢忘古人言。

杜恒春

字容三，華亭人。登春弟，諸生，與其師秦孝力同時游庠。

髯淵移尊梅花榭分韵得家字

有客偏移酒，相招處士家。臺前花氣重，庭畔月陰斜。入座秦聲細，吟詩郢曲嘉。醉餘還共榻，明月賦《蒹葭》。

贈沈友聖

高人穩卧對清虚，話别郊原到舊廬。季子才華稱故友，休文詞賦擅窮居。客來雞黍加餐飯，屋裏裙釵共著書。此去黯然應念我，天涯常望慰雙魚。

杜啟晉

字康侯，上海人。諸生，入太學，考授主簿。

古柏

不逐春芳艷，孤標自出群。貞心同匪石，直節上干雲。榦古岳靈護，葉濃甘露殷。歲寒終不改，佳氣日氤氲。

陸　韶

字武耆，上海人。諸生。

題張曉山新居

羡君高隱處，卜築近茶村。徑僻雲窺户，花香客到門。輕風飛蝳翅，細雨潤苔痕。坐久詩懷曠，陶然對酒樽。

生十同鼎九翼前過訪次答王生十。

十月天高霜露清，蕭蕭落葉亂秋聲。幽棲已遂青山願，多病還憐白髮生。似我烟霞齊鶴相，如君意氣鋭龍精。同來二妙皆同調，抵掌談心舊雨情。

李　迪

字驤武，號楷園，原名龍標，上海人，居周浦。諸生。博學多聞，著《楷園文鈔》、《尚書標旨》、《五經淵源》、《圖璇一覽》、《輿圖備考》等書。

淮南王

淮南王，好神仙。招八公，賦詩篇。燒丹鼎，作兵器，朝爲王，慕爲帝。帝謀洩，帝吏下。淮南王，立尸解。

懷徐方曹

當時與爾共聞鷄，突兀相看意氣齊。百里風煙勞夢寐，十年冠劍各東西。滄江日落清砧晚，草閣雲深白雁低。遥憶仲宣樓上客，何時縮地更同棲。

王朝藩

字駕徵，青浦人。諸生。張漢度有輓章，惜其盛年徂謝云。

别盛茂生

盛君才藻本風流，道貌人間誰與儔？無限雄心思擊楫，不堪愁緒更登樓。娱親欲作斑衣舞，訪友時乘剡水舟。却恨相逢又相别，心隨流水共悠悠。

王鍾秀

字俊升，性之子，青浦人。諸生。有《坐花軒詩草》。

爲母九十建普照教院鐘亭落成紀事

佘乃古名山，兩峰左右對。中有古蘭若，曰聰師初地。傳聞大小青，性慈解妙諦。傍築虎樹亭，虎蜕從師瘞。彈指五百年，歷劫就頹廢。板輿奉母遊，瞻仰生歔欷。摩挲佛殿鐘，文定銘厥字。不橈又不窕，晨夕震聾聵。所嗟風霜侵，金鐵亦易敝。山僧請作亭，蒲牢仗蔭庇。吾母頷其頤，謂女盍從事。五旬功落成，翼然聳如跂。月影壇名。與月軒，次第待布施。佞佛吾未諳，庶以成母志。願祝難老身，遐齡申天賜。母曰余老矣，他年爾薦芰。每食必擊鐘，宋向氏可記。作詩告子孫，鑱碑立贔屭。

泊舟杜村《府志》：翡翠碧雲樓在杜村，宋祁國公九世孫元芳建。

爲憶祁公迹，停舟問老農。百城書已散，三尺土猶封。翡翠炎樓火，麒麟冷墓松。徘徊無限恨，移棹過吴淞。

高懿蘭

字滋九，青浦人。諸生。

閏中秋

銀漢秋高月再圓，廣寒深處老嬋娟。庾樓不盡登臨興，風露淒涼可勝前。

張爾瑶

字非六，號半石，華亭人。辛卯諸生。本尚書鑾裔，後隱居盤龍賜塋，敝廬窮巷，讀書自好，晚歲脱諸生籍，徜徉文酒以終。

集徐心在齋看牡丹

春回踏遍洛陽春，國色無雙迥絶倫。夢想華堂誰拉伴，卧游金谷宛尋真。吐紅拂席蘭膏擁，浮白披襟玉膾新。雅愛留賓推孝穆，可能一斗醉陳人？

咏王蔚軒屏上薔薇

入竹參差密葉陳，儒宫一畝豈嫌貧。芳菲日暖還迷蝶，芒刺風微亦媚人。霜落對樽神欲舞，牆頭斜照月爲隣。仙葩疑是雙成翦，碎錦如霞簇彩新。

朱　溶

字若始，一字蘧廬，華亭人。比部水竹先生裔，諸生，以奏銷斥。著有《蘧廬集》、《漢詩解》、《忠義録》、《表忠録》、《隱逸録》，以至醫術之書若干卷。子修幹有父風。

詩話：蘧廬生有至性，十四而孤，哀毁特甚，事母愛敬兼至。少好學，博覽群籍。及棄舉子業，大肆力于古文、詩詞。後遊京師，值纂修《明史》，蘧廬素嗜三史，深究體裁，謂子長天才縱逸，未易涉筆，范史論、贊往往二意兼行，複承雙轉，陸宣公監其體，變爲章疏；徐、庾竊其用，化爲四六。此史法初變，而人殊不覺。惟班史謹嚴精潔，後人宜奉爲玉律金科。時詞臣武林徐青來、新安吴楞香俱信悦委重焉。詩其餘事，然亦清雅。後山左李述菴出守臨江，邀之同往，以病辭歸，卒於舟中。

送友人南歸覲省

滯迹因朋好，驪歌不可聞。自慙猶作客，那忍復留君。薊北明殘雪，吴山黯暮雲。心知萬里役，春酒日紛紛。

宿霞照菴

扁舟西復東，薄暮叩禪宫。雲暗孤峰頂，鐘鳴細雨中。百年雙鬢白，五夜一燈紅。塵累終難盡，他時訪葛洪。

野氓

生我竟何意？天涯一野氓。吟詩留逸興，賣藥替躬耕。嶺畔梅千樹，牀頭酒數罌。閒來隨白鶴，滄海望蓬瀛。

寄南中諸子

久客倦征輪，微吟易水濱。風高塵蔽日，塞近雪連春。長劍一尊酒，孤燈萬里身。良朋偏恕我，非是負鱸蒓。

衛河別李聲白聲白善琴。

風塵出東郭，霜冷客衣侵。獨樹明殘日，長河抱遠岑。詩篇三載興，離別五絃心。茅屋猶西泖，孤帆自可尋。

孫玉山

字映人，華亭人。諸生。

和登普慈閣

空王高閣雨花連，騷客登臨興自偏。路人鷲峰空四海，人游蓮社即三天。孤情直掩蒼松影，新句遥分翠嶂煙。愧我未從雲外賞，風流猶憶輞川年。

風送伽陵鳥韵遲，煙蘿霞岫望中迷。買山有地應留迹，結社無僧憶過谿。塵想已隨空業盡，詩懷參得慧因微。孤情落日供清咏，遮莫蘭陵和客稀。

月夜聽陸君暘絃索

疑從江上聽琵琶，别有清音送月斜。最是紫簫聲宛轉，湘簾低處落庭花。

潘　桂

字指蟾，恭定裔，上海人，華亭籍。諸生。

憶遠

銀塘十里畫橋西，飛絮飛花襯大隄。書去不逢遼左雁，夢回空怪汝南雞。風吹紫陌王孫長，雨過青山帝子迷。幾度登高回首望，夕陽影裏片帆低。

秋興

疎林冷淡漫愁煙，極目繁雲萬里連。月滿樓中懷庾亮，星通槎上憶張騫。角聲夜盪三秋思，砧響寒催八月天。幾度登臨遥騁望，蕭蕭木落正無邊。

趙士弢

字函文，青浦人。庠生。

歸故園

九峰左右先人業，十載荒蕪客子心。夢去相依叢桂樹，歸來長對碧山岑。課兒抱甕重栽菊，釀酒邀隣再盍簪。回首風塵猶滿眼，息機天地只狂吟。

單昭儒

字孝求，華亭人。麻城令恂嗣子，甲午諸生。著《讀易堂稿》。

詩話：初，麻城家在郡中羅神廟西，兵燹後已燬，白燕菴乃其棲遁處也。孝求有别墅於千谿之南，董閬石謂爲「林壑回復，室宇静深，言笑忘疲，流連竟日」者也。嘗與曹次典、十經、畢雨稼輩修褉于其中。著《南村唱和》二卷，子會柯詩附焉。

重陽前二日過稻香菴書感

秋塘理明瑟，新稻曬簷香。杖策隨游屐，悠然憩竹房。蛩喧知院冷，蟹貴話村荒。零落宗雷後，愁吟暝樹蒼。

修禊前一日南村即事和畢雨稼韵

茗椀爐香亦偶然，蕭疎竹影對嬋娟。花間小鳥軥輈語，莫向空山聽杜鵑。

極目平疇一望賒，緑煙紅雨繞天涯。他時蠟屐來相訪，記取谿邊是單家。唐戴叔倫有「單家依舊住谿邊」句。

林子寧

字定遠，子卿弟，華亭人。諸生。

送張子慧

爾向三江去，繁花正麗春。我留五嶺外，輕瘴度芳辰。把袂難爲别，銜盃共愴神。幾時還舊隱，求仲日相親。

早春張硯銘招同諸子宴集

勝侶情偏洽，忘機客自來。清輝凝積雪，疎影動寒梅。坐覺金樽暖，頻聽玉漏催。夜闌能憶舊，春隔鳳凰臺。

林子儀

字季度，一作元度，子卿弟，華亭人。諸生，奏銷案斥。

詩話：元度敦孝友，尚氣節，杜門力學，不妄交遊。家益貧，狷介特甚。京師有知元度者，招之入都，往館于貴人家，鬱鬱不樂，未及一年卒，年三十餘，遺命以僧服殮。詩風華壯麗，又有詞百餘首，清綺雋逸，在秦淮海、柳屯田間。

遺詩

柳色濃陰似輞川，年來花木倍淒然。從兹浦口東南望，祇見青微一帶烟。
牢濯清泉看錦魚，宜栽修竹種芙蕖。他年明月清風夜，予一歸來化鶴居。

張世源

字來遠，號春明，安茂子。諸生，以貢授國子監學正。

鹽城觀海

柘湖城北望，天際接洪流。落照鼋鼉見，微雲島嶼浮。靈槎看似近，精衛志難酬。水淺知何日，相從訪十洲。

同寶初游虞山劍門

山勢鬱嵯峨，尋幽勝地過。峰高飛鳥緩，徑斷卧雲多。泉溜來深竇，松濤響曲阿。籃輿依石磴，夕照滿煙蘿。

贈靈隱晦山和尚

名山卓錫繼宗風，翠竹青巒興不窮。野鳥飛飛依講席，虬松肅肅傍禪宫。支公馬癖時争重，惠遠禪思句轉工。惆悵浮蹤多蹇拙，何時息影悟塵空。

曹爾埏

字彦博，號博菴，華亭人。勳子，諸生。著《道邇堂集》。

詩話：彦博少穎雋，摛華掞藻，單㣙菴嘗以「鄴中子建」目之。曾與小蘭亭社，以賦《銅雀臺》詩得名。後遊伊洛，登蘇門訪孫夏峰，講性命之學，是不欲以文人自命也。年未三十遽卒。

碧公蘭若

孤燈影碧幢，輕幔曳文纈。入室諸慮空，聞香素心悦。釋氏教夙宏，智愚賴養拙。中有學道人，古貌冰霜洌。誰能識故侯，身埋名亦滅。往事欻浮雲，空惜鬢成雪。

蘇門訪孫鍾元先生不值

大雅久沈淪，老成俱寂寞。當代仰哲人，此地宗伊洛。弱冠揚駿聲，幽奥窮賾索。文藻麗班揚，風流邁李郭。德輝固冲融，高懷復磅礴。素履難具陳，古人恨不作。歲昨慕隱淪，散髮卧丘壑。變化歎猶龍，騰騫迅孤鶴。詎意動華時，未遂潁箕樂。遠謝蘇門隈，燕薊暫栖泊。山水失主人，孤雲將焉托？遥望子雲亭，松花自開落。

銅雀臺懷古

高臺佳麗已丘墟，魏武英雄想像餘。漳水獨流今古淚，鄴都空説帝王居。殘碑字尚留《銅雀》，疑塚人誰問玉魚？花落鳥啼歌舞盡，閒尋遺瓦弔黄初。

登蘇門山

蘇門異代名賢地，披棘捫蘿上古岡。百道泉聲藏曲折，萬山春氣散微茫。芳菲花柳同江左，迴合風煙接太行。錦石清泉看不足，結廬我擬嘯臺傍。

宋思玉

字楚鴻，華亭人。存標子，諸生。

詩話：秋士三子，長楚鴻，次思宏漢鷺，次思璟唐鶚，俱以神童稱。秋士癸申間刻《鳳想樓詩》，楚鴻已附載。又工詞曲，大樽與子建、尚木、轅文有《棣蕚香詞》之刻，楚鴻亦斐然有作。後陳檢討維崧曾爲之作集序，然迄蹭蹬以終。若漢鷺，以諸生夭，唐鶚五歲即奮筆作方丈書，亦早殤。今誦陳檢討序「楚鴻十歲脱帽爲捉搦之吟，漢鷺七齡揮毫作擘窠之字」等句，可勝扼腕！楚鴻子繡巡亦有才名，爲彭孝緒女夫。

擬明月何皎皎

明月何皎皎，清輝照我裳。華林初映影，碧沼乍含光。皓色奪幽素，妙卉吐芬芳。鳴琴響空谷，宛轉流曲房。圓缺雖有時，明晦豈無常？安得陵風翼，徘徊銀漢旁。

送宋荔裳觀察蜀中

持節西川去，名花發錦官。仙槎逢八月，雲棧繞千盤。山水才人愛，賓朋蜀道難。《高唐》詞賦好，萬里寄誰看？

净慈寺

西湖多勝地，寶刹映輕霞。嚬鳥雕闌寂，飛鼯古樹斜。仙棲翻貝葉，偈座隱蓮花。回首旃檀遠，空山冷翠華。

次謝茂秦咏居庸關

古樹愁雲合，旌旗葱嶺間。黄河通異域，青海接陽關。雁影驚秋月，笳聲振朔山。悲風聞萬里，霜雪灑刀環。

舟次贛州

遊子長征正杪秋，鬱孤臺畔暮雲愁。高牙大纛臨開府，翠羽明珠問客舟。章貢雙流城北合，桂嶠五嶺日南收。片帆千里隨風度，渺渺遥看白鷺洲。

武侯廟

憶昔征車欲渡瀘，遐荒煙雨有還無。風雲已定三分策，天地常懸八陣圖。蜀道關河臣節礪，漢家廟貌主恩殊。心存社稷留遺恨，白帝城高月色孤。

春游曲

楊柳隄邊玉勒移，争看深院繡簾垂。五陵日暮春風起，恨煞輕盈年少兒。

傅廷彝

字禹馭，上海人。丙申諸生。

入山

月出春山空，沙明寒泉落。何處動清聲，雲間有孤鶴。

張宿

字月鹿，宸弟，上海人。諸生。

春暮

一春風雨度朝昏，花落花開水上村。只合煙霞由我輩，非無魚鳥共乾坤。雲山未逐芳華去，身世能如木石存。自是深情題不盡，年年三月此柴門。

董枏

字少楹，得仲子，青浦人。諸生。□□集。陳其年曰：「體格清華，情文悱惻。」

七夕宴集

雙星夜渡散晴霞，高館清樽濕露華。瓜果自存王謝宅，文章還集阮劉家。天邊秋思支機石，檻外同心油壁車。醉裏却思西漢事，承華青鳥望中賒。

長干行

春風送君去，花落望君歸。可憐西江水，惟見鷓鴣飛。

瞿涵

字止虚，青浦人。諸生。

獨漉篇

獨漉獨漉，人事反覆。穢者尊膴，潔者局促。不審時機，動履濡足。設欲圖功，進退維谷。當爲居屯，守蹇遇剥期復。我因自命曰：弗動何愆，弗爲何辱？

錢宗伯秣陵話别

晚峰相對映新晴，壓樹殘霞近水明。茗話六朝傷逸事，菊荒三徑久要盟。寒蛩寂寞秋無語，落葉依稀月有聲。我正南歸君又北，江流分送石頭城。

國朝松江詩鈔卷十一

鄉人姜兆翀孺山録

張應時慎餘閱

周　渭

字丹壑，華亭人。丁酉諸生，以奏銷斥。著有《秋堂》前後二集。

董樗亭曰：「周子詩以氣貫意，以律發聲，隨事用典，情柔變暢。」張彥之曰：「本之性情，流于翰藻。」計南陽曰：「抽思經意，一一從性靈中出。」姜萬青曰：「丹壑所交，褚香實、陶穎儒暨余而外，罕有知其能詩者。然其詩神簡而超曠，有出塵之致。五七言近體尤其所自重云。」

《漱芳齋詩話》：青浦邵式誥有《懷丹壑》詩云：「避喧茸城隈，一廛寄形骸。新詩寄清逸，動與庾鮑偕。」此可以想其梗概。若其詩，有璀璨處，有高曠處，其意必欲剗除塵滓，自標清新。至於長篇疊韵，走筆如飛，既敏且工，又其餘事。初集有刻本，已失。二集未刻，其五世孫咸熙録示得之。

前有樽酒行

有酒便沽莫計錢，有錢沽酒真神仙。欲叩天門訴天帝，小臣但願封酒泉。銀箏收玉柱，切切彈鵾絃。彈鵾絃，唱新詞，一醉即眠安所知？

北上行

太行何鬱盤，從征愁日暮。石磴陵穹蒼，巉巖積雪沍。驅車上高岡，崚嶒不可度。吁嗟行路難，關山多蹇步。殺氣暗白狼，寒威逼元菟。我征豈憚勞，王事宜早赴。湯湯黄河流，衝冰乘曉渡。雖死毋輕還，壯往勿回顧。束髮事戎行，慷慨固其素。百戰赴沙漠，軍聲遠人怖。何時勒燕然，漢家重都護。歎此北上行，立馬爲君訴。

偕褚香實酌姪勳齋

按：褚常州武進人，館於松，故得交好。

握手在城隅，欣然共盤桓。念此良晤稀，能不須臾歡？聊以薦芳酌，黄花照客顔。春榮不足恃，秋英良可餐。宵燈促膝語，慷慨發長歎。羡子敦古處，殷勤盟歲寒。

齋中讀書示錢霑亭王蘅洲葉瀼遠桐書席虞音

歲暮謝塵鞅，言歸北山阿。聊以攄幽抱，衡門獨卧歌。夙性耽披覽，竟日常咿唔。所貴得大意，詮解不在多。心與古人契，夢寐時相過。既樂静中趣，此日非蹉跎。

憫時詩

陵晨出東郭，載道皆饑民。鶉衣不蓋膚，鳩形非其真。提攜妻并子，强半他鄉人。太守方賑恤，粥糜銜至仁。少噉不飫腸，多噉致斃身。我行城濠邊，餓莩填城闉。粥在飽君德，粥盡與鬼鄰。安得常平倉，發粟長救貧！

太白潯陽紫極宫感秋詩東坡山谷諸公皆和之暇日偶與曹子宸御評之遂依韵和焉

秋聲從何來，迴風摇翠竹。遷客悲故鄉，揮淚方盈掬。徬徨夜氣深，山鬼瞰子獨。孤鴻渡江皋，呼侣猶未宿。我生既沈淪，奚必詹尹卜。冉冉五十餘，朱顔安可復？世態變紛紛，雲雨旋反覆。豈不慕浮榮，思之誠爛熟。

讀空同集知其學杜得神骨私心嚮往因賦長歌

生平學詩倣少陵，至今猶未出機軸。經營慘淡追前賢，格律雖傳氣不足。少陵之後罕作者，空同特起振大雅。手鬬草昧冠群雄，調高一世和彌寡。孝宗之朝偉士多，先生名節莫與過。才華既已陵邊鄭，意氣直欲推徐何。近體高雄天寶前，歌行變化能搜元。神龍夭矯戲溟渤，祥鳳葳蕤騰貝闕。有時風雨勢入座，雷吼電奔不可遏。開合晦明頃刻間，心驚目眩叫欲絶。學杜紛紛不一家，得肉得骨徒虚誇。先生登堂復入室，儼然草堂在浣花。

贈畫僧簡南

五茸名藍不可數，第一香林爲超果。緇流往往多異人，筆墨精奇邁千古。幼時曾見珂上人，好畫山水真絶倫。至今妙蹟遍天下，殘幀短幅如藏珍。秋來偶過四賢堂，翠竹黄花繞石牀。乃孫簡南非尋常，十歲弄筆寫群芳。十五行脚客鴛水，二十還山畫盈箱。師既善畫性亦僻，逢人不作歡顔色。我本煙霞淡漠人，邂逅招提成莫逆。松窗瀹茗參奥旨，有時白眼乾坤窄。篋中示我《雪雅圖》，拳毛縮脚柳眼枯。天寒冰結雲模糊，喙長一尺何爲乎？大都畫師含妙諦，世人那識維摩趣？紛紛花鳥費經營，惟師工似兼工意。其餘絹素筆筆妙，蘚葩翠羽皆殊肖。月淡梨花白燕斜，風輕柳絮元蟬抱。染就緋桃映緑波，描成黄雀窺青蘿。秋光滿眼濡毫盡，春色一園掃墨過。師乎師乎，前生當是散花女，繽紛五彩何其多！

竹岡五十壽（此爲周載熙作。）

《黄河圖》，先生妙筆天下無！既稱天下無，何不待詔登皇都？人生適意各有在，秋風一旦思蓴鱸。雲間畫派石門子，流傳宋趙探妙旨。作者麤細不能兼，山水雲煙差可耳。竹岡下筆絶等倫，匪獨神肖能寫真。當其解衣槃礴羸，倒捲黄河瀉向身。河隄使者靳司空，十年盡瘁宣房宫。此時天子正宵旰，募人萬里綜河宗。司空特疏薦竹岡，帝命傳驛給糗糧。奔流千里極其勢，東自青齊西太行。經營慘澹閲寒暑，圖成御覽開建章。侍臣嘖嘖競歎羡，至尊屢顧生輝光。竹岡受賜不受官，拂衣歸去舊考槃。棋朋詩友日爲樂，藤帽櫻鞵性所安。竹岡之畫既軼群，竹岡之誼更陵雲。伯仁兄弟鼎而峙，翩翩彩筆俱能文。吾家宗人綿世澤，鬱蔥佳氣何氤氳。庚午之冬慶懸弧。繽紛春酒進玉壺。余也竹林舊酒徒，疎狂何以侑清酤。願將畫水成河意，殷勤爲奏《黄河圖》。

吴閶道上

不斷青山色，輕舟任所之。谿迴峰競出，帆急岸隨移。水市多菱芡，沙洲起鷺鷥。西風吹客袂，天末美人思。

鹿城曉發同姜萬青陶穎儒屠玉立賦

北斗挂高城，舟人趣曉征。草腥曾鷺宿，山豁乍雞鳴。雲水饒詩句，江湖仗友生。諸君須努力，我已薄浮名。

城西喜晤林聖時

林子經年别，城西握手歡。荒疎碁受困，倔彊酒難乾。曉月聞雞客，秋風唳鶴灘。言歸三徑裏，黄菊可加餐。

送何孝陟遊慶陽

少年俠氣五陵遊，迤邐雕鞍赴朔州。自是奇才登太華，遂能乘興畫滄洲。一堂往日推龍腹，三絶由來號虎頭。此去鄭莊真好客，西京驛路置新郵。

寄王玠右及令弟名世兼詢韓閔二子

連輿高謝五湖東，別恨年年寄塞鴻。世上幾逢青眼客，吾曹應乏黑頭公。飯牛夜渡柴桑月，聽鶴秋高薜荔風。幸有鹿門賓主在，不妨蹤迹久飄蓬。

海昌陳元文偶寓我郡投詩諸同社索和次韵酬之

天留畫舫石尤風，白苧尊罍得暫同。一自龍頭推我黨，至今牛耳會群公。江亭柳絮霑衣碧，野館棠梨撲酒紅。別後敦槃尋勝地，南湖煙雨畫樓中。

東風白苧舞迴波，芳草游蹤柰爾何？春到江城花事早，客來蕭寺雨聲多。可知陳孟能驚坐，誰謂周郎亦善歌。百尺樓邊明月夜，容余蠟屐遠相過。

哭太史姜萬青

疇昔雕盤大雅堂，捉刀我亦侍君牀。翩翩作賦推張陸，（長史孝質、孝穀。）亹亹談元有惠莊。（沛蒼、祉如。）班管遽成金馬客，麻衣旋返白鳩郎。（太史丁内艱歸。）到門不復看顔色，咫尺泉臺欲斷腸。

背郭僑居谷水斜，入門把臂叙通家。淳于贅壻留薌澤，道藴題詩擬雪花。（太史妹屬余爲媒，贅戴蓉若。）威鳳半空騰魏闕，神虬中道委泥沙。貧交無限彈冠意，中夜椎牀發浩嗟。

閒居

自分無才與世疏，非緣潘岳愛閒居。調停春色梅花裏，加減風光楊柳初。架上豈嫌新水足，盆中惟恐宿窮虚。年來别有他經濟，不擋犁梢便擋書。

客況

流光無那似流波，景欲清新髪欲皤。使酒雄心當下泣，悲春殘興不能歌。磨花蝶粉何由退，破柳鶯聲即漸和。燭冷香銷惟掩卷，一層紙帳夢魂多。

和太史許鶴沙謝惠鶴

何來幕府贈仙禽，别業迢遥有和音。丘壑一時棲倦翮，雲霄萬里奮雄心。月明夢繞蓬萊路，秋静聲高桂樹林。丁卯橋邊饒逸事，元裳對舞竹梧陰。

紡車《田家十五咏》之一。

銀漢西斜促女紅，寒螿啼起豆棚風。東鄰少女顔如玉，疑是嫦娥坐月宫。

趙　和

字虎文，號柳介，華亭人。諸生，以奏銷案斥，貧困卒。著有《花谿遺稾》。蔣天襄曰：「柳介貌古，性柔和，易近人。詩宗陶、韋，迴出流輩。」

詩話：焦徵君南浦極賞其爲人並其詩，爲作《高寒野人傳》。且比之淵明，謂其詩「偶然出天籟，任真無經營」云云，奬譽似過。要其與陶固隔一塵，而古淡真樸殊非易及。

老農歎

農年六十餘，筋力已非昨。却爲晨夕謀，猶復事田作。方春把鉏犁，下田苦磽埆。和澤久不流，又復失優渥。終日困叱牛，聲與淚俱落。聞者縱或悲，賦命固已薄。

寫情

末子已八齡，髮蓬齒復歷。日日事嬉遊，學舍不肯入。家貧易蹉跎，教養兩俱失。梨栗何處尋，之無都不識。維彼頑鈍姿，那得不督責？俯畜良獨難，要未盡父職。舉杖欲撻之，念此又復釋。詎云天運然，付之三歎息！

苦雨

前夜聞雨聲，喜極不遑寐。昨夜聞雨聲，憂心渾似醉。豈意望甘霖，反滋淫雨累？早禾穫在田，有耳生其穗。晚禾正秀時，未合花都墜。豐歉雖未分，即事心已惴。農人務三時，勤動終年瘁。致此良有由，農人亦何罪。哀哉彼滂沱，俱是農人淚。自愧不爲農，安享農人利。願作蓋如天，蓋徧耕農地。

喜璵奂西遷用靖節移居二首原韵賦贈

我有素心人，晚卜西郊宅。適得近我廬，會共風雨夕。相看各頹齡，未能謝羈役。脱有一日閒，便即同几席。聚首方自今，離索已在昔。歲寒結百年，長此勿離析。

冬夜懷餘焕

經旬不見君，無日不相憶。憶君在孤竹，遲暮猶不息。霜華冒白頭，蒼顏犯風色。我羈日倚樓，君行滯河側。夫豈有遠圖？艱難只衣食。知君詩懷寬，所至句亦得。獨坐覺夜寒，不知君何適。轉棹且歸來，冰雪已相逼。傷哉各頽年，無復餘筋力。相與出新篇，吟賞歡無極。

餘焕抱痾連旬屢睽良會雖或酌或遊而情不融浹每爲惘然今兹寒夜風雨淒清相思益甚既念朋友轉懷親戚聚散存亡之感交會一時愴不能禁爲書數語

屢飲不同斟，屢遊不同步。事會安有窮，奈此齒髪暮！况值風雨深，離索宵難度。問年亦既同，問心亦俱素。惟此二老人，焉得不相慕？待君體復强，及時圖良晤。我家病老甥，已危如薤露。歲寒念故人，於今尚幾箇？

寒夜吴玉山爲余鼓圯橋曲有會而賦

至清莫如琴，寒宵正寥寂。爲我彈《圯橋》，形聲悉如昔。子房進履恭，黄石授書密。我方静聽之，傾耳復斂息。有客奕方酣，下子必敲拍。正如博浪椎，響落秦始魄。誰曰非雄豪，詎宜圯橋夕。徒亂大雅音，遂使人琴隔。聲鬱不得宣，耳喧却似塞。雷鳴瓦釜時，黄鐘亦何益？陶公尚無弦，不鼓非無識。何如括囊中，希聲自爲得。天下豈獨琴，兹焉已可惜。

上巳

今朝上巳辰，而我始爲客。從此朝復朝，時節亦易易。花柳方繽紛，對此生歡懌。芳草緑萋萋，不歸亦自得。

客館梅花

客館方岑寂，有梅發其葩。白者瑩如玉，緑萼含碧霞。復見幾株紅，要亦非浮華。頗有縞風，潔浄靡纖瑕。清芬來徐徐，細細入窗紗。當年林君復，所以妻兹花。自從相對來，一月不思家。

積雨困極呼天望晴中宵啓户明星已爛然矣歡喜無量率然成咏

積雨艱生事，貧家愁殺人。探瓶將絶粒，窺竈已窮薪。啓户一瞻仰，繁星早燦陳。喜深不能寐，得句捷如神。

同江表兄爾翼甥飲豹文三兄家

兄弟偕甥舅，俱成遲暮人。誰臻百歲者，及此一杯春。相見曾無幾，爲歡宜更頻。好將頭雪艷，長對燭花新。

出户

天下春光滿，何人不共看？如何獨坐客，衹覺一窗寒。出户尋群伴，乘時覓少歡。間同泛泖去，曠矣此游觀。

再簡丁漢功

及此還堪寫，衰顔豈待時。不然人易老，縱肖醜應嗤。自分支離叟，仍餘丘壑姿。傳神君有筆，久視我無期。

見蝶

簾外雙飛蝶，翩翩實可嘉。自傷身有累，翻羡子無家。寄迹隨芳草，生涯問落花。晚來何所向，飄忽入《南華》。

謁徐文貞祠

王章死後孰彈奸？梅福先幾早去官。捧日赤心徒耿耿，迷天黄霧尚漫漫。默除社鼠邪初靖，細補山龍衮復完。今日祠堂瞻氣象，不慚漢室舊衣冠。

弔顧光禄

光禄正心宅在城隍廟西，額曰「特命嘉賢」。西有高義祠。

巋然綽楔奬賢豪，助役當年義至高。别業一區今茂草，輸田百畝有恩膏。子孫凍餒誰相問，俎豆春秋尚未祧。桑梓至今多巨室，可能慕義恤民勞？

和蔡紅椒題門扉句

日上黑甜眠始覺，巷深白版晝常關。争如不設門尤好，容得潭雲自往還。

蔡奕瑋

字璵奂，亦作餘焕，華亭人。諸生。著《樂全堂詩稾》，其元孫應芳刻之，僅存數紙。焦徵君

《南浦泉下録》稱其喜爲詩文，不經意輒成。頗留意《參同契》書，與趙柳介爲性命之交，壽六十有餘。

贈沈湘友

龍潭堪託迹，麟士儼清流。曲徑籬成幄，幽棲屋似舟。棋敲黄葉落，琴泛白雲留。何必歌《招隱》，忘機對野鷗。

程　坦

字幼輿，婁縣人。諸生。

暑中與朱彦則王韓山李賓鹿金德章禹服唐依在劇飲旗亭

人事逢閒少，天涯暫住難。柳陰當檻合，雨色過江殘。逸興追河朔，雄才總建安。悠悠憐物態，任作酒徒看。

古南池

縱目南池勝，悠然濠上觀。昔賢曾嘯傲，我輩復盤桓。城影涵波動，風聲落木寒。花時思結夏，亭畔錦雲攢。

徐念肅

字羽庭，號愼齋，婁縣人。諸生。孝子嘉猷子，孝子嘗割股以療親疾者也。念肅後官山西□□運判，前任某多虧欠，納二妾以丐任身後交代，堅拒不受，轉爲經紀其喪。後以父老乞終養，歸不復出。

華山畿

我有一端綺，貽歡見相憶。上有雙鴛鴦，是儂親手織。

夏　鳴

字莘野，婁縣人，上海籍。諸生。著《寄萍草》二卷。

贈胡安士

蕪城桃李屬胡公，今日逢君拜下風。滿腹牢愁藏賭墅，半生幽怨託焦桐。月中杯斝思鄉切，客裏奚囊得句工。十載神交方傾蓋，莫教歸夢廣陵東。

靄堂感賦

廿年共醉季鷹杯，三徑今朝獨自來。片石留題猶不改，危樓招鶴倩誰開。依然北海樽前客，無復南皮會上才。只有松間明月在，還移清影共徘徊。

葉夢珠

字子發，明舉人鈇裔，上海人，居下砂，婁縣籍。諸生，以奏銷案斥。著《九梅堂詩文稾》及《閱世編》二十卷。黄九煙曰：「九梅詩文雪煜斋鄰，不止名山之藏。」

春暮偕董子小匡周子鷹垂十經冰持過洙涇即事

村市雄於郡，人煙莫莫中。地當吴會盡，潮與浙江通。偃水垂虹遠，時移萬安橋，於故址稍西。迷津列樹同。扁舟移泊處，恰對夕陽紅。

偕泝本上人遊横雲山

背山因舊水，築室又新開。共道只怡自，何期有客來？尋芳追架搆，觸目見蒿萊。盤谷人非故，傷懷憶茂才。只怡堂，李比部故園，今廢而復建。比部冢孫定遠，予故交也。平泉經亂後，無復舊培栽。剩有靈光殿，翻成弔古臺。風清懷五馬，地重接三台。宦蹟今安在？虚龕僧自開。清風書院，故相方禹修先生祠，亦李氏别業也。今改清風禪院。

送别黄九煙先生

十日親耆德，銜杯笑語真。始知存古道，纔不負新春。惠我情方重，懷歸念已頻。追隨辭杖履，悵望獨勞神。

聞道年方壯，曾經此地遊。重來尋舊雨，亟去返扁舟。避世憑吟嘯，勞神畏應酬。更期三十載，把酒共登樓。先生於庚寅歲曾來此，距今三十年矣。自言三十年後再來。

詩話：九梅邂逅九煙先生，遂成莫逆。見九煙神理慘苦，則謂之曰「願公爲陶公之樂，不願公爲屈子之愁」，先生亦爲首肯。九煙自謂無事得謗，則謂之曰：「昔賢有言：清福上帝所吝，惟習勞可以消福；美名上帝所忌，惟得謗可以消名。」於此見疇昔韋弦之誼。

過澹真堂有感 原序：堂爲振隱先生宦成後所搆，忠節公未第時，讀書其中。及奉使言旋，嘗集諸同人作陶然會于此。今公殉節後，復同客到堂，不覺泫然，賦以誌感。

計闢蕭齋數十年，午橋別業即東偏。謝家群從能承烈，晉代風流已再傳。酌古評今嗟逝矣，坐花醉月憶陶然。舊時燕子重飛入，不忍雙雙到客前。

陸鳴球

字文中，號鶴坡，上海人。鳴珂弟，諸生。著《日涉園詩稾》。陸簡兮曰：「鶴坡生平孜孜好義，有利于人必力行之。存孤植寡，爲族黨喪葬嫁娶，惟恐弗及。」

詩話：鶴坡以闈中霪雨感足疾，遂絕意名場。家有園亭名「日涉」，廣廿畝，曰「君子堂」、曰「竹素軒」、曰「殿春亭」、曰「古香山房」、曰「來鶴」爲尤勝，四方游學來歸者，依次而別居于其中，凡以爲課子校書地耳。昔賢丰采，猶可髣髴云。

悲莫葭士先輩

先生何許人，嘖嘖稱葭士。莫氏著雲間，才名藉人耳。前有兩先生，中江與秋水。詞翰臻其神，一時疇與比。夙慧如先生，世濟高陽美。壯歲遘時艱，遯迹三江沚。人世競浮華，先生棄若屣。口不言世故，足不入城市。衣冠仍古初，食粟含餘恥。不爲窮所濫，不爲俗所靡。有時摛文詞，典雅類經史。有時作詩歌，吟諷藴微旨。書法禀家風，後先差堪擬。尺幅如拱璧，得之輒驚喜。先生不徒才，其德乃更偉。孝焉敬其親，友焉愛其弟。勉爲營窀穸，一如古人禮。偕隱有少光，相敬常爾爾。高風不可攀，落落寡知己。結交多方外，而不墮禪理。緊予生也晚，少長距廿祀。謬締忘年交，久而不見鄙。曾與扁舟俱，清談自亹亹。荒圃時過從，晨昏奉杖履。俚言時就正，所別臧與否。細楷若蠅頭，評隲幾滿紙。甲乙豈漫然，歷歷有所指。比來阻良覿，殷勤寄雙鯉。訂期先生來，先生曰唯唯。喜之不自勝，掃徑以鵠俟。時會不偶然，欲行且中止。荏苒秋復冬，天道剥而否。開歲大耋年，相去已無幾。忽爾聞訃音，先生乃逝矣。人服先生德，先生不偏倚。人慕先生才，先生不矜侈。人重先生名，先生欿然視。人願先生壽，先生寂然死。先生死無憾，所憾喪其子。遺稟縱在兹，零落恐棄委。世業遂中衰，鬱鬱歸蒿里。肅拜增感愴，長歌以爲誄。

山居苦雨

積雨不可極，幽居百感并。池魚寒匿影，山鳥濕無聲。白髮愁能長，清宵夢不成。中田空望歲，何以慰蒼生？

立秋有感

一葉初飛已入秋，空齋寂寂起閒愁。瓶中貯粟師陶令，架上奇書愧鄴侯。多病無心親藥裹，長貧何力奉珍羞。兒童漫省之無字，梨栗頻看繞膝求。

濬丘揚二川詩

原序云：二川，東里蓄洩攸賴，先王父嘗捐貲開濬，歷今癸亥，幾五十年矣。仰承先志，勉圖修舉，功成，紀之以詩。

兩川前後勤疏鑿，屈指相違五十秋。澤潤一方推祖德，慶流百世重孫謀。西臨黃浦田中下，東控滄溟水去留。從此不須愁旱潦，農歌先已發中流。

吴開封

字受之，上海人。諸生，後官大理府同知。

獨鶴

緱山歸未得，我亦共傷心。何處容高潔，因之戀舊林。空江秋月冷，平野暮煙沈。不有九皋唳，誰聞天際音？

李方緑

字文藻，上海人。諸生。

殘雪

旋向同雲聚，還從霽旭殘。歌仍聞宋玉，卧未起袁安。一抹痕猶在，千山影尚寒。灞橋遥指處，偏入畫圖看。

倪綸

字蘭皋，青浦人。諸生。

宿邗溝

水煙深處泊吴船，促伴聞雞誰著先？夜半邗溝堤畔月，送人鄉夢落燈前。

任鏞

字右洪，青浦沈巷人，婁縣籍。諸生，以奏銷案斥。少通五經，深于《詩》。所居玉雨軒，花竹叢密，延王九徵爲師，日與名人詞客嘯咏其中。著《藏山堂詩詞》十四卷。徐世楨云：「右洪綺年嗜古，性能而又好之，同人讓工，老手讓敏。」僧行琛云：「右洪一題直入，重門洞開，抑在揚處，正在變處，音和而風含之，辭激而意平之。」

晚香遺址元夏、右文蒔菊于此，建晚香亭。

愛菊幽人去，虛亭但有基。秋荒巖徑草，月冷石臺詩。撫景追今昔，遨遊感歲時。青山仍似舊，搔首傍東籬。

蠡公舟過鶴谿下榻玉雨軒賦贈

客夏崑峰別，違君又隔年。乘風來泖上，話雨到池邊。半榻中宵話，三生一指禪。行藏難預定，相對且留連。

中秋後八日山遊

煙嶺出林梢，揚帆趁早潮。柳眠時礙櫓，舟小恰平橋。過麓山將近，穿村路自遥。翻憐秋涉苦，厲揭手頻招。最愛平原里，重來弔釜山。空廊無客到，叢桂有人攀。閣外峰千疊，橋邊水一灣。華亭誰聽鶴，遊子未曾還。

張世定

字持遠，華亭人。安茂子，辛丑諸生，以拔貢廷試授教諭。著有《招鶴樓詩稾》及《秦游草》。

張文和曰：「工麗芊綿，直追温李。」

詩話：持遠豪爽，有立馬横槊之風，不屑屑家人生產。今觀其集中句「鏡中白髮添多少，篋裏黄金任去來」，可以想其風采。

上巳和史笠菴韵 史名大成，鄞縣人。乙未狀元安茂門生。

良辰動妍懷，駕言事祓禊。風物媚韶景，天宇乍開霽。鶯寒弄語澀，草弱展茵細。攜琴就竹間，引觴臨水際。拂巾墜花鬚，濯泉散魚婢。落日下庭軒，新月窺階砌。涉旬苦重陰，兹喜豁蒙翳。戲采鄭女蘭，學佩楚臣蕙。人生不百年，樂飲且忘世。明朝理蠟屐，選勝從此繼。

狂歌

不願作平原座上客，願作侯嬴死生友。平原富貴有已時，侯生俠骨常不朽。吁嗟世上論交人，結客滿堂多貴賓。憑陵意氣如青雲，趨炎附勢隨囂塵。朝入公卿廬，暮過王侯里。華堂曳長裾，高門躧朱履。自言得所歸，俛首徒依依。一朝風塵起，足迹恐不稀。雄心意氣果何在，空矜游俠夸輕肥。亦有貧賤交，芝蘭結同好。皎日誓生死，披襟吐懷抱。須臾猜忌生，相棄恐不早。嗟哉世上人，交道安足論！風波險崎孰可比，吕梁孟門差相似。黄金爲室玉爲堂，新知故舊紛成行。黄金作塵玉作土，知交散盡不堪數。悠悠世上那可言，壯士悲歌淚如雨。

江上阻風

石尤怒號波浪急，老蛟起舞江豚立。雲昏霧黑慘不開，中流彷佛神往來。冰車鐵馬相馳逐，電走雷奔聲和續。鼉吟圻岸弄陰雨，野鶩輕鷗下别浦。征帆倏忽何所之，落葉敗籜空中吹。人生得意豈常保，風波但看江湖道。揚帆假盡達滄溟，采藥何難探蓬島。我來江上理歸橈，危濤惡颶相矜高。灘頭寂寂維舟處，蓬窗坐聽沙蟲語。

悲落葉

悲落葉，落葉歸何處？徘徊别故條，飄颺隨風去。憶昔及春年，春光滿道邊。結蕊含芳玉堂側，臨風亂日綺樓前。河橋垂柳枝拂地，廣陌長楸蔭滿天。詎意嚴霜早，寧知密雪繁。金谷凋殘誰欲顧，江潭摇落不堪言！客子獨惆悵，居人少見憐。悲落葉，昔日同根今斷絶。一番節物須臾换，幾遍繁華坐銷歇。階前錦繡任成行，枝上鴛鴦不復雙。漫道女蘿堪作佩，誰云薜荔可爲裳？祇看聯翩下空谷，寂寞委寒塘。君不見，百尺高桐斲成瑟，千年文杏裁爲梁。終蒙良工賞，獲登君子堂。根株翦伐尚成用，枝葉飄零徒見傷。

聽若愚彈琴有感賦贈

我有緑綺琴，歲久無知音。王生爲我奏一曲，泠然令我幽思深。王生曾向蓬萊去，洪波浩渺無歸路。懸崖峻嶺石嶙峋，絶壁飛泉卷雲霧。危然獨坐長松間，寂寂乃會琴中趣。攜琴嘯傲復來歸，調絃理曲當晨暉。苦心學成世誰賞，撫琴空歎知音稀。廣陵明光亦已矣，嵇生今在應洗耳。鍾期一去難再逢，舉世茫茫更誰是？嗚呼丈夫失志有如此，不是知音空復爾！天生貧賤困少年，敝衣穿履何須恥？撫長劍，爲君舞。飲巵酒，爲君歌。人生富貴終有極，雍門之泣何爲乎？

早春花下飲酒和大兄原韵

細草添愁緑，新花染淚斑。一尊今夜月，萬里舊時關。車馬柴門寂，琴書石磴閒。傷心華表鶴，千載幾時還。

九日别弟

不知去作幾時别，且醉家園黄菊觴。驚客旅情惟斷雁，照人離色是斜陽。關河匹馬清霜早，村市荒雞曉月涼。此際羈情復何限，鴒原珍重莫相忘。

登崆峒山步李滄溟題壁韵

從游仙嶠意如何，絶頂雲開少雁過。下界蒼茫連紫塞，上方樓閣近銀河。龍歸靈氣千山盡，秋入雄風萬壑多。日暮漫留黄石地，清尊舒嘯對嵯峨。

過肅王故府

舊苑高臺落日斜，荒城秋草滿平沙。銅駝月冷埋荆棘，金屋塵空感歲華。不盡悲風餘嚮堞，幾回衰柳聽嘔鴉。欲知故國遺民在，薄暮清砧亂葉笳。

當年城郭寄巖疆，分陝勳同卜世長。幾歲烽煙聞戰伐，一時人物辨興亡。山河不改明秋色，臺榭空餘對夕陽。獨有漁樵生計穩，浩歌歸路自徜徉。

贈秋帆姪名澤楫，歸安知縣。

吴興祖德尚謳思，猶説觀風攬轡時。開閣半傾天下士，賣刀争化里中兒。千秋未竟爲霖業，百里重瞻飛舄姿。繩武于今真不媿，高桐落落有孫枝。

陳　軏

字約文，號道關，華亭人。徵君崿嗣父，諸生，後歲貢，官建平訓導。

渡江次蓴客韵

揚子年年渡，今年喜共遊。殘陽明野岸，宿雨濕行舟。愧我非驚座，多君是倚樓。奚囊貪得句，渾忘客途愁。

郁　燿

字宣夏，號覺關，華亭人。明汝持子，諸生，歲貢。年七十餘，以貧病卒。善詩，今止存《東皋詠物》《竹岡景物》并《無題》詩數十首，餘並失去。按生嘗識黄中允庴堂于諸生中，目爲國耀，故宫允謂，生平知己惟郁先生第一。

野寺疎鐘

萬籟已俱寂，鐘聲起寺隈。徑深關不住，風急斷還來。心事無端集，年光自此催。未知煙翳處，曾否客船開。

七十自嘲時康熙甲午重陽前一日。

一卷《楞嚴》静裏哦，恍如入定老頭陀。他年或有蠅相弔，此日兼無雀可羅。忽憶杖鄉予髮鬢，漫勞稱罣客肩摩。人情敢道殊涼燠，我實窮愁較昔多。

臣之少也不如人，况復龍鍾已七旬。未出乾坤都是劫，無論前後莫非因。江湖夜静魚蝦逸，場圃秋深鳥雀馴。兒勸加餐孫祝噎，今朝又是一番新。

曹爾埴

字彦範，華亭人。勳子，諸生，例貢。按：曹氏彦博、彦範、彦師，並有名，時稱「三彦」。

集次典壽香亭攜酒對菊

吾愛東籬勝，相邀就菊叢。醉看疑散綺，静對欲生風。葉色侵簾碧，花光映燭紅。寄言素心侣，莫使酒杯空。筵列酒如泉，花開色正鮮。清香來席上，踈影出燈前。地接元卿徑，人游栗里天。秋風後摇落，觴咏自年年。

曹爾垣

字彦師，華亭人。彦範兄。

重修巽閣

巽閣肇造時，歷年四十載。適遭兵燹後，傾頹日已殆。念兹創建初，忍令祖制改。典型求老成，原田舊每每。于焉重修之，庶幾樂長在。

曹爾坊

字子閑，華亭人，占浙江嘉善籍。

題東干小普陀佛閣

曲曲迴廊映柳開，探幽幾度到香臺。九峰晴黛横窗出，三泖春波拍岸來。深澗黑腥魚噴藻，遥堤青濕鷺行苔。詩成不盡登臨興，題壁慚非工部才。

章汝爲

字虞球，華亭人。庠生，例貢。

彦達移居賦寄

幽人卜築水雲鄉，滿架縹緗一草堂。映户扶疎多瘦竹，傍簷披拂幾垂楊。貪翻新曲調絃急，愛寫青山弄筆忙。明日采蘭應過訪，爲君班草醉斜陽。

顧衡

字孝持，一字霍南，婁縣人，居干山。名醫開熙子。諸生，康熙間恩貢，官臨淮訓導。詩話：霍南能詩，善書畫，王瑁湖贈詩謂爲「石潭似戲右軍池，竹廊便擬滄州壁」者，乃見風致焉。

採桑曲

旭日照南陌，灼灼桃李鮮。清揚彼美人，婉孌髮如鬈。一朝良人棄，採桑歧路間。採採不盈筐，淚下如流泉。不悲棄捐早，但恐容顏老。棄捐猶見收，容顏不復好。

飲陸侍御山園同錢太史越江分韵

層巖圍曲水，雲樹繞千章。苔蘚侵衣緑，藤花落砌香。聽松晴似雨，坐竹夏偏涼。不盡登臨興，高樓倚夕陽。

夏日過十相菴贈正凡上人

招提精舍石林幽，曲檻名花滿目稠。清蔭偏來谿上竹，炎威不到水邊樓。繞堤垂柳枝枝弱，并檻圓荷葉葉浮。更喜生公能説法，雨花飄落半天秋。

周　纁

字我園，婁縣人。諸生。歲貢，官崇明訓導。年七十卒於官。

詩話：我園初延陸清獻爲師，在當湖弟子中，群推爲長者，當不專以詩見長。

申浦觀潮

申浦三江勝，來看朝暮潮。濤聲翻地軸，帆影逼雲霄。吞吐蛟龍怒，縱横風雨驕。胸心推盪久，海大市西橋。

王　璐

字爾公，明文恪公之後，婁縣人。諸生，歲貢。著有《東皋詩草》。子球淵，康熙甲午舉人。

宿無關菴

繞竹尋幽徑，穿花識梵音。庭陰雙樹合，龕静一燈深。欲問無生理，難持出世心。夜來雲際宿，魂夢自蕭森。

西洞庭

西峰何事不堪誇，春晚來遊處處花。青嶂鶯啼蕭寺雨，夕陽柳暗野人家。金鈴護雀櫻桃熟，繡幔圍欄芍藥斜。醉後那知歸路杳，欲尋園綺卧煙霞。

謁孝陵

亭亭宫殿鬱嵯峨，碧瓦雕甍次第過。松柏猶承新雨露，園陵空對舊山河。金鼉夜月埋幽土，石馬斜陽帶女蘿。賸有祠官供歲祀，漢家原廟定如何？

童　玫

字維吉，上海人。諸生，歲貢，官舒城訓導。

東城散步

春光引我到城東，寂寂鶯啼淡淡風。晴日半沈垂柳外，行人多在落花中。

顧　棨

字臨洲，號欽公，上海人。諸生，歲貢，官□□訓導。

有感

種樹莫種垂楊枝，結交莫結輕薄兒。楊柳不耐秋風吹，輕薄易結還易離。君不見，昨日書來兩相憶，今日相逢不相識。不如楊枝猶可久，一度春風一回首。

王未央

字赤城，上海人。諸生，終歲貢。

報恩寺浮圖

長干名勝地，天柱此孤標。帝座通呼吸，人煙共泬漻。山圍吴市小，江入楚雲遥。北望皇圖壯，偏安笑六朝。

葉楠

字芥舟，號倚江，永年從弟。諸生，官高淳教諭，陞玉山知縣。

次旅公訪王玠右先生韵

招尋同隱者，迢遞指山家。徑僻谿還曲，村深路轉斜。衣冠疑夏綺，詞賦憶春華。况復饒清賞，娟娟繞户花。

喜二火至得才字

風雅雄壇坫，聯歌到草萊。序同河朔飲，人是建安才。弦月光微吐，清風晚更來。却嫌分手易，小立共徘徊。

殷譽慶

字彦來，號蘧齋，華亭人，占江都籍。諸生。詩才清麗，出王漁洋門，嘗集一聯贈之：「天下文章莫大于是，一時賢士皆從其游。」當世傳之。性狂簡，落魄而死。

贈劉鹿沙

劉子豪宕殊不羈，才名藴藉聞京師。一日騎馬偶詣我，排闥横被閽人辭。投以護堂詩一帙，近體工麗古瑰奇。眼前詞人詡述作，如君直可奴隸之。復伸繭紙寫長句，謂我略亦知爲詩。篇中往往過稱許，痂嗜或恐旁人嗤。長鬚傳至讀未竟，急走相覓披詩帷。兼隱先生適召客，入座輒命留銜卮。新知一見如舊識，吾輩投合躅文儀。往時長安盛吟社，群賢縞紵恒相貽。十年消長不可料，此事亦逐流星馳。靈光猶幸有人在，騷雅壇坫勞總持。如我曹號洵小國，亦願結束隨旌麾。

暨陽懷古

此地句吴戰壘開，尚餘重鎮楚江隈。城邊斥堠連天遠，海上魚龍捲浪來。黄歇冢邊餘蔓草，延陵碑古蝕蒼苔。西風入夜嗚哀角，并和砧聲徹夜催。

彭瑞世

字鶴獻，號萼峴，婁縣人。韋齋孫。辛丑諸生，有詩集。吴日千嘗序其詩，謂爲「沉者淵海，揚者雲漢。光必奪目，聲必震魄」，而許爲抗行交焉。惜其全集已失，僅得《竹西遊草》一帙，有黄九煙題辭云：「每頌新詩過琴筑，喜者欲歌悲欲哭。胸蟠千卷筆無塵，世間何處堪容俗。」并其自作四六文序。

拜董相祠

讀書志前古，大雅懷西京。遥遥千百年，願言師董生。經術冠群彦，物望歸典型。謝彼春華鮮，愛此秋實成。孝武尚文治，卓哉賢良明。時流皆避席，三策何錚錚！大儒慕禮樂，舉動非人情。天子畏迂拙，出相江都城。束身奉驕王，嘆息違時清。至今留空祠，俎豆列前楹。隋宫盡蕭瑟，邗水流無聲。峨峨董子堂，伏臘走公卿。吾來覩遺像，瞻拜申微誠。永思天人理，高躅存孤貞。

送别霽師

吾師天人姿，觀心空一切。詩力健無前，慧業深能繼。飄然一笠住江頭，南北煙波望無際。

慚予浪迹廣陵城，丈室追隨萬慮清。妙法微言空象教，行吟心事狎鷗盟。矯矯神龍真莫測，蟠泥隱霧誰相識？漫將蹤迹混漁樵，只恐風塵能物色。聞君飛錫向幽岑，鴻鵠一舉千萬尋。布襪芒鞋自來去，幾回嘯咏付登臨。只今鳴橈欲發且將還，何時把臂開松關？予向客中還送客，隋堤楊柳不堪攀。

文選樓懷古用王阮亭鄒程村兩先生原韵

茸草荒碑過客愁，閒來登眺思悠悠。争傳帝子當年事，猶見蕭梁舊日樓。六代繁華同一夢，五臣箋注尚千秋。獨憐隋苑蒼涼甚，幾處煙蕪帶野流。

國朝松江詩鈔卷十二

鄉人姜兆翀孺山録
王鍾一亭閲

張宸

字青瑚，號平圃。監生，以積分考貢，官中書舍人，陞兵部主事。康熙六年，詔求直言。宸疏請撤上海駐兵二千四百人并巡海章京以甦民困，奏上，部中執督臣之議未允。乃又代邑紳上書郎制府，以上海潮汐之地，不便操練，必處城市，白占民居，剴切言之，始報可，民以安堵。宸最工詩文詞，爲國初大手筆。著《盧浦莊詩稿》。

《漱芳齋詩話》：吴梅村每推青瑚歌行，太息其不可及。汪鈍翁謂：「青瑚與余文字相角逐，每一篇出，未嘗不瞠目而擊節。」今觀其七古俱淋漓頓挫，情文相生，惜乏嗣，有遺稿，相傳其女夫金名定刊行之，亦未見。

江水謡爲逐菴余明府賦

江水不可以糜，海水不可以漁。顧視四野，咄哉蒼黃，曾不能以須臾！一解有愷仁君，惻然心念之。上書告之天子，蠲其逋租。黃紙下，白紙馳。瘠田有鋤鬻有絲，樂不可支。解二維彼佃夫，可以服箱。維彼游民，去離其鄉。空倉粟，空林屋，饘斯粥斯日三復。杖者鳩，騎者竹。解三嚴父如夏日，慈父如春冰。詎聞朝陽岡，神叢得見憑。古者有貫革之射，以殺止殺，惟仁者能。解四何用祝吾君？願君雙鳧飛上天。日月照耀，雲雷闐闐，高山峨峨千萬年。解五

寒士篇

鳴琴感人心，絃急調彌促。仰觀白日隤，逾傷天機速。伊人結愁思，攬之不盈掬。震隣戒惟炯，履冰懼云篤。顧嗟無匹仇，踐言惕維谷。楚詹既遼廓，蜀嚴悵遥矚。徒殷握粟情，未展靈蓍祝。彼美苟可期，棲神在黃項。

子傲下第後寓予邸舍旬日今有授館者予過之鍵户不出

獻策非子意，空望終南山。子欲燒黃金，時人疑大還。排闥向我謀，繁星照蒼顔。心如兩飛龍，可望不可攀。奈何苦羈靮，主人常閉關。滞淫書史中，勞歌夢寐間。我有罔象秘，冥搜亦不閒。春榮瀉冰雪，萬慮如可删。此中有至理，門外車班班。

白日行

白日欲挂扶桑弓，青春鶗鴂花雨紅。咄嗟獨身行萬里，萬里却在空青中。六鼇霜飛弱水

枯，乃許世上無英雄。我生過眼疾于箭，眼前不見東園公。壯夫低眉市人笑，市人歷亂如煙虹。因酌玻璃泛海月，月色翻與蓬萊通。金銀宮闕燦可數，光彩的熌開心胸。胸中瀉作千頃波，可與元氣争鴻濛。不然壘壘鬱方寸，徒使真宰尸天功。脚不踏秦帝鞭來之古石，手不攀枚乘《七發》之孤桐。白日當心歊景滅，皛然天地常無窮。

鄧元昭先生爲予説不二上人本姓潘上海人世臘已二百十一尚如三四十許人今居鄧之□□園擬至白門訪之先作是歌

見説蓬萊山，丹經秘口訣。鷲峰插雲霄，古德味禪悦。俱是長生不死人，黑海雲濤浸孤月。隨波問月五十春，猶是推車尋螘穴。《内景黄庭》白雪非，中峰丹地青蓮拆。因作籧廬偃蹇人，塵銷塵起隨生滅。今年買棹白門游，葉落霜飛大地秋。夢裏虚舟無住著，雲間白鴈自夷猶。吴關過從鄧太史，燭影虚堂嗟暮齒。爲説《南華》《秋水》篇，因探西竺楞伽旨。醉後徐言不二僧，白毫耿耿懸孤燈。階前臘度二百十，健如快犢驅雙藤。飲啖淋漓兼臛肉，醉醒常在鍾山麓。雪裏千迴裸體眠，峰頭百遍披雲宿。戲入層冰坐禪定，汗氣如蒸更坦腹。只今顔色桃花紅，紺眉元髮方青瞳。舊游恍憶成宏際，心事隨緣童叟中。每與老人溯游屐，高曾往往相扶筇。我聞斯言瞠目久，壽者之相亦何有。祇覺人間幻泡非，嚴風獵獵侵蒲柳。更訊何方著此人，史公書屋駐天親。藜火閣中開舍衛，輞川圖上席由旬。會須相見拈花笑，同證金沙不壞身。

秦淮老人歌爲丁繼之賦時年八十一

老翁本是花源客，家住秦淮秋水碧。樓頭山色祖堂峰，門外車塵帝京陌。眠花醉月八十春，去年掌上生麒麟。張蒼自得神仙秘，向子何愁婚嫁頻。爲道生平游俠□，□□常來天下士。徐孺之榻嵇康琴，懷中但少禰衡刺。舊曲常攜碧玉簫，故宮亦見鴻都市。朅來陵谷如飛電，只有梁間古時燕。當途亦自重侯生，中郎遺調何由見。我來白門颯颯秋，重聞斯語心悠悠。臨春玉樹俱銷歇。不信湖名尚莫愁。願翁還童更八十，秦淮爲酒長鯨吸。兒郎得似王家郎，蘭亭父子襟裾集。迎將桃葉花前立，雕盤進翁松五粒。

汪于梧席上醉歌

主人召客梅放初，花光鶴影相扶疎。入門棋聲出深竹，道心息盡猿公狙。須臾繁燈照通夕，美人如花嬌上客。座間俱是蓬池人，膝下如重戴憑席。陸生絃索今無敵，爲我一彈山月白。元人宫譜久失傳，調正字圓聲入格。此時鐵騎琤璁鳴，四壁蒼茫燭影清。忽然林際嬌鶯囀，似訴今宵脉脉情。已向人間逢賀老，更從天上識花卿。人生勝事那有幾，艷曲長歌俱入耳。扶風豪士緑珠謳，何况含宫兼嚼徵。我亦當筵潦倒人，翻從綺席惜芳春。始知吴市樽前月，絶勝長安道上塵。

嬾窠老人住山歌

昔年君作老儒生，我方墨守君縱横。後來君身縛禪律，世上功名輕一擲。戒行常如守八關，誦詩儼似臨三尺。忽時恣口啖羊豕，肉瀋魚飱肆狼籍。我言佛法亦何有，但學維摩當杜口。鐵花吐燄燈光明，黑海濤中千眼守。此時欲嬾嬾不能，脱鞲怒立饑蒼鷹。風塵天地一覽小，韓彭晚輩何憑陵？吁嗟雄心竟誰是，獅子肩横大勢至。塵羅劫網五行山，面隔牆遮三昧智。遽游京洛裘蒙茸，我自飄零君杖笻。馬上相思三市月，樓頭憶夢五陵鐘。歸來見君十年内，十年滄海誰儔輩？縱使征蓬括地飛，雲自歸山水自碓。始覺老人嬾是真，一笏世界藏天人。嵇康罷鍛惟清嘯，支遁逢山詎買隣。嬾窠子，莫欠伸，爾須斷我貪癡嗔。蒲團一覺纔自了，大地滄桑盡火輪。老人不應睡自足，門外九峰嵐影緑。入定應隨雞足行，吾身且信馬蹏續。白日銜山鳥倦飛，與爾同證生金粟。

嬾窠老人住山第二歌

我爲老人歌，嬾窠老人不嬾當如何？半偈每向山猿説，一鉢常洗蒼龍波。山雲欲起山鳥喚，好似佛頂攢青螺。此時老人當奈何？須彌之山小於芥，葱嶺之水飄爲河。斗大一室繩牀穿，壁影那見真曇磨。六時粥鼓鼓且歌，一燈不醒千飛蛾。刀山雲山總一山，住佛亦住諸天魔。君不見雞窠小兒有子孫，又不見詎那尊者稱阿羅。生天駐世何其多，安事撰述稱老那，老人欲嬾當如何？

贈柳敬亭

今日柳敬亭，明日柳敬亭。戰鼓聲銷幕府拆，毋乃四壁燈光青。昂藏相見眉更伸，其意乃有英雄人。不辭洗削及屠狗，終是諸侯席上賓。漸離筑，禰衡鼓。徒手悲歌搏猛虎，當今健者誰虛左？蔡邕亦哭燃臍人，欒布何辭漢廷俎。此翁氣咽不忍言，拍案四座風蕭然。七尺珊瑚三寸鐵，裂帛那用鵾雞弦。將軍鑿凶門，嫠婦嘑織室。嘈映啁哳并一時，羽騎縱横間湘瑟。是時風急天雨霜，滿天星月摇晶光。青燐動地鬼夜哭，願翁口繪聞天王，我儕秃管收空囊。

吴梅邨先生枉札見訊

吴閶花月竟朦朧，何處雲山異大東。但見飛章誣郭泰，何人門下憶王通？霜林月落嘑烏急，松徑苔荒野雀空。賴是聖朝無黨禁，不須憔悴向青楓。

晤程周量志喜

塵沙一笑别離輕，雲外蒼茫萬里情。午夜每如聞白雪，終年獨自倚青萍。來看五柳峰俱碧，去逐三江月共明。春暮解攜春暮見，只疑蹤迹似流鶯。

送周翼魯駙馬還京

昨歲星霜共爾行，今年楊柳又啑鶯。漳河銅雀淹新雨，燕市金笳動曉旌。我醉但題《鸚鵡賦》，君歸重惜鳳凰聲。名姬別館春無數，憔悴人間孫子荆。

萬佛閣

刹海何年遍四州？畫欄清迴萬松頭。白毫界湧諸天相，丹級人疑兜率游。夜静鶴巢窺佛火，雲開漁浦認蓮舟。爐香息後霜鐘發，欲賦如登王粲樓。

題王阮亭使君小像

鶴計蕭踈筆一牀，但餘清嘯付雷塘。如今身向芙蓉闕，檢點魚鬚拂曉霜。

題畫

五柳桃源并一家，竹窗間枕碧流斜。花深不識漁谿路，只道仙居有亂霞。燕子磯頭落照孤，一江烟色鎖菰蒲。憑將六代漁樵話，寫入生綃近有無。

坐雨時客江上。

日落長沙楓樹紅，斷猿啑處暮雲通。可知昨夜鄉關夢，身在寒煙萬點中。芙蓉小閣向迴谿，紅葉珊珊未忍題。身似岳陽樓畔雨，風吹湘北又湘西。

詩話：先生詩學外尤工四六，如撰《端敬皇后祭文》有云：「渺兹五夜之箴，永巷之聞何日：「去吾十臣之佐，邑姜之後誰人？」世祖讀之泫然。又如《思陵長公主誄》，尤悽惋可誦，附録于此，其辭曰：「長平公主者，明崇正帝女周后産也。甲申之歲，淑齡一十有五，時命掌禮之官，詔司儀之監。妙選良家，議將降主。時有太僕公子都尉周君名世顯者，將築平陽以館之，開沁水以宅之。貳室天家，行有日矣。夫何蛾賊鴟張，逆臣不誠，帝殉宗社，國母嬙嬪，慷慨死焉。公主時在稚齡，御劍親揮，傷頰斷腕，頽然玉折，賁矣蘭摧。賊以貴主既殞，授屍國戚，覆以錦茵，載歸椒里。越五宵旦，宛轉復生。泉途已宮，龍髯脱而劍遠；蘭熏罷殿，蕙性折而神枯。順治二年，上書今皇帝：九死臣妾，跼蹐高天，髡緇空王，庶伸罔極。上不許，詔求元配。命吾周君，故劍是合。土田邸第，金錢牛車。錫子有加，稱備物焉。嗟夫！乘鷁扇引，定情于改朔之朝；金犢車來，降禮于故侯之第。人非鶴市，慨紫玉之重生；鏡異鸞臺，看樂昌之再合。金枝秀發，玉質含章。逢德曜于皇家，迓桓君于帝女。然而心戀宮帷，神傷輦路。重雲畢陌，何心金榜之門；飛霜穀林，豈意玉簫之館。弱不勝悲，溘焉甍逝。當扶桑上仙之日，距穠李下嫁之年。星燧初周，芳華未歇。嗚呼悲哉！都尉君悼去鳳之不留，嗟沈珠之在殯。銀臺竊藥，想奔月以何年；金殿煎香，思返魂而無術。越明年三月之吉，葬于彰義門之賜莊，禮也。小臣宸薄游京輦，式睹遺容。京兆雖阡，誰披柘館？祁連象冢，祗叩松關。擬傷逝于子荆，胡香空設，代悼亡于潘令，遺挂猶存。敢再拜爲之誄云。」按：孫承澤《春明夢餘録》曰：「公主名徽娖。」

施延寶

字綏宜，號珍公，上海人。監生，官道州判官，至直隸任縣知縣。

懷張忍齋司李

爲問張騫路，從容入道州。春晴同病酒，秋雨獨登樓。兩岸猿頻嘯，長江月自浮。因君多綵筆，到處有題留。

風雨渡洞庭

百尺波濤湧，扁舟風雨中。帆懸千里闊，人坐半天空。欲陟山難到，加餐甑已窮。長途真浩淼，無計任飄蓬。

郊外同計子山文學綎寄嗇齋僉憲

並馬西郊外，愁看柳色新。頻添孤客淚，共作異鄉身。雁去巴陵道，書傳冀北人。應知當此日，遥念帝城春。

懷吴六益

君去瀛州道，秋風漸入衣。馬蹏當夕照，山色滿魚磯。旅店砧偏急，荒郊雁不稀。朱雲應掃榻，喜爾扣雙扉。

送梁菊園之楚

君去三湘秋正涼，洞庭八月水聲長。仙槎夜泛樽浮白，玉杵閒聽柳變黄。異地相思人未遠，各天書信雁應忙。慚余亦有西山役，同日分飛淚幾行。

雁峰有感

片帆幾過此峰來，偏我逢君獨可哀。家隔洞庭秋更闊，書傳衡岳雁先回。寧因薄宦風塵苦，衹爲高堂鬢髪催。今日故鄉歸未得，舂陵明月自徘徊。

期張笠仙包子園不至

二子扁舟競早歸，留予江上獨依依。豈忘秋後芙蓉老，不念天涯霜雪飛。旅夜幾聽更漏永，客中誰寄薜蘿衣。數聲烏鵲空傳信，時復呼童啓竹扉。

九日白溝道中

燕臺佳節又重過，匹馬斜陽渡白河。萬里關山增慘淡，九秋風物漸嵯峨。故人京洛憑樽酒，游子天涯感薜蘿。日暮解鞍方暫息，唱笳相迫竟如何。

張　寧

字子静，號我生，華亭人。履端仲子，監生。有《子静草詩集》行世。按：寧以順治甲午卒，妻郁氏年三十，守節歷五十三年，旌表。

君山有感

朝望君山陰，暮登君山道。山氣憭慄何泬寥，上下悲風號宿草。岷江之水從西來，下渡天彭天塹開。橫截天下限南北，滔滔日夜何雄哉！水勢遥遥撼天宇，無限山川從此聚。曉色常留巫峽雲，波光直接洞庭雨。群峰縹緲出波中，水粘天際如相通。山静水寒落木悄，滿江楓葉含霜紅。一片江雲護荒隴，暮濤屹立多洶洶。須臾日落波浪開，倒影射山山欲動。野岸微茫赤燒多，高樓欲暮山峨峨。此時對景可奈何，此時對酒獨當歌。君不見，珠履三千門下客，四君同時聲赫赫。一朝豎子夜勒兵，三窟曾無免死策。只今墓草徒萋萋，空江月落聞烏啼。人生富貴乃若是，胡不且就烟霞棲？江上燐燐鬼火怒，城頭坎坎聞伐鼓。戎馬南來男子稀，解甲投戈馬前舞。孤城斗大倚江邊，陰霾戰霧遥相連。羅雀掘鼠氣百倍，洞胸折臂猶擎拳。始知此城有忠義，爲首乃屬二小吏。此謂江陰閻應元、陳明遇二典史。高牙大纛呼將軍，對之能無自懷愧？茫茫日月天地寬，江頭十月蘆花寒。我欲扁舟乘潮去，飛渡弱水登三山。碣石龍門無限路，一帶江村秋色暮。潮去潮來愁殺人，依然風景原如故。夜雨蕭蕭江樹黄，誰憐江水東流忙。水去無盡極，徒爾悲滄桑。鳥倦思故林，途窮思故鄉。何爲對此徒傍徨？勸君且盡酒一觴。回首江濤千里白，願隨漁父呼滄浪。

秋曉

遠寺疎鐘動，開窗夜色闌。山排烟月出，雲逐曉風寒。漠漠晨光迥，茫茫星影殘。悲秋無限意，此際覺尤難。

上巳雨中

野渚半濛濛，雲村無路通。峰浮山起雨，樹暗葉留風。細草緣牆緑，飛花蓋地紅。良時勝會杳，春色晚烟中。

姚廷讓

字子遜，上海監生。

贈闇古古山人

南渡君臣又播遷，夢魂猶在故宮前。骨支山岳留爲柱，淚滚江湖半作川。紙幔夜隨燕市月，葛巾日對漢陵烟。悲歌更許誰人和，東國飛來一杜鵑。

施允中

字式其，號伊傅，上海人。監生，官廣東花縣知縣。

送友

揚子津頭散雨聲，鳳凰臺外遠山清。春風千里桃花水，愁煞江南送别情。

杜忠期

字仲修，上海人。監生。

贈太乙上人

皓月落松陰，山房此夜深。鐘聲驚客夢，燈影定禪心。半偈空天地，三生悟古今。遠公忘色相，静對欲開襟。

華錫文

字綿古，華亭人。監生。有雋才，丙午客死，年僅三十。

詩話：錢葆馚有詩《悼綿古》云：「敢道才多天帝妬，修文促汝太憐才！」又云：「子夜只今何處聽，月殘魂語庾家林。」蓋山陽之感，情見乎詞。

送林武宣入都時在乙巳春。

仲春梨花白如雪，長隄楊柳條堪結。持花作酒柳作鞭，遥望江頭贈君别。君行何所之？却指燕山道。追憶平生慨以慷，盡付驪歌爲傾倒。昔年君向大梁游，翩翩李郭同仙舟。文章欲屈平臺謝，意氣不數夷門侯。此時予裁解章句，方憐佔畢窮朝暮。但識林生河海儔，豈能便作《懷人賦》。經年却自大梁歸，操觚壇坫風雲飛。得因奇字過楊子，欲辨興亡造陸機。君時獨傾孔融客，予少羞登孟公席。追隨每到浣花村，流連輒卧高陽夕。三年復向武昌城，又續登樓賦遠行。官署鶯花閒易老，巾箱《文選》録還成。家本秦川貴公子，誰云失路無知己。久客能忘張翰思，歸來却似陶潛里。當時縞紵重相陳，漸脱形骸爾汝親。平明結伴游東墅，薄暮同車醉北隣。共擬角巾推郭泰，獨將雌霓示王筠。枰間角勝堪爲敵，筆底摧鋒不讓人。豈知歲月須臾改，滄海丹山失光彩。吁嗟不飛亦不鳴，茫茫六翮將安在？獨吟《梁父》城西園，余亦棲遲舊薜門。借書時得開三徑，學賦先從問五言。偶然痛飲隨懸榻，忽爾狂歌動遠軒。叔夜忘形惟共阮，季心負氣但隨袁。朅來道路分姸醜，新人能如故人久？坐客惟應召博徒，交游未若從屠狗。因之托迹滄洲湄，世棄君平豈足悲。閒看桃李聊開卷，靜對烟霞欲待誰？忽逢三月春潮長，碧渚蘭舟移畫槳。宋玉才名動帝鄉，相攜刷羽青雲上。如君自是洛陽才，獨恨鯫生尚草萊。别後倘辭黃歇浦，可能齊上郭生臺。

杜啟源

字祖崑，上海人。監生，考授知縣。

毘陵曉發暮抵潤州

一日兼程發，江城坐落暉。壁懸兩岸陡，帆挈一舟飛。親舍瞻雲遠，鄉心與地違。前途難計策，征騎好騑騑。

王　薇

字紫素，號梅皋，上海人。監生。居鶴沙，葺習園，疊石爲山，依水爲閣，雜蒔花木，優游其間。著□集。

酬李素心唐興公錢葆芬諸吟侶送余東歸之作

分攜殊悵悵，歸興奈匆匆。落葉三秋後，荒園十畝中。鶴雛初振翼，松老漸吟風。修褉先期約，褰裳過浦東。

杜亮采

字巖六，上海人。監生。善山水，喜臨舊績，氣韵深厚，意致斐然。官平陽府垣曲縣知縣。

寒夜感懷

寒柝催良夜，蕭條對一經。酒澆雙劍緑，香炙一燈青。鄉思驚歸雁，詩題擬斷萍。壯心消未已，雞唱不堪聽。

秋夜坐虎丘悟石軒

峰頭爽氣乍蕭然，乘興攜尊坐暮烟。欲破浮生師悟石，擬除塵慮漱憨泉。一軒月色當松杪，萬樹秋聲逼檻前。幾度醉餘鄉夢杳，清歌猶倚碧雲天。

何遠

字履方，華亭人。善臨摹山水人物，即自運之筆，亦極蒼古。並工於詩。

詩話：履方有孝行，事父梅敷極色養。其幼年割股療母。世僅傳李舒章之詩，而當日贈言者如董思白、徐鴻洲、李素我、陳眉公、范長白、張帶三、夏瑗公、陳大樽諸公皆有詩，履方之子玉書嘗合爲一册，乞吴隱君日千題辭云。

卜居谷陽南里

恍是柴桑里，茆茨在翠微。渚花迎客笑，沙鳥傍人飛。地小春偏足，林疎静可依。不愁貧到骨，新製芰荷衣。

登君山

月華千里白，尊酒共漁樵。野寺來清磬，花源度碧簫。水涵諸界静，雲擁衆山遥。霄漢憑闌近，仙槎或可招。

張　淇

字爾瞻，號筠齋，上海人。嘗仿范氏義莊，置田千畝贍族。後以子集貴封贈如其官。

偶成二律

客舍將秋盡，蕭蕭咽曉風。浮棲同幕燕，逐伴學征鴻。冀北霜初白，江南橘未紅。沈吟心計拙，愁極步樓東。

暗驚秋色老，度樹忽西風。獨影銷殘日，離情寄遠鴻。潭寒生晚碧，楓落長新紅。欲覓來時路，烟深蘭渚東。

天老在江陰余時入都道出吴門竟不及晤賦此志感

君寓澄江我度吴，雲峰相望兩情孤。滄洲獨自修茶譜，野店誰同問酒壚。樹積青岑深雨露，舟分碧水净蘼蕪。臨行只憶鱸魚美，未識歸時有興無。

陳 藎

字宸赤，號無隱，華亭人。其先世當明洪、建時有士傑者，築閱耕堂於南橋，藎所著詩文集曰《傳耕堂》，謂傳其閱耕者也。其集後遭火，子祖壽從火中攫出，孫貢生基屬黄宫允序而刻之，以爲清拔高雅。又著《知閒録》、《修慝篇》，尤多名言。

詩話：傳耕無心農圃，向薄村居，後嘗棄南橋故宅，而卜居於郡城西門外之蕭家衖内，葺迎曙樓於其中，嘯咏終日，以見不屑鄉人没世之意。嘗賦詩云：「但傳世澤留餘慶，不與村夫共耦耕。」

人間世

夜雨鳴簷急，悲來欲填膺。碌碌人間世，予心不得明。幼志壯已移，壯志老又更。顛倒任流光，百事無一成。所遇心自傷，俾予嘆所生。辨命亦徒然，不如浮雲輕。念此朝露晞，無勞空不平。

曉望

際曉窗前碧，迢迢路幾重？野雲平古樹，寒色上孤峰。静聽秋鴉亂，晴知宿霧濃。薜蘿相映處，遥見白芙蓉。

龍華夜望

日暮臨香刹，雲山半野浮。塔眠河月穩，星傍佛燈稠。帆影吴江路，煙光滬瀆秋。晚鐘停響處，盡是釣魚舟。

秋陰

佇望秋雲一派陰，亂鴉落木悉幽襟。非由欲雨沈山色，祇覺初寒惴客心。遠害避人争棄産，謀生擇地動歸林。縱然未有春風到，且脱閒愁理素琴。

陳介

字惠持，號罷菴，華亭人，居干港。嘗遊浙東佐戎幕。著《罷菴詩稿》刻之，保陽周次卿爲序。按：陳藎《傳耕堂集》惠持加箋評并繫以詩，則其人當爲同時。

古意

鑄得昆吾劍，人偏寶鉛刀。鉛刀可一割，衆人咸所操。買劍須千金，世方重釐毫。淒淒風雨夜，匣裏空嗚號。

過商家源即商文毅故里。

豺虎尚披猖，戎衣六月忙。山深人迹少，寇警旅塗荒。蔓草盤幽逕，野花明古牆。欲尋文毅宅，林際暮烟蒼。

入京留别

十年與子共依劉，今日孤帆獨去舟。敢謂中宵思舞劍，未能五月一披裘。江風送客全無暑，燕岫迎人半入秋。頭白遠遊君莫笑，鴈飛猶得到皇州。

題家無隱傳耕堂集

從聞墨妙憶羊裘，白雪流徽更不群。景入淒清何似我，性成閒曠最賢君。涼風暮雨蕭蕭樹，落日長河去去雲。秋菊可餐蘭可飲，縱然廓落欲何云。

寄朱斐章浙中斐章亦里人，以好客傾家。

半生潦倒各天涯，境到窮時興倍賖。賸有灌園陳仲子，空教結客魯朱家。秋風自噪空門雀，落日誰憐繞樹鴉？曾記昔年重九日，筵開場圃醉黄花。

盛朝縉

字鷺飛，號西屏，華亭人。著有《石城吟稿》。吴日千曰：「五言鎚鍊，已近開元。《江樓》兩作，尤足千古。」

浦口旅夜和卞松年江樓題壁韵

樓迴連雲幕，江空絶浦烟。滄桑曾幾變，風景故依然。萬壑歸明鏡，千峰入綺筵。中流波欲動，縹緲一漁船。

江樓夜月諸子轟飲

萍蹤原不定，同醉此江樓。片月收吴楚，青樽落斗牛。漁歌雲外度，帆影樹邊浮。無限蒼茫意，憑欄起暮愁。

王陛良

字西玖，號素園，上海人。博極群書，名重當世。其孫俊臣，康熙甲午舉人。

上觀察李石臺夫子

幨帷遥下五雲中，兼領吴關節制雄。漢詔巡行看露冕，周官錫命有彤弓。星移執法三垣燦，河潤重淵九派通。更喜恩膏騰棫樸，龍門永日對春風。

曹垂星

字天策，號茶隱，上海人。著《茶隱居小草》。

丹鳳樓

江城傑閣地仍偏，海國塵寰望渺綿。日月吐吞青草外，魚龍悲嘯白鷗前。乘風破浪千檣集，背郭臨墟萬井聯。處處叢祠勤報賽，綺羅弦管媚春天。

吴徵侃

字謇夙，上海人。曹北居曰：「其詩已失，僅存此首。」

送蕭子羽歸瞓城

一歲忽云暮，送君歸故山。片帆乘月去，百里信潮還。城郭兵餘曠，門庭稅後閒。當今蕭正字，高弟滿江關。

盛　嶢

字雲中，華亭人。著《壬寅小草》。是盛翼進隣汝族弟，詩多和隣汝之作，而隣汝詩不可得。

和隣汝閉户

閉户塵緣絶，寥寥此日蹤。白雲依渚静，青草帶烟濃。畫裏春風面，花前野叟容。蓬山誰可到？浪説隔千重。

哭陶冰修

醉裏巍峨每夢君，無端此日哭蘭薰。九元吟唱新從事，一代風流舊冠軍。秦望山頭空過雁，天台石上不歸雲。誰將孝友傳千載，矯首韓陵小篆文。

周積賢

字壽王，華亭人。早慧，善賦詩，後竟短折。

詩話：陳其年答壽王書稱其「選述必傳，譬重靈蛇，珍同和璧。樂旨潘筆，萃爲一人；轢謝陵顔，離爲二美。裝之玳瑁，君無間然；返之椎輅，非所聞命。」於以知壽王詩文沈博絶麗，固不愧才子之稱也。没時僅三十内外，亦無專稿。右數詩於《棠谿詩選》中得之。

巫山高

下有淮水，巫山高以高。上有巫山，淮水深以深。君有他心不敢陳。河梁回回南與北，山路鬱鬱千與億，我欲從君安可極？

烏夜嘑

枯楊有枝亦有葉，愁人相見復相别。楊枝肅肅，西風吹上屋，白頭老烏不敢宿。閨中少婦聞烏嘑，三更造飯，四更束征衣。送君上馬，五更欲絶還未絶，旁皇望，中心悲。

寄朱朗詣呂黍字

宛委玉書竟何處，禹穴斜連吴山樹。觱篥春風動六陵，琵琶夜雨臨孤戍。孤戍烽烟一望平，千家砧杵雜邊聲。羽人空向梅福市，劍客還歸苦竹城。山陰相國朱與呂，長楊侍獵徵歌舞。氍毹醉卧兩賢王，比疎坐綰三當户。豈知羽檄下回中，泰畤甘泉一道通。種瓜自是青門客，納履猶思黄石公。函關雞鳴天欲曉，烏頭馬角那可道？十年擊筑哀王孫，牛衣三尺眠芳艸。去年我亦上錢塘，與子招隱山之陽。征鞍欲挂沙棠樹，短褐嘗依薜荔牆。共言屠釣亦不易，世亂何必輕文章。只今别館隔花城，驛路迢迢山復青。班荆重見杜陵叟，爲訪嚴陵拜客星。

題過京兆公山左賑荒圖

此題明當湖過庭訓賑荒山東事。過號成山。

神皇久治多宴安，耄勤荒政開畿南。居民枕籍自相食，二東白骨堆丘山。成山先生西臺老，璽書趨召登金鑾。至尊自把天杯餞，太府還將國帑頒。臨軒慘澹承天語，千里褰帷遍膏雨。手調饘粥哺孱兒，口銜藥草塗瘡痏。自是蒼生得更甦，萬户爨煙同日起。男生呼作過公兒，女生呼作過公女。此圖一獻天顔開，勑付蘭臺存信史。三十年來事反復，故老銜恩猶夜哭。御史府中烏正棲，京兆堂前草徒緑。嗚呼丈夫有志能濟時，不作三公意亦足！

寄姚江魏聖水

滄海東西岸，吴山與越州。人從三月散，客上六陵愁。雞犬連春塞，鶯花斷戍樓。客星今尚隱，何處問羊裘。

花朝寄越中同志

折柳上春橋，紫騮嘶且驕。柯亭迴玉律，蘭渚動花朝。錦纜移仙掌，銀燈照舞腰。停杯問明月，何處更吹簫。

金陵逢辟疆大會即席漫賦

龍蟠虎踞古京華，江左烏衣舊世家。綺閣乍分歌扇影，白題新試舞行斜。浮杯夜醉秦淮月，攬轡秋看杜曲花。欲賦驪駒重惜别，鳳城分手又天涯。

贈姜如農給諫

舊京西望禁煙重，十載河山作斷蓬。到日海雲生杜若，歸時江水落芙蓉。三臺夜度明光漏，複道秋懸長樂鐘。重憶先朝遺諫草，御書空向白雲封。

真孃墓

翠屏十二倚新妝，生死名山欲斷腸。客夢未回銀漢轉，更隨明月照真孃。

訪祁奕慶奕喜不遇

雲槎計日向江都，吴苑隋隄春有無。繫馬臺前煙水闊，迷樓二月掩金鋪。

隋宫燕

隋堤宫女盡如花，紅粉青螺十萬家。燕子只今還望幸，春風飛上玉鈎斜。

周積忠

字西臨，華亭人。積賢弟。其兄没五載，亦卒。

送李兼汝渡錢塘

八月西湖渡，秋風起白波。平沙凝驛路，落日擁鳴珂。禁苑寒砧逼，川源塞雁多。越江今似帶，擊楫意如何？

雜詩

馬頭遲日下吴閶，二月鶯花似故鄉。玉勒不歸春草斷，紅亭空接海天長。

詩話：周氏兩昆係鶴静弟。鶴静輓壽王云：「英物必早慧，賦詩孰比肩？衰宗繩令望，短折命在天。」其輓西臨云：「伯仲俱毫采，病又入膏肓。人日聞汝訃，念之涕沾裳。」頗極傷悼，迨兩人俱逝其家，遂不可問。存其詩，並以存其人爾。

徐　覽

字啓遠，華亭人。著《竹田詩草》。

詩話：杜讓水嘗謂：「徐子博通今古，詩文爲我郡正派大家。」今僅存詩一二章，餘俱無考。又其在康熙乙卯年嘗入都，居京邸十年，不求聞達，故九高贈詩云：「漫向終山求隱士，可知燕市住高人。」後遷居平湖。

贈宋荔裳先生

先朝七子聯翩起，文彩風流罕其比。尤推歷下李滄溟，獨捧珠盤執牛耳。即今相去始百年，鮑山寂寞空雲烟。白雪高樓誰復問？冷苔芳草儘堪憐。嗣後作者十輩出，競采春華失秋實。萊陽先生振大雅，爝火收光避白日。奮臂能搴李杜旗，褰裳直入錢劉室。千古文章自有真，從教毀譽屬時人。由來巧笑堪傾國，却怪東隣喜效顰。南屏山色濃鋪翠，憲府風清花覆地。飛絮香霑紫綺裘，垂楊嫩拂青絲騎。西子湖濱春管絃，紅樓繡幕綠陰天。投詩試弔銀瓶井，選勝重尋錫杖泉。風波突蹙原無據，寧知慈母猶投杼。梁獄書成黑霧開，金雞詔下長歌去。全家暫寄木蘭舟，滿載琴書汗漫遊。吴苑每延明月坐，蘇臺常爲好春留。有時手捻《離騷》讀，激作天風撼山谷。細馬皋橋覓泰娘，尊前一曲雙蛾綠。又整高軒到苧城，蓴絲香滑當珍烹。屏中三婦花同艷，膝上雙雛玉並清。時先生連舉二子。酒人詞客争傾慕，盡向孫陽邀一顧。去趙虞卿只著書，登樓王粲頻留賦。小雨空庭灑綠蕪，隔窗嘑鳥勸提壺。昂藏魯國真男子，潦倒高陽混酒徒。瓜步春潮翦輕縠，蒲帆北向邗溝宿。竹西亭畔歌吹聲，不是當年杜家曲。白雁南飛木葉飄，珠簾半捲聽吹簫。應知《七發》今重續，筆挽枚生八月濤。自漸蠖落無相識，每憶登堂接顏色。夜静挑燈默自思，月華滿砌蟲聲逼。

絶句

晚山疊作翠千層，買得輕舟好載僧。何處更迎蘇小小，板橋西去是西陵。

蔣守大

字曾策，華亭人。王苧東曰：「曾策詩跌宕淋漓，壓倒元白。」

大梁行

江南游子江南生，經年只從江上行。一朝去家遠爲客，驅車直抵梁王城。梁王城中復何有？但見黄塵起馬首。邸第樓臺半傾欹，女牆一帶餘衰柳。衰柳逢春繞地垂，幾回繫馬不勝悲。相逢陌上冶游子，爲説梁園全盛時。梁園舊是王家宅，别殿離宫焕金碧。繡幙晴遮十二樓，綺筵夜醉三千客。綺筵客散夜猶長，紅粉金釵侍兩行。學舞盡矜腰帶小，教歌但覺口脂香。歌停舞罷金雞唱，解帶同歸九華帳。爲雲爲雨人不知，朝朝暮暮陽臺上。陽臺夢醒唤宫娃，監門已進午時牌。風吹簾額摇珠箔，日照花枝上玉階。花枝掩映開宫扇，忙促官廚進早膳。内史鳴鐘初下朝，中官奏伎重開宴。宴賞歡娱年復年，天家歲歲賜金錢。

但知行樂無朝暮，不識滄桑有變遷。須臾烽火甘泉起，滿目繁華等流水。龍種飄零變姓名，蛾眉宛轉從軍死。昔時倚勢王門奴，交結遨游混狗屠。黄昏騎馬人不問，白晝殺人誰敢呼？平生自恃有聲勢，奪得金繒競奢麗。豈知梁折燕巢空，隨風飄泊無根蒂。獨憐辭輦舊宮人，却抱琵琶逐塞塵。清淚漫傳心裏事，明珠誰買掌中身。始知世事多翻復，頃刻山陵換深谷。漢苑芙蓉秋自紅，隋宫楊柳春還緑。我來無處問興亡，策馬荒臺空斷腸。日暮酣歌大梁道，嶺雲沙草路茫茫。

朱周生

字□□，華亭人，居李祥橋。著《秋興譜》。夏天其嘗序其詩曰：「周生有書癖，有茶癖，有酒癖，有詩畫癖。」少有俠慨，志四方，足迹半天下。及卒，夏又有文祭之云：「己亥之歲，京口遭兵，兄罹此難，兄弟飄零。」蓋鄭成功入犯時，而朱遭其禍也。詩只一小册，頗有雋致。

述懷

貴不如賤，富不如貧。生名殺軀，益貨損神。溥哉至言，我思其人。爰甘岑寂，以全我真。

集友人館中

風雨盤桓夜，寒齋燭影微。酒沽近市濁，魚覓大江肥。已任狂歌發，誰能獨醒歸？斷金有季子，且莫歎無衣。

相逢行

澣衣當井闌，逢郎起恨端。妾淚肚中落，井泥那得乾。
井水深百尺，轆轤下還汲。春華不再芳，忍使路人拾。

七夕

可憐天上渡，一夕一年情。天上天下人，情死而情生。

子夜歌

月下搗寒砧，一搗腸一斷。自願作征衣，同郎受寒煖。

友人攜牡丹至因沽酒賞之

年年爲客滯花期，寄我名花慰所思。燈下與君須痛飲，春風已到牡丹時。

瞿然畏

字覲我，號萍菴，婁縣人。然恭弟。著《讀書山詩稿》，當與兄《平原山人詩集》並傳。王令貽于康熙壬子序其詩，以爲「温柔雅則，今將北遊，必有知瞿子者」云云。惜其年三十餘卒。

余家南樓面橫雲如几案間物左天馬右機山暇日與西園主人周鷹垂江上周仲榮山陰

栗斐章同賦

南樓有佳人，結廬山之側。廣庭臨曲池，層樓面峭壁。朅來脱塵鞅，幽深嗜探歷。連岑秀中天，煙嵐浮几席。松竹杳深沉，藤蘿靄青碧。南瞻横雲峰，綿延似帷帟。天馬復嶇嶔，機山近蒙羃。朝暾萬象開，夕飇千林激。獨鶴唳陰崖，樵童憩孤石。泠泠丘中琴，飄飄雲外迹。俯仰生遐思，超然慨疇昔。伊人不再逢，覃懷竟何益？蕭疎江上翁，邂逅山陰客。吐辭振芳芬，栖心契冥寂。伊予寡所諧，窮愁日盈積。相向開懷抱，塵襟暫洗滌。嘉會不可長，感歎方離析。

送胡玉如歸申浦

玉如，冶傭也。能詩，有「階前蟋蟀鳴秋雨，窗外梧桐落晚風」句，殆傑士之流。隱于賤工者耶？故作詩以送之。

勝國以來文漸盛，閭閻往往多歌咏。寄居九峰傭冶人，間作詩篇見情性。一椽妻子苦飢寒，行吟自道貧非病。吁嗟世人貴權力，雖有異才常不識。我來山中喜相遇，得見新詩重歎息。君豈庸庸俗子流？可憐憔悴江湖游。近聞又向南浦去，放歌送爾青山頭。君不見前皇之時補鍋者，至今名與齊黄亞。古來似此皆賢豪，胡生尚亦昌風雅。

讀夏存古遺詩

故里推才子，衰時得異人。青萍七尺盡，碧血九原新。遺賦空藏篋，招魂擬薦蘋。秋風正蕭颯，憑弔淚沾巾。

斯人不可作，寂寞復誰憐？身去悲黄犬，魂歸泣杜鵑。巖僧能話舊，野史失編年。剩有田橫句，長吟獨愴然。被繫時有「旌旗滄海葬田横」之句。

湖上喜遇吴香爲先生賦贈誌别

夙昔才名孰與齊？頻年作客賦歸兮。不緣五斗羈彭澤，剩有孤笻入會稽。中年解任，寓居會稽。螺女江邊愁自遠，榴花洞口夢還迷。皆閩地名。天涯聚首渾非易，忍聽驪歌唱柳堤。

孫禹建

字鼎南，號石瀾，上海人。康熙戊申卒，年三十三。著《紅樹軒詩草》。袁介人曰：「一洗比紅儷白之陋，標新領異，婉而多風。」陸簡兮序之謂「張麗澤得其遺稿，并夢乞爲論定，可見人與文相託」云。

送西崖

别君成宿昔，思憶淚沾巾。宛轉《陽關》調，孤舟一故人。

訪王士悦不值

投袂華堂逸少家，片帆主客自天涯。東風一夜吹愁去，散作江南二月花。

葉楓

字丹陛，松江人。有《尚友堂詩稿》。

集倪聽思城南書屋

柳舍殷勤爲客開，素心相對且啣杯。窗間短榻和雲卧，城外疎鐘帶雨來。笑傲自甘三徑僻，輕肥不羡五陵才。含情共取花前醉，明日新詩莫浪裁。

遊神女山次尹春寰中丞韵

天半雲濤白晝寒，捫蘿直上一憑欄。斷碑碧蘚千秋恨，落日滄江萬里看。每念尊鱸歸計切，頻煩樽酒故情難。不須更記升沉筆，世事從來類轉丸。

抵長安同友夜話

禁漏聲沉燭影紅，蕭齋幽静急寒蟲。邊城夜冷金笳月，上苑秋高玉杵風。抱璞那堪從楚獻，濫竽偏許入齊工。小山招隱知何地？叢桂時時有夢通。

寄蒼厓

十年曾訂白雲遊，幾度看山黯自羞。磚鏡可能言下悟，風旛豈在象中求？逢人且莫談雙虎，喻法還應畫五牛。欲向遠公尋舊約，肯容扶醉到溪頭。

夏□

字冶傭，華亭人，居柘林。明季受知府尊方穀城。著《虚白齋詩稿》、《柘湖草堂稿》、《客越稿》。其詩各體俱失，僅存七律一種，並失名。然詩似正派，且亦足見柘林遺老也。存之俟考。

弔海上方公祠公以建石塘績，建生祠于漴闕，以吴嘉允、何剛配。國初修築，則吴欽章、夏長泰至後，乃任宋際焉。

倚檻狂瀾輒倒行，東南何地不堪驚。時非祇合黄冠隱，事去空傳白簡聲。《九辯》我應慙宋玉，一樽誰復繼侯生。摩挲獨有韓陵石，贏得雲間卓吏名。

秋懷

楓林瑟瑟静年芳，湛露宵零結曉霜。白羽關心悲故里，黄花經眼逼重陽。柴門細雨陶公徑，茅屋秋風子美堂。苦憶素交難會面，相思愁望楚雲長。

王玠右閩歸灌園自給賦寄

去國當年悲作賦，閩天萬里憶追攀。笈藏祕策知熊夢，架滿青箱隱豹斑。入宋已同晉處士，過江誰起謝東山。側身懷古堪乘興，竹杖閒攜野鶴還。

方廣石幢其詩有《柘林八景》：《方廣石幢》、《蓬萊銀杏》、《鼓樓夜月》、《土山憑眺》、《射場戲馬》、《鶴墩懷古》、《軍城霜角》、《石塘潮汐》。觀此詩，則院久廢。

柘湖古剎推方廣，建自咸通樹石幢。争奈紺園消劫火，遂令丹碣冷銀釭。鯨波蹟隱千年勝，鷲嶺鐘寒五夜撞。高座累朝説法地，幾回禪定毒龍降。

過天妃宫訪大禪師留贈

朗公精舍枕鯨流，短榻頹垣薜荔秋。八月濤聲空外轉，三山雲氣定中浮。錫擕海上常無衲，杯渡人間别有舟。得證真言銷慧業，便思結伴老滄洲。

重陽前一日柬寄聖侶

書著東皋歲月移，片帆南浦憶歸期。三秋汗漫盧敖杖，十里芙蓉謝朓詩。鴻鴈寒催來故早，瓊瑶别遠寄偏遲。明朝擬共登高去，斗酒花間醉莫辭。

國朝松江詩鈔卷十三

鄉人姜兆翀獳山録
李丙曜蘇菴閲

蔣賓

字元表，號雪堂，華亭人。著《谷西詩草》。《漱芳齋詩話》：余所得《谷西詩草》係刻本，然前後俱缺，無從知其梗概，集中《西門行》一篇，頗寫兵燹滄桑之感。又自云：趙雙白來松，與釜山雪峰、文子蒼水及余善。今觀其詩，固與諸人同臭味，其才氣亦不相上下，而諸人集中則無與唱和之作，亦未言及其人，俟考。

雜詩

賈生失高位，李廣不封侯。漢代兩賢主，未爲誼不投。卓氏不早寡，曷遇相如遊。明妃宫中死，青塚誰傳留。史遷不腐刑，虞卿非窮愁。安得老著書，才名炳千秋。莫歎禰生折，相傳鸚鵡洲。最憐嵇中散，才雋道不侔。居恒念今古，今古良悠悠。

振衣山之巔，濯足谿之淵。清風吹短髮，仰嘯視高天。中有萬古樹，虬枝繞雲烟。鸞鳳爲窟宅，往往來飛仙。下有苓珀伏，上有日月懸。材大莫能用，四望恒蒼然。甘與樗櫟老，莫作栢梁椽。物各有情性，桃李争相妍。

我有半畝宫，左右皆栽柳。短垣護疎籬，琴書恒在手。豚兒任灑掃，老妻供井臼。隙地堪種瓜，因而兼種韭。八月韭花開，瓜亦大如斗。家人笑謂予，今日佐汝壽。遣兒招隣叟，開我牀頭酒。兒能唱短歌，老夫親擊缶。相對且盡歡，焉知日到酉。烏歸客亦散，出門望林藪。落霞千萬狀，徘徊意良久。掩扉坐中堂，誰爲傳不朽。人生貴適志，何必拖黄綬。

吾有木蘭舟，載酒挾箜篌。奇書數百卷，珍器皆雕搜。挂席向滄溟，願言訪浮丘。陵波叩三島，移棹登十洲。神仙爲予至，群來相攀留。宴開天樂作，飄然當瓊樓。青童劈麟脯，姹女進鳳羞。花間黄鶴舞，松上挂白猴。夜闌天宇寒，衣我紫雲裘。贈以不死藥，相期在羅浮。瞬息度萬里，歸來若夢游。悵望天水闊，蒼茫生煩憂。

感遇

伐我琅玕竹，作篙理輕舟。緑簑好披體，青箬蓋我頭。陵波求鱣鮪，鱣鮪蛟龍儔。舉網不得志，放歌歸去休。

嘉禾不如稗，往往及時熟。去而學商賈，鮮衣足粱肉。心計偶不逢，亦有窮途哭。念之每棲遲，欣然狎麋鹿。

安得滄溟鶴，騎我上寥廓。扶摇萬仞巔，揮手捫碧落。長嘯入天門，問帝何漠漠。曷以賢者賤，曷以才者薄。
涼風生白露，遶户寒蛩泣。獨坐對短檠，老大嗟何及。愁來不成眠，下階步還立。月淡星漢微，葉落衣裳濕。
孤雁叫長天，山猿嘑夜月。坐念遠遊子，彼此腸俱結。願作枯蓬飛，飄摇隨東西。蓬飛無根蒂，安得長相依。
五陵鬱嵐嵐，昔人難再起。英略著當年，空言挂書史。誰復酬一杯，弔君荆棘裏。日夕風蕭蕭，牧兒叱羊豕。
戚戚復戚戚，長見松與栢。不隨衆卉凋，鬱作西山色。安辭筋力勞，大義無所逃。奈何時會改，君父等鴻毛。
首山一片石，清光萬古碧。歷代有聖賢，無人奪此席。咄嗟至仁心，不屑旦與奭。後世有釣臺，庶幾相爲奕。

簡趙雙白時有詩藏之選

《風》《雅》三百篇，大都咏言志。觸物感斯宣，意不在文字。後人失其原，往往爲名贊。漱華激風雲，摛藻掞天地。吹影及鏤塵，盡態極研致。抑之鳳作鴞，揚之彗爲瑞。浸淫數千年，相趨忘厥始。余也生不辰，樗櫟世所棄。散髮卧蓬蒿，興言情所寄。烏語迄蟲鳴，安知笑與淚。趙子七閩賢，遠結江皋轡。綢羅一代才，鼓作休明吹。鴻篇明月珠，短什蒼梧翠。體格崇古先，風調一純粹。洋洋九州風，登壇覘赤幟。願爲趙子歌，君是南州荔。願爲趙子觴，君是天家器。大雅端在兹，永言勤寤寐。

練川陸子行陸子字君暘，善弦索。

伯牙海上風流絶，哀鳥驚濤相哽咽。元音未散鍾奇尤，練川陸子挺人傑。陸子本是名家兒，學書學劍又學詞。豪氣欲跨五陵上，鬬鷄走狗無不爲。鮮衣掉臂平康里，燕歌趙舞輒自喜。千金一擲不知貧，一醉十日猶未起。挾彈遨遊秋復春，可憐金盡淚霑巾。風雨情淒寒食夜，關山夢斷落花晨。自言生長豪華裏，揮弦落指涼飈起。輕挑慢撥漸有神，信手彈來聲入髓。高歌能使蛟龍集，幽吟如有神靈泣。煙飛露結走珠丸，驚沙坐飛海水立。遂使奇音動至尊，五侯七貴爭留髠。未央宫中奏甫畢，香車寶馬來填門。吴兒越女傾心魄，秦樓楚館聲嘖嘖。偶然按拍齒宫商，天下咸傳陸子格。烏棲月落又黄昏，雨散雲收返故村。歸來相對仍如舊，秋草春花總斷魂。昨日班荆來道故，説盡生平無限誤。爲予一鼓復再彈，世事浮雲等閒悟。

訪黄岡顧赤方

我聞黄岡多大竹，能拂天衢蟠地軸。截筒刻作鳳鸞鳴，餘材蕭瑟還成筑。窈窕奇音世莫知，吹向秋空調益悲。江城九月菊花發，黄岡顧子來東籬。文采風流照谷水，嶔崎磊落稱詩史。嘯咏何殊潘大臨，瀟湘雲夢差堪儗。禰衡有刺從未投，率爾登君江上樓。班荆欲語語難盡，共對蒼茫風日愁。

贈何履方

山川靈氣鍾人傑，還寫山川自怡悦。筆痕杳靄千家雨，墨瀋霏微萬嶺雪。有時閒寫一株松，濤聲拂拂雲重重。若有幽人自來往，下卧深崖黑澗龍。有時點染一拳石，天劃神鏤鬼斧坼。翠苔蒼蘚立時生，萬古千秋長慘碧。先生意致果權奇，能使雙丸肘下移。倒瀉黄河海水立，關山萬仞夜郎碑。花枝窈窕嬌無那，草色芊綿風雨過。憑君揮灑鬱菁葱，紙上常來蜂幾箇。惟有鶯聲不易描，西窗側耳柳風飄。馬蹏踏得香泥碎，簾外春深倚檻遥。淺山平遠一谿烟，欸乃歌聲把釣船。洞庭始波木葉脱，楓丹蘆雪自連天。總是含毫已超忽，咫尺雲霞俄海渤。摩詰僧繇眉欲低，自是君身有仙骨。

題張止鑒贈畫

神仙幾時逢，金丹烏可得。親朋介我年，揚觶羞肴核。絲竹滿堂良盡歡，空齋客散還蕭瑟。

何如張子贈我山水圖，烟霞洞壑充菰廬。縹緲雲山千萬疊，飛泉百道銀龍呼。引我心魂入窅渺，方壺員嶠樓臺曉。上有題詩冰雪清，朗吟騎鶴乾坤小。

金山

萬里流何極，孤峰勢自雄。霸圖潮汐裏，天塹古今中。石帶蛟龍氣，鐘交檣櫓風。狂瀾終古恨，獨峙海天空。

眉山雷笏山過訪不遇留題次答

别後留東野，攜筇到落暉。多君投《白雪》，好我過緇衣。鶴立空階冷，花開夕照微。龍潭波寂寂，盡道馬蹏歸。

秋日盧大文子過贈次韵奉答

盧生詞賦似文園，筆底懸河浪欲翻。能比管寧長鍵户，爲憐蔣詡一過門。西山氣爽秋堪挹，南國風流雅自存。老去不妨同嘯傲，蹉跎此日更何論。

送許九日還婁東

九日，名旭，婁東人，長于詩，尤精書法，海内重之。

九天秋色一江雲，送爾離亭酒半曛。天下詩才還許渾，眼中書法孰羊欣。歸裝短帙餘長鋏，客况朝霞共夕曛。松菊不荒稺子健，把杯清嘯復何云。

寒蛩

長空雲斂月初明，獨坐虚堂響自生。老去每逢秋易感，夜來猶苦夢難成。凄凄泣下天邊露，切切呼殘壁上檠。我亦含悲正無限，爲君重築一愁城。

重陽後八日偕同人城中訪菊

水落孤城霜氣催，共憐秋老一登臺。風高睥睨旌旗急，日下荆榛鳥雀哀。紫雁極天迎候到，黄花無主爲誰開。同遊盡是柴桑客，潦倒何人送酒來。

山行口占

曲曲谿流密密苔，幾家松火白雲隈。人蹤不到驚山犬，一路丹楓黄菊開。

楊　顒

字純臣，華亭人。父子忠孝，給諫允繩子，應旂裔，著《青谿草》，抄本得之藏書某家，事蹟無考。

古香園白芍藥爲陳箬菴賦

一春花信風兼雨，二十四番花夢苦。海上陳蕃榻久懸，客來春去始芳妍。落紅簌簌盈苔砌，更有名花待新霽。分明刻玉作芙蓉，獨殿群芳破群寐。初春含笑弱難勝，五夜宫中更裂繒。一縷檀心寒翦翦，千重樓影雪層層。主人驚喜非一狀，我亦因之發高唱。左施雲母九疊之屏風，右列流蘇百寶之步障。翠屏華障俱可憐，獨持贈兮之子前。花容雲想羞紅汗，月曉風清綻白蓮。豈事傾城求一顧，山中弘景偏衣素。蘭薰雪白幾人同，與君羅襪花間步，手持寶瓶貯花露。

詩話：陳徵君佘山故居内有神清室，前爲古香園，有桂樹百本，又前則頑仙廬，其東北爲含譽堂，池臺繞匝，竹木參差，洵爲山中勝境。自崇禎十三年，徵君故後，國初陳氏猶居之，此故云箬菴也。至順治癸巳，金維寧父章綬臣賃居之，閱數年，遷去，原房歸陳，而後不可考矣。

白鷺行 爲宋直方南園有鷺，飛來久不去，既去復還而作。

白鷺來，何所慕，馴如家雞舞如鶴。風波處處菱草腥，審此清齋足相托。大夫忘機如栗里，應接羲皇卧秋水。清陰白鷺無主賓，振振於飛亦由爾。豈知去復還庭除，孑然霜影至吾廬。童子烹茶向君笑，鷺可不來庖無魚。噫嘻鷺來豈爲鮪與鰐，高人之堂如五湖。

詩話：南園在郡城南門外阮家巷，本陸都憲别業，有梅南草廬、濯錦窩諸勝，崇禎間幾社諸公數於此文會。國初，直方居之，此詩蓋其未出仕以前之作。

補山堂歌爲王載菴作 浦居無山，用顧君畫山云。

莫向南山看射虎，山中潛夫豹潛霧。廿載衡門永不開，只此翛然信風雨。淼淼春申浦亦湖，西看震澤連東吴。平疇烟樹總疑畫，江鄉一片同虚無。誰驅青峰近如咫，流雲有聲到人耳。僧繇潑墨能爾爲，堂中時看山雲起。有時山動雲勿移，主人碧落圓洲裏。劫灰燒空空未腐，以意命山山即補。龐家名嶽亦無形，龐居士云：名山巨岳不見形。真是蓬萊安足數。且喜連天入草堂，歌騷激楚開洪荒。五緯不落山蒼蒼，巨鼇欲戴寧徬徨。

送黄日宣歸新安

六載茸城客，風塵獨灑然。烟霞浮杖底，日月隱壺邊。相鶴清姿隱，猶龍紫氣纏。聞君歸白岱，仙鷁望翩翩。

太平寺

欣然踏春草，步入芳樹間。選勝得孤寺，絶塵如一山。天分鷗鷺碧，村受水雲環。若與漁人熟，吾當老此灣。

六月五日過韓丈村居感舊

薫風來徐徐，衆竹繞幽居。灌木雙黄鳥，晴江小白魚。沽從田舍飲，卧對野人廬。自擬便空腹，明朝不曬書。

秋螢

歷歷林塘上，秋光著爾微。破荒山鬼泣，燒尾蠹魚飛。秉燭夜游去，乘潮雨送歸。只應閒視草，夢寐得交暉。

家畏齋叔客歲楚歸近卜居璜谿詩以慰之

謝家庭樹愧蹉跎，説到才能倍覺多。萬里山川供嘯咏，十年姓氏滿江河。歸家且自沈游屐，避世奚妨問釣蓑。近更移居瀕大泖，春來詩思復如何。歸來何事忽廛居，拂拂春風更渺余。含頰每同郗鑒苦，徑情偏覺阮咸疎。梅花初雪重分袂，楊柳垂煙又拂廬。堪嘆吾徒羈歲月，吴鈎夜夜嘯窗虚。

贈毛開石

蕭疎常有野人風，小隱春山花霧中。收拾奚囊留汗竹；補苴茅屋挂焦桐。數行碁子聲初落，半幅藤谿畫不窮。翰墨致貧今大抵，可能焚筆事猿公。

題畫

颸發水益寒，日落山更瘦。乘潮暝欲歸，一路秋相候。古木卧幽壑，飛鴻宿江渚。望中水似天，嘯坐漁舟去。

春閨

感子畫眉心，索郎翡翠筆。百花郎自能，愛儂寫儂質。

春閨曲

心先風雨夢先潮，春未歸時拚寂寥。别院不憐明月瘦，夜深雙管坐吹簫。

鶯啼破曉夢初回，惱却尋春女伴催。枝上青梅纔似豆，不知酸向阿誰來。

嚴皋董

字用威，上海人。

海濱行

護塘日日走風沙，護塘啞啞過柴車。人騎牛背牛力苦，黄埃散漫夕照古。雪霜白鹽來自南，健婦荷擔勝於男。男驅犢歸女織布，篝火夜長不虚度。雷轟龍怒海濤翻，殘月悲風枯草原。連年天降水爲患，今年泛濫倍可歎。此中大族兀自可，鹽税已完安枕卧。鳩形鵠面漁樵人，號寒啼飢那忍聞。賣男鬻女恩情割，剜肉醫瘡那得活。嗟哉海濱之苦苦無極，有客有客空太息。

小園露坐

月缺銀雲薄，秋高玉露滋。坐來石上久，凉入夜深時。正切蟲吟草，纔安鳥宿枝。寒花都寂寂，伴我獨吟詩。

正月初四夜愁坐口占

一枝梅萼膽缾斜，坐入宵分思倍賒。賦役多年貧到骨，文章何日老專家。孤村臘雪寒猶峭，萬竹生風響正譁。游子逢春歸未得，漫將消息卜梅花。

章旭

字東生，號古愚，華亭人。其父蓮公嫺吟咏，與董宗伯、陳徵君鼎立詞壇。至旭，初業儒，後隱于醫，著《半緑軒詩》皆咏花之作，上下兩卷，百餘首，涪江陳計長三石評選之。顧偉南曰：「波致霞流，風神駘蕩，筆隨意到，情逐景生。」

玉蕊花

瓊樹烟銷但有名，猶留懷想夢中生。冰絲縷縷穿金粟，玉琖森森裹翠罌。高燒銀燭照花妍，貼地霓裳蕊鬬鮮。香裊綺疏偏細細，影分釦砌更娟娟。清芬映月傳歌管，素艷隨風到綺筵。直教仙子乘雲降，好引佳人笑口嗎。醉裏攀枝分玉露，珊珊佩響穿花步。一朝鼙鼓動天家，貴主蒼茫走鈿車。蕭瑟玉鞭從此去，殘枝斷梗委泥沙。此時欲訪唐昌樹，夜夜狐狸群嘯聚。

紫牡丹

原序：閔鎮鄉人有紫牡丹一株，植于隙地，冬日忽發雙朵，香艷不減春朝。因嘆此花處非其地，開非其時，觀覽之餘，不勝感惜。

風嘶寒峭雁横斜，天女何來散紫霞。莫借寶欄留艷影，誰施錦帳護香芽。魏家月冷愁荆棘，楊氏烟銷歎暮鴉。惆悵瓊姿生廢圃，應教清淚滴殘葩。

西施夢

苧蘿魂斷寂寥天，小草依依半可憐。殘夢曉風消不盡，碧花如黛弄幽妍。

雪銷麋鹿草初肥，新緑翩翩染素衣。獨有疎花疑是蝶，年年隨夢自飛飛。

詩話：詩人咏物尚比興而不尚賦，如《三百篇》之《摽梅》非咏梅也，《桃夭》非咏桃也。即「楊柳依依」一語，爲千古咏柳之祖，任後之咏柳者連篇累牘，總不出此語範圍，然亦非咏柳也。所以作詩必此詩，尤爲咏物者大戒。集中多妍麗之作而僅録此者，取其不專賦體。

鍾期賚

字倩萊，華亭人。少參鍾宇淳之裔，居陶宅，著《梅閣詩草》。與唐堂中允贈公相倡和，中允詩有云「憶從梅閣翁，嚶鳴以往來」可見。其子長泳，字廣思，亦詩家，惜零落，僅見徐十峰《同聲集》内賦草。

詩話：黄中允唐堂有《同路西届鍾氏廢園訪梅》詩，有云「主人給事之子孫，自説前朝盛賓讌。此園巖壑擅秀巧，花時連觴相勸罰。石散池枯已百年，此樹香芭猶歲發」。倩萊梅閣，當指此爲言。

雜詩

樵人樂高山，漁人喜大澤。山水各異居，此心同安宅。虎豹蹲我堂，鯨鯢繞我席。是物原不仁，視之無辟易。仙人雲中呼，謂我宜屏迹。會登泰華巔，一借巨靈劈。

懷黄辛子先生

浮雲西北馳，迅影如奔馬。孤雁東南征，哀聲動平野。良友天一方，延頸淚空瀉。起視銀河明，迴看簷月下。道里阻且修，會晤日以寡。欲寄無雙魚，煩憂何能寫。

烏落巢

君不見屋上慈烏衣慘黑，寄巢深樹雌雄匹。四月五月雛子生，毛濕苦飢不得食。老烏翺翔取蟲哺，兒童彈擊無休息。叫跳危枝巢半傾，學飛不起墮雙翼。一雛落地衆烏號，其聲酷似人悲泣。旋繞庭西復向東，意欲銜歸恨無力。行人哀顧共踟躕，此禽慈孝真可惜。嗚呼！獨不念世上子東母西非一日。嗚呼！獨不念世上子東母西非一日。

訪王玠右先生

春風吹水碧鱗鱗，溯流直上尋伊人。遥望草堂心眷戀，斯時宛在桃花津。君家兄弟何慨慷，遠避風塵居海上。著書豈但五千言，人倫月旦稱鄉黨。吁嗟草露露已晞，同行攜手將安歸。赤狐黑烏驕白日，玉麟丹鳳失祥威。不如連袂東郊道，醉聽新鶯蹋芳草。

贈杜茶村

歷閱知名者，如君豈易逢。神交烽火後，心折雨聲中。行轍殊難定，詩懷迥不同。莫言傾蓋少，罏上有黃公。謂辛子。

景州道中

廣川城外水凝窊，九月天寒雪作花。野戍馬嘶滄海路，秋風人度衛河沙。參差漫折條侯柳，寂寞猶憐董相家。悵望南皮應不遠，舊時賓客衹咨嗟。

范超

字同叔，上海人。工詩，能隸書，晚精于醫，藉以自給。嘗作《秋柳》詩八首最工，人呼「范秋柳」，徐乾學、韓菼皆欣賞之。後以縱酒暴卒。著《同叔詩學》。

雪灘釣叟歌此篇爲吴江顧茂倫作。

雪灘釣叟人不識，持竿日坐灘頭石。渭水遭逢事有無，英雄老作江湖客。問爾垂綸定幾年，笑而不答鬚飄然。知魚原乏求魚志，擊楫還吟《秋水》篇。垂虹橋門七十二，君家恰在橋邊住。茅屋斜開白板扉，釣船横繫枯楊樹。日落沙頭增暮寒，江天風雪正漫漫。朝來凍合無魚釣，好脱簑衣當酒錢。

秋柳和王阮亭先生

忽忽春光逐轉蓬，猶將老眼送飛鴻。烟横秦塞連荒草，霜冷吴江伴落楓。金穗玉花都寂寞，黄鸝紫燕各西東。憑君莫話長干好，風雨飄摇是處同。

江南何地不堪傷，一半西風一半霜。龍女書成潮欲上，蠻姬舞罷夜初長。閨中日短朱顔薄，竹裏天寒翠袖涼。催得行人頭并白，年年摇落在官塘。

柔條摇曳不勝情，耐向江頭管送迎。竹屋亂煙涼月墮，酒家疎雨嫩寒生。舟經渭水絲牽岸，人去陽關葉滿城。更有傷心聽不得，灞陵新雁斷橋鶯。

風流遥想舊靈和，水殿新添太液波。漢將營嚴霜月静，楚王宫閉晚涼多。青樓漫唱黄金縷，畫省應迷白玉珂。自去征西無好咏，江潭悽愴復如何。

御墨爲東陽故物賁園購自董氏適繹堂晉秩賦以紀之

内府喻麋貴，前朝制作良。一螺雕玉玦，萬杵搗元霜。夏祀元圭黑，周郊拱璧蒼。幾時成易水，當日賜東陽。上有「宣德癸丑。賜沈學士」八字 伯仲聯螭陛，功名數雁行。流傳經歲月，興替等滄桑。始類楚人失，旋爲董氏藏。玉京今太史，芸閣舊仙郎。薛嶺原鍾秀，吴興嗣發祥。龍孫偏夭矯，駿足早騰驤。再命巡幽薊，初曾按大梁。金門旋待詔，蘭省復含香。落筆陵千古，臨池敵二王。文應驅兩漢，詩欲接三唐。絹素頒重譯，篚筐致遠方。家風追往哲，聖眷得今皇。屢錫黄金管，常揮白錦裳。調羹同李白，闈棘值槐黄。竣事朝京闕，鳴騶道故鄉。吹篪憐小謝，屈指憶元方。子季棲巖壑，賢兄在廟廊。荆花三歲閲，池草幾回芳。爲損連城值，求將一笏償。家珍寧教失，國寳豈尋常。握手增懽忭，輸誠特獻將。辟塵犀鈿盒，却濕豹皮囊。不減輕煙色，依然點漆光。澤流先德遠，年並永和長。合浦珠無恙，延津劍豈忘。文孫饒意氣，烈祖益輝煌。

范逸

字遺民，號芥舟，上海人。少嗜學，久之，沈博工詩。與超非同宗，然並居黄渡，又能詩，能醫同，故稱「二范」。年未五十，病瞽，然口授經書，無舛誤者。所著有《勸影樓稾》、《月晝軒稾》、《芥軒草》、《江皋吟社》諸集。

晚步

久晴冬亦暖，天宇净無雲。隔浦見原燒，蒼蒼日漸曛。林疎山翠近，潮落水流分。渡口人歸晚，樵歌幾處聞。

同肅堂仙佩白鶴寺步月

蕭寺共攜手，遠林初落暉。與君發高論，勿謂知音稀。煙鳥暝將定，暮鐘行處微。石梁吟已久，有月伴人歸。

送同叔赴勿菴招

春江浩渺樹溟濛，曉思千重倚棹中。別路鶯啼三月雨，離筵花落一谿風。折芳臨水情猶在，著屐看山興不窮。應向主人論契闊，爲言兄弟此心同。

送趙大之楚

故人南上洞庭船，一片春帆帶曉懸。青草湖邊明月夜，黄陵廟裏落花天。經過詞客懷沙處，取醉湘靈鼓瑟前。知有鄉心銷不盡，千山紅雨亂啼鵑。

月夜聽項子儀度曲朱素臣吹笙

簾捲疎星坐月明，簟紋如洗晚涼輕。蘇門高士能鸞嘯，緱嶺仙人作鳳鳴。碧落夜深雲冉冉，銀河秋至水盈盈。此時一唱《伊州曲》，任爾無情白髮生。

羅漢寺與管純吉夜坐話别

竹風梧露襲衣裳，蟋蟀聲中坐夜長。無限離懷言不盡，照人明月白如霜。

艾紹衣

字則公，上海人。

錫山道中同絑月弟賦

片帆迷落照，回首憶登樓。山色連雲合，江聲帶月流。砌邊吟蟋蟀，花下訴箜篌。却嘆寒貂敝，雄心觸不周。

登報恩寺浮圖

川嶺軒窗上，乾坤睥睨中。烽煙迷漢代，草樹冷吴宫。百尺舒長嘯，三秋對朔風。徘徊情未已，返照隔江紅。

別友

浪迹慚吾輩，知交向爾論。文曾傳桂里，隱自憶桃源。日暮鳥求友，春深花閉門。離情一杯酒，邂逅語猶温。

吴徵棐

字襄左，號霞度，上海人。爲莫秉清門人，嘗謂其師詩孤梅鐵幹，猗蘭幽芳，雪淡風高，與俗徑庭，人以爲得其概。

題曹美中齋中竹

知有王猷癖，俄從座右生。瀟湘屏上影，風雨夢中聲。近架連書緑，蟠梁立燕輕。梅花紙帳冷，正擬結幽盟。

初春野步

偶隨嘸鳥去，雲物望中新。水色涵初霽，烟光媚早春。平原歸牧馬，夕照渡江人。檢點垂楊外，絲絲緑未勻。

題友人山房

柴門閒倚曲江斜，幽鳥無聲正落花。雞犬恍留漁父迹，林泉遥接梵王家。一谿煙暝初聞磬，半榻風來自煮茶。春晚晝長塵事絶，小窗輕幕護蘭芽。

瞿邁隱

自號咄咄子，上海人。著有《竹林肄草》。

北山朝雨得橋字，時訪正山于横雲。

横飛天半雨，似挾九秋潮。冷淡侵孤幕，空濛鎖斷橋。一廬安日月，三徑雜漁樵。放眼憑高處，年來興未消。

蔡竹濤從細林山歸述登臨諸作

名山有約赴徵詩，東海驅車到習池。才子他鄉投轄處，高人别業挂冠時。巖垂露氣秋花薄，松作濤聲夜雨遲。膾得鱸魚觴政好，泖湖明月待舟移。

瞿漢西

字□□，上海人。

訪藝菊者不遇

三過谿橋險，來尋僧者居。僧者但閉户，白雲繞其廬。樹下一池水，清淺見游魚。佇立不厭久，春風吹素裾。啓齒問田父，晨光已駕車。菊秧雖滿砌，不解牽人袪。負我遠游興，臨行復躊躇。

潘　懿

字愷容，青浦人。

招殳山夫移谿上

十年曾識葛衣翁，今日雲中邂逅逢。我已蕭蕭成白首，君猶落落渡江東。深山古木無心碧，野岸濃花滿眼紅。何用别尋高士宅，九峰亦自有崆峒。

姚　熙

字開周，上海人。

登丹鳳樓次鐵崖先生舊韵

飛閣巍巍百級梯，海門烟樹望中齊。九重碧漢當牕近，萬里黄雲拂檻低。極浦潮迴秋雁没，孤城日落夜烏嗁。憑君莫話登臨勝，無數悲笳粉堞西。

吴　瑛

字青來，□□人。著《漱潤居稾》。

古意

絶世一佳人，采蘭陰岡下。鬟髪堆緑雲，揚且之晳也。秀色稱可餐，天姿何妖冶。爲厭城市囂，悠然向村野。陌頭輕薄兒，招招止驄馬。揮手謝使君，妾非桑間者。抱影入寒廬，獨聽松風瀉。

秋風凄以悲，秋水明以泱。秋山常寂然，惟聞秋濤響。人生宇宙間，瞬息無非往。名利誰爲榮，人情空熙攘。試拂燕然碑，苔痕交榛莽。達人平等觀，清歌以自廣。

乙酉秋送友上秣陵

黯淡江流遶建康，愁雲黯黯覆昭陽。鶯花已逐龍堆去，煙月空留鳳禁香。濁酒盈樽消磊落，清歌鼓枻下滄浪。關山一帶皆秋色，嘹嚦風前雁幾行。

己亥七夕

此日人間稱七夕，追維往事劇堪悲。屏開争看星橋影，觴滿豪吟蘭雪詞。不畏露寒因折藕，却嫌月淡爲穿絲。而今戎馬蕭騷日，觸目蒼涼有所思。

秋林杖策

曉林露未晞，石苔没屐齒。嵐光拂徑開，遥入空青裏。

西施咏

南國佳人出苧蘿，即今千載艷名姝。山中豈少傾城質，物色誰爲范大夫。

姚廷銘

字未新，□□人。

寶劍行贈吴青來

我聞赤堇山高入太空，中有素髯白皙昆吾公。左手掣電剸犀甲，右手飛雪截輕鴻。上帝聞之怒其横，吹落三泖及九峰。精英不磨化金質，凝爲寶鍔蓮花鋒。文犀爲飾明珠錯，光耀熒然閃若虹。寒空照人生明月，紫氣生匣吐芙蓉。文章片片爛雲漢，上仙佩之跨飛龍。華煥望氣空千古，猶眠魚服嘯秋風。吁嗟咄哉，龍蛇起陸方用武，胡爲乎異寶淪落豐城中。日暮來行江水上，水底蜿蜒殊自雄。覩此神物深太息，會當有時成大功。雖復棄捐少顏色，夜夜光芒澈斗宫。

關月

朔地風偏勁，遥關月倍愁。笳吹征雁斷，磧冷陣雲收。砧杵家鄉夜，霜花古戍秋。誰將《折柳》曲，傳入景陽樓。

灌園

蕭然半畝結幽居，消息園林老圃如。算口放將湖上鶴，充庖近取澗中魚。巖邊緑滿連雲樹，草際香清帶雨蔬。地僻便成高隱客，忘機仿佛在空虚。

沈　穀

字此君，□□人。

和熊畹仙登普慈閣

梵閣蕭森客裏秋，那堪極目望神州。吴山草木還無恙，越海魚龍未穩流。松栢未忘他日怨，黍禾難免故臣愁。詩壇莫漫誇風月，多少新亭淚未收。

朱銘

字史公，□□人。

關月

一籥重門後，高秋月未殘。雲開涼成帳，露下濕征鞍。雁度沙邊白，狼生煙際寒。鄉關從此隔，回首路漫漫。

蕭詩

字中素，號芷崖，華亭人，世居亭林鎮。隱於梓人，工詩，著《釋柯集》。吴鎧龍序其詩，并謂其人可重。蓋芷崖詩名將四十年，而不屑以詩取世資。如任給練令上海時，遣人招之，竟不往。又某搢紳者俾友人載與俱來，友人謂之曰：「此行可爲卒歲資」。芷崖曰：「世自有此一種遊客，我非其人也」。遂堅却之。此豈僅以詩重者哉！然其詩殊有寄托，不得以晚年遊戲之筆概之。

詩話：江陰陳鼎九《留谿外傳》内《呱呱和尚傳》謂與蕭山人善。蕭山人者名中素，本會稽蕭山人，弱冠遊庠，國變後隱居雲間，爲棺匠。此當是傳聞之訛。芷崖係本鎮人，申酉時年三十外，非有所寄托也，故王横雲贈句有「巖菊有情堪獨把，江蘺無怨爲誰醒。」

初冬答錢武子

木落霜氣清，長天净如拭。吾廬南村南，懷人北山北。相去四十里，邈若關山隔。君來河水清，君去河水碧。一見不少留，恍然記顔色。悠悠傷人心，寒蛩夜啾唧。

擬古投張子晉

名湑華，庠生，家貧，狷介，嘗歲除絶糧，而不受貴人脱粟之贈。能詩善畫，其所作山水有北苑之神。

清秋多良辰，風日炫紅樹。俯仰適性情，輒復成新句。因思張季鷹，晨興即長路。一逕渡浦雲，飄摇若孤鶩。及門問主人，主人方出户。憶别動經年，十往九不遇。兀坐心茫然，無由罄積愫。古人重老友，嘉會恐有數。朝見遠山雲，暮見遠山霧。朝暮見遠山，故人隔良晤。言念君子操，寒蟬飲秋露。豈羡青門鋤，寧守商山餓。寂寞南村樵，中懷每傾慕。漠漠横塘流，冥冥征鴻度。踟躕歸去來，遵途屢回顧。爾我本同心，載咏鷦鷯賦。

度關

獨身遊萬里，深雪度重關。遼海吞邊月，長城鎖亂山。馬隨鷄唱發，心逐雁飛還。東道多賢主，葡萄醉客顔。

詩話：此詩集中不載，見鈕玉樵《觚賸》中。華亭金濬以芷崖未涉遼境，疑出假托，然詩家亦容有懸擬賦之者。

柬胡玉如 玉如見瞿然畏詩注，今觀此詩，乃知相傳木工得鐵匠爲詩弟子者，即是此人。

十年招隱士，杖策走荒蕪。我僻將無偶，君來始不孤。於陵還織屨，南郭恥吹竽。莫爲浮名誤，低眉向畏途。

秋懷和陳大樽先生韵寄陸滑裳

衡門開傍碧谿流，北雁南雲動客愁。老我不才容短褐，依人何處有高樓。九垓兵革清笳夜，萬户瘡痍獨枕秋。爲語漢家諸將相，即今休道取涼州。

夕陽衰草暗離亭，動地狂風起北溟。肯信波濤添羽翼，最憐江海作藩屏。少陵杜曲詩成草，安石廚頭酒有經。愁對楚天雙眼白，亂雲深掩老人星。此蓋以諷浙東之以一隅抗險者，然是追和，並非同時。

漫擬繁華賦兩京，白門西望楚江平。舳艫夜月悲橫槊，疆場秋霖未洗兵。巨浪拍殘桃葉渡，陰風吹遍石頭城。生憎往事成蕭瑟，短髮毿毿一鑑明。

黄榆白草古桑乾，漢將彎弓月半殘。蒲類海邊秋水碧，受降城外野雲殘。少年佩印今偏易，壯士還家亦大難。此日嚴關成内地，不須具禮説登壇。

建業懷古

千門柳色近蕭條，白下樓臺矗絳霄。江口舳艫連鐵甕，月中絃管亂銅刁。高牙大纛將軍幕，碧草黄雲帝子朝。欲問雨花參半偈，片帆無計度金焦。此作董閬石亟稱之，蓋此固當時傳頌之作。

送孤松上人還山

遠公八月度江歸，竹杖擔詩入翠微。波浪不驚千里夢，烟霞常滿六銖衣。洞庭木落山逾静，震澤秋高水正肥。我輩十年猶混迹，風塵回首獨禪扉。

白燕

肯信烏衣化縞衣，玉堂驚有一雙歸。弱翎婉孌霓裳舞，脩尾飄摇雪練飛。潔已得名難混俗，依人以色轉投機。國中儔侶時相見，莫漫呢喃説是非。

春風淡蕩海雲平，社鳥形殊族類驚。銀箔翦裁新樣式，玉釵雕碾舊精英。雪堂賓客詩難就，月榭嬋娟繡未成。萬物以奇方駭俗，受憐應不在飛鳴。

咏柳三首諸同社分賦

谿村垂緑曉霏微，漢苑隋隄事已非。黄鳥聲中烟漠漠，紫騮嘶處影依依。勞亭落日王孫去，幽谷埋雲處士歸。獨步緩將青帶折，忽邀春色照人衣。

輕條披拂露珠零，折得含情問早青。五樹可憐成隱徑，三眠底事老長汀。朝烟秦闕和愁望，暮雨隋謡滴淚聽。喧笑忽經林外落，群公今日宴新亭。

漢家人樹鬭娉婷，北苑南樓望尹邢。雲母襯明宫黛緑，春工染出舞衣青。花飛别殿因風起，影傍長門盡日扃。解得榮枯憑雨露，君恩早已化浮萍。

輓徐闇公歸櫬

廿載滄溟自楚音，去家萬里歎升沈。嶺陽身類田橫死，江左人虛《梁父吟》。絶海有天空吐氣，故園無地可埋心。忘機最是南村叟，亦向西風淚滿襟。

僧鞵菊

峭緊芒鞵天女裁，移來三徑立蒼苔。九年趺坐渾無用，一任枝頭取次開。

國朝松江詩鈔卷十四

鄉人姜兆翀孺山録
張庯發曉青閲

張　喆

字兩吉，一字存默，華亭人。康熙癸卯舉人，官教諭。

咏懷

矢志託巖阿，淪棄久駑劣。庭幃有老親，菽水念方切。羈雌來山陬，稻粱計何拙。荒城鳴鵂鶹，深草多蛇蝎。松菊雖就蕪，投簪仰前哲。何時繼高蹤，小山鋤明月。

張世綬

字紫垂，號瞿父，安豫第三子。康熙癸卯舉人，官河南洧川縣知縣十四載，多善政，卒于官，民立培風書院祀之。曾署許葛篆，士民築德鄰祠于考叔廟云。

題三義閣

傑閣嵯峨俯碧湍，浮圖百尺映層巒。寶珠日射毫光麗，黼帳雲浮劍珮寒。三國英雄餘戰壘，千秋龍象護祠壇。孫郎臺殿今焉在，惟有荒榛白露溥。

馬于捷

字立三，號蔚田，華亭人，世居柘林。明經馭儀子。癸卯武舉人，榜姓于，循例謁選，授蘇州白糧運使。所著有《問奇亭集》，盧陵聶光纂輯。

《漱芳齋詩話》：蔚田解組後，優游林泉，年登八袠，以詩酒自娱。徐珣壽之云「昔日英名追衛霍，至今吟興駕錢劉」，可想見既耄風流，不似蹶張本色。

懷古

孤桐高百尺，託根何崎嶔。良工善裁割，制爲緑綺琴。藏以紫玉匣，覆以波斯衾。神明通造化，彈出飛龍吟。流雲起瀑澗，急雨響空林。大雅久不作，寥寥逮于今。感此三歎息，懷哉孰知音。

寄懷友鴻

别爾嗟行役，飄零四月餘。如何徒遠夢，不見有來書。客久情多惡，官卑計轉疎。鹿車思共挽，定擬賦閒居。

節孝詩八首

存二，爲其姑崧英作。許配曹氏，未婚而寡，過曹門侍養舅姑，及舅姑没，力爲營葬，然後歸本宗，苦節四十餘年，六旬而卒。

叔母全筠操，女兄矢《柏舟》。惟姑猶未字，爲烈更難儔。不肯身名忝，能將子職修。貞魂嗟永逝，躑躅淚空流。

秋風吹白髮，遲暮更堪傷。血淚千山雨，冰心五夜霜。夜臺何所恨，彤管有餘芳。窀穸慚無補，哀吟空復長。

夜宿東蒙

征輪忽駐東蒙地，憑眺中原思轉賒。茅店空餘殘壘月，山橋如見故園花。魚書望斷吴雲渺，馬首遥迎岱嶺斜。况是追隨知己在，臨風聊共試新茶。

旅舍小飲次謝進士景宜韵

薊門無計度寒宵，燭剪西窗話寂寥。緑蟻他鄉須盡醉，朱絃此日向誰調。蓴鱸我獨憐三泖，煙雨君應想六橋。况是驪駒聽明發，遥天征雁更嘹嘹。

别高太常諤苑

十年行役愧微官，尺五雲霄欲到難。何意新霜驚歲晚，獨教舊雨話更殘。吟成銀管争奎璧，書就鵉池舞鳳鸞。感别一時温語在，朔風不覺敝裘寒。

吳元龍

字長人，號卧山，華亭人。康熙癸卯舉人，甲辰進士，選庶吉士，改工部主事，陞郎中，乞養歸，己未舉博學鴻儒科，擢授翰林院侍講，預修《明史》。甫三月，復請終養歸。所著有《問月軒詩鈔》。王苧東曰「鏘金振玉，鶴竚鸞停」，可想見其詩度焉。

長沙晚眺

畫舫秋濤急，蕭條旅思催。危檣銜日薄，野樹宿雲迴。蟋蟀千家夕，蒹葭八月杯。鄉關何處是，多病罷登臺。

同陳啓謨次留河

落日秋風裏，蓴思急暮征。與君飄泊意，同是故鄉情。地闊迴帆影，天空落木聲。濁醪拚共醉，戍角起荒城。

秋夜宿館同李長文田西藪前輩對月

飛霞纔過目，霽月忽當頭。砧杵千門夜，刀環萬里秋。雲端金掌出，樹杪玉堂幽。分直揮毫晚，鐘聲惹獨愁。

嶽麓

嶽麓何年寺，江潭結思繁。山川元不改，詞賦至今存。虹静霞飛雨，谿斜水到門。變衰懷草木，旅思滿乾坤。

張秋道中晤同祁珊洲話舊

去年握手唱驪歌，今日驚逢逆旅過。别後知交燕市少，比來客夢野雲多。帆隨細草迎春岸，月落寒江湧夜波。徙倚如君心獨苦，漁樵我意已婆娑。

沅州道中

路入辰陽山愈稠，江穿石壁晚添流。波喧疾浪驚鷗鷺，露宿危巒逼斗牛。魚鑰星河荒舊壘，梧桐煙雨報新秋。殊方物色行看遍，滿地西風起暮愁。

長夏喜陳子九過草堂話舊將有虞山之遊賦此言别

二十年來老兄弟，開顔盡日話離愁。彦先騷雅人何處，平子煙霞迹尚留。偶展友鴻、見山詩畫。我爲看山催短櫂，君因戀膾滯林丘。歸來重訂呼盧約，醉聽松風一片秋。

黄鶴樓

黄鶴樓高萬里秋，碧天煙雨望中收。星河平向層臺出，江漢低迴畫檻流。縹緲雲帆依市集，微茫蘆荻映芳洲。禰衡李白今何處，日落平沙起暮鷗。

金維寧

字德藩，一字淇瞻，婁縣人，上海籍。康熙丙午舉人，官壽州學正，以與營兵争學宫地，罷歸。

著《秋谷集》，中有松郡掌故，可資采擷，惟極訾董閬若《三岡識略》，并摘其十二條以爲謬誤，要亦互有得失。晚年與戴瓏巖提唱騷壇，振興雅會，乃其自著，則未見刊行。

詩話：康熙丙午，我鄉南北榜各雋一人，初有一錢一勳之謡，後乃知錢爲葆馚，金爲德藩也。閲百二十年，乾隆丙午，又僅中張子白一人，抑何巧合似此。

花萼樓

花萼昔相輝，讌遊非不好。今來何所見，落葉秋風掃。樓外蒼茫萬嶺重，樓頭明月照荒草。忍聞是處夜猿嘑，舊是諸王行輦道。

梁谿

梁谿碧漢連，秋色布帆前。酒肆峰頭月，漁邨柳外煙。雁書遥極目，螢火照愁眠。坎壈求吾志，悲歌寄短篇。

泛泖

結伴臨三泖，重陽喜乍晴。秋空萬籟寂，月曉一舟輕。知己天涯合，高吟郢上成。蓴絲味正好，何事問侯鯖。

登橫雲山

九日登臨暇，橫雲山色晴。扁舟堪載酒，僻境可逃名。越客聯佳句，吴歈送遠行。尋幽亦濟勝，月白已三更。

客窗獨飲

詩成興懶不揮毫，典卻鷫裘換濁醪。阮杖無錢徒躑躅，孔尊得酒輒酕醄。蝶飛深院春偏暖，花影晴窗月漸高。自飲自吟還自笑，胸中別自有離騷。

慵齋讌集

花主人拋真富貴，翻言富貴此花真。招攜賓友常盈座，嘯咏谿山自絕塵。國色堪娛鳩杖老，春風聯醉鯉庭人。元燈今夕高懸在，早卜家傳杏又新。時五六兩郎君在座。

錢芳標

字葆馚，一字寶汾，初名鼎瑞，侍郎士貴子。十五補諸生，壬寅入太學，甲辰授中書，丙午舉人，丁未引避，仍留院中。世祖章皇帝升祔禮成，徽號神位，芳標恭繕。乙卯告終養歸。及舉博學鴻儒，適丁母艱，不赴，以哀毁内傷，遂卒。著《東溟草》《金門稾》。又著《詞輭》，不分小令、中調、長調，體例最嚴。

龔芝麓曰：「葆馚雖錯采六朝，而神骨清英，超然獨秀，未可以魚油龍罽，列堞明霞盡之。」陳祚明曰：「嫣然生態，搖曳低回，出之以抑揚宕折，非如山無煙雲，水無草樹。」錢越江曰：「金鏘石戛，紛綵繁會，而清英峭特，秀出筆墨之外。」

詩話：寶汾初與蒼水齊名，人稱「錢董」，後又與越江相埒，人稱「二錢」，其應制之作，高華典麗，爲寶坻、高陽所重，而柏鄉、合肥尤忘年下交，聲振都下。要其才調矞皇，而中有清氣，非再來人不能。其子輶閔，董蒼水婿，亦有才情。

直夜聞鐘

地迥鈎陳嚴，宵分直廬静。閶闔澄露華，罘罳絡河影。隱隱昭陽鐘，覺我幽夢冷。卻似山窗時，鵶唬碧梧井。

趵突泉

吾披道元注，沇流發王屋。真宰何神功，一水遞現伏。潤下理則然，鬱紆怒斯蓄。至今三靈泉，噴薄陵地軸。朔雪夏亦霏，殷雷霽還續。微翻曲江濤，倒射廬阜瀑。結構自後人，亭橋起潭曲。澹淡蔣荇浮，散亂鷗鳧浴。黄冠解我意，短綆汲寒玉。酌之消渴蠲，南山送蒼緑。

擊鮮行

吾鄉城郭滄溟畔，親故朝朝擊鮮宴。樂事濠梁未足誇，嘉名丙穴無須羨。滬瀆灘平斥鹵多，土人結網勝敖波。蒼茫直下馮夷窟，煙雨常聞欸乃歌。河鲀販後蘆芽出，春潮蹴岸春雲熱。筐覆吴趨窖裏冰，刀飛少婦廚中雪。已道鰣魚色勝銀，况兼石首爛金鱗。麯米漬成鱘枕脆，豉羹調出篛腴新。此時魚税充公府，津市鳴鐃復撾鼓。淺筏輕舠弄水兒，高檣巨舶開洋賈。别有泥沙困豫且，脂膏然炬骨專車。牽罾力費千夫蹶，曝腊家分半載儲。竭來島嶼孫盧擾，閩海傳烽接三泖。都護旌旗斥候嚴，漁師罩罟蛛塵繞。嗚嗚畫角滿汀洲，百丈艅艎列柁樓。戍士鳴鉦驚海鶴，健兒驅馬射沙鷗。海錯經年不到眼，乙尾丙腸那供饌。一片纔霑食指腥，百鍰早破中人産。薰風昨夜到燕臺，比目王餘賦强裁。張翰蓴鱸空悵望，馮生長鋏未歸來。挑燈與客論終夕，語罷桑田感疇昔。下箸誰消易水鱄，傾錢且换灤河鯽。邇喜波臣静不揚，東南早晚撤邊防。盤餐好饜故鄉味，醉卧谿花野竹旁。

滇池行送張如九

滇池萬里多巉巖，君行更在滇池南。獨身匹馬掉頭去，但見飛鳶跕跕浮煙嵐。我聞苴蘭城，遠隔葡萄水。地自莊蹻通，功傳武侯始。十州形勢接牂牁，六詔風謠雜交阯。蠻奴騎象縹氎衣，蠻姬腰細紅藤圍。處處桐花工織杼，家家篝竹密藏扉。麗江的爍金堪數，琥珀松根賤於土。樵風午熯聞麝香，客飯晨炊怕蠶蠱。勝國惟留宣慰司，土官空設軍民府。本朝拓地訖要荒，户口殷繁控馭長。上書特請珠厓郡，遣將先收烏撒疆。時平不復容蒙舍，漢大何曾漏夜郎。知君才是張騫後，三十盈盈直廬走。由來干莫試盤根，肯使驊騮老棧豆。蜢蝶峰頭瘴墨深，螳螂川外夕陽沈。官廚蒟醬良不惡，公府娵隅且自吟。君不見相如建節爲蜀使，冉駹諸君初入侍。又不見子淵奉詔求神仙，碧雞金馬今猶傳。丈夫墮地用弧矢，毋爲侘傺守妻子。僰兒賧部亦蒼生，努力銘勳照前史。

荷蘭國入貢歌

碧瞳紺髪西來使，臺笠峨峨屩衣紫。平明跪捧金花牋，國字横書獻天子。三百里犦八尺駷，遐方異産何由來。肉鞍碨磊儼駝種，連錢蹀躞真龍媒。王家駮牛那足數，瑶池欸玉差其伍。珠輦牽來天厩中，觀者咨嗟立如堵。其餘筐篚雜沓陳，鸊刀鸞鏡玻瓈珍。白檀之木黄票記，瑪瑙血色堆嶙峋。有綺細若氄江鱗，織成純用金與銀。氎文仿佛月氏製，雅青錯間猩紅新。我聞荷蘭在海島，苗裔茫然史難考。巨舶浮洋歷歲年，陽侯颶母愁三老。方今天祚玉歷昌，雁臣影國争梯航，東款朝鮮南日本，聲教更訖中山王。交州黎氏禀正朔，暹羅花錫充尚方。傾心不羡漢槃木，通譯欲過周越裳。孰知九重尚恭嘿，卻駿焚裘古同德。大盈不積華山歸，貳師博望無顔色。獨喜《箾韶》初奏時，率舞蹡蹡兩階側。

寄題董律始東山草堂歌

董公避城市，奉母築草堂。草堂在何許，婉孌東山陽。遶門琅玕互摇曳，羅砌花藥紛低昂。花藥琅玕本無數，况復主人善詞賦。夜聞飛瀑鳴幽潭，曉對群峰散晴霧。當時此園屬仲舒，曾著《玉杯》《繁露》書。世亂旋逐汶陽去，今歸不異新豐居。孫綽長松青不改，嵇康楊柳依然在。母也含笑顧董公，不信桑田變滄海。山中紫筍不論錢，清谿撥剌銀鱗鮮。斫筍作羹魚作膾，持觴壽母春風前。春風東來拂春水，誦罷南陔樂無已。暫出有時乘板輿，端居盡日憑古几。君不見，長安薄宦徒區區，倚閭有母天一隅。何似東山草堂下，年年醉舞紅氍毹？

長椿寺雜咏二首

白苧城南寺，親朋暇日過。澄潭圍野竹，錦石裊煙蘿。俎豆先祠在，香燈手澤多。傷心霜露感，迢遞隔山河。

吾父埋輪日，遺黎語最真。廿年松隧淚，千里葛衣人。優孟今難遘，侏儒爾不貧。閒窗翻諫草，往迹冷秋塵。

扈從詩十首

練日龍旗出，先期鳳紙傳。《車攻》宣后鼓，《羽獵》子雲篇。萬騎嘶晴吹，千門動曉煙。遊觀非耀武，古禮重三畋。

何處龍顏近，鳴鞭出射場。追風天馬赤，迎旭御袍黃。襄野超軒帝，昆池邁武皇。宸威飛走慴，不待月弧張。

草滿清和候，輕雲結午陰。佳辰傳浴佛，齋室罷從禽。徒御櫜弓樂，君王解網心。還聞繦帑藏，偏賜獨園金。

需宴頻催賜，天廚自不盈。醴看中使泛，酪出大官烹。樂飲賡魚藻，家風憶雉羹。含桃春薦後，錯落滿銀罌。

南苑新晴後，西山夕照中。最宜隄柳碧，相映寺牆紅。馬倦初回勒，人閒恰自公。水邊襟暫解，吹面舜琴風。

晾鷹臺上望，七十二泉分。院自仁虞舊，名同陸海聞。遶汀蒲刺水，夾道樹梢雲。感慨沙蟲事，還詢螞蟻墳。

沛上英雄起，商山羽翼多。三朝留鐵券，百戰老金戈。後乘遊仍載，卷阿暇一歌。從容垂斧藻，七祼慶雍和。

數部回中曲，偏於静夜吹。鵞笙王子晉，龍笛馬仙期。舊譜繁音艷，新翻廣樂遲。《霓裳》天上祕，不遣世人知。

垂楊陰裏寺，賜額自興朝。定水雕闌住，鬘雲寶座飄。香燈攜鹿女，幢蓋剪龍綃。舊日鑾輿駐，題碑簡鉅僚。

通籍金張裔，分麾鄠杜豪。御前題姓氏，帳外列弓刀。短褶鵞兒色，華纓孔翠毛。丁年陪五柞，宿衛敢辭勞。

長至讀蓬山所寄丙丁詩

閒愁隱几客，朔吹閉關辰。歲往憐陳事，書來見故人。當餐停七把，未暝促燈親。坐覺寒威失，陽回句裏春。

長椿寺贈默上人次合肥先生韵

驅馬燕臺歲欲殘，卻尋雙樹禮香檀。藤牀晝静焚螺甲，椶拂談深出鳳團。磬響自隨花雨散，燈懸常映月輪寒。津梁肯示金仙偈，願結跏趺坐夜闌。

高僧解辨劫灰年，覺路金繩在眼前。久攝毒龍歸定水，遥看巢鶴下晴煙。塔藏阿育千花繞，珠映摩尼五色圓。乍釋風塵聞妙梵，只疑身入净居天。舍人天童執爨僧轉凡，長老曰：「此去有緣憑宿慧，歸來依舊證菩提。」後以長老寄扇至卒。

寒食坐妙光閣有感

春風裊裊日遲遲，獨凭危闌有所思。丙舍松楸飛鳥外，子城花草禁煙時。親朋屈指增新鬼，物候驚心咏舊詩。緑葉滿扉鶯百囀，得歸猶覺負東菑。

文園公自寧夏幕馳書兼致名香寄謝

東吴才子學從軍，西徼嫖姚雅好文。立馬曉看靈武雪，椎牛春醉賀蘭雲。書裁側理逾年到，香練都梁贈客薰。最羨孔璋飛檄暇，芙蓉幕擁石榴裙。

清明偕鍾宛兄西郊展墓誌感

往事蒼涼不可論，傷心絮酒拜松門。三千里外孤兒淚，二十年來國士恩。華表日斜巢鶴返，土花春繡石麟存。殷勤幸接連枝會，漂泊天涯有弟昆。

聞黄石亡後寄令兄天石

伯也論文我所師，風流小謝復工詩。傷心春草知無恙，大似西堂夢醒時。

嵇阮壚頭迹已陳，兩年鄉國死喪頻。那堪細雨燈昏夜，并哭山陽聽笛人。

沈　藻

字邵六，號石舒，原名朝棟，華亭人。康熙己酉北榜舉人，初爲青陽訓導，後選嘉定教諭，未仕，卒。著《琴清堂詩文集》。

詩話：邵六早歲與伊人震雉輩在幾社中互相雄長，後又偕盧文子茅旦弋起翔，並操選政云。

白龍潭競渡

五月五日藕花紅，平隄漲水流輕風。寒潭老龍久蠖伏，呈身水際分雌雄。羽翼排空自蜿蜒，揚舲擊汰聲闐然。何年延津劍化去，依稀風雨鳴箏弦。哀謳四起鐃鼓震，亂流急楫争相進。五彩離披散滿川，錦江波浴飛鳧迅。使君來兮河之滸，憑欄灑酒弔靈均。須臾得標勝負決，分行命爵浮逡巡。夾岸觀者駢如堵，香羅疊雪輕裾舞。妖童結鹿鬬綵衣，棹女菱歌雜銀鼓。綵衣銀鼓競喧嘈，空潭日暖生波濤。疑是潛蛟逞狂怒，椒丘揮刃爲徒勞。此中徵逐共歡樂，長絲金縷紛交錯。戲罷綵雲愁易散，潭水空流月蕭索。

國清寺同李倚江僧祖憲

十里穿松徑，行行上翠微。峰回連寺迥，塔聳礙雲飛。蓮社霏仙梵，花宫在帝畿。遠公多逸興，談笑總忘機。

自國清寺至高明寺

高岡連翠色，獨澗瀉寒流。雲向山腰度，天從水面浮。好風回洞壑，落日滿林丘。孤聳高明寺，鐘聲動夜愁。

曹娥江

容與江南棹，輕舟破浪花。雲衣開碧落，楓錦亂晴霞。野店依林出，危橋落澗斜。□碑黄絹在，雒誦起長嗟。

送毛亦史還吴

文園詞賦滿皇都，何事雙旌曉入吴。祇爲高堂縈岵屺，非關南國憶蓴鱸。詩成桂樹篇長短，客渡桃花浪有無。愧我飄蓬猶滯迹，送君翹首白雲孤。

和倪木癡息耕軒韵

原序謂：倪子耽幽守静，心槁木而貌佯狂，自號曰木癡，里人亦以木癡稱之。結廬秦望山左，顔曰「息耕軒」，志隱也。有詩自紀，因和其韵。

卜宅谿南邇墓田，幽人此憩比修椽。無心潑墨留千嶂，有意裁詩乞一聯。青鋏行來穿小徑，綠簑掛處傍晴川。機心世外渾忘卻，日暮沙鷗散紫煙。

程化龍

字禹門，號念蒿，歙縣人，寄藉婁縣。康熙己酉舉人，庚戌進士，官中書，以族人累去官。著《粵遊草》及《開卷樓近什》。

詩話：禹門嘗入粵，訪其兄遺骸，鄧孝威贈以詩云「苦憶干戈兄弟變，肯辭嶺海瘴煙濃」。又於禹門助湟榛喪云「多君解橐謀深葬，此誼人間竟罕逢」。禹門弟瑞禴亦嘗和孝威韵，有詩云。

爲圓捷禪師刻辨惑篇

六祖西歸後，此道久茫然。曹谿名祖域，分派有萬千。衣鉢遞相繼，佛法豈無傳。所恨世俗子，造作背前賢。因訛以傳訛，病痼不可痊。鼎湖有圓捷，痛懲習俗愆。著書名辨惑，一一窮其巔。名言堪衛道，救溺功德全。徧告諸佛子，誦此四十篇。

新嶺五穀樹

新嶺之巔有古木，僧言此木名五穀，花開子結不尋常，上産稻黍稷麥菽。后稷當年播嘉種，未開五穀枝頭熟。假令一木兼衆美，自昔何分穜與稑。

上九龍灘三首

閩地佳山水，安龍更出奇。上水第一灘名。江分鬼斧闢，路逼馬蹏危。洞口桃源近，船頭雪浪吹。神仙應駐此，塵世少人知。

驚魂方未定，忽又度香龍。第二灘名。水勢來天上，舟行自石中。孤亭雲出暗，絶壁鳥飛通。誰説蠶叢險，登臨此不窮。

晚泊小長湄，第三灘名。風光別一時。山高日落早，天小月來遲。乘興催詩句，聯船酌酒巵。滔滔聲徹夜，動我故鄉思。

輓桂林太守周量族叔祖

周量丙午外放，是時卒于桂林之亂，貧無以葬，禹門助喪，人高其義。

生平忠義士，多死賊圍中。轉戰軍無勇，徐圖道罕通。古今留碧血，知罪付蒼穹。何處求抔土，吾來欲葬公。

七星圖

古洞何年闢，玲瓏別有天。七星懸白日，萬壑覆青蓮。桃實經霜緑，巖花著雨鮮。蓬壺不必慕，即此足留連。

桐君山夜泊訪采藥故址

峭壁擁青杉，江臨萬壑巉。曉風吹巨浪，明月照孤颿。客訪真人蹟，丹成何處巖。忽聞鐘磬裏，爲爾憶仙龕。

六月五日梧軒坐雨

雨過萬山青，梧陰覆短扃。名花開忽謝，宿鳥夢初醒。畫檻當歌歇，蘭橈傍午停。不愁炎氣入，淅瀝正堪聽。

王阮亭先生招同屈翁山叔燕思遊閲江樓

勝地崧臺足壯遊，老榕盤鬱幾千秋。前臨錦水參差去，後擁星山高下浮。椰子杯深巖月落，桄榔亭倚海潮流。琅琊自有登高賦，翹首蒼梧雲正愁。

春日送家叔南還

憶昔從征度太行，霏霏雨雪正蒼茫。三春聚首時偏短，一夕分攜路轉長。片片桃花添別恨，飛飛燕子促歸裝。江南風景應如舊，我獨驅車上帝鄉。

秋客皖江飲霄漢樓和姚佩茗韵

樓高望遠勢崔嵬，無限羈愁此共開。江水急隨帆影去，雲山遥映畫圖來。參差殘菊寒猶放，嘹嚦征鴻晚自哀。愛爾多才推《白雪》，詩成欲和重裒裒。

秋日孚夏舍弟招飲半園與黄仙裳儀逋漱石張洪九家叔豹文姪又梁分同字

名園佳會幾人同，海内風流自昔通。小謝能文詩日富，諸君操管賦俱雄。紅蓮香透杯常滿，黄石峰奇磴不窮。剪燭分題興未徹，攜琴緩步憶山公。

乙丑三月廿六日遊鼎湖山慶雲寺訪在慘大和尚不遇適逢棲壑老和尚百齡冥壽因賦二首

爲訪高僧到鼎湖，行行不覺路崎嶇。鐘聲隱隱聞天籟，巖樹森森入畫圖。説法生公歸别院，逃禪學士卧蓬壺。非因拂袖來蓮洞，那得空山聽鷓鴣。

棲公冥壽百年週，恰我閒來山上遊。遺榻至今留侍者，老人侍者覺興長老至今二十七年，猶卧榻旁不忍去。傳經長此滿樓頭。開山慧福千秋麗，建塔慈悲萬古流。五十三年功德在，龍潭飛水共悠悠。

張　守

字子毅，號曾符，别號菉園，華亭人。履端子。康熙壬子舉人，官鹽城教諭。其詩有《離珠集》。又嘗選《八代詩淘》。王仲儒曰：「坦夷真素，無所琢雕。」

汀州旅邸

閩中暑氣秋方盛，聞説登高意轉愁。未得吾兄生死信，可無汝弟往來求。他鄉作客茱萸少，獨步看雲鴻雁秋。不耐凄涼兼又病，且尋籬菊醉新篘。

舟次江關遥望虎阜

朝下江陰城，夕望吴江月。夙興戒征途，漾舟猶未發。攬衣起行游，微風散林樾。輕帆鳥外過，孤嶼雲中没。舒嘯邈未窮，弔古思明哲。崇臺委蓁莽，傾城易銷歇。俯仰想鴻圖，英雄尚臣妾。悠悠千載下，空餘墓傍碣。榮滋孰不務，誰能保元髮。達人爲世嗤，高蹤自超越。願言寄所思，登山采薇蕨。

贈四明萬公擇

先生天下士，遠在浙江湄。結交千里外，上與百世期。班荆一道故，大雅真我師。高蹈極四海，顧盼生雄姿。抵掌古今人，抗情兩不疑。寥寥半淪没，安事書與詩。簪纓雜屠釣，窮阨相維持。世多田横客，捐軀未足奇。發彼幽潛光，垂爲勵世資。如何金石交，甘同市販爲。洪流既日下，將非一柱支。念兹誠鬱鬱，賴君一吐之。而況傾蓋間，遂令心膂披。微情託貞素，守此終不移。

吴興方維則天石招同董樗亭孝廉宋聲國家梅巖兩中翰權六學博遊峴山

散步出林樾，駕言陟崇岡。秋花被長坂，白日照方塘。荒祠迷宿草，磐石横山陽。捫蘿遵曲徑，登矚越上方。平臺抗高館，豁達來清涼。列樹鬱參差，一望何蒼蒼。下瞰碧浪湖，斜日蕩遥光。石尊倚孤亭，可以代羽觴。斷續殘碑側，洗酌有餘芳。鳴鳥起空谷，浮雲自迴翔。輕風扇微和，俯仰恣徜徉。更得賞心趣，兹遊安可忘。

贈同寅宋既庭先生

大雅今有作，先生真我師。覽物究天人，斯文良在兹。蔚爲上國華，追琢垂鼎彝。群空冀野北，四海矚令姿。交深遂忘年，珠槃夙主持。微言傾合座，藹若春風披。維天眷明哲，窮達非異施。大賢伏下位，徒滋千古疑。惟有孔顔樂，足以繫我思。盈盈東逝水，曠隔邈風規。旅羈浹晨夕，頓使心神怡。況乃歷歲寒，冰雪映朝曦。冲和合本性，君子福所綏。高山古有奏，勿謂知者希。永言結遐契，金石以爲期。

送周舉凡同年歸錦州

本是天涯客，如何更遠遊。一官仍出塞，萬里獨登樓。夢繞鄉關月，吟成古戍秋。聞笳重醉舞，猶復擁氊裘。

登興龍山憶黄門先生有感

山郭晴開護白雲，風清鈴閣晝氤氳。自來半刺分曹地，轉憶中郎諭蜀文。痛哭千行焚諫草，跨江一隊弔孤軍。年年夜月歸華表，鶴唳臺空不忍聞。

過布穀嶺

半嶺岧嶢隔雁群，筍輿西下對斜曛。一方風物碑陰誌，兩郡山川樹杪分。少女丹砂傳洞壑，使君謳祝載耕耘。憑高不盡登臨意，木落千峰起暮雲。

贈道峰神山和尚

廿載逃名獨閉關，今來重識故人顔。禪心月印涵滄海，講席花開覆碧山。白社風流千古事，翠微迢遞一燈間。依然夜静經行處，露出天空聽虎還。

曹鑑平

字掌公，華亭人，嘉善籍。爾堪子，康熙壬子舉人。

上元踏歌詞

閶闔沈沈滿香霧，香車寶馬春宵度。千門燈炬接星橋，萬户煙花迎火樹。火樹星橋照地來，長安邸第徹明開。花隨環珮臨歌榭，月上氍毹映舞臺。舞臺歌榭紛羅綺，珠簾照耀明如水。玉笛聲寒逗九衢，銀箏調急流三市。美人游冶競繁華，炫服新妝出内家。相期三五年如夜，相逢二八貌如花。層城阿閣天中起，九重宫闕春雲裏。複道笙歌落玉繩，夾衢鐘鼓傳蘭戺。金吾初罷上元更，銀箭銅壺漏水鳴。翦鳳穿雲誇戚里，盤龍銜燭入華清。桂火蘭膏月當午，九微光動蓮花吐。檀板輕催協律歌，錦袍初賜平陽舞。天街洞達九門通，連臂齊歌蹋踘同。四照花開珠箔捲，合歡燈熖碧紗籠。燈輝漸減河漸没，西山半墮青樓月。共道風光度五宵，寧知曉氣來雙闕。風光曉氣暗相催，永巷長門夢未回。君看古來踏歌地，朱邸春深長碧苔。

京口阻風

羈懷正無奈，偏遇石尤風。浪觸江潮黑，林穿驛火紅。人家殘雪外，城郭暮雲中。悵望空蕭瑟，音書斷塞鴻。

平望曉發

輕風催畫燭，客路正逢秋。簫鼓傳江驛，星河没戍樓。鐘聲黄葉寺，漁唱白蘋洲。不盡煙波興，吴山幾點浮。

送季冲之任鬱林

幨幃百粤擁鳴騶，四十専城是壯遊。驛路梅花初破臘，炎方木葉少逢秋。山縈峻嶺千盤出，水落滄江萬里流。此去日南天欲盡，春風先到鬱林州。

維揚感舊

昔年曾記一登樓，王粲哀時感舊遊。襆被輕寒偏薄暮，布帆細雨近中秋。地連吴楚千檣集，水入淮徐九派流。自是蕃釐迴輦後，斷煙衰柳至今愁。

正德宫詞

盡喜回鑾促曉妝，莫嗟巡幸别來長。六宫齊卜今宵寵，有詔俄聞宿豹房。

王鴻緒

字季友，號儼齋，侍御廣心季子，華亭人。康熙壬子舉人，癸丑進士，廷試第二人及第，授編修，陞侍讀，劾妖人朱方旦，累擢左都御史，轉户部尚書。解任歸里，撰《明史稾》二百八卷進呈，詔付史館。復入修《詩經傳説彙纂》及《省方盛典》，並充總裁官。雍正元年，卒于京邸。著《横雲山人集》二十七卷。

龔芝麓曰：「高言逸思，原本風騷。」　吴六益曰：「喬皇沈博，有典有則。」

詩話：《明史稾》者，初鴻緒爲《明史》總裁，專任列傳纂輯，數年已有草本，猶恐中有訛舛，歸田後，重加訂定，以康熙五十二年奏進，奉旨下史館察收。時史尚未成，鴻緒乃刻其副稾行世，謂之《横雲山人稾》。乾隆初，奉詔修史，館臣即以鴻緒所撰據爲稾本，重加删綴，張廷玉進書表云：「維舊臣王鴻緒之《史稾》，經名臣三十載之用心」者是也。今將《史稾》以較正史，其中固有去取損益，要亦可以備參訂焉。

賜金園雜咏

原序：曩歲丙寅，請假省視，蒙賜白金文綺，歸榮其親，乃葺斯園，以奉先大夫遊憩。會鑾輅南巡，遂邀宸顧，一丘一壑，爛然生光，實千載之奇逢，一郡之盛事。暇日循覽，各繫以詩。

松竹廳

苧城谷水曲，祖構迎朝陽。其後有閒曠，蔚然成林塘。薄宦得假歸，鳩工營我堂。堂前頗幽敞，石立亦奇礓。蒼松鬱百尺，修竹森千行。雲峰峻且秀，巖洞幽以香。時奉嚴親顔，歡言舉一觴。

經始既云久，歲月草木繁。丘壑殊不廣，僻壤名爲園。鑾輿省方至，正值春花暄。三徑一灑掃，宛如雲水邨。至尊顧而喜，不覺移朝暾。松間青澗響，竹裏黄鶯喧。游覽洽宸契，大書鸞鳳翥。更寫摩詰詩，兩行林中言。激賞經閲歲，再荷臨龍輴。小臣時扈從，拜手呈堯樽。仰視昔題榜，紅光射天門。須臾頒錫賚，綸綍有餘温。至今閭里間，猶話官家恩。

詩話：康熙四十四年，駕幸是園，御書「松竹」二字，又「萬物静觀皆自得，四時佳興與人同」對聯以賜。宸翰輝煌，此園遂以千古。鴻緒賡颺以志忠愛，今録兩章，奚啻《卷阿》矢音矣。其他園中若盤谷、二蓮居、餘清山館、東山精舍、怡老堂、片石山房、水繪軒、四照樓、響泉亭、尊樂堂、來鶴亭、得月亭、清谿一曲、招隱齋、壽藤書屋、三芝館、魚樂亭、松篁巖、玉蘭榭、蘂香山館等勝，詩不勝録，要可以想園之勝概焉。

碧雲寺

洪光折而東，松杉夾道長。鬱葱蔽白日，一谿跨石梁。拾級登寺門，棟宇何煒煌。層櫨虎豹踞，曲枅虬龍驤。丹樓間複殿，直欲摩穹蒼。風鈴滿簷角，鞺鞳聲鏗鏘。諸天列獅座，寶相金銀裝。誰能役人鬼，宏構儼建章。寺後有冢域，四圍環雕墻。麒麟與石馬，屹立森成行。不審出何典，儀制同侯王。訪自于經始，榷税歸私囊。糜費幾十萬，玉石營幽堂。忠賢既竊柄，基址加恢張。是時廊廟上，惟知有貂璫。墓碑屬秉鈞，姓氏猶章章。痛彼患失夫，何顔見左楊。嗚呼易代後，青史分奸良。我本遊山來，頓觸忠義腸。安得五丁手，剷此北邙岡。一洗闍骨穢，永昭佛日光。後言官請仆其碑，剷其墓，詔從之，時共稱快。

飲宋雨公寓因作醉歌行贈之

獨坐愁雲繁，跨馬到君軒。君軒迴合金屏春，四座卻擁如花人。花姿本是青樓女，静婉生成掌上身。衣裳不學漢結束，錦袖輕韡紅簇簇。鬟蟬厭作時世妝，緑雲笄首垂明璫。玲瓏十指調銀簧，見客吴語轉清狂。玳瑁筵開蠟鳳光，歌呼大斗傾糟牀。主人意態何昂藏，豈令金錯愁空囊。直須痛飲東方明，莫嫌銅漏聲丁丁。王郎與爾忘死生，況有二八艷色能傾城。不爾解君鏤玉盤龍之雙帶，脱我鷫鸘紫綺之輕裘。夜半重沽酒，再上城南樓。美人按拍歌《涼州》，醉看銀漢聲西流，一洗胸中萬斛愁。

度嶺至清涼寺即祕魔崖。

朝策紫騮騧，更訪名山勝。循山越數里，石古縈細徑。細徑盤空幾千折，懸崖屹立垂雲磴。我馬努力如挽强，得得霜蹏山谷應。巖深樹密不見人，縹緲忽墮雲中磬。聞聲更上最高處，手向青天拂煙霧。北瞻萬仞紫荆之雄關，南見匹練桑乾之古渡。朱霞空翠顯復滅，塞雁邊鴻鳴且度。有時耳畔響笙竽，紅雨隨風紛滿路。路轉山腰過石梁，錦湍白石聲迴翔。攀林躡嶺指絶境，特來古寺尋清涼。清涼寺額明季興，盧師卓錫隋時僧。尸陀林下築龕宇，大小童子依禪燈。一朝委身清潭底，雷雨忽覩蒼龍騰。至今潭水深不測，得無猶有精靈憑。又傳師從江南來，棹舟而止此崖畔。崖如崩雲勢欲落，卻坐其間自昏旦。千秋遺像風露中，迦葉阿難尚璀璨。相傳天寶遺製。我來荒徑杳無人，惟見松雲相舞亂。何必若耶之谿文杏館，願隱茲山弄柔翰。

高澹人摹董文敏畫煙江疊嶂圖和東坡歌行相贈漫次原韵

案，橫雲家藏文敏是圖，己巳春澹人扈蹕來江南，橫雲迎鑾，晤于舟次，出以賞玩，因而唱和。後此圖於甲戌召還京時進呈。

春江瀲灩浮千山，誰能潑墨垂雲煙。晉卿不作坡仙往，側身懷古心悠然。五茸文敏畫無敵，重摹曩蹟開林泉。余藏茲卷吝莫出，如龍抱珠潛深川。巳春天子東巡狩，吾友扈蹕金焦前。江山蒼翠妙入畫，撫卷舉酒酬江天。今君歸來通六法，迴與王董争清妍。愧余畫理渺河漢，手鈍只合耕山田。君不見宋明朝市幾更變，惟餘前賢翰墨流千年。讀君詩句戛金石，懸鍼妙楷何便娟。更看山崖陵萬頃，巢松我欲欹雲眠。江山文筆兩幽絕，珊珊君骨真神仙。嗚呼武陵輞川杳何處，卧遊斯畫銷塵緣。感君贈我瓊瑶重，三復難賡《白雪》篇。

宿紅花鋪

刁斗嚴更戍，蕭條斷客行。雲吞青嶂濕，月射白沙明。險道愁烽火，征車得弟兄。崎嶇入雒者，底事爲浮名。

石逕寒煙暝，高齋獨坐清。谿風兼葉捲，崖月抱簷明。養拙甘丘壑，浮名讓友生。哀哀天外雁，怪爾尚孤征。

遊徐文在西佘山莊

相國流風遠，名園有辟疆。半山花作徑，百級月迎廊。檻外峰爭秀，堦前水暗香。知君厭朝市，高枕到羲皇。

文靖今無第，青山尚一區。攜家堪共隱，到處欲名愚。雲吐重重綺，風搖樹樹珠。幽居應已足，堂燕任平蕪。

訓殳山夫

羨爾才名二十年，關河魚雁兩茫然，殳巖向老栽瓜地，谷水重過落木天。賓客談時驚折角，山川亂後紀由拳。更知庭内吟霏雪，把管難酬桂樹篇。殳山在禾中，即殳氏家山也。山夫曾修青邑志。

贈計子山

先生豪飲混門騶，遯迹風塵興自幽。投轄客同官閣卧，賣文錢向酒家留。池邊翰墨雄前哲，夢裏衣冠變古丘。猶有參軍韜略在，醉餘兵甲話荆州。

燕京雜感

世宗齋殿切雲端，羽士星旗醮夜闌。白鶴幾經騰碧漢，蟠桃還報餉瑶壇。上真符禦邊廷寇，徽册金泥絳闕官，莫帳鼎湖留不得，塵揚瀛海已無瀾。醮辰，白鶴四十餘翔空中，又桃降御幄，群臣賀。俺答有警，虔事法壇，三十五年，上睿皇帝及獻皇帝法主等號。

瓊華仙島液池邊，玉蝀雙垂繡榜懸。廣殿璧璫傳勝國，妝樓金粉記當年。峰移艮嶽欹殘土，臺湧蕃幢拂半天。聖世與民同苑囿，任攀宮柳看晴煙。瓊華島，明時尚有廣寒殿，島石移自艮嶽。

遊大慈仁寺

傑閣栴林聳碧空，丹梯百尺倚晴風。北圍紫塞千峰峻，南繞渾河匹練雄。漠漠荒郊飛野馬，蕭蕭寒影度征鴻。金遼霸業今何在，多少興亡夕照中。

孝肅微時存母弟，半生瓢笠寄空王。宮中夜覺伽藍夢，世上重新慧日光。繡蟒銀魚開講座，香廚玉粒賜皇莊。即今國破雙林在，田竇朱門只夕陽。憲廟周太后夢見伽藍殿，覓得其弟吉祥，乃爲建大慈仁寺居之，賜莊田數百頃。事具《名山藏》。

題王漁洋載書圖

時漁洋請歸新城，故有此圖，都人於彰義門外祖餞，賦詩成帙，推橫雲作冠場。

都亭祖帳落花深，滿路熏風返故林。幾載雲霄槐棘望，無邊霜露蓼莪心。西曹丹筆關星象，北闕崇班待履音。遥計牛岡方改卜，趣裝應已及秋陰。

秋日邀盛誠齋同遊橫雲

即盛符升。

挈榼攜賓到野莊，懸崖古木鬱蒼蒼。山經秋色增奇麗，酒入詩懷倍慨慷。隱去雲龍周柱史，亂餘人物魯靈光。絶憐漢室君宗後，名士惟存盛孝章。誠齋昔曾師事夏考功彝仲先生。

横雲峭壁實崢嶸，八十捫蘿步履輕。上壽幾人饒勝具，名山著處發幽情。園尋金谷傷興廢，客數蘭亭痛死生。似此白駒空過隙，相期緱嶺學吹笙。李舒章於横雲有麗秋堂，誠齋與周釜山、宋荔裳結社山中。

三月二十五日駕幸賜金園恭紀

昔年彩旄幸園林，守職躬違警蹕臨。今遇春城移雉扇，喜隨花徑聽鑾音。池魚亦仰飛龍意，巖草俱縈向日心。平地忽升霄漢裏，玉皇到處五雲深。

裴相亭臺重午橋，衛公泉石擅唐朝。止聞詞客騰瑶什，不載名園歷鳳鑣。此日桃谿臨宿衛，一時蓬徑倍春韶。隆恩踰分榮無比，編作雲間谷口謡。

酬焦廣期陳咸京即事次原韻

頭白常嗟汗簡遲，遺編空負滿書帷。兩賢夙昔耽群史，千載論量在此時。野乘見聞多遝出，朝常忠佞幾人知。生平三復昌黎札，未敢無稽妄置辭。謂答劉秀才書也。

詩話：讀此詩知横雲《史稾》其虚懷集益之思，千古如揭，而兩徵君與爲參訂，共成不朽，亦可見。

畏吾村訪李西涯墓

風雅茶陵領搢紳，當年館閣句常新。誰知馬鬣經封後，白石穹碑屑作塵。注：西涯子孫式微，以墓前白石碑搗碎和鹽以賣。見《瓦釜後記》。

土城 城在德勝門外，土阜，至今呼蕭太后土城，爲遼聖宗之母瀛洲、澶淵之役偕行，此其駐師處也。

城北逶迤接上垣，蕭蕭戰壘暮雲繁。書生膽氣横千古，疋馬來看古薊門。

沈　業

字聲垂，華亭人。選貢生，康熙乙卯舉人，官常熟教諭，戊午浙江房考。

春晴

閉門無事即山居，積雨初晴樂有餘。緑滿階前隨意草，紅翻水面會心魚。輕風細剪梅花落，好鳥忙呼柳葉舒。轉眼春光將又半，清華不飲待何如。

閔　瑋

字介申，上海人。閔峻子。康熙乙卯舉人，官中書舍人。

次旅菴和尚見訪原韵

坐憶支公語，遥傳空谷音。鉢攜雲水闊，衣積翠微深。把臂憐春暮，論心向夕陰。悠然塵世遠，咫尺似層岑。

孤棹尋幽侶，翛然意莫窮。文章三殿重，聲悟一心通。清磬鳴孤館，殘花落晚風。遠公不易遇，蓮社許誰同。

寄懷友人

黄菊丹楓照敝裘，故人華髮迴添愁。孤鴻夜度江城月，落日寒生海樹秋。不盡雄心頻倚劍，無端離思獨登樓。可能重理山陰棹，濁酒相呼話舊遊。

送友人還秦

客子思家悵遠遊，翩翩車馬向雍州。尊前紅葉題詩句，匣裏青萍動斗牛。玉笛凄涼吴苑月，金莖寂寞漢宫秋。應知别後遥相憶，兩地風煙各倚樓。

楓林寒葉落紛紛，盃酒旗亭一送君。湖海風塵稀會面，天涯兄弟惜離群。皁車曲磴秦山出，旭日晴川渭水分。此去不須愁遇合，鵬程萬里自青雲。

松江總集叢刊

彭國忠 主編

國朝松江詩鈔

［清］姜兆翀 輯

韓立平 唐玲 徐儷成 楊君 趙厚均 整理

第二册

國朝松江詩鈔卷十五

鄉人姜兆翀鶴山録
朱棟二垞閲

王頊齡

字顓士，號瑁湖，廣心長子，華亭人。康熙癸卯舉人，丙辰進士，授太常博士。己未舉博學鴻儒科，改翰林院編修，歷工部尚書，晉武英殿大學士。世宗登極，晉太子太傅，蔭一子官。頊齡以年躋大耋，再疏乞休，上手敕慰留，賜詩有「迹與松喬合，心緣啓沃留」之句，因自號「松喬老人」。年八十四，卒于位，贈少傅，謚文恭。有《世恩堂集》三十二卷。朱竹垞曰：「其詩春容和雅，一以唐爲師，而無隻字流于鄙俚詼笑嬉戲之習。」

潭柘

杖策戒晨裝，興發事幽討。黄葉覆石梁，峭壁插晴昊。馬蹏歷岝㟍，砰磕如骨骹。至止嘉福寺，枯柘風霜飽。其下有海眼，蛟龍窟宅老。華嚴戒律精，説法神龍擾。幽潭一夕徙，金碧焕雲表。殿吻髯鬐張，傳自龍王造。至今佛座下，猶聞波浩浩。摩挲畫壁間，祖師騎龍矯。龍子遺五百，隱現無昏曉。當春始出游，掬手故相嬲。我行聞此言，龍乎何猾狡。劉累能豢龍，醢龍龍去早。葉公好似龍，真龍便驚倒。何如此伎倆，人龍共相保。

侍御張蘧若以請毀魏忠賢碑墓疏稿見示賦贈

我昔遊西山，至止碧雲寺。忽見節甫塋，僭擬王侯制。憤氣填心胸，髮豎目裂眥。安得聞昌言，汙潴蕩凶穢。感慨發浩歌，空懷寄天地。余己未秋遊西山，曾賦魏忠賢墓歌。鬱勃二十載，幸遇驄馬使。上殿陳封章，侃侃申大義。白筆凜秋霜，正論殛妖魅。天子爲動容，曰俞司直議。赫然下明詔，亟仆兇奄碣。耳目頓清夷，山靈絶纖翳。踴躍再作歌，一吐平生氣。

題張景峰大司寇皆山園圖

我昔使秦關，拄杖玉女峰。足蹋蒼龍峻，手攀仙掌雄。至今快遊目，奇觀蕩心胸。王程期敦趣，匆匆馬首東。未得登龍門，夢寐猶相從。今披皆山圖，四面紫翠重。烟巒接几席，樓閣倚寵嵸。平疇布方罫，瀑水聲潺淙。澄懷日元對，萬事等虛空。遠數平泉莊，土木侔天工。主人不得歸，猿鶴怨何窮。先生早掛冠，泉石恣遊蹤。回首東華塵，何如小山容。

詩話：讀文恭公皆山園詩，知其有掛冠之志。詎公亦有秀甲園在郡城西郊，康熙乙酉、丁亥，兩次聖駕南巡，俱幸是園，園中藤花，御書「蒸霞」二大字以賜，又「深林人不知，明月來相照」對聯，及臨董其昌書「青天蜀道不難攀，思入微茫杳靄間。稍著一區楊子宅，居然秀甲九州山」條幅，後園名秀甲，即摘取詩中字也。惟是時公未曾扈蹕，不獲迎鑾，遥作紀恩詩，其五律云「留題瞻御筆，激賞動天心」，七律云「日斜花徑方回輦，路入幽巖每御牀」，洵乎翠華榮蒞，園圃生光矣。後屬禹鴻臚繪圖，卷長三丈，點染極工，以視平泉，奚啻過之。乃乞休未許，徒托卧遊，「主人不得歸，猿鶴怨何窮」，豈非詩讖耶？

故明景帝廢陵

嗚呼西山之麓多丘塋，刑餘骨朽千山黥。豐碑高闕夾墓道，嶙峋直欲摩太清。我來玉泉山下過，墓門白晝竄鼯鼪。松柏斯盡殿瓦落，碑碣猶標康定名。裁令流水制度儉，規模敢與奴僕争。古來薄葬亦美德，皇當絶地何無情。七年監國功足録，春秋宋事同一局。捉髮雖無叔武情，摧殘未到湘東酷。何來曹石貪天功，奪門二字千秋辱。蒼茫劫火明社屋，天壽山前鬼夜哭。寒龜埋没野草枯，裕陵蕭颯同傷目。吁嗟泰伯至德誰能群，至今猶識讓皇墳。

贈唐服西

詞壇碩果溷樵漁，賣藥時乘下澤車。村社雞豚扶杖候，甘陵人物夢華餘。荀公有後能繩武，楊子閒居好著書。更羡蒼姿同海鶴，蒲輪行見下菰廬。

送牧堂和尚掃笑巖祖塔兼遊五臺

瓶拂相逢冰雪期，當年曾賦碧雲詩。數年前，曾作詩送牧公北上。千巖飛雪西行日，五祖傳衣南去時。五祖告能大師曰：

「汝緣在南方，宜往教授，持此袈裟，以爲法信。」山是清涼初地浄，佛因師利一燈垂。五臺是文殊師利所居。松枝此後應東向，早慰茸城弟子思。

送許時庵大宗伯予告還海寧

風標嶽立冠崇班，典禮容臺夔契間。共識臣心清似水，獨持廷議重如山。青門詩送知章去，祖帳人賢疏傅還。只有舊時寮宷客，不堪話别聽《陽關》。

孟夏望前二日偕胡南苕同官曹蓼懷少司馬泛舟西湖至玉泉山飯于功德寺抵暮而返因賦

玉泉遊屐記當年，曾向華嚴洞裏穿。余己未秋曾遊西山，遍覽諸勝，距今將三十年矣。今日重來苑墻下，千株高柳半青天。

宣宗遺迹久荒涼，古寺空留老柏僵。功德寺創于明宣德二年，制度擬掖庭。宣宗時駐蹕于此，後因世宗見金剛像努目獰惡，悖而怒，寺遂廢。一代已多興廢事，不須劫火恨滄桑。

高層雲

字二匏，號謖苑，華亭人。康熙乙卯舉人，丙辰進士，授大理寺評事，歷給事中，晉太常少卿，卒。崑山徐健菴爲作神道碑，稱其爲給事中，時遇事敢言，又皇后上賓，詔諸王大臣集議喪禮，時諸親王、郡王等環坐，閣臣向前，白其議，長跪移時，武定李公年老，起即踣仆，君以爲非國體，即日抗章彈奏，謂天潢貴裔，群臣禮宜致敬，獨集議國政，異時無弗列坐者，今議國喪，非大臣致敬之地，亦非諸王踞受之時，閣臣固當自重，諸王亦不可踞慢，失藩臣守謙之義。書奏，皆爲頸縮而天子用君言，令後凡見諸王，不得引身長跪，著爲令。又江淮間議行屯田事，民大擾，君請急停以甦民困，上嘉納之。蓋君之立朝大節如此，非獨詩文追古作者云。所著有《改蟲齋詩略》七卷，又詞略一卷。

□□□曰：「詩兼杜、韓、蘇三家之長，而去其弊。」侯官張遠曰：「才氣浩瀚，筆力遒健，至鍊字押韵，皆錚錚有金石聲。」沈文慤曰：「太常詩極擬少陵，雖未入神，却能超俗。」詩話：太常詩學外，書畫皆入室，故龍眠相國輓聯云：「三絶擅通才，身後至尊猶歎息；一官無長物，篋中封事足流傳。」

秋夜吟

錦江花落盡，碧樹鳴秋蟬。蜀琴弄清夜，愁入鴛鴦絃。起行望山月，已掛高城邊。耿耿不能寐，露濕雙行纏。

爲柏鄉魏相國作

嘗聞德功言，是稱三不朽。德則範百世，功能振九有。惟言視若末，法式垂遠久。文人每相輕，各自矜敝帚。豈知儒者辭，不與才士偶。理道存六經，探索涉二酉。拔俗障狂濤，援溺煩巨手。淳駁勢相殊，黄鐘異瓦缶。微言既云絶，生當群聖後。念昔元祐來，無出紫陽右。至道賴光昌，講業有授受。名世邈不作，異學多矯揉。吾思魏相國，投閒愛林藪。不學謝東山，攜妓陳聲酒。不學李平泉，爲園蒔桃柳。著書逾十年，金薤垂瓊玖。況憶立朝時，讜論恒在口。出處倍光榮，無如名與壽。曾讀思潁篇，風期想歐九。

過通微佳境閣中所製樂器皆自發聲感而有作

新聲多瀰漫，古音何澹泊。今昔器莫殊，變自人心作。屏人以任器，鄭衛不我鑠。此語本似迂，於理信非鑿。耶蘇老會士，奇製良有託。倕巧兼曠聰，精思誰量度。方春嬉士女，紈綺闘京洛。我來卓午時，大小鐘自搏。忽見朱欞開，練響出層閣。初聞奏落梅，風細松濤薄。既疑花梵宣，幽澗寒泉落。音節亮以和，宮徵遞相錯。聽者如堵墻，安辨箏與籥。拊擊藉有機，噓吸仍在橐。無成亦無虧，不鼓得真樂。齊王好音者，當時濫南郭。何如不假人，此輩無處著。世事靡不然，曲終應大噱。

徐君苦蘇松兩郡賦重慨然上書閣部諸公咸高其義特爲咨訪外臺徵詞入告時余有西川之行匆匆治裝於其歸也爲詩以送之

吾吳薄海陬，藐爾一撮土。割據嘅當年，紛争擅雄武。地蹙食亦艱，恣爲無藝取。後服懲獨嚴，無乃法非古。來蘇望何殷，易暴歌莫補。數世事休息，始獲成安堵。頻歲兵燹餘，凶荒愁失所。長吏急催科，奚啻猛如虎。流移滿道旁，相看涕如雨。徐君有心人，憤若入沸釜。徒步來京師，申包哭存楚。銀臺喉舌司，動色憫其語。朝廷重封疆，閭閻繁疾苦。民命如懸絲，持戟久失伍。曷入告爾后，俾得甦噢咻。千載此一時，君歸力須努。入蜀悲歌人，鄉愁隔江滸。翹首仰恩波，天涯數起舞。

重陽前二日江眉瞻招同王省齋李丹麓陳是菴潘又生謝健行遊七星巖

灕江抱東郭，粼粼鴨頭媚。駢艫絡浮梁，雜遝闐車騎。逕轉接山麓，長虹偃危陂。使君愛秋林，招邀得古寺。入座仰蒼壁，欞扉撲空翠。仄磴雨益滑，陟險寧敢避。羽客導我前，崖谷迴幽邃。列炬破陰晦，更覺所歷異。廓然見中空，恍獲萬間庇。怪石自上下，誰復窮擬議。訝魚若鼓鬣，詫鳥如展翅。喻獸疑攫拏，方人指肩臂。軍持勢可攜，漁網狀誠類。欲就匡牀眠，任將碩果覬。長年燭未銷，經歲田莫蒔。洞中所見猶多，數語蓋言其略。或恐遊仙靈，定不藏魑魅。傴側到天門，傴僂懾候吏。曙光洞面啓，爨火巖下棄。恰喜筍輿迎，復向華筵醉。弦月在山頂，晚霽良快意。西堂就枕遲，鐙灺有餘思。

韶陽道中 此爲大理評事時，甲子典廣西試。

湞源出大庾，厥勢頗奔放。況遭峽石束，鬱怒不可狀。南流匯武水，有助氣益壯。上疑建瓴激，下乏砥柱障。崖石蹙巑岏，灘瀧鬪波浪。既歎泝流險，復經暑雨漲。湍急工轉勞，風弱帆空颺。更當巖巒削，卻苦牽挽妨。力衆篙恒施，歲久石受創。崖壁間篙痕深三四寸許者不可數計。前林日欲頹，暮色欻悽愴。圻堠倚荒茅，孤槎庶可傍。

滄江放歌寄錫鬯

昨年自笑苦何事，短裘羸馬走燕市。五侯門前車騎闐，紅塵對面不相視。高秋野外多勝情，把盞愛聽風葉鳴。引商刻羽復誰和，興酣往往聞新聲。月行雲散不能留，送君獨上昭明樓。予亦分飛擘九州，隨風忽墮滄江頭。滄江東流去不已，少陵祠前空徙倚。有時送目上星橋，鳥路千盤身萬里。紅顏已老白日徂，我今不飲真非夫。卻怪阮公猶未達，醉後獨往悲窮途。何必青絲白玉壺，郫筒且熟滿眼酤。遠山如眉花勝面，倚石便作文君壚。峨眉遠接蒙首長，三峰直入浮雲翔。赤日不到太始雪，洞中瑶草常芬芳。江山信美我何有，生計猶餘五株柳。拂衣欲掉季鷹舟，釣取鱸魚四十九。此日聞君在薊丘，桂枝花發尚淹留。何當手持緑玉杖，與君同入名山游。

汗血行

原序：陸生鳴五，美秀而文。尊人子元謫瀋鐵，論其家亦當徙，生乃請行，其去故國，意氣慷慨自若也。辛丑冬，塞外進鹿，祀圜丘，請於主者，乃得歸。歷數千餘里，抵故郡，問其所爲，曰：「時從畋，頗善于騎。」余從子季真素暱生，請試爲乘于郊原，顧盼謦控，甚習也。爲賦《汗血行》以壯之。

陸生少年纔二十，皎皎丰姿如玉立。阿翁宿負海内名，懷珍曾獻金臺側。薏苡群疑粤客囊，夜光不辨荆人璧。至尊按劍明光宫，儒冠可溺誤乃公。小臣荷戈玉門去，待以不死恩何隆。須臾遣吏籍其帑，謂當譴戍督生往。生時慷慨前致詞，願得見父死豈辭。黄雲目斷幾萬里，嚴寒截耳風裂肌。爲期生入未可必，故園雁杳雙魚稀。夜半忽聞戒行李，短衣匹馬投燕邸。沙日荒荒入薊門，易水悲歌聲變徵。給引還歸谷水湄，寂寥臺榭生荆杞。舊社鷗盟未許寒，寸心誰肯忘知己。余也逢春善閉關，門羅鳥雀三徑閒。忽聞紫騮嘶落日，羨是誰家美少年。霜蹄蹀躞捲煙霧，排空掣電奔濤怒。鞭影依稀入落花，蘭筋無力錦韉斜。爲當據鞍草羽檄，何乃牧馬投龍沙。君不見，鄴西子桓好擊技，酒酣耳熱藐天地。蔗杖縱横不可避，下殿數交三中臂。男兒俠骨本天成，貴不詘人貧肆志。何當一顧脱鹽車，長鳴仿佛空群驥。

梅耦長以遊西山詩見示賦此奉酬并將一扇索畫

城西疊疊群山横，春陰不掃天低壓。探奇有客摇吟鞭，沙軟塵清雨絲霎。信風獵獵吹緑樹，冷香點點膠巾帢。偶尋别墅張公子，得徑便當諸勝甲。遂陵虚碧緣危梯，時聽潺湲來東峽。紆威刻屈杳以深，轉入轉佳幽興洽。潭邊老栢横百尺，云是龍蟠悔眼恰。律師咒鉢群魔驚，馴擾不殊虎在柙。至今波底露蜿蜒，細爪纖鱗若可掐。僧寮小憩香積飯，緑笋青蒲費春臿。雲房窈折竹柏交，衆鳥不猜情共狎。山寒地僻日不到，梅凍始甦桃杏夾。戒壇秃滑畏苔蘚，灌莽丰茸愁磴硤。更窮絶壑陟高頂，偪側洞門開似匣。乍前乍却神屢驚，濟勝有具在肩胛。此中避地似秦人，那計邊烽照戎軨。晚投蘭若聽魚鼓，險韵剪燈中夜押。姸思逸格豈流輩，况聞能事兼六法。也知畫是無聲詩，請君潑墨圖此箑。

惆悵吟

酒徒呼我歌幽燕，賣文爲活餘十年。南行暫作八桂客，驂鸞却笑昌黎篇。已侵暑濕苦重腿，炎瘴况復攢戈鋋。虛陽浮漲真下墮，肺氣薰灼衝于咽。蠻荒無醫雖有藥，刀圭誰爲調沈綿。經過七澤楚都會，國工談藝何紛然。宣通補泄十種具，大道無濟南榮瘨。興來欲飲不盡器，小庭有月空嬋娟。寒谿樊口兩幽絶，江雲漠漠開晴川。黄州老監曾醉客，洞簫歌和時敲舷。當年把卷意飛動，好事徒羨眉山賢。吾今身歷不得到，江山信美空垂涎。少陵有足歎無乘，我脚無力非無船。昨從東郭訪隱叟，花源轉入壺中天。神閒貌古類有道，所投或應疴當痊。起招黄鶴一惆悵，玉潭金竈霏秋煙。

青羊宫

青羊傳舊肆，浩劫費仙籌。文始今何處，元言未可求。盪胸臨沃野，縱目在高樓。我欲乘黄鶴，翩翩到十洲。

少陵草堂

列騎俯滄浪，來尋舊草堂。當年漂泊地，恰在水雲鄉。細竹含風翠，疎花帶雨香。東鄰鐘磬發，心境得清涼。

劍門

劍閣成天險，巍然蜀北門。山形迴大地，石角向中原。僭竊今誰在，興亡總莫論。丘戈亂離後，杜宇亦銷魂。

峽行

雲開巉岃峎，峽轉路迴環。設險存天氣，乘危動旅顔。黄熊蹲絶岸，青兕叫寒山。鐵柱成何益，徒令銹點斑。

將至樂昌夜泊江村

奔湍日泝洄，向夕尚喧豗。葦亂敲篷雨，灘排到枕雷。虎疑林外迹，蠣有刼餘灰。儻慌神殊昡，寧煩瀧吏猜。

沙河即事

恭挽園陵舉國行，百夫長是一書生。靈輀晝演成鵞陣，毳帳宵懸藉酒兵。城帶平林迴野色，山連横卷繪新晴。直須役罷從公去，試對盤峰眼乍明。

送六謙兄之官安邑

西陵才子吾宗彦,幾月長安作選人。不耐臨池穿鐵限,俄看捧檄動車輪。杯浮桑落新年酒,洞接桃花滿縣春。吏隱神仙真羡汝,軟紅愁絶帝京塵。

贈董偉男

學承《繁露》胄偏遥,韋曲亭臺傍紫霄。使相車轓新畫鹿,郎官家閥舊聯貂。勳高上柱門多駟,貴甲中朝壁有椒。緹幕晝開芳宴啓,玉舟行處滿賓寮。

碧雲寺

欲訪名藍到上方,丹梯百折俯平岡。乍聞法鼓宣清梵,却訝豐碑表巨璫。倚石漫看松子落,漱泉微覺澗花香。最憐騎馬歸來晚,雲氣猶縈薜荔裳。

與錢目天别

酒人相得以詩鳴,一首詩兼酒一觥。玩世偶成公叔論,佯狂誰解伯倫酲。技工螭鈕先秦篆,氣壓龍文百斛鐺。分手待中鶉火候,五絲難爲綰離情。

岳州報捷紀事

一戰收荒徼,三湘動凱歌。揮旄旋地軸,洗甲挽天河。左劲齊飛箭,前途盡倒戈。虒翻沙苑馬,聲振蔡池鵞。陣夾渾張翼,圍圓儼設羅。鞭霆走魑魅,爨水泣蛟鼉。沓沓鱗游釜,紛紛蜜聚窠。當車心已矣，巢幕意如何。諭檄乘風去，降旗接日過。疾疑颷捲籜，散比葉辭柯。整旆容仍壯，投醪色自酡。恩威宜竝用，刑賞必殊科。坐使妖氛滌，方當霽景和。岳開圖更寫，湖靖鏡重磨。農父尋臺笠，佳人拾錦梭。瘡痍還漸起，軫恤貴無頗。逐北真超越，征西尚委迤。棧通來枸蒻，筰度埽牂牁。盾墨題安遠，標銅待伏波。功成繪丹碧，層閣紫霄摩。

沙河道中

蓐食相呼傍野田，竝來箕踞藉莪藊。書生自是從軍慣，也把霜刀割彘肩。

海棠爲風雨所摧

曾將新幕護深紅，又逐行雲墮曉風。門掩一庭春雨後，年年腸斷苧城東。

彭開祐

字孝緒，號椒巖，彥昭子，華亭人。以選貢中康熙乙卯舉人，丙辰進士，官河間縣，陞武岡州。在河間頗著政績，查慎行有詩云：「前年來好官，輸課有常期。木匭設中央，金錢隨所齎。一日投百封，數計若察眉。半月率滿匭，封識良不移。明朝上大府，手不沾毫釐。」云云，此數語與《春藻集》中有《重過瀛海》詩所云「馬首逢迎，士民愛戴」等語相協，亦可見吏治之良矣。著有《春藻堂稿》內分《陵滄》《荷旃》《酌瀛》《槖丸》《滌雪》《瞻雲》《游琴》

等集。陳丙晉云：「椒巖詩深秀高華，才情綺麗。」許西山稱其珠聯璧合，鳳舞鸞翔。詩話：椒巖早年文會在城春藻堂，晚歲歸老在横溪老屋。横溪老屋者，自明代彭氏邵武知府應麟魯溪所搆，其子□□竹嶼又搆斗心亭，汝讓九麓搆長嘯軒，孫彦昭韋齋搆苔月軒，在青浦縣治西虹橋上，蓋跨谿東西俱有屋也。韋齋、椒巖宦後皆居此，故隱君吴日千壽韋齋詩云：「横溪梅萼正氤氲，來訪青驄舊使君。」又《寄椒巖》詩，用徐文貞横溪舊韵云：「一别横谿歲序迢，通亭曲水正寥寥。」均可以證。椒巖殁後四十餘年，棺在横谿淺土，乾隆壬午，水潰至露前和，此載某人詩話，則更近而可據。乃《奉賢志》忽收横谿，誤；《青浦志》又不收横谿，並誤。

重經黄岡即事

馬頭挹秋爽，又見齊山青。青山欲相笑，客不征蹏停。炊煙起岡下，屋角雲爲屏。帘招未遑駐，十里瞻郊坰。岡前卧沙黑，石踞作獸形。驚驂忽横避，跳躍喘不寧。揮鞭急馳去，蹴踏如奔星。兹岡貼如掌，叱非九折經。陡險出坦途，此理良足惺。整鞍岸頭立，潑黛連煙汀。飛飛一鳥白，自在翻雙翎。那能學鴻鴽，翺翔陵紫冥。

響水洞

北山近仙峽，嵐靄時縱横。兩岡并一麓，穴麓疑端阬。欹仄洞門險，鬼斧削不成。中窺峭幽黑，但聞聲砰砰。頂旁裂空竅，股水看斜傾。翕受只山腹，不涸仍不盈。疑有潛龍吸，翻濤欲怒爭。千秋此奔注，源從何處生。錚鏦警人聽，山寧有不平。何爲亘昏旦，噴薄勞長鳴。

貴溪城東仙橋非橋也，山峰遥接，遠望儼環若橋，抵其下則插峰中斷，士人以仙橋名之。

橋曷以仙名，非真石梁踞。有山曰天冠，三峰孤絶處。東曰東廊巖，丹井飛臺署。西曰五面山，一峰面面覷。山靈作氣奇，環空儼虹馭。疑神鞭石成，日趁金鴉翥。及走山下觀，插峰兩無預。何爲遥睇時，鰲戴亦鯨呿。西涼五色雲，南詔百花御。舊説苦荒唐，覯兹或可據。山中傳古仙，久艷邦人語。倘如雲英藍，有仙自來去。

歷下城東觀刈麥

九州辨土宜，播穫事俱異。惟麥胥務登，種尤重齊地。播之法則同，穫乃非一器。我行東城東，峼華拱晴翠。山前麥正秋，刈者蚤群萃。乍觀捷若飛，熟視驚其智。齊人爲我言，武鄉善屯事。制昔創渭濱，今猶受其賜。長刃是號鈲，直鋒而柄植。有綱背結之，環張宛箕置。綱角三繫繩，兜項便所使。其法用兩人，前後不相離。前者截地來，兩手如展翅。橫掣聲砉然，斜行疑掃彗。拉朽兼摧枯，同兹勢猛鷙。鈲割綱是承，舉綱即倒委。有幅先繫腰，方廣以受穗。後者盡幅牽，狀若逞螳臂。掠入間用鈎，恐其或旁墜。幅滿輒卸場，往復便且亟。十釶刈一頃，曾不終朝遲。初刈曰看邊，陌頭環坐視。甌窶縱滿篝，旁觀不敢覬。刈畢曰放圈，群起拾以次。絜之且擷之，歡趨或顛躓。諒此猶古風，遺穗總弗棄。來牟既悉登，屑麪户新試。重羅白雪塵，麷蕡禮告備。紙錢壠上飛，是又薦新義。《爾雅》《月令》篇，纖悉猶未記。我觀稷下風，因憶江東利。治田俗本勤，穫尚遜此易。所恃惟霜鎌，鞠躬苦盡瘁。逝將計歸耕，十畝湖田治。擬傳捷法施，麥壠器重肄。

邯鄲過黃粱夢處

倦客困征途，遥情思抱甕。望望紫山高，疑有人乘鳳。來過周道旁，巍峨瞻畫棟。入門淨不塵，曲沼微風動。仙蹤儼在兹，彼生何夢夢。當年授枕時，幻迹至今頌。富貴縱可期，浮雲亦何用，黃粱炊幾時，此中夢者衆。余非枕上人，遊韁偶然控。雖夢亦自醒，矧猶未成夢。

大梁晤杞令君徐定山話先侍御宰常時遺事（徐常山人。）

倦客久不歸，梁園事已異。逆旅鮮知心，早滅袖中刺。洵美來徐公，欣然得把臂。産自三衢山，今爲外黃吏。知我清白傳，爲述先人事。先人初作宰，三衢舊所治。下車傷瘠疲，殫心勞撫字。勺水飲廉泉，（常人有「只飲常山一口水」之謠。）興除愜民志。四野徧口碑，盈寧室家遂。東南忽戰爭，江上烽煙熾。常爲七省交，晨夕羽書萃。承平日已久，蕞爾鮮兵備。民氣本尚力，買犢不敢肆。先人念勢迫，作勇良可使。練習戒不虞，屹然絶窺伺。丁壯能執殳，食息安老稚。一道舊貫城，兵衝民惴惴。鑿山導城北，來往始攸利。有帥驅敗兵，屠掠恣爲厲。蹂躪及鄰郊，其鋒不可避。先人亟馳書，諭以安全義。民貧令亦貧，牛酒聊相遺。彼帥謹受約，斂兵息民累。鄰人被掠時，子女無遺類。致辭代爲請，輸緡我當致。彼帥亦動容，悉歸掠者至。亟召鄰人來，合鏡幸無棄。扶携滿道旁，歡呼實動地。當年遍尸祝，遐邇荷慈庇。迄今諸父老，追思猶涕淚。余昔方五齡，趨庭頗心識。徐公自童年，一一尚能記。既念先澤深，聞言感厚意。塵鞅久遊行，弓冶徒增愧。

按此謂其父韋齋宰常山時事也，時在乙酉。故椒巖方五齡，既值亂離，旋經鼎革，雖有政績，誰爲紀之，至吾鄉人，直不知有彭氏之宰常山者矣。存此詩以備記載。

滕王閣

章江門旁殘雪天，我來閣下夜纜船。詰朝推篷試臨眺，結茲一隙江山緣。閣中久非舊簾棟，雨雲飛捲常新鮮。眼底繁華尚宛在，當年帝子隨飄煙。圖成蛺蝶妙誰匹，粉消不受春風憐。如何都督尚逞勝，紛紛召客張瓊筵。笙歌歇後劫灰燼，好事勿惜傾金錢。傑閣巍峨繼頻作，朱欄繡檻仍曼延。换盡霞光更水色，獨留題額垂千年。滕王兩字豈不朽，才人一序誇駢妍。乃知文章足千古，以文以人斯特傳。此閣何如孺子榻，文高不及高人賢。荒祠寂寂尠憑弔，品題閣上紛如椽。縱使文傳不因閣，洪都麗語猶得偏。三王盛稱傳者一，生平傑作非斯篇。曾聞觀察亦重葺，昌黎作記真無前。寄語閣中燕遊者，祗應亟此青瑶鐫。

雙壁巖 巖下有九丈潭。

山頑水亂頗不情，經途懶問山何名。竭來洞口接硤口，有奇忽闢開雙睛。懸崖一碧插天起，山根疑削鬼斧成。其前兩石陡峭立，不知拔地何緣生。寬於石巔斂於下，直伸仙掌空中擎。高難數約可千尺，時與雲霧相搘撑。此特相傳號雙壁，俯視群岫皆平平。中間邃壑復界破，旁迴九丈潭波清。稍折而西兩麓斷，上下各出飛橋横。假使橋收峙遥塹，人蹤那得陵空行。從來造物百千幻，兩間名勝當前盈。何不移此出名壤，僻處兹地藏奇英。乃知顯藏各有命，山亦難與地强争。賴有名人舊題句，也堪石破兼天驚。

連日山行極險過後賦得長句

江濤掀簸愁無津，故從陸走衝寒塵。連朝路惡遘山險，偏教湧出千嶙峋。始猶磅礴互高下，漸入抑塞披荆榛。忽然排空亂峰擠，峆岈怪狀疑怒嗔。陡盤矯若鬬蛟蟒，兀突竦若蹲獅麐。側出礙若冒榱桷，横攔掣若欹轅輪。懸崖左逼不可仰，鬼斧削就工何神。絶壑右瞰更千尺，石尖齒立深磷磷。一岡將陟起人面，滑踏峭石如鯨鱗。一坡欲下直似削，危如絲縷懸千鈞。其間取道總偪仄，不巒即礫無停匀。縱然得徑僅容趾，那能安步足順循。竟日山巔更山腹，絶無茅舍成煙鄰。鳥飛不下虎留迹，此路曾少經行人。問途大爲僕夫誤，晨餐不得直及申。嶔嵚歷後紀其略，奇觀百變難具陳。平沙沃衍多勝壤，拔地生此何不均。不驟康莊履砥矢，我行何獨逢苦辛，吁嗟羊腸在人境，輸他坐放磯邊綸。板船鴨嘴卧波穩，推牕紅日容欠伸。

湘江行

洞庭南走接湘水，清流淼淼茫無垠。冬殘風日值新霽，微瀾澹若秋生雲。撥開雙槳剪縐綠，又若幅幅拖仙裙。玆水溯源自陽朔，山經石鼓零陵分。北抵三江岳陽匯，中貫一氣長氤氳。吁嗟湘靈有沈魄，千秋憑弔江之濆。蒼梧東望斷雲黑，筠寒落翠消芳芬。斜陽不掃涷痕盡，沙殘雪縷猶紛紛。江頭弄楫便舟子，身輕好敵陵波軍。呼來試問此何有，連江獨有香草薰。我欲涉江采蘭芷，更從澤畔搴香芹。倩將瑤瑟酹江酒，騷詞一再歌湘君。

陳仲子祠

在濟南長山縣之城中，祠旁有碑曰「陳仲墓」。於陵在城南二十里，有仲所居。

田和竊國仲餓夫，誰其是者不可誣。文子潔身何爲乎，子孫萬鍾肯自污。大倫既賊陳之宰，忠良家法悲難扶。心之戚矣咽復嗚，忍猶食肉蓋與徒。於陵織屨兼辟纑，非廉要與貪殊途。判此終焉速朽枯，荒祠古墓嘑霜烏。魂魄猶應戀此都，心事千秋白日孤，西山薇蕨吁嗟徂。

詩話：仲子祠廟千古，或謂亞聖責之太過，然計田和竊國，至齊宣王時，已閱五六十年，仲子非與田和同時，何庸追咎竊國以爲不義，至所以得祀，則固以矯廉震世駭俗耳。此詩立論警闢，要不可爲典訓。

葉硯孫寄余長歌久未和答病中走筆報之

榻塵穎秃堆詩逋，書來作答徒支吾。故人厚意久未報，長篇飫我如醍醐。惜我勞勞局轅下，憐我憔悴霜盈鬚。望我蛛縈早知警，招我弗負秋風菰。倘非良友素心許，勤拳誰爲醒迷途。感君愛我劇知我，我寧羨彼凰在笯。茫茫無津看人海，不知回作粘壁枯。升高尚爾有深戒，鴟貪那不嗤鬅蘇。多謝詩魔及窮鬼，交摧釀得形容癯。幸許吾衰乞休去，西風將趁江東蒲。憶我橫溪君筍里，曩時勝引兼葭莩。飄雲宿草二十載，河山半慨黄公壚。同輩惟餘兩三在，歸當來往尋舊廬。滿頭雪色定相笑，光景尚約童交無。升沉聚散總若夢，及時聽勸提壺盧。舊遊晨星歇歌嘯，高風猶記王與吳。儘我餘年與君訂，鎌山顧𪈼吾師乎。

來詩叙及王玠右先生，吴子日千及越江、蘿軒、屺亭、湘巖、亡姪蕚峴，故云。

臨江吸川亭

層層雪屋帶痕青，袖倚欄杆可拂星。八九欲吞如夢澤，十千可醉此江亭。壁應龍掛驚梭躍，岸恐鯨翻鼓浪腥。收得大觀天一握，雲帆千點似粘萍。

步北軒看海棠

開遍春芳落小紅，又看霞襯紫綿烘。酣餘妃子嬌難足，譜到神仙色亦空。燒燭有心憐睡夜，卷紗無力倚輕風。煙梢露蕊真堪惜，聘想梅時恨不同。

寓齋移榻後晚坐有懷

去亦何心住不妨，重移短榻傍西堂。苔粘深碧經朝雨，樹拂輕紅帶夕陽。雙燕巢安簾影静，一螺峰入簟紋涼。湖山儘足供鷦寄，舊約尋應此對牀。

沈恪庭從白門遺札以文恪師遺稿囑校訂有感

江頭行李促鋒車，時方北上。倚棹秦淮遠寄書。此去定參文德省，相思猶及孝然廬。四聲傳業勤相示，五色開緘錦不如。重憶論詩春座日，千秋淚灑絶絃餘。

林安國邀飲北園同馮霄燕陳彦達盧文子陳山農路湘巖分賦

郭外晴煙晚欲沈，石欄雙屐愜幽尋。一簾花暝燒紅蠟，五老峰寒鎖緑陰。堂前有五老峰。客醉步兵新釀熟，春留太守雪堂深。園爲故漢陽太守孫雪居舊宅。閒情最羡丘園勝，擬伴琴尊共入林。

弔李滄溟先生墓

先生墓並峼山青，魂魄猶應占地靈。一代詩人宗渤海，千秋才子數滄溟。彈冠不到然藜閣，樹碣空留蔓草亭。縱目高岡重憑弔，夕陽無際客鞭停。

張　集

字殿英，號曼園，婁縣人。康熙己酉舉人，丙辰進士，除行人，擢御史，有疏免漕田丈量及釐軍政、嚴保題等事。歷官至吏部侍郎，丁艱，起補兵部左侍郎，尋謝病歸，卒。

送杜讓水之廣昌任

莫嘆分攜向各天，交情原不隔山川。飛狐北望褰緹幕，歸雁南來寄綵箋。琴伴一官心自撫，碑傳衆口齒常鐫。此行會見蘭臺擢，綸綍應將姓氏傳。

范　緦

字莞公，號匡谷，華亭人。康熙壬子舉人，丙辰進士，官鎮江教授，陞國子助教，卒于官。詩話：莞公家世清華，人人有集，其兄駿侯撰《范氏一家言》，稱六世祖名濂，字叔子，著《空明子集》，而七世之廷言侃如，八世之啓宗海民，九世之景范熊菴、景儀醒士、景儀宏生，十世之煌麗城、韋駿侯、緦莞公皆有詩集。莞公于未遇時，宋天木即識之而字以女，後果獲雋，亦一佳話也。

立春前二日奉酬二兄駿侯

射策金門事已陳，重來依舊倦遊人。誰言南國從微禄，還向東華戀軟塵。數載江河真浩蕩，一燈兄弟慰沈淪。明朝且喜陽和近，莫爲窮途感慨頻。

題蘆江獨釣圖

蘆花飄雪水粼粼，小艇寒塘自絶塵。獨把綸竿無我伴，江湖原是少閒人。

楊瑄

字玉符，號楷菴，華亭人。年十九中康熙乙卯舉人，丙辰進士，選庶常，授編修，以撰佟□□祭文誤用王彦章事，謫戍尚陽堡，旋放還。歷官内閣學士，緣事遣歸，雍正元年不召赴闕，擅入乾清門，獲罪戍黑龍江，卒於戍所。所著《楷菴詩草》，其《塞外草》只存近體數章。吴日千曰：「太史匪獨工臺閣體，至古詩歌行，宏肆峻拔，鑿陰陽而移高深，昌黎以後不多見。」

送洪昉思遊大梁

十月長安道，天高朔氣逼。絶塞走風沙，鷩鷊厲羽翼。念我通門友，征馬嘶寒色。問君何所之，大梁名勝域。城闕古帝都，山河雄四塞。振衣吹臺顛，長嘯夷門側。况有賢使君，縞帶舊相識。握手道起居，尊酒情無極。余也抱微願，五岳思攀陟。臨風羡壯遊，恨不隨銜勒。君行登首山，嵯峨天可即。騁目望京華，漠漠寒雲黑。

董烈婦

夙昔景賢媛，芳名史册垂。事勢雖萬變，大節恒不虧。賢哉董氏婦，矯矯秋筠姿。中閨操井臼，内則嫺風詩。何意陽春月，倏爲霜雪時。眷彼同心草，摧作斷腸枝。慟哭與姑别，再拜先人祠。相從九原下，一死何足辭。予也聞奇節，欽仰還齎咨。賢婦古多有，生死視所宜。無子義當死，五字烈婦語。此語良不移。大書勒貞碣，千載光倫彝。

檇李李氏大沱石硯歌

李生家藏大沱硯，金聲玉骨石爲形。蒼然完璞得古意，不須巧匠加礱硎。中央二寸最腴潤，依坳作沼元波渟。硯修廣幾尺許，受墨處最窄，隨石勢左旋作沼。薤葉古篆半磨滅，虬枝盤攫霜雪零。下刻篆文「紫玉」二字。天然斑駁亦有態，襹褷一鷺眠煙汀。右傍石作赭色，側視之宛如宿鷺。其尻膩理色紺碧，璠璵歲久韜晶熒。錯落間露鸜鵒眼，澄潭瀲灧明寒星。博物争傳永叔譜，歐公《硯譜》云：歸州大沱石色青紫，頗發墨。舊刻猶見涪翁銘。背刻隸書「涪翁」二字，蓋翁故物。老人當時得此硯，揮毫掞藻手不停。至今大名在宇宙，藝林文囿耳驚霆。繼入迂倪清閟閣，溪山雨意雲冥冥。相傳元鎮用此硯作《溪山雨意圖》。置之畫家自逸品，有夢不到鷗波亭。鷗波亭，趙王孫居。流傳顯晦三百載，鴛湖太常名清馨。太常有六硯齋。齋中六硯希世有，豈羨腰帶萬寶釘。自從烽火滿天地，道旁棄擲同甓瓴。五硯俱失一硯在，撝訶禁護疑神靈。嗚呼！此郡昔有墨林叟，羅列金石光照庭。神物聚散在倏忽，尚書舊第棲流螢。李生磊落有祖意，海天寥闊翔霜翎。寫山樓高高百尺，雙扉寂寂手自扃。解衣盤礴得妙趣，展卷雲山萬疊青。欣然啓匣持示我，生平快絶目未經。摩挲不忍便釋手，前賢已没留典型。李生藏之應什襲，恐有雷電隨六丁。

題王咸中石隖山房圖

亂石盤深隖，迴谿鎖急瀧。先生此高卧，斜日在疎牕。開卷千秋集，銜杯百慮降。故園圖畫裏，歸思滿吴江。

樂毅墓

昌國名同仲父儔，一時霸業顯諸侯。濟西纔見元戎入，薊北重將故鼎收。感激先君情自篤，棲遲兩國智還優。試看馬鬛邯鄲道，雅意分明爲首丘。原注：良鄉、邯鄲皆有毅墓，按《史記》毅卒于趙，當以邯鄲爲是。毅，中山人，時邯鄲屬趙，故有首丘之喻，兼以辨良鄉之惑。

賈島峪

大房石室迴崚嶒，卜築猶傳賈島曾。落拓一官江上尉，飄流數載寺中僧。澆詩除夜聊相賞，攘臂鐘樓苦自矜。當日不逢韓吏部，千秋姓氏更誰稱。

送友人之楚

攬轡郊原意若何，酒酣折柳爲君歌。新詩偏向郵亭得，才子從來幕府多。驛騎霜嚴嘶白草，春風冰泮渡黄河。故人尺素能相憶，二月衡陽鴈影過。

答霞篆董先生再疊前韻 董霞篆名而中，諸生。

夫子江都世系賒，及今門第擅清華。雄談磊落蒼髯奮，泥飲淋漓白幘斜。藿食并無方朔米，褐衣那得季長紗。夜來短壁神光發，知寫新詩燦墨花。

昔年

昔年秘省校群英，春雨新詩次第成。花暗香微思曲折，雲開山洗句崢嶸。庭前槐影侵簾緑，郭外嵐光潑眼明。今日孤舟荒草岸，坐聽淅瀝打篷聲。高都先生館課《春雨》題，彭篆洲詩「花暗得香微」，陳介眉詩「洗得青山面，浮雲不敢封」，一時極爲稱賞。

禾中晤倦圃曹先生賦呈即次先生韵 時倦圃以先朝輔臣傳見示。

高齋隔巷可聆音，勝國成書許獨尋。黨籍戈矛緣底事，綸扉衣鉢竟何心。滄桑此日遺文在，衮鉞千秋寄意深。渠閣即今徵故實，尚容把卷老長林。

謫居柬友

同是天涯萬里身，相依萍梗即爲鄰。閒騎蹇衛頻來往，小擘霜螯忘主賓。明月滿庭涼似水，緑莎三徑軟於茵。生經多難情逾好，未覺人間古道淪。

底用浮石掛齒牙，藜牀士銼野人家。夢迴颯颯吟秋籟，醉後嗚嗚答塞笳。鄰樹移陰青滿院，菜畦通水碧成窪。扶笻便入鷄豚社，身作齊民一倍嘉。

詩話：相傳閣學有《恭紀賜止血石》詩云：「神方採自靈樞秘，上藥親從御府頒。閬風苑裏傳珍久，勅律天西韞采深。」今所傳《楷菴集》，是初登仕籍時所作，故多未載，可知其遺失尚多。

沈宗叙

字宜叔，號秩亭，華亭人。荃子。康熙丁巳舉人，官福州同知。其稿殘缺，僅得數頁。

南陽野望

客子舟行盡日閒，篷牕簾捲入青山。水天一色迷荒渡，雲樹千重遶廢關。幾處茅簷依岸曲，數聲蘆笛傍溪灣。行行無那傷心切，春老江南人未還。

送家叔入燕

金臺巀嶪擁金輿，路入横街我舊居。到日不須頻過此，易傷心處在門廬。

曹泰曾

字彙初，號茹菴，上海人。康熙戊午舉人，由中書授莆田知縣。縣有以犂擊人致死之案，前令論絞，及上巡撫，而囚忽易辭，死者之子亦易辭，下泰曾按，如前擬，乃以失入被劾，莆人思之，祀名宦。

秋日送友

江蘺淡清芬，崇蘭發幽藻。良友静論心，尚古有同好。執手忽分襟，淒風動孤櫂。離思縈斯須，予情在遠道。佇望空茫然，長江落寒照。

登丹鳳樓作

樓高秋氣迥，登眺晚來同。極浦遠逾白，疏林寒正紅。籬花開向日，沙鳥起翻風。欲作悲秋賦，愁多句未工。

申江秋望

申江時極目，浩蕩入秋空，露尚白雲外，雲偏青水中。荒臺歆酒市，落木響禪宫。知己如相憶，傳書向塞鴻。

君山懷古

十字碑横落照邊，短歌慷慨弔前賢。江濤怒挾千峰雨，灌木寒生萬壑煙。湖海不妨長混俗，風塵何事欲昇仙。蒼茫一片皆荒草，獨許延陵今古傳。

贈倪永清 名匡世，居張管山之梅花園，後移家泗涇。放情山水，日事鉛槧，著《詩最》，晚年深于禪悦，御序《五鐙全書》采永清語爲多。

君家江左擅風流，尊酒論詩好唱酬。蹤迹乾坤長鋏在，嘯呼江海片帆收。三秋黄菊思元亮，一曲清歌付莫愁。知己休嫌良會少，夜來明月好登樓。

村居

落日招尋五柳家，杖藜徐步日初斜。霜枯芳艸門前徑，雪綻寒梅檻外花。墓道牛羊驕不下，庭除鳥雀冷逾譁。故人此際長安路，潦倒西風白鼻騧。

董德其

字瞻屺，上海人，占嘉定籍。宏度子。康熙戊午舉人，後移家于浙。

袁崧墓

袁崧古墓響秋蟲，銅馬金戈化冷風。吴國山川花自落，晉朝人物草連空。暫來滬壘尋遺蹟，久别鄉關泣斷蓬。露白燈青魂夢遠，不堪人世論英雄。

國朝松江詩鈔卷十六

鄉人姜兆翀孺山録
謝重華滌齋閲

錢金甫

字越江，號瞻屺，華亭人，居高橋里。康熙戊午已舉博學鴻儒，旋中北闈舉人，明年春既應御試，復應會試，中式進士，授庶吉士，尋中鴻博科，加授編修。是時四榜並登者，惟金甫與浙江沈筠而已。甲子典江西試，爲編修，十四年，始遷侍講學士，以病卒。著《葆素堂詩文集》。

朱竹垞曰：「其詩纏綿悱惻，不失温柔敦厚之意。」

《漱芳齋詩話》：學士敝裘羸馬，未嘗謁權倖門，與鄉黨故人數爲文酒之宴，詞山曲海，魚經蟹志，靡所不談，有語及官資遷擢者，則恚斥之。又篤於師友，急人患難，雖貧而能憂人之憂，故吴日千誄曰「公實盛德，愛好人倫。眷念窮交，存恤桑梓。周憫羈旅，授館授餐。文恪而後，一人而已。」

和竹垞爲畢雨稼開酒戒三十韵

我生寡好尚，獨喜親杯斝。竊意天下事，俱當出酒下。阿堵信穢物，官僚亦傳舍。不如飲醇醪，秉燭遊良夜。朱君我同心，酒户恰相亞。屈指忘年交，晚乃得雨稼。磊落擅豪情，嗜酒如嗜炙。巷南與巷北，乘興輒命駕。或擇看花期，或選著書暇。挈榼踞喬松，摇鞭覓芳榭。題詩綵筆隨，起舞長衫卸。分曹誇得盧，發覆稱善射。尚書期詎知，金吾犯可怕。畢生俄止酒，迢迢歷冬夏。寂寞居僧寮，淒清面塵架。飽飯手一編，坐待宵鐘罷。區區抱苦衷，世俗恣嘲叱。唯有生平友，咨嗟相慰藉。朱君敦夙好，入門笑迎迓。恰值天氣寒，霜風盪牕罅。舉手謂畢生，有言君勿訝。西隣多酒壚，馨香類搗麝。牀頭賣文錢，提壺爲君貰。劉伶頌可師，曹公禁初赦。始飲味若荼，少嘗境疑蔗。譬彼旱虐辰，涓涓注孤汊。又如肺腑親，別久相逢乍。從此振旗鼓，爭長黄池霸。但飲三百杯，莫問十千價。戲語高陽徒，貞婦乍已嫁。

旱虐篇爲茸城老僧紀事也康熙十年旱時，有僧明願者，東昌人，俗姓田，望空拜懇，七日不雨，願以身殉，至期躍入跨塘橋，自沈死。

辛亥江南旱，夏爾秋亦然。盛暑爍黄金，蘊隆兆其愆。尫虐不可暴，石頑詎能鞭。黄冠急請命，祀事亦孔虔。士女紛跪拜，濟濟何闐闐。老僧茸城側，咄哉祇林賢。芒鞵寧掩趾，敝衲不及肩。慨然念洊臻，致詞閭里前。去年商羊舞，澤國悲顛連。今年肥遺見，災祲日相煎。民命既卵危，餘生寧瓦全。願言勤呼籲，庶幾蒼昊憐。露頂向炎日，辟穀餐清泉。如彼率曠野，七日無炊烟。九關萬里隔，高卑聽自懸。是日起晨沐，再拜瑶壇巔。寸心既難格，不惜微軀捐。舉手謝塵世，奮身赴重淵。觀者如堵牆，感動争潺湲。非無冠蓋客，鐘鼎樂管弦。凶年雖足慮，老僧何與焉。在昔東海婦，沈冤動蒼天。所以蓋棺後，降康貫百川。安知非丹衷，化爲霖雨宣。匹夫雖諒節，心等金石堅。殺身求濟世，此志光簡編。願同採風獻，奏此《旱虐篇》。

吴江徐松之採詩至筍里有贈

弱齡學詩歌，到今二十載。宫商尚茫然，何異蠡測海。由是蹉跎一字無，閉關遁迹東溟隅。狂態惟餘白眼在，短衣不向朱門趨。興來捉筆賦長句，及對詩人還囁嚅。吴江徐君真作者，日向騷壇主風雅。徵章辟句何勞勞，如飢思饌寒思袍。林宗冰鑑遍天下，子將月旦皆賢豪。聞君香名輒相憶，昨從傾蓋初相識。丰神落托野鶴姿，坐令裘馬無顔色。袖中出新篇，五色迷雲烟。世間雖有眼，賞譽徒紛然。此事千秋寧草草，今人何多昔人少。昔人苦不工，今人自言好。五陵年少盛黄金，四韵初成付梨棗。徐君選事慎勿疎，碔玞魚目寧足寶。君不見，此地王先生，弟兄偕隱常耦耕。《三都賦》就人不問，户外時聞金石聲。王玠右、名世兩先生隱居筍里。

上方山看串月

原序：去胥門二十里，有上方山，環山而逶迤者，爲石湖。去石湖二里許，爲太湖。太湖而東數里，有橋隆然起，七十二洞爲寶帶橋。每年八月十八，月恰與橋相映，橋恰與湖相映，山又與湖橋相映，吴門遂有串月之會也。甲寅中秋，余結伴遊焉，故記之以誌不忘爾。

石湖空濛橫疋練，纔過中秋月成串。勝景難逢久寂寥，白頭野叟中年見。主人愛客移蘭橈，烏衣紛錯蛾眉嬌。肩輿躡屐上方頂，松濤千樹生泬寥。須臾桑榆墮紅日，烟昏雲暝層巒失。碧天四照星斗稀，匝地紅光月東出。明月出地十丈高，湖光映澈窮秋毫。岸側團圞見清影，妝閣美人前後鏡。月容亂墮盈石湖，湖中歷歷清光鋪。舍利七級透寶壚，琉璃一片懸冰壺。光芒直射老蛟窟，錯落疑挂驪龍珠。波紋微縐白如雪，水晶宫裏層冰結。隔湖髣髴成樓臺，九微華燈互明滅。此時觀者如堵牆，披襟矯首天蒼茫。玉兔陵波蟾魄炫，林鴉叫樹鯨魚藏。月斜漏轉露華濕，七十二灣橋影立。船頭燈火飛螢流，短簫急管中流集。人生會少離群多，良辰樂事空蹉跎。共酌金杯倚紅袖，玉山頹唐奈爾何。嗚呼！玉山頹唐奈爾何。

題范武功曾祖所畫老嫗騎牛圖

古人繪事各擅奇，象形肖物争毫釐。僧繇之龍意飛動，子昂之馬神奔馳。此皆天巧非人力，紛紛俗手徒爾爲。玉川先生胸萬卷，懸思默悟通孔姬。烟雲揮灑特餘技，筆枯墨淡光離離。詢之乃是有明事，婆婆老嫗形龐眉。一牛濈濈依水草，筋骨雄健毛色黧。我疑此時方龍戰，四野漠漠多旌旗。云何此嫗神整暇，揚鞭顧盼行遲遲。乃知縱掠非盛事，耘者不變真王師。此畫中年經兵燹，珠還璧合仍孫貽。賢孫有子美無度，騷壇風雅相維持。袖中珍重出玉軸，先人手澤同鼎彝。披圖贊歎作長句，願君世世永寶之。併誌日月附不朽，康熙癸亥長至時。

題葉君山萬里歸人圖為秦川作。

君山山人畫成癖，少日追隨董宗伯。宗伯瀟灑如神仙，山人猛鷙若賁獲。同時聲價馳雞林，百縑不惜求真迹。放浪江湖任曳裾，尺書遠赴王門辟。肅王聞名來聘。鳳林宮闕鬱崔巍，三百年中藩府開。妙手烟雲稱上客，名園臺榭出新裁。時命山人按圖構園，窮極勝概。蘭皋移石陵雲起，湟水分流湧雪來。令節授衣頒火浣，良宵張宴賜金杯。華林逸趣同濠濮，朝朝暮暮歡相逐。花草萋迷面面峰，綷羅雜沓重重屋。豈知世變有滄桑，旋見天心成倚伏。白馬黃巾一夜來，朱顏皓首千家哭。山人歸計促行裝，盡散高貲存敝簏。巢破真憐繞樹烏，夢回止見眠蕉鹿。横戈帶甲正如麻，數口倉皇道路賒。羯鼓静時行賊壘，村烟深處覓人家。幾度驚魂甘斧鑕，一回笑口脱琵琶。山人為賊所得，將就刑，聞琵琶聲，忽大笑，賊縱之，令試一曲，遂免於難。山人愛妾饒膽略，直入鴛幃開鎖鑰。半夜潛偷田帥符，平明暗度昭關橐。賊帥拘留幕中，山人妾黃氏入賊妻幃，竊令旗，同山人乘馬逸去。辛苦征途越二年，餘生無恙謝烽烟。還家已失田園計，教子仍將筆墨傳。顔生寫照推神手，追憶猶能圖葉叟。懷抱蓬頭黃霸兒，連翩椎髻梁鴻偶。為檢行囊歎息頻，當年遺事從頭剖。髻齔曾經歷戰塵，如今喜作太平人。

攜圖到處堪彈鋏，自在東西南北身。

訪王玠右先生

薄俗卑難論，先生隱是真。名山留絶業，滄海有全人。寥廓青雲翮，生涯碧澗綸。即看丘壑穩，漸已隔風塵。

每見衣常結，相傳硯已焚。家貧寧是病，身隱不須文。時汲穿畦水，間看出岫雲。忘機鷗鳥在，飲啄自爲群。

金夫子至筍里仝人集硯生齋坐中包山周日德善長生之術

晚吹度疎楹，脩然几簟清。庭空殘月下，林静亂蟬鳴。久晦初晴夜，多離暫合情。况逢採芝客，危坐話殘生。

蒙陰道中

綿亘東西麓，蒼茫石逕斜。雨妨枝上果，香遞道旁花。人暇抽園繭，賓來試頂茶。今春田事薄，脱粟比胡麻。

哭戴蘿軒

虎阜看花屐，鴛湖泛月船。客饒浮白興，妓索《比紅》篇。談笑傾群彦，風神映四筵。如今重話舊，遺事散如烟。

南北東西路，相依我兩人。雞鳴常起舞，鶉結不言貧。一諾酬知己，深談秘所親。鍾期長逝後，肝膈向誰陳。

送同年毛大可假還蕭山

華膴人争戀，君何獨不然。掉頭看小草，斂步讓先鞭。副稾蘭臺筆，輕裝畫槳船。預知莊叟夢，先繞故園邊。

濯濯知人鑑，煌煌命世文。門生多立雪，天子欲陵雲。藴藉才難盡，蕭疎意不群。緇塵回首望，蝸角正紛紜。

送同年吴青壇南歸

藜火曾探中秘書，埋輪風紀復誰如。豈知鄭俠圖方上，旋報陽城籍竟除。時事窟難清社鼠，歸心夢已到江魚。爲民爲國争臣節，拂袖非關宦術疎。

浪迹萍蹤且自寬，短檠樽酒暫追歡。閒尋方士求丹藥，爲禮齋壇製籜冠。北闕皂囊留諫草，西湖烟艇待垂竿。曠觀久悟盈虚理，世上原無不去官。

汴城

汴水縈迴抱淺沙，大梁自古擅繁華。一朝搶攘驚封豕，三版汪洋泣産蛙。郡邑移來新里社，井泉深處舊人家。盛朝重整規模壯，屹立屏垣重建牙。

東方百雉古彝門，往蹟蒼涼那復存。七十老翁能獻策，三千賓客竟誰論。抱關豈合當虛左，知己從來勝感恩。竚立不禁憑弔意，斷笳哀角近黃昏。

聞同年汪舟次出使回閩喜而有作

親捧絲綸出建章，一帆飄忽任舟航。波涵日月看吞吐，氣撼乾坤接混茫。烟水經年開國夢，圖書數卷使臣裝。乘槎詎學張騫誕，自布皇仁遍越裳。

朱訥菴大參招飲

時名山斗倚崔嵬，千騎專城借大才。視草風流傳虎觀，伏蒲遺事在烏臺。中年陶寫惟絲竹，今日遨遊在酒杯。金谷催詩真不俗，一時《白雪》競新裁。

送曹星客之河津

著書廿載卧柴關，家在荊谿長蕩間。憂可傷人添白髮，貧難安土負青山。金臺又作經時別，玉堲須乘半日閒。留得餘樽期後會，菊花黃後馬蹄還。

贈魏惟度

夢斷春明號隱淪，閩江清淺好垂綸。偶停司馬遊梁騎，暫作嵩山采藥人。種樹書成閒課僕，賣文錢到便留賓。側身天地蘧廬似，卜築何須問四鄰。

陸祖脩

字孝武，號敬峰，華亭人。從龍子。康熙丁巳舉人，己未進士，選庶吉士，累官山東道監察御史。

詩話：侍御擢居言職，遇事慷慨論列，而鷙鳥搏擊，頗犯時忌。遂佯狂而歸，避迹東西二佘山間，名其居曰「老是菴」，詩酒徜徉，不衫不履，亦可想前輩之風流云。

題圓津禪院息躬室用沈休文遊沈道士館韻

吾生愧薄植，俯仰慚元功。年歲日以逝，問學殊未充。謬陟雲路上，遂脱泥塗中，校書白虎觀，載筆甘泉宫。榮華非所料，恩遇將何窮。以兹結貞懷，敢計約與豐。追歡諒舊侶，戢影安微躬。曹渚波瀲灎，薛山樹蒙籠。疎欞透凡卉，敞宇開好風，既至素心洽，乍經煩慮空。游情等潛鯉，高想屬飛鴻。坐愜形神接，息深道器通。涉川憂渤澥，升嶺邈岱嵩。老氏有懿戒，知止福便同。

弔鐵崖先生墓

先生不可見，遺冢自斜暉。無復攜紅袖，還聞葬白衣。才銷明主忌，老幸故人依。鐵篴穿雲起，猶疑踏月歸。

曹鑑倫

字彝士，號蓼懷，華亭人，嘉善籍。勷孫。康熙戊午舉人，己未進士，點庶常，歷編修，官至吏部侍郎。

賦得陰陰夏木囀黄鸝

曉來聞百囀，誤認是殘春。樹密看難見，風高聽始真。玉簫疑上苑，箏柱出西秦。留得餘聲在，煙花已作塵。

路雲彪

字蒼霖，原名垓，華亭人。康熙辛酉舉人。著《鷗村集》。

董樗亭曰："格鑄而體鍊，氣逸而思沈，響諧而句麗。"金蓬山曰："諸體皆合格，而七言甚健，歌行轉换有運斤之致。"

詩話：《鷗村集》刻于丁巳，至辛酉獲雋，年已五十餘矣。後三赴公車，不第而卒。今所見詩，是壯年踔厲之作。

田園詩

年來幸無事，養拙常掩關。况復苦炎暉，高卧臨水灣。向夕矚墟落，十畝桑柘間。暮蟬噪野樹，孤雲亦還山。忽憶羨門子，嚼液駐令顏。

數椽清谿上，榆柳蔭村衢。板扉對野橋，來往皆田夫。荏菽既已種，瓜蔬充山廚。彈琴虛堂間，清風起坐隅。興至發孤吟，長懷漁釣徒。

贈鍾簡良

河橋柳絲初作綿，故人訪我青谿邊。茶煙裊窗日停午，手捉玉麈共談禪。看君鬚眉何磊落，季心劇孟明然諾。十年擊筑困幽燕，歸來獨閉草元閣。

重過葉園懷羽生兼示令嗣界周

西園主人好種花，谿邊一塢藏煙霞。菡萏浮波鴨睡穩，琅玕繞翠山亭斜。山亭四面圍欄赤，我來看花常岸幘。觴咏不減南皮游，何知轉睞成夙昔。陶潛自祭歸何處，孫綽庭前苔蝕土。無奈數聲疎柳蟬，可堪一樹青松雨。低徊不見故園人，還向丹山覓鳳羽。鳳羽五色雲霄姿，猶下此園花底帷。開尊忽見山亭紫，感舊空餘宿草詩。詩成落日孤村外，幾陣昏鴉一笛吹。

陸郎歌贈孝則

舉世好武不好文，陸郎矯健超人群。龍淵初拭華陰土，芙蓉舒鍔陵蒼雯。少年與我稱莫逆，追歡每在周郎宅。沈沈子夜樺燭燒，藏鈎射覆欣促席。度曲吴娘雙翠蛾，檀槽高撥紅雲逼。座客紛紜匪所思，迴眸時顧文章伯。自謂文章我與爾，指顧風雲紆青紫。誰知落魄東海濱，爾竟鼓刀我牧豕。男兒有才終必伸，功名祗在横刀始。受得三卷自黄石，談兵擊劍無不美。珊瑚寶玦金僕姑，腰裹嘶風繡蝥弧。且馳且射金埒下，穿楊貫革稱神乎。陸郎陸郎真殊絶，一出騰驤驚汗血。路生意氣亦自喜，悠悠七尺混閭里。入户唯聞妻女愁，出門見嗤輕薄子。何能朝哦夕唫菰蘆間，不如燒却几上硯，溺却頭上冠，臂弓走馬燕與魯，隨爾深山射猛虎。

西湖晴眺

春山湖上簇如螺，新霽遊人越樣多。橋畔柳梢濃羃舫，亭邊沙徑薄黏靴。筍輿載妓過花墅，鶯嘴銜桃入竹窠。佇看射堋嘶馬外，煖風微湧鴨頭波。

石鐘山

彭蠡湖邊螺黛青，嵌空晴日走風霆。雲深欸鶴侵僧梵，樹密驚鼯竄客舲。無射聲傳蘇子夜，歌鐘音辨酈元經。聽殘更鼓江潭柮，一曲《滄浪》過笑亭。

曹國維

字四張，青浦人。知白裔孫。康熙辛酉舉人，壬戌進士，以例授内閣中書。未幾，妻陸氏没，意不自得，亦卒，年三十。

范增歌 舍人有《蘆汀吟草》，其子建中輯《愈愚齋帖》，附諸詩於後。

項王圖霸不能成，謀臣勿用敵國輕。沛公鴻門真逼仄，以身翼蔽遭家賊。三舉佩玦不忍發，坐使壯士來排闥。留侯此時亦非計，幾觸項王怒不細。與之卮酒生彘肩，此中消息莫非天。沛公脱身起如厠，亞父何不遣追騎。撞碎玉斗注目視，髮直上衝駡豎子。大事已去不可謀，此身兀兀勿肯留。如何惡草進楚使，總是曲逆捐金智。彼此猜阻非一端，慷慨發病道上死。慷慨發病道上死，虞兮騅兮從此逝。

周金然

字廣居，號廣菴，華亭人。康熙壬子舉人，壬戌進士，入翰林，歷洗馬，至中允。著有《飲醇堂》並《娱暉》《東觀》《起居》《奚囊》等集。金然所長在書法，告歸時以平日所書字進呈，聖祖製五言詩十二韵以褒之。

詩話：中允亦晚達，其刻《飲醇堂集》係甲辰、丙午時，年三十六歲。至壬戌獲雋，爲五十二，辛未假旋，居洞庭之石公山，自署七十二峰主人，與韓文懿往還。及甲戌，韓被召入都，丙子中允，亦以聖駕漠北凱旋，入都起居，蒙恩補官，則六十七，其《起居草》即文懿作序。所著七古詠奇宕逸，與太白爲近云。

蘄州盧氏闔門殉節詩

盧名如鼎，字吕侯，楚蘄州人。諸生。癸未寇至，乃集里人守堡血戰，寇稍却，會他堡破，賊剚刃，竟及于難。其次子妻楊氏偕母爲賊所執，至火燄處，攜母投入火死。猶子紳配夏氏，子震初俱死，震初妻袁氏投井死，惟長子孝廉紘以計偕獲免，至國朝己丑，中進士第，官至藩臬，得封贈，詳修家乘，徵詩，爰敬述五百字云。

蘄山何峨峨，蘄水何湯湯。蜿蟺孕英靈，篤生此貞良。乘風馭灝氣，挺然來帝旁。下爲溷濁世，挽扶已頹綱。絶學向千載，一朝闢混茫。微言宣大義，鴻文抽秘藏。衣被執經傳，爛焉分天章。雍雍孝友聲，琅琅通德鄉。質成倚平反，僉曰上公堂。風聲一思服，名教多激揚。幽冥尚可格，况迺孚黨庠。相與尸祝之，曾不異庚桑。惟時勝國季，有寇薄城隍。公素静退聞，義勇發倉皇。振臂即雲集，亞旅儼戎行。險隘既分布，公也一面當。登陴數力戰，敵勢頓沮喪。他關俄失守，蹂躪遂沸湯。身無一命寄，壯哉殉疆埸。碧血裹丹心，虚無照八荒。爲五嶽拔地，爲列星耀芒。熊熊不可磨，千秋仰靈爽。所難公有媳，裔出望族楊。與母偕陷賊，志操堅冰霜。恥爲賊所挾，相攜投火光。燄滅遺殖存，男娠墮已僵。又有猶子紳，伉儷並罹殃。紳子震初者，從親爲國殤。其婦尤奇烈，抱子周歲彊。拜辭祖舅姑，躍赴井中央。是爲袁氏女，與楊並流芳。稽古節義事，曠代遥相望。盧氏胡獨然，巾幗皆冠裳。一門萃三世，俠骨争馨香。蘭階猶不生，威鳳無凡凰。正氣所凝結，鬱確排天閶。斯曰國之禎，斯曰家之祥。我聞忠孝閭，其後必寖昌。長公金閨彦，勃興振青箱。維屏開節鉞，策勳在旂常。前修既彪炳，後業方焜煌。惻然述祖德，家乘垂珪璋。誰歟職惇史，載筆行取將。鄉評請崇祀，國典用表坊。忍使大節泯，語焉或不詳。蕭蕭株樹林，纍纍土門岡。嗚呼一門者，行道猶畫傷。嗚呼一門者，靡俗猶激昂。嗚呼一門者，歷劫猶孔彰。蘄山若加高，蘄水若增長。

度九龍山

已辭潭柘山，更問他山路。山僧知我僻好奇，導入山中險絶處。陰壑霾雲虎豹愁，披榛覓徑如有求。側身牽攀不可上，上者股栗神惝怳。一峰歷盡喘未蘇，前峰又復催憂虞。我生筋力能幾多，諸艱歷試胡爲乎。樵子尋常不肯至，矧乃倦客冥搜强好事。磴危路滑將恐墜，徒旅微聞雜嗟喟。忽來片岫平如掌，相呼藉草狂歌賞。斯時四望覺身高，下視群山離立皆兒曹。白雲冉冉騰山坳，便欲乘向閶闔隨逍遥。恨不攜將驚人句，搔首問天天亦怖。却望居庸鳥道迴，茫茫絶塞風烟開。燕昭遺烈安在哉？漁陽豪俠多蒿萊。古今代謝復何有，惟有兹山突兀無衰朽。呼取驢背酒一瓢，酹我山神勸我友，長笛一聲出林藪。巒谽翻入龜兹部，興發一齊開笑口。須臾雨過捲衣涼，薄醉都忘山路長。前于後喁滿空谷，山下人疑嘯鳳凰。

送程宏執還白嶽

程郎六載爲客江湖間，敝裘短策無愁顔。狂來浮白輒大叫，興到揮毫落紙不復删。恰如逸驥奔騰莫控制，又似身踞百尺難躋攀。斗大滬城聚蟣蝨，何意君來遂成二老相往還。公瑾醇惟程普醉，不識行軍一變細柳旌旗殷。敢誇工力悉敵同沈宋，庶幾高談莫逆等尹班。一朝辭我去，駕言歸故山。故山渺何許，乃在齊雲之巖，天門之宇。糾盤遥接黄山麓，襟帶迴環黟水渚。上有香爐之峰吐瑞烟，下有珠簾之泉捲飛雨。五老駢肩而却立，三姑嚲鬢以延佇。中有福地洞天，瑶霏玉旭，非復人間晦明寒暑。我欲往從之，怳惚聞天語。塵網牽人志不遂，夢遊惟共予與汝。畏君别，羡君歸。君歸故山陲，還君山中白雲堪自怡。余戀故巢棲，空負柳條梅蕚争芳菲。不得隨君訪靈境，瑶草無人自滿空山徑。期君拾得貯奚囊，重來併取新詩悉持贈。

送陸揆哉督學蜀中

吾聞峨嵋秀削天下奇，拔地千仞青蓮枝。儵伏儵起斷還續，雲端掩映交參差。紛詭奇縱敞神界，令人耳目奔悦神明憊。一從鴻濛初闢大文舒，豈是蠶叢魚鳧弄狡獪。其間自古多文豪，相如後有雄與褒。域内論才分一斛，山川鍾奇數西蜀。平原文藻世少雙，特操玉尺照錦江。直須攬盡天半峨嵋秀，并刀翦裁濯錦就。中原麟鳳應期生，憑君頓取八紘掩無漏。只今送君翩翩出國門，羡君龍節隼旟翻。壯君銜命馳驅數千里，遲君采風還朝報至尊。

釀酒歌

匏叟渴如文園令，平居托酒以爲命。百斛難了麴蘖事，將築糟丘日樂聖。無功之譜焦革經，盡傳其方猶未能。醽醁翠濤久不敗，蘭生玉瀣恐虚稱。吾聞黄柑釀酒最清冽，色香味三者一一都佳絶。坡老曾賦洞庭春，後無解事空傳説。又聞徂徠有古松，花葉爲釀醇且醲，飲之便無偓佺侣，斯語近誕未敢從。况余未能物外遊，但爲一醉千日謀，以消抑塞磊塊之窮愁。崑崙之觴既希遘，换骨之醪亦何有？不如五湖盡變上尊酒，蒲萄緑漲云重酎。此是造酒無上丹，任爾長鯨吸不乾。

憶包山十首（二存）

乘興扶筇出，門開見石公。月波隨步闊，霜葉照顔紅。煙景三山外，（石公三山相對。）桐陰小閣中。偶然吟眺愜，取次落冥鴻。

山銜叨管領，七十二峰誇。（余有七十二峰主人小印。）水曲魚蝦國，蘋汀雁鶩家。打頭松落子，糝面桂飄花。濟勝雖無具，探幽信杖賒。

春郊

一片風花逼禁煙，郊原極目總堪憐。半生避世牆東地，三月懷人渭北天。管别柔條新客舍，唤愁細草接江邊。即看欲盡春如駛，莫負新豐斗十千。

頻過遺民西園花下作

暇日相尋即勝遊，往來二老亦風流。青鞵布襪西郊路，碧草春波南浦舟。祇合龐公爲對宇，最宜庾亮共登樓。花時更愛頻移席，香雪千秋一望收。

汴梁懷古

艮嶽排空托降靈，胡然化石散疎星。舊傳有神降，其詩曰「艮嶽排空霄」，故名。煉丹竈冷仙何許，流碧池荒草自青。廢苑纍纍堆阜矗，故宫莽莽棘圍扃。今爲貢院。豈知四海爲家日，萬歲山臨萬壽亭。康熙三十一年建。

小憩崇效禪林贈雪塢上人

名藍容我解征驂，相對清齋彌勒龕。落葉聲中傳逸韵，雪公有《落葉》詩。生花筆底現優曇。遊人未枉山王駕，通義先參支許談。豈是攢眉蓮社侣，虎谿圖裏定須三。

王九齡

字子武，號薛澱，廣心仲子。康熙丁巳舉人，壬戌進士，由庶吉士授編修，擢都察院左都御史，卒於官。性耽吟咏，所著有《松谿蕁香》《艾納山房》《秦山草堂》諸稾。王苧東曰：「都憲於三昆中最晚達，既入史館，猶手不釋卷，故其詩深沈遒練，是從苦心孤詣得來。」詩話：都憲詩筆森秀流逸，其晚年作已近初白流派，迥異板重呆拙一家。

同人集史耕巖寓齋分賦題竹林七賢圖

魏晉之交百六會，高賢往往逃物外。四友八達未足誇，竹林七子洵稱最。七子領袖數嵇康，才多性烈好用光。踞視權貴若螻蟻，彈琴目送歸鴻翔。陳留嗣宗欣同調，《咏懷》文筆嗟神妙。廣武名輕豎子成，鸞音遥聽蘇門嘯。瀟灑誰能繼此風，道南道北少追從。庭懸犢鼻人驚問，逸興端應許仲容。舍是更説劉與向，才華並轡襟期曠。秀也曾聞注老莊，伯倫聊復耽佳釀。屈指群賢達者稀，山公位望百僚歸。日陳啓事羅英彦，慮策銷兵早見機。彼哉阿戎斗筲客，何緣忝厠名流席。俗物生平無寸長，三公事業惟鑽核。爾時七子真莫逆，狂呼散髮娱晨夕。睥睨禮法是何物，一斗一石争浮白。竹林嘉話滿寰區，丹青照耀光篇籍。我今披圖堪羨亦堪吁，丈夫肯作高陽徒。聖人從來貴名教，裸裎昏縱寧良圖。整頓乾坤須實用，談元説空胡爲乎。放達頽波不可論，神州典午竟沈淪。勸君漫訴王夷甫，嵇阮將無作俑人。

送平湖令王東巖

君今捧檄處，風物我能言。緑柳迴郵市，清流到縣門。簾前稀聽訟，花下好開樽。他日推循績，中牟是弟昆。

暮春苑中直廬雜詩

若木升朝旭，芳園值暮春。雲含天子氣，花落相公茵。百囀鶯歌巧，千章柳葉新。軟塵鶯忽起，流水響朱輪。

廢寺鄰芳苑，新脩梵宇崇。豈真資佛力，毋乃仗天工。初地名卿集，禪房野店同。趨承疲長老，漫説萬緣空。

懷臨淮學博顧霍南

斗大臨淮縣，談經得鄭虔。千村高白浪，一老困青氊。搦管花仍放，長饑腹自便。詞場同躍馬，廿載愧先鞭。

冬夜

冬夜衝寒起，炎天觸熱歸。由來通籍後，都與養生違。戀棧情何極，經霜鬢已非。飲河幸滿腹，好采故山薇。

登君山

雲峰日夕坐忘歸，老衲緇衣説是非。江海幾年增戰壘，乾坤何處問漁磯。天邊城郭參差見，水面春帆斷續飛。終古君山還獨賞，徘徊吟眺一霑衣。

遊李舍人舒章廢園

舍人別業有林皋，勝侶追遊豈憚勞。石磴欲連雙澗斷，山窗低壓翠屏高。文章珠玉成黄土，樓閣雲霞長白蒿。二俊百年同恨事，秋風泖上擁波濤。

寄董曇友

同君昨歲滯幽燕，促席清談得惠連。三五月圓光似晝，十千酒盡夜如年。雲高玉闕銀河落，春到金臺火樹懸。萍梗共憐良會歇，天涯歸後卧江邊。

和韵答史耕巖學士

香殘叢桂望淮南，寒夜雲濃月半含。五柳秋來多愛菊，二疏歸後少投簪。忘機海上思鷗狎，高枕槐陰笑蟻酣。搔首西山横黛好，幾時雙屐共君探。

送彭瞻庭師叔讀禮南旋

忽聞腸斷《蓼莪》篇，分手春光欲暮天。寒食對花憐百五，長途衝雪恨三千。庭萱落盡風驚木，烏鳥嗁殘月滿船。我亦素車曾去國，十年回首一潸然。

同年許時菴席上送奉天少京兆余念劬歸養分韵得行字風字

金鞭欲拂彩衣輕，置酒高齋送客行。養勝仲由惟負米，書傳李密再陳情。倚閭八十思遊子，歸夢三千切旅程。到日含飴談樂事，蘭房新聽鳳雛鳴。

宦遊廿載逐飄蓬，之子心期藝忝同。今送老萊依白髮，自慚寸草負蒼穹。承顏樂在三公上，執手愁分一席中。若問薊門相憶處，時從天姥想高風。

丁丑武會試闈中奉贈沁州吴大司寇即次原韵

禮闈校士忝曾司，乙丑曾與分校。春草秋風又一時。緩步空階看素月，静聞乾鵲噪寒枝。青萍方試非常器，黄絹誰題絶妙詞。飛將塵埃須努力，凱旋杕杜正歌詩。時費大將軍奏凱入朝。

送明府家令詒之銅仁任

千山深處是銅仁，匹馬長驅萬里塵。天下親民惟縣令，古來遠宦半文人。地同勾漏丹砂妙，政識中牟野雉馴。聞説甘泉堪釀酒，鑾花滿眼醉芳辰。

戊寅歲除次大兄韵

忽聞臘鼓動燕山，彈指光陰客裏閒。但對紅椒傾緑蟻，那知青鏡改朱顏。看人宦奪乾坤巧，笑我心同鐵石頑。計日嬉游燈市盛，與兄連騎月中還。

耕雲山房看牡丹和韵答韓少宰慕廬前輩

著作名高李杜壇，直教屈宋作衙官。尋芳人戀三升醖，傾國花開百寶欄。自喜青雲多石友，欲銷白髮少金丹。知君不識姚黄貴，玉樹新從杏苑看。先生哲嗣春闈初捷。

李登瀛

字賓王，號東皋，華亭人。康熙甲子舉人，乙丑進士，官新鄉知縣。仕至湖廣道御史，歸里後，蕭然如寒素。

節母吟 爲袁母崔孺人作。母歸涼州袁嘉徵，歲壬寅，嘉徵從戎，進勦闖孽餘黨李來亨等，轉戰楚、蜀間，莫知韜弓所在。或以凶問告母，即矢死，翁姑諭以撫孤，乃不自裁。時子瑜甫五歲，母奉待翁姑外，撫子成立。戊午九月，忽得嘉徵殁於陣的信，母遂一慟而殂。其子有《表節録》。

白楊秋老風聲咽，杜鵑夜半空嗁血。天涯馬革信難通，誰念孀閨經百折。自古裠釵能樹義，他人所難此所易。高堂親老子藐諸，兩世支持膺重寄。貞操端不愧松筠，廿載艱辛泣鬼神。死即死耳生氣在，一朝聞訃即捐身。改絃易操徒貽醜，世上鬚眉竟何有。守志存孤名不朽，君不見西涼崔節母。

沈藻

字火先，號琳峰，華亭人。蒖子。康熙乙卯舉人，乙丑進士，官永康知縣，祀名宦。其詩不可得，今於《金華詩選》内得之。

戊寅新春雪鴻先生招遊壽山方巖值余有太末之行不獲偕往次韵代柬

吏治難乘暇，尋幽足不前。無繇眠醉石，遥擬看飛泉。夢逐鳴騶往，心隨顧兔懸。閒雲度遠嶺，相望亦悠然。

和方巖韵

竹月明初地，松雲覆古祠。那知開士法，偏喜寓公詩。高步神明接，清吟草木知。塵襟猶未洗，來日願追隨。

程　珣

字潔文，號白山，休寧籍，婁縣人。康熙戊午舉人，戊辰進士，官中書。性孝，母患心疾，棄官歸養。家素封饒，有園林之勝，工吟咏，喜賓客，慷慨好義，與高謖園、沈獅峰、曹次典諸名公倡和，著《河干草堂集》《毛詩》時藝尤膾炙人口。

送曹次典廷對之京

江上東風拂去旌，翩翩才子赴西京、公孫對策年方壯，賈誼陳言氣未平。客路桃花催躍馬，帝城春樹早聞鶯。臨軒屢下求賢詔，未許長楊獨擅名。

張永中

字月峰，上海人。康熙丁卯舉人，官太倉州學正。

落花

緑楊影畔子規嘑，淡淡東風日又西。春色不留行客住，故教紅雨逐征蹏。

張豫章

字寄亭，原名翼，華亭人。若羲子。康熙乙卯舉人，戊辰進士一甲第三人及第，授編修，官至國子司業。

宋荔裳曰：「豫章詩海涵地負，興會包舉。」

詩話：司業少好遊，登泰山，溯越江，遍訪西湖名蹟，過梅嶺，入粤東，其詩殆得江山之助云。

送許生之長安

日月不我留，自顧成遲暮。念子好容顔，亦已非其故。富貴始作人，飛蓋交廣路。日行泥淖中，愁歎安能度。挾策干諸侯，多爲名所誤。子行瞻帝都，我居守蓬户。織素不如縑，臨歧屢回顧。

同李笠翁盧文子董蒼水飲緑綺堂呈傅石漪

公餘偏置酒，風雅愛論詩。上客題鸚鵡，中廚出荔枝。更殘官燭換，坐密綺筵移。高會今能幾，歸來倒接䍦。

墨池在無爲州署。

米公千載後，曾得幾人顛。石已玲瓏失，池猶翰墨傳。蛙聲喧薄暮，碑字見當年。醉酒荷香裏，臨風意惘然。

虔州寒食

章貢雙流合，高城亦壯哉。可憐凝望處，不見鬱孤臺。寒食花千樹，他鄉酒一杯。鄰舟時借問，誰向故園來。

客中雜感

忽忽恒如醉，棲棲歎此身。如何連夕夢，俱是故鄉人。古寺僧寮寂，孤燈僮僕親。吾生本達者，底事自迷津。

懷陳約文林勝遊

去年元夕谷水畔，今年元夕羊城邊。異鄉得酒且爲醉，知己無人劇可憐。千里寄書恒未達，經時作賦不成篇。故園歸去何由得，把盞論文覺汝賢。

粤東雜詩

望漢高臺倚赤霄，已無遺址在江皋。越人自飽桄榔麪，賈客常收翡翠毛。仙術不逢勾漏井，交情誰贈呂虔刀。篆烟消盡熏籠冷，自起燒燈讀楚騷。已如棄婦采蘼蕪，老馬猶能認遠塗。豈有才名楊德祖，漫隨奏記阮元瑜。文章未敢輕投筆，氣岸無如學破觚。讀史不勝今古恨，英雄大半屬菰蘆。

奉使

舟中遥見數峰青，安穩揚帆入洞庭。秋水接天惟一碧，無人吹笛老龍聽。紅衣啄木黄甘樹，白浪銜魚烏鬼船。逢著來人先致語，幾時行盡楚江邊。幽巖絶壑有仙蹤，我欲追隨訪赤松。水毒浪傳金孔雀，嶂開多是翠芙蓉。

王　奭

字后張，號瀛谷，華亭人。康熙丁卯舉人，戊辰進士。初與夏完淳、顧家駿、杜登春輩同有聖童之目，又與杜同居西郊，故立西南得朋社，至登第，已逾六十矣。其家本後岡，及第歸，買宅金沙灘，即董樗亭舊宅，未一年亦卒於其中。生平詩文稾俱散軼，得此於《尺五樓集》中。

送杜九高赴廣昌任之作

憶昔歲乙巳，蹀躞來長安。逢君秋已暮，綈袍慰余寒。良感故人意，此意今所難。余游古北口，君亦還江干。江干方狺狺，爪牙多乳冠。乳虎一何怒，牂羊一何孱。相離三千里，相思催心肝。
迢迢江水深，思君亦安極。執手丞卿堂，謂研山先生。歡喜動顏色。日月猋已馳，慷慨猶夙昔。念余草間人，頭鬢忽改白。回首新少年，連翩舉六翮。庶幾託素心，忘形陶永夕。吾聞蓬萊山，乃在滄海東。芝蘭爲之闕，金銀爲之宫。哲人邈然去，陵風摩蒼穹。亦指研山。龍蛇浩縱橫，焜燿彤庭中。往往掛堂壁，體勢警王公。所惜著作才，徒云毫翰工。余既屢坎壈，忽忽傭書久。辱君綈綢繆，厚愛忘其醜。朝過哺我糜，暮過食我酒。豈惟篤貧交，眷眷齠齔友。俯惻坤窮六，仰嗟乾用九。淡如期一心，一心以白首。昨日璽書下，詔君涖廣昌。斯地古邊徼，空山牧牛羊。問君何所飲，檻泉波湯湯。問君何所好，城頭峰蒼蒼。問君何所欲，穀熟氓穰穰。問君何所樂，詩成意揚揚。岧嶤紫塞遠，搔首遥相望。大橋多垂楊，交飛雜黄鳥。睍睆樂和鳴，聞之心窈糾。得朋鳥亦歡，離群人獨悄。亮余匪晨風，焉能逐騕褭。送君出國門，漸矚軒車杳。悵然驪駒歌，歌終音尚繞。君其早歸朝，謁帝銅龍曉。

徐賓

字虞門，華亭人。康熙辛酉舉人，戊辰進士，官臨城知縣。曾奉檄董牧馬于宣沙，所飼馬萬三千匹，悉茁壯。繼又奉檄牧御馬于桃花口，並著勞績。徵授户部主事，擢吏科給事中，多建白，詳陳米穀虧空之由，以杜州縣侵漁，尤爲朝廷所嘉納。以老乞歸。所著《芝雲堂雜言》及《詩槀》。

官草行

黄雲壓城雪皛皛，轂擊軫接輸官草。中有一車委道傍，一牛僵死一軸倒。車尾哀哀哭小童，車前坐歎垂白老。問之云是此邦民，離城百里居山堡。宣化城中馬萬餘，官司發錢買禾槀。一日須用幾萬束，村村輸輓猶嫌少。價值騰貴不可支，賠補購辦分所宜。連宵備得草數足，傭車覓牛恐稽遲。衝冰犯雪行三日，嶇崎歷盡嶺與陂。那知交納有新例，無錢不收徒嗟咨。連朝候收資斧竭，人無宿食牛亦饑。昨夜西風冷刺身，牛如蝟縮死車塵。今早官衙當比較，伍伯奉令來拏人。兒子捉去幼孫哭，老病枵腹守車輪。不愁凍餒無糗糒，只愁兒子久寃累。不愁牛死并孫哭，只愁此草交非易。老翁老翁弗復言，我是關南牧馬吏。

次施愚山先生韵贈梅耦長

華峰三萬仞，雙掌爲君開。妙繪煙雲集，奇文風雨來。十年曾作賦，八斗漫論才。擊筑誰能識，長歌駿馬臺。

碧雲寺

共策輕鞍入翠微，風回巖壑到禪扉。水從竹逕穿廚下，雲斷山腰逼殿飛。經閣星霜神魅護，松壇風雨老龍歸。闍黎莫説開元事，只有青山無是非。

喜吴漢槎入關即席步韵

翠華東幸下天關，獻賦遥來遼海間。《白雪》文章雄兔苑，紅箋詞藻動龍顔。驚傳綵筆陵雲起，尚滯星槎貫月還。此日銜恩并感遇，那能雙淚不潺湲。

昌平道中遥望十三陵作

匹馬銜炎渡薊州，昌平城北望紅樓。十三陵寢先朝恨，百二山河故國愁。異代祠官供俎豆，舊時遺老話松楸。當年誰秉嚴關鑰，白日黃巾汗漫遊。本朝仍設太監看護，厚道從來所未有也。

詔毁魏忠賢墓

勝國幾危三巨璫，熹朝魏氏更披猖。一時雷電飛東廠，無數忠貞殞北堂。魏閹提督東廠，羅織衆君子，驅入北鎮撫司拷斃。已磔木魈消海甸，猶存石馬污山莊。乾綱特允青蒲奏，净掃西山草木芳。

口外竹枝詞

張家口外是秦邊，莽莽黃沙漠漠天。四十八王俱順義，一齊南望祝堯年。東起山海，西至榆林，長城外四十八部落，皆本朝額駙。此城係秦時築，謂之外長城，其内係隋時築，謂内長城。

牛羊駝馬分貧富，城郭雖無畛井然。互占每勞天子慮，更番都統代巡邊。公侯都統每月巡省，各限四箇月，陸續回奏。

幾個鴉翎幾雀翎，捲毛騧馬帶龍腥。錦邊貂襖猩𧘂面，不是戡商是載亭。戡商如中堂，載亭如將軍。

少年台吉能精悍，手挽强弓霹靂開。獨上亂山叢薄裏，倒提虎尾下崔嵬。憨之子爲台吉。

窮沙絶塞忽生春，婦女貂衣窄稱身。五色蠻靴斜嵌錦，駱駝高控儘窺人。

牛車銜尾向西征，氈幙牖幃盡載行。爲道此間沙土薄，前途草茁水泉清。

重度居庸關口占絶句余以康熙二十三年，奉檄宣沙，監理牧政，度居庸，逾八達嶺，隆冬冰雪，凝陰沍寒。今三十七年，應襄平周大參之召，重經于此，時當孟夏，風日暄和，馬上口占，聊記時令而已。

昔歲曾攀百仞關，冰巖雪嶠竦巉顔。今來春盡鶯聲老，飽看將軍著色山。

嗚琴峽下水平池，細潤涓流響絶奇。忽憶天壇曹羽士，玉尖銀甲夜彈時。

沈宗敬

字恪庭，號獅峰，華亭人。荃子。康熙戊午舉人，戊辰進士，授庶吉士，歷編修，至侍讀，乞假歸里。歲己卯聖駕南巡，獻所繪山水，及蒙獎賞，賜以「清風蘭雪」題額。乃又進《謝恩詩》八章，《琴辨》《畫品》二説，召見行在，命鼓琴，御書「煙嵐高曠」四字賜之。雍正初，以太常少卿提督四譯館，卒年六十七。有詩稾七卷藏於家。

詩話：文恪工書，上邀特眷，而太常亦以書奉御。方其爲編修時，嘗詔作行楷書，因傳諭李光地曰：「朕初學書，宗敬之父荃實侍，每下筆即指其失，並析所由，至今每作書，未嘗不思荃之勤也。」至己卯南巡，特賜「落紙雲煙」匾額。壬午，宗敬入直内廷，校對懋勤殿法帖，得見御書之後附刻荃手蹟一卷，因請將荃所繕寫各體曾經進御者發出，雙鈎上石，奉旨即以「落紙雲煙」署爲帖名。及四十六年，刻竣進呈。其父子遞蒙榮遇如此。帖中有《屏風箴》一篇；具見人臣觀物寓規之意，今載于此。箴曰：天子當宬，設黼攸崇。高張軒席，廣樹堯宫。義取閑邪，匪曰塞聰。爰在後世，因號屏風。奢則琉璃，侈惟雲母。蛛絲龜甲，五采錯組。豈若漢廷，列女作譜。唐宗操翰，網羅今古。我皇睿哲，置此座隅。立必直方，處若盤盂。不施雕刻，亦謝丹塗。素齊魏製，麗減晉模。穆穆皇皇，緝熙止敬。履信居仁，形端表正。列疏題名，親賢樂静。不偏不陂，永載寧静。

寓武夷山病中作

山中無更籌，雞鳴知夜闌。月影在東墻，素光映窗前。不見墻上月，疑是將曙天。披衣起趺坐，寂寂身世捐。雞聲一再唱，心静耳不喧。坐久不天明，乃復就枕眠。一覺無夢想，形安而神全。病餘得此境，凡夫忽已仙。緬彼真仙人，其樂將無然。

借琵琶第二弦以代琴之第七弦有作

秋夜撫悲絲，半曲七弦絶。已絶不可續，坐令幽事撤。童子爲余言，權宜法可設。琵琶第二弦，細大如一轍。足以代少商，但恐公不屑。無聊偶試之，音韵固激越。弦小調易高，風水相摩戛。古琴與胡琴，雅俗本判別。一旦混所施，無乃辱先哲。詎知大雅音，在心不在物。轉運惟古心，心手相觸發。小大既得所，清濁亦協律。琴用琵琶弦，弦遂合琴節。弦不能自主，因用爲伸屈。皎皎秋月明，琅琅清音徹。事縱有更張，古法慎無失。

嚴先生祠

漢家天子中興日，我意先生亦與謀。佐命有心藏一釣，雲臺無姓獨千秋。不須辟穀從松子，早得還山傲鄴侯。處士祠堂人下拜，大江東去水悠悠。

由吾谷小徑登望海墩

危磴回看萬點紅，欲行且止意何窮。憑高莫定雙眸界，陟險才容一逕通。海氣蒼茫吞遠岫，雁行離合叫長空。林間可有蘇門嘯，欲訪幽人到梵宫。

歸松集招飲即席贈句

釀得醇醪泉樣清，只須一物足生平。盤餐更喜家廚辦，觴政還從舊例行。嵇操悠悠餘古調，謝庭朗朗出書聲。坐中不少閒愁客，肯按歸心慰主情。

山莊曉望此太常寓秦望山莊時作。莊在秦望山東六七里，址廣七十畝，築土山與秦望山對峙，爲東山草堂，是山莊最勝處。

園林許作看花人，何敢貪眠嬾此身。唬破曉煙禽鬬巧，濕來朝露野清塵。阿誰更鼓申江棹，與我同探卯酒春。且對孤山閒處士，無心問及武陵津。今山莊懷恩堂、百尺樓尚存。

詩話：太常性聰穎，善山水，精音律，家居時嘗載酒挈友，放浪峰泖間，筆墨揮灑，頃刻數紙，咸羡爲神仙中人。惟神明内照，而形體頽然，貌醜且黑，人多戲呼獅翁，因自號獅峰以解嘲云。

國朝松江詩鈔卷十七

鄉人姜兆翀孺山録
顧德言荻洲閱

王原

字令貽，號西亭，晚自號學菴，青浦人。康熙丁卯舉人，戊辰進士，官茂名縣知縣，有善政，以解犯脱逃離任。復官補銅仁縣知縣，行取授工科給事中。時平陽府知府馬思贊請以天下錢糧加一火耗爲正供，聖祖以問由州縣而爲科道者，原奏言其不可，上是之，議遂革。後因事牽連降級，歸居林下幾四十年，卒。所著《學菴文類》《學菴詩類》。又有《短檠》《閩海》《濇州》《惠陽》《銅仁》《鸞臺》《滄江》《南窗》等集。

趙俞曰：淵涵渟蓄，擺落凡近，消融查滓，造詣深微。

《潄芳齋詩話》：學菴先後服官，南際朱崖，西窮楚塞，皆遷人竄客之所羈棲也，以是見之於詩，而模山範水，彌覺恢張。

重過采石磯

昨來避風湍，回沿試登陟。遠覽失近尋，未覿崖面肋。歸棹下磯頭，親切覩怪特。一鑿成一奇，變換吐橫側。玲瓏諧水情，秀潤表山德。嶺松不知數，一例捎雲直。寒濤亂江聲，冷翠孤日色。山高無百仞，勢與天關逼。緣亘極逶迤，次第展橫幅。疊嶂煙一抹，想落晉卿墨。明細怡心神，罅漏洞胸臆。鸞嘯生虛巖，雙雙起鸂鶒。

十八灘

清贛下虔州，蜿蜒二百里。柴崖巨靈劈，縮束施鞭箠。牙錯斷仍續，魋結伏又起。柢蟠水宮深，峆岈露齦齒。廉角掀齾齾，坡陀倚靡靡。縛急困獸格，蟻潰竄無所。十步吭九扼，咷咷出塊詭。行經萬安城，乃是衆灘委。擁面來群峰，岧嶤造天紫。輥雷殷地軸，鏗訇聒雙耳。黯黯四山色，沈沈井窞底。天地忽慘淡，風水怒角觝。票姚五灘過，舟輕覺帆駛。

卓午入灘行，逮暮灘下宿。寒蟾射急流，清光散萬斛。白露漸紛泊，竹柏森似束。蒼然衆山立，倒影入深綠。傾耳群籟寂，奔瀧轉轟瀑。始途歷惶恐，古有孤臣哭。坡詩：地名惶恐泣孤臣。皂口神靈祠，曾憫宋社覆。宋元祐太后避敵如贛，神現夢，得風疾行，追者不及，後賜號明應侯。二蓼犯睜獰，大蓼、小蓼並灘名。匡方駕騰蹴。目眩久始定，心悸紛相屬。孤縱著津途，危險屢攖觸。顛倒念身世，清淚隕樸樕。

日出天未曉，橫空瘴霧塞。冥心游鴻濛，八荒同一色。斯須岸嶨現，次第林屋出。翻疑蜃氣結，所見皆幻質。崑崙吁可怪，雲物半掩匿。風引水舒舒，向背輒回惑。煙合落景昏，風晴薄寒失。進寸彎强弓，退尺墮纖翼。脛沙亂深水，推挽緣沙肋。撇漩恃長年，讙噪資衆力。力盡行且休，無爲較遲疾。灘名難縷紀，灘石各殊狀。虒齧牛馬風，馴擾鳧鴨放。塊壘星隕天，瑣細米撒盎。蟲濫無術收，狙伏難意防。割愁銛劍芒，訶惡嚴衛仗。掛洑哮且嘶，經漫只悠颺。綿津與漂神，景色儘夷曠。梁口稍紛拏，免翔恣跌宕。銅盆一瞬過，錫州不可上。下府大小湖，五灘近相望。下接石鑞險，上連天柱壯。崎嶇到横弦，伏鼈達漭沆。乍領快所接，欲疏旋已忘。

靈湫巖

春旱憂民生，夙駕出行禱。朝發北郭門，晚次雹白堡。田堰細於綫，陵晨破寒顥。緣泉泝靈根，山勢衣重褓。洞門陰蘚碧，玲瓏躡瑶島。剞中通肆筵，繚曲弄回抱。布置絶人工，雕鉥屬天巧。肖物狀難繪，纖膩仍樸老。徑竇旁側出，黝窅昧昏曉。玉宇生虚白，天光净皛皛。揞拄自邃古，鏤刻經初造。際巔懸狖猱，洞背健蚑蟜。叩擊賁鏞鳴，拱揖姿首好。穹窿敞無礙，奥窔密相嬲。沸脣躍復留，垂胡墜又矯。宛延探侐閟，蠟燎達隘湫。神仙祕丹府，塵世知者少。右肩倚小巖，淤窒失幽討。龍井無處所，文獻廢曷老。下巖風雨至，玆遊尚草草。

吴中吟

溝洫

井田制已廢，溝洫意未亡。大川注畎澮，引溉利乃長。細流比如櫛，爬梳歲爲常。小民昧久計，偷惰相顧望。官府怠於理，王制弛不張。一切趨目前，如宿郵亭郎。旱潦乖畜洩，小菑成大荒。巨浸曰震澤，底定由三江。三江迹半湮，如噎幾廢亢。濬治自壬子，吴淞流湯湯。廿載半爲陸，轉瞬堆沙岡。東南淼大海，泛濫須築防。國家重發帑，良紬綢繆方。慨然陳利病，啓沃在廟廊。

滌盜

莫輕犬吠警，乃是禍亂萌。上以妨政理，下以板民生。小之煩刑戮，大之勤甲兵。薅莠禾乃植，汰濁水乃清。煌煌甲乙令，難律巧吏情。漫置不省録，當畏掛考成。百不受一訴，一亦不與平。竄削訴詞内，不憚百十更。司捕慣豢盜，愛護亦明明。失物苟求獲，反詰盜主名。官捕交相市，萑蒲坦縱横。星火原可燎，涓流河可盈。敢諗司民社，吠警慎莫輕。

答方有懷

鬱鬱有微抱，如喑跲于口。片言良未終，訕毁輒隨後。鉗炙恣所爲，藐躬實叢咎。以兹忤俗趨，欲殺群指嗾。古云才一石，我則無升斗。薄技袛黔驢，狂瘈來國狗。不見方季子，雲夢吞八九。名高任謗譽，吷如吹劍首。邂逅送清言，何異飲醇酒。夙昔銘三緘，傾寫緣我友。敢于俯仰間，漫不置可否。碌碌誇探驪，咄咄誰壓紐。經傳東高閣，遑問大小酉。飣鳳倒褐，刺謬雉求牡。世豈無捷趨，我念周旋久。減竈恥因人，捕蛇須赤手。不量夸父力，藝圃肆馳驟。君登太華峰，俯我如培塿。相顧閔氓蚩，蠅營與狗苟。鬚眉枉似戟，巾幗盡如婦。一二服古儒，槁項死畎畝。糅雜狂夫言，不鄙蒙虚受。顧我行未逮，望子勤善誘。退班聲舉荆，進結蕭朱綬。更修仁義途，鉏苗去其莠。孟韓文衛道，此義宜共究。莫同翰飛音，良得孚盈缶。取青媲白徒，不足奉箕帚。楊雄草《太元》，後人覆醬瓿。兩家互相笑，桃梗誚土偶。磨礲道德光，靡能摘疵垢。稽古閑距方，輸攻兼墨守。堯孔一窮達，彭殤齊天壽。不然白駒馳，一瞬成老醜。江南與江北，文章萃淵藪。縱論三千年，能復幾不朽。古人如可作，定知誰勝負。李白曾著賦，大鵬遇希有。下士聞兹言，無不驚卻走。答君瑶玖篇，就正獻聱叟。

詩話：給諫又有《寄有懷》七古云：「文章頑拙難爲妍，要與古人相後先」句，此即其自命處，所以詩文卓越乃爾。方，安慶人。

久不得越江歸櫬信

故鄉送君日，京華别君時。豈知前年别，遂作永世期。聞君卒邸舍，會哭多窮羈。訃問至里門，行路亦淚垂。君意無不厚，况乃於所知。當食每投箸，中夜起坐悲。書策巾袖間，往往血淚滋。亦知哀傷生，哀至不自持。歷歷數遊好，非君慟爲誰。君櫬出脩門，中秋月初虧。近苦消息斷，應是舟行遲。望望北風厲，寸寸中腸摧。

水車

高車輪囷迎水門，截竹載水自頂翻。一輻一筒斜插束，下虁上寫旋吐吞。承之刳槽引長竿，千塍分漑出一原。車輪大小稱高下，規度水面田之根。輪欲便𤜶利輕舉，枯藤細㭽勝排掀。横中樞轉屹雙柱，機動豈復人力煩。曾聞漢陰抱甕叟，巧拙詎以道里論。大風有隧人有彙，各適所嗜夫何言。

水碓

越谿水流如矢棘，居人割取舂稻稷。出心機巧仿桔槔，暢軸横安雙柱植。輪居一頭次安牙，廣狹少多稱水力。一輪受輻四十贏，一牙一臼一杵直。杵石戴木尻當牙，輪動牙旋按尻抑。尻抑首卬下一舂，餘牙取次各識職。水門奔輪捷傾寫，一輻乍送一輻逼。泉高勢疾輪若飛，矯健不數雲中翼。揄粟簸揉庚出新，杵投昏旦無休息。倘然人意偶欲休，洩有旁渠水門塞。富人擅此受鄰傭，取直過贏利偏弋。吾聞械心古所戒，矧乃貪饕天地德。舍勞趨逸自世情，泥古非愚即狂惑。如此纖細未足科，小人皇皇祇謀食。

水磨

水磨對輪亦當輻，磨高半尋下樹轂。上爿運動下爿居，穴中覆石垂樞木。木垂即爲轂上頭，下頭安礎銜牡轆。轂持數輻介木牙，轂從牙横相倚伏。壅泉引流用不窮，一樣輪飛牙擊輻。輻以轂行上旋磨，一刻屑塵常一斛。茹纚吐細不少休，奚擇麻麥與粟菽。以水運木木轉石，下舂上磨恣踢蹴。神輸鬼運徒有云，斯事絶奇冠前録。谿民相師隨地爲，接迹茅龕或矮屋。坐收贏利天無功，但嗔水力不轟瀑。取之不禁用無時，視等尋常由貫熟。吾鄉爲此恒胼胝，只安拙遲昧巧速。歸須覼縷語鄉人，足使兒童驚耳目。

藥亭贈余中坑晨星端石硯歌

冥濛紫霧蕉卷痕，雲膚怯爪不敢捫。精靈韜閉久必出，何年劚自中坑根。晨光熹微天未曉，斗杓欲没看還存。芒色韜藏細難辨，内含神彩非游魂。割珍鄭重故人贈，愧君比似玉德温。先生眊矂領鑾縣，埋首簿領羝觸藩。丹鉛仕目書滿架，時復蒐獮忘呼飧。曉鳥同興遲窗白，飢鼷獨伴燋燈昏。蟲吟蚓結都不擇，相從於爾寧無恩。摩挲投筆更致祝，逝將與我歸田園。

和姜西溟英宸斷硯歌

先生穿穴文字間，刓鑿造化雕心肝。雲腴五寸作祟耗，禿筆千管墨百丸。天遣詩翁出洒力，硯爲顧舍人貞觀所擊碎。鏗然敲折青琅玕。何年老坑剖玉質，一朝零亂秋煙寒。鸞膠縱横磨不得，鬼神妒爾操觚翰。君不見販夫牧豎飽欲死，但看輿到旋爲官。先生窮老霑微禄，賢關雖闢登天難。臺閣才多似春草，先生側足纓儒冠。心傷撫此應慟哭，攜歸投向嚴陵灘。

南安道中雨

蓬艒初淅瀝，沙岸已潺湲。雨寫峽中峽，雲埋山外山。破春梅爛漫，占暖鳥間關。約略江南景，松陰積蘚斑。

上宫灣

夭矯游龍水，鼋鼉窟宅尊。高丘平似掌，谺石豁成門。雲白傍城市，煙青隔岸村。臨風拄頤久，沙肋減潮痕。

魚垌

早發烏闢駕，停驄二水東。霜莎延夜燒，風雁急寒空。搏刃擅狼户，彎弓角獞童。寓兵良有爲，誰與續前功。

縣齋讀書

暑力全消寒色侵，晝簾多雨晝森沈。簷憎雀啅防花落，庭得蟲吟愛草深。苦竹有孫諳宦味，閒雲出岫近禪心。放衙晏坐貪書卷，癖性難醫且自任。

閱江樓送希曾

鬱江倒峽下端州，萬斛琉璃作漫流。邊徼中居成重鎮，天涯特立此飛樓。風光細膩青春好，雲物蒼涼景色幽。東望分明是歸路，未歸人送欲歸舟。

題惠來書院青邑民爲賢宰張侯庚建。侯去官之日，百姓罷市慟哭三日，相率叩閽，不得達，以侯惠來人，乃築書院以居之。後二年侯卒。

展布初時苦未終，已教歌舞到兒童。聞風直動三公上，余《除夜》詩「更聞賢縣令，忽遭上官逐。有口難訟冤，餘波殃薦牘。」崑山徐相公見之，動色曰：「鄰邑有賢父母，去非其罪而不能救，此不佞之罪也。」爲之不怡者竟日。放眼須看百世中。澈底清如谿水漾，從頭淚下峴碑同。館成有地棲馴鶴，信宿情深遵渚鴻。

金陵懷古

秦淮煙月使人思，飲馬長江又一時。氣洩朱衣方未驗，隙深白帝事終疑。雄心銷歇金城柳，霸業淒涼《玉樹》辭。風義更無王逸少，新亭名士淚空垂。

劉貞吉

字玉蕤，原名鼎，上海人。康熙庚午舉人，官長洲教諭。本名醫道深子，亦精于醫，兼娴于詩，得其未刻稾一帙，皆應酬冗雜之作，擇存一二，以見大概。

亦我廬雜咏十首二存

念我先君子，搜抉軒岐理。手抄活人方，病者霍然起。按指即洞垣，神功祇一匕。大江越南北，曾不遠千里。晚年頗倦遊，菟裘將老矣。卜築生壙旁，深山遊鹿豕。周遭雜花木，其中庋書史。浮雲富且貴，聊息餘年耳。詎謂丐治者，日夕無寧晷。襆被舟車閒，勞勞靡所底。人生非金石，竟以活人死。吁嗟一抔土，相去僅尺咫。月出衣冠游，魂魄應樂此。憶余歲丙子，奉母斯廬中。承歡惟菽水，淡泊安素風。晨起畢盥洗，啓户俯幽宫。朝暾翳松柏，倒影射簾櫳。門外好風日，扶母步牆東。二三小兒女，踴躍相追從。同臨先君穴，愴然有餘恫。盤桓蒼翠下，藉地坐草叢。細流聲濊濊，高岡望崇隆。老幼相扶攜，其樂亦融融。幽明雖間隔，精誠一氣通。今日母何在，衾穴生死同。吾廬空寂寂，風木悲無窮。

歲晚聞施予憲客吴山感賦

兩袖清風剩此身，句留幾度武陵春。宦途自昔蠻攻觸，親串由來越視秦。昨夜夢魂千里斷，明朝絲鬢一年新。情深兒女中如結，矯首錢塘欲問津。

王士瀛

字浩東，號未軒，華亭人。康熙庚午副榜，相傳闈中以考官與主司争元不得，而抑之也。著《自攜草》，其姪王苧東謂爲研練和平，舒正贍逸。

咏史

少伯固金鑄，文種何劍褫。倚仗如股肱，屠劊等羊豕。伍胥直諫誅，大夫詎所比。甬東實前鑒，顧復善宰嚭。我意烏喙人，讐雪心亦死。縱横江淮間，寧足炫青史。

遊佘神二峰書所見辛巳三月。

兩峰春暖多遊屐，争賞花晨連月夕。青驄畫鷁醉東風，墮珥遺簪滿香陌。今年三月自泖湖，大艑五六停青娥。脱衫只勒紅繡襪，搴裠不掩蓮花鞾。捉刀旋舞光閃爛，紛紛棒撥驚蛇竄。更番迭進技猶龍，貼地反腰還擊腕。須臾船尾出殽羞，巨觥大斝恣獻酬。不作深閨兒女態，酒酣狼藉方回舟。昔聞并州李波妹，彎弓逐馬無儔對。更有楊家娘子軍，緑沈亂舞梨花碎。只今平世清煙塵，若屬妖嫫殊駭人。百年父老誰見慣，蹤迹須當問水濱。

村居

緣谿最深處，一逕緑陰通。地僻堪容拙，心安懶送窮。犢眠知雨足，犬吠似雲中。姓氏無人識，招尋有釣翁。

掩關無俗慮，草色滿閒庭。睡起修香譜，吟餘檢道經。窗虚晨影白，野霽莫煙青。莫憶生平事，蕭蕭鬢已星。

何世澄

字遇清，號是菴，婁縣人，居泗涇。康熙庚午順天副榜。能詩，後其子剛菴輯爲《片羽集》。

初世澄在都，于丁卯年從蔡仁菴毓榮至艾渾，是蔡獲罪時。後蔡至丙子釋回，而世澄先歸，以應庚午試也。客途棲託藉擴見聞，詩力本高，益臻警闢，其外孫張用六謂爲直入開元堂奥焉。

有會

詩文道之華，實亦道之賊。離道以爲文，有言徒傷德。高則闖佛老，下則鶩聲色。後有秦皇手，焚燒窮火力。

湯陰扁鵲墓

越人古神巧，刀圭洞妙理。千載稱藥王，惜哉無善死。悔從長桑君，學飲上池水。何如逍遥遊，不才留隙晷。弔古悵徘徊，艾土識遺匕。墳上艾土猶可治疾。殺之亦何爲，膏肓快豎子。

清明感懷

吴淞距燕地，風煙三千里。爲念故園花，穠桃間冶李。桃李何足念，荒墳誰挂紙。憶自入長安，親遠君則邇。如何桑梓遥，九閽同弱水。忠孝兩無著，文章安得是。少年懽春遊，清明兼上巳。愧余暫同懷，老大偕紈綺。

白髮

聃老生而白，顔公少已蒼。至人外形宇，色貌非所詳。我年方强仕，對鏡怯秋霜。古人三不朽，何者可一當。徒幸得斑白，免爲道路殤。非老亦非顔，蒼華殊不量。蒼華，髮神名。

艾渾歸途雜感

跋涉豈天意，妻孥遠萬里。將嗣管鮑音，交情如流水。願言偕農圃，酒蔬及稚子。陶然羲皇風，清浄樂太始。歸與誠良圖，遊子心未死。詎懷富貴謀，丘園竟何是。衡門月相待，卧遊入畫裏。每思見道人，五十將至矣。

紀夢

夜夢到九峰，絶壁荒藤連。牽藤開視之，中有清泠淵。不知何歲月，鐫曰第三泉。離鄉八九載，桑梓隔雲煙。歸哉守故園，飯蔬長耕田。

谿行薄暮艤舟荒冢旁二更後與兒德揆坐語見四人各持火往來水濱且步且語中一人獨抵舟前余一諦視燎火忽滅人亦不見方知其爲鬼也

勞生多奔走，死則尚何營。古人秉燭遊，爾乃知其情。胡爲不遠去，岱華聽松聲。胡爲獨顧我，形影失逢迎。天地亦大矣，空思學長生。我且終爲爾，歡笑可班荆。飄風忽散去，悵恨不通名。談經輔嗣冢，平時羨陸生。豈爾不知文，詩書轉見輕。

睡

惟天有日月，兩曜恒代明。惟人有兩目，雙眸無停睛。慨兹窮經者，倍用竭其精。縱觀極五車，心勞與目并。目既爲心使，心還爲目營。心目兩交疲，神散病昏盲。秋冬夜漏永，歲歲守鐙檠。雖云耽静境，胡爲逼餘生。自今早安枕，錐股讓群英。

阮維垣先生偶得晝跋于燕市許初書也繼見孫漢陽手迹花草一卷合之若券快事亦異事短歌紀之

延陵寶劍分雌雄，匣裏長鳴光射空。一朝會合有神助，倘非雷焕難相逢。古今奇物皆如此，真誠所格無西東。法書名畫心靈寄，千秋感召精神通。長安糞土百萬斛，何緣清灑見宗工。品鑒超邁比中郎，往往爨下收焦桐。異哉孫許蹟久散，楊花飛落任飄風。先生中孚豚魚格，能使楚龣無遺弓。嗚呼孫公與許公，經今二百有餘歲，始有知己其靡恫。

周坤簡能萊峰先生孫因趙二始相識詩以贈之

雨氣浮芳草，相知意乍通。飛箋呼足下，寄語吐胸中。君度三秋月，余懷萬里風。何時能咏日，細細問萊峰。

蔡仁菴先生秋山集飲

山中新宰相，滇徼舊將軍。朝論同晴日，江干愛白雲。辭杯偏勸飲，雅尚自成文。不解高人意，争傳鳳詔聞。

寧古塔晤李台林先生

直節千秋壯，奇逢此日成。函關高志氣，古塔樹文旌。雞黍慚留仲，風霜幸立程。莫愁邊外遠，北斗一天横。

艾渾無題作

瘴海多談鬼，荒江欲問仙。不須明去住，聊以寄空元。日補需郊義，春將大衍年。如何得聞道，萬妄盡唐捐。

草映木頭城，安邊賴勁兵。野寬雲漫度，海近浪難平。鼓角清宵冷，山谿浹歲盈。慣看人獨宿，楚客亦忘情。

客楚

一戰休兵久，終年築壘居。未聞諸葛表，空見李陵書。月照旌旗静，風鳴鼓角虚。請纓懷弱冠，念此獨踟躕。

中秋坐雨吴門

亦知廡下愧梁鴻，索寞猶憐少伯通。天上有時雲掩月，人間無數雨翻風。簫歌寂寂生公石，羽曲沈沈素女宫。萬里秋光游興減，空餘清夢倚疎桐。

别蔡東山

與君惜别豈踟躕，龍性寧當制豫且。動忍千秋豪傑事，往來萬里友朋書。已知上古同椿壽，何獨南陽寄草廬。他日相逢冷塞馬，簪冠未肯避軒車。

折桃花大枝插瓶

少時悔不作漁郎，棹入桃源那返鄉。春色一枝臨墨海，霜毫兩鬢伴紅妝。兒情恨少新秋果，老眼殊開幾日光。畫裏仙人如入夢，蟠桃真否試參詳。

晚步苦暑

蟬聒林風静，霞蒸山氣渾。素娥顔欲醉，掩卻廣寒門。

艾渾即景

黑龍江畔霽雲生，江水流冰無盡聲。亭午雞鳴同夜半，不知身在大荒城。

讀史

千秋信史誰南董，傳紀紛紛亦少真。枉卻子卿娶胡女，遂教夫婦異君臣。

戴有祺

字丙章，號瓏巖，徽籍，占婁縣。以金山衛學中甲子舉人，戊辰進士，辛未殿試，進呈本列第二，上以書法工，拔第一，授修撰。尋丁艱歸里，服闋，赴館。壬午考試内直諸詞林官，調知縣用，遂乞假歸不出。嘗築室蔣涇橋，疊假山臨流水，倣歐陽公作一舫子，吟嘯其中，後復以貧賣去，顔其室曰「慵齋」，作《慵齋野老傳》以寄意。康熙五十年卒。著《尋樂齋詩集》。詩話：殿撰自序其集，謂塵封之編，時一展焉，鋒盡之筆，時一試焉。其薄也由讀書之不多，其率也由落筆之太易。亦殊自撝已。然其詩實酷摹和靖、石湖兩家，頗爲神似。今案其集中佳句，五言如「遇雨谿添水，新晴雲吐山」，「不辭鄰舍酒，懶答故人書」，「聽雨堪清暑，看書當養疴」，「橋危時倚僕，寺廢亦尋僧」，「竹緣貪筍種，門喜逐山開」。七言如「人生任意無過懶，世上妨閒獨有官」，「浮白向人真有味，拖青於我本無緣」，「平橋白水浸籬脚，隔浦紅霞罨樹梢」，「但作閑人何必隱，不耽佳句易成詩」，「任意抽書偏得味，逢人索酒不知狂」，「科頭勤掃落花地，扶櫓親摇載酒船」，「只除曬藥常扃户，偶喜尋詩也過谿」，「殘牙久缺寧思餅，倦眼新花更廢書」，「世間儘有閒雞犬，何必驅馳盡入雲」。俱可吟誦。

露香園繆繡佛 董文敏有題辭，蓋上海顧繡始于繆氏。

繆姬昔坐東園裏，玉樹瓊枝美無比。春風斜倚繡牀邊，不繡鴛鴦寄雙鯉。自剪吴綾一尺方，蒼松怪石相昂藏。聞聲大士撫龍女，善才長跪朝神光。應真十八空中立，手弄懸流盪雲日。枯笻倒擊猛虎蹲，香鉢盛龍欲飛出。鬚眉老少各不同，笑語歡然立超忽。誰歟擐甲稱天尊，俯視群靈氣崷崒。海神瑣細不可名，青蓮花下揚霓旌。微風過處欲飄舉，煙霞五色伽梨輕。吾思繆姬當日思，清綺唾絨直入三摩地。尋常繡佛緑窗前，小幅誰能此游戲。寸人豆馬安足奇，鸞籠尸羅空爾爲。文心曲折有如此，造化攘奪歸深閨。董公老去頗好事，密行楷字争葳蕤。盤中妙句《璇璣圖》，千秋終覺輸蛾眉。

題米襄陽畫卷

尺幅初横几，浮嵐滿目生。超然臻逸品，幻絶擅顛名。袖可攜雲贈，天疑逗石驚。過籬瞻野色，翻似畫中行。

貧甚

對鏡俄驚雪滿顛，鶉衣席帽久蕭然。天將風雨消長日，人在牢愁度小年。僦舍爲家真是旅，休官學稼卻無田。慚他圯上從黄石，辟穀仙兼忍辱仙。

集施道園金粟草堂

白頭山野一遺民，才子偏生許卜鄰。逸興未妨鳴雨過，高齋争讀異書新。兩三人坐航堪受，十六朋來世莫嗔。時與吟社者十六人。聞道九重方側席，明年此會隔松筠。

西園雜咏

吾廬只數椽，登高宜遠望。借彼天外山，增我園中曠。

日長殊苦悶，林中看客弈。無效仙人愚，百年只旦夕。

雜興

山中多白雲，山静雲欲活。本是山所生，翻爲雲所没。

三尺盆中松，昔自黄山得。偃蹇不争高，千年自奇特。

姚宏緒

字起陶，號聽巖，婁縣人。康熙辛酉舉人，辛未進士，選庶常，授編修，充《明史》纂修官。俸滿假歸，不復出。著《寶善堂集》。

黄叔琳曰：「出于白太傅，而經以六義，緯以五音。」沈歸愚曰：「自然雅切，不入於佻。」詩話：姚氏自明永樂以來至本朝，科第不絶，故家文獻，藏庋爲多。編修歸田後，復廣搜輯，著《松風餘韵》一編，自晉迄明，一千四百餘年，於郡人之著述裒採殆遍，可云藝林之功臣，一鄉之信史矣。自刊行後，印本頗少，其曾孫孝廉湘重付刷印，以廣流傳，知其家世澤之勿替云。

過仙霞關

莫悵層巒峻，仙關有路通。萬山青靄裏，一逕白雲中。屈曲疑披霧，飄飖欲御風。從來羞捷徑，能不歎途窮。

送陳廣陵先輩扈從北征

珥筆相依御輦行，旌旗縹緲向邊城。閒吟風景閒笳得，屬和天章倚馬成。自昔應劉能作賦，於今韓范亦知兵。從兹直北烽煙息，早見金甌卜姓名。

道逢貢荔恭紀

珍果原居閩嶠奇，上林紫禁種堪移。緗苞未著雲霞染，碧葉先從雨露滋。顆顆圓同千歲實，離離高綴萬年枝。不隨盧橘争先到，恰遇薰風解愠時。連檣早辦越江邊，不假筠籠驛騎傳。紅借九重春色後，香飄一路曉風前。絳紗囊裏含丹液，碧玉枝頭醖醴泉。到日金盤承詔取，聖心轉自注南天。

送馮敬南之梧州府佐任

爲附通家儼雁行，羡君詞賦早飛揚。金臺蹤迹三年共，銅柱音書萬里長。蠻俗亦知迎竹馬，箐煙儘可付奚囊。鳳池舊侶勞相憶，倘有新詩寄莫忘。

張　昺

字長史，號嗇夫，華亭人。康熙庚午舉人，辛未進士，改庶吉士，未散館卒。詩話：庶常爲李安谿入室弟子，得理學之傳，究閩洛之旨，所作《中庸精義》及《西銘圖論》，能闡先儒所未發，其傳世行遠者在是，故不甚以詩傳。陳徵君崿誄之云：「清河世胄，實惟昺賢。立身行道，三十一年。帝車載之，詎有恧焉。」

雨窗

谿頭緑漲礬山水，日脚紅蒸散綺天。車馬自喧人自静，詩寮啜茗意悠然。

姜遴

字萬青，華亭人。康熙庚午舉人，辛未進士，改庶吉士，丁艱歸卒。

詩話：庶常才情艶麗，辭采雕華，然嗜焦南浦文，謂十年之後，本朝第一手，可知其不徒以才屈人。我松春藻、大雅二堂，巍然並峙。康熙癸丑，顧偉南七十時，但有春藻諸子至，丙辰、丁巳間，乃有大雅，實莊祉如與庶常主持之。詳見莊祉如小傳中。

送閔介申

潛虬戢修鱗，振鷺矯遐翮。伏飛豈異性，行止兩殊迹。夫君東南秀，懷抱朗璆璧。横天寶氣升，映日奇光激。煙霄匪阻修，迴翔若咫尺。忼慨傷别離，俯仰懷今昔。睠我二三子，深言貫金石。《白雲》有希唱，青雲各努力。逢遘當及時，山川快所適。投漆不違膠，援蔔長附柏。傾耳天外音，慰我丘中寂。

玉壺吟

丈夫不能入淵伐蛟山縛虎，咄嗟面目如塵土。又不能襂纚汗漫求神仙，託身俚俗爲人憐。昂昂千里五花馬，跼蹐鹽車短轅下。仰首哀鳴當向誰，伯樂逝矣不可追。牀頭散盡千金橐，剩得青萍光閃爍。仰天大笑擊唾壺，酒酣耳熱歌嗚嗚。山鬼夜叫黑風咽，子規一聲白雲裂。

青谿道中得葉廷玉書卻寄兼訊錢文海客況

東風客路新，吹入柳條春。倚棹憐遊子，題書見故人。近來誰去住，別後幾音塵。海日江鷗外，蒼然立水濱。

趙升遠先生書至

躑躅長途客，秋風起鬢毛。懷人空涕淚，知己愧蓬蒿。江上吟方倦，天邊意轉勞。一緘千里外，寒色破綈袍。

東陸集生先生

斯世誰能起卧龍，先生頭白舊君宗。月來處士門前柳，雨過尚書墓上松。名字當年傾遠近，江湖此日任從容。遥知乞竹分花暇，晞髮行吟倚短筇。

無題三十首 四存

疑是陽臺雲雨神，朝朝暮暮總非真。鶯因衣艷呼公子，蕉爲心多唤美人。鏡刻螭頭蟠異彩，枕鏤犀角辟輕塵。可憐《子夜》歌聲斷，無復桃花扇底春。

春來離恨滿江南，花落花開總不堪。媚眼盈盈嚦血鳥，柔腸脈脈吐絲蠶。三眠暈碧愁方劇，一捻潮紅酒半酣。直到旂亭回首處，午風如夢濕煙嵐。

誰遣風光滿大隄，傷心歌舞罷香閨。君之出矣狼河北，我所思兮雁塞西。草怨雨荒春去長，鶯憐花落夢來嘶。城南小隊知無數，到處紅妝碧玉蹏。曉日雕軒一徑斜，葳蕤閒鎖碧窗紗。斯人自歎金城柳，往事還憐玉樹花。曲檻春深遮蝶塢，重簾夢午鬧蜂衙。因君更續樓東賦，杜宇聲聲泣內家。

詩話：《無題》詩實和莊祉如韵，署爲「空中語」。盧文子序云：定知子患才多，應念臣非好色也。四章外，如「王家舞女名原碧，杜氏歌兒唤小紅」，「花含荳蔻經朝吐，箋擘芙蓉隔歲封」，「調得鸚哥偏反舌，養成蓮子竟空房」，「唾凝紺袖長流碧，淚濕酡顔欲滲朱」，對仗工麗，和者十數家。如張德純「水添夢後迷離碧，花落愁時慘淡紅」，「蝶過繡牀和露撲，燕歸珠箔待風掀」，「纏頭隊裏無紅線，殿脚行中有絳仙」。范同叔「鬟因愛好嘗偷掠，箔爲羞郎只半掀」，「心有未灰同樺燭，絲終難斷似春蠶」。王西園「千囀臨風鶯失谷，三飛繞月鵲求枝」，「桐涼直映眉間翠，榴艷横分口上朱」，「一世柔情依獨樹，半生密語託孤燈」。蔣西青「紅螺進酒長浮蟻，青鳥銜箋忽墜魚」，「青衫淚漬新愁疊，玉枕潮生舊恨關」，「畏聽燕語長移枕，倦對蟾光久下簾」。潘文起「曲中雉有朝飛樂，城上烏無子夜嘶」，「璧人未見難通語，鏡女無言空似花」，「媚添眼底長涵碧，恨壓眉尖不放青」，「無限鶯花留二月，不堪風雨暗孤燈」。林鶴招「石碑能語難招鶴，寢簟虚占不夢熊」，「鏡刻鸞棲摧隻影，冢間鶯語長連枝」，「絶代風流輸趙北，故宫粉黛擅吴西」，「春暖樓高扶月到，夜寒簾静受風掀」，「澧浦無人搴蕙帳，漢庭有曲頌芝房」。孫思久「全身熱熨應憐我，半臂寒加爲惜君」，「頻陵迦蓄同心鳥，遏不盧開並蒂花」。此皆藻思雲湧，争長騷壇，而祉如原唱則未之得。

讀柯南陔幔亭集

曾讀屯田一卷詞，曉風殘月起相思。今朝重把南陔集，欲倩春鶯譜竹枝。

不信蛾眉怨獨多，新詩哀艷近如何。看來李嶠真才子，愛咏人間《水調歌》。

陶爾穟

字穎儒，號南邨，又號鐵岡，華亭人。康熙庚午舉人，辛未進士，官上虞縣知縣，陞陝西葭州知州，皆以廉察，百姓稱神君。乞歸後，聖祖南巡至吴，召見，試以文辭，稱旨，令扈從回京，入直内苑。以葬親假歸，卒。著《丙寅稾》《遵渚集》。

徐覽曰：「鸞鳳互飛，波濤怒立，不洗刷而艷，非烹鍊而工。」高士奇曰：「融液百家，出入六籍，博而不腐，纖而不佻。」

舟宿丹陽侵曉遇雨

朝發揚子江，夜泊丹陽道。已嗟逆風遲，更奈落日早。濁酒酤新豐，三杯何草草。寒衾耿無寐，打更聞宿鳥。驟雨颯然至，怒濤挾灝溔。佐以雷電威，川程人迹掃。孤征戒不前，坐失東方曉。我歸豈得已，天公故相惱。

和湯西厓病起道懷原韵

旅思禁秋病轉加，新霜點鬢鏡難遮。逢人焉用争頭角，似我寧堪挂齒牙。犢鼻有緣驕北阮，葛衣無恙老西華。小舟岸上停偏穩，一任狂風簇浪花。

白雲深處好棲神，也向長安溷酒人。客笑遠遊真孟浪，天將多病蓋因循。三秋屢負尋山屐，萬斛難驅落筆塵。愛爾新詩清鑒髮，長吟短諷不辭頻。

北上留别江村

濯枝天氣野塘秋，黄雀風低夜放舟。夾岸緑蒲森似劍，就中難割是離愁。

蹑屩追隨廿四程，風帘雪棧伴長征。那知赤日黄沙道，席帽蒙頭獨自行。

詩話：鐵岡爲先高祖暉發府君及門，高祖于康熙初遷居北倉，曾祖徵書府君拓闢西軒，署作「潄芳」，鐵岡題額，爲翀家屢世絃誦之所。每瞻其舊蹟，益低徊不置云。

國朝詩鈔卷十八

鄉人姜兆翀孺山録

雷　畹蕙樓閲

姚宏啓

字子文，號藥巖，晚號老鮫，婁縣人。康熙壬寅諸生，歲貢。

《漱芳齋詩話》：藥巖所居在學士里，堂名飛鴻，明陸應暘署額。庭有老梅一株，張大木詩注謂梅爲藥巖尊人所植，先藥巖一歲而生，故呼爲梅兄。黄唐堂記謂梅爲藥巖手植，故呼爲梅弟。李步仙謂梅生於崇禎庚辰，黄唐堂謂生於順治乙未，俱無從證實。要以堂閲二百年，梅亦百餘歲，姚已耄耋，工吟咏，足爲此梅主人，故周軒三嘗以蘇句作楹聯贈之云「樹從何代有，人與此堂高」。

曲水草堂

天上有處士，星光照草堂。草堂曲水曲，讀書聲琅琅。金烏浴日麗，飛起繞丹房。一賦留鴻筆，流風百世香。自注：余家先世隱居讀書處，張東海先生棹歌有「草堂指點姚家宅，日夜書聲在水南」句，中有海曙丹房。

諸同人枉詩訊梅花消息奉答

玉仙二月裏，索笑信猶遲。密蕊珠同貫，繁枝手並垂。娉婷應惜嫁，名節久方知。欲送飛鴻目，須看撲蝶時。

南樓

南樓猶峙水之隅，觴咏風流寄一區。幾社文章歸浩劫，當年騷雅惜荒蕪。空庭雨暗嘑山魅，幽徑烟迷穴野狐。叢桂數株香寂寂，月明空照影扶疏。自注：樓爲幾社諸先生觴咏處，余曾見其手蹟滿壁，今已不可問矣，所有者叢桂幾株耳。

任參政故宅

自注：在予居飛鴻東，詳郡志。

堂構淒涼三百年，門題鴻筆尚如椽。一函庭訓歸天使，四美流風付野煙。第宅由來頻易主，功名何處話前賢。求忠幸喜崇祠宇，俎豆猶看從祀偏。

馬嵴寺

一名北禪寺，宋時僧法寧建，曾住沂州馬嵴山僝居寺，故名。亦名僝居寺。乾隆間廢。

古剎淒涼城北隈，東風吹動鐸音哀。斷碑蘚字留餘劫，雙樹清陰記再來。陸文定有《北禪雙樹》詩。花石常埋侵薜荔，寺傍一石相傳爲花石綱物。麒麟空晝亦蒿萊。旁一丘衛宣城伯墓。滄桑總是尋常事，漫把乾坤首重回。

題畫扇

蘭菊蕭疎玉露勻，幽香逸韵話秋晨。海棠紅暈還相倚，騷客原來憶美人。

袁　爣

字昭遠，華亭人。國梓子。諸生，以貢官當塗教諭，陞國子學正，累遷郎中。

次韵秦望山莊耆年讌集

千秋勝事香山社，白髮追歡今輞川。曾有勳名光日月，此時逸興託林泉。帆移吴會秋江路，客醉秦峰古洞天。詞賦盡同鄴下侣，風流不减飲中仙。應知太史占星聚，恰值耆英玩月圓。多恐沙堤新築就，未容蠟屐久留連。

曹　堉

字贊可，壬寅諸生。著《蕪園删稾》。

賞菊

西園多勝事，三徑鬬芳菲。地僻花宜逸，庭深客到稀。酣歌情自洽，耽賞夜忘歸。坐對寒更静，幽香欲染衣。

詩話：嘗得曹氏《咏柳吟箋》，内曹㘬字煙客云「高傍旗亭堪繫馬，低垂香閣好藏鶯」，曹埒字三閭云「陶徑含煙棲宿鳥，漢宫和露拂行旌」，曹垍字裴則云「三千鐵騎屯軍壘，十萬朱旗向武昌」，此皆贊可群從，不得他詩，故附識于此。

葉永年

字丹霱，號硯孫，原名尋源，上海人。映榴從子。諸生，官贛榆訓導。有《玉壺詩稾》。初永年與其弟楠與於春藻文會，在石筍里，又爲七子之會，則永年暨楠與彭椒巖及其姪彭蕚、峴、路湘舞、王未央、錢金甫也。後永年遊京師，值舉鴻博，平湖邵静山欲薦之，力辭，乃轉薦金甫。

遊崑峰宿旅公揖山樓即事

停舟柳灣下，霡霂忽侵笻。徑複藏蕭寺，林喧失暝鐘。低空明雨脚，絶壁鎖雲容。一笑逢師處，居然第幾峰。

譚深花是雨，地僻谷同愚。借榻消塵慮，憑闌坐畫圖。林梢江卧練，煙際月含珠。却望微茫裏，扁舟憶五湖。

虎丘山樓即目

闔閭城南桑滿枝，闔閭城西柳絲絲。一百五日雨過候，二十四番春盡時。花妥真孃曾入夢，月明山鬼亦題詩。何妨索取銀瓶酒，一醉前山短簿祠。

過太平莊

五里居民總業耕，山莊獨擅太平名。太平真景原無象，只聽家家打稻聲。

郭展綖

字紫垂，號慎齋，上海人。諸生，官莒州州同。

秋風

秋風來塞外，客棹在江中。趨夢歸千里，懸情待一鴻。水村雲正澹，山路葉初紅。想到東籬畔，蕭蕭菊幾叢。

宿金山寺

寄榻茲山興倍幽，微茫鐙影見揚州。煙迷兩岸江疑合，浪拍孤峰地欲浮。客夢驚殘松逕雨，鐘聲暗帶海門秋。聊將舟楫平生意，試向長空問碧流。

遊橫雲

錦帆春色泛江晴，隨意尋芳結伴行。石畔危橋雙澗水，尊前落日一林鶯。謝公不淺登臨興，陶令原無簪笏情。太息麗秋荒蘚在，草堂人往月空明。

趙維宗

字翰臣，上海人。諸生。

君山懷古

千年勝迹總蒿萊，公子風流安在哉。無賴野花橫戰壘，陵空獨鳥下荒臺。英雄偶爲紅顔誤，富貴長餘白骨哀。讀罷《招魂》頻悵望，江頭日日怒潮來。

王會圖

字昭令，號瀫谿，青浦人。諸生，歲貢。有《蓼谿詩稾》。

秋日閒居

卜居偏近市，自署樂天廬。命僕時沽酒，教兒且讀書。親朋情話好，骨肉信音疎。我獨成爲我，何妨世毀譽。開卷知多益，攤書手自題。已忘千里志，聊寄一枝棲。壁倒花仍發，牆高月自低。老妻能識性，饋食與眉齊。

曹純

字天一，號靖菴，青浦人。諸生，例貢教職。著《鑾江雜集》。鄧孝威曰：「氣華色麗，別有清思遠韻。」

董祠

漢興百年化未更，漢祖溲冠類暴嬴。刑名黄老何營營，郡推碩彦惟縱横。宣室席前失賈生，伐狐擊兔賢良行。異喙鼎沸群蛙鳴，堅持性惡首荀卿。瑞鍾河洛挺干城，不棼營利常掩荆。三問三策神鬼驚，振聾起聵即光明。劉迂韓疵誰與京，漢儒林立讓大名。薪傳垂後接周程，特教大道萬世清。剛腸嫉諛標直聲，非格驕王惟一誠。屏居著書書滿籯，不似長沙鳴不平。俗學傅會《太元》成，吐鳳豈爲投閣禎。肅瞻碑碣睹牆羹，自先洙泗壓群英。

秋夜述懷寄吴肅度

燕去驚秋杪，砧聲向晚傳。淒風聞唳鶴，落日有嘑鵑。披卷挑燈坐，垂簾聽雨眠。青山愁遠望，夢斷洛陽邊。

五載飄零客，江天四望愁。金風懷橘柚，玉露咽箜篌。燕别空梁閴，蛩吟四壁幽。故園秋色好，何日共登樓。

落梅和友韵

流鶯宛轉畫樓寒，花落孤山滿樹殘。萬點飛瓊披繡閣，數行碎玉糝雕欄。香依蘿薜牽風裊，影散池塘墜粉看。却憶何郎添别恨，綺羅魂杳珮珊珊。

初夏送顯書弟南旋

飄飖一葉逐凫鷗，自顧盤中苜蓿羞。握手喜賡棠棣什，臨風愁唱木蘭舟。當年舊恨南樓集，此日新詩北渚留。最是他鄉離别怨，憑欄望斷水雲流。

回龍菴遠眺

江天雪霽水晶浮，縹緲雲山盡白頭。豈是尋芳花下坐，春風送客在南樓。

憶舊

春風窈窕囀歌喉，一曲《霓裳》月下留。夢斷若耶谿畔語，鐘聲不散五更愁。

有所思

江南江北溯歸潮，渺渺河山入望遥。一片羈愁天際外，樓頭明月聽吹簫。

王爾淑

字友陶，鍾秀子，青浦人。諸生。有《樸菴遺稾》。

小園

小園雨過敞新晴，窗紙蕭閒竹影横。翦斷春愁雙語燕，唤回午夢一聲鶯。嬌花欲笑風初定，古硯微香句又成。見説南山遊興好，野夫荷鍤便隨行。

題莊西村舍

村路紛斜略彴横，桃花新水縠紋平。到來正有投竿興，三月青谿宕鯉生。宕鯉魚形如四腮鱸，味甚美，色差黑，生于三月，惟青谿廿里内有之。

王廷機

字巖士，號鈍夫，楨弟。丁未諸生，例貢，官兵部主事。廷機與其兄椒圃偕錢越江、戴蘿軒、顧孝持，共相結約如舊盟時，爲春藻堂會，此社事之再振也，而其詩則已散軼。

午日與懋宣赤城諸子分韵

習習東風晝雨來，佳辰重客兩相催。開尊正合天中節，采术何須曲水隈。沼冷尚能容鸑鷟，閣虚終自近鹽梅。西清舊地欣相見，多羡楊雄作賦才。

朱　淇

字漪園，號蕺山，上海人。會元錦次子。諸生，例授州判。書法學米。有《聽雪廬詩稾》，孔崖秋序之，知爲鼓篋北遊時行卷也。

峭陵早發

十里聞鷄唱，星河影漸微。行沙侵馬足，林色動鴉飛。水近人臨谷，山空月就衣。二陵何處是，城郭尚依稀。

宿蒙陰縣

晚至蒙陰縣，崎嶇路不平。千峰圍落日。一騎遶孤城。園果因賓摘，山茶待客烹。長楊多獻賦，誰似馬卿名。

曹鼎曾

字九和，上海人。諸生，貢。

同爲章弟送友之粵

小閣登臨敞夕筵，驪歌催上洞庭船。紅鐙一點隨流去，煙霧濛濛南浦邊。

唐士恂

字子恪，青浦人。諸生，例監。士恂賦才蕩儻，少慕唐寅，因以自號。遊學使者幕，其客青陽及越州最久，師徐健菴尚書，與潘稼堂、陳其年諸君爲友，而與葉忠節公尤相得。晚益貧，故其詩清蒼感慨居多，所著有《嵩少集》。

過宣州贈梅孝廉清

揚帆泝大江，隨雲渡宛水。弭楫叩巖扃，夕陰翳松杞。谿影浮簾櫳，昭亭正北峙。飛翠落征衣，迴峰窗户裏。幽人何蠖屈，浩蕩涉圖史。懷古情空濛，心期在謝李。名山欻來游，跫然爲余喜。平原戀十日，中散輕千里。童子開松扉，寒江買雙鯉。瓔盃泛春醪，微言展妙理。含光類埋照，清風激塵軌。君看虎豹伏，萬壑煙霧起。

秋浦寄内

去家已千里，驅車行翠微。游子戀秋山，妻兒暮苦飢。晚菘摘寒翠，摘久根亦稀。婦病廢機杼，何以成寒衣。回首隔萬峰，心與南雲歸。脈脈兩相望，銀河轉松扉。

贈會稽山僧

曉踏西陵雲，暮憩旅船宿。鷄鳴空中行，寒聲裂冰腹。吾尋支遁蹤，揮手陵霜谷。斯人乃獨往，風巖無榮木。道逢五宗秀，得道過十春。翛然鸞鳳骨，淡泊含清真。解我虎鞶囊，拂我衣上塵。開閣延遠矚，微言漱元津。白雲海上來，冉冉樓衣巾。丈夫未虎嘯，日月笑擲人。坐我冰壑晚，始覺煙霞親。與爾拾瑶草，歲晚棲松筠。

大梁行

大梁監者古之徒，破衣芒屩城東隅。茫茫舉世不相識，放眼天地空羈孤。一朝忽遇信陵君，大梁侯生天下聞。道傍觀者皆嘆息，三千坐客無顔色。趣車救趙西擊秦，車中還載鼓刀人。手麾諸侯若振蒙，秦人不敢窺關東。咄嗟功成嘆公子，嗚呼侯生天下士。君不見黄楊白草怨王孫，秋風非復古夷門。夷門荒荒葛藟藟，不見侯生見緑水。思公子兮空復情，還向何門跋朱履。

寄王素巖編修

江草冪冪雨無力，風花茫茫近寒食。故人新貯百斛酒，思我折盡門前柳。柳市春波好放船，况逢春月兩回圓。錦鯉跳波潑剌紅，何時迎我瀫湖東。我欲控鯉直入雲，湖南湖北望夫君。黄鸝亂飛花萬樹，好封春甕留春住。

將過南陵憩董家渡見山田早穫

危亭臨古渡，雞犬響層巔。水劃雙峰立，南北兩山對峙，夾谿中流。雲開絶徑懸。翠畦禾早熟，碧樹果初圓。南國猶憂嘆，相看益惘然。

同陸孝廉遊水西山

山勢平臨縣，荒亭古木齊。山半有烟雨亭。寒花蒙葛井，相傳葛洪井在山上，已不可識。秋水落藤谿。涇水過桃花潭，澁灘與藤谿合流向縣西。合沓千峰抱，澄空匹練低。招招催晚渡，矯首暮雲西。

贈路蘇生

湖海孤蹤二十秋，竭來雙屐與君遊。陰崖踏雪歲將暮，哀壑埋雲凍不流。異世君親惟慟哭，天涯兄弟此淹留。可憐南渡真殘夢，往事何堪話石頭。

同萬貞一陳其年潘次耕看梅

雪殘並赴梅花約，曉日籠花細細開。瘦影自宜高閣近，寒香能遲故人來。卷簾山翠當軒落，隔水松聲拂檻迴。玉笛夜來吹莫急，猶堪十日倒金罍。

董　宰

字長淵，華亭人。庚戌諸生，例貢。著《竹安齋詩稾》。

和諸乾一贈細林俞羽士

君抱探奇癖，幽棲樂歲年。鳥聲喧古木，花氣靄春田。巖壑初開徑，煙霞自謫仙。青山吾有約，欲泛剡谿船。

讀陳黃門集感賦黃門居宅在普照寺街求忠書院西，有平露堂匾，黃道周書，故集有《平露堂稿》。

間氣生邦翰，宏名重四方。才華齊屈宋，文藻並班揚。業與名山在，身隨勝國亡。孤忠應不泯，瀝血見先王。

聞曇友卧病賦此寄訊

與爾離群久，蕭然嘆索居。自憐貧阮籍，轉憶病相如。木下秋風裏，砧催夜雨餘。不堪江上望，摇落更愁余。

浦口歸舟

流水疾如箭，扁舟一葉輕。遠帆遲雁影，深樹出鐘聲。煙外橈歌晚，風前漁笛清。飄飄湖海意，極目總關情。

枕上吟

曉窗初日上，伏枕思何窮。客夢花飛處，春情鳥語中。《四愁》徒欲賦，半偈已觀空。我志甘藜藿，乾坤任轉蓬。

張澤孚

字維尹，華亭人，金山衛諸生。焦南浦《泉下録》稱其爲文速，每試必先出，而予亦略與相等，故偕出入爲多，自予脱博士籍，君僅一再試，死矣。

秋夜有感

摇落仍分荀令香，翛然乍接薜蘿裳。早知季重推南國，自媿騷壇作夜郎。凉月照人飄桂子，好風驅暑動蓮房。共憐十載行吟客，羡殺清秋燕子忙。

沈芳春

字耀遠，號正甫，華亭人。諸生，考授州同。是爲大成之祖，知其以詩學傳家。

贈笠菴和尚

出世何妨涉世緣，空山唱和盡名賢。鐘聲喚起人間夢，詩思參來心上禪。鵲止長松容我看，龍降聚石待君傳。相逢莫訝操持别，當日昌黎友大顛。

杜世雋

字晉五，號蟄存，上海人。諸生，歲貢，大司空士全曾孫也。其祖元楚，諸生。父貽永，亦諸生。其祖母章氏，工部郎元衡女，年二十二，即失所天，守節撫孤，成立後，貽永隱居浦南，困于踐更，艱苦萬狀，章太孺人茹蘗飲冰，處之泰然，年七十三卒，不欲以苦節鳴于世，戒勿請旌，世雋每述及，不勝抱痛云。

過貝多菴

忽遇廬山寺，來尋惠遠家。傳經翻貝葉，移樹發曇花。碧瓦雲霄近，丹梯道路賒。從來清净理，何處覓金沙。

范煌

字麗城，上海人。菀公從兄。諸生，歲貢。

同徐山人望飛鶴山瀑布

百尺銀絲挂絶壁，奔空狂吼破老石。薨薨軲軲鬼伯愁，雪浪拍天天不碧。忽然澎湃來空中，猛風吹斷疑裂帛。遥遥觀聽魂魄驚，似有刀鎗相劈劃。電光閃爍何其雄，白玉明珠堆山脊。玉碎珠跳歷亂抛，縱有仙禽駐不得。

胥口

胥口風煙急，途窮怨别離。危檣風欲斷，激浪雨偏隨。鄉遠山川畏，身孤魂夢疑。盛朝方耀武，盗寇爾何爲。

徐允哲

字西崖，上海人。明粤藩汝翼曾孫。諸生。工詩古文，與一時名流如王士禛、毛奇齡、錢金甫、周金然輩交，目爲畏友。兼工書畫，所著有《申江集》。蕭山毛西河嘗序其詩，謂其年不過三十，而以詩爲當世指名，則已在十年之前。蓋其詩莑莑蓰蓰，一如唐之有韋、劉，明之有邊、徐云。

詩話：《西河文集》稱與西崖爲忘年交，其詩與詞尚追曩時黄門舍人之遺響，及友西崖之友金君星槎，其詩風流涵泳，辭洽而氣清云。今星槎詩則不可得。

將之燕都留别諸同學

落日下河梁，驅車遠何之。踟躕不能别，相顧寧無悲。僕夫策晨裝，征馬停路歧。蕭蕭北風厲，眷眷長河湄。行役在四方，中懷當告誰。不怨霜雪苦，豈惜筋力疲。人生重少壯，牖下將何爲。天馬本空群，由來出冀北。苟非遇孫陽，伏櫪誰能識。何況遠遊子，高飛無羽翼。西渡黄河水，北跂燕山側。中原何蕭蕭，出門望荆棘。李斯西入秦，班生重邊域。去去勿復言，誰能眷家室。

秋日同孫介夫何雍南程千一遊焦山

出郭風日佳，秋光澹明霽。結侣尋雙峰，遂登木蘭枻。江闊寒濤平，了了見山勢。理策上崇坡，憑眺得次第。古柏隱市門，危樓聳林際。微茫吴楚别，指顧江山麗。石徑通禪房，閒階碧苔細。遠公何高曠，心期符夙契。周視審古鼎，摩崖商碑碣。趺坐稍忘疲，足力轉加勵。攀崖陵絶頂，曲磴叢篁蔽。落葉響柴門，頽垣引薜荔。海氣涵虚無，江聲趨風厲。夕陽下西峰，皓月秋空繼。回看南徐邈，畫角孤煙閉。緬懷三詔人，高蹤亦已逝。漢焦孝然隱此，三詔不起。人生不蚤達，苦爲榮名制。浩歌立層樓，天風吹衣袂。

送朱雪鴻歸虬江

悠悠吴淞水，送君還舊廬。握手不能言，兹别增欷歔。芳草亘長路，好鳥鳴前除。萬物各自得，我懷復誰舒。慷慨撫長劍，淚落霑衣裾。兹遊尚垂橐，何以慰倚閭。曠然宇宙内，俯仰多險巇。咄嗟江上峰，引領如九疑。古道日以替，大雅日以衰。君子固本心，貞白誰能緇。虬江十畝間，言歸足棲遲。衡門各有願，微尚在茅茨。

江南春

江城日暖艷芳菲，游絲百丈牽人衣。水邊緑柳啼鶯坐，屋裏雕梁乳燕飛。長隄芳草縈如織，瓊樹琪花萬種色。北郭春流似掌平，南郊大道如弦直。北郭南郊萬井開，交衢複道隱樓臺。桃葉渡頭人窈窕，青谿橋下水瀠洄。西山煙鎖千門晚，行樂及春春未遠。内家罷聽景陽鐘，帝子齊遊芳樂苑。香車寶馬故縱横，妙舞新聲無限情。公子紫騮晨挾彈，美人綺閣夜彈箏。彈箏挾彈紛争逐，早過黄扉暮金屋。百和香飛蛺蝶裘，九微燈閃芙蓉褥。别有風流正妙年，綃衣霧縠儼神仙。邀來玉笛還三弄，醉倚金罍咏百篇。東風摇蕩吹春晝，節物如新人自舊。不知春色屬何人，但把飛花攜滿袖。大江極望半漁篗，六代興亡事若何。水碧山青人不見，石頭城上月明多。

采石弔李白歌

噫吁嚱乎！青天湛湛山峨峨，北風撼地摇霜柯。白日西飛魑魅嘯，謫仙已逝悲如何。當時一奏《清平調》，意氣直欲倒銀河。至尊調羹賜顔色，何况捧硯來英娥。一朝被放夜郎去，蠻煙瘴雨閒經過。長安萬里望不見，西來不斷浮雲多。噫吁嚱乎！人生有才何必怨蹉跎，得則興酣落筆向鑾坡。不然且作釣鼇客，不然且酌金叵羅。東遊齊魯南洞庭，白雲明月相婆娑。我來放眼傾百壺，醉倚松間石上之藤蘿。臨江茫茫但愁絶，惟有磯前流水揚洪波。有懷俯仰向千古，蕭颯天風吹浩歌。

登北固山

磴道盤紆折，高峰控大荒。人家秋水白，城郭夕陽黄。草木含霜氣，烽煙鎖戰場。南徐舊風物，臨眺一迴腸。

金閶曉發

閶門更乍歇，一棹入煙深。古寺曙鐘起，篷窗殘月侵。鷄聲知驛路，人語辨鄉音。莫問霜天冷，披衣作苦吟。

十六夜吴省齋師尊招同遠公坐月次韵

皓月仍圓易，元亭勝賞難。漸從雲盡處，看到夜將闌。徑曲蛩吟切，天高桂影寒。莫嫌官舍冷，翻覺静中寬。

再遊竹林寺

亂山迴合出禪林，步入谿橋路轉深。捲幔白雲峰頂落，到窗紅樹澗邊陰。地如隔世無人叩，松不知年有鶴尋。憑眺幾回秋思遠，不妨趺坐更彈琴。

谿樓對雨有懷鶴坡子遜芥舟諸同學兼示介夫

積雨連宵苦滯淫，高樓遥望一蕭森。谿迴衆壑浮新漲，雲斷空山失舊林。異地冰霜千里夢，故園文酒十年心。相逢猶喜同遊在，短褐圍爐作楚吟。

送孫介夫還慈湖

紅橋煙柳雷塘月，憶在揚州逸興多。名士盡爲河朔飲，美人解唱《竹枝歌》。清風冰簟親鷗鳥，落日蘭舟折芰荷。此會不堪成往事，如今無那别離何。

任夫子復任滬城賦呈邑令任辰旦待菴，蕭山人。

匹馬南行别帝畿，蒼山六月火雲飛。談天鄒衍趨朝久，化俗文翁作吏稀。浦水自流重建閘，吴淞江牐座爲公重修。布袍猶著舊裁衣。江湖身遠憂仍切，幾度看雲望紫微。

題畫

地僻疎林合，茅亭曲徑遥。春雲飛不定，隨意抹山腰。

山空人亦稀，樹老風逾勁。落葉滿秋亭，谿雲澹天影。

杜茶村重過茸城不及把晤却寄

雪滿津亭旅雁飛，杜陵詩句和人稀。傷心不賦《無家别》，流落江南一布衣。

十年不到五茸城，襆被扁舟訪舊情。喜有故交張仲蔚，竹中重結歲寒盟。

邵崑

字天章，青浦人。諸生。

晚檐

晚檐雙鵲噪新晴，好向迷藏舊處行。花障小橋香露滑，柳遮春徑月光横。虚垂簾幙沈沈影，静數更籌細細聲。約鬢逡巡漫惆悵，誤人鄰院碧桃笙。

山館即事

山館不來二十日，風景相看如隔年。碧砌蘚滋蘭作蕊，黄梅雨過樹初蟬。濕蒸書案留塵黦，火逼衣篝發艾煙。獨怪茂陵憔悴客，晚涼庭院只思眠。

瞿天潢

字爰楫，婁縣人。然恭從子。諸生，亦工書。

南軒

花滿香生座，窗虛月到軒。風流此地好，朋舊幾人存。落木秋聲遠，孤燈夜漏繁。消愁憑濁酒，遮莫醉芳樽。

周稚廉

字冰持，華亭人。茂源孫綸子。癸丑諸生，援例應試，不遇，卒，年二十九。賦性穎敏，下筆千言，才名籍甚。嘗遊浙，值文會，題爲《浙江潮賦》，稚廉展紙疾書，頃刻立就，合座愕眙。明日物色之，已挂帆行矣。悠悠忽忽，迹類清狂，白眼所注，人皆走避。王文恭公，其舅氏也。欲繩以禮法，攜之入京，一夕臺省諸公畢集，咸願一識周郎，距稚廉出踞高坐，引刀割肉，旁若無人，衆皆目爲狂士。居家與同郡范武功纘齊名，時稱周范。每以倚聲相賽，婦人醇酒，消其磈壘。著有《容居堂詩詞》及四六文，又著曲三種行世，則《元寶媒》《雙忠廟》《珊瑚玦》云。

詩話：相傳釜山先生嘗假寐，夢其弟子夏存古突入，少選而冰持生，人遂謂爲存古再世，故宿根穎悟如此也。然竊疑忠魂義魄，不輕降生，釜山夢境模糊，豈容以誣長嘯南冠，不辭刀鋸之國殤。而至冰持所著各種，予幼時曾於周氏仁壽堂中見藏雕本，今盡星散，惟三種曲板，則揚州書賈售去。

羅敷行

趙王悦令顔，下令徵名姝。東鄰有醜女，自言名羅敷。趙王愛羅敷，趣發六萌車。皮帛至其門，卷柏連嘉禾。父母覩醜女，戚施而籧篨。顧此闇陋姿，何以升椒除。醜女顧父母，生女毋欷歔。誰爲辨妍醜，舉世無離朱。苟能邀眄睞，肥項猶鮮膚。假彼羅敷髻，乞彼羅敷襦。市彼羅敷佩，竊彼羅敷珠。寵愛溢後宮，出入同軒車。三日賜璹瑁，五日賜珊瑚。還家傲父母，還傲真羅敷。

讀曲歌二首

別歡襄陵道，持杯曾酌儂。酒中無麴蘗，知歡情不濃。

寧可牀無衾，不可案無燭。君看天上星，流光照茅屋。

送林霞水歸里

潦倒林公子，無家苦食貧。萬山遷客夢，匹馬異鄉身。梧葉銅谿雨，笳聲鐵甕春。傷心韓信傳，一飯屬何人。

吴山

絶頂俯群壑，江光闘曉晴。泉聲通萬户，山勢截孤城。雞犬雲中出，松杉市口生。望來吴越斷，羈客不勝情。

輓戴蘿軒徵君

不忍聞君死，翻疑凶問訛。升沈蒼狗幻，歲月白駒過。暴病同秦穆，良醫乏華佗。半生耽著述，貽憾是才多。

友人之武陵有贈

草閣一樽酒，英雄灑淚時。厭兵愁對劍，避俗只論詩。志氣夷齊上，行藏猿鶴知。太平如可待，未惜鬢毛絲。

送莫丹陳之粤東幕

横海戈船轉戰時，驅車滿目盡瘡痍。腥風夜撼流民屋，荒草春迷叛將碑。官閣有山連島嶼，硯池無水隱蛟螭。踟躇五夜軍需急，多恐還家鬢已絲。

無題用香奩韵

門鎖琅璫影，梁虚玳瑁塵。犬痴空守户，雞懶不司晨。錦曳葳蕤麗，羅裁叵匝新。多疑防妾媵，託諷半仙真。莫料歸時别，難猜笑裏顰。口深隨石闕，腸曲轉車輪。彤管貽青鳥，瑶書付赤鱗。潛行嫌秉燭，善病畏經春。雁柱彈從蜀，龍釵寄自秦。桃紅溱水渡，柳拂霸橋津。合德香頻浴，靈芸佩可珍。息微歌欲顫，淚漬粉重勻。鬬草還鬭塓，投梭學避人。相思無遠近，之子在東隣。

送馮寶初

木末花開柿葉稀，旗亭分手淚霑衣。憐君身似江南雁，又逐秋風望北飛。

即席咏骰同吴薗次先生

顛沛窮愁懶著書，詩壇酒社誤居諸。信陵已老春中死，何處侯門可曳裾。

塗朱傅粉媚當筵，弱骨翩翩掌上仙。三十六宫顔色改，連宵抛擲有誰憐。

曹元曦

字御扶，號裴則，婁縣人。諸生。博综群籍，詩文華贍，嘗續舉小蘭亭社，著《庸軒集》。

輓魯烈婦

姑數河間錢，婦抱荆山玉。相逼不相緇，谿流千古緑。

潘肇振

字文起，號毅遠，青浦人。諸生。著《遺安堂稿》。

楊陸榮曰：「舒徐容與，麗而有則，間爲小詩，多言外之趣。」

詩話：遺安嘗自言「十年宗老杜，近更愛蘇詩」，蓋是時宗尚宋派，遺安亦多染指。

丙子重陽後戲述

浪遊幾六旬，茫茫一無獲。所幸老親康，依然奉饘粥。功名亦何有，且圖現在福。覓蟹盈一筐，釀酒滿一斛。烹蟹蟹正肥，問酒酒已熟。舉杯向老親，同酹東籬菊。還招妻孥來，滿引歌一曲。老親顧而笑，似此頗亦足。

秋杪雜詩二首

老伴年來減，秋懷黯自傷。曝書嫌日短，漉酒趁更長。涉獵真無益，貪嗔信有妨。詩成松月上，寒意極蒼蒼。

山客睡猶熟，朝曦欲上簾。風吹菰葉老，霜打菜根甜。得酒過中散，題詩憶道潛。伊誰如菊淡，無語但莊嚴。

寄懷潭西

怕別吞聲去，無端一歲餘。眼青真待子，髮白轉愁予。迢遞三千路，淒涼一紙書。夢來關塞黑，仍與故人疎。

二十二夜枕上偶成廿三日立秋，時禱雨方急。

深甑蒸炊久，涼風盼不休。忽聽今夜雨，又得舊時秋。井水看初滿，村苗喜盡稠。明朝山澗畔，濯足向清流。

夏日同丹葵表弟過潁川郭西新墅

郊西路熟鳥關關，緑蔭初濃白晝間。入夏欲尋蓮子渡，未秋先得蓼花灣。薄遊人醉扶頭酒，亭午雲開没骨山。負郭數椽應有意，肯教買匵放珠還。

次韵唐竹塢九日集城南書屋

廉頗雖老飯猶强，舊日英雄未可量。愛酒客多藏酒少，看花人逸種花忙。地逢甫里成孤賞，詩到柴桑有别腸。安得相隨遠公社，一杯清茗對元方。

瀼西草堂懷古

天下草堂行處是，成都自古迄今知。百花潭北看飛鳥，萬里橋西把釣絲。去國孤臣惟縱酒，憂時老淚付吟詩。我來正值天涯暮，日落花殘有所思。

送友

風雨連朝醉草堂，翻嫌新霽棹歸忙。明朝行到槎谿上，一片桃花下夕陽。

遊横雲山感題

園于勝國時爲舒章李氏山房，本朝歸于九峰主人，今爲司農王公之業。

七峰峭壁本天成，兩度來尋感慨增。一片白雲三易主，眼前誰是舊山僧。

乙未春憶故人范秋柳即用秋柳原詩一句足成一首

秋柳名超，字同叔，有兩絶句，一云「故人書到梅花落，二月春寒早閉門」。其一云「幾日不來春又老，山風吹落綉毬花」。其上兩句皆不復記憶矣，賦此不勝慨然。

誰吟好句向黄昏，二月春寒早閉門。欲弔故人何處是，梅花零落是詩魂。

山風吹落繡毬花，有客貪吟到日斜。春老年年猶自惜，思君幾度不還家。

吴昌祺

字綏眉，晚號樊桐山人，青浦籍，華亭人。諸生。山人博綜今古，究心詩學，嘗取酉陽山人《唐詩解》删訂與原書並行，惜其終老一衿，且無後嗣，其他著述無可考云。

詩話：山人厄于場屋，康熙丁卯，學使李公振裕决科，首拔入闈，病目不能真書，因揮十絶於卷末，擲筆而出，所云「揣摩已得《陰符》秘，華屋無因見趙王」，「别榜姓名先出去，大功坊畔看巍峨」等語，讀之可爲扼腕。

題漢宫春曉

建章宫裏春光早，流鶯嚦破千門曉。御柳迎風各短長，林花經雨知多少。宫中玉貌號嬋娟，含態含嬌空自憐。已看主第濃雲髪，更擘河間膩粉拳。晚悔求才扶少主，元青赤白分茅土。不從海上訪神仙，歸向宫中息巫蠱。二千年事久荒煙，圖畫猶將漢代傳。若向通天臺下過，難忘汾上白雲篇。

南嶽望幸

衡嶽雄南服，蒼茫紫翠重。曉煙縈峋嶁，春雨洗芙蓉。珠殿何年峙，金泥異日封。鳳皇翔集處，鴻雁亦相從。

一經

髪同群子白，眼向古人青。司馬非無壁，揚雄尚有亭。癡從人話黠，醉覺眼微醒。自笑還多事，傳家戀一經。

春寒

擬消臘意坐茅廬，可奈春寒壓歲初。澤腹冰從風後壯，天心日爲凍難舒。香浮竹葉愁多病，夢斷梅花歎索居。寄語東皇休嬾慢，早開淑氣此吹嘘。

范武功陳咸京各作傀儡詩予亦戲和

姍姍徐步是耶非，妙舞清歌兩不違。桃臉暈疑初中酒，柳腰纖欲不勝衣。忽教天子驚招手，頻遣單于暗解圍。平城美人乃木偶，舞於城上，非畫也。惟有漢陰人一笑，平生心事總忘機。

贈齊雲巖胡鍊師

高閣行看入杳冥，步虛千里任君行。居圍青嶂偕猿鶴，身在紅雲傍日星。竹杖光摇投大澤，松壇影静讀仙經。他年倘更攀崖上，鑱石猶堪爲勒銘。

秋海棠

緑雲微亞涼飇，紅暈半含殘雨。美人繞砌閒行，聽盡秋蟲碎語。

陸祖龘

字次梅，亦作紫湄，青浦籍，本華亭人。乙卯諸生。著《鱸鄉集》。

白龍潭觀競渡歌

潭東楊汝成宅爲其父繼禮立，世掌綸綸，宅有亭榭一，樓臨水，李存我書「畫棟珠簾」句子柱云。

龍潭之水何蒼茫，上有學士綍綸坊。仲夏五日好風景，亭亭鷁首皆沙棠。吹笳撾鼓自來往，五茸民俗同沈湘。波濤出没若平地，盤旋飛舞蛟螭翔。别有輕身類猿狖，婆娑跳擲升危檣。倏忽變幻千萬態，一時角逐難頡頏。巨艑峨峨泊谿岸，堆堵案席如疊牀。一夫聳躍獨顧盻，登高四望非尋常。意氣激發甘蔗杖，姿容婉轉梨花槍。解衣奮臂赤雙足，軀幹短小精力强。傾城闔户頃刻至，攜老抱幼群相將。連袵接膝瞠目視，重重環匝疑垣牆。畫舸珠簾夾秋水，羅襦綺袖從風颺。洛浦初驚拾翠羽，漢皋更訝留明璫。船頭近擁小兒女，五綵絡臂紅錦囊。翠染盤盂角黍饌，香分几席菖蒲觴。蓴羹鹽豉未足美，行廚更薦三尺鰉。日斜人散潭水緑，嬌歌一曲齊笙簧。滿船燈火映新月，綺疏繡幔生輝光。舄履交錯客已醉，扣舷且讀《離騷》章。

過錢鶴灘先生墓墓在東門外華陽橋。

名世文章大雅存，先生遺冢指孤村。傳聞尚有詩千卷，瞻拜曾無酒一尊。犖角黃沙埋斷碣，萋迷青草護荒原。百年事業三更夢，怕向田家問子孫。

徐懷慎

字許公，號若谷，婁縣人。諸生，歲貢。有懷其兄燕公詩，其叔𩔖亭嘗序之。

新安黃君揆臣余舊交也己未應黔撫辟予附一行冀得兄音問

年少黃君意氣都，相逢把臂唱吳趨。幕僚慷慨新投筆，關吏逢迎舊棄繻。河洗甲兵風鶴靜，雲迷煙瘴塞鴻孤。數行憑寄心千縷，歷歷關山夢到無。

鮑歷

字思遠，上海人。諸生。著《鴻雪居詩》。少孤，訓徒養母，性洒落，後遇顧𥠖，遂留心理學焉。

詩話：思遠有贈偷兒詩云「嗟君自肯喪名節，愧我不能通有無」，其風致可想。

送向子純

共爾悲淪落，三年幾晤歌。送君從此去，對酒意如何。天遠鳥飛盡，嶺重猿嘯多。徘徊正未已，歸棹欲衝波。

夜雨

路入江西共幾千，連宵風雨正淒然。人當去國離家後，舟泊山程水驛前。滴破鄉心愁似海，聽和更漏夜如年。何妨茅屋三重捲，猶得移牀一覺眠。

暮秋與徐越生散步西郊兼懷所知

江岸逶迤落葉重，行行攜手思何窮。雁聲秋水寒煙外，客路西風夕照中。望遠不知人在否，論心空有恨相同。憑君莫話相思苦，試看青衫淚已紅。

贈符連城連城名完璧，洛陽人，是能以指頭作畫者。

疑是含毫點染成，誰知都向指頭生。知君此指非凡骨，劃破鴻濛真宰驚。

黃裳吉

字遵素，青浦人。諸生。

雨夜宿佘峰

結伴探名勝，其如風雨來。雲根盤鳥道，樹色接巖隈。村酒臨軒酌，漁歌帶月迴。昔賢招隱地，重溯讀書臺。

得雪窗燕都寄札即次來韻

却羡雄文彦，翩翩薊北行。關河憑客夢，詞賦雜秋聲。投轄情原重，加餐誼不輕。移來花下讀，掩映月華明。

徐國珽

字嗣功，號舜甄，上海人。丁巳諸生。其作詩古文詞，不待思索，脱稾不易一字，訓其弟學柄，成進士。

九日雁塔登高

秋色蒼然逐望開，佳辰相約上高臺。霜沈二水魚龍伏，木落千山虎豹哀。秦地關河連朔漠，漢家宫殿擬蓬萊。黄花白雁紅萸會，誰擅登高作賦才。

唐　燮

字欽文，婁縣人。諸生。

任秋雯南軒詩

谿上多同調，頻來醉此軒。任公鈎故在，董子席空存。笛響秋風斷，鐙光夜雨繁。不堪思舊好，嗚咽對芳樽。

國朝松江詩鈔卷十九

鄉人姜兆翀孺山録

王　誠四峰閲

董　溶

字晴川，華亭人。樗亭仲子。康熙戊午諸生。詩筆俊警，兼工于詞，滕王閣上有次吴夢窗《齊天樂》詞，石刻尚存也。惜不永年，三十六卒。

《漱芳齋詩話》：范武功《秋感》云：「陳雷張戴吴與彭，周家父子朱弟兄。其間周董年最少，却與時輩同文名。一時一郡皆潘陸，恨未登科登鬼録。」此謂晴川及陳枀文、雷子貞、張嘉樹、戴蘿軒、吴令顯、彭蕁孍、周鷹垂、子冰持、朱士威、弟德遠也。冰持、晴川尤年少，故云。此皆有才不遇者也，文人九命，自古而然。

機山訪陸平原讀書處

古來勝地不必須絶境，畸人一顧垂千秋。横雲之北余峰麓，分支別起成培塿。翠禽格則薜荔古，白雲窅窱松杉幽。平原吟嘯亦偶爾，高名遂與喬岳侔。我來策杖穿松去，去訪當時讀書處。衰草猶存土一抔，野花亂落紅如雨。雨後流泉空復鳴，高天鶴唳不聞聲。川原無恙大雅墜，俯仰彌深弔古情。夜光縣圃皆積玉，天下文章歸二陸。壯志難消未下豉，雄才足令庸流伏。移將會稽箭，去作嵩華春。朝入太常座，暮誇成都賓。賢王定許伊周輔，朱邸寧知管樂倫。群口揺脣相嚄唶，蛾眉一妬失顔色。鼓聲百里鐵騎驕，駱奴能督終何益。河橋旦發牙旗折，黑幰繞輿決不得。人生倚伏疇能測，嗚呼往事難重憶。處亦不足是，出亦安可非。朱顔緑鬢能幾時，追風躡雲會有宜。圭璋秀質世所期，高詞迴映我所師。鹽車倘荷孫陽拭，壯心堪試排空翮。機山不改留白雲，然後拂衣歸卧歸始得。

陸閎

字武佳，華亭人，居集仙街。諸生，以歲貢官興化縣訓導，卒于任。工駢體文，詩摹《選》體。惜著述零落，王翁堯峰以其殘稾一册見示，爲存一二，殆非上駟云。又，閎自卒後，其子鳳占扶櫬歸，以貧病終。

咏史

江東盛豪彦，蹇蹇推昭侯。將相本書生，卓犖誰與儔。子明薦自代，良爲社稷謀。意思何深長，韜隱算更周。嗚謙竟挫鋭，按劍屈兜鍪。强對傾國來，奇功一炬收。柔剛克互用，藺寇逾風流。偉哉儲藩議，忠正乃見尤。

贈尚子作用馮子晚吾韻原序：夔臣尚師以嘗兵奪學宫地，殉義明倫堂，崇祀名宦有年矣。靈櫬旋淮，久未得葬，今春其文孫行忠、行恕來雲間，將謀窀穸郡侯周公慨然倡率，士大夫暨諸同學各有佽助，贈詩盈篋，余亦附續小篇。

淮南理學紹朱程，義憤捐軀豈過情。卅載崇祠惟昔舉，千秋直道至今行。詩篇乍束牛腰滿，兆域俄封馬鬣成。自此流傳真不朽，卓哉名教重千城。

和奚夔園韻此以海潮攔入，日飲鹹水而作，因有此和。

垂老難尋柳下飴，《淮南子》：柳下惠見飴，曰：可以養老。清泉茗飲每縈思。何期火爇吹噓鼎，轉訝波熬朝夕池。汲去那堪常抱甕，烹來不覺欲傾巵。劇憐拜敕金沙日，境會亭前水未澌。金沙泉，湖、常二郡接界，有境會亭，每年茶時，太守拜敕祭泉。見《茶譜》。玉川空復想仙靈，巨壑隄衝勢杳冥。縱有月團香細細，竟無山溜韻泠泠。腸枯敢望詩才健，目寐誰教酒力醒。竊擬齋心祈海若，回甘從此樂餘齡。

王　機

字虞章，號念蓴，華亭人。丕烈父。諸生。著《長風書屋詩稾》。王應奎曰：「澹泊醇古，淒清之響爲多。」

詩話：虞山王柳南論詩，謂雲間陳、李詩派鴻朗高華，而其弊爲膚庸，爲廓落，爲板重，爲甜俗，不如蕭閒疎野，自成一家。此固一説，然使毫無根柢，但趨質樸，恐又粗鄙俚俗，不可言詩。且爲詩各因時地，若在朝廷，豈同草野，使執其説，不又學一先生之言哉。

題朱晦菴墨蹟藏朱雨蒼家，故有「雲孫攜袖中」句。

古人論書藝，必與精神通。端楷比賢士，欹斜擬醉翁。獨此險且勁，非復他人同。乃出紫陽手，鈎畫具精工。心源接洙泗，理學開棘叢。燕閒試妙墨，直追顏柳風。秀潔潤州石，蒼古嶧陽桐。迄今幾百年，長卷垂飛虹。疑余夙有契，雲孫攜袖中。殷然索題句，展閲欽且崇。灰劫不能滅，缺殘類篆蟲。遐哉真世寶，天地傳無窮。

題張安道照

人能寫君面，我獨寫君心。君心何所有，涵蘊惟古今。石牀攜一卷，誰與共高吟。獨坐抱遐思，志豈在山林。梅花示君品，流水傳君音。君有真面目，應從形外尋。

贈隱

羨君高隱志，卜築九峰間。黄葉村邊樹，白雲屋後山。攜笻歌飲鑿，鼓枻弄潺湲。一徑尋芳去，松門候月還。

園居雜咏

避俗何須世外思，小園結搆槿爲籬。尋花每帶拖雲杖，看竹長删碍月枝。水翦釵源香貯鼎，坐分蕉雨午敲棊。晚間莫道違時好，褊性由來嬾更痴。

單景襄

字匡侯，號會柯，華亭人。狷菴孫，諸生。

修禊前一日南村即事和畢雨稼韵

今宵詩思共君論，翦斷爐香一縷魂。重向花前揮麈尾，隔簾細雨易黄昏。

王毓任

字東序，華亭人。諸生。

懷松陵茅籍白顧遴士石玉山古師上人却寄

高士千秋更有三，當年曾共道林談。從來震澤魚無數，不把新詩寄一函。

瞿天淏

字燕紫，婁縣人。天潢弟，諸生。

悼董以銘

同爲谿上客，晨夕聚南軒。琴劍飄零久，音容想像存。傷心紘誦地，滿目桂花繁。寂寂難呼汝，燈前共倒樽。

趙愼徽

字旅公，婁縣人，居泖涇。諸生，占上海籍。性穎悟，工詩古文辭。初與兄鳳翔同遊陸清獻門，所著《日記》爲清獻所稱。

泖涇雜咏

亭名安節利堅貞，却聘優悠信獨清。仿佛紀年書甲子，柴桑千古有同情。謂宋謝康齋先生。

朱水源從苕水來，申江駭浪疾如雷。鍾英首數三詩伯，繼起尤多作賦才。朱里三詩人後，古匏、宛吟足稱嗣音。

曹煜曾

字宿臣，號麓嵩，上海人。諸生。著《道腴堂集》。沈歸愚曰：「麓嵩詩得董蒼水指授，故其品特高。」

水仙花

江湍漱雲芽，夜濯宓妃魄。一洗羅韈塵，踏霜曉無迹。冰肌歸葯房，清芬襲中舄。脈脈契素心，疎梅影横壁。

富陽道中

日暮富陽道，林昏莫辨花。亂雲封遠岫，淡月護平沙。感舊情無限，澆愁酒不賒。舟行風正好，漁火逐江斜。

歲暮柬學之

冬日半晴陰，驚風起暮林。墨痕呵凍淺，雀語嗁花深。道在寧藏器，知希嬾碎琴。春光看轉眼，沽酒共招尋。

簡趙來臣

憶昔同舟江水灣，曾移蠟屐共躋攀。春風草緑滕王閣，秋雨猿嗁馬祖山。久客只愁花落去，思家時羨鳥飛還。而今高卧蓬窗下，萬疊煙雲入夢間。

遊天平白雲精舍

緣崖仄逕破蒼苔，繞屋層巒翠作堆。雨溢飛泉當户落，雲穿古洞倚天開。傍池白傅餘茶竈，隔塢支公廢講臺。揚剔名山傳雅集，鐫題一一出新裁。

初冬雜興

近來覓得買山錢，半壑煙霞已渺然。筏舫酒簩新活計，蒲團柏子舊因緣。遶籬有菜堪供箸，汲水無童好自煎。宿鳥一聲天欲暝，小窗和月枕書眠。

唐璟

字侶宋，青浦人。諸生。有《怡菴唱和集》。自叙謂：余髫年受經，是時詩非唐不傳，學詩者非唐不宗，邇年來始有《宋詩鈔》之刻，武林乃有陸放翁、范石湖集相繼行世。披誦之餘，偶然則效，不自知其形穢云云。蓋由唐入宋，邇時風會如此，亦不始吾松也，而侶宋之自爲懺悔如此。

憶瓜州夜泊

客路蕭條處，追思起暮愁。浪摇千嶂月，雁叫一天秋。不醉難成夢，無才愧遠遊。夜深風正惡，蘆荻亂江頭。

郊居即事依師蘧來虞二弟韵

緑樹深深出釣船，好移碁局到林邊。當軒叢桂籠秋月，隔岸芙蓉綴晚煙。網得錦鱗堪入饌，吟成好句欲驚筵。應知平子歸田晚，秫稻花香又一年。

唐　瑗

字師蘧，青浦人。璟弟。諸生，歲貢。官宿松訓導。

邀同人集小鏡湖分韵

駕舫出南郊，濃緑暗如雨。澄湖千頃流，遥山青可數。岸柳摇輕帆，翠荇牽柔櫓。細浪蹴游鱗，晴波浴素羽。微風來軒牕，水沈散煙縷。吟成傾百盃，新歌還間吐。歡賞不辭遐，芳隄任迴互。浮景迫西崑，漁歌起遠浦。兹遊良足娱，莫畏城頭鼓。

詩話：康熙辛未仲夏，唐侶宋璟、師蘧瑗舉素心吟社，放舟小鏡湖，以柳州《雨後曉行》詩字分韵，各賦五言古詩一章。同社者爲袁心友載錫、陳曉蒼旭照、顧聖遴吴穎、顧暉九耀、黄奕照朱芾、柏斯民古、邵天章崐、高王受以照、王東序毓任、顧麗蒼炳、潘文起肇振、方蔚宗大禮、孫思九鉉、雷德文維馨、黄漢表宗琬、陸祖麓紫湄、師蘧、侶宋及其弟來虞琯，共十九人。侶宋跋有「韵限柳儀曹之廿字，體宗陶彭澤之五言。觴欲飛而咏就，少山陰十客之多；鉢尚響而吟成，免金谷百杯之罰」云云。此洵青谿韵事也。

黄　鎧

字鴻逵，青浦人。諸生。

飲任秋雯南軒次欽文韵

招尋來勝侶，霞舉各軒軒。逸興風騷合，高歌意氣存。砌浮蟲語切，梧浥露華繁。却喜城樓月，流光照玉尊。

周鼎

字軒三，華亭人。彝弟。己未諸生，入國學。

長至前一日客遊西湖懷兄策銘作

去年十一月之望，我辭京師馬首南。是時北風正淒緊，簷頭寒瀝拖冰簪。晨興撥火不復暖，敝裘澀縮等重鏂。況復別兄意冗惡，離腸百結憂心惔。交轡並出彰儀門，話遠亦有酒一甎。欲行不行且踟躕，攬袂却立語諵諵。上言高堂頭早白，支持户牖愁負擔。下言門祚極衰弱，膝下俱未有阿男。長安久住亦何戀，豈有雞肋尚可貪。放手一别三千里，斯須暫聚樂亦媅。南鴻北雁望不達，家書蠆尾縈春蠶。到家百事不挂臆，念遠一日腸迴三。今年八月走國門，短衣重趼形髿髿。相依晨夕不一月，因緣家累還江潭。近復更聞子由瘦，硬餅大肉詎所甘。還鄉黄鵠不得騎，臞仙會看作笑談。「相看會作兩臞仙，還鄉定可騎黄鵠」，東坡詩句。吾今僕僕苦行役，息機那能如瞿曇。西湖風景十年想，冒寒一棹恣幽探。靈隱桂子天竺石，此路吾兄所舊諳。磨崖題句半蘚蝕，碧紗安得來僧菴。行吟捫摸興未厭，山川登頓性所躭。獨愁依人乏長策，中散自稔七不堪。來朝陽氣回黍谷，葭灰緹幔鋪深弇。今宵胡爲忽惆悵，寒燈獨坐把劍鐔。團圞九月挂頭上，霜風肅肅生虛龕。一年流光一擲過，冉冉老至心憂惔。思兄不得就兄語，放歌劈裂恣清酣。遥想九門火城散，西山雪霽開晴嵐。客中吟伴有蔣栩，(謂静山。)新詩遠望題封函。

九日西山聯句得九字 (金華李鳳雛、雲間周彝、俞麟徵、周鼎。)

宿雺散沆碭，絲雨滌塵垢。日高影破窗，(鳳雛)階净掃無帚。清商澹泬寥，明霞舒窈糾。腓卉風含淒，(彝)枯莖地蘘朽。化蟬殼揭木，客燕巢空料。哀音驚雁奴，(麟徵)匝羽棲鵶舅。飛鷹盤天標，飢扈啅簷蔀。白袷衣裝緜，(鼎)黄金花釀酒。蕭晨届三秋，同心得四友。騎驢越都闉，(鳳雛)摇鞭指山藪。高聳肩疲茶，遠縱轡馳蹂。蹣跚出泥濘，(彝)犖嵒歷路陡。攫身鳥破樊，擺尾魚脱罶。遥情自夷猶，(麟徵)極目尠牽揉。搜尋林壑奇，邂逅羽林赳。(時冬蒐列營山下。)孤村擁庬纛，(鼎)列帳森刁斗。蹶張材官弩，鎮壓將軍鈕。穿濠釜作糜，(鳳雛)傍壘幕啓牖。礮車紛布碁，厹矛儼束韭。羽色赤白間，(彝)劍氣雌雄偶。連營整以暇，散步左復右。行行共升麓，(麟徵)曲曲徐陟皋。碧岑擁高髻，赤墳卧空缶。岌嶪虎豹蹲，鼎菌蠢蛟螭守。石卵大於拳，樹腹空似臼。嵐卷林面豁，鳳雛葉禿山容醜。紆回岡起伏，窈窕洞深黝。齟齬交齒輔，彝凸凹封瓿甀。廟古蝕蘚苔，谿荒老薪槱。攀蘿磴道危，麟徵穿峽泉原溜。拭背莽盪胸，掀髯一拍手。紫翔多鬚髯。巖岫各爭雄，鼎結構亶非苟。千仞撑洪濛，萬象呈牙紐。天壓居庸塞，鳳雛雲横碣石口。滄海運垂鵬，渾河軼奔獸。燕山形東拄，彝王屋勢西走。禪刹繞翠微，園陵亘天壽。玉泉露蜿蜒，麟徵石景矗培塿。勝蹟樓桑邊，雄州檀柘後。諺云：「先有檀柘，後有幽州。」煙靄吐層霄，鼎縹氣幕九有。迴環神京臂，磅礴太行首。都城萬雉拱，鳳雛坤輿六鼇負。金闕巍高空，玉虹夭蚴蟉。太乙溯星河，彝圜丘像尊卣。神皋産物博，天府呀靈厚。秬秠倉庾盈，麟徵䆉稏篝車受。栗栗稑兼穜，桀桀藜並莠。穎穎梨方垂，鼎纍纍棗可掊。柹實染丹黃，楓枝綴組綬。淇園移篠簜，鳳雛華頂分蓮藕。苜蓿帀菑畬，靈麻披隴畝。萎者土著莎，彝離然山有枸。紅皺遍籬落，黃團盛簍籔。金魚跳曲池，麟徵赤鯉撥潎笱。刈熟炊香粳，燃萁煮村醙。餺飥堆盤高，鼎籹粔和粉溲。悲歌起屠沽，任俠遍童耇。上京豪族繁，鳳雛朱門結習扭。齒肥競炰羔，調羹陋采茆。珍奇錯海缶，彝碧碗排瑩琇。雲繻舞袖翻，城傾笑顏懰。挑目抱區區，麟徵掃眉致叩叩。奄忽崦嵫迫，荏苒冰山剖。白日晞露薤，鼎丹旐飀翣輀。墓木竄鼪鼯，石碣殘蝌蚪。榮華竟衰謝，雛鳳賢哲得免否。張華宅圮餘，郭隗宮廢久。暖谷委荆榛，彝藍田空瓊玖。荆卿死廢股，樂生敗掣肘。自昔縱嶔嵚，徵麟於今留誰某。顧我不諧俗，入世動多咎。端居苦鬱鬱，鼎畏人長呦呦。空囊少看錢，作經止覆瓿。支離號逋客，雛鳳漫浪嗤聱叟。麤疎坐肉緩，拳曲轉顔忸。困甚觸藩羝，彝倀若無相瞍。衰顔僮僕欺，黧面路鬼詬。營營棘止蠅，徵麟狺狺雪吠狗。求富亟執鞭，送窮虚載糗。浮沈信萍梗，鼎跌蕩破械杻。獨醒緬三閭，高卧憶五柳。于野塈同人，雛鳳取醉非謀婦。頽陽照大旗，畢景返駟牡。老樵負擔歸，彝童牧揮肱誘。向禽鶻盡落，載犬獫息嗾。捲繳盛鵁鶄，徵麟收紭牣菟彀。杖策纔亭午，秉燭擬到丑。燕市筑共擊，鼎商歌角迭扣。紫蠏螯堪持，茱萸囊可取。攻愁澆殘壘，角勝分二耦。是夜飲王孝揚大將軍幕，令子器先在座。旋轉等掇木，雛鳳輸贏決戰拇。前驅險始出，後隊勁疾趣。短牆跨曹劉，小城築費郈。硬語昌黎盤，彝苦心長吉嘔。此倡彼以和，前于後者喁。鑿險鬼神驚，翻窟蛟龍吼。汗漫收滄溟，徵麟佶屈摹岣嶁。惟時律無射，紀元歲在酉。偶然得借一，此會正重九。鼎

詩話：俞麟徵，字來雍，號會文，上海人。康熙己未入學，乙丑拔貢。其才與姜萬青、張長史

埒，人都不遇而卒，詩文不傳，觀此亦可得其概矣。李鳳雛，字紫翔，亦以拔貢教習，期滿選曲江令，一年落職問徒，因自號仙驛狂奴者也。有《贈蒼文之金陵詩》云：「明發便行邁，黯然消別魂。鶯花三月道，煙樹五湖村。白袷仍羈旅，青山近故園。君看大江水，流盡六朝痕。」附記于此。

沈景旦

字南屏，華亭人，居莊行鎮。諸生。有《雲車集》一卷。景旦庚子北闈薦卷文絶佳，未發榜，喧傳必雋，主司以避嫌斥去。其生平北走燕、晉，南歷黔、滇，凡所閱歷，一寄于詩，可以想貧士飢驅之概焉。

雜感

世道日以降，人人托巧言。百情不可憶，總謂之忘天。忘不忘任人，消長有後先。吾道未許窮，此理不期然。解脱少踟躕，風景入新年。
庭前一株桂，年久本枯槀。今年復作花，又被霜風掃。榮華不可常，空歎逐時老。此去還問天，遷化須及早。

張麟書

字玉函，華亭人。諸生。　沈文慤《别裁》刊作進士。誤。

早梅

夢寐難忘姑射姿，春山無伴只相思。誰將暖律翻三弄，却遣芳魂逗一枝。淺瀨影疎人小立，曲簾香動鳥先知。賞心不待花如雪，好在寒冰未解時。

吴元麟

字南林，號竹谿，婁縣人。侍讀元龍弟，諸生。著《三松草堂詩》。　鄧孝威曰：「清圓秀逸，亹亹動人。」　錢德震曰：「無卑靡之氣入其筆端。」年三十三卒。

姑蘇懷古

姑蘇猶自昔，無復霸圖雄。斷碣沈荒戍，寒煙漲舊宫。涇存帆自落，臺廢草連空。千載繁華地，吾懷江上翁。

靈巖

靈巖何事説吴王，緩步尋幽興欲狂。屧響已空雲影寂，琴臺猶在水聲長。峰頭麋鹿銜春草，湖上帆檣帶夕陽。自是屬鏤輕賜出，莫將歌舞怨紅妝。

和王浩東内叔感懷元韵

三徑從教松菊荒，蕭蕭木落雁微茫。到門有客嘗題鳳，折簡無人乞换羊。引水作渠圍曲岸，送雲歸岫立斜陽。秋來莫負看花興，欲採芙蓉尚滿塘。

張 彙

字茹英，號蓉川，華亭人。尚書照父，晉封。本諸生，官刑部郎中。

佘山

非雨非晴淡淡天，拖笻直上翠微巔。閒從野寺搜殘碣，倦倚長松漱瀑泉。白石山頭金勒馬，紫藤花下木蘭船。可知盡是登臨客，不聽松風聽管絃。

張 榮

字景桓，華亭人。諸生，例貢，官崇明訓導。著《空明子詩集》。

石帆山

石骨千條紫，江心一柱紅。僧聞真似鶴，山禿漸成童。寄迹興亡裏，潛身波浪中。欲將無限恨，流盡海潮東。

憶趙虎文

緣淺難消一段春，半煙半雨半飛塵。經時展卷愁無酒，盡日垂簾患有身。花瓣暗飄鶯拾得，雷痕潛駐燕相親。他年會訪蘇門嘯，長聽鸞聲學葆真。

贈儲六雅

江南無文章，自古止二陸。此係先生論文語。高論驚四筵，下士應側目。

何　炫

字令昭，號自宗，華亭人。諸生，貢入太學。著《怡雲堂詩稾》。家世擅醫，令昭以穎悟之姿益臻精詣，起疴愈疾，奏效如神，遠近馳聲，推爲能世其業云。按何氏宋元時舊居在府東東明橋俊士坊下。

漁父詞

江湖渺渺一漁竿，不似人間行路難。昨夜醉眠忘繫艇，曉來兀自在沙灘。

莫之璘

字元暉，號陶哉，婁縣人。明浙藩如忠裔，諸生。著有《交山堂詩》八卷。

園居

安排前定復何營，堪笑紛紜蠻觸争。近水栽花兼看影，隔林棲鳥但聞聲。無多口腹隨時給，有限田園著眼輕。最是離群偏寂寂，停雲長望不勝情。

曹煐曾

字祖望，號春浦，上海人。諸生，例貢，官理藩院知事。有《長嘯軒詩》。沈文慤曰：「春浦詩語不必奇，耐人吟咀。」詩話：院幕與兄明經麓蒿茂才爲章並以詩名，而春浦尤工琢句，如「殘歲斜陽促，輕寒落葉知」，「離愁兩地月，醉興一庭花」，皆爲藝林所見賞者。

曉晴

夜雨三更響，曉雲一徑封。苔衣篩日影，雁字寫秋容。仗石扶殘菊，留雲作遠峰。如何蕭瑟候，于此最關儂。

初冬夜即事

霜落庭階冷，寒星動碧空。爐温香爇火，窗破紙鳴風。酒力緣愁薄，詩情到枕工。漏長吟不盡，分付一燈紅。

野眺

四野皆圖畫，蕭然在望中。江雲隨浪白，霜葉隔村紅。衰草殘籬菊，斜陽斷岸鴻。秋光憑點染，天地一詩翁。

重陽前二日雨中即事

未到題餻節，漫空風雨多。寒煙迷鳥道，遠浦濕魚歌。醉帽全無賴，秋光半欲磨。年年驚此際，雙鬢歎蹉跎。

寄張長源

昨歲春帆送客舟，飄然書劍赴虔州。桃花逐浪黄龍浦，風雨懷人白鵲樓。百粤雲山浮遠樹，千村城郭帶江流。知君憑弔惟詩酒，應爲蓴鱸憶九秋。

讀范石湖集

誰與先生較短長，同時楊陸恰相當。吟餘蜂蝶翻花影，歌動鯨鯢吐海光。禾黍銅駝蠹口月，旌旆鐵馬雁門霜。平生忠義兼風雅，紙貴遺編勝洛陽。

曹炳曾

字爲章，號巢南，上海人。諸生，例監。邑志《獨行傳》載其周給三黨之貧乏者，及捐資、育嬰、義田、贍族等事，蓋篤於至行人也。著有《放言居稾》。

春夜南園玩月醉歸

暮靄入春林，飛鳥歸翕翼。流光四面開，坐嘯山寂寂。招邀月在天，萬象倏以闢。池空清見底，貯月深莫測。舉杯照形影，相對不相識。繞徑雲有情，拂面風無力。小犬不吠人，自向籬間息。

沛亭從陽羨來見訪喜賦

送別清秋秋乍涼，桂花韜屐歸故鄉。西風蕭條黄葉渡，指點寒鴉不知數。閉户獨坐還獨吟，疑義相析誰知音。况逢黄菊東籬徧，擘牋把酒君不見。罨畫谿邊月欲迷，任公臺前江欲低。羨爾登高挹風景，盪胸拂拭塵與泥。今朝握手沾沾喜，得聆佳况神遊矣。老我星星兩鬢霜，光陰暗度悠悠裏。

懷友

獨處多岑寂，韶光又一年。煙霞吾輩領，事業幾人傳。玩世宜如此，逃名豈偶然。有懷同皓月，散步小谿邊。

武林客舍留别河南葛萃還

爾我他鄉客，情深謂每同。今宵一尊酒，明日片帆風。山色清秋裏，江聲細雨中。後期難預卜，嘹嚦聽飛鴻。

贈宋戒平

我愛宋公子，翩翩濁世中。高歌留夜月，急管醉春風。興自今朝發，情還舊日同。百年嗟半擲，相與話兒童。

登聽濤閣訪松月上人

欲探幽境入禪林，高閣憑闌秋色侵。孤艇欹帆穿樹出，遠天沈日伴雲深。傍簷嘑鳥迎塵客，掃榻清風見道心。此日有緣留半偈，何時杖履復追尋。

夜坐懷簡兮時養疴間園

斜月纖纖挂玉鈎，滿天風露隔簾幽。壯懷安石貪高卧，多病文園謝勝游。案上琴書孤榻伴，籠中藥餌一鐙留。故人別後無消息，昨夜梧桐又報秋。

寒食郊行

百五逢寒食，田家冷竹扉。緑楊斜照裏，風急紙錢飛。

王　鑄

字范之，上海人。諸生，歲貢。范之與朱旦平並以時藝鳴，而范之竟不遇。

舟行

野塘春水碧於天，漁唱聲聲手拍舷。驚起風標兩公子，避人直上白雲邊。

陶　淑

字□□，上海人。諸生。

同陳長倩集唐平叔齋風雨連宵即事

偶從遊屐至，夜雨復連牀。道氣清寒骨，微言化俠腸。酒因知己醉，梅待曉風香。林表看新霽，渾忘春晝長。

陸迅發

字柳寄，上海人。諸生。

南湖寓樓作

竹塢松臺冷翠屏，年來乞食總飃零。風吹短髮居然白，山到深秋分外青。旅況未能消渴酒，絺衣真怯對寒星。誰憐庾信傷遲暮，一曲吴趨不耐聽。

王世奇

字奇文，號岸三，青浦人。諸生。著《蒲江草堂詩集》。

唐聲傳曰：「鮮新秀麗，大似高陽。」

花開吟

花開幾日天初晴，天晴幾日人遊行。問花半晌花無語，片片飛來見落英。落英一見花事渺，天涯緑遍王孫草。長信階前粉黛空，昭陽殿外凋零早。歲月如流不待人，韶華狼籍委芳塵。拂簾靄靄春飄影，霑露垂垂淚濕巾。斷雲殘雨傷無已，杜鵑夜叫殘宵裏。何處銜成燕子泥，可憐墮入鴛湖水。誰家紅粉惜摧殘，坐對珠簾思百端。蹙損雙蛾愁寶鑑，有時寫怨發哀彈。琴聲如慕還如訴，兩情脈脈銀河路。風沙滿眼落日黄，雁行驚斷蒼煙暮。自昔菀枯瞬息間，玉津金谷變風煙。黄沙碧海須臾改，皓齒明眸寧久妍。人生碌碌如旋磨，閒看花開能幾箇。花當艷處人誰惜，人憶花時春已過。有花日少無日多，雨雨風風更奈何。明春縱使花重發，花笑遊人髮漸皤。

送友歸浙

折我庭中梅，餞君湖上路。風雪侵征裘，蕭蕭日月暮。出門歲一週，兩地驚寒沍。回舟甫挂帆，歸夢已歡晤。高樓亦有人，目斷江千渡。

集張魯璠齋看菊賦酬侯若菴先生

薜荔風高舊墨莊，筵開竹葉暗流香。秋光淡蕩人如菊，夜色清虚月滿廊。半席風流思白社，十年湖海愧青箱。今宵觴咏休辭醉，回首秦雲雁幾行。

晚眺

一林新雨洗梧楸，潑刺游魚去復留。小坐谿前看暮色，斷雲如絮月如鈎。

陳 崿

字咸京，號岞嵐，晚號慧香，華亭人，占太倉籍。諸生，歲貢。崿以三歲而孤，祖于逵，盱眙訓導，以其穎悟，特鍾愛，口授經史，遂自幼工詩古文詞。已而試必高等。庚午省試，同考以元薦，而阻于主司。癸巳詔求實學通經之士，以李文貞、王文恭薦。乙未奉召入京，充纂修《詩經》館分校。事峻，又留「子史精華」館。期滿，議敘當得知縣，時未六十，竟以年老乞歸，其澹于進取如此。古文規模廬陵。詩工三十六體，晚復冲淡，入陶、韋門徑。著《祖硯堂集》八卷。堂額千山瞿濟川題，蓋本范馨與硯之義，亦以誌祖德云。

詩話：慧香先生自南歸後，杜門却掃，圖書自娱，尤深内典。歲壬戌寒食日，手書「長樂我静」額及「八十載履薄臨深杳無實際，瞬息間水流花放歸卧空山」，含笑而逝。此非參透三乘去來自如者不能。

和宋漫堂六境圖咏録二

忘歸□

朝登鬱孤臺，積翠浮牙纛。乘興選幽巖，妙境曠以奥。看山如讀書，自得由深造。曾遇陽明子，嘉名乃錫肇。高咏澹忘歸，今古有同調。補入孔守圖，庶幾領其要。石竇起天風，案牘塵已掃。始知大賢心，與俗殊嗜好。迤邐訪金精，易堂可談道。魏叔子徵君易堂在金精山，去忘歸巖不遠，公輒造訪者也。

鵲華秋色堂

十萬碧芙蓉，飛插濟南山。當風揚翠袂，銜煙振脩鬟。七橋偶拄笏，峭壁近可攀。何當結三楹，西鵲東華閒。公來因王事，廉訪有餘閒。堂開題妙筆，畫理亦相關。秋色染藻井，屏障紛斕斑。恍疑觀海市，弭節之罘還。

次遊陶然亭詩原韵五首録二

熱中宜在朝，攘臂宜在市。催曉聽黄雞，一夕數十起。笑我獨皇皇，競逐山與水。譬如東西施，各自以爲美。有亭燕城南，虚白可止止。酌水源既清，見山心輒喜。君看軟紅塵，飛揚不到此。

陶復如崇岡，羅立亭左右。振衣聊一登，黄葉舞秋柳。南眺海澱煙，鳴榔隱漁友。西望香山雲，爛柯卧樵叟。子樂我知之，泉石肯分否。喧寂竟何常，流坎亦其偶。高枕古樹根，鄉寄無何有。

何子述先居近菖谿從未覿面昨以玉屏詩草見示有獅峰寒谿兩先生序言想故人之謦欬喜英彦之才華即事有作慧香家居北門外，至今祖研堂猶世守勿替云。

獅峰蓬萊仙，寒谿館閣望。同時以詩鳴，狂瀾力排障。憶余童穉交，挾卷晨夕訪。傾筐綺繡分，倒橐珠璣餉。問津四十年，斗杓略知向。獅峰效香山，兼容見雅量。百篇俄頃成，適情頗跌踼。寒谿學少陵，此外空依傍。隻字數推敲，冥思極滉瀁。持論或寬嚴，造詣總無尚。京雒感人琴，念之輒怊悵。行脚倦歸來，沈默息梵放。拍板誰家曲，懶聽沿門唱。何點盛風流，陋室肯臨況。清談玉屑霏，披豁襟期暢。曾從兩公遊，瓣香夙宗仰。示予玉屏詩，三冬勤草創。兩公序簡端，贈言皆直諒。受讀慰調飢，驚嘆才華壯。未博雞林金，且秘中郎帳。古人精一藝，雅鄭別真妄。又如木中繩，取法由良匠。及乎妙悟生，智巧天所貺。是爲善得師，當仁有不讓。余衰百不能，獵心久已忘。羨君壁壘新，馮軾神猶王。秋山何婉孌，秋水信容漾。洋洋太古音，相賞即牙曠。塵表盼蘇門，謂孫君滄嶼。鸞鶴峙巖嶂。逝將來往偕，舒嘯菖谿上。

徐烈婦輓詩

淒淒重淒淒，斷雁中夜飛。斷雁何如妾命薄，少小嫁作貧家妻。夫秉耒，妾炊糜，空倉之雀常苦飢。夫荷笠，妾鳴機，年年桁上無懸衣。夫死不復歸，炎威五日橫其尸。比隣質女具楄柎，天涯地角長相思。夫死已傷悲，人言更可疑。鶉奔厖吠何無儀，使妾聞之肝膽摧。妾命薄，罪當治，不恨人無儀，但恨妾死遲。上堂拜阿母，下堂愁見幼女牽衣嗁。掩妾東閤門，妾今尺組自裁之。不願長吟白頭辭，但願化作連理枝。萬一重泉相見時，得不泪下如連絲。嗚呼！得不泪下如連絲。

何孝則遠遊既歸老屋數椽隱居菖谿之尾以意止名其詩集言谿水止人意亦止也頃屬余題小照賦此以廣其意

仙翁遊歷名山水，歸老菖谿心自喜。谿窮邨僻結精廬，記得桃源清景似。不放桃花散漫流，不勞漁艇延緣艤。祕笈深藏意止詩，從兹吟興俱闌矣。須眉寫入采芝圖，閑雲可卧石可跂。科名揚顯聽佳郎，此心宛在冰壺裏。止止由來虚白生，達人曠致應如是。我聞翁語輒解頤，流坎隨時亦偶耳。摩詰無言豈必無，淵明止酒非真止。看翁七十駐童顔，五岳勝情殊未已。玉砂瑶草耐幽尋，浩蕩煙霞千萬里。閬風巔，滄洲涘，鞭鸞跨鶴重遊記。

泛泖用東坡百步洪韵 庚辰四月既望，張二兄珠巖招客遊長水，余時以病不果行。逾日，客歸，盛稱文讌之樂，因憶東坡《百步洪》「放舟」一段，清景怳然在目，故次其韵作詩，柬珠巖并示同遊諸君子，安知後有好事者不目我輩爲坡老一流人耶？

華亭谷口蒸煙波，魚龍多於挂壁梭。何年鑄此青銅片，辟塵離垢如新磨。奇峰攢插銀世界，浪花飛濺松篁坡。吴榜竹弓射鴨去，槳牙珠拂田田荷。張公本是元真子，泛宅那復驚盤渦。寒流一漱冰雪齒，渺然萬頃連天河。墖鈴語空寺寂寂，晝雨無數曼陀羅。秦時赤縣晉第宅，沈没何異荆中駝。因滋浮生悟行樂，青鞵白袷殊委蛇。嗟余善病雙足裹，安枝懶出棠梨窠。卧處畫圖縣海岳，夢中麈尾陪王何。江鄉信美易孤負，閉門覓句涪翁呵。

題謝荻灘渼陂集即用杜少陵渼陂詩韵

當年杜老能搜奇，覓句幾曾忘渼陂。常隨鳧鷖泛秋水，一篙刺碎青玻黎。艷君亦得拏舟入，遂自取之以名集。批花抹月調絶佳，除却拾遺皆不及。研綾小帙喜乍開，落筆果自無纖埃。風光攬處知多少，都被收將句裹來。才華如此了莫測，數番頻把枯眸拭。默諷微吟那忍拋，倏焉不覺虚窗黑。笑我生平不出山，置身别在畫圖間。少文爲愛卧遊好，終歲蕭然獨揜關。揭來補屋欲賣珠，俶衰忽向長安趨。三分春已等閒過，空憶林泉隻字無。勝區咫尺偏難至，聊借新篇慰幽意。人生樂事能幾何，似君作達良不多。

潤州夜泊

葉葉空舲繫柳條，郵籤頻報水程遥。波濤獨聽庚申夜，風雨重經丁卯橋。江上旌旗開北府，卷中金粉記南朝。白沙翠竹鸕鷀堰，對此茫茫感未消。

六月得大兄粤中手信知將束裝言旋爲之喜而不寐兹届初冬想歸憩半亭南枝春暖而弟亦倦遊欲返矣賦此寄呈

弟爲思鄉夢釣磯，喜聞兄自粤西歸。六千里外音書至，五十年中老泪揮。秫酒乍香供野酌，梅花如雪浣征衣。伴鴻舊約分明在，莫更差池南北飛。

雨窗懷滄嶼即用其郋居韵

片雲舒卷豈無心，出岫何如返故林。半郭半村商去住，舍南舍北課晴陰。貧中生計從教拙，閒裏工夫不厭深。假使此時爲熱客，可能復唱廢耡音。滄嶼詩稾名《廢耡吟》。

題老友草亭

蔬香中結草亭幽，著箇蒲團永日留。滄海三壺如寓目，青天一笠恰當頭。無邊風月閒來往，有韵松篁互唱詶。不獨著書多歲月，雞窠從此算春秋。

書柳劉集後各一首

用盡工夫鑄偉辭，子長以後更無師。田歌似得《豳風》意，淮雅何慚《常武》詩。瘴海文身遊易盡，冰山回首覺偏遲。千秋公論需韓筆，泪灑羅池一片碑。

驪珠入手莫推辭，不媿風流儒雅師。柳絮豈堪長戲舞，桃花何必再題詩。七朝已歷年光徧，三品誰言宦亦遲。一種浮華今寂寂，更無人說吕温碑。

玉局杜真君遺像敬題

極望城南尺五天，神光奕奕鏡園前。華陽杖履思金鑄，洛社衣冠作繪傳。化鶴定依山眷屬，飛鸞猶結字因緣。奉盛羅拜新祠下，赢得芝蘭繞墓田。

憶昨迷津數問津，南昀静夜共朝真。癸未、甲申、乙酉三載中屢造南昀草堂，蒙降乩訓誨。九章法語參微解，甲申春日，玉局命輯心懺注，呈南昀翁删定。一縷心香悟夙因。桂殿雖非脩月手，杏壇原是掃花人。他時火宅抽身出，願捧瓊書謁後塵。

機山懷古

落葉秋空樵徑閑，斷碑重疊蘚苔斑。土風誰嗣平原里，牧豎猶知內史山。雲或無心從此出，鶴如多怨不須還。我非兩晉文章手，悵望書臺未敢攀。

羅漢松

根托栴林迥出奇，蒼顏應耐雪霜垂。欲參四果從渠證，不夢三公我獨知。巢鶴恰如趺結穩，髯龍祇恐手降遲。何當拂拭好東絹，看寫高僧憩寂時。

天竹

叢叢止棪亦争奇，小立牆陰絳雪垂。記事珠圓空自玩，大還丹熟許誰知。籜龍須遜成林易，饑鳳何愁結實遲。金谷珊瑚敲折盡，可能留待歲寒時。

蠟梅

疑是天工醞釀奇，樹頭蜂去蜜房垂。道裝不入羅浮夢，幽賞難酬坡谷知。蘇、黄以前吟咏絶少。一種檀心驚歲晚，幾回磬口笑春遲。劇憐把燭看花夜，已覺横陳嚼蠟時。

水仙

黄初一賦托神奇，淪落人間翠袖垂。兄事孤山如欲許，交逢漢水或相知。香因冰雪薰逾烈，恩到陽和受亦遲。贏得韤羅塵不染，居然似我素衣時。

丁亥夏日過牐二十韵

曾設防河策，還開轉漕渠。建瓴真得勢，飛牐怳憑虚。漲即銀潢注，枯偏升斗儲。分條從北宄，紀里接東徐。直訝門牆峻，誰言壁壘疏。密同排竹節，響似鼓雷車。奔馬何嘗息，驚弦不肯紓。斟量巵有漏，束縛地無餘。掀嵌欺行艓，因循裹宿糈。衝飈愁退鷁，跋浪羨神魚。孤客心猶豫，長年手拮据。最能輕撇漩，終欲戒衣袽。穿鑿勞人力，寛柔失性初。在山非得已，曲障復何如。忽憶吴淞尾，難忘笏水墟。月明奩鏡澈，風細簟紋舒。塵或生羅韤，香堪浣繡裾。千檣逐紫燕，雙槳入紅蕖。泛泛元真宅，蕭蕭甫里居。五湖原浩蕩，容我坐茅漁。

燈圓次于野集韵吾鄉有燈圓之名，他處直曰元宵。

久忘鄉味有燈圓，聽慣元宵旅店傳。撚粉團欒當此夕，轉丸想像擲流年。逢時競媚比鄰竈，爲汝争喧稚子筵。預飭中廚成故典，争謀市擔亦從權。約來火候無過熟，嘗遍人情不耐堅。比捻膏環還瑩潔，似分粔籹要周全。盤心的的雞頭剥，湯面纍纍蟹眼穿。細咀秫香知歲稔，渾含藕様得春先。蔗霜欲下隨濃淡，椒釀方酣勸節宣。一餉大家供莞爾，九枝何處不熒然。可能遠餉天涯客，猶喜清吟風土篇。勉續俳諧思景物，匹如畫餅月光邊。

光福道中

十里五里路，南枝北枝花。花稍萬蝴蝶，花底數人家。

和周軒三苕谿道上韵二首

小杜尋春恨未消，如塵如練水迢迢。憑君細數苕谿路，幾點紅亭幾畫橋。

若下三杯卯醉微，是鄉宜著芰荷衣。浮家輸與元真子，細雨斜風也憶歸。

錢宗漢

字嘉令，華亭人。諸生。著《潭西草堂集》。

邇年菊花絶少今秋市擔充塞五色爛然名爲西洋菊實皆薏也感賦

冷澹東籬迹已陳，西洋花朵競翻新。似聞馬隊多通隱，將謂淵明一輩人。

丙辰初夏春藻堂讌集呈當湖沈客子

酒到更闌興未闌，露華點點濕欄干。休文自解翻新譜，簾外歌兒一曲殘。

王　碕

字蘅州，本姓沈，婁縣人。戊午諸生，例貢。乙酉，聖駕南巡，獻詩，考取第二名，惜其後事無考。

詩話：乙酉南巡，考試獻詩者，共取五十人。汪泰來第一外，松郡四人，則王裔第二，陸箕永第八，吴光睿第十六，王時鴻第三十三。後陸、吴、王皆入内廷纂修，而王裔未見，今且莫詳其氏族矣。得《送學師歸里詩》，存以俟考。

送張學師歸里

有宋多大儒，勃窣孔孟學。所稱得心傳，關閩與濂洛。鄗伯挺異姿，造道探秘鑰。中夜起疾書，理窟賴疏瀹。著有《東》《西銘》，並與《正蒙》作。辭大而義深，取精棄糟粕。公也賓繼之，堂構加丹雘。虹州被甄陶，谷水資磨琢。敬義標其齋，列聖對儼若。講筵堪奪席，玉屑霏霏落。鵝湖鹿洞間，無乃可酬酢。一朝賦歸田，雅意躭丘壑。遠舉若鳳飛，欻已翔寥廓。多士瞻仰心，摇摇將安託。扶風鐃笙歌，餘音宛如昨。何以贈公行，看取銜鱣雀。

姚世敉

字礽武，號静遠，華亭人。己未府庠生。世居秦望山之麓、白洋之濱，王農山内姪。儼齋嘗序其文，謂爲「淵涵渾博，根柢六經」云。

贈單雲洲

單子美如玉，英姿卓不群。五言净冰雪，一壑委煙雲。閉户工奇字，登壇騁古文。作來鳳池上，海內共知君。

徐宏謨

字子賡，華亭人。己未諸生，歲貢，官鳳陽府訓導。宏謨係明世孝之門徐億及子有亨裔。億駕舟奉親避倭，墮水得免，及親卒，廬墓有異草如蘭蕙，及寢，薪下有二赤蛇諸異徵，後以疏聞，建坊。宏謨有二百韵詩紀其事，以呈湯撫軍焉。

贈琴客

羊體嵇心四尺桐，泠然幽澗和松風。南朝舊調無人識，雙鎖誰能繼柳公。

國朝松江詩鈔卷二十

鄉人姜兆翀𦮱山録

袁　屺秋蒓閲

黄令荀

字竹咸，華亭人。康熙辛酉諸生，歲貢。著《竹窗詩草》。其中謂我郡作詩者云：「三十年來壇坫衰，此道苦遭秀才厄。時文伎倆作古風，公然高踞風騷席。」觀此知其深於詩已。

遊佘山

澄潭泊畫船，高柳繫寶馬。暖日正遲遲，和風時灑灑。於赫施公廟，士女紛來假。數錢市瓣香，再拜祈錫嘏。友明多逸興，衣袂笑相把。行行選勝地，拉我東山野。緬昔陳徵君，於此結茅廈。軒冕等桎梏，煙霞供陶寫。書格邁鍾王，文章追董賈。影迹閉空林，聲名滿函夏。而我欽清風，采蘋思奠斝。高齋不可尋，只見寒泉瀉。歎息斯人徂，來者一何寡。振策陟西嶺，龍堰頗徂閜。林深迷東西，徑仄逐高下。轉徑數十武，林中得蘭若。道人見客來，雙扉豁然撦。丹堊雖漫漶，窗几殊清雅。碧蘚繡短垣，蒼藤蔓古瓦。森森萬竿竹，落落千章檟。幽鳥近人飛，晴翠滿衣惹。每歲逼清明，兹山盛遊冶。墨客兼酒徒，邨姑共貴姐。俗呼貴家女爲小姐。自卯直至酉，雜遝不容踝。喜此雲深處，經旬罕輪輠。何當禪榻上，一寐容吾假。蒲團百歲僧，童顔似渥赭。不啖羅什鍼，不結惠遠社。薄粥甘於飴，鹹虀美於鮓。握手爲予言，人生非苟且。奈何世間人，鮮有保身者。或戀登徒好，或躭景升雅。戕伐其元精，奚翅利刃咼。富貴本浮雲，功名亦土苴。得失交相攖，夢寐不少舍。一朝大命傾，口耳漸聾啞。畢生徒勞勞，至此何如也。我聞老僧言，目瞪口亦哆。快哉片時遊，何殊一棒打。

秦山

半嶺茅菴古，中巖瑶草春。志稱巔生異草，取藏笥中，久而沐以湯，鮮翠如生。何年曾駐蹕，此地舊名秦。最愛南厓冏，雲深可避人。殷勤語磐石，有日卧閒身。

登乍浦陳山

偶訪海濱友，言尋勝地遊。入林隨虎迹，轉壑得龍湫。簫鼓天妃廟，檣帆日本舟。還期十月朔，二曜看同浮。土人云：每歲十月一日五更，山頂見日月同升。

金山衛乙酉指揮侯承祖守衛城，殉難。長子世禄軍中巷戰，面中六矢，不動，死之。仲子世廕，亦以夏完淳案死。

王師此徇地，義士共嬰城。一自遭兵燹，千門尚杞荆。魚簰朝市集，鹵竈暮煙生。稍喜城壕濬，高原得水耕。

侯指揮墓

全家殉國難，忠烈古人齊。風雨荒墳夜，時聞鐵馬嘶。

同琬章賦詩贈朱耕方余僅六韵琬章一揮二百言絶歎其才之富且敏也作此贈之即同訪

夫君才素健，匹敵一時無。筆力今烏獲，詞鋒古湛盧。偏師雖對壘，下駟敢争驅。敏捷驚叉手，推敲媿撚鬚。登龍懷頗切，流火暑將徂。擬共山陰棹，秋風興不孤。

陳涇訪秦望山莊放生池作

尚書别業開秦望，十里陳涇號放生。浦口飛仙施錦纜，樽前耆老捧金觥。赤欄橋畔雙虹卧，碧海潮迴兩岸平。二十年來歌舞地，菰蘆滿目起秋聲。司農自造畫舫，曰飛仙船。康熙癸酉，司農於山莊有耆年會，著《宴集詩》一卷。

王鶴江

字岷始，號瓶菴，婁縣人。諸生，例貢。壯遊楚粤，所歷名勝亦多吟咏，惜不傳。

追悼從祖建昌公死節

嗟余從祖父，弱冠登賢書。談經臨宿水，多士砥廉隅。赤眉時擾境，環甲領生徒。賊來不可犯，保障藉師儒。一載教胄學，晉秩司衡虞。繕城工不日，天子嘉辛劬。出督蕪湖榷，巨寇瞰關儲。飛舸擒斬之，長江乃帖如。抗章減額歲，商通民亦甦。凶荒勤捐賑，饑瘠起溝渠。報命邗江道，紫極悲淪胥。銅鉛數十萬，封籍歸南都。僉曰無成例，不敢私錙銖。先皇殉社稷，胡寧利是圖。一麾建昌守，利弊立興除。强項抑藩横，咻噢卹氓愚。卓哉二千石，政成半載餘。天地皆崩陷，援絶斗城孤。義旗方振旆，王旅如摧枯。城破身被執，倉皇掣昆吾。囚服下盱江，士民號路衢。遂爲南昌纍，轉作武昌俘。極口矢不屈，脛折無完膚。甘言與威怵，百折志不渝。蒙難五十日，身首卒異區。異士憐忠骨，抔土掩殘軀。碑題君子墓，宅臨洮㘶湖。人生皆有死，死不愧丈夫。良有性忠憤，庭訓果不虚。先世多賢達，成仁取義殊。丹心照萬古，豈獨光門閭。仰止景芳烈，撫臆累欷歔。

錢興諧

字賡和，號耕吴，華亭人，居南橋。諸生，廩貢。莊祉如有《舟過南梁訪錢耕吴新居》詩，釋柯集中有《與芷崖聯句》詩，而詩集未見。

機山訪陸平原讀書處

苧城城北煙雲酣，奇峰拱揖羅三三。中有機山一拳耳，好事往往停遊驂。我來著屐訪遺迹，當春花木垂毿毿。昆陰婉孌交淺碧，谷陽仿佛挼柔藍。當日讀書應此地，高臺傾圮埋層嵐。但見樵牧互來往，夕陽偶語紛詀諵。溯惟典午甫平皓，弟兄殺戮横戈錟。君家二俊方豹隱，奇文疑義破重緘。至今遺編藏簏簌，雲昏月黑飛銀蟫。一官坐被成都誤，徑荒磵絶山靈慙。二十四友洵名士，何以今古窮追探。不見同時入洛人，蓴鱸秋水思抽簪。底須歎逝悲畹晚，如驢逐磨繭裹蠶。嗟哉所讀是何書，保身明哲豈未諳。惟有山光朝復暮，出没螺髻垂襤鬖。可惜家山大好在，入世頓忘七不堪。似聞伊吾當静夜，經聲不斷來荒菴。自來興廢車轉轂，北隴莫笑書生憨。舉頭遥羨雲間鶴，一聲清唳辭矰簾。

吴江濤

字滄雪，婁縣人。元貽弟，諸生。有《天闊齋詩草》。朱初晴序稱其「不必句挑字剔，自然諧暢」。

長相思

商飈振高樹，黄華辭故枝。葉落不復上，階砌徒離披。日月去如駛，芳華難久持。思君無斷絶，幽懷若亂絲。絲亂誰能解，妾心祇自知。中庭一矯首，仰見流星移。流星何時還，矯首空淒其。

和馮方山得古硯

古硯小於拳，神骨逼秦漢。誤落塵市中，嗟哉混塗炭。一朝遇馮君，賞識恣讚歎。傾囊攜之歸，朋儕共傳玩。一呵雲霧蒸，再呵層冰涣。試以元玉膏，充然發几案。羡君曠世才，妙筆擅詞翰。得此神物助，精采當增爛。留得傳家珍，世守同圭瓚。

盆芝歌贈張子漢颺

崑崙山人駕鹿車，游戲峰頭掃落花。落花萬片下人世，一一凝結成靈葩。託根幽澗千尋崖，仰吸遥天明月華。一朝物色逢其主，移來還向赤松家。仙掌孤擎浥清露，金莖陟拔流甘沙。盎間鬱鬱蒸紫氣，夜光飛節安足誇。我聞服之一節可不老，縱横八極乘雲霞。君能招我飯胡麻，願隨天漢陵星槎。

燕子磯

突兀矗江潯，風濤日夜侵。山兼潮氣壯，澗帶樹陰深。斷碣留天地，孤亭自古今。登高一極目，賴爾豁塵襟。

同次鄴諸子集霞暉齋

百尺樓頭月色高，開樽促膝話風騷。年來笑我空彈鋏，海内何人肯贈刀。白雪舊盟俱短褐，青雲世業半蓬蒿。酒闌搔首看星斗，青露霏霏濕布袍。

唐聲傳

字廷一，上海人，諸生，歲貢。有詩文集。

攝山棲霞寺

巖壑明霞彩，時聞藥草香。攝山如有意，棲息此禪房。

陳旭照

字曉蒼，青浦人。諸生。著《芝陽集》。

客中除夕懷王東序

却怪離愁向未知，客中今識鬢堪絲。細敲窗紙聞微雪，更剪燈花讀贈詩。老子娱親翻綵日，小人有母倚閭時。同盟爾我皆寒士，不愧茅容是我師。

徐是傚

字景于，號今吾，婁縣人。鹽運通判念肅子。壬戌諸生，例監。應京兆試不遇，館恒親王府，爲經師者數年，雍正初辭歸。後巡撫顧公薦試鴻博，不就。乾隆七年卒。其古文學歸震川，書畫學董文敏，詩則宗白太傅，五言排律百韵妥貼圓秀，有極似者。至晚年，自謂少時句法未變化，近除夕得「月窮更點參差裏，雨歇梅花黯澹邊」句，可詣古人。著有《古春堂集》。《漱芳齋詩話》：今吾在藩邸時所作慢令，皆被管絃。嘗作《憫荒》二絶句，邸主見之，爲發棠賑給山東飢黎之在畿甸者，全活無算。今吾以爲惟此五十六字爲有用之詩。

悲歌示高五修

秋風正四起，月光照前楹。停君白玉巵，聽我悲歌行。我昔好壯遊，藐視萬里程。驅車過大梁，夷門弔侯嬴。條山一登眺，仗劍還西征。徘徊函谷間，干戈正紛争。駕言返江東，棲遲白苧城。此時年尚少，意氣何縱横。自命迥不凡，羞與庸夫并。讀書懷古人，豈慕世間名。結交皆奇士，不倚父與兄。有時披短褐，長揖傲公卿。有時騎怒馬，飛彈墮鸝鶊。中原多事秋，捉麈每談兵。登高騁我懷，作賦娱我情。清夜遊平康，有美彈鳴筝。酒酣舞鴝鵒，忼慨念平生。瞬息十餘年，蹭蹬違蓬瀛。歲月分今昔，交遊半死生。座上酒徒散，室中伊威盈。下喬入幽谷，盡日掩蓬荆。茅簷鬼車泣，破屋鵂鶹鳴。終年困鄉曲，荷鋤學躬耕。烈士氣不揚，反爲兒女輕。當時徒步者，今日奮春明。窮達本無定，得失向誰評。譬如迸五木，有輸亦有羸。譬如一局棋，有敗亦有成。顧我一腐儒，雅慕請長纓。鬱鬱居故土，安能復峥嶸。前年理行裝，翩然到燕京。九關雲漠漠，三市車轟轟。紅塵十丈高，遊子心骨驚。誰爲屠狗人，相值皆愚氓。我情素懶惰，未敢效逢迎。縱爲當道棄，矢志彌硜硜。卜居在城東，泊然無所營。俯仰天地間，獨行苦惸惸。失路似楊朱，含愁類張衡。隨珠何處投，和璧無由呈。素願既不酬，詎念車服榮。奄忽過三年，客況益淒清。秋來天氣高，嚴霜折枯莖。舉頭看雁字，緬然憶蓴羹。鄉關音信杳，離思正怦怦。索居遂抱病，潦倒如宿酲。會逢吾友招，陶然復舉觥。挑燈談往事，漏下已三更。剪燭成此篇，哀歌變徵聲。吾道雖蹉跎，有淚未可傾。

伯兄抱病已二月矣遣人問訊詩以代書

前聞兄有病，冒雨即奔赴。泆涇西市頭，維舟五日住。呼醫視六脈，醫云可速愈。因此理歸橈，不復存疑懼。自秋已涉冬，聞兄尚蹇步。睡起下南樓，如走羊腸路。三餐雖日進，未能返其故。醫者言不驗，得無爲所誤。病起止恃醫，要貴自調護。寂焉忘其形，淡焉息其怒。胸次洗一空，形骸定堅固。我昔走天涯，險夷非一遇。因愛或生憂，因憂或生怖。曾爲晉豎侵，命輕等毛羽。稽首奉空王，寸心乃憬悟。今在窮餓餘，亦覺有歡趣。得酒不辭醺，見花還可賦。就中別有天，病魔驚卻顧。是爲已驗方，示人人不喻。兄若可其言，殊勝日把晤。

題財神圖

有虞命九官，未定理財式。財賦領冢宰，周亦無專職。在彼三代前，財源本不息。世風尚儉樸，不以此爲亟。其後費漸繁，隨事多緣餙。所以智巧徒，營求惟赤仄。楊雄賦逐貧，馬遷傳貨殖。釀兹饕餮風，一往曷有極。富者日益豐，貧者日益瘠。貧富常不均，此理固難測。或由歉而盈，或自通而塞。争傳神主之，百無一差忒。惟神天皇時，鍊氣羅浮側。功成建蜀壇，金輪受封敕。職司天下財，有求靡不得。是爲道家言，我恐非實迹。我家本儒素，所務在耕織。闔門數口人，一一能自食。獨我無一能，愛弄筆與墨。賣文有餘錢，得醉在頃刻。過足非所願，敢希神德澤。客乃示此圖，威光近相逼。高冠聳陸離，繡裳曳䌫赫。睅目而皤腹，見者爲辟易。丐我作長篇，頷之無難色。我豈逐時好，焚香禮朝夕。徒念飢寒人，輾轉遍疆埸。目擊實不忍，援之卻無力。廣厦千萬間，時時在胸臆。神果知我心，雨金須萬億。

唐玉真公主内思帖歌

有唐天子工於書，應運起者褚與虞。玉真公主睿宗女，落筆迥與凡人殊。楷書五帝内思法，雜以六甲陰陽符。前後不下三千言，行間一一春華敷。筆鋒犀利莫可當，飛舞還足驚巴歈。開元戊寅二月朔，奉敕繕寫珍璠璵。舊本遠傳千百年，神氣未散墨不渝。故明法書推思翁，得此心手窮追摹。鴻堂帖成未收入，别購琬玉爲鎪鏤。思翁仙去市朝改，此搨埋没隨榛蕪。我昔見之在洙水，力不能致思鬱紆。近始覓得載以歸，洗濯肯令纖塵汙。急具紙墨搨數卷，一點一畫無模糊。爲浮大白發狂叫，執以遍示諸朋徒。初晴朱子尤酷好，知味恍似齊雍巫。因歎世人拘目見，吴興小楷群規模。豈知閒邪七觀外，尚有墨寶如斯夫。如斯墨寶絶代無，玉真公主其仙乎。

送馬又昭之山右

同作天涯客，君何又遠行。半酣無俗態，小語有真情。柳颺消魂色，鶯傳送客聲。中條山下路，片片暮雲生。

喜晴

淫雨忽開霽，如逢有道人。德輝纔四照，善氣即相親。鵲語喧荒徑，炊煙起隔鄰。誰知窮餓裏，風景一番新。

次韻紅椒上人社燕

纔驚春冷又春暄，兩兩于飛過我門。百姓幾家非故國，六朝一巷剩荒村。戀花有蝶難同夢，求友如鶯可晤言。慎勿差池天半去，畫簾燈影近黄昏。

登叶斗峰

自注：五臺之中惟此峰最高，以其居北，故名叶斗。

叶斗孤峰豈易登，振衣直上最高層。寒煙羃䍥惟藏虎，古寺荒涼不見僧。五月猶飛三尺雪，萬年難泮一池冰。此身雖入清涼景，欲脱塵根愧未能。

清明前二日郊行遇雨

節近清明客思紛，出遊聊逐少年群。乍來北郭偏逢雨，遥望西山只見雲。芳草緑圍煙裏寺，野花紅上水邊墳。晚乘瘦馬衝泥返，鳩婦呼晴處處聞。

邸主千秋詩

崟陽丹木挺千尋，亘古栽培直到今。根大自能通地脈，節高尤易見天心。風霜備歷形彌固，雲日相依澤更深。别有菲材蒙覆庇，也教攀附漸成林。

賦得山寺日高僧未起應教

最是山高得日先，祇園偏與睡鄉連。半生所見皆成妄，一覺無言也是禪。魂魄自恬塵外境，滄桑已付夢中天。不知殿角松杉影，移過西廊第幾磚。

咏史

范少伯

五臣在越本齊名，蠡也偏能治甲兵。大恥只憑三策報，奇功必待十年成。親提桴鼓入官去，猝蕩扁舟泛海行。烏喙縱教難共樂，良金寫狀亦多情。

莊子

伯陽没後有莊周，十萬餘言亘古留。夢裏有時能化蝶，廟中若箇肯爲牛。已知尿溺無非道，得到逍遥乃是遊。堪歎子嵩徒好異，不曾開卷一尋求。

陶彭澤

太尉後人彭澤令，義熙遺老永初年。當門柳緑誰爲主，夾岸桃紅事可傳。避世酒中殊有味，寄情琴上本無弦。一生猛志應常在，曾賦荆軻五字篇。

陽道州

保全陸贄沮延齡，抗疏宫門有哭聲。疎野未離寒士態，慨慷猶見古人情。師嚴共守斤斤法，吏拙甘居下下名。直待十年方叙用，可憐白骨不叨榮。

己亥除夕

羲和未肯一停鞭，暗趣流光等逝川。池草凍經無賴雨，林花暖待有情天。吟殘茗椀餘香裏，睡破篝燈小燄邊。不是鄰家喧爆竹，已忘明日是明年。

和王西亭先生歸燕

記得相逢二月中，滿身花雨觸簾櫳。梁鴻寄迹曾攜婦，張翰還家只待風。塵世炎涼居不易，海天寥廓路仍通。去來總屬尋常事，回首休憐故壘空。

秋試被放重至海淀寓齋菊花盛開感賦二首

千紅萬紫競芳時，及爾邀榮已後期。不到衆芳零落盡，冷香不與外人知。

一天雨露最恩深，累月栽培直到今。料得吐花偏耐久，後凋松柏有同心。

戲柬居堂先生

聞得木犀香也未，晦堂一語契涪翁。傳家自有真衣鉢，休慕昌黎闢佛風。

孫　鋐

字思九，號雪窗，青浦人。華亭諸生，例貢。其生平曾遊徐健菴、汪鈍翁、宋既庭諸先生之門，學以益進，尤長于詩。著《鳳嘯軒集》，并無題唱和等草。嘗偕其内姪黄朱芾著《皇清詩選》三十卷行世，琉球國使見之，購數十部以歸。

詩話：青邑有孔宅，爲至聖衣冠墓。旁設享殿，而祀典未載。康熙乙酉聖祖南巡至松，鋐偕邑人叩請宸翰表彰，蒙賜「聖蹟遺徽」四字匾額。又「澤及魯邦四海，均霑化育；裔分吴會，千秋世享烝嘗」對聯，於是鼎建御書樓以藏墨寶。殿宇廊廡，焕然一新。隨有《孔宅誌書》之刻，亦一邑盛舉也。後衍聖公孔題授國子監典籍，不赴。

冬日感懷

風塵鼎鼎百年身，坎壈無由慰苦辛。僕本恨人殊未死，客何爲者豈長貧。高軒飼鶴常分食，曲港觀魚每罷綸。三歎歲寒誰與共，孤懷衹合伴松筠。

秋興

蒹葭花動雪紛紛，放艇横塘泛夕曛。緑柳行疎高士宅，烏鴉棲滿故侯墳。避人鷗影翔還集，唱晚漁歌遠更聞。汰盡貧心欣在目，接天秔稻疊黄雲。

宮詞和畢昭文韵

畢昭文，崇禎宮中女官。初以才色選入，二歲國亡，流離楚蜀，九死一生，晚歸棲嘉定。善爲詩，名其集曰《織楚吟》，内有《宮詞》百首，皆感今悼昔所爲作也。康熙乙丑，思九偕瞟侯艮暘。訪于城南，時昭文年已六十，流涕往日，咽不成聲。復出《宮詞》一編索和，故思九和之。蓋内家流散，勝國淪亡，展卷沈吟，有不啻如白頭宮人説天寶時事者。因掇四章，以存此一段舊話云。

晝掩長門

永晝長門似小年，寂寥情緒落花天。插來竹葉誰金屋，妝就梅花我翠鈿。轆轆鑾輿聲杳矣，沈沈魚鑰院悠然。不須更説回龍觀，好掩紗窗擁被眠。回龍院中海棠最盛，春深上嘗臨幸。

倚樓覓句

未央春入景無邊，觸處成吟我自憐。卻畏上官能秉筆，敢將下里漫題箋。興來未覺推敲苦，神倦還貪徙倚便。不擬外宮紅藥詠，一聲直達九重天。用憲宗朝邵妃選入託疾居外宮，偶夜自咏所製紅藥詩，上過，聞之大喜，遂召幸，未幾册進貴妃事。

臨池摹帖

書堂習藝掖庭身，法帖頒來祕府珍。試展鸞箋難入妙，閒拈兔穎豈如真。鍾王莫問留遺蹟，沈宋須教繼後塵。誰是批紅堪直侍，官家原有内夫人。宮内以大璫爲師，臨摹書法，則尚宋克、沈度。及姜立綱緣直侍，代批紅章奏，取周正完整也。

宫錦裁衣

窄袖宫衣倩錦裁，手持刀尺重徘徊。織成詩句宜諧讀，凑合花枝肯誤開。燕翦掠來須宛轉，鴛鍼度處鎮遲回。好將烏帽紅裙配，行步姗姗到舞臺。女官衣團領，窄袖，刺折枝小葵花，紅裙，烏紗帽。

陸方炳

字虎文，號純安，華亭人。文定公六世孫。諸生，由例貢入雍肄業，充正紅旗教習，選授河南澠池縣知縣。著有《澠池咏》。其於邑中忠義節孝加意表章，又以明儒曹端字月川祠宇頹落，思爲興復，並著爲詩，不可謂非有心人云。

小龍門

陵澗東西涉，經過七十餘。行陵澗東西七十二涉，乃至小龍門。地稀車馬迹，人共佛仙居。水磑千聲接，山花萬樹舒。塵襟休石室，我已武陵漁。

澠水晴波

雲净天空水不鳴，流波南接澗河清。輕颸漾處無銀湧，嫩日浮來似鏡平。山立稱熊能作障，《水經》：熊耳山際有澠水，東南流。池窪聚黽早傳名。澠池因池産黽蟲，故名。非澠水也。濠梁今解蒙莊趣，更想滄浪照月明。

孫曜錦

字扶淵，華亭人。諸生。

夏日即事

日長金井緑陰陰，雨打桐花滿砌深。讀罷一編《高士傳》，博山煙裊坐調琴。

徐榮疇

字武三，號省菴，婁縣人。階六世孫。諸生，援例補教習，復充春秋傳説館纂修，議叙授昌黎知縣，擢朔平知府。内轉刑部員外，晉郎中。年八十，告歸。其在昌黎，代償民欠籽糧千七百石。至所著詩集十二卷，詩餘四卷，攜往朔平署中，未梓，散失，今傳者寥寥。

蘭陵沽酒戲爲短歌

艤舟蘭陵城，沽取蘭陵酒。我量不盈勺，百日傾一斗。今宵醉看江南花，明日好攀江北柳。

題程言遠繞梅書屋圖

長安市上看花侶，家在九峰峰下住。草堂開處徑偏幽，歷落老梅三百樹。春日春風映水開，南枝北枝花無數。冷蕊常占群卉先，清姿不許濃華妬。溶溶粉頰罥遊絲，冉冉冰心迷曉霧。藐姑仙子來空山，空山卻少高人卧。東君作客向天涯，鄉思常越三山路。披圖恍在暗香隈，書齋寂寂花無語。燕臺我亦别花人，花枝繫夢愁難訴。慙他花冷笑人忙，清尊翠幙常孤負。此地惟移盆盎間，相看亦覺香微度。何似君家繞屋栽，醉來仿佛羅浮暮。好待明年花發時，扁舟過讀梅花賦。

輓沈起城

雲車縹緲到仙關，明月孤鴻伴往還。廢寺乍添新白骨，旅魂應返舊青山。夜臺烏哺千秋恨，古道鵑啼一夕斑。不有相公真好士，誰收汝骨報衰顔。瑁湖相國襄助殯殮，并訃慰其父近岑先生。

戴本裕

字容若，婁縣人。諸生，入監，就京兆試。其爲姜萬青妹壻，見周丹壑詩注。

夜泊三江口

九峰回望遠，百里一孤舟。岸折風聲急，江空月影浮。鶴裳疑入夢，雁陣忽驚秋。何處梅花落，能添客裏愁。

唐時琳

字辰枚，上海人。諸生，歲貢，後官江寧訓導。工詩文，著《學庸集説》《詩經正義》。

古墓

子孫誰識茂陵阡，草滿山丘水滿田。惟有石麟知戀主，披風壓雪伴長眠。

康濟

字祓凡，號晚娱，上海人。諸生，例監。著《酌齋詩文稾》及《晚娱堂》初、二集。康熙中極有文譽者。

穹窿山山上有赤松子採藥處朱賣臣讀書臺。

澤國西南多好峰，高踰萬丈惟穹窿。平生不作第二想，遊山先欲登其上。朝從江滸發籃輿，四圍山色如環滁。吟眸不及僕夫捷，須臾轉入山之靨。漸升漸峻漸可危，歷盡崎嶇乃解頤。群山起伏成何狀，桑田忽湧龍門浪。太湖浩蕩接遥天，千古風流范蠡船。山腰紺宇真巍焕，將毋呼吸通霄漢。羽客慇懃爲指南，諸天福地遂幽探。讀書臺上藤蘿覆，樵夫曾作會稽守。採藥山頭有赤松，能抛富貴自能從。臨風弔古生微悟，歸禽催向來時路。吁嗟乎！吴人好遊不好山，只從虎阜覷雲鬟。縱教鼓枻穹窿去，除卻拈香無可語。

村居

寂寂江村好結廬，紛紛花竹遂幽居。銷沈鋭氣慵彈劍，慚愧空言懶著書。紙帳夢回聽野鳥，葛巾酒熟擷園蔬。日長放眼湖山外，一點閒雲自卷舒。

弔宋詩人儲泳墓在周浦鎮。

吾鄉先達如林立，奕葉偏傳儲泳名。結宇當年秋水浄，招魂此日暮煙清。北廷玉匣空衰草，南渡金凫剩曉鶯。詞客一抔常屹峙，無情遊子卻關情。

金舜白

字虞球，號愚菴，上海人。諸生，以例貢充景山教習，授汶西知縣。

客感

紅蓼花開紫蟹肥，秋風一夜冷絺衣。心懸刀尺沈魚影，眼望鄉關妬雁飛。儘有愁堪煩玉賦，況無人與翘臣饑。黄橙緑橘江南路，不待今年憶釣磯。

陸榮秬

字錫山，號香林，振芬孫，青浦人。諸生，例監，以薦預修《駢字類編》。又海昌陳文簡世倌疏薦博學鴻辭，不赴。著《香林詩文集》。

古北口

重關白日開，雄鎮青山口。疾雷洪河奔，削翠雙崖陡。群峰合沓來，叢薄煙雲糾。蒼莽控龍沙，岧嶢遛珠斗。西眺長城賒，東瞻灤水瀏。浮梁五六渡，一道蛟螭紐。想當太古初，渾茫誰擊剖。落落千萬年，車馬幾馳走。皇朝聲教遠，版圖擴九有。膏雨渡南溟，薰風吹北柳。自從沙漠平，塞草無稂莠。天山作周屏，瀚海同楚藪。列嶂殺風煙，荒塗啓畎畝。城頭鳥雀喧，城下耕夫耦。商旅通幽遐，往來雜童叟。我亦賦遠遊，槖筆隨組綬。朝躋嶺色高，夕入嵐容厚。不知行路難，祇恐攀援後。垂鞭聽澗泉，下馬酌春酒。作歌咏太平，寄書誇朋友。援毫紀風物，自有沂鄭手。青壁上人紀行詩。

羅漢峰南崖得一異石古色盎然雲氣蓊鬱中現普門大士像結跏趺坐谷蘭主人作詩贊歎次原韵恭紀

路轉羅漢峰，時維秋九月。千崖白雀飛，一水潮音發。摩訶大法王，示我青蓮筏。先得一石，形如寶筏。五百億寶華，磥砢摩尼脱。顯現落伽山，湧出化菩薩。雲作金剛幢，月映耆闍窟。天冠攝諸天，圓光燭幽穴。昨誦《普門品》，誠如佛所説。威德度閻浮，饒益人天悦。願傾言詞海，稱揚聲不絶。勤修苦供養，寸地冰壺徹。徧禮諸如來，如鏡照眉髮。旁有宰官身，爲吐辨才舌。和雅迦陵音，真實般若訣。欲和聞鐘聲，昂首高旻潔。

題杜方伯君遷先生像（明浙江布政使杜喬林，初擒賊葉朗生等，又擊走海賊劉香老。）

花風漾漾珠雲舞，吹落珍圖耀今古。丹臺金籍紫臺文，見説真人原姓杜。高牙大纛舊官場，谷水崑山故鄉土。流氛四起舉朝瘖，獨對明廷論寇深。一揮羽扇欃槍落，再拂珠旗賊首擒。南仲方躋僕射位，季真忽動江湖思。英雄回首即神仙，將相王侯等閒事。化鶴歸來劫火收，滄桑滿目不勝愁。玉簫金管空中度，白鶴青鸞爛漫游。秋水月明臨極浦，春風花發醉長洲。乩回卓立成龍筆，付與人間作狀頭。（俗傳先生主乩壇，長洲彭氏信奉焚修，後魁天下。）

蟲災

歲大荒落月恢台，有蟲不知自何來。不見蔽天狀，誰遺種類何年埋。食苗聲汹汹，不問苗心節葉食盡及根荄。我聞毛蟲三百六十麒麟長，足不忍踏生草萎。鳳皇王朝瑞，祇啄竹實梧桐棲。汝蟲獨何爲，咀嚼田苗無孑遺。杈枒惡木大十圍，偷私雨露遮日暉。此外枳棘蒿艾蘅，茅茨森森滿眼交柯枝。汝何不知食，雖食誰汝譏。唯此苗盛衰，係我民飽飢。汝與民何仇，而忍加傷夷。我心憂且煩，念我鄉非膴膴原，況又久困征輸煩。復此蟲害苗，絶民饔與飧。出郭門四望，蕭條如髮脱復髡。喚天天不應，向天仰面論。敢告天帝借我巨靈手，倒決天河銀浪洗此么麽魂。更遣六丁揚銀刀，張鐵網，爬羅剔抉括陰坤。收蟲投畀三足老鴉口，噆膚咂血嚼齕吞。或詔雷部吐火焚，四走蹦礰窮殲根。燔焱熨灼風力軒，倏忽蠢蠢成灰燼，何處跳躍潛逃奔。或召雨師命風伯，飛雪十丈雹車輪。壓此惡物直入萬丈幽谷底，永世勿令翅股楫楫肆舞掀。抱志固如此，哀哀號無門。天門悠悠無由聞，我言寄箋長風達司閽。請獻此詩天帝座，爲億兆姓陳其冤。

題季五表兄謝群臨摹宋元明人書畫册

董源半幅江南無，緑雲忽展春山圖。往在當湖，見北苑《谿山行旅圖》，所謂江南半幅董源真蹟也。名人題跋甚多，距今二十年，不可復覩矣。千里傑作香椒塗，雙松翠滴丹霞襦。劉郎老去思江湖，柳塘漁艇浮菰蒲。梅花道人風格殊，興酣落筆雷霆趨。萬里江山日欲晡，煙帆數點安歸乎。大癡筆法不可摹，天真爛漫墨汁敷。董巨不死神靈扶，董文敏《跋黄子久富春山圖》云：規模董巨，天真爛漫，復極精能。衡山儒雅冠三吴。西風瑟瑟吹高梧，想見捉筆驚歲徂。蘇黄八法如亮瑜，重以米蔡追顔虞。松雪布陣楊蕭俘，元三名家楊桓、蕭鄭與子昂也。親見蓬萊弱水枯。華亭文敏超前模，喧啾百鳥一鳳孤。季五嗜古心力劬，一手欲攬千明珠。鄭虔三絶信筆濡，真仙飛來落坐隅。臨摹數本異彩符，投贈張子爲清娱。珍藏勿使紙墨渝，開帙如與群賢俱。

夜泊采花涇

竹馬嬉遊地，烏衣古巷頭。探花隨粉蝶，沽酒脱貂裘。湖海清流集，風雲壯氣休。十年今日暮，雨裏泊孤舟。

熱河道中

飄然蓬一葉，重入古興州。往迹沈沙岸，新泉瀉蕨溝。登山雲滿屐，臨水月當頭。别有關心處，蒼然起暮愁。

五日懷古

獨立陽阿望美人，鶗音嘑不斷芳春。《離騷》自欲存周雅，湘水何曾没楚均。三户煙荒蕭艾死，九天日出蕙蘭新。東風我欲飛瓊佩，笞鳳鞭龍謁紫宸。

蘭谿

瀫水瀠洄煙棹斜，上真巖岫鎖煙霞。舟行郭外偏逢雨，蘭在山中未有花。閲世幾回松化石，求仙難覓棗如瓜。一瓶一鉢騰騰去，且趁長風到海涯。

八月十四日白雲樓雅集和容堂韵

一盞同消萬古愁，老晴天氣宿雲收。客來野外形俱淡，山入秋高翠欲流。弄水摴船過别浦，清歌薄醉倚南樓。月輪好在將圓夜，我欲乘風鏡裏遊。

熱河道中

不律新拋控紫韁，一鞭横道古漁陽。白檀山色如人静，懶問烏丸古戰場。四面神皋擁帝京，萬方同日慶昇平。薫風吹過天山緑，始覺長城是短城。

滕王閣

江湖滿目不勝情，南浦西山舊有名。漢業銷沈唐運起，更無人説灌嬰城。

庾嶺看梅

咤雪洲邊雪作堆，南枝未謝北枝開。花神與我如相約，不負千山萬水來。

春日雜題

遠緑高紅四面遮，地無霜雪有煙霞。藥洲池館春三日，細雨濛濛濕桂花。立春三日見桂花。

抵家三日風雨閉關吟樵先生以詩見招次韵奉答

經年芒屩踏空濛，夢繞家山萬里通。今日谷陽門外路，打頭卻怕鯉魚風。

寶樹軒譏集

一榻常爲孺子懸，重來客舍尚依然。白鷗生就江湖性，多謝雲鵬勸上天。

黄朱芾

字奕藻，青浦人。諸生，入貢，考授光禄寺典簿，官至廣西鎮安府同知。其爲梧州通判時，撫平南山賊數千人；爲同知時，泗州府土司争村莊，奕藻往勘，有以銀三千兩饋者，卻之。著有《菘村詩稾》。又與孫思九著《浮舟唱和集》。

余澹心曰：「本於性情，和平温厚。」

潮音閣看月歌

前年看月青谿城，千家凉瓦涵霜清。今年看月潮音閣，萬里無雲氣蕭索。今年月比前年明，前年感逐今年生。停杯不飲歌不發，烏鵲南飛繞三匝。明月無情下白波，坐令年少成蹉跎。秋聲不斷青谿樹，幾人對月吟佳句。我來獨泛泖湖船，一棹衝開水底天。寂寞魚龍卧幽壑，暮見潮生曉潮落。茫茫哀樂安可常，古人見月心先傷。我思古人復不遇，但見滔滔水東注。浮生何事不堪憐，豈獨悲秋始惘然。明歲長安望鳳闕，卻憶潮音閣外月。

柘澤觀荷

孤舟通柘澤，十里盡栽蓮。佛國香爲海，花城紅到天。薰風吹習習，明月照田田。酌酒不能去，長歌緑水篇。

喜寄亭重過谿上用前留别韵

草堂還似舊，留榻待君歸。野鶴閒相命，孤雲倦不飛。素心曾有幾，青眼未全稀。嫋嫋秋風近，瀟湘暗鐵衣。

將之武林次天農韵留别同社諸子

輕裝忽忽暫辭家，鄉樹回看映白沙。多病情懷當此際，落花時節又天涯。吟毫獨吮添離索，藥裹兼攜足歎嗟。自有鵑聲催旅夢，漫勞鶯語到窗紗。

雨後谿聲

夜雨漲前谿，淙淙喧不住。莫遣落桃花，流出人間去。

邵式誥

字鏡臣，一字晴巖，晚號東圃，青浦人。諸生，廪貢。嘗與陸邃歸、陶鐵岡、吴元朗、唐嵩少、沈天庸輩結吟社。其詩文極爲徐立齋、高澹人所激賞。著《東圃草堂詩草》四卷。

寄懷吴元朗

綺歲尚幽節，眷懷久山阿。文史寄衷愫，跌宕在弦歌。良會固所難，離别更奈何。迢迢阻河梁，結思如回波。願言篤恩義，寤寐懷切磋。君子惜寸陰，努力事蒐羅。浮名慎勿誤，趨時安足多。

楞迦臺蘇長公書《楞迦經》處。

我愛長公筆，來躡楞迦臺。楞迦臺前草没屐，楞迦臺下江流碧。苔封老壁失留題，千年舊址咸塵迷。惟此春泉曾漱墨，琳宫寶筏長遺迹。妙態便娟追右軍，峨嵋文采疇其群。公名豈與臺俱盡，臺自因公永不泯。四望雲霞起碧山，魚龍夜舞鶴飛還。長江浩浩流千古，猶見青天散花雨。

寄懷王申伯讀書包山

夜雨春燈話別時，津亭楊柳又絲絲。花深林屋鶯啼早，煙煖山房蝶下遲。閒步松陰還倚嘯，靜聽泉溜更題詩。風光最好逢櫻筍，曾否樽前憶舊知。

久不得穎儒音問

三千里路悵逶迤，山疊雲稠動遠思。夜月梅花清夢杳，秋風菰米客書遲。詩因惜別吟偏劇，酒爲懷人量每移。寄語京華王鉅野，官銜切勿薄初資。

上虞穎儒署中留月閣望東山時鐵岡任上虞知縣。

吏退庭空似未官，兼旬留客看青山。虛窗杳渺雲來去，遠岫依稀鶴往還。風采尚思泉石望，東山謝安隱處。書生猶在翠微間。靈運讀書處。哦詩懷古情何限，不獨登臨爲放閒。

望金山作

一拳屹立大江心，疊巘重巖積翠陰。雲勢忽連山寺塔，風聲不辨海潮音。千年形勝分吴楚，百道帆檣見古今。空闊真堪遺世去，躡衣誰與共登臨。

孫燧

字宸九，號嘯臺，青浦人。諸生，例監，州同知。

殘夢

窗虚斜月白，殘夢到仇池。松老棲元鶴，蘭芳雜紫芝。羽衣徐拂石，彤管授題詩。磁枕無端覺，勞人擁襆思。

九日同人細林登高有懷九峰先生

霜葉細林秋，登臨最上頭。真人調鶴館，先達讀書樓。采菊酬佳節，哦松憶舊遊。九峰誰是主，回首黯然愁。

題柏雪耘茅屋用杜韵

吾家學士且焚魚，長嘯無須歎索居。舊砌落梅時撲户，新畦灌薤欲通渠。鶯聲近繞繁花外，草色遥看細雨餘。歸向茅堂且高卧，羲皇一枕夢中書。

趙太樸

字醇完，號橘香、天延子，青浦人。諸生。深於《爾雅》。縣分福泉時，縣令戴仁行時造廬問學焉。著有《甲癸草》。

天聖莊晚泊

古寺對山開，春帆逐浪迴。老僧何寂寞，碑斷半侵苔。

瞿王基

字德維，上海人。壬戌諸生。居吴淞之二壩。學問邃博，情性耿介，閉門著述。有《耐寒居詩稿》。

雷琴篇

世間寶物無人識，覿面失之良可惜。張公購得雷氏琴，琴紋斷裂斑駁色。昔年棄擲燕市中，那知追琢由國工。一朝拂拭感知己，依然寶氣光熊熊。初彈蕭瑟驚風雨，再鼓和平元鶴舞。此何聲也通神明，琵琶箏笛賤如土。君不見伯樂相馬良馬出，葉公好龍真龍來。爨下之桐世豈乏，中郎不遇皆凡材。嗚呼！中郎不遇皆凡材。

千山圓智寺

山行路不極，信步興偏饒。古寺離塵垢，閒雲伴寂寥。隨師登佛閣，送我過溪橋。漸覺松陰暝，鐘聲起暮潮。

村莊夜泊

曲港通舟楫，人家半掩門。漁樵芳草路，鷄犬夕陽村。客思花千點，江鄉月一痕。波流清見底，相對共誰論。

金山

盤渦不可到，突兀一峰孤。鐘鼓潛蛟蜃，江天入畫圖。丹梯青嶂俯，琳閣白雲扶。我欲維舟上，秋風日易晡。

秋懷

澤國清秋水氣涼，半簾花雨晝瀟湘。疎狂胸次披朝爽，緜邈情懷戀夕陽。我愛青山真嫵媚，人求丹訣總荒唐。乘流遇坎皆前定，得失何分穀與臧。

錢　茗

字尚如，華亭人。壬戌青諸生，歲貢。爲人敦本尚義，有古一行風。著《藜照閣詩》二卷。

冬夜有感

空堂寂寂赴深更，夜色蕭然感客情。寒月到窗分竹影，清霜破曉亮鐘聲。欲吟短什誰同調，待酌深盃孰共傾。司馬未逢楊得意，文章一卷惜生平。

國朝松江詩鈔卷二十一

鄉人姜兆翀孺山録
朱文煜縵園閲

朱　霞

字耕方，號初晴，華亭人。康熙癸亥諸生，歲貢，官高郵州訓導。其詩取法杜、韓，律體尤警拔。著《鶴墅堂集》及《咏史》詩百三首。又善繪事，工畫雞，寸縑尺楮，人争寶焉。《漱芳齋詩話》：康熙庚子、辛丑間，初晴與陸圃玉、陳咸京、董宏輔、張玉田等聯詩會，經王西亭選定，刻《于野集》，長洲顧嗣立序之，可以見一時風雅焉。至《鶴墅堂集》傳至其曾孫紱，無子，托其戚某收藏，今不可問。余得其《一拂齋稿》，則即其《于野集》内詩及官訓導時所著。

猛虎行

饑不食漂母飯，寒不衣范叔衣。衣我豈能煖，飯我豈能肥。請言男兒志，運命各有歸。窮通與得喪，造化執其機。所以貴知己，正由同調稀。一朝蒙顧盼，自謂得所依。寧知百年事，轉盼生是非。呂望豈不才，被棄于其妃。原生友結駟，貧也不受譏。或流百世芳，或爲萬乘師。當其處困極，亦或垂戲欷。方寸有五嶽，素志固莫違。勸君貞苦節，分外慎勿希。千金與一介，失足均難追。

冬日傚孟郊

洪纖布萬物，鮮不歸其根。天若無大冬，寧知生物恩。朽枯摧落盡，盎然元氣存。曉來視桃杏，紅蘂綴霜痕。寄食終不飽，寄花終不繁。沉思剥復理，覬與静者言。飢烏啄草根，寒魚唼日影。青松復何爲，終歲耐閒静。人生營其私，外務焉能屏。所願丘山齊，所獲錙銖併。毫末終參天，滋養豈俄頃。醉顔非少容，憑軒一警省。

退筆

退筆寫《蘭亭》，遂爲絶世珍。秃筆寫驊騮，老杜嘆其神。當其退且秃，寧復冀見伸。偶然遇聖手，指使見天真。豈無新好者，自謂軼等倫。及其奏殊勳，悵焉拜下塵。神奇與臭腐，變化同轉輪。世無用才者，好少彼何人。

移舟花陵風甚仍用前燕子磯阻風韵

朝登燕子磯，東望吴閶馬。掛帆不多時，風便只暫假。驚濤蹴飛花，勢欲迴東下。篷牕試一開，衣袂盡沾灑。金焦指點中，翠髻不盈把。咫尺竟難招，漠漠雲垂野。我吟謝朓詩，將以貽遠者。竊恐蓬萊人，乘風欲歸也。豪楮焉足誇，肺腑或能寫。忽聞柁樓風，開船鼓聲打。

曉過金山大風不得上泊舟閘口回望復疊前韵

一帆争飛弩，金山如繫馬。咫尺驚濤喧，有路無由假。兹山駐真龍，百靈奔其下。倒影驚蛟鼉，宸翰仰揮灑。樓臺攢青紅，蒼翠無一把。神仙加貂蟬，眉目異疎野。遥知淡蕩心，冷笑往來者。悠然咏而歸，風期誰點也。幽懷阻登臨，回首一摹寫。今宵寒篷底，應夢山鐘打。

夜夢

閒房窈窕羅帷揭，自製燈毬蹙紅纈。團圞兒女戲膝前，畫鼓聲中話佳節。不知何事忽起行，去踏前除月如雪。坐待不來燈已昏，繞牕蛩語如嗚咽。夢中暫隔尚難堪，卻忘已作長離别。

清明

東風遥遥吹緑草，劫灰沉黑城南道。枯樹垂藤又放芽，紙錢飛散麒麟倒。空原一角是城闉，誰倚紅顔鬬妍好。日薄煙霏不見人，鷓鴣聲裏桃花老。

黄日林兩馬滚塵圖歌

黄日林畫馬，價與真馬同。兩馬滚塵如兩龍，一作紫叱撥，一作玉花驄。老柳垂陰春蕩漾，沙平地暖來微風。一馬翻身四蹏仰，摩挲背癢搖領鬃。一馬轉側勢欲起，青絲擺脱神從容。意氣誰能别瑜亮，駕馭幾時來英雄。君不見，蘄王老卒花園卧，蹴醒自言無事做。一朝委托千黄金，萬里風濤若平步。黄君亦是可憐人，落拓江鄉不得路。畫馬千秋遠擅場，雄姿直奪曹韓坐。遥想解衣盤礴時，神骨逍遥馬同趣。不知是馬是黄君，二馬旁應添一箇。

照田蠶行

晴村稃稈廣蓄租，高標連雲神所都。堷輪孤擎舞鈴索，斗拱攢簇垂芙蕖。喧喧四圍競腰鼓，帣韝揎袂揚其枹。田蠶之燒有年例，歡笑且復同妻孥。城中燈花近寥落，遜此百尺紅珊瑚。黄昏月色雲模糊，炎官火傘紅氍毹。金鴉紫燕忽騰舞，崩雷裂石聲豪粗。老鴞噤吻分爑死，木魅縮項遥踟躕。潛魚遁逃乳雀避，村童村婦兼村夫。黄衫少年亦來看，哂此爲樂争須臾。旁有老翁藤杖扶，開口欲語還囁嚅。連年水旱去年熟，耕夫織婦猶無襦。催租虎吏尚未出，竊恐不日多追呼。去冬大雪幸盈尺，螽蝗入地庶不蘇。更有田蠶出三伏，雖有良農愁咂膚。縱無牲醴博神貺，好仗烈炬爲先驅。知君少豪富貴俱，衣裘焜耀顔敷愉。豈獨不知田蠶苦，有眼恐未經犁鋤。花枝漸繁春柳舒，香塵寶馬自歡娱。金吾今夜知不禁，留賓且醉碧雲腴。按此解田蠶與范石湖異，當另有所本。

元祐黨籍碑

三尺孩童識字始，便耻小人慕君子。細思君子小人名，不知竟自何年起。此名實非創自堯舜禹湯文武與先師，此心炯炯自識之。兩種人雖塗路别，其中心腹腎腸知。覺曾不虧擯斥稻粱食，烏喙未有不駭爲狂癡。緣何彼小人者詈君子，肆無忌憚名逆施。人云公道本不泯，惡語所及後人反藉以爲讚歎資。我謂此不待後人，當其敢爲惡語日，清夜捫心豈不知。媿汗不啻膏斧礩，身雖不死神已瘁。黄子酌我酒，示我搨本元祐黨人碑。碑昔奸相手書勒詞云，垂示萬世臣子共提鎚。上自宰輔迄内臣，三百九人姓名何纍纍。其中兒童婦女所知若司馬文吕蘇范諸公且弗論，自餘議論事迹若滅若没者十三四，行間字裏亦皆光燄煜煜同赫曦。二惇二蔡死已久，魂魄猶似忸怩蹙縮叩拜求哀其旁無已時。乃知人心自有不死者，無所逃於天覆地載之渺瀰。嗚呼！古人勳名氣節今無有，但見刻石紀功接窠臼。不聞詈罵只聞諛，世上何多三不朽。此曹但知諛可悦，亦知罵詈偏傳否。勒碑毁碑等浮雲，碑文翻搨彌長久。自古小人不惜顯與君子讎，留芳遺臭顧總酬。後來此輩亦希有，孰歟一派更可羞。碑文看作不祥物，此本斥去誰肯留。若復人人喜摩搨，豈不如薦福之碑且被雷霆搜。願將此本裝潢日日懸座右，醉歌一聲四壁恍恍神鬼愁。

和宏輔五岳真形圖歌

董子手持五岳圖，要我同作五岳歌。生平五岳未一到，强作解事人譏訶。此圖傳自西王母，靈迹神鬼久護呵。千年搨本猶髣髴，非點非畫理則那。念昔伏羲效天則地作八卦，八八六十四卦由蕩摩。即此便是六十四圖樣，後來《坤》《乾》，《歸藏》《周易》，但换文字相沿訛。五山骨骼本一定，誰從九地尋臼窠。又念神禹鑄九鼎，神姦萬狀使人手指得摩挲。此鼎銷沉不可問，此圖毋乃其餘波，不然千年來何以久不磨。遥想當日紫錦囊中貯，寶重奚止天球過。我今反覆細推測，在天在地一種只是五氣所結匪由他。中宫方整屹不動，勾陳得位無偏頗。東宫蒼龍勢夭矯，頭角爪尾森矛戈。南宫雄雄朱鳥體，將飛還伏如投梭。西宫白虎最猛烈，耽耽踞坐厥額皤。惟有北宫元武象尤顯，穹甲縮首尾足岐而拖。中權四方不相下，分理萬類元氣相調和。我聞道士言佩此圖者，不逢山林川澤之怪魔。我謂人身小天地，近指諸掌與此亦同科。掌心寬平似中岳，將指杰出頗似天齊之嵯峨。掌背巉絶西華似伸指，齊矗衡山五峰之駢羅。握拳縮爪龜負殼，正如北岳跧伏形陂陀。一身不解自貴重，眼識何異沿牆蝸。我欲遥呼負局翁，與問當日斷鼇立極之女媧。崑崙懸圃亦有尻，况此區區五拳石者巨手如何爲挪搓。此圖未足詫，此歌未足多。將與董子同遊安樂窩，五山爲豆登，東海爲叵羅。挹取天漿澆此方寸之塊壘，隱隱豈復留么麽。

舟中同王見可戴姓巖話舊

一夢何曾覺，三年復此行。青山愁外色，白髮意中莖。舊侶驚心話，寒蛩聒耳鳴。乘槎聊爾爾，不擬問君平。

同方山過恒徹上人庵

清明節後多風雨，閒過西村愛午晴。略彴最宜通野徑，招提更喜背春城。禪心静對桃花放，詩句吟和鳥語清。茗椀繩牀殊未厭，歸途莫慮夕陽傾。

和友人登燕子磯韵

燕子磯頭帆影微，蒼茫聊共倚斜暉。六朝金粉荒烟在，三月風花故壘非。隔岸青山看客笑，傍灘白鳥背人飛。留雲亭上頻搔首，多見征帆少見歸。

咏史 一百三首

侯嬴

秦兵日夜下中原，六國衣冠僕妾存。誰信有人甘蹈海，更逢此老起監門。枕邊符竊孱王膽，袖裏椎驚宿將魂。七十餘生更何事，從容西向答君恩。

嚴君平

自古蠶叢多隱德，何妨舉世棄君平。老莊書外無文字，牛女星邊有姓名。卜肆儘堪容我老，草玄未免傍人榮。卻煩州牧勤相訪，何異浮雲點太清。

蘇子卿

英雄幾向栘中老，持節還爲萬里行。雪窖已甘羝乳約，玉門寧望雁歸并。生妻别後詩空在，良友軍中鼓不鳴。嬴得丹心留一寸，茂陵松柏見孤貞。

班定遠

從來投筆傳佳話，獨許班生作此言。萬里風雲隨燕頷，全家文彩敵龍門。封侯亦是書生分，投老終叨聖主恩。誰信寬和成異績，英雄心小莫輕論。

羊叔子

輕裘緩帶本天真，抵掌平吴氣獨振。所恨清言能敗俗，何曾對敵肯酖人。隔垣環認前生物，墮淚碑存後代身。世上勳名原一瞬，底須望遠重逡巡。

張睢陽

睢陽本是咽喉地，臣子焉逃事勢難。天若可呼寧見節，力如此用始稱殫。一城雀鼠皆忠義，百戰雲雷共肺肝。遥想更樓聞笛處，靈旗終古尚盤桓。

陳希夷

五朝塗炭幾時紓，局外雄心總未除。已有真人生夾馬，何勞處士尚騎驢。三峰縹緲神仙侣，一枕冲融混沌初。底事樂觀天下士，誰從争奪慕清虚。

姚榮公

少師才器爲時出，殺運天教佐北平。不學枯禪空事佛，何妨靖難一談兵。奉將白帽成王業，終托緇衣了此生。卻怪女嫛偏齒冷，誰云巾幗少豪英。

詩話：司訓咏史詩，不能遍録，亦有單句警策難于對偶者，如《龐德公》云「一時龍鳳在牀頭」，《禰正平》云「文人時命同鸚鵡」，《狄梁公》云「白日喚回鸚鵡夢」，《顔魯公》云「世間朱紫婦人多」，《倪高士》云「畫裏江山不著人」，《陶靖節》云「甲子聊存夢裏年」等句是也。

林企俊

字宫聲，號蓬軒，華亭人。癸亥入府庠第一，李學使奇其才，特拔之也。後幕遊，黄唐堂爲作傳，謂爲不仕而不翅仕，則以佐幕利濟一世也。既歸，復其太僕卿景陽所置贍族田、祭田各畝三百。其師吴日千騏無後，葬之細林山，奉主於點易臺，買田歸道院以供祀事。所著有《四體雜式》及《楚粤吟》《晉遊草》。子太常卿令旭。

油榨關鎮遠府西五里二仙峰上。

清朗衛來鎮遠府，乍入黔境離南楚。出郭西行五里許，油榨巉關天際拄。二僊並立駢肩股，首昂霄漢足插土。一線中穿費斤斧，斵成雲梯僅容武。近麓仰視陡如堵，迴復盤旋咫尺迕。太行羊腸未足數，鳥飛摧翮霧疑罟。猱絶攀援喘若牯，人牽馬走汗作雨。一級一回扶筞努，上水猛摇逆風艭。進得一尺退尺五，清晨而登直至午。始歷雲頭抵其户，把關二仙笑欲語。且道行人漫言苦，黔山嶮巇千百所，發端小試詎艱阻。

題范彪西先生五思集後

憶昔異數徵鴻儒，天下健足争奔趨。局外恬然亦不少，被徵堅卧惟四老。就中三晉得一人，范公超絶真有道。俊也久欽黄綺名，高山未得覩其形。蓬飄偶至太行右，讀《五思集》心倍傾。三世家傳在正學，忠孝節義炳日星。乃祖乃父垂國乘，題咏更徧名公卿。吴蒙何用贊一語，咨嗟感慕難枚舉。至性結成高世風，乾坤仰賴相撑拄。

贈瞿又陶

谷陽門外是君家，我亦棲遲南浦涯。祇爲片雲依薜荔，却教帶水隔蒹葭。十年彈鋏人逾遠，千里班荆鬢盡華。相對寒牕頻剪燭，高談且信斗西斜。

贈馮君如

坐對寒牕二鼓餘，投來寸帙勝瓊琚。陵霜松柏多蒼翠，出岫烟雲任卷舒。旅邸獨吟千里月，夢魂長遶五湖漁。子陵芳躅誠堪羡，莫但綸竿事不虚。均如自號五湖漁長，又曾夢嚴子陵授以綸竿，紀有長歌。

别馮幼同

愧殺青山獨號孤，萍飄梗泛信天吴。半生落魄誰楊意，舉世相逢有李吾。爾我賴能存傲骨，蕭條何用泣窮途。五湖艇子應無恙，先後言歸伴釣徒。

題畫

斷續煙雲斷續山，深林寂寂水潺潺。數間茅屋遥相望，魚鳥忘機自往還。

董威寶

字東集，華亭人。閬石長子。府諸生。年三十三卒。繼配漕涇顧□□裔孫女，守節立嗣，乾隆初旌表，至二十七年，建坊于沙岡閬石公墓前。

送張覺菴學師歸里

洛閩日以遥，墜緒復難繼。揣籥迷空虛，操觚涉纖麗。教衰道益微，何當豁霾曀。先生人倫師，積學有根柢。六經窮源流，諸子析同異。片言提其綱，曰維敬與義。偉哉實踐功，力挽士風替。此志况不孤，同舟思共濟。謂簡翁師。百廢具振興，吾道會有寄。彬彬絃誦徒，升堂討文藝。德容温且恭，對之消忿厲。圖書堆匡牀，花藥列軒砌。吟風弄月餘，領略箇中意。自慚駑馬姿，致遠希附驥。豈期賦歸與，秋江鼓蘭枻。韋比從此違，渺然望天際。願勿戀蓴鱸，遺榮隨所憩。守先待後人，勉作千秋計。

汪思遵

字建士，華亭人。諸生，歲貢。有《潭西草堂詩稿》。其父遺命葬烏程之大觀山後，選吉日，則康熙五十四年之夏六月也。烈日中扶櫬入山，心痛力瘁，暴病卒。深山急不得棺，陳山人治木殮之，已三日矣，酷暑尸不腐如生。子顯曾亦府學生，從行，視含殮畢，一慟絶。其父子死孝如此。

秦山早起與雲上人

欲曙未曙後，空山無可名。但見鳥飛處，淡淡秋雲生。煙霞多變態，若與群峰爭。澗響共趨鑿，并作新泉聲。悠哉旦暮氣，可以移人情。

雨後獨步

一夜秋濤兩岸平，石塘風露葛衣輕。詩從蕉葉響中出，人在稻花香裏行。三徑乍晴松鬣暗，半巖微濕草蟲鳴。不知籬落關何事，野蝶黄花欲送迎。

寒夜細林山寺訪友即余昔年讀書處感而有作

怪石依然緑蘚封，虚牕燈火却重逢。雪晴孤鶴步微月，霜落一僧撞曉鐘。問道孰看西向水，題詩空撫舊栽松。講堂憶有聽經處，不見芒鞋與竹筇。

毛漢齊

字奕蒼，上海人。歲貢。詩稿已失，僅傳艷曲百首，幸其族人處尚藏其詩詞手稿一册云。

桂影蒙牕嘗删其半至秋花發而香味寂如豈花神有餘恫耶詩以詰之

吾怪牕前桂，花開不發香。矜名空萬斛，辨色但三方。僧仲殊詞云：「問花神何屬，離兑中央。」勁質風霜秀，褊心喜愠狂。留芳今日吝，遺恨昔年創。蘭爲當門薙，桃因落井戕。既嗟椒榝合，椒桂合兮其不芳。寧許鳳鸞翔。實孔鸞之所居。山寺飄雲影，書牕借日光。君心如不轉，借斧問吴剛。

七夕

貫月乘流去復歸，雲浮别袂贈支機。當年留得仙槎在，夜夜東風一葦飛。

桂舒萼

字蟾元，上海人。諸生。

田家詩

春風散微和，原野多秀色。田夫陌上來，相見盡相識。共言今年事，何者能多獲。前年種織貝，風雨半狼籍。去年栽黄鮮，一畝可二石。高田土常肥，低田土常瘠。萬事難預期，行當卜先嗇。

馮敦忠

字方山，號晚吾，守禮從子，婁縣人。乙丑諸生。性好義，遇有關一郡利害事輒倡爲之。著《海塘石工利害説》，上之當事，采行之。其詩嘗與張玉田琳著《唱和集》。

後五菊歌

我生至友能有幾，星聚交歡良足喜。我今友菊大不孤，五友俄成十友矣。奚奴學種花，見菊興便嘉。兒子喜得友，愛菊意頗厚。彼此相顧情殷然，聯翩羅致南牕前。前後娉婷十翠娥，使我病足輕欲旋。余既愛菊兼愛影，一菊一影燭貪秉。五株已似十友生，况復十株更兼併。上中下品那復論，膠漆一堂心自省。憶余曩歲走四方，得朋不多淚如迸。歸來乘興擬盟鷗，欲譜金蘭徒耿耿。自是菊花有晚香，前輩後輩俱芬芳。兩行盡帶秋光潔，左之右之同玉立。曾家十友遜同時，暮暮朝朝如拱揖。君不見，蕭蕭黄葉從風飛，上天下地誰因依。十菊好比西山薇，采采還堪療子饑，何妨日日相對鍵雙扉。

詩話：明馮遷之父淮教授村館，因陸文裕公至莊，遇雨相值，庭有五竹，公令咏之，淮應聲而成，曰：「我愛君家緑玉叢，如摇隻手笑西風。雨低四面中藏鳳，雲護三竿兩化龍。勁節遠過處士柳，貞心不數大夫松。夜來牕外分明見，十箇蕭蕭月影中。」文裕大爲擊節。今此五菊依然，大樹家聲，亦一佳話。

曉望橫雲山

我愛七峰秀，層嵐曉更青。寒松惟剩骨，絶壁自成屏。鶴去天風冷，龍歸澗氣腥。幽尋無限意，今古一茅亭。

泛泖

泖色混晴空，蒼茫無路通。半帆飛鳥外，一塔亂流中。密樹連雲黑，遥山落日紅。晚潮翻浪亟，歸棹飽東風。

青溪道中

一葉青溪上，無邊老樹村。江雲連日脚，野水浸城根。漸覺家山杳，堪驚客思繁。醉吟人不遠，我欲問高軒。靜若家于青溪，所居有醉吟軒。

除夕前一日喜容上人至

西方一片石，徙及五年餘。前日聞歸院，禪林事可書。拂水觀音石高廣皆二尺餘，以水拂之，宛然一大士坐蓮花中。明崇禎二年，自橫雲濮陽村迎至西方殿，蓋遵大士示現之旨也。近年移于殿外，我容上人于臘月二十六日迎歸舊所。絶塵雲不散，拂水影何疎。愛爾皈依處，居然面壁如。

將至廣富林

水底雲開四壁通，緑楊深處集漁翁。兩三人坐晴烟裹，六七峰明淡日中。溪上夭桃方净盡，山頭修竹自青葱。龍孫休信生偏後，呼賣沿江已滿籠。

徐　珣

字誾峰，華亭人。諸生。著《重慶堂詩集》。

樾蔭亭沙岡爲通衢大道，先黄門於此建亭，以憩行人。

短櫂鳴榔此地經，千村曙色霎時暝。沙岡東上東西望，避雨人争樾蔭亭。

李如泌

字次鄴，號節珊，婁縣人。忠節待問孫，諸生。

范母董太孺人節壽此爲莞公母作。按莞公爲景輔遺腹子，母董撫孤成名。至丙辰、丁巳間，年例已符請旌，祝壽是時，徵詩成帙。惜莞公年四十九卒，而母尚存，人事之不齊如此。

蔚彼丹山秀，翩翩起鳳皇。五文含七德，生雛遂將將。瓊枝自啄琅玕食，養成羽翮鳴高岡。一飛千仞未足異，蓬池阿閣争輝光。此日鳳毛驚落落，百年將母心如昨。人知反哺成烏鳥，那知宛頸歌黄鶴。食報憑將嬴女簫，稱觴却進瑶池酌。鸞章翟茀歲紛紛，冰霜銷盡春風作。

張天授

字漢颸，華亭縣人。諸生。常與朱初晴、朱子儒、張玉田、張沂公結消夏詩社。

荷珠

通池映碧葉田田，滴雨翻風散復連。曉露暗流仙掌潔，夜光驚走玉盤圓。凌波採得龍眠穩，盪槳擎歸蚌吐鮮。信有芙蓉堪並艷，且將百斛賺嫣然。

陸箕永

字二水，一字詩城，青浦人。慶臻第五子，諸生。康熙癸未聖祖南巡，獻《九華賦》，召試行在，命赴京再試暢春園，賜御書《孝經》，且給與路費銀兩，歸家讀書以應試。乙酉復遇南巡，獻《廬山賦》，奉旨賜監生，入直武英殿，纂修《佩文韵府》。己丑，書成，明年授綿竹知縣，陞至厦門同知。著有《賜書堂稿》。

午日泊觀泉

衝暑來閩地，停舟觀浦東。人欹半篷月，牕受一江風。把盞賓朋合，披襟語笑融。流年偏記省，今日是天中。

右軍田子寓集諸同人分賦

蕭寺長憐旅思孤，棗香新徑枉招呼。客皆鄴下真才子，臣是高陽舊酒徒。曲按紅牙聽嬝娜，花呈玉頰看紛敷。鬬來年少尊前興，狂殺春風未肯輸。

喬起龍

字天御，上海人。諸生，歲貢。

虎丘懷古

閶闔門西暮雨殘，平岡迤邐入烟巒。玉魚寂寞寒泉下，金虎銷沉片石間。人去夕陽仙鬼出，鳥歸深樹水雲閑。李家粉本工塗抹，未覺山林異闤闠。

馬凌霄

字鶴渟，華亭人。武舉于捷長子。丙寅諸生。著有《酌雅集》，倪永清選。

淮陰有感

去家未千里，一望雲樹平。朔氣多凜冽，寒烟帶草生。嗟予甫行役，悲風起孤城。道路非所習，中夜心自驚。世俗異太古，天運亦變更。惟有長淮月，朗朗隨宵征。

韓侯釣臺

今日淮陰市，如君有幾人。將才原是善，王號不須真。誤受蕭何薦，空勞蒯徹詢。釣臺堪送老，猶自峙嶙峋。

詩話：鶴渟弟淩烟，字麟臺。亦有《草堂集》，句如「涼風兼月至，遠水與雲齊」，「白日西飛忙似我，青山南望秀於人」，亦可賞。

徐賫鼐

字岳修，婁縣人。明侍郎陟之後。諸生，歲貢。

象戲呈高方伯古愚先生二首

特豎堂堂正正旗，鴻溝咫尺判東西。前軍已渡休回顧，更向中堅促鼓鼙。

勝固欣然負亦雄，挺而走險意從容。當幾一著争奇處，摧破堅圍數十重。

陳燕蘭

字蓀佩，號垞香，婁縣人。諸生。著《紅蟫草》。至《望岳吟》，則其客霍山時作。自序謂秋蛩絮草，寒雅噪木，爲時勢所限云。

詩話：坨香爲彦達從孫，其家有來青樓，以海棠著名，明季黄門與考功遊賞處。國初，吴日千偕計子山、盧文子輩時從彦達遊，日千詩所云「樓前海棠大數圍，高花拔地五十尺」，至重遊則云「三百年來造化工，來青樓前海棠死」者是也。坨香幼曾讀書于樓者，十年後故址爲其父墓道云。

葡萄酒歌

五柳先生性嗜酒，無聊頻向東籬走。菊花即似鬱金香，葡萄不入淵明手。井公博戲輸斑龍，飛下九天滿簷吼。捲得清陰蔭後庭，紺珠口吐晶丸瀏。玉瓷還貯仙液成，一杯玉母開笑口。餘遺白衣餉重九，陶令聞之折腰否。

偶嘆

乳燕繞園逐春去，花魂零落尋芳樹。粉蝶無言怨草螢，占我錦城十二處。江頭楊柳拖青煙，雲暗天低山欲雨。欲雨不雨天茫茫，此中能得幾佳句。紫玉西施不再來，一朝魂斷重徘徊。緑鬢紅顔葬何處，玉鈎斜下令人哀。巍巍天闕高萬里，夢裹乘雲聊徙倚。擬向洪崖一拍肩，踏遍蓬瀛看海市。

沈蟾陽道士尋母甬江不得詩以哀之

目斷慈闈度甬東，叫閽無路泣途窮。碧天慘慘霜飛雁，黄土荒荒血染楓。海外鶴歸終有恨，堂前人去竟成空。他年採藥瀛洲畔，珠珮相逢跨曉風。

山王河道中從霍州至舒城。

來往灊臺曲徑賒，谿山罨畫野人家。晚霞著色楓香樹，曉露新粧蕎麥花。此地田疇多畝澮，頻年生聚足桑麻。西風送我遄歸去，猶聽兒童歌採茶。

顧野王墨池

懷古重尋舊墨池，野王才藻獨恢奇。丹鉛薈萃皇輿志，著作煒煌國史辭。按希馮宫大著作，所撰有《輿地志》《國史記傳》等若干卷。學殖當年看浩博，文瀾今日尚漣漪。春風寂寞荒烟冷，蕭寺疎鐘起暮思。

霍山竹枝詞

春雷昨夜報金芽，雀舌銀針霍茶之最上者。儘内衙。柳外龍旗喧鼓吹，香風一路貢新茶。穀雨後十日，遣官進貢。

曾向山間問土宜，此中風物别珍奇。錦雞作臛渾閒事，異味還輸玉面貍。玉面貍喜食菓，别名菓子貍。

周銓

字緯蒼，一字晚菘，上海人。諸生。著《晚菘廬稿》《闌秘草堂詩集》《椒圃新詞》《白石山人詞稿》等。銓年甫逾冠，其父平儒歿于秦幕，聞訃，匍匐數千里，扶櫬歸。後遊京師，爲姜西溟入室弟子，與韓大參九苟尤契。己丑有欲薦之三殿編摩者，時銓以奉母在都固辭。是年，將母歸里。壬辰復北上，諸公又交薦，已署名奏牘，復以母老不就，歸。其《言懷》句有「有文只弔昭王冢，不上當今宰相書」，此可以觀其志矣。晚年生計益窘，賣文鬻字以供母甘旨。與兄同居，白首怡怡，年六十七卒。張大木爲之傳，謂樓敬思嘗薦之修江西省志，中藝文志緯蒼獨力所成，最爲可觀。其詩戛戛獨造，有窮力追新之致。

杜子紫綸移榻新齋贈詩四十韻

新齋無奇構，户牖半若舫。亦頗似屠蘇，意不慕高曠。杜二何如人，我觀絶澮宕。晨起未盥漱，步入志倜儻。簾几奴鳩搬，簡編自摒擋。缾罄累牆坳，筆禿束架上。欹鐺倚露檻，簿帷縋矮炕。著作動攟載，麤類牛腰脹。投詩飽囊橐，隆若駝背盎。屋有塞破虞，而視物無長。曾是始移居，仍弗能疏暢。跬步礙旋轉，欠伸逼俯仰。墨兵大舉寇，寧不窘心將。曩校秘閣書，窮經及釋藏。或者習故常，子力屏依傍。辨晰亥豕形，棄遺葫蘆樣。點乙斷己意，芟薙稿獨創。學士咸嗟善，禮遇劉楊抗。修名立誠難，用心苦良匠。春風薰賜衣，鏡霜點髮壯。伊余遊京師，弱冠許骯髒。賢豪喜謹身，文人律疎放。既無媚骨容，孤行鮮憑仗。見嬾遂曰傲，謀拙以達況。淹留迄無成，詎意獲佳謗。濩落分自宜，十載等流浪。一毛始見侵，潘輿缺奉養。時乎不再來，外内交誚讓。永日擁敝裘，觀我覺我喪。值子來避喧，載書三十兩。樂與居停俱，晨夕恒相向。猥誦新詩篇，延譽俱過當。鼓勵如起痿，汙穢頓滌盪。交道日頹靡，乃欲隻手障。取材稱短長，細故涵雅量。昌黎不擇行，當時觖峻望。至今有志士，想見增悒快。迅駕不受羈，駁術恐未廣。豪應不輕附，飽亦不輕颺。因懷漢陳登，英風何沆漭。

山東道中積雪奇寒

一千里路三尺雪，寒勒重泉地脈絶。北風砉然忽如裂，舉頭紅日已吹滅。十里五里人烟歇，僕夫墮指不見血。痛在心頭不能説，哀烏一聲最悲切。樹頭篳築淒復咽，我行及此隆冬節。秃鞭籠袖驢屹屹，絮帽綿裘偎老鐵。鬚裏堅冰不可捋，手脚連蜷似剥割。鏤肌刺骨何凛冽，八萬四千毛孔嚙。兼之道路堅且滑，低者凹而高者凸。據鞍一步一防跌，又愁驢之足拗折。猛虎驅人或可脱，嚴寒陷人都不活。前頭茅店火光發，富貴驟來無此悦。立在火中燒不熱，仰看檐冰大如橛。

題程荔江射雕圖

不信書生慣鞍馬，玉粲亦復從軍者。翩翩結束好腰身，駿足追風汗流赭。關雲黯淡隴葉黄，西風索索秋草霜。高原曠野人煙少，蓬走沙飛古戰場。皂鵰忽展摩霄翅，縱轡翻身拓猿臂。一箭射落暮雲頭，歸來寫圖作詩記。

山中感懷次汪子御千韵

清霜凋雜樹，松頂自孤青。熟果當巖墮，飢猿伏澗聽。穿林紅葉亂，堆嶺白雲停。一雁衝寒去，歸心逐杳冥。

九日讌集香林寺

登高隨客所，良會在遐方。木落燕山出，草枯秦塞荒。閒花依宿莽，急鴈度斜陽。脱帽風前飲，林間散酒香。

二月十九雪後入關

寒聳千峰雪，邊亭煙火稀。春鷹猶尚擊，秋雁竟無歸。日晚沙偏走，風晴蓬自飛。入關雙鬢改，辛苦舊征衣。

石浪菴

石帆吹不去，石浪至今存。風雨時過嶺，蛟龍夜撼門。射濤猶虎卧，叱牧尚羊蹲。平地還堪駭，山中寧足論。

病馬

力盡馬遭棄，哀鳴老病身。鏃痕深入骨，陰雨暗傷神。古塜青燐夕，荒祠毒草春。不如同陣没，革裹有恩人。

古劍

挂壁騰光怪，吹鋒慄鬼神。陰精含虎氣，雄質隱龍身。揮霍秋霜肅，斑痕碧血新。西戎猶寇盜，以爾静風塵。

首春曉發吴淞江感事述懷

餘寒猶料峭，江路未梅花。底事老還客，幾時閒住家。流離方載道，疾苦正無涯。幸不先溝壑，勞生敢怨嗟。

桐廬至蘭溪

人煙已小異，氣候亦微分。春暖烘紅葉，山寒絮白雲。駛帆先鴈影，喧渡散鷗群。百里蘭溪縣，停舟日未曛。

漂母祠

漂母祠邊野水寬，煙波誰復下漁竿。千金報德泥沙易，一飯留賢珠玉難。貧賤於人無故舊，英雄如信亦飢寒。功名畢竟尋常事，好把前人末路看。

輓杜庶常雲川先生

自遠清華欲遁名，湖山跌宕久忘形。關心舊雨勞鴻雁，寓意新詞託燕鶯。我死更無人作傳，他生可復爾同盟。昔游祇有樓西浦，還解春風説帝城。

暮秋獨坐晚菘廬感事書懷

静裏跫然喜足音，羊求來其話幽深。著書欲亮千年眼，持論須平萬古心。阮籍佳尤能醉酒，陶潛妙不會彈琴。草廬未是終焉計，隴畝時聞《梁父吟》。

北旅燕山西入秦，少年豪快半風塵。河聲繞帶關門月，嶽色堆鞍馬足春。時去凋零同志士，老來珍重倦遊身。故人昨日深相約，去看黄花百種新。

病中感賦

三年疾病尚淹留，幾度危如欲覆舟。未死卻疑還有用，餘生過望復何求。沉珠猶自光川谷，埋劍終能燭斗牛。不信英雄無善計，著書端的爲窮愁。

柳骨顔筋餘病體，支離叟是舊朋儔。詩成敢謂騷人怨，食少微聞君子憂。懶不神仙荒九轉，耻無事業足千秋。未甘枯朽蒸芝菌，自秘衣珠肯浪投。

點金有術尚能揮，久矣囊空志願違。赤驥五都何足騁，蒼蠅十步亦云飛。千斤病象全身瘦，一箸秋禽舉體肥。貧病也須分貴賤，未應一概被時譏。

鴈天菊地好光陰，春暮何堪二豎侵。松柏一生霜雪命，鷺鷗終古水雲心。風塵蹤迹非長策，離索情懷託短吟。故舊天涯相見少，廣陵淮甸憶交深。山陽施裕菴、舒渭川，六冶程眷谷、風衣昆季，暨茘江諸阮，門人舒待先、施漢襄、宁颺，江都江研南、江東扶、程學臣，門人胡藉丹、程次唐昆弟。

潘聘三見餉黄芽菜

北菜黄芽風味殊，何來餉我晚菘廬。天涯故舊不相見，一別春明廿載餘。

僕僕東西有底忙，九秋客路耐思量。鴈飛木落驅車晚，安肅黄芽菜産安肅者最佳。城頭正夕陽。

曹培源

字浩修，上海縣人。由諸生以歲貢，任太倉州訓導。著《同蘭館詩》。

過七里瀧

容易經過七里瀧，片帆欲去飽東風。百三十里佳山水，盡在濛濛細雨中。

題外舅王麓臺先生畫

山迴雲遮路，溪長水過流。人煙無一處，草木自春秋。

朱廷琦

字右韓，上海人。諸生，歲貢。

歸途口占

作客愁多歲，還家幸有期。大風揚片席，微命鬭雄螭。漸覺鄉音近，猶嫌歸路遲。寄言東去鵲，先報竹松知。

趙太質

字盈缶，青浦人。諸生。

慧日寺梅花

獨客懷遥情，幽尋隨所適。言從招提遊，疑是逋仙宅。瘦影横蒼苔，孤枝倚危石。花氣寒尚斂，松陰雪猶積。徘徊疎林下，我懷在宿昔。欲寄江南春，迢迢關山隔。沉吟鐘聲殘，歸途日已夕。焉得素心人，重攜東山屐。

李太僕墓

犢僨輪轅馬覆車，思陵廟社總丘墟。入朝誰請朱雲劍，流涕猶傳賈誼書。當日龍髯攀莫逮，至今鶴語問何如。還從舊里瞻祠墓，古木蕭疎落照餘。

高以照

字壬受，號□□，青浦人。諸生。

洛陽花

次第芳菲開已遍，疎英點點似争妍。洛陽花譜高天下，何事稱名爾占先。

國朝松江詩鈔卷二十二

鄉人姜兆翀孺山録

錢樹棠憩南閲

徐　球

字端臨，華亭人，賓次子。康熙戊辰諸生。乙酉聖祖南巡，獻詩，召試稱旨，入南薰殿纂修。議叙授浦城知縣。到任免赤脚光丁銀，士民稱便。又修朱紫陽祠，並置田以供香火。九載告歸，年八十卒。著《建草堂詩稾》。　黄庴堂曰：「性情在，詩故超俗而媲古。」

初夏晚霽

藤花長覆碧雲涼，斷續鸝聲到石牀。夢醒葛巾隨意坐，一編《周易》一鑪香。

徐穎梁

字懷英，號楞香，婁縣人。明主事鴻洲元孫。諸生。後以例監膺薦，纂修《圖書集成》，中《兵制》百卷，其手筆也。雍正初告竣，授登封知縣，以大計去官。闕里衍聖公延訓其子昭焕，年八十始歸故里。又七年卒。著《二田書屋詩稾》。《潄芳齋詩話》：明府姿貌奇瑰，長眉深目，作康老胡雛之狀，而心特慈祥，人稱老佛。歸田後，築瓦屋三楹，爲晚年憩息之地，顔曰「二田書屋」，以爲人有三田，土田、心田、硯田也，余無南畝，而惟恐此中荒穢，摩挲片石，時一鋤之，作《二田書屋記》以寄意云。

極目

埋頭真似蠹，忽忽又經年。白髮垂春草，青樽對逝川。松楸遊子淚，稰稑下農田。何處江南是，雲深極目邊。

杖

斲得青藜霜下株，天涯寥落伴殘軀。駒光草草人將老，鶴髮毿毿影不孤。雙屐尚容登陟健，半酣殊勝子孫扶。飄然曳向松陰下，此是楞香杖策圖。

九如堂分咏漂母

誰識王孫泣路窮，風塵落拓有非熊。千金食報渾閒事，四百開基第一功。淮水寄身方脱穎，未央授首已藏弓。如何生死英雄手，都在裙釵一瞬中。

歲暮即事

陶潛乞米意何爲，漉破頭巾已斷炊。堪笑夜來鼠作秏，空缾無粟亦同飢。

紅箋濃墨寫門聯，句句春風花柳天。筆勢欲來狂便發，草蛇不教俗人傳。

林企融

字周士，華亭人。諸生。

飛鴻堂梅

曩時曾記挹清芬，今日相看更出群。古榦不隨霜氣改，寒香自與俗塵分。漫勞鼎味調和汝，但倩鈴聲保護君。安得年年雙美側，閒陪地主對朝昕。

楊陸榮

字采南，號潭西，青浦人，婁縣諸生。著《潭西詩集》九卷，并《經學臆參》《五代史志》及《三藩記事本末》《殷頑録》。至自序其詩，謂「告哀什少，徵事篇多。至燕會題贈慶輓應酬之作，概削不存」。此可以觀詩品焉。

莊師洛曰：「其詩飄飄有仙意，非傖父所能問津。」

關山月

中天挂白月，來照雙銀鈎。西風昨夜起，忽然吹落關山頭。關山戍兒見，明月心含愁。不怨關山苦，情知故國秋。吹觱篥，歌涼州。黄沙暗，凝雲稠。茫茫月，還西流。

獨不見

昨日見春風，桃花紅復紅。今朝見秋月，暗蟲嘶不歇。春花秋月年年見，美景良辰如掣電。自從鈿盒鎖塵埃，秋月春花見幾回。

妾薄命

紅蕉之花碧露滋，摇摇曳曳風扶持。花前女兒十五六，差强配弱調吴絲。小絃急，大絃緩，高低相逐鳴雄雌。雨懸山溜急，風舞落花遲。曲未終，君已起。妾手難教作君耳，安得同心人，相將一處死。

少年行

青春白日遊香街，金鞭指酒館，隔簾招嬌娃。嬌娃年二八，花容玉爲質。羞人卒見招，羅裙映門入。嬌小忤少年，可嗔亦可憐。少年且飲酒，街南街北多花柳。

梅花落

東風吹梅梅花開，花開依舊東風來。東風無情花有恨，一片吹上青青苔。燕啄苔泥和花片，畫梁處處香成堆。少年堂上正吹篴，篴聲隨風遶天涯。芳魂悠揚忽飄墮，著樹更結明年胎。

陌上桑

陌桑春染碧，提筐陌上摘。選葉飼春蠶，繅成幾兩帛。兒郎于役無歸期，姑暖姑寒郎不知。姑身得帛暖，勿恨郎歸遲。郎歸亦不遲，陌上曾見之。郎心已死妾身生，含情欲語雙淚盈。阿姑有兒奉甘旨，賤妾無夫合身死。

舟山殉

此弔張肯堂作，乾隆四十一年賜謚忠穆。

颶風嘯海松城倒，戈鐔甲片明秋霜。衣冠當日誰秉節，首數夏老李與章。三君堂堂死故國，誰居外任殉封疆。張公馳節守閩土，燕留繼陷依唐王。家糧募士還見姤，海濱奔命行遑遑。唐藩顛躓魯藩遁，一旅棲泊舟山岡。金戈鐵馬寂無響，但聞寒蛟噓水聲。浪浪王師十萬搜，海島大旗摩日雲飛揚。殘兵敗卒鳥獸散，北面再拜懸高粱。歸魂倘值三君子，山河風景同悽愴。

寒山石觀音頌

斲石具妙相，爛爛金碧新。名石復名佛，兩者孰假真。當其未爲佛，衆石了無分。佛相既具足，瞻拜羅村民。我來聽佛像，音可用觀，則像亦可用聽也。不見斧鑿痕。石以佛爲性，佛以石爲身。一從石破碎，鑿破天圇圇。漱口作偈言，石頂飛紅雲。

登挹翠樓望空同山用荆公和平甫舟中望九華山前首韵

衰秋伴閒客，清苦味兩兼。滌煩愛風響，得趣袪塵纖。晨興無事事，挈伴窮遐瞻。危樓登挹翠，點數青山尖。曠如出樊籠，倏覺冶景添。遠坡平漫漫，亂石森漸漸。疎林入遠目，瑣屑同葭蒹。即此備巧朴，已足經時淹。空同況高聳，坐鎮何安恬。時當雲影合，鏡若函以奩。濛濛漲海氣，何由見陽暹。少焉露圭角，側腦來窺覘。漸看峰頂出，劍戟排鋒銛。餘氛吹復斷，細縷飄虬髯，譬彼屯蒙卦，動之解剝占。四敞倚晴檻，饞眼無屬饜。卧看更恬適，游泳比浮灊。中峰極挺拔，斜劈疑刀鐮。巍然帝王尊，鑱天意未厭。旁峰見傾附，親媚如佞憸。遠峰羅十數，貼伏示卑謙。參差迸春笋，長短抽書籖。乃或爛衆緺，稜褶疊素縑。騫騰鶴矯矯，娟好衣詹詹。日黄覆鄂被，沙白堆形鹽。豈無蒙叢林，膏滋久濡沾。依稀突兀石，崩落愁膠粘。平生足憂患，幸免山林嫌。煙霞許搜討，癡骨誰能砭。輒又窘足力，有若口被箝。又如臃腫姿，貼地眠枯楠。安得來高風，物象區皙黔。因兹兀傲志，羞澀伏閭閻。今朝喜寥豁，雙鈎挂黄簾。不須躡吟屐，勝概羅前簷。臨風一長嘯，聲震群呫呫。逸興未終極，海東窺霜蟾。微寒與之俱，盡捲秋餘炎。攜燈就書幌，幽室還羈鉗。佳遊期後續，勝賞誰來僉。

次鄱陽雷雨

昨者依船舷，怒目視石虎。黄蜂從西來，掠我鼻祖去。握拳起四擊，去已十里許。朝來城中官，升砲嚇野鶩。一砲鶩一飛，而我無翼舉。因玆兩受驚，斗胆破莫補。老天直不仁，無端又赫怒。雷轟轟我身，響若八面鼓。電閃閃我目，紅若一把火。倉皇掩耳目，忘耳目在處。遂顛崑崙山，倒植雙脛股。零魂與斷魄，不審落何所。醒來踰三日，穴牕望隄樹。隄樹怯于儂，僵立死沙土。

雀啄蟲

蟲之生於天，我不知其由。蠢蠕既已動，上下群飛遊。有雀來啄之，啄之非有讐。强食恣一噉，颺去誰敢收。蟲弱天不矜，雀暴天不尤。乃知大造德，不與聖同謀。

千尺雪

珠跳玉碎雪花舞，敲折湘筠裂繒素。冰澌十斛洗塵慮，雲暝不知天欲暮。方池片片水浮石，頑石晴沙千古路。臨風狂叫趙凡夫，煙鎖寒山滿山樹。前千年與後千年，幾輩凡夫作山主。愁來低語問山靈，山鬼啾啾嘯山雨。蓬萊水淺又飛塵，今古寒山渺無數。君不見，寒山山上一泓泉，淙淙流向山下去。

苦雨吟效玉川體

亥年遊西江，渴飲一盃水。悚然起自責，念此水者爲蛟龍之津、山岳之髓，天皇命馮夷，導之成川流。瀰瀰活我黍稷粱稻登億秭，我今無故以盃盂水飲入腹下遂己私。上拂天意天公疾貪饞，時雨迺不降。江南江北禾盡死，子年歸來無飯喫。畫泥爲餅看而喜，豈知此泥却是后土肉。假令剜我肉，我必怒而起。况乎后土尊，上與天帝比。飇輪翻長風，雙涕垂鼻淚不止。滴落一把淚，水漲没閭里。狐兔走踆踆，不復得居址。滴落兩把淚，山漲没山觜。木抄遊蝦鬚，鼉吟滿城市。淚如再滴地維圮，剜肉者臣臣過矣。不忍無罪汨水底，稽首頓首拜而啓。恭惟后土皇，肉周於身，目在眉際。肉創則身病，淚枯則目翳。昔臣獲罪蒙，元聰失雙耳。延今二十年來，凡宫商角徵羽五聲之錯陳，金石絲竹匏土革木八音之繁會，而曾莫審其悦耳之美。雙眸雖炯然，亦安能代聽以視。祇如翳厥目，色不辨朱紫。我視祇聽兩不借，勢成各見各聞只。臣思肉之創者可以復生，目之翳者不可以復明，輕重相較有彼此。祇聰明，聽臣語。收拾眼裏淚，俾我得耘耔。上承天德養下民，天施地生利無已。祇不見，東海之魚化爲虎，頓頓肉食不自鄙。祇又不見，南山有猪復有豹，攫人以食血漬齒。小民命與膏血盡，制淚飲泣孰敢訾。祇今助虐復爾爾，顛倒坤軸若使指。攢眉拭面訢冤抑，爾肉可惜曷視彼。祇聞此語須戟張，手掣蛟虬作蛇使。瞞天障日簸威燄，出入雲煙乘赤鯉。上有五方帝，怒目張盛氣，下有五岳四瀆群社群稷之主宰，依無壇兆位，合辭責祇闖祇室，九幽門啓登九陛。祇曰吁哉我之罪，出載黄旛一百二十飄旖旎。黄旛卷雨浮雲閒，前稱祇者竄且避。彼何人哉假祇號，卻是祇之奴與婢。祇惟左右任非人，乘機盜柄作奸宄，任非人，衹之耻。悉擒諸醜刖右趾，莫使横行街市裏。

打魚詞

江空水白浪拍天，蘆花荻葉多漁船。一船横渡呼烏入，讙譁叫嘯聲喧闐。長篙短楫築水面，瓊花飛舞明珠濺。魚驚伏底不敢動，以烏下取何其便。浦前忽值衆網户，招之以手争來前。阿誰自倚身勢好，手提綱網索貫穿。腰肢一搦手隨轉，團團巧作晶盤圓。衆漁拍手呼妙絶，各以其術搜窮泉。或叉以叉矜智勝，或罩以罩乘機先。勢求必得利用怱，待其自至還施筌。檣竿四集區隊伍，首尾撞突相磨旋。水聲激口櫓枝轉，柳梢映水篙尾纏。沙深古岸阨蘭柁，水争狹路平船舷。呈能鬬巧勢未已，紅日忽墮山西偏。一船横渡呼烏去，衆艇各散如雲煙。一竿獨夜釣白月，月光渺渺浮平川。

龍津

地入餘千界，輕帆一葉過。山荒行路少，水闊坐罾多。廢井丹砂失，殘碑字迹訛。梅崖何處是，煙月淡相磨。

章江雜詩

長路無程限，前洲復後洲。柳陰鳴水碓，灘静集漁舟。古寺連雲暗，輕帆帶雨收。沙禽飛拍拍，莫爲稻粱謀。

雲迴天無盡，南行路尚賒。日中山影正，灘急槾枝斜。響落茅菴磬，香傳蓮渚花。前林最葱鬱，知是老農家。

富陽

布帆葉葉收寒煙，草根古岸猶綿延。霜淒月白有今夜，水秀山明似昔年。晴沙遠浦一鴈落，板橋野店孤燈然。長空無雲四宇寂，欲呼蓮老參南禪。其句如「月經昨雨洗來白，露自秋風吹後寒」「風吹柳葉將青去，日落山椒以紫呈」，俱佳。

康郎湖功臣廟

智勇相乘悉鋭師，鄱湖鏖戰記當時。陳王亦有功臣在，何處人間予建祠。弟子輿尸有廟存，功高肇造或焚元。千秋宋潁英魂在，待向何人訴此冤。

姚翺

字翼扶，婁縣人。諸生。

横雲山紅葉

九月霜氣肅，景物逾鮮妍。登臨興不極，平楚彌蒼然。横雲本福地，琳宫冠其巔。峭壁若劖削，長林亦蜿蜒。時光不我待，物態俄變遷。楓林一夕改，恍若丹青懸。塗抹由化工，倪黄敢争先。斷霞相補綴，返照添騰翻。秋容誠可悦，寒事將代禪。紅顔怨薄命，志士悲暮年。感此心悒鬱，搔首問高天。舉杯聊復醉，願言尋飛仙。

四月清和雨乍晴

朝光入牖夏初新，乳燕穿簾不避人。宿雨輕霑猶剩點，好風吹散净無塵。胸中磈磊消磨盡，物外幽閒仔細論。梧竹南軒堪寄傲，蕭然欣得自由身。

雷左才

字枚一，青浦人。諸生。

如舫樂志堂之南廂，築室半間，嘗欲以「如舫」顔之，偶閲前輩卓能如詩集，適得《如舫》一律，率筆和之。

宛在水中央，停舟納晚涼。微風吹茗竈，清影上花光。自適鳧鷗夢，時聞菡萏香。夜深風雨急，何異涉瀟湘。

胡　經

字苧川，華亭人。己巳諸生。有《吟風詩集》。　黄㾕堂曰：「雅淡妥帖，清麗芊綿。」

咏墨池

希馮遺迹半成墟，池沼猶存漸淺淤。野老空傳前讖語，山僧無復舊藏書。百年著述殘煙盡，一代才名落照餘。瞻拜荒祠頻灑涕，巍巍甲第竟何如。

東皋文讌同前輩吴屏山綏眉郁覺闇分賦得横雲山

清河匏繫去江東，枉負高名汗簡中。碧嶂丹巖誰是主，年年猿鶴怨秋風。

曹聶宏

字荆來，號西銘，上海人。婁縣籍諸生。

古詩

朦朦纖月隱，耿耿銀河垂。攬衣起四顧，傍徨有所思。憶昔少年時，邂逅見容儀。寤寐圖永好，讒言忽間之。譬彼參與商，南北渺難期。欲絶心慘惻，欲訴言忸怩。不如雙飛燕，並托君門楣。念此三太息，太息君不知。朝游芙蓉渚，夕憩蘭蕙帷。無忘金石志，自成葑菲詞。

陳鳳業

字客王，上海人。諸生，歲貢。

泖湖采蓴歌

泖湖三月采蓴絲，東風吹絲緑參差。柔如儂心繞郎意，滑如儂臂待郎持。

泖湖春光蕩波明，采得蓴絲一掬盈。廚中剩有好鹽豉，待郎歸來烹作羹。

徐國城

字心聲，號公衡，上海人。諸生。性純孝，嘗割股以療父病。著有《尊訓樓稾》。

遊馬鞍山讀張祜王安石詩

清氣生林巒，襟懷暢軒舉。平生山水心，偶此躡孤嶼。南指九峰嵐，北指五湖渚。處勢既以高，全身故應巨。土崩古剎神，膏盡明燈炬。剥蘚讀殘碑，鬼膽驚險語。古人不可作，我懷欲誰與。野鳥騰空山，斜陽促歸緒。

趙之楨

字皇士，上海人。諸生。著《闢邪論》，極詆西洋教，此最有關於世道人心者。載《南匯志》。

蝨蠏

同是雙鉗八跪形，么麽也復勢縱橫。試尋蠏志無渠類，應入螯群被蝨名。吏部杯前愁瑣碎，相君門下笑微輕。老饕願備春盤薦，不惜長平一夕坑。

范甫霑

字耕南，華亭人。武功長子。辛未諸生。海寧陳文簡稱其温文爾雅，工制藝，而尤長青烏術，爲不墜其世傳云。

送張覺菴學師歸里

錦帆聞欲趁金風，弟子情深祖帳中。申浦蟬聲因雨咽，辰峰螺影被雲籠。今看珠斗仍居北，敢望松枝再向東。倘許相隨歷陽去，一山香霧桂花紅。范氏堪輿自其先名日河者得異授，後范宏貫玉習家學有名，曾改崑山禪院爲北嚮。

莫之璋

字亭遠，又字椒亭，婁縣人。諸生。之璘子。居莫家厙，有其祖如忠知樂園舊址，重葺理之，以爲吟嘯之所。著《知樂園集》。

自賞

能存曠達意，何處不徜徉。鳥奪箏琶耳，花邀錦繡腸。曲編籬作徑，平布石爲梁。屈指吾生事，園林願蚤償。

園中秋興

晴光未老暮雲隨，鱸膾蓴羹憶此時。日永政須棋破寂，身閒全賴酒扶衰。花舠泛月風波靜，鏡閣焚香斗柄移。白髮只今成老大，囂囂真樂有誰知。「浮花舠」額，楊閣學玉符書。鏡閣是三層樓，額係李存我先生書贈其先中江者。

登普陀山即事

蹤迹浮游蚤悟禪，高攀絶磴躡層巔。洞空幻出莊嚴佛，梵音洞。橋跨横分寶相蓮。長壽橋東，蓮花不過橋西。深島沙飛藏窟地，危臺龜結聽經緣。欣看波浸菩提樹，誰計家園二頃田。

唐　宏

字理言，號礪弦，上海人。諸生。著《酸窩存稾》。自序謂：詩三卷，曰「玩頤山房詩」，曰「槎瓢」，曰「久作集」，詞三卷，曰「合歡桃核詞」，曰「雙華綺語」，曰「昔邪集」，皆手録傳諸其徒云。

隋宫曲

艷色奇文必有争，山河社稷一羽輕。恨不親見張麗華，恨不早除薛道衡。迷樓高高，欲死欲逃。迷樓曲曲，欲歌欲哭。二十四橋管弦聲，隔江飛過陳朝鶯。皇天未老阿嬷老，宫人斜上生青草。

打春詞

土牛土牛爾莫喜，妄自尊大時有幾。一鞭初拂形骨銷，昨日鼓吹郊迎真夢耳。土牛有知惟長歎，以土歸土夫何患。筋力雖云殫，曷冀宰相看。君不見，齊之火，蜀之木，功歸諸葛與田單。

扛船

灣洲數十灣，泥深陷歸棹。東西兩艟艨，亘絶潮汐道。我亦無奈何，對月坐長嘯。東船相識人，知我性情躁。上岸復上船，袒臂轟呼叫。一時聚首者，暫學朱與奡。氣盛不知疲，事誕但聞笑。掀船如掀車，瞥眼出於淖。鄉井真古風，斗酒奚足勞。舉櫓唱吴歌，草根明熠燿。

桐廬道中

石子白于砂，鴉舅赤如火。古松絶夭矯，群峰皆裊娜。高低樹聯絡，瀠迴水包裹。路穿慢牽繂，山轉快捩柁。耳目足豁達，襟期化偏頗。同行各會心，蓬窗盡兀坐。不及展書卷，奚暇啖蓏果。西指子陵臺，茫茫白雲鎖。

雨中舟行入横巷

揚帆過急灘，風水莽吞吐。前却類簸糠，三老大聲呼。仰看嚴州城，冉冉墮雲霧。明滅兩浮屠，濃淡萬楓樹。畫本觸目來，詩料罔不具。須臾驟雨至，昏黑錯旦暮。仄坐蓋疎篷，艙中漏如注。奇境不可探，我懷向誰訴。開箱檢棉衣，擁鼻覓新句。蘭谿到未能，鉼罄何從酤。

遲吴曙岡不至

青霞夫如何，乃在南窗南。南窗時啓閉，螺髻如窺探。相望而相思，何不策遊驂。今朝積雨霽，彌覺春酣酣。咀嚼淡泊味，苦作乾銀蟫。延陵吴季子，攬勝亦所耽。會當俟其至，攜得酒與柑。共訪塵裹洞，題名雲根菴。

鶴沙看菊夜飲鶴雛草堂即事輒作長句

秋水見底秋天高，籬菊正放陵霜苞。小齋百本看未足，興到咿啞乘輕舠。主人不交寒温語，直造菊所殊粗豪。或以紅紫别位號，我意肥瘦均風騷。封殖頗費三時力，排列祇博一字褒。著譜人人石湖范，領趣個個柴桑陶。日晚路遥謀偃息，夜饌大累郇公庖。天生别腸善貯酒，復有左手能持螯。棲禽驚起人未寢，絳蠟凝作銅盤膏。一年菊花復幾遭，古人夜遊良有以，奚患冷風侵綈袍。君不見，瞿家廢基百畝餘，茫茫瓦礫與蓬蒿。

秋懷

桂有餘香露未乾，霽光浮瓦倚欄干。重陽氣候勝重午，采菊風流過采蘭。冷眼漫看蒼狗幻，薄綿乍覺鯉魚寒。一年好景人人健，鍛竈藜牀儘足安。

金陵雜詩次黄貫芬韵

詩境茫茫水與煙，蕩開桃葉渡頭船。一般世上垂楊柳，植向秦淮便可憐。

張大中

字安道，上海人。諸生。

贈鸚鵡

丈室誰同惜寸陰，緑衣使者最知音。碧窗人静深深語，紅藥詩成細細吟。一日雲霄能振羽，十年花月且盟心。嚶鳴黄鳥聲相應，鼓吹常登翰墨林。

方　清

字浤一，青浦人。諸生。案姓顧。

塞下曲

上將琱戈冷，名王毳帳温。蓮花開幕府，柳色映營門。雪霽雙鵰下，雲寒萬騎屯。還過隴水上，嗚咽欲消魂。

同友過萬佛林

爲躭蕭寺寂，挈伴一閒行。江上煙初卷，山前雪正晴。雲寒低鴈影，樹静帶鐘聲。更入仙巖裏，空香澹物情。

黄有源

字呈濤，青浦人。諸生。

讀書東臯

一尊濁酒讀《離騷》，咫尺湘靈似可招。黯黯青燈孤影怯，數聲疎雨在芭蕉。

徐　基

字宗項，華亭人。由嘉定學廪貢官蕭縣訓導。著《十峰集》、《景蘇閣集》。《四庫全書存目提要》謂《十峰集》皆集《赤壁賦》中字，錯綜盡變，殊極巧思，雖才人狡獪而别開奥窔，允爲詞苑之奇。卷首有陳元龍序，集《聖教序》中字爲之，可云競敵。

憶明心寺舊遊作

原序：己酉歲讀書寺中，荷池山房，今不復遊者三十五年，猶憶八景，恍然在目云。

蘭宫美景昔曾遊，於今過去四十秋。鹿鹿襟懷非疇昔，行見須麋同鬚眉。將盡白。惟有山間景不變，夢見須臾瘖且羨。觀音藏石在蒼龍，衣裳色相中皆空。開堂開士士如虎，是人非虎名可顧。倚天危巗起七曾，層同。仰觀可望不可登。翩翩鳴鶴放萬里，一去來歸亦千歲。二木成行日月長，虬盤蛟舞鬱蒼蒼。上方四壁輪扁造，壁景同影。縱橫斯世少。松雪喜之披狼毫，露洗霜飄久不消。水宮仙子赤白色，出泥窈窕陵波立。長者知可少月山，高哉見地未能攀。棲客攜尊時薄暮，遇目歌詩更托賦。風來夜半響木魚，誦聲在耳何如如。寺有脱沙大士像，義虎講臺、華巗塔。寺前鳴鶴橋，古檜二。殿壁壁縫花紋，趙子昂手書字迹，時寺僧長名知可，少名月山。

敬識鴻洲公信古餘論及庸齊日記卷末原序：我宗名賢輩出，理學大儒，首推比部，崇祀鄉賢，著述極富，而梓本流傳者少。得從家孟心在范處讀是二編，爲識卷末。

遺籍藏來久，開章危坐披。後天方動處，萬物未生時。成德風何渺，正蒙道在斯。千秋皆仰望，步武自如之。憲副厚源公又爲理學名臣，著《餘齋恥言》二卷《明善東堂詩稾》。

登釣臺謁嚴先生祠

石道巉巗千尺松，予今危步揖高風。子陵如在安昌里，光武曾無長樂宫。坐處可觀秋水白，飲時更喜夜山空。客星終與漁人侶，應笑從龍出海東。按先生本傳曰：會稽餘姚人也，後乃耕於富春山。又按《南陽人物考》曰新野人，有古碣可考，世傳餘姚，恐謬。安昌里屬南陽府棗陽縣界，有光武故宅，先生與同游學。

集唐

山行落日下絶壁，人攀明月不可得。葦岸漁歌月泛江，江月去人止幾尺。秋露清風歲月過，何時攜酒聽高歌。漁人相見不相問，登山臨水復如何。

詩話：司訓《十峰集》中作，皆集《赤壁賦》爲之者，蓋合前後《赤壁賦》共四百十五字，初集爲《小赤壁賦》，又《春日遊》《小赤壁賦》二篇，體擬古賦。各灑千言，洵爲巨製。嗣爲詩歌、詞曲、銘贊、書論，各體靡不精工，因難見巧。此雖游戲，要本東坡之集《蘭亭序》而擴而充之者也。惟其集本可單行，難于去取，今存此數章，以爲一臠之嗜。

即景

風輕花自落，雪盡山蒼然。嵐氣昏晨樹，松根泫細泉。素書在黃石，紺宇出青蓮。歎息煙雲老，不知枕几偏。鶴林，黃州，鬱孤臺，和勝之，山海十一，同勝之游洞，飲酒五。

詩話：司訓《景蘇閣集》中詩，皆集坡翁詩句爲之，取資古人，俱非己出，是亦一癖。然襞句較膾字爲更現成，於其中擇工雅者存數章，以見大概。

次歧亭五首韵先生《歧亭》作五韵相通，緝五、職一、洽一、泊五、屑一，遂成蘇體，今姑次之。

新月如佳人，甜酒如蜜汁。平湖春草合，近舍煙火濕。讀書蝨生氊，學道未有得。行恐歲滿三，秋風片帆急。餘生卧江海，老伴雜鳧鴨。晚來洪澤口，回首睢陽暮。睢陽司訓吕自卓，年八十三，係余同榜，過訪。雨中摘園蔬，兩脚得暫赤。稚子候淵明，酒船回太白。誤入無功鄉，坐睡落巾幘。小孫又過我，談笑雜呱泣。藜藿等大烹，每愧廚膳缺。蕭然行脚僧，何以娛嘉客。虛白以自怡，虛白道所集。望湖樓，歧亭四，殘臘獨出，歧亭一，苦寒，山海十二，東湖，南康，神宗，畫雁，過淮三，過淮一，答家漢公，徑山，次晦叔，次江一，和連雨，歧亭一，和猶子遲，歧亭三，初別子由，到官後，八咏四，得臨字，留臺，歧亭五。

范子武功生日

別號鷄窠老人，一字小范。引首圖章用「辛卯生」三字。

西郭有逸民，眷然骨肉親。雞窠養鶴髮，小范真可人。治生不求富，郭解安得貧。用筆乃其天，趙昌花傳神。詩書膏吻頰，蔚如井大春。膝上王文度，兩郎烏角巾。此公嵇中散，今似梅子真。道義偶相契，絃歌滄海濱。相期結書社，永與竹林均。待得卯君來，一默含千諄。筆硯耕學苑，松雪映蒼鱗。年年作生日，夜榻當重論。和猶子遲，古風，擬古七，次淳父，兩姪還鄉，用前韵，朱瑶，畫折枝，雲龍山，再和志舉，冬至日，浮金堂，李誠之，崔文學，芝道人，城東學舍，杭州故人，贈志舉，出局偶書，攜文見過，劉醜厮，真覺寺，子由生日，元翰知。

庚寅正月十四日范武功誕辰余先期拜祝明日遽聞訃詩以唁之

春愁連上元，野火燒青草。昨夜風月清，把酒慶壽考。今日忽不樂，舊交懷賀老。飛仙亦偶然，蓬萊不可到。公嘗爲余考核横雲山諸古蹟。浮生知幾何，萬古一昏曉。傷心范橋水，望斷横雲嶠。得喪理本均，奇志後必耀。卻入西門州，慟哭嵇山道。新年一，荆州，至齊安，哭刁，送筍，元日，丹元子，金山，姚先生，何山，哭景純，鬱孤臺，孫志舉，曹和復次，歸蜀詩，哭刁。

讀史偶成

笑山簡，習池遊，倒著接羅搔白首，無限小兒齊拍手。琴無絃，巾有酒，淵明不肯折腰爲五斗，獨立千載誰與友。雲夢胸中吞八九，人間一日傳萬口。錦茵玉匣俱塵垢，兩翁今與青山友。自憐太史牛馬走，形容可似喪家狗。太白空驚飯山瘦，長棄不憂金石朽。獨攀書室窺巖竇，後者無繼前無偶。巧偷豪奪古來有，羡君今作峨眉叟。西湖，戲趙，鐵溝行，戲禹功，蔡郎中，游西湖，張棠美，石鼓，研屏，講論語，龍尾研，王滁州，李秀才，久旱，周求書，張塄，仙游潭，石鼓，元章跋，戴家。

喜雪效歐陽體次蘇子聚星堂雪詩韻

坐看驚鳥救霜葉，争挽長條落香雪。下滿坑谷高陵危，千門晝閉行路絶。夜寒手冷無人呵，凍吟先生筆欲折。霑袍入袖濕靴底，緑窗朱户相明滅。要與六出争天葩，晨起不待鈴索掣。天王臨軒喜有麥，却怕初陽生眼纈。艷歌一曲回陽春，高論無窮如鋸屑。去年舉君苜蓿盤，聚散行作風花瞥。此去未免勤鹽齏，歸有何事真無説。要作平地家居仙，風吹石髓堅如鐵。白水山，杏花下，歐陽體，留尉氏，百步洪，江上雪，次子由，青州雪，興龍節，聚星堂，值雪，春雪，王子立，八月十日，次前篇，西山，留景文，十四韵，石芝。

醉眠亭三首

按《年譜》，先生三十九歲，紀遊松江説云：吾自杭移密，與劉孝叔等俱至松江。施注《醉眠亭》詩三絶，編於是年。今《松江府志》載醉眠亭在青龍江上，李中行所築，蘇軾爲之銘，方知先生舊遊處也，因和三首。

只有華亭李景元，號呶端合發初筵。勸君且吸杯中月，許我來逃醉後禪。莫把山林笑朝市，且將詩酒趁流年。酒醒門外三竿日，又照先生枕麴眠。題李晝，王雄州，杏花下，絕粒，碣石菴，黎眉州，谿陰堂，孔宗翰。

坐觀萬景得天全，到處相逢是偶然。雲散月明誰點綴，畫橈鼉鼓聒清眠。東州趙叟飲無敵，洛下書生語更妍。已覺滄涼蘇病骨，敢將衰老較前賢。涵虛亭，湖上，夜渡海，寒食遊，會獵，與潘飲，浴日亭，復來杭。

浩歌長嘯老斜川，江上東風浪接天。醉裏未知誰得喪，夢中相對各華顛。困眠不覺依蒲褐，起舞從教落酒船。惟有此亭無一物，偶題詩句不須編。林侍制，燈會客，失解飲，飲湖上，周長官，戴花，涵虛亭，寒食。

贈豐縣教諭吴昉桐城人，副榜。

馬入塵埃鶴入籠，欣然雞犬識新豐。乘槎我欲從安石，却掃何人伴敬通。晚眼儘窮千里遠，歲寒差喜五人同。客冬共吴、陸、孫、毛小飲。當年帷幄幾人在，回首觚稜一夢中。雁宕山，初到惠，乘槎亭，壺中九華，白塔鋪，猶喜還復，林玉唱，壽子由。

徵序

小菴高臥有餘清，時作《陽關》腸斷聲。未許低頭拜東野，不辭中路伺淵明。長歌自調真堪笑，坐嘯因君又得名。知是何人舊詩句，逸書閒問濟南生。雪夜，次公擇，和仲宣，次孫倅，東樓，錢塘，少年遊，春晝。

贈徐州崔秀甲揚州人，同余告歸。

朱雀橋邊看道裝，芒鞵不踏利名場。猿吟鶴怨本無意，燕舞鶯啼空斷腸。萬事會須咨伯始，一斑我亦媿真長。內朝接武知何日，從此歸田策最良。次令鑠，行宿泗，蒜山，纏頭曲，次完夫，賜酒燭，王雄州，汶公乞詩。

縱筆

相逢卯色五湖天，荒怪還須問子年。草舍蕭條誰與語，玉堂清冷不成眠。爲君翻作歸來引，許我來逃醉後禪。臺閣山林本無異，何妨紅粉唱迎仙。和侍制，蒼梧山，柏家渡，玉堂，書次中，絶粒，次參寥，陸蓮菴。

雨窗獨寤

靜對蕭蕭竹數竿，徐州少竹，聚遠樓前獨栽數竿。簟紋似水帳如煙。安心好住王文度，伴直難呼孟浩然。夢裏雲衢隘天仗，枕中琴筑落階泉。馮夷窟石非梁棟，賀監偏工水底眠。時予牀下已水溢三寸，故云。絶句，南堂，天竺，夜直，慈聖，靈隱，風水洞，范蠡。

詩話：自司訓倡起集《赤壁》體，一時和者紛紛，如黄之雋唐堂有《幽蘭》《孤鶴》《鱸魚》《霜葉》《巖桂》《鵲巢》《酒旗》《漁舟》《匏樽》《洞簫》等十賦。十峰婿路徐來。舒馭有《高士》《漁郎》《樵夫》《遊子》《美人》《歌婦》《小星》《嫠婦》《石人》《木客》等十賦，又《匏樽賦》。沈秉槐艮亭有《嘯困》《泣怨》《嘆影》《響夢》《歸飲》等十賦。鍾長泳廣思有《雪月》《風霜》《星露》《草木》《山水》等十賦，又有《鹿車》《荆枕》二賦。并有制藝、詞曲，皆集。《赤壁》字爲之，無不縱横貫串，純任自然。內如中允固屬天才，而路子亦純博。絶麗，與古爲徒。乃聞路有《閩遊草》，今求之不得。至沈與鍾甚且人不知其姓氏矣，遑論其詩，附誌之以待訪焉。

馮守真

字寶初，華亭人。樾子，邑諸生。亦以工書得名。其從兄弟守禮字惕存，亦精八法。由太學生考授州同。康熙四十三年南巡，獻所書字册，奉旨入直，纂修《佩文韵府》。書成，議叙授無極知縣，在任九年，卒。

詩話：寶初卒時甫踰五十，聖祖嘗問相國王文靖曰：「詹事沈荃後誰爲善書者？」文靖以守真對。促入都，已前歿矣。故吴日千輓詩云：「長留翰墨輝今古，空自聲名達冕旒」。

維揚送魏惟度讀書西湖

長夏扇炎風，落日邗溝暮。駕車新城門，告言西湖去。會晤不斯須，别離一何遽。含意兩躊躕，悵焉在歧路。君行亦何爲，勳名云未樹。下帷廣川書，抽筆相如賦。藻荇灑襟期，林巒供噓吐。秀州屬我鄉，且晚屢延顧。聞君訪舅氏，家在南屏麓。墳索固幽探，《渭陽》亦三復。密戚奉心懽，蘭友睽忠告。連山秀浙水，西子注天目。尋異寄遠心，攬勝愜遐矚。翔鵠慕層雲，野鶩戀隈澳。浮沈每自覩，良由哀所欲。離調鮮諧聲，敦誼在所勗。

平戎驛晚眺

古驛空山裏，民居遍土房。千峰昏積雪，四境接窮荒。鄉國迷雲樹，邊城望夕陽。旅人中夜起，淒絶是西涼。

送自牧和尚歸待山

忽生歸岫想，野色動孤笻。雙屐將何往，千山無定蹤。揚帆隨曉月，挂錫趁昏鐘。到日傳心暇，先呼鉢底龍。

河湟石峽山

峽峻風聲急，洪流喧浩亹。雙崖遲夜月，危壁映朝暾。湟水依山險，峴峰積雪繁。遥知西域近，應得問河源。

行經華陰

華岳岧嶢出半空，停驂遥望帝京雄。黄雲萬里低秦樹，清渭千尋繞漢宫。曙色曉臨仙掌動，春光晴散石蓮通。武皇祠廟蕭條盡，昔日繁華想像中。

九日鄜州城樓登眺

天畔危樓覽四荒，蒼茫獨立雁千行。西羌日落清砧急，北塞秋深畫角長。澗静碧流疎宿雨，山高紅葉映殘陽。隻身異地多憔悴，愁對茱萸憶故鄉。

送張紫垂計偕北上

丹楓白苧朔風初，惜别臨歧悵望餘。夜雨篷船三寸管，夕陽驢背一囊書。張華博物來京國，司馬陵雲奉屬車。明歲看花煙市暖，先分春色到荒廬。

屠文漪

字漣水，號蒓洲，旭長子，婁縣人。諸生。有《漫吟草》《詩餘草》。其詩傚石湖、誠齋，駸駸入室。又工算術，著《九章録要》一卷，人稱其簡括。

偶作示僧松野

不帛身仍穩，常蔬舌自便。拙應無妄計，病或是禪緣。骨相休看鏡，襟懷欲聽泉。塵中誰可語，書寄衲僧前。

小庭

庭院纔方一丈餘，遣閒聊復出階除。高柯已葉仍須灌，小草能花即不鋤。何處遊蜂如過訪，向來馴鶴久相於。悠然拂石牆陰坐，藤架斜安一卷書。

病起書事

病學尊生百慮捐，一鑪一榻得安便。夜衾稍薄添衣覆，晨粥寧遲讓藥先。數息只將疲眼合，把書仍倒醉頭眠。無才懶散差堪樂，政爾寒窗日抵年。

秋日咏懷

功名休話徹侯封，生長衡茅且放慵。午榻夢隨寒圃蝶，夜階吟和淺莎蛩。於今望士誰燋石，自古儒流或賃舂。會買扁舟成泛宅，冷煙涼月釣吴淞。

遥和葛木公五十書懷

疎嬾都將意氣消，不妨生計落漁樵。桑因分種常先壓，竹爲新移却禁澆。山近夕嵐昏似雨，湖寬秋漲怒于潮。此中好著元真子，誰説柴衡苦寂寥。

浮名懶待問松圍，軒冕塵埃夢已稀。耕向葑田分雁膳，釣拏煙艇拂魚衣。牀琴静撫調高下，閣帖閒臨較瘦肥。應笑往時彭澤宰，久荒三徑悔前非。

二水舅氏以詩見示次韵

知君詩思寄餘霞，散步徐吟每日斜。醉裏欲嗔人乞字，醒來催唤婢供茶。劚殘龍籜千頭笋，看盡虬枝百架花。詩筍及藤花。肯念蓬門耽病客，短檠長榻過年華。

屠宸楨

字周士，旭次子，婁縣人。諸生。有《醉經堂詩草》。

楊陸榮云：「漣水、周士兩先生別具手眼，詩取清真，惟鍊乃潔，自然圓轉。惜漣水故後，二子繼亡，周士又有胠篋之累，以致全稿散失，難求全璧。」

西谿晚步

秋來谿上好，閒作放歌行。水映穿林月，風傳過櫓聲。亂霞虹欲斂，叢竹鵲群鳴。吟咏歸來晚，鄰家燈火明。

漢高祖

鳴狐逐鹿苦紛争，垓下真成孺子名。莫詡手中三尺劍，會求俎上一杯羹。進錢漫使英雄語，起舞頻牽兒女情。他日更難回憶處，壞家原不屬韓彭。

病中言懷用西涯集韵

一甌煎茗一罏香，花影雲陰過曲廊。午夢欲來先意倦，宵吟得句忘更長。潛藏自喜同琴盋，老大何須感鬢霜。却愛病中塵事少，連朝詩課未曾荒。

癸未除夕

誰家爆竹遣年華，小市塵喧竟夕譁。瑞雪無多消易盡，串煙不定直還斜。香醪取暖隨時酌，蠟炬迎春作意花。久病却緣疎筆札，傭題吉利貼窗紗。

客有平原返舊廬，當筵把袂悵何如。重斟昨日萸囊酒，申約前期雁帛書。湖上故山應遲駕，梁間落月憶群居。萍蹤聚散渾閒事，却有閒情未得除。

閒居偶與

未羡燕人懷石，漫誇愚父移山。莫問意無意處，且安材不材間。

趙　顒

字盥孚，青浦人。洞子。諸生。

夜過鳳凰山

歸途遵泗濱，洄沿日云暮。倚棹望遠峰，微茫隔煙霧。須臾初月明，漸辨前谿路。洲渚何縈紆，林巒復迴互。顧瞻山中雲，遥睇月外樹。緬懷陶公詩，臨風起遐慕。

陳王陛

字敷均，號鱸江，上海人，占嘉定籍。廩生。以能文名，爲巡撫慕天顔作《重修滄浪亭記》，稱意，留幕中，薦爲教諭。擢□□知縣，卒於官。著《懷古堂詩文集》。

因生弟雨中索詩漫吟

金鴨香殘晝漏移，落梅風細薄寒時。推窗忽見空濛色，濕盡庭蕪人未知。

國朝松江詩鈔卷二十三

鄉人姜兆翀孺山録
張培齡且耕閲

沈天成

字上章，華亭人。康熙十三年，閩藩耿精忠反，天成與梁谿嵇永仁、會稽王龍光同在閩督范承謨幕，承謨被執，天成等亦被械繫，囚獄三年，抗節不屈。聞承謨殉國難，即自經死。事聞，贈國子監學正。

《漱芳齋詩話》：嵇留山《抱犢山房集》載《和淚譜》及吴陳琰所作傳，知天成本姓俞，名積治，字瑞初，自其曾祖玉鼎，嘉禾人，官松郡司馬，没于官，遂家焉。積治兄積沛爲夏允彝門人，及夏殉難，積沛從之，一家星散。積治時年十三，其生母徐氏攜之匿舅氏沈公家，沈曰：「今日幸免，天也，他日必當成立。」因冒沈姓，名天成。後娶朱氏，生四子。遊京師，嘗應禮部儒士試，素工詩歌。被禁後著詩一卷，曰《聽鵑集》。又纂《花譜》一卷，及和嵇留山《百苦吟》百首，是以炭屑畫于四壁者。學正煌煌祀典，俎豆千秋，因從《和百苦吟》中存一二，以發幽光。

和百苦吟存六

撼海摧山鼓烈風，蚩尤似欲拔蛟宫。分明天意同人意，好挽危檣黑浪中。颶風。
望斷關山淚雨紅，不堪蹂踐夏臺中。騰身灑脱塵埃去，屐齒逍遥訪遠公。泥濘。
暮笳悽咽正黄昏，無語空憐杜宇魂。鄉國不知身尚在，清明爲我買雞豚。昏黑。
宵來點點似珠懸，濕透鶉衣帶淚痕。海國只今多旱稾，如何不灑麥苗邊。屋漏。
簷溜盛將水半盆，湔除塵垢不嫌渾。泥塗自喜肝腸潔，夜夜清泉濯夢魂。旱澡。
滴滿春江淚已乾，每逢時序倍心酸。陰房未得瞻天日，昨夜家山夢裏看。淚眼。

宋際

字峨修，華亭人，居青村。官聖公府司樂。著《青霞詩稾》。初，際以天石爲婦翁，又親炙日千，學有淵源，故所造日進。

王玠右曰：「古之爲詩者爲風人，今之爲詩者爲才人。風以情深，情以才掩，獨峨修豪而不亢，華而不靡，氣志相和，才情相比。」

詩話：峨修兄弼，字采臣，以貢授高苑令，有賢聲。縣有積逋，爲捐俸代完，並籌官出輸賦之費，使不擾民。又修《高苑縣志》，極有體裁。峨修與弟簡臣遊東省，以詩文名，故聖公推選及之。峨修任司樂，簡臣任典籍，後兄弟在魯，修《闕里廣志》，以呈合肥龔公。龔大爲擊節，志遂傳世云。

贈周匏舟

匏舟、勒卣宿來叔，勒卣稱其博學，有行誼，尚志節。有詩數百篇，王玠右序以爲閉户高吟，大抵自明其遺世之志云。

我有七寶扇，明月白團團。欲置君懷袖，無那秋風寒。我有五弦琴，泠泠正始音。欲寘君膝上，新聲代故吟。秋江澹無波，空碧寒萬里。上有雲亭亭，變態須臾起。涉江采芙蓉，芙蓉映水紅。朝爲可憐花，零落暮隨風。芙蓉好顏色，不及嶺上松。

登憑虛閣

高閣鬱嵯峨，四望但芳草。青霞照後湖，白霧停古道。江風捲煙塵，客顏爲枯槁。斗酒且徘徊，聊以舒懷抱。歡娱人自好，悲涼人自老。故鄉且莫思，思思心如擣。

李將軍甲第歌

明李將軍英多戰功，復以靖難勳封千户，守青村。其後經濟以武舉擢中都留守，自芳由進士拜都督僉事，而延庚獨棄職弗襲，爲中書舍人。延庚子唐禧不屈死台州，而青村甲第鞠爲茂草，余爲之賦長歌。

粵自有明靖區宇，從龍虎臣分茅土。就中桓桓李將軍，詔守青村開幕府。子孫赤紱自蟬聯，虎符鵲印佩龍泉。兩行棨戟分朱邸，百尺高樓凝紫煙。穠芳冉冉開春苑，明月高高照綺筵。畫閣開時迎上客，珠簾深處貯嬋娟。世世豪華擬卿相，意氣憑陵復誰讓。可憐人事須臾改，富貴榮華竟何在。昔年棟宇入雲霄，今日桑田變滄海。尚留碧血照山河，爲譜青城甲第歌。

贈陳威玉先生威玉名正容，明己卯舉人，著《欲報堂集》。

公車不復出，衡泌樂棲遲。著述期千古，乾坤付一巵。晨光鶯晛睆，雨色草參差。容易春風暮，乘閒好奇詩。正容宅在西馬橋。

詩話：陳孝廉初與十三君子定盟社，時王玠右尚在總角，後著樂府數十篇，玠右謂其議擬而能變化者，今不傳，其品概則略見于此詩。

曲阜冬至

不謂逢長至，依依曲阜閒。斜陽籠泗水，殘雪點防山。應律葭灰動，棲松野鶴還。歸家應不遠，早晚渡邗關。

寄張帶三先生

半載先生客秣陵，陳遵投轄酒如澠。紅妝應自歌《金縷》，清夜還看轉玉繩。泖上秋深來白雁，鍾山風急起蒼鷹。由來故國蓴鱸美，且有烏皮几可憑。

宋慶長

字簡臣，際之弟。官聖府典籍。著有《鶴沙》《魯游》《南華》諸稾。

同錢存野冒雪過下邳

王程不可緩，山川幾經閲。道遠豈憚勞，所畏載塗雪。盥漱指下邳，寒威自凝結。積素遍郊坰，四望何澄澈。冰凝髭鬚斷，飈疾衣袂截。人馬同饑劬，筋力亦單竭。土室依山開，聊以税行轍。飛鳥思故林，走獸懷故穴。相對逆旅間，辛苦爲誰説。

古戰場

平沙千里朔風哀，如山白骨生青苔。斷蓬荒草徒極目，黄昏陰雨聞鬼哭。憶昔漢道方承平，海内百年無戰争。桑麻蓊鬱暗四野，但聞布穀催春耕。青絲白馬忽馳突，楚豫百城盡淪没。潼關步騎三十萬，血肉模糊在倉卒。老龍蜕骨煤山頭，蛟蜃野死骨不收。東華太乙魂尚餒，國殤彊胔何足愁。

登木末亭

不識長干路，今登木末亭。雲分衆嶺白，日落大江青。埤堄臨丹巘，山陵傍翠屏。憐余爲客久，四顧歎飄零。

喜金蓬山路溟舞至

春盡柴扉掩，求羊忽見過。密林嘑鳥變，疎雨落花多。感舊生惆悵，當盃且浩歌。相逢誠不易，休問夜如何。

游李舍人舒章廢園

舍人别業有林皋，勝侶追遊豈憚勞。石磴欲連雙澗斷，山窗低壓翠屏高。文章珠玉成黄土，樓閣雲霞長白蒿。二俊百年同恨事，秋風泖上擁波濤。

錢柏齡

字介維，一字立山，號鹿窗，華亭人。機山相國冢孫，監生。甲子赴京兆試，不第，遨遊四方，晚歸老澱山湖旁。所著詩名《澱湄草廬詩存》，分五卷，起順治壬辰，迄康熙五十四年乙未。年八十四歲卒。子先卒，有孫柏齡，初與竹垞、牧仲投契，後與澹人、谷蘭唱和。其梗概約略見詩中。

詩話：機山相國身後，諸子不免饑寒，後並失其故居。其在丘家灣東北者爲日新書院，是機山父孝廉大復講學處。至機山之宅在南門内河東陸家橋北，亂後不可復問。鹿窗更寂寞荒江，後裔莫考。蔣天襄《懷舊吟》曰：「遨遊海内才名盛，歸老湖濱天地寬。鬱鬱先朝丞相柏，于今那得一枝看。」

秋日望盤山用山谷二月二日曉夢會於廬陵西齋寄陳適用韵

潞亭於京師，密邇若閨闥。一從襆被來，荏苒積旬月。雖乏蕭散情，亦謝喧豗聒。跨馬時出郊，指顧辨陵闕。邈矣大火流，凄其涼風發。未遑盧敖杖，聊結王生襪。陟彼停雲岡，脱帽晞我髮。胡來青芙蓉，極目秀可悅。得無墨胎子，此焉采薇蕨。志稱盤山幽，曾住大師鉢。五峰若匡廬，千仞聳天末。於中洞壑奇，一一流東活。噴薄來層顛，聽之竦毛骨。下視群山卑，塊然土一撮。振衣願莫酧，羞比市朝撻。空抱濟勝具，遠隔仙靈窟。有足不此登，無乃先自刖。地肺雄千巖，天平豎萬笏。方茲竟何如，碌碌敝裘葛。

登白嶽

白嶽非深山，乃於道左見。云何遊目人，往往皆歎羨。茲夏挈伴來，頗喜好風扇。洞壑中央開，雲巒四周眄。甫臻望仙亭，境界漸詭變。有峰如狻猊，千仞突一片。可望不可即，已俾心目眩。下下復上上，鳥道互迴旋。幽磵叢篁滋，怪石古松罥。行行轉蕭森，絕壁起人面。旁屆出四空，直上通一線。云是天之門，鬼斧劈誰倩。乾坤另一闢，愕眙更舞抃。遥企琳宫浮，恍疑碧城奠。懸崖覆巖廊，飛雨落珠串。劖石古字紛，架虛元關遍。紫屏矗層霄，深擁玉虛殿。呼吸帝座通，肸蠁衆誠薦。景兹靈迹奇，瞻禮復遊衍。諸峰争森羅，其勢若回眷。鼓鐘與劍旗，左右安置便。正中名香鑪，崒嵂更葱蒨。上鑄方丈銅，煙光日縈纏。旁矚意自遐，遠探勝尤擅。五老相低昂，三孤乍隱現。駝象各肖形，獨聳最高揞。草樹方敷榮，金碧謝輝絢。周覽忘鬱蒸，凡情藉灑濺。何能卻世坌，掩關事修鍊。聊從黄冠流，一飽青精膳。

自桃花源至白龍潭

小試殘日遊，不復循磴道。僻徑恣幽尋，虛谷費窮討。陵兢憩危崖，岌嶪把叢篠。駕言臻花源，萬木紛繚繞。俯首驚巉巖，側足踐荒杳。泉聲若奔雷，傾耳聽詎了。饒有花瓣流，但乏漁舟小。虛閣闃無人，古砌蘚錢老。更歷最上頭，孤亭瞰層島。巖巖峭壁立，撇撇飛流倒。磵底石色殊，朱碧燦然好。何年白龍升，留此空明沼。觸目皆詭奇，賞心八縹緲。若非縣圃翻，定是滄洲遶。回首蒼煙蒙，仿佛來青鳥。

由松門歷老人峰上小心坡過一線天至文殊院

直上十餘里，疑將排天門。何來雨松樹，屹立撐巑岏。屏蔽此暫開，諸峰若兒孫。老人起近面，崒嵂無攀援。崩石作新路，歷亂没舊痕。脚踏碧蓮蘂，頭頂古樹根。蒼龍偃百尺，蜿蜒可撫捫。鑿石得梯級，淺不容足跟。是曰小心坡，俯瞰摇神魂。更上面壁立，危慄難具論。巨靈劈一斧，僅有綫路存。舉頭視白日，早已成黑昏。縱或通天光，那辨乾與坤。轉作曲折上，蛇伏還鴟蹲。歷盡窄險徑，忽得浩蕩門。文殊選佛場，於焉始稱尊。

竹垞先生之遊㵾山也余與槎客俱先别不及偕後有詩寄及次韵奉答

案竹垞游㵾山湖，是康熙庚辰年事。

㵾山九峰祖，圖經所載書。花宫闢前代，邈焉歷居諸。言酌通靈泉，時或陟彼砠。愛此翠微路，日思結一廬。年來苦逐逐，所志不得如。客中望鄉井，佳氣空扶輿。今歲麥正秋，盛陽卻夔魖。霽煙散叢薄，嵐影浮清渠。先生侶群彥，惠然來村居。追隨米家船，遙指金芙蕖。紛乞漢隸字，散落魯璠璵。將賦吴趨行，臨風懷子胥。仍紆木蘭棹，逸興高午餘。乃復事登頓，步屧經甾畬。行遊法王域，招尋白足閭。曠望致瀟灑，澄襟無滯淤。命酒酧秦女，搜碑伐山樗。湖光上衣帶，欲下還跱躇。伊余疲津梁，學殖慙小儲。勝遊不及隨，陪奉節已疎。朴率類傖父，無乃汾沮洳。别來鎮鹿鹿，研田荒耕鋤。惟悵夏復秋，尺素沈雙魚。忽得大詩讀，頓覺鄙狀祛。逸事窮窔窌，時艱念紛挐。沽淀利誠溥，不講堪欷歔。（原詩感及河漕之難理，謂北方水利之當講也。）嘉言肆且好，清風來徐徐。悔不策杖從，靈境同攸於。徒效《于蔿》歌，草草連袂袪。得無大海畔，細流矜溱沮。

詩話：鹿窗藏機山墨蹟并李存我、夏彝仲等九人者，以示竹垞翁。竹垞謂機山是考終於江南，未入皇朝者，固皭然無滓，其餘亦俱見危授命，乃益以傅公冠、張公國維、文公安之、彭公期生、沈公猶龍，標題作十五完人墨蹟，仍歸介維，事見竹垞集。余幼時曾見録本，其原卷已失，不可考。

玉屏峰側望後海諸峰

玉屏峰勢如屏風，擁護初地山之中。左顧天都右蓮花，限隔前後分西東。山僧引我至其側，側身遠上披蒙茸。北望境界杳無際，惟見嵐氣青濛濛。中間忽豎峰數十，一一秀削錐蒼穹。石筍有矼不可辨，但見竹萌抽篁叢。參差長短勢不一，列仙初祖工形容。其最高大光明頂，頂平四斗翹稱雄。蔑視浮丘與容成，摩盪日月排虛空。餘衆亂峰復争出，層疊隱見難追蹤。誰云芙蓉三十二，屈指枚數良無窮。因思雨後雲作海，峰頂或露峰脚籠。萬頃白浪際天表，幾點滴翠浮春容。於焉乘風御氣可軒舉，寧不摇漾盪潏開心胸。

朱碧山銀槎杯歌爲谷蘭太史賦案：竹垞先生有《銀槎詩》，爲孫北海少宰作。後槎歸宋荔裳觀察，施愚山、曹顧菴又皆有長歌。荔裳没，槎又不知落何所。康熙己巳，高江村又得之於西河沿市上，傳之子谷蘭，至是出以侑酒，故又有此歌。谷蘭名輿，翰林編修。

朔風未緊綫晷長，清吟堂上芳筵張。梨園歌舞擅優孟，華燈絳蠟相輝煌。主人酒半飭小史，一器捧出乖圓方。漫省是罍或是斝，但見杈枒突兀浮精光。乃取酌酒爲客壽，且怪且飲未盡觴。主人因言是舊物，先公購得家閒藏。碧山槎杯此其是，朱提一鋌雕鎪良。傳飲幾徧争把翫，斷根枯榦横舟航。不知歲月杳何許，亦復萌蘖生其旁。有人如箕踞其上，坦襟露幘神飛揚。群然指作漢博望，杜老詩句非荒唐。所怪虛中難轉屈，旋刀鏤刻窮思量。叵羅鑿落盡頑鈍，縱累什伯詎足償。更訝款識及銘語，蠅頭細勒分毫芒。七言斷句妙咏歎，四字介壽何高蒼。溯自至正乙酉始，製就迄今三百六十餘星霜。杯尾有「槎杯」二字，首有「岳壽無疆」四字。又詩云：「欲造明河隔上蘭，時人浪説貫銀灣。如何不覓天孫錦，只帶支機片石還。」其款則云至正乙酉年朱碧山造，下仍有小印二方，篆隸正書俱工。我聞碧山造此亦無幾，僅效三雅人稱揚。邁唐軼謝遑桀黠，能事孰不推西塘。松江唐俊卿、平江謝君餘兄弟皆同時銀工之巧者，碧山名華玉，今嘉善縣西塘鎮人。容臺京邸甫得此，足使勝事垂歡埸。顧余先日歸江鄉，未遑手把醉酒漿。長歌見示苑西集，心焉艷之良不忘。即今獲覩斯爵康，注以醇酎甘且芳。賓朋雜沓參笙簧，主人笑語融春陽。沈沈虬箭夜未央，撫今念往情茫茫。抽毫率賦慚報章，何由坐此直上窮銀潢。

題山農雪景

泖莊老人吾老友，吾生甲戌君癸酉。燕市相逢正壯年，嶺南歸日俱稱叟。比來連榻清吟堂，叙舊言歡共文酒。况君六法追元人，設色尤工黄子久。燈前酒後興或來，北苑南宫任驅走。時當六月火雲驕，蒸鬱填胸汗淹肘。安得六花飛滿空，炎威遠屏凉生牖。喜君弄筆争化工，點綴雲巒布林藪。不知誰撒空中鹽，倏忽青山盡白首。山間茅屋悠然開，就中人是袁安耦。應有冰心到底清，了無塵滓豐其蔀。吁嗟泖莊洵可人，繪聲筆妙難容口。非君懷抱朗玉山，白銀世界安從取。請看尺幅堂中懸，一洗煩襟更何有。

登小孤山絶頂

片笠孤亭千仞峰，陵矜雙屐俯高空。大江形勢浮天外，南國襟喉入望中。杖底白波何滚滚，帆邊翠岫只濛濛。寺鐘驚起神鴉陣，飛過彭郎一水東。

烏聊山和雪和韻山有汪越公祠。

古祠芳酒奠申椒，六郡同瞻一代豪。怪石滿山堪作供，長松無處不飛濤。芙蓉城郭浮空翠，衣帶江流漾小舠。遥想當年歸義日，幾回心事費爬搔。

曹港步元人師華舊韻

原序：志稱南北兩曹港，疑以曹宣慰名。蓋爲港上舊有宣慰宅，而引師華過曹港詩以實之，理或然也。師猶及見宣慰盛時，感慨有所自來，而趙松雪書澱山普光王寺住持所撰《衆福院記》，極稱宣慰施捨功德，則宣慰富貴亦可知已。記但謂郡西北五十里有港曰醃魚，故宣慰曹公居焉，志亦稱南曹港即舊醃魚港，又可互證云。

爲是澱湄垂釣侶，扁舟來往此間多。野田難覓繁華第，落日惟聞欸乃歌。承旨今猶餘翰墨，宜官昔已慨煙蘿。回思四百年前事，聲勢轟天竟若何。案師華原作見府志。

題褚登善隨清娱墓銘拓石

序謂武塘魏子髣韓見示其本，云唐永徽中登善刺同州，夜於西廳夢見一女子，泣而前曰：「妾本漢太史司馬遷侍姬，姓隨，名清娱。趙之平原人，年十七歸太史。因周遊名山，攜妾於同，會太史去京物故，妾亦尋憂傷以歿，瘞於長樂亭西。上帝憫之，俾司此土，代異時移，誰我知者，用乞一言銘墓，以垂不朽。」登善寤，遂銘以書之，故世傳有此碑。因書一斷句，以代跋後云。

發憤書成名已傳，埋香事隱竟誰憐。惟餘片石寒陵似，憶得西廳致語年。

上方山

孤山入口溯巑岏，犖确崎嶇上幾盤。三百級梯仍壁立，一笻撐破萬峰寒。靜中鶯燕語偏嬌，曳上春風到柳條。好覓清修老宫監，筍葅閒共説先朝。

畢大生

字雨稼，號豫瞻，青浦人。上海貢生。少有才名，詩宗范、陸，書法李北海，並擅填詞。所作《帆影》《簾影》等闋，大爲時所稱。康熙乙丑、丙寅間，遊京師，與朱竹垞、查悔餘、魏雨平相唱和。久之，無所遇，還客山東。後以寥落終，無子。著《秋蘭介雅堂詩》，宜興蔣景祁刻之。弟大啓，能畫。王司寇蘭泉《詩話》謂其一女適葛氏。葛之女歸于王，因得其詩，選入《青谿詩傳》云。

秋林夜坐

我愛松竹林，此中多佳趣。獨坐無一人，曠然謝塵御。青山入余懷，明月挂高樹。夜深露華滋，涼生在楹宇。獨抱千古心，優游自來去。

蓬萊閣觀海用東坡韻

洪濛一氣陵蒼空，群山削立波濤中。千頃萬頃渺無際，目光窮處鮫人宫。憑高搔首叫奇絶，不待蜃氣稱神工。日月簸蕩嘯鸞鶴，雲雷噴薄奔蛟龍。秦橋禹碣不可見，海上那有方瞳翁。眉山禱海幻影現，詩句無乃欺英雄。君才或可致奇怪，寒喰如我同郊窮。我來秋早歲未晏，此物頑鈍難通融。到官五日適然見，益歎靈秀君獨鍾。乃知人生遇不遇，游眺亦別裔與豐。臨厓掬水鑒我影，不比人世有暈銅。我家濱海本連接，安得一帆如意風。

送友歸里

落日黄沙客路寒，風裘雪帽馬嘶酸。掉頭便去真奇士，仰面從來怕熱官。話别淒涼停午飯，到家歡喜供辛盤。水邨與爾原同住，寄語衰親近小安。

江行荻港

鵲頭鵲尾水沄沄，南北江從此地分。千嶂凝寒初閣雨，一天潑墨正囊雲。泥沙滚滚秋魚隊，葦荻蕭蕭落雁群。好趁平流過舨子，莫教篷影挂斜曛。

陳　治

字山農，號泖莊，華亭人。監生。工詩。平生好遊，足迹半天下，然能卻耿精忠之招，可見風節。晚歲家居，詩酒自娱，兼善丹青，工歧黄。著《貞白堂集》，聞尚存其裔孫處，然求之不得。

憶舊

清漏沈沈楊柳風，當時送客小園空。春樓燭暗聞花氣，人在重簾暮雨中。

無題

腰妬楊枝髮妬雲，斷魂鶯語夜深聞。秦樓應是春風誤，不遣羅敷嫁使君。

潘鍾麟

字霄客，號層峰，華亭人。以典史陞縣丞歸，所居即朱國盛交山堂，疏泉剔石，日與名流往來。嘗置堂額曰「留詩草堂」，又刻小像于堂，而自題其上，曰「詩卷長留天地間」，其自負如此。著《深秀堂詩集》若干卷。又有《乞酒詩》五卷。其詩似患才多，爲存其清澈數章焉。

漫興

一雨足農事，沿村著漁罾。雜坐滿歡呼，家家種秧酒。我家北郭北，十年家食久。多半漁樵侶，習聞沮溺耦。牧笛過危樓，響調諧擊缶。素與若輩狎，優游涉畎畝。園林秀花竹，籬落接榆柳。鄰近皆坦率，視我等村叟。彼乃得温飽，豈知我掣肘。賤固分所安，貧已到八九。正不及良農，還租剩升斗。泰然遂無擾，不知吏虎某。

醉翁椅

我本非酒人，何取醉翁座。意固不在酒，聊以坐代卧。冥心排静攝，四體如箕播。高枕任無憂，非敢妄偷惰。納息數微微，長善兼省過。晚節幸可安，虚空已粉破。虎踞南面威，勢燄豈不大。一朝黜去位，弔者即前賀。濫膺民社責，瓦全能幾箇。攤飯姑摩腹，朗朗聽兒課。殊覺此間樂，欠身醒百和。

南禪寺酬自修和尚

秋日澹微陰，平肩走五里。城南訪香刹，老樹綴黄紫。樹下洞軒窗，楚楚瓶拂几。有客聳鐵石，骨秀而神美。濯魄海潮音，利沫蛟龍齒。三年空手回，彼岸詎在此。六尺寄蕭條，拄杖穿帳紙。月光撲孤鴻，肅肅夜半起。疎鐘落簷前，寒蛩入草裹。所得竟如何，令人味根柢。别公久忘言，報章又何以。

晚步

晚步青谿上，谿煙欲濕衣。亂鯈浮水出，一鳥背山飛。樹色斜陽斷，人家野火微。蒼頭頻見促，我意未能歸。

漫興

變化雲霞百萬重，陵空幾樹欲成龍。青山吾學陶弘景，白社人誰雷次宗。畫到石根盤骨鯁，香消酒力耐花容。此來獨照禪燈坐，打破僧窗夜半鐘。

乞酒詩

層峰著《乞酒詩》五卷，幾於同郡中人人乞之矣。其小序云「偶思小飲，豈望酒泉，不意微吟，遂成詩卷」云云，此亦一韵事也。爲存一二章以見大概，此事在康熙後壬寅。

畢上舍雨稼

漂母祠前南北分，君歸我去立斜曛。廿年别路依然憶，萬事浮塵無可云。緑酒紅裙堪寄興，青山白鶴欲離群。年來未肯荒良夜，吏部牀頭想共醺。

葉司訓襄成

鳳毛那肯冷鷗莊，浪迹金門拭劍鋩。氣意直空千里外，交親多在九霄傍。芳筵忽接思張翰，薄宦難支作孟嘗。眼底如君天下少，我從戀語索瓊漿。層峰尚有峰泖人文之作，叙述舊人，可資文獻，惜已失。

潘鍾麒

字殿求，霄客弟，華亭人。著《澄秋書堂詩草》。

野步

躡屐循春陌，晴雲入望低。桃花村巷外，燕子畫樓西。水曲漁歌杳，峰高塔影迷。欲歸新柳岸，風送紫騮嘶。

懷俞懋宣張絅文朱曾枝讀書宜園

少年同學盡從軍，絳帳還憐剩有君。千古文章終定價，一春風雨獨離群。樽前紅亂時添鳥，閣外青分曉放雲。相憶何堪頻作賦，萬方笳鼓正愁聞。

孫彬

字古餘，號卓菴，華亭人。有次中峰大師《梅花百咏》及《七十二候歌》。

詩話：卓菴《梅花詩》限于神、真、人、塵、春五韵，此和中峰大師及明孝廉李確潛初者，而其中句如「大地文章開草昧，中天風雅動騷人」，「特從月窟開生面，不學天台賺俗人」，「玉衡星下争先客，金谷園中世外人」，「殘臘賴君扶正氣，蒼天勅爾伴閒人」，「娟娟欲借霜爲粉，皎皎還嫌雪亦塵」，「疑傳西母瑶池信，不染王孫芳草塵」等句，人皆以爲工云。

酬蔣雪堂次韵

閒來居木石，矍鑠孰如君。欲叩青囊術，先披黄絹文。卧龍終有躍，隱豹豈無文。貽厥孫謀遠，書田肯力耘。雪堂案頭有怪石供，峰巒秀異，細叩之則木也。崇禎間，太湖漁人網出湖中，吾鄉林衷齋先生得之，今歸雪堂，顔其室曰「木石居」。

遥哭陸子元師

暌離二十載，馳想隔關津。圖畫先朝夢，文章異域燐。向來鄉信斷，此後旅魂真。愁聽雲間鶴，聞聲淚滿巾。

詩話：子元之卒，在康熙庚申間。又閲數年，至赦回吴漢槎時，亦許歸櫬，其子扶柩歸葬。故金漢威詩云「得歸白骨抵生還，合子倉皇來塞外」云。

朱　軒

字韶九，華亭人，國盛子。貢生。性恬退，工書畫，而畫尤得董文敏筆意。

詩話：韶九幼慧，五齡就外傅，一夕隨師城上玩月，明日若有吟聲，問之，曰：「那得不思量。」促之，曰：「城頭看月光」，居然成句也。營別墅于通波門外，偃游其中，藏有水晶宮道人遺硯，蓋趙承旨故物云。

自題山水畫屏壽王農山六十

先生青鬢拂衣久，蕭疎門巷垂碧柳。杖策逍遥藝秫田，巖阿結構開林牖。竿投浦溆鷗作群，客到松堂鹿自守。與予詞賦相周旋，愛予墨戲師輞川。輕綃十丈畫欲雨，古木千章高插天。丹崖翠壁圖未畢，先生顧之已怡然。須臾峰轉一逕出，金芝瑶草紛晴日。涓涓細瀨石梁平，渺渺遥村楓樹密。樹裏行雲逐岫開，江帆縹渺雲邊來。空中樓閣知何處，仿佛神仙注易臺。石欹苔滑攜筇客，先生笑指似貞白。懸檻秋回橘柚黄，開簾坐愛芙蓉碧。圖成先生掀髯起，卧遊不用登山屐。

答徐松之

郭外少人事，虚堂俯碧流。岸花隨步屧，水鳥掠行舟。看竹須移席，留賓更洗甌。君歸向何處，佛火近西樓。

重九前四日讌集董逢吉内弟藝葵草堂

少宰抽簪地，重來此舊遊。輞川留勝迹，臺榭幾經秋。斷靄連書屋，垂楊隱畫樓。夜分還秉燭，漁火逗芳洲。少宰宅有印浦堂，在安于道院東。

集馮紫賢清畫草堂

勝事有今日，賓朋集草堂。清尊移片石，横笛隱垂楊。月迴簾櫳白，霜寒橘柚黄。莫愁歸路晚，歌吹出銀塘。

莊永祚

字天申，徵麟子，華亭人。以貢入太學，闈試屢絀，歸。其詩詞雋拔，著《西堂詩稾》二十篇，皆性情之作，無一篇酬應者。又嘗因病三年不瘳，乃自取醫書讀之，久忽有悟，因以己意消息，病遂得差。後爲人醫，於醫所謝不可爲者，一服輒效。因輯《醫案》一書，吴日千序。詩話：天申有《送窮詞》云：「明知君不俗，柰我無清福。相送瑁湖西，松筠有舊棲。」日千謂天申悉以窮相惠，乃作《留窮詞》云：「我既留君不去，友朋又送相添，華宗無數共周旋，但覺多多益善。」趙柳介又代窮爲答云：「有客嫌余欲送，先生愛我相留，相留相送總無休，世上惟余耐久。」此皆所謂惟窮能窮者也。

寶雲寺

放棹依殘岸，探奇入寶雲。池湮猶帶墨，碑斷不成文。小院蟬聲静，空庭落葉紛。相逢開士話，林末已斜曛。

步月映海禪房同人分韵得深字

相攜入古寺，初月照空林。野闊吴天迥，秋高海霧深。疎鐘催落木，旅雁雜清砧。坐對高陽侶，長歌露欲沈。

莊永言

字祉如，永祚從昆弟，華亭人。監生。著《澹園詩草》。

詩話：祉如與姜萬青同創大雅堂文會，觀集中四詩可見。堂即祉如所居，至其子咸霑猶居之。觀馮一樓《大雅堂觀菊》云「此日猶存大雅堂」是也。計當在秀野橋左右，今則欲訪其故宅而不可得矣。堂中人物則姜萬青云：往予與莊子祉如、張子起占淵、閔子介申瑋、傅子鹿野爲楫、陸子孝穀祖琳、宋子聲園志梁、金子漢威嚴慎、高子遠修曜、陶子穎如等二十餘人，相約爲日課。時則張南映棠長史昺年最少。又四年，而得邵子孝因、陸子紫湄祖麓、戴子丙章十餘人云云。此可見一時之盛。故焦南浦年譜亦云「郡中文會，大雅極盛，故亦往焉」也。惜其後如姜如張皆雋而旋殞。祉如又蹭蹬不遇。周丹壑輓祉如云：「厄遭陽九，丙舍莊谿。」可知其以貧賤老矣，此文會之所以輟講歟？

留侯椎

五世相亡韓，千金求死士。東見滄海君，西窺咸陽市。鐵椎不可當，鹵簿何足恃。狙發博浪中，龍戰飛沙裏。既奪沙中魄，還向沙丘死。一夫志不違，萬乘如敝蹝。

戰城南

勒兵六傳城南窟，投石衝鋒劍河竭。雪深馬僵指斷折，寒膚著鐵皮皸裂。軍中七日不火食，手殺賊人吞熱血。漢懸千金購首級，夜半銜枚身直入。天愁地黑聲啾啾，鞍下髑髏相對泣。偏裨背負八十創，破旗裹尸横道旁。殘卒忍死哭空城，露布獨有都護名。

七夕後二日陸蘭陔大參同張洮侯漢度盧文子董樗亭趙雙白張梅巖高季真鄒仲堅徐安士盧王訪姜萬青陶穎儒黃瞻朗高槎客伯氏武秋過集南華堂校書舒鴻在座即席分韻同賦

生平慷慨時將暮，不與五陵任俠跨紫騮。萬事攖心雖跼蹐，故人猶足挹風流。七月雙星橋已度，梧桐玉露未驚秋。相對賓朋事良會，珠聯璧合何綢繆。一杯今在手，陵轢武安侯。耆舊争先達，新知占上游。聚首蕭齋只共醉，奚必登山臨水羡科頭。

秣陵道中

偶應梁園會，驅車事遠行。岸花依水麗，曉月傍山明。野店飄帘影，寒雲過雁聲。銜杯將授簡，敢負惠連名。

寄懷計子山

幾載燕山客裏登，才名天下屬吴興。何當倒屣迎王粲，亦有驅車事李膺。歧路花枝争似洛，故園杯酒況如澠。狂來草聖雲煙捷，懷刺寧言到五陵。

答郁宣夏

何人奪幟最稱奇，作賦才名屬左思。白釀浮來酣讀史，青山到處快裁詩。當時車笠原同調，自古枌榆莫後期。擊鉢彈棊多不羨，一竿且傍謝家池。

大雅堂讌集

一夕雕盤萬古情，祇將詞賦集群英。鄴中不數高朋會，潁上還占列宿明。獻策幾年甘落拓，論交此際有逢迎。筵前且共人文聚，何俟攜尊聽囀鶯。

三吴才子共徜徉，顧及連鑣興愈狂。聲價一時皆趙璧，風流滿座總荀香。疇將彩筆雄當世，敢負高車動四方。今日偶然成勝事，文辭勳業兩茫茫。

故國文壇數十年，依微廣樂奏鈞天。空餘鳳閣傳經裔，及見龍門作賦賢。雲遏清歌聲縹緲，月浮翠袖影翩翻。只今上客懷遺事，耆舊當時早著鞭。

平生浪迹且婆娑，爲遇嘉賓意氣多。三逕羊求偏見訪，中原何范許頻過。賦成勝事傳梁苑，坐遍名流紀永和。吾輩相逢肝膽在，青雲萬里未蹉跎。

普照寺六景

懷晉軒

宋晉水禪師說法處。

祇林舊址晉時基，晉水重來説法奇。自昔名流原不斷，空餘軒檻繫人思。

詩話：懷晉軒爲六景之一。又寺東偏有景蘇閣，閣下爲海月東坡像，緣寺僧慧辨賜號海月，傳法于天竺，時東坡倅杭，與爲方外交，將示寂，遺戒待坡至合龕。四日，坡至，趺坐如生，作三絶哭之。塔在浦南永福菴中。若寺中堂額，陳眉公題，董文敏書。至康熙十年，額顛而碎，閣亦欹，二像遷于西廡。

范　纘

字武功，居笏谿，即以自號，華亭人。監生。品行粹温，學問奥博，工儷體文。其詩詞劇鉢生新，巧不可階，兼長書法，畫尤精詣。至堪輿家言，尤其世傳也。著《四香樓集》三卷、《詞鈔》三卷。

黄宫允唐堂曰：「探索奥博，出人耳目之外；心細而靈，出人思慮之外；其才新逸，出人手筆之外。」

詩話：笏谿十五歲時，謁梅邨祭酒，命賦《桃花篇》千三百言，梅邨賞之。乃悔其少作，删去。又于葉忠節席上賦欠山詩，末云：「有客夜歸迷舊路，隔村樹黑遠疑山。」今亦不存，則知其詩之軼者尚多。

題漢宮春曉圖

麗日遲遲漢宮曉，曲折雕牆林影繞。金莖露灑萬年枝，一帶晴霞紅窈窕。和風微扇花裏香，玉闌橋轉接長楊。十二通門嚴未啓，龍池水暖坐鴛鴦。蟠螭燈收鱗甲落，雙飛蛺蝶還棲泊。井榦樓高垂翠簾，觚棱闕下含金雀。春禽嗁暖柏梁臺，漸見宮娃寓直回。鬟掠蟬光天上宿，袖翻鴻影掌中來。是時君王凭前席，得傍天顔纔咫尺。清吴春波和延年，趨走中涓相絡繹。晨昏絲管醉蘼蕪，寵怨代謝無時無。阿嬌無夢歸金屋，玉貌空勞入畫圖。尺綃澹蕩留春住，恍惚深宮春日曙。是耶非耶入望遲，仙乎仙乎吹不去。嗚呼，世間自當重生女，麒麟高閣今何處。

送毛會侯歸嚴州

忽逢富春客，因憶富春山。富春山夾桐江緑，山轉江回水千曲。上漏天光一道斜，嵐翠濛濛染衫服。俯視波心萬丈淵，石支山脚相勾連。樵束山花應畏墮，猿攀巖果擲帆前。每過兹江江月白，擎杯脱帽嚴陵側。錦峰層疊多賢豪，耳熱毛公未相識。今到蒓鄉見客星，連朝揮麈夜談經。柯齋擊鉢詩成後，竹圃彈棋酒未醒。一月游盤欲歸去，書畫船頭理釣具。望中無限越山青，沿江盡是相思樹。

題張北山移家林屋圖

北山名恒，華亭人。嘗著《道傳録》，朱竹垞序以爲壯歲好遊，歷蘇門，求孫徵君鍾元遺事，謁耿詹事遺菴于嵩陽，訪李中孚、王無異二徵君于關內，久之有得，乃著是録。始伏羲畫卦，以及堯、舜、禹、湯、文、武、周公、孔、孟，并書七十子之名，暨孟氏弟子，下逮漢、唐，然後繼以濂、洛、關、閩諸儒，迄于元、明人，各録其遺訓。至録周子，而舍夫《太極圖説》；録邵子，而不過信《皇極經世書》，尤爲卓識云云。至其移家林屋，則意在去奢從儉，尤見其不隨世俗云。

君家名祖初挂冠，歸來賣書去買山。所著《繁英》與《剪綵》，至今花葉留人間。文孫半生維賣賦，買書歸來買山住。笑顧九峰峰不深，繫船縹緲峰前樹。石公空洞地肺虚，靈威所探多奇書。扁舟倘來范少伯，共向銀房採緑蕖。王屋先生有「賣書買山」詩，繁英、剪綵皆集名。

查灣次吴梅村先生韵

碉户晝多霧，戎戎攬石根。落花停水齗，深竹護沙門。鹿過疑無路，雞鳴忽有邨。徘徊山吐月，清梵報黄昏。

答汪蛟門

西泠花事一春消，又剌輕舠廿四橋。夢去征車山歷歷，醉來吟榻月寥寥。不逢知己慵開眼，只有論文肯折腰。聽得鄰家按歌舞，多將錦瑟叶瓊簫。

廿載神交保障湖，著書高閣倚高梧。貪吟常侍薰香女，避俗生憎逐臭夫。百末酒邊花對笑，二分月裏鶴相呼。傳人大抵耽林壑，閒疊天吴紫鳳圖。汪有《百尺梧桐集》《錦瑟詞》。

秋居有感步越江韵

高原極目草離離，接野風煙有所思。未信懷才逢得意，誰能好客似當時。三秋樹老蟬聲盡，八月江寒雁影遲。不是窮途當下淚，陵陽抱璧向人疑。

客游邗上清明日偕友放船郊外歷園亭寺觀之勝

濃天酒氣醉蘼蕪，轂擊肩摩盡酒徒。花柳陰中寒食日，丹青畫裏上河圖。繫船留客偎名妓，打鼓迎神賽小巫。歸近城濠回首望，笛聲燈影總模糊。

寄綏眉

從來才子擅名場，命有貧星也不妨。莫信社邊逢白鼠，浪傳竈下供黄羊。心留記事珠無價，身似忘憂草自芳。衹望廣寒丹桂樹，一宵斫卻放清光。

春興步董進士榕菴韵

繞屋繁花樹樹明，前山一抹午煙輕。簖邊魚響知潮信，松下童歸問藥名。春到酒帘争簇市，夜無街鼓近除兵。年來天許粗安逸，只爲抄書有課程。

集葉蒼巖太史淡真堂

六月霄鵬暫息機，清言亹亹覺元微。簾前山影輕于畫，潭底雲容冷欲飛。笛婉轉時歌渺渺，客連流處月霏霏。秋梧葉落涼風度，一縷茶煙不染衣。

田家

柴門斜映柘林疎，半頃山田雨後鋤。竹筍尚鮮豌豆嫩，落花飛絮夏天初。

陸祖彬

字孝質，自號愚谷，振芬次子。太學生。初陸文定贈君爲林氏自出，故文定以林姓登第，後復姓陸，贈君因有「林陸一家」之語。由是林改姓陸，然其後命名，每寓雨木，以無忘厥初，故愚谷名從彬，其弟名從琳也。愚谷孝友，睦姻任卹，凡給養葬埋疏族之貧者無算。舊居辰山，以多盜，遷居郡城之西郊。嘗語子榮程以興復育嬰堂爲務，後竟如君志焉。

送駕茵閩遊

詞賦翩翩最擅名，輕衫將拂火雲行。鄉心寒鎖山千疊，客路秋驚雁一聲。碧琖好傾椰子酒，玉鞭遥指刺桐城。脊令原上應相憶，榕葉蕉花總繫情。

和指松菴僧見示原韵

黄鸝嚦嚦囀林端，紫槿紅葵次第殘。桑下一犁芒種雨，山中五月草堂寒。閒居詩對空巖咏，學佛心蒙初祖安。白日如年人不到，滿庭苔色上闌干。

陸祖琳

字希菴。祖彬季弟，爲父中憲所鍾愛，而兄尤篤友于。希菴嘗曰我性褊急，兄能容我；我客遊，病幾殆，兄活我；困乏，兄衣食資給我云。亦可見其手足之誼已。

八日招宣城洮侯漢度漢威潁儒衷士羽臣集敬儀堂中即席分韵得箇字

雙扉久羅雀，三春判高卧。猛聞剥啄聲，報是高軒過。整肅具衣冠，倉皇揖道左。殊媿轄難投，差幸薦可剉。殽核聊復陳，少長咸雜坐。高談見清綺，張鐙偕倡和。是時春雨纖，香泥欲没髁。東風催百花，黄鸝叫數箇。置酒及芳辰，不覺愁顔破。人生志遠大，無爲習俗涴。鴻鵠本不群，豈久悲坎坷。君等崇令名，聲華久騰播。努力愛寸陰，道義相礲磋。

趙維圭

字桂林，上海人。監生。趙子瞻子。與兄維宗、弟維炎均以好學能文稱。

懷張天翼

故人别經年，久無雙鯉至。懷舊感離群，徒令繞幽思。爾我忘形交，豁然輕名利。入山弄煙霞，涉江搴荷芰。相攜一樽酒，嘯傲空天地。乖暌鮮良晤，怏怏不稱意。君歌《考槃》

章，余灑陵陽淚。疎篁滴殘溜，高松淡寒翠。莎雞吟四壁，悄然勞夢寐。

薊門歌送吴炎之南還

薊門歲暮雪如席，飄蕭一夜深三尺。人事蹉跎時序更，相看同是天涯客。吴子掉頭弗肯留，慨然辭我歸南國。知己落落如晨星，不覺淚下霑我臆。蘆溝橋邊車騎分，燕王臺畔空莫雲。莫雲靉靆蔽白日，虎嘯猿嘑可柰聞。男兒少年便須簪筆入承明，獻書金馬宫袍新。不然鹿門之山桃源洞，老死煙霞甘賤貧。奚爲偪側走風塵，長抱亡羊刖足之酸辛。而况河梁别故人，客途送客尤傷神。且攜蠟屐登山去，藤蘿石磴堪箕踞。我本高陽舊酒徒，黄公酒壚在何處。南望鄉關離恨多，何以解愁金叵羅。玉山醉倒君莫笑，還宜洗盞傾百壺。青眼白，朱顔酡，仰天拔劍長嘯動山河。請君滿酌一杯酒，聽我徐唱薊門歌。悲歌感慨猶未已，北風凜冽起巖阿。

詩話：桂林弟惟炎《炳臣詩草》，浙章豈績序之，稱其古詩則骨氣高奇，近體則才章富健，素無夸大矜張之習，勿作幽憂懟悱之言。直謂天不能死，地不能埋，其文斯在云。然曾向上洋求之，集不可得，惟于陸曾菴集後附一百二十韵《思蜀吟》一篇，抑何散軼乃爾！

陸敏時

字子遜，上海人。晚號簡兮，蓋取《詩》之「碩人」以自寓云。張永銓作傳，謂其原籍崑山，以父占上海學，爲上海人。初習舉子業，後乃篤志于詩古文。嘗游齊魯，至京師，爲崑山葉文敏門下士。文敏器重，俾居邸舍。然不屑以一刺謁時貴，友人重其才，代以貲人雍，而簡兮絶意進取，終未一與棘闈試而歸。家極貧，初積修脯所入，營葬其祖父母、父母，不足，則棄産以成之，故饘粥不給者數十年。晚館陸鶴坡，所爲師五六年。及簡兮病，鶴坡留之養疾于竹素園者一載餘，至彌留之日始歸。故詩文俱存竹素堂，今古文亦已遺失。近陸君秀農寄示《荆園詩稾》四册，因録存一二，以見大概。

河源歌上葉學亭先生

泰山連土壤，五岳爲之長。河海貫細流，百川從之游。其源自古不可考，漢唐張薛恣搜討。惟元招討溯其源，一天列宿湧山根。環入中國千萬里，東流入海而後止。山能束水仍有道，水若離山即爲暴。上流濬兮下流逆，百道支流一夜塞。河流分兮海不朝，萬國一決土不毛。治漕當治河，運道安流不奪波。治河先治淮，驅龍鞭石決與排。丁夫如蟻掘海口，萬派河流出海走。千頃波濤白汪汪，一杯之水安足量。遠山巖巖不可測，近水洋洋亦可即。噫嘻乎！飄然一葉汭水輕，五年不見葉先生。

春申秋泛

我獨乘槎晚，蒼茫兩岸煙。人家疎柳外，僧路落花邊。塔走雲端月，橋流水底天。翻思昔游者，人指是神仙。焉能良會再，同載此舟虚。風雨米顛畫，雁鴻懷素書。有身曾未繫，何水不堪居。晚矣且拋槳，一竿終學漁。

次答友人見寄韵

只道能重過，誰知竟獨還。蒹葭秋一浦，木葉雨千山。未老雪添鬢，非仙丹駐顔。村居如隔世，何俗不曾删。

題畫

山影欲飛常帶雨，林聲不斷自生風。隔谿茆舍如冰冷，應有高人卧此中。

包　溶

字冰彩，號鐵齋，華亭人。監生。

鸚䳇

緑衣含慧質，遠自隴山來。學語喧金屋，窺妝舞鏡臺。千言才子賦，五色美人杯。最憶芳洲上，寥寥去不回。

中秋對月

秋色分平破，清輝大地同。直教千嶂曉，轉覺一天空。北海觴難繼，南樓興獨雄。半生飛動意，都在雁聲中。

曹鑑章

字達夫，華亭人，嘉善籍。監生。

贈魏交讓

君有鸞鳳質，超逸青雲中。高蹈齊彭澤，達識比林宗。閉户益著書，草元追遺蹤。雄采振大雅，高音存古風。况乃崇明德，寥寥誰與同。層巖松檜林，幽谷蘭蕙叢。根榦同山川，弱植難自豐。我懷景仰志，師資良可通。

送友人之山陰

客路斜陽外，征帆去不停。過江秋水白，隔岸暮山青。旅雁霜前落，哀猿月裏聽。扁舟探禹穴，幾日到蘭亭。

鄒兆熊

字奇徵，本姓干。例選州同知，幕遊半天下，豪於詩。兹得其《浦口候潮》一首，比之吉光片羽云。

浦口候潮寄呈季父

白舫容千斛，雙帆之字行。輕舟須浪静，隱几候潮生。短笛《梅花》調，高歌《出塞》聲。嗣宗遊賞處，回首倍含情。

我爲儒冠誤，年年事遠征。入春纔五日，旅食又三程。衝浪江豚躍，翔風沙鳥鳴。何當竹林下，斗酒共聽鶯。

國朝松江詩鈔卷二十四

鄉人姜兆翀孺山録
朱鴻逵雲衢閱

錢萬里

字章遠，號秋崖，華亭人。餘伯子。初學文於吴隱居日千，爲入室弟子。家世中落，聘妻十年，尚未醑巹。妻死，爲文哭之甚哀。著《南村集》。

周冰持曰：「思取劇闢，調取巉刻，置諸眉山、劍南中，幾無以辨。」

《漱芳齋詩話》：當湖沈客子每極口稱秋崖七律，今所傳乃其婿張忠當通三所抄，謂得諸婦篋中者。七律頗佳。惜悤悤借録，未克摘句。

沈仲飛招同陸元谷飲牡丹花前

沈家臺榭鵁水邊，園中花木高刺天。游絲飛絮春欲暮，牡丹幾樹當庭前。庭前爛漫籠紅霧，主人置酒披情愫。度曲傳觴樂未央，不放春光等閒度。春光欲度花亂飛，群鶯宛轉嘑春暉。座中游子江南客，爲惜流年淚滿衣。年華去去無窮已，花謝花開遲日裏。窮途凋敝鸕鶿裘，浪迹飄零鸚䳇水。鸚䳇湖邊草又新，五茸羈客獨逡巡。故人亦有栽花圃，無數芳枝艷暮春。名花傾國顔色好，花徑容身恒自掃。清歌檀板醉氍毹，八達三君共傾倒。傾倒花前花氣温，醒來還欲覆殘樽。碧欄干外和風度，白玉堂前新月痕。惜花愛花花底坐，愛花欲死花無那。世外方知宇宙寬，醉中不識公卿大。自客天涯感慨多，無由歸去樂巖阿。愁向樽前看爛漫，懶從花底醉婆娑。婆娑醉客垂青鬢，不惜黄金買花信。三萬六千日便過，但願花開春更閏。醉後沈吟倚曲闌，好花珍重莫教殘。龍綃百幅須相護，容我時時看牡丹。

懷沈仲謀

年少期門客，秋風别大梁。乘時真燕頷，任俠有魚腸。緘信經年阻，懷人大樹涼。封侯知不遠，寧數霍家郎。

聞信

昨報黄龍浦，蒼茫使節過。鄉園連鼓角，骨肉傍干戈。官税秋難減，軍書晚更多。驚心念堂上，滄海正横波。

呈吼崖和尚

問訊煙霞知幾重，拈花啜茗話從容。千年樹擁層層閣，四面窗圍處處峰。講罷毒龍潛大鑿，齋餘鼫鼠下高松。從師欲悟無生理，獨有鄉心到五茸。

留别竹深處贈德園密機兩禪師

高閣憑虚接混茫，楚鄉散快日徜徉。雲山覿面皆知己，禪榻安心即故鄉。塵事尚愁千劫少，離懷猶道刹那長。松齋何處難抛得，月滿南窗桂子香。

喜客子同徐啓遠借山師至二首

寥落閒身寄遠郊，多君結伴過衡茅。荒村豈遂同深谷，陋巷渾如坐淺巢。夜久挑燈容絮語，廚空翦韭當佳肴。年來幾度驅貧鬼，猶自揄揶未肯抛。

春水方塘昨夜添，空齋晴色映疎簾。愁來似嚼蓮心苦，老去猶思蔗境甜。避俗形骸常放浪，依人蹤迹易猜嫌。殷勤好記題詩處，梅影横窗月滿簷。

哭妻兄沈藕菴

湖海飄零一敝裘，感恩依舊淚交流。殊方畢命成千載，故國招魂及九秋。長劍當時原自許，明珠從此更誰投。東山風景依然在，緑樹紅闌宛轉愁。

空堂獨坐漫縈思，風卷靈幃葉滿墀。顧我更無投足地，哭君不及蓋棺時。玉書杳渺三山約，竹杖蹉跎五岳期。重疊客衣看又敝，報恩惟有淚如絲。

九日萬峰禪院戲呈旅大師

未得安心學坐禪，浮生擾擾鬢蕭然。萬峰嶺上從今願，一箇峰頭住一年。

陳　輔

字桊文，號萊怡，又號瓻菴，原名輔周，華亭人。係崿從父。崇正乙亥生，幼孤，寄姓于泗涇周氏。及編審之役，興周翁既竭其貲，而身亦不免，吏復責賦役于遺孤，不勝困頓，乃盡棄所遺之薄産，依其沈氏姑于浦南。地僻可棲，稍理故業，爲蒙師于其鄉，暇則吟咏。所著有詩集兩卷。其詩頗清逸可諷。

秋感

人事有喧寂，山色無今古。谿風曉作寒，黄葉落如雨。

偶成

水遶平疇樹遶村，曉風晴旭散雞豚。小橋欹側無車馬，惟有漁舟直到門。

莊怡如此懷友詩之一。

浮名不與此生期，白帢青鞵一卷詩。最憶春風三月暮，細林山下别君時。

潘　牧

字甸君，號牧園，上海人。恭定恩裔，父洛符，官司諭。牧自少負異才，工詩，有奇致超骨。

初，司寇徐健菴知其名，欲以鴻博薦，不就。後焦徵君南浦見其詩稾，深加歎譽，招之至邨，則已年近古稀矣。乃與陸香林、張大木、葉召南等定交相唱和。又數年，貧老以没。其詩稾題作《聲香外集》，共三百餘首，在焦氏處。

詩話：焦南浦賞其詩，謂造次出口，皆意外經奇，故贈詩有「騷壇若比旗槍會，好似山中嚇殺人。」嚇殺人，茶名。

大官罍歌

滬城顧小川公前代世廟時官光禄寺少卿，屬轄良醖司，得一御罍，紫金磨色，碧琭周錯，容十石，高比肩，非世上尋常物也。余謁其令嗣，見之座右，蓋塵封皮置久矣。欲售人，以器大不適于用不得售，扼腕移時，詩以感之。

青泥珠碎桃皃坊，烏曹赤埴流精芒。皦中黄兔光滅没，變就官家罍一房。陸離金碧錯相向，瑟哉四奥生輝煌。問君尤物何從得，云自當日來明光。蘭陵美酒一百石，椰子桃花弄春色。阿監輿來太液池，娙娥昇出華清掖。羽觴爛漫珍珠槽，扇寺爐官候盈昃。緑綈上覆宫字黄，銀炭斜熏御香黑。至尊憶昔駐仙壇，步虚聲裏羽衣寒。一罍頒向蓬萊客，珍重鸞書賚大官。江淮壓浪輕帆送，海上驚看曾動衆。灎灎曾教沆瀣浮，沈沈直使玻璃凍。時移世换倏滄桑，空留舊物成何用。芳名昔並力士鐺，頑質今同丈人甕。朱塵黄土無已時，棄置風塵吾亦悲。萬物楛良那足道，千秋用舍竟奚爲。乍到君家三太息，摩挲鴻寶淚沾臆。漫將圭瓚問先朝，沈酣且置酕醄國。

一年

脱霜罹草木，萬葉走秋飈。天地一年老，親朋幾姓凋。齒高愁檢歷，身賤耻言朝。飲啄隨吾分，何須得失摇。

小至前一日道中得田字

對眼風光冬景前，水樓山市一人煙。午雞未破沙岡爨，獵犬新開下瀛田。十里水鄉天槭槭，半帘酒肆路綿綿。太平盡説江南好，鼙米歌中唱有年。

宫人墓

青沙赤土路紆回，斷雨零煙阿濫堆。鬼氣一叢棲蔓草，蟲聲萬斛鬭秋雷。殘霞明滅人天世，幻化銷沈今古灰。惟有玉鈎斜上月，終宵相照漆燈煤。

沙岡道中謁董傳策先生墓

御史勳名策汗青，百年埋玉此荒坰。石靈漸露沙鱗爪，樹老皆成獸面形。地下有天風獵獵，碑前無淚雨星星。振衣一哭荆榛裏，驚得行人聚首聽。

年華

老我年華又入春，文章千古没風塵。經天緯地當初夢，釣水漁山此後因。筆底有花難换酒，鏡中無雪可驕人。朝來檢點眉邊案，冷落何妨布粟貧。

程主事席間作

東壁圖書玉檢裝，珊瑚常借筆爲牀。清鐙華月開觴政，駿馬秋風出射堂。聖主漫求當世略，郎官都列少年場。朱輪豈是尋常物，難得難兄難弟行。

閨情百詠

《百咏》，廖鳳徵嘗刻之，序謂甸君父洛符壯司教邗江，去官歸，且老，又改名衫黼。入學則康熙庚午，事附記。

丁香花結燕還家，荏苒流年暗裏加。燕有定程花有信，最無憑准是天涯。

蔣天錦

字漢襄，華亭人。讀書教授鄉里，爲人淳樸懇摯，性好吟咏。著《塔灣詩草》及《懷舊吟》一卷，又按，張景桓詩集稱以造壙敦請，而漢襄年届八十，白首就道，知其並嫺堪輿云。

雜詩

陰雨春且暮，丘壠意如何。攜我骨肉親，晨興放輕艖。摇摇青山近，捨舟登坡陀。弱子隨杖履，二孫陟巍峨。小者失周防，趨蹶墜山窩。父祖交吁駭，起立詢無他。目送歸途晚，緩步返莊家。欣欣列野蔌，酌久衰顏酡。風來棲鳥鳴，新月半巖阿。

雲合急雨至，雲開雨初收。蟲鳴芭蕉下，唽唽緩且幽。有蟲繼相和，唧唧凄以稠。四壁旋相應，聲連牆外悠。高低與近遠，厲響欲何求。求亦無所得，鳴亦無所酬。吾心自貞静，任爾鳴不休。

二亡弟忌日

良木匠所需，不材天年終。吾弟本椎魯，言貌常悾悾。慈母疾不瘳，祇事發丹衷。誰與遺霜刃，中夜刲其肱。剜肉以供母，熱血灑西風。愚孝足永世，人命竟飄蓬。在數固難免，天道焉可窮。

嗟吾一日長，詎意爾先逝。伯道痛無兒，存没將何系。欽爾室家賢，貞操冰霜厲。遂爾贅婿心，竣爾生時計。葬爾外父母，左昭爾自瘞。乘化週七載，長眠百千歲。

春日感懷

旅客愁無語，深杯獨自傾。東風一夜雨，春色滿江城。冉冉山花放，關關谷鳥鳴。韶華留不住，此際獨含情。

送施美如之京

燕趙悲歌地，當年我再過。君今不得意，行色更如何。河濟鶯花少，風塵沙草多。往來數千里，努力莫蹉跎。

同陸世一趙虎文赴飲馬幾遠齋

南谿尋好友，攜手向東風。一塔春雲外，孤村野水中。梅花臨户白，桂醑入杯紅。醉後歌聲壯，相看意氣同。

懷舊吟

顧聖宸名口。長身朗目，好俠疎財。臺灣之役，從軍閩中，得一官，罷歸。鄉里鄰人爲舉宦橐，惟秋蘭數大缸而已。閱歲分種倍多，終日夜寢處其間，其興可想見。晚年乃獲嗣云。

少小讀書不務精，盛年游俠千金輕。從軍五載授一職，出入戰場忘死生。下僚薄禄恥素餐，强項那能事上官。一朝長嘯挂冠去，宦橐無金惟有蘭。閩海遨遊興未已，拍浮招我爲知己。猶嫌峰泖小丘壑，扁舟遍歷吴山水。月明人静登虎丘，幽林香動桂花秋。湖口張帆趨鄧尉，波濤千頃兼天浮。重來風雪湖水白，旅次渾忘身是客。臘盡春回方解維，曾幾何時君易簀。生前氣誼堅金石，死後應知耿魂魄。衰年屈指交遊稀，臨水登山三歎息。

袁聖可名恒，號藥闌。端雅真摯，善詩，能飲，與日千先生相契。長予三歲，自成童至垂老無間言。

每泛青谿棹，佘峰念藥闌。家貧學海富，屋小醉鄉寬。日落松風冷，霜前雁影寒。春秋因拜掃，君塚一盤桓。

陳匪茨名樅，太學生。能詩，曉音律。嘗游燕、趙、秦、隴間。婦亡不娶，父女相依三十載。及殁，女爲營葬，次以猶子繼其後，久之乃適人。

山水依然在，寥寥不鼓琴。伊人自塵外，舉世少知音。雅韵猶如昨，元言憶至今。所餘賢女在，聊可慰君心。

馬幾遠名釗。性静默，隱居陶村，以耕讀爲事。詩文艱苦，得以深思。昆仲多而獨力葬親，惜無嗣。

白眉之馬君最良，樂隱陶村歲月長。箬笠書蒙三伏雨，青氈夜坐九秋霜。花前行酒神偏旺，澤畔吟詩句有香。營葬種瓜嗟獨力，用齊韓靈敏事。仍憐猶子繼烝嘗。

金淶源名城。家洙水，善飲，能詩。才頗倜儻，嘗笑諸同人爲冬烘先生，其自命可知矣。

堪歎昂藏一丈夫，塵埃未得展良圖。氣陵霄漢羞牛後，義溢心胸泣狗屠。游覽名山詞賦廣，歸來期月友生孤。近傳賢裔聲名起，天道于君信不誣。

張爾翼名翼振，好學能詩，與日千先生最契。爲塾師，嚴整有法，每節日必集同人吟咏，杯酌竟日而罷。殁，無嗣，贅壻戴又早亡，寡女能守志，亦以訓蒙自給焉。

老去端居念友生，哀君何限歲時情。春花秋月心同賞，夏簟冬缸酒細傾。私喜斜陽黄犢健，共憐逝水白蘋輕。蕭然只有青氈在，弱女傳經續令名。

周兆龍

字印武，華亭人，居倉城之西，以訓蒙爲業。自少工文章，談理學，暇則放懷高咏，悲壯淋漓。嘗讀書至夜半，遇忠孝節烈之事，輒慟哭不已。與花谿趙柳介爲唱和友，後齒未艾卒，無子。詩集零落，塔灣老人刻《我友集》，以其門人懷鼎吉所抄藏者刻之，曰《西城遺稾》。

寄遠

昔有兩烈士，華周及杞梁。毅魄爲鬼雄，沈痛出閨房。層城爲崩摧，行路咸哀傷。精誠苟自中，日月翳景光。豈伊同心者，恩情庸渠央。嫵婉發言笑，握手同衣裳。焉念工言子，譏巧如鼓簧。殷憂從中寫，願言鑒斯章。

元黄悲墨子，南北泣楊朱。矢志苟靡他，終必相與俱。明告彼君子，黽勉慎厥軀。東隅既已失，貴在收桑榆。莫謂毁無憑，根傷必及株。莫謂譽徒然，器銛幹乃殊。磬折世所慕，狂直衹自愚。空庭仰明月，丘陵終可踰。

贈黄汝梅

西京既已没，洛下亦云頽。崔蔡不可作，奚論鄒與枚。大雅委蔓草，蕪穢紛難開。疇砥中流柱，之子有高懷。程朱以墨守，歸胡爲翦裁。步趨謹出入，話言絶禍胎。凜凜先師訓，善端得深培。神龍有真性，保此需雲雷。

讀姚江黄忠端公行狀 狀稱先生三十餘歲尚未補博士弟子員，已成進士，至四十有三，遂遭璫禍。

三十餘年困田野，博士之門似金馬。手披萬卷何蹉跎，志尚千秋甚瀟灑。忽然一日登承明，漢家萬事紛縱横。趙嬈宦豎相糾結，大事欲非爲一鳴。嗚呼！殺我忠賢范與李，鈎黨四出猶未已。駕帖何須問姓名，我不西行禍不止。嗚呼兮！先生前此卅載何遭屯？嗚呼兮！先生後此億載猶留芬。丈夫至此乃得志，十年富貴何足論。

送顧偉南先生之滇中

海内文章推獨步，高談壓倒公卿座。足迹生平徧九州，東西南北銜煙霧。縹緲曾探禹穴雲，悲歌却向田光路。只今七十朱顔衰，滇南之道何遼哉。丈夫壯心老不已，七尺還登萬里臺。大江西上七千里，不盡青山照江水。從此盤回鳥道間，一聲嘯入碧雲裏。碧雲片片滇池邊，池上時開千葉蓮。俯仰山川竟千古，落日四顧心茫然。落日四顧心茫然，回首應賦歸來篇。九峰之下鱸魚鮮，出手即得不須錢，先生早賦歸來篇。

送沈天漢之金陵省舅氏計子山

茸城才子金陵客，君家舅氏真詞伯。走檄飛書三載勞，與君分手常相憶。君到秦淮賦《渭陽》，欣逢宅相且銜觴。夜寒一醉蘭陵酒，秋月重飛柏府霜。柏府沈沈門乍啓，雷擊風馳幾千里。君去歸來應著書，編成紀勝還欷歔。結綺臨春應已矣，舊時王謝今何如。

五日弔陳大樽先生大樽殉義，在雲間第一橋下，印武五日過其處，以詩裹金投水中弔之。

大哀三十載，義魄久沈淪。白馬驅潮怒，丹霞映血新。九秋悲宋玉，五日弔靈均。不腆投金意，江頭應有神。

題諸葛忠武畫像

漢事真難了，蒼生重可哀。秋風吹五丈，星影坼三台。巴峽江聲轉，褒斜山色來。中原猶望幸，我涕欲沾苔。

夜讀罷聞蟋蟀口占

沈沈向三鼓，讀罷喟然歎。天地慚毛義，江湖悼伯鸞。陵晨半菽苦，永夜賃舂寒。蟋蟀知愁恨，哀音動藥闌。

見吴日千先生贈王勝時五言古詩慨然成咏

垂老遭頹俗，紛紛那可堪。含情悲往日，奮筆咏奇男。馬鬣虹霓貫，龍泉歲月諳。寸心各耿耿，萬古照寒潭。

贈姚江維極禪師師是魯國郡君。

珠絡青螺有象王，只今疑是魯靈光。諸天黯黯空雙眼，大地浮浮止一方。桑樹久參磨羯鏡，梅花早失壽陽妝。洛迦有美應同調，東睇滄波却自傷。初，魯藩家眷於丙戌爲馬士英所掠，口以降于我師，此當是渡海後所生。

杪春夜飲徐遠修爲述先公尚寶暨幼妹梅娘死事甚烈爲之慨然

窮愁忽忽已春深，日暮東風吹柳陰。彼此清門嗟異代，經過濁酒喜同心。千秋廟略懸霄漢，一日家聲動古今。况憶銀瓶哀墮井，歌殘永夜欲沾襟。

秦中

函關天險古雄都，百二河山擁壯圖。地入西荒龍峽遠，天迴北極鳳臺孤。七盤路遶秦時月，五折風迷漢鼎湖。自古連雲千里棧，褒斜還渡木牛無。

徐　熙

字近光，號皞亭，華亭人。布衣，文貞四世孫，宇定第四子也。甲申時七歲，年二十四遭踐更累，乃代父解刑部，蒙恩放歸，所著詩散軼，其從兄麗冲搜録刻之，爲《皞亭集》，以爲悵然自抒其性情，讀之知爲篤行君子。年八十卒，無子。謂吾無田産，烏用嗣，遂不立嗣。

詩話：《皞亭集》中佳句，如「燕山新月色，易水晚風秋」，「春帆兩岸出，曉角四邊空」，「孤雲閒出岫，積翠冷銜秋」，皆可誦。

孤桐引

樵客采樵深山中，山中百尺挺孤桐。枝高絶壁叫鸞鳳，蔭翳危淵潛伏龍。青霜著皮皮半拆，碧葉疎疎落秋夕。樵客一顧三太息，舉斤扣之響金石。不知鬼神呵護幾千年，長成直幹龍門巔。不然槎枒屈曲難爲用，焉能干雲拂日摩青天。念此孤桐遇者幾，柯亭何爲焦其尾。始知奇才不易識，人間賴有真樵客。

張秋晚泊

去國張秋遠，登臨獨渺然。人喧沽酒肆，吏散榷商船。夾岸河陰直，當亭樹影圓。因思吳季子，劍草尚芊芊。

蒜山

光禄行吟地，江空孤嶂懸。千檣迎曉月，一鳥破寒烟。草樹秋風裏，人家野水邊。羈棲頻北望，鄉路轉淒然。

登東昌城樓

不識東齊路，高吟上戍樓。店香霜棗熟，園色野梨秋。泰嶽連雲峻，長河落日流。憑闌一以眺，客思正悠悠。

少年行

逞雄結客少年場，用盡黄金典鷫鸘。匹馬狂吟青海月，短衣醉卧黑山霜。

徐永貞

字孝先，華亭人。闇公先生次子，以順治辛卯生于海外，戴孺人出也。康熙丙午，扶父櫬歸里，年十六矣。吳梅村先生《九峰草堂歌》云「相看徐孺與陳郎」，徐孺謂孝先也。時在丁未，年十七。有雋才，著《十七史枕中秘》，年二十四卒。

淮陰

乞食王孫亦偶然，荒亭遺迹此河邊。千金他日同塵土，誰識英雄未遇年。

陳龍翔

字天用，改潛用，華亭人。陳爾振子。布衣。其弟鶴翔，字聞皋，丁巳諸生。詩話：爾振字子威，少卧子一歲，時稱二陳。李中翰存我《題子威像》云「我黨數子，二陳俱翾。卧子豐碩，子威微癯。」此可以見藝林並推也。入國朝不仕，故吴日千贈詩云「男兒生世重名節，胸次應須皎霜雪」也。惜其詩文俱軼。天用、聞皋俱工詩。康熙中沈邁學詩惟詣兩先生講求聲韵，今遺稾亦不傳，僅得此一詩耳。

村居遺興

入暮平林遠，沙汀夕照開。行人看欲没，片月自能來。幾處村煙起，無端蘆管哀。挑燈還獨坐，衰鬢漫相催。

蔡　湘

字竹濤，上海人。順治戊子生，有異姿，書過目即成誦不忘。好爲古今體詩。年十九，童試未售。其明年，游京師，時秀水朱竹垞、嘉興李武曾、吴江潘稼堂諸公皆集輦下，而湘乃以一少年出其詩與諸公角，諸公莫不折節下之。嘗在龔宗伯席上聽柳敬亭説隋唐遺事，其賦詩先成，最工，座客閣筆。宗伯大喜，厚贈遺之，由是名益震。越四年，至晉陽，其明年壬子，客死交城。遺稿則係其元孫士秀、士升屬陸大理錫熊序而梓行之。

秘魔崖題石

山水亦復佳，惜近長安路。草荒帝子陵，樹老中官墓。過客每悽愴，滿目驕狐兔。俯仰寡奇懷，歸愁落日暮。路盡逢危崖，寒僧立煙霧。始知古洞旁，昔有蛟龍聚。力挽滄海波，百里春田注。靈窟竟揚塵，陰霾激餘怒。遺像儼相向，夜寒山鬼懼。當是古洞天，深松日迴互。長揖最高峰，兹游良不誤。

香山寺

春雲出衆山，明滅千仞壁。泠然聞鼓鐘，尋聲出幽僻。路轉徑忽開，松梢見金碧。老僧前致詞，山游見佳客。徐啓向南扉，焚香話疇昔。先朝玉輦過，龍蛇走賜額。至今手澤存，風雨闕勿蝕。僧能典灑掃，此意在珍惜。往往游人來，百錢買尋覓。如何帝王書，徒令給衣食。歸途謁廢陵，驅馬荒荆棘。

王阮亭户部席上再送李武曾游武夷

張燈娱春夜，酌酒臨高堂。李生方遠行，如何不盡觴。古來豪傑士，往往走遐荒。濯足東海波，便欲攀扶桑。探奇寧自愛，其意在激昂。君今躡芒屐，不負筋力强。迢遥武夷山，此行渺難望。自燕出齊魯，馬首見故鄉。故鄉但吴越，南去猶茫茫。柳條二月風，知君渡錢塘。漸次入七閩，哀猿嘑夜長。絶嶺天半削，仄徑如羊腸。賴有一水通，君須挂帆檣。水清辨魚鬣，菱荇多幽香。下見五色石，紛列皆成行。乘舟信風力，柔櫓委岸旁。順流千餘里，高卧吟滄浪。身在鏡中行，旻旻春衣凉。從此武夷路，罨畫開松篁。遂謝清谿曲，遥憩山僧房。孤嶂撫鐵佛，高峰謁大王。誅茅結數椽，身世可兩忘。仙輿幔亭中，座設紫霞光。逢人呼曾孫，於理恐不當。君能具仙骨，相遇便頡頏。試吹穿雲笛，白鶴争迴翔。生平嗜山水，是處題琳琅。兹游無清音，自昔空文章。余類南飛鴻，翩然謀稻粱。羡君遠茹芝，將爲芰荷裳。一咏别離曲，淒然愧行藏。

游卦山交城北五里，山形似卦。

數峰側疊秋雲白，落落山僧話危石。當時鬼斧劈崇岡，錯認仙人演《周易》。我來一笑萬壑清，鳥飛葉落交相横。僧房午炊燃古柏，香風吹下盧川城。交城一名盧川。自是林巒佳絶處，猿猱躍樹紛來去。獨禮空王證道心，塔鈴餘響尋佳句。西日垂垂殿角紅，醉歸人在蒼煙中。問予何事堪快意，此山移去江之東。頹然策馬仰天笑，絶倒田畔扶犁翁。

來青堂次潘次耕韵 周計日使君在雲中，築堂以招傅青主，因顔曰來青。

匹馬經過處，山莊到眼新。亂離存傅叟，文獻繫斯人。肯結朝中襪，猶餘頭上巾。江干有游子，仰止在風塵。

白髮雙垂耳，真能不事君。空懸高士榻，只戀北山雲。絶澗横經坐，春田帶笠耘。唯應吾病起，蓬户叩斜曛。

龔芝麓宗伯席上聽柳敬亭談隋唐遺事限韵

晉陽龍起説興唐，鐵馬金戈舊事長。草昧君臣私結納，亂離豪傑走關梁。聽來野史風雲驟，貌出陵煙劍佩莊。側耳良宵俱上客，明燈高映六街霜。

柬許鶴沙觀察

五茸門第與雲連，回首追陪忽四年。廣看荃蘅輝玉砌，聽教歌舞響朱絃。三千里外吴鄉鱠，八十盤中蜀棧煙。莫憶滄江并舊宦，《大人篇》在武皇前。

寄題雲帆上人筐菴

移居聞説就横塘，出水芙蕖繞曲廊。燈火清鐘宣貝葉，雨風深夜響幽篁。幾年塞北萍蹤遠，舊日城西石路荒。丙午曾結茆于茸城之西，名大乘菴，余住寓焉。寄語故人秋伏枕，願歸採藥共提筐。

贈友次楚中李子鵠韵此贈閻古古作也。

酒壚眠醒是他鄉，鉛筑聲中舊恨長。磈磊可能消阮籍，波濤隨處有瞿塘。茹芝谷口饒新雨，晞髮松根促夕陽。側耳倘能尋郢曲，布帆明發下三湘。

海内人文摇落盡，誰堪把臂話斜暉。因人豎子争彈鋏，失路儒生半采薇。薑桂十年容爾傲，波濤千頃及春歸。芙蓉留得秋裳在，莫笑風前短後衣。

吴崑

字西崖，華亭人。著《吴子詩集》。鄧漢儀曰：「筆姿妍雅，如珠樹臨風。」

送宗梅岑歸東原

朝眺東原水，暮望東原樹。東原秋色何蒼茫，落日漁樵横野渡。宗資卜築家其中，門前有水徑有松。草堂十畝半修竹，迴谿曲折開芙蓉。芙蓉脩竹紛瀟灑，野色煙光接村舍。讀書其中幾十年，五車二酉文瀾瀉。登高作賦人所稀，惟君嘖嘖令名歸。久擬鵬鶚秋空去，何意文園尚布衣。今年挾策向京洛，氣冠天人珠錯落。詎知賈誼偏屯邅，一棹歸來轉寥廓。吁嗟丈夫生長七尺軀，達則功名事業輝天衢。不然放志在丘壑，一時得失殊區區。白日欲沈山鬼笑，鳳鳥無聲寒鴟叫。古今世事那可齊，吾輩窮通付長嘯。我亦天涯遊子身，與君相遇即相親。英雄失路人所惜，唾壺擊破莫沾巾。君不見，杜陵茅屋浣花谿，水竹幽深對鳥嘑。又不見，子真棲遲傍谷口，日夕煙霞照户牖。昔人蹤迹雖云遐，曠達胸懷差與偶。君今歸上東原舟，芳草斜陽杜若秋。北牕高卧白石爛，起對南山且飯牛。

寄京口友人

煙雨晚泠泠，懷人夢欲醒。潮呑揚子白，山入潤州青。文字留詩聖，風塵寄客星。相思隨去雁，斜日渡沙汀。

讀宗梅岑芙蓉集題贈

考功風雅後，詞賦獨清標。曠逸空三謝，鉛華洗六朝。青精儒子飯，明月美人簫。今日淮南曲，秋風桂未凋。

題宗梅岑東原讀書圖

晴出尋幽雨種花，門前疎柳似陶家。秋風吹落千林葉，不穀山翁幾日茶。剡谿分得一枝藤，閒盡東原樹幾層。何日西牕同對酒，緑煙疎雨話篝燈。

紅橋宴集得樓字

勝地群賢合，園亭野外幽。喜從江北路，同上竹西樓。麗日芙蓉岸，清波杜若舟。向來歌吹好，此會足風流。

得人字

林杪含煙暮，城頭起月輪。艷情分頬笑，嬌態轉眉顰。天地留詩聖，蒹葭托酒人。相逢多遠别。把盞更須頻。

詩話：康熙丙午孟冬。宋荔裳、王西樵，暨陳其年、宗定九輩，紅橋宴集，合江浙之士四十餘人，人限二字，賦唐人五言近體二章。龔芝麓作序，孫金礪作記，所云「舭篝雨涣，鏤管霜飛，玉山皆頽，珠鬟欲欹」者也。是時，西崖與焉。又長于詞，宗元鼎有《和西崖之山陰作念奴嬌詞寄别韵》可見。顧集以爲上海人，鄧孝威《詩觀》又以爲華亭人。至家鄉則無有舉其名者。

岑　巘

字遥青，婁縣人。自少多才，工書，善詩。久客四方，既歸，老於家。《越風》以爲姚江諸生，殆其客遊寄籍與。詩僅見一小册。

小春

小春天氣佳，穠花發桃李。欲争晚節香，臨風一旖旎。素女忽作嗔，袖拂陰雲起。飄飄散六花，艷舞迴風裏。阿香從南來，爲之歎觀止。轟然動歡聲，紅白脱如洗。宇宙耳目新，往往類如此。我向南山過，豹隱霧爲紫。

横雲山

任昔坡猶誤，於今我不疑。肯嫌登陟再，惟惜卧遊遲。屐碾磴雲滑，臺懸谿月危。憮然懷二陸，煙草總萋迷。

遊春

數里煙霞地，春風拂面生。石邊流水慢，檻外曉雲横。醉泛花陰棹，閒聽柳岸鶯。九峰歸路晚，吹散洞簫聲。

岑　森

字喬林，婁縣人。森及鳳藻俱與𪾢唱和。

長至即事

日纔一線繡添長，須預籌爲禦雪霜。老屋月穿茅可補，虚窗風打紙先防。新篘酒試輕瓢辣，倒置虀藏小甕香。計到杏開寒盡九，又將春事説耕桑。

陸鳳藻

字方苞，華亭人。

晴雪

華生若木自炎方，瑞葉偏能抗太陽。一帶碧城消霧氣，半灣瑶島漾煙光。隋隄綵上紅鋪白，蕙子機中紫間黄。爲語素娥休逞巧，學梅那得擅幽香。

楊廷顯

字偉臣，號學來，華亭人。

次韵答陳樟亭

惜別於兹甚，都因共異鄉。詩來千嶂月，鐘破一天霜。去住憐杯酒，留連嘆屋梁。莫言歸路寂，共濟有錢郎。

賦謝靳熊封明府寄示八分書

明府真才傑，心期最出塵。白門有遺老，傾蓋即相親。攷古窮周夏，論書見漢秦。殷勤投墨妙，快覩百朋珍。

寄立山

春日春風滿客袍，禪房花發柳垂條。湘靈老去詩情健，時與山僧話六朝。

龔　湘

字楚兩，華亭人。著《蘭軒集》，蓋康熙乙未京邸所作。

春日遊西山聖感寺

尋春入勝地，獨上最高岑。檻外江山小，窗前星月深。晨鐘通帝座，夕磬静禪心。絶嶂沈酣醒，聲聲聽梵音。

周洽

字再熙，號竹岡，婁縣人，居白龍潭。工文章，精于六法，并漢隸。又學畫于趙左，不數月盡得其技。蓋爲人性至孝，丹青藝成，致饋遺以供甘旨也。後客靳文襄幕，時河工告成，以《黄河圖》屬洽，乃覽歷兖、豫、雍、冀四州之地，閱四月，相度河勢，手自摹寫，繪以進呈。上覽之，稱善，下詔褒美。又别爲《看河紀程》三卷，後河道傅澤洪撰《行水金鑑》，悉載其説。當繪圖，時凡夾河守令多致饋遺，略無所受，且戒從者勿動損民間一草一木，靳公知而大賢之。時屯政方興，靳欲使之筦出納，則以未習錢穀謝之。既而靳公以蜚語罷，屯政中輟，任事者多罣吏議，而洽獨超然事外。又嘗遊嵩山嶽廟，居人言廟多火災，因寫《中流砥柱》圖于北壁，自是火患永熄，世驚爲神。晚歸里，年七十五卒。所著有《攤書閣詩文集》。子三：仲子棟，書法工二王。孫煌，拔貢生，官繁昌縣教諭。

寄唐仔殷

去年章水上，送我登歸舟。願言期後會，執手何綢繆。西風正蕭索，驛樹皆含秋。相思日已積，今復來虔州。不見素心人，獨上章江樓。江風吹白髮，青山懷舊游。片言寄君側，寫我胸中憂。

登金山

萬頃波心一石支，陰晴變態總堪思。帆來帆去原無著，潮落潮生定有期。鼉鼓晝鳴雲黯澹，漁燈夕起月迷離。涼風六月能忘暑，雲滿長天理釣絲。

廬陵夜泊有感

百雉荒城舊戰場，頓遭兵火最堪傷。已無林木嚶春鳥，空有樓臺對夕陽。新月下時江淼淼，青燐生處草茫茫。郊西近集三千户，半是居民半是商。

葉　洮

字秦川，又號金城，有年子，上海人。康熙中嘗供奉内廷，假歸，復召，得疾卒於途。

詩話：秦川父君山在明肅藩府中，有按圖搆園，俾司監造事。至秦川則奉命繪暢春園圖，稱旨，屢奉宸遊，荷賜金綺，又奏對時嘗自稱山農，在京邸八年，與錢越江最契。越江繪《濯足圖》，旁著秦川半面，與爲相向，故越江詩云「《濯足圖》成潑墨濃，終朝相對葉山農。」及秦川卒于途，而越江亦以是時卒，故□□□輓詩云：「想因天上樓成後，一召填詞一補圖。」

西涇賞菊此孫思九爲西涇之會，與者凡二十二人。

秋光九十猶瀟灑，言尋芳菊東籬下。華燈夜燦張瓊筵，入座幽香自盈把。按拍同聽《白雪》吟，飛籌共醉黄金斝。憶我頻年賦浪遊，日向長安策疲馬。青谿回首多故人，襟抱無由得抒寫。相逢今夕開歡顔，萬斛離愁盡傾瀉。尊前擊鉢還催詩，春容翰墨揚風雅。街鼓聲稀客未歸，城上棲烏啼啞啞。樂事須從物外求，車塵碌碌何爲者。

薛士林

字鶴林，又字椒田，華亭人。康熙間供職典訓館，銓選得粤之雜職，後陞縣佐。著有《聽鶴軒詩》。

秋晚麗江道中

天空嵐瘴息，策馬度雄關。秋葉青留樹，蠻煙碧鎖山。風塵雙鬢老，落拓一官閒。此際蓴鱸憶，何年張翰還。

愚雲亭予少從匪莪胡業師學，師與吴日千先生交契，時相過從，距今三十餘年矣。夜夢兩先生談論出處，有「功名事業若愚雲」一語，未知愚雲何解。然要非夢囈，因以愚雲顔我亭。

兩儒卅載夜臺深，消息斯文夢裏尋。半世風塵誰共語，百年桑海入孤吟。如公皓月懸清魄，示我愚雲寄遠心。驚起老成無復見，望空酹酒手頻斟。

邵璘

字雲章，青浦人。進士成楨父，有遺集。

詩話：雲章集中有和叔祖景悦詩，此是追和，所以詩中情事皆景悦後事。又有《哭陳黄門》詩，亦是追擬。其云「殺身有妾甘膏斧，襁褓無兒得瓦全」，合之忠裕事實，皆不符。蓋本屬傳聞，並非親見，非可據以相証，反滋疑竇也。

夜來風雨曉得大晴喜賦

曉看霜華似雪妍，那知風雨昨宵偏。愁無度臘黄綿襖，喜有穿窗白玉錢。用宋人小令月影句。澤國晚煙封凍壘，吴山曉髻貼晴天。高吟背手循廓步，屈指離家又一年。

張元霖

字江樹，一字新水，華亭人。

幽居

自愛幽棲好，偏於半夏時。無風梅落子，映水竹低枝。静裏尋香譜，閒中理釣絲。客來還可醉，蛙鼓亦相宜。

初夏即事

幽居殊不俗，半畝是林園。雨過薔薇潤，風來芍藥翻。落紅香滿徑，浮白醉當軒。更愛憑闌處，朱魚戲水繁。

胡珏

字東皋，婁縣人。

中秋玩月聞笛

今日清光萬里同，碧雲捲盡暮煙空。長河半隱蒼垠外，秋色平分午夜中。仙桂飄香和露濕，金蟾流影入林紅。南樓徙倚情無限，何處關山一笛風。

戴汝理

字飛遵，上海人。

畫蘭

真色生香韵不孤，沅湘彷彿見遺圖。即今静對如空谷，可似幽人入座無。

張在簡

字可伯，號予臣，上海人。

秋日送陳元調還越

奇文鬭今古，相與共棲息。漠漠秋雲深，送子還越國。我亦悲秋人，兹遊苦悽惻。安得同君行，把酒看山色。

童元炯

字遇凡，號莘谷，上海人。

晚渡

沙静潮初落，清江好放船。鐘鳴千澗雨，帆挂一林煙。旅夢春山外，鄉心夕照邊。漁歌何處起，向晚倍淒然。

鄭麟徵

字仙潯，華亭人。

憶金天石別業

憶昔辭鄉國，秋花幾度黄。舊遊成想像，新夢到池塘。湖海留鴻雁，乾坤縱虎狼。何年春色好，嘯詠共徜徉。

夏　澄

字來王，青浦人。諸生。爲嘉定張煜贅壻。工詩，能文，早卒，張有哭壻詩。

登鼓樓

層樓突兀俯晴空，極目秋光處處同。楓葉經霜千樹紫，鳳山銜日一輪紅。憑陵近識天文麗，呼吸遥知帝座通。拈筆紀遊真勝事，雷門布鼓愧難工。

褚邦屏

字梅谿，□□人。

同聞半石過沐堂

突兀西佘崎碧空，徵君泉石此山東。雲籠竹色遮樵徑，風送鯨音出梵宫。三泖波濤清漠外，五茸城郭翠微中。登臨往復情何限，人事紛紜感慨同。

朱天瑛

字漢融，華亭人。

答百愚上人次來韵

青�綠柳晚涼生，淡月疎林墧影横。静掩禪扉無箇事，唤人癡夢借鐘聲。

沈祖申

字方苞，華亭人。

送孤松師歸洞庭

震澤波千頃，吾師折葦杭。青菰一鉢飯，百衲兩肩霜。水冷芙蓉浴，山圍橘柚香。莫鼇峰畔月，寒影錫邊光。

包斌

字全楨，號默□，婁縣人。

斷碑

片石圖不朽，今古銘勳績。如何不百年，蓊然入荆棘。周匝裏蒼苔，盤旋狐兔迹。回思樹碣時，氣啖何薰赫。讀罷心茫然，空中聞太息。

顧綸

字王言，華亭人。

夜走馬林積雪中

歸程逼歲暮，夜裏度輕車。月照冰疑石，風飄雪似沙。近村聞吠犬，隔樹動棲鴉。纔到丹陽北，城邊問酒家。

國朝松江詩鈔卷二十五

鄉人姜兆翀孺山録
沈静止篗閲

徐　磐

字岱青，一字稼翁，華亭人，居金山衛城。學醫于金銘，得其傳。尤工于詩。至雍正癸卯，年八十。著《影賡集》。　何桅珠曰：「七古奇情逸響，七律清新，爲近體之冠。」　沈樗菴曰：「屬對工整，波瀾老成。」　按稼翁詩未刻，藏于友人宋蓮處，并有《拾香詞草》一卷。

子夜吴歌

一片關山月，流光夜入幃。不緣愁處盡，千里共寒輝。願照還鄉路，征人夢裏歸。

子夜歌

河畔栽緑楊，垂條拂河岸。願得似君情，風中吹不斷。

塘上行

朝從塘上行，花發枝頭紅。暮從塘上行，花謝愁春風。妾如枝上花，零落非舊容。君如風前絮，遷轉隨西東。情性有乖違，琴瑟誰爲工。恩義一朝捐，棄妾等秋蓬。釵斷兩鴛鴦，鏡破雙盤龍。行矣長謝君，攬衣話忽忽。妾心徒自苦，妾願殊未終。君情倘中還，白首期相從。

丹井 此咏查山井，云是查玉成鍊丹井云。

汲井鍊丹砂，丹成還九轉。餌之忽飛昇，雲中吠雞犬。仙翁去不還，空巖餘石坎。

箭崖 亦咏查山上石。

石疑伏虎形，射之恐不力。鏃痕留至今，往者已陳迹。想當飲羽時，見虎不見石。

寒食行

去年寒食愁春雲，鵂鶹嘯雨號空村。白楊郊野荒草合，棠梨吹落花繽紛。殘碑斷碣不可識，舊墳隙處添新墳。今年重到傷心處，悲風落日寒煙聚。高下墳頭挂紙錢，家家上冢人歸去。終古難招望帝魂，杜鵑血灑冬青樹。

杜鵑行

蜀山巑岏連雲起，瞿塘倒峽奔千里。望帝離宫劍閣連，珠房翠殿香風裏。艷舞嬌歌春欲闌，深宫花落隨流水。何當轉眼見升沉，昔日繁華今已矣。江山猶是昔人非，不見當年蜀天子。蜀天子，去不還，悠悠遺恨在人間。萬里家鄉歸未得，側身西望路漫漫。化作杜鵑飛不去，至今瀝血嘑空山。君不見令威昔日遼陽鶴，去國離家悲寂寞。月明華表一歸來，仿佛當年舊城郭。杜鵑杜鵑勿復悲，喉乾血盡徒爾爲。千古興亡總如是，脉脉此情當怨誰。

江干野眺

目送征帆遠，心隨去雁遥。林疎風減葉，江闊雨添潮。招隱歌叢桂，懷人賦采蕭。行行歸獨晚，溪路恰逢樵。

梅雨

極目郊原廣，荒城傍野田。水雲遥載屋，煙樹遠浮天。徒失前峰翠，平添衆壑泉。更思攜蠟屐，吟眺北山顛。

雨舟時有武陵之行

濕煙低草樹，積雨暗江皋。迢遞征途遠，間關客夢勞。河流分棹急，橋影到船高。計日看晴霽，登山醉濁醪。

月夜同友山

十年塵暗敝貂裘，孤客悲吟感素秋。凉夜鶴歸霜滿地，遠空雲盡月當樓。關河萬里凝寒色，砧杵千家結暮愁。摇落已憐青鬢改，壯心猶自攬吴鈎。

冬日閒居書懷

縱屐名山苦未能，閉關堪學坐禪僧。撚髭易句删詩稿，攲枕看書就夜燈。蘭篆聚成香鼎霧，玉環呵斷硯池冰。年來悟得盈虚理，貧富於今絶愛憎。

鄰園看花

背郭鄰園花正開，看花無伴句空裁。貧孤勝賞憐春去，老剩餘閒訪舊來。山獻遥青當户牖，雨分新緑上庭槐。娱人景物應須惜，不覺臨行首重回。

錢上林歸自山右錢善鼓琴

對酒揮絃醉復歌，問君游興近如何。縱云湖海知音少，却喜公卿識面多。碣石雲寒低紫塞，太行天遠見黄河。平原賓館空遺迹，曾否題詩一再過。

楊楚葵招飲席間送吴桐菴歸禾中

湖海交游此識君，欣逢接席話殷勤。興餘把酒澆愁盡，燭跋論詩坐夜分。落葉到窗頻聽雨，斷煙沈浦欲生雲。最憐别後相思切，殘月西風起雁群。

雲紱歸自奉天次日即命賞菊之酌席間得悉楷翁近况

絶塞關河溯泝洄，故園松菊剩栽培。一尊又向東籬醉，萬里初逢北客回。秋老吴江殘葉下，雲迷碣石斷鴻來。憑君傳語平安信，淪落終憐賈傅才。

送奇徵之鄣中奇徵姓鄒，名兆熊。金山衛人。

結束看君興自豪，憐余終古老蓬蒿。逢人對酒歌銅斗，送客臨歧贈寶刀。洛水東迴嵩少出，鄣城南望楚峰高。由來此地多才美，羡爾賡吟賦彩毫。

輓白衣先生吴浩然詩海虞及門諸子徵賦

天將完節賦斯人，慷慨能令大義申。元亮編詩書甲子，靈均初度紀庚寅。狂歌哀鳳辭鄉邑，高舉冥鴻遠世塵。獨向西臺頻慟哭，古來亡國有遺民。

春日雨窗書懷

濕霧寒雲覆野城，曉窗幽夢不分明。强扶殘醉聽簷溜，誤認糟牀壓酒聲。

姚廷賁

字虎士，號負劬，華亭人。有《白溪詩稿》，雍正初顧小崖序之，稱其詩在錢、劉間。其平生曾遊浙豫幕。子名景清，諸生。

過外王父宜壑包公故居感賦

余生甫四齡，慈母痛朝露。生平不識母，惟識母之父。相隔百里餘，相見可指數。猶憶壬寅冬，外祖届初度。提攜到此地，風景猶堪溯。瀟灑柴桑居，清幽邵平圃。迤邐經後園，三徑松筠護。高堂臨芳池，曲室通花塢。牙籤盈萬卷，紛綸甲乙部。余時年十二，眙愕目未覩。依依不忍别，來秋遽聞訃。吁嗟泰山頽，悽愴真無措。諸舅清宦家，難以支門户。忽忽數十年，寥落無由訴。殘冬復過此，阡陌已非故。憑人問遺趾，舊第賸文礎。去此十餘里，荒塋在江滸。衣冠時出遊，精靈曷以妥。孤忠炳天地，清白垂今古。應留千載名，傳此一抔土。

自邵伯湖内塘易舟至永安鎮

湖頭曲曲盡菰蒲，蟹簖魚罾儼畫圖。村舍連緜多種柳，野航出没半驅鳧。居人以蓄鴨爲業。雙篙撑緑波紋漾，斜日拖黄旅思孤。亦有小橋通小市，酒帘摇颺定堪沽。

茅　藩

字元白，青浦人。

題王玠右鎌山草堂

皁帽幽棲客，蕭然滄海東。垂綸非獨繭，倚杖對冥鴻。碧水銜鷗白，黄茅落雉紅。彦方多感被，里俗見淳風。

讀陳人外薖菴草

焚硯江湖裏，煙波一老漁。醉沽槽下酒，快讀枕中書。人物仍求舊，篇章復起予。欲吟《梁甫》寄，佳句恐難如。

贈中都李姚二生

相逢豐沛客，問訊一悲歌。父老談雲物，山陵近若何。李通終奮迅，次况豈蹉跎。自古興龍地，賢豪慷慨多。

王允成

字生十，又字健園，華亭人。大綬子。著《山窗雜咏》，漳浦趙炎序之，稱爲清真高曠，不事規摹沿襲者。其集刻在康熙丁丑間。

贈徐鸞章

高天何蒼蒼，長路何悠悠。使爾懷才子，四海徒遨遊。千金曾報德，一劍未逢讐。窮途淚不灑，單衣耐九秋。安得萬里風，借君陵滄洲。

燈下菊影

只恐霜凋盡，茅堂聚獨幽。一燈初照影，四壁忽生秋。陶令花難摘，黄荃墨不留。堅貞垂晚節，肯向暗中投。

同彦仁弟訪秦山人

弟兄相與伴，攜手訪匡廬。徑有常來客，牀多未見書。樹深初出鳥，水暖乍游魚。故里言旋日，新詩賴起予。

遣懷

余年四十二，兩字竟難成。書爲來生讀，田因遯世耕。微吟消白日，善病覓黄精。自得幽居樂，而非分外榮。

輓日千吴先生

夫子誠真隱，高風已莫攀。著書消歲月，攜杖看雲山。儒服無更改，朱輪罷往還。平生不下淚，今日爲君潸。

邨居雜咏

隨境能安不覺貧，蕭然物外作閒人。陶情端賴書無蠹，守拙何妨服有鶉。竹種南園猶未滿，梅看東閣已含新。山翁邀我同歡飲，遑惜遊蹤染路塵。

養晦江村静若山，羊求不到不開關。偶因買藥身還出，日爲抄書手未閒。韵士投箋工細楷，高僧乞米破微慳。庭前最喜調雙鶴，野性能馴勝白鷴。

金巖慎

字漢威，號補園，華亭人。入大雅堂文會中。著《雙清閣詩稿》。盧文子曰：「詩格古雅，不作近今之想。」

江行

江疊浪如山，岸疊山如浪。打頭石尤風，舟行疑釁盪。風浪正未已，遊子欲何向。伏波馬革裹，屈子魚腹葬。古人輕一死，念之心膽壯。顧余涉世途，艱阻非一狀。千金帚本敝，半額眉未廣。躑躅向人間，棄同夏月纊。蹶蹏那復前，塌羽何由颺。猶思擊楫耶，何不自忖量。天吴投白波，或者示懲創。不如歸去來，濁醪倒瓮盎。

有鳥倣白樂天

有鳥名大倉，厥惟瑶光精。疏尾而闊臆，足若雙枯荆。角弭藏殺機，決雲恃體輕。豈惟燕雀懼，亦令狐兔驚。在昔有酷吏，目之曰蒼鷹。蒼鷹非不殘，猶抱區區情。憫胎不擊伏，欽彼義鶻名。

索陸錫山雙清閣詩久不見寄以詩挑之仍用清虚堂韵

交遊放手如搏沙，松軒枯坐龍衙衙。繙書便令晝欲寢，挑鐙昨喜寒生花。風流徐穉盛才調，與子並是文章家。十年聚散苦萍梗，風枝不定翻林鴉。孤斟對影不成醉，那共捉麈吐奇葩。相逢一笑盡傾倒，快如馬疥勞搔爬。話久不知日欲没，濡喉試潑風爐茶。分擕無計破愁陣，借君詩句當鼓撾。曷爲瓊篇重秘惜，無乃珍烹非咄嗟。今朝可便翻水成，會看小閣流雲霞。

莊祉如園亭聽朱叟彈琴作

愛汝園林好，入門濠濮情。秋庭逢葉下，潭水向人清。白鳥毰毸舞，朱絃一再行。曲終有餘慕，繁響不成聲。

雨

兼旬困梅雨，牆角亂鳴蛙。屋漏移牀遠，隄傾取路斜。城疑没趙版，河似決韓沙。忽有垂綸興，持竿到水涯。

同啓遠集細林草堂次孝穀韵

逢春貪看風前柳，乘興還尋雨後山。笋屐穿林憑鹿引，石牀鬬茗趁僧閒。雲堆密樹籠佳氣，嶺抹斜暉著醉顏。最愛晚來人語静，昏鴉幾點望中還。

人日書懷

選地城西小結茅，筮逢《乾》卦得初爻。躭詩雅喜吟《招隱》，著論真應繼《絶交》。綵勝上簪羞秃鬢，春盤供客媿荒庖。君看梅性甘清淡，未許凡花與混淆。

雪中舟次有感

江雲濃釀沙頭雪，塞雁高排天際書。不信行蹤今至此，細籌生計欲何如。魚鱗脱落仍思躍，鳥翮摧殘詎易舒。頗憶淵明賦歸去，先生應自愛吾廬。

盛兆晉

字賓三，號悔亭，上海人。初客會川，著《會川集》。後定爲《東西南北吟》，藏於其外孫瞿氏所。乾隆辛巳，瞿南州刻其祖筠中詩集，因併刻以行世。《漱芳齋詩話》：悔亭以高才生遊京師，交當世知名士。及耄，忽往靈隱受牒不返。一子聲聞，没，無嗣。其詩則王湘客晦、孫松坪致彌許爲必傳云。

思家用高青丘韵同薛有聲范静兮林此亭葉芥舟作

樂事推吴下，佳人憶半塘。梅花元墓雪，橘柚洞庭霜。《玉樹》歌三疊，燈船水一方。此中堪卜隱，寤寐不能忘。

七夕大淵師鄰虚閣避暑同張洮侯沈客子談詩同賦

避暑常從支道林，齋鐘蕭寂有清音。牽牛舊話何須證，悼鶴新詩好對吟。閣倚數峰遥翠入，地當古木夕陽沉。自知嬾散天真妙，背俗終無乞巧心。

過蔡雲芝村居讀陳鱸江詩有感次韵

髫年親串各天涯，回首風塵枉嘆嗟。耆舊每思陳寔里，群仙曾降蔡經家。鱸魚時候傾桑落，鴻雁聲中看荻花。此後萍逢猶未定，何年方得住烟霞。

次韵答孫思九

一生心事與誰期，把臂城南寄所思。孫楚多情憐我拙，虞翻不恨少人知。蘼蕪野渚煙中景，楊柳湖橋畫裏詩。看取遥山連暮靄，吟懷似藕欲抽絲。

烹石首魚有感按，海禁始順治辛丑，至康熙戊申開。

記得嘗新弱冠過，可堪從小逼干戈。黄魚爛賤渾閒事，但願時清海不波。幼時海禁甚嚴，年二十始食黄魚。

徐　深

〔字〕合素，華亭人。

贈别蔣前民蔣名易，江都人。

陣陣西風吹蜀岡，寒生襆被那成裝。燈前不意呼鸜鵒，眼底何人贈驌驦。竹徑醉殘中夜雨，草堂吟老一林霜。與君細數論文地，明日天涯秋夢長。

送黃天濤歸里兼寄令兄仙裳暨東皐諸子

空堂紅燭付深巵，酒盡河梁獨客詩。交數心期誰劇孟，人從天畔别袁絲。邗江衣帶輕帆遠，碣石春雲一雁遲。舊雨幾年消息斷，玉繩花外寄相思。

詩話：太倉毛亦史有《喜徐合素至甘州幕府話舊》詩云：「挾册攜琴絶塞行，將軍長揖重儒生。題詩好徧雲中戍，射獵應過雪外城。緑酒黄羊晨草檄，黑貂紅燭夜談兵。歸來萬里雄心在，莫惜離懷醉後傾。」得此可見合素梗概。

曹光昇

字賓曙，華亭人。鄧孝威云：「賓曙素負奇氣，遭際不偶，抑鬱而亡。其詩激昂淒楚，如聽雍門之琴、漸離之筑，令人潸然。」

己未除夕與同郡彭古晉先生及許元方金雲六守歲燕丘分賦

天涯值歲除，將母計何如。本不輕投杼，誰教又絶裾。傾瓶儲粟盡，曲突爨煙虚。賴有同心友，相憐屢過余。

昂藏留七尺，寧不是餘生。薄命悲長鋏，羈心戀短檠。朋來還道故，賦就孰成名。明日看華髮，蕭蕭又幾莖。

酧郁宣夏見貽

知君奇偉脱菰蘆，不愛儒生愛酒徒。天畔月高時倚劍，江干秋老共呼盧。技成甘效屠龍氏，命蹇聊爲牧豕奴。自昔暗投多見棄，肯將雙淚落窮塗。

張 曙

字玠菴，華亭人。

送汪舟次出使琉球

湖山靈境天所闢，海内清華擅名隻。雲舒霞卷林壑深，中有坡公舊遊迹。水流石峙迄千年，堤邊蟻附蝸相緣。人與山川同不朽，屈指後來誰復賢。君家越國綿遥胄，灝氣英姿鍾紫岫。殿中作賦獻長楊，翩翩司馬今時又。雕蟲餘技鳳凰鳴，尚謄胸中百萬兵。一自姓名書扆坐，汝諧往矣東南行。彭湖落漈久臣屬，煒煌使節來殊俗。鄭公受命便辭家，坐令海外輝生旭。霓旌湖滸暫徘徊，春色山光次第開。一識荆州願已足，自慚徒盼青蓮才。紛紛軒蓋尊莫比，折節如公安可企。布衣懷刺漫無門，何况堦前盈尺地。

沈 安

字寧士，華亭人。

泊富陽

石路灘聲急，危檣獨夜舟。山銜孤月起，帆逐片雲收。漁火銀沙亂，寒江鐵笛愁。行行多戍壘，何處問滄洲。

遊石鐘山

天地來雙屐，江湖壯此峰。怒濤從齧石，幽磵欲聞鐘。徑轉迷荒堞，巖虛憬蟄龍。雲帆看不極，萬里拓心胸。

琴川早發

客久馳驅慣，陵城入古塘。短衣敲石火，小僕唤江航。月色籠荒戍，雞聲破曉霜。悽皇南北路，經歲敝裘忙。

高郵道中

荻岸烟初暝，寒空落彩虹。村荒平野闊，齗晚一燈紅。宿鳥喧津樹，歸帆逐暮風。故園兄弟在，應爲望秋鴻。

泊吴江投贈顧茂倫先生

夜静郵籤急，更殘星斗斜。灘聲驚短夢，月影射圓沙。落拓交偏少，軒昂興自賒。詩盟慚附驥，飛動向天涯。

忍齋先生見過不值留題次韵

屏居恣野性，花鳥自成邨。上客空回駕，貧家少應門。微風生谷口，新月湧雲根。歸卧時迴首，相思誰復論。

喜得錢爾斐先生書

武塘佳勝地，握別已經年。自覺關山隔，驚看時序遷。鴉飛荒嶠月，鐘落暮江煙。浪迹心常折，來書雪滿船。

張以貞

字寧一，華亭人。

春望

徙倚小樓東，晴光炙面紅。捲簾因愛竹，吹袂不愁風。夢逗梅花外，春浮柳影中。西南山數點，一望倍玲瓏。

寓樓對雨

楝花風信急，高閣雨霏微。水勢横江去，雲光挾嶺飛。松飄清磬轉，煙送片帆歸。何事殷雷遠，魚龍變化稀。

集鳳臺限韻

招尋乘絶磴，憑眺起高歌。勝侶看蘭蕙，幽懷寄薜蘿。尊前丹嶂出，樹杪碧雲過。回首平疇遠，蒼茫意若何。

寄性空上人

幾緉椶鞋一草衣，碧雲詞藻近來稀。久棲冷院因耽句，特愛閒人數款扉。寒勒花枝因砌發，風吹雨脚抹簷飛。他時許我遊蓮社，請作淵明爛醉歸。

春雪和韻

光凝幽谷玉霏霏，萬岫遥驚積素圍。梅萼未聞融暖日，柳綿忽漫鬭寒威。風微珠樹花初落，月滿瑶臺鶴不飛。東郭行吟饒逸興，中宵何必掩荆扉。

落梅

玉鱗歷亂舞池塘，笛裏煙姿黯自傷。微雪入階寒帶月，殘冰結甃澹微霜。偶侵翠蘚猶横影，忽綴紅窗尚暗香。髣髴墮樓人不見，年年金谷斷迴腸。

白燕

瑶筐玉羽幾時飛，誰向清華借雪衣。夜澹梨雲花一片，曉寒梅月影全非。仙人珠珮休遺玦，織女瓊梭乍下機。珍重素娥頻引待，滿身惹得暗香歸。

張以寧

字□□，華亭人。

秋海棠

軟漬紅酥百媚生，嫣然一笑欲傾城。不須更乞春陰護，放翁有「乞借春陰護海棠」語。緑葉低遮倍有情。

雜憶

新繡弓鞋纖月生，探春初着薄羅輕。拊肩却恐餘寒峭，半臂攜來花底行。

王　心

字戴寧。青浦人。有《十友廬集》。陸友松云：「沈巷在國初不少名宿彼此唱酬，于時有十友樓，而王戴寧爲樓之主。其詩不滿四百首，諸體略備，塵腐一空。」

贈石雲上人石雲上人，昔年居于顧書渚之圓楨寺，日與勝流晤對，猶厭其煩，乃于漣水之湄搆菴，名指月，以修静焉。今將三十年矣，此入林唯恐不密之意，何其高也。余既序其概，又爲五言二十韻以贈之。

吾師本華胄，削髮歸圓楨。寺乃吏部宅，地以曩賢名。南望當湖邑，北指五茸城。一曲泖水隈，竹木何葱菁。遠山淡而秀，流波駛且清。上人隱其間，永矢解世榮。名高客遥集，户外屨已盈。險韵鬬新句，元談論無生。師復攢雙眉，不耐送與迎。飄然飛錫外，湖湄搆一楹。琅琅清梵音，熒熒禪燈明。時而發詩思，伸紙波濤傾。時而臨池書，搖管煙霞橫。于茲三十年，不入城市行。舊遊多軒蓋，苦邀踐前盟。吾師不少顧，揮手辭公卿。惟與漣湖水，相對兩忘情。

竹杖

靈壽何須賴，龍孫勝古藤。心虛卿可愛，節勁我堪憑。問酒分錢掛，尋山助屐登。輔人良不苟，君子老偏能。

雨窗懷杭聖西時長修兄弟歸侍

秋空蕭寂對清谿，竹樹曾聞雲與齊。司馬主賓牀上下，士龍兄弟屋東西。奇書借得盈筐寫，險韵哦成滿壁題。卻怪朝來風雨急，雙柑誤爾聽黃鸝。

讀明遜國逸書題後

薊北旌旗南指時，潛龍遜國不勝悲。兩朝忠義淪瓜蔓，一代尊親忍豆萁。宋室養賢終食報，嬴家蔑士竟何支。版圖拱手無人惜，欲起文皇問燕詒。

題雪竹

玉龍群鬬甲霏霏，挺翠龍孫事已非。頭白腰彎君莫笑，還留高節待春暉。

陸緯

字星聚，號娛軒，青浦人。工詩古文。因居喪，葺山房於佘山西麓以居之，年六十六卒。著《中吳軼史》二十卷、《陶詩注》二卷、《娛軒類稿》十卷。

詩話：楊陸榮有《寄懷娛軒》詩，謂爲「壯懷曾自許，筆落雲霞濕。試與時賢並，豈止冠鄉邑。由其磊落懷，望古欣遥集。睥睨群卉低，兀傲疲孤立」者，可以得其致焉。

乞花詩

半畝荒園遜辟疆，碧苔深處柳絲長。一枝春色能移贈，雨過先教荷鍤忙。

陸明

字令融，青浦人，居白鶴江。有《潛齋詩集》。袁載錫曰：「潛齋不屑治生産，傾貲結客，放情詩酒。當其興酣得句，伸紙疾書，有胸次灑然意。」按乙酉起兵時，以徽人黄金榜守白鶴江，聞警先遁者，即此地。

送别林鶴招

見説春纔去，何當便憶家。可憐交道盡，莫問世情賒。雨細深芳草，鶯啼亂落花。蒼茫江上路，愁絶暮雲遮。

秋日潛齋

遁迹何妨半畝宫，依然小隱似牆東。低簷寒竹侵幃緑，隔岸霜楓映榻紅。地僻不煩題鳳客，心閒且學養雞翁。勞勞車馬江湖遠，未許塵氛到此中。

許宗渾

字其山，青浦人，居白鶴江。能繪事，與任潢友善。

自題畫山水圖

買得新居住碧山，芒鞋久不踏塵寰。《黄庭》一卷消長晝，雲護峰頭鹿守關。

任　潢

字秋雯，青浦人。居縣城南，有復園、求是堂、南軒、春風檻諸勝。時董黄、周綸嘗主其家，爲文酒之會。有《南軒唱和集》。

夜雨

春夏常嗟雨，秋來入夜多。狂風能折木，積水更沉禾。黯澹悲人事，淒涼聽棹歌。但愁輸餉急，歲歉定如何。

沈白

字天庸，又字賁園，上海人，求子也。嘗一應童試，後絶意進取，即父隱居之梅花源築結繩書屋，歌嘯其中。詩不事藻繪，任筆揮灑，且工書法。年七十八卒。

牧菴和尚重過離垢園

不得崇川信，憑高望牧公。相思經夜雨，相見又春風。蘿薜葉空翠，棠梨花自紅。别來何限意，都在不言中。

次諸乾一寄懷韵

去年黄葉下，曾叩白雲扉。不遇山中侣，孤帆月下歸。春回梅蕊綻，雨霽藥苗肥。倘有扁舟興，重來問釣磯。

端居

晨興理巾舄，清泉盥吾手。端居讀《周易》，乾爻玩初九。嘉遯貞龍德，无悶故无咎。遐哉莘野民，邈矣渭川叟。忘情托垂釣，樂道在畎畝。庶幾《梁父吟》，千秋稱尚友。

集吴香來齋即席分韵

高會重開鳳羽堂，寒宵剪燭競飛觴。閒雲出岫知何定，細雨催詩也不妨。有客狂歌寄懷葛，群公佳句軼齊梁。英雄老去應無用，只合逃名入醉鄉。

偶題

身如出岫雲，任風自來去。霖雨偏人間，還向空山住。

柏立本

字吟山，華亭人。處士古子。

曉發細林山

酒消遊興忽成闌，一葉春江破曉寒。記取歸帆圖畫裏，九峰濃淡雨中看。

莫芳奕

字韵方，上海人。秉清子。

夜泊

天空雁斷氣蕭森，寒柝聲中雜暮砧。客路曉行猶夜月，歸舟人語即鄉心。遥看衰柳藏茅屋，漸聽疎鐘過別林。從此相思皆遠夢，蒹葭花白晚潮深。

王　烈

字武承，號蕉園，□□人。有《九峰秋鳴集》。

西麓園亭

日涉良多趣，佳思意莫忘。雨餘桐溜乳，風過柏生香。曲檻堪通覔，危峰欲壓牆。逍遥身不繫，容我縱清狂。

吴江訪沈賁園

鷓鴣聲裏路迢迢，訪舊行吟豈憚遥。青颺一旗江店酒，白浮兩岸海門潮。渡頭農圃梅藏屋，灘畔漁家柳拂橋。爲探休文邱壑勝，開軒煑茗話今宵。

趙天延

字緘齋，洞之子，青浦人。布衣。與兄顒均以文辭稱。著《緘齋遺草》。緘齋至孝，父卒，兄顒遠出，母病，拮据供之，其夫婦日食粗糲。不令老人知也。乃亦以盛年卒。

謁陳黄門墓

黄門遺迹漸消沉，爲訪孤墳太息深。幾社文章宗北地，雲間氣節重東林。報劉令伯生前淚，哀郢靈均死後心。莫更招魂悲宋玉，七歌凄絶雍門琴。

金　杲

字澹民，號書樵，青浦人，居沈巷。布衣。以醫自給，工草書。有《選幽居詩稿》。

舟泛湖村即事兼寄夏子玉濤

四野冬晴望不昏，放船薛澱我思存。積禾高出黄茅屋，曬網斜連紅葉村。支遁買山堪博笑，陶潛止酒亦名言。停雲懷友琴書樂，修竹幽居自閉門。

同諸友赴石洪玉雨軒觀蓮

茂樹扶疎緑刺天，野亭磐礴響風蟬。林疑阮氏同依竹，人似濂谿盡愛蓮。醉墨彈琴誇逸事，隱居樂志已多年。南池不減西園集，如錦新詩有百篇。

池上

一谿樹色一簾煙，茗椀薰爐《秋水》篇。正合香山居士句，芙蕖開在卧牀前。

題畫

平楚蒼然帶遠津，一丘一壑隔風塵。此中静對宜高逸，底事倪迂不畫人。

沈奕藻

字翰宣，里居未詳。見王岸三詩集。

月鈎

漫擬新眉鬬麗纖，曲瓊斜映掛西簷。賺他獨坐深閨裏，誤向黄昏欲上簾。

宋　恒

字久一，華亭人。

登滁山

南譙尋古蹟，駐馬上琅玡。落照紅千嶂，凝煙紫萬家。古碑雖可讀，荒祀已堪嗟。獨有孤梅在，還開舊日花。

春日行經關山

不盡紆迴路，崎嶇又此山。人家芳樹裏，帝廟彩雲間。花氣飄香案，晴光照聖顔。長征無所問，惟看大刀環。

詩話：王薛澱有《送久一還雲間》，云：「宋玉文章鬬綵霞，萍蹤晨夕共京華。」又：「閉門自理弦琴趣，流水聲中想伯牙。」可知久一亦遊於京邸。

宋與之

初名作霖，字雨臣，華亭人。

常山

又是常山路，迢迢一日程。野煙圍獨戍，宿霧隱荒城。樹老迎人立，禽飛掠水鳴。故園三徑在，回首不勝情。

廖崑暘

字麗中，華亭人。著《鳴蕉集》。

白石山址步月

石膚瑩潔霜華生，顧兔忽作銀盤傾。石光月光兩難辨，俯仰四大皆空明。縱有龍眠白描手，慘澹未得摹崢嶸。恍如置身群玉頂，還疑赤脚冰上行。徵君仙去不可喚，應來木客聽吟聲。

湖心亭

樓臺空瑩漾琉璃，縹緲身疑鏡裏窺。仙境誤憑青鳥認，塵心輸與白鷗知。隔隄花柳空三月，照檻雲霞變四時。好景被誰收拾去，畫圖還憶右丞詩。

張　果

字退園，號松友，上海人。

二陸

二陸風流遠，草堂今在兹。崑山仍婉孌，谷水自漣漪。兄弟文章伯，乾坤戰伐時。登臨一回首，千載使人悲。

沈　炎

字凝峙，華亭人。

過鶴沙

鶴沙青嶂戍，蕭颯北風淒。海闊蒼煙直，烽高落月遲。驛燈窺旅雁，客淚墮晨雞。長路應難問，逢橋那敢題。

金山秋望

江暝潮聲急，秋風慘夕暉。亂山京口出，孤雁海門飛。樹入雲根斷，帆歸煙際微。踟躕六代舊，擊楫壯心違。

俞　瑞

字懋宣，婁縣人。

送子然弟偕樗亭師遊武林

向多雲水癖，此日共扁舟。白苧一爲別，青山何處留。娥江濤似雪，鷲嶺樹先秋。爲我圖奇勝，歸來作卧遊。

月夜坐錫山湖心亭

孤亭當水面，疎柳自依依。岸闊湖光渺，天空山色微。菱歌歇遠浦，漁火傍危磯。深夜娱清景，漫漫露濕衣。

章汝聽

字虞詢，華亭人。

送張能一入都兼寄家兄虞球

炎風沙磧滿征鞍，君去休辭行路難。青嶽遥臨松百尺，黄河極望水千盤。歌殘《子夜》星辰動，酒散天涯風雨闌。平子聲名吾黨重，會須輦下慶彈冠。

帝城北望五雲齊，日落西山散馬蹏。姓氏會通青瑣闥，嘯歌應上白銅鞮。柳花御苑還同照，杜宇征途任意嘅。燕市若逢家仲語，爲言予病獨雞棲。

李東

字子才，華亭人。

佘山

故國山川續舊遊，春風吹我上蘭舟。雲開積雨行相待，鶯坐高枝語欲留。古寺松篁餘翠色，徵君臺榭已荒丘。廿年勝事頻搔首，玉笛銀箏薄暮稠。

秋燕

去去離情難重陳，烏衣非復舊時新。夢懸明月樓中伴，舞憶昭陽殿裏人。歸路秋光斜拂羽，舊家風景暗生塵。故巢爲爾頻相護，記取梨花萬樹春。

朱王綱

字振生，上海人。

窮居擬古

寥寥曠居，鬱鬱佳樹。素心雖違，閒形可寓。清風滿林，荆棘塞路。有道幽貞，履焉若素。日月遞乘，人遂以老。胡樂弗知，而緣弗掃。夏日正長，涼風亦早。曰予休哉，胡榮胡槁。

户設不扃，而睽塵趣。寧免耳俗，曾不心遇。山川忘形，蟲鳥賡句。軼衆自持，物矛可戍。人或遁理，天亦爲畏。肆慝而禔，俾其類慰。獨我異伊，厭薄斯味。寡物與營，飢來茹氣。

張秉鈞

字方維，華亭人。

秋日雜詩

天末秋風起，幽棲戀舊廬。燕臺無駿馬，谷水有鱸魚。薜荔懸崖老，星河入户虚。回思同學者，冠蓋白紛如。

蠡菴夜咏同馮東臨限山字

蕭寺鐘聲寂，然藜共掩關。疎星寒古樹，細雨淡秋山。地僻鵂栖穩，神清蝶夢閒。甘泉流不斷，高枕自潺潺。

陸允驤

字上服，華亭人。文定公元孫。

黄岡杜茶村漳浦趙蕁客偕洮侯集先祠得雲字

風光猶黯淡，郊外共看雲。促席多春思，高歌動夕曛。江湖狂自許，閩楚意兼慇。明日澄潭上，帆飛感索群。文定祠在潤澤橋，有百歲坊，乙酉燬。

喜從父文孫家信至

正憶長征客，緘書萬里回。親朋愁望慰，兒女笑言開。直勝千金貴，非徒一紙來。聖恩原浩蕩，珍重暮年才。

陸允安

字幼安，華亭人。

新篁

經雨千尋緑，輕雷散暮春。霜根穿石瀨，風籜落花茵。影薄聲猶細，陰清色尚新。淇園晴景日，促席好留賓。

夏　浩

字天其，號漁民，華亭人，居李匠橋。明醫理，兼能詩。著《在澗草堂詩稿》。

詩話：漁民少有異疾，不食者數載，而起居誦讀，神氣不衰。後娶妻生子，始食粥。生崇禎丁丑，至雍正間始卒。

寫懷

東皋小隱處，闢徑問漁谿。種樹延鷥坐，行糧飼鶴齎。日光排闥入，花影拂簾低。此地多幽興，閒身可寄棲。

重九後五日同文茵子陸過以文山房漫賦

村家地接梵王家，結侶相過日未斜。野樹醉霜堆柏葉，横塘飛雪占蘆花。幽深竹院秋光好，寂歷松寮俗慮賒。涉世無能堪遁迹，故來同乞趙州茶。

題山水圖

重巖複道小溪通，村落人家太古風。不種桃花種松樹，漁郎安得到山中。

陳　舒

字原舒，□□人。

六月十六日

老大迄無成，蕭然愧此生。虀鹽空一室，燈火冷三更。孤劍何方賣，秋雲不可耕。元琴雖在御，觸指發哀聲。

秋雲

秋況遠如月，秋煙深似山。茭川新葉苦，菱浦晚風寒。江漢已云靖，襟期仍不寬。野花偏有意，背水教人看。

坐聽野花高，閒心不自聊。初收青竹簟，將補白綿袍。破屋延新月，疎罾候晚潮。遠神何所賴，坦腹讀《逍遥》。

思西湖南屏

弄水有時倦，爲漁懶着竿。窗容秋竹密，月漲夜湖寬。對酒不思睡，近山應早寒。南屏如在掌，明日畫來看。

國朝松江詩鈔卷二十六

鄉人姜兆翀孺山録
蔡春祺福堂閲

廖鳳徵

字樾阡，號芸夫，華亭人。由選貢中康熙癸酉北榜舉人，官河南林邑縣知縣。有《翫劍樓詩集》《家山訪古詩》。

《漱芳齋詩話》：明府初在京時，澤州陳冢宰悦巖即賞其詩，謂爲江南一鳳。其《陪冢宰摩訶菴看杏花呈句》云：「人來北闕瞻卿月，花發東方應歲星。」已爲京師傳頌。他如「長隄古樹蒼煙外，小艇平波芳草間」，「雲開少室當軒翠，日盪洪河遶郭明」，「小橋燈火前邨店，殘碣蒼苔古寺門」，皆佳句也。其壽八十，神明不衰，有《潘層峰過談》詩云：「少日清狂安在哉，而今心事未成灰。梅花風味應同我，歲歲冰霜晚更開。」可以想其矍鑠焉。

秦望山松九峰等山，皆在郡西北，白苧城縣南四十里。又十里爲張堰鎮，秦山在張堰西，查山在張堰南稍東，若金山則在海中矣。

白苧城南有二峰，秦山望海自祖龍。山名以此稱。當年馳道今何在。荒煙衰草没遺蹤。山之陽有仙人洞，仙人隱此闢深叢。洞外僅容趾，洞内轉冥蒙。但有白雲時出洞，未許遊人入洞中。仙迹何年此遠逝，纍纍立石洞門閉。神異不許尋常窺，誰爲踣石宣靈祕。偉哉山人吴南崖。忽欲通久塞，不借神斤鬼斧五丁力。排松抉石須臾間，山前復見洞門闢。攬勝尋遊來日多，攀蘿捫石重摩挲。林屋洞天開窈窕，華陽福地增嵯峨。我來躡屩對洸瀁，夜半遥觀日出狀。日出未出初起時，一縷紅光澈海上。爛然灼爍如火毬，天水半赤相激盪。扶桑躍上真奇觀，照耀人間森萬象。晴看南面越中山，諸峰歷歷如屏障。海南與紹興、寧波相望，深夜籟寂時，越中雞犬之聲相聞。今天日晴明，南岸諸山歷歷可指。我久思作乘槎客，况復滄溟今不窄。浩然長嘯指蓬萊，探奇欲訪支機石。堪笑徐盧汗漫遊，祖龍望海幾千秋。兒童紿去無消息，至今凄清鶴唳秦山頭。

陳孚嘉湘游詞題後

元規開府登樓夜，興霸横戈轉戰年。一片神鴉檣影外，數聲山鷓晚陰前。黄蘆苦竹摇江岸，碧杜紅蘭入楚天。莫聽吴娘船一闋，巫峰遠黛正如煙。

比干墓

往蹟殷周付渺茫，孤墳落日衛河旁。氣陵牧野三千士，死報商宗六七王。披髮尚期君可悟，剖心不道國旋亡。忠魂地下龍逢並，碧海丹衷淚萬行。

宿碧雲寺

山行彌日叩禪扉，下馬空階又夕暉。清磬一聲僧入定，白雲千片鳥争飛。苔封石磵泉流細，風動霜林木葉稀。此地游人頻信宿，軒裳那抵水田衣。

涉淇水

湯湯淇水清，客行寒料峭。初日煙巒開，長空没飛鳥。

俞塘 過孫家牌坊東里許即是。坊爲漢陽太守故宅。

粉匳畫筆共朱旛，舊墅滄洲碧蘚垣。不道江天烽火後，一川紅雨武陵源。俗云：千金難買俞塘北。明季倭寇不及。

張永銓

字賓門，上海人。康熙癸酉舉人，授中書，改選徐州學正，未任，卒。著有《閑存堂詩文集》。詩話：中翰古文集十四卷，黄梨洲謂見其《西山遊記》，極簡潔，所謂本之太史以著其潔者，蓋以庶幾。宋牧仲謂其不獨工制藝，且爲今日之古文大家。抑不獨工詩古文辭，且能闡發濂、洛、關、閩諸君子之理學，而爲一代大儒。又謂其文則蘇、韓，而理則程、朱。今《閑存堂集》具在，固不誣也。至其詩，亦有得之言居多。

贈魏叔子

倬彼三鳳羽，苞彩光陸離。其一銜靈文，翱翔東海湄。一鳴驚大野，再鳴薄雲逵。舉世無伶倫，誰與叶《咸池》。之子翠微彦，巖阿鬱奇姿。投我錦繡段，爛若朝霞披。相見未經旬，悵然萬里涯。山川緬以邈，霜露悽以悲。登高眺古疆，何當復來儀。

贈蓬園叔

富貴於人爲粃糠，既貴不富誠何妨。貧賤於人爲穀粟，貧而非賤亦不辱。卓哉吾家蓬園公，三復斯語將毋同。酌我斗酒澆塊壘，聽我一曲開心胸。憶昔公當年少時，風流瀟灑類宗之。燈火長紅堪作賦，芭蕉半黑爲臨池。司馬才華薦上方，姓名人唤紫微郎。每向春闈花正發，幾回直宿夜偏長。遠宦滇池去萬里，一官久矣同敝屣。歸與挂席吴淞濱，爲憶高堂戀桑梓。穩卧城西數椽屋，空餘疊石間疎木。買山雖乏囊中錢，泛棹閒聽江上曲。

中秋夜宏軒叔移尊千人坐招集江右魏叔子廣陵宗子發萊陽姜學在松陵丁會公同郡朱雪田家梅巖沈賁園許葵園端臣家思咸即席次和

良宵石上對秋風，邂逅天涯意氣同。珠履高賢尊酒外，錦箏游女踏歌中。王家宅第寒煙没，吴苑池臺暮靄空。霸業雄圖空想像，銜杯落月思無窮。

家欠山來滬上集拄頰山房與雪鴻西崖分韵

詩篇到處滿奚囊，斫鱠炊菰話草堂。四海關心惟數子，百年把臂幾重陽。澆愁酒泛空潭緑，照眼花開曲徑黄。蘆浦槎谿相望裹，耦耕應比雁齊行。

王楨

字薇士，號椒圃，日藻從子，華亭人。康熙丁卯舉人，辛未進士，甲戌殿試點庶常，假歸不出。詩話：庶常早歲在春藻以詩名，假歸後優游林下幾三十年。勤於爲善，獨任育嬰者數年，善人之稱，溢於婦孺。歿後并有傳其爲某縣城隍者，殆不欲於文墨争長，故晚年詩稾未見。

渡大江

數點飛雲亂，涼風透旅衫。潮聲催牐鼓，秋色飽江帆。白露空汀落，青楓斷石銜。中流聞寺梵，來往愧塵凡。

朱錫鬯晚過

樹近飛鳩鵲，亭虚下鸛鷸。問奇吾自得，作賦爾才長。夜醴催街柝，風鐙偃笛牀。異鄉昆弟好，端欲擬遊梁。

登崇福寺後閣

峻閣層霄麗，飛霞白日低。天香盈紫殿，花雨拭丹梯。戰士三韓迹，寺舊名愍忠。空王異代題。登臨千里目，愁隔薊門西。

廣陵

蕪城煙月未全消，歌舞猶留第幾橋。溝上錦帆終古恨，觀中瓊蕊昔年嬌。青樓鸚鵡翻雕珮，羽帳茱萸暖玉簫。歎息司勳風調遠，彩箋無計泛春潮。

花朝看梅

臨風把酒祝花神，莫羡侯家錦幙春。屋角老梅纔數樹，尊前勝友恰三人。不將紅艷供心賞，惟有清標絶俗塵。巖壑賴能常伴我，年年願共對芳辰。

程儀千

字言遠，號枳軒，自其祖由休寧遷松泖涇，爲婁縣人。儀千入金山衛學，又占籍廣西上思州。中康熙丙子舉人，改歸後仕泌陽知縣。嘗夏旱蝗，禱于神，忽盤古山一路集烏鴉千百，啄蝗殆盡，歲仍大稔。其邑人有「狀三日，肉二斤，程公做官百姓寧」之謡。至戊戌詔擢循良吏，得五十五人，奉旨行取，而泌陽與焉。入爲刑部主事，調國子監助教，仍食主事俸。未幾，乞休歸，優游林下者二十年。詩有《枳軒閒吟》，其孫來泰藏於家。

朱初晴見訪投詩依韵即答

柴門佳客到，握手覺情親。舊雨能相慰，新詩倍有神。花間堪布局，谿畔共垂緡。更向前村去，同邀中聖人。

冬日大伊山曉行即事

晴冬好景似清秋，卻有霜華點素裘。殘雪未消侵古路，流澌乍合阻行舟。天邊日湧星初落，山脊雲生氣欲浮，何處朐陽應漸近，寒風雖急不須愁。

咏史

丞相開東閤，諸賢趨後塵。誰知下帷者，不屑向平津。

焦袁熹

字廣期，婁縣人，以居浦南，學者稱南浦先生。康熙丙子舉人，兩赴禮部試，以奉事祖母，鞠母唐，遂不求仕進。癸巳，李文貞公、王文恭公以實學通經薦，亦以親老固辭。迨銓山陽教諭，仍乞終養，不赴。所著經説有關絶學，如《春秋闕如編》八卷、《四書説》九卷，均採入《四庫全書》。他若《經説彙編》六卷、《讀四書注疏》八卷，亦經進呈。又《論圖書》一卷，《太極圖説就正編》一卷，《太元經解》一卷，《潛虛解》一卷，《九歌解》一卷，《經世輯論》五卷，《雜著》八卷，《談佛乘贅語》五卷，《尚志録》一卷，《泉下録》一卷，自著詩集十六卷，文集十卷，《直寄詞》二卷。至其制義八集，共一千一百九十三首。一生精力所著如此。

徐今吾曰：「詩集中如《子夜》諸曲，尚有一二語倣古處。至如四言短歌，字字從肺腑出。擺脱三曹面目，而聲調激昂，仍不失樂府體。」

詩話：長洲何義門嘗訪先生於村居，見《此木軒詩》，語之曰：「古詩已入神解，而近體未爲造極。」先生深服其言，謂爲見地獨高。然先生晚年詩又變，不可一例論也。蓋先生詩由元、白而入李、杜，於所著《論詩彙編》可以見其宗旨。惟其於近代諸家，痛黜新城《精華録》，謂其毒比竟陵爲甚，亦以神韵一説，相沿日久，易流於妖聲艷辭耳。

短歌

浩浩江流，中有萍浮。兩萍相值，何嘗相求。銜泥紫燕，來歸庭院。同此寂寂，能不眷戀。與子分形，原非一身。少小相聚，不知賤貧。日月既多，頗爲故人。君不思我，誰與我親。我有斗酒，可以適口。道理伊邇，能一來否。君若惠來，爲君鼓缶。雖無妙聲，緊豈有咎。紅鯉在淵，白雁在天。雖有尺素，中心惘然。不如促坐，翦燭留連。一朝永棄，那復相憐。

短歌行

置酒華堂，絲竹鏘鏘。我友萃止，請盡百觴。翹袖婆娑，爲樂之方。更仆迭起，同在醉鄉。日既西傾，月復東出。百齡幾何，常苦卒卒。中心壹鬱，不能長歌。拍肩何限，知心不多。百憂有根，來不可治。青棠丹棘，爲君種之。我悲白髮，君感衰顔。幾見醜老，久住世間。群仙列真，遨遊無垠。我聞其語，未見其人。醉酒飽肉，身無官禄。將子勿歎，何知非福。

猛虎行

猛虎得風，自言豪雄。深林無人，入城市中。城市何樂，得人乃多。誠慕仁義，如腹枵何。

白日欲落，口銜髑髏。夫豈無鬼，不聞啾啾。我歌猛虎，聲悲入雲。惜哉此世，無裴將軍。

效古

佳人倚高樓，所思渺何許。不知清露寒，私與明月語。明月漸西墜，顰眉暗中坐。

送曹諤廷北行

賤子樗櫟姿，枯朽難刻鏤。少小愛文章，檮昧寡所究。往讀《春融》文，《春融堂稾》，姚子青疇所著。醺如飲醇酎。放情作長歌，浩然忘永晝。辭鄙不足云，聊用相擊叩。覼縷數君子，蠡測儻不謬。海上聚星文，濟濟陳俎豆。宗生必梗楠，鬱鬱資雲構。兩雄尚潦倒，謂青疇、范之。白蠟傷小就。一鶚能奮飛，謂旦評。大首獲南狩。曹子最後出，一將尤善鬬。昔者髭未生，盛名日轂驟。文史三冬餘，巾箱五經富。國器方磨礲，家學由指授。文辭必己出，衆作嗤傭僦。好手開大黄，一發七札透。日月苦飛馳，鬼神疑福祐。連連蹋省門，鐵網珊瑚漏。去歲江之南，黯黮才傑藪。三物沿賓興，私門恐輻輳。臨軒畀文權，謂能清穴竇。豈意多紛呶，始進或銅臭。大吏贙虎爭，似有所左右。諸生蜩螗沸，其誰受指嗾。天子咨在廷，此事果紕繆。大陵育莪蒿，甫田雜童莠。淑問揚濁清，慎固隄防舊。英英張中丞，翹切萬夫脰。庶幾怙聖明，詩書爲甲胄。無若衮衣歸，使我失庇佑。皇運泰階平，文明啓寓宙。唐堯正中天，周文在靈囿。河圖告帝期，嵩嶽呼萬壽。兔罝儲干城，賢科羅儁茂。朝陽一以鳴，翕集鵷鸞簉。薖軸爲之消，鏘洋金石奏。逸足馳崇朝，小頸騰華廐。自可籥天雲，那能戀棧豆。吾賢握瑾瑜，至寶非求售。冀北宜空群，圖南詎宿留。鳳策三四卷，陸離光篆籀。青紫不須臾，鍼芥有邂逅。清喉宛轉歌，一一明珠溜。惠體婠娟舞，翩翩倚修袖。唱出《鬱輪袍》，賜第顔之厚。賦成《阿房宫》，通榜習亦陋。雲漢今作人，烓煁急薪槱。鹿鳴渴周行，笙簧先幣侑。努力期此行，此行羿張彀。往事毋多談，聖人方在宥。

陰陽石

陰陽石，太古已來比肩立，陽石常燥陰常濕。石有靈，鞭陰得雨鞭陽晴。晴雨由石不由天，天公不許人捉鞭。我欲捉鞭濟斯人，不然袖手坐視兩石傍，雖活千歲何足珍。

懊惱曲

花開須並蒂，木長要連枝。一生共衾枕，底用兩相思。春禽上春樹，彊欲知天曙。冥冥珊瑚牀，好爲儂作慮。三月三日水邊人，朝朝暮暮陽臺雲。七月七日一相見，正是投壺不得箭。廣寒素娥掩口嘘，恨不終身作羿妻。天緣多恨天難曉，月爲傷神月易低。梧楸一葉驚晝眠，帶長到地私自憐。店中龍骨已如此，樓上鳳聲阿那邊。郎吞蔽膝情難極，妾在空房獨歎息。實情懊惱端爲誰，兔絲萎死千年絲。

楊柳曲

煖風吹送江南春，江干楊柳緑漸匀。縈煙拂霧梳曉雲，夭斜蘇小誇腰身。誰家女兒鞦韆下，挼得欄西絲一把。歸來困頓嬌欲眠，夢魂早逐青驄前。紛紛擾擾知何意，合眼舒眉正少年。正少年，飛絮盡。天公作使蕩春心，眼底韶華都一瞬。

鬼謡

神仙飛行無處所，枯骨來歸一坏土，佳城一閉即萬古。昔爲人孫今爲祖，土花斑斑開無主，旋風東來紙錢舞。夜半幽堂羅糗脯，人間白日正當午，四節潛移魂獨苦。衰楊忍更摇金縷，老狐呼風鴟嘯雨，漆燈熒熒照松路。誰家新人復此住，緑草爲茵坐相語，石馬一聲人欲去。

黄涪翁

昔讀涪翁詩，格格不入齒。槎枒突兀當我前，大是黎丘一奇鬼。江西初祖負盛名，私怪其故胡乃爾。懷疑不敢向人論，一事不知鄙夫恥。或云得法杜少陵，優孟衣冠全不似。垂老將渠百過讀，字字穩愜歎具美。風容調態悦我魂，褒女一笑粉黛死。始信尤物能移人，但坐諸君不識耳。

詩話：此木軒嘗謂「王右丞是正赤色，杜子美是正黄色，李太白是帝青色，李義山是紫色，黄魯直是沈香色」，此固獨闢之論，合之此詩，可見大旨。

秋雨用元微之遣行詩韻

積雨非時晦，端居空復情。蝶虚今夕夢，雁滯隔年聲。老耳争能聽，危腸暗欲驚。尋思緣底事，閒坐更閒行。

如此陰沈夜，那無兒女情。入心成苦味，到耳似嘶聲。蟋蟀更更怨，芭蕉葉葉驚。遶廊時小立，暗想履綦行。

除草

亦知生不擇，三徑有人過。汝輩無生理，天公奈我何。兒僮初報最，心眼失沈疴。近種忘憂者，青青未覺多。

廣富林潘氏二嫠雙節詩姊適徐應麟，七年寡，無子。妹適張達，三年寡，遺孤匝月。皆依其兄弟守節。

綱常千古事，二女可同居。之死黄泉下，餘生白髮初。輕塵從荏苒，匪石自居諸。匹婦誠難奪，男兒媿讀書。

松柏無冬夏，冰霜有歲年。逐雞緣各散，寡鵠命相憐。同氣懷兄弟，勞筋即聖賢。農家女如此，青史好流傳。

咏明史

逐鹿中原看並起，百年難忘舊恩深。勃興早識真人氣，嗜殺偏疑上帝心。石抹佐籌非失計，孫炎返劍豈知音。犁眉老去傷華髮，遺恨當年《梁父吟》。劉文成。

百戰山河歸聖主，千秋七鬯屬神孫。燕王異志干天位，太保前身報佛恩。圯上授書聞道士，廟中大亨有沙門。出家了卻君王事，灰刦憑誰與細論。姚少師。

殿上何人催草詔，先生勞苦謾丁寧。孤臣只識三綱字，義士何知十族刑。奸榜好令懸日月，天威到此失雷霆。讀書種子當年在，萬古丹心照汗青。方正學。

雜感

年來是事欲都忘，誰道狂夫老更狂。縱博偶然呼得雉，讀書良久悟亡羊。白衣蒼狗知何物，閃電跳丸爲底忙。一榻蘧蘧似莊叟，無何原自屬吾鄉。

練裘白袷誇年少，戴笠乘車有舊盟。弟畜不曾疑異姓，兄呼或者是同庚。晨星落落多分散，舊雨沈沈半死生。試檢題襟塵滿篋，小窗殘燭不勝情。

風流張緒憶當年，謂長史。一代清才委逝川。尚有篇章存故篋，更無消息到重泉。若爲《下里》稱同調，未是《高山》也絕絃。晚歲論交餘子在，白頭傾蓋總茫然。

丹地誰云隔九閽，行宮實有諫書陳。一時漫灑狂夫淚，他日終銜聖主恩。豈有祈詔真逆耳，爲憐哀些與招魂。諸公自薄牽裾事，補衮功高恐要論。

和謝荻灘咏秦皇帝

不合先將六籍焚，儒生偶語欲何云。宮中指鹿兵方入，道上橫蛇劍已分。三户早知張楚讖，一椎終屬子房勳。咸陽王氣真如水，惟有長城似陣雲。

題顧良哉楚辭解後

屈子丹心照汗青，短檠風雨感精靈。醉中歌哭真名士，删後篇章尚典型。束皙《補亡》私未敢，顧子以《九章》中《惜誦》《惜往日》兩篇及《卜居》一篇爲非屈子作，其説甚精，愚所不逮，故有此句。張騫鑿空笑曾經。愚亦有《九歌解》而了無新意，徒增面牆，故云爾。從今肯綮都嘗慣，一寸鉛刀也發硎。

咏髑髏

生來面目費摩挲，雨黑風腥幾陣過。是物須憑剛膽賣，世間無那戰場多。千年骯髒藏秋柏，一箇精靈剩女蘿。試把濁醪澆孔裏，共君沈醉意如何。

蟻陣

審雨堂前復點兵，劇於牛鬭正縱橫。國殤無數舁歸穴，如此江山抵死爭。

咏史

抉眼屠腸酹夙願，婦人醇酒送餘年。百齡自是同歸盡，如此英雄亦可憐。

張　棠

字南映，號吟樵，婁縣人。侍郎集長子。以貢充教習，康熙丙子舉人，例授清吏司員外，改刑部，出知桂林府，乞養歸。雍正間濬吴淞，助工役，奉旨加太僕寺少卿。所著有《賦清草堂詩》。沈學子曰：「五言削去凡近，力追古人。五律韶秀。七律則希風隨州、劍南。」

遊七星巖棲霞洞

福地始踞勝，仙境始會靈。靈與勝相併，端之巖七星。七星各競秀，重重矗翠屏。中有最靈者，洞以棲霞名。其深四五里，徑折踏崚嶒。春日虞積水，夏日駭層冰。秋冬內方燥，可以信足行。是時剛九月，天氣正淒清。拄杖歷危磴，上憑而下承。初逾龍門隘，翼然見一亭。解衣此憩坐，野菊紛秋英。自兹束炬入，窈黑望冥冥。火光久散亂，點點流飛螢。若明還若滅，風自巖隙生。磊磊積怪石，摩頂還模稜。或開如蓮花，婀娜插銅缾。或燦如靈芝，輪囷包光晶。或如天柱立，或如金莖擎。或如虎如豹，或如佛如僧。將翔復將舞，時縱亦時橫。厥狀不一肖，肖形非一稱。嘖賞方未已，水聲鳴泠泠。俯瞰乃深澗，涓涓成渟泓。棄杖互繫援，側身難獨停。長歎呼同侣，手顫足伶仃。既過稍坦夷，心定神初醒。有壁卓玉筍，瑩瑩天削成。有石展穹帳，森森藏衛兵。上有千年乳，高懸滴脂凝。下有百尺藤，結根蟠虬形。應接苦不暇，欲往心怦怦。我行火將盡，惟餘兩三燈。急趨正驚訝，忽覺光熒熒。白若輕雲吐，膚寸氣初騰。又若新月出，黯淡開空明。俗名東方曉，奇景覩未曾。探尋至盡處，乃是日光乘。從此出洞口，豁然天漏青。山之花灼灼，山鳥亦嚶嚶。宛若天台峰，巨勝何藏馨。又疑桃源村，雞犬闃無聲。低徊不忍去，白雲忽若扃。須臾八山寺，老僧叉手迎。僧言遊樂否，周覽恐不勝。洞中復有洞，人迹多未經。南至衡霍頂，西極崑崙溟。劃開一綫天，別有巨靈撐。言之甚鑿鑿，沈思我勿膺。靈怪果有之，此言實難憑。拂衣且歸來，滿樹寒蟬鳴。

銅鼓歌用昌黎石鼓歌韻和樓齋雲作

爲君試作平蠻記，聽我先歌銅鼓歌。槃瓠遺種聚崖谷，井蛙不識天如何。銜刀入市逞凶悍，官兵旁睨韜金戈。聖朝大化格鳥獸，頑石未可施雕磨。銅鼓相傳自東漢，紫姜紅犵爭搜羅。千牛百牛易一鼓，僭稱都老來峨峨。削桐作搥試擊叩，其音鞺鞳撼陵阿。螺旋蟻聚難捕獲，椎牛殺馬誰譏呵。邇來一千六百載，斯風積漸成遷訛。鼓形腹大質且厚，古色斑駁文攢蝌。或于邊角鑄蟲豸，六蛤跳躍隨靈鼉。或于兩旁刻花草，雙環翠碧凝纖柯。連錢通體作腰束，脱手化去龍騰梭。若作坐墩頗不俗，范相風流憶委蛇。歲歲山蠻沿舊俗，拔釵擂鼓走嬌娥。妜徒羅曼競馳逐，蹻若渴馬奔江沱。焚燒廬舍掠男婦，鼠輩輒敢干天和。

憑妖託怪作鬼語，奉之不異奉金科。或云伏波南征時所瘞，亦若鑄呈馬式誇功多。或云武侯行軍時所製，久埋荆棘如銅駝。銅鼓嶺頭曾信宿，鼓鑼灘畔亦經過。當時此鼓落何處，牧童撾弄牛角磋。四月五月毒霧起，書生拔劍陵深波。水邊躍出真詫事，安置車上底不頗。因歎古人笵金置山谷，定以震讋蠻俗知非他。君若升朝至高位，豈肯唯諾同婞阿。今看磊落紀戰績，更得此鼓三摩挲。拜手功歸裴相國，謂陳公。幕府清晏供高哦。安得移置延芳淀，上風擊鼓驚鴐鵞。從此蠻陬盡喪膽，更須拓地如朝那。嗟余曾作桂林守，寸籌莫展徒轗軻。且喜蠻煙一朝净，黄茅江底通關河。君不見金山沙陀方假息，立功萬里無蹉跎。

石門曉眺

鐘動曉雲飛，雞鳴露未晞。愁心懸驛路，鄉淚濕征衣。水涸舟行澀，天寒人語微。路旁擾擾者，未肯息漁磯。

潯陽樓

潯陽樓倚大江邊，一望茫茫思悄然。湓水寒潮生極浦，廬山晴翠入遥天。高樓此夕誰同醉，好句千秋今尚仙。兩岸子規嘑不住，豈知東下是歸船。

沈東田先生分韵送祉如歸里得笙字

京洛人傳莊子名，暮秋送遠不勝情。故園松菊懸歸夢，驛路山川記客程。贈別我應忘布鼓，當筵君欲賦瓶笙。來朝無限相思緒，盡付車輪轣轆聲。

周　彝

字策銘，號寒谿，上海人。康熙丙子舉人，丁丑進士，點庶常，歷編修。癸巳雲南正主考，戊戌武正主考，授浙江學政，未任，卒。著《華鄂堂詩集》。

詩話：編修好遊，嘗越淮江，渡錢塘，涉嚴瀨，登孤嶼，仿佛康樂遊蹤，故其詩得山水清音，亦復似之。授官後艱歸，服闋，又遊於諸暨，泝九谿，尋五洩之勝，得詩數十篇，盡崖谷之隈會，畢狀其情形，蓋其筆足以副之也。才力雄怪，鑿險縋幽，令人駭怖。又性真摯，其房師熊開楚，石首人，原任江都，卒於直之新安任時，自京馳赴往哭，料理身後一切，越五年，自吴至郢厝葬之，亦有詩存集中。

婁邑明府史公彬

東南靈秀區，會稽實稱首。山水清淑姿，瑰奇無與偶。古來經濟才，磊落靡不有。公也一布衣，壯歲京華走。同氣荆枝連，獨行屋漏守。陳遵座屢驚，季布諾不苟。筮仕得敝邑，愷悌真父母。維時值軍興，三逆之變。徵發及農畝。樓船高雉堞，甲仗積山斗。金錢不復計，晷刻詎敢後。况復遭旱潦，黍地長稂莠。大吏巧誅求，詭從法外取。唯公出奇應，心血不憚嘔。噢咻逮煢獨，撫循遍童耇。去官二十年，傳述常不朽。憶昔下車初，予年十八九。挾册童子埸，放言愧孱醜。琴堂歎嘖嘖，光彩驚瓊玖。反覆一卷文，移時不去手。遂命爲館甥，因緣得嘉耦。吁嗟知己恩，遠大期無負。空辱國士知，落拓顔之厚。蓋棺僦數椽，推食鰥八口。飛旐返鏡湖，灑淚隨翣輀。桐鄉留遺愛，魂兮常在否。寒食天馬山，年年酹村酒。天馬山爲九峰之一，邑人立祠山麓。

遊江心寺一百韵

辛未三月晦，我遊江心寺。寺在大江中，倉卒不得至。渡船小似梭，洪流疾於駛。清晨汎一葦，萬頃任騰沸。擊汏陵晴空，長年力贔屭。漸去闤闠遠，頓覺耳目肆。孤嶼落天邊，峭壁雜青翠。招提横中間，面面臨水次。旁有兩浮圖，嶻嶻簪插髻。杳然入雲漢，決眥難平視。維舟山脚下，徐步歷廣砌。入門何軒昂，靈境豁幽滯。僧舍分兩行，寮房儼拱衛。玉殿蟠虛無，映帶有餘致。丹墀石髮長，碧瓦魚鱗細。僧云是禪院，爰自唐初置。寺前有海眼，老龍久藏閉。無端風雨交，爛漫騰雲氣。居民遭掀翻，雷霆猝崩墜。金碧爲塵埃，千載興復廢。往者王龜齡，弱冠於此憇。老僧禪定中，知是龍再世。晦明相周旋，饘粥結恩義。學成將遠適，匍匐求廕庇。言此數畝宫，君家舊有地。祈發捨宅願，片紙留質劑。王公妄許諾，要言誓不貳。洎乎先生没，深潭復爲厲。梵宇倏震蕩，浩劫安可避。喃喃呪洞門，舉火焚約契。中川始晏然，潛虬終古睡。世尊蓮花臺，窟宅是其位。聞言重狐疑，錯愕神惴惴。方外類齊諧，誰能究根蒂。簷前清暉額，有宋高宗賜。山門爛榮光，丹鉛永附儷。中興天南隅，卻遺天下計。長城輕自壞，航海日陵替。子孫坐逼仄，繼統立且蹶。皇皇文信國，秉均奮忠毅。丹心炳日月，隻手奠大器。時命天不與，奔走重顛躓。九死不一生，從容非慷慨。我來謁祠下，載拜肅冠袂。松杉陰風生，棟梁白日曀。拂拭碑版詩，大書甚堅緻。朗吟未及終，泫然出涕泗。誦讀聖賢書，如是始無愧。砥柱立中流，狂瀾障東逝。懿此一卷石，瞻仰等泰岱。忠魂棲危嶠，億載不相棄。遵途趨左翼，巍巍高標植。摳衣登其巔，氣象殊拔萃。南望城郭中，煙雲洄㵐灁。居人數千户，廬舍狀櫛比。東顧極滄海，蜃氣空中積。或奔若車馬，或立若旗幟。或竦若樓臺，或直若埤堄。山岡亘西北，星羅與碁置。青天遊白雲，點染同浮黛。一曲羅帶圍，千攢劍鋒剚。崇崖劃然斷，鈎連仍迢遞。翹首矚蒼穹，春光頗明媚。鶡鴠登雲路，顧盻矜猛鷙。白鶴無風翔，皎皎空委翅。鸞凰不相待，沙岸漸失勢。側頸訴九閽，文采見顦悴。誰言視聽邇，忽忽其如醉。俯視江流水，濤瀧日夜繼。一往何時返，盛勢忽如寄。捨級辭舊路，接武忘勞勩。古樹蔚交柯，水滸彌幽邃。冉冉野花飛，齒齒巨石綴。下下鳥道翻，高高巃嵸鋭。西偏多寶塔，遠道心恐泥。上堦賈餘勇，勝覽期必濟。風景自清和，巖壑極深閟。指點頃所覩，一一略相配。壯觀合兩美，彼此無軒輕。放情宇宙交，吾意庶幾遂。不期暮景逼，更值迅飈熾。木葉自下摶，黄沙從空翳。高鳥隨之墮，羽毛縮如蝟。帢衣乍飛旋，雙足頓摇曳。耳邊澒洞聲，弭節輒奔潰。山椒增匄磕，谷口漭飂颼。得非瀟湘翻，竊恐天柱毁。翩然覓前途，解纜即鼓枻。雷雨不復來，風濤亦差退。瀫文互洄合，綺霞光炯碎。好鳥嘑未歇，輕舟過水匯。古樹死間生，行人經復緯。金盤清玉案，落日萬山際。蕭瑟客身涼，盤桓筋力瘁。人生半順逆，隨遇皆得意。不見朝暮間，陰晴多變態。山水有本性，惟此常不敝。耿介契夙尚，臨風發長嘅。豈徒弔古今，傳説聞見異。登臨發壯思，擬撰名山誌。

詩話：編修此詩，當日人競以《北征》《南山》推之。要其才力雄大，如述其母張太儒人節孝旌表建坊事，又答焦南浦《述懷》，俱百韵。揮灑自如，無湊泊之迹。

鳴玉谿集

響鐵嶺

由嶺抵紫閬山，有平疇百餘頃，居人結廬耕溉其中。予以飢疲不獲至，既登嶺，即返寺。或曰嶺故名向天，誌稱響鐵，從俗説云。

縱觀五洩勝，將欲窮其源。源遠不可窮，終然走踆踆。修途遵高嶺，極目得平邨。田疇黍稷茂，人煙雞犬繁。山中無外事，斷絶塵世喧。古稱武陵谿，仿佛此其倫。將去不忍別，欲住難爲因。三歎歸荒寺，生涯吾何存。

蟠龍窟谿行良久，巨石忽障路，從者轉入石背，呼云有窟可入，乃側身行至窟口，坐石上，兩足先下，始得進，傴僂偃仰，未幾復出。

竟日谿谷中，無地得平衍。榛蓁手慣闢，沙礫足屢踐。涉淺方未已，摳衣復陟巘。中途礙巨石，去路不能辨。逡巡得一窟，前望天光見。捫摸嶮巇間，過此庶幾善。低頭避懸崖，側足懼滑蘚。跼蹐不尋丈，如蠶自縛繭。問名曰何以，蟠龍義自顯。始歎佶曲若，神物或不免。嗟嗟塵世人，勞攘多偃蹇。超然陵清虛，進步貴能勉。

由第五洩造第一洩山故有五級，每級瀑布懸一二十丈，闊丈許，上人目之曰洩，是爲東潭中三洩，極險峭難到。從前遊者，俱先至第五洩，即取間道，或由響鐵嶺登第一洩，中三洩乃遥望見之，宋潛谿、袁中郎、陶石簣諸君子遊此皆然，《水經注》亦謂中二洩不可得至。予從澗底緣絕壁直上，遂窮其勝，亦屢瀕於危，卒賈勇得濟，因以自豪云。

巉崖刻畫天門開，銀河之水空中來。溟濛寒飛有日雨，憑陵怒起無雲雷。巖頭作花四時艷，玻璃倒浸金銀臺。香爐峰名。煙接白雲峰名。表，鉢盂峰名。净洗龍井井名。隈。靈璈仙樂半空奏，虬松絕壁誰人栽。鞭鸞笞鳳暫時到，不爾凡骨空徘徊。潛谿中潭未親歷，中郎石簣皆懸猜。《水經注》云不得至，絕險極怪誰能偎。予嗜山水有淫癖，青鞋踏破萬古苔。人迹不到處，苔厚一二寸。石角抉遍手指裂，陰溜穿過陽崖摧。脱然失足豈細事，那有雙翅能飛迴。進生退死争咫尺，首尾瑟縮何爲哉。鄧艾陰平若束縛，昌黎華頂空悲哀。珠簾倏忽東西挂，洞門閃爍瓊瑶堆。憂樂相償略相半，爾何好奇轉自咍。嗟嗟志定氣頗鋭，一往陵厲寧摧頹。安能終日坐甑底，啁啁唧唧與愁媒。

劉龍子足迹足迹長二尺餘，在二洩下。相傳劉龍子得驪珠，吞之化龍，闢山導水，蜿蜒入谿中。又一洩上澗底深窪成人形，頭腹四肢悉具，是爲龍子拜母像，其上即龍子故居。

我聞二華劈開處，掌蹠贔屭青雲間。千載復有劉龍子，一足踏裂五洩山。龍在山兮忽在水，山石魯魯水泚泚。形影浸漬莓苔灣，獨躍天門不見尾。

一線天至此澗愈隘，山愈峻，仰視天光，如疋練懸巖際，從者云：此一線天也。按圖無此名，別有倚天巖，想此即是。一谿瀅然，巨石限之，百計以渡，卒不果。欲尋西谿之勝，杳不可得，遂覓舊路而返。

此山奇絶推兩潭，東潭飛瀑勝已探。獨餘西潭未曾到，雙目瞪視遥眈眈。一徑瀠洄萬壑下，琤淙碎玉玲瓏瀉。翠嵐滴冷草色青，丹楓撑破巒頭赭。依稀一線漏天光，是耶非耶何爲者。偉姿變態難悉數，手掬清暉暗盈把。展轉路迷可奈何，碧波弄影空峨峨。哀猿嘑殘猛虎嘯，嚴風落木山之阿。世間行樂那可極，得止即止靡有他。還將欲盡不盡意，留待今宵夢裏過。

出九谿晨起離寺後，沿九谿行。時大霧漫空，平視諸峰，俱不見頂。既出谿口回望，最高峰尖忽冉冉呈露，餘俱隱約有無間，遂與來時所經，絶不相似。

登山不厭高，涉水不厭深。山水有奇趣，登涉發清音。一山一水遊不俗，嘯歌淋漓興自足。況復衆山聯一山，一水穿透衆山間。霞冷雲凝玉合沓，春紅秋碧花斕斑。東華仙人清虚府，芝樓菌閣瓊瑶宇。松下時驂鸞鶴群，洞門自署煙霞主。青鞵布襪暫時到，天風吹墮在何許。自笑塵埃六尺身，落花流水空粼粼。即今對面不相識，他日重來那問津。

月夜泛鑑湖

涼月皎皎生海東，纖雲捲盡長天空。衆山朦朧遠樹白，一輪蕩漾千波紅。清光遥浸賀監宅，皓魄倒射軒轅銅。軒轅鑄鏡湖上，因名。見任昉《述異記》。我聞月中仙桂樹，吴剛修之費玉斧。虬枝團圞五百丈，扶蘇一半遮瓊宇。或云大地遍山河，溟渤茫茫接島嶼。孰知是説劇荒唐，月影乃是鑑湖光。秦稽繚繞作奩匣，素娥静夜開天閶。所以太白昔有言，鑑湖之水似明月。今我看月在湖心，兩鏡對照無圓闕。蘆花深處好醉眠，一篙撑入蟾蜍窟。

荆南懷古

割據争雄起戰塵，左公曾駐此江濱。炎精已燼歸龍種，赤手同扶仗虎臣。三顧早成峙鼎勢，一州深託帶刀人。吞吴失計終蹉跌，孝直應知歎息頻。

先朝赤社啓南荆，蔓草荒煙綺陌平。晁錯有心籌削國，淮王無計學長生。珠簾畫棟看誰屬，羽服黄冠入夢驚。不獨奪情污政府，千秋野史自分明。明成祖徙封遼王於荆國，穆宗時下王請室，後神宗釋之，終不復其國，張居正實主其事也。

緬甸横戈奏凱秋，將軍忠孝已全休。傷心百口因紅粉，吴逆、圓圓事。見吴梅村詩集。遺臭千年在白頭。梅子關前黄葉墜，桃花祠内碧雲流。逆天恃險旋磨滅，瘴雨蠻煙劇可羞。

少陵茅屋著前聞，在巴東縣。旅次何妨檢校勤。少陵有《茅屋檢校收稻》詩。舍北水連舍南水，瀼東雲接瀼西雲。白鹽赤甲標天界，碧海丹梯絶世氛。讀罷苦寒倍惆悵，炎方霰雪正雰雰。

葉蒼巖先生祠堂次壁間韵先生立祠武昌城中，癸未秋，復賜御書「丹心炳冊」匾額勒石。

兩朝出入荷殊恩，死節堂堂一劍存。裹血空餘巡遠恨，懷沙常伴汨羅魂。丹心彪炳絲綸渥，白首從容雨雪繁。先生赴官時，與親故言别，有「白首青松盡此杯」句，遂成詩讖。瞻拜荒祠揮老淚，蔦蘿千載託鄉園。

周士彬

字介文，婁縣人。康熙丙子副榜。著《山舟詩草》。周氏世居干山，堂額曰「山舟」，題出趙松雪筆。介文披編吟誦，至老勿衰，年七十八而卒。

感興

名位若朝露，曾不留須臾。雲臺久榛莽，煙閣亦荒墟。當時豈不榮，其人今焉如。達士棲峰谷，擁褐掩茅廬。匏尊含素醪，盤筵薦野蔬。興酣歌且謡，暢然歡有餘。但愧資不穎，易忘千載書。微言偶記憶，古人還起予。稼穡云維寶，盍往事耰鋤。農家無祟替，願言耦長沮。

汪怡士枉棹見過匆匆即别

谿路蒹葭外，巖扉薜荔間。君因尋菊至，我適劚苓還。晚照明孤閣，寒燈淡遠山。見稀愁别促，今夕鬢應斑。

謁金道隱先生崇禎庚辰進士，隱於僧。

從小讀高文，名言意絶群。固知心似日，誰料迹如雲。錫杖遊方外，蒲團坐夜分。余生羞佞佛，稽首獨歸君。

朋儕

少日朋儕幾笑呼，崢嶸歲月背人徂。俱添短髪千莖雪，莫厭清歌一串珠。至樂眼前浮緑蟻，大愚身後貯青蚨。今朝要買陶陶醉，共看《西園雅集圖》。

讀羅鄴句而正之鄴詩「到頭忍恥求名是，須向青雲覓路歧」。

年少休聽羅鄴詩，人生得喪總天爲。到頭有恥無名是，莫向青雲覓路歧。

施惟訥

字于憲，號省文，上海人。維翰從子。康熙丙子舉人，庚辰進士，榜姓顧，赴部改姓，又誤改許。初任蘭谿，未二年，知府未饜所欲，以婪索之物貯庫，陷以行賕，惟訥齎印繳于撫軍，各罷官候質。及事白後，任榮河縣，至大同知府。

仙霞嶺

雄關虎豹踞高寒，閩粤分疆控百蠻。天地爲人留險阨，煙霞容客恣盤桓。神戈舊掃攙槍盡，驛路新培雨露寬。明日下灘憑紙鐵，崎嶇莫道路行難。

張　翮

字陵秋，號劬廬，豫章弟，華亭人。康熙己卯舉人，庚辰進士，官中書舍人。有《紫蓋山房集》。按翮與其兄豫章並以才藻見稱，有雙丁、二到之目。

野望

夕陽藹餘景，蒼然豁陵麓。燕羽既掠花，鶯聲亦出谷。含桃妍天葩，垂楊吐新緑。對此一微吟，百憂轉相促。萬物各乘時，我生何躑躅。

贈張子石

先生松柏姿，盛名軼霄漢。年少擅篇章，雄文真浩瀚。才大志未伸，神龍時隱見。曾爲民社憂，抗疏明光殿。高義薄青雲，聲稱動里閈。顧盼輕千秋，結交遍群彦。季布賴解窮，魯連實排難。笑彼世上人，悠悠何足羨。只今年八十，朱顔正璀璨。嘯傲隨春秋，圖書恣情玩。素心無幾人，寤寐時眷戀。再拜進一觴，仿佛瑶池宴。

和漁洋山人西城雜咏

未能泛宅遊，且作牽船住。何來沓嶂間，風帆似回互。百幅破長空，不觸洪濤怒。石帆亭。

夕陽半在山，輕煙逗林薄。伐木來丁丁，樵歌時間作。山深時見人，聲從巖際落。樵唱軒。

散帙有餘間，徙倚忘幽獨。高幹望亭亭，清風時謖謖。髣髴雙龍翔，飛起濤千尺。雙松書屋。

曾聞善卷洞，地與張公連。無端鑿奥窔，造物亦偶然。咄哉誰致此，別有壺中天。小善卷。

題吴苧菴獨樹老夫家

一曲清谿映碧巖，最憐地僻少塵凡。竹間罷奕童收子，籬下移花自荷鑱。門掩不嫌雲半鎖。徑間仍惜草全芟。從今誰識商山老，野服新裁别様衫。

無字碑

空留石表鎮山陽，一任蒼涼日月荒。豈是百家焚已盡，祖龍原不愛文章。

蔡維城

字潁龍，號泰巖，上海人。康熙丙子舉人，庚辰進士，武寧知縣，後補修仁縣。

重過西閣

雙橈重泊板橋西，草閣憑臨落日低。柳脱軟綿吹户入，竹捎輕粉上簷齊。風前掠燕看新壘，雪後尋僧憶舊蹊。無那倦遊歸思切，陌頭芳草正萋萋。

山行

琳宫讀罷蕋珠經，杖策探幽入杳冥。歸路只愁山徑仄，竹林深處問園丁。

吕　樾

字開藩，青浦人。康熙己卯舉人，官陜西盩厔縣知縣。著《環谿集》。王司寇《青谿》詩謂其率爾成章，天真爛漫，芟其輕俗，存詩若干云云。今存一二，以見一斑。

中秋

同是天邊月，今宵倍有情。秋將一半去，光到十分明。玉宇雲開浄，冰壺夜照清。賓朋尊酒聚，談笑自縱横。

過圓津禪院訪德源上人

精藍傍市絶煩囂，爲叩禪扉繫短橈。叢桂幽香侵曲徑，高齋懸壁但清瓢。閒吟閒坐隨形影，看月看雲慰寂寥。世外悠然逢道侣，焚香啜茗俗塵消。

張德純

字能一，號天農，青浦人。康熙庚午舉人，庚辰進士，官内閣中書，改常山縣知縣。著有《淞南詩鈔》。

詩話：天農年少以能詩鳴，晚年罷官後，殫心經學，《周禮》、《儀禮》咸有注釋，又有《詩經解頤》、《孔門易緒》，而于《禮解》用力尤深。

感遇

留侯年少時，英英見圭角。惜其命世姿，未能忍一搏。賈胡善深藏，干將無吐鍔。智勇在深沈，慎毋尚磅礴。

我嗤阮嗣宗，所向悲窮途。苟其徑竇遭，應不羞卑污。人生重飢渴，每誤甘豐腴。舉世皆滔滔，歌哭何其愚。

和陶公飲酒二十首

我生寡諧適，惘惘奚所之。端居太平年，不謂不逢時。飛將竟空老，造命良若兹。夙已委素心，何事庸復疑。呼兒具斟酌，興到即須持。

嚴霜斷蓬科，颯颯風前飛。何來失巢鳥，顧之鳴聲悲。亦知本殊類，所憐各無依。天寒沙水凍，長此竟安歸。曾聞扶胥木，託蔭永無衰。須臾願容與，毋令久心違。

持杯屬有思，且息四座喧。所思跖與夷，賦生一何偏。綦迹接東陵，荒榛翳西山。滔滔遂今古，逝者何當還。擬持問真宰，蒼蒼本無言。

江南有嘉樹，七年露奇姿。豈知飽冰雪，空長輪囷枝。騷然發衆籟，似悲所值奇。非悲值時奇，棟隆不易爲。君看稷契人，往往得孤羈。

旅酒塹可貰，荒筵亦時開。所知不常聚，忍負平生懷。非無同門友，幾歲笑言乖。天衢向騰達，疇肯顧卑棲。幸餘二三子，高情忘雲泥。數來共杯勺，琴書繼歡諧。云將勸吾駕，忽悔前路迷。相知不相亮，顧影但低回。

重華去人遠，墮地當今時。諒直蒙所鑒，哀哉拙古辭。青蠅竟何逞，朱弦良在茲。昨宵惝恍間，偶夢不足疑。自厚誰爾薄，自信誰爾欺。虛舟幸無載，足以信所之。

酒人次第老，所觸少歡境。簪紱餘數子，各各誇獨醒。看我頹然時，亦復頷其領。我生有本根，莫是徒秀穎。生涯苦日短，夜遊燭當炳。

高門夾長衢，昔者誰氏宅。弦歌聲屢換，青苔改行迹。市樓仍賣酒，斗價尚三百。醉眠得幾回，懊悵頭早白。輪蹏昏復旦，擾擾良可惜。

東方金馬間，不隱亦匪仕。啁詼吐其真，狎世似揚己。月月一囊錢，寧懷素餐恥。高議動羽林，直辭驚戚里。歲星但微茫，浮沈俄淹紀。公卿罷逸足，兀者可以止。緘辭報良友，歲月詎堪恃。

生晚識前哲，典型尚有真。流風漸衰歇，一往無還醇。廉隅供刓棄，日以意智新。狂馳背南北，罔計越與秦。乃至文字小，劈裂隨飛塵。嗟嗟舊黄髮，閔歎意已勤。詎知倏頹波，肝膽不自親。逝者既若斯，後來誰問津。自憐如霜髮，不復耐衝巾。陶然縱所適，是鄉多儁人。

江上

水濼依寒望，江深與客愁。雲知歸路暝，雨記别時秋。俠劍孤長往，儒冠忌薄遊。平生感知己，不住憶西州。

山影亂沈碧，野煙淒暮容。歸帆知舊宿，鳴雨過新春。村夜窺牆虎，沙秋咽岸蛩。危時羈海徼，俯仰念孤蹤。

柬滄州先生

山中不見華陽侶，江上猶傳瘞鶴銘。妙蹟一遭雷斧碎，斷崖長對海門青。雪堂夢破聞高唳，華表魂歸憶舊翎。竟有騷人能好事，網將殘石補雲扃。

春悶同郭于宫作

武陵花暈纈朝霞，車子歌喉韵遠笳。薄醉何曾覺羈旅，沈歡只自感年華。琴離海上羞孤弄，鼓竭《漁陽》忍再撾。長泖雙村各歸路，未應垂老便無家。

廣州竹枝詞

何處紅牙馬上郎，問儂曾否喫檳榔。三春味好正堪喫，莫待他時葅葉黄。

蛋子船輕櫓漫摇，船家新婦最妖嬈。五羊門外頻招手，要到佛山來趁潮。

舞裙留恨掩黄沙，粤女春遊小鈿車。切莫傷心墮紅淚，素馨不比杜鵑花。

老城西畔住王孫，駿馬馱嬌踏市門。一夜烏嘑山瘴曉，斷紅芳逕總消魂。

國朝松江詩鈔卷二十七

鄉人姜兆翀羺山録
王鏞堅亭閲

張澤棨

字文五，號道復，華亭人。起麟子。康熙壬午舉人，時年十七，後爲鹽城司訓，以事罷歸，五十餘以貧病卒于家。著《喁噞集》《滇海從親集》《芳草齋集》。焦研雨謂，文五居洙涇張家浜，爲人跌宕，去俗甚遠。能文，工詩畫，妙絶一時，無出其右，詩自中年後尤高絶。自評畫第一，詩第二，蓋不虛云。官鹽城後，鹽之文人往往寶藏文五詩畫，如奇珍異玩云。《漱芳齋詩話》：道復於康熙丁酉從其父承齋先生主試雲南，往返半年，多所游覽，而山川奇闢，道路崎嶇，一寓於詩，筆力亦與之相上下。全稾中當以《滇海從親集》爲上乘，故所鈔獨多云。

雜詩

昔有屠龍手，鋭思入超忽。三年技藝精，恥入黿鼉窟。身跨垂天雲，汗漫期溟渤。力能大揮霍，要無濟毫髮。不逢孔甲氏，中心若饑渴。世間雕葉人，精力日消竭。無自驚絶俗，巧多不如拙。茫茫天地間，可爲知者説。

周人與鄭客，寶貝各名殊。鼓瑟與吹竽，手口豈相俱。以心準物情，苦用分區區。苟無賞心人，負此七尺軀。總然免謡諑，曷克成令圖。白圭乃受玷，芝蘭乃受鋤。知希始爲貴，見愛積成疎。咄嗟勿復道，眼前無事無。曠懷寄千載，要與古人徒。

清風來谿上，吹我石上琴。兩觸成一響，無心成至音。世人寡特達，邀盻賴黄金。結交總云固，結心苦不深。未能攄懷抱，曷以披素襟。所以遺世人，長往托泉林。

世無兩毛遂，孰試愛客誠。世若一曾參，孰識慈母情。燕石混符采，蕭艾雜杜蘅。豈惟形似合，直恐遼絶并。鳳皇巢丹山，百鳥嬲其間。聞聲百不應，自食青琅玕。豈不顧同族，所思頡頏難。矯翼翔八荒，一去何時還。

二十八宿硯詩六十韵

序云：硯得于友人董君，長三寸許，廣寸有餘，厚如之。材似趙宋間，硯背如星點者二十有八，硯工向鑽笮之如其點，若列管然，參差高下，星點畢露。面有赤色如丹砂，光瑩可喜，雖磨不磷，豈即所謂馬肝色耶？向讀東坡先生《和范純父涵星硯》詩，有「影落蘇子硯與屏」之句，茲硯故仿佛有衆星形，遂爲詩以紀其狀。

方流玉曉藴，圓水珠宵明。山骨瑑靈乳，天爐滴金精。七襄却女贈，五色濫媧嬴。雷雨梭單挂，斗牛劍雙鳴。自然有鬼物，詎浪得異名。識載前洞目，采聞遥屬情。一朝環文案，完璧入詩城。奩啓貽仙硯，手攜謝雙成。含章爛爛發，流潤娟娟英。初未元雲試，怕先彩筆評。直償恐倍帚，賈當合投籯。詰客恣幽詭，傾家欲經營。無爲沈泥污，大類涵星泓。蘇老垂博物，流唫當老成。那知神理合，有此形似誠。敦質土陶厚，幻靈天耀清。拱星四七列，敵望三五盈。粲粲雕鏤泯，稜稜森矗并。沫輸魚較細，齒倣鴈稍平。排内箸牙整，企空翼鳥撑。參差承問逗，游密邀眄迎。守一聳具眼，統紛似後瞠。眩圖江總鏡，象物潘岳笙。圭玷嗤誤美，棊分乃巧縈。肉吞純漆黑，鋍沁蒸栗輕。穎豎玉圍筍，鋒抽金作莖。管窺文隱豹，鼴飲量包鯨。俯背枚枚密，仰凹滴滴盛。晉犀比難勝，宋石隕偏驚。一味必鳳遜，四虒豈馬爭。詎邀米芾拜，應獲李白更。有美外含采，無瑕色流赬。草元白嘲在，近墨朱私呈。點易殘澳漻，懷鉛雜瑰瓊。儗持雞冠贈，須待馬肝烹。墳埴光禹壤，苦炎和堯羹。亘流煇大火，吐燗横長庚。大野燭龍戰，當塗赤帝令。鳴鉦句踐壘，樹幟趙歇營。況乃建武世，久揚雲臺英。胚渾形象始，神質元黄萌。天上供仙吏，人間溷儒生。高常得已倖，劉允攜防傾。苦乏錦繡段，將聆瑟琴鏗。端宜謦火齊，倘可研水晶。僞哂鄭人璞，美踰楚騷珵。貯囊玩掌運，嗔俗掣手擎。唫夜映蟾魄，掃雲回雷轟。臨池怒蛟起，緘匣潛虬攖。懷璧昔凛戒，他山此卜貞。勝朋娛縑素，險韵敲琮琤。兔飽華散管，瀾翻詩醉觥。攻疲眩斗揭，邀甒驅參横。才盡波初及，業耘田必耕。捧思撤寒具，照已當長檠。日隱烏皮浄，閒依緑綺聲。嚴嚴厲繩墨，的的磨課程。壁素蟬落影，窗虚鶯流晴。肯投班生筆，莫請終童纓。願祝景星瑞，中天無欃槍。

黔山行

荒徼昔乍通，梯山勢絶險。冠裳設寺司，文物開黷黪。一線走滇雲，黔實爲喉頷。屏翰寄重臣，旬宣貴勤恁。美哉劉蔭樞。大夫，荷重厥不忝。望隆年最高，德謙位若貶。瘠民省徭役，石田薄税斂。豈惟土著安，兼切行旅感。善政載街衢，直道徧嶃礹。荆榛既薙焚，犖確盡檢點。虎兕失猙獰，虵虺遠暘睒。駪駪皇華使，前驅乃果敢。遂令後乘徒，看山載鉛槧。驛路喜徜徉，旗亭恣眺覽。七月流火初，雲水寫澹淡。蛩語壁琴鳴，露光草珠閃。晨策豁風襟，晚眠習冰簟。即次聊云歡，行遠必以漸。遥程大半餘，金馬勢可攬。坦坦附陳詩，履道言匪諂。

放舸行

放舸月明中，遥指便倉路。片鷗閒自眠，一罾響野渡。如赴汀洲期，恰怨蒹葭暮。那知迎送文，不以儒官素。吾聞使君來，端惟廉察故。軍伍有必嚴，斥堠有必固。桓東有必除，萑苻有必捕。上以慰帝心，下亦通民籲。鹽城淮之僻，巨浸莽回互。今秋幾大有，奄兹雨潦懼。魚蜃産即饒，曷由供税賦。刓多惰民嬉，比户斷夜作。海水煮青鹽，裨販趨若騖。斯固利土著，頗以資國裕。一清奸盗源，實仰廊廟具。吾聞使君來，眷眷心方注。冀將大設施，行令覘首務。瑟縮艀艋中，喃喃方獨寤。何如卧牛衣，篷底冒霜露。

鄰園紅樹歌

谿面紅光流晚霞，谿上幾株葉作花。兩邊掩映猩紅出，閃閃亂接歸飛鴉。春風一别渾如夢，青女巧向東君誇。國色傾城留作殿，先將錦繡千重遮。我喜欲歌狂唤酒，多情肯落尋芳後。籬角秋英亦已萎，黄稻如雲不滿畝。貧來發興頗亦清，到眼風光我自取。借問鄰園更誰主，華堂向日鏘絲羽。芰荷池廢亂鳴蛙，笻枝休陟辛夷塢。賃屋與人巷口連，綢繆陰雨感桑土。百年喬木伐作薪，千尺筍梢剷不舉。桃花李花蹊已空，差池昔夢飄紅雨。即今裝點一攢攢，翻向主人借客看。年少景光休易擲，值此荒村白日寒。殷勤更指兩梧桐，碧枝未老留棲鸞。春光漫道無歸處，紅葉題詩墨未乾。

辰州伏波廟聽老僧話舊作歌

秦川老僧八十三，牙齒歷歷白髭髯。云踏空門三十五，當年餘勇猶可賈。耳風眼火箭鏃瘢，小時射虎南山端。腰下吴鈎光白雪，沙場慷慨還能説。《陰符》簡練去從軍，欃槍旬始亘長雲。一掃遊魂藩服者，蹶張豈在材官下。不見將軍猿臂奇，不見通侯餓死悲。翻然混迹緇衣去，著得閒身在何處。飄飖櫜鞬阻鄉關，誰人讋慓五谿蠻。甘與伏波充卒伍，廟貌江湄永千古。銅柱勛名血食留，頭陀八十抵封侯。劫灰已往勿復道，好向沅江采芳草。

相見坡曲

相見復相見，行人各對面。長坡復短坡，聽我短長歌。我作歌，君傾耳，黔山絕勝楚山奇，楚山看徧無踰此。千峰萬峰螺髻圓，最有兩坡相對起。勾連培塿中央低，低處仰見兩坡齊。戍亭十里隔東西，降有石爲級，升同雲作梯。一蹴疑咫尺，兩望並端倪。此間詎有山靈護，空濛不斷行雲路。騰七香兮駕車，接雙星兮問渡。望夫石兮望即還，高唐客兮朝復暮。別離苦，相見歡。暫遊即萬里，少別枉千年。空賦黯然者，徒歌行路難。相見坡，可奈何。人間縱道成桑海，只願兩坡相見長相待。

葛鏡橋 麻哈江上。

咄嗟天下果有奇男子，千金破產百不憂，要與天壤垂名氏。君不見葛鏡橋，絕壁兩岸千尋高。深淵黝黑黿鼉蛟，濟川無人徒爾勞。相傳昔是戕歌渡，黃霧昏昏白日暮，馬瘏人惄愁行路。誰與一郡貲財雄，成梁伐石南山空。兩番陊陁力益奮，怒劈巨掌懸長虹。橋上人行橋畔慶，口口聲聲稱葛鏡，二百年來橋名姓。

牟珠洞 序云：自楚入黔，所遊洞多矣，兹遊牟珠，覺壺中別有一天。因即自然成狀，人向題目龍獅、鐘鼓類者，點綴三四五六七言成篇。

君不見，牟珠洞。纍纍貫珠珠作胎，雲葉玲瓏嵐翠重。山靈幻胚渾，造物爲戲弄。我經洞門，馬不再控。宛如御風，泠然相送。山僧執炬一盤旋，蓮花色相俱天然。浮圖何突兀，華蓋本翩翻。龍蟠獅蹲，猴懸鳳翥。伐石鼓，撞石鐘。闛鞈似，鏗鏘同。目擊猶爲貽，神遊難再逢。聞更深幽牀几在，垂珠窋窕無窮態。留却神奇還化工，俗眼空看迷霚隸。向日流連者，千金享敝帚。清谿華巖亦何有，雲夢胸中吞八九。黔靈數仙洞，誰出牟珠右。

大人命和盤江鐵索橋詩

康熙紀元壬寅歲。我祖去國萬里歸。天南勝地那復到，草堂題字見依稀。（堂兩楹，舊題「千年鼎定新元日，萬里人歸舊草堂」句。）大人奉命肅奔走，天書一日滇雲飛。經過黔地萬山水，盤江絕險轟風雷。上懸鐵索橋，雲根鎔冶愁排擠。跨空飛梁十三丈，雌蜺雄虹誰設施。蒼崖倒插兩岸湄，平平行旅忘艱危。向傳架屋青龍掩，蜃樓變幻留餘榱。穹碑屓贔大書字，周官王制奏咸熙。定有江童水妃相護持，聖德神功永不隳。童子何知者，駟馬安能題柱爲。暴鰓不得上龍門，垂翅空爾傍迴谿。豁然狀遊蕩心眼，何似區區蠡測與管窺。漫提一枝筆，且撚數莖髭。下顧身名多慷慨，上陳祖德莫歔欷。一家三世滇南客，好繼滇黔二客詩。（先祖與南陽彭禹峰先生合刻《滇黔二客詩集》。）

五華山望滇河

振策五華山，仰眺天南天。碧雞金馬指顧間，虵山螺峰相抱連。登山看山略一斑，眼明快到滇池邊。滇池一線城西偏，三十里外波光圓。盤龍上流至此寬，太華（平聲。）蒼翠繞如環。

遥見漁人幾點船，遠含樓堞萬家煙。恨無明月一扣舷，悔不御風與流連。往懷遥集武皇年，彷佛開鑿來長安。三十六所金碧鮮，神池靈沼泛清漣。昆明水嬉乃象滇，雲夢八九從棄捐。詞臣賦筆千秋懸，豈不微諷垂旒前。那徒設色攻華妍，開邊遺蹟等桑田。憑高豁眼心茫然，歸來朗誦班張篇。

緑礦石水盛歌

一卷蒼翠欹器形，青螺爲當去聲。荷蓋擎。又如靈芝挺秀莖，歘若鼇背浮蓬瀛。墨波一勺虚中盛，山水蘊毓金石精。云是緑礦天然成，稍加雕琢鏗有聲。黏以膠漆漠無情，難此緑礦天然成。易門縣中土産輕，百餘年來掘欲平。大官誅索如常征，飛符笞榜丁男行。懸絙入水水波驚，錙銖那得顆砡并。小民疲役農廢耕，天不愛寶日滋生。鑒厥貪欲天惡盈，淵珠巖玉藏光晶。礦兮雖微同美珵，客遊得自古昆明。秀色欲餐心神清，清福消受慚書生。幸同交易非邪嬴，咄嗟掘此緑礦方縱横。

剥啄行

剥啄剥啄聲頻頻，門前果到催科人。意中怦怦向有此，不道風雨來侵晨。縣符一紙持吏手，聞説新官立法新。軟語低言苦不足，欲勞來人無酒肉。黄梅一雨釜生魚，撲撲縛鷄上屋。

紅樹

紅樹山村裏，沿谿復幾家。船連烏鬼出，市雜黑苗譁。霜果柑香早，冰巖麝氣賒。看來隱映處，只有咏餘霞。

贈昌化令家環瀛

吾兄宰巖邑，政績奏彈琴。秀落山嵐句，清流澗水心。吏民茅屋少，鳥雀訟庭深。可但河陽日，花開桃李陰。

陰

穹岫雲常翳，高檐影易沈。鵶邊催落葉，雁外失清砧。地似土囊口，語云雲南無日不風。山連海子陰。樓居仍日日，不賦仲宣襟。

辰州江樓

辰陽城郭襄陽似，辰水清如漢水清。路盡荆南收地險，山連黔北倚天傾。人家兩岸谿光接，風物一樓夏景晴。雌蜺連蜷愁旱熯，山田龜坼幾難耕。

弔岳陽樓故址

我來不見岳陽樓，空泛洞庭湖上舟。對面君山成小別，多情湘水自長流。縱看明月誰乘興，倘向北風人更愁。寒雨蕭蕭煙樹夕，江天望斷白蘋洲。

和俠君南歸留别

抽簪才得賦閒居，點染恩波橐筆餘。有意看山容載酒，無心種樹亦成書。閒當秀埜花三徑，占就清風竹一廬。責景未須愁罔雨，拙難巧智定何如。

椅梧傾盡鳳皇枝，顛頷歸昌共感斯。鷁退身名猶覺上，鵬圖運會尚嫌遲。絶交劉峻空成論，止酒陶潛獨咏詩。贏得著書娱歲月，憑虚舊史欲從誰。

張維煦

字和叔，號珠巖，婁縣人。淇第三子。康熙壬午舉人，以子夢徵貴，封編修。

廉讓居宋蘇過家潁昌，營湘陰，水竹數畝，名小斜川。余居亦有水四五灣，有竹四五百竿，若可以遥相企焉。因有此咏。

疎嬾從來水竹居，白雲深處搆精廬。世間别有蘇張在，不盡王門愛曳裾。

嗜好無殊刻意吟，水明如鏡竹虚心。白駒萬古看過隙，一枕渾忘宋到今。

不縛衣冠不染塵，逍遥自樂得閒身。習家池水王家竹，占盡風流我兩人。

包爾純

字愚谷，上海人。康熙壬午舉人。

泛泖

鳥起仍依渚，潮回但信風。笑歌陵浩渺，身世入虚空。塔自微茫出，山歸圖畫中。浩然胸次闊，高卧看漁翁。

弱女

貧家衆口憂難給，老去偏憐弱女痴。閒却一燈停夜作，背人偷寫阿翁詩。

曹式曾

字繼初，號穀庭，上海人。康熙壬午副貢。

春申廟

公子猶祠廟，遺墟傍海門。一江曾費鑿，三户竟難存。濤瀨春秋壯，風霾日夜昏。喪爲秦土地，能不怒英魂。

廖賡謨

字虞箴，號若村，華亭人。康熙丙子舉人，癸未進士，由編修歷官至侍講，兩任四川學政。著有《望雲》《使蜀》《星槎》《巴乘》各詩集。

仲興集旅店用壁間韻

侵晨雨勢似懸河，瞀眼晴光驛騎過。天意解憐行役否，人生未許息肩何。征途來往新知少，旅店逢迎舊識多。白首馳驅憐病骨，翻因小憩一悲歌。

徐　振

字白眉，號沙邨，婁縣人。康熙乙酉北榜舉人。著《山暉堂詩稿》二卷，附《四繪軒詩鈔》一卷，則明宫辭，朝鮮、珠江、郴陽《竹枝》也。又《詞鈔》一卷，吴江張尚瑗序之，稱爲其言有物，而臻于不物之妙。

詩話：《山暉堂集》張序，作於康熙戊戌，而刻于乾隆丁巳。吴陶宰輯《淞南清氣集》，謂沙邨初滯京邸，爲勳戚慶公福經師。及歸，卒于毘陵旅次。有居停之鄰婦，收得其詩稿。乾隆初，慶公節制兩江，道毘陵，哭白眉柩，爲之安厝，并刻其遺稿一卷，賦詩云：「十年几杖滯幽燕，投老曾無負郭田。葵藿寸心同北闕，萍蓬幻迹滯南天。墓門并絶良朋弔，詩卷悲從鄰嫗傳。驛路淒涼宵柝静，不堪篝火頌遺編。」據此知沙村稿當即慶公所刻。

雜詩

造物垂萬象，人發爲文章。目光走驚電，筆勢摇長江。當其得意時，如龍遊天閶。世俗不足伍，古人不屑方。誰能作細響，葉底鳴蜩螗。

世有良繪工，用意不在筆。胸中具丘壑，筆乃挾之出。庸夫工揣摩，往往乏真骨。勿言此小技，可以悟詩格。

登山

萬山若奔浪，孤岡如危舟。遥風鼓天際，勢作洞庭秋。我恨洞庭水，載客來郴州。老親隔萬里，遊子生百憂。郴山絶南雁，郴水空北流。歸舟竟何日，惆悵山之頭。

郴北六十里曰白蓮池距瓦窑坪二十里一路多奇山詩以誌之

郴山吾厭觀，狀貌極龘惡。放溜下郴江，小艇走驚籜。瞬息六十里，稍稍露稜角。怪樹拏孤雲，迸泉濺飛雹。古藤挂青猿，叢篠巢翠雀。江形忽破碎，峰勢益盤礴。或陵空欲飛，復陡立如削。洶湧奔飄檣，回環屹城郭。矯如驚龍騰，奮若怒獅攫。浮波晴黿游，振翮饑烏啄。回風飄幡幢，映日挂簾幙。其斷若雲霞，相聯則齦齶。布散懸星辰，群游走獮玃。蒼蟠寒松根，秀吐秋蓮萼。垂同飲澗蜺，大類吞舟鰐。突兀聳浮圖，苔蘚嚙鈴鐸。結搆成飛樓，軒楹絢丹雘。如王謝諸郎，衣冠齊磊落。似衛霍家奴，輿蓋出紛錯。變態極萬象，觀者爲駭愕。翻疑造化工，一一假斧鑿。吾舟亦何幸，乃向此中著。推篷倦眼開，快若脱紐縛。呼童倒殘尊，神機欲飛躍。縱筆紀勝游，一往不可捉。

遣懷

長沙一片土，千古羈臣淚。屈子抱孤忠，賈生負奇氣。均爲造物妬，使之不得志。湘流怒作聲，隱隱寫哀思。遂令憑弔者，酸痛結肝肺。我意殊不然，窮達任遭際。丈夫既許國，貶謫非所避。怨尤能兩忘，俯仰有餘地。況我浪遊人，感慨固無謂。聊聽楚女歌，徑上巴船醉。擕酒屈賈祠，一杯且將酹。

采石磯謁李供奉祠

謫仙隱于酒，神智超八荒。鳳鳥出不時，天寶頹其綱。知己獨賀監，歸老稽山陽。側身狎群小，玩世如粃糠。奴視高將軍，弟畜汾陽王。一試不見用，翩然鴻鵠翔。東南佳山水，放眼資徜徉。元氣吐胸臆，嘘噏成文章。至今采石磯，風物餘輝光。公詩不可學，我醉堪頡頏。禿筆老不華，咄哉擲道旁。

拜杜文貞公墓

余既作杜文貞公墓詩，云「先生定作神仙去，疑信空傳江上墳。牛酒未應仇國士，蛟龍何意攫奇文」云云。翌日，艤舟耒陽，與同游諸君子步自江皋，距城北二里許，有杜公橋在焉。橋西數武，得謁公墓與祠。一野老云，公當日果仙去，其所遺鞾，逆流而上，聶令爲築虛塚，此其是也。適與予詩合。衆皆愕然，復綴是篇。

造物薄富貴，惟才不輕予。杜陵固天縱，元氣始一吐。洞庭與衡嶽，百靈之宮府。藉非公品題，何以耀寰宇。遂令脫朝衫，萬里走荊楚。風霜鍊筋骨，神智出肺腑。奇思鑿混茫，雄篇照今古。上帝亦愛詩，俾作文明主。鈞天諸樂章，一一詔公補。人言死阨窮，我謂歸帝所。遺句落人間，百家借機杼。我初讀公詩，有目乃如瞽。學之二十年，望洋嘆脩阻。平生嚮往心，竊比尼山父。去年來湘南，結念酹椒醑。耒陽數往還，僕僕溷商賈。今將整歸裝，回波弭柔櫓。我友亦好事，蹤蹟遍江滸。石橋傳佳名，古墓護環堵。祠門雖冷落，碑碣滿廊廡。登堂拜公像，軒軒若霞舉。風流可想見，誰謂作詩苦。知公如神龍，其尾世莫覩。乃於翀舉後，妄謂中牛脯。鄙哉書生見，傳化互齟齬。不識造物心，臆説同戲侮。埜老頗解事，向客前致語。言公果仙去，此中特封土。余言其信然，爲公一起舞。

交龍硯歌

遼左劉生家藏交龍硯，爲趙松雪御賜故物，品格不減鳳咮、龍尾，而精粹過之。慨然贈余，答以是篇。

吴興承旨龍子孫，海乾雲散如蚍蟠。俛首不敢露頭角，平生技巧何足論。晚年特以書畫見，博得君王賜龍硯。玉匣藏來世共珍，宫鬟捧出人争羡。小篆親銘松雪齋，宋邪元邪我莫辨。堨來四百三十年，何人輕擲徐子前。劉生風雅富古物，硯尤珍若青瑶鐫。吟成往往潑墨寫，醉後時時擁抱眠。感余相賞輒相贈，底須唾賺襄陽顛。吾不工畫字粗醜，得之毋乃非其偶。君言萬物各有主，此硯將無待子久。况君詩思如游龍，蜿蜒拏攫撑鴻濛。但防筆端風雨雜沓至，老龍昂首思騰空。

寄費燕峰先生

費名密，字此度，四川新繁人。隨父經虞徙居江都野田，著《燕峰集》。

謫仙去後坡仙死，却讓燕峰獨擅名。三子負奇皆蜀産，一家投老住蕪城。人分今古同元氣，江到東南逼海聲。我亦有詩違俗好，姑將去取問先生。

撥悶

我愛眉山文字好，謫居一語極從容。譬之生長於殊俗，那復離憂到客胸。書自借來寧論缺，酒從賒處不須濃。歲殘贏得閒如許，獨倚頹牆看遠峰。

望華

爾山實拔金天萃，我筆寧争造化奇。荒忽舊傳劉向賦，高寒今識李生詩。撐空略見峻嶒骨，傑出真同特達姿。自笑無才堪濟世，不將文告大王祠。

邊城七夕

晚涼瑟瑟到衾裯，蟬噪黄榆夕照幽。七夕天涯難作客，三邊風信易爲秋。不堪夢斷聞砧杵，况是愁時看女牛。忽憶銀牀飛葉處，曬衣樓上月如鈎。

閏三月風雨時作悵然賦此

韶光頻歲等閒過，添得韶光意若何。有限年華逢閏好，無情風雨妬春多。淒涼客儘償詩債，憔悴花如怯病魔。自笑書生原薄命，但逢良會即蹉跎。

長沙紀事

蕞爾孤城應小星，市門燈火接漁汀。山連荆楚趨衡嶽，水合瀟湘瀉洞庭。滿地炎蒸秋到晚，潑天風雨晝常冥。此中大有《離騷》意，爛醉爲生不敢醒。

信陵君墓

原嘗賓從總如雲，聲價何堪並此君。我亦因人衣食者，青衫霑濕拜秋墳。

明宮詞

殿角東風颺彩裝，（正朔宮門桃符及金銀八寶黃龍錢，曰彩裝。）葫蘆宮錦異尋常。（宮袍花樣，隨時更易，正朔衣葫盧樣蟒緞，端午衣五毒，九日衣菊花等類。）金盆滿爇紅螺炭，（紅螺廠炭造圓徑長短俱有定式。）先逗陽和到御牀。

朝來貢舫自南京，綵扇香茶滿內廷。清謹堂中新樣墨，（清謹堂墨。蘇杭織造監孫隆新製。）錦囊分賜女諸生。（宮中有宮正，司六宮掌印，及女秀才諸女官。）

鴟噪宮槐落照橫，長街（即永巷。）蚤見路燈明。英華殿裏菩提樹，（菩提樹來自西域，六月作花，色黃，異香撲人，實如楸子，不由花得，生于葉背，用作素珠。）綵袖含羞演梵聲。（萬曆中，始令宮人於殿中誦經禮佛，相沿爲例。）

太后新宣淑女班，定誰端正中慈顔。司儀先進青紗帕，親綰黃金繫臂環。（故事：宮中選婚，每選一，必以二副者陪升。即中選，皇太后幕以青紗帕，取金玉跳脱繫其臂。）

七年夢斷景陽鐘，忍向浮雲覓舊蹤。腸斷壽陵無寸土，井花拚擲玉玲瓏。（景泰汪后賢而有禮，時帝欲易儲，力諫不聽，竟坐廢。既而英宗復辟，向后索玉玲瓏繫腰，后對以無有。語人曰：「帝雖廢，亦嘗爲天子七年，一繫腰何不可消受，而迫取耶？當上索時，我實怒而投之井矣。」按，壽陵，景帝所營，後毁。）

別館春風動柳絲，邵妃扶病惜腰肢。含愁坐斷觚棱月，低咏翻階紅藥詩。憲宗朝萬貴妃有寵而妬，邵妃初選入，托微病，居外宫。偶夜坐自咏所製紅藥詩，上過聞之，大喜，遂召幸。未幾，册進貴妃。西宫花柳盡成行，新數承恩王滿堂。惆悵豹房春夢短，秋風愁殺浣衣娘。王霸州人，嘗與選嬪，既而罷歸，感於異夢，改適道士段鋹。鋹以謀逆伏誅，乃没入爲官奴，送浣衣局。尋召入侍豹房，大幸。世宗嗣統，復出浣衣局，人謂之王浣衣云。歲旦朝正刻漏移，雪飄香輦駐遲遲。永和門内花如綺，深感中宫勅召時。懷宗田貴妃，揚州人。被寵稍倨，周后抑之以禮。會歲旦朝正，適天寒雨雪，翟車止門外，不即令入，既而坐朝之，無一言。妃頗搆讒，上怒后，旋得其情，斥妃啓祥宫。一日，上在永和門看花，后請召妃，上不應。后遽令以車迎之，乃相見如初。

李　暘

字寅谷，婁縣人。愫孫。康熙乙酉舉人。

詩話：孝廉幼工書，虞山席上有《觀李素心孫時方七歲草書歌》，所云「李郎七歲筆陣强，折釵倒薤紛旗槍。拳如繭栗不盈握，放筆直欲隳堵牆。力如藍田射伏虎，飲羽穿石激電光。勢如衛公夜行雨，風鬃霧鬣不可當」者，即謂寅谷也。時在順治初。閲五十餘年而始得一第，豈幼慧不足恃與？

題廖檝千不染菴

短垣新結構，不染敬題名。甘露看垂滴，條風久未鳴。捲簾花影亂，拂塵緑苔清。撫字琴堂裏，絃歌到處聲。

張家爽

字荀六，上海人。康熙乙酉副榜。貧而好義，四十七年歲飢，施粥助米，授蕭縣教諭。修學宫，立義學，以興文教。

雪中作

豈有千人者，崎嶇雪路中。可憐袁處士，一餓博三公。

肥城道中口占

怪底秋宵易向明，布衾薄酒煖難成。不知一夜千巖白，又逐輪蹏破雪行。

袁載錫

字心友，號南樓，青浦人。康熙戊子舉人，考授内閣中書，改江都教諭。著《奏雲堂詩鈔》。

吴趨行送余開府入都

四座且莫諠，聽我歌吴趨。吴趨本繁囂，侈靡甲中區。三江分震澤，層臺營姑胥。闔閭起雄心，春申衍宏模。但知鬬麗華，罔念本業蕪。市井充玉饌，倡優羅翠襦。春風三月暮，錦綺塡街衢。梵宇香成霧，輿隸汗流珠。寶鈿迤逦拾，紅袖雜遝扶。葑谿當盛夏，芰荷十里鋪。遊人聚如蟻，蕩槳飛仙鳧。酒泗兼肴丘，舉白亦呼盧。秋半明月明，虎阜重馳驅。簫鼓喧昏黃，履舄相盪摩。夜半萬籟寂，清喉轉妙歈。聲遏天際雲，杳然等步虛。展轉年復年，少長習歡娱。寧令爨煙稀，莫教遊屐疎。俗尚既沿久，匪可一朝居。之子洵邦彥，仗鉞東南隅。先聲拔門薙，嚴威陋大車。教化首革俗，信孚及豚魚。卧治未期月，風尚何頓殊。冥頑盡更絃，恥與靡風俱。城闕無子衿，遊手歸田廬。遍埜藝桑麻，比户敦詩書。繡幃夜篝火，杼柚甘勤劬。琳宫棲鳥鵲，沙棠牽菰蘆。名花自開落，草長半庭除。楓橋酒帘捲，金閶紅粉袪。里巷斷歌舞，市器絶苦窳。泰伯延陵風，乃知未云徂。下里甫沾澤，廟堂亟相須。於女僅信處，我心當何如。商榷爲此歌，聊當衮衣圖。

送陸詩城之任綿竹

士衡十載滯燕臺，小試先舒百里才。便令人從花縣去，也曾身到鳳池來。郫筒酒滿經春醉，蜀錦箋新對月裁。太白少陵遺迹在，風流千載得追陪。

婁江舟次同友人夜話

蘆荻汀邊一繫舟，話殘燈火尚遲留。斜風細雨寒如許，八月江干已暮秋。

李郁芬

字元音，華亭人。康熙乙西舉人，己丑進士，官廣西藤縣知縣。

和李郡侯雨中閱海塘紀事詩元韵

東海循良吏，重逢李建中。纔經辭玉陛，便自探珠宫。巨浸看頻入，洪波望不窮。爲防風激蕩，不避雨溟濛。市欲消寒蜃，隄先接彩虹。能教無怒鱷，肯令有哀鴻。起色經時見，歡聲是處同。三騶寬幄算，五馬勸農工。國漸稱全裕，倉將慶永豐。閭閻都被澤，鐘鼎待銘功。賦已誇輸足，詩偏咏省躬。建中有《省躬》詩。不才慚起和，騎竹逐兒童。

駱壽鵬

字屆山，號簪亭，華亭人。康熙戊子舉人，己丑進士，官中書。

辛巳秋再入都門作

又向西風促曉裝，飢軀那許戀江鄉。聯宵舊雨樽重碧，一騎秋山葉半黄。零亂詩篇行篋薄，蕭騷驛路客衣涼。南山種林堪供臘，肯逐天涯雁影忙。

辭墓

中介山空起暮煙，蕭蕭宰木拱荒阡。人從中歲名應就，我讀遺書淚欲漣。玉律品題模楷重，珠槃姓氏日星懸。堪嗟手澤多零落，腸斷霜風晝荻年。自注：先君文藝載復社集中，著有《□□詩選》《玉律》諸書行世。按此即吴元詒所稱功偕先生文名重海内者，其名當查復社初集另載。

張照

字得天，婁縣人。刑部郎中彙子。康熙戊子舉人，己丑進士，選庶吉士，歷官至刑部尚書，卒謚文敏。著《得天居士集》。初照在聖廟之世，出入南書房者十年。世廟時，晉尚書。嘗夕召入，議論古今得失，漏且四下，燭煤長，帝呼内豎未應，欲起翦燭，帝以失大臣體，慰止之。當是時，君臣恩禮如此。帝以苗疆滋事，命照及德希壽往督其事，到黔發帑賑濟，及倍給調兵餽運夫馬價。未幾，高宗登極，將軍哈元升論之，召還。代張照之張廣泗復論之，逮下刑部獄。旋以苗疆底定，奉恩詔起獄中，補官。以照學殖淹博，每天章宣示，往往首先賡續，上輒稱善其書法尤被宸賞，凡有御製及廷臣賡和之作，必命照書之。詩話：文敏曾賦雕牙畫詩，上曰：「張照詩有蘇、韓之風。」知文敏雖通釋氏，要不盡以禪理入詩也。然其性地高明，筆墨超妙，非有根器人不能。

題藝經圖

走昔十二三，誦經熟其詞。便擬獵聲華，羊質衣虎皮。大賢藥籠中，致有菉與蒼。其時魯南公，實山東大師。同年登石渠，昕夕以追隨。籍徵詰奥窔，十問九不知。遊于藝之海，中流風汨之。諸儒説紛紜，楊朱泣路歧。乃知天下慙，莫過不學兒。貞玉無寒温，幻雲多變姿。公歸塞門居，我留踐華資。高位必疾債，昌黎曾有詩。歡華不滿眼，咎責塞兩儀。中公既就徵，鄒陽亦釋纍。相逢話三朝，淚下如綆縻。粲粲者門子，七葉達九逵。示我藝經圖，山水照鬚眉。索我書卷尾，慰我長相思。天一而地兩，參者惟人斯。七尺一傀儡，而俾千古垂。請看骸竅間，何異丹堊施。賴此方寸日，終無盈與虧。灼灼煦萬類，大生之綱維。述文與興業，孔志良在兹。貌言視聽思，萬端紛難治。不有六籍在，奚爲六動規。黮黮者重雲，經作長風吹。蠢蠢者庶類，經作甘雨滋。一心敬之執，簡易非支離。勿虚言静妙，式謹動之時。天君既能軍，五官無輿尸。美玉在頑璞，任君剖其籬。豈其爵禄餌，又豈聲名貲。如農胼手足，惟實勤畬菑。白華涅不緇，陔蘭香猗猗。嘉生已彌望，薦蓘當及時。

朝哥

驅車渡淇水，言戾朝哥城。伐竹漢代盡，種柳官家程。比干封墓高，商容式閭平。雙祠史與蘧，金矢傍玉衡。益友宣尼取，多賢季札稱。俗儒何好事，粉墨乃横生。謂言七十子，閉目惡其名。宰予獨顧盼，仲由心怦怦。蹩之越車下，戾若糾所行。宇宙聖狂雜，河海龍黿并。惡惡及其地，善善何其輕。劇甚怖頭走，迂闊非人情。司空城旦書，厲階爾輩成。六經道榛塞，泉源何日清。

壽雲上人七十

雲公老畫師，現身爲德士。蘭松怪石竹，小小六通戲。京師大隱區，丈室蒲團地。江山百代秀，盡落師圈禬。筆尖一指出，咫尺萬里勢。身輕臘逾重，雀喜瓶閒寄。相忘居井蛇，那有上天刺。於今七十年，應身常如意。知無性七十，但有門不二。我家宦京國，識師已三世。師來道故舊，多余不知事。笑指長鬚奴，見其雙丫髻。一歎歲月深，廿年屈伸臂。後佛十二日，早余廿三歲。高坐天花來，面目難爲秘。人天與佛祖，一樣毫端繪。在天爲虛空，在地爲物類。當其下筆時，何者可思議。未妨再七十，珍重眉毛翠。

黄公望晴巒春靄

有元繪事多名手，痴迂梅鶴爲上首。一洗前人膠粉空，獨脱無依貌萬有。黄鶴山樵鷗波甥，不向如來行處行。濃皴密點皆古篆，琳琅金薤紛縱横。梅花盦生最愛竹，紙上蕭蕭風雨足。瓣香敬爲文湖州，畫成還寫篔簹谷。清閟閣中迂叟迂，寒秀絶倫轉豐腴。一筆增減不可得，六法中之傾城姝。公望壽與大公軋，但有大癡無小黠。脚底踏遍五嶽雲，造化神秀歸金札。四子畫皆冠古今，獨于望也尤斂衽。不是尋常山水趣，如見千載仁知心。其神渝渝玉温潤，其色幽幽淵静深。之子相傳獨仙去，後來未易丹青臨。

奉敕題畫

曾聞珍果著仙經，閒畫雲臺似斗形。千歲三偷頭未白，萬年一實子猶青。仙由齒頰芳甘得，道在蓬壺草木靈。太上微言寧有此，謾誇降自玉衡星。右桃。

花品疇同古逸民，此花有骨不開春。空山之中八九月，千載而上兩三人。行傍巖崖思采采，如聞潭水尚粼粼。潔兹筐筥齊心訪，日月精英冀得真。右菊。

生老病死四首

設帨懸弧喜溢閭，羯羅藍地乍消除。胸前古鏡三朝洗，手裏天花八識居。棗葉芭蕉來夢始，錦茵藩溷落英初。金環省記他年事，絡索癡兒正是渠。

新新不住刹那更，芥子中間日月行。剛被韶華勾入夢，便于摇落鎮關情。衣冠風貌成先輩，花月光陰付後生。只有觀河見猶喜，菩提樹子没枯榮。

地激風旋水火争，維摩居士法輪成。共驚猶此之乎死，那信從來本不生。六氣侵淫千種苦，一家鹵莽萬端情。誰能清冷雲中住，消受餘膏盡短檠。

瞉穿瓶破雀兒翔，樂否枯骸南面王。到此方云辭逆旅，依然仍復泊他鄉。大羅雲錦虚皇署，小像黄金越國裝。富貴神仙從爾説，土饅頭上草茫茫。

夢

故故新新暮更朝，是因是想任參寥。乍離還道明明在，欲説翻成漸漸消。佳處何妨留一世，昔人難得話連宵。九天十地皆如此，君僕猶當爝火嘲。

咏棺

誰信千年永不開，徒教骨肉隔黄埃。收回天上三春艷，葢盡人間一石才。水土幾番灰卻了，山林又復斧斯來。還愁仙骨埋難盡，碧落殷勤選玉材。

有畫朱買臣負薪行吟于扇者索題

四十餘年慢讀書，發人陰事殺其軀。當時負戴相隨者，泉下翻成笑故夫。

楊錫恒

字涵貞，號查岑，瑄次子。康熙乙酉舉人，己丑進士，中書。性孝養，不就選，侍父兩次謫戍，父殁極哀。嘗訪舊梅嶺，母在家適疾，錫恒忽心動，亟就道抵家，五日而母殁。所著有《冰天草》《聽雨軒詩草》。

紀異

地乃天之配，其道宜安貞。胡然此一方，震動無時停。欻若颷風過，殷若雷車鳴。耳目盡駭眩，魂魄爲之驚。初疑九軌道，轂擊聲喧轟。又如萬斛舟，掀簸巨浪迎。一椽本如寄，欹仄勞支撑。上棟與下宇，岌岌憂摧崩。不已勢將壓，性命毫毛輕。聞諸古史册，其變在五行。迂儒守章句，白黑聚訟争。方今聖明世，災祲何由生。此理不可曉，閒居細推評。每當地震後，厥占應元冥。陰氣盤地軸，欲奮難遽騰。小震則小澍，大震斯盆傾。屢試不可爽，歷久信有徵。艾河地庳下，谿谷流縱横。積潦成巨浸，勢欲排丘陵。二麥既黄萎，稗穇類寸莛。惟菽稍有實，又恐秋霜零。謀生艱一飽，敢望倉箱盈。典衣入市廛，無處易斗升。來日信大難，寸心憂屏營。皇天本仁愛，視聽非懵懵。萬方悉在宥，豈獨遺邊氓。願奮箕畢好，長放羲娥晴。庶使職載者，亦得安坤寧。艾河亦名艾渾，即黑龍江。按驛程所著站道，自京師以至開原一千九百里。《一統志》：黑龍江在開原北二千五百里。

代酬宗室巴公惠香木杖

荷君柱杖殷勤贈，憐我殘年老病侵。入手頓教誇矍鑠，扶行喜不廢登臨。製看從樸彌徵雅，質本含香更覺深。只恐葛陂龍欲化，仙家神物杳難尋。

塞外草花甚繁多不能名今就習見三種各咏一律

馬蘭花色並同高良薑，但差小而色較深。

誰署佳名作馬蘭，不殊南國紫羅欄。高良薑別名。態輕疑舞花房蝶，色艷深迴紫誥鸞。天水碧衣風外舉，唾花紺袖雨餘看。嬌姿只向邊沙老，誰與移根到上闌。

金蓮

移自滄洲仙種芳，滄洲金蓮花，研之如泥，綵繪與真金無異。鞠衣正色應中央。華峰蓮並生來瑞，祇樹金同布處黄。
步憶齊宫争窈窕。燈傳禁院獨輝光。荒江野岸開無主，一樣傾心向太陽。

雙燕壘巢梁間者半月矣一旦忽去感而有作

望斷斜陽竟不歸，壘巢未就又相違。不知芳草天涯外，可有朱門任爾飛。

艾河元夕竹枝詞

絶塞寒雲凍不開，全憑人事唤春回。兒童踏臂歡呼處，争看燈官上任來。嘉平封篆後，即設燈官，至開篆日止。
赫赫前驅清道旗，青紅皂隸兩邊隨。硃標告示當街挂，新署頭銜燈政司。燈官稱燈政司。
傾城鼎沸鬧秧歌，紅粉新妝細馬馱。不信使君真有婦，羅敷過處看人多。馬上女妝者稱燈官夫人。
迎虎迎猫載聖經，祈年賽社豈無靈。由來戲事關農事，前隊先迎五穀瓶。燈作瓶式，繪五穀而封其口，取五穀豐登意。

國朝松江詩鈔卷二十八

鄉人姜兆翀鶴山録

錢　瑞楚帆

瑄澹淵閲

張起麟

字趾肇，號承齋，一鵠嗣子。康熙乙酉舉人，己丑進士，選庶吉士，授編修，乙未分房，丁酉雲南副主考。其明年，以計典去官歸。著有《存玉堂集》及《南村詞》。朱竹垞曰：「操唐人之音而不蹈宋元危厲軟熟之習，可云娟雅之長。」章豈績曰：「文則高奇，詩則綺麗。若《南村》一集，尤爲俊逸清新。」

《漱芳齋詩話》：丁酉雲南正主考爲李閣學穆堂先生，其列槀謂：故事，奉命典試者，即日封門，不得出詣戚黨，無從稱貸，困屈彌甚。領勘合火票後，踉蹌長行，雖滇南萬里，斧資即次不暇計矣。蓋當日斤斤官瀍，罔敢踰越，想承齋同此况味也。惟奉使偕行，聯詩試院，亦可見一時聲臭之合云。

辛巳穀日新城先生招同劉介于石齡俞叔音兆晟集帶經堂分賦得夕字

朝陽解餘沍，令序開紫陌。野占穀日晴，市隱春燈夕。將迎謝車騎，問字欣登席。披拂坐條風，談諧意彌適。删詩嚴鄭衛，大雅慎所擇。武彝補茶經，青州辨酒德。良讌歡未終，客懷此焉釋。躡月遵歸塗，清輝杳無極。

贈宣城梅定九文鼎先生

天形如圓蓋，晝夜運不息。七政相錯行，盈縮異遲疾。璿璣與玉衡，羲和舉其職。銅儀後代興，杪度窮咫尺。灾祥信裨梓，占候紀甘石。談天多聚訟，如日晦薄蝕。制作或失傳，絶學來西域。聖人敬民時，五事建皇極。宣城大布衣，天人詳指畫。著書決群疑，巧算探奥賾。榮被當途薦，燕見每前席。佚老爵不縻，參微學誰識。珍膳錫雍容，宸章光舄奕。三接荷殊恩，餘榮傳史册。脂轄戒南歸，祖帳城西陌。異人出盛代，進退足矜式。抒詞想淵深，茫然媿蠡測。

辰龍關

松杉積長陰，盤鬱萬山怒。窅窱啓蒙茸，垂藤尚迴互。重關一逕開，絶壁雙崖護。潛疑出井底，高或陟雲路。策詡丸泥封，勢難懸車度。王師昔南征，兹地滇門户。深林助鴟張，密箐恣狼顧。問道宵濟師，盡掃三精霧。太平四十年，時清失崄阻。乘軺過其下，憑弔成今古。在德固有云，蒼嵐濕衣屨。王師破賊，從郭家谿水路入。

關索嶺

黔險首關嶺，徒旅行趦趄。名聞已𩨘𠪚，身歷增嗟吁。崙崒過千仞，白道秋毫如。千雲不得上，轉側成縈紆。前行頓後卻，中休乃更徂。俯視山梁側，隱見羅煙墟。遥淙下匹練，迢遞盤江趨。仰瞻崇祠敞，竹樹森扶疏。涓涓馬跑泉，細響會沮洳。五十有四盤，陵雲逼天衢。下嶺僅九折，地峻西南隅。行當馭罡風，飄颻揚輕裾。胡爲傷跼蹐，勿使心神舒。

安籠箐

黔西有重鎮，鎖鑰憑安籠。控制逮諸苗，鼓角揚秋風。兹箐沿其名，墟里煙蒙茸。左接安莊險，右跨象鼻雄。曩聞亂石礙，行者悲途窮。向有「人怕安籠箐，馬怕哈馬莊」之謠。拾級頌如砥，蕩蕩開鴻濛。荒谿榛蕪盡，絕頂風雲通。地紆互複嶺，天豁來遥峰。樵歌聞谷底，清吟笑倥傯。

試院喜霽次穆堂同年韵

孟夏辭京師，南征困溽暑。炎曦赫朱光，焦灼失和煦。滇海分氣候，温涼變晴雨。衝泥笑屐折，看山愁笏拄。詄蕩瑣闈開，霏微桂香濡。輕陰曳散絲，霑灑朝來屢。今晨得開霽，晴旭固如許。檐際鳥雀喧，庭除草木嫵。念彼懷鉛子，文戰列旗鼓。先資謹拜獻，始進重出處。浩氣充兩間，清心鞭一縷。審固始發機，惜此千鈞弩。志體兼正直，命中固其所。我生悲數奇，席帽去鄉土。操瑟顧立齊，南轅廼適楚。三紀得一第，皓然毛髮古。聖朝興賢詔，網羅遍六宇。滇土天南隅，文雅亦舉舉。接席飲冰憂，同心如蘭語。敢忘辛苦地，鄙此爲邊圉。譬彼秋氣清，晴光駁陰沍。又如微雲浄，重宵澄月府。長言互唱酬，斯義各有取。砥礪成廉隅，莫待退思補。投筆挹清飂，階陰日卓午。

長歌送章豈績藻功東游

始與君遇時，乃在姑蘇城。虎丘片石秋月明，停船夜傍山塘宿，篷窗隱隱聞歌聲。自後離群雙寂寞，薄游刺促來京洛。九衢塵裏不通名，行卷西風歎蕭索。齊州山水天下奇，七十二泉成淪漪。鵲華秋來轉蒼翠，明湖倒浸青琉璃。蹤迹重逢駐行笈，四照樓前笑相揖。放眼遥看山色清，捲簾只許荷香入。萸菊紛紛迫吹帽，龍山舊事誰能道。荒城魯殿容徘徊，霜信初聞鴈聲報。溧陽史侯我所師，瞜川王子同壎篪。與君相對數晨夕，意氣投合無磷緇。聯牀並列東西屋，把酒狂呼大小兒。檢盡青編徵故事，燒殘紅燭戰新詩。飛揚跋扈聊乘興，嗤點旁人空爾爲。連轡遄歸寒惻惻，凍雲朔雪猶堪憶。行盡郊原不見人，淮北淮南山一色。天涯氣候一番新，去住空囊剩此身。我向谷陽甘避迹，君來濟上再經春。蒼狗浮雲何靉靆，檢點尊前幾人在。素衣緇盡總成塵，豪氣元龍應不改。一回相見一咨嗟，白袷青衫兩鬢華。長向客中聽《折柳》，何須江上訴琵琶。三年懷抱從頭説，邂逅無端又成別。

天風飄蕩到蓬根，世事參差動騷屑。君不見蕉陰得鹿夢醒時，過眼繁華等蠓蠛。

相見坡

相見難，難如參與商。晨昏坐睽隔，永夜不得同輝光。相見易，易如牛與女。東西一水間，脈脈含情共延佇。易者且弗喜，難者且弗悲。君看相見坡，日日車馬常追隨。上坡百丈上水船，下坡千仞下阪丸。上坡下坡異憂樂，相見不語心相憐。兩坡對峙如對面，行人響答空中辨。雨黑雲霾無改移，林深箐密交蒽蒨。咫尺難同縮地觀，迢遥更益歧途怨。上坡下坡頃刻耳，猶勝年年不相見。

飛雲巖

是身如浮雲，罡風吹墮黔山巔。黔山萬仞摩蒼天，重巒出雲勢蜿蜒。今朝飛雲巖下過，山骨幻作兜羅綿。巖石倒覆開廣厦，萬乳凝結空中懸。蓮茄荇藻工點綴，纓絡翠蓋相鈎連。巨靈高掌慚劈劃，五丁神斧憂雕鐫。有聲色相備諸幻，真宰造意誰能傳。是雲非雲不可詰，目眙神悸心茫然。還愁巖石化雲去，載我直上瀛洲方丈蓬萊間。迴視黔陽但一氣，雲濤變現出没金筑千煙鬟。

倒馬坡望張三丰僊人影

平越城西五里許，峭壁千仞，上有道士，戴華陽巾，拄杖西行，云即三丰遺照也。旁有「神留宇宙」四大字，亦甚奇偉可觀，惜不知爲誰筆。

宇宙之奇無不有，倒馬坡前石誰剖。誰貌僊翁野鶴姿，拄杖隨肩欲西走。吁嗟乎，燕犀冀馬金川開，潛龍不見空煙煤。猶疑鱗爪匿山海，託訪神仙詔使來。仙翁寄迹黔山畔，目極天倫事塗炭。肯將巾屨落人間，脱去塵埃屬霄漢。只今埋照在山巔，雨蝕苔侵神不變。石馬長陵話劫塵，金山山口讓皇墳。豈知百丈峨嵺石，留得餐霞避世文。

盤江鐵索橋

我年六歲入書塾，先子初自滇南歸。斜川長老悦情話，覼縷黔中山水天下稀。蒼山千仞拔地起，白水百道連雲飛。盤江江流尤嶮惡，雙崖夾立迴奔雷。戕⿰哥戈牽挽不得濟，問渡往往愁顛擠。虹梁建議監軍始，鐵絙貫石空中施。千尋鉤鎖互縈繞，上絡山阯下江湄。駕以巨木亘以板，縱横平直無偏陂。來牛去馬屹不動，連甍下覆同華榱。東西傑閣兩翼峙，行旅攘攘復熙熙。事經易代成者圮，水衡再發天扶持。高深窮極盡奇勢，壯觀逾舊功勿隳。井蛙恃江作天塹，橋圮假息空爾爲。王師昨自水西入，在德寧論山與谿。小子從旁志一二，遺詩稍長時尋窺。荏苒五十有六載，昔日羈丱今霜髭。一朝持節經過此，撫今感昔徒戲欷。回頭雛誦命吾子，汝其捧硯點筆和此盤江詩。

存玉堂玉蘭花歌

謂自七世祖南谿始居泖涇，傳至趾肇已九世矣。堂前玉蘭一株，爲南谿手植。其後舊居日毁，至其父忍齋尋舊址搆堂，而此花適在中庭，太倉王奉常煙客顔之曰「存玉」。至趾肇不忘堂搆，而手植猶存，故有此作。

華亭谷口釣灘側，吾祖誅茅此卜宅。七世依然守一區，紅橋流水人争識。玉蘭手植傍高垣，蕙畹芝田長子孫。閒居不厭蓬蒿滿，荒逕長看松菊存。春月秋風二百載，宗人榮落隨桑海。僱役錢多里井荒，催科吏擾田園改。烏衣燕到舊巢空，祇有高花老還在。先子叱馭滇南遊，五月歸田咏《四愁》。緬懷祖德惟堂構，丹雘艱難奕葉謀。重向曩基興版築，堦前荆杞森如束。引水仍開抱甕園，連雲更闢藏書屋。此花位置在中庭，堂成命堂曰存玉。每到春深花事賒，千朵萬朵争紛拏。估客停船問喬木，行人仰面見霜葩。江村風雨春歸處，日日憑闌對花語。落蕊收同寒具煎，清芬散逐唫牋去。小子承家媿析薪，長違梓里歷風塵。名成幸作藜燈伴，身老空慚芸局親。草罷詞頭唫芍藥，愁縈鄉思到松筠。東風飄蕩長安陌，山桃野杏紛狼藉。亦有南花號玉蘭，盆盎移根三四尺。此時卻憶庭中樹，萬玉玲瓏光積素。帶月驚看雪縞廬，臨風直訝香飄路。零落全依彭澤田，婆娑不入蘭成賦。谷水蒼茫勞夢想，何時一棹成還往。田家荆樹謝家蘭，瓜瓞綿聯兼少長。花開一樹麗春紅，叢萼雕瓊遠望通。媿乏三槐傳世德，還偕五柳播清風。題詩遠寄情無已，封殖時時賴孫子。《角弓》歌罷更殷然，三復斯篇念終始。

衛輝道中

周室黍離感，殷墟麥秀歌。興亡一俯仰，道路幾經過。落日孟門隘，悲風牧野多。迴車應自笑，不奈素絲何。

石橋驛即事

身入空濛裏，行穿犖确群。天低愁潑水，山重欲崩雲。雨脚分巖辨，風頭過嶺聞。郵亭供小住，霑灑慰耕耘。

白馬渡

迢遞清波極，巉巖白道回。岸容逼天險，帆勢倚江開。汀芷餘芳澤，鷗群樂溯洄。仙源咫尺近，蹋石問蒼苔。

題胡東海餘生園圖

江介初清戰伐塵，螺川花發舊時春。閒中白髮催新句，亂後青山似故人。場圃慣看收芋栗，煙霞獨喜護松筠。披圖仿佛開三徑，擬向仙源一問津。

清明日張日容大受同年過訪村居

藥裹分攜隔軟塵，輕煙澹靄又殘春。田家雞黍驚新火，村路鶯花識故人。良夜開尊遲皎月，清時彊飯闘閒身。襄陽遺事吾能記，上冢歸來忘主賓。

襟情澹蕩稱春閒，煙柳西湖樂往還。便買扁舟同泛宅，旋攜雙屐徧看山。勾留嵐翠波光裏，放浪筆牀茶竈間。到處逢迎多勝侶，錦囊秀句好誰删。

同年孫遠亭招同耑喜義門退谷諸前輩飲極歡醉後有聞賦此解嘲

卅載良朋聚一堂，樂浮凍蟻累盈觴。此生自斷甘濡首，外論俄傳已腐腸。問疾客來勞鶴蓋，鬪强身在趁鴛行。井瓶不是生平意，還伴鴟夷醉幾場。

鳳陽懷古

桐柏清流直向東，荆塗夾立亘鴻濛。鑿山乍減懷襄勢，平土全資疏瀹功。此地侯荒聯玉帛，至今弧矢走兒童。塗山上有啓母石，禹會村在其下。相傳以六月六日爲禹誕云。還餘石母憂胥溺，立盡風霜俯碧空。

堰合浮山灌壽陽，壅川川潰歎湯湯。虹霓偃水看鄰溺，魚鼈殃民笑自戕。寶筏慈航終莫濟，青絲白馬更誰防。紫金亦有南唐壘，天假周師啓宋疆。

貴陽

襟帶西南半壁存，黔陽節鉞鎮轅門。羊腸一線車書路，鼠穴千盤苗獠村。遠領滇雲親日月，近銷蠻瘴闢乾坤。尹珍聲教千年在，文物還從絶域論。

歷代羈縻説播州，勝朝叛服起戈矛。濟師常借荆南力，制閫誰分蜀道憂。沸鼎魚猶驚潑刺，窮林鳥莫聽鉤輈。峨嵺山色依然在，野草荒原戰壘秋。

乌撒深林疊嶂封，水西遺醜踞蠻叢。八番耳目千巖遍，六廣山川九伐通。盡入版圖平虎窟，不煩亭堠偃狼烽。逋逃易代終朝定，廟算高深靖伏戎。

氣候黔中七月時，蒼涼草樹振秋颸。雨垂嵐霧兼天重，陰積巖巒上日遲。鼎耳臺邊山似髻，霽虹橋外柳如絲。百盈聖水誇靈異，佇訪招提慰夙期。

救饑娘一名救軍糧，産黔滇山路旁，長莖密葉，有刺，子似吾鄉天竹而較紅艷且繁，凶歲可以療饑。

珊瑚捶碎還成粒，紅豆移來不作花。認取救饑名字好，麻姑撒米變丹砂。

詩話：余得編修《存玉堂集》暨其子司訓《喁噞》等集抄本，共八册。適爲桐鄉馮太史鷺亭借閲，不意遽歸道山，而兩集遂不可問。或呵護有靈，終當傳世耳。

陸崑曾

字圃玉，閎子，華亭人。康熙辛卯舉人，官宿州學正。著《臨雲樓稾》。

詩話：孝廉與黄㾑堂、焦南浦、徐金吾並稱，有「焦黄徐陸」之目，而孝廉似少遜，或以其著述不甚顯耳。所著《臨雲樓稾》，乾隆初蔣廣文荷谿僅得其殘帙，今更不可問矣。僅從《于野集》摘存一二。

説虎

老翁來浦南，行行淚如霰。自言被虎災，倉卒去海甸。父祖近百年，居此樂清晏。戾蟲從何來，腥風一朝煽。初疑告者誣，直欲唾其面。豈知勢漸逼，公然到沙堰。時攫官馬食，而況羊豕賤。委地骨如麻，染草血成茜。村落聞夜呼，誰其往救援。逃竄恐不及，更堪奉驅遣。本管榜路旁，袖手有嚴譴。苦竹黄蘆間，諭令搜索遍。嗟嗟荷鋤者，孰是馮與卞。因之去鄉里，無復萌瞻戀。老翁言未畢，心眼並驚眩。我昔下黎嶺，曉行偶居殿。道逢兩於菟，四目激流電。撲石石崖墮，嘯林林木顫。欲進馬不前，欲退轅不轉。方寸并萬慮，精力頓衰倦。履尾竟獲亨，餘生存一綫。阿翁慎勿悲，脱此乃天眷。涉險如坦途，造物恤良善。不然乏寸鐵，爾我安所擅。諒哉古人言，談虎色爲變。

唐玉真公主内思帖歌

玉真此帖何所師，剛健其質婀娜姿。心能轉手手轉筆，令我如見疾書得意時。世人論辨真莽鹵，會稽以下受毁侮。側勒努趯概未識，動輒非今而是古。有唐諸公各立家，詎止印泥錐畫沙。歐虞褚薛隨衆誇，無異隔簾聽琵琶。史稱玉真雅好道，懇歸封邑辭主號。敝屣富貴祈永年，欲於字學探深奥。瓊宫五帝降清虚，執玉符兮乘飛輿。開元戊寅己亥朔，親奉勅旨作是書。流傳迄今千百載，紙發古香墨涵彩。自非造物所珍祕，那能歷劫長不改。吾聞蔡氏《胡笳》十八章，僅存二語餘銷亡。又聞衛夫人一札，鑱刻姑山半已缺，内思上法品獨尊，巍然猶見靈光存。我晰源委示後人，黄河之派來崑崙。

袁海叟墓

青袍當日早休官，那計詩名死後傳。拱木已非元雨露，故家仍是蜀山川。叟先故蜀人，占籍華亭。父介元，時爲府掾。莫嗟抔土夷平陸，尚有殘碑卧野田。我昨十三陵下過，兔葵燕麥也芊芊。

移菊

伊蘭已過佛桑休，名菊移栽不厭稠。地暖得供經月看，蟲寒來作一庭秋。延年何必尋甘谷，致仕原非畏督郵。但與安排遍官舍，醒忘寥落醉忘愁。

寫夾竹桃一枝寄胡澄麓

一樽曾與醉流霞，凈土橋邊少隱家。此日無人更無酒，亂紅愁見嶺南花。

種水仙

清姿移向早春天，便有煙波在眼前。不著一花吾已愛，數叢凈綠也娟娟。

粼粼白石點蒼苔，滿目清泉待汝開。莫怪粉輕檀注淺，好花原不要重臺。此花以單瓣爲佳。

詩話：孝廉善詼諧，有某某會孝廉所，各樹齒牙，戈矛相向，孝廉片言解之。適坐客出便面求畫，即寫螳螂一、蜂一。客少之，乃援筆題云：「螳螂有斧蜂有螫，兩賢相遇豈相厄，作者有會人莫識。」一笑而罷。此可想其詩筆風流之致。

路鳴夏

字西駕，華亭人。康熙辛卯舉人，榜姓張。

送張覺菴學師歸里

師儒片席重清時，投老君恩白髮知。廿載春風齋鼓静，五湖明月釣船移。乾坤有句秋偏好，出處無心道自宜。共羡季鷹歸興切，蓴鱸此地亦堪思。

高廷亮

字日采，號介巖，上海人。康熙辛卯舉人，榜姓奚。有《復林吟稾》。孫松坪曰：「介巖績學砥行，不屑以風雲月露見長。然偶有寄託，其胸中自得之趣，輒流露于筆墨間。」

秋江舟次

豁豁天風曉渡江，中流意氣自無雙。遥看雲影晴猶舞，俯聽濤聲怒未降。六幅蒲帆遮竹簟，一汀木葉打篷窗。高懷正是逢秋甚，豈肯蓴鱸老此邦。

蘭

移芳登几案，聚族在山林。不有高人佩，安知君子心。

王時鴻

字霄羽，號雲岡，華亭人。坊孫。幼孤，與兄時濟共攻苦，以廩貢於康熙乙酉聖祖南巡獻詩，欽取入内廷纂書。中辛卯舉人。壬辰榜後，奉旨搜閲遺卷，得十有一人，而時鴻與王圖炳皆欽賜進士，點庶常，洵異數也。時鴻後改編修，丁酉山西正主考，服官十年而歸。所著有《半樂軒詩鈔》，藏于家。

會葬從祖建昌公

春申之水何盈盈，旁有宅兆妥忠靈。在昔世運際陽九，嗟吾從祖一手當風霆。降旗滾滾聯江岸，義不返顧捍孤城。孤城裂，天柱折，決眥灑盡睢陽血。萬疊愁看鄂渚雲，千堆怒捲長江雪。五十年來魂未招，窮泉渺渺天寥寥。昨歲天子詔史館，國殤勿諱彰前勞。闡幽發潛聖朝事，啓公衣冠出舊笥。結蒲具體登輀車，鬱鬱佳城憑故里。初爲公卜馬鬣封，人謂公死方臨戎。漢江知己六君子，胡寧戀戀江之東。嗚呼！白雲親舍罔極恩，自古忠孝同一原。生當國難殉宗社，死傍先塋奉寢門。骸骨既捐非我有，此志堪垂天地久。一朝返葬存松楸，爲子爲臣兩無負。春申之水方盈盈，思公淚如綆縻傾。羹牆永慕千百載，庶與此水同其清。

按唐王時，江西按察副使王棫佐有司守建昌，城破，棫至武昌戮之。六君子則布政使夏萬亨、分巡道王養正、推官劉允浩、史夏隆、通判胡鎮也。至乾隆丙申，蒙賜謚節愍，而先詔史館勿諱國殤者，已在康熙丙子年。可見我朝崇獎忠貞，疊昭曠典。

放鶩莊歌 此永樂間舉人王端事。

放鶩莊，何由名？在昔我家十世祖，拂衣歸來事偶耕。慨然有志名山業，葛巾野服辭簪纓。墓田聊以供饘粥，蕭然丙舍無將迎。一日直指行部至，實公舊日之門生。造廬敦請得一見，四顧環堵如冰清。殷勤致語何自苦，願以門下爲經營。先生笑謝勿復道，老人樂此無移情。獨憐桑梓秋災甚，夏税無從應官征。君能入告邀捐租，受賜奚啻同編氓。昔者與君風雨共，請從今日申前盟。直指再拜謹受教，封章報可感至誠。大江以南懽動地，頌直指且頌先生。公也掩關謝勿有，豈顧餽贈充庭盈。近里乃有鄉三老，登門跪請進筐篚。公敦鄰好不忍拂，笑受一鵞戞然鳴。喧傳我公右軍癖，人賫一鵞置封塋。先生倚杖令縱之，四野遥遥皆鵝聲。彌望平原二三里，恍如白雪飛縱横。至今莊名達遠近，子孫食報垂宗祊。吾祖昔日終學博，位不副德慳功名。仁人之言其利溥，源遠流長理則明。請看墓木緑成蔭，四百年來常崢嶸。恰與鵝池同不朽，千秋鬱鬱看佳城。其門生應姓名某，淳安人，時爲代巡。

十月十二日奉詔選録宋元明四朝詩恭紀

幾暇編摩事汗青，廣搜姓氏勝雲屏。君臣異代邀欣賞，今古詞人好敬聽。句入非常金石集，事同不朽鼎鐘銘。未容取舍憑胸臆，百遍吟來筆屢停。時鴻分選宋詩，凡所採輯，悉遵聖諭。

長至前二日封丘道中

蕭蕭行李指行臺，漸見河冰怯旅懷。千里人隨日南至，一天風捲雪西來。肯因人熱身當逸，不爲飢驅念早灰。最憶羊城歸路遠，可能乘得未寒回。時仲兄在粵東，未得歸信。

同松坪先生移居古藤書屋喜賦

葺得當年謝傅廬，書屋爲金文通故第。近城韋杜總無如。連車先載新篘酒，壓架旋移舊注書。揜擋安窗迎暖日，商量剪樹倣山居。會看紫障藤花裏，環佩聲歸自玉除。

夜次涿鹿弔故友葉秦川

秦川以丹青名京師，儒冠野服，與王公大人遊。今天子召見暢春苑，自稱山農，因命點染上林，甚稱旨。明年假歸。昨歲應詔北上，夏五月次涿鹿，病疽，道卒，友人路蒼霖、錢鶴來經紀其喪於涿之城南僧舍。事聞，上憫然勑南邦織造使資其喪歸，仍賜葬金四十兩，命有司卹其家。

點染靈臺水與丘，山農日日捧宸遊。布衣存没君恩渥，何事浮生感去留。

遊仙

遲日桃源唱午雞，紅英一路草萋萋。漁郎自是無情甚，那有纔歸路便迷。

王圖炳

字麟照，號澂川，項齡子，華亭人。康熙己卯舉人，薦補中書。丁亥，聖祖南巡，獻詩稱旨，命入京供奉内廷。壬辰，亦以搜遺卷，欽賜進士，點庶常，歷編修，至詹事府詹事。著《稷香書屋詩》。自少工詩，善書，其詩入宋商丘《江左十五子詩選》中。通籍後，尤以能書受知世廟，藏經、梵筴、玉軸、牙籤，繕寫無虚日，珍之祕府，亦藝林佳話也。

咏史

洙泗無煖席，齊梁無停軌。吾道大可爲，斯人詎可避。閉户與纓冠，出處須易地。貞元有韓公，讀書尚其志。唐士太披猖，淫靡沿六季。獨自抱遺經，卓哉不朽事。觝排二氏言，周情兼孔思。鳳躍鈞韶鳴，氣象庶幾似。當其未遇時，皇皇出載贄。佛骨尚欲燒，鱷魚尚欲制。豈其百鍊剛，繞指頓柔脆。三上宰相書，誰識艱難意。汝曹不自量，嗤點何容易。撼樹在蚍蜉，當轍笑螳臂。

句曲道上望茅山

朝雨雲陽驛，朝晴大茅峰。咫尺判晴雨，即此悟仙蹤。歷歷雲中樹，沈沈煙外鐘。緑字三千笈，瓊樓一萬重。何時駕白鹿，飛上碧芙蓉。

秋柳用青丘玉兔泉煮茗韵

露涼月白芙蓉冷，小院梧桐倚金井。垂楊亦復不宜秋，不見鶯衣見鴉影。玉鞭輕拂灞橋霜，猶夢花開絮雪香。永豐盡日無情緒，亂飛黄葉響空廊。幾回悽愴江潭裏，攀枝莫怨西風起。倡條冶葉看明年，依舊鵝黄低蘸水。

平原村

年少驚人入洛名，雲津龍躍是平生。八王兵甲無臣主，兩晉文章有弟兄。晚節不堪愁鶴喉，舊交聞已賦蓴羹。春蒲細柳平原路，長使行人淚滿纓。

渡江

雲自孤飛月自明，蒲帆十幅翦江行。君聽濁浪金焦外，淘盡英雄是此聲。

燕子磯前早趁潮，佛貍祠下暮停橈。老僧竹院渾相識，如夢如塵話六朝。

詩話：宮詹寓京爛麵衕衕，不喜應酬，改爲懶眠，甚韵。此一如坡公之改黃公灘爲惶恐，以對喜歡也。

王時濟

字用舟，號蓉洲，時鴻兄。康熙癸巳順天舉人，亦以内廷修書除翰林待詔，陞中書科中書舍人。

送魯郡伯擢淮揚憲副

漢京良守爵通侯，建節臨淮寵命優。一自素絲標退食，遂教赤芾運先籌。御屏上考書名早，巖楫中原竚願酬。十載幸陪門下士，登龍常憶李膺舟。

張　煜

字昊霑，號荆園，婁縣人。康熙癸巳舉人。其子同年戴駿龐刻其近體詩一卷爲《有懷堂詩集》。

酬王敬衣移寓

逸態飄然不染塵，興來隨意卜居新。胸中皇甫三千字，坐上平原十九人。墟曲攜琴閒對月，池塘得句夢生春。遥知王翰聲名大，韋杜家家願作鄰。

閔　望

字夏聲，號蓬嶼，上海人。康熙癸巳舉人，官富陽知縣。

余忠宣公墓

堂堂大節震乾坤，獨奠椒漿拜墓門。七載干戈悲血戰，一家妻子盡忠魂。敵人尚識詩書帥，烽火誰將戎馬援。清水池塘愁日暮，英風來往怒濤翻。

張　泰

字克廣，上海人。康熙癸巳舉人，官金壇縣教諭。

客中效子美同谷七歌 一存

有樹有樹蒼不妍，離奇輪菌上參天。斧斤匠石未曾見，生長深山幾百年。秋風謖謖韵管絃，時有孤鶴巢其顛。嗚呼三歌兮歌莫和，散髮披衿樹邊卧。

陸榮程

字淳川，號思可，青浦人。振芬孫。康熙癸巳舉人。

題龔學癡雲山無盡圖

書堂晝静開玉軸，萬里雲山歸尺幅。煙嵐冉冉拂晴窗，青翠濛濛滿空屋。逶迤三十六天通，方丈蓬壺到眼中。不見安期與若士，惟有蒼松翠柏相蒙茸。山頭丹碧樓臺曉，山下叢篘風裊裊。石上無人掃落花，耳邊獨自聞唬鳥。峰迴奇勢破空來，路轉窮谿絶壁開。萬壑千巖争怪偉，世間遥望空崔嵬。學癡舊學黄子久，似向富春親授受。此圖别自倣江公，如以金尊列圭卣。憶昔曾見江公圖，長江浩浩銀濤鋪。二十五家題咏盛，珊瑚出海珠跳湖。三十年來魚鳥慕，不知名蹟何人護。今看此卷溯淵源，疑在他鄉逢雅素。故山綿邈水回旋，畫家筆法有真傳，人老應無再少年。

王奕仁

字魯公，號志山，華亭人。康熙辛卯舉人，癸巳進士，由庶常官編修，至贊善。癸卯督貴州學政，後告歸，卒。著《黔南》《南行》《東還》等草。

舟行偶成

五谿泛一葉，盡日雨濛濛。激浪因逢石，驚濤不爲風。過山憑伐木，山木甚夥，舟子砍伐，無禁止者。遇景一開篷。欲識歸心切，江流日夜東。

葛公橋跨麻哈江。

葛鏡橋頭峭壁懸，緑波倒映鎮相連。苔侵碑面研朱字，碑刻字皆填朱。雲擁江心潑墨天。佛寺藏坳微掩映，馬蹏穿徑幾盤旋。播州亦有堪居處，唐人云播州非人所居，平越即播州。偶爾登臨興邈然。

吴廷揆

字賓門，號湄州，婁縣人。元龍子。康熙癸酉舉人，癸巳進士，授户部主事，累大常寺少卿，戊戌房考。雍正癸卯卒。著有《鴻寶堂稾》。王苧東曰：「奉常家學相承，詩亦俊逸。」

機山

千年遺宇枕荒丘，緑野堂平夾細流。詞賦艶稱司馬客，蒓鱸悔失季鷹秋。荒臺黄犬傳空信，細雨青山憶舊遊。躡屐閒捫松下石，落花點點傍人愁。

張　梁

字奕山，又字大木，婁縣人。侍郎集弟。康熙壬午舉人，癸巳進士，當補行人司行人，會裁缺，例別補，遂歸不出。著《澹吟樓詩稾》《幻花菴詞》。梁以家世清華，位多通顯，而生平不樂仕進，門庭蕭寂，如游方外。又喜鼓琴，嘗力疾彈《洞天鶴舞》之操，有二鶴舞於庭。晚得席氏廢園於澱湖之涘，遷居其中，有終焉之志。後無疾而逝，年七十一歲。王述菴曰：「大木詩宗王、孟、韋、柳，間效山谷、誠齋，以見新異。」

樵歌

出門盡青山，擔頭縛斧柯。顧盼生得色，高林鬱嵯峨。軒軒舉趾健，倏忽重巒過。山詞連步起，興至口則哦。聞聲不見人，杳靄隔煙蘿。有時驚鸛鶴，磔磔離其窠。運斤以爲節，逸響出林阿。松風與澗瀑，天籟相戛摩。四體無乃疲，而非勞者歌。自歌還自罷，兀傲焉知他。

彈琴雜詩

孤桐獨爲奏，不假金石諧。微矣園客絲，能寫曠士懷。中散逝已久，千載罕其儕。奈何大雅音，委之優與俳。撫弦傳杳渺，希聲正復佳。豈難悦人耳，所恥在淫哇。聽者雖或疎，宫徵安在乖。

藜牀穿可坐，日厭魚蟲箋。梧桐生秋涼，裊裊香爐煙。落葉階下響，和我琴上弦。悵然憶仲氏，相望隔遠天。出門多風沙，北地寒獨先。此時想阿宜，歡笑趨庭前。日讀書一箱，翩翩步花磚。亦應念癡叔，短札頻頻傳。手按《平沙》曲，心在歸鴻邊。

騶忌工鼓琴，託故足其諷。而我殊無心，興至輒三弄。日苦酬酢紛，深夜稍能空。觥心凸瀲灩，小飲何須痛。參差十三徽，一一宫商中。呀呷舞赤鱗，葳蕤下紫鳳。中庭霜氣寒，但恐梅花凍。彈罷倚鉤欄，松月兩不動。

黄鵠二八舞，碧洞一何幽。洞口不見人，石橋聞水流。不知是赤城，不知爲丹丘。瑶草昔未覩，宫闕雲中浮。平者應芝田，高者或璚樓。俯視茫茫塵，何物非蜉蝣。欲覓藥一丸，服之壽千秋。還陪王子晉，嘯傲緱山頭。

琴意詩作五七雜言十章，名之《琴意詩》。非操非暢，非引非弄，與前人聽琴詩相似，要在學者因其意以求其聲，固非語言所能盡耳。

梅花三弄

梅花隨東風，淡淡入我絃。凍雲殘雪春乍破，一枝兩枝籬落邊。喧啾野雀噪深竹，谿水無波照空緑。陽和暗覺指下來，遥峰潑翠嵐陰開，五色鳳子雙徘徊。小絃急，大絃緩，冷香拂袖東風輭，嫋嫋冰魂吹不斷。忽然孤鶴唳一聲，羅浮山遠春夢驚，霜天欲曉寒更清。平生茅屋心，松篁共蕭寂。山家閉户悄無人，緑縟青苔落英積。瑶琴愔愔醉横膝，一片孤月當窗白。

鶴舞洞天

高山峨峨，流水涓涓。長松之陰，有鶴翩翻。立蒼苔，啄白石而飲清泉。顧風日之和美，忽長鳴兮戛然。修翎矯雪，逸翮翔煙。雌雄迭代，俯仰遷延。始鳳蹌兮焕爛，終龍躍兮蜿蜒。往來絡繹，交錯迴旋。節若應鼓，機如轉圜。拂琪樹兮晃朗，落玉花兮聯翩。若有人兮，幅巾道服，安坐調絃。想琴心兮三疊，致妙舞乎胎仙。

謝友人勸食肉

聖王有遺訓，七十始食肉。吾年未五十，衣帛似猶速。古者食有等，豈其惟爾欲。爵以稱其德，食亦隨其禄。而我何所有，邨町等碌碌。徒以士族故，日飽農夫粟。撫己方惕然，況敢恣口腹。又聞佛示戒，諸業殺最毒。饞吻快一時，物命遭慘戮。不見與不聞，爲説無乃曲。報本縱未論，秉心一何酷。淡泊聊自甘，昔賢尚虀粥。矧與病相宜，亦非爲惜福。特此謝良朋，毋爲我顰顣。嘗愛東坡言，不可居無竹。我今樂有餘，檀欒滿軒緑。

自題雪梅小影

雍正癸丑，倩友作雪梅小影，南浦師暨同學雪莊各有題句，而貌不甚肖，未付裝潢。乾隆庚午，遇王君南石，爲余重寫之，見者皆稱神似。蓋相距十八年矣，師友俱作古人，因録二詩，并前自題於後，再賦一篇，以贈王君，兼以紀時序云。

小園種梅不肯盛，老年玩雪恐生病。倩人曾作雪梅圖，相映衰顏索題咏。貌之不似圖縱奇，詩句若爲他人題。王君心源合造化，物物畢肖窮天倪。自注：「外師造化，中得心源。」張璪語。初看寫我貌，恰如徑寸青銅自持照。次看寫衣冠，又似重裘被體色尚寒。染粉調鉛徐運筆，園林水石參差出。數株老樹雪模糊，散點梅花疎復密。吴山一角落我手，紅氍毹擁花前立。家童掃雪石橋邊，三徑青迴蘚猶濕。是時節候方初秋，微涼變作寒風遒。蕭蕭苦雨聽不休，問民問歲良足憂。共疑王君筆端所感召，閶闔茫茫何處叫。請君更畫豐年圖，千畝萬畝黄雲鋪。邨邨打稻聲相應，倚杖柴門著老夫。

家兄營别業於杭之西谿落成之日偕繆雪莊游止即事五首

朝昏饒勝概，坐卧足冥搜。老樹半臨水，遥山都入樓。捲簾花氣酷，欹枕鳥聲幽。咫尺西湖路，經旬未出遊。

爲愛鐘魚韵，常留瓶錫居。佛香深入定，仙梵迴陵虚。不作桃花飯，時披貝葉書。宰官身已現，居士法何如。兄自稱竺西優婆塞。

讀樓君敬思背子嶺紀事賦贈兼送之任廣州二首

斗大黄金莫漫驚，一官隨地立功名。豈惟爲政傳花縣，直是能軍接柳營。深入蠻天真膽大，横穿鳥道忽身輕。盡如公者安邊徼，何得蚩尤弄五兵。

一出平巒駭若神，立張花月舊吟身。奇功不道歸詞客，直筆誰當任史臣。梟爲乍聞辭桂嶺，虎符遥見下楓宸。送君我亦蹤無定，前日離筵在軟塵。時余初自京歸。

重陽後十日寓齋小集次張鈞灘先生韵

荻花楓葉晚秋時，雲冷江天雁字遲。荒徑任抛陶令宅，醉鄉須立杜康祠。簾櫳疎淡都容月，竹肉清圓絶勝絲。遮莫鼕鼕官鼓促，二分殘蠟剩吟詩。

菊影三首

月下燈前伴瘦吟，嗁螿落葉夜愔愔。虚懸南國騷人品，密印東籬處士心。爛若一堂神自逸，蕭然四壁致彌深。寫生要出光明藏，未許丹丘擅墨林。

歸去柴門寂不譁，修枝重引短籬斜。無聲詩外幻人筆，有色天中隱者家。幾度夜吟迴北斗，三分秋夢入《南華》。離離漸覺牆腰淡，又是西風散曉霞。

姚培和

字鈞風，號一亭，婁縣人。宏緒第三子。康熙癸巳舉人，聯捷進士，由太常博士轉主事、郎中，出爲河東鹽運使。屬陝西軍需旁午，改漢興道兼沙洲屯務。丁父艱歸里，起復，仍回漢興任。著《調圩》《出關》《漢南》等集，總爲《敦信堂詩槀》。

黄叔琳曰：「副使爲國家宣力效勞于萬里之外，而其詩和平深厚，卓然自成一家。」詩話：敦信《出關》《酒泉》兩稾，固以宣播皇猷，而亦使邊檄情形，列眉指掌，其筆則朴質之中，自饒風雅。

抵新井時已三鼓

夜行避炎歊，單車轉清泠。星稀碧落空，月淡銀河耿。縱轡度山腰，燐火散微影。一路檉柳殷，渾疑二月杏。遥遥未得休，趨程頻引領。人憊道易迷，馬疲策難警。踉蹌野店投，土堆插碧井。轆轤聽有聲，乍眠夜過丙。嗟余淡名利，俗情早拋屏。如何髮半班，尚涉崎嶇境。曩哲有高風，慨然慕箕潁。

回回甜瓜

燉煌古郡産甘瓜，青門連畛不足誇。昔年番回專種此，今植沿城老圃家。淺夏培根待水澤，初秋摘實盈露華。曾聞此瓜大如斛，狐狸潛伏首尾遮。形容毋乃告者過，質之目擊洵不差。未教剖削香滿室，百和濃薰差堪匹。指痕輕掐玉液流，刀鋒乍破瓊漿溢。深疑絶品非人間，入口清泠逾崖蜜。日常飽啖渴思消，不用青錢輸趙壹。趙夢符種瓜數畝，不時分餉。

四月八日至千佛洞得長句一名小雷音。

城南古寺名雷音，不仗土木據高岑。穿巖鑿竇竭物力，千層百疊見匠心。佛相莊嚴驚衆目，丈六金身耀窮谷。旁睨周圍大弟子，笑容拈花如可掬。輝煌洞宇敞規模，四壁丹青列畫圖。冉冉諸天捧寶下，睢睢百怪擎幡趨。創始何年莫可考，斷碣蒼涼費搜討。相傳整頓自李唐，爾後香煙委蔓草。軍馬蹂躪戰血埋，伏戎刀劍爭擊排。平沙斷磧遺老盡，誰來絶域探幽厓。我朝遠略開西土，商農安集興百堵。居人好事歷重巔，地闢石林現奇古。略加拂拭丹雘新，雲筏蓮座出荆榛。嵌空玲瓏不計數，恰逢浴佛紛車輪。靈山高會殊髣髴，我來佛洞非謁佛。皈依浪説福禄多，我已窮通付造物。愛此巉巉數朵山，具無濟勝阻躋攀。盈壺村酒供一醉，醉眠峽上聽潺湲。

鐵犁歌 副憲孔公奉命總理屯田，行至西安舊城，詢是漢後將軍營平侯趙公屯墾之地。隨默禱於神，以占瑞應，田間果獲鐵犂一具，形質甚古，邊方傳爲盛事，因賦長句紀之。

皇帝御極之十年，元臣上疏開屯田。朔方土地稱衍沃，環山抱水阡陌連。天威赫然誅有罪，甲兵數萬車馬闐。芻茭糗糧恤民力，銖兩悉出少府錢。沿邊飛輓羽騎集，關津跋涉路幾千。規仿前漢十二事，經土設井勢較便。帝下廷議僉曰善，司憲孔公鉅任肩。鋒車遙指嘉峪北，從官一路紛如織。載裝農具籽粒隨，相度高下疏溝洫。營平趙侯昔屯耕，遺址猶存人罕識。公念勝蹟雖久淹，忠靈不没如一日。吉事有祥休有徵，默禱神明應何疾。信步頹垣破屋邊，一犁中土宛然出。光氣騰發色斑斕，屈鐵離奇呈古質。道旁觀者共驚奇，表兹符瑞待史筆。噫嘻漢室雄圖世數遥，破羌劈畫隨煙銷。造物猶留一犂在，兆將除此狐兔驕。惟侯精誠垂竹帛，惟公志氣通明昭。神傳天意自今始，功成藉手報聖朝。火耕水耨不須勸，掃蕩妖氛同席卷。中天傑閣畫麒麟，此犂永作人間珍。

宿水硖

殘日看將盡，歸巢鳥有聲。山低雲意重，沙没水痕平。飲馬趨深壑，停驂望遠城。燉煌百里外，月色待三更。

送友之巴里坤

出塞當寒勁，分歧赴郭門。雪飛千樹曉，雲滿萬山昏。祖帳憐行色，征衣帶酒痕。迢遥坤海路，極目易銷魂。

晚憩西雲觀

載酒雖無侶，尋詩亦有題。香分沙棗地名。北，磬度月牙泉名。西。塔影離煙出，巒光挾霧迷。盤桓歸路晚，兩兩罨前谿。

月牙泉亭上題壁

景子高於泉上葢亭三間，題曰醉月。七月晦日，亭既落成，招同出郭觴咏，得詩二首。

面面軒窗映碧流，心清目换最宜秋。堤邊飢雀争銜肉，水底靈魚不上鈎。暫借咏陶爲樂國，須知俯仰是虚舟。主人愛客情無已，月俸頒來許再遊。

雁影横空水一坳，分攜雙管費推敲。都無野老來争席，卻誚山僧未打包。瑶草列星珍上藥，雲腴煮月當嘉肴。他年州乘何人輯，記取新詩壁上抄。

子高寄惠鐵裏綿一襲 係毯罽之屬，而細密過之，出蘭州。

久缘千里斷鴻毛，一領蒙茸抵復陶。樸素土風珍毳褐，殷勤友誼重綈袍。銀河影淡停衣杵，篝火聲寒憶剪刀。忽見新縫山罽至，又揚吟袖去揮毫。

寄懷方伯孫芳谷時往鎮夷衛督理屯墾開渠

郊門執手各丁寧，别後知君已戴星。經野久高充國議，疏渠重注道元經。古紅山下懷人遠，毛目城邊識地靈。一葉秋風怪冷落，至今蹤迹尚如萍。

曹鑑臨

字咸蕤，號熙如，婁縣人。康熙戊子舉人，癸巳進士，點庶常，乙未御試第二，授編修。雍正元年應詔陳言，疏奏止捐納、限官制、開復五經科數款。甲辰丁外艱，歸里，未幾卒。著《吹劍集》《寒螿草》

詩話：焦南浦曾爲撰哀辭，謂。爲君葬考妣，既擇地，又惑于陰陽拘忌之説，乃别厝之淺土，而加屋焉。以至衆口噂沓，本志大傷，抱疚責躬，侘傺以死。故其辭云「經營馬鬛兮道謀孔多，人實負君兮君心靡他。一車之鬼兮張弧則那，往得疑疾兮公竟渡河。」云翀先母黄太孺人，爲曹氏自出，曾言幼時隨汝外祖妣至千港，親見咸蕤舅忽忽不欲生，家人環守，忽乘間踰籬出，赴水死。所言與南浦哀辭合，此豈非孽與？今詩稾亦寥落僅存。

贈陸淳川

世廟倦勤日，分宜秉國成。蟻附翕翕熱，如蜩螗沸羹。維時老宗伯，斂退處不争。斯人國元氣，丹青垂定評。公侯必復始，賢俊方繼承。君家伯仲間，再歆二陸名。仲也富材藝，靈胸兀崢嶸。石室拜太乙，祕授海角經。天眼别地氣，移步隨换形。尚友景純輩，氣壓不齒傖。嗟余營窀穸，肝肺常煎烹。顧念先子業，敢勞卜佳城。士行家失牛，純孝天所令。賤子實涼德，撫己感慨生。雲天有高誼，此意吾所兄。

敬三禹門大椿家園招集兄繼初沛亭正夫諤庭群季用少陵示從孫濟韵

聚族臨滄海，泱泱美大風。相過百里近，時復一尊同。華屋張燈爛，江魚入饌豐。更闌人影散，嵬駷月明中。

過小普陀贈默聞上人地在干谿東偏。寺爲萬曆中曹芝庭建。

精舍先朝築，平臨面面湖。山猿偷鶴俸，仙女試僧趺。釣艇迷煙雨，青山對畫圖。談元窮日力，絶勝灌醍醐。

冬日過海上知楚中老友唐赤子將至余以營窀穸急歸留題家謂庭所以須其至

飛上金鑾已惘然，靈均憔悴過年年。雲生湘浦吟芳芷，日落衡山拜杜鵑。攬鏡雪霜知滿鬢，垂竿書畫賸盈船。相逢草土餘生在，對笑西風竝可憐。

少游請學詩口占

典墳蒼雅竝吾師，屈首先懲巧婦炊。七日恐教渾沌死，一鍼應見贅疣離。蒸霞氣色驅塵腐，刻楮工夫逞怪奇。夜半丹鑪鉛汞走，離披入石亦奚爲。

野望

多病休文感慨增，芳郊步屧蔭蒼藤。雲籠峻坂遮山翠，柳暗前村失水塍。近製短衣思射虎，偶來長嘯學呼鷹。乾坤是處堪登眺，吾見青山諒不憎。

蔡　嵩

字宣問，號中峰，上海人。康熙□□舉人，癸巳進士，官至宗人府府丞。馮墨香詩話謂其入詞垣後，受知世廟，不數年，由編修洊歷宗卿。及督學雲南，任滿復命，忽以萋菲被謗，遂致查抄，而囊橐蕭然，天威轉霽，若以表其精白焉。有手抄詩一册，皆奉使時作。長于近體，七絕尤佳。

趙州店中和壁間韵

何處晨炊好，野塘一逗留。柳榆風葉曉，禾黍露花秋。倦羽早思息，征車未放休。閒吟題壁句，羡殺水中鷗。

古滇署聞蟬

一聲高唱起庭柯，午夢驚迴透綘羅。噍殺似憐官冷落，悠揚如和客吟哦。鳴殘葉底斜陽暮，翼上冠來老鬢皤。贏得翛然寥廓外，清風涼露飲天和。

恭和御製千叟宴詩

玉階晴閃玳筵華，蓬島春迴雨露賒。壽世聖還世壽聖，星輝夜夜燦澄霞。半生藜藿腐儒身，飽飫天廚陸海珍。出語都人胥忭舞，舜瞳堯采倍精神。

荆門道中

重岡如帶亦如環，林立諸峰左右間。百丈丹梯今日上，荆州門户虎牙關。荆門南下盡平岡，萬頃田疇蔓草荒。不似東南尺寸地，半栽禾黍半栽桑。

重過陸涼州

籃輿又復過江臯，出水新秧漸次高。白鷺自來還自立，停眸閒看使君勞。

國朝松江詩鈔卷二十九

鄉人姜兆翀孺山録
張興鏞遠春閲

姚培益

字芑延，號巽齋，别號芥舟。康熙甲午舉人，内閣中書，起居注主事，刑部江西司員外。著《迪惠堂詩集》。傅王露序曰：才高學富，揮毫落紙，頃刻數千言。今所存不及百分之一，猶可想其骨氣珊珊，丰神奕奕。

適園陸文定公築，在北内，有記。至賜塋在北外，有廬曰墓田丙舍堂，以朱子書「耕雲釣月」爲額。

倦遊契林泉，别墅小卜築。數楹遠市囂，三徑傍城足。湫隘任人嗤，逍遥欣我獨。差自適其適，何必羡金谷。

張虚受寫雙松爲贈賦謝

樂天曾説形難似，君獨抽毫用意深。潑墨淋漓纔尺幅，戛雲夭矯欲千尋。客來共引山林興，風起如聞洞壑吟。一任長安桃李貴，兩株欣得歲寒心。

葉　棠

字召南，上海人。康熙甲午舉人。

憶歸

君歸我亦布帆西，湖上垂楊烏亂啼。曾是玉人經過處，剩將愁緒滿芳隄。

王俊臣

字日初，號雪坨，上海人。陛良孫。康熙甲午舉人。工詩、古文詞，年二十三游練川，時學士孫致彌提唱風雅，名士畢集，俊臣出所作《登金山》詩，見者斂手推服。副使王澄慧聞其名，首薦宏博，以疾不赴。著《寒碧齋集》。

登金山

玉柱銀房金碧鮮，中流兀突聳孤圓。暮潮捲落千林月，曉角吹開萬井煙。瓜步樓臺飛鳥外，潤州城郭亂山前。振衣縱目江天闊，吳楚蒼茫水接連。

陸晟

字臨潭，號檢齋，青浦人。康熙甲午舉人，官宿州學正。初受知於撫軍儀封張公伯行，以國士目之。工詩善書，並精岐黄術。著有《尋樂山房文集》。編《讀書録》及《飲篠齋詩集》、《滄浪一葉吟》。其詩取法昌黎，筆力雄健。

天池

自我來西山，十年常八九。未遂天池游，良緣悵不偶。山僧導余往，路指華山右。陟彼賀九嶺，名藍近在肘。亭亭路旁松，虬枝鬱盤紐。石馬立荆榛，豐碑斷前後。云昔毛御史，卜葬占高阜。名山憎枯骨，曾不百年久。舊基還佛刹，面目得重剖。周覽發長吁，青烏術何有。前峰豁可數，空潭侵寒瀏。下有摩訶宫，潛虬嘗見首。半吐金蓮花，蕩漾夾澗口。上引鉢盂泉，滚滚層坡走。煮茶憩僧寮，題句留竹牖。歸途攀蓮峰，徑捷更險陡。恭然筋力疲，勝賞頗不負。仰見明月光，山門驚夜叩。

從揚州關過小舠至邵伯埭

擔囊過渡頭，三人共一葉。漕艘塞中流，刺船不少怯。旁行或側出，取道頗輕捷。行行抵邵埭，晚炊正相接。大舫阻河干，旌旗空獵獵。小舠誇便利，笑彼困利涉。舟人一何愚，所見止目睫。我昨渡江來，豈堪用汝楫。

題顧花橋吹萬閣圖

圖寫西崦梅花萬株，閣前湖波滉瀁，李子玉洲陪匠門先生坐閣中，花橋乘筍輿從花間來。實未嘗搆此閣也，輦下名公題者殆遍。辛丑皋月，余客平江，花橋出此卷索句，爲賦七古一首。

玉洲才人世無匹，花橋弟子早入室。度壑穿雲性所耽，香雪叢深訪真逸。詩翁吹萬閣中坐，不管湖風來凛凓。玉洲鼓勇輒凭闌，只遲花橋鬬詩律。來從山凹聳吟肩，雙手禁寒還抱膝。樓頭笑指竹兜輕，軋軋絶勝驢背疾。野煙羃䍥路委紆，花氣繽紛水蕩潏。飛構陵空未可知，結想清幽興則一。挾圖北走競玩賞，題句崢嶸行茂密。吁嗟乎！銅坑石壁我舊遊，圖中詩人我膠漆。展圖讀詩神魂飛，恨不攖身作徒卒。添入髯卿妙手誰，願乞君家虎頭筆。

拆車行

六月不雨至七月，七月不雨河水竭。農人無計拆車歸，車拆人歸農望絶。憶昔排車爲插秧，烏鴉銜尾戽水忙。老翁稚女悉更代，六十日不離車場。岸高車豎水莫繼，更設一車灘下遞。兩車併力晝復夜，淺淺谿流何以濟。須臾谿涸車且停，外塘之水猶盈盈。全家歷鹿搬車出，塘邊引水山谿行。連日狂風撲沙岸，官塘水捲行舟斷。欲搬無水可奈何，只得停車叉手看。吁嗟乎！今日不雨望明朝，朝來依舊青天高。青天高，苗已焦，拆車歸來哭號咷，從今入口空嗷嗷。可憐種苗苗不熟，田中盡是心頭肉。

支硎山贈迦蜜上人

一判山翁袂，重來已五年。衆峰如揖客，古樹欲摩天。澗吼林偏静，庭閒花自妍。此中多好伴，不似剡谿船。

竟日

竟日澹無事，閒齋寂不譁。隣分護居筍，僧供本山茶。小睡蒲團穩，微行箬笠斜。何來玉屏叟，約看殿春花。薛山一名玉屏。

獅峰年伯招飲話雨軒即席分賦

水閣張燈清宴開，焚香揮麈話深杯。看花坐我王維畫，鬭韵輸他杜牧才。杜子園芙在座。夜半簫聲延月上，柳邊人影刺船來。習家池上追游慣，判卸冠巾盡醉迴。又其句云「寒喜酒人秋夜至，閒宜吟客雨中來」，頗佳。

同僧登蓮華峰

鳥道斜穿古寺門，兩雙芒屐躡松根。憑空一柱黏天地，在望群峰儼子孫。已入山來難脱險，若非酒後定銷魂。晚風欺得春衫薄，猶戀林梢夕照痕。

山行即事

叩門何處覓山翁，路指前山窅窱通。屋角一呼松頂應，可知人在白雲中。

廖賡軒

字旲前，號舫亭，華亭人。康熙甲午副榜，教習期滿，官山西徐溝縣知縣。著有《快帆詩稿》。

題陳載文小照

一徑皆流水，濤聲松際飛。美人臨石磴，遠想托金徽。曼響原殊俗，高風自振衣。賞心千古在，披卷對清暉。

秋送張汝翼南還

遍覽名山與大川，清湘翠岱更幽然。一編落手龍門筆，輸與張堪正少年。

凌如焕

字榆山，號新齋，上海人。康熙戊午舉人，乙未進士，入翰林，躋講讀，終兵部侍郎。袁子才枚，其乾隆己未會試總裁所得士也，爲撰神道碑，載其雍正元年督湖北學政，舉楊可鏡爲貢生，以其曾祖漣盡忠明代故也。及不合格，有劾奏者，世宗特旨褒公，授楊部曹，得解。及自楚復命，議歸州之水程，論豫省之開墾，請增官渡，請賑流庸，皆報可。乾隆元年，典試江西，請除北新關税務之苛索者。後以終養乞歸，六十五卒。詩有《應制》《皇華》等集，《燕都》《楚湘》《黄海紀游》等草。

《漱芳齋詩話》：司馬詩縣志謂其宗陶、白、蘇、陸，曾屬沈文慤論定。然究未編次成書。今各集大都散軼，曾於《皇清文穎》中見其紀南苑大閱詩四首，如「登壇角吹龍驤合，匝地營横雁字來」，「琱弓滿引穿楊技，寶輦遥巡細柳營」，是應制瑋麗之作。

南鎮早發

山村叫荒雞，披衣戒童僕。星光照茅檐，征車早結束。豈無佳山水，而不暇游目。倥偬車馬間，所失嗟莫贖。兹役心境閒，俯瞰河流曲。一慰飢渴思，三宿意未足。回首楚山陽，吟魂戀空谷。

題隆中草廬

攝衣峴山巔，停舟鹿門涘。一弔古賢侯，再弔古居士。出處判所趨，論列殊芳軌。兹行到隆中，峨峨仰觀止。昔者草廬人，抱膝山之趾。獨照天下事，慵弗一挂齒。一朝感知遇，卧龍挾雲起。攘外遏强隣，安内輔穉子。治行進于王，管樂詎足擬。二表泣鬼神，丹血光青史。墮淚不須碑，壽永漢江水。龐老溺逃禪，民物捐敝屣。唯公立談時，決策扶炎紀。閉户不失人，出門不枉己。緬懷三代下，知己無人矣。用行而舍藏，庶乎子淵氏。

讀楊忠愍公文集題後

靈皋方子有成言，忠孝半成于所昧。楊公慘禍羅逆璫，浩氣常存骨空碎。悲哉遺疏泣鬼神，那得君王一盼睞。要知大罪二十四，天下臣庶罔不憝。籌將利害太分明，遂爾隱忍百千輩。讀公被逮奉母書，禍福未定言如愚。熹宗暗弱桓靈質，公乃視之堯舜匹。當其奮筆疾呼時，賜帛何須愍懷日。吁嗟乎！人心溺愛則不明，惟公愛主同愚氓。以毛燎火石填海，中腸熱血時飛騰。君不見古稱孝子虞有鯀，呼天罪己忘親頑。又不見剖心極諫殷比干，捐糜未稔獨夫殘。笑殺庸庸狼善顧，保身全被聰明誤。

出峽

蜀中太白游江陵，一日舟行一千里。我從江陵赴秭歸，行程及半而已矣。豈知庸夫神所福，涉獵峽中三信宿。了無險巇怖心魂，富有山川快游目。憶昨江城返旆來，蓮花箭激水鳴雷。兩巖壁立高天闕，一拳當户峰崔巍。篙師笑指兵書匣，卷軸鎖餘懸槖岌。鬼神呵護百千年，遠可見之近難狎。明月空舲三萬重，牛肝馬肺幻形容。曾聞望夫女化石，何年偶立石艄公。諸峽黄牛最奇特，火燄薰天煮白石。周遭十二碧欄干，紛紜仙衛排戈戟。我昔曾觀瀛海圖，風翻浩渺銀濤鋪。中羅萬笏插石筍，日精霞采交縈紆。竊謂此景隔天路，來到人間不可遇。而今一過黄牛灘，方丈蓬壺森指顧。惜哉太白隨波去，不向舟中十日寓。若令飽領此山川，應有風雲萬態窮雕鐫。

自串口夜歸武昌二首

落日寒江静，滄浪一鏡明。天風吹月小，漁火帶林横。戰壘消公瑾，黄蘆壓正平。只今南去雁，清夜有哀聲。百代橫戈地，三更放艇來。孤村無吠犬，古岸有烽臺。星遠隨帆墮，汀坳傍柁回。蒼茫問舟子，何處鄂城隈。

歸州即事

夢斷巖城叫午雞，一州遥挂楚天西。客來澗底盤螺上，樹密山頭薙髮齊。霸主臺荒迷峽雨，漢宫人去冷香谿。老猿怕惹征衫濕，遁迹雲深不忍嘶。

次應龍姪東歸留别原韵

歲歲鳴舷江上村，山看夔國水荆門。清流有味餐河鼠，碧落無聲卧瓦鴛。五色目迷吾獨客，百年心苦爾諸昆。那禁柳岸重回首，繚繞春煙鎖斷魂。

過宜都

巖城三面控江流，魏武旌旂烱上游。十萬兵輸矛丈二，此疆端合領桓侯。

徐學柄

字維屏，號王馭，上海人。康熙丙子舉人，乙未進士，由庶常授檢討。居京師十餘年，閉户讀書，不謁要路，時論高之。

村居

旭景住林表，臨流納晚涼。新篁低覆岸，老柳半横塘。心静嗔魚動，身閒見蝶忙。北窗一高卧，真足傲羲皇。

姚培衷

字心求，號坳堂，華亭人。宏緒子。康熙丁酉順天舉人，以教習候選知縣。有《坳堂稿》，分《金臺》《蒓鄉》兩集。

過寶應喬氏縱棹園

一角占城東，深林望不窮。斷橋容卧柳，折檻落枯桐。隄鬗菰蒲水，亭欹菡萏風。笙歌今渺矣，惆悵棹船中。

張澤緒

字繡百，號木天，婁縣人。康熙丁酉舉人。性直行高，與張經遠徒步北上，人比之羊、左焉。著有《西山草》。

送華邑故廣文尚先生諱元調，字燮臣，山陽人。崇祀名宦三十韵

尚公圭璋姿，淮海挺英哲。妙年籍文名，落筆驚同列。領薦掌華亭，抗顔立師説。才調錯

金聲，丰采和玉節。多士凜楷模，鄭虔允三絕。乃心實任職，謂吏無處設。教官亦王人，文武齊一轍。宮牆失故址，（明倫遺地，營卒侵佔，申詳各憲。）戎馬何蹩躠。卒悍將益驕，往訴怒不悅。（營卒恃勢嫚罵誣控，將軍楊捷，劾之以威。）先生負奇氣，威劫陡勇決。古有以死争，何爲事口舌。翌聖扶人綱，膽堅心似鐵。書紙不顧家，（遺書置懷中示子，無一語及家事，遂自縊於射圃堂。）呼兒便永訣。從容實就義，豈曰凶短折。哀哉射圃堂，天地爲凜冽。春風淒以寒，桃李隕赤血。（歿時三月十一。）烈聲振淮南，中外憤以切。文章訟明廷，（御史阮、督院傅等皆有疏。）得直地罔缺。身歿志却伸，精魂豈泯滅。緒也私淑人，未立程門雪。耿耿二十秋，遭時陪申結。院司無異詞，信公祀非褻。名宦郡邑祠，送主事更迭。太守肯並臨，吳亦邦之傑。旦晚亘積陰，維時獨澄徹。靄靄雲旂翻，輝輝日車掣。鐘鼓韵鏗鏘，玉帛鮮緇涅。牢醴殷薦馨，禮成樂方闋。嗚呼我尚公，含笑還幽咽。成仁在殺身，正誼垂碑碣。

晚晴秋望

雨洗青山出，秋高霽夕陰。斷虹遥飲澗，斜日半窺林。鶴唳灘聲急，魚飛潭影深。西亭正幽敞，閒眺滌塵襟。

張忠扆

字師尚，號晴巖，婁縣人。康熙丁酉舉人，榜姓姜，名渭烈。歷福建平和、順昌兩縣。

生悔多情又有情，夜涼常厭月華明。何當共向屏山曲，更聽紗窗好鳥聲。

和韵

張夢徵

字鶴來，號東亭，華亭人。康熙甲午舉人，戊戌進士，點庶常，授編修。世宗朝黄河清，進賦，欽取第一。己酉廣東主考。自少揮灑千言，頃刻立就。歸田後，亦時以吟咏鬬捷。

學圃居

屋宇幾分外，山水與花竹。隙地猶頗多，種蔬供旨蓄。菜羹有餘甘，雅懷鄙食肉。豈必親抱甕，藉以課僮僕。露華泫籬落，野致紛可掬。最愛鶯花天，盤中蠶豆緑。

枕流

揚帆非不佳，風波良足懼。不如此間來，身在安穩處。書畫皆可裝，亦宜攜釣具。推窗試一看，斗大合歡樹。吾家有家風，牽船岸上住。笑此本非船，乃得船中趣。

張　鉞

字南旅，號秋巖，華亭人。康熙甲午舉人，戊戌進士，授中書，陞宗人府主事，歷江南道御史，補給事中，特命巡察直隸，加三品卿銜，閲各路兵，查全省倉庫。癸丑丁外艱，乾隆己未轉吏科，旋假歸。

辛丑冬移寓凝園贈主人王洲若

不教張翰戀鱸蓴，半壁圖書隨意陳。料得有心憐舊雨，却將靈境讓閒人。笑談容我消年月，來往惟君混主賓。漫道客懷甘寂寞，長安到處盡紅塵。

畢誼

字元復，號咸齋，婁縣人，天津籍。康熙丁酉舉人，戊戌進士，由中書至吏科給事中，出爲安徽廬鳳道。著《槐蔭軒詩稿》。

詩話：觀察工詩善書，在都門亦有藤花書屋，吟嘯其中。胡恪靖稱之謂「初如天樂鳴，新譜爲誰按。又復見春花，清露正璀璨。窮形犀忽然，入理石可鑽。雄勢拏蛟龍，綺思織河漢」。此可以想其約略。後殁于京師。其子應辰，庚午舉人，官太湖教諭，卒于任。遺集不可問。今於焦氏齋頭見其手書條幅，録之以存其略。

雪夜飲蔣曉滄京兆府中疊聚星堂韻

灩灩深觴浮竹葉，侍御齋頭賞初雪。京兆府中宴再開，恰逢又雪真奇絶。一老默數酒杯寬，衆賓醉把花枝折。庭前飛霰地無塵，堂上絶纓燭欲滅。雄談足使鬼神驚，豪氣直可鯨鯢掣。陽回不怕衣生稜，老去空憎面有纈。當年麋鹿强冠巾，朱紫紛紛幾不屑。邇來憔悴屢經春，聚散升沈眼一瞥。心知枯草不解萌，亦嘆然灰是徒説。對酒當歌不作詩，真教錯鑄六州鐵。

詩話：此詩是任觀察罣誤後作，故當有枯草然灰之語。

張澤瑊

字實甫，一字虚受，號寶華，華亭人。世定子。康熙庚子舉人，工臨池，兼長繪事及長桑君術。其筆墨署沈獅峰名者，往往亂真。著有《懷古堂集》《天香閣草》。

和董宏輔石菖蒲

我聞菖蒲根，化龍駕兩叟。君乃豢龍裔，此是潛虬否。漬之寒碧泉，貯以老瓦缶。拳石面面穴，穴穴蛟龍走。蹴節排蒼鱗，細數得九九。緑叢密於髪，攬之不盈手。後凋宛然松，芳烈迥異韭。天生無媚姿，泉石合長守。不知有炎涼，那復計好醜。人間少朋儔，即此是畏友。吾子尚奇節，不與習俗狃。譬諸草木中，惟此庶可偶。炎官方赫赫，熏灼喘雞狗。挈簟入子室，勝嚼冰一斗。對此塵外物，辰坐直至酉。

馬文毅公彙草辨疑歌

馬文毅公人中龍，廟食嶺外昭純忠。捐軀已垂萬世名，尚有墨蹟留清風。草書辨疑出公手，古帖偏傍細分剖。當時闔門悉灰燼，此獨留傳神所守。公昔陷賊絶救援，幽縶四載日月昏。猶從翰墨事研討，賊雖未挫氣已吞。擊笏欲效段太尉，作歌自許追文山。賢孫守之爲世寶，仿佛碧血餘斑斑。曷不琢石施雕鐫，弩張劍拔蛟鸞騫。坐令藝海獲壯觀，千秋並驅顔平原。

霜鐘

長空一聲落，清泠浩無邊。欲喚赤輪起，難教幽夢圓。遠諧豐嶺律，輕度板橋煙。此際誰真覺，披衣問老禪。

十錦塘閒步

爲愛湖邊景物奇，意行到處故遲遲。塘坳綠樹逋仙墓，山脚紅牆鄂國祠。野客封泥修鳥道，人家插竹認魚池。此間儘可經旬住，未暇尋幽歷險巇。

飛來寺

古刹依山試一登，入門心事冷如冰。無生欲叩垂眉佛，閒暇真輪跣足僧。危棧巧連通水筧，蘚崖直挂度猿籐。攀援雖覺身微倦，要到飛來最上乘。

我本無緣與世親，今朝倦眼對嶙峋。掃開胸次縈纏事，來作山頭縹緲人。萬里征塵添白髮，四時風景盡青春。壁間零落唐人句，日暮鄉關最愴神。

風雨生寒凄然賦此

西風江上太憑陵，病骨支離怯簟冰。列岫攬雲同一色，客愁隨浪疊千層。鍊詩難似鮎緣竹，涉世危如鼠嚙籐。歸去來兮勤耒耒，熟沙非飯枉勞蒸。

即事賦懷

年來歷盡九羊腸，添得頭顱幾點霜。閱世真如黄蠟味，移家好在黑甜鄉。長瓶貯酒攻愁壘，細字鈔書便客囊。一笑生涯如許淡，幾時歸卧小茅堂。

歸途雜咏

春光浩蕩滿晴空，十幅蒲帆挂晚風。一卷清詩孟東野，幾堆煙樹米南宫。兒童處處迎官舫，笳鼓聲聲駭落鴻。只有迂儒心太淡，汀洲閒看起漁筒。

船聲鞺鞳路迢迢，水過鄱湖漸泬漻。古渡緑煙埋小艇，荒渠碧草夾危橋。夢迷鄉國魂應斷，春入肌膚骨欲消。我本多情復多恨，不緣身世等蓬飄。

芥菜

纖苗緺葉緑茸茸，芳烈原來異晚菘。笑我一生多忤俗，芥藍風味略相同。

黄之雋

字石牧，號㢧堂，原名兆森，華亭人。康熙庚子舉人，辛丑進士，選庶吉士。壬寅仁廟升遐，憲廟登極，以撰文稱旨，又奏呈中元祭文，復大稱旨，即授編修。尋特簡督福建學政。上嘗言，黄之雋係朕特用，並不由人薦舉。其在閩諭莆田人之久徙仙邑者四十八家，仙游人毋容，攻擊冒籍，開誠布公，衆皆翕服。轉春坊中允，及撫臣有曲庇生員之奏，奉調回京，科臣又誣劾其學册浮多廩糧，議革職中允，引歸。高廟登極，膺鴻博之薦，以老疾，不終卷而罷。歸里後，又數年，以八十一卒。著《㢧堂集》六十卷。其《香屑集》十八卷，入《四庫全書》。沈文慤曰：「雲間詩派，陳黄門後，㢧堂別開生面，乃不失正軌。」袁子才云：「七古有生龍活虎之致，若『日不紅三伏，天惟緑一菴』，『不宜雨裏宜風裏，未見開時見落時』等句，此猶其小乘禪也。」詩話：宫允天才，海涵地負，何所不有，非後學所能鑽仰。其古文不宗唐宋八家，而取法漢魏，次亦唐之元結、李翺、孫樵、杜牧諸家，觀集中崆峒文題辭可見。詩則不效陳、李，蓋從韓、蘇而入，又化去面貌，窮力追新，所以獨有千古者在此。

題吴季子挂劍處在東阿之張秋。或云在泗州，此傅會也。

涼風肅古樹，葉滿徐君墓。枝頭劍已無，行人尚迴顧。至今一抔土，生草亦劍形。地生劍草。亦名挂劍。

惜我逢秋霜，不見壠頭青。徘徊高臺上，白日與影語。古道非面朋，寸心向誰許。魚腸殉闔閭，屬鏤賜伍胥。吴劍久已辱，寒芒此不如。列國多佳士，願識吴公子。徐君失其名，因依今不死。我行齊魯間，相識無一人。牀頭劍鏽澀，蒯緱生埃塵。

新鄭古槐在關侯祠内。

靈祠蔽寒莽，古槐肆拏攫。五龍蟠其巔，六鼇揸其脚。晴天嘯陰氣，况復日西薄。瘻突銅色青，膚立雷焰爍。中空而有物，贔屭露獰惡。翹負六尺碑，嵌巉樹中著。剛堅勢欲出，不肯受束約。碑爲樹之腸，樹作碑之膜。歲久雨露滋，生意轉磅礴。枯皮長胦肉，包石以爲橐。一面幸猶缺，捫字識其略。云自前朝時，魃爲許鄭虐。有令禱此槐，霹靂樹間作。滂沱集頃刻，百里療焚灼。再拜號曰神，銘功事刊鑿。嗟彼衣冠子，草木伴榮落。峨峨神槐尊，操此造化鑰。年壽遠曷稽，狀貌偉可愕。老衲敬守護，過客慎談謔。不然風雨中，拔地入寥廓。

白龍洞在劉仙岩後。

其陽仙所居，其陰龍所窟。石穴穹以幽，想見龍出没。作其鱗之而，石膚剜凹凸。痕猶挾雷雨，勢尚翻溟渤。攫石如攫泥，龍力故超越。此其飛騰時，鬐爪之所搰。我來畏久留，四顧恫荒忽。曩龍倘來歸，縮肉幻軀骨。嫌人笑語聲，無乃起唐突。屏息出石户，神氣慘不發。南谿水涓涓，晴雯色青滑。暢然怡我情，春風吹短髮。

兵書峽在永州東安縣。

危壁削峭鐵，脚入水横插。標致頗詭奇，問是兵書峽。書飛黑鳥迹，劍脱白龍甲。石罅圻一線，二寶併在匣。藏自武鄉侯，親手署封押。後人倘竊窺，怒霆起一霎。聞言供莞爾，天量何太狹。三國况屬吴，不奉孔明劄。陣圖及心書，萬古著兵法。豈有他秘巧，尚煩藴遺筴。長嘯不置辨，聊與泉石狎。吾欲耕白雲，借此礪鉏鍤。

雨行

千山本離離，煙雲裹爲一。征夫入其中，惘惘迷若失。吁嗟嶺路險，一度一凛慄。晴且牆緣螘，雨更壁過蝨。瀑轟耳似雷，泥污脚如漆。安得長帨巾，仰拭青天出。昨行苦炎威，今乃藏赤日。天以涼贈我，莫嫌水没膝。

庭前盆柏高三尺小鳥巢其中

鳥曰主人仁，非予擇木智。豈無高深林，不免彈射累。此間忘於機，厚德化童穉。殈卵可無虞，俯闞亦何忌。樹寄盆盎中，予復寄於寄。牖户隱眠食，雛鷇拜君賜。主人敬謝鳥，感頌良抱愧。庭雖羅可張，燕雀儘游戲。翩如鴻光偕，皋廡殊造次。突兀無萬間，安得寒士庇。庇祇及纖羽，荒寒負初志。

鴻門歌

唐李賀、宋謝翶、元楊維禎皆咏鴻門事，詞意崛奥，鼎峙千古，然俱左袒隆準。予謂是項王仁厚不殺，故作歌以定此案。

鴻門虎光夜半騰，客氣蕭颯主氣盈。風雷滓鬱儲胥下，酒香入鼻聞人腥。坐中玉玦相煎迫，赤蛇蠕蠕縮一尺。一家兩劍別雌雄，劍合纏綿開不得。拳握小蛇將捽之，屠狗食豕來亦遲。將軍慈憫包大度，開拳放蛇令生去。蜕蚹奔雲曾幾時，活我鴻門知是誰。重瞳縱使恩如父，只伴殘羹啜一杯。

踏車謡

田婦踏右，田夫踏左。田夫打鑼，田婦打鼓。田婦白足運兩趺，田夫赤臂踊雙股。身倚横木脚不停，俄頃捷行萬步武。不離轆轤平作梯，倒挈飛流注乾土。淙淙湝湝水上坡，行人助爾唱秧歌。江南梅雨落未多，抽起清江浸緑禾。低田尚可，高田則那。桔槔一木，群脛相摩。官噉俸米，我勞如何。

海寧聽潮

夜深月黑天不高，異聲忽發東南郊。乍疑千磑磨屑玉，旋若萬鼎烹雲濤。隆隆濕雷霄外碾，駭駭戰鼓烽前鏖。撼醒春夢不得睡，問人云是大海潮。攜燈直上最高閣，側耳憑闌還向若。明星欲墮萬籟静，喧豗只有潮聲惡。黏天摇脱蓬壺根，捲地舂破滄溟角。心愁頹城那足當，此聲逼近檻楯旁。澒洞已到正午方，迴身不敢向南牆。仿佛循聲識其狀，海水側立青天上。獰虬軒舞怪螭怒，乾坤礌硠恣跌蕩。吴越鐵幢移不成，强弩無力使倒行。魚鹽内徙三十里，坐令滄波齧岸平。吾鄉亦與海密邇，清夜未聞聲若此。漏轉燈青毛髮竪，潮聲曳尾西南去。

望嶽

白雲起蓬蓬，南嶽俱爲雲所封。風飄白雲動，時露一兩峰。舟中高僧唤我起，指點同看青山容。依稀石廩與紫蓋，山色與雲相澹濃。石廩峰腰雲似龍，下有古寺雲彌縫。五十年前刹那頃，老衲曾撞此寺鐘。爾時大寒嶽凍死，雪花夜白八百里。衲也蹩躠踏雪行，面瘃膚皸冰墮指。朝饑不可忍，掬雪喫之味甜美。雪以寒作堅，入喉不肯化爲水。白頭重來如隔世，山容依舊青如此。熱客聞言冷入髓，恨不從師喫雪南嶽裏。今不見雪惟見雲，雲乎嶽乎堆積不可分。

詩話：此謂釋大涵也。大涵初居南嶽，有名。有娼者謀折其足，大涵覺，夜亡，雪深一尺，匍匐行，饑則摶雪食之，因號喫雪，後改雁黄。耕黄山時，土堅，築之有聲，又聞樵伐木若答響，因吟「築土登登，伐木丁丁」，疊三字，較《詩經》疊兩字爲尤肖，而上人初非襲《詩經》語。時大涵遊粤。與宫允同行，故有此作。

灘舟將發毛姬潢出送貽詩箋賦酬

吾生每怪作事遲，獨不怪灘江解纜時。此時扁舟若早發，安得親炙君須眉。吾生作事苦不早，獨悔此行太草草。此時扁舟若未發，可以傾倒君懷抱。上馬放船頃刻間，咫尺遮斷江邊山。收拾眼光到箋上，字字與心相往還。一讀快鴻筆，再讀慚過情。三讀想見落筆時，墨花歕薄硯有聲。使我高吟壯行色，官舫估船不敢争。江邊山頭百千箇，竦髻露頂看船過。幸爲我謝毛先生，日讀毛詩作新課。

題朱工部鹿田長松消夏圖

火雲籠街如甑蒸，長安毒熱逃不能。忽然引我流泉白石裏，見有一人科頭箕踞而横肱。旁有青松髯鬣蔭如屋，驕陽隔斷十數層。雖不聞涼風作濤響，翻疑有風颯然而至人飛騰。此人向我笑，問之亦不譍。郎署炙手熱，斯境夢未曾。君胡超塵此静坐，眼看松陰不到之處饒蒼蠅。披圖使我憐少陵，苦炎始想松架壑，欲赤雙脚來踏冰。古之工部鬚眉不可見，見此如見少陵面。

題高侍郎指頭畫魚

壁上盈盈一池水，大魚游泳煙波裏。一魚掉尾揚鬐來，一魚昂頭半身起。傍二小魚撥剌行，藐視大魚爾爲爾。江光湖態白淼茫，躍鱗濺水濕滿几。那知墨汁不到處，乃是盈尺之素紙。吁嗟指頭點染成化工，群魚活潑争噞喁。綸竿網笱且捉住，誠恐雷雨飛去爲蛟龍。

寄呈趙秋谷先生

北海神龍在，身居隱現間。飛騰薄天宇，文采照江山。偶向靈湫卧，因教霖雨閒。鯉魚溯門下，何日此登攀。

入閩

一路盤如線，群山隘作門。昔稱輿轎處，峻險至今存。淺瀨煎灘石，危崖絡樹根。不能爲畫史，畫此翠微痕。

白鶴嶺俯視白雲

忽驚車外地，大海白瀰瀰。及至嶺之半，始知雲所爲。騰騰足下起，滚滚眼中移。成片飛無迹，餘堆又一奇。

答介山見酬次來韵

相見絶塵俗，譬之彈古琴。泠泠不繁響，往往有遺音。三代物惟舊，千秋傳至今。倘無絃外賞，罋缶已如林。

金臺懷古

高臺遺址失嶙峋，易水東流幾度春。七十名城齊不守，三千上客隗無倫。曠懷旁及神仙事，餘韵猶生慷慨人。爲讀報書增太息，黄金未寫望諸身。

送顧小厓入都

蓬萊高處望君還，楊柳春條此折攀。一舸江湖朝魏闕，九霄風雨拜橋山。重光運遘成康際，舊學文垂史策間。香案前頭集仙侣，丹心白髮肯教閒。

贈楊叟名去疾，字豫中，葉忠節之僕。博學嗜古，著詩詞四千餘篇、《圃餘雜説》數卷，尤多精語。今七十七矣，猶劇談善飲，惜以貧賤老也。

奇人最被天埋没，耕目何須太劇貪。詩四千篇書數卷，不知誰與作桓譚。

口占贈戴獨逸年八十四，横杖造予談詩。

東海詩人南極星，香山坐上總長齡。今朝戴老前孫老，此室應圖雙鶴形。孫芑，字澧有，善詩。前過予草堂，亦年八十矣。

香屑集此唐堂先生少時集唐艷體詩也。千首中句無重出，一首中人無再見。并集唐人文句爲駢體自序，凡三千餘言，杭世駿《詞科掌録》中曾採之。其五七律絶，固珠聯璧合，妙出天然，至其五七古，尤不懈而及於古。爲存數章，以共欣賞。

倣風

夭夭風前花，翳翳陌上桑。枝枝相糾結，葉葉還相當。郎居南浦邊，妾住在横塘。尋思待成匹，徘徊雙明璫。此意難自持，忽使在我傍。含情兩相向，共此燈燭光。蘭肴陳綺席，珠箔閉高堂。何以表堅貞，寶梳金鈿筐。何以報珍重，羅袖鬱金香。何以肆愉悦，珠被玳瑁牀。月微花漠漠，帳暖香揚揚。臉横一寸波，洗却鉛粉妝。願作形與影，丹綺雙鴛鴦。李咸用，常建，李白，王績，陸龜蒙，崔顥，曹鄴，劉眘虛，李益，王建，孟郊，杜甫，太宗，司馬札，韋應物，温庭筠，白居易，沈佺期，王昌齡，李暇，元稹，李賀，杜光庭，韋元甫，張藉，王勃。

郎到官渡頭，妾在東湖下。婉戀芙蓉闈，青春猶未嫁。郎來收赤棗，來止妾西家。窺見妾眉宇，愛妾面上花。中門不曾出，窈窕比同車。此時刺繡間，歡言情不極。手中青銅鏡，掃黛開宮額。頭上玉燕釵，旖旎光首飾。掌中琥珀鍾，促筵交履舄。何以送閒夜，綺席雕象牀。何以盡芳朝，綵屏點紅妝。饑愜胡麻飯，渴飲璚華漿。晚花狂蛺蝶，曲沼鳴鴛鴦。春風咏采蘭，郁烈聞國香。秦樓花發時，臨邛行樂處。灼灼紅英舒，滴滴玉漏曙。絲纏鳳凰足，知郎未得去。獨孤及，陸龜蒙，儲光羲，屈同仙，張祜，宋之問，于濆，曹鄴，張潮，羊士諤，常理，封行高，李益，李商隱，李白，陳子昂，杜甫，劉禹錫，白居易，張藉，李百藥，崔顥，皮日休，韋應物，元稹，李賀，韓愈，温庭筠，羅鄴，李頻，楊衡，賈島，王績，戴叔倫。

美人何時來，微月東南明。遥知玉窗裏，寶瑟有餘聲。美人來不來，庭前風露清。出門復映户，踟躕步前楹。美人久不來，相思紛以盈。更籌屢已唱，一夕凡幾更。宿約始乖阻，樓前漢已横。結念羅幃中，夜眠睡不成。一犬隔花吠，倒屣欣逢迎。美人天上落，足踏花影行。便即下階拜，艱難愧深情。何必紅燭嬌，妍態隨意生。璀璀花落架，由來花性輕。今夕見玉色，鄙嫚不能萌。劉希夷，聶夷中，李白，羊士諤，孟遲，吉中孚妻張氏，王維，吴少微，陳陶，李華，楊衡，薛逢，孟簡，崔液，沈佺期，姚合，唐彦謙，皮日休，孫逖，白居易，李端，杜甫，孟郊，劉禹錫，獨孤及，崔顥，朱書，權德輿。

倣雅

一枝連一枝，折花將遺誰。一朵又一朵，折花不見我。蟢子徒有絲，檳榔白無柯。一鞘無兩刃，百慮攢雙蛾。有如林中竹，猶疑翡翠宿。有如雲中雨，霑紅復灑緑。攬妾心腸間，玉枕寐不足。夜裁鴛鴦綺，曉添龍麝香。樓上試春衣，著罷眠洞房。啼痕暗横枕，緣枕沾匡牀。纖情不可述，寸心不可限。三夜頻夢君，迎我笑而莞。錦衾那得同，往往若在眼。孟郊，孟浩然，曹松，李白，邵謁，曹鄴，温庭筠，武元衡，白居易，李德裕，王周，楊衡，戎昱，皮日休，施肩吾，司空圖，梁鍠，崔國輔，元稹，李群玉，陸龜蒙，韋應物，杜甫，韓愈，趙嘏，皇甫冉。

慚愧紅妝女，閗艷絶世姿。女頰如桃花，腰身如柳枝。照水空自愛，自嗟還自疑。夫婿輕薄兒，暮竊東鄰姬。妖姬安膝前，宛轉不相離。詎憐愁思人，深坐嚬蛾眉。形影便相失，時節屢已移。頭上何所有，銅釵重欲垂。盤中何所有，唯餐兩顆梨。堂下何所有，蘭蕊春葳蕤。路邊何所有，嘉樹鬱參差。鶯聲催淚痕，悵望交涕洟。裊裊一絲命，委命安所宜。人生此夫婿，此外復何爲。因憶古丈夫，梁鴻安可追。可憐青銅鏡，鏡奩蟠蛟螭。一日四五照，一照一迴悲。擎來問夫婿，妾顔不如誰。元稹，常建，温庭筠，韓愈，孟浩然，李昌符，王維，韋應物，釋皎然，王建，魏氏，李白，曹鄴，雍陶，杜甫，張藉，薛令之，益王，白居易，張九齡，姚合，聶夷中，劉長卿，權德輿，孟郊，吕温，李益，杜荀鶴，鮑溶，錢起，崔顥，杜牧，劉禹錫，邵謁，徐延壽，劉駕。

鞶帶手中結，嬌愛比黄金。嬌愛猶未終，作底難相尋。君心無定準，一帶不結心。不如結心腸，腸有無繩結。知君解不得，此歡無斷絕。李益，陳子昂，劉希夷，温庭筠，張潮，李商隱，孟郊，元稹，白居易，劉禹錫。

艷歌行

朝朝暮暮陽臺下，拾得寶釵金未化。但願君恩顧妾深，兩鬢百萬誰論價。鳳凰城頭日欲斜，八月九月正長夜。夜如何其初促膝，歛黛傾鬟艷蘭室。天香靜裊金芙蕖，影轉高梧月初出。夜如何其夜未央，玉階羅幕微有霜。金縷鴛鴦兩相向，赤花雙簟珊瑚牀。夜如何其夜漫漫，朱顏倚醉盡君歡。晨光未出簾影黑，西施曉夢綃帳寒。錦繡堆中卧初起，侍女先來薦璚蕊。重重翠幙深金屏，團團銅鏡似潭水。願如連理合歡枝，鶯春雁夜長如此。韋莊，王建，李白，楊師道，岑參，白居易，杜甫，李群玉，劉商，温庭筠，喬知之，張藉，張説，李頎，劉禹錫，權德輿，元稹，李賀，施肩吾，顧況，韓愈，鮑溶，孫光憲，鄭谷。

二月三月花冥冥，嚦鶯相喚亦可聽。花裏嬌鶯百般語，玉容驚覺濃睡醒。明眸漸開轉秋水，長釵墜髮雙蜻蜓。苧蘿西子見應妬，白咽紅頰長眉青。靈芸整鬟步摇折，雙成膩臉偎雲屏。曾卧巫雲見神女，大都相似更娉婷。二月三月花如霰，等閒弄水浮花片。羅衣點著渾是花，映葉多情隱羞面。石榴裙裾蛺蝶飛，水晶鸚鵡釵頭顫。閒花照月愁洞房，好鳥迎春歌後院。明珠步障幄黃金，芳筵銀燭一相見。錦姝繡妾何紛紛，一一皆勝趙飛燕。花自飄零日自曛，霏紅拂黛憐玉人。攜手共惜芳菲節，二月三月江南春。孟郊，韋應物，徐鉉，張碧，崔鈺，温庭筠，王轂，韓愈，李沇，李咸用，秦韜玉，羅虬，崔顥，元稹，劉廷琦，白居易，常建，韓偓，喬知之，李白，吕温，劉禹錫，貫休，權德輿，趙嘏，楊巨源，田娥，徐鉉。

美人紅妝色正鮮，芳姿艷態妖且妍。高樓雲鬟弄嬋娟，影拂妝堦玳瑁筵。美人爲我彈五絃，一絃一柱思華年。鳳簫龍管寂不喧，此曲有意無人傳。美人醉語園中煙，欲笑不笑桃花燃。夭桃窗下背花眠，風光何處最可憐。美人遥望西南天，一道月光横枕前。但教心似金鈿堅，夢魂可以相周旋。岑參，楊衡，王建，王勃，韋應物，李商隱，盧綸，李白，李賀，施肩吾，徐凝，李郢，張藉，元稹，白居易，高適。

邵成楨

字樹百，號植庭，青浦人。梅芬曾孫，嶙子。少有神童之譽，康熙癸巳舉人，辛丑進士，官廣東開建知縣，釋已結盜案三十餘人中之冤抑者，人呼爲邵青天。調繁徐聞，案縣民張氏之因奸致死其夫者，行賄不動，卒置大辟，闔邑稱快焉。二年以病乞歸。所著有《四書備覽》、《三禮摘要》、《歷朝詩選》及《檬軒詩文鈔》。王司寇蘭泉謂其學問淹博，賦才清麗，用以爲詩，多多益善。出入唐之中晚，及劍南石湖。七言近體尤工。

詩話：明府自幼無書不讀，晚年猶手不釋卷。性嗜酒，從不及亂。卒年七十五。汪烈峭崖，其妹倩也，輓詩云：「酒到病時方斷飲，書除死後始停披。」人以爲實録云。

采石磯太白樓

換酒莫惜腰間魚，題詩莫問樓頭鶴。下牀濯足萬里流，直溯岷峨向寥廓。榜人艤棹盍少留，待我吟眺騎鯨仙客之高樓。手拍銅斗吹鐵笛，散我萬斛江南愁。謫仙昔在玉堂署，醉後深心託毫素。清歌妙舞可憐春，爭譜青蓮斷腸句。此時帝眷稱最殷，文章遇合皆有神。玉環捧硯力士跪，長安豪貴知何人。蛾眉自古遭謠諑，夜郎廬阜何蕭索。小艇常從磯畔行，明蟾早向波心捉。君不見同時好友稱浣花，耒陽卜宅侶麏麚。古來詩人誰特達，有才無命空咨嗟。懷君放眼江天闊，檻外罡風颯毛髮。宮袍蜀錦事銷沈，夜夜長庚伴明月。

韶石歌

媧皇煉石石五色，擲向蠻荒鞭不得。分明三十六芙蓉，倒瞰江心露金碧。就中雙闕何玲瓏，翩然逸翮排長風。峭壁摩空裂深竇，懸崖拔地穿琳宮。誰與運斤出巧匠，斲成山骨球門狀。金仙高掌削初成，玉女明妝儼相望。由來造物最好奇，鑱削混沌將奚爲。后夔審音不可作，唯有猿驚鶴怨終古空然疑。雲裏帝城時仿佛，擬跪重華而陳詞。我聞陳叔寶，曾留三品石。元氣渾淪本絶塵，無端亦受秦封厄。更聞米元章，見石輒下拜。袍笏淋漓太劇顛，得毋亦有名心在。豈若韶石之石得天全，上踞千仞之層巔，下臨不測之重淵。泛舟過此輒叫絶，蓬萊方丈在眼前。珠丘梧野一氣接，擊石拊石鏘虞弦。却笑世人苦愛几案物，何異一管窺青天。傴僂丈人善狡獪，虛中秀外恒㛐娟。我心空洞元無物，對爾谽谺兩豁然。

金陵懷古

晉陽兵甲清君側，靖難何殊推刃加。舊内龍髯悲劫火，西山馬鬣葬袈裟。世無窺鼎周公旦，古有從亡魯子家。人代茫茫陵谷變，白門楊柳祇棲鴉。

景公祠

聚寶山頭雲氣昏，靈旗縹緲見精魂。緋衣早已驚成祖，赤族猶能衛太孫。天上長虹干帝座，殿中厲鬼報殊恩。侯城祠宇嗟鄰近，午夜啼鵑隔短垣。

姑蘇懷古

至元蛾子滿山東，九四英謀孰與同。太尉勳階尊正朔，大江割據邁群雄。側微奮迹同錢氏，倔强臨終類魯公。今日經過陵谷變，滿天黄葉戰西風。

孤山

山上危亭山外湖，一拳終古屬林逋。時逢明主仍耽隱，地有高人自不孤。詔紙幾經徵辟至，芒鞵曾踏市朝無。暗香疎影傳佳句，詩筆還應並白蘇。

釣臺

七里江流拍岸迴，崚嶒釣石長莓苔。侯君不共垂竿隱，文叔曾經共被來。一夜星辰干帝座，千秋圖畫薄雲臺。東京諫議如煙散，弭檝桐廬獨泝洄。

送李惠伯歸漢陽次留別韵

漢南柳色近何如，游倦從知返故廬。祖道恨無燕市酒，得歸且續酉陽書。晴雲樓閣虚乘鶴，舊雨禪房共粥魚。此樂肯輸君獨往，成連江海或相於。

崑崙山

層巖對峙俯平岡，石氣摩雲絶壁蒼。星海遠疑通地脈，花封今始破天荒。嵌空古竇藤蘿合，界道清陰檜柏香。行雨白龍何處去，暮煙深鎖洞門涼。

寒夜感懷和彭東樵韵

風雨飄蕭滿鬢裾，驚心歲月逼三餘。飽聞海外無窮事，勝讀人間未見書。古有馬醫輕子厚，今誰狗監薦相如。安心是處皆安土，不學湘纍賦卜居。

和岷源幽居雜興

桑柘陰陰十畝閒，新營别業澱湖灣。交情流水相看淡，世態浮雲好是閒。小雨送花紅委地，輕雷催筍緑成斑。鼠姑牢把青油護，莫放封姨太劇頑。

地偏心遠滌煩疴，不減吾家安樂窩。貪向樽中觀蟻鬬，嬾從榻上誦鴦摩。杜陵枉自尋松竹，甫里何須服芰荷。聞道丹砂真可學，文通麗藻敵陰何。

山塘即事

横塘秋水蹴魚鱗，畫舸亭亭泊遠津。最愛按歌人似玉，尊前無奈聽歌人。

國朝松江詩鈔卷三十

鄉人姜兆翀孺山録
諸聯畝香閲

盛增粲

字綺霞，華亭人。康熙癸酉諸生。著《山右吟稿》。

驪山雨雪

獨有千行栢，森然雉堞南。高岡雪影失，深谷雨聲含。鄉信關中斷，酒懷愁裏耽。蕭蕭寒氣集，裘敝亦何堪。

送雷天發謁選入都

策馬燕臺去，驪歌送遠行。一尊今夕會，千里故人情。騄駬風塵健，蛟龍河海驚。知君是雷煥，應亦念豐城。

程宜試

字虞功，婁縣人。儀千弟。上海諸生，庠名飛鳳。著詩稿一册，詩筆不染塵氛。《潄芳齋詩話》：虞功之兄宰泌陽時，嘗一之任所，其別兄詩有「官舍依依戀伯兄，廉吏何由濟枯槁」語，可見其兄弟皆能安貧云。

自盛家橋至皋峰山

谿橋横輕舠，漸入皋峰口。山容互向背，曲折隨清瀏。閒雲忽飛來，山靄淡逾秀。微聞樵斧聲，丁丁出林藪。居人夾澗居，雲霞生户牖。問客來何方，頗習山中否。君若隱白雲，詎乏采芝偶。我非巢由姿，此念蓄已久。但愧塵俗牽，或與山靈負。試掬澗中泉，一洗塵容醜。倘諧出世心，結廬復何有。

鴛鴦湖泛月歌

煙波渺渺鴛湖水，鴛鴦夜夜湖波裏。幽人兩槳破湖光，水闊天空弄清泚。俄看明月升東山，青天横飛白玉盤。湖光月色兩凄絶，凛慄照人毛髮寒。誰家疏綺清歌起，月射樓臺碧天底。《霓裳》傳得月宫聲，珠簾半捲燈光紫。紅欄白舫鏡中行，晴波泛泛月三更。扣舷直下水晶窟，瀫紋徐動清風生。鴛鴦鼓翼陵波去，月華沈沈天欲曙。一聲鐵笛水雲寒，瓊樓玉宇知何處。湖中仙子顔如蓮，月出皎皎衣裳鮮。吐納光景窮真詮，飄然乘鸞冲紫煙。我欲與之相周旋，上翔寥廓下清漣。手撫玉兔摩銀蟾，鴛鴦湖與廣寒連。人間泛月猶拘牽，湖中明月千萬年。

磨盤山歌

清流望纔没，磅礴横雲端。馬上競相指，山形如磨盤。我馬元黄僕夫瘁，使我陟降愁心顔。化工何爲不憚煩，突起千仞犖确之頑山。平沙蒼莽忽中斷，横排巨嶺當其間。蜿蜿蜒蜒去不極，但見蒼蒼煙霧相迴環。行人最怕山間暮，懸崖斷壑紛無數。峽中荒土無人耕，野燒漫漫斷行路。烏下荒村谷口泉，猿吟落日巖頭樹。此時過客心徘徊，前騎後騎揚鞭來。杳冥乍疑巖竇合，一隙忽見天光開。丫叉歧路懸空白，稍從山腹覓行迹。藤朽沙僵勢欲崩，嵌空怪石迎人拆。山家數茅屋，飽看輪與蹏。何曾憚險阻，終日相攀躋。道途之難古如此，嗟爾窮年行役徒栖栖。我聞此語增惆悵，面面荒山迷背向。前村猶遮嶺下雲，安得澆愁憑濁酰。君不見人心之險滿乾坤，此山區區安足論。

和木天登天空閣韵

梵樓晴色俯江關，一覽郊原浩蕩間。極浦風帆低遠樹，遥天春水抱群山。歸鴻影度村煙急，佛火香銷客思閒。恰愛梅花開滿眼，與君幽賞共追攀。

讀徵君焦廣期先生詩

天風吹下一娉婷，刻劃毫尖入杳冥。光氣珠輝千仞碧，寒鋩劍有一痕青。從心變化驅書卷，信手飛騰寫性靈。雕繢笑他多事甚，尹夫人定不如邢。

泌陽雜詩

飛流千仞碧嵯峨，雲斂銅山積翠多。見説山靈新賺客，却移金穴在雞窩。銅山高大，多名勝，舊傳鄧通鑄錢處，今無有矣。雞窩山下有銀礦，家伯兄宰泌時，棍徒偷採，幾釀大患，單騎往山中，極力曉諭之，始得解散。

陸瀛莩

字季韡，號秋谷，鳴珂子。貢生。有《不群居詩草》。王苧東曰：「秋谷詩意象蕭森，時露雋穎。」

秋夜江上作

斜坐倚孤松，微聞遠寺鐘。月中帆一片，雲外畫千重。曲盡青山澹，秋高白露濃。不才應見棄，何事獨惺忪。

蓬萊閣

倚樓挹爽氣，萬木盡蕭然。物外人情淡，雲中峰影連。那知天有際，翻覺海無邊。我欲尋仙去，漁舟醉可眠。

蝨蟹次金丈星槎韵

偶乘濁浪博微名，引類紛紛縱復横。不入網羅原速化，豈從杵臼乞餘生。漁翁得計春初暖，饞客垂涎月未明。產黄浦中，早春有之，暖則發，月望圓朗則消滅。憐爾賦形同佛子，何當併作一杯羹。

蠢爾端應愛細名，幾曾縱迹向秋横。若非瑣珪匡中出，定是蛟龍甲裏生。有限脂膏須卵翼，不勝糜爛近清明。預知捧腹難禁冷，少許胡椒糁入羹。

葉芳

字洲若，號藹園，上海人。忠節子。諸生，恩蔭蔚州知州，改員外郎，旋告假歸里不出。著《硜小齋詩集》。其自識謂「蟲響蠅聲，不敢借先達品題」，可想見撝下之致。

浯谿

爲訪前賢元道州，征帆乍卸獨閒搜。千尋衡岳當窗見，一帶瀟湘入檻流。峿谷猶存人不作，窪尊依舊酒難篘。寥寥故蹟誰堪繼，騷客經過漫唱酬。

虔州重登鬱孤臺

憑高一望即潸然，迴想兵戈在眼前。百戰孤城尋斷鏃，幾家遺孑數炊煙。江山依舊風雲改，樓閣猶存歲月遷。石上題詩留手澤，傷心那忍話當年。

秋日漫興

零落知交嘆索居，歲寒結契未全疎。清才寄托韓康市，名宿棲遲仲蔚廬。作勢共敲月下句，苦心分校案頭書。足音喜聽跫然至，三徑呼童爲掃除。三四謂半亭、東村。

葉星高

字有岑，青浦人。廩生。有《文圃草堂存稿》二卷。董平銓序，謂其「温厚瀟灑，本于胸中浩落」云。

瞿周老邀同人泛舟觀荷

談笑不知暑，篷窗茗椀清。樹陰前浦隔，花氣入船迎。曉日紅裳斂，微風翠蓋平。恍然同看竹，不問主人名。

默存攜兩姪讀書橫雲作詩奉寄兼簡一泉上人

讀書猶厭家山淺，轉入前山最上頭。松老含風疑作雨，澗涼中夏已藏秋。開編月下天香發，探册雲端古洞搜。更羡遠公禪榻近，餘閒吟咏得相酬。

繆謨

字丕文，號雪莊，華亭人。康熙甲戌諸生，歲貢。少事焦南浦先生，與張大木、張得天稱「焦村三鳳」，而雪莊敏於帖括，尤工詩詞。乾隆初開律吕館，文敏延與共事，擬疏薦之，會其老病，且一目眇，不果。歸里，未幾卒。一子前死，無後。其詩有《山泉》《麗澤》《天山》《地雷》等集，及《一松齋唱和詩》。其卒也，大木醵錢葬之辰山。著述分十四卷，亦藏張氏。

詩話：吾郡稱倚聲者，自錢竇汾而下，前則周、范，謂冰持、武功；後則焦、黄，謂南浦、唐堂；而雪莊則與大木繼起焉。雪莊詞，張夢鼇已經付梓。所謂擬薦不果，説本邵西樵，至婁縣志則載薦入律吕館，當自有據，候考。

步出北門行

步出北門，艱哉崎嶇。阿妹言兄歸，沽酒烹魚。兄弟三人，聊復度此冬除。解一

小弟起謂兄，弟小失父母。自謂兄嫂可依，嫂死兄癡。出門入門，殊不我少周旋。聽我頭長項闊十六七，徒手將何爲。解二

阿妹起謂兄，弟言無差。鼠知穴屋穿倉，夜出覓食，晝身有所歸。烏知銜泥，啄剥樹皮，旦出覓食，夜身有所棲。解三

人生三四十許，不思室家，尚何作對吟詩。解四

含淚語我弟，拭淚語我妹。汝姑勿言，使我心如斧劈刀剺。阿兄自了了，吁嗟奈何，此時徒

手將何爲。解五弟自出門走，妹自上樓嘑。默默放枕卧，燈火照我相悽悽。中夜夢見吾婦，宛如昔時，楚楚裙襦。褰幃問我，我有二女，愛之如四尺珊瑚，三寸明珠。小女隨我地下，大女姑所今何如。解六欲答不得答，夢覺汗出，耳邊喔喔雞嘑。解七

古離别

翠篠一叢生，中有無數莖。可憐弟與妹，所倚惟一兄。兄貧苦無策，弟就寡姊食。出門莫相望，在家亦何益。行行復踟躕，有嫂同里居。故嫂待汝好，今嫂知何如。作别楊柳樹，東風吹柳絮。柳絮猶飛颺，行人那得住。汝居猶二人，我行惟一身。勿言書不工，但取消息勤。此時哽無語，向後淚幾許。渡水傾作波，上山灑作雨。

四日猶新昏，出門何草草。離别有千名，此别古來少。簫聲絶不歡，麝氣偏可惱。本是吉時辰，翻爲惡懷抱。羞澀紅燭枝，髣髴顔色好。焉能識心性，尚未辨手爪。牆下花娟娟，籬邊竹裊裊。春光豈别時，况是千里道。念子嫁已遲，恐我歸復老。四十北走燕，求名何不早。

心揺揺曲

北斗夜闌干，啾啾嘑紫鸞。紫鸞飢不食，誰種碧琅玕。魚鑰鎖千門，千門月華朗。觚棱一何高，鐵鳳空中響。桂花招我出，梅花勸我歸。揺揺心不定，中路淚雙垂。落日下西山，明

月出東海。白髮滿頭生，紅顔不相待。縱得五羊皮，何如一牛衣。歸去復歸去，由他不下機。

爲王君其題客夢絶絃圖圖有哀辭極悽惋非此木先生誰爲此

好夢未必然，噩夢偏能准。悵絶盤中詩，客眠喜吉朕。夫何抱枯桐，漆光黝如鬒。珠按十三徽，玉排七箇軫。無端腸欲斷，同迸秋絃緊。果使雙鳳皇，驚飛霹靂引。别期何必久，别路休言近。一月白下門，訣絶誰能忖。豈容他日悔，真覺别時忍。柹葉正欲翻，桂花落還盡。披帷嗅空香，把卷泣瘦粉。若使見哀詞，銅人涕應隕。

苦熱憂旱忽得澍雨喜而有述

偶憶相雨書，久晴喜逢戊。晨興矚榑桑，驕陽赫如晝。好雨來何所，頗疑昔言謬。斗室轉鬱蒸，頭痛若炙灸。袗絺重披裘，脱帽輕免胄。揮扇臂欲痛，當食眉已皺。人暍中路倒，鬼短白日遘。土迸龜偏拆，葉瘁蟲細鏤。惜禾兼惜花，憂心使我疚。禱雨先禱雲，神真充耳褎。吹波魚乍噞，徙穴蟻方鬬。閃爍狂電掣，砰棱迅雷吼。肥蠙遠竄匿，黑蜧競奔湊。旋聞水氣腥，遂聽雨聲驟。春階杵臼急，跳瓦彈丸溜。隔窗瓶甕喧，入耳鐘鼓奏。倚廊聽未足，登閣眺重又。城郭惟一煙，孤塔浮獨秀。絲絲柳新沐，齒齒石屢漱。黯黯連村墟，蕭蕭傍亭堠。閒閒眠牯牸，欣欣走穉幼。活我東皋苗，蘇彼南山豆。真作明珠滚，詎可黄金購。

往者殊艱難，蛇醫徒空咒。大矣上帝仁，哀此下民叩。百物盡淋漓，一滴比醇酎。勇猛自午初，闌珊訖申後。菑畮會已盈，茅屋不妨漏。籬外漲平池，林梢出遠岫。落日引壺觴，涼風動衣袖。

過鄰家聽十番有感而作

酷暑百爲輟，管絃頗相宜。閒堂敞岑寂，時見花離離。流水映竹門，女簷自逶迤。翩翩諸少年，肄業得名師。聲聲準尺寸，字字辨毫釐。浹月習已熟，細大悉無遺。妙曲萃吴中，乃爲天下奇。久憐古樂亡，律吕寄在兹。好風從東來，使我神先馳。叩門徑相過，衆器列參差。請爲作雨雪，按十番曲有《雨夾雪》。慷慨略不辭。一絲配一竹，疊鼓以間之。金聲更跌宕，翕合無差池。宛出一手口。并忘彈與吹。誰云不如肉，百囀黄鶯兒。脱卸絶頓挫，收束故離披。曲盡變化妙，孰能尋端倪。浩浩寫大水，飄飄罥輕絲。奇士屈龍骨，美人揚蛾眉。胡然使我樂，真覺心魂移。有如山水好，風和日融怡。忽然令我哀，不覺涕淚垂。又如萬里別，親故送路歧。曲終意摇蕩，如夢復如疑。出門再徘徊，悵若望所思。中秋明月舫，横山紅葉祠。席覆紫氍毹，櫓摇碧琉璃。往往作勝會，我老堪追隨。人生各有營，搰搰復孜孜。此聲不到耳，到耳亦不知。豈徒愛惜費，亦爲無閒時。奈何百歲後，薤露以送之。早晚謝勞苦，何妨暫歡嬉。但恐情一往，放佚難自持。窶人費其業，富人傾其貲。妖童侍盤筵，小伎羅屏帷。貴家固尋常，明哲以爲危。六律遞君臣，五行疊盛衰。請君適所適，彼此勿相嗤。

秋夜聽研真鼓琴作梅花三弄縈耳悦心莫可名狀略爲橅擬其聲以誌之

梅花本是清，况復入琴聲。主人清似梅花者，勾得花魂在指下。一彈一彈聲續續，三枝兩枝出茅屋。冰絃拂處生東風，泠然立我孤山中，凍雲十里香濛濛。轉作促調更淒絶，索索紙窗敲碎雪。不知彈到第幾章，猨嘑鶴叫天蒼涼。翻然來，歘然去，羅浮美人不肯住，殘月荒荒夢無據。曲亦既已終，我亦聽不得。一片寒香没消息，落葉階前深一尺。

棋秋行贈碧山

不知棊局有幾道，昔人於學毋乃拘。潛神坐隱寄元理，弈之爲數參河圖。松風謖謖掃古屋，疎簾清簟纖埃無。茶瓜留客白日静，紋楸剥啄足以娱。決勝方罫儼逐鹿，群雄割據争膏腴。拈子欲下更遠想，慨然志若馳伊吾。星羅宿列布權輿，十十五五緣邊隅。出手數著大勢定，其餘歷落紛長驅。常山率然首尾應，絡繹宛轉牽繩蛛。合圍促陣互劫殺，鄭鵝越雁依規模。般也善攻翟善守，百雉睥睨環城郛。雄若九關屯虎豹，險劇三峽通魚鳧。既得要害成破竹，横行深入摧朽枯。困獸猶鬬師勿遏，保無背水淮陰謨。死卒不食變倉猝，肘腋往往憂萑苻。兵驕者亡貪者滅，收拾滲漏勤補苴。功敗垂成擊其惰，茅津終能報令狐。

或如鴻溝不肯割，拔山扛鼎歌騅虞。或保一角忽突出，長頸烏喙吞勾吴。奇正虚實貴神妙，折衝寧與疆場殊。韋昭陶侃强解事，惜陰曠日譏丹朱。仙家對壘不用局，祇以口談分贏輸。有若僕者真大拙，於事少算心胸麄。日弄毛錐謝槍劍，棊經難似蓍陰符。偶爾小敵亦倖勝，敢云生亮仍生瑜。况遇勍敵自束手，奚啻奮臂揮睢盱。從來弈秋罕與耦，吾子庶幾秋之徒。江東太守會可得，謝家賭墅誠區區。

㽞雞行

㽞㽞㽞，呼出場，飛下屋。尸鄉老兒愛如兒，山田穲稏紅乍熟。勿争雄，血如雨點毛爲風。朱冠鐵距觜爪利，當場鬬死成何功。東家曬穀西曬米，五步一啄真可喜。金門歲星常苦饑，祝汝得飽斯已矣。四更鼓翼頻復驚，特爲主人唱高聲。官家絳幘有俸禄，先烹之雁以不鳴。誰知倚伏原難料，中廚炊黍客子到。磨刀霍霍欲何爲，始悟龐公於忽操。

畫馬行題趙子昂卷

渥洼天馬何處所，韓幹已死畫亦古。弱脊短脇長楸間，居然露牀啗棗脯。王孫太息思龍媒，馳心直向流沙回。須臾騕褭出絹素，十萬馬群神色灰。紅牙小印識松雪，鞍馬散馬並奇絶。此圖九匹更不同，意之所到精彩結。奔而逐者三騏驎，颯潏焱駭若有神。遥遥一驤獨如舞，平沙淺草飛輕塵。一匹水邊似噴玉，一匹摩樹齧其足。高岡兩匹互相刷，竦立寒雲虢簇簇。一駒最小姿尤雄，昂如萬里鳴秋風。權奇未可筋骨相，側身天地無藺翁。吾疑王孫定是王良之精，不然那得下指真龍生。煙際飄蕭鬟鬣動，不施珠勒青絲鞚。夜雜邊笳嘯幾聲，草枯雪積交河凍。按圖誰挾千金求，勿以鹽車濕汗溝。吾聞踰輪山子亦神駿，都隨穆滿崑崙遊。

卧松歌 元時某氏墓樹。

濛濛東海生黃塵，帝罰蒼龍下僵卧。西山雷雨驅不起，鱗甲鏟削老更惰。橫身百尺勢難立，垂胡掠地屢掀簸。何時曲屈陡一伸，却恐高撐白雲破。有客北來無所作，去聲。手持鳳皇不得貨。下馬解帶嘯秋濤，借汝暫作胡床坐。荒苔塌井弔古骨，不知淚眼爲誰墮。今年種花明年看，手落松子幾時大。

題華山人梅

生絹爾何幸，流傳爲世珍。翦刀一枝月，屏障四時春。瘦鶴老來伴，美人醒後身。笛聲又吹角，不落轉精神。

集陳氏園

豈近彈棊局，中心自不平。弟兄三徑老，身世一杯輕。地上花朝暮，天邊月死生。十旬童僕苦，投轄尚多情。

渡江

曉别鳳皇臺，秋槎逐雁回。天光兼日動，帆勢劈江開。鐵鎖銷沈久，金山奮迅來。中流思作賦，未易景純才。

題王調元雲鴎讀書處

可許三車載五車，維摩榻畔季常紗。更無人到烏嘑竹，則道誰來僧送茶。静夜暗聽諸偈熟，中年旁涉四禪賒。六經倒背何難事，空負遠公窗外花。

寄初上人

精廬四向接平蕪，禪榻當中想結趺。流水到門終日滿，遠山隔竹有時無。齋廚米盡常飛鴿，丈室花深不卷蛛。一職從師先乞取，後園治地老容吾。

有懷同里一二游好

一夕秋風撼薊丘，便因名利也難留。寄書同社諸年少，有客離群已白頭。竹外小橋平遠畫，花間高髻挾斜遊。當時衹是尋常過，不謂於今特地愁。

題滄亭沈先生詩卷次林二兄韵

先生浙西詞人也，比謁選北來，與僕邂逅僧舍。其詩磊落有奇氣，顧不遇春官，以一孝廉自求爲吏，可悲也夫。

白馬奔濤怒伍胥，江南蕭瑟楚騷餘。忽傳高唱《吴趨曲》，遥想奇人《越絶書》。門掩桑陰蠶吐繭，汀迴蘋影鷺窺魚。此中能使東陽瘦，乍可招攜悵客居。

同研真過息心精舍

迢迢野寺背江城，張翰扁舟柳外横。一角遠山披畫卷，七條流水寫琴聲。秋深蟋蟀吟逾苦，日落琉璃火漸明。留得陶潛須是處，小壺攜向菊花傾。

唯堂王孝廉下第南歸因追悼其先君子王在先生非復折柳常語

驪歌兼作輓歌聲，王氏青箱世有名。手澤忍於他處見，淚珠含到此時傾。今宵明月留虚館，相送何人出外城。劉峻空傳五交論，朔風歸去葛袍輕。

初夏郊居曉起閒步

筋力疑衰卧轉疲，起來檐下放雞栖。曉光太早蝶相趁，春色幾多鶯亂嘌。穿竹行無三步直，避花頭更一回低。短籬日出連平野，漠漠水田何不犁。

檢次舊作有感兼乞此木軒先生點定

去日迢迢剩短吟，芭蕉半卷有無心。寂寥以外何天地，恍惚中間即古今。燕雪吴雲愁一概，姜衾潘簟夢俱沈。年來未忍全燒却，元晏先生賞我音。

詩話：南浦先生謂我郡堪應博學鴻辭科者，惟繆雪莊、張文五二人。而雪莊年已老，文五好漫駡人，人不之舉也。今觀此詩，知亦傾心于南浦云。

玉谿生書齋牡丹擬無題體。

江淹夢裏掃春華，謝朓樓前散綺霞。月轉白侵潘岳鬢，日高紅徹馬融紗。畫傳院體詞宫體，歌要羊家舞石家。不惜黄金留上客，先斟浮蟻與吴娃。

咏並頭蓮詩家多以英、皇，秦、虢及趙昭儀姊妹比，似未得其解。戲作此篇，索人同咏。

宛頸鴛鴦錦水春，妙蓮花度比肩民。一心苦盡成前世，九竅香生共此身。鏡匣茱萸當面隔，枕函琥珀暫時親。韓憑本是相思樹，并欲陵波不染塵。

聞笛

擫笛誰家樓，梅花落如雪。何當泛洞庭，一曲蒼崖裂。

春城紀遊二首

城下漫漫春水平，城頭片片春雲生。遊心輕似春雲脚，早被東風吹過城。

有美獨住春城灣，明眸素臉金耳鐶。桃花不逐遊人去，鎮日東牆相對閒。

顧　炳

字程南，號冠星，上海人。諸生，癸巳、庚子兩薦不售。著《質疑贅稿》，其子謙培付梓。

村居

茅舍傍江臯，煙霞伴寂寥。桐翻秋澗月，鐘度夕陽潮。愛客開苔徑，尋花過板橋。村村宜晚照，楓火隔林燒。

次炬光野眺見寄原韵

望遠情何限，憑高興自殷。江煙濃過瘴，山黛緑於雲。花滿村城合，潮空天地分。詩成餘笑傲，點檢屬夫君。

燕磯晚泊

千仞磯邊百尺檣，仙風迢遞送微涼。滿船載得西江月，來駐峰頭話夜長。

范仁霑

字春江，華亭人。武功仲子。乙亥諸生。早卒。其詩附刻於《四香樓鈔》。徐今吾曰：「輕俊婉麗，出自玉谿，而生新曲折之致，又近元人一派。」

嵩山吟

嵩山山上神，厥號壽逸群。呼之令人便不病，良方肘後何足云。嗟余十載患咯血，骨立棱棱炙手熱。肺腑安能出語言，醫師姑妄誇丹訣。鶯花絢目艷陽天，劇喜今年勝去年。藥鑪棄置荒村外，檢點塵封架上編。徙倚春風開笑口，更名逸群改姓壽。相逢酒伴與吟朋，慎勿仍呼某某某。

矮屋

矮屋托煙蘿，新春坐雨過。貧疑富者少，病覺健人多。詩思閒方淡，琴聲静自和。紅塵知不到，淺酌且高歌。

方景高

字開遠，華亭人。廪生。學使滏陽張公以詩賦試士，開遠《泖湖櫂歌》四首最爲激賞，有身具仙骨之評。

題友人畫

碧樹丹霞幾萬重，行吟有客醉扶笻。不知何處容清夢，只在秋山第一峰。

曹漢禮

字祖綿，婁縣人。次典子。諸生。天才俊逸，工詩。

詩話：祖綿弟鑑儼字若思，涉獵書傳，熟於史事，工詩古文詞。以手病不能作楷，淪廢終身。

其《感懷》句云：「四海雙蓬鬢，三朝一布衣。」殊爲可惋。

友人贈菊和程玉書韻玉書爲行可之父，亦善詩，惜皆散佚。

最愛東籬物色好，一叢寒艷影疎斜。憶乘春雨先分種，獨殿秋風是此花。圍就紙屏渾似畫，揭開步障不須遮。園公幾費滋培力，珍重根移隱逸家。

施徵燕

字貽孫，上海人。諸生。初居郡城，後遷浦東之蒲谿。著有《青門草》，共二百八十餘首。其自叙以爲家園寄興者十之七，登臨得句者十之三，大抵澹泊自甘貧困以老也。其詩多性靈之作，刻於康熙丁卯。

許鶴沙曰：「諸體畢備，無美不臻。」

古别離

南浦蕩輕舟，送君事遠遊。遠遊何足慮，山川多阻修。磨君盾上鼻，酌君席上甌。會合雖有期，不堪獨倚樓。奈此勞行役，正值梧葉秋。落雁爲君度，寒蛩爲君愁。迢迢關山道，仗劍慕封侯。黄金貴賤士，識者每貽羞。布衣取卿相，千載罕與儔。陌頭芳草色，應爲王孫留。

采蓮曲

荇緐浮淺渚，菱蔓垂深淵。惟此菡萏花，摇曳鮮且妍。舟斜蘭棹舞，姊妹皆三五。臂弱手更纖，釵釧耀江滸。采蓮花，花艷帶輕霞。綽約未見蓮生步，婆娑還得到仙家。采蓮葉，葉密藏輕檝。漪漪緑水疊青錢，亭亭翠蓋遮紅頰。采蓮房，房空疎葉黄。誰識鬚心分玉顆，共驚墜粉遺清香。采蓮歌，迴古渡，横塘煙欲暮。時見雙禽飛，猶隔村歸路。路迷心自思，玉腕纏花枝。花落委塵土，妾顔君不知。

宿辰山雲香書屋係孫雪居公别業。

西山日初落，東林月已上。别壑聞暮鐘，柴扉啓幽敞。藤古荒煙横，竹聲滴露響。坶來夜景沈，往事入夢想。臨池走龍蛇，灑墨驚魍魎。蕭條四壁空，清音誰復賞。

雜詩

白日不可挽，紅塵誰與争。三萬六千場，幾同彈指聲。披裘樂吾素，蓬蒿繞宅生。浩氣塞天地，無人知姓名。狂吟聊獨酌，壚頭酒正清。

初夏即事

東皋夾廣陌，築室傍斜川。柴門當晝掩，獨往鋤瓜田。分畦學老圃，倦來樹下眠。僮僕報客至，短簑垂兩肩。主賓相對揖，坦率無拘牽。飲我杯中酒，撥我膝上絃。拂我壁間塵，讀我案頭編。夜月何皎皎，露頂步簷前。漁歌迴遠浦，争傍釣魚船。

遊細林山別一洞天

石洞孤亭迥絶塵，危峰曲抱自嶙峋。簷前寺古惟藤蓋，松際雲深有鶴鄰。采藥擬開勾漏地，尋源似接武陵春。何須一枕邯鄲夢，性合幽棲幾問津。

谿上作

谿上幽居自絶塵，眠鷗飛鷺日相親。庭無青草原非俗，甕有黄虀豈是貧。計拙屢嗤彈劍客，才疎差擬灌園人。年來屏迹荒村畔，何必陶潛好卜鄰。

泰安旅次

旅鬢蕭條嘆陸沈，雲歸何處寄鄉心。夢中按劍時聞嘯，客裏登高久廢吟。岱控青齊連積翠，城迴滄海散輕陰。汶陽風景原靡麗，仿佛江南思不禁。

徐金輅

字敬一，上海人。諸生。

明妃曲

漢宫辭别出長安，萬里風沙抱玉鞍。一種嬋娟明月影，今宵較倍昨宵寒。

王之綱

字御李，青浦人。諸生。著《蜀游草》。

謁濂谿先生墓

道喪已千載，斯文久榛蕪。更遭祖龍禍，棄市及詩書。陵遲至佛老，賢智盡爲愚。遂令鳥獸群，亂此斯人徒。無人紹絶學，鄒魯一何孤。皇皇周夫子，間氣鍾匡廬。上承孔與孟，下啓程與朱。大道晦復明，萬古昭中區。庭草春翠滋，池蓮暗香舒。每因好風月，猶似瞻眉鬚。我行出廬阜，得謁歸藏墟。古隧鬱松柏，高祠蔭槐榆。青山爲屏障，瀑水作笙竽。此間足吟弄，無異風舞雩。嗚呼山與水，有時頹且枯。永懷先生風，終古長不渝。

雲山關畢節縣界，奇險勝連雲棧。

勞生事行役，復從此飄泊。人馬困長道，歷遍山路惡。崢嶸雲山關，突見心驚愕。徐行誰銜橛，猶恐墮巖壑。登登入層巒，雲霧生馬脚。石齒滑如洗，況乃利干鏌。山巔平曠處，亦復有蘭若。老僧解事人，取茗爲我酌。感彼慇懃意，但媿無所酢。揮手下山去，更足駭魂魄。懸坂可走丸，失足難束縛。投轡任馬行，徒步攀叢薄。迴視老僧居，縹緲在碧落。微軀本鴻毛，履險如平郭。上念白髮親，轉使心懷怍。此行殊孟浪，戒之勿再錯。

遣興

學至申韓陋，文從魏晉衰。古人猶小小，餘子況規規。浸潤心能害，浮游品益卑。六經絶業在，誰下董生帷。

眉州雜賦

青江白石遶孤城，秀壓岷峨舊有名。杜宇數聲春乍曉，海棠千樹雨初晴。波春雲碓村村急，水激筒車處處清。筒車以竹爲大輪，置急流中，水機激而上，刳竹承之，人力不勞，而可以灌溉數百畝。如此土風真不惡，客愁無那自縱橫。

青衣江水緑於藍，江上三峰削翠嵐。中巖山下臨青衣江，上有石笋，三峰屹立，最爲嚴偉。採葯僧歸伏虎洞，看碑人立喚魚潭。伏虎洞、喚魚潭，俱中巖佳境也，上古碑甚多。神燈常向巖邊見，中巖常有神燈。古佛遠從世外參。我亦疎頑戀猿鳥，欲從佳處結茅菴。

西園

園在眉署，前守金一鳳所葺。

瘴雨初過碧草齊，晚晴天氣夕陽低。西園寂莫無人到，七里香中叫竹雞。七里香，如木香而小，單瓣，開時香聞數里。

新津待渡

天社山前水漫流，白沙灘畔泊扁舟。行人欲渡不得渡，閒看老翁來飲牛。是日所見如此。

施於民

字漁帆，華亭人。丁丑諸生。工詩，著《紅芋山莊集》四卷、《虎丘百咏》。焦徵君極爲激賞，其題辭云：「犖角吟成無意思，令人翻愛女郎詩。」又：「鮮花活卉詩家有，辛苦諸家愛色絲。」蓋其詩纖妍側艷，别具一種才情。

行路難

坂九折，山九疑。驅馬去，將何之。坂九折，猶可陟。山九疑，猶可躡，濁流湯湯猶可楫。谿谷有形人易覩，羊腸虎口長如故。對面存心行路難，幾回曾唱《公無渡》。行路難，胡爲踽踽來江干。江干之山十八盤，江干之水十八灘。蜃樓隱見翻回湍，鼉叢屈曲藏重巒。荒榛穢棘紛迷漫，鵂鳥爲媒勸加餐。見兹淚下不敢彈，吞聲躑躅摧心肝。行路難，公無渡。歸去來，恐遲暮。酒可沽，詩可賦。梁鴻之妻王霸兒，食有粟兮衣有布。歸去來，公無渡。

漁父

漁人本以漁爲業，舉網連綱把流截。魚多魚少何貪求，但得酒錢儂便休。朝陽東升放船去，夕陽西沈挽船住。三升白酭乘便沽，八寸青鯈隨分煮。老妻吹火蘆花中，收拾盤飱鬧兒女。鄰伴偶來相慰勞，團圞坐飲情陶陶。壺尊傾盡忽焉醉，鐵笛一聲山月高。人生樂事那有此，吾亦綸竿從此始。

客中寒食和毛西河太史韵

獨坐停杯忽自嗟，年年令節在天涯。醉醒有例愁中酒，遠近無憑夢裏家。南國三春逢燕子，東風一夜老梨花。轉頭又説清明至，那得行人鬌不華。漁帆作客在師軍門處最久。師名懿德，任松江提督時，嚴於捕盜，泖澱一清。

館娃宫弔古用竹垞先生韵

如此江山住自佳，忘讐避諫笑全差。鐲鏤不賜留吴相，絃管何妨醉越娃。國破竟抛前主業，館荒空愴後人懷。欲知艷質歸何處，少伯扁舟到水涯。

月夜登雨花臺用許用晦金陵懷古韵

割據群豪竟鮮終，來探遺迹已成空。殘榛剩棘前王塚，碎草零花後主宫。照過六朝今夜月，掃空三國昔年風。漫言説法臺猶在，終付茫茫小劫中。

懷蓉川

燕山楚水念分襟，北望茫茫感自深。秋舫煙波孤客夢，夜鐙風雨故人心。君才自爾多殊遇，吾道猶然歎陸沈。好待他年攜襆被，也來搥碎市中琴。

秋興

嫩緑波光染鴨頭，小扉斜對楚江秋。半牀錦瑟絃絃恨，一部《離騷》字字愁。幽伴已無新識燕，素交剩有舊盟鷗。幾番欲寫閒居況，安得才如李郢州。

虎丘百咏

此皆關心陳迹，一往情深之作。其自序所謂「誰能遣此，因之感集千端；莫可奈何，聊爾積成百咏」者。與謝荻灘本係姻婭，因與《西湖百咏》互相抗衡。

小吴軒

小倚層軒對落曛，晚來裙屐尚紛紛。桃花紅散千家雨，松葉青迷一寺雲。旅客胸懷高易遣，行人眉目遠難分。彦回一語今方信，所見真能勝所聞。褚彦回謂：海内名山皆所見不能勝所聞，唯此山異是。

海涌峰

結伴來登海涌峰，好從高處倚唫笻。不嫌曉氣如花濕，却愛春光似酒濃。雲早踏殘千點屐，風微吹落一聲鐘。幾番遥指東欄外，草色微茫是五茸。

劉夢得

從來酒宕與花場，不遇名流不表彰。一夕偶來劉刺史，千秋猶識杜韋娘。此時獨我頻回首，何處教人不斷腸。金管玉簫仍沸耳，可憐非復舊風光。

韋蘇州祠

多少名流莅此鄉，清才誰復似韋郎。香山記可稽遺逸，唐史獨不爲左司立傳，識者憾焉。賴白香山詩石記甚詳，可稽遺逸。子厚詩堪與頡頏。入座常垂青錦幄，出遊也控紫絲韁。最憐當日孤吟處，小閣常凝燕寢香。

皮襲美

仕路争誇獨早登，終身却以布衣稱。晚號間氣布衣。幽懷酷似乘舟客，謂陸天隨。冷致真如退院僧。有酒常攜過藥圃，無詩不自號松陵。衹今鼓子花明處，不見先生曳瘦籐。襲美《遊虎丘西谿》詩：「鼓子花明白石村。」

吊戴南枝處士

越水吴山致往迴，先生遺事總堪哀。賦詩每上臺千尺，賣字曾營土一坏。賣字之貲，葬徐高士昭發。僧帽故人今已去，（即昭發。）道衣仙女昔曾來。（謂仙女來乞題畫。）當時冠蓋何由識，視作悠悠一散材。

王鼐

字及峰，華亭人。諸生，歲貢。少與弟丕烈齊名。著有《斫歌集》，王應奎序，以爲短歌微吟，旨深味遠。

送張翰南歸

人生貴適志，達士惟知幾。季鷹何落落，高風今古希。入洛亦偶耳，故鄉自依依。一官非所戀，聊以避危機。緬彼三江水，薄采故山薇。此中有真趣，能不駕言歸。秋風一以起，愛此鱸魚肥。慨然遵前途，揚帆疾如飛。古來騷人輩，孰與傳其微。吾作送行詩，千載一淚揮。

題江西弋陽瑞龍寺賢可和尚詩集（和尚上海人。）

海上故人曰賢可，飄然早歲蒲團坐。鷗心鶴貌清且癯，飛錫西江證妙果。閒來覓句倚青山，千古騷壇足吟和。殷勤寄余山居詩，松風飄落天花墮。讀之灑然豁塵襟，鄉谿夢斷煙霞鎖。高山流水多知音，難得故人不忘我。

則書和尚駐錫如是菴

遠公有高寄，小築已深山。寺老春光瘦，林昏鳥語蠻。眼前都畫理，坐處即禪關。仿佛匡廬境，幽人自往還。

和了塵師原韵

師沈辰伯先生令媛，今祝髮修身菴。郁覺關訪之，師出詩見示，則歷叙艱辛，今歸清浄也。同人俱有和章，余亦次韵。幸恪庭先生供養師，師之清修益劭。

別却妝臺三十春，此間清浄可修身。愁來掃壁題詩句，彈作真珠字字珍。

泊黄岡涇

越水吴山自此分，征鴻嘹嚦不堪聞。今宵我向岡頭宿，隔斷江南一片雲。

楊錫觀

字顒若，婁縣人。閣學瑄猶子。諸生。著《六書例解》《六書辨通》行世，中允唐堂比之子雲、升菴、焦南浦亦歎其博而精，而詩文不傳。今熊雲客收得其詩箋，楷法如《黄庭》，詩亦佳，爲録存之。

新荷

買得薰風只幾錢，清涼池面散輕圓。微香已動湘簾曲，不待擎來當酒船。

新燕

拂拂東風楊柳渡，重重渤海銀濤路。年年春社早歸來，欲看江南杏花雨。

新蜩

柳外蜩鳴嘶一個，推枕覺來幽夢破。薰風奏出徵聲清，新涼滿地黄梅過。

新鴈

衡陽路斷音書絶，楚水巴山悵離别。一聲和月過南樓，鴛鴦瓦上霜華結。

陸瀛齡

字景房，號仰山，又號柳村。諸生，拔貢，官石埭教諭。著《贅翁詩稿》二册。晚年作律體居多。又《鷄窗隨筆》一卷、《仰山雜記》二卷。文行並茂，兼有經濟材。初入京，曾爲唐太常卿周御史削封事稿，入奏，當上旨，由是遂以作奏冠京師。後遊兩江慶制府、那制府幕，凡六年，敷陳郡縣利病，制府下其指於有司，民皆稱便。其在石埭學，僻在山谷，荒陋已甚，乃損貲拓學舍，發所藏書，與諸生講習，文風蒸蒸日上，遂有登鄉貢者。會邑大水，告飢，上官檄令往賑，冒霖雨，肩輿走萬山中，閲户口，辨民色，鉤稽惟謹，無遺脱者。攝縣事，敏於聽訟，案無留牘，獄未讞囚，不食於官，天寒多餓，則出俸米自飯之，囚皆感泣。乞休歸，年八十而卒。其内行淳密，篤於孝友，急人疾病患難如飢渴，臨財則一介不苟。嘗誦「澹泊明志，寧静致遠」二語，以爲知言。

遊陵陽山

上山怕折腰，下山怕屈膝。而我躭勝遊，排雲躡仙窟。君不見宦途險仄似羊腸，折腰屈膝猶不恤。

詠懷

青青巖上松，植根萬仞巔。借問生何代，不知歲幾千。商飈起林薄，濤聲落半天。遍身作龍鱗，爪牙攫雲煙。匠石屢顧之，斫伐安所緣。托體在絶頂，而能永其年。嗤彼桃與李，敷榮大道邊。往來任攀折，不久旋棄捐。君子審所處，擇地而蹈焉。

木蘭歌

木蘭女，姓魏氏，亳州人也。隋季代父征遼，十二年而歸。煬帝知之，將納諸宮，木蘭隨自殺焉。因贈孝烈將軍，立廟於里，俗以四月八日祀之。嗚呼！真無忝於其謚哉。雲間別駕山陰魏公過其祠，爲文以記之，且徵詩歌以弔之，亦表揚潛德之意也，乃賦長篇云。

男兒生無大節千古垂芳名，容容厚養天地之間乃虚生。曹娥沈江浣紗死，紅顔白面孰重輕。載咏木蘭歌，遐遡木蘭氏。木蘭女子真絶奇，爲父從戎去萬里。躍馬彎弓十二年，不識木蘭乃女子。一朝凱捷報君王，君王特拜尚書郎。戰血初乾寶刀缺，入閨重理舊紅妝。九重聞此重嗟賞，人中之瑞有鸞皇。忽傳天語徵宣促，名姝欲得藏金屋。羞將歌舞朝至尊，鮫綃三寸埋香玉。可憐常抱寢門哀，可憐不作沙場哭。噫嘻乎！夫人城，娘子軍，後先輝映多奇勳。煬帝猶然重名節，三千粉黛徒如雲。至今亳都稱孝烈，當時贈謚難磨滅。淒然廟貌立荒煙，江聲日夜流碧血。慚無生花筆，寫此慷慨詞。魏公同是楚丘裔，低徊憑弔水之湄。闡幽欲上采風者，千秋記載彤管輝。生男且勿喜，生女且勿悲。丈夫巾幗有如此，咄嗟生男空爾爲。

山中曉發

路滑晴猶雨，嵐深曉亦昏。亂流争石竇，疊嶂倚雲根。馬繫谿邊柳，人喧樹裏村。蓉城行漸近，梵墖見朝暾。

署樓晚眺

傑閣憑登眺，天空萬象間。谿流全抱郭，雲氣半呑山。鳥向平蕪没，人衝暮靄還。重重林薄外，落照有無間。

舟次清弋江

清弋江頭短櫂過，緑醅新潑淺深波。隔林村舍誅茆少，自此以上民居皆瓦房，不似他郡之多草屋也。並水人家種竹多。各山俱有竹，竹器甚多。並音傍，義同。徹底石稜銜齒齒，水清見底，石皆崚嶒。戲群魚婢擲梭梭。魚甚小而善躍。湖山勝處供遊目，那惜篙工儘力呵。

過箬嶺東屬徽州府界，西屬寧國府界。

摩天峻嶺插雲端，盛暑衝炎笑冷官。遥睇路纔通一綫，徐行磴已上千盤。輿圖特設天都險，山勢何殊蜀道難。浹日渾忘于役苦，祇緣群峭獻奇觀。

初夏即事書懷

十年蹤迹寄山陬，三乞休官未放休。恃杖而行還屢却，歸田以老復何求。浴凫依舊浮清沼，來鶴多應認故樓。打算餘齡辦幽事，莫教歲月去偏遒。家園有浴凫池館、來鶴樓。

張嘉賓

字欽文，上海人。諸生。

行路難

猛虎據深山，自謂永棲托。老蛟潛深淵，自謂得安宅。一朝不及戒，牙爪兩蕭索。人生何處可全身，何況萬里行風塵。神龍行空去無迹，有時亦遭割耳厄。

方維嶽

字會巡，號怡雲，華亭人。乙亥衛庠諸生。著《怡雲詩稿》。其詩古優于律，七古優于五古，是奔放家數。

大水行

重陽後八日，舟行瑁河，潮水適至，瀰漫四野，漂没之苦，實目所希覯。在成熟之時，尤可異也。感時撫事，聊賦《大水行》。

君不見東南澤國數五茸，春申之浦蓄洩雄。高秋連月吹北風，重以霖潦愁天公。洪濤滚滚來無窮，浦南浦北迷行蹤。扁舟偶過瑁湖東，是時恰值九月中。秋潮突至何空濛，奔騰洄洑蟠虬龍，須臾萬頃波溶溶。菜畦芋埂篙艪通，棉花豆莢同飄蓬。禾頭剛露一寸叢，蒼茫四顧炊煙空，孤村遥見一老翁，淚痕被面多愁容。憶昔曾陽大水由戰攻，兹晨沉竈將毋同。

頗聞西北烽火紅，至尊旰食蓬萊宮。憑誰繪圖進九重，警予還厪神堯衷。噫嘻吁！華亭縣令方匆匆，正征纔畢征塘工。

鸚鵡洲海中舊有鸚鵡洲，元時曾一露遺趾，其略載在郡志。甲辰秋七月，海水橫溢，風浪衝激，浮沙捲去二三丈。循天妃宮西南行約里許，見有橋樁六、木井甃三，街石壘壘相望。據土人云，此即古鸚鵡洲也，與郡志載略合，獨所云鸚鵡界碑，則不可得而問矣。乃賦以紀異。

海上空傳鸚鵡洲，晴沙没處幾春秋。一從白浪兼天湧，依舊青山對岸浮。廢井不知誰氏宅，壞橋旋引路人遊。最憐殘碣無消息，風雨蕭蕭起暮愁。

送俞防尊奉旨入覲俞名兆岳，海鹽人。性强直，有治績。總海上石塘，率作興事，勞苦異常，陞巡撫去。

郡佐清聲動九州，旋來海上布宏猷。飲冰自勵勞臣志，側席偏蒙聖主求。驛路花深迎劍佩，燕臺日麗耀旌斿。重瞳若問安瀾計，保障終須第一籌。

高　馭

字扶暉，號羲亭，華亭菰村季子。丁丑諸生。

重陽前四日屺嵐移具壽萱堂賞桂限韵

花枝影動一簾秋，秋近重陽分外幽。話舊情濃賓是主，尋芳氣爽樂消憂。燈光焰焰玻瓈盞，月色濛濛翡翠樓。小户幾經浮大白，醉中歸去興還遒。羲亭別業白鷗池，本孫文簡公遺址，今屢易主，俗猶呼高家園。

國朝松江詩鈔卷三十一

鄉人姜兆翀羺山録
徐　倓蘭唫閲

朱　奕

字芳垂，華亭人，康熙戊寅諸生，例貢。後棄舉業，刻意爲詩，嘗師事焦南浦，又與顧俠君、曹濟寰友善。乾隆五年卒，年六十一。著《清聞書屋詩稾》。其運思用意頗有窮幽極渺之致。

花生日舉酒酹花爲花壽

芳華目一瞬，日月轂雙馳。復此花生日，紅萼未盈枝。入春飽冰雪，遊賞竟參差。朅來卧雲畔，爛漫逞妍姿。得氣既以早，先吐亦其宜。主人掃華軒，向花一酹之。裁紅綴小縷，伸紙寫新詩。緑酒泛滿斝，一笑花莫辭。嗟余本寒畯，四十無聞知。衰晚非曩昔，終歲歎棲遲。世情悦穠艷，春風豈有私。寄言三春葩，盛顔當自持。

横雲山紅葉

兹山繞雲氣，山在雲中居。雲開霜葉紅，仍作雲捲舒。譬彼雲從龍，雲爲龍所嘘。倒景接川谷，騰光連空虛。春媚方秋妍，絢爛那得如。時見飛鳥還，疑是落照餘。有詩在我目，含毫難分疏。世無餐霞人，誰與此停車。

喜雨

膏澤人争待，乘時鬱乍舒。翠凝千个竹，香潤一牀書。未省囷無粒，行看市有魚。今年得飽飯，此外豈求餘。

雨中集今月堂

日日陰寒不出門，南州有約荷香温。敢辭雨惡聯雙屐，應爲花慳勸一尊。簫鼓未隨人事減，倡酬猶幸古風存。兩年接席推同調，還擬從君細討論。

當歸花

偷將名號並花王，朱粉施來淺淡妝。醉面低垂魚子纈，絳羅小簇麝香囊。半眶别淚淹春雨，一點芳心吐艷陽。夢斷深閨鄉信杳，可知情緒對淒涼。

送門神

羞澀囊探趙壹錢，還教裝點太平年。人間將相元無種，末路英雄盡可憐。顔色已非新雨露，塵埃誰識舊貂蟬。蕭曹事業同公等，早看灰飛逐斷煙。

五毒花

五絲續命憑人説，五毒無端手自簪。爲怕毒來翻戴毒，憐他終是女郎心。

金　粟

字枚拜，號艾亭，婁縣人。庚辰諸生，歲貢。後以哭子過哀卒。枚拜爲吴綏眉甥，傳其舅學，有《紅葉邨莊近咏》，詩句有法。

姚陞發招集程鶴友園亭賞桂

秋軒老桂隨簷矮，緑醑新篘不用買。主人愛客開綺筵，雪斫鱸魚紫薦蟹。胸中百慮酒能除，花下諸公都瀟灑。樽中有酒庭有花，會看寒蟾升溟澥。不愁銀箭暗相催，但願玉缸滴未罷。酒闌迤邐踏月歸，倒瀉天香夜酲解。

水中雁字和黄渟仙韵

羽檄横空映碧虚，疑將尺素寄雙魚。衍波箋上留鴻迹，洗墨池邊搨影書。錯落衹緣風易斷，廓填翻恐濕難舒。莫言鳥篆無人識，煙水微茫辨有餘。

秋高健翮展空虚，倒景將毋混魯魚。月姊戲裁鵠白紙，波臣錯喜鶴頭書。霜毫點染迷真贋，水墨淋漓任展舒。漫道昆明池有劫，尚傳史籀是秦餘。

萬頃琉璃望若虚，依稀洗硯赚游魚。風前掠去雙鈎體，波上浮來一筆書。相逐影形斜復整，不分枯潤卷還舒。銜蘆大有臨池興，數點中流畫荻餘。

家雞野鶩擬來虛，逝影渾同縱壑魚。流水行雲存斷簡，乘風破浪遞飛書。屈伸隨意波瀾闊，揮灑何心結撰舒。欲待臨摹留樣本，湘江一抹已無餘。

王仁鎬

字京客，號望廬，澐從孫，婁縣人。諸生，以薦舉鴻博，先試江寧，道卒。陸平原曰：「京客旅死，篋中之卷化爲風煙。」其從孫鏕搜輯殘剩，名曰《蠹餘》。王苧東曰：「和而雅，秀而清，出自性靈，不求粉飾。」

友人出示靈璧石爲賦一首

誰割此一卷，而不露斧鑿？怪非坡老供，奇豈米顛攫。云出靈璧山，元氣尚磅礴。叩之輒欲鳴，頗疑羅簫籥。辭辭江鼉翻，噦噦岡鳳作。謖謖風入松，淲淲泉赴壑。居然備五音，歷歷判清濁。延陵好奇士，愛玩逾雙珏。有時蒐討餘，以手日三捉。酒酣更浩歌，逸響互磊落。我聞泗濱材，恒爲廊廟擇。矧君負瓌姿，美哉羨追琢。佇見擒天葩，奏賦鳴楊柞。無徒守硜硜，浪云全吾璞。

汝南吉士誦張子西渭近作次韻卻寄

暈碧裁紅麗句多，聞君心苦學陰何。劇憐故我非今我，未許長歌續短歌。三徑久知居𥦗簶，四愁還歎路蹉跎。斜風細雨渾閒事，莫向煙波問志和。

學之招同月川集東陽草堂遲太巢不至

敢惜衝泥來往頻，巷南巷北接芳塵。新正屈指纔三日，舊友重逢只兩人。春韭堆盤無俗味，古香插架總奇珍。酒闌因訪風塵客，得以疎閒聚此辰。

爲周孟傅題

憑將幽思惜芳魂，碧海青天未許論。最是憐君腸斷處，晝簾微雨正黄昏。

杜廷鯉

字躍門，華亭人。明尚書士全曾孫，諸生。著《硯香草堂詩稾》及《和陶詩》二集。

辛丑人日和游斜川韵序謂辛丑人日與淵明辛丑正月人日雖風景各殊，而千載相逢，誠異數也，因而賦此。

花甲逢辛丑，人日得小休。因憶斜川日，千古快神遊。來者真無已，逝者更如流。冥冥羨飛鴻，泛泛若浮鷗。煙霞懷夙昔，崎嶇屢經丘。風物今閒美，邈焉殊寡儔。閉户絶塵喧，一樽聊自酬。試問陶隱居，可能許吾不？遥遥爾我心，不醉豈忘憂。憂樂固相循，物外又何求。

五羊城

炎方半歲作淹留，逆旅俄驚六月秋。凍雨乍涼生午夢，颶風初起逗閒愁。鷓鴣嘑斷行人渡，翡翠飛隨過客舟。莫道韶華催落木，五羊不改五仙遊。

董杏燧

字宏輔，華亭人。金山衛諸生。

和景予菊花枕歌

古錦作囊貯落英，横陳裀底寒香生。身如蝴蝶花上睡，花氣熏人人欲醉。深深踵息吸金精，泥丸諸部神俱清。秋風嫋嫋引仙夢，夢中栩栩來空洞。竹牀紙帳眠梅花，冷淡丰標是一家。《淮南鴻寶》何用讀，采取黄芽滿甘谷。

立冬前三日集遂安堂菊前夜話分韵

蕭齋宜促席，險韵各鑴劖。夜雨自生悄，寒花故不凡。孤燈何耿耿，軟語共諵諵。老圃秋容好，相期事載芟。

凌璿玉

字斗隍，上海人。諸生。

咏珠蘭

花間珠串串，因名以肖形。試將珠作此，豈復有蘭馨。

唐一夔

字與皋，上海人。諸生。

題畫

不覺風來不見霜，不知楓柏變紅黄。披圖想見秋冬際，巖屋谿亭處處涼。

劉惟謙

字讓宗，號友萍，婁縣人。辛巳府庠諸生。居郡城，南有二橋映帶，顔曰「雙虹小圃」。著有《雙虹自在吟稾》及《詩經叶音辨訛》等書。惟謙文行俱優，卒後其門人宋世倬、張瞻淇、王永祺、姚繹修等請于張孝廉實甫，定議私謚「貞文先生」。《漱芳齋詩話》：貞文爲明黄州統領劉亭叔裔，曾録其上世凡十一人之詩，以屬姚聽巖太史，爲收入《松風餘韵》中。而貞文又工詩，風雅一脈，後先踵美，亦可見其世業云。

秀州道中

庚申八月之武陵，舟行秀州道中，偶成一篇。越日塘棲早發，復推敲三四一聯，兀坐船頭，不覺墮水。良久，若有負之以出者，爰誌更生，聊存此稾。後來爲好事者直繪爲《塘棲夜舟圖》以索詩。

西風何太早，每至夜方休。犬吠孤村月，蛩吟兩岸秋。枯腸迴客枕，清夢到漁舟。老健誰如我，翩然作遠遊。

夏至後登揖峰樓書所見

竹樹娟娟外，田原剪剪齊。橋連郵舍迴，山壓戍樓低。老鶴蟠雲去，新蟬抱葉嘶。斜陽俄欲晚，粥鼓到橋西。

蜀中

萬壑千峰鎖劍門，群雄割據遞稱尊。糞金易闢蠶叢境，嘑血難招杜宇魂。漫道炎劉安隴蜀，請看丞相轉乾坤。陰平失守悲輿櫬，北地猶堪作烈孫。

晚過錫山

挂帆此日喜兼程，更逐歸鴻向晚行。野渡争時雙槳急，秋林豁處一燈明。方言莫解渾無味，尊酒相邀卻有情。愛聽漁歌飄入枕，夢中和荅兩三聲。

徐　檦

字聖功，號惺齋，婁縣人。明大學士階元孫，諸生。雍正初以薦授星子縣知縣，下車二月，以獲盜掠死，無供黜職。歸著《玉屏山人集》。黄唐堂曰：「惺齋謳吟太平，狎主倡和，凡有詩會，衆方吮毫覃思，已簌簌滿紙，先衆客起。」

詩話：惺齋自以相門華胄，經濟自雄，嘗與里人馮方山輯《浮糧》《海塘》二書，獻之浙撫佟公，詞意確苦。佟公極加獎勵，阻于吏議，不行。後又獻之朱公可亭，雍正初遂有免糧築塘之命。其議關國計如此。詩亦落落自豪，稱其胡髯皤腹，談笑聲每澈牆外之概云。

易水歌

易水慘不波，荆卿劍花冷。殺氣已入秦，衝冠髮何猛。白虹微有光，赤日淡無影。心是燕丹心，一腔抱耿耿。

轆轤歌

銀瓶汲井井底深，青絲作綆長十尋。轆轤百轉緣之上，水花白白光漾漾。曉鴉驚叫兩三聲，美人對之雙淚傾。鴉飛猶自有匹偶，井水照妾影相守。古井無風水不波，轆轤空響何其多。

佘山蘭筍歌佘故産筍，蘭氣襲人。聖祖南巡駐蹕時，食而異之，賜名蘭筍。易佘山爲蘭筍山。敬爲之歌。

東南饒美竹，佘峰筍獨良。劚之甫出土，與蘭同其香。嘉名先帝賜，厥貢入上方。御翰蒼崖上，滿山生輝光。我來偶駐此，山人餉盈筐。解脱稚龍籜，呈露球琳琅。旋汲紅泉水，試焬翠釜湯。噴鼻滿蘭氣，虬髯爲之張。珍重九畹味，出自千畝鄉。啜罷眠雲磴，齒頰有餘芳。

讀趙孟僩碑在本一禪院。

俯仰幾興亡，殘碑嗚咽讀。猗歟宗室臣，大厦支寸木。參佐文信軍，運籌亦翯翯。崖山國運終，乾坤遂反覆。臣分繫千鈞，臣血灑一掬。留侯沙中椎，漸離殿上筑。出奇徒爾爲，藺足無止宿。黃冠託真武，方袍歸古竺。于此遂幽棲，同心四五六。記事亦記人，歷歷在我目。作者李陵雲，幽憂毛穎禿。蒼茫易代來，日月如轉轂。

鄒節婦詩節婦，葉忠節公季女，適鄒同。壻隨父之鄂沔任。忠節殉難，節婦返故里，遘閔失所天，三十載冰霜，訓二子成立。乾隆三年旌表。爲賦五言一章。

丹山產異鳥，有鳳求其皇。于飛鄂渚上，五色爛文章。爰棲桐樹顛，和鳴聲鏘鏘。狂飇颯以厲，桐葉凋且傷。楚氛何大惡，羽毛不得將。歸飛止荆棘，斂翮日摧藏。西崦迫羲馭，華實隕秋霜。齧冰以爲飲，茹荼以爲糧。自此三十年，不知日月長。尾禿背毿落，卒未怨朝陽。辛苦鞠二雛，翩翩咸翱翔。庶幾奮厥翼，所天爲不亡。一朝紫泥降，哀颯生輝光。退閒爲珥筆，感羡遥相望。

題賈孝女籲天圖

死生大柄天所持，孝女身代誠感之。父抱沈痾骨支離，區區刲臂不可醫。仲秋午夜蟾半規，歷落星斗如布碁。欲叩閶闔此其時，斂襟長跪拜堦墀。啾啾唧唧矢苦詞，病者是父身是兒。身本父身非有私，謂天蓋高聽自卑。呼吸之間一轉移，緹縈上書天亦知。天人一理寧差池，蕭疏松竹涼飇吹。孝女仰天天四垂，小阮畫中亦有詩，姪容徵繪圖。輶軒採風莫遲遲。

古劍

風胡長已矣，巨闕至今雄。繡碧銅埋土，腥紅血帶風。冲霄逼牛斗，入水化蛟龍。馳志伊吾北，寒光出匣中。

梅雨

不盡廉纖十日陰，藥欄煙景晝沈沈。大瓢貯水堪供茗，小鍤移花已滿林。攻破愁城憑濁酒，坐揮松麈出清吟。蒼生莫問東山老，圓泖漁蓑是寸心。

睡仙觀二首

五代乾坤消幾夢，朦朧睡眼恰相宜。墜驢一笑真龍出，此是先生大覺時。

鄒黄濤

字四表，上海人。華亭籍諸生，歲貢，選虹縣訓導。

曉起

無事當早起，非蹠亦非舜。聽鳥囀清圓，看花發新嫩。

王雲瞻

字卓士，號潛夫，上海人。華亭籍諸生。潛夫詩文外，尤邃于經學，著《周易纂要》。

漫興

晚來每好傍溪行，舉目遥看景色清。斷續蟬聲吟樹合，顛狂蝶態著花輕。雲當深處疑無路，水到回時若有情。步久不知紅日盡，回頭忽見月相迎。

朱之樸

字寧周，又字大文，上海人。諸生，例監。年七十時，其及門葉鳳毛等刻其詩爲《東村詩略》六卷，黄唐堂序之，謂其從蘇、陸以溯杜、韓，可以命代登壇。今按其詩，古質淵雅，迥異叫囂之習。

讀書

才短異高尚，居窮非隱淪。未暇今人交，且與古人親。一編晴窗下，讀想尋其真。賢愚雖遼絶，心豈隔天津。微會難言喻，感通在精神。靈臺寂萬籟，蠹簡生陽春。源遠流不息，味永淡彌醇。後人樂甘旨，前人出苦辛。或徒矜富麗，充棟日陳陳。著述無本事，寧足當飛塵。吾欲付野燒，不然投江濱。煌煌正學的，長與兩儀新。

寒夜書懷

頑雲結勁寒，空齋忽添冷。燈花黯欲殘，更鼓擊方永。寂歷生幽思，蹉跎感急景。日晷正南長，斗柄欲東炳。年歲不我饒，俯仰一深憬。憂患擾天和，因循失修省。我聞汲深泉，非自尺寸綆。中途怠畚簣，何由崇臺整。况爾無挾持，虛懷高深境。念此勞傍徨，中宵心孤耿。

海中作聲非風非水俗謂之海唑

海于天地間，爲物最稱鉅。鴻濛歸衆壑，無受亦無拒。地機相翕張，動盪自鼓舞。有時萬籟寂，匉訇忽擊拊。既無飛廉號，又非豐隆怒。轟輳驟萬車，颯沓洶衆咻。霮霮雲陣飛，穰穰水族聚。聽熒迷近遠，喧豗徧邨墅。聲詎分晦明，占亦驗晴雨。諺云：雨唑晴，晴唑雨。陰陽所摩戛，喧靜孰張主。或云大海中，清閟同禁籞。毫髮或誤投，驚呼急棄吐。我聞終南湫，落葉如纖縷。靈禽輒銜去，澄澈絶塵腐。此如狷介士，嫉惡太踽踽。大瀛諒不然，荒薉盡函茹。變化多神奇，消納何所苦。一氣爲吹萬，鼓鞴出靈府。鬱紆偶作聲，舒嘯協律呂。豈若不平鳴，侘傺歎覊旅。

震雷行

蒙噩之歲，斗插辰，寒氣不歸陰雲屯。黄昏大噫撼坤軸，豐隆奮起張頳暖，鞭龍乘雲駕玉馭，元旗黄纛蒼轂轅。轟豗決躁憑怒健，聲息未到勢已吞。闐闐哅哅周八極，擺磨薄磕瀛嶽翻。礮磹列缺交衛從，爍爍赤甲朱旗旛。飛廉嘯呼助先戒，蓱翳騰踏使後奔。是夜太陰乍蘇魄，廣寒深鎖巖司閽。中外星官百二十，斂芒縮首扃天垣。坐使斧鉞恣威厲，忍令品彙多銜冤。殀紅死白殣泥淖，惟喬肙巺燔其根。鱤禽發屋走猛獸，群靈萬怪填溝胥。不但山冢陵谷互崩動，徽豁之勢直欲顛乾坤。嗚呼！皇天沛澤蕃百物，安用震驚億兆俾喪魂。蟣蝨下民思一語，天闕虎豹紛相蹲。願回火輪羿馬足，青冥高挂榑桑暾。

書齋秋海棠

涼颸細雨薄窗紗，牆角秋紅綻露芽。正是客懷寥落後，誰教添種斷腸花。

羈雁

萬里關河日易曛，網羅巧伺落層雲。可憐失盡陵風侶，飲啄翻同雞鶩群。

張志京

字沂公，號西垞，婁縣人，癸未諸生。

松濤

萬壑聲清欲殷雷，半空舞鬣共徘徊。幾曾鸞鶴隨風去，疑有蛟龍湧地來。摇撼聲驚山石裂，琮琤韻雜瀑泉迴。高人匪獨躭幽寂，風滌煩襟亦快哉。

詩話：沂公，詩人也，嘗見諸人詩集中屢厠其名，而未詳其集。偶得《消夏吟箋》一册，皆幻題，如榴火、荷珠之類，同賦者爲朱霞耕方、姚培枝霑扶、朱鎮子儒、朱奕芳垂朱、吴驤北才程、呂珩芳詒、張琳珮嘉、張天授漢颺及沂公，共九人，存之亦見爾時風雅一則云。

陳金浩

字絅文，號錦江，華亭人。甲申婁縣諸生，歲貢生，官訓導。著《衢歌》一百首，高待詔小湖有序，謂可與竹垞《鴛鴦湖櫂歌》並行焉。

櫂歌

雨過香灣滑大堤，先農壇下看扶犂。自從野老榮冠帶，到處撑船早罱泥。郡城先農壇在香灣，雍正初建，并給老農八品頂帶。

聽鶯橋畔有荒祠，報祭黄婆莫太遲。白屋朱門無嬾婦，木棉紗細比蠶絲。松江紡績諸法，皆黄道婆所傳，祠在烏涇聽鶯橋畔。

西北諸鄉水繞廬，食單風物問何如。寒深甕醉金錢蟹，春淺盤供玉筯魚。金錢蟹差小，玉筯魚春時始多。

第八峰高雲可摩，空傳遺劍在山阿。兩家留得山間禮，試較朱陳村孰多。干山爲第八峰，以干將鑄劍得名。周瞿山中著姓，婚嫁從儉，號山間禮。

詩人愁望望湖涇，望見亭湖處士星。放落斧柯叉賦手，又教點鐵作金鈴。吴處士騏隱望湖涇，亭林蕭中素隱於匠，詩名《釋柯集》。得一冶工爲弟子。

雨花印月各棲禪，入道何須一鉢傳。偏袒右肩登殿坐，侍臣誰道醉僧顛。雨花、印月，菴名。郡有顛僧，狀似濟師，隱語奇中。雍正朝入對，倨坐。留之不得，復歸。

張範

字勤旃，號琴川，華亭人。諸生，例監。乾隆元年以衍聖公薦舉博學鴻辭，罷歸。

徐省菴八十

天際鵬圖奮，雲間鳳羽翔。淵珠騰左海，匣劍射寒芒。相業聲華遠，朝簪奕葉昌。探奇綜理窟，好古積書倉。入洛空同輩，游雍領上庠。淹閎周柱下，博雅漢長楊。參訂金閨重，規模蓬觀詳。名流宜薦鶚，昭代正求璜。飛舄來幽冀，膺符入大梁。湛恩歌父母，懋績報循良。枳棘非才稱，螭蚴荷眷長。玉麟銜晉秩，銅虎鎮遐方。好雨隨車沛，和風遍野颺。尊嚴森棨戟，保障藉耕桑。幾載旛輿駐，盈朝岳牧揚。秋官惟慎恤，冬日最慈祥。郎署欽師表，巖廊倚贊襄。解纓辭輦轂，衣錦羨家鄉。綸誥瑶光燭，芝蘭寶砌香。雲屏争介壽，鴻案更相莊。仙侣來無算，海籌添未央。葭莩霑愷澤，葑菲沐餘芳。綺席隨珠履，華燈侍鶴觴。願歌《天保》什，歲歲頌無疆。

詩話：乾隆丙辰開鴻博科，松江與薦者，中允黄之雋、知縣王祖庚、知縣吴王坦、副榜張鳳孫、監生陸榮秬、監生張範，俱華亭；監生葉承點，奉賢；廩生胡鳴玉、廩生葉榮梓，俱青浦。此見杭堇浦《詞科掌録》，并載各人著述，至勤旃詩文則未之有。余輯郡中詩，亦遍訪不得。惟聞其子號專峰，屢赴北闈，不遇，殁已二三十年。有集與否，不可問矣。得此一詩，雖排比工整，當非其至者，姑録以存其人。

沈中黄

字巖儀，號墨癡，婁縣人。藻子。諸生。

古意

一木斲爲車，其半斲爲輪。車行何招摇，輪行何苦辛。一解分風張兩帆，彼順此偏逆。風本無愛憎，利鈍乃各别。二解膏粱療我病，不如藥與石。羅綺禦我寒，不如布與帛。三解履安思危，履險思夷。盡己盡物，各適其宜。人豈不知，而卒莫能爲。四解

雜詩一首

煉霜木葉丹，凝冰河水寒。盛衰各有時，變幻忽無端。百卉耀春華，尋芳恣遊觀。巖阿吐奇秀，誰復念幽蘭。獨鶴咏波影，照見雙羽翰。陵風思高舉，飄飄狎鳴鸞。嗟哉戢其翼，雌

伏良可歎。

落葉

三春迴陽氣，萬木總敷榮。或抽棲鳳條，扶疎覆軒楹。或掇弱植枝，巧蓋藏流鶯。蔥蘢秀可餐，掩映怡我情。風霜兩高潔，樹樹戰秋聲。飄蕭下庭除，蔌蔌以哀鳴。不爲露巢悲，不爲宿鳥驚。所嗟本一氣，枝葉不相并。悵別各天涯，何况弟與兄。

彝陵州

鼓棹激危湍，煙波盡日看。山隨蜀地遠，天入楚江寬。平野餘春色，輕濤送暮寒。浮雲西北起，夕照隱林端。

荆河口

江行二月杪，幾日見春暉。雨闊濤侵岸，風尖冷入衣。黄雲釀雨作，白鳥掠魚飛。遥指停橈處，煙中墖影微。

曹培廉

字敬之，號松濱，上海人。諸生，例貢，内閣中書。

送滄洲兄之海鹽

忽漫歌驪情暗傷，憐君裘敝老風霜。一樽江上頻揮淚，別後相思江水長。

張朱梅

字培珊，號鉏園，上海人。諸生，庠姓名朱梅，例監。雍正四年薦舉引見，授浙江永康縣，調永嘉縣。按是年薦舉，華亭則徐櫄，府則吴濬白沙，後授廣東河源令，卒于官，有賢聲；青則姚培謙平山，以喪未赴。附記。

題閔簣谷聽泉圖

四面松濤兩部蛙，德璋弘景漫相誇。何如石罅淙淙響，冷韵清商總莫加。
數年來往越山頭，見慣緣崖百丈流。今日披圖心獨喜，巖腰澗角恍同遊。

施是程

字暘谷，上海人。清惠季子。丙戌諸生。

金陵歸暫留郡城

到郡還留滯，秋光漸已深。只因爲客少，不解動鄉心。

鈕馮錕

字焕青，號式圍，上海人。青浦諸生，例貢。著《劍巖詩草》。朱紀常曰：「生趣獨超。」

茅屋三四間，西風寒澈骨。中夜不成眠，孤燈耿殘月。

雜感八首存一

徐穎柔

字仲嘉，號則所，華亭人。明主事鴻洲四世孫。戊子諸生，歲貢。嘗遊焦南浦之門，帖括外兼工詩賦，舉博學鴻辭。以兄疾不赴。著《則所删存詩》。

咏史

秦王求趙璧，償城固已虚。藉令璧入秦，伐趙或少紓。藺生完璧歸，智勇莫不譽。石城隨已拔，殺人二萬餘。一璧與民命，輕重當何如。

戰國公子中，賢惟信陵首。方其存趙時，驕矜意頗負。客乃説公子，己德不自有。於魏未爲忠，謂宜深引咎。此客惜無名，斯言真不朽。侯朱徒意氣，語此恐非偶。

章氏節烈詩

吾鄉章于野先生官楚，以身殉國，夫人吴氏撫遺孤，姬陳氏以智脱父赴水死，節烈炳然，史未及載。先生孫進士紹庭徵詩追頌，是以作此。按，章曠以永曆元年丁亥病卒於永州。

有明值末運，守土極困瘁。湖湘更要衝，天亡誰可避。猗維河間公，分符當此地。孤身處鋒鏑，之死心不二。於時閨闥中，金石共盟誓。淑配纔結褵，兩月遽分袂。秉節育遺孤，存此一綫繫。忍死爲宗祊，辛苦亦既備。更有墜樓人，智勇全大義。脱父縲絏中，波心竟遂志。凛然生氣存，孝與節並致。卓哉兩夫人，鬚眉乃不啻。立孤豈不難，就死亦寧易。烈魄共忠肝，炳燿各無愧。勁節在一門，綱常幸不墜。彤管表芳徽，儀型垂百世。

續遊西湖

五羊仙城十日泊，歸路重經惠州郭。郭西瀲灧湖光明，茸茸芳草春風生。同人復鼓遊湖興，青衫白帢還尋勝。蘇公堤上石橋頭，一抹煙雲眼底收。隔林小艇遥呼出，推篷齊上情閒逸。擊破琉璃放棹開，浮光裊窕隨波來。穿橋南出望林岫，前遊已經今不復。湖心亭子未及登，將軍園林躡崚嶒。臺榭雖荒勢開敞，山色水光共俯仰。院南古寺號横塘，禪林闃寂幽花香。簷頭懸磬試一擊，聲情洵是端州石。老僧供茗泉水清，飲罷舟迴湖北行。倏來片雲照水黑，催詩雨點打篷隙。須臾開朗見日輪，地濕登岸猶逡巡。巍然古觀極壯麗，道人迎入更小憩。梅夫子宅自昔傳，至今羽客如群仙。窗楹實有煙霞氣，犬吠聲中鶴鼈避。興闌把袂尋歸途，舍舟徒步沿城隅。兹遊領略有八九，續得前番差不負。

小蓼灘夜泊

舟入疑圖畫，山村静不喧。桃花紅覆屋，谿水碧當門。響咽風前笛，香浮雨後尊。仙都隨地有，紛擾更誰論。

題盧氏忠烈編盧諱象昇，宜興人。

盡瘁原知死，危亡運若何。淒涼餘一慟，嗚咽不成歌。勇自陵山嶽，誠難挽海波。太空留浩氣，歷劫未消磨。

齒頰芳徽播，何須墓有碑。名成偏召謗，事遠更深悲。公没於陣，中樞楊嗣昌遣邏卒俞振龍察其死狀，歸言實死，嗣昌怒鞭之三百。爲念綱常重，非誇節烈畸。孤魂應不散，幾處享江蘺。

大名懷古

室壁墟分古帝都，興亡前事不模糊。千秋瓠子宣房業，百戰黎陽博望圖。襟帶河山形自險，屏藩畿甸路非迂。我來正是黄花節，欲向韓亭貰一壺。

嚴灘晴眺

總是陰多少遇晴，雲山今日始分明。三春楊柳分濃淡，一路桃花作送迎。臺上亭留高士迹，灘頭風遞畫眉聲。望中不盡煙霞在，摇曳蘭橈緩漫行。

由廣州至惠州途中即景

仙羊城與二禺連，東去春稀水滿川。矮屋亂攤黄土瓦，急流争挽鐵黎船。千尋苦竹凝青靄，十畝甘蕉散緑天。愁絶羅浮迷近遠，幾回悵望隔蠻煙。

雨夜次友人

短榻挑燈思惘然，淒涼情緒共周旋。同君一夜聽風雨，明日前谿水拍天。

胡鳴玉

字廷佩，號吟鷗，青浦人。諸生，歲貢。乾隆元年舉博學鴻詞，召試，以痁疾發，報罷。沈尚書德潛其同舉，嘗集唐人詩句贈之云：「漢南詩老猶存社，魯國諸生半在門。」年八十四卒。著有《訂訛實録》五卷，并《賦草》一卷，詩槀俱爲生徒取去。其刻於邵西樵《懷舊集》者，僅應酬近體疊韵之作。

題一泉和尚畫幅

泠泠冰蓝筆端開，拂拂寒香紙上來。悟徹色空都是幻，底須庾嶺去看梅。

蔣培穀

字貽九，號荷谿，華亭人。己丑諸生，歲貢，東流訓導。

曉聞百舌

我是人間木訥人，詹詹學語愧陳因。輸他百舌能驚枕，似詡生平占好春。

陶淑

字顗人，華亭人，諸生。

鷂燈

耿耿如隨片月升，因風閃爍似無憑。浮生何事非兒戲，且趁春宵看鷂燈。

楊日徵

字慶門，華亭人。諸生。爲王光承外孫。光承無子，所著《鎌山堂集》係慶門收輯付梓。

首春客舟

堤草沿谿綠，萋迷映客裝。朋儕雲聚散，心事水蒼茫。一棹入春碧，三人共夕陽。東風吹細細，時送野梅香。

旅行懷沈學子

依舊勞行役，山隈與水隈。寫懷誰索句，遣興獨銜盃。夜雨夢池草，春風寄驛梅。想君狂愈甚，應念我摧頹。

汪　福

字葵誠，號晚彫，本徽籍，寄居潢谿，占婁縣金山衛諸生。卒後歸葬于新安之問政山。著《求是菴詩稾》。沈學子曰：「沈酣《文選》，大含細茹，其擬古諸作，幾於神似。」

秋柳和招隱廬秋詩元韵

柳亦何堪此，年年畏早霜。亂鴉争去住，衰草助荒凉。漫折行人手，空迴思婦腸。樓頭曾學舞，瘦影弄昏黄。

天竺

勝境勾留天竺中，巖名千歲闢神宫。煙含石磵流泉響，路轉松林仄徑通。暖氣著林雲藹藹，夕陽到嶺客匆匆。上方已挂如鈎月，竹裹披襟坐晚風。

小閣看雨

十字塘東晚上潮，半林楓葉響蕭蕭。釀成煙雨非無意，欲染鸝黄柳萬條。

沈元禄

字雲子，號雲芝，上海人。白之子。諸生。後僑居莊行以卒。

登機山尋二陸讀書處

天馬欲横騖，機山扼其衝。屹然此拳石，空翠開心胸。昔人讀書處，千載留遺蹤。偶來尋故址，絶頂披蒙茸。緬惟甘露間，攻苦同士龍。《文賦》固獨擅，曷嘗事鏑鋒。奈何不自愛，入洛昧所從。嗟哉華亭鶴，一旦膺厥凶。不見蓴鱸客，歸棹來吴淞。去就一不慎，遂至傾其宗。賢哲尚復爾，况復愚與庸。三復《招隱》詩，懷古徒惺忪。

陳　龍

字漢武，號㮰亭，上海人，金山衛諸生。能詩工書。著有《蓬行集》。

同楊維章吴九耕陪姚禹瞻曹園觀荷

此地堪聯社，願君歸去遲。人生常苦别，花艷不多時。往事憶如夢，塵勞紛若絲。清閒留我輩，宜酒亦宜詩。

閏重陽即事

一年兩度把萸杯，依舊連朝風雨催。嶺上莫教梅誤放，籬邊且喜菊猶開。重攜客共登高步，笑問誰餘作賦才。遊興未闌天向晚，那能更閏夕陽來。

陸琳

字右廷，上海人。諸生。性嗜古，喜考訂秦漢以來圖書金石，能詩工書。嘗入朝鮮，争以重價購其書，絲毫勿取。

朝鮮行

雍正聖人乘六龍，太平有象慶時雍。鳳鳥河圖齊獻瑞，雕題卉服盡朝宗。朝鮮自昔從龍起，職貢來王同賜履。國有大事無專爲，稽首上書告天子。國本丕承首建儲，儲君待降璽書除。侍從臣中遴可使，上卿持節二賢俱。（内大臣伯馬公爲正使，内閣學士德公爲副使，齎敕封世子。）余愧菲才忝入幕，手提鉛槧效區區。孟冬吉日爲行日，結束征衣戒僕夫。六街塵净廉纖雨，折柳都亭謝朋侶。羽旄麾蓋擁鳴騶，霽景徘徊日卓午。肅隊分曹迆邐行，馬頭罨畫引王程。首途畿甸經孤竹，（永平府。）塞外群峰拱揖迎。嚴關設險稱山海，鎖鑰兩都門户在。邊牆曼衍古長城，斥堠蟬聯新戍壘。（出山海關，北望長城，隨山高下，四顧無際，山岡砲臺相續。）塵沙黯淡朔風號，虎踞龍蟠地勢豪。縹緲五雲雙鳳闕，興王豐沛肇基牢。（關外千里抵奉天府治。）經旬輾轉遼陽道，阿嬷往事傷懷抱。酒酣忼慨撫遺蹤，花月春江繫煩惱。（與閣學公談浪死歌事。）仄逕威紆度谷蹊，高高下下少平夷。王陽九折心常戒，劍閣千重景共奇。（既歷遼陽驛綱棧道，路多嶮峻。）

崢嶸齦齶摩天嶺，玉乳金膏下天井。山家門掩鶴松深，耕塢農休鷄犬静。摩天嶺距鴨緑江百餘里，遠嵐可指。前渡茫茫鴨緑江，江波織翠映船窗。舉頭日近長安遠，滿目山川感異邦。通衢八道龍灣驛，國分八道，曰京畿、江原、黄海、全羅、慶尚、忠清、咸境、平安。由義州至王城一千六百餘里，州内賓館宏敞，門懸金榜「龍灣關」三字。已有班迎路傍客。唐家官號至今傳，使臣入境有議政府、節度將軍、觀察使輩，貂蟬金紫，鵠立班迎。至館行八揖八拜禮，東除一官，西除七官。肅延授館坐重席。席地而坐，薦以花席。亦有圖書四壁看，屏風六曲精雕刓。故園蝶夢纔欹枕，夙駕星言又命倌。同雲靄靄飄微霰，物候中原看已變。此間摇落故遲遲，小草嫣紅芳可羡。松枯卓立蒼髯鬢，老幹蟠拏千萬株。白鳥翺翔各閒逸，清猿嘑哭豈悲嘘。一路山坳，松林幽黑，猿鶴出没其中。歌伶小部呈絲肉，節疎音古無繁促。宫商只在孔弦中，不省新翻是何曲。懸知樂利彼殊疆，或是名𡰱古風俗。末由迂轍拜殷仁，平壤豐碑未遑讀。詢箕子墓在平壤城外二十里。涉磵披榛度曉星，嶺名。嶺頭瀑布響清泠。一卷婉孌玲瓏玉，詩客經過題姓名。嶺名玲瓏秀峭，前賢題咏甚多。吹笛橋邊望葱蒨，橋傍立石刻「吹笛橋」三字。漢陽城郭依稀見。漢陽即國王城。絡繹雕盤出遠郊，磯頭幕帟初張宴。百濟雞林路不遥，都城百雉占岧嶤。王城依山而築，煙樹青蒼。共傳丹鳳銜書下，萬姓呼嵩眄碧霄。紫泥重疊黄封詔，鸞旂綵仗紛前導。距漢陽十里，設彩幔香亭，觀者如堵。按轡徐驅入殿門，持兵衛卒兩廡分。冠裳肅穆聯鵷鷺，葵藿傾心向至尊。禮官捧册宣綸誥，父子君臣同舞蹈。登降威儀儒者風，聲名文物前王教。自王城廣衢至王殿兩廡，前設兵仗，大門榜曰仁政，化門榜曰進善。詔至，王率世子以下，焚香九叩開讀，恭敬盡禮。禮成肅使殿門西，賓館即王西第。賓館輝煌備物齊。私覿更傳温旨問，天威咫尺荷提撕。繭紙明窗映初旭，象胥左右清如鵠。賓館司譯者左右周旋。采風問俗輶軒事，見聞所接隨時録。正朔唯東奉我朝，朝鮮使人至十月朔來受曆。衣冠相襲武文交。所服烏紗帽、盤領衣、革帶、皂鞾，皆洪武、建文朝頒式。方言夷夏寧無異，鴃舌摹聲約略調。天曰翰歐爾，地曰笪，日曰臚，月曰大耳，風曰拉，雲曰按耳見，雷曰别勤，雨曰畢，冷曰促不笪，熱曰督不笪，水曰幕爾，火曰布爾，雪曰幕纍，冰曰牙隴，衣曰者古提，冠曰馬哈拉，屋曰積把，食曰墨古佳之類。賓筵旦旦陳牢醴，祖道加籩尤備禮。四部書倉頗有人，河梁五字殊堪紀。司驛直院長鄭哲賦詩送余，有云「對君如對玉，惆悵是萍蹤。今日三杯飲，來朝萬疊峰」。又云「君是中華彦，偶來海外身。乘軺歸帝里，應念小邦人。」海外征軺難久留，迴驂惜别悵悠悠。前程背指東隅日，熟路心馳舊驛樓。曉衝霧淞松去聲。須髯結，眼炫千峰萬峰雪。迢遞秦京歲暮天，淒涼萬徑人蹤滅。狂飇忽起谽谺口，山木倒披石亂走。不虞聲勢出於菟，大衆臨之只如狗。未至栅口數里，有虎負嵎，兩目閃閃如電。纔脱虎口復履冰，嚴寒信宿鍊堅凝。冰車粼粼此中渡，鳳皇一抹垂遥青。歸途鴨緑諸江俱凍合，乘冰車而渡，一望如碧玻璃，鳳皇山遥臨江上。龍沙歷盡當西笑，兹游奇絶非前料。井蛙半世徒跼跳，安識乾坤彌大造。皇華使節歸朝班，遊子風塵亦改顔。故舊相逢覼縷道，足資撫掌酒盃間。京華浪迹仍潦倒，負米經年親不飽。平安先報倚閭人，更欲遊方何處好。

乙巳十月六日，自京起程，十一月十日渡鴨緑江，十五日至國王城，二十一日返旆，十二月二十五日到京，往返計七十八日。

葉榮梓

字孝常，號容齋，青浦人。廩生。乾隆初薦舉鴻博，罷歸。著有《紀年詩草》《容齋詩稾》。

讀南華經偶題

物論何喧呶，是非每蠭起。人人立門户，一彼而一此。和之以天倪，何論非與是。影形皆有待，響寂誰爲使。人生固有涯，著述徒自喜。蝶夢化莊周，莊周即蝶矣。《齊物志》。世閱世生人，人閱人成世。藐焉處其間，觸處皆危厲。處人不見人，絶迹無行地。處己不見己，大用在衆棄。我不與人争，世與我何忌。返諸太古初，少人亦無事。《人間世》。木以不材全，雁以不材殺。處世良獨難，依人更無術。材與不材間，物類猶未脱。順化無專爲，庶幾斷轇轕。虚船未觸舟，褊心怒不發。虚己以遨遊，天空而海闊。《山木》。

徐州

雄郡古徐州，江淮蔽上游。重重山繞郭，渺渺水環樓。壁壘今何有，干戈昔未休。從來謀國者，未雨貴綢繆。

重九和素文鄭先生韵

此後無佳節，登高感客情。黄花愁外好，青嶂望中明。秋老天容浄，風寒暮景清。不須萸酒勸，心緒已如酲。

過郭有道墓

常侍紛紛亂已開，甘陵南北更喧豗。只知清議歸名士，誰料刊章捕黨魁。善類一時牽似蔓，炎精此後燼如灰。名高八顧超羅網，始信危言觸禍胎。

楊伯起故里

由來直道不容身，况復延光濁亂辰。歎息夕陽亭上事，祇應大鳥識忠臣。

金陵懷古

西晉清談毒未休，簡文吐納匹殷劉。縱然魚鳥同濠濮，只是江山異雒州。華林園。

鶴書赴隴插朝簪，北岳常貽林壑慚。卻笑鍾山迴俗駕，又開捷徑在終南。草堂。

汴城懷古

紅羅久已裹香孩，不獨軍心一旦推。莫怪黃袍加檢點，裂旗先裹雀兒來。

汴京勝地靖康前，兵到牟駝一蕩然。莫問園亭興廢事，七陵荒草鎖寒煙。

宿茌平

來往頻經宿茌平，馬周遺事尚津津。唐家房杜稱賢相，不及常何一武臣。

徐南溟

字滄嶼，號玉臺，華亭人。是傚子。辛卯諸生，歲貢。

西湖莊桃花歌

本吴爾成别業，有春暉堂，董文敏書額，其西有園。

西湖名勝垂錢唐，我松亦有西湖莊。莊前桃花千百樹，幾礙遊人去來路。放眼惟驚霞氣舒，縱有名手畫不如。何人挈家來此住，見客爲設茗飲具。隔橋流出臙脂紅，紅塵疑與仙源通。我來本非捕魚者，見我豈必相嗟呀。但思沽酒醉花前，醉倒便對桃花眠。此中樂事亦常有，不用諵諵告太守。

張鋒

字含光，華亭人，居張澤鎮。諸生。性嗜古，曾注《易繫》二百餘條，惜未成書。詩著《餐霞集》四卷，王永祺序之，稱其清遒淵雋，出尋常格調之外。

由靈隱至韜光望諸峰雲氣

逕蟠蒼龍滑，竹色上衣屨。玲瓏雲根深，觱沸檻泉注。捫蘿上韜光，仙人在何許。丹光出林樾，井臼存故處。上有吕仙煉丹遺迹。雲氣滿山頭，疑是仙靈聚。飈車去不還，搔首空延佇。終當謝世人，餐霞飲巖乳。金經不我慳，一證群仙譜。

法相寺觀錫杖泉

應真卓錫處，泉水清如此。一掬瑩心魂，味之過濃醴。蒼涼一逕杳，遊人罕到此。當年趺坐石，埋没空山裹。妙悟得静機，冥心契宗旨。錢王如再生，長耳原不死。

陳趙璜

字潛人，華亭人。金山衛諸生，雍正癸卯拔貢。

酬潘層峰少府留詩堂廖樾千題云：「白苧城南白石莊，風流騎省鬢成霜。預知桑海情何限，地老天荒只此堂。」

三生佛子播江鄉，北郭人推閭里光。終見留詩堪自信，相逢乞酒不知狂。歸然一老容顏古，邈爾三秋意興長。最是如椽能著述，何殊耆舊傳襄陽。

詩話：癸卯拔貢又有華亭周宗濂，字策銘，號檢菴，嘗有句云「三度京華踏軟塵，懶持黑面謁朝紳」，其品概可想也。後選潛山訓導，不願行，曰：「吾老矣，恐負斯職，不敢苟禄。」徐今吾歎爲真理學。

喬廷選

字周士，號瓶城，上海人，居一竈。諸生，例監。博雅多才，尤精經學。曾入浙撫潘敏惠思榘幕，談藝道古，娓娓不倦。著《周易象貫》。詩與沈學子唱和，其集未著，今得散什，亟登之。詩話：瓶城《象貫》一書，覃思二紀而成，盧運司謂可輔翼傳義，因爲付梓。書成之夕，農夫戽水者見星自天垂，色如朱紅，大可合抱，直貫箋經之室，積久不散。瓶成有詩紀事，青浦胡吟鷗和之，云「幽明相感復奚疑，廿載覃思務在兹。不道台光瞰書屋，卻驚虹采在茅茨」。

贈别南岳三楚上人

南岳多禪師，宗風高天柱。懷讓得真傳，法器有馬祖。磨磚作明鏡，妙諦蓮花吐。坐佛無定相，一燈照千古。于今領袖誰，必鉢少鳥羽。震旦生曉公，西城能接武。寶樹開青鴛，深山伏猛虎。弟子競焚修，正説共撑拄。三楚好頭陀，傑出蹈大矩。詩句學皎然，種蕉臨書譜。前年吴越游，小參甘途路。披衲過錢塘，乞食桃花塢。雉髮未三十，神明先有主。到處推都講。豎義揮松麈，余來登衡山。結緣交莫拒。臨别可無言，知勿嗤狂瞽。法乘浩難窮。及時早進取。心外無别佛，入定閉巖户。一根既歸元，六根何足數。破賊用慧劍，辟支見黄土。若經舊遊處，尋訪春申浦。相與參異同，我猶非傖父。九峰堪插草，虚席振法鼓。分手意茫茫，山頭飛花雨。

登回雁峰

山到衡南盡，當頭第一峰。瀟湘縈素練，煙雨伴孤松。隔岸多芳芷，深林聞暮鐘。雁知春信别，鄉思憶吴淞。

露臺

未遇招涼館，先登得月臺。置身非百尺，舉首見三台。時挹清風過，還承仙露來。馮虚何縹緲，恍似到蓬萊。

舟次揚州同何孝廉仲穎夜話

明月滿揚州，殷然話未休。兩人無限恨，共載一輕舟。風勁鐘聲遠，宵分江水悠。詰朝且繫纜，好作甓河遊。

過白溝河

此間英傑幾消磨，往事茫茫説界河。千古只聞流易水，寸心不獨恨荆軻。山連邊塞荒涼甚，地近幽燕形勢多。未得濁醪澆磈磊，臨風慷慨一悲歌。

劉夢金

字旉來，上海人。廪貢。折節讀書，爲詩古文辭，濡筆立就。工書善醫，弈尤有國手之譽。

詩話：旉來父固齋，曾醫錢越江，誤投一劑而卒，其方藏書策中，事在康熙壬申。至乙亥，夢見越江而生旉來，以轉生故，取名字如此。後固齋疾，旉來亦進一方而卒，撿視即前方也。前因後果，可異如此。其詩稾已失，故友王式如得殘册數頁於賣餳擔上見示，因録存一二焉。

述懷

忽憶東臯好，行藏計惘然。郗無求仕客，家有載書船。日夕雞豚静，波深稻蟹徧。吾生容易足，飽飯勸耕田。

吴淞聞候潮作

戒險停征棹，夜深潮未來。阸湍争走月，壞石鬱奔雷。襟帶三江束，咽喉一鑰開。泥沙何日盡，吾意亦悠哉。

問月

巧作空庭色，愁多卻畏侵。君非今識面，人是古傷心。水動鴛鴦浦，梧翻别鶴林。不堪長悵望，爲我問晴陰。

咏灰

道旁常見棄，候轉輒先知。大劫天還造，神功地有維。持籌三蜀定，撥芋十年期。莫謂丹心死，能飛亦自奇。

新秋有感

十年寥落此心期，又是梧桐别故枝。每對夕陽如有感，但來明月輒相思。雄譚吾愛田巴俊，慟哭人傳阮籍悲。泉石尚應無恙在，那堪存没與題詩。

乖違阿大感秋新，自昔論交故有神。直到消魂方惜別，要須刻意是傷春。澧蘭沅芷思公子，風起雲飛憶美人。回首可憐淒絶處，月明千里闕音塵。

涿州道中

大道無今古，塵沙盡日飛。京華行漸遠，回首戀餘輝。

泗州署同解愠趙君至頗黎泉話舊晚歸署同看月作

十載升沈意惘然，無端風雪送流年。江南久客如鄉里，商榷平生到杜鵑。

絶句

庭絶車塵爨絶煙，故人過我別經年。入門濃笑謀諸婦，暫借金釵押酒錢。

沈懋功

字敉臣，號妙香，青浦人。諸生，歲貢。其詩以石湖爲宗，年八十三卒。

墨花禪坐雨兼看振華作畫

梅雨涔涔霧接天，蒔秧刈麥兩茫然。貪將長日添餘課，賸有閒身結净緣。急鼓聲中村劇散，斜陽影裏晚風便。時有晴意。三人坐對忘誰我，不是詩僧即畫禪。

寄文社諸同學

灑然一陣竹間風，吹醒三杯酒臉紅。我寫新詩供餉客，兒郵近作借娛翁。清時自合文章貴，得手全憑才力雄。好待聯盟諸畏友，雲龍相逐孟韓同。

董　均

字平銓，婁縣人。居干山。其昌六世孫。康熙壬辰諸生，歲貢，選無爲州訓導。所著有《疎菴詩集》，中允唐堂序，謂其詩不耑爲唐，而初盛中晚之品格，故在古詩尤精鋭訇耀。按，其集刻於乾隆十三年，至二十九年卒於官，年七十餘。

詩話：司訓留心我郡詩家，在任時州人吴紫山元桂有選詩之役，即以松江詩付之，一併選梓，名曰《清詩備采》，共十四卷。曾見末二卷，當訪求之。

送春曲

海棠枝上飛蝴蝶，楊柳陰中嘑百舌。海棠楊柳似閨情，不放東君倉猝别。倉猝别，柰春歸。彈珠淚，上羅衣。

年年春色濃於酒，衹是人情不長久。假饒四序盡爲春，誰向花前爲郎壽。爲郎壽，勸郎懽。人愈老，春易殘。

白紵

瑶階花露瑟瑟光，縈簾密靄百和香。簾中美人卸嚴妝，紫玉綰髻秦珠璫。夜深風襲霧縠裳，白紵新裁潔似霜。手斟酃醁勸君嘗，爲君鼓舞奉君觴。虬箭丁丁更漏長，綺筵歡笑樂未央。醉扶不上象牙牀，玉體枕藉隨低昂。不信東家未嫁娘，裁縫刀尺愁夜涼。

子夜

扇製齊紈潔，牀敷蘄簟涼。從郎擘蓮子，占看幾空房。

田家

田家無珍饈，薹芥青絲滑。田家無文繡，木棉衣被熱。布乃婦所成，菜亦兒所業。偶然得朱提，爲女製銀沓。婚嫁須及時，少小習生活。朱陳門正當，伏臘禮無缺。親戚時相過，筐筥手自挈。情話各依依，家釀開初醱。

寓豎峰山家

泝湖傍山行，一望清絶境。人家桑樹中，略見梅花影。落帆入小灣，豎石標崇嶺。野人愛敬客，留我朝夕永。閉門春雨寒，取醉日酩酊。萬壑鳴我後，松風撼夢醒。震澤蕩我前，濤聲破岑静。人事絶不關，探梅盼晴景。便甘五湖長，終令塵慮屏。

亭林訪顧野王遺迹

黄門風采垂千秋，讀書萬卷恣冥搜。我生已晚景曩哲，欲尋遺躅惟荒丘。荒丘坦阤傍蕭寺，此是黄門著書地。蔓草空埋翰墨香，殘碑莫辨前朝字。我思梁陳之間海水飛，方事金戈與鐵衣。深情乃復耽竹素，至今志乘餘光輝。今逢聖世崇儒雅，安得斯人復起稱作者，日暮徘徊古丘下。

元夕飲滿月山房醉後走筆題石上人照

生老病死四苦惱，出世住世俱難了。與師飽經此境來，不了不徹亦何哉。憶昔相逢日，幸各富年華。君頭如青瓜，我鬢如烏鴉。君料我是詞壇麟鳳，我道君是法門龍象。豈知彈指四十年，頓似圖中氣凋喪。我老漸龍鍾，師盲失雙瞳。我書誰可付，師衣若能護。迴頭蘭若看鼎新，今來金碧半生塵。問爾閉目低眉日，幾箇齊腰斷臂人。咄哉師太癡，寫此將奚爲。縱使實在身軀能返少，我勉躡雲梯，師更唱宗風，紛紛擾擾徒自疲，而况形容如此衰。吁嗟乎，我亦如此衰，惜君不見我霜髭。身世之空諒可知，脱去寧須復留皮。禪家本等除愛戀，粉渝墨敝一任之。梅初馥，月不虧，良辰對覆掌中巵。醉來還作少年嬉，乃是現前真便宜。

中元夜同蒓洲叔西林寺訪怪魁叔

寥落衰宗相見稀，偶因佳節得追隨。阿咸弇陋容依社，南阮風流盡在茲。僧舍今多名士迹，松江舊有散人詩。但懷祖德堪長歎，夜久衣單立不辭。一寺塔本占下塘，以臨河縴路，故石柱上有縴痕。正統間僧法瑞移建于後。

登金山城望海

康王故壘堪憑眺，雉堞蕭蕭枕海壖。澒洞中間生日月，混茫盡處接人天。時清不見孫恩島，事往還思楊僕船。目對大觀心易感，移情何必逐成連。

書懷

田廬儘廢友朋疎，猶未忘情竹素書。此事從來雞肋似，浮榮于我鼠肝如。九山琬玉期搜遍，一室鉛丹共校餘。得附青雲垂不朽，飄零那計食無魚。（此專爲將選詩而作。）

方廣

字亮揆，號槐江，本姓黄，上海人。康熙庚辰諸生。精《易》理，著《易學童觀》。工詩文，惜已散失。

曉行

樹林弦月曉，解纜逐餘暉。宿鳥驚初起，流螢濕不飛。桔槹秋隴急，罟罷夜漁歸。邨市舟前近，晨鐙隔露微。

弔侯都督

漫説東倭犯順年，危城百戰獲重全。陣開龍虎雙飛劍，骨化鯨鯢一炬煙。屬國貢琛通赤壤，估帆列市到烏蜒。干戈一自陵成谷，甲第荆榛泣杜鵑。

詩話：侯氏自都督端破倭有功，子孫世襲指揮同知。至承祖殉國，二子皆死，族滅。乃相傳世禄字功藩，守城時粉書女牆句云：「身霑雨露心難死，肉委泥沙骨始香。」世蔭字美漢，其就逮詩云：「義重有頭供短劍，道窮無子讀藏書。」遺妹詩云：「父魄有靈應傍女，君恩爲重莫愁余。」此皆古詩人之旨也，惜未得其全詩耳。附記。

豆腐

常伴中丞退食餘，名高十八種尚書。只今故老猶能説，欲使淳風返比閭。湯中丞撫吴有「豆腐湯」之號，言其自奉澹泊也。

國朝松江詩鈔卷三十二

鄉人姜兆翀孺山録
祝悦霖碧厓閲

袁 瑋

字約之，華亭人。國梓孫。甲午諸生。著《倦遊草》。《潄芳齋詩話》：約之晚自號灌花老人，嘗有句云：「六十年華愁裏過，萬千辛苦鏡中知。米不如珠人自餒，衣將見肘我還珍。」可謂善言貧況。

秋日口占

此生自分不逢辰，顧影頹然白髮新。花月情懷窮亦減，馬牛筋骨老彌辛。生涯易逐飛花盡，寒谷難回枯木春。對景不須愁落寞，擬將斗酒媚錢神。

徐 照

字赤霞，華亭人。金山衛諸生。壯歲失明，長於詩，朝夕吟咏，俾其孫鑛代録之。有《南州草堂詩稿》。

古別離曲

妾有盈樽酒，勸君君莫辭。鶯啼緑樹裏，不是别離時。錦帳芳樽緑，金盤鱠鯉鮮。齊謳兼趙舞，只恨是離筵。

擬古

步登東城上，遥望海中山。波濤浩無際，雲霞相往還。上有洪厓生，千歲仍朱顔。吾欲從之遊，惜哉無羽翰。

早發過龍塔

荒雞催利涉，解纜及歸潮。風定寒江静，天空野月高。計程忘遠近，欹枕任昏朝。塔院聞鈴語，懵騰想六朝。

姚培謙

字平山，號鱸香，婁縣人。諸生。乾隆丙戌卒，年七十餘。著《松桂讀書堂集》。培謙少敏于帖括，兼嫺詩古，以世家子結納交遊，名噪江左。又與郡中老宿如朱初晴、徐今吾、陳慧香諸先輩聯盟詩會，後遂遷居郡城北郭，得倪園故址居之，此松桂堂所由起也。雍正初以保舉薦，時在居喪，不赴。乾隆初長洲沈文慤還朝，奏培謙閉户讀書，不求聞達，又以其所刻書數種進呈。朝廷將擢用，以前松郡守吴某緣試事被議，培謙亦涉及，下獄致格，乃止。其詩集是早年所作，聞晚歲精進，惜未見。

詩話：鱸香詩文集外，其餘撰述搜羅博雅，校訂精詳，於表章前哲之中有嘉惠後學之意，所刻如《楚詞節注》《文心雕龍箋注》《李義山集》《劉后村集》《劉氏世説》《何氏語林》。經沈文慤公代爲進呈者《御製樂善堂賦注》四卷、《增輯左傳杜注》三十卷，《讀經史臆見》二卷，而王太史嘉曾以爲《通鑑綱目節抄》及《類腋》博覽穿穴，尤爲一生心力所萃。張令涪曾贈之以詩云：「鱸香堂上白頭翁，不問年朝與歲終。萬卷藏書三寸管，五更雞唱一燈紅。」可以括其景況云。

覽古詩

古之英雄人，不爲世所指。當其事未成，智勇亦難恃。功名震寰區，毋亦天所使。利器不盡施，達者貴知止。周公遭流言，詩人悲疐尾。自非神聖徒，誰能免凶否。我讀吴越書，酹酒鴟夷子。餘生營千金，或者非信史。

孤豚入太廟，文繡詎爲榮。神龜在泥塗，禍患不能攖。昔人有莊周，其言明且清。持竿樂莫樂，悠悠遺世情。千金與楚相，一心素所輕。何意主父偃，死甘五鼎烹。

用人如用木，長短各有營。方其未用時，豈必皆中程。奔踶致千里，負俗立功名。鄙哉衛成侯，二卵棄千城。

全齊既已破，安平乃出奇。火牛光燭天，神兵定四垂。棧道迎襄王，中興在此時。解裘衣老人，何乃動主疑。酒酣召相單，呵叱同嬰兒。豈唯九子故，雄猜實難知。君看不世功，豈是全軀資。千秋無貂勃，淫刑以爲期。

翔鳳不受畯，機檻豈束麟。邯鄲昔被圍，魏王使帝秦。魯連山中來，雄辨發硎新。誓將蹈海死，恥爲嬴氏民。大義折梁客，狂瀾障一身。先生有龍性，寧爲平原馴。笑却千金贈，清風動四垠。如何百代下，殊多商賈人。

慶卿養晦日，頗不似人豪。及遇太子丹，寒鋩吐寶刀。揮手黄金臺，驅車出寒郊。衣冠哭祖道，筑聲慘不驕。酒半拂衣去，白虹天上高。祖龍不可刺，王氣照旌旄。投軀貴自全，爲義欲何逃。士爲知己死，有淚不沾袍。

山海有傾涸，本性無推遷。初心一以爽，勳望亦徒然。子房本俠少，目牛曾無全。椎秦既不遂，輔漢乃彌堅。功成非爲賞，萬户等腥膻。烈士重恩怨，高人慕神仙。黄鵠遊萬里，志定神自閒。穀城石已冷，萬古起蒼煙。

陸生識行藏，危機逝不處。從容好時田，朝夕唯兒女。千金聊自娱，何必橐中貯。深心運妙算，獨共陳平語。將相一交驩，奸謀自此沮。全生復安邦，超哉留侯侶。昔有鼂家令，奇才稱智囊。精忠善畫策，中道罹禍殃。削地制諸侯，意在振朝綱。被讒斬東市，一死何倉皇。平生峭直姿，足以召不祥。神龍有屈伸，丈夫貴摧剛。上古無廉吏，廉吏不爲名。人無介介節，天下乃和平。治道日淆訛，賢者以賢稱。固應千載下，知有胡威清。孫登果何人，高卧蘇門山。身在濁世中，可望不可攀。訝彼青眼客，談笑驚松杉。先生漠然静，示之以不言。山空人迹絶，長嘯迴龍鸞。至今餘響在，落落天風寒。

陸丈畫山水歌

丈人昂藏江海客，掉首侯門人不識。萬里行縢二十年，湖山特地開顔色。興來跌宕若有神，素箋丈二爲我擘。疊嶂晴開萬古雲，懸流直下三千尺。若有人兮台蕩間，欲往從之動心魄。自言攻此頗苦辛，畫手悠悠烏足論。世間萬境貴親歷，蛟宫虎窟常逡巡。憶昔杖策匡廬雲，裹糧十日隨麏麚。絶壑松風扶韉履，海門紅日生冠巾。雁門關外霜飛後，馬毛如猬騾如豆。甌脱行行不計年，山川遼落空搔首。從此乾坤粉本中，揮毫落紙無不有。絶技從來知者希，鬼神亦忌通靈手。再經婚娶總無家，三走京華猶未偶。君不見，昔人好龍偏好畫，今人好畫猶好龍。百金争買贋揭卷，牙籤玉軸徒玲瓏。王宰石，韋偃松，從來能事羞雷同。我知丈人非畫工，嗚呼，丈人豈畫工。

初夏田居雜咏

夏潦頻年溢，圩田版築勞。輕舟篷脚便，小野刹竿高。鵲喜營巢穩，鵲巢高則是歲無風。魚防挾霧逃。

今年占歲熟，社鼓集東皋。

晚晴天更爽，萬里拭青銅。明滅歸飛鳥，輕微欲斷虹。高樓思未極，遠道望何窮。不奈蕭騷韵，吹來一篴風。

讀皮陸張處士詩憶亡友張玉田

平生嗜好逐煙霞，不戀西湖是舊家。玉田本籍錢唐。緑酒醉餘常獨醒，黄金揮盡豈爲奢。一編塵架殘秋葉，著有《秋葉軒集》。六尺荒坟對落花。自古詩人元少達，長天搔首不勝嗟。

出獵圖

轅門千隊簇弓刀，映日龍鱗緑纛高，笳鼓不喧傳號令，將軍初試橘紅袍。

平岡草淺正堪馳，中有花鬖汗血姿。遊騎遠從青嶂出，錯金槍桿小黄旗。

瞿衷一

字貫儒，華亭人。增生。著《雲門詩稿》，曾經中允唐堂選閲，蓋貫儒嘗受業者。

曉起

不將如願口頻呼，只此生涯稱老夫。松影入秋清欲滴，月痕侵曉淡如無。治生計拙慵投刺，覓句情豪任索租。此後更欣秋菊放，霜中傲骨自撑扶。

賦得三十六陂紅菡萏

泖口蘆花菴相傳狀其景云「百二十里碧琉璃，三十六陂紅菡萏」，張府尊季考命題。

蘆花奇絶扇薰風，一望荷花未了紅。極目好雲環佛座，驚心初日散鮫宫。歌聲唱斷羅裙碧，香氣烘殘水國空。擬折翠莖千萬箇，月明豪飲碧爲筒。

輓董烈婦

董而中之子謙，娶華氏，兩年生一女而謙死。家貧，氏以紡績養姑，有孝名。姑死，力爲營葬，并葬其夫。而女年已二十，擇壻嫁之。遣嫁之夕，家中虛無人，即以是夕自縊死。

香閨苦節古今傳，誦説名門益慨然。慈孝兩成丹悃竭，死生無憾素心全。從夫忍戀三千界，有女空依二十年。莫嘆未逢旌表盛，貞操垂譽自無邊。

山中晚興

茅屋帶斜暉，高人罷釣歸。醉眠無紙帳，雲氣作重幃。

天然硯懷蓬萊山人

原序：天然硯山，顧水部見山什襲珍藏，以爲世寶。傳之蓬萊山人，已四世矣。雍正壬戌山人捐館，無子硯爲强族攫去。轉輾數年，余知硯之所在，竭蹷致之，相對若接山人謦欬，蓋不勝酒罏之感云。按，山人即顧綏成，名思孝，係行完學富之士，其子光裕年十三便能詩畫，詎一月内父子俱卒，僅存一妾一女，可傷也。附記。

尺璧琅琅是辟青，弇州記謂是辟青石。星霜劫火幾回經。從今好爲蓬萊守，百丈高樓夜夜扃。後此硯又歸南匯張氏，卒爲知縣成汝舟借觀，失之。

即事 郡城南禪寺所藏大炮，係明末兩廣總督沈猶龍所鑄。

乾坤何事不成空，下策空勞恃火攻。鑄此六州成大錯，緑沈同卧夕陽中。

葉承點

字子異，上海人。華庠諸生，例監。乾隆初，薦舉博學鴻詞，報罷。曹北居曰：子異幼即工詩，古體學長吉，近體學義山，生平所作甚富，著《沂川集》。後得心疾，盡散失矣。杭世駿《詞科掌録》謂子異嘗客甘撫元公幕，與慈谿桂孝廉庸唱和《妾薄命》一章，桂所録示。

妾薄命

憶昔牧羊西海曲，風鬟霧鬢爲誰沐。行行血迹未曾乾，淚溢泉光綃一幅。可憐點滴盡成珠，莫抵石家珠半斛。海蜃迷空忽墮樓，那堪重舉傷心目。君不見，秋風嫋嫋洞庭波，至今紅透湘江竹。

草書歌贈陸右亭

君不見，陣雲潑墨縱横突兀摩穹蒼，紛如車輪牛馬森開張。奇峰陡矗壁壘屯旌幢，有時投壺隱笑阿香。怒霆馳電擊鋭莫當，快如長劍大戟掃欃槍。弩力非后羿，戈法非魯陽。女媧石裂倒壓六鼇背，不周八柱簸盪雙丸二十八曜之精光。軒轅一針劈破蚩尤千里霧，九葩芝蓋玉葉，襹褷蕭索風飄揚。倏忽隱現玉妃與元女，瑠璃瓔珞七寶裝。霞之佩，霓之裳，翩然乘鸞駕鶴高駝翔。又不見，崑崙之西宿海北，銀河界天九折懸流瀉入滄溟碧。百川瀠洄離合相朝宗，有似聯筋鎖骨爲絡脈。地平萬里熨貼乃是箋一幅，羅屏列幛乃是支山三千名山三百。海爲硯池嶽爲筆，江漢爲鈎鎮爲畫。回飈驟雨創從三島來，長鯨跋浪一萬八千尺。群龍蜿蜒夭矯游，戲乎九閶，鼓鱗舞鬣，抵角掉尾。須臾霑洒坤軸如墨黑，我聞人心呼吸造化含元神，牢籠萬變攝入靈府融精魂。苦心慘澹恍惚與神遇，一藝亦足開闢道藴通乾坤。有客有客生長平原邨，傳家詞翰齋無垠。蓋是前獻文裕之仍昆，古風懷葛樸且淳。不顛不醉不儈不俗，豈是旭素之後身。歌成請君解衣礷礴腕移河嶽一氣相吐吞，指揮風雨淋漓颯沓，舒毫落紙騰煙雲。

紹興丹鼎歌 款云「紹興二年，大寧敞臣蘇漢臣監督盧氏鑄，至德壇用」。

道君好道祈仙靈，靈素煉丹丹不成。金人問鼎來觀兵，鉛飛汞走失汴京。五國城高作五城，偏安半壁小朝廷，積薪厝火偷餘生。主和議者誰秉衡，長脚刑剭翻調羹。干由寧忘父若兄，龍虎不復中原争。冷然餘燼江山清，西湖樓殿如蓬瀛。癡心猶望雞犬升，齋壇索寞妖氛青。過江烽燧紛縱横，劫灰一物逃昆明。鼎藏陸右亭家。

哭曹黄門

吾郡宗師在，人倫重典型。臺垣思諫草，江海落文星。垂暮才登第，平生只授經。空瞻遺像肅，不似鶴儀形。

浮生争福命，老死爲文章。著述心原苦，消磨鬢早蒼。雲亭難復問，郭碣未能忘。回首程門雪，紛飄淚數行。

本願輸誠悃，何嫌賈直聲。行年未花甲，屬望失蒼生。儒術難酬志，才人苦累名。修文如不召，師是古陽城。

仕宦都如此，生還抵萬金。親朋將涕淚，童僕視棺衾。卧榻愁羈旅，銘旌返故林。妻孥魂夢裏，猶是望家音。

月

霓殿虚傳一曲歌，青天碧海恨如何。雲消玉鏡團團雪，水潑銀盤穆穆波。千里隔來圓處共，百年看去缺時多。廣寒不落三霄外，乞與丹梯問素娥。

籠鶯

向曉何曾弄好音，聲聲都是憶家林。春風銅雀臺中夢，秋水紅蓮幕裏心。失足世機仍逆旅，回頭雲路每凡禽。現成飲啄隨緣度，歌舞生涯付紱簪。

牡丹

婪尾春光太寂寥，破荒青帝亦無聊。樓臺瓊闕真三島，香粉金陵是六朝。悲若不秋天不老，愁能如夢醉如消。花神耐久須全力，試探靈風叩碧霄。

李兆六

字端臨，上海人。諸生，雍正戊申拔貢，官河南裕州州判。

宜良道中

宜良風景似家鄉，䆉稏花開比飯香。此地爲農何不可，爲謀安逸反奔忙。

陸　鉽

字式如，華亭人。圃玉子。乙未諸生，後亦遊幕。

飲酒

人生本如寄，行樂豈徒然。感此杯中物，愛我實甚焉。而况朋友來，相與叙勤拳。嗟彼獨醒人，百憂空熬煎。亦有日富者，屢舞常躚躚。所貴此中趣，彼我適其天。名教有樂地，斯意誰能傳。抱菊與持螯，無徒慕神仙。

莫繩宗

字思尤，婁縣人，諸生。有《蒿廬詩鈔》。

支鉶山

支公隱迹處，于傳標支鉶。石勢欲走險，林色如潑醽。東麓平楚黯，西峰凝黛青。東西若異候，向背靡定形。我來陟中峰，澗道昔所經，窅窱得真趣，蒙茸送微馨。曲折入古刹，趙墓缺旌銘。披榛肅拜之，高致仰先型。賈勇小奚怪，不使雙屐停。巖崖篁密密，磵壑水泠泠。是爲千尺雪，其上搆石亭。舍之尋法螺，藤花如霰零。冬青百年物，方池漾圓萍。齋廚炊晚飯，宿鳥拍倦翎。欲窮西南境，日落群峰暝。得半豈我意，遽返羞山靈。遠見谿畔火，微漏雲端星。舟子亦解事，與沽酒一瓶。謀訪寒山寺，暫泊蒹葭汀。篷窗雨淅淅。醉夢移時醒。

沽酒

沽酒市橋邊，漫漫雨雪天，凍雲連浦溆，獨鳥怯風煙。野興孤舟得，春寒一醉偏。横枝籬落外，疎影自嫣然。

雜感

漫説桑弧志四方，遠遊那不憶家鄉。衰門弟妹惟多病，澤國田園又半荒。攬鏡風塵憎面目，論交寒餓得文章。天邊機杼盈羅綺，貧女猶然羨七襄。

自棗林莊至趙北口

冪徑深陰碧樹涼，棗林趙北足相羊。洲心波静雲無影，牛背風來草有香。指點瓦關存壁壘，勾通易水疊橋梁。江南今夜無勞夢，此景何曾遜故鄉。

華　鶴

字雄藻，號省齋，上海人。衛庠諸生。

園居夜飲

素性愛幽適，別築傍江村。雨過苔封路，人歸花候門。暗香清有味，明月净無痕。獨酌偶成醉，科頭卧石根。

秋村

爲留秋色草慵删，寂寂柴扉風啓關。三徑松筠容我懶，一江鷗鷺羡他閒。壯懷每逐雲舒卷，幽夢惟憑蝶往還。村酒自斟還自勸，醉來乘月躡高山。

李　進

字步仙，又字亦吾，華亭人。丙申諸生。父荃以例官建寧知縣，時進隨任，奉袁明經我亭爲師，何孝廉雪芳爲友。二人是手定《綏安存雅》者，是以淵源閩派，得所瓣香。又康熙初閩人趙雙白寓松，以詩名，寓在西郊笏谿之上，瓦屋三間，顏曰「西枝」，進乃僦居其中，以寓不忘閩派之意，而其詩遂題爲《西枝遺稿》，紅椒謂爲「清氣滿紙，絶去俗塵」。

秋風辭

蕭蕭雁影白苧城，圓泖波兮秋風生。秋風不道涼偏早，銀牀冰簟迹如掃。江楓始丹霜乍飛，蓴絲碧滑鱸魚肥。登山臨水憺忘歸，行吟淅淅吹我衣。梧桐葉，滿階戺，芙蓉花，落秋水。江南日暮碧雲起，芳馨空憶消蘭茝。

老樹軒歌

重圓老檜中生蚳，孔宅古栢立成椔。百年谷水問喬木，劫灰掃却青參差。老榆一株不紀歲，托根醉白東偏池。露枝千挺麋奮角，霧條百尺龍垂漦。青銅黛蝕爛柯骨，白虬筋削蒼鱗皮。風號騎突蹴踏陣，雨翻鼙擊淋浪椎。藤衣荔裳小裝束，烏精兔魄嘗蔽虧。根柢深入孕元氣，正直旁出無斜枝。渾堅翻得冰霜力，鬱葱長荷雷霆慈。春秋幾閲自榮謝，斤斧不至匪夷思。虎頭先生謂顧水部見山前輩。昔蔭止，縛軒下割蒼苔基。婆娑日夕一吟眺，磈磊擁腫無妍媸。斯翁胸次邈殊俗，愛樹愛此高簡姿。玉山主人謂顧珠懷同學。亦佳士，亭林迢遞家新移。林間掃葉試書茗，根下讀書忘朝飢。池光樹影當坐卧，家風髣髴前賢癡。我來倚軒岸巾幘，如與蒼叟相追隨。白雲捲盡空瓢冷，野鶴飛去危巢欹。秋高木落勢雄拔，興來潑墨題淋漓。

一櫻一櫟良自負，此軒此樹寧非奇。材大何嫌用不易，藏器本貴須其時。榆欵不聞造天闕，愼勿輕語般與倕。

康熙乙酉丁亥兩次南巡駐蹕五茸行宫今詔爲沙門奉佛之地三月十日某孝廉同遊恭紀二律

下土迴仙仗，諸天轉法輪。二巡臨玉趾，一氣化金身。鐘磬花宫梵，亭臺御苑春。芝雲成緑字，片碣仰嶙峋。

驪館呈群象，龍池匯一源。青春遊化日，白髮話開元。同樂登臨遍，無私花柳繁。御爐香未散，繚繞上幢幡。

早秋登平遠臺

濁醪攜向石臺酹，蓬勃天風吹未休。興廢蒼茫餘落照，江山平遠入新秋。千家砧杵青榕暮，萬里鄉關白雁愁。爲説浪遊應倦矣，九仙山下有丹丘。

西園感舊

白石橋邊叩竹扉，鵲喧鳩鬧事全非。亭臺四望春如醉，風雨重來花亂飛。山簡習池忘倒載，季鷹蓴菜失先機。欲歸更有傷心處，玉笛山陽怨落暉。

送醒齋遊粤

嶺南風景我能説，荔熟千林紅欲燒。野寺緑荷墟客飯，荒山黄葉女郎樵。盤登蜸蠣何辭醉，詩到韓蘇不負僑。君向粵王臺畔過，鷓鴣啼過雨瀟瀟。

喝韵詩時在醉白池詩會，或以接五路爲題，令喝韵成詩，時喝忙、觴、央三韵，即成絶句一首。

五更牲殺獻神忙，利市年年醉一觴。欲往迎之何處所，東西南北與中央。

凌作霖

字南閬，號晚香，華亭人。金山衛諸生。著《嘯谷閒吟》《半閒詞草》。

和友人秋感韵其人與汪晚彫贈答。

舊交零落閉柴關，野興從今亦盡删。垂暮自憐雙鬢短，清貧天與一生閒。半簾蟲語寒初到，滿院清香晚欲攀。流水孤村橋幾曲，直疑身在畫圖間。

徐星垣

字公安，號涇南，華亭人。上海諸生，後歸奉賢。著《餘澤堂詩鈔》，其壻蔣毓機於歿後刻之，焦以恕序，謂爲窮而後工者。

谿行

清谿繞水月，閒步何悠然。須眉相映碧，來近菰蒲天。寒鴉千點墨，老樹生微煙。遥郵四五家，篝火明滅然。便覺心境曠，迤邐歌新篇。静夜聊俯仰，差以樂餘年。

焦以恕

字心如，别號越江，婁縣人，袁熹子，諸生。學有原本，惜僅以廪貢淮安府訓導終。著《儀禮彙説》。

庚寅春日寓静因菴時見近老禪師禮華嚴經朝暮不輟因賦古風一章

梵僧日課禮《華嚴》，慈雲遍覆法雨霑。迦葉花枝不待拈，世尊微笑猊座瞻。晨鐘暮鼓良無厭，領取經意中邊甜。暮春三月雨霏霰，露珠著集蛛絲簷。風幡微動影入簾，斗間未上銀色蟾。沈香火炷鴨鑪添，大士騎象空中覘。修羅藕孔從此殲，天王戰勝天宫恬。我來假寓曾無嫌，硯凹飛雨信宿淹。贊公齋廚惟虀鹽，山徑笋芽欲露尖。前後成行盡杉枏，架上貝葉甲乙籤，幽人貞吉象可占。

小崑山遇樂山師

悟得橋流水不流，方知大地是虚舟。談禪瞥見花紛下，説法俄看石點頭。初夏看山偕友至，梵宫小立伴僧游。一時心地清涼甚，境比游雲浮更浮。

于肅愍

土木變成由宦豎，七年天意屬郕王。廉頗故智權紓難，瑕吕忠謀且救亡。赤手真能扶社稷，丹心不願紀旂常。後來夜半成功者，金齒幽囚亦可傷。

姜孝子詩此翀之族叔祖，名淡，字炎公。公事也，事迹另見。

驚雷忽爾崩鄰刹，可是天心爲闡幽。環泣塚間同蔡順，悲思墓側想王褒。恩榮此日烝嘗遠，史傳他年姓氏留。祇爲朝端勤孝理，軺車輒遇使臣求。

盛炆模

字周鎬，號彦先，又號虹亭，華亭人。戊戌諸生。性恬淡，其居在望河涇，足迹不入城市，喜觀《易》，讀《離騷》，詩以少陵爲宗。

閱正希先生文稿因示兒璿

嘉魚于爲文，非徒誇雄傑。嗅之如梅花，嚼之勝冰雪。愈淡乃愈佳，力尤在旋折。瘦硬可通神，盤絲而屈鐵。顧惟粗獷徒，皮毛問竄竊。貌似神或非，下況彼跛鱉。吾兒其毋然，引錐日刺血。闖然直物始，鴻濛又何説。起雷及造冰，神施且鬼設。儗之於其倫，偉哉莊與列。按，金守績溪，丙戌城破，被執至金陵。不屈，洪内院殺之，尸僵立不仆。洪入内，恍見其衣冠坐堂上焉。

古意

鯉魚風起江南秋，采菱歌罷木蘭舟。象牀帳壓珊瑚鈎，枕函花簇玉雕鎪。山明分燿月低樓，笛聲咽咽譜《涼州》。鴛鴦飛盡芙蓉老，一望遥天無限愁。

白魚行

今年穀貴河魚賤，市上白魚白如練。糟牀注罷有餘清，茅堂購買羞珍膳。家人磨刀魚眼紅，夕調鼎鼐娱衰翁。肌理分劈瑪瑙重，須臾饞嚼惠兒童。昨夜村南失盗哭，嗷嗷四野無饘粥。胡爲年荒恣口腹，勿憂暴殄千亭毒。開年米價定如珠，此身溝壑真焉如。放歌今夕復何夕，從來天地亦蘧廬。

偶憶

司馬青衫坐日斜，秋江蕭颯聽琵琶。漢川無復要瓊佩，仙客何緣上海槎。雲曳垂天頭共白，塵飛嫩麴眼多花。十年不剖雙魚腹，腸斷河干賣酒家。

絶句

芙蓉爲佩玉爲冠，衣染紅雲雙鳳幡。元是玉霄宫裏客，海山來往没人看。

葉　錦

字子美，上海人，諸生。

渡泖

孤舟迎夕照，入望總蒼茫。月上潮三尺，天空雁一行。暮山隨意遠，客思與波長，指點茸城近，村煙滿野塘。

盛青鶴

字侃箴，號立田，華亭人，諸生。有《環復堂删餘草》。

過友人村居

閒攜蠟屐到君家，晝掩柴門静不譁。翠疊遥岑當檻落，谿圍矮屋傍畦斜。參差三徑種斑竹，點綴一籬開菊花。新釀玉篘能醉客，坐忘機事話桑麻。

新竹

解籜成高節，披枝出舊林。一身能自立，誰識本無心。

題王昭君圖

漢室明妃絶代姿，漫憐戎馬入胡時。畫圖不有毛延壽，老死深宫誰得知。

漁翁

不讀詩書不種田，一竿翠竹一漁船。得魚换酒呼妻子，共醉蘆花淺水邊。

金思安

字子敬，婁縣人。諸生，例貢。少遊焦南浦、曹諤廷之門，詩文有家法。嘗佐其外舅黄庴堂視學閫中，衡文與有勞焉。惜其自著集軼。

哀友詩

陳孝廉懷峰岳

肝腸净如雪，世豈有斯人。知交常落落，於我情獨親。相期復相勉，歷歷四十春。九原不可作，感動淚沾巾。

衛秀才學淵自鎰

文字固精能，才幹尤倜儻。彼其於世事，掉臂可獨往。倘使展厥長，經濟必無兩。一朝賫志没，九原應惘惘。

徐明經玉臺南溟

垂老别鄉曲，迢迢去燕京。如此髮種種，其意豈求榮。一旦訃音至，使我心骨驚。所願不克遂，傷哉捐此生。

陳中翰玉延鏞

述造盈千卷，棄擲不自惜。一官敢云微，歸來殊自適。死後同門友，謗讟肆胸臆。地下若有知，應歎人難識。

朱秀才訪鄗宗載

之子自能詩，往往涉罵世。所以世之人，欲殺不可止。雖未曾見殺，四十則已死。吾道固應窮，斯人無生理。

沈秀才敬修

斯人真靜者，杜門常不出。朝夕手一編，披吟無暇日。刻琢赴場屋，倀得而旋失。伯道更無兒，天意尤難測。

過天津旅舍和壁間韵乙卯

客路嗟如此，前期亦惘然。輕霞流遠樹，斜日倚平川。永夜月初上，孤吟人未眠。短長天外柳，意緒共纏綿。

張汝進

字貽安，上海人。諸生。

題畫

雲遠天無際，山深徑自幽。我將隨鹿豕，或可遇巢由。

沈大成

字學子，號沃田，知縣喬堂子。己亥金山衛學諸生，例貢。生平遊于四方，蜀中王樓山、陽湖潘敏惠兩公尤折節交之。晚客兩淮盧運使署，又主江鶴亭家，著《學福齋詩文集》五十八卷。任大椿曰：「堅果之力，孤詣之思，析理而理解，紀事而事覈。」程晉芳曰：「不矜才，不使氣，醇厚爾雅，足以追蹤前輩，函蓋衆流。」杭世駿曰：「以學人爲詩人，於書無所不讀，於學無所不窺。」

詩話：沃田肆力詩文，博綜經史，於《易》治荀、虞，於《詩》治毛、鄭，於《書》治伏勝今文，又旁通九宮、納甲、天文、樂律、九章諸術，以及六書、切韵，金石、圖籍，靡不研究。在邗上時，與惠定宇相處最久，稱爲同志。休寧戴東原亦相結納。戊子己丑間，年老善病，猶校勘群籍，孜孜不倦。自壽詩云：「我年交七十，矻矻尚治經。曉日半窗白，昏燈一穗青。漫宗高密學，欲擬子雲亭。差喜同心侶，猶能環坐聽」。誦之可見其梗概云。

借玲瓏山館杜氏通典校竟詩以謝之

君卿著《通典》，鴻綱絜其維。粲然治具張，足垂百世規。慨自秦漢後，皇風漸以漓。意欲聳唐德，與古相攀追。即此徵忠愛，學者宜深思。所苦傳刻譌，往往留瑕疵。注裏細牛毛，行間紊亂絲。尋繹或不得，悶若塵蔀迷。吾友有善本，片言假之歸。如目生三瞳，勝彼刮金篦。點看勉自力，不爲疾疢移。晝或忘食飲，夜每繼膏脂。寧畏烈日暍，焉知清霜悽。開卷夏五候，斷手臘八時。歲月坐飄忽，丹墨紛淋漓。竊恨少不學，窮老黯自悲。既無功名念，矻矻亦何爲。吾友富縑素，幾視石倉齊。令子承家美，綺歲落筆奇。争傳雲霞作，競寫瓊琚詞。嗜好衹文史，萬卷得所遺。行當叩山館，握槧質所疑。鼻觀嗅微香，江梅折寒枝。

亡友惠徵君授經圖四十六韵

烏嘑我執友，器宇猶儼然。豈伊松柏姿，而無金石堅。束帶爲再拜，氣結不能言。黄壚嗟以閟，忽十有一年。斯人竟泯泯，吾黨宜昬昬。憶昔歲癸亥，余時客吴門。始叩紅豆齋，老樹上參天。詩書塞牆壁，几榻羅丹鉛。匆匆便别去，未及相討論。曠隔逾數稔，寢饋恒惓惓。淮南盧使君，謂雅雨都轉。緇衣禮名賢。萍蹤偶邂逅，握手申前歡。兄居屋東上，余止舍西偏。因得共晨夕，相與紬典墳。生平憎俗學，於古性亦敦。自奉我兄教，日聞所未聞。益知掃枝葉，漸能窺根源。盡啓篋中藏，闡發超後先。至道不終秘，皇矣寄所宣。若陟高峰峻，若泛洪濤寬。若厓投良劑，若饑獲飽餐。不才抑何幸，積載從周旋。兄尤愛治《易》，漢學絶復傳。所著《周易述》，五緯昭星躔。足令輔嗣詘，頓使荀虞尊。當其精思時，往往夜不眠。惜哉撰未竟，二豎來爲患。烏丸切。盛業不得究，抱志歸窮泉。兄絶筆於下經之革。兄屹持介節，方正不可干。有欲爲之地，寧守黔婁貧。當時貴人有將特薦者，兄以疾辭。都轉爲謀娛老計，兄又力辭之。今上崇六經，諸生求服虔。公車病不赴，物望歸徵君。厥初遡祖禰，其後子暨孫。四世傳經學，孟喜洵隨肩。既觀此圖中，庭訓何其勤。況有群弟子，璠璵多席珍。至今胥江上，芳躅準河汾。朋友道喪久，知己今古難。回憶舊游處，情好逾弟昆。疾革我奔問，舍經無它云。幽顯路雖隔，諈諉語猶新。後死者之責，此盟安敢寒。披圖怳若接，恕先宛在焉。誰更勸吾學，誰相定吾文。哀哀山陽笛，悽愴摧心肝。覼縷不能休，漬墨皆淚痕。

題方正學先生閲畊軒記手蹟家大山兄所藏

烏虖，革除之際方氏族，有留隻字皐至僇。豈知歷歲四百餘，王稌未收文在兹。《明史》本傳：永樂中無敢藏孝孺文者，門人王稌潛録爲《侯城集》。閲耕之軒今不見，瑶谿何處波如練。卷後蘇平仲記：雲間陳士傑居華亭之東、瑶谿之上，今不知其處矣。忠魂能與日月争，墨光閃睒走几案。《豳風》一篇述耘耔，周家德教何其美。偶然撰著規君王，所學之正乃如此。先生記中大指。吾兄珍藏已四傳，文字完好裝尚鮮。筆力端勁透楮背，懍然浩氣不可干。森森八法戈矛利，落落數行星斗蟠。即看座間感憤發，足令地下姦强寒。可憐姓名已塗乙，就日照之還仿佛。陶輪風火有變遷，先生精爽炯難滅。逐燕高飛又幾春，當時兵甲又成塵。金川門外艷羅綺，繁花自照秦淮水。長陵草枯狐兔悲，一腔碧血堆崔巍。讀罷焚香起再拜，空堂晝黑天爲晦。按瑤溪，今南橋陳氏故居。

九原丈人石碣歌 原序：余往客武林，假館吴山之天開圖畫閣。偶過火德廟，外有短碣，面錢江而立，鐫字隱隱曰「九原丈人」者。偏詢士人，無知者。或漫舉蒿里丈人對，蓋以九原不作意之。及攷志乘，皆失載，悶然于胸久矣。昨歲讀東方朔《十洲記》，始知九原丈人主領天下水神及龍蛇巨鯨、陰精水獸之輩，蓋當時立石於此，鎮壓錢江水怪，蜀之三石犀耳。廿年積疑，一旦頓釋，今來重過，扣石而歌，用備掌故。

壞垣蜿蜒荒蘚紅，有碣儓立蒼煙籠。上鐫九原丈人字，其趺半陷泥土中。石不能言世莫識，往來過者徒太息。詢諸勝士謝不知，退考山志瞀無辭。昨紬方朔《十洲記》，一釋積載胸中疑。十洲方丈直仙宮，揮霍雷電驅群龍。瓊田芝草盈萬畝，石泉雲際鳴淙淙。丈人所主天下水，陰精躨跜走神鬼。故假其名鎮錢江，要使安流到滄海。馮夷擊鼓陽侯舞，種前胥後推潮去，年年封豕祭水神，雲旗白馬若可覩。人生讀書苦不多，見聞寡陋可奈何。即看三尺路傍石，老來方辨流傳訛。

史亭過訪偶見架上華嚴經贊歎希有因舉相贈遺詩報謝依韵和之

吾老好佛雖忝沙，栖心二《嚴》及《法華》。廩秋小極閉關坐，頹景往往臨窗斜。城南故人玉堂客，晨夕來尋不我遐。落筆縱横闢詩囿，抽帙歷録繙經葩。蒼茫望古毛髮動，感慨話舊冷齒牙。近亦觀空愛貝葉，結習一掃參維摩。圓頓之旨經中王，清涼義龍譯烏茶。散脂藥叉下訶護，波旬婆羅爲咨嗟。新疏廿軸高插架，歡喜贊歎毘盧遮。老夫便舉脱相贈，憶意何異鳥爪爬。知君前身即澄觀，才供二筆爛虹梘。須彌山等亭歷子，異事咄咄堪矜夸。大滿禪師持般若，樂全先生獲棱伽。出酪出酥出醍醐，爲香爲鐙爲雨花。十四字貫億萬字，《凡將》《滂喜》徒紛拏。俗學争鳴類狂象，陋儒自棄成睡蛇。華嚴世界香水海，仁者微笑此作家。早晚西風送征雁，還同載酒呼孟嘉。

雨後陪同杭堇浦杜補堂兩先生程筠榭同學飯建隆方丈與夢公法侶唱誦華嚴字母歡喜讚歎而作是詩

竺乾貝葉宿所躭，四十二字誦《華嚴》。百城煙水眇何處，道人近在梅花菴。通泗門外泥没踝，從者衣褚輿垂幨。欲尋道師須徧友，幸逢學士有苑咸。沙隨吟客醉側帽，杜陵詩老行掀髯。入門正值中前候，石堂雨過雲猶含。行童擔柴汲新水，香鉢盛飯分龍龕。天花輪菌臺蕻嫩，山筍鮮脆芹芽甘。果然禪悦良有味，未免饕餮還生慙。楊枝碎嚼舌根浄，吾亦隨衆同和南。有情無情皆得度，二合三合矗能諳。唱誦數過口吻利，如矢離彀馬脱銜。以十四字貫一切，隋書鑿鑿非妄談。舍利觀音寧異趣，周顒沈約應同參。紐字雙音出天造，羅文九弄由人拈。柔和微妙洵希有，迦陵蘭陀還相兼。是爲音聲翻切母，無分華梵宜窮探。僧房寂静坐忘久，不覺斜景漏竹簾。四游解駮天忽霽，願以功德歸瞿曇。我聞此寺創藝祖，親率虎旅横戈鋑。既平重進建梵刹，欲憑象教銷兵熸。昆明小劫動千載，到今猶聽鐘聲韽。興來作詩題粉壁，華嚴性海香醃醰。夢公智者爲微笑，它日還費泥一枚。

冒巢民靈璧硯山歌爲張墅桐作

奇章甲乙不可識，平泉醒酒杳難得。成都之筍浯谿尊，獰醜剥落風雨蝕。何如米老小硯山，巍然不動琴書側。後有好事冒巢民，泗濱采玉窮雕飾。水繪園中諸美人，湘中閣下老詞伯。謂董姬、陳髯諸人。不知當日幾摩挲，粉光墨彩猶如昔。明社既屋棟宇灰，玲瓏清閟同棄擲。貨郎擔子阿師橋，片壁黝然含古色。張侯愛石有奇癖，揭來一見三太息。呼童數錢亟買歸，虎僕龍賓交嘖嘖。峰巒岞㟧勢争奇，蛟螭樛結字半泐。夸父愚公走遁藏，媧皇巨靈爲辟易。物小中含天地精，奎璧飛光射几席。張侯興至作長歌，對之竟欲忘寢食。寄聲石兄可知余，幾時請客來爲客。盧玉川有《石請客》詩。

羚羊峽采硯呈王樓山先生

采硯羚羊峽，欹嶇下翠岑。萬夫勞積日，片石抵兼金。大璞雕天地，高文照古今。秋堂雲氣滿，感激爲知心。

題友人秋林讀易圖

《易》因王弼久沉湮，盡廢荀虞黜古人。一畫以前成射覆，九師之後失傳薪。昏衢誰更能尋路，斷港無由再問津。君若研求先象數，漢時授受本來真。

久不得戴東原音耗近知主席河汾詩以懷之

嗜古窮經最重君，卻教講學向河汾。雅琴獨奏難爲聽，野鶴高飛自不群。羈客尚懸畿輔夢，遠書猶隔太行雲。年來疑義知多少，揮麈何時到夕曛。

鄱陽湖

鄱陽湖面大風號，鉦鼓康郎血戰勞。當日驅除同勝廣，後人感慨到蕭曹。百年陵谷黿鼉徙，五夜精靈波浪高。獨有小姑仍未嫁，峨峨雲髻向征舠。

題甘泉宮瓦

甘泉宮闕冷秋煙，片瓦蒼堅默守元。屈指元封到今日，雨銷霜蝕二千年。薄寒中我酒微醒，翦燭摩挲百感生。莫話通天臺畔事，江東已老沈初明。

湖上雜詩

偏安遺迹久消磨，人過棲霞感慨多。殿上焚香門外唾，到頭忠佞竟如何。扶蘇古桂舊山莊，巾子峰西落日黃。一種誤人家國事，烏金不鑄賈平章。

詩話：沃田老人懷古登臨、觴花醉月，固無美不臻，有目共賞者也。余所鈔者，特從其講學論藝之作，蓋學人之詩原非三昧，而雅頌立體已異風騷，天壤間，當自有此一境。

曹鑑咸

字少游，婁縣人。諸生，歲貢。所著有《香草居詩集》。乾隆初輯《金山縣志》，焦以敬秉筆，未竣而卒，少游續成之。

秋夜話舊

回憶片時夢，幾消秋夜長。簾鈎半江月，燭翦一樓霜。舊酒誰殘客，清詩任漫郎。無多訴幽抱，切切共寒螿。

登佘山疊前韻

攀蘿躡磴到佘巔，嫩列諸嵐競鬬妍。三月鶯花歸上客，百年風景占頑仙。陳徵君有頑仙廬。人穿竹塢疑無路，徑轉雲根別有天。馥郁蘭芬流齒頰，細參玉版證前緣。

過晳庭叔白邨書屋夜話次韻

樽酒論心水竹居，每來不問夜何如。貧因愛客常懸榻，老謝浮名只著書。新辭鴻博之辟。未返汶陽頻涕淚，談及祖墓事。欲存水木共躊躇。阿咸自愧才疎淺，父筆粗能訂魯魚。謂以族譜稿屬訂事。

江天寺

絶頂登臨趁落暉，坐來孤嶼興幽微。千重嵐翠排窗入，四面江濤隔檻飛。瓜步僧歸浮葉渡，秣陵人去杳漁磯。坡公舊日經行地，紀勝吟成未肯歸。

冬日偶檢家集各附題一絶句

嘉熙四諫史空垂，抗疏名傳老左司。最憶括蒼風雪裏，蹇驢破帽自題詩。公諱豳，字西士，號東畝。登嘉泰二年進士，爲左司諫。與王邁、郭磊卿、徐清叟俱負直聲，時稱嘉熙四諫。迕旨放歸，至括蒼賦詩云「老去那能作諫臣，聖恩寬大好抽身。今朝馬上衝風雪，猶勝藍關度嶺人」。終寶華閣待制。

誰如省事老人賢，竹杖椶鞵似地仙。袖裏詩篇隨意就，一生知己有王錢。公諱麟，字守愚，晚號省事老人。著《擊缶集》。吴郡王文恪公鏊，同郡錢太史福咸賞之。

伯道無兒是可悲，中年折節後人師。只今剩有雲山集，冰雪精神野鶴姿。公諱豹，字芸閣，登弘治己未進士，歷官侍御史。著有《雲程》、《山居》二集。

我祖高情賦大鵬，碎琴都市意飛騰。可憐空覓歐陽子，十載金臺竟未登。公諱珏，字懷松。著《燕遊草》，李太史自華作序，有「于人欲識歐陽子，望古思登郭隗臺」之句。

五馬風流冠一方，三年詩思滿清漳。平生少可而多怪，敬爲昆湖一瓣香。公諱銑，字景坡。登隆慶戊辰進士，出瞿文懿公景淳之門，官福建漳州知府。著《紫芝堂集》。

南園詩老劇風流，筆墨騰飛爽似秋。閒向白沙題翠竹，種成柿葉帶青收。公諱鏄，字後松。明經，官禮部儒士。著《南園集》。嘗有「種柿青收葉」句。

投老詩情百里間，公榮名士盛追攀。蒨園池館堪圖畫，仿佛當年顧玉山。公諱沆，字位宇。明經。葺蒨園聯公榮唫社，與諸名士置酒賦詩，有《公榮社詩集》。

湖海遊程不計年，一船書畫釣秋煙。半生浪迹詩千首，孤負《南華》第幾篇。公諱蕃，字价人，中萬曆丁酉順天第四名。縱遊名勝，著《閩遊記》、《郊居詩》諸集。

雲疑剡水王猷雪，鶴類山陰道士鵝。不遇賞音王百穀，誰將半偈向人哦。公諱大友，字虛所。諸生。吳郡王百穀先生半偈齋落成，公得「雲疑剡水」一聯，百穀稱賞，書數紙散座客，由是知名。著《約蒨園集》。

氣含煙火終非雅，骨帶銅聲始脱卑。吟到月寒霜净句，玉壺清澈沁人脾。公諱天與，字成之。諸生。工詩，多警句，有「霜净海天吹觱栗，月寒江嶼斷琵琶」句，爲人傳誦。

襟情浩落近荒唐，斗室閒消書傳香。讓水廉泉成宅相，膝端早卜魏元陽。公諱棻，字叔芳。諸生。著集一卷。外甥陸侍御隴其作傳云：隴少時隨我母歸寧，外祖撫之膝上，曰是兒他日必成，廉泉讓水之名，兒其勉之云云。

碧海蘭苕未易量，老來釣叟富篇章。爾儕番鼓空崩畢，歸到黃鐘力未强。公諱勳，字允大，號峨雪。崇禎戊辰會元，官侍郎。晚年自號東干釣叟，著詩集六卷、文集十卷。山陰王季重贈公詩有「番鼓黃鐘」之語。

《松風餘韻》謂：吾松曹氏富林而外，屈指于東界魏塘者，詩篇無從羅致。丙午春，晤曹編修熙如，許輯上世遺稿，以備採擷，乃别去未久，旋賦懷湘，録芸閣詩，爲之憮然云云。今閲此知曹氏遺集當不勝收，今則無從訪問矣。僅録題句，以存梗概。

王壽樟

字問亭，鶴江子，婁縣人。諸生。有《石芋山房稿》。吴悚存云：「問亭詩若山泉鳴而幽蘭馥，自怡自賞。」

秋日寄友

浮雲蔽明月，萬里掩清光。風來吹雲去，皎皎其何傷。明晦各有時，臨風發清商。寸心苟不愧，履險如蹈常。鸞鳳棲惡木，慎勿耀羽儀。蘭芷雜菉葹，慎勿播芳蕤。美人涉風濤，遥夜露垂垂。余情雖信修，衆芳嫉蛾眉。勿歌行路難，且吟將進酒。滄海渺一粟，等閒復何有。造物顛倒之，跋前每疐後。所以古達士，一尊常在手。謫仙與坡仙，豪邁兩君子。高山一仰之，夫亦常如此。此中堪著書，一燈淒然耳。念君何能忘，盈盈隔秋水。

桂深

字湘平，上海人。諸生。

題漁翁圖

蕭瑟江湖一片秋，此中人品定清流。見機故作忘機侶，避世偏諳入世謀。多少荒臺傳將相，依稀孤艇夢王侯。釣竿斫盡重栽竹，得意非關魚上鈎。

蔡善培

字肋庵，上海鶴沙人。諸生。有《懷古詩》一卷。

舊院

南部臙脂菊部頭，宜春子弟盡風流。紅牙碧串歸何處，一片斜陽映畫樓。

顧思照

字藻文，號珠懷，華亭人。辛丑諸生，例貢，官丹徒訓導。著《醉白池詩鈔》。思照居亭林鎮，移居郡城，又得顧水部醉白池于其中，創立詩社。是時黄庴堂先生執牛耳，而徐樵、李進郁造金玉堂，皆社中人也。觴咏風流，騷壇稱盛事。庴堂序其詩，謂爲池上固詩境也，而水部遺徽于以復振。

悠然

静覓閒中趣，悠然樂事多。竹深風有韵，萍厚水無波。把卷微香襲，烹茶熟客過。浮雲常去住，知不礙槃阿。

飛鴻堂探梅此梅與堂爲清和别業。

林下年年索笑頻，茅堂占斷一枝春。品題南郭名猶昔，管領東風客又新。清麗却教魂入夢，横斜難倩筆傳神。會心更在朦朧夜，攜得寒香滿袖勻。此梅是瓔珞一種，故虬枝鐵幹凌空若飛，别有驚鴻游龍之致，故不享清福而享紅福。

張用天

字用六，號誠菴，婁縣人，諸生。初居泗涇鎮，後遷郡城北郭，十年猶未識城堙所在。著有《嬾真詩集》。

邵成正曰：「學無所不包，詩無所不備。以一人之力兼數家之長。」

誦大雅明哲保身句

宛舌而固聲，臣道將安存。禹吁和皋咈，至今音如聞。下逮伊旦時，誥誡紛云云。盡言善人受，况乃仁聖君。君臣共一命，安危非所分。而曰身是保，亮爲衰世言。宣雖中興主，失德多大端。杜伯以諫死，如戮逢與干。所以作詩人，中心苦煩冤。因之勗其友，何啻痛哭陳。誦詩當論世，吾言豈不然。

題漁洋蜀道南海集

先生詩奇處，半自遊覽得。蜀道與南海，靈境開絶域。先生來非偶，山水乞筆墨。咏水聞波濤，吟山見巖壁。造物妬功能，真宰愁劖刻。一首十幅畫，十首畫幅百。丹青點不盡，桑宗枉心力。桑宗二人曾畫先生詩句。古人逝已久，遺蹤或湮泐。先生一揚輝，朗曜若朝夕。荒陬風物異，博雅失攟摭。先生一振彩，魚鳥都生色。瀼西謁少陵，峨嵋呼太白。遥懷結神交，千載披胸臆。尤慕玉局仙，居然分一席。往遊上方寺，勒句斷碑側。大塊散文章，非獨理殘册。古今無盡藏，挹攬藉經歷。何爲先生意，三嘆嗟行役。但作都門官，耳目苦窘窄。天遣先生來，幽渺窮搜剔。不然千首詩，知從何處覓。譬若陵扶摇，南北猶咫尺。伊余搶枋榆，駭視蕩精魄。

圓圓曲

永和花月獨承恩，魚貫三千誰侍君。敵體雖曾召同輦，倩才更擬賦長門。外家倚勢存遠慮，計進傾城固恩遇。採從南國教坊中，來自西施歌舞處。肌雪眼波標格清，纖纖衆裏見分明。恰宜十五初圓月，雅喜雙文换小名。入宫不得君王顧，命薄休論容色嫭。固因宵旰少歡娱，况有昭儀隆眷注。勅還旅邸怯形單，擁髻燈前玉筯寒。辭家就道來雖易，回首思鄉去已難。座間上客情傾倒，内附良須外結早。時勢憂危汗馬場，朝廷屏翰飛龍纛。一戰功成閥閲高，憑將艷冶托深交。兩心倘似苞桑繫，並命應同磐石牢。申盟當日永無棄，上指青天下指地。膏沐長捐脉脉愁，旌旗遠赴悠悠意。相思相望不相聞，枕冷霜花勞夢魂。鴻雁飛空貽錦字，龍蛇走陸恣妖氛。弓鞋難認邊關路，日月同看光不度。一夜俄驚赤賊來，百年竟被紅顏誤。如何弱質太飄零，恨轉愁腸撥不平。風裏楊花寧自主，籠中翠鳥且偷生。將軍衝髮心悲壯，丈夫誓願終非妄。鐵馬金戈幸有援，明眸皓齒憐無恙。蓮幕高張綺宴行，紅粧白甲映層層。特緣予汝恩情重，坐使君親生死輕。乾坤喪亂故人在，此生重見歡應倍。但得雙棲共一身，休問桑田變滄海。萬里滇南山水深，天涯消息杳沈沈。珠衣繡襪埋何處，不及貞娘墓可尋。吴三桂嘗於滇城北築野園，以處圓圓，窮極土木。有澄懷、坐嘯二臺，與城内菜海子相望。

贈友

君不見，鶺鴒振翮摩天飛，乘風杳杳無東西。丈夫志氣亦如此，欲就功名輕萬里，山無山兮水無水。滇池十月花正開。燕山此日雪成堆，一身仗劍去還來。不道騄騄偏却步，寂莫歸家歲云暮，梅花初發待君賦。得意失意不足言，走馬損足翻自全，誰於倚伏知其然。我今作歌聊相遺，君試歌之能釋意，歌罷請君取一醉。

讀書臺

書更有誰讀，青山未改容。撐雲危斷壁，插水動奇峰。老樹參差影，高臺寂寞蹤。玉人悲自毀，千載不相逢。

七夕後一日草亭夜坐

漠漠新秋夜，閒閒坐草亭。淡棲千樹月，涼浴一池星。帝子悲離別，天河望杳冥。橋成難再夕，不信鵲爲靈。

登蓉城

曾聞爭戰地，南北此襟喉。山影寒城堞，江聲静戍樓。風煙千載聚，形勢一船浮。蓉城地人謂是船形。何處春申墓，茫茫落照幽。

題家藏元張薇山真人畫

直逼扶桑景，山樓香海偏。滄洲非禹服，大樹識堯年。出世疑無地，陵虚欲上天。忽看風雨至，驚起老龍眠。

度騎龍崦至山後古寺

騎龍豈藉杖藜青，快意崎嶇不厭經。側嶺雲深尋逕度，疎鐘寺遠隔溪聽。行歌落木驚棲羽，返照殘碑讀古銘。一二老僧除衲氣，喜於幽處叩禪扃。

即事

明月似盃盃浸月，鄉郫白酒盡金波。小年弟妹閒無事，學唱漁家銅斗歌。

雁字

蒼頡當年留鳥迹，縱橫大筆破空虛。殷勤頻告一人正，雁惟作此三字。陽雁猶能作諫書。

徐必達

字東明，號星橋，華亭人，住洞涇。穎栻之子。壬寅諸生。詩文外旁及陰陽、樹藝、臨摹、篆刻，未娶卒，年四十。先是，夜坐得句云「難圓者月雲猶蔽，易謝之花雨又來」，俄感悼自以爲不祥，逾年竟卒，有遺稿一卷。

白燕

崑崙山頭光似旭，蘊得晶瑩千歲玉。玉工剖石琢成釵，頭肖梁閒雙羽族。佳人曉起臨妝臺，欲簪雲髻重徘徊。忽然飛去不可執，風前蕩漾雙翎開。或疑昭陽宫殿冷，金杠零落風簾静。貴人奔入清虚宫，羽衣學得翩躚影。俗緣一念三千年，乘風還下大羅天。身輕欲與飛絮亂，羽弱時趁飛花顛。高樓日暮珠簾卷，飛向雕梁相宛轉。雪衣鸚鵡睡金籠，顧此輕盈色猶靦。君不見，紅襟紫背動成群，呢喃巧舌喧難聞。神清貌潔彼所妬，恐君反招讒口汚。

鍾文明

字朗菴，號六香，華亭人。諸生。其所著《紅蘭草堂詩草》。文明工詩善書，嘗與施竹田同客閩浙。相唱和，晚年館周氏熊巖齋中，曾挹風範，婁志謂其不妄交與不苟言笑，猶可想像其人。

西麓觀梅偕爲霖姪

興來偕小阮，杖策款花關。一樹冷香遠，數聲幽鳥閒。微風循徑裏，新月舉頭閒。梅在前塵隔，郇南記往還。郇南有梅在亭，係陸伯生書齋。

望雲亭即事

千章梧蔭一亭横，四顧江山潑眼明。嵐氣曉浮丹嶠合，湘煙晴卷玉沙平。舞輕轉轉風前燕，嘷老聲聲葉底鶯。爲惜春芳來小立，幽探易動故園情。

潘繼禮

字淳在，上海人，諸生。

書向齊何子一噱草後

噱之字義同於笑，吾輩一生逢者少。那有親交傾倒來，何時得酒吟且嚼。滿城風雨重陽過，終日昏昏隱几卧。吾友攜來詩一編，展卷快讀涕爲破。讀過三四吟十迴，愁鎖雙眉倏忽開。恍如譙周誦經典，欣然獨笑樂無涯。我非雲間陸士龍，陡生笑疾對司空。我非樂山大禪師，亦發一笑雲開時。只爲君詩桃比艷，笑對春風展嬌面。只爲君詩梅並潔，巡檐索笑堆積雪。相視素心歡莫逆，囅然而笑齒折屐。遂效三年不笑妻，驚喜如皋獲野雞。若將此帙奏天公，何須玉女誤脱矢。天公始爲動笑容，法藏若還置此卷。何藉世尊拈一花，迦葉方將微笑展。但恐君似伯龍貧，有鬼相笑釜生塵。惟鬼有笑不可測，笑君詩工窮乃真。噫嘻，我生曾幾啓笑口，半面笑嘑又未夢易首。今朝撫掌笑不休，快殺貧兒猝富有。安得希夷大笑來墜驢，巧笑更倩東家姝。與我共讀《一噱草》再作當年三笑圖。

劉伶墓

半畝方塘浸未乾，一抔猶識舊衣冠。醉魂堪恨招何處，仙骨應知變不難。古道荒原燐火絶，寒波蕩漾化臺殘。長眠寂寂誰酬酒，泉下重尋嵇阮歡。

松江總集叢刊

彭國忠 主編

國朝松江詩鈔

[清]姜兆翀 輯

韓立平 唐玲 徐儷成 楊君 趙厚均 整理

第三册

國朝松江詩鈔卷三十三

鄉人姜兆翀孺山録
楊之灝蕡山閲

高不騫

字槎客，號小湖，華亭人。太常卿層雲子。康熙乙酉聖祖南巡至松，詔求名士可備顧問者，提督張雲翼以不騫對，即日召試，命獻《馬射騈體序》及詩。時日已晡，不騫不創稾立成，經進稱旨。詢知爲宦裔而貧，賜帑百金，命入朝以布衣纂修南薰殿，九年授翰林院待詔，兼三朝國史收掌官。書成假歸，遂不復出。有《商榷》及《從天》《傅天》諸集，《羅裘草詞》。吴日千云：「槎客詩才峻潔，風諭深切，有關政務，不獨以文采爲貴。」王勝時云：「文而不靡，質而不僿，風刺之意微而彰，憂憫之情隱而摯。」張日容云：「槎客負異才，工賦咏，筆牀茶具往來泖澱間，曉市夕岫，波生木落，舟輿所經，文酒歌哭所在，必樵極情景，意簡而核，才高而流。」顧俠君云：「待詔詩風骨清爽，以之匹美衡山，出處性情，不謀而合。」《漱芳齋詩話》：待詔初挾詩文走四方，朱竹垞、高江村競相推轂，而名稍稍著于東南。及假歸，其居在郡城東門外半里許，所謂白鷗池者，即太常遺業也，俗呼高家園。後優游林下，與黄中允唐堂並以老成先達提唱騷壇，年雖大耋，而詞鋒鋭厲，不減少年。閒談本朝掌故，前輩風流，如數家珍，娓娓忘倦。其晚年詩出別裁，人或怪之，其實奥博，非淺學人所能窺測。

檢書行纂書時，累朝祕書在皇史宬，奉命入宬檢書，因有此作。

宫中聖人憑三冬，過目萬卷羅心胸。初唐政要明寶訓，相應豈惟笙與鏞。緬想善本求言同，臣承鳳皇詔益恭。際曉徑去躡紫閣，簡編小大隨横縱。拓窗始意納清旭，北風振檽加琤瑽。縹囊緗帙一覽間，百年前物抽無從。東華厩馬逸氣鍾，玉鞍試上行雍容。小南城南折旋進，皇史宬扁張崇墉。夢遊先輩有不到，趨庭步陛乘懽悰。舍人手啓魚鑰匳，禁軍伏地語喁喁。爟如雲帆轉曲岸，洞門雙扇開碚礲。宬製穹頂竹半筒，旁牖冶鐵塗以彤。峨峨石室相對立，長磴連亘巨璞攻。安置金匱二十六，籤牌夭矯拏虬龍。造端大清實録字，中右二祖左太宗。自餘廿三事則豫，堯時奚啻超黄農。四圍幮篚衆星共，經經緯史光燄重。誰歟紛綸卷倍萬，《永樂大典》堪當衝。傳之高拱録其副，亦類漢世尊蔡邕。鴻都虎觀千載上，衹今私幸逢難逢。藝苑祕竇探無外，銀印一笥留塵封。文命敷于武功後，纍纍忍使洪鑪鎔。諸珉日夕迷舊蹤，還鑣西嶺寒煙濃。道旁觀者謬儒雅，奮飛何必蓬萊峰。嗚呼，奮飛何必蓬萊峰。黃庿堂中允跋云：毛西河集載，魏中翰稱皇史宬，其室垣壁皆石甃，實金龍蟠匱于中，用章京四人，披甲二十人守視，選高年者爲之，俾食俸，名馬法。馬法者，虞老也。自以居翰林，不能一到其地爲缺。而小湖遭逢獨盛，叩扃發祕，又能鏗麗其辭，崇鴻雅卓。所云禁軍伏地，即所謂章京披甲輩也。宬制云云，則以小湖目覩而西湖耳聞，故詳略不同。至銀印云云，則檢討所未及也，而小湖之詩足備文獻矣。

玉鉢行

原序：陶宗儀《輟耕録》載：萬歲山廣寒殿中有小玉殿，内設御榻，前架黑玉酒甕，隨其形刻爲魚獸出没于波濤之狀，其大可貯酒三十餘石。孫國敉《燕都游覽志》：御用監院中有一玉缸，色青碧，間以黑暈白章，體質頗潤，第鏤刻有痕，未經細琢，即元時廣寒殿中物也。劉若愚《蕪史》：御用監今爲油漆作坊，其西南爲真武祠，里人呼玉鉢廟。廟僧道珍之言曰：當時巨璫每于風雨晦明時，見海上龍馬諸物，尾鬣活動，慮其飛去，命工加斧鑿，微損之，徙置祠前老柏下，稱爲玉鉢焉。不騫新得賜居，適當廟東五十步，爰以玉鄰名軒，而添築一亭于屋角，顔曰「海左」云。

真武廟庭覲玉鉢，冰雪炎天薄孤栝。白章隱見黑暈間，苦霧侵陵怒濤末。黃支犀競駒皎皎，蒼耳龍隨魚鱍鱍。至元特勅水殿陳，巨璞從知瀆山捾。琢就容酒三千升，大玉海名史見稱。御牀珠翠延懽藉，列席貂蟬霑醉能。恍惚玉甕宗儀載，摩挲玉缸國敉曾。鬼神守護連青砥，宦豎更番指緑冰。西上南門微徑共，倚風雙目吾初縱。重器咨嗟滿百鈞，生才貴賤殊三統。正逢聖代停斟酌，且許良工滿甄綜。擬結朱闌海左亭，爲鄰相保于無用。注：《元史·世祖紀》：至元二年十二月，瀆山大玉海成，勅置廣寒殿。

移尊引贈鄒宏志

湖尊自昔升御筵，雲林翠釜和龍涎。湖尊祇今進靈沼，引蔓移根法殊少。沙棠新製烏程艭，水碧羅列荆谿缸。芹芽氣味鄔蹏又，蓮菂味苦雉尾雙。玉灣他日離披紫，漢使迢迢爾堪擬。餘事相聞到士衡，詣人且免思千里。

楓涇飲視鹺御史羅公舟中

舉代瞻持節，終朝罷算緡。重移青雀舫，小醉白牛津。此地判江浙，吾鄉屬苦辛。歸朝有封事，見恤莫因循。清風涇一名白牛塘，居松之上鄉。自明初加袁、瑞、蘇、松賦，松江視浙之嘉善賦額較重也，故云。

八月十五日賽白沃廟案《嘉興府圖記》：白沃使君廟，一在沙腰，一在乍浦。今松江北俞塘亦有白沃廟，此或後人所創立者。

故事俞塘北，相邀賽使君。管絃經素節，祠屋敞斜曛。駐馬神如在，爲魚勢稍分。只今柘湖畔，水盡復塵氛。

閔行渡書懷

水市臨東浦，開篷一問津。把鋤歸健婦，題扇有詞人。莫上舍琛也。月出當江面，潮來濺樹身。飄飄逐鷗鷺，稍稍絕風塵。

柘澤橋下作

細路依亭近，高橋與廟齊。南來通列岫，北去即橫谿。戴良《橫谿義塾記》云：在上海之西，去縣百里。徐階有《橫谿》詩，載《世經堂集》，今訛爲青谿矣。樹色蒲帆借，荷香葛袖攜。自知機事盡，左右逼鳧鷖。

夜過宋典籍際青村草堂

迢遞青邨路，頹然駐夜帆。門闌開札札，鐙火過摻摻。積思先傾蓋，深譚續遠緘。還餘嗜書興，傍架問雕劖。典籍家鐫本有《闕里廣志》《華亭海塘紀略》《唐詩定編》、金是瀛《蓬山稾》、吴騏《顧頷集》。

得舍弟駕還家消息卻寄

游怪五羊熟，程眈八桂長。細蘢蕉白硯，寬織荔支筐。貧乏誰兼濟，險艱已備嘗。入門翻似夢，居者闔周行。

送荆門州司馬董建中之任建中爲文敏孫，奉祠時年六十矣。乙酉南巡，賜文敏祠「芝英雲氣」匾額，又詢其後裔，召試畫學，嘉其筆墨，詔即除近地州同知，以示優厚至意。是秋建中謁選，得楚之荆門州，爰賦四韵，以贈其行。

不作《陽關》唱，皇恩眷舊家。除書開奕葉，攬轡控三巴。吴壤水相接，荆岑途未賒。非時傳世德，遷擢返京華。

宣城逢曹升六郡丞

紫泥高閣碧霄齊，載筆朝朝步玉梯。一自新都煩剖虎，翻令華省罷含雞。澄清志在攜琴遂，藴藉詩當採硯題。記送星軺白溝道，三年不復奉譚犀。春潮挾雨送吴船，櫂入嚴陵直上天。折柬漫投黟水曲，畫旃翻值敬亭前。雙聲野鳥初嘘縠，五色山花競放鵑。風景渾宜謝公屐，暫來知有和歌傳。

磚河驛寓目

愁水愁風漂泊同，秋原人外惹推篷。青青豆葉黄將半，横過一痕蕎麥紅。

過白楊橋

短長沙柳遠隨船，一碧林林欲到天。行到橋東覘疎淡，白楊風破緑楊煙。

樓儼

字敬思，上海人，原籍義烏。幼孤貧，嘗爲人鼓鑄，執書而讀，有貴人見之大悦，署爲傔從。究心詞章，精於律吕，及師事朱竹垞，遂以詞學鳴。康熙丁亥，聖祖南巡，以監生獻《織具圖》詩詞，蒙欽擢第一。己丑以薦入詞譜館纂修，議叙，官靈川令。督兵勦獞苗有功，遷廣州理猺同知，歷廣東按察使，調江西，歸上海，卒。有《簑笠軒詩詞存稾》，其從弟琮刻于烏傷。

詩話：觀察詞學最深，嘗輯《奉雅録》，以四聲二十八調爲之經，而以詞之有宫調者爲之緯，併以詞之無宫調者，以世代爲先後，附于其下，别俟再考。惜未付梓，今不可得。至其言萬紅友《詞律》一書，雖難免挂漏之譏，惟論去聲字不可更易，上去、去上皆關音律，最爲得之。此論本明沈璟《九宫譜》，沈又本元周德清《中原音韵》，周又本宋沈伯時《樂府指迷》。紅友要是箇中人，不若張綖之《詩餘圖譜》、程明善《嘯餘譜》、毛先舒《詞學全書》滿紙紕繆也。即以詞韵言，真文元之通庚青蒸，與真庚六韵之通十二侵，寒、删、先之通覃、鹽、咸，雖遵古韵，而似寬實嚴，其不通者，必不可通也。至於入聲十七韵，回環通轉，無不可押。尤爲變化，度宋人必有緒定，惜乎不傳。又曰唐初歌詞率皆五六七言近體詩，必須雜以虚聲，乃可被之弦管，而後人以其虚聲譜爲實字，始有長短句之詞。今《生查子》《木蘭花》《玉樓春》《瑞鷓鴣》《鷓鴣天》《三臺》《菩薩蠻》諸腔可考，或減字，或添字，或偷聲，或攤破，其五七言面目猶存也云云。其論述大概如此，倚聲家知此可謂指南。

過同官峽用韓原韻

鑾鄉臘月天，詩境亦不少。閒閒巖洞花，澮澮沙洲島。凍雲釀微寒，薄雪弄清曉。作吏雖庸庸，行己實矯矯。江山景不殊，俯仰腸空繞。試問公家事，茫茫誰可了。

清遠道中

天生清遠山，綿亘數百里。於中藏奸宄，擾擾不能已。安得築長圍，盡殺之乃止。不然出奇兵，擣穴衆亦弛。更或單騎往，諭令歸都鄙。但恨無田耕，何以爲生理。況彼桀驁性，出柙類虎兕。此事費躊躇，臨風發深喟。想見良吏苦心。

晚泊

湖光自綿渺，況復帶月色。水煙淡淡生，蒼茫漸難識。群山自蜿蜒，娟静翠如拭。孤鳥忽一鳴，愈覺群動息。北風何其厲，敝裘寒惻惻。此景最淒涼，離愁不可抑。

渡雞鳴關往連山各汛閱兵用韓昌黎寄崔斯立詩韵淒風苦雨雞鳴關，危崖仄徑重重山。紅旗一隊角聲起，小小部署如行間。身是書生攝大將，顧盼不覺開衰顔。冬令講武即大閱，載在《周禮》誰不閑。特怪司馬兼文武，憐才乃不遺蒯菅。裹糧卻餽亦易事，只愁任大力難攀。道路險巇泥滑滑，吟興到此還闌珊。差喜八排地高下，鍊得火器如連環。挨牌繼之短兵接，鐵騎馳突强弓彎。自昔椎牛頻饗士，營門習戰囊無慳。遮莫蠻人膽驚破，安心向化無由頑。案，觀察《自連州還始興作》云「鐵騎縱教能射遠，短兵那可不相交」，自注：安遊擊倣戚南塘鴛鴦陣，火器之後，即繼騎射，尚未合法，以牌刀槍棒救之。

用歐陽文忠寄聖俞詩韻柬朱在野

歲寒三友梅最佳，拄杖不見頻咨嗟。官齋種得三兩樹，清韻那遜山人家。高歌上月宜賭酒，苦吟霏雪聊烹茶。疎疎密密儘有致，白雲襯以紅朝霞。堆案文書久冗雜，對此不覺清而華。羅浮翠鳥在當境，徘徊頓忘鄉思加。朱三十五慢詞好，肯嫌冷淡爲生涯。松江箋研光如水，急索奇句酬此花。客中有景莫浪擲，電光一抹何可賒。回首京塵二十載，銜寒空坐轂觫車。山中之人應齒冷，春風孤負幾萌芽。

初秋夜坐

秋到月逾白，暑微風漸清。豪吟忘漏下，久坐覺涼生。昨夜蓴鱸夢，當年鷗鷺盟。拂衣歸亦得，雞肋戀浮名。

過海幢寺同余上舍作

無端艇子翦江來，精舍清涼傍水隈。急雨忽銷殘暑盡，妙香頓使俗襟開。百函忙裏心難寫，半日閒中興亦頹。原注：暫借禪房答四方書。一卷詩禪參未得，木樨花訊獨徘徊。原注：讀剩人、天然兩和尚詩。

將入江南界戲作

江南人向嶺南住，十載蠻鄉官是家。今日江南道中去，一枝翻憶嶺南花。

張果浚

字環瀛，上海人。康熙癸未，聖祖南巡，布衣獻詩，命入武英殿充纂修議叙官，直隸廣昌縣知縣。

詩話：朱東村贈環瀛詩云：「前年翠華南幸反，臨清駐蹕連舳艫。君也感激退齋戒，長篇頌聖窮敷腴。停鸞書就裝異錦，奔波跪獻隨飛鳧。鯨鏗春麗動天聽，召載豹尾恩遇殊。」知明府獻賦當在臨清。

銅雀臺遺址

雲臺鴛瓦驚飛歇，烈燄翔空洛陽闕。炎劉百六啓當塗，銅雀高嘯郿塢血。鞭徒役卒訖神工，繡户珠罘縹緲中。鴟吻魚鱗聳殿角，碧闌干曲隱房櫳。蝦鬚半卷通雛燕，風度微聞響金釧。當歌對酒阿瞞豪，鵲枝紅雨桃花面。回風赤壁裂璇杓，帶水江東失二喬。不惜堅城傾一顧，周郎羽扇颯星飈。七十二塚空煙樹，杜鵑噩夢西陵曙。無多碎語惜分香，魂隨漳水東流去。硯焚腸斷瘦腰人，通天臺下涕霑巾。卧碑剔蘚尋遺履，腥刃殘脂無轉輪。

施士愷

字澄如，號筠圃，婁縣人。監生。能詩文，工書。初，婁觀察未遇時，在其佃户家訓蒙，筠圃識之，延至家，師事之。後婁得與召試，皆其力也。著《咀華齋詩草》。

癸亥冬月夜觀星

寒氣嚴肅月轉明，五星循度泰階平。人心久已有天和，何來庚傍生異形。光芒似帚向東指，噴吐耕掞如有聲。照耀天衢不計仗，凡夫狹見咸相驚。未須曼倩指星木，無多時刻隨縮贏。聖人在位勤宵旰，德齊堯舜名難名。漢武之時常見彗，憂心只爲念群生。君無涼德奚用禳，吾固聞之齊晏嬰。

登天空閣

參差祇樹夕陽斜，傑閣重登感物華。北望群峰争虎踞，南來萬户列蜂衙。空江亂閃孤舟火，廢苑常棲秃樹鴉。且喜禪關新月上，清光掩映照梅花。

題雪竹

江天色不分，个个弄疎影。積絮壓欹斜，清光逼人冷。

單慎修

字翼樓，號茶東，華亭人。監生。

壬子秋盡怡園即事宛平王相國廢園。

秋光驚又盡，寄迹尚西園。月黑鴉嘑屋，風高葉打門。一龕同老衲，三徑宛荒村。歸去陶潛志，浮名安足論。

周鋐

字倫九，彝從弟，上海人。監生。

秋晚旅懷集杜

世路知交態，秋來爲客情。他鄉饒夢寐，旅食豈才名。哀世非王粲，傷時哭賈生。是非何處定，寂寞壯心驚。《從驛次草堂》，《悲秋》，《寄賈嚴兩閣老》，《入宅》，《西閣》，《久客》，《戲作俳諧體》，《歲暮》。

佳士欣相識，新詩近玉琴。山陰俞荆山、武林陳止巖相聚客舍，俱辱贈詩。異方同宴賞，落景惜登臨。遠岸秋沙白，孤城隱霧深。相逢成夜宿，感激在知音。《蔡侍御飲筵》，《西閣》，《陪王侍御》，《送嚴侍郎》，《秋野》，《野望》，《宿贊公房》，《舟中伏枕》。

九日應愁思，飄零酒一盃。山寒青兕叫，江静白鷗來。舊國見何日，高秋念卻迴。無錢從滯客，但愧菊花開。《九日寄嚴大人》，《不見》，《雨》，《朝》，《薄暮》，《舍弟觀歸藍田》，《悶》，《九日》。

客睡何曾著，孤城最怨思。澗寒人欲到，期家兄將至。江迴月來遲。短褐風霜入，高樓鼓角悲。夜闌更秉燭，排悶强裁詩。《客夜》，《夔府書懷》，《佐還山後》，《陪李七司馬》，《有懷李白》，《絶句》，《羌村》，《江亭》。

曹鑑仁

字馭先，號穀山，婁縣人。爾珽子。監生，考授州同。著《海棠雜咏》《田家詩》若干卷。

田家雜詩

諺云四月天，陰晴最難作。蠶桑及豆麥，其性有好惡。瀕海無桑麻，菜麥乃本務。收之須及時，莫爲陰晴誤。晨出砍中田，抱歸日已暮。廣場恣堆積，不妨越宿露。攢牀與連耞，籠把諸農具。家人分執事，留精臝使去。所防風揚砂，更畏雨成澍。金氣未堅甲，生芽一似怒。水壯陵土母，爲食致泄吐，勤惰争一刻，此苦欲何訴。

八月露華白，早禾漸可登。晚稻亦欲秀，寒暖貴相應。氣熱漿易涸，過冷漿難凝。不凝實乃細，涸則秕相仍。兩者禾之病，其耗匪斗升。更慮暴風雨，阻勢恣憑陵。花開不得縮，穀脱如騫崩。安得日和煦，穎栗垂青塍，風雨符五十，萬寶效其能。坐候腰鐮出，負任如勿勝。比屋黄塵滿，勞苦安足矜。

農富恒有餘，農貧恒不足。七八月之間，青黄不相續。屈指望秋分，新禾未盡熟。拷稡向清晨，婦子趁日暴。氣濕安即堅，微火逼其族。舂之及簸之，爲飯僅得粥。所以忍食者，聊以救枵腹。吁嗟光完好，粒粒滿車篭。非時急取之，十不存五六。窮黎無奈何，食之恨不速。自憐一年勞，且免兒女哭。

人言田家樂，我言田家苦。苦樂本無定，材力有良窳。贏者得其三，絀者失其五。外此正平等，僅足持門户。嗟彼貧窮者，日日身如傴。操券領工本，一釜歸一庾。經年犬馬勞，不足償田主。肉去瘡益痛，此苦不勝數。借債種荒田，老死安能補。

黄　素

字采受，號璞菴，上海人。貢生。有《煙霞閣詩集》。

苦熱行

游雲似畏熱，不肯停當空。涼風亦有私，不入卑室中。大地真爐炭，萬物皆爲銅。生人日銷鑠，朱顔成老翁。側聞有高山，峰頂摩青空。盛夏餘積雪，泠然生清風。古樹皆百尺，戛擊如鏞鐘。吾欲自兹去，追躡漁樵蹤。解衣坐磐礴，搴裳採芙蓉。誰言嚴陵蹟，不如雲臺功。

幽居

築室傍煙霞，幽居玩物華。緑欹風到竹，紅撼鳥銜花。遇目本無禁，賞心疑過奢。不容安我懶，努力事桑麻。

閨怨

爲恐入臨邛，牽衣再三别。願得蒺藜生，刺出馬蹏血。

閔爲輪

字蓴池，上海人。峻孫，中書瑋子。國子生。有《環菴道人稾》。爲輪胚胎前光，邃於詩學。唐堂先生序之，謂其非富而富，非貴而貴，非利而利，非達而達者也。

十硯歌爲陳集山賦

襄陽米顛顛無匹，不愛珍奇愛頑石。淮陽一著犢鼻褌，運使龍團慰岑寂。古人嗜好誰不然，嵇康之琴阮孚屐。集山吾友類古人，一生好硯亦成癖，傾囊買得端谿雲，漳河片瓦不論直。好事近遺百幅箋，况有家藏十笏墨。酒酣拔筆風雨驚，飛跳直與鍾王敵。書成不換山陰鷲，衹取芸窗一尺璧。十年心血購十硯，一硯一形皆古式。琉璃飾匣文錦函，筆牀書榥爲生色。臨池往往出示客，把玩移時不忍釋。蛟龍見之争欲攫，勸君慎勿谿邊滌。

贈孝子葉明遠

十年芒履問天涯，重託萍蹤海上槎。萊袖龍鍾鮫室淚，阮囊羞澀管城花。爛柯王子應貪奕，采藥劉郎倘憶家。他日故園生孝筍，好同梨麥夢中誇。

杏花

東風牛背笛聲頻，指點春光陌上新。芳草路迷寒食雨，夕陽簾捲畫樓人。扶教弱柳如含醉，妒殺夭桃欲效顰。早晚錦坊應已徧，馬蹏誰惜踏香塵。

千尺雪

路出前亭又一峰，石梁蘚磴卧長松。我來不見雪千尺，此去更登山幾重。雲没翠微天際寺，雨收殘靄夕陽鐘。不知巖下深潭水，曾有何人制毒龍。

椒丘詩次汪度韵

沮洳萑葦之場，有奥區焉。昔高士李辰山營而未就，甥汪度得之，將爲讀書别墅，先搆數椽，顧小崖太史取《楚辭》「且焉止息」之語名之。

何年簣土覆蹏涔，豁莽疏淤得會心。覓路但隨萑葦去，移菴欲就蔿花深。春煙巷陌雞聲遠，秋水陂塘雁影沈。猶勝漁郎纔一到，滿谿紅雨誤重尋。

弔黄叔闇先生衣冠墓次貫芬韵

原注：先生貫芬之從祖也，崇禎癸未科進士。甲申，戰殁於劉河。貫芬之祖冀三公求其遺骸不得，收衣冠招魂葬之，墓在南匯城西、煙霞閣之南。案，叔闇爲明武進士黄日章，此與劉河遊擊李中孚同殉難者，而叔闇事未著，當以此詩傳之。貫芬則黄知彰。

丹心直可垂千古，白骨無由貯一棺。蕭颯秋風松柏冷，後人猶得拜衣冠。

施是式

字志學，號梓霞，婁縣人。監生。淹博工詩，書畫亦入能品。康熙乙亥遂寧張學使考閫郡詩古，特拔第一，最賞識。著《道園詩稾》。□□□曰：「清奇瘦透，可以必傳。」

題黄日林先生畫馬

黄原名野，善畫馬。初畫少骨多肉，後遊邊塞，遇一畫師，謂之曰：「奈何如唐之韓幹也？」野聞之，其技大進，遂改名河，以别于前云。

涼颸颯颯開黄沙，窮途杳杳空無涯。防秋軍壘望不見，惟有老卒來吹笳。笳聲一舉征馬集，高低卻向紅旗立。忽然長嘯仰看雲，兩匹迎風獨先出。青驪驕蹇不肯行，低頭試飲寒湫窟。顧見斑騅何硉矶，呼來相傍矜毛質。或思摩癢沙石間，意氣安閒復超忽。側身欲卧聲動地，四脚陵空恣排突。奚官牽者色勝銀，徘徊翔步無纖塵。拳毛赤驥騎且走，勢與衆骨争嶙峋，畫師絶藝能寫真，經營慘淡生精神。遠從韓幹得筆法，流傳萬古常清新。請君挂向高堂壁，霧鬣風鬉尚騰擲。男兒有志取封侯，叱起猶堪破强敵。

娟娟歌

鮑昭城邊春縹緲，離魂出世青樓曉。真珠簾下自梳頭，未許東風嫁蘇小。東風起處愁茫茫，三韓公子來登堂。褰帷一笑美無比，回眸暗解雙明璫，明璫不言手能語，天公遣作鴛鴦侶。酒罷同挼楊柳煙，燈殘共剪梧桐雨。挼煙剪雨情如絲，並命雙棲心自知。猶恐相疑不相信，天寒日暮巫山祠。巫山祠中色惆悵，盟書字走嬌鸞樣。約得明年三月時，五湖載月扁舟上。五湖載月初有期，陌頭燕雀東西飛。征夫惻惻上馬去，數點清淚霑人衣。上馬登車各憔悴，紅裙悄立鞦韆背。餘香滿篋斷腸詞，縱有蛾眉向誰媚。豈知昨日行蹁躚，復陶翠袖猶神仙。與郎攜手大隄側，太平車子輸金錢。飛蓬疾首那肯顧，攔入兒家金屈戍。剗斷瀕行送別魂，驚回夢裏相思路。可憐自昔玉鈎斜，遂令深深葬落花。一片落花和夜雨，狂蜂浪蝶空排衙。狂蜂浪蝶飛無迹，塞外馬嘶聲得得。薔薇架倒路欹斜，蝴蝶牆傾草蕭瑟。青裙縞袂出應門，杜鵑催謝枝頭魂。朱顔皓腕已塵土，雀翹義髻今空存。且言與君君莫痛，半杯黎汁胭脂塚。歸去重尋舊瑣窗，夜深細説梨雲夢。

花朝前五日同秋谷彥菴初晴獨逸集慵齋分得庚字

梅花欲發香滿塢，東風吹來日停午。慵齋召客開芳尊，秋谷先生屹如虎。雄俊目光射坐隅，笑我題詩久寒苦。枯腸得酒稍妍暖，輪囷離奇思一吐。世間百事淡於水，頭上雙丸疾於羽。偶逢快意須盡歡，底用焦勞博華膴。東郊有客好才地，手把芙蓉出塵土。忽成蹉跌起狂言，化作狐狸嘯陰雨。人生會合况多舛，二鳥飛鳴集申浦。只合春雲緑樹中，廿年不見鬚眉古。瓏巖、秋谷兩先生別二十三年矣。今晨相聚亦意外，萬里晴光散煙縷。共是蕭閒無事身，晝掩柴扉倒空瓶。論書乍可到虞褚，是日見永興真蹟。作賦何須競徐庾。金張許史且置之，醉裏生涯天尺五。我雖無力傾三蕉，尚曳紅裾踏筵舞。願從公等遊華胥，莫問譙樓轉更鼓。

舟次

船載離愁重，將昏始出城。野荒春草合，鐘動暮潮生。獨立看雲度，相思對月明。欲持無限意，吹笛到三更。

泊慈畝

輕風微動暮煙稠，楊柳梢邊繫客舟。四野松雲回故國，一谿水色漲新秋。人將横笛吹離思，天遣寒蟬喚旅愁。誰識生平湖海氣，未防前路轉悠悠。

書劍南詩卷尾

秋興孤燈照壁昏，客愁落葉響柴門。殘書傍枕拈來讀，佳句留人老去温。蜀道華燈存昔夢，沈園飛燕遇歸魂。誰將團扇家家畫，乞取春風洗淚痕。

五月十日戴瓏巖先生吴滄雪陸孝谷潘彦菴戴顒宅朱畊方張漢陽馮似山姚弋皃戴尋巖陳東尹張沂公朱子如范春江程廣微諸君子社集草堂即事

天入黄梅雨既零，不辭躡屐聚寒廳。故人載酒尋盟敦，新語分曹競説鈴。漫憶顧廚皆磊落，時同座共一十六人。試看冠劍亦精靈。他年車笠誰能記，沈醉江邨惜鬢青。

自愛交遊半老蒼，雨中車馬復清狂。消除鄙吝詩千首，點綴時光酒百場。白髮著書松樹晚，青山待價鶴田荒。臨風折簡招難致，滿座詞人爲緩觴。金德籓先生以微恙不至。

詩話：初道園偃蹇有黄憲牛醫之累，而諸先達咸翦拂之。時甲午五月，瓏巖創立吟社，諸同人咸集賦詩，題曰「風萍閒興」，道園爲序，可以見一時風雅焉。又是時去大雅堂會二十餘年矣，而戴瓏巖、陸孝若、戴蓉若諸人猶是堂中舊人也。自後朱耕方、陳咸京輩，有《于野集》之刻，黄庴堂、焦南浦亦執牛耳，而徐聖功之東軒、顧思照之墨池、姚平山之北垞，先後振興云。

朱天翔

字集山，光大孫。婁縣籍，入國學。嘗幕遊漢南，藉館穀以供菽水。父宗遠，急人之急，嘗以己名代友作借券幾數十紙，閱三十餘年，兩不能償。集山一一歸負家，曰：「有先子名在，敢諉諸？」其敦篤如此。長於詩，尤工行草。

上巳過小蘭亭有懷峨雪䆗仙博菴裴則次典諸先生

結社風流甚，當時禊事新。山林常有客，王謝已無人。俯仰皆陳迹，古今此暮春。不須多感慨，行樂及芳辰。

喜遇程行可表弟即宿其寓齋

別君纔放柳青青，意外逢君柳外停。志氣頻消春後雪，去留難定浪中萍。情依親串何妨住，話到鄉園不忍聽。但使白頭堂上健，夢魂偷得片時寧。

要離墓

骨肉相殘無已時，那堪霜刃順風持。是誰營築要離塚，偏近城南泰伯祠。祠與墓連。

金玉堂

字虞夔，號娱爲，華亭人。監生。居與醉白池相近，西郵唱和，娱爲與焉。著《棲麓小草》。

竹

不可居無竹，千竿玉琢成。猗猗籠日淡，嫋嫋拂雲輕。鳥去窺人影，風來雜梵聲。忍教參玉版，汲取水花烹。

醉白池坐月

辟疆園占水雲鄉，踏月尋詩有底忙。竹樹漏光藏曲徑，亭臺倒影落方塘。苔侵珠露毶毶緑，葉送金風瑟瑟黄。凖擬續遊清夜永，攜琴載酒咏滄浪。

燕

春半來南國，飛飛整復斜。玳梁何處是，著意覓盧家。

蓮德堂觀徐醒齋與趙山人奕

小有乾坤未息戈，兵家知戰不知和。雌雄畢竟終難決，莫怪樵人爛斧柯。

朱衍

字蕉林，華亭人。韶九長子。亦善畫，工詩，所著有《交山堂集》。

自題畫山水軸幕遊山右時作。

漂泊天涯久未還，春花秋月總相關。閑來摹寫雲林意，點點江南夢裏山。

朱粲

字黍谷，號負哉，韶九孫。早入成均，晚專攻吟咏，一時吟社有王草香、姚平山、謝在雲、僧學海相倡和。不存稾，僅得近體十一首。其父字石濤，韶九仲子，有父風。與沈獅峰結吟社，著有《雪竇吟稾》。

仲春四日在雲招飲并讀體三春雨新咏

春寒朝復暮，窗外日遲遲。每過陶家飲，時同謝老棊。詩成雨聲裏，香發酒濃時。莫慮歸途滑，娟娟新月垂。

在雲多藏酒學海上人有筍棋負各出以宴客

朝來風雨又天涯，催得詩成對客誇。今歲春三如作客，昨宵夜半卻還家。西鄰新醖初開甕，北垞修篁始茁芽。若使酒池能變海，龍孫日日載盈車。

趙駿烈

字潤川，華亭人。引例官衢州通判，致仕歸。有《燕遊草》。

望雨

岪岉火雲升，閑軒氣鬱蒸。高天無過鳥，陰壑想層冰。雲脚聚還散，天心慈可憑。夜窗蕉葉響，失喜爲宵興。

王用汲

字長孺，號鹿田，華亭人。蔚軒長子。著有《容安堂集》。沈元一曰：「先生壯遊四方，探索靈秀，發爲文詞，其節高，其奏雅，華而不艷，淡而彌旨。」王芧東曰：「世父懷才不遇，縱遊齊、梁、楚、粵間，其詩多與山右李太史大木、齊安王宗伯昊廬商訂者，大約以煙雲助其襟抱，勝地供其寄託。」

天馬歌

漢家五世天子，威振八荒，欲斷祁連右壤。遣將軍廣利，兵二十萬，出朔方。西域酪漿滿道，叩頭膜拜稱萬歲。自言惶懼，願獻物産，効力疆場。下令簡龍種，渥洼汗血弗可當。將上奏凱殿上呼萬歲，陛下爲樂未渠央。

慶雲道中

仲冬十日陰，積雪滿道路。倏忽晴雲生，夕陽返照樹。悠悠客子心，杳杳天將暮。宿鳥依山林，我行住何處。

恨這關 自注：關在豫、楚之交，陡壁峭立，峻極萬仞。車騎經此，罔不徒行，一名冥阨塞。《淮南子》曰天下險塞有九，此其一也。

信陽多亂山，百里無城郭。觸暑西南行，炎氣蒸林薄。一關曰恨這，險仄未可度。虬逕滿涎盤，陡壁鳥翅卻。天半設鎖鑰，詎是人力鑿。過此見坦途，中心尚驚愕。哀哉遠遊人，胡不守泉壑。

清遠峽 自注：峽在湞江之湄，山頂有寺曰「飛來」，相傳唐大中朝，夜半大風，空中吼聲如雷震，晨起則寺立，金尊、法器咸備。至今旦夕鐘鼓常自發聲，晦冥之際，如聞唄誦之音焉。

湞江逆折千里流，到此波濤更奔突。怪石谽谺勢欲飛，夾岸危峰望巑屹。樹密雲深白晝昏，冥蒙莫辨日與月。牽蘿山鬼宵懵騰，收果老猿晨出没。絶頂恍惚聳琳宫，天外一聲梵磬發。仙蹤盡日躡靈風，淒清萬籟無時歇。

早發青駝寺

月色當驢背，一鞭度短谿。峰頭雲自合，石罅路多迷。野火前邨近，重嵐回首低。行行亦已久，猶唱五更雞。

觀音巖

巖在大江之涯，嵌空高聳，陡立萬仞，陸行不通，惟舟可達。中龕大士石像，巖以得名。土人云：「流寇之亂，避者容萬人，無一遇害。」而余相其巖寬不過六七丈，深則倍之，容至萬人，則慈航之力也。

虛竇通山骨，玲瓏豁洞天。鑿空穿巨壑，嵌石噴鳴泉。逕邃巖花冷，峰危瀑布懸。避兵爭聚此，碑碣至今傳。

周少參衡山招飲寓園

一徑通山坳，園亭自翼然。泉聲流檻外，秋色落尊前。座少沽名士，囊空賣賦錢。知音肯顧引，未敢誤揮弦。

洞庭湖

湖光綿邈入嵐煙，芳草萋萋接楚天。迴雁峰迷雲夢驛，釣魚人唱洞庭船。洪波極目流何已，征騎長驅路幾千。零落桂香無限思，不堪回首憶當年。

雞鳴埭

秋月寒煙古棣平，鑾輿無復出臺城。曉雞亦解興亡恨，不向淮西報五更。

謝鴻

字奕山，號荻灘，華亭人。□生父宛鄂能詩，有《餘霞集》。鴻以濡染家學，尤工吟咏。筆力俊爽，風雅自多。四十後客遊四方，登臨眺覽，一寄于詩，著《芙蓉館集》、《短長亭集》、《渼陂集》、《西湖百咏》。

吴綏眉曰：「人奇其才，而余壯其氣。」　焦南浦曰：「感慨淒壯，近今罕有。」　陳咸京曰：「蒼涼沈鬱，足以嗣響《秦川雜詩》。」

詩話：荻灘與施漁帆兩人親串也，並工詩，而郡人知之者罕，則以其皆客遊故也。焦南浦並極推許，而謝詩雄壯與施詩妍麗不同，故尤當以《短長亭集》、《渼陂集》爲勝。

雜詩

男兒須富貴，富貴須少年。不爾絀遭際，便當求神仙。南登赤城頂，北抵黄丘邊。東跨滄海外，西陟烏山巔。焉能日刺促，屹屹窮殘編。頭童而齒豁，無人共周旋。地平如板輿，天廣如穹窿。何爲人間世，迫窄難自容。有足既憐蚿，無足又憐風。相憐復相憐，展轉何能窮。余也卻塵壒，高居芙蓉宫。舊注參同契，新號無是公。

崆峒山

崆峒之山高莫前，懸崖萬丈臨黄川。形勢砌礴走蜿蜒，呼吸直與帝座連。千株老檜嘘寒煙，百條飛瀑多奔泉。霞剽雲溶陰液濺，大隗一束爲喉咽。蛾眉對映何娫娟，玲瓏旭日明花鈿。商餘屹立如比肩，黛痕略埽清而妍。中有玉毫金骨仙，飛翔來往神僊僊。廣成先生如在焉，當時曾隱峰之巔。斷碑拂拭蟲迹偏，荒苔野草長芊綿。煉丹臺前石一拳，我來弔古徒潸然。吁嗟乎，古人往矣名獨傳，吾將把酒問青天。

蘇東坡先生梅花堂次宋中丞韵

人間梅花亦無數，底事情偏牽此處。衹緣坡老手澤存，至今人憶當年樹。我昔曾聞潘七邠原言，此花顔色殊鮮妍。老榦蚴蟉枝本大，雪中每艷紅嬋娟。忽忽相看六百載，縱使花開復誰在。况今人去花亦亡，寂莫空堂漸圮壞。蘇公蘇公千古人，半生放逐江海濱。曲裏歌殘芳草恨，夢中淚盡梨花雲。萬里北歸仍作客，白頭復過茲鄉邑。天上人間兩渺茫，小西湖畔空遺宅。宅裏猶憐昔日春，春風何處覓香魂。砌下孤根還仿佛，一尊聊復酹花神。君不見，東京花石今蕭瑟，元祐文人都滅没。自古興衰轉眼間，寧獨此堂此花堪歎息。

席上送路蓉川歌效李昌谷

花冠一聲報秋曉，起視吴天澹如埽。殘月乍沈星乍少，樓上鼕鼕鼓聲小。金鈿屏風銀燭燒，珠簾玳押風力高。斯時送君忒草草，不惜春瓶爲君倒。吴孃寶釵紫燕光，濃酒近人脂口香。玉纖擎杯驕向客，腰輕倚風纔一尺。此會他鄉不易得，何苦當筵慘離色。松江鱸魚膾寒玉，紅袖影紅緑窗緑。別有同心花壓酒，歸去歡娛靡不有。留君不住空搔首，馬聲嘶入閶門柳。

塞秋詩

靈武城邊老隼飛，會寧關外候人稀。巉巖月黑山都喜，斷嶺風生木客歸。狡兔避鷹穿澗疾，老熊升樹跌膔肥。熊至秋深登樹自擲，以試肥瘠，俗謂跌膔。窮荒到處親經歷，悔不當年隨建威。

珠子陵邊夜打圍，將軍顧盼有光輝。風吹篳篥呼鷹下，雪滿旃裘射虎歸。蒙古降人知姓字，曲先貢使識旌旗。來朝一笑穹廬卧，燕頷由來是布衣。

蒼莽風煙不可尋，但憑征騎去駸駸。茘河夜冷層冰合，栗寨秋高積雪深。烏鵲翻翻朝渡水，牛羊點點暮歸林。玉門關外平如砥，高閣黄閒卧緑沈。

躍馬歸來滿鐙霜，蕭蕭野吹助新涼。木生異域常先落，花近窮邊自不香。金椀更須浮大白，玉輪應已照流黄。莫嫌萬里興州遠，不抵征人此夜長。

謁伍相國祠

𡒄士谿來不可尋，追思往事每霑襟。竟忘句踐能嘗膽，卻愛夷光善捧心。奇策若教常採擇，霸圖寧致遂消沈。獨憐相國祠猶在，吴越荒涼自古今。

咸陽雜咏

繡嶺東邊首重回，珠埋玉瘞更堪哀。歌筵已少高都監，曲部猶夸穆善才。賸粉貽人原不可，餘湯浴我或應該。誰能唤醒繁華夢，一兩三聲阿濫堆。

上焦山懷廣期

孝然祠下漫攜群，踏徧寒山總是雲。今我偶來思覓句，古賢何在見遺文。殘碑緑浄鋪春蘚，破屋紅疎漏夕曛。人遠不隨流水逝，焦家又得一徵君。

西湖百咏

題四賢祠壁

湖山管領有群公，此處争誇廟貌崇。名宦當求紗帽外，才人常在布衣中。謾言窮達皆相別，須信行藏本自同。後五百年多作者，不知誰可繼高風。

贈雲林寺諦煇和尚

擁爐煨熟幾蹲鴟，鐙火松寮夜課時。榔栗高縣慵問法，蒲團分坐快論詩。未能布地如居士，已媿生天後客兒。一宿春山明便發，臨行乞取片雲隨。

南屏

攜賓吟入翠微間，幽課分來足解顔。翰墨之餘皆俗物，煙霞所在即深山。昔人曾此三年住，今我須尋半日閒。一任昏鐘山寺打，殘詩未了不教還。

錢塘江觀潮

鼈子門邊一綫移，我來遥睇亦相宜。絶憐此日迎潮客，不讓當年踏浪兒。秋雪千堆迷白艇，晚風幾片颭紅旗。王閎砍水真堪笑，遺事於今尚可疑。事見《漢書》。

胥山懷古

危峰千丈削峻嶒，憑眺空教感慨增。疎磬夕陽唐廢寺，斷碑秋草宋諸陵。舟迴野水餘孤驛，葉落空山見遠鐙。此際且尋僧對坐，不須重與話衰興。

自莘野至渭水偶成

莘野纔過又渭濱，伊姜遺躅總如新。可知斷水殘山處，耕釣之中尚有人。

謝　鶴

字披雲，號北堂，鴻之弟。例授州同。工詩並嫻醫術，著《北堂詩草》及評注岐黄家言數十種。性好善樂施，凡遇病家之貧困者，周恤不倦。荻灘《北堂詩稾》向未甚顯，兹其孫長沙通判重華將祖集暨叔祖集一併付梓，繩武述德，令人歎謝氏有後焉。

刷布

鄉邨二三月，晴日高三竿。稚憐纖纖手，拮据當門闌。搰搰經千縷，遥遥齊兩端。匀圓藉漿力，來往刷且乾。卷歸入茅舍，終日織始完。乃知女紅勤，一如農功殫。吾鄉木棉布，聲價重羅紈。布衣足温暖，何必侈美觀。寄語卉服人，須念物力難。

開平王鐵衫歌衫用鐵絲鐶鈕，塗以黄金。王之子孫在松者，捨道院，助鑄神爐。道士惜其舊物也，因藏弆焉。舊在嶽廟東房。

畫圖昔見開平王，威儀褒鄂來堂堂。青綾衲襖雲氎匝，鈕鐶金鏤嚴戎裝。舊物留貽神采動，元都藏弆群珍重。依稀耀目甲光摩，想見當年戰場勇。當年臨敵熊羆威，百戰蟣蝨生猶衣。柳河川上大星落，雲霄一羽鷫鷞飛。金泥剥落繡花紫，四百餘年塵匣裏。裔孫淪散遊雲間。攜捨琳宫鑄鼎耳。敬德之鞭彦章槍，唐詩宋記交稱揚。與此均非等閒鐵，千秋寶貴逾球瑯。嗚呼開平昔早世，當日功名保終始。君不見，藍胡黨禍何紛紛，幸不身投鐵網裏。

昭慶寺壁畫觀音像係董旭顧升合作

慈雲一片飛落迦，水月湧現含光華。妙相觀空本無相，潮音咫尺南海涯。我今聞聞復見見，素壁十丈開雲霞。垂憐衆生偏俯視，各各瞻禮歡無加。誰其旁伏具袍笏，老龍頭角森杈枒。人天勝果絶思議，可笑俗士輕塗鴉。白描高手推二家，董生顧生宏願奢。琉璃世界寂光定，戒壇雨散曼陀花。想其下筆神慘淡，若不經意尤堪誇。心手調和合規矩，濃纖未許毫釐差。西來面目常自在，令人仰視頻咨嗟。皈依忽憶性空語，天風吹動華旛斜。

過夏考功舊宅旁有内史存古先生墓内史以杜九臯葬於蕩灣老墓，此疑非是。

勝國淪胥後，郊居幸未沈。荒涼中散宅，顑頷左徒心。氣節彌忠孝，文章冠古今。故家喬木盡，憑弔一霑襟。

地下甘隨父，人間痛失君。先朝無尺土，内史有孤墳。國士千秋重，家聲奕世聞。平生奇氣在，十五即從軍。

書沈雪峰先生詩册後自序謂雪峰出家善應菴，菴去余家數武，與先子數往來。有所遺詩札，今擇完善者裝潢成帙，因綴以詩。

幾回展卷幾沈吟，薇蕨西山老逸民。一代詩編存甲子，百年文會續壬申。陳夏没後，其聯文會者，奉先生爲圭臬。劫餘喬木風霜改，夢裏蒼梧涕淚湮。原是五陵裘馬客，緇衣披卻了閒身。

張忠當

字通三，華亭人。國學生。澤榕長子。著有《通山吟稾》。

讀諸先生題西銘宋姑丈割股救親事述

懿行端推孝，先生間氣鍾。爲親何激烈，舉刃自從容。青史他年載，紅燈此夜逢。五茸傳別駕，千載仰芳蹤。

題畫

煙樹蒼茫一望幽，山光水色足夷猶。數間茅屋斜陽裏，一櫂漁舟古渡頭。秋至雨餘翻積翠，春來江上起晴鷗。輞川勝事差堪比，月夕花陰樂唱酬。

國朝松江詩鈔卷三十四

鄉人姜兆翀鶴山録
張清新六花閲

林企忠

字中水，華亭人。子威子。嘗幕遊楚地，故號「寓園」，猶子威之號「旅齋」也。著《湘濱集》。其論詩深斥唐宋雜出，矜嚴如此，又有《萃霞軒詞》。

丁酉元旦

重度瀟湘水，還逢歲律更。春盤偏旅舍，社鼓遍江城。行役良多苦，安居自有程。可能遲白髮，不遣鏡中生。

歲暮客懷次沈子大韵

申浦迤南有敝廬，茅簷修竹野人居。躬耕僅足千畦稻，世業猶存一架書。無事自甘羹野簌，有時客至饌江魚。貪癡浪逐風塵走，冰雪湖南又歲除。

朱霖

字雨蒼，號梅庾。婁縣人，居北圩塘。康熙中幕遊士也。著《山静堂詩稾》。

賦得黄耳塚

黄耳本是陸家犬，曾寄家書代鴻鴈。主人當日死他鄉，不及汝骨埋鄉縣。埋鄉縣，幾千年。一坏之土殊可憐，汝主汝主安得高塚象祁連。

閲李笠翁閒情偶寄漫題

議論殊超脱，文章果斬新。《齊諧》無此筆，鐵老似其人。白髮花枝映，紅裙拍板親。九州遊欲遍，不染一分塵。

樵

長裾脱下一樵叟，犢鼻穿來去斫薪。佘氏山中無虎豹，方侯祠畔有荆榛。穿雲好伴林間鹿，持斧休驚泉下人。兩束枯枝寧值幾，擔頭買得月華新。

吴苧菴所居藻野閣乃眉公先生舊築閣前老樹一株相傳眉公手植初夏讀苧菴詩漫題一絶

老樹槎枒近百年，徵君手植尚依然。何當喚作眉公檜，嫩緑摇風四月天。眉公宅門署「山中宰相」者，在理刑廳橋南去大街。至此閣又東外别業。

馮柷

字夔宣，號古浦，婁縣人。布衣。少習會計，居貨市中。後棄去，折節讀書，尤精於陰陽星曆之學。著《一樓居詩稾》。

《漱芳齋詩話》：古浦嘗客鄂制府幕，席間賦牡丹云：「詩到《清平》能動主，花雖富貴不驕人。」鄂公大加激賞。小倉山房謂詩貴人地相稱，若在他人席上，便覺無謂。

鄂方伯泰爾奏減蘇松賦額四十五萬兩恭頌

皇帝踐阼，化協唐虞。臣鄰密勿，風企都俞。治益求治，勵精以圖。綢繆補救，仁惠覃敷。
顧兹澤國，爲財賦區。税額側重，獨松與蘇。爰稽禹貢，厥土惟塗。厥田下下，江湖其瀦。
有宋制賦，尚薄於儲。元時括勘，倍屣以殊。明仇負固，税視私租。繼雖酌減，難甦鮒魚。
洎乎晚季，更竭征輸。民稠勤業，不就疎蕪。國家肇造，無藝悉除。按圖因革，未究根株。
先帝巡方，軫念民痡。洊多蠲貸，困猶未舒。龍飛九五，嗣曆之初。彌縫繼述，波瀾有餘。
東南引領，庶其及乎。待澤兩載，漸次規模。謂方伯任，即内司徒。畀之封疆，特許陳謨。
承宣分陜，福星莅吴。保釐伊始，忍峻追呼。求民之瘼，撫籍嗟吁。密章入告，三奏天樞。
以剴切故，聖心躊躇。親藩集議，積重難拘。綸音遂沛，闓澤須臾。省五十萬，以安向隅。

粟紅貫朽，豈惜錙銖。四百年來，無此歡愉。如大寒後，忽煦陽烏。如饑饉後，得大有書。恩膏普被，浹髓淪膚。既賡拜手，功誰歸歟。倘非補牘，何由簡孚。敢忘曲突，僅德焦顱。郇伯膏雨，不啻隨車。山甫清風，載披穆如。明良此日，康歌滿衢。山高水長，九峰五湖。金湯永固，帶礪勿渝。請看兩郡，化日華胥。太平萬載，願託菰蘆。茲逢其盛，矢此吴歈。

尋菊摘用淵明詩韻

移舟泛秋江，煙村藹在目。顧惟隱遁流，于中自餐菊。緬彼芳徑間，采采未殘馥。東籬復何所，緣谿路應熟。

繁植紛落實，黄花獨含英。孤根耐後時，庶見恬淡情。不有真物色，百榼徒自傾。白雁忘泥爪，秋來漫飛鳴。相看衹相笑，千載共此生。

快雪過檢香山詩有述次韻

醉吟深意後人師，跌宕應非老嫗知。不幸衰殘當夢得，（香山序稱劉夢得詩豪，少敢當者，今垂老遇夢得，非重不幸耶？）卻勝傾倒對明之。（皇甫明之爲香山酒友。）死爲白老情先合，（香山愛義山詩，云：我死爲爾子，足矣。義山生子名白老。）書付崑郎計未遲。（香山命姪寫詩，一付夢得小兒崑郎。）料得閉門齋志在，汗青他日有交期。（原詩云：「書付兩家新子弟，此中何限是前期。」）

擬松園惜别

山窗燈火幾年同，飄忽無端逐斷蓬。往事鹿盧翻上下，離情風馬自西東。衹愁把酒看楊柳，但問加餐託雁鴻。不是《陽關》成疊曲，老懷雙淚滴花紅。

轂日菱邨招飲同鏡渟我浦

開歲連朝不作陰，嘉時良會愜招尋。酒無限量先心醉，花未全開待客吟。用主人句意。輪囷薦銀當索項，琅玕持翠答知音。座中徵問郫筒事，酬勸都忘話未禁。

倪　蜕

本名鵬，字振九，青浦人。曾遨議叙知縣。晚慕劉蛻之爲人，故遂易名蛻，自號蛻翁。幕遊卒於滇。其族居青浦者，尚有其殘集云。

詩話：保山袁文揆輯《滇南詩略》載蛻翁入流寓，謂其初從甘中丞國璧入滇，其後足迹半天下，至其老也，買山于昆明西門外石碑村中，築草堂居焉。前制軍張公允隨爲之立石道旁，題曰「蛻翁草堂」。翁無子，有女曰亦夢，贅昆明闞姓爲婿。闞氏子孫或從翁姓，已發科登仕版矣。又謂於曾副車屺處得其詩詞六本，集中美不勝收，僅擇其尤者登之云。案，《詩略》采蛻翁詩八十餘首，極其推挹。余所存略之又略，姑以爲嘗鼎一臠之嗜，將來當訪其全集歸松，以存文苑焉。

擬古遠別離

乍可爲天上牽牛織女，相隔東西津，不願爲世間多情人。牽牛織女一歲一會一回春，多情之人別去乃如風吹塵。悠揚飄忽一旦逐風去，青天碧海長沈淪。天既陰，海亦深，風塵吹逐，杳不可以尋。吁嗟乎，黑雲如輪捲此鏗轟之怒雷，砰磅辟歷連理摧，安望花開？上有比翼之鳥鳴聲哀，下有將離之草初見萌荄。折此將離之草，與君一抒懷抱。合歡何遲，別離何早。別離祇自傷，合歡不可道。君不見，山之巔，插青天。磐磐石，貞以堅。夫何千年萬年風磨雨濺，亦有殞顛。蒼蒼之天，西北忽墮。爰有女媧，煉石以補，浩浩冥冥，天乃如故。我欲贈君九曲之聊珠，綫斷莫續將如無。我欲贈君並頭之蓮枝，露冷粉殘萎小池。我欲贈君鏡，不堪照此淒然之孤影。我欲贈君扇，轉眼秋風不相見。我欲贈君衣，有時毀棄還相遺。我欲贈君以膏沐，又恐污此瑩然之美玉。不如贈君一片心，此心可以盟皎日，可以斷金石。化而爲淚，血蹟浸淫。灑之於水，水不得流。灑之於地，地成哀丘。仰天長歎，天高雲浮，中有青鳥，駕雲而游。云是王母之使者，人間之靈脩。再拜哀告，伏地以求，忽焉天空雲散，西風颾颾。翩彼青鳥，去不可留。心斷絶，名花殘，玉樹折。彩雲飛，明月缺。多情人，遠離別。

頰花謡

紛籍此群婦，判押顴頰交。或荷薦與鍘，或負桶與瓢。或平治道路，努力把钁鍬。或汎掃行館，摳衣事藜苕。羞面怕向人，抑抑不自聊。試問路旁子，爲我言叨叨。鄧川地褊小，户口實摧凋。近復因備兵，供億多差徭。每一遇擡送，用夫如牛毛。既爲賦稅民，敢惜執役勞。排門苦未足，婦女奚可逃。昨日新官到，吏役方參朝。忽聞使節涖，火票騰四郊。沙村三十户，夫男傭富豪。紛籍此群婦，横被官吏抄。復恐有竄逸，判押顴頰交。誰家無婦女，此厄真慘遭。新官有新令，忍辱候回銷。然非舊時例，創見從今朝。我聞三歎息，抱憤心摇摇。大夫風化主，權柄手自操。即使俗習陋，尚當迴狂飆。况導以無恥，寧不成教猱。政理途既失，鸞鳳變成鴞。培護道或謬，蕙草化爲茅。羞惡心共有，坐惜廉恥消。大夫苟回念，民亦沾絲毫。奈何押婦頰，遂成千古嘲。老夫未經見，頰花爲新謡。今無輶軒採，讀罷當焚燒。

草標泣

旱澇不常畿輔饑，流民乞食來京師。草標插頭淚滿眼，凍餓迫人行賣兒。阿兒向父言，人家生兒望成立，父今棄兒又奚爲。阿父向兒言，兒年猶小兒不知。凶荒不得保軀命，安能望爾成立時。貴家大宅有衣食，兒去得飽父有貲。兒住同死去同活，事勢至此將何之。阿兒乃大哭，委擲草標當路歧。同活不相見，不如同死還相隨。草標泣，真可悲。

爹歸篇 山中有鳥，其聲甚悲。老顛云：越東諸山皆有之，相傳昔有孝女，促父採桑，爲虎所食，哀而殉之，化爲此鳥。每蠶桑時，即鳴聲如「爹歸」，遂以爲名。余既傷其事，爰作是篇。

紫蕨峰摧青竹裂，白日崩頹谿水咽。桑葉欲老蠶欲眠，孝女聲聲樹頭血。山中有虎食我親，女弱何由殺其身。蓬跣號呼入山去，但見血污榛莽屍横陳。天亦空高，地亦空厚，坐令猛虎殺人不相救。女命雖殉女魂雄，化爲此鳥嘑虚空。精衛銜泥杜鵑哭，沈痛不與此鳥同。爹歸爹歸爹不歸，荒山細路行人稀。千秋難泯臯魚恨，聽此能禁淚滿衣。

次韻林南溟張烈婦歌

鎮沅府于丁未正月十七夜民變，殺官吏兵民殆盡。戍卒王德遠妻張氏，抱三歲兒赴火死。臨沅總兵孫宏本往征，知其事，立石表之，同人皆作詩歎美。南溟有《張烈婦歌》一章，僕亦循韻賦此。梅根蹲者，乃守土官，次日被殺，實事也。

馬湧江中水聲絶，波弄山頭雲氣烈。群夷血酒灑箐林，把刀向天齒磨切。元宵節過視篡初，運甲攜鏢府門闉。大夫門子方呼盧，殺聲一起燈旋滅。戍兵横刃婦淫污，飇風禍起難云節。天上張星正氣存，踴身赴火兒猶挈。一叢屍骨蕩陰風，寶光獨炳青蓮潔。君不見，九州坂，靡靡泥。太行山，凜凜雪。又不見，梅樹根邊蹲者誰，半夜驚魂暗中泣。譆譆出出社禽嘑，烈婦抱兒天上立。

黄獅滚洞下即宛轉灘

大霧彌天一萬里，千山萬山化爲水。元黄不判陰冥冥，中有九丘彈丸耳。云何神人，激水飛瀾。突然而石，湱然而灘。狂猊猰狗，憑陵天關。渴驥奔泉鬣總總，怒龍下海鱗斑斑。苻堅投鞭騎雜沓，白起坑卒聲悲酸。東下扶桑渚，西登崑崙山。黑風吹船墮入羅刹國，但見狼牙鋸齒非人間。淺者不得置篙檝，深者潛虬老蟂之所蟠。吾聞水屬易爲祟，况乃此地多谿蠻。王化豈不及，道路多險艱。我獨何爲至于此，回望故鄉淚漫漫。

題松江馮昭士巡檢遊滇圖

鬚如蝟毛磔，眉如紫石稜，壯氣奕奕群愚驚。弓作辟歷響，箭作餓鴟鳴，勝概落落秋風輕。讀書頗笑癡蒼蠅，家食可愧折足鐺。背負青天辭北溟，彩雲五色扶摇程。金沙江水寒澄澄，崑崙萬仞奮欲登。誰其阻之空遥情，咄哉馮子真奇英。君不見，當時馮子明，持節直踐莎車庭。君不見，當時馮敬通，躍馬食肉稱豪雄。看君此圖良有以，萬事無非奇焉耳。黄金絡頭錦纏尾，志不超騰馬知恥。春風吹來一萬里，花柳乘時鬬青紫，無處山川無知己。壺笙跌脚歌群蠻，一聲《鷓鴣》天漫漫，爲君再賡《雉子斑》。髯乎髯乎顔渥丹，笑起爲我舞珊珊。蜕翁先生誠老矣，幾度摩挲心忽喜。酒邊還唱杜家詩，青眼高歌望吾子。

蘭州雜詩

振袖上皋蘭，煙生閭井寒。山深連大漠，河急折迴灘。人苦風沙老，魂驚行路難。隴頭嗚咽水，惻惻淚雙彈。

薄暮倚孤城，西風兩袖輕。山圍天色慘，河退水流平。畫角登埤曲，秋砧出塞聲。壯心消未盡，那復不關情。

麗江雜詩

地分東印度，今大理即東印度。江别大金沙。塞外南流入海者。雪冷千山月，霜明萬樹花。碉房秋放獵，板屋水翻車。不識西天路，還來事喇嘛。

怒江今界劃，樂國舊聯疆。漢相銘銅鼓，元師濟革囊。有人知大分，努力事戎行。世守相承久，忠勤好自將。

晚街分鬼市，蠻婦雜雌聲。屋小皆甌脱，人希半寄生。通番俱有路，設險竟無城。辛苦防邊計，年年卒踐更。

當時安石鼓，大長紀功成。乘勝恢番落，連山列戍營。泥塘開面勢，天柱聳牙城。可惜今淪棄，空懸漢月明。

次韵咏史

荆舒庭下一花欹，捉鼻從來事尚疑。朝服未完東市案，草堂又勒《北山移》。使歸陸賈何《新語》，車走虞初且舊醫。不是肇牽今再駕，馭人空没阪牛疲。

輪臺恩自武皇崇，始信初無衛霍功。蹋踘尚穿車肉臭，鯨鯢未翦兑兵空。烹寧可冀宏羊雨，病固難追汲黯風。金鳳凰飛輿蓋敝，還將被粟易三公。

胡維鐘

字省菴，華亭人。著《北遊草》。沈大成序謂其遊開平獨石之境，在京師之左輔，槖筆幕府，優游咏歌，五年而歸，因彙爲斯草。

曉出狼山

曉出淮安道，明星漸欲稀。萬山迎馬立，一雁破霜飛。野曠寒侵骨，天高風裂衣。荒村只羶肉，藉以療晨飢。

出邊牆

萬里黄沙闊，蕭蕭不耐看。山荒雲影淡，草白日光寒。秋老嘶邊馬，天低散野㹶。此行緣底事，去去莫盤桓。

過翦雲嶺

天削雙峰鋭，精瑩不待磨。裁開風片闊，劃斷兩絲多。燕尾參差起，魚腸曲折過。果然雲度處，稠疊碎如羅。

夜出土木溝聞嶺上虎嘯

此夕京華路，宵長路亦長。層崖夾險路，單騎走嚴霜。雲樹驚心黑，人煙極目荒。更堪聞虎嘯，去住總茫茫。

汪東鑒

字雪堂，號竹鄰，婁縣人。

黑鹽井署初夏漫興

煙谿風景絶塵寰，兩岸樓臺水一灣。風月有情留我住，鶯花無主送春還。偶然看劍應思酒，便不開門也見山。剩有篋中雙翠管，畫圖隨處寫煙鬟。自注：醝使朱思齋延修《黑鹽井志》。

敘州舟中述懷

瘴雨蠻煙鬱不開，客程渺渺費疑猜。滇山一騎穿雲出，蜀水孤舟棹雪來。萬里生還真是福，六年多病未爲灾。只愁身似林和靖，家累猶餘鶴與梅。

題嚴陵祠壁

千古高風一水間，蒼崖岑寂釣臺間。我來不見羊裘客，自著羊裘坐看山。

沈　邁

字忝生，號沈亭，晚號研存居士，華亭人。性沈静，通經書，學爲魏晉唐宋古近體詩，自謂師陳天用、聞臯兩先生，既師嘉禾朱雪洲先生，與布衣周青士、張子博山相唱和。中年客遊四方，晚歸訂其詩爲《舟車集》。陳慧香曰：「兼陶、韋、李、杜、元、白、蘇、陸數家之長，而神明變化，機杼一新。」陳培脈曰：「山人奔走四方，窮厄困頓，而昌其詩，宏雅秀麗，寄託遥深。」詩話：硯存七十外，以二子習藝吴門，能承菽水歡，遂就養，赴蘇以老。陳徵君與之最契，故送其移居虎丘詩云：「琴書俶載别枌榆，帆挂東風曉入吴。賃廡恰同梁孟案，移家堪補葛仙圖。」後硯存又嘗來松，謁玉局仙壇，故徵君又以相聚甚樂，復送還吴，疊韵云：「燧火新年换柳榆，遊春一舸客來吴。華陽胸次無冰炭，摩詰詩中有畫圖。」注謂承示丘南新稾，可知《舟車集》外尚有虎丘詩矣。以係詩人棲止所在，故著之以爲虎阜存一流寓云。

籠鳥吟

籠中有雙鳥，俛首求其生。一鳥忽分析，一鳥自悲鳴。單棲非鳥性，離别非人情。

短歌送鼎兒

燕山十月雪，黄河十月冰。修途迫短晷，繫日乏長繩。男兒志四海，凍餒何足云。縱有一縑絲，未縫不勝衣。縱有一囊粟，未炊難療飢，不如一杯酒，臨别暫忘機。

泖河阻風

蓬窗獵獵悲風驟，波濤雲氣排空鬭。突兀浮屠鸛鵲呼。蒼茫大澤魚龍吼。長篙短槳迴驚濤，天河欲翻地軸摇。勢捲平沙奔萬馬，聲噴斷岸千夫號。天昏沈沈落日迅，馮夷擊鼓空中震。大船小船首尾銜，五兩八兩不得進。遼陽估客青錦襜，手中亂壓三條弦。左右吹簫復按板，嗚嗚一曲令人憐。人生天地如逆旅，出門風波復如許。邂逅何妨强一歡，萬感交集誰與語。行路難，莫悲酸。海光南盪豁青天，明朝看送順風船。

陪青士周先生集松野山房和韵

湖上逢佳彦，秋帆幸未歸。亂雲經雨濕，殘日下林微。花徑苔封石，松門竹護扉。風流詞伯在，樽酒莫相違。

舟次讀黃九煙先生選唐詩

異代存耆舊，先生意獨真。陶潛晉處士，黄綺漢逋臣。天地留詩卷，江湖狎釣緡。迢迢谿上月，今夜憶高人。

茸城雜感

九峰形勝亦稱雄，海戍樓船鎮阿童。烽息萬方營柳暗，檄傳三島陣雲空。笳聲遠沸黿鼉窟，旆影遥連牛斗宫。極目蒼凉今古意，昭侯邸第黍離同。

桑乾河

東西南北紛何已，木落桑乾再渡時。平野風沙人面黑，長橋犖确馬蹏危。斷腸柳色含新凍，昂首山光照夕曦。拂拂水雲多釣侶，江湖我本舊漁師。

送紅椒師南還次留别原韵

陵兢瘦骨不盈把，驅車别我衝寒煙。嚴飈颯颯動秋樹，苦霧漫漫隔遠天。履雪欲歌北風什，鋤雲自種南山田。此生已攬知止分，白日任促羲和鞭。

夏日閒居

園林何物消長夏，野水閑雲好結鄰。静學禪那非棄世，不求旅食爲安貧。花枝折就多呈佛，詩草吟成少示人。豈謂交遊無勝侣，紛紛魚鳥亦相親。

淮陰道中

一飯渾閑事，千秋漂母祠。幾多垂釣侣，流涕讀遺碑。

黄金臺

千金買駿骨，何世無龍媒。萬鍾養死士，何代無奇才。

口號

三日不舉火，十年不易衣。守貧如守節，温飽安足希。

佘山柳枝詞

春風二月三月天，桃花杏花開相連。行人折花莫折柳，留待栗留鳴樹巔。

漷縣

巨艑如牛鞭不行，乘風卻喜片帆輕。四千水驛何時到，今日初經第一程。

陳布衣天用

憶別重悲問字年，谷陽門裏花樓前。昔時十七今七十，猶記先生枕麯眠。先生向館合掌橋張氏花樓，歲丁巳，予年十七，見有二毛，作《感秋》詩八首，先生爲之點定。

旅店應鄉人語

古放鶴灘轉西弄，柳塘灣側小谿斜。蕭條白板雙扉掩，門對寒流第一家。

詩話：研存五言如「悠然谿上月，忽已照雙扉」，「鳥鳴高樹樂，人静草堂幽」，「風高秋欲盡，露冷月偏明」，「陰陽隨轉燭，天地本浮萍」，「山光還復古，旅况不逢年」，「細水茫無際，遥山洗更明」，七言如「孩提失怙李令伯，三十讀書蘇老泉」，「數聲清磬日卓午，一朵烏雲雨欲來」，「蟾魄有情陪窘坐，酒兵無力破愁城」，「身如短梗隨潮轉，心比遊絲盡日牽」，「賃廡皋橋希舉案，浮家吴市免吹簫」，「隔岸人家船當屋，近窪煙樹水成邨」，此皆可誦。

陸□□

字笠亭，得詩稾一册，失其名。觀其詩是曾遊燕豫者，内有乙亥元旦作，是康熙中年後人。

家渭公弟賦詩見懷依韵答之

偏分兩地春，幾欲話酸辛。展卷聊醫俗，求方孰療貧。好懷開不易，佳句寄須頻。髣髴人如面，惟憑筆有神。

村居即事

老樹一身寒雨濕，叢篁千个曉煙昏。誰家放鴨喧聲起，攪亂一谿春水渾。

無名氏

乾隆己卯歲，舊書攤上得詩一卷，所咏泉州風物居多，内有憶佘山筍題，知是松人而滯於閩者。

將至閩省舟中作

自入甌閩地，終朝只看山。俯驚灘水急，仰羨嶺雲閒。荔子紅初老，榕陰緑未删。劇憐風景異，空憶大刀環。

樹蘭

奇花生海徼，細蕊試秋殘。碧樹疑叢桂，幽香勝畹蘭。珍珠羅葉底，金粟現枝間。蕭署堪爲友，西風暮影寒。

陳　墅

字臨遠，青浦人。與其弟坦各以詩名，爲吕開藩業師。聞其著作頗富，今盡散失，僅得其數首耳。

宿九峰草堂

九峰間自拱，一枕静相看。屐練苔痕熟，燈浮雨色寒。道疎憂善病，性懶傲爲官。劚筍煨松火，新肥稱夕餐。

寄懷吴門友人

憶在金閶兩月餘，竹坡松館會遊輿。文章謝鮑差堪並，意氣陳雷總不如。一路海城荒萬馬，十年江水隔雙魚。遲君早發青山棹，好踏秋花到敝廬。

丈夫

日光輕淡雨纔收，醒或行吟醉即休。同是丈夫誰獨是，斷無一夢到封侯。

又訪

尋山問水不曾閒，又訪東林叩石關。一夜款冬花盡發，香風吹徧小崑山。

懷友之錢塘

碧嶂千重水一涯，王孫何事不歸家。通波門外錢塘路，望斷春深荳蔻花。

陳　坦

字平夫，青浦人。

癸酉夏午同趙蓴客李琴山陳寄隱集讀書樓次韵

深沈書幌緑尊開，歷亂葵榴花滿臺。四座忽逢珠履客，九原轉憶玉樓才。闌邊酒醒風偏入，谿上催詩雨欲來。從古求仙爲藥誤，漫憑劉阮話天台。

哭葉秦川

亂離生日記蘭州，一展遺圖淚暗流。天際萬山憑馬足，軍中八口出刀頭。時時歌哭原非醉，處處風光總是愁。剩有赤心酬帝子，《蓼莪》幾欲廢王裒。

傷心空憶舊遊蹤，白苧青谿屢過從。斜月坐沈鄰院杵，殘燈挑盡隔村鐘。半生浪迹依長鋏，三載承恩近九重。北望旅魂招不得，涿州城下草蒙茸。

三泖棹歌

東接松江西太湖，水天一色賽冰壺。往來無數帆檣客，誰識煙波舊釣徒。

李□□

字琴山，未知其名。惟陳平夫有《寄琴山自秦望移居竹岡舊里》詩云「移家廿載鄰秦望，此日仍歸古竹岡」，又云「聞道山茶今合抱，與君同作魯靈光」。原注：「山茶憲副手植，今已合抱。」考以李姓官憲副、家竹岡而有園居者，其人必著縣志，未詳俟考。詩即附見陳平夫集中云。

神山弔仙山書屋

璚館神鼉舊得名，仙真化去不勝情。此來空對初平石，何日重聞子晉笙。丹井涼分調碧荈，山窗暑炙惱雛鶯。夜深客夢驚迴去，錯認風聲作雨聲。

和輓楓谿柏雪耘山人

人説君癡儘不癡，畫蘭女唱畫蘭詩。慣逢皂帽開青眼，難信紅顔戀白髭。芋栗著成檇李日，芰荷香泛洞庭時。只今望斷楓江路，那得雙魚慰我思。

張澤忻

字斜川，奉賢人。布衣。初娶于李，隨婦翁在建寧任，故其詩亦得閩派。

酬真如僧韵

躡屐重來古寺遊，秋懷無限越王洲。醉鄉有路真難到，初地如家得暫留。皓月清谿花下艇，曉鐘魚梵竹間樓。閒心更欲尋支遁，共賞淮南幾樹幽。

郎官湖

郎官湖上水羅紋，汲水女兒青絹裠。曉月尚懸山樹裏，隔江吹笛弔湘君。

過酒家

跨馬鳴鞭過酒家，雙鬟纖手撥琵琶。六朝法曲休輕唱，怨滿春城易落花。

張鈛

字少弋，華亭人。布衣，能詩。沈歸愚稱爲寫景如畫，得詩家三昧者。

月夜黄姑灘露坐簡山中一二知己

明河静無波，憩息愛幽境。良遊值杪秋，佳趣心各領。頹陽匿餘暉，微月揚清景。草中僧獨歸，煙際鐘初静。霜林颯有聲，風壑猶多警。悵與素心違，長謡一延頸。

閩中九日寄吴中諸兄弟

海天萬里客登臺，佳節空嗟白髮催。愁絶雁聲從北至，蒼然秋色自西來。霜清烏石巒煙豁，潮落金崎越艇回。遥憶故園兄弟在，幾人同把菊花杯。

趙　源

字閬峰，松江人。布衣，工詩。

丹鳳樓晚眺次陸景房韵

巍樓斜倚滬城巔，倦客登臨欲暮天。但見白雲翻夕照，不知丹鳳駐何年。遥峰蒼翠連三島，大海汪洋納百川。遺世未能悲獨立，一聲長嘯破寒煙。

詩話：其句如「江湖敢怨人情薄，兒女空憐我髮皤」，「痛飲不爲明日計，白頭較勝少年狂」，「饑能玩世懷方朔，醉不忘軀笑伯倫」，此俱可望南宋後塵者。

朱廷樟

字龍田，華亭人。著《西湖集唐百咏》。與唐堂先生遊，所稱「生薑爲君性，黄蘗爲君心」者，《集唐》亦唐堂序之。

湖心亭

非閣亦非船，樓臺景物連。林中才有地，波外更無天。寒鎖空江夢，風和緑野煙。晚來潮正滿，乘月便須牽。韓愈，張説，杜甫，周繇，戴司顏，杜審言，孫逖，岑參。

昭慶寺

不知香積寺，爲慶等凝汾。境入空門寂，聲從覺路聞。金塘明夕照，石磴掃春雲。勿謂頻來此，逍遥上界分。王維，彭伉，吕渭，吕温，王轂，權德輿，靈一，陳師穆。

金沙港

津流脈脈斜，水溜滴金沙。一徑入谿色，千林發杏花。巖廊初建刹，燈火是誰家。延頸遥天末，潮迴動海霞。杜甫，宋之問，錢起，陳翥，羊士諤，李商隱，劉長卿，馬戴。

神霄雷院

宋咸淳間，羽士陳崇真自楚來，卜居于此。善雷法。奉勅建院，六月二十四日郡人雲集，至今猶然。

久慕餐霞客，當時已絶倫。海雲迎過楚，谿道即名陳。白石通宵煮，黄金幾竈新。從今留勝會，瀝懇祝良辰。盧拱，劉禹錫，岑參，蘇頲，賈島，姚合，崔護，王轂。

郭璞井

昔杭城苦斥鹵之水，甘泉難得。景純善相地脈，故此井傳爲景純所相度者。

汲古得修綆，中涵玉醴虛。傾思丹竈術，新報赤囊書。爲學心難滿，臨川意有餘。味同甘露灑，真界境何如。韓愈，李白，錢起，袁傪，項斯，王季則，蘇味道，蘇頲。

十八澗 其地舊有梅園，極盛，楊和王所建，遺址猶存。

孤棹復南行，煙霞斷續生。回看嚴子瀨，稍背越王城。谷静惟松響，山空有鳥聲。梅花猶帶雪，欲寄一枝榮。錢起，高宗，李嘉祐，孟浩然，張喬，王維，張起，張昔。

方景文

字繼廷，號一村，華亭人。景高弟。能詩，著《圖新》《舒情》《尋樂》《硯廬》等草。

父乙彝 雍正乙巳春三月，周子八峰鑿池，偶得銅器，狀似瓶，高八寸，質朴口敞，無雲雷之象，色黝黑如漆。後有銘文四字，古篆莫能辨，可辨者「父乙」二字。嘗見朱竹垞集，其題跋云：「商作祭器，每以父稱，故鼎彝卣爵之屬，有父甲、父乙、父丁、父戊、父己、父庚、父辛、父壬、父癸各款。」今此豈殷之祭器歟？因名父乙彝，周子摹拓其文，裝池成册，因詩以紀云。

穿池十丈獲奇珍，同與摩挲太古春。倘酌金罍應自我，尚銘玉筯問何人。辰砂未許留斑駁，卯市誰還比贋真。一片商銅埋没久，從今長射寶光新。

周用泰

字丰來，晚號八峰，華亭人。性嗜書史，藏弆甚富。有二酉洞、尋樂齋，縹囊緗帙，插架爛然。

生平精書法，垂老猶揮灑不輟云。

過橫雲訪一泉上人見壁間有張文敏題壁詩因和其韵

日涉偶來總是緣，只應隨遇樂華年。坡公化去了元在，各自逍遥兜率天。

詩話：文敏題壁詩云：「壺中長日静中緣，我亦曾經四小年。不及蒼髯牆外叟，梅花看到菊花天。」此歸省時留山中西廬句也。八峰故用其韵。

趙錫珍

字冠時，華亭人。有《舒嘯齋稾》。徐今吾曰：「言情必核其真，遣詞無傷乎雅。」

遊佘山

不盡尋幽興，攜笻上翠微。山風梳短髮，花雨染春衣。菴廢人何在，亭空鳥自飛。山有陳眉公茗帚菴、清微亭故蹟。徘徊竹邊徑，雲護一僧歸。

送馬述廷歸里

聚首寧嫌久，分襟思不休。暮雲連古渡，細雨一歸舟。君得趨庭樂，余添索處愁。來期須踐約，詩酒互相酬。

潘鍾皓

字穉峰，華亭人。進士潘堯彩姪。所著有《百花詩》及和元人馮海粟《梅花百咏》詩，梁谿秦道然序，又稱其伯兆眉有詩集云云，今不可考。

緑萼梅

飄飄丰格數仙娃，遊戲常拈萼緑華。化作寒梅到塵世，人人盡詑不凡花。

張忠覲

字荷霑，婁縣人。爲朱初晴門人，有《琴川詩稾》。戴瓏巖曰：「雄沈香艷。」

自題鬬雞

久不寫鬬雞，信筆塗冠翅。形雖不甚似，此中有鬬意。

何　默

字尚愚，華亭人。

分咏飲中八仙拈得蘇晉醉中往往愛逃禪

麴蘖由來具佛乘，昏酣豈與俗爲朋。當筵倦對金貂客，據榻仍參布袋僧。米汁啜來真滴乳，酒星懸處即傳燈。二豪未識其中趣，攘臂相看意氣增。

無題

蕙心蘭質怨芳辰，仿佛高唐夢裏身。稍有閒時春似海，斷無人處月如銀。薄施鉛粉顔偏麗，斜倚雕闌態更新，倏忽東風梅子緑，賣花小艇到江濱。

王集思

字益存，青浦人。給事原姪。

飲酒

人生祇如寄，窮年何逐逐。塵累無由祛，藉此尊中醁。朋儕爲我來，一斗意亦足。階前敷春蘭，砌下繁秋菊。歲月忽云逝，赴壑修蛇速。不飲將何如，不樂徒鹿鹿。前哲太無謂，標此獨醒目。願與二三子，醉鄉從兹卜。

張　睿

字令謀，華亭人。

曉起

清露濕花茵，晴光轉盼新。緩行谿樹下，嬌鳥不驚人。

吴天仁

字樂山，上海人。著《春烏集》并詞。樓西浦稱其「聰明絶世，不失忠厚。」王雪坨曰：「纏綿愷惻，澹艷移情。」

咏史

茫茫古人中，我怪百里夷。食焉而不諫，仁者豈忍爲。相秦名已遂，富貴忘來歸。乃讀《扊扅歌》，使人淚滿衣。子胥鞭平王，後世或過之。予謂孝子心，見罪亦何辭。至其事夫差，直諫甘鴟夷。英風歷千古，凛凛如生時。

田家竹枝歌

白鷺飛來倒影明，水田淼淼鏡光平。北窗長日惟高卧，閒聽吴歌作曼聲。
南陌東阡赤日天，鋤花姊妹漫嬌妍。相逢何用相迴避，麥帽簷深欲覆肩。

金理

字天和，上海人。世業醫，工詩詞，尤長樂府。

秋閨曲

久立桂花陰，清露濕羅襪。欲掩碧紗窗，又愛一輪月。

詩話：天和句如「雙燕子穿珠箔語，小貍奴壓繡衾眠」，此一聯頗韵。

姚謙

字欽六，號苧原，華亭人。著《竹軒集》。焦南浦序稱其和平澹泊，懽愉自得，如無意爲詩者，而人皆以工詩許之云。

人日

忽驚人日至，此日正愁人。多病非關酒，長吟不爲貧。梅花空有信，雪色若經旬。自笑生涯拙，滄江擬釣綸。

咏鴈

紫塞寒初起，滄江鴈乃過。陣從雲外落，聲向荻邊多。風雨迷煙路，晴明映緑波。江南傷旱潦，無處覓秋禾。

送友入都

親老惟依汝，何爲賦遠遊。親朋一相送，雨雪灑孤舟。壯志青雲迴，高堂白髮愁。黄金臺上望，得意莫遲留。

陶南望

字遜亭，號簣山，上海人。精書法，遍觀古人法帖，著《草韵彙編》。

題畫

竹風迴雪打窗紗，凍合谿橋酒可賒。不是天寒詩思好，撩人無奈有梅花。

登涵空閣望太湖

五湖萬頃水光浮，盡向涵空閣上收。七十二峰觀不盡，乘風我欲去瀛洲。

錢　棅

字奕峰，婁縣人。著《梅村草堂集》。並善行楷，爲郡中書家。

秋興

疊石侵苔翠，長廊響竹風。秋容澄白水，醉纈繪丹楓。趣自忘機得，詩因刻意工。湘靈傳逸韵，敢擬曲將終。

胡映澾

字澄麓，華亭人。爲提帥吏。工詩，一時名宿如朱初晴、陸圃玉、陳慧香輩，皆與唱和云。著《□□集》。

閒居雜咏

少無幹世才，老更不諧俗。幽棲三十年，耕鑿聊自足。條風滿郊野，春草吹以緑。努力事東疇。熙熙鼓我腹。遲日過茅簷，籬邊看黄犢。

幽徑絶氛濁，竹聲常入户。隱几欣有得，無物可相迕。水落寒谿净，村凍遠山露。俯仰天地間，尊酒慰遲暮。

瀚海五色石子歌

巨靈仲掌擘華顛，紛紛墮石沈諸淵。水與沙激千百年，磨稜箇箇如丸圓。五色不煩女媧煉，浮精漾彩同于闐。一朝泉客搜珍異，縋藤没浪投蛟涎。天鍾靈秀寧久淹，行顯于世非偶然。平原先生有奇癖，每于水石結静缘。廿載裒集不遺力，古甆盛出值萬錢。一如神珠涵方寸，黄庭中人守中堅。一如丹砂乍鎔鼎，紅霞浮面如花鮮。青緑數點間深紫，白雪一片藏太元。絲絲透出毫竅裏，上湧翠髪攢螺顛。洞然寶月望初日，元氣渾合星辰懸。波情不定石性定，一動一静符坤乾。破窗日色逗黝几，回光摇壁時盤旋。即此幻想莫究詰，可令鳳翼龍抱眠。日精入石石意通，我欲吞之爲飛仙。玩賞莫作怪石供，仿佛示我《内景篇》。

和圃玉補樹詩

計樹良非易，由來吾道存。不愁催晚葉，須要護深根。近水疑無地，歸雲別有村。輸君多逸興，攜杖夕陽門。

天機真富有，能事銛邊生。水石都成趣，煙蘿倍有情。破空收遠勢，吹萬接虚聲。轉盼憐新緑，陰陰傍舊城。

錢巢鶴

字友雲，號櫟堂，華亭人。輶閲孫，布衣。居采花涇，以賣筆自給。工詩，著《蟹舍草》。族兄庭桂字小山，叙而梓之。又其弟雪圃亦工詩，未見。

病中駱梅堂分貽醇酒

涼吹怯中單，開簾强坐難。秋來如此瘦，句出自然寒。谿上雲容薄，林梢日影殘。深情煩玉友，引興對幽蘭。

白杜鵑花

翩翩縞袂下雲中，簾捲真珠語未通。不許春蠶心共死，何曾怨魄淚俱紅。背燈隱隱靈光合，帶月離離幻影空。漫聽子規催去急，暮山寂寞正東風。其登毘盧閣句云「不信數峰開亦老，依然一水澹還流」。

新柳

煙鬟絲雨近清明，乍起還眠倦態萌。爲語冶遊休浪折，好留青眼送行程。

錢又選

字幼青，華亭人。

登天臺

天臺南直上，九十九峰間。放眼心無相，扶筇步欲難。石梯雲折斷，松澗水飛還。衆寺山山裏，高僧静掩關。

蔣　鳴

字聞珂，□□人。

登九華

迢遞燕關復楚關，塵蹤何幸到名山。化城忽起千巖上，香塔危臨萬壑間。曉色樓臺分碧落，夕陽鐘磬和潺湲。明朝下界空回首，渺渺煙蘿不可攀。

韓曉童

字□□，華亭人。

橘燈曉童詩最速，甫喫煙，限煙畢詩成，請題，應聲而成。「松俗尚黄煙，一二吸可盡」，洵不易才也。

映雪囊螢未足奇，請看朱橘代青藜。我來不敢高聲讀，恐有仙人夜賭棊。

胡克昌

字培仁，上海人。能詩，託業縫衣，家貧，常不舉火，吟咏自得。

雪

平得階除更没谿，欹林折竹巷東西。喬柯葉盡悲棲鳥，遥夜燈殘惑曙雞。海上忽擎金彈出，簷前高挂玉簪齊。瓊酥滿地誰能嚙，墨突無煙入口嘶。

國朝松江詩鈔卷三十五

鄉人姜兆翀孺山録
吴祖德惕菴閱

胡寶瑔

字泰舒，本徽籍，父廷對官婁縣教諭，遂入籍松江。雍正癸卯舉人，乾隆丁巳考授中書，歷侍讀，尋拜御史，以軍功陞府尹，擢左副都御史，晉兵部右侍郎，擢山西巡撫，歷河南、江西諸省，卒于官。贈太子太保、兵部尚書，謚恪靖。著有《飴齋詩集》若干卷。錢塘袁子才著恪靖墓志銘，稱其隨大學士查郎阿度地塞外，登醫巫閭，至黑龍江畢臘，再至登爾者庫，入烏蘇，凡半年，行二萬二千里，盡得其險要阨塞乃還。又從經略傅公征大金川，軍需旁午，瘴厲毒淫，公非屨徒步，繩索相引，或三晝夜不食，乃得至屯營處，卒佐經略，降其酋，凱旋。天子親斟金杯，賜公酒，海内以爲榮。撫河南時，陳、汝大水，開河六十七道，繪《溝支幹派圖》，記修濬丈尺若干，勒諸石。至其爲詩文，援筆立就，不加點竄云。

《漱芳齋詩話》曰：恪靖十五歲時，庭前牡丹盛開，父教諭公命賦詩以答花貺，即成一律以獻曰：「春寒收盡藴香腴，特拆仙葩舞六銖。莫大文章王氣象，全滋雨露帝工夫。旁求莫惜千金買，珍重應須百寶扶。桃李偏栽皆退聽，日輪獨映鳳凰雛。」教諭公曰：「未免張大，然頗有器局。」此雖少作，已可見根器天生，宜其學問淵博，才藻裔皇，又不僅以詞臣染翰爲文學侍從已也。

三戒

莫購大食刀，殺人非人豪。莫求合浦珠，水寒無衣襦。莫買龜茲枕，幻境未安寢。

仙巖

危巢貼半天，削斷芙蓉根。第七層下視，有水無石門。仙者喜争高，巖居在天上。我覺地行安，一望一惆悵。

南天門

神劍刺青冥，鬼斧劈丹壑。白道一線穿，紫氣千絲絡。穹窿地脈浮，呀豁天關鑿。衆峰俯兒孫，絶頂開橐籥。驤首馬踏雲，銜尾車貫索。泉逗怯跟挂，石突愁足躩。得上莫争先，欲轉寧少卻。欻爾心神怡，豁然眼孔拓。小憩坐僧房，徐行覩佛閣。中外衹一家，南北同六幕。帝德方無垠，不用固鎖鑰。

古北口

地維虎豹蹲，山勢虬龍渴。結客少年行，飲馬長城窟。樂府振新聲，老興難竟歇。攬轡一沈吟，已覺沙場闊。動我懷古心，秦初及漢末。天驕覷雄關，背指如可掇。際兹承平時，不用彌呀豁。北門鎖鑰開，烽銷舒歲月。

恭和御製命張若澄圖鎮海寺雪景因作

寺古長餐秀，山深更饕奇。松海漫漫雪，天然一憕披。人言鷲峰遠，放眼即在兹。太行千里上，倏忽天花垂。瑞應協妙心，慈雲繪聖時。佛鉢與僧鞋，寰瀛任所之。静挹蕋宮梵，緣覺何附離。玉塵一洗滌，鏡臺浄如斯。天瓢散珠琲，清朗不可緇。側聞古春秋，誦聲起路陲。今逢兩巡幸，結素成香蕤。翠華耀崇岡，諸峰共遭隨。命彼珥筆臣，寫出畫中詩。讀畫展雲笈，題詩貯天渠。其時方淡淹，其地皆淳熙。睹此童叟懽，紀盛學管窺。再點寺前雪，濡毫一攄詞。庶彼靈異境，仿佛米家師。恪靖謂作詩可看《柳毅傳》，如「電目血舌、朱鱗火鬣」一段，是悲壯詩，「中有一人，自然蛾眉。」一段，爲風華詩，此説最關，而此作即是風華。

將至信州有山空其腹天光貫徹俗呼仙人橋歎爲奇絶因作歌

一路看山行窄徑，十里五里皆平亘。謂是長蛇隱見翻層坡，無數靈根暗苞孕。忽然雲外矗，崇岡直下一削千丈强。周遭但覺衆山小，當中有罅騰輝光。乍疑火珠方夜照，不然玉女投壺初一笑。雜以嶙峋出没奇，又似水銀傾地瑩萬竅。須臾漸大漸分明，始知天半石橋横。兩界相交透日月，五丁難到通陰晴。神鑱鬼劈不知幾千歲，乃使嵌空洞達螮蝀開峥嶸。南山有鳥北山去，云見洪崖赤松常向頂上行。諦視我滋惑，獨爲長太息。仙家雞犬能上天，豈須作此狡獪勞登陟。何如移置章江接城闉，直到彼岸成通津。饞蛟毒龍任簸蕩，疾風猛雨免悲辛。無使雙犀横約盤鐵柱，萬古日渡百千人。

殺虎行

金飈獵獵原草長，龍旗耀目豹尾揚。君王秋獮開獵場，萬馬平分荼火光。佽飛諸將多年少，珠韉一出風雲翔。鞭影横抽弓影瘦，僕姑未發弦已張，射麋麗龜走且僵。踠伏視之初疑石，作威欲出始潛藏。欻然人立目如電，迎風怒吼奮氣張。捨鞍肆搏先養鋭，從容漸進未與當。舉步欹斜讓牙爪，翻身横擊扼其吭。衝人奮起力不敵，失勢一落仆道旁。將軍殺虎如殺鼠，馬前赤手獻我皇。重瞳有喜方賞勞，不誇勇力啓禽荒。國家自重干城選，非熊有兆慶無央。

讀黄貞女傳

華山畿，門前棺自止。清商一曲應聲開，不甘獨活寧同死。當時合葬在雲陽，神女冢邊春草香。石碣消沈土花繡，我疑此事猶荒唐。何如黄貞女，芳名長不朽。二歲有冰言，玉臺訂佳耦。將嫁噩夢驚，待旦白阿母，李郎定已歸泉臺。使歸未語冠皚皚，天乎一慟幾欲絶，求死不得何爲哉。稱未亡，請奔赴。拜素幃，悲薤露。高堂之上，有舅有姑。言代子職，下慰我夫。兩目既盲，血淚已枯。母疾歸寧，捫頤而吁。兒先母去，宜歸我軀。胡不歸我軀，仍葬我于母族。古有户，還陰氏。今何阻我，于山之麓。舅從京師來，趣駕視其墓。貍首忽有聲，綻裂髮曲局。鬅茸鴉翅麻經深，改殮舁歸。李氏林。李氏林，枝連理。同穴心，古井水，表貞蕤，承詔旨。

二十八日南嶽紀遊

布帆早挂緣封溝，巒氣斜射扶桑頭。才過勝市擬白下，既泊又喜開山陬。出縣城西三十里，萬松夾道龍蚴蟉。坡陀高下間村落，旁有活水分長流。前行四面排屏障，兒孫羅立稱咽喉。鳳翥象伏勢連絡，忽然鬱蓊陣雲稠。盤紆漸入靈臺境，恐破混沌難窮搜。岷山脈走數千折，亘天團結到此收。赤帝所都應朱鳥，文明肅穆端冕旒。離宫位正炎官侍，閟殿規崇祭秩修。繚以周牆制宏敞，環列古柏枝相樛。當中宸翰天章麗，釦砌丹桂森層樓。枚枚實實新猷焕，豈僅考典視公侯。真君注生功育物，聖皇比壽司添籌。元嶽山記云：聖王比壽之山，故稱壽嶽。珠汁玉衡衆星共，碧蘿紫蓋遥綢繆。洞庭爲襟湘爲帶，永鎮南紀雄荆州。七十二峰十三洞，中界飛瀑洄靈湫。巖弸石嵌各異態，幡幢隱約神仙留。噴泄煙霧氣剛勁，陰晴不定無春秋。羅浮佐命匡廬使，其餘卑卑孰與儔。諸儒講學會理窟，關閩舊迹繼魯鄒。尤通遠勢起嶽麓，闡洩機秘山鬼愁。乾綱坤維皆貫串，《虞書》《禹貢》勤追求。行蹤似我難殫述，征鑾出塞窮和兜。醫巫閭恒會稽霍，東岱西華嵩山幽。或從奉使薦璋幣，或因扈蹕隨共球。眼光到處見靈異，恐缺其一迹未周。今來且喜足吾願，此生五嶽已徧遊。

齊齊哈爾以木爲城少司農阿公命余賦木城詩

北鎮巖疆帶礪開，金湯全恃棟梁材。重重槍纍闉闍立，面面鈎連雉堞迴。大樹元戎高幕府，夢松天使建行臺。此間自有苞桑固，不用神工採石來。

自船廠至寧古塔一路山水奇秀詩以繪之

迢遞征程歷幾關，吉林東去勢孱顔。蒙天雪樹勾留處，綴地冰花隱現間。百里横連一片石，（有大石長百里。）幾家上戴萬重山。但催花信乘春發，錦繡裝成待客還。

誰把崑崙亂石鞭，結成神秀寓靈仙。馬前一步即無地，樹杪千盤還有天。乍合雲煙烘遠岫，深埋冰雪凍飛泉。向來不信荆關筆，粉本知從此處傳。

又隔松花百里遥，車推馬滑更迢迢。魚從水底穿泉眼，（大石有眼，下涵水泉，居人以簽探之，每得鮮鯽魚，味勝他處。）鹿向雲邊隱樹腰。黄草冬深猶未盡，素沙春嫩總難銷。愛他官健旌旆外，手挽琱弧翠雉驕。

遥瞻大鎮紫氛揚，（有副都統駐防。）暫解征鞍到遠鄉。長白望遥雲萬朵，（長白山于此望祭。）古臺迹近樹千行。（俗呼寧古臺。）商徒錯雜閶閻密，詞客周流歲月長。寺外又聞排去馬，喜從歸路更騰驤。

乾隆壬申春仲還家偶記所見兼述舊懷得詩二十首

自著浮槎任往還，針鋒粟顆兩無關。三千世界雙眸裏，十萬程途一瞬間。十餘年來，馳驅已十萬餘里。豈是巨魚期縱壑，也聞好鳥不歸山。惟慚鹿鹿誠何用，祇合春湖碧水灣。

青春伴我竟還鄉，一日維艄到草堂。已勝卓錐無隙地，不嫌移案抵斜牆。余出門時，黃太史唐堂贈詩云：「賣屋已無身外物，束裝惟有腹中書。」近買屋八間，可以容膝，快然自足。曳舟居陸猶環水，掃石安棊亦向陽。爲報吾廬今始有，并教韓筆省鋪張。

唐瑄

字萊嵎，號復堂，青浦人。以康熙癸卯生，壬戌入學，食餼四十年，以廪生中雍正癸卯舉人，官當塗教諭、太平府教授。己酉應浙江闈聘。著有《道德經注》《莊子集解》《列子辨》《韓子摘雋》，刪改《杜詩闡注》等書，並《冬榮居詩稿》十卷。

劍門

虞山吴會秀，峭特數劍門。岡巒隱雙闕，中有罅穴存。巨靈劈華嶽，莫見斧鑿痕。攀躋不可上，壁立雲霧昏。積甃縈皺縷，堆阜蘊璵璠。疑是相累成，雜然虎豹蹲。峰迴忽蟻旋，去聲。路轉若車轅。崢嶸天宇窄，突怒地軸翻。鬬奇互傾軋，迸出相崩犇。礫卓無寸土，巉巖逞孤騫。群峰四圍合，未若此峰尊。時有欲落勢，驀驚仰視魂。憶昨艤舟初，寒雨暗郊原。躡屐望山麓，蒼岫鬱雲屯。今晨槃姍上，流汗負春暄。徑滑捫藤刺，足疲卧松根。行行豁心目，川陸各吐吞。自謂頗壯觀，顛蹶詎足論。咽嗤齪齪士，窮年守籬樊。不到劍門遊，何以異戴盆。

破龍磵

青嶂推劍門，丹楓有吾谷。從兹歷勝遊，縈紆北山麓。邪豎堆亂石，玲瓏雜衆木。雲根盡洗刷，煙梢争攢簇。山梁接徑横，磵道繞林曲。重重敷爛漫，指顧忘遐矚。到眼咤鬛鬖，舉頭竦修矗。私喜絶塵境，恍覺剖山腹。蓊鬱蓄寒雨，俄頃明朝旭。澗壑窈且深，隱轔聞飛瀑。傳聞六代時，此道龍所伏。一朝窟宅移，勢若江湖覆。不應擘千丈，猶自保一掬。巖巒相頹壓，松檜翻整肅。斯言信幻妄，吾意在清淑。踏蹜出陰崖，敞豁見興福。

渡江

君不見，輕舟劈入江心裏，滚滚奔流飄一葦。船頭騎浪船尾掀，隨波一落争不起。傍岸蘆花高復低，迴風飄蕩迷東西。篙師暗識盤渦處，莫效楊朱泣路歧。還憶來時渡江水，險艱首數老鸛觜。許許喧傳銜尾舟，推篷一望使人愁。

土龍歌次趙人完韵

火輪赫赫燒青空，天關杳杳拘蛟龍。生龍難致土塑就，依然熟睡蟠泥慵。性癡惟愛金與帛，抱寶避事民徒恭。舊傳癡龍抱寶睡，又石湖詩「雨工避事欲蟠泥」。今土人翦紙爲金錢，以推龍角，若借此祈雨者。嗟龍經月坐廢嬾，東作曾無尺寸功。呀呀牙角枉自具，不愧尸位居高穹。昔者夏后有爽德，天降蜿蜒分雌雄。厥後一龍死，一龍孤鰥悲莫從。戾氣遷延致湯旱，七年川涸山爲童。而今飛騰協景運，茫茫雲漢繞珠宮。土龍形似合變化，左耳不割定不聾。胡爲垂頭若蹭蹬，不爲上帝佐時豐。街東街西兀相對，恍若豫且見困神。力窮幾時乘雲到閶闔，泣請民命告鞠凶。果然禱祝若有應，霹靂驚起磩礋紅。勢挾萬弩颯沓至，卒暴破塊傷龍躬。土龍土龍爾神飛天形返土，淋漓散漫鱗甲片片盡化赤鱓公。

鳩逐婦

鳩逐婦，朝還朝，暮還暮。喉底咮嘀語不休，耳邊嘲哳聒逾怒。看看雲脚障日迷，傍巢風緊色淒淒。雌飛卑枝隱處伏，凍雨慘慘霎時吹。孤鰥棲宿不相見，恩愛中斷延如線。鳩兮鳩兮深可吁，蠢蠢殆與常情殊。爾不見，愁苦仳離度荒歲，婦不婦兮夫不夫。更遭霪霖薪米絶，枯腸欲斷骨欲折。飯甑流塵竈產蛙，八口嗷嗷難生活。爾縱不知家室歡，漂搖應苦巢不安。何爲朝朝暮暮恣洸潰，坐令點點滴滴增悲酸。吁嗟物性乖違助天虐，鳳鳴鏘鏘聲何樂，豈似鳩唬喧噪恩愛薄。

七夕

七月逢七日，俗傳雙星節。雙星隔年期，懽情轉淒絶。河漢淡不流，鵲橋空杌陧。會合無幾時，遽作河梁別。河梁別，含辛酸。誰遣牛郎始聘年，逋餘十萬久不還。若乘帝醉匿金錢，被驅營室終年鰥。《道書》：牽牛取天帝二萬錢備禮，久不還，故被驅在營室。織女何尤慫擲梭，夜夜空見月團圓。莫怨參作媒，氐作妁，《語林》：牛郎織女以參、商作媒，亢、氐爲妁，宜其終年各天也。二姓未諧資斟酌，左彌右縫情不惡。屈子惓惓尚求鴆，何況臭味相投堅一諾。牽牛星，織女星。機上帛，隴頭耕。夫耕婦織理宜足，舊債未償兩獨宿。針亦不須穿，巧亦不須乞。穿針空引線，巧慧轉成拙。偷得一時歡，嗟貽萬古失。天上人間怨恨同刺針，心痛不是巧相逢。

六月四日呈棣華堂主人

堂宇敞豁軒窗明，素屏圍繞朱檻横。簾疎几净香吐篆，縱逢霪潦幽且清。主人憐我病初起，摘蔬烹鮮進浮螘。歡情轉促悲心來，欲歌歌咽淚灌灌。憶從前月動雨脚，崩騰颯沓聲傾頹。沈冥曉夜不停滴，流潦已泛城之隈。魚遊釜中鼃入户，櫓摧牆塌生莓苔。穲稏爛盡木棉死，茫茫接天天浸水。天方降割怒未怠，幾年鞠凶禍不悔。况聞疫鬼遍處處，哀此下民實何罪。余起謂君歌莫愁，賦命有定將誰尤。縱然陸地詫行舟，可樂孰如君家稠。緑荷田田映朱榴，圍棊握槊彈箜篌。牀頭清醥不須篘，呼來爲君大白浮。

正月初八夜歸

宿好無如麯秀才，薰人風味玉山頹。春風自扇誰爲主，明月無心我敢猜。歲惡荒涼燈市罷，夜深喧鬧火龍來。今年穀日逢晴霽，不怕田疇没草萊。

讀周禮

鎮樸無爲民自化，稱先則古邑成墟。相公莫進周公禮，賤子思呈老子書。介甫紛更徒致擾，曹參清静未爲疎。從來治理規爲密，解網隳綱已有餘。

呈謝蔡廣文

精舍横經絳帳懸，剩分餘馥許宣傳。新知結契逢今日，舊學遺忘自昔年。敢覬韓門情欵欵，恐嘲邊老腹便便。江山登眺非天幸，盡沐稱揚不棄旃。

有慨

博帶褒衣自訝迂，悔今無力藝粳稌。少年來去如黄犢，老境光陰迅白駒。况際雨昏韜日月，卻愁谿漲接江湖。行看斗粟衾裯换，長此街頭米賤無。

朱　鎮

字子儒，編修績曾孫，華亭人。雍正癸卯舉人。著《細論》《皋蘭》二集。黄宫允唐堂序其詩曰：「位不達，達以名，年不永，永以文。」孝廉初以風雅遊公卿間，既登賢書，嘗客秦陝，中年病軟脚，潦倒而卒。《細論集》，其子鼎揆刻之，至《皋蘭集》則但有抄本。盛百堂曰：「此公詩頗風雅。」

廬山瀑布

我生無好但好奇，廬山往往入夢思。挂流噴壑震天地，覺來惝怳徒神馳。山水有靈忽相值，豁眼遂得親見之。開先古寺占奇秀，鶴鳴龜背峰參差。群龍争隘蹙玉甲，怒馬撒尾紛青絲。西南相望雙劍出，背有深湫神所依。銀虹忽落千萬丈，浩氣歷劫誰扶持。廬山瀑布常若此，廬山絶作誰能追。千秋解作飛仙句，青蓮振古脱縶羈。髯蘇仙才差可擬，遊此輒言嬾作詩。乃知古人心眼妙，天動神解筆自隨。不肯强作形似語，下與徐凝同兒嬉。我今執筆已自哂，興至不愁山靈嗤。屠門大嚼且快意，書生瑟縮徒爾爲。遥想當年瞠眼處，奔雷掣電同一時。如何有景不敢復，一道排空直落真我師。

送别借山上人

昔别已十載，今來隔歲期。那堪聽落葉，又復話臨歧。緑酹邗溝日，青山白苧詩。艱危嗟世路，一衲欲何之。

邯鄲道

落日邯鄲道，遥遥望古情。無人求趙璧，有女抱秦筝。巷以回車著，橋因學步名。世緣皆夢境，何獨説盧生。

對雪

故作飛揚意，將毋狂有餘。古風留太素，大地變清虚。世少肝腸似，人憂鬢髮如。冰壺宜冷淡，半榻映殘書。

客舍桃花

刺眼夭紅麗，驚心客裏身。一年新火後，三月故園春。歷亂遮來路，繽紛暗去塵。欲歸歸便得，翻羡武陵人。

同王漢階曹諤廷陳師洛韓園探梅

輕寒側側鎖南枝，春事今年信較遲。一徑蒿萊埋古蹟，半樓風月寄相思。翠翎曾唤羅浮夢，斑管仍題香雪辭。客裏風光成悵恨，只留踈影醮清池。

清明展先祖墓

宿草淒迷露未晞，鶴歸應訝故巢非。半生逆旅兒孫誤，三尺孤墳松檜稀。不負貽謀書在篋，每傷中落淚沾衣。摩挲遺硯心如擣，未敢偷安戀釣磯。

展先慈墓

痛别蘐幃過十年，松楸路入拜新阡。乍歸遊子逢寒食，仰報親恩但紙錢。身是飄蓬虚負土，命遲寸禄慰窮泉。攀號想像違慈訓，四十無成愧簡編。

春暮雜感次范春江韵

習氣消除藉友朋，一分狂態尚因仍。送春詩似空閨女，結夏居同退院僧。爨後焦桐偏有韵，磨殘斷墨怕無稜。孤蹤不是耽幽寂，少賤多慚百未能。

漫興

羞囊不貯賣文錢，孤負青帘颺遠天。一味疎狂仍故我，十分春色又今年。小橋流水桃花雨，寒食清明楊柳煙。轉惜風光能惹恨，舊遊如夢轉茫然。

酬陳密山進士即次元韵

不妨岸幘更披襟，清話渾忘河影沈。差可勝人餘傲骨，未能免俗是名心。交逢公瑾先教醉，情到汪倫倍覺深。比擬丰標誰得似，松風謖謖響千尋。

張玉田招集秋葉軒時將赴省試

深樹蟬聲噪未停，晚風蕩漾畫簾青。堆盤競劈迎涼脯，倚醉紛題喜雨亭。差愛北山迴俗駕，漫誇南斗避文星。十年待字良媒少，慚愧無鹽望綵軿。

題初學集

風雅虞山作者師，兩朝耆舊一編詩。絳雲劫火空芝檢，紅豆殘春葬柳枝。圜室翻成枚卜恨，石城無限黍離思。清江畫舫雲間日，滿目山川撥棹遲。

宋故宫

宋家宫闕想嵯峨，滿眼風光艷綺羅。欲藉金繒留社稷，早因花石棄山河。塵生輦道官家去，草長荒臺野衲過。落日幾回增悵望，古今無限黍離歌。

隋隄

栽柳疏渠恣夜遊，隋家洵是愛風流。直將河水連江水，慣説揚州勝汴州。語燕啼鶯空惹恨，淡煙疎雨迴含愁。千條依舊緣堤緑，只與年年送客舟。

古意

寶馬七香車，如花擁將去。誰憐緑窗中，尚有如花女。

朱鑑

字旦平，號映川。康熙辛卯舉人，雍正癸卯進士，寧國府教授。聞有《静觀樓詩稿》，馮墨香謂其「句澁語晦」，而未之見。

贈客南歸

此見贈沈忝生序，一爲忝生，一爲周緯蒼，以爲「詩人之窮旦暮，得賢主人哀之」云爾。則此詩可存。

御駟無媒況解驂，長安面目十年參。士林垂白間揮手，枉是咨嗟吾道南。

吴王坦

字筆峰，號樓坪，婁縣人。康熙癸巳舉人，雍正癸卯進士，點庶常，改行人，出知廣西永福縣，行取擢平樂府同知，乞病歸，卒。乾隆初，廣西金撫軍保舉博學鴻詞，粤西僅薦二人，一樓坪，一浙袁子才。二人遂同往返，後樓坪以詩稿屬袁作序，竟致遺失。今存《讀史臆語》一卷，自序謂「語涉莊諧，事參正變，以臆語快臆見者也」。存數章以見大概。

自題滌硯圖小照詩圖作於雍正癸卯，而題于晚年。

無言獨坐傍芳菲，此子襟期與世違。苜蓿草荒天馬病，神仙字老蠹魚飢。露寒金粟秋風早，水落吴江獨雁飛。今日燈前重問訊，怪他雙鬢漸看非。按，小倉山房亦於乾隆乙卯有《題滌硯圖詩》，云：「憶昔同徵日，於今六十年。一朝逢畫裹，萬感集胸前。我鬢今蒼矣，君容尚宛然。遥知洗硯處，初染桂花煙。」

讀史臆語

張禹第

椒寢承恩拜五侯，塞天黄霧兆移劉。漢王苦被尊師誤，經術徒工賣國謀。成帝因災異至張禹第，密問王氏擅權狀。禹詭言天道難知，謬引《春秋》爲對，帝遂不疑，致成新莽之禍。

馬融帳

弟子親隨粉黛行，絳綃帳内奏絲簧。丹鉛枉著忠經在，忍負劉家不負梁。

聊城竇建德

布衣義憤動雲雷，獨爲隋家討賊來。休把英雄成敗論，聊城風雨至今哀。

杜鵑聲

安樂窩中自在天，小車高閣傲神仙。天津橋上嘸歸去，老淚悽涼爲杜鵑。

徽宗畫扇

京洛鶯花老眼枯，只留紈扇泣蒼梧。倘教玉輦重回日，應寫燕山風雪圖。汴京失後，高宗只存御筆畫扇一，甚寶之。一内侍竊以示康伯可，康醉題其上曰：「玉輦宸遊事已空，尚餘奎藻繪春風。年年花鳥無窮恨，盡在蒼梧夕照中。」高宗有聞，立索視之，惟一慟而已，竟不之罪。

夏貴奴

一門就戮血模糊，死向南朝叱二雛。北面投戈甘負國，請君回首看家奴。夏貴既降，家僮洪福初以積勞爲左軍統制，與子大淵、大源結麾下兵，復其城。貴乃設伏，至城下好言誘之，請單騎入，城門啓，伏發，被執。臨刑，福大罵貴不忠，叱二子南向死，以明不背本朝之意。

張紹懿

字克宏，號逌庭，華亭人。雍正甲辰順天舉人，充圖書集成館纂修，議叙知縣。緣他事罣誤閒住，既而南歸，以「終慕」名其堂，著《集唐紀年詩》一卷。

病中姚景初王静觀過訪喜作

自我居鄉曲，蕭條歲月深。力耕稀見客，老病况相侵。安道谿頭舫，泉明壁上琴。霍然起沈疾，《七發》遇知音。

素心偕二妙，聯袂到茅堂。深愧盤餐陋，相忘晷刻長。話來多繾綣，興至倍疎狂。吾亦癡懷劇，頹然醉一觴。

金應元

字霖舒，號宇春，上海人。雍正甲辰舉人，以圖書集成館分纂議叙除兩淮運判，轉司馬，引疾歸。與凌司馬榆山唱和，著有《種書圃詩文集》。

秋燕

差池何處更銜花，王謝堂前日易斜。半載雕梁元是客，三冬滄海豈無家。珠簾畫閣人千里，流水孤村路幾叉。老伴笑看雛又長，明年期汝向天涯。

周吉士

字藹公，號漁山，萊峰六世孫，婁縣人。雍正癸卯舉人，甲辰進士，選庶吉士，改刑部主事，歷員外、郎中，得疾假歸，不出。著《漁山稿》。虞山王應奎爲作傳，稱其在部時，以刑曹爲生死出入之地，詎可造次，於是在任四年，平反甚夥，大司寇静海厲公極器重之。歸家貧甚，而不宜之財則齦齦持之不稍假借。所居破屋，不蔽風雨，庭竹數竿，有楚楚可憐之色，而怡然安之。春秋佳日，芒鞋竹杖，放浪山水間，樵夫牧豎直爾汝，遇之，不知其爲官人也。前輩風流如是。

詩話曰：漁山府試時，郡守周公延教授郭述堂衡文，特拔第一，謂必速飛以去。而是年癸卯果中式，明年會試又中式，人以爲衡鑑之不誣云。故陳金浩詩云：「誰似使君真眼力，看人直上鳳池來。」

友人貽贈先萊峰公墨蹟賦謝

前夜宿青谿，燈花報我喜。今夜返笏谿，先蹟陡陳几。展卷三復之，徬徨肅然起。先人立品高，瓣香宋四子。兢兢出處間，完璧無遺訾。即此仕宦箴，堪作中流砥。况復書法工，前輩俱仰止。積想既有年，徒深神往耳。何意忽來歸，感激莫可似。憶昔意氣同，玉樹蒹葭倚。别去十年餘，虬鬚笑彼此。惟君學海宏，聲名震遠邇。賦手運騷心，每歎何敢齒。而今不棄余，肝膽傾表裏。至舉平生珍，慷慨我擲矣。且感行且思，爲我亦曾仕。我身笑支離，祖訓垂如是。君惠夫豈徒，此中有深旨。

春郊踏青

人生誰百齡，而不散心形。徐步乘春興，遐歡適性靈。風光驕鬓白，野色鬬天青。何處笙歌起，留人試一聽。

題山舟草

吾生師大阮，不獨在高吟。天地留詩卷，禽魚見道心。風清疎竹響，草宿莫雲深。他日吾將老，何慚並古今。

夜坐

弦月澹雲中，寒檠伴老翁。生涯從白髮，世事付秋風。蟋蟀吟何苦，蒹葭思可通。悠然茶一盌，夜景覺澄空。

嬉春

春意酣融二月天，青衫徙倚晚風前。偶然添箇尋芳侣，興在《南華》第一篇。

舒眼谿邊紅似燒，桃花斜襯晚霞嬌。谿回可是山陰路，又引人來渡石橋。

近水渟泓更遠山，意行好聽鳥綿蠻。迴頭殿角明林表，人在垂楊落照間。

張忠震

字虎臣，號涪音，華亭人。占宛平籍，中雍正癸卯舉人，甲辰進士，授湖廣石門知縣，行取擢主事，歷員外、郎中，江西撫州府知府。

寄雲南提學

萬里山川擁使車，文光宜共彩雲舒。經傳絳帳千秋業，學擅青藜四庫書。芝嶺日高無隱豹，滇池春暖想騰魚。自慚樗櫪曾同署，搔首南天意有餘。

唐　班

字晚野，號荆巖，上海人。雍正甲辰舉人，會試續榜進士，授山東鄒平縣，改鳳陽府教授。

題閔篔谷聽泉圖

退老荒村泉石難，愛將圖畫静中看。危巒曲澗君遊處，流水恍疑弦上彈。非關採藥入雲深，爲愛山間漱玉音。直沁心脾幽意愜，芒鞵不受俗塵侵。

朱良裘

字治子，號補園，上海人。鑑子。雍正甲辰舉人，連捷進士，授庶吉士，至詹事府少詹事，辛酉四川主考。

南苑大閲恭紀

風和雪霽動輕寒，犀甲成行矗豹冠。德耀兩階光舜日，典昭九伐凛周官。熊羆霧集千城寄，鷟鸑雲屯列陣看。共仰天威臨咫尺，嵩呼舞忭奉宸歡。貔貅霆震盡鷹揚，佩鍔盤纓浴日光。鐵騎星流青羽箭，珠幡雲繞緑沈槍。已歌文德超三古，更頌皇威亘八荒。深愧小臣忝珥筆，彤墀肅穆仰垂裳。

袁涵

字實容，號受堂，青浦人。教諭載錫子。雍正丙午舉人，著有《奏雲堂四六》。

達觀

夙昔覽遺事，兩祖笑齊女。余年行就衰，竊欲效此舉。江南避嚴寒，河東度炎暑。安得費長房，縮地成數武。一年兩度行，不受關山阻。須臾復自笑，念此亦何補。人生天地間，大抵如逆旅。此亦非異鄉，彼亦非故土。但使無飢寒，此軀便得所。行止且由天，胸次空城府。孔老亦有云，得弓去其楚。

送張玉女大尹之任博羅

折柳津橋手重分，不須南望暮天雲。官衙閩與羅浮近，夢到梅花便見君。

杜昌丁

字望子，號松風，登春子，婁縣人，青浦籍。雍正丙午副榜，官福建浦城知縣，陞永春州。初，松風在康熙庚子、辛丑間客雲貴總督蔣陳錫幕，時征西藏，陳錫誤餉，奉旨督運赴藏贖罪，昌丁從行，著《藏行紀程》并詩。

詩話：望子藏行所紀，過中甸經瀾滄江竹索橋，橋西雪山即葱嶺，上百餘里，自木魯烏蘇而南綿亘數千里至緬甸，插入南海，高莫可比，乃天地之脊。元人《黑水辨》謂春脊瀾滄江，脊西怒江，皆匯諸水，南流至緬甸入海，又如夾壩落龍宗等處，縷縷述之，頗多可喜可愕，足備域外之觀。

溜筒江

原紀：土人繫竹索于兩岸，以木爲溜，穿皮條縛腰間，一溜而過，所謂懸渡也。天下之險，莫過于此。蓋初去時，曾造浮橋，以牛皮縫渾脱數十隻，竹索數十條貫之，浮于江，施板于土。波濤洶湧，震蕩不寧。初，蔣過時，幾至傾覆。杜從行，亦水至過膝，片刻橋即衝斷。及歸則並無浮橋，故從溜筒過也。

一索横飛過，危懸無著身。非船登彼岸，不筏渡迷津。疑是都盧戲，真成解脱因。下臨波浪湧，何處世間塵。

渡瀾滄有感

瀾滄西渡欲何之，爲訪仙槎舊路歧。擦瓦崩達等處皆張騫誤入斗牛所經之地也。碌碌漸知名是夢，星星博得鬢成絲。

才爲身累殊多愧，客作生涯可有期。萬里自來稱絶域，而今萬里未云奇。

雪山大霧次敬亭

昌雪行空迹似仙，蠻煙瘴雨斗牛邊。乍疑銀漢人難到，錯認藍關馬不前。祇恐此行無去路，更從何處覩穹天。知他脱得凡胎否，漫説雲遊等逝川。

沫滂坡回望麗江雪山

數日勾留麗水濱，鞭絲依舊撲芳塵。雪山又作經旬别，回首天涯是故人。

詩話：望子赴藏，過瀾滄時，其部落曰猓猔，有小女名倫幾皁，聰慧明艷，能通漢語。望子來往，屢主其家，見輒呼「木瓜呀布」，木瓜者，尊稱也，呀布者，猶言好也。彼此有情。臨行以所挂戒珠作贈，揮淚而别。歸語士大夫，咸爲憮然沈子大先生作詩云：「猓猔小女年十六，生長胡鄉服胡服。紅罽窄衫小垂手，白氈貼地雙趺足。漢家天子撫窮邊，門前節使紛蟬聯。慧性早能通漢語，含情何處結微緣。杜郎七尺青雲士，仗劍辭家報知己。匹馬翩翩去復回，暫借猓猔息行李。解鞍入户詫嫣然，萬里歸心一笑寬。笑迎板屋藏春暖，絮問游蹤念夏寒。自言去日曾相見，君自無心妾自憐。妾心如月常臨漢，君意如雲欲返山。私語閒將番字教，烹茶知厭酪漿羶。兩意綢繆俄十日，誰言十日是千年。留君不住歸東土，恨無雙翼隨君舉。聊解胸前瑪瑙珠，將淚和珠親贈與。一珠一念是妾心，百回不斷珠中縷。塵起如煙馬如電，珠在君懷君不見。黄河東流黑水西，脈脈空懸情一線。」按此亦一軼事之可傳者，附記。

國朝松江詩鈔卷三十六

鄉人姜兆翀孺山録
何其偉書田閲

王祖庚

字孫同，號礪齋，文恭公孫，華亭人。雍正丙午舉人，丁未進士，授山西興縣知縣。乾隆初召試鴻博，後在武英殿經史館校書，旋出知隰州，遷保定知府，終寧國知府。著《礪齋詩鈔》。《漱芳齋詩話》：康熙己未乾隆丙辰兩開鴻詞科，周甲中祖孫應此選者，惟我松王文恭公與太守及浙之竹垞翁與其孫稻孫而已。初，文恭有接葉亭大宅，堂額「錫壽」，在爛麵胡同。太守於癸未時恢復此宅，宴同徵七人，則劉相國繩菴、王廷尉晉川、申光禄拂珊、陳銀臺勾山、曹參議地山、錢宮庶籜石、楊宮允杞山也。劉相國詩云：「人間盛事傳衣鉢，天上榮光燭斗台。」太守亦有長歌紀事。

清涼石

世界成清涼，何來此怪石。方丈容百人，塊然空王宅。四顧蔭佳木，西來意在栢。老僧掃毒塵，枯坐永晨夕。我昔登玆山，藉以避苦厄。今復策馬過，未由叩講席。手掬飲清泉，瀟灑忘形迹。五載馳流光，種種髮已白。共誰約三生，化作神清客。

謁嘉山黑水神廟

嘉山崒嵂西南隅，源泉淵邃神龍濡。祠宇巋然爲誰立，年湮世遠言人殊。或言申生出亡止，于此又云靖公之。臣忠且死精英不滅化爲神，赫赫聲靈號黑水。相沿稗乘鑒莫真，見聞失誣寧無因。我來瞻禮修春祀，肅薦豨毛當上辛。退摩殘碣蘚痕古，獨標神貺零膏雨。堪嗤傅會始何人，好事傳疑駭傖父。何必恭太子，何必晉忠臣。但能出雲降雨潤黔首，便當血食爲明神。神之來兮見復隱，余言匪妄神母嗔。

堯母廟次壁間韵

祠祀崇堯母，千秋俎豆尊。蒼煙封閟闕，碧樹隱重門。雨繡臺邊石，香生澗底蘩。地名嫌近瀆，一字溯淵源。縣舊名慶都，上易慶爲望，避母諱也。

過圓津菴用宋漫堂太宰韵

偶尋鹿苑寄幽思，吏部風流擅昔時。謂漫堂、西崖兩前輩也。翠竹紅魚池上句，西崖題壁詩有「翠竹不沾花外雨，紅魚忽破水中天」之句。蠹痕墨瀋卷中詩。漫堂西苑詩手書贈僧，惜不善藏弆，字多剥落矣。爐邊坐論茶煙晚，松下留題月落遲。白髮書生戎馬路，馳驅又喜送王師。余牧平定時供頓金川之役，今又在中丘科量西征軍事。

納涼聞笛

碧空如水浄無雲，斗轉參横夜欲分。長笛不知何處起，好風偏送此間聞。江梅片片傷春暮，岸柳絲絲綰夕曛。曲罷無端倍惆悵，階前涼露濕紛紛。

王丕烈

字述文，號東麓，婁縣人。雍正癸卯舉人，丁未進士，由庶常授編修，遷御史，轉給事中，視廣東學政，補福建泉永道，擢河南按察使。丁内艱，卒于家。著《春暉堂詩集》。莊有恭云：「吾師之詩，其聲和以平，其辭悱以惻，其旨皆原于三百篇，事父事君之旨。」沈學子序稱其思速而調高，氣清而神逸。又述廉使之言，謂近體律絶求工已難，何必定爲古詩。故集中存者無幾云。

平江夜行

夜發平江棹，歸程數驛亭。層波因月見，遠唱隔煙聽。京國偕仙侣，鄉關入使星。吴中有高士，蝶夢未曾醒。

宿漳州江東橋

愛此背山居，秋聲入樹初。古藤穿屋老，危石瞰窗虚。冷宦煙霞近，閒情席硯餘。勞薪今暫憩，猶是檢囊書。

除夕泊桐江用癸丑除夕泊富陽韵

停橈小憩晚江煙，除夕重逢上瀨船。半枕雨聲餘夙夢，一尊山色自當年。話聯梓里青燈永，歌發篷窗白雪妍。淑氣早回葭律煖，小梅花放尚春前。

雨窗遣興

谿雲如雨接蒼茫，別有閒情寄客牀。消永晝臨殘法帖，試新涼換薄衣裳。悠揚蝶夢香三寸，寥落魚書水一方。異地相依憐好鳥，似將軟語送商量。

王葉滋

字槐青，號我亭，鍾彥孫，婁縣人。雍正甲辰舉人，丁未會試中式，未殿試，特賜二甲進士，即授湖廣常德知府。後歷辰永道，尋授糧儲道，以疾卒。詩著《雕篆集》。葛維嵩序之初，葉滋爲大學士朱文端公軾所器重，爲浙撫時，延教其子，及內陞出鎮山陜，咸與偕。雍正初，首薦入《明史》館，纂修。鄉薦後奉命往贊楚督福敏幕，及赴禮闈，試畢，召見，奏對詳悉，世宗大悦，謂幕府需人，復命馳傳，亟往。迨榜發有名，遂膺不次之擢。其在辰永值苗疆讐殺，乃巡行苗寨，宣上德意，並耀軍容，群苗帖服。後大兵進勦黔苗，飛芻輓粟，刻期而辦，大吏群以苗事相屬，因觸嵐霧致瘁卒。

大中丞公詢先王父殉難始末賦呈

臨城當萬騎，百戰氣難降。奮臂乘埤堞，銜鬚拂劍鋩。孤魂來舊里，入夢慰高堂。先曾王母夢王父冠帶儼然，渾身浴血，長跪辭謝。十日後信即至。幸接昌黎問，如椽待表揚。鍾彥字粲伯，官員外。甲申守彰義門□燎守將開門納賊，鍾彥被執，不屈死之。

廬山道中

了不知山路，行行境漸佳。清光撩望眼，爽氣撲吟懷。嘹嚦春禽滑，陰森雜樹排。經過三百里，幽趣迥無涯。

夢想廬山久，山椒便不群。亂香花莫辨，一碧樹難分。野店雞號月，村莊犬吠雲。紅塵思避地，舍此更何云。

雨後勒輕鑣，晨征逸興饒。新泉漫路脊，宿霧斷山腰。頑僕捎松鼠，飢驢啃藥苗。賞心渾不暇，那問去程遥。

沂州旅店聞飢民爲亂憐其就死地也

太息復太息，太息總無生。赤地難求粒，潢池敢弄兵。行臺方列宴，小縣但闗城。救爾當何計，沈吟對短檠。

登龍門

虛盤棧道上巖阿，自古神功看不磨。兩截劈開横鎖嶂，一條飛下倒懸河。迴風功束千層雪，危石空攊萬頃波。此地魚龍多變化，好將霖雨遍滂沱。

怪石憑空挂水濆，横支小閣倚危雲。眼前溜急身疑走，脚底濤喧語不聞。水去東南鄉國近，山連秦晉客途分。幽宫怕有潛龍躍，不敢高聲讀碣文。

武林懷古

富貴尋人不自由，小名猶憶唤婆留。平提江左三千騎，坐鎮淮南十四州。曾蓢錦衣封大樹，還憑鐵弩戰潮頭。只今剩有新聲在，陌上花開無限愁。

詩話：《雕篆集》《武林懷古》詩凡三首，又岳、于墓詩二首，其「君今已許臣和矣，寇不能當自殺之」句，葛羅坪評爲宋調，其爲槐青詩無疑。今《海曲詩鈔》以屬泖君，誤。

寄懷毛白水先生

蕉窗倡和正忘形，南浦輕帆别緒生。江瀨千尋春水闊，燕臺一片曉雲横。山中縱酒憐元石，市上悲歌有慶卿。桃梗土人非一例，自然飄泊更傷情。

過嚴子陵釣臺

四皓席間扶帝子，鄴侯夜半救儲皇。故人共卧含元殿，可惜寃沈東海王。

西征詞

夜深雪皎海西灣，猝命嚴裝出玉關。貿貿不知何處去，將軍鞭指賀蘭山。

通天河上日初曛，射得黄麞著火熏。武士三千齊解甲，白頭老將識風雲。
無數羌胡卸甲迎，天驕氣盡不難平。宵來敕遣軍諮到，又益胸中十萬兵。
昨宵漏盡尚銜杯，今日轅門静不開。驀地中營飛鼓砲，將軍親挾虜王回。

葉　承

字子敬，號松亭，上海人。康熙甲午舉人，雍正丁未進士，官浙江常山縣知縣，改池州府教授。有《松亭詩集》。

題曹北居妹倩採藥圖

人生貴適意，舒卷體自然。焉能逐塵網，擾擾成勞牽。山前白雲合，山下松林幽。山中芳草生，時有野鶴遊。杖策行空山。攜筐入蘿徑。四顧寂無人，松風滿山静。

舟抵池陽

依然萍梗泛，復覩翠微姿。客悵離家速，舟嫌抵岸遲。孤城春色裏，雙塔夕陽時。風景年年是，誰知兩鬢絲。

盧昆盈

字廣咸，號月川，華亭人。文子孫。雍正己酉舉人。著《廬山吟稿》。沈學子稱其詩繁富工雅，惜壯歲以鄉舉終。

憫忠寺看海棠用東坡定惠院韵

長安客舍少花木，鍵户無以媚幽獨。城南蠟屐寄閒蹤，撲面紅香差不俗。憫忠古寺始貞觀，滄桑屢變成陵谷。何年絳雪植中庭，屈曲縈紆蟠老屋。增之太長減則短，瘦不露骨豐少肉。亭亭對立掩紅綃，倦眼朦朧睡未足。嫣然一笑百媚生，是何意態清且淑。太真出浴豈其然，錦綳誰敢對坦腹。山僧頗喜雅客至，風爐烹茶敲斷竹。徘徊禪榻晷影移，小住已飽看花目。少陵不賦東坡吟，二公前後同居蜀。胡爲濃淡絶相違，翩然高舉兩鴻鵠。我今來觀倍惆悵，尺五依稀韋杜曲。紛紛桃李笑春風，名花誰賞意棖觸。

送笏山下第之真定

憐爾衝寒去，飢驅尚累人。文章空敝帚，身世又征輪。驛路哦詩滿，衙齋話舊頻。相思雲樹外，一鴈上林春。

于忠肅墓

尚書冢墓最淒涼，松柏森森拱道旁。孤注但知疑寇準，中興無復念汾陽。丹心永照南屏月，碧血曾飛西市霜。千古英雄同一哭，怒濤終日打錢塘。

贈沈思安

曾向天街踏軟塵，與君傾蓋即相親。紅燈緑酒能消夜，白馬青衫恰送春。山郡重逢敦宿好，驛樓高臥接嘉賓。一官莫道寒如水，何似飄零尚角巾。

借山上人爲先祖方外交適來雲間賦贈

壇坫風流一老存，閒開舊集細論文。東湖入定珠涵月，南浦重游鶴唳雲。支遁名言揮白麈，惠林佳句付紅裠。酒壚勝友今何在，黄葉邨前處處墳。

沈成開

字浩瞻，號讓菴，金山人。雍正己酉江南解元，著有《恒堂詩文稿》。

丈室話舊和鶴山和尚原韵

室護龍章煥，宗傳獅吼聲。《三峰記》：剖公云「真獅子兒善獅子吼」，師爲剖公門人。寤言分半榻，詩律重長城。記取磨磚案，憐虚獻玉名。余到山，師有「盡述歐公鑑，誰成劉子名」之句。行藏何足計，物外了無生。

陸瀛亮

字熙載，號宏山，上海人。雍正己酉順天舉人，著《濯煙閣詩稿》。

新秋竹素堂雅集

小園面面遶清流，避暑方之河朔優。知己獻酬甘博醉，風光檢點已憐秋。蛩聲夜静吟幽砌，月影更深入畫樓。猶憶昨宵歸棹阻，吴山煙雨望中愁。

陳　鍾

字玉延，福泉人。雍正己酉舉人，官中書。

題同年盧月川遺稿

詩筆今誰健，廬山衣鉢真。揮毫騰海岳，擲句勝球珍。每幸瞻新製，無端愴故人。回思蘭譜附，瞬息廿年春。

林令旭

字豫仲，號晴江，華亭人。子威孫。雍正癸卯舉人，庚戌進士，由庶常歷侍讀，轉鴻臚寺卿，督順天學政，晉太常卿，卒於任。其生平好經史，長于詩，兼善繪事。著《墨香樓詩集》三十二卷，并《錦城記》藏于家。令旭當未仕時，怡賢親王延於邸。既仕仍奏請教讀嗣王，在王府先後十餘年云。

咏史

國運方昇平，君相咸一德。中外稱治安，宫中尤謹飭。可奈劉棉花，耐彈忝厥職。昂昂吉士鄒，慷慨攄忠直。臣罪安敢辭，臣心詎忍默。竄逐荷恩私，肝膽餘悱惻。新進一儒官，人固未易測。

世廟自代來，久旱乃忽雨。天意兆中興，共仰英明主。詎以大禮議，沸騰遍海宇。群小借梯榮，公論棄如土。猜忌自此生，剛愎易激怒。威福欲自專，迺反中以蠱，矧復事元修，青詞寄肺腑。從來蓋世姿，往往受愚侮。寵任在權奸，戮辱及宰輔。此時憤怨生，感歎到卒伍。那知尚論餘，鬚眉宛如睹。璁萼有遺臭，分宜衆所吐。可憐忠愍公，忠義自千古。

神宗方冲齡，江陵實秉政。雖頗尚嚴切，綱紀賴以正，中外咸肅然，群邪悉用屏。繼用亦多賢，人方仰明聖。溺志在宫闈，家國受厥病。礦税既四出，邊氛亦日競。門户水火争，黨禍于以盛。建立係國本，激聒罪諫諍。獄乃起妖書，蔓延入陷阱。元氣自此傷，人事豈天命。

一月真堯舜，光宗古所無。首傳停礦税，犒邊備軍需。親親國本重，任用期真儒。民命務矜恤，起廢鑒誠愚。善政詎一端，實足啓鴻圖。太平共引領，奸謀起妖狐。紅丸誰所進，罪案豈云誣。徒令易代後，歎息想遺模。

題新昌熊仰之先生傳序：先生因救父被賊刃，且剜其左目。賴神祐得甦，時稱孝眼。先生余同年前輩學士暉吉之曾祖也，已奉旌表，吉水李尚書有傳。

乾坤賴維持，曰有忠與孝。貴賤何足論，祇此繫名教。偷生志士羞，微軀敢自較。我聞熊氏先，純德實騰趠。應龍方泥蟠，藏名在學校。何當群盜興，桀驁事攻剽。衆醜勢鴟張，奚暇仁義效。儒生忠義言，冀以戢虎豹。搏噬迺孔亟，子也極呼叫。殺身以成仁，外此詎復料。呵護有鬼神，一息延渟淖。孝眼燭千秋，日月相輝照。履虎豈不危，冒刃或姗誚。至性與至情，倉卒乃彌劭。寸心得所安，一死斯克肖。吉水著鴻文，於今傳笑貌。賤子何多言，瓣香奉秋醮。

題陸嗚山水畫屏歌

陸嗚與同里嚴遂齊名，有「陸癡嚴怪」之目。

我昔曾從劍閣遊，乾坤奇氣羅林丘。崖深谷黝勢滃渤，層嵐疊巘形雕鎪。石棧千重貯煙霧，風磴萬丈蟠龍虬。百年喬木撑霄漢，陰森時起風颼飀。幾家茅屋藏峭壁，清泉曲折穿雲流。五丁開峽更險怪，亂石獰劣壓到頭。此時應接苦不暇，此時心眼俱清幽。十年不見徒夢想，何意圖畫天然收。陸君妙手天下少，揮毫展素協神謀。晴岸曉峰空翠濕，淋漓元氣墨雨浮。筆力直奪造化巧，南宮北苑真相侔。我今得之張素壁，相對何異珍天球。卧看煙雲時出没，仿佛蜀道開雙眸。夜深疑有虎豹伏，深林瑟瑟聲如秋。

食鮮荔枝

髫年曾作炎方客，八千路指潮陽城。山青水緑看不厭，異鄉滋味諧羈情。烹鮮不愛江瑶柱，柑橙甜美殊相輕。五月荔枝香滿市，紫文紺理晶丸明。日啖何妨三百顆，甘漿破齒羞飴餳。方紅江緑底須問，宋香陳紫多馳名。那數楊梅與盧橘，海隅尤物由天生。便作嶺南人不得，四十年來時序更。每思前事如一擲，清宵不寐愁心并。玉堂閒暇晝無事，朱邸出入嘗侯鯖。秋風蓴鱸正堪憶，銀盤捧出堆瑶瓊。仿佛當年色香味，茜囊入手流華精。蠟封水漬效職貢，紅塵一騎無嚴程。尚方珍重乍頒賜，恩膏波及蠲朝酲。舊遊如夢邈難即，芬芳液沁塵襟清。香山圖畫東坡句，何期勝事輸荒傖。

正定道中

一天涼雨濕征衣，壓住紅塵静不飛。暑氣漸消鞭影滑，曉煙欲散柳陰肥。道旁寺古存殘碣，路口帘斜待落暉。我是江南倦遊客，片帆江上幾時歸。

蜀城雜興

他鄉何處可登樓，萬里橋西問昔遊。賣卜生涯真事業，當壚姓氏舊風流。曾看引竹通鹽井，聞道燃燈出火油。五月花開吟蟋蟀，晚來意緒便如秋。

千秋霸業總成空，剩水殘山夕照中。雹掣雷轟名將略，苔封土繡故王宫。祇憐帳底芙蓉冷，誰惜堦前躑躅紅。自古興亡同幻影，不堪憑弔到蠶叢。

過十三背

長年妙手搦輕篙，絶磴懸崖百尺高。石瞰帆檣蹲虎豹，人緣薜荔走猿猱。迴巒樹攫移新緑，急溜風掀作怒濤。一簇幽蘭香自發，無言應笑客心勞。

重至交輝園

屈指清遊近十年，畫橋緑水問漁船。柳垂橋角千條線，山映樓頭一抹煙。望裏林巒都熟識，舊時花鳥解相憐。不知棲息今何地，話到前因輒惘然。余向寓園内小桃源，今已坍廢。

送同年劉芷谿回東鄉任

芳草晴川望裏遥，飛揚才藻樹清標。撑腸書史排千卷，觚目文章廢六朝。官燭三條同昔夢。專城百里起風謡。民依最是勤宵旰，莫謂官輕怕折腰。

題虎口餘生册

生靈荼毒泣人神，破碎山河猰犬狺。造物有心留黑碗，孤臣矢志滅黄巾。窮搜盡歷崎嶇路，急難都捐生死身。一著最先真妙手，策勳當日更何人。

作家信竟疊前韵

難忘鄉井話農時，新政傳來畏繭絲。比户生涯惟稼穡，我家門業是書詩。身因入世心常儆，事不如人善可爲。應念滋培前德在，芝蘭長養莫教遲。

由來貧到士爲常，家有傳書翰墨香。亡去可能三篋補，借來不用一瓻將。窮經要使金投冶，稽古須知綱在綱。警瞶發蒙心眼别，文峰學海是吾鄉。

傷僕文元

旅食相依已八年，辛勤似汝劇堪憐。雪深匹馬連雲棧，雨急孤帆入峽船。解意每留銜酒客，知貧常節買花錢。名場潦倒今猶記，話到前期更惘然。

讀宋介山集

絶學千秋一綫微，苦心孤詣有皈依。天將一代斯文統，付與新安老布衣。

五丁峽

五丁開處迹猶留，策馬還從絶頂遊。莫道蜀王從失計，世人都愛糞金牛。

曹一士

字諤廷，號濟寰，泰曾子，上海人。雍正癸卯拔貢，丙午舉人，選如皋教諭。庚戌進士，入翰林，擢御史，尋轉工科給事中，卒於官所。著《四焉齋集》。一士負異禀，於書無所不窺，詩文温潤雅潔，爲諸生名海内者三十餘年，爲諫官僅一期，慷慨敢言，所陳多切時要，皆見嘉納。又如言開墾有名無實，恐十年之後既已成賦，州縣不敢懸欠，督撫不敢開除，將來大爲民患。又言「奸人告訐，指摘詩文字句，誣爲大逆，凡此宜悉除禁絶。又言從來守令有賢有能，今天下督撫保舉大抵以趨步便利爲能，以應對捷給爲能，如有惻怛愛人與民休息之賢吏，則視爲無能，概從罷斥。臣愚以爲今之督撫明作有功之意多，而惇大成裕之道少，損下益上之事多，而損上益下之議少，宜令改能員爲賢員，以敦吏治」云云。後以密參河東督臣王士俊，語洩，部議降調，特旨留任。尋又陳官吏尅減冒銷之弊，得旨交部。未幾以膈疾卒，年五十九。詳具全榭山祖望所作傳中。兹撮舉大概如此。

四焉齋宴集

良辰集舊侶，日以慰相思。新知復可樂，意氣各自持。行行上層臺，嘉木何紛披。春光忽已改，緑葉拂我衣。感此難久留，攜手且言歸。新詩一揮灑，清風動簾幃。爲樂方未央，仰視日景移。呼童進清醑，賤子前致辭。嘉會良獨難，莫放杯行遲。諸君幸努力，遇合自有時。立身須不朽，富貴亦何爲。吁嗟萬世後，當知今有誰。

嶧縣散步

陵晨趨嶧縣，陟崕聊徜徉。斷岸見河曲，穹碑誌輿梁。地勢漸已墳，平原卧牛羊。居人刈豆萁，采豆歸山莊。青苗吐白雲，蕎麥花初香。孤桐不可見，四山兀蒼蒼。還舟愧塵纓，此地空滄浪。

訪雍門村

落日彭城上，秋原多古人。有懷孟嘗客，言訪雍門村。颯颯風動樹，悠悠樵負薪。焉知墓中骨，氣壓東西秦。無弦發哀彈，千載聲如聞。寄謝彈鋏子，三窟徒紛紜。

銀州大雪圖爲郝雪海中丞謫戍時賦卷作

六月虚堂生凛冽，怪底瓊瑶舞天末。梨花千樹爛漫開，攜來一卷銀州雪。銀州雪片大於掌，横空撒作鵝毛䨰。謫居御史夜深歸，燈檠閃爍臨書幌。雪晴更上龍首山，燕山萬疊蒼茫間。平明城門獵騎出，東風摇緑紅旂翻。應憶川南艸檄時，登陴督戰羽交馳。蔡州未入元濟在，雪夜何人赴賊師。賦成卻爲蒼生喜，鬱屈龍蛇蟠故紙。袁公千載欠英雄，三尺堆門僵不起。

爲海寧師題吴荆山少宰匡廬觀瀑圖

飛泉千尺聲淙淙，銀河倒挂雙玉龍。冷然天地變寒暑，此身已入匡廬中。五老兩姑落几席，橋迴三峽聞玲瓏。何人亭中此危坐，玉堂文伯今詩翁。西江桃李看未足，獨來巖畔尋雙虹。傾盆裂帛蛇赴壑，噴珠濺玉風入松。茶甌粥鉢兩清供，開先晚唄連晨鐘。徘徊潭影照紺雪，此心早與雲煙空。廿年俯仰歎陳迹，馬頭滚滚緇塵紅。炎天展卷命畫史，想像冰雪傳幽蹤。老夫借看未終幅，頓覺煩熱捐心胸。何時蓮社訪惠遠，與君再踏香爐峰。

徐烈婦行

徐烈婦，農家女，十六嫁作農家妻。從夫十八載，朝耕夕織常忍飢。去年夫疫死，無子無棺并無衣。烈婦仰天號三日，不食不寢守夫尸。里中遺錢弗肯受，妾夫入殯將何辭。顧視諸弱女，未言先歔欷。次女賣作萬家婦，但得送死甘生離。妾身暫偷生，不然夫祀誰奉女誰依。妾志早自誓，縱使烏頭變白終不移。誰歟豪者，悦婦容儀。婦有阿母。利豪金，謂兒無托宜三思。烈婦長跪告阿母，兒恐辱母反參差。佯諾召豪吏，豪吏來蚩蚩。舉杖揮之使驚走，永勿再來汙門楣。誰知使怒母亦怒，爲言後事我主之。有女奔告婦，婦言兒勿疑。我母此言聊謝客，寧忍骨肉委路歧。須臾女去婦閉户，寸心如擣不敢嘑。吁嗟夫祀誰奉女誰依，決知此義難兩全，矢志從夫不可欺。解帶自雉經，浩然得所歸。噫嘻乎，悲哉烈婦全節亦全孝，一死始令母氏慈。此身不惜填溝壑，那計身歿聲名施。近來洙涇魯烈婦，煌煌廟祀崇豐碑。吾鄉復見徐烈婦，芳名同向千秋垂。如何正氣盡閨闥，念此轉令吾心悲。男兒讀書識忠孝，往往臨事多依違。平居展轉較利害，安望生死大節能無虧。我今作歌質且直，要使兒童婦女搢紳士庶咸思維。

三月二十九日山行

山路始攀躋，村村雨一犁。畦喧高下水，樹亞短長堤。春向客中盡，鳥從何處嘑。白華開自好，對汝轉含悽。

送顧小厓同年乞假歸里即題其易説後

一卷韋編語，千秋得失林。商量剥復際，斟酌孔顔心。我道介如石，蘭言利斷金。不須重問卜，朝右有知音。謂司寇張南涇先生。

聖代方招隱，青門獨送君。海濱一區宅，魏闕萬重雲。梁案能相敬，童烏善屬文。謂小厓孫時方侍行。

歸與慎眠食，雨雪正紛紛。

即事呈滄洲師四首

百折孤忠奉至尊，黃楊閏後厄還存。臣心似水甘分謗，天語如雷敢負恩。直恐漢廷成黨禍，重教楚澤有冤魂。三吴父老頻遮道，聖世何煩叫九閽。

芻牧艱難罪不辭，煙消日出秣陵時。再生頂踵皆君賜，三黜功名是數奇。歸夢千山驚虎豹，家園八口寄耘耔。國恩未報身焉往，鶗鴂鳴殘鬢欲絲。

清時執政盡和衷，一眚寧將罪掩功。治郡舊曾容汲黯，薦賢今豈累山公。中丞會有封章入，相國遥聞獻納忠。自比劉陶肝膽在，不堪雪涕話途窮。

閩嶠孤雲入望遥，白頭羈客定魂銷。歸田擬借三間屋，浮海誰遺五石瓢。方喜濟時多稷契，不妨遯世有漁樵。使君久向長沙老，籬下何人問寂寥。時家君羈閩未回。

何履上學正齋見錫山詩數章有感漫題其後

衆鳥高飛一鳥孤，十年蹤迹落江湖。再聞下詔開賢路，時方議行宏博科。早見彈冠滿帝都。老婦篋中藏翡翠，漁翁網畔漏珊瑚。不知華省諸先達，還憶鷄窗舊伴無。

小除作

新樣蛾眉黛色春，未經畫筆已工顰。孔融本自稱男子，曹植何堪作婦人。祀竈禮亡神欲怒，送窮文在鬼應嗔。憑誰寄語同門友，守歲還來共五辛。

題吴東生便面小照

遠山多白雲，雜樹相繆繞。蕭齋不見人，書聲出林杪。

題乘槎圖

三山君儻到，爲我問麻姑。昔日蓬萊水，而今清淺無。

蓉湖詞隱第三圖爲杜雲川太史題二首

紅豆風情老去偏，美人香艸共誰編。玉簫金管芙蓉岸，只有周郎與扣舷。吾邑周子緯蒼與先生交好，向以填詞相倡和。

四年不見雲川子，一卷煙波認舊游。恰似吴淞度除夕，滿篷風雪翰林舟。戊申除夕，先生過海上，阻風吴淞閘口。

顧成天

字良哉，號小崖，其言孫，上海人。康熙丁酉舉人，雍正己酉世宗於《金管集》内見其《恭輓聖祖仁皇帝詩》六章，睿覽大慟，旋召來京，欽賜進士，授翰林院編修，直上書房。乾隆初晉侍講，歸田後年八十二卒。所著《金管集》《花語山房詩文鈔》外，有《離騷九歌解》若干卷。詩話曰：《金管集》八十餘章，蔡中峰嵩所定，内皆表揚忠孝懿行者，故取晉元帝「金管書」之語以名編。侍講閉户著書，詩學贍麗，中峰所稱如《和王未巖卧龍松歌》《紫玉硯歌》，

《金管集》《和寒谿咏雪》及《浴象行》諸作，惜乎不可見也。又小崖爲周釜山婿，所以其《離騷解》板皆藏熊巖齋中，子幼時曾見之，今則周氏家毁，不可問矣。

謁孟廟

疎星爛三五，殘月垂廉纖。驅車古鄒道，虬柯揭我幨。睡夢惕將曙，長林隱崇檐。入門肅拜跪，廟貌親巖巖。低徊七篇指，悚懼隔聖凡。仰謁已三度，微軀愈自嫌。蘭茝宿紉佩，賫菉猶苦黏。斯歸安隴畝，無復著征衫。胡能惄徑去，日上看山尖。庶幾羹牆慕，長臨尊且嚴。

萊陽辛未三仁詩贈姜震念劬

此爲姜公埰、左公懋第、沈公迅作。三人皆萊陽人，同登崇禎辛未榜。姜公以遺戍宣州，後不忍背，卒於吳，葬敬亭山。左公遺詣講和，不屈死。沈公不薙髮，居土城中，官兵至，闔家自焚死。其弟裹兄期歲兒，冒圍出走一晝夜，亦死之。故稱三仁。震，姜公曾孫，爲吳諸生，返籍萊陽，爲道其詳，故作此以贈。

嗚呼如椽久委地，不寫節義將安施。三公用心同悱惻，柱天鎮地真男兒。我悲草草叙其略，竊恐史官有缺遺。父子兄弟法如是，後之覽者應涕洟。沈公鷄犬皆上昇，左公嗣續無能知。對君想見高曾矩，雲錦文章獨繭思。此身善守殊不易，人世浮名空爾爲。有穀但能懷祖澤，天香仙露沁心脾。

魯烈婦

祠在泖涇，以氏姑謀欲污之，氏投橋下死，故祀。

清流淙淙萬安橋，白日杲杲風蕭蕭。誰將其下貞魂招，已脱凡骨驂雲軺。特爲巾幗建大標，濯淖汙泥志不消。古來苦節都無聊，烈婦身死尤漂摇。晨昏紝績資簞瓢，十年荼苦如一朝。松柏歲寒知後凋，祀在千秋不可祧。行在衆舌無爲鐃，瓣香瞻拜申桂椒。詞卑愧非瓊英瑶，焉得遺像圖生綃，高懸日月徧荒徼。

題沈孝子默夫傳後

蟾陽子，華亭人。海島尋骸事另有傳，見方外卷。

從來至行須至文，從來奇事須奇文。事奇行至紛楮墨，筆花怒發排煙雲。前年棲托清河邸，蟾陽高潔舊播聞。今年冬盡喜交臂，玉韞珠含未盡君。焚香讀傳三歎息，拜伏牀下初殷勤。缺陷天倫血淚併，至誠郁烈蒸蒿焄。忽然海天翻混沌，指南有器不可分。隨風掀泊得指點，骨骸竟收荒島墳。夢訴生平呼小字，乍醒痛哭牽衣裙。登舟尋返蛟門道，水天一色人斜曛。歸來佳城鬱松柏，潛身玉局却世氛。寒不忍爐暑不扇，不婚不宦不血葷。瑰琦苦心夐英企，正是庸常君子群。嗚呼孝德乃臻此，高潔全真烏足云。

弔孫烈女

烈女秀姑，錢塘人，楊氏養媳。爲隣閭士積誘逼，不從，因捶壁辱詈，烈女服鹵死，停殮，香聞滿室。後奉旨坊旌。及南巡，上親題其處曰「遺香」，郡人葬之鄂王墓側，構遺香亭。

遺香亭畔説遺香，鬱鬱青丘翰墨場。憤決風霆殲伏莽，貞回日月照容光。神人下散燒嬰氣《真誥》：紫微王夫人與一神女俱來，五香芬馥，如燒香嬰氣也。注：香嬰者，嬰香也。天子親題若葯房。油碧嬌魂應慟哭，可能相見鄂墳旁。

都門留别

八載郎官清禁從，承恩新忝大夫封。乞身不羨陶貞白，受禄猶慚邴曼容。筆珥延英詳議禮，編開崇政廣明農。衰庸只合歸田去，九點還餘未到峰。

渡河

閏九辰還是暮秋，片帆光借月如鈎。古來江漢同歸壑，今日淮黃合作流。星宿遠涵華夏勢，宣房常廑紫宸憂。從兹指點金焦過，略彴汀谿自在遊。

辛亥十月十三夜閒吟

砧杵聲聲逼夜涼，草閒久已息嘑蜚。勇夫仗劍誇擒虎，童子揮鞭解牧羊。寒意幾番侵坐榻，幽情一縷結焚香。甲兵浄洗豐年屢，宵旰無憂化日長。

恭輓聖祖仁皇帝辭

血氣尊親頸盡延，容真如地蓋如天。已增虞舜巡方歲，竟少唐堯在位年。何人不解君臣義，罕喻君臣一綫情。深淺豈真關貴賤，冷窗搖筆淚縱横。鑾輿六度接窮簷，日角天顔惕仰瞻。此日鼎湖龍已去，空教昂首望龍髯。京國遊蹤出塞垣，九重猶想對臨軒。悲魂恍惚驚魂定，聞道新皇已改元。

曹培選

字賓川，號燮廷，上海人。雍正壬子舉人，舉孝廉方正，不赴。

村居

池塘半畝種新荷，碧葉香流映緑波。鎮日閉關無一事，夕陽影裏聽漁歌。

焦以敬

字惺持，號侍江，袁熹子，金山人。康熙丁酉舉人，雍正癸丑詔舉性理之學，有以以敬薦者，召對稱旨，欽賜進士，改庶常，乾隆己未授山西洪洞縣知縣。邑有丁銀，向免紳衿，致累貧户，以敬詳請均攤，以舒積困，又建愼交書院，以課士。緣濫給驛馬去任，改屯留。以病乞歸，卒於家。生平爲詩古文詞，宗尚廬陵，筆力遒逸，著文集及《輿中草》十卷。

過介休望介山

獅行非兔徑，鸞起非鵬程。昔有介子推，高舉衆人驚。割股救主飢，臣心甘若飴。一旦得反國，臣願亦已畢。胡爲二三子，徒勞日紛紛。撒手入深山，山深空亂雲。天功非己力，片語貫金石。吁嗟韓彭輩，少此英雄策。我行入介休，介山猶玉立。俛仰觀古今，望山三太息。

過西州嶺

驅車沁州城，迤邐州西嶺。嶺行紆且仄，宛轉達危頂，輿夫思嚙冰，令止皆深肯。下車一長眺，忽開天半境。群山飛舞來，參差復齊整。宛然大纛移，諸軍望而騁。迴身入山廟，挂壁句奇警。謂言白雲忙，未似老僧静。吁嗟山與雲，尚猶欠沈冥。奈我行役人，能無亟猛省。

枕上聽雨

寒風颯然來，寒雨颯然至。魂夢正沈沈，忽爾生愁思。愁思何連綿，連綿不可置。展轉度中宵，舊事忽復記。舊事那可思，我欲盡遣之。遣之不肯去，紛紜亂如絲。彷徨欲起坐，形影增淒其。那堪風雨聲，故故使心悲，雨亦竟不絶，愁亦竟不滅。車輪生腸中，迴轉無停轍。

慎交書院即事

序：丙寅二月五日解任，八日出寓書院。院故韓氏園，竹石蕭疎，景物尚在，行坐其間，耳目頓還舊觀。隨見成咏，雜書如左。按：侍江乙丑延邑孝廉張某爲山長，生徒四十餘人。書院内有槐蔭樓、問花廳、聽鶯處、池心亭等勝，詩不録。

捲書入書院，耳目頓如拭。吏卒雖尚餘，簿書已辟易。嘉名感慎交，細意别損益。紛紛徵逐徒，誰是心所懌。路歧曾泣楊，絲染曾悲墨。願言攻玉人，攻我他山石。

靈石曝背老翁

老翁老翁我不如，吾今馳驅夜復晝，老翁曝背黑甜餘，老翁見我坐起立，吾亦斂身三歎息。老翁無慮復無憂，吾亦安飽兩無求。但以斯官之故，雙眉常鎖心懷愁。嗟哉老翁不可忘，吾亦自有江上之草堂。不知何日却歸去，效汝曝背熙朝陽。

與釐峰夜話

猛雨聲中睡不成，與君愁坐話平生。十年蹤迹風頭絮，半世生涯水上萍。老屋同違三徑杳，小窗長伴一燈清。何當聯騎春風裏，紅杏花前醉早鶯。

聽話華亭舊令荀公近况

高情仙吏鷺鷗班，蘚印拋來意轉閒。一畝緑畦和月種，半扉黄葉帶雲關。無錢易得惟流水，有夢難歸是故山。爲報玉堂麟筆道，催科下考未容刪。

除夕即事口占

甕頭初注半杯春，老婦驚呼毒入脣。一騎星馳冲黑去，片時普救十三人。除夜方欲舉杯，而門外喧呼，有老婦中毒者。具言男女十三人，死生呼吸。急遣捕衙以羊血方飛馬往救，得皆愈，遂轉驚爲喜也。上省適經該村，有老人年八十餘，率衆遮叩，大呼活命，爲之一快云。

普安堂即事

年來浪得好聲名，夢醒中宵每暗驚。却有兒童求識面，君才十倍可憐生。有李童謂余十倍他令，恨未一見，乃浼人帶見於普安堂中。

國朝松江詩鈔卷三十七

鄉人姜兆翀孺山輯
陳昇蓮塘閱

周益霖

字既霑，晚號驥千，華亭人，占青浦。雍正癸卯諸生。幼即以文名，嘗作西湖及九峰三泖賦，爲藝林傳誦。晚歲潦倒以終，知者惜之。

咏梅

許大乾坤許大春，江梅獨放一枝新。雪深姑射仙無迹，月曉羅浮夢不真。向晚生涯横老榦，耐寒意味絶纖塵。飛鴻堂外花如雪，作賦於今定幾人？

王智古

字静山，華亭人。諸生，歲貢。

秋日懷諸同學

江村寄閑迹，幽事近如何？門掩黄花徑，懷君此夜多。

陸范濂

字嘯巖，青浦人。華亭諸生。

《潄芳齋詩話》：嘯巖少與王司寇蘭泉同學。其《山遊》有句云：「月明人影疑松竹，夜静鶴鳴空雲山。」人稱其清絶。

題花韵館

花原不解語，花韵誰能揭？獨有會心人，脈脈深相悦。雨後日轉晴，風情那可説。

顧金墀

字民邦，號茹山，華亭人。甲辰諸生。工詩，善繪事。著《竹香樓集》。金墀以妻徐氏卒，神傷累月，亦卒。唐堂先生序其詩，以爲「悼亡傷生，比蹤荀奉倩者也」。

秋夜

猶有殘編在，閒消酒一升。興酣頻擊節，懷古獨挑燈。繞樹憐寒雀，依窗笑凍蠅。聞雞摩倦眼，夜半尚能興。

松堂小集示弟

草草盃盤莫笑貧，先大父語。風流佳句誦前人。百年心事惟爾我，一世交情異舊新。竹葉喜浮春瀲灩，梅花解逞雪精神。由來儒素家風在，記取遺編語最真。

句容道中

送客今朝西北風，小車轂擊馬蹏東。華陽古道殘碑卧，句曲仙山一徑通。萬壑濤聲松樹外，斷橋人影夕陽中。我來已值深秋候，猶見閒花處處紅。

鷓鴣

湘江兩岸樹模糊，郎後郎前叫鷓鴣。世路早知行不得，那須風雨在前途。

送竈

千行淚落送君行，天上人間同此情。可記去年燈火下，有人扶病强調羹。

盛照

字玉山，華亭人，居望湖涇。諸生，歲貢。照自少躬耕，三十餘始學執筆談藝，一月而入鄉校，時人服其精敏。後謹言慎行，以教授老于鄉，卒年六十餘。有《鶴湖詩草》。

詠史二首

王孫落魄釣江瀆，驟擁壇前十萬軍。破楚功高當一面，扶劉志定謝三分。主恩最薄疑人傑，女禍先成陷大勳。曲逆陰謀蕭相詐，萋萋朱草恨無垠。

魏營楚帳功難定，仗劍來扶漢室興。割肉俎間藏遠略，捐金幕下著奇能。道家自信陰謀忌，人世偏從祕計稱。白馬盟寒諸呂王，安劉畢竟愧王陵。

贈一指上人

誰結茅菴傍淺流，碧雲日暮擬湯休。元中有偈輸金帶，心上無春賦玉鈎。龍去濕雲封法鉢，客來泥屐印經樓。松間掃葉烹魚眼，消得相如病渴愁。

路瑶林

字湘三，華亭人，居陶宅。諸生。著有《問山草》、《續和陶詩》。

詩話：黄中允唐堂與路氏同里，曾爲作《路氏譜序》，謂「予交路氏之有文學者，其十世垓字蒼霖，辛酉舉人，有《鷗村集》；十一世徐來字舒馭，有《閩遊草》；十二世鳴夏字西駕，登雲字瀛山」云云。湘三則西駕、瀛山兄弟行也。今諸集惟見《鷗村集》，餘俱失。

青村雜興

蕞爾荒城介海陬，奉賢里有舊名留。西關外名奉賢里，因傳聞子游過此得名。案：分縣改名即本此。地鄰斥鹵難耕作，利産魚鹽給取求。澤國不知花信晚，林皋惟聽鳥鳴幽。偶攜書劍來遊憩，惱被春風賺白頭。

青林夙昔產名賢，比户絃歌禮樂傳。昔多徭役，惟士得免。相傳比户詩書。太史文章樓上廢，先生琴石墓前眠。王玠右先生墓前琴石，擊之有琴聲。千年華表空歸鶴，一代風流已化煙。幾度徘徊深弔古，含淒不獨酒罏然。

李服德

字書佩，上海人。諸生。本姓蔡。

辭家

又逐征帆去，離情更黯然。即看雙鬢影，可似十年前？

范嶧

字魯望，華亭人。乙巳諸生。文正二十一世孫，分支在松。乾隆十六年南巡，嶧偕其族人范成章、范嵲、范爾震在天平山接駕，有《紀恩詩》一册。按：范氏在明爲副使允臨，字長倚。其家藏遠祖五代時告身，並文正、忠宣手蹟。曾築别業于天平山上。兹嶧亦克繼前光云。

恭和御製聽雪軒詩韵嶧族人范瑶新駕板屋於千尺雪上，上賜「聽雪軒」匾額，并題詩以賜，因和進呈。

翠華幸南邦，風光呈眼底。萬笏固森然，千尺亦灑耳。寶翰落珠璣，山川增輝美。寵以聽雪名，广闊此仰止。豈徒愜宸遊，且以奉慈喜。錫類自今昭，銜恩從此始。異數沛臣宗，叩祝將何已。

姜爾榮

字廷發，號拙齋，華亭人。諸生，乙卯拔貢。著《拙齋雜咏》。

張用天曰：「有詩成帙，不自以爲工，故祕而不出。乃甫讀二三篇，如寶劍出匣，精光射目。」

紫陽道院

聞說吴山景，幽奇冠禹杭。垂雲穿石屋，印月淡波光。元鶴仙蹤遠，幽花廟路香。歸途君莫促，游覽遍山房。

雲棲塢

路僻尋靈刹，迢迢景不凡。祥雲呈五色，猛虎伏千巖。竹樹添岑寂，香花供妙嚴。飄然亭外立，暫且俗情芟。

朱紫陽祠

洙泗功臣冠古今，崇祠閒鎖白雲深。庭中茂草含生意，門外清泉印道心。僻巷無妨真趣在，荒蘿應少俗塵侵。浙東小試留棠樹，仰止巍然慰夙忱。

姜爾耀

字子約，號務滋，華亭人。拙齋弟。諸生，歲貢。著《□□□集》。

贈雷別駕松舟

不隨時俯仰，風格自然佳。宦迹冰霜净，毫鋒海嶽排。旅游詩是命，飲興酒無儕。更捧龍山集，彌深大雅懷。

詩話：北郭姜氏，自其始祖瑶谿而後，世業詩書。至拙齋、務滋兩先生，當雍正初，均以制藝争雄，蜚聲黌序。與家七叔祖禹承、二叔祖南良、六叔祖壽泉聯兄弟行，自後輩行相次，三世於今。捧讀遺編，乃知其詩固與制藝並工也，允足增光同譜云。

唐陵秋

字胥濤，號菽亭，華亭人，居莊行鎮。諸生，歲貢。

團扇歌

美人執團扇，階下撲雙蝶。誤觸合歡花，花落不忍拾。

積雨寫懷和絅菴叔

連日北風急，寒雲覆山河。濛濛細雨中，兀坐起嘯歌。大阮投好句，誦之愈沈痾。胸中百憂集，筆下萬卷羅。所遇縱蹭蹬，壯志詎消磨。手擊鐵如意，棲鴉噪庭柯。墐户居斗室，面陽而負陰。際此日短至，展卷日搜尋。伯牙遇子期，千載重知音。知音不可得，白髮徒相侵。泉石置身穩，詩書結願深。文詞爲性命，所幸有同心。參訂不遺力，餘興託微吟。

過柘林城

突兀孤城鎮海疆，設官分轄意何長。烽煙寂寂留殘壘，斥鹵茫茫淡夕陽。傍水漁罾交上下，經霜楓葉半蒼黄。吾生最幸逢清晏，策杖隨時得徜徉。

雜興

筆倦卧筆牀，硯乾封硯匣。詩思静復生，忽如泉下峽。

陳元章

字學在，華亭人。諸生。

和黄宫允小山詩韵

唐堂先生修《通志》，寓江寧時，於庭中爲小山，有詩見集中。時學在從遊，故和其韵。

雲間擅峰泖，靈秀互歕薄。一泓九點煙，鍾毓有所託。挺我宫允公，素心山水樂。何必高與深，寄情一卷勺。嶙峋化人造，潺湲知者鑿。地小藏蛟龍，天寒蔓花萼。傴僂介石間，壁立俯丘壑。即景成林泉，游目等河嶽。造化參經營，奇巧孰與角？豈敢蛟負來，何須鼇戴著。一覽欣從遊，效顰亦吟噱。

華義成

字紫電，號稼軒，上海人。華亭諸生。

題水墨牡丹

艷絶無雙富貴花，世情自昔愛繁華。憑將淡墨輕描出，格比尋常十倍加。

林履祥

字楓山，華亭人。丁未金山衛諸生。著《咏史》詩百首，朱初晴序謂：「鋪張刻畫，都是剩句。須如淵明之《咏荆軻》『千載有餘情』一語，乃爲得之，而楓山之作，乃無一句拾人牙慧者。」又有《咏梅》諸什，亦多兀奡語。

范少伯

石室君臣志未灰，霸圖無主有良媒。紅顔漫説西施力，烏喙終辜文種才。身事已隨流水去，形容安望鑄金來。笑他致富誇奇術，欲向鴟夷酹一杯。

信陵君

遺風後代猶追仰，公子求賢此獨難。七十抱關誰執轡？三千食客漫彈冠。竊符亡去干戈靖，趣駕歸來廟社安。多少英雄愁退步，美人醇酒亦堪歎。

龐德公

紛紛三國亂離間，袖手旁觀孰與攀？漢水風迴千尺浪，鹿門秋老萬重山。子孫自享安貧福，主客誰逢上塚間？魚躍鳶飛天地闊，不知龍鳳到塵寰。

諸葛武侯

南陽高隱復何求，鼎足功名豈素謀。天上神龍寧久臥，槽間凡馬本非儔。一時智勇輸梁父，萬古雲霄屬武侯。壘石縱横猶在目，蜀江浩浩自長流。

謝康樂

家風自合産英奇，謝氏原應有客兒。豈是公侯矜世閥，由來山水作心脾。魯連絶憶真男子，慧遠空尋出世師。成佛生天渾閒論，芙蓉初日幾篇詩。

嵇中散

漫向嵇山問姓名，心元體妙謝浮榮。竹林久已遺當世，石髓無緣遇此生。千里相思勞命駕，一回顧影有餘情。《廣陵》律吕歸天上，無復人間哀樂聲。

白香山

先生志業誰能識，經濟文章豈偶然。才子幾人兼富貴，使君常欲傲神仙。悠哉迹寄香山社，老矣終歸兜率天。若使當年遭際蹇，杜陵應許並流傳。

陸魯望

詩翁絶愛天隨子，不盡襟期萬斛泉。豈有散人仍世上，故應老石在門前。風神時遇《松陵集》，蹤迹常隨甫里船。我亦江鄉釣魚者，數聲漁唱憶當年。

金平成

字抑洪，號亦翁，婁縣人。諸生，歲貢。擅詩文，并工書法，由顔而蘇。晚近頽唐，兼以形體不自修飾，因有「壠塌東坡」之號。著《瑞和堂詩集》。詩話：先生才情坌涌，辭氣噴薄。如阮步兵《咏懷》、李翰林《古風》，皆依韵擬和，幾于肖妙。乾隆三十二年十月，郡中有白牡丹之祥，先生著七律詩，前後共九十首。吾師王學林序之，謂其「興酣落筆，色舞眉飛，足以拓心胸而推智勇。非實有磅礴輪囷之積，皎若星日，爛若雲霞，粲若錦綺，珍若球琳者於中，而於此一發之耶！」霍山張學博味青亦贈詩云：「一自吟毫矜爛漫，乾坤從此盡皆春。」

和郭景純游仙詩

靈源不易濬，微塵難久棲。傳聞海上山，隨風縹緲吹。雕胡纔拆甲，瑶華時含荑。超然懷碧宇，兀爾陵丹梯。飄飄來帝子，盈盈睇羿妻。子晉行跨鶴，方平還字瓶。神遊大化中，壽與山嶽齊。

欲謁華陽君，高挹青雲士。日月貯壺中，煙霞藏洞裏。無待守庚申，悠然忘甲子。大道本無心，真聞不在耳。默觀元始初，端倪從何起？廣成舒方瞳，伯陽含秀齒。俱握造化根，不受陰陽使。

千秋巖壑古，長春草木鮮。壺公寧縮地，夸父詎移山。閒中參祕笈，松下彈素絃。微旨託妙香，清音雜流泉。陶鎔化金石，噓吸都雲煙。親摹黄石頂，遥聳洪崖肩。試從廣漠問，不知誰大年。

有身真可患，無欲乃忘災。自天浮碧宇，隨地皆蓬萊。浩浩列夏屋，熙熙登春臺。玉糝時數勺，金莖擢一杯。姑射雪爲膚，太乙蓮成胎。跨鳳翔千仞，和鸞動九垓。此中存元宰，何事育嬰孩？誰舐淮南鼎，鼠肝輸何哀。

王右丞尋僧

觀空遺世慮，言尋方外友。花宫自幽深，一徑入林藪。豁然寶山開，頓爾空諸有。古衲倚枯藤，面壁功應久。燈從暗處明，珠向泥中取。直欲超劫灰，寧止離塵垢。花雨紛講席，香雲依廣牖。曾聞萬石鐘，不辭寸莛叩。

孟山人待友

日入藹墟煙，隨風步幽谷。會與故人期，禪房共飴粥。疎鐘清塵思，談諧忘夜宿。坐久杳無音，明月照幽獨。

岳王墓

墳連兩少保，千古共爲尊。歷變真如一，銜冤誰復言？秋風悲百代，明月照雙魂。北狩何年返，翻應羨奪門。

漫興

閒鷗窺翠藻，野鶴啄青苔。樂地都無物，安居仗不才。神從秋水浄，眼對碧山開。小立長松下，蒼然明月來。

桃花源集淵明記爲詩四十首 存二。序云：源在七松草堂西側，漁洋山人顔其額。蓋前面廣庭疊石，後臨小池，籬外九峰掩映，屋舍村墟，宛是漁人問渡處也。爰集字爲詩，聊以志一時勝概云。

得路纔聞犬，尋源不爲魚。平田一境谿，近水數家餘。花落時紛若，林通復曠如。從知逢處士，無異是黃初。

爲有花源近，谿停漁者船。衣原如晉後，人自出秦先。樹隔前村遠，林開夾水鮮。果知來樂土，小步便怡然。

桓宣武墓

望陵泥首重呼臣，靈爽何言化鬼燐。征蜀難收天下士，入朝空置壁中人。雄狐已逐雌聲老，妖燄還長赤火淪。王既不成圖霸淺，惟留遺臭萬年真。

項王祠

失計鴻門事若何，茫茫厚土決洪波。尚矜赴楚三千少，不悔坑秦十萬多。壁上蛟龍猶帶雨，殿前弓劍欲纏蘿。江頭盡日精靈聚，蕭瑟如聞垓下歌。

諸　煌

字東宿，號省齋，婁縣人。諸生，乾隆癸酉拔貢。煌最長于制藝，其高弟張虛谷以其文與沈司訓湖文同付梓，爲《諸沈兩先生合稾》。詩不多見，其《丁丑雜咏》一册亦虛谷所藏。

春暮喜雨

青草不改色，推窗尚覺寒。日藏雲欲暮，池漲水猶漫。縹玉虞盃盡，泥金遲墨乾。春光餘幾日，盡付雨中看。

石閭小築集

洞門窈窕屬仙家，正是秋光疊翠霞。遊興不隨黃葉減，吟情好向白雲賒。鑪中石鼎思難纘，袖底青蛇氣莫加。爲問嵩山騎鶴客，應從何處覓三花？

郁　造

字蔗村，婁縣人。諸生。

醉白池秋集

秋入名園好，晴空景色饒。論詩多沈謝，養素羡松喬。木下風前葉，池添雨後潮。登高試回首，雲外雁聲遥。

池上坐月

池上涼飈吹晚晴，悠然詩思坐來清。波澄素景雲初捲，露冷空階月乍明。半檻疎花斜送影，一簾落葉暗飛聲。虎頭才藻風流甚，綵筆揮餘滿座傾。

方　倬

字甫田，號石林，青浦人。諸生。

訪隱

獨步城南日欲斜，數竿修竹子猷家。蒼蒼苔徑無人迹，籬畔輕風自落花。

詩話：是年青諸生吳繼光字霽山在京，有《聞蛩》詩句云「秋氣何關汝，深宵欲感誰」，人以爲工。後不及三十而卒。

張忠寅

字賓日，號妙香，澤城子。戊申諸生，例貢。客遊隴粤，有《游歷詩》、《天香閣稾》。并工臨池，精醫術。

天台藤杖歌謝袁渭川見贈

天台藤杖虬龍形，質堅體瘦聲丁丁。石梁險窄不可度，飽蝕霜雪歲屢經。汝南公子好奇特，置之座隅若拱璧。一朝慷慨忽遺我，蕭蕭猶帶煙嵐色。鏗然入手七尺新，撥雲挑月隨閒身。崚嶒偏喜筋骨露，誰云勁直難相親。吾味禪悦時已邁，欲從棒喝超塵界。擬向林間馴虎兕，不許陂中作變怪。人生幻化如浮漚，任運寧論陸與舟。信步時時防鬼窟，爲吾驚散野狐儔。

居庸道中

四月居庸道，千峰雪打圍。沙沈車馬迹，風割僕僮衣。出關，僕衣爲風所破，故云。古戍荒煙斷，長城雉堞齊。可憐游食子，不敢計時歸。

二陸祠 雲間小崑山，機、雲讀書處，舊有遺廟在焉，年久傾圮。乾隆丙寅秋，邑人即山之九峰禪院設位祀之，且屬同志爲詩，以紀其事。

唐宗御翰播清芬，二陸聲華自昔聞。西晉功名愁用武，東吴風雅擅能文。高臺寂寞埋荒草，遺廟淒涼對夕曛。此日禪扉留往蹟，谿毛重薦篆煙焚。

姜爾暘

字嵎谷，華亭人。諸生。拙齋務滋弟。好爲詩，與陸葶薔、劉友萍輩結社倡和。著《莒莪書屋遺草》一卷。鍾康廬曰：「詩境冲淡，不染時氛。」

雨中舟行過横雲山

春波渺無際，春雨連三日。一葉陵空濛，青山對面失。離城十餘里，始見横雲出。歸然復黯然，雲水相蕩潏。咫尺不辨樹，回頭雲更密。但覺山形遠，那知帆去疾。

送别

一載不歸去，出門安所如？楓翻愁裏路，菊冷夢中廬。雪屋三更月，松窗萬軸書。懸知君不寐，時念故人疎。

遊細林山

日落人初散，山幽我獨過。洞雲時繞樹，丹井自無波。靈氣此間聚，仙蹤世外多。茅齋何日結，華髮恐蹉跎。

過楊葆素先生新居

高齋三徙厭紛華，地迥真成處士家。一徑入田堪種秫，半園臨水待鋤瓜。林間鳥語隨時換，酒外山光引望遐。早晚追尋無俗客，論交我亦寄雲霞。

超果寺看落葉和韵寺内鴛鴦殿左右各有殿堂翼之，自寺中緑筠堂僧陸亭不法問軍後，漸圮壞矣。

忽訝秋林增悴態，每從霜信感流年。駒陰徒倚空庭暮，鹿苑蕭騷落葉填。縛帚雛僧收不盡，露巢小鳥見堪憐。西村晚翠誰留得，刻楮山窗詩興牽。

陳蟾客妹倩見貽螃蠏

釜底猶聞索索聲，吴人慣遣伴香橙。十年多病江湖思，欲注蟲魚過此生。

吴　經

字梅里，號恒齋，奉賢人。諸生。善詩文，工蘭竹。黄中允唐堂高弟。桐城張學使欲舉孝廉方正，辭不就。曾入尹制軍幕，後卒於維揚。著《梅里集》，已失，僅傳其《和盧運使修禊詩四章》、《和程中丞梅花詩》十首而已。

梅花詩和程中丞元章韵

稜稜瘦骨劇堪憐，寥落巖邊更水邊。畫手難描蕉葉外，化工獨判杏林先。夢回紙帳山中友，舞罷霓裳月裏仙。曾撥蘭橈探國色，歸來香雪滿谿船。望去晴雲有幾層，早來消盡一谿冰。滿天寒色從頭破，如海春光獨力勝。幽討不須邀酒客，小遊兼可訪詩僧。昨經翠羽巢邊過，撲鼻濃香得未曾。

詩話：和中丞《梅花》者，我鄉推陸棨秬香林作，如「雲塢無聲喧翡翠，月谿有影浸玻璃」、「數瓣暗開春色面，一枝常抱歲寒心」、「忍笑似憐經歲別，褪寒如免積年逋」、「青巘忽開群玉圃，碧霄飄墮蕊珠仙」、「數點疎星明小院，一聲横玉斷高樓」、「此去年華誰獨擅，小來風月早能勝」、「雲深竊恐成龍去，風軟還疑伴鶴來」、「半林艷發瓊田暖，萬樹光摇珠斗寒」等句，最爲擅場。

陳邁晴

字渭春，號梅圃，婁縣人。諸生。學問淹博，才情瑋麗。乾隆甲子薦，不售。丁卯被貼，歸卒。

詩話：袁子才謂：「甲子薦者松江陳生，以五策博綜群書，主司錯愕。余爾時年少氣盛，語侵主司，以故愈不售。場後以百韵詩來謁余，有《哀兩生詩》存集中云云。」兩生，一太倉吴梅村孫某，後吴以癸酉中式，竟死會試場中；一謂陳，終以不遇，其詩文俱散失，惟《百韵詩》尚存。姑登之，以見文人知己之感云。

秋懷

病葉辭高枝，飄摇不可留。白髮青銅生，變黑永無由。大化如奔馳，人生苦多愁。千流與萬流，赴海長悠悠。千愁與萬愁，到死同時休。偃息北窗下，委心復何求？

呈薦師袁子才先生

拓落悲窮士，吹嘘荷大賢。白袍仍坐困，青眼特垂憐。一日文章契，終身性命緣。生成恩罔極，感激骨堪鐫。春雨霑濡重，秋風涕泗漣。受知真特達，賦命實屯邅。采采兼葑菲，依依託末涓。未能川學海，聊擬管窺天。氣運今昌會，科名歲接聯。宗工當代美，籲俊闢門延。化洽菁莪盛，香飄桂子駢。人誇飛燕譽，家唱渭城咽。不稟扶輿秀，誰令鼓吹宣？風雲當蔚起，龍虎必開先。夫子邦之彦，泓然學有淵。九莖芝煜煜，五彩鳳翩翩。墳典窮搜討，源流盡溯沿。西山窺鳥篆，甲觀啓龍編。腕底文垂象，胸中思湧泉。芳年驚掞藻，秀句滿飛箋。既叶雲歌旦，還資楫濟川。世方占佐輔，夢久溢都壥。衆望齊山斗，前身定佛仙。興賢逢大比，秉哲寄分銓。相馬孫陽擅，程材匠石專。驪黄歸物色，尺度破拘牽。搜校三更燭，周詳萬選錢。人間懸藻鑑，天上識樞璿。門喜登龍近，名思附驥便。珊瑚收海底，桃李植階前。多士闐而集，遒文麗且鮮。衣冠師孔孟，謦欬學淵騫。美富菁華萃，縱横禮樂闐。蠶叢争食葉，蟻陣盡磨鋋。簷矮簾垂蒜，更遥漏滴蓮。飛騰催日夜，氣象動星躔。自顧無長策，空知守舊氈。雖希雲際鵠，猶似殼中蟬。漫負蘇秦劍，思揚祖逖鞭。逢時顔忸怩，懷古意流連。大小唐經合，天人漢策全。鋒應三舍避，旗欲一呼搴。况值冠裳會，彌形束帛戔。聲華群彦美，神氣小巫孱。豈謂康匏器，而登寶瑟筵。三薰猶草草，一顧已拳拳。朗照千燈顯，祥飈四座扇。琴材收爨木，笛料辨柯椽。永結憐才念，高吟薦士篇。洪鈞何浩落，朽壤亦陶甄。品藉提衡定，思隨咳唾旋。相將看鯉躍，咫尺聽鶯遷。人事方和合，天公忽倒顛。羽催風勁疾，鰓暴浪回漩。豈示中心好，其如道左捐。虚懷元懇切，大造自幽元。冤豈劉蕡匹，窮應杜默偏。遭逢多若此，今古一潸然。敗將抛金甲，衰姬撒翠鈿。據鞍空忼慨，顧影漫嬋娟。運厄黄楊閏，時乖石髓堅。只應磨墨飲，直欲撥書眠。蹭蹬經三北，蹉跎悔十年。素無他嗜好，每不去丹鉛。披誦鄰篝借，圖書敝簏傳。麥從高鳳曬，榻信管寧穿。藝圃猶荒徑，經畬尚越阡。專家殊《左》癖，祕授乏輪扁。筆愧生花粲，才羞夢錦薦。身名悲旺晫，髀肉感鞍韉。同學嘲周璞，前途昧楚箄。有時歌激烈，何處舞蹁躚？遥念洪慈覆，俄令痼疾痊。和風回入律，寒谷復生煙。昔畏揶揄鬼，吾憑樂育權。得逢知己一，可棄俗人千。足刖何傷璞，音存不在絃。但期邀獨賞，何必鬬群妍。欲吐長虹氣，寧終尺蠖跧。枯魚思撥刺，窮鳥憶翩翾。往者何嗟及，來兹庶勉旃。誦《詩》賡抑抑，講《易》係乾乾。縱使逢飢歲，方當務力田。人情嫌坦率，我道屬精研。德重身艱副，心長思欲纏。未知圖後報，行念戒前愆。欲濟沈迷海，端資般若船。吾師持槖籥，至教破蹏筌。就正金從範，陶成埴在埏。異同分黑白，規矩定方圓。總仰靈珠照，咸資聖水湔。叩鐘思大覺，執卷向真詮。十仞宫牆峻，三千弟子員。或能期學步，非敢望差肩。緬想春風坐，欣看宿霧褰。立鄉原係鄭，委骨但歸燕。混迹泥塗日，緘情霄漢邊。迢遥千里隔，覼縷寸心懸。北嶺愚公徙，東溟帝女填。高深同不盡，萬古思綿綿。

桂玉清

字西涼，上海人。諸生。

月下登西佘古沐堂訪松上人

朝看東佘雲，夜步西佘月。石路無嶇嶔，禪房掩林樾。微微清露下，淅淅涼飈發。何處木犀香，默坐忘言説。

董廷桂

字序芬，號西堂，上海人，居閔行。金山衛諸生工詩，善書畫，並嫻醫理。其書法初學李北海，後宗其家文敏，畫墨菊尤妙。壯遊南北，晚則放懷詩酒，惟不自收拾，故稾皆散軼云。

答陳樹中

半簾花影殿陽春，嫩緑深紅次第陳。入座愛逢彭澤老，談詩敢拜杜陵人。韶華歲歲知如舊，穠艷年年看又新。此日風光殊未足，一杯慚愧對花茵。

和吴罣山先生西泠即事元韵

豐碑山半未全蕪，俎豆于今問有無。余先伯祖諱象恒，崇禎間爲浙江巡撫，蕩平草寇，勒石吴山，今碑文猶在。自著有《幸存録》。此日兒孫重拂拭，斜陽影裏字模糊。

吴折桂

字道南，號月樵，華亭人。懋謙孫。庚戌諸生。居梅花書屋舊廬。襟抱蕭疎，耽於吟咏，有《獨樹園存稾》，卒後楊柳汀嘗選刻一二焉。

西村訪舊不值

訪君西村行，未辨西村路。槲栝起悲風，松花落古墓。隔岸聞人聲，危橋不可渡。興盡輒復還，牛羊下日暮。

放歌

前山後山雲重重，南村北村煙濛濛。金雅海底忽飛起，豁然萬象秋天空。老人好事起常早，�笻便踏古城道。林塢一聲遠鐘來，天涯數點飛鴻杳。麂眼疎籬隔小橋，酒旗低挂隨風飄。倦足於今得暫息，一栝入手興更豪。歸來山齋拍瑶甕，日輪卓午雲不動。滿懷塊壘捫已無，酒兵始信攻愁用。

珠頷乍自粤中歸又往滬水詩以問訊

乍離驢背又乘舟，老去生涯浪裏浮。涼雨夜沈江口月，孤鴻曉度海門秋。荆蠻夢隔崎嶇路，滬瀆人高汗漫遊。枯坐也應憐老友，可容庾亮共登樓？

鄉賢祠拜先祖貞碩先生栗主

幾遭兵燹孑身回，壯志難酬宕冷灰。梁苑賦成多雨雪，鼎湖龍去剩雲雷。蒼茫人灑風前淚，憔悴天留劫後梅。此日神祠瞻肸蠁，百年俎豆正崔嵬。

繆孟烈

字學山，號毅齋，原籍江陰，占婁縣籍。諸生。能詩古文辭，工書法，試輒前列。文登徐中丞最賞識，有「鶴立雞群」之目。後以蹭蹬卒，年近五十左右。與華亭張維嵩境遇相似，姚二鐵有合輓詩。

古詩依韵寄呈夢謝山司空

仙人坐瑶席，凝笑吹玉笙。静中發天籟，清響悠然生。元音何淡蕩，妙旨傳心聲。上窮雲雷狀，下驗草木情。《咸英》古初調，毋俾庸耳聽。命夔載戛擊，鸞鳳雝雝鳴。回頭視羈羽，胡爲中不平？

江水渺無極，望望生離思。商聲一何慘，言是早秋時。性本不諧俗，硉矹早見訾。敝衣弗掩骼，朝餐恒苦飢。匪貽賤貧戚，懼辱國士知。鹽車歷長坂，徤倔空撐持。吐握日再三，念此中心悲。華鑣振京闕，俯首憐蓬姿。

京口懷古

南徐高榜碧油幢，把酒臨風想擊撞。到此江山推第一，由來人物擅無雙。投鞭未許中流斷，拔幟能令半壁降。故壘衹今殘戟盡，醉看明月卧篷窗。

夜泊崇陽

遥指龍舟最上頭，孤城隱隱片帆投。千崖落木隨風捲，一道寒泉破峽流。煙亂沙汀迷鳥雀，雲穿石壁挂獮猴。楚天蕭瑟秋光冷，消瘦難禁宋玉愁。

贈吴默謙

翛然雲鶴許誰儔，一卷輕他萬户侯。直以覇才齊管樂，肯將文筆讓曹劉。英雄老去心偏壯，詞喀飄零景易秋。寂寞荒江煙水外，幾回慷慨看吴鈎。

落花

韶華如水逝滔滔，悵望天涯首重搔。無主自應長棄置，有情當此定蕭騷。揮殘俠客尊前劍，禿盡才人夢裏毫。聞説仙葩能四照，層城依約絳雲高。

錢渭熊

字岳封，上海人。諸生。

張汝淵

字冠五，上海人，居新場。諸生。

月夜揚帆

澄江如練片帆輕，露滴篷窗夜氣清。千古多情誰似月，萬山堆裏伴人行。

佘山

泛舟涉佘峰，昨宵新雨沐。叢篁籜初解，翠影蔽巖谷。瀓泉甘以冽，塵心洗一掬。泉名洗心。蘚徑斷行蹤，松檜含微馥。徵君迹何許，倚石咏薖軸。幽討未云疲，斜陽映林麓。

方凌霄

字步干，號卧雲，金山人。衛庠生。著《卧雲詩鈔》。

春日間行

東風燕子日相邀，策杖徐吟度板橋。山插秦查連晚翠，水通浦泖共春潮。笑人白首桃花醉，映我青袍柳色嬌。薄暮深林煙月上，歸情未覺路迢遥。

刺繡

百般心緒苦難消，暫假金針慰寂寥。不繡好花却繡虎，愛郎才思爲郎描。

張金棟

字孫肇，號牧亭，婁縣人。一鵠之後。諸生。著《一枝居詩稾》，序謂其「謙若寒門，束修無玷，詩尤清徹，不染纖塵。」

摘棉花行

涼風吹動八月節，如彈花鈴箇箇裂。籠雲帶雪綴梢頭，盈盈白藹田中稠。農家挈伴摘花去，一朵兩朵次第收。大婦拾來懿筐貯，小姑擷得元裳兜。日燥風高花盡坼，摘得前頭後又白。併疊將歸略取乾，不愁今歲兒號寒。朝换肉，夜换酒，常挾棉花市上走。豪家一日去還租，身上衣衫原露肘。

東鄉脱花女（脱，鄉音作搨去，草出花也。）

祝融司令日杲杲，流金爍石行人少。東鄉彌望女如雲，將往花田搨青草。丹陽草帽木棉衫，欲行不行心悄悄。自言少小在西鄉，食靠阿爺衣靠娘。生來但解看門户，不識田間井與疆。自從嫁到東鄉土，東鄉旱陸饒辛苦。揚花揚豆大家來，逐伴擕鋤當日午。蟲蟲炎暑火始然，參差前却敢遲延。柔肌流汗如新浴，長日懸空抵小年。屢怪流光隙駒鶩，獨至揚花愁不暮。唇焦舌爛地爐紅，仰視蒼蒼恨難訴。蛾眉黧黑鬢蓬鬆，姬姜憔悴失舊容。異時掇取豪門物，風俗生憎及女工。我聞此語心惻惻，午倦欲眠眠不得。聖王耕織有成書，田家男女各有職。何事男工欲女兼，浪教紅粉行阡陌。君不見深閨紈扇猶嫌暑，那曉東鄉揚花女。

哭娘并序：

哭娘，鳥名，茸城北山多有之。乘月哀鳴，自夜達旦。辛亥孟秋，余還自青邑，泊舟山麓，適聞其聲，感而賦之。

細林山下舴艋宿，山中有鳥聲如哭。煩冤悽惻不堪聞，滿船人睡何曾熟。待曉掀篷問土人，人言是鳥哭娘親。常乘月色山頭泣，行路聞之欲斷魂。哭娘哭娘莫亂噪，船中人亦無娘叫。

和西園寒月

凍雲捲徹湧金盤，朗照乾坤作大觀。病起怯登樓上望，興來冷耐砌邊看。一輪清苦輸秋艷，千里相思憶歲寒。自愧不才難作賦，霜娥孤負照闌干。

國朝松江詩鈔卷三十八

鄉人姜兆翀孺山録
李筠嘉筍香閱

何一碧

字涵清，號五橋，奉賢人，居莊行。雍正壬子諸生，歲貢。年六十九卒。著《四友堂詩稿》。其學研究宋元以來諸儒語録，兀兀窮年，以聖賢自命。居家，符籙、巫覡絶于言議。好談詩，終日不倦。乾隆庚子偶得微疾，自作像贊數十言，擲筆而逝。

擬朱子齋居雜興

大化何寥廓，奠爲萬物輿。于中立一廛，蹤迹偶寄諸。太空俯而視，群物惟蠕蠕。茫洋但一氣，何處爲吾廬？歡焉得所憩，托根非渺虚。八荒不在遠，一室握其樞。雙丸不在高，晨夕相依於。

萬古莽無窮，浮生只一瞬。一瞬久且長，桐葉凡幾閏。吹籟换新聲，屯雲非舊陣。日日供陶寫，歲歲不爽信。委蛇俯且仰，斟酌退還進。一縱便茫然，操之在方寸。

平明曙色開，喧寂無定端。素心愛敦樸，相從作古歡。蘭桂藹中庭，榆柳蔭前軒。雜草芟不盡，時至常芊芊。了無一可厭，相與閲暄寒。

倉帝造文字，群籍由此興。載道亦載僞，巵言日以增。探源在星宿，乃能辨渭涇。細流豈不納，渾然歸滄溟。宅心以爲質，折中唯六經。

層巒聳層霄，托根在平地。地或有不平，平之即始事。崎嶇嶢峋間，修築毋輕棄。銖黍由此積，尺寸由此纍。豈不實艱辛，日夕相砥礪。是惟今所爲，安問後所至。貞疾恒不死，盱豫乃有悔。九卦再三陳，古人憂患意。

宵來每戀晝，夏至復思春。戀思亦何及，及此歲華新。一日防過中，一月防過旬。不盈爲坎德，勞謙終其身。

言詩

言詩奚所宗？有物斯不朽。有物非炫博，性情爲樞紐。三百萬古師，楚騷開户牖。漢魏有遺音，衰自張陸後。醇味既已醨，聲律上儷偶。卓哉陶與杜，聿爲晉唐首。于陶得清真，于杜見忠厚。健筆如昌黎，差堪尚與友。作者非一家，妙境無不有。所宗既有定，何妨博採取。

管寧

不盜虛聲真處士，出處均足康世屯。黨錮之禍俊及盡，北海尚有三遺民。龍頭龍腹暨龍尾，此論顛倒未足遵。進以王烈退華歆，歆也僅足王朗隣。王烈踵接管邴後，燕南趙北逃風塵。各行其是不相襲，何須合作一龍身。原也剛直少涵蓄，以處亂世多邅迍。良朋苦口進藥石，亟令遄返無逡巡。姓名恐入彥方耳，能以方正服匪人。屢招不應乃近市，自污正足全天真。就中管公尤卓卓，鋤金勿顧志端醇。遼東太守偶一見，但説經義餘無陳。身隱惟宜自韜晦，訓迪後進仍詳諄。一榻當膝至穿破，小節可以見貞純。居夷可使夷俗變，無乃過化將存神。伯喈已爲董賊累，文若竟作曹瞞臣。唯有卧龍可媲美，志行各各超儕倫。一潛一見因所遇，四海誰復攀其鱗？勿以初九終勿用，遂疑海外無經綸。

昭君

貞臣賢傳盡沈埋，蕭望之、周堪等。何惜區區一墮釵。信結呼韓謀未失，賄行宫掖厲誰階。黄沙青草中原志，河水高山父母懷。昭君詩中語。慷慨一行循故事，子卿國士許同儕。

磨盤山次韵

阪到羊腸真險絶，磨盤形勢更堪驚。終朝未得窮高頂，至老猶將誤去程。向背乍疑十日出，迴旋如御八風行。艱難盡處還平坦，無忘山靈歷試情。

論詩

自然音節留天地，雷動風號總是詩。會得人心原有樂，可從百代辨淳漓。

雄奇板屋西秦唱，深婉河丘衛女思。拈出各家情至處，先王風教到今遺。
忠愛能無君國憂，繁霜變調類桑柔。變而又變騷人出，撩亂聲聲淚並流。
韋孟《諫詩》追變《雅》，唐山祀樂頌聲傳。漢人近古兹爲最，不獨《河梁》十九篇。
柴桑千載仰高風，詩聖名應屬此翁。幾見漢唐人物裏，寄懷常在六經中。
陶公樸實寓深思，謝客俳優琢麗詞。衰盛人文從此判，偏教生長恰同時。
已離古體開今體，猶振清才出麗才。吟到角弓沙礫句，朔風颯颯鬢邊來。
三百年來無此筆，子昂高蹈獨開唐。惜哉味短空存格，安得心肝换紫陽。
未得違時甦悴黎，且思魚菽就間棲。《篋中》一集非矜異，忠厚遺風在瀼谿。
萬岫中間特起峰，摩天巨刃健於龍。七言自有昌黎筆，排奡盤空立大宗。
唐室五言誰後勁？鏤肝鉥腎孟郊能。雖嫌刻削傷淳厚，一體居然分杜陵。
大雅風微刻琢工，玉谿意匠尚沈雄。時藏議論成心史，箋釋何須覓鄭公。
文祖昌黎詩亦然，歐公藹藹可隨肩。宛陵矯異翻成癖，早爲西江著一鞭。
詩家説理常嫌腐，《擊壤》歌謡宜另看。獨有文公追正始，堪將餘事長騷壇。

王祖乾

字健孫，號訥甫，金山人，居吕巷高涇。諸生。曾遊燕、豫。著《餐霞詩稿》。

嬰臼藏孤處

嗚呼死易立孤難，千秋此語增悲酸。死者生之絶者續，事成豈惜身摧殘，嬰臼至今炳遷史，下宫難作誰堪此。成季之勛宣孟宗，千鈞懸髮孤危矣。公孫慷慨不愛生，成信委蛇寧畏死。謀以濟忠定倉卒，始終一念存孤耳。袴中倖脱山中匿，客誠無負友更力。此地當年辛苦藏，兩人至今宜廟食。道旁屹立碑版題，大義千秋照顔色。

嵇侍中祠

侍中誠有血，帝側已無人。子死彌憐父，君危始痛臣。落紅碑引淚，埋碧土辭春。未澣衣何在？多應夜化燐。

《漱芳齋詩話》：程北溟《山人詩草》有《題亡友餐霞所輯續松風餘韵》詩云：「幾社文章蕩劫灰，繼聲春藻亦蒿萊。詩人淪落先生死，那得松風謖謖來。」知餐霞於松郡詩已有輯本，然北溟未言其卷帙若干。余嘗於璜溪求之，則不可得。

邵 玘

字桷亭，號西樵，青浦人。諸生，入貢。有《西樵詩鈔》。王禮堂云：「沈摯灑脱。」又著《懷舊集》三十八卷。

詩話：西樵少涉名場，東南文士多相酬唱。中歲客遊商丘、桂陽，晚歸葺舊園而居之，有釀花圃、黄雪廊、友硯齋、話雨篷諸勝，優游其中。壽至八十四而卒。其詩駘宕，有自在流出之致。

三十三山草堂圖歌爲翁朗夫徵君作

祝融七十二，黄海三十六。未若沿江三十有三山，岁崱嶙峋起還伏。盧鴻隱少室，弘景居句曲。未若曁陽徵士翁先生，谷汲巖栖知止足。卜隣勝地巢雲松，排闥朵朵青芙蓉。清泉白石在指顧，螺髻翠潑嵐光濃。或時讀書或談道，煙霞笑傲忘春冬。徵車掉頭不肯應，肯蹈碌碌塵埃蹤。春篷聽雨時把釣，秋林覓句閒扶筇。君有《春篷聽雨》《秋林覓句》兩圖。籃輿不待童子舁，載酒亦有門生從。晚菘早韭至味在，詎被山靈騰笑譏。周顒。草堂中人致足樂，高情邈似雲中鶴。青鞵布襪願追隨，徙倚江干望寥廓。

金口鎮

漸遠湘南來漢北，底須懷古弔彭咸。千家煙火臨官渡，萬頃波濤送客帆。山矗浮屠多屋宇，岸栽古柳少松杉。澄懷默照清于水，遥挹澄巖落照銜。

和嚴大愛亭自題蘿月山房原韵

新營爽塏讀書堂，妙句先看探錦囊。小貯林丘深院裏，别疏泉澗曲欄旁。名茶嘗處浮輕碧，炎果盛來摘嫩黄。碧蘿春茶及白枇杷，東山所產。却悵瀛洲需珥筆，不容常占鷺鷗鄉。

和張五鐵船壯悔堂之作序：商丘侯氏壯悔堂屢經易主，近歸劉氏，復拓舊規。落成之日，演《桃花扇》傳奇，此昔年鈎黨顛末也。張五有作，余因和之。

淒涼第宅隱疎楊，重叙升沈語自長。多少穠華銷歇盡，便應休更話真孃。羅虬句。浪遊十載感離居，勝地欣逢作客初。欲訪當年通德里，夷門堂構已無餘。云亭樂府譜新聲，幾度傷心建業城。扇底桃花遺曲在，殘棋一局剩空枰。灰冷金猊不復然，南朝臺榭悵荒煙。美人名士皆黄土，剩有梨園上舞筵。

孫金吾

字思任，號毅齋，福泉人。壬子諸生，明年遽卒，年未弱冠也。越三十年，邵西樵得其《咏古詩》三十首，刻入《懷舊集》，以存其人。

朱孝子名壽昌。

維木自有本，維水自有源。哀哀朱孝子，苦憶繈褓恩。昔父棄我母，已如水覆盆。母也姙兒出，生兒他家門。數歲抱兒歸，遂絶母晨昏。忽忽五十載，兒亦忝生存。登途願尋母，吞聲曉夜奔。茫茫何處所，號慟天地翻。洎乎奉檄後，棄官求更敦。倘終不見母，誓不還里村。行次西安州，精神動乾坤。乍遇如夢寐，相看欲斷魂。母子共抱持，衣裳迸淚痕。衰年難跋涉，遠道奉高軒。登堂新婦見，繞膝孫枝蕃。一門太和氣，孺慕曷勝言。

朱位行

字因在，號素堂，青浦人。諸生，乾隆癸酉選拔。受業金壇王己山、金匱秦味經兩先生，文得正宗，詩亦灑然出塵。著有《蒔香書塾詩鈔》。

巫山高

巫山高，高難躋。淮水深，深難涉。歸路漫漫，我心恍惚。欲行車無輪，欲渡舟無楫。遠望故鄉，水闊天長。猿嘑虎嘯，日暮悲涼。吞聲忍泣勿復道，銜情欲化雙鴛鴦。

偏涼汀此在直隸灤州，有石，上結飛閣，閣外懸虬松及十里荷花之勝。

橫山東走紆遥青，群巒環秀張雲屏。松陰罨徑頂若翦，香落客衣風泠泠。迴巖纓帶露層構，四牖洞達含空明。我從朋好選勝入，延涼盤礴當疎櫺。豁眼清湍漱山足，獸石透露般般形。隔江曠朗開平沙，遥林煙靄相緯經。佳哉山川足心醉，况侑美滿金尊醽。憶昔汗漫清涼遊，商霖新洗山前汀。與客冥搜唐述窟，息心聽語浮圖鈴。爾時煩襟爲消釋，至今夢寐心猶銘。此間景物乃相似，江天一角移幽并。征軺匆匆惜與別，迴顧餘勢還瓏玲。人生安得買山住，但願多歷娱羈情。

渡泖登塔

竹筏乘潮去，中流塔影分。遥汀涼浸月，古刹暗藏雲。嘯咏追仙令，前明屠赤水先生任青浦時，與諸名士青簾白舫，往來於三泖之間。棲遲羡隱君。元末楊鐵崖先生結廬泖濱，有草玄閣、小蓬壺諸勝。危欄一憑眺，鐸響半天聞。

呈王己山夫子

銀臺聲望重人寰，謝却簪纓肯就閒。月旦千秋歸邵靖，文章一代敵楊班。花時細雨金壇驛，林下光風竹里灣。曾記相從踏青去，馬蹏篤速暮初還。

登天平山歷頭陀巖諸勝

峭壁嶙峋路不分，玲瓏石子繡苔紋。林霏淅瀝將成雨，嵐氣溟濛半是雲。良相祠堂千古在，僧寮梵唄九天聞。探奇高踞頭陀石，短杖攜來挂夕曛。

顧文焕

字虞徵，華亭人，居亭林。癸丑諸生，例貢。著《竹廬詩稿》《咏菊小品》。其七古擬長吉體者，頗見神似。

擬將進酒

君不見扶桑之桑千丈長，摩雲盪日揚清光。黑椹黄葉落海底，滄溟沈灎流霞觴。停泓瀉碧望眼纈，六鼇醉死龍蚪結。紫皇一笑引杯長，鼎沸銀翻花滾雪。補天爐，煮海釜。烹金烏，炰玉兔。馮夷擊鼓陽侯歌，少女迴風六幓舞。羃天席地枕糟丘，一洗乾坤萬古愁。時賢昔聖混混耳，彭籛李耳同蜉蝣。勸君莫辭杯在手，會須痛飲三百斗。醉鄉幾見葬神仙，從古人無八萬四千壽。

擬神絃別曲

按：樂府歌《水仙詞》之屬，李長吉用言巫事。吴下禱神，每見巫人歌《黄萼仙詞》，事極穢褻，詞極鄙俚，不解何故，神人胥悦也。因節其事，戲效賀體作五曲，想亦無甚譴責也。存二。

黄萼仙姝騎黄鶴，羽葆亭童搖碧落。赤符緑字佩元文，手劈蓮花峰一角。青狐走死木魈悲，層城十二起樓閣。行廚甲帳白玉牀，血食熊燔薦蠵臛。神絃巫舞鼓鼕鼕，香花牲幣賽村翁。巫女姣童獻百媚，傳芭奠桂醉春風。春風洋洋春水融，石壇花發水流紅。

銅龍玉犬衛仙莊，彩虬挂壁生寒光。鸐鸐隱竹嚦清晝，虎倀喋血伺昏黄。腥風吹花落紅雨，桃梗土偶夜相語。拏雲劉郎踏雲來，擬探懷中白玉杵。金衣綷縩含睇迎，青光燐燐耀樽俎。髑髏洒泛琥珀濃，盤堆鬼腊猩脣紅。鼻飲目食歆曲宴，蓮花峰作巫山峰。

蟋蟀吟

瞿瞿瞿，衣無襦。唧唧唧，帛無疋。唧唧瞿瞿，伺我庭隅。半粟不飽，責我捐軀。瞿瞿瞿唧唧，雕龍樹鐵柵。跛扈更飛揚，千金恣一擲。唧唧瞿，唧唧瞿，一籌三籌，甘輸負腹將軍專闆，東郭先生濫竽。瞿瞿瞿唧瞿瞿唧，平章老作循州客。西風黄葉木棉菴，破壁寒蛩吟廢宅。唧唧唧，銅山既倒冰山釋。

訪沐堂名蹟 有洗心泉，明徐文貞公賜蟒留鎮山門者尚存。

選勝尋幽到石壇，緑蘿不改舊煙巒。泉從花澗分頭出，路入雲窩立脚難。繡袞仍看光佛座，青詞誰補醮仙官？凄涼最是巖前竹，待鳳年年長碧竿。

詩話：明徐文貞奉世廟欽賜袈裟，付佘山慧日院僧圓實，賦一絶云：「草衣露冷宿曇華，誤綰宮袍傍帝家。捨向山門君莫笑，細看還是舊袈裟。」後陸平泉年八十九，亦以衲衣一襲付慧日院，手書偈衲表云：「解組歸來萬慮捐，盡將身世付安禪。披來破衲渾無事，不向歌嫗爲乞緣。」此皆踵東坡玉帶衲裠之事而起者，亦一山門佳話云。

瞻方公祠 公仕松江，有「銅帶太守」之名。死後柩至松，因葬横山，故祀。又方公曾刊《歷代古文國瑋》一書，板藏府庫，後知府李文淵取去。

清風謖謖戰松楸，遺愛難教一哭休。朱紱銅鈎曾束體，黄巾鐵索誤囊頭。孰云柴市文丞相，但惜春江郭細侯。吴下至今思舊德，採毛薦芷酹新芻。

亭林竹枝詞 楊鐵崖《西湖竹枝》有裨風化，余念亭林爲浦南巨鎮，古迹名勝有足誌者，因效鐵體漫成。

莫問南村與竹西，遼天鶴去聽荒雞。楊家鐵笛陶家甕，散入春風雨一犁。相傳陶九成、楊鐵崖亦曾流寓。按：九成南村草堂在泗涇，鐵崖主人楊竹西不碍雲山樓在張堰，俱無涉。

咽月唬煙慘夕曛，烽樓望斷隰州雲。司倉小吏夫人墓，不及吳王小女墳。按：《志·古蹟》載隰州司倉小吏妻曹夫人墓在亭林烽樓西，今無攷。

青帘不挂酒家胡，白舫何人更泛湖？千頃湖光春漲緑，元人詩筆宋時圖。宋唐詢詩有「湖波空上下，里閈已丘墟」，元段天佑和云：「只有湖千頃，春潮漲雨餘。」今諸湖淺不容舟矣。

新婦橋邊新寺基，寶雲屹立此平夷。青燐白骨埋金刹，無鬼能通吏部碑。積慶寺在市東，宋淳祐中，寶雲僧静月建，吏部許明奎記。今廢，俗呼新寺基，爲遠近埋骨公所。

張巨川

字長卿，號淡如，晚號菊年，華亭人。忠晸子。諸生。少從宦，以貧，客閩游幕，年七十餘始歸，僑居上海。其詩散失，存數十首。張鳳孫曰：「長卿屈首幕中，間以清暇游藝聲詩，宫商迭奏云。」

秋夜泊建谿

那更悲秋夜，空江帶雨聲。風遲飛轉密，篷薄響偏清。雲氣侵孤枕，燈光冷客觥。曉來零草露，還道不曾晴。

福州西湖懷古次鄭羅峰韻

不見郊西水上宫，夕陽惟射壞牆紅。波流未竭龍舟散，煙景無殊鳳侣空。紫蓼青蒲非昨夢，玉簫象管是飄風。只今永固金甌日，誰話興亡指顧中。

夜泊采石磯

萍梗何因得小留，仙人樓閣望中幽。一江春水浸明月，恐有詩魂夜出遊。

范　鎏

字調鼎，華亭人。諸生。著《三餘吟》。

贈謝月同新居

出彼既非谷，入此豈即喬。高人所卜築，命意辭喧囂。窗開迎朝旭，門啓矚歸潮。嘯歌出金石，俯仰佐簞瓢。意向此中得，心從象外超。永朝復永夕，欣焉賦長謡。

陸景鍠

字蒻參，號省晨，金山人。諸生。著有《俟正吟稿》。

渡江

三五晨星在，乘風破浪行。曉雲千嶂起，秋露一江横。入耳濤聲震，侵人寒氣生。謫仙采石櫂，豪興問誰爭？

光孝寺懷古同戴孝廉蔚池賦

誰家亭院作招提，旅客偕遊往事稽。花柳何知虞苑廢，燕鶯猶認越宫棲。輝煌鐵塔依楹峙，清凈訶林駐錫題。徙倚經壇古樹下，風旛無復破塵迷。

姚昌銘

字耘上，號二鐵，金山人。諸生，歲貢。生平沈酣於詩，其晚年自謂焚去詩尺許，又二寸許，因存若干。至其爲詩，惜無專集行世，余所見雜抄，類皆蕪雜。後得其丁丑、戊寅兩年所作，係汪晚彫序者，稱其「爲詩三十年，每十年一變，變而愈上。此集尤根心而出，不襲陳舊，而天骨開張，風姿跌蕩者」。按：己卯時昌銘年屆五十，詩僅百餘首，而有可以見其爲真詩者，故所採多在于此。

詩話：二鐵性情頗怪，其臨没有遇祟之説。然自作輓聯云：「壽止五十九年，數盡于此；詩積一萬餘首，樂在其中。」此豈脱然生死者耶？抑又有他孽而至此歟？

周宇春將有事于學詩而先索詩囑勿雜嘲謔爲踵其意申示

古詩三百篇，頌揚無多爲。半刺半居諷，世道猶淳熙。漢魏擅樂府，感悟雜滑稽。君父無忌諱，嚙唇燃豆萁。齊梁尚聲韵，詞妍意未漓。遞降至唐宋，冠冕沈諛辭。貢媚拘體格，有如歌板師。前後明七子，隸事排口碑。詩教溯升降，大率不外斯。吾子文章伯，屢搴試席旗。經營慘意匠，戛聲出心脾。棖觸不在遠，索我下里詞。詎必謝規勉，實乃懼嘲嗤。世人忌直言，故以詩曲之。諷乃矇瞍誨，刺亦鍼砭醫。二義久不講，此道傷陵夷。招招登壇者，把臂相提攜。勿鄙檮昧見，勿詑蠡管窺。篇章具在昔，風雅即吾師。抉源更有進，言志謨典垂。彦和加一字，詩以言乎持。既曰持其志，不詩無非詩。

煮繭

西陵真忍人，創制功成烹。駢首就湯鑊，千古留極刑。當其蠕動時，蜒蜿幺麽形。薰風日以和，氣化由生生。萬物雖有盡，亦欲稱其情。柰何儘日夜，眠起疲經營。吐蘊不餘力，庶幾文章成。智計但自庇，造物惡其盈。置鼎降慘罰，甚欲分杯羹。舉世藉衣被，軋軋繅車鳴。辛苦貯尺寸，乃爲他人營。吁嗟絶妙才，不如腐草螢。

菩樹山房對梅作

菩樹山房兩梅樹，老僧手種年年開。老僧貌似古尊者，非必趺坐蓮花臺。東風吹暖人情熱，渲染色相能招徠。清吟薄醉一時鬧，自謂灑灑空塵埃。歷年未久老僧化，一樹摧枯枝葉卸。一樹逢春强試花，月明鬼嘯閒愁夜。孤撐不作舊時芳，我來撫樹增悲咤。小劫桑滄僧去來，大都因果花開謝。白雲滿地不知看，吹面東風吹手寒。空山老樹謝拂拭，吟賞欲恃人情難。心事惺惺昏觸緒，眼光爛爛紛更端。前後遭遇忽互異，從來此花含意酸。

後秋巫引

清酒冽，雞豚鮮。給楮幣，焚黄錢。命顛倒，泰山籙，白日使鬼能周旋。鬼雖無形寓窅黑，覆雨翻雲鬼所殛。得錢滿貫鬼爲情，枉法不令灾害生。紙錢十萬易爲力，能買奏惡三尸彭。嗚呼！好生上帝掌，底事殺人打一網。君不見人間桀横吏，鷹犬獵錢等兒戲。

題八大山人册頁山人，前明寧藩宗室，號人屋，又號雪个，又號个山。

山人不畫人，故宫花鳥迹亦陳。建章未央叫徹曉，魂夢半落荒江濱。東風扇陽吹不暖，枝葉毛羽皆苦辛。齞齞世人不挂口，莫擅如簧上春柳。蕭蕭老木寂無聲，孤負雙柑及斗酒。枯樹上百舌。

泖涇一曲歌奉寄楊端揆

泖涇一曲谿洸瀁，款款東風吹縐浪。紆迴百里遥聞聲，出口相思接漁唱。邨篴横吹老鐵腔，兔褐臨風追跌宕。子雲奇字曲偏排，問譜還堪乘四舫。東西并合湖心長，白雲矗到層巒障。艷春皴染墨花浮，滿月澄空碧水漲。勺挽銀河嫋嫋凉，陵波闖脚窺蓬閬。詩情畫意仙乎仙，如椽餘事還加樣。平生所見故人多，牧猪奴戲閙勾當。甚者父兄設陷阱，呼盧喝雉家聲喪。黄金擲盡少年場，烏衣飛去誰家巷？共趨時好似粘餳，若與新詩供覆醬。吾衰已甚意中人，高翔白鳳青天上。清漪倒景浴文波，濡首來探無盡藏。買雙蠟屐路三叉，挂幅蒲帆風五兩。鴨頭緑水瀉春油，滿船書畫煙雲狀。

春草生

春草有碧色，春陽一綫來。化機此朕兆，大道本嬰孩。似喜情初動，如憐人未回。東風吹滿地，芳信寄誰栽？

泊舟江尖

雙瞪醉眼但高歌，畫舫迎潮一煞過。所欠緑楊吹葉盡，可憐青嶂出雲多。山塘小雨仍攜屐，客路頻年此擲梭。徙倚踟躕回首眺，流光總被鬢蹉跎。

摇扇

摇扇當空萬慮無，心空火甑亦冰壺。流螢欲去還依草，夢蝶未飛且據梧。世上何人肝膽熱，天邊惟月性情孤。開襟儘放清光著，形影還如枯樹枯。

詩話：二鐵《贈雷二尹國楫》七古一篇言二陸像云：「二陸舊址不可問，石刻千載留碑摹。墮落行路雜糞壤，君能搜剔位置無？」注云「二陸石像嵌華亭南節孝祠右營兵門首，攤晒馬糞，穢氣薰逼。約同志移奉崇德堂，不許，非當事不能爲力也」云云，然事未果。適青浦諸孝廉祖乾就提憲陳公雙峰幕，因廖古檀札知，即轉懇之。提憲曰：「此大韵事。」即允其請，得移入吴嘉興侯陸公伯言祠内。按：碑條約一尺高下，二尺長短。前鎸二像，俱晉代衣冠。後刻年月。另二塊刻平原内史機像、清河内史雲像，端坐平身，皆長翅朝冠、圓領補服、象簡金魚，後刻碑記。計石凡三塊。

錢庭桂

字小山，婁縣人。萬里姪孫。諸生，歲貢。卒年八十八。著《固廬詩稿》。

金亦翁飛鴻堂十月白牡丹詩題辭

序云：空艷冶以無群，陵陰凝而獨茁。疑向瓊樓玉宇，偷出霓裳；直從雪窖冰天，奪回暖律。此入清河之臺榭，喧傳艷過洛陽；而騰谷水之箋毫，争擬吟成郢曲也。然而天香國色，正封惟兩句流傳；群玉瑶臺，太白僅三章立就。豈驚才之有限，諒麗製之難逾。爾乃滚滚不窮，多多益善。排平聲而遞咏，恍如月魄一週；疊前韵以成編，直擬春光九十。才逾吐鳳，妙過探驪。不勝傾倩，聊爲題句云爾。

玉色憐他禁夜霜，道人疊韵寫天香。明珠誰把千千顆，貯在蒲桃大錦囊？

永生瓦研北風遒，寂寞寒窗擁敝裘。八百句成貲不計，陡然富足擬王侯。

閔　潮

字揆一，號晴江，瑋孫，南匯人。婁庠諸生，入監。有《貯月山房集》。晴江工詞曲，曾爲張文敏照演雜劇進呈，深荷嘉賞。乾隆丁卯卒于天津旅次，有遺稿未梓。

題霞囊秋圃藏書之室。

半椽初翦翠蘿煙，一几鑪香結静緣。嘔得心肝羅錦軸，藏來珠玉燦書田。窗前緑帶栽春草，屋裏白雲開碧天。自歎身同毛遂穎，羡君舒卷儘寬然。

張　星

字維嵩，號漁山，華亭人。甲寅諸生，廩貢。桐城張學憲有「雲間一寶」之譽。匪獨制藝，即詩古亦工。惜不永年，所著皆散失。

采蓴曲

一葉扁舟問水濱，狂花無那不勝春。憑將張翰風流事，一翦清波去采蓴。無邊滑膩金莖露，不盡温柔竹葉春。怪底當時王武子，漫將羊酪壓絲蓴。

張孝昌

字綏右，華亭人。諸生。能詩，兼工隸書。嘗遊燕、晉，著《譜遊草》，臨汾韓組曾題辭。

雜感

日月西飛急，蹉跎兩鬢華。久遊鄉語失，多病客愁加。節物清明柳，風情穀雨花。相看春又暮，寥落舊生涯。

春日同汪芝坪周筠亭遊姑射山滴水巖

聯騎探幽勝，春郊望欲迷。日暄催樹緑，峰渺覺天低。野徑苔封屐，陰崖雨滴谿。依稀仙境近，何處覓丹梯。

咏霍山呈霍州黄刺史

并州東望勢如何？疊嶂縈迴黛色多。兩戒中分蟠太岳，一峰遠鎮鎖汾河。杖藜入谷苔侵屐，秉鬯升香手拂蘿。前年遣使致祭。好是山城仙吏隱，岡陵處處起笙歌。

敬題漢壽亭侯風雨竹圖

圖縱横得字二十，成五言詩云：「不謝東風意，丹青獨立名。莫嫌孤葉淡，終久不飄零。」蓋别曹時作也。

瀟瀟風雨别曹時，萬個蒼筤五字詩。此是英雄留本色，丹青千載永昭垂。

金枝桂

字繪亭，號林一，奉賢人。護理狼山總兵金聞聲子，臺灣提督蟾桂胞兄。增生。嘗歷游武幕，著有《狼幕吟》一卷，經朱景輔點定。

弄猴一章

弄猴三十載，渾未識猴性。猴性不能馴，我心切切病。思量别尋蛇，弄蛇亦不易。我與蛇爲一，蛇與我爲二。痀僂乃大笑，何不學我術？累丸五不墜，承蜩百不失。紀渻亦予言，我雞静如木。時以鬪天下，天下皆雌伏。

鯨吹圖紀事爲孫仁菴先生作

世間萬事無不有，海客槎回自牛斗。繪作鯨魚吹浪圖，奇事流傳在人口。平澗王子賦長歌，歌言此事非傳訛。先期若有神人誡，恍惚謂公無渡河。公竟渡河殊鹵莽，蒲帆十幅乘江漲。雄心徐市駕樓船，豪氣宗生破巨浪。忽看颶母暗蒼冥，頃刻浮生鬼伯隣。習流安得三千卒，蹈海還同十九人。十九人惟一筏托，獵獵狂風吹更惡。萬死何從乞一生，千金詎意逢雙橐。奄奄一息歷朝昏，六七人資棗栗存。千里島誰不喪魄，五條沙有未招魂。天吴贔屭鼉擊鼓，馮夷跳躍瘦蛟舞。幾同魚鼈葬庚寅，誰與南車定子午。艤舟老翁指點殷，海水忽立又忽分。長鯨如山不見尾，噴沫成雨嘘成雲。豈知害迫翻爲利，一吹再吹履平地。何圖此日復爲人，再看溝水心猶悸。吁嗟滄海茫無垠，苦水之洋非通津。回頭不見艤舟處，無乃老翁亦神人。嗚呼！吉人神相不可凭，忠信涉川亦難定。此圖留與後人看，勿使鯨魚司性命。

狼山

借得將軍馬，來登山寺樓。嵐光浮畫棟，海色上輕裘。清磬出塵遠，寒松入座幽。暫來依佛日，更擬訪仙洲。

過漂母祠弔韓侯

大將真王噲等儔，計成兒女更應羞。高材有意圖秦鹿，當日何人殲楚猴？一飯不忘漂母惠，三分肯聽蒯通謀。臨流莫問垂綸處，淮水風多起暮愁。

新秋

桐葉俄將秋意傳，清光一片接寥天。拖梢暑散輕雷後，絡角河看疎雨前。塞雁不來鄉信斷，砌蛩如訴客心懸。五湖歸去渾無計，孤負蒓鱸又一年。

酬朱小山題吟卷韻

用心頗亦學陰何，不逐齊梁既倒波。客有聞雞因起舞，市逢屠狗共悲歌。文章技恥雕蟲小，鄉里人驚蒜髮多。聞道上方供御急，九張機上不停梭。末言時學使日課，獻賦諸生。

聞二和卓木授首西域蕩平大兵凱旋誌喜

天戈百道擁貔貅，征馬長嘶青海頭。萬里遥傳誅鄯善，九黎重見戮蚩尤。幾先獨運神謀迥，事後群驚睿算周。禹貢直通拔達外，伊犂西去盡神州。

毛遂

寄食三年識未真，敢期物色到風塵。處囊自混三千客，歃血聊先十九人。五步命懸能懾楚，兩言縱定不朝秦。博徒更有毛公在，穎脱無由滯隱淪。

金陵雜興

柳帶可憐色，桃含無限情。傷心建業水，流盡六朝聲。

一櫂秦淮水，水上聞琵琶。琵琶聲起處，一樹碧桃花。

閻丘廷憲

字英臺，號惺齋，南匯人。王言子。諸生，貢。

歸舟

名花觀止矣，小艇樂歸與。水曲通幽徑，林深蔽隱居。一聲牛背笛，數點雁行書。笑問垂綸者，寧無上釣魚？

張夢鼇

字巨來，號海客，青浦籍，進士梁長子，邑諸生。幼工詩詞，晚年喪子，身後詩稿散失。初與邵西樵鄰近，平生著作，每相商榷。其詩録入《懷舊集》者，殆其零雜之作。

黃孝子詩孝子名鑑，字驤威，華亭人。生甫三歲，父就試澄江，不返。孝子稍長，依母以居，每遇人，輒叩父蹤迹。乾隆甲戌夏，逢一老衲，曰：「爾欲見父耶？吾同參朴菴者是，盍求之昭陽、鑾水間乎？」言訖不見。孝子愕且喜，迤邐渡江，至儀徵之竇坊寺，果得焉。蓋已遍參諸方，洞悉宗旨，駐錫金陵之吉祥寺。其居竇坊，則雲遊所至也。孝子懇請父歸，不可。請置精舍，近地奉養，許之。儀真文學楊瑗林皋叙其事，以徵詩。

寡妻偕弱子，就試忽永訣。回思三十載，劍頭笑一吷。佛思許團圓，豐干詎饒舌。

三蘇硯歌爲姚四友硯作

有客自號曰友硯，石交肺腑常硜硜。硯田所入歲無幾，毫端孤負雲霞生。才華洋溢貢天子，一朝策遣出延英。分符偏不履端歙，官清孤卻扁舟輕。豈知所遇乃奇絶，三蘇有硯咸歸并。其一爲吾所寶愛，老泉篆籀殊分明。蓄之已越四十載，物聚所好推先聲。世間尤物貴得所，人意疑隨天意傾。繼而又得兩蘇硯，東坡接踵還欒城。一困塵埃汨没久，一乃出自田夫耕。蘇氏一門忽會聚，奇緣凑合欣天成。友硯珍藏處鄉僻，吾猶未見空聞名。其他聞者或不信，漫疑附會相猜驚。要知癖嗜暨真賞，造物亦若相逢迎。惟吾創始屬引導，默相爲契根精誠。吾豈村氓不識硯，居奇寧務價取贏。始以亡兒故濡忍，終歸識者吾何營。後更意外得兩硯，似以次第難爭衡。此物有神亦有數，作詩使我心怦怦。乃知友硯所友匪獨硯，直友蘇氏父子與弟兄。

寒夜讀繆雪莊師詩稾悵然有作

自古騷人別有腸，怨而不怒韵彌長。胸羅錦繡絲絲艷，筆藴芝蘭寸寸香。明月襟懷空澹蕩，秋風氣味太凄涼。殘編零落親收拾，回首書帷淚數行。

秋村酌客和簡庭姪

沿門穲稏路欹斜，白酒新篘感物華。一味堆盤惟紫蟹，千觴醉客有黄花。嘯歌端愛桑麻景，豐穰先歸農圃家。賓主歡呼永今夕，曉看楓樹爛成霞。

雨後

雨後虛堂枕簟清，微風謖謖豆棚生。雲開忽逗斜陽影，高樹驚蟬又一聲。

戲題菊影

世外高蹤何處尋？柴桑不換古人心。秋鐙瞥眼驚相見，把臂誰堪共入林。

倪迂畫稿太蕭疎，一晌神遊沕穆初。重向漆園參妙諦，先生莊蝶故何如。

顧　岳

字書巖，青浦人。甲寅諸生。有《江樽詩草》。沈文慤稱其「不入纖濃，不流俚俗」。

咏靖節先生即集陶句

和澤周三春，苗生滿阡陌。履運增慨然，貧居依稼穡。代耕本非望，今日從茲役。聊爲隴畝民，三旬九遇食。豈不實辛苦，閒居非陳戹。老至更長饑，素襟不可易。遥遥沮溺心，歲月相催逼。帶月荷鋤歸，南山有舊宅。憂道不憂貧，此土難再得。

春雪歌爲年饑作

同雲撲面來，著處迷昏曉。疎枝壓前林，矮檐宿歸鳥。春雪故霏霏，觸景我心悄。豈弗望有年，有年苦不早。去秋中田遭蟊賊，元日曾看雪盈尺。一旦六出又飛空，矜此哀鴻鮮安宅。吾欲陶姬烹茶之水變作酒，澆我壘塊日濡首。又願謝女因風之絮化作衣，有情大庇寒無衣。春從何來雪何處，策蹇操舟兩無據。嘗聞雪深入地滅遺蝗，瀌瀌見晛災應去。薄田幾頃生計枯，情殷桑梓徒嗟吁。忽逢春回雪載途，占兆或者多黍稌。吁嗟乎！占兆或者多黍稌，今歲不憂書大無。

吴山

吾望越江潮，卻躡吴山頂。到江吴地已無存，山名依舊垂越境。越境俯依稀，遥山指會稽。湖堤分内外，浙水自東西。鳳山左折表江介，潮打海門見流派。遠映煙樹總微茫，近看城郭如圖畫。城郭鎖山腰，笙歌破寂寥。大觀臺上望，觸緒思迢迢。策筇還上最高峰，憑弔猶思保障功。相傳有神主潮汐，祠以此山殊赫赫。吴行人是蘆中人，鴟夷之盛死於直。以直則死忠見惡，捐軀鼓濤濤亦怒。吴其爲沼乎，山頭靈氣無時無。六千君子竟安在，麋鹿來時死已改。潮聲常作不平鳴，應恨樊蠅作太宰。嗚呼！千載煩冤何處伸，棲霞嶺畔正銷魂。登高懷古長苦此，神兮隨波且莫嗔。

冬夜泛舟寄陸湘蘋

陵波遥縱目，雲净暮天青。風起林蕭瑟，鴻飛路杳冥。荻花摇岸月，漁火亂潭星。莫漫驚寒早，歸來有緑醽。

王瑛

字若愚，南匯人。諸生。文行兼優，已載邑志。著《敬勝堂詩文集》。

賓旭軒晚坐

落日淡平皋，微涼生書幌。息機信堪娱，勝若膏露養。山川曠遠中，愜此幽軒敞。琴書備撫弄，畫圖供俯仰。須臾萬象暝，流螢出篠簜。門外少人聲，但聞魚榜響。

春夜松皋東田見過

久别悵夢逢，乍會如覺寤。江城一分旆，復此今宵聚。孤鐙雜月光，閒庭滴花露。富哉大小阮，玉屑紛難數。莫窺二酉巖，不辨九經庫。明朝解孤舟，送君立古渡。

苦雨次答吴白華韵

正是春光好，偏多風雨愁。草深頻没砌，地濕且登樓。袁氏門常掩，元郎句忽投。爲言寥寂甚，何日九峰遊？

題蕭然萬籟涵虚清圖

月滿閒庭夜氣清，篝鐙兀坐擁書城。芭蕉雨外梧桐雨，蟋蟀聲中絡緯聲。未下子時商弈理，不安弦處會琴情。文章此夕真奇絶，活潑源頭妙悟萌。

湖中望南北兩高峰

湖光灎灎似乘槎，突兀雙峰天半斜。薄暮老僧爲指點，碧霞深處有仙家。
岡形嶂勢盡難圖，自與元章筆法殊。若使畫歸作屏嶂，宛如日日卧西湖。

泊芙蓉湖

夜泊芙蓉一水灣，煙邨廬舍有無間。更闌人静漁歌歇，卧聽寒泉瀉碧山。

姚宏琦

字□□，號稼邨，金山人。諸生，由浙庠改歸婁縣。著有《文畫齋詩稿》《稼邨農諺》等集，已載《婁縣藝文志》。

題黄道婆祠

道婆，上海烏泥涇人。於元初自瓊崖航海歸，傳其紡織之法，以教鄉人。迄今利遍一方，皆其功也。祠屢廢屢遷，今在張家浜寧國寺西聽鶯橋，明天啓中張所望建。

縞袂青褭髮半童，歸從海舶乘長風。種攜吉貝來蠻徼，石授支機啓婦功。處處春迴同黍谷，家家夜織似璇宫。利宏衣被原非淺，贏得巍峨廟貌崇。

柬顧秉一

名寧，華亭人，善傳真。

話别名園緑水湄，俄經三月迅如馳。連緜春雨懷良友，杳渺申江阻晤期。才美自來龍腹譽，情多何減虎頭癡。吟成短句聊相寄，只爲停雲繫夢思。

南宋宫詞

湖上宸遊玉食精，特宣五嫂進魚羹。酪漿羶肉難投箸，此際淒涼五國城。

扇頭珍玩繫宸思，記得年時墮水湄。舊物仍還空有兆，金甌不似玉孩兒。

朱天培

字方城，號退吾，金山縣人，家泖涇。青浦學諸生，雲梯叔。著《退吾詩鈔》。

次吴篁邨貳尹韵時寓僧舍。

步屧春過日，禪房静息機。樹低花壓帽，竹嫩粉侵衣。捉麈迎今雨，含豪送落暉。騷壇逢對壘，聲韵發清微。

訪菊王鹿皋明府屬賦

秋風頻報菊開籬，步屧柴門日扣之。勁節不愁霜落早，晚芳應笑客來遲。庭邊徙倚香催酒，月下流連影索詩。莫道泉明清賞後，此中佳趣少人知。

姜　綸

字渭占，華亭人。明金山衛指揮姜實裔。諸生。著《釣餘吟稿》，沈景旦序。渭占子擊林曾與我家叙譜誼，其孫兆熊亦恂恂自好焉。

廢園

怪石崎嶔餘蔓草，野花零落委荒臺。主人兀似無枝鵲，燕子何堪覓壘來。

除夕簡寄文圃陸甥索松蘿茶

老夫度歲無他好，瀹鼎攜泉手自烹。却爲鴉山香味斷，憑將詩句乞雲英。

沈聲

字嬴帆，華亭人。諸生，六試五經，五薦不售。其門人胡廷柱謂其「才氣噴薄，振筆直書，珠玉紛披，煙雲環繞」。

新燕贈干溪郁梅巖

朱門掩映異芳洲，幾度飛來白玉樓。却恨春歸相見晚，珠簾十二總垂鈎。

曹虹

字遵路，號雪崖，金山人。諸生。能詩善畫，尤工蝴蝶，有「曹蝴蝶」之稱。客死武林。

小普陀

有寺傍清溪，我宗香火院。厥名小普陀，大雄開寶殿。殿旁屋數椽，我族祀前彦。尋幽叩禪關，地喜餘方便。水木溯本源，如見先人面。常聞故老云，此地吾猶見。巍然聳波心，四顧如翻練。茫茫湖中央，舟渡餘驚顫。曷爲百年來，澤國存郊甸。蓬萊走桑田，滄海猶三變。况此繞市河，何難耕以佃。世事本無常，登臨且歡忭。風暖倚朱扉，花落山禽囀。

范青錢

字充盧，奉賢人。廪生，乾隆丁卯五經薦卷。著有詩文集，今散佚。

和嵇健齋九日登樓韵謂南安郡署之樵樓，所謂「庾嶺南來第一樓」是也。戊寅重九作。

青山環郡治，皎日麗晴川。攜手登樓望，依稀落帽年。

周京

字伯和，號白湖，華亭人。勒卣元孫。雍正癸丑諸生。著《存研集》《繫匏集》。

讀先高祖符勝堂集敬識白湖重刻《符勝堂集》，在乾隆丁卯。

先型日已遐，披卷曠心目。殺青手澤新，寶之等球玉。麗則追風騷，安雅蕩繁縟。想像揮灑時，璘彬富萬軸。樹幟雄詞壇，海國雲龍逐。精英一綫存，夢寐親往躅。徒然誦清芬，逸軌焉能續。文章實道腴，光芒猶可掬。昏燈忘午夜，端坐百回讀。感此歲月長，勝遺金滿斛。

自題二禪圖用香松韵

容我何妨花作龕，容我圖坐在花龕中。雲山無碍半樓含。美人委分寒香淡，勝友相依清意酣。侒佛不緣消浩劫，鏡心惟有印澄潭。蕭然抵得蒲團坐，梅月松風借一參。

國朝松江詩鈔卷三十九

鄉人姜兆翀𤅄山録
陸鵬海嶼梅閲

葉鳳毛

字超宗，忠節孫，上海人。雍正八年以忠節勳授内閣中書，轉典籍，引疾歸。著《悦學齋稿》。平生嗜古力學，考據詳核。書法入晉人室，并傳其父沂州守專畫學，間作翎毛花卉，生趣盎然。

九谿十八澗

篠簜夾修坂，岡巒隱回合。陂陀積石秀，嵚崟飛泉疊。靈源閟崇巖，百道争澗入。傾耳聆清音，水石自鳴答。蒼蒼林木暗，泫泫煙霞濕。夷折見洄漩，高下分吐納。人間行潦水，世外煙霞汁。一酌同鵾鵬，常飲媿山衲。

樵僧

山中寡人迹，出入惟樵僧。腰鐮搜榛莽，晝静聞登登。憔悴山鬼貌，矯捷猿猱形。渴飲洞中水，饑食野之苹。衲衣掛松枝，虎豹不敢驚。幸愜山林賞，得與爾爲朋。

花下寄姚景清

去年君來梅未開，今年梅開君不來。美人娟娟隔春水，花下獨力吟徘徊。山中濁醪香欲滴，對花不飲真俗客。暗香疏影空自知，雨打風吹爲君惜。南村豈無素心人，咫尺相思曠晨夕。奇文未共阿咸論，子異姪。疑義待尋朱老析。東郇先生。相期一棹到閒門，掃徑開來樂三益。

春日閒居有懷席七

子爲樵，我爲漁。子歸烏目山，我歸浦上居。煙波相望四百里，心事難憑雙鯉魚。塞鴻不度音信少，春去秋來令人老。五更細雨濕梅花，二月天涯滿芳草。春風料峭嫩寒多，花底流鶯啼到曉。羡君築圃虞山陽，菜甲青青薺麥香。垂楊作線低籠户，斑竹生孫高過牆。竹香溪上留佳客，鬬酒鏖詩樂晨夕。門外從飛闤闠塵，室中但有煙霞色。破山寺裏聽鐘魚，拂水巖前岸巾幘。春山播遍看花笻，蒼苔踏破穿雲屐。余今寥落守窮村，環堵儒風古道存。君若能來披蘚徑，典衣沽酒不辭貧。

小匡將募修求忠書院邀余作詩

燕燕飛來啄皇孫，宗藩篡逆同吹脣。漁陽士馬何精鋭，江左將相如無人。金川門開宫𪉸起，朝士班迎新天子。先生豈爾草詔人，但願與爾同日死。君父軀糜灰燼中，十族九族蟻蝨耳。千秋忠孝死如生，重輕定不關宗祀。宗支傳説竄吾鄉，爲公立廟隣宫牆。春弦夏誦集髦士，扶持正氣存綱常。小庄一生腸肚熱，事關倫理樂倡率。淋漓揮灑大手筆，佇看舉國輸金疾。吁嗟哉！燕王桀驁竊乾符，不能升降一匹夫。忠臣生氣凛然在，君臣大義安問蹇夏三楊徒。

題黃九煙草書

黃公一紙行草書，筋骨礧砢勢盤紆。四行大字二十八，字體彷彿顔與蘇。欣飛怒作烈士氣，簪花陋矣瑶臺姝。延秋門上啼白烏，崇禎天子下殿趨。火炎崑岡灰玉石，首陽山中棲餓夫。鞭羊不動恃强項，忠義之膽狂夫粗。手捉毛錐泣宗國，仰天氣吐虹蜺碧。無家李白只佯狂，去國屈原終婞直。（二語倒用先生《雨花臺》詩語。）百年遺墨見嶙峋，澤畔難招楚客魂。瑰然江左奇男子，始信黃人略似人。（先生晚名人，字略似。）

題文衡山跋石田畫畫已失但有文蹟

世人愛畫勝愛書，遂令此卷亡畫圖。復有人間好書者，收藏文跋來視余。衡山八十筆猶健，入骨細筋誰敢贋。鐵梅亦是可憐人，梗概一生如眼見。弦高得名十二牛，孫宏卜式皆封侯。鐵梅有志不在此，文沈同時真輩流。石田此畫無從求，得見題詞我亦休。煙雲變滅人間事，言語文章萬古留。

沈啓南古木寒鴉圖

畫壁乃肯爲役夫，走避太守如逃逋。彼翁志節有如此，筆墨自與常人殊。文章比興亦能品，繪事尤爲世所無。於今贋本偏天下，當時假托由門徒。是中甘苦未親涉，魚目可混驪龍珠。人間是處收翁畫，惟有識者真難誣。寒鴉横幅筆飛動，殘絲僊黑墨模糊。兩樹虬枝見首尾，飛棲上下八十烏。署名可辯印文滅，當出手製非臨撫。東村題詩似東坡，讀詩如見此畫圖。夕陽粉本在吾屋，庭柯葉落方扶疎。

陳仲台先生殉節詩

先生名于階，上海人。官欽天監中官正。福王時殉節，死于鷄鳴山觀象臺，僕宋千負歸葬，亦自經墓下。

大清方與民更始，江南猶奉明王子。君臣昏佞速國亡，烈士矢心惟有死。陳公推挽史公力，史閣部引爲參謀。小臣亦與謀人國。謀人之國敗死之，先生此理夙所識。千官順命朝鳳凰，九人絶脰存三綱。觀象臺邊公濺血，鶴鳴村畔僕同藏。從來跖犬能吠堯，褒忠幸遇無諱朝。祠廟千秋蒙俎豆，地靈百曲生英豪。仕宦當時羞異路，卜祝之間誰比數。正氣常留博士祠，慚顔空表詩人墓。

朱初晴畫雞

膈膈膊膊鷄初鳴，索鷄人來叩柴荆。初晴卧起蕭齋清，鸜鵒硯如呀鶻青。筆頭嚼開雞毛翎，濃墨淡水相合并。栅中一雄入剡藤，高冠長尾目注睛。怒氣勃勃陵秋鷹，作詩題端擬杜陵。四句疑截《縛鷄行》，索者卷去粘畫屏。老嫗親割兒欲烹，始知可寶緘箱籝。邇來此畫價不輕，一死可易十數生。爾之生也余所憎，畫中卻喜觀模形。倘逢齋日停葷腥，便置俎豆馨神靈，何如梁王麵犧牲？

遥挽班將軍第鄂參贊容安

降王真繫頸，黠虜詐輸誠。路梗孤懸將，情窮遠戍兵。凶門鑿周處，碧血裹萇弘。絶塞埋忠地，丹心照雪明。

班侯薇省日，鄂國翰林時。鵠立同堦序，鸞翔各路歧。勳名方盛立，身命竟瀕危。生死艱難際，還將大義垂。

歸田漫興

野人麋鹿性，今日就長林。舊業蕪堪治，閒門閉自深。寒香晴帶雪，古木夜招禽。洵美真吾土，棲遲愜素心。

荒村樵牧地，父老少時隣。自昔有期許，於今同賤貧。負恩緣一病，返服又三春。歌咏行阡陌，熙朝草莽臣。

錢香樹先生予告後荷寄詩存問賦此奉酬

金石文章起大名，先生撰朝陽門外石道碑文，極稱旨。賡歌雅頌答休明。先生賡和御製詩，每稱旨。詞臣快意風雲會，達士終身水石情。人羡遺榮如賀監，家傳多壽自彭鏗。微疴暫遣東山卧，朝野依然仰月卿。

狹巷相從卜宅隣，隔墻雙樹荷分春。如蘭臭味心猶在，似夢因緣迹已陳。玉帶趨庭多令子，公子汝誠早入翰林，諸郎君俱貴顯。草衣牽犢幾齊民。十年消長何容易，慚愧江湖老大身。

陳　枚

字載東，號殿掄，婁縣人，居黑魚街。工繪事，其畫能於寸紙尺縑圖寫群山萬壑，以顯微鏡照之，峰巒、林木、屋舍、橋梁及諸人物靡不具備。雍正四年，以供奉畫院，賞給内務府郎中銜，給假歸娶。恩賚優渥，藝林榮之。後歸卒。

歸娶紀恩詩

偶緣一藝九重知，出入常教傍玉墀。家事細微邀主眷，天恩鄭重恤臣私。賜來宫扇輝宸翰，捧到瑶巵識御甆。匪獨綵衣能稱體，官階新拜掌儀司。

詩話：時林晴江與爲最契，有賀詩云：「鳳卜高門訂百年，乘龍嬌客受恩偏。笙簫合奏鈞天樂，脂粉都輸内府錢。」此亦鄉邦盛舉，亞於翰林歸娶。後以乾隆四年歸里，嘗與孝廉朱鎮、茂才季駿及徐啓晃等結西郊吟社。啓晃字震初，工詞，善小令，并長八分書。

王祖晉

字笙客，號硯亭，楨之子。以保舉任靈璧知縣，擢六安知州，改補汝州，陞衛輝知府。有《碧涵堂詩鈔》。祖晉解組後葺佘山山居，名曰知止。與雲山水木爲友，興之所至，輒成詩章，可以見出處之大致。

壬午春重至虞山感舊作

不到琴川三十年，别時年少返頹然。亭臺如故人非昔，花木還存姓已遷。檻外老梅逢舊識，樓前新杏鎮相憐。幾回夢想笙歌盛，曾向橋西繫畫船。

再贈月浦

襟懷却與别時同，聚散榮枯瞬息中。曉露暗侵衰鬢白，長楓遥映醉顔紅。芝蘭臭味清而淡，肝膽交情老有終。試問丁香還盛否，江南閒煞賣花翁。

楊儒臣

字友桐，號又東，華亭人。官福建長樂知縣。

日暮

西山下夕陽，漸漸路生光。佇立林陰外，忽見人影長。

曹錫黼

字誕文，號菽圃。例貢，官太常寺所牧，二十九卒於官。著《碧鮮齋詩稿》。

遊毛副使園亭留題

淡日遠風涼，放心入佳境。畫中小輞川，因以寄閒静。魚鳥但親人，蠅蚋示不競。老樹忘歲華，幽泉動清聽。觀之躁心平，感之道心淨。吾亦有草堂，未愜游覽興。勞生竟何事，皇皇尚無定。幾時脱塵鞅，如斯適情性。西望浮煙寺，夕陽落疎磬。

擬韋左司雨興

幽居無一事，微雨晚來滋。漠漠殘鶯處，瀟瀟芳草時。開尊頻望遠，閉户漫題詩。借問同心者，寧忘茗戰期。

飛來峰

窈窕開靈境，空濛捲嫩嵐。如何山色好，飛不到江南？

晚泊

釣罷蘆花渚，沙邊夜泊船。漁郎歸去宿，閒殺一潭煙。

吴　琛

字雪庭，號竹邨，婁縣人。上舍生，節愍嘉允之後。其居近濯錦港，饒池荷亭館之勝。工詩善書，性好賓客，家落而興會頗豪，竟以貧死。沈學子輓之，所云「最憐幾日三喪繼，徒有新詩萬口傳」者也。

題廬山吟

四傑高名在駱前，藝林争識孝廉船。興來曾記題詩句，空剩奚囊此一編。

吴　澄

字融川，婁縣人。太常卿廷揆子。蔭生。嘗從焦南浦、曹諤廷遊，試南北闈不遇。居心仁恕，勇于爲善。著《鳴春詩草》。

晚春曲

番番風信勞相憶，春容千里情何極。朝來花外餞殘春，一似離筵别故人。吁嗟一别三時久，青青望斷河橋柳。杜鵑聲裏唤春魂，腸斷相思蝶夢温。洗盞臨風君莫舞，嘛紅泣緑春無主。

春柳

灞岸青青又放芽，東風古道夕陽斜。一年離恨追芳草，二月輕寒待杏花。春色乍看回日馭，夢魂先已到天涯。何須折贈悲摇落，終古傷心是暮鴉。

林光錦

字端舒，華亭人。令旭弟。著《如江詩草》。

壬子海患

金商秋，夷則月。火始流，暑初歇。撼天闗，翻月窟。颶風盪，海濤汨。濤之來，漲溟渤。不紆徐，奈飄忽。濤之溢，駕林樾。昔瀠洄，今馳突。濤之怒，雲霾勃。淹四境，沉千碣。濤之震，霆夜發。蛟龍争，坤維軏。概漂没，皆夭閼。少遺黎，無完閥。億民命，一毛髮。浩劫灰，滔天罰。清霜節，蓋藏竭。陽烏轉，春光闕。境蕭索，人顛越。苦提挈，隔存没。泉下魂，溝邊骨。事駭常，禍酷烈。鬼神愁，山川咽。誰繪圖，忍結舌。汪洋水，赤如血。寒心惙，寒泉冽。

姜孝子詩

表海雄風族望傳，伯淮至性孝由天。悲號慣洒王裒淚，求藥能齊阮緒肩。兆厝眠牛人况瘁，魂歸褥蟻意纏綿。自經綽楔旌端行，誰發幽光耀簡編。

姚宏烈

字帆江，婁縣人，後遷璜溪。著《帆野集》。詩皆五、七律，其言謂：「豈性情自有詩耶，亦吟詩而性情益以出耳。」其詩武林汪鶴孫梅坡序。

園居

園亭臨水築，溪漲綠波平。雲樹窗中畫，帆檣天外晴。岸花飛片片，谷鳥語嚶嚶。景物宜樗散，幽吟足此生。

飲白村曹徵君花下

桐蔭添新綠，林梢夕照紅。草生三徑外，人坐百花中。移席迎新月，開襟盪晚風。醉看河漢迥，豪興喜能同。

示聽巖弟

夢回詩句憶池塘，忽幸扁舟到草堂。塵世交游情似水，老年兄弟鬢如霜。奚囊彩筆勞相贈，短燭清樽暗自傷。底事悤悤別花徑，夜闌軟語惜連床。

東陽夜月

閒來縱目畫橋邊，數點蒼煙夕照前。記得當年吹鐵笛，絲絲楊柳木蘭船。

王貽燕

字翼安，號掞齋，華亭人。圖炳長子。工詩，尤精繪事，所畫蘭竹極佳，至今人猶寶其石刻。有《香雪山房遺稿》。

送匏如弟赴大名

一林風雪正絲絲，却值旗亭録别時。芳草天涯留客夢，斜陽古驛紀程詩。好尋畫舫聽鶯去，莫笑長垣放鶴遲。紅雨番番應屈指，歸橈早晚慰相思。

王貽穀

字子有，華亭人。圖炳子，行七。雖出貴胄，而閉户讀書，矻矻好古，書法極似宫詹。著《惺齋詩稿》，又《墨妙軒咏物詩》一册。

擬古

奇松生澗底，鐵榦排龍鱗。寒陰遍蘿葛，盤屈無由伸。鼯來竄其頂，蛣來食其根。土石或崩墜，摧折逾斧斤。嗟哉蒙污濁，奄忽成枯榊。山巔有喬木，直上陵青雲。一蒙匠石顧，梗梓何足論。如何歲寒質，下類荆與榛。托根一失所，愧彼爨下薪。

題畫梅用東坡松風亭下梅花韵

窮陰積雪埋荒村，生氣獨駐寒梅魂。疎花鐵榦特妍妙，冷香一片空煙昏。敝廬數椽三泖側，花時百遍勤窺園。天生孤艷壓群卉，蒙被霜雪同春温。溪邊竹下澹相對，每至月落浮晨暾。自來京國頗潦倒，有夢空繞羅雀門。相思千里寄枯筆，一枝倩爾傳衷言。潞河决計理歸棹，餉我玉雪酬清尊。

雨後至黄家營

落日亂林裏，蒼茫古道横。河流隨野闊，鶻勢掠雲平。泥滑愁車迹，風寒慘客情。在家貧亦好，何乃事徂征？

螢

過雨牆陰燐火流，隨風閃閃復悠悠。半生辛苦陳編簌，千載飄零故苑愁。迎曉衹憐生意淺，先霜仍怯腐餘休。紛紛不奈癡兒女，好趁涼宵畫箑收。

題山水小幅

吾家老屋横雲麓，翠嶂當牕六月寒。羈客情懷歸未得，勞君寫向畫中看。

衛自浚

字學源，别號半村，華亭人。姚平山謂其「文才令美，名重國學」。卒年僅届五十餘，同袍惜之。至其子名德威，字範之，諸生，亦有詩名。入都曾館藩邸，後以蹭蹬卒。

張部曹飛鴻堂梅花

飛鴻堂前梅一樹，老幹繁枝如鐵鑄。種花人去杳不還，孤芳兀自留春住。清河公子冰雪姿，愛梅及堂并得之。結籬疊石佐幽趣，辛勤防護東風吹。開筵看花花未半，南枝北枝已爛漫。須臾夕照疎影斜，寒香沁人終不散。吁嗟人生歲月如流泉，花開花落年復年。會須移居向瑶圃，日日沉醉花底眠。

詩話：松江衛氏爲宋文節後，家蕭塘。其裔衛青，明初以從洪武開國有功，後鎮海上。其次子潁，又以功封宣武伯。孫錞，督神機營，玄孫時春，崇禎時掌後府，京師陷，懷鐵券，闔門十七人皆赴井死此。王勝時詩云：「赫赫宣武公，獨砥中流柱。志争日月光，氣作虹霓吐」者也。今宣武殉節事頗未著，故誌之。至潁第九弟曰顯者，留華亭半村，殆顯後云。

陳　濟

字簡亭，華亭人。著有《潭陽詩草》。才情豪宕，詞藻縱横。與四方名流結納，庭有三蕉，讀書其中，以至投贈滿篋，刻《三蕉書屋詩》四卷，陳世倌序之。乾隆丁丑南巡獻賦，初不由三院録取，及李學使鶴峰一見傾合，遂成莫逆。著《潭陽集》四卷。

探梅飛鴻堂東平山

鄧尉西溪看遍來，飛鴻一樹特奇哉。天教高士修文去，留得清香歲歲開。梅爲君家藥巖先生手植。今年春信故遲遲，二月花開未滿枝。相對移時無好咏，花前那得不相思。

范文獻

字瀛山，號南溪，華亭人。進士龢孫。曾遊京師、黔、粤。工吟咏，惜無詩稿。

宿雁

倦翮將何托，平沙夜色新。暫爲高卧客，仍作遠來賓。江月照孤夢，荻花飄滿身。知機應獨醒，須避網羅人。

寧國寺訪古松

白髮傷春老，閒游曳短笻。小留方丈坐，來看遠年松。勁節真堪畫，雄材不受封。濤聲寒向晚，淅瀝伴疎鐘。

簪菊

老興簪花不自羞，平生籬菊是同儔。愛他傲質來荒圃，伴我高情綴白頭。明鏡曉臨容各瘦，青燈宵對影俱幽。朱門豈少妝臺飾，摘取孤芳悦莫愁。

詩話：瀛山於甲申時，有北平門人來招入貴州倅幕，其留别詩有「一樽别酒親朋淚，萬里荒途雨雪深」句，雖襲許用晦語，不害其佳。

沈晉

字西谷，華亭人。學子叔。

廣城得遇學子姪喜賦

拂袖飄然入粤東，亂山如削聳遥空。最宜雨後看新緑，獨向風前悵落紅。異品龍牙天市上，名花鷹爪海幢中。龍牙，茶名。天市，地名。海幢，寺名。鷹爪蘭，寺中佳卉。六年離思今朝慰，不盡殷勤兩意同。

朱景輔

字彦夫，又字遜之，貢生奕長子。少束脩自好，嘗一應童子試，遂絶意進取。妻袁，有文才，早卒，後不再娶。乾隆中卒，年七十二。有《莘溪》《小山書屋》諸稿。

詩話：小山居郡城東菓子衖，老屋三楹，圖史林列。晚年境極轗軻，會八韵例興，後學競來就正，稍資膏火。然謹言慎行，一介不取，人以爲今之朱桃椎云。

次韵吴月樵牡丹爲風雨所摧四首

穀雨花開雨又風，劇憐萬紫與千紅。香車繡轂經年恨，金蕊檀英一瞬空。黯黯魂銷南浦上，深深玉葬五更中。憑闌最是神傷客，奉倩情懷約略同。

狂飈一夜撼屏風，誰信朝來絶點紅。漢上繁華飛騎入，石家歌舞畫樓空。禍胎每伏騎榮日，碩果原非窈窕中。猶憶陽和滿地館，傾城三五一樽同。

無端雨雨繼風風，獨對殘枝悵落紅。幾處玉簫吹怨慕，伊誰綵筆繪虚空。越人陣列吴宫裏，秦閣煙飛楚炬中。言語百般愁萬疊，傷心只有曉鶯同。

園林久已斷光風，蜂蝶闌删轉夢紅。錦幄有心迎靄日，緑章何計達遥空。可堪綺檻春殘後，無復瑶臺夜月中。從此不殊凡草木，相看仍與未開同。

柳絮詞四首

玉偏能軟雪難融，可待吹嘘上碧空。君似東風儂似絮，敢將飄蕩怨東風。

津亭車騎動棲鴉，未折先愁道路賒。蝴蝶那知臺榭異，尚銜春色過東家。

泫然情緒憶當年，何限精神曉月天。安得妾魂偕汝化，也乘風力到天邊。

亂濛濛處欲漫空，灞岸隋隄道路重。妾夢不辭江路遠，絮飛只解葉西東。

王澄

字印川，號鱸民，婁縣占上海。乙亥諸生。詩文恣肆自喜，嘗一夕和元馮海粟《梅花百咏》，字皆古體，讀者舌橋不下，今郡中尚有藏者。後無子，年八十八，以乙酉終于笏溪湛然菴，葬放生橋南。

古梅《梅花百咏》之一，海粟之原題原韵。

横斜古榦不知年，氣味能涵太古先。不仗春風吹爛漫，破頭一蕚已嫣然。

詩話：鱸民和人《春草》詩云：「痕微漸逐閒階上，勢弱難將要路封。濃碍馬蹄行款款，緑翻蝶翅影重重。」亦自可頌。

金銓

字量玉，號二如。青浦人。廩貢。精醫理，性瀟灑，有晉人風，書亦秀勁。

贈陳簡庭

三本芭蕉手自移，蕭齋濃緑露華滋。繁音雨到喧書幌，新緑雲開映墨池。愛學王維堪入畫，閒臨張旭更題詩。蒼涼世界濱三泖，兼有高梧一兩枝。

趙紳

字垂書，號晴川，上海人。光禄文哲父。貢生。著《晴川詩選》。

齊侯古鐘歌爲陸右亭賦 右亭數年前得此于燕、趙間市上，因爲作歌。

齊侯尊王矜霸功，編鐘十六雅奏同。衣裳會九遵禮法，列邦著信平荆戎。庭中一響郊雉應，聲如雷震鳴長空。軒縣敲擊金奏節，洋洋猶表東海風。奈何埋没幾千載，殆與霸業相終窮。陸子好文兼好古，曠懷述志傳龜蒙。切磨往復繼辨難，譬諸寸莛撞鉅鏞。北走燕都入槐市，突見古色銅山銅。九耳九乳款識異，獅子作鈕身鏤龍。神物在世不久掩，一擊自足披頑聾。余聞歸里急往晤，拂拭照眼光融融。還期抱獻懸辟雝，《簫韶》叶奏聲錚鏦。

翁淑元

字三吉，華亭人。雍正間，與先曾祖徵書府君交，聞其所居與我家隣近。翀十二三歲時，猶見其所書門聯及粘壁詩，特爲存之。

春雨柬友人

東風吹雨灑芳辰，過眼韶光事事新。八九樹梅初破蕚，兩三聲鳥慣嚥春。孤城煙月應憐我，浮世穠華任屬人。二頃薄田堪種秫，此生拚作醉鄉民。

陳詩桓

字岱門，號石鶴，婁縣人。工詩並善畫，著《六香菴詩稿》。其爲詩撚髭苦吟，必得奇句，而人以謀篇之善規之，勿屑也。沈學子謂其「畫難畫之畫，以詩湊成；吟難吟之詩，以畫補足」。詩話：石鶴兄枚供奉内廷，以書招石鶴，不至。妻死，攜其子轉徙無定，衣不蔽肘，或忍餓竟日。性好酒，間爲人作畫，得錢即沽飲，而終不向人乞貸，人以是重之。則不徒以詩傳也。

落梅得紅字

無計養鴻濛，春光一半空。晴多猶有雪，香少不禁風。壓帽欺頭白，浮杯破酒紅。夢飛何處在，芳草夕陽中。

萍

本是漂流者，相應住水涯。天教成變化，地不著根荄。浮世三春夢，離人萬里懷。平生喜無倚，波浪任推排。

村居遣興二首

水屋圍新柳，羈人歎數奇。厚恩終負酒，薄俗不言詩。風月貧方得，鶯花老未知。廿年十遷徙，可抵絮飛時。垂老憐春色，甘貧寄水邨。燕來烹竹笋，蘆長擘河豚。躡屐懷狂阮，擎杯學醉髡。日尋花暖處，一聽蜜蜂喧。

春雨

鴨卵天疑醉，餘寒釀曉昏。緑沉尋草路，紅濕賣花村。催樹遮山骨，隨潮長岸痕。鳥鳴泥滑滑，此際獨能喧。

春夜聽雨

雨滴三春夜，聽來思不禁。苦吟雙鬢禿，弔影一燈深。村濕中宵鼓，花傷下番心。有衰無了客，久慣擁孤衾。

菴門遠望

獨自菴門立，驚秋換眼光。黄花驕僻徑，紅葉媚斜陽。水浸山容瘦，天横雁字長。此時無舊業，空羡稻登場。

西麓村葉氏梅花和黄盔仙韵（此梅於葉故後萎死，後飛鴻堂梅亦然，可見草木有知。）

嬴得重來自在身，村墟門掩步逡巡。扶笻尚有看花客，善笛今無姓葉人。（主人名榮，善笛，爲江左第一手，去秋已逝。）煙外寒光仍照眼，壁間香字已成塵。追思緑酒紅燈夜，老我難尋昔日春。

白牡丹

真色人閒不易逢，宛然玉立殿春風。心中富貴生來淡，眼底繁華看去空。雨榖時光雲瑣碎，養花天氣月玲瓏。大年寫遍江南景，粉本何曾有此工。

雨花菴梅花樹下同人以禁體分韵得纏字

西麓南參五色禪，西麓，村名，菴在其南。分吟詩擘冷金箋。深慚老逐風人後，頓覺春生古佛前。地占清閒無可掃，天成屈曲不須纏。尋常舊例新正到，一笑青鞋又踏穿。

登吴山

振衣直上大觀臺，第一峰登第一回。山欲奔吴江截住，神猶怒越廟横開。東西浙限鄉音異，南北朝分霸業灰。更上最高高處望，午潮如線海門來。

錢孫鐘

字雅南，華亭人。著《硯山樵詩集》四卷。幼貧，爲人運戽，間就塾師問字。又傭於藥市，主人異之，延典其會計。數年，遂通典籍，工屬文。後以刑名之學遊江淮間。晚歸北郭，學詩者多就正焉。沈大成序其詩，以爲「潔而雋，曲而不盡，材兼各體，遺貌取神，所爲千變萬化，惟意所適」者也。

露筋祠

渺渺空陂水，湛湛無纖塵。鬱鬱古祠宫，肅肅靈風振。飛飛沙上鳥，拍拍不敢群。曷爲不敢群，恐觸烈女神。烈女去已久，生氣凛若存。祠前一步地，六月無飛蟁。丈夫立宇宙，孰愛厥身？如何當失路，甘就有幃人。三歎放舟去，岸闊波鱗鱗。

賃耕農

大田何膴膴，千頃彌黄雲。豐哉衣食資，弗負胼胝勤。老農爲予言，此非農所有。刈穫輸豪門，得十去八九。豪門積如京，農仍艱糊口。空然欣穎栗，無計充盎缶。嗟我數家邨，耕此亦云久。尺寸屬他業，未得占一畝。頻年米價翔，産豐利益厚。富室日争購，縱有亦難守。先王昔經野，畫井均授受。貴賤等殺分，罔或敢多取。自從秦變法，兼并困黔首。豪强據連阡，蔀屋窘升斗。安得限以制，割羸畀窮農。税外足餘粒，含哺歡時雍。

七月望夜錢塘驚潮

夜半忽群驚，疾呼潮頭至。起聽百里閒，轟雷動天地。是時秋乍涼，圓月净無翳。遥望大江心，銀濤鼓一氣。有如垓下戰，十萬驟鐵騎。又疑雪山傾，横壓斷鼇背。前水浩以洶，後水汩相繼。恍惚覩神靈，金支共摇曳。我舟真一芥，曲港預潛避。巨舩盤修絙。寧識摧朽易。蒼黄簸洪濤，倒退若箭駛。篙楫奚暇施，縱横去無際。鄰舟助叫號，嘈雜兩岸沸。船人但股慄，婦稚競悲涕。我雖産水鄉，不慣習揭厲。斗然遭危途，束手聽天意。漸遠勢稍懈，得住仍恐未。脱險身幸全，喘定魂尚悸。因歌《陟岵》詩，悔作遠遊計。慎旃縱有戒，風波猝難備。向使觸石根，已與船共碎。波平江月斜，回首如夢寐。

宏濟寺桫羅樹歌

江邊古寺桫羅樹，何代種傳中印度。千年劫火飛不到，帝釋神龍爲呵護。霜摧雪壓元氣存，谷變陵遷只如故。都將枯菀付造化，那管興亡幻朝暮。風迴聲撼燕子磯，雨過青浮桃葉渡。巍然拔地二百尺，正直堅剛過松柏。岐根不學蛟龍蟠，石笋偏能插雙掖。欲知樹石生孰先，舉似老僧參不得。陰森翠樾慈雲覆，疎挺横枝甘露滴。白花春送齋鉢香，圓實秋從病夫摘。僧言此樹能濟人，寺名宏濟良有因。何當種滿三千大千界，療盡心煩凋瘵民。

擊柝行

街頭月黑風淒淒，戍角吹斷行人稀。鄰翁抱柝出門去，兩脚無韤身無衣。孤燈明滅背蓬户，却倚喁喁訴愁苦。自言窮老無子孫，柴骨行將委黄土。日謀衣食東西奔，暮還擊柝守閭門。飄蕭素髪更誰恤，手脚僵凍眼難温。丁丁永漏安能曉，滿地繁霜壓枯草。良田盡入富豪家，守望何偏及衰老。五更膠角籬根發，斷續柝聲飄未歇。紅樓錦帳春融融，何人知有擊柝翁。

放鶴亭

孤嶼亭何在，西泠路不賒。千秋無處士，一壑但梅花。鶴去水天碧，鳥嗁山日斜。徘徊吟未已，香雪落簷牙。

途次有懷李蓼汀

無窮山水意，此際向誰彈。落日動遥感，秋風生暮寒。老諳新世味，歸棄舊儒冠。卻愧棲棲者，空歌《行路難》。

登蒜山

偶維京口棹，一上蒜山顛。海氣沈吴甸，江光動楚天。三分公瑾少，六代寄奴賢。往蹟多寥落，春城又夕煙。指點三山勝，躋攀一水遥。煙寒迷古渡，風急捲靈潮。少日經過數，頻年鬢髮凋。閒田如可乞，長此狎漁樵。用東坡「蒜山尚有閒田地」句。

晚過丁卯橋

二頃疎歸計，飄然復遠征。江山今夕夢，風月古人情。水束高崖急，天圍野樹平。過橋燈火近，畫角動春城。

村居次韻

境僻偏諧避俗心，身閒不負白雲林。一川煙草鷗同夢，滿院風篁鶴在陰。春日雞豚聯社早，夜窗鐙火讀書深。故人知我疎慵甚，不向金臺示遠音。

寒月

不辨霜華與月華，棱棱寒色透窗紗。照來歲晚偏多感，看到宵深未肯斜。殘雪半庭篩竹影，短牆一角印梅花。年時憶得推篷見，朔吹侵肌旅思賒。

梅花

月觀風臺事已賒，一枝瀟灑送年華。人如凍鶴閒窺蕊，天放寒蟾淡入花。未必有情憐畹晚，空教無語倚槎枒。不堪又聽高樓笛，簌簌香飄砌影斜。

首春偕友登黃鶴樓

江上飛樓面面開，乘春臨眺思悠哉。岷嶓水向城隅合，吴蜀帆從天際來。高舉莫攀騎鳳客，暗投空惜賦鸚才。舊鄉芳草知何限，欲對蒼茫首重回。

臘雪初消杜若汀，晴川如練遠山青。何人妄擬吞雲夢，吾足真思濯洞庭。歸雁影沉郞子國，落梅聲斷吕仙亭。白頭淹滯君休笑，塵世浮蹤本似萍。

三泖櫂歌

北望蘇州南秀州，層層雪浪拍天浮。湖中近日無蛟鱷，風帆來往不須愁。

阿儂家住泖西鄉，水閣冬温夏復涼。更愛秋來風物好，雞頭菱角任郎嘗。

管瀛

字端人，號喬鶴，婁縣人，居錢涇橋。業岐黄，工詩，著《菖湖草堂集》。

步月次黄我浦韵二首

萬籟俱岑寂，披襟起獨行。夜凉山月静，秋老澗泉清。修竹摇疎影，歸鴻度遠聲。忽聞漁唱杳，煙水一鐙明。

幽尋何處是，野曠一徘徊。銀月溪前印，丹楓霜後開。吟詩忘步緩，戍鼓漫相催。極目遥空處，白雲嶺外堆。

端陽前一日集孫硯樵齋和陳于心韵

節近中天興倍添，蒲香漉酒足忘年。騷人聯咏揮斑管，遊客歡歌泛畫船。細雨侵簾沉黯黯，微風梳草緑芊芊。不知漏鼓催賓散，醉到三更未肯眠。

沈倓

字次安，號菽園，又號古村，庠姓趙。衛學，雍正戊申拔貢，官如臯縣教諭，時已近古稀。閱數年歸，年八十一卒。平生耽詩，著有遺稿一卷。

巫山高

巫山高，巫峽深，峰頭十二何陰森。巫山之神不可尋，但見荒祠古屋臨江濱。相傳朝雲與暮雨，氤氲時罩青楓林。襄王不戀人間樂，託之一夢爲荒淫。至今巫山七百里，層巒疊嶂多猨吟。

題陳徵君遺照

先生去我一百五十載，呼之欲出在生綃。幅巾道服猶活現，不知歲月已云遥。昔時傾倒陸文定，八十三翁墨未消。宦海茫茫嗟久涸，四萬餘里爲沃焦。至今獨有西佘一片石，長松千尺風蕭蕭。

石湖橋

橋傾將百年，橋石半在水。如鼎入泗沈，茫茫安所底？舟行經絶險，鋒利若鋸齒。高陽一老人，其字曰卓爾。北登黄金臺，南遊東粤止。出我橐中金，散給偏鄉里。餘金無所用，募人將石起。既起害遂消，危途竟如坻。惜哉老人殂，三十餘年矣。身不立朝班，名不掛青史。我以詩勒石，庶幾垂奕祀。

泊漢口

簇簇舟檣高下分，一林楓葉落紛紛。秋空岳色篷邊出，夜静江聲枕上聞。泊市偶爲沽酒客，數錢閒入賣魚群。明朝湖口西南闊，又看潮衝萬壑雲。

戴見鎔

字禹範，號方巖，婁縣人。殿撰有祺姪。好讀書，通經史，工詩文。初家郡秀野橋之戴家浜，後遷泗涇方巖，詩酒自娱，與朱耕方、潘舒藻爲友。著《漣兮草》一卷。

溪邊兩景

決決鳴幽竇，籬根又長潮。煙霏疑岸合，樹密覺村遥。怒黽喧偏静，癡雲懶復驕。水田紛濕翠，一艇縛横橋。

薄暮寒侵凄清獨坐已而月色盈簾率爾賦此

蒼蒼野包儆寒威，暮景西垂淡落暉。遠岫放青知雨霽，深林欲黑看雅歸。牽回箬艇還依壑，作别鄰僧且掩扉。入夜荒村無擊柝，凄凉寒月到書幃。

陳　汭

字洛亭，婁縣人，居璜溪。辛亥招沆學子探梅鄧尉，得詩一卷。黄唐堂序之，謂爲「天地以花當詩，君以詩當花」焉。

鄧尉返棹登虎阜山寺用虞山先生泊舟光福韵

探梅返孤棹，已過香溪村。招我同心友，對月坐黄昏。惜無梅花釀，不獲傾芳尊。陵晨至虎阜，寂歷尠遊人。芒屩踏山塘，晴煙拂朝暾。徙倚劍池畔，頫首招提門。孤雲生片石，庭砌留苔痕。花宮梵唱罷，開士静無言。似同披南枝，香冷寒梅魂。登臨聊適志，此景與誰論。

皇甫林阻風泊細林山

蘭橈晚泊細林東，紺宇周遭曲徑通。九點峰頭春樹外，一絲帆脚暮煙中。尊空不惜重浮緑，燈暗何妨再剪紅。可是故山留客子，卻教惆悵石尤風。

國朝松江詩鈔卷四十

鄉人姜兆翀孺山録

顧德嘉畹香閲

凌應龍

字天用，上海人。雍正己酉舉人，乾隆丙辰進士，官刑部主事。

江行觀朝旭

日如金彈丸，紅塔倒射水。破曉一帆過，風泛半江紫。

林德堦

字惠邦，婁縣人。令旭子。丙辰舉人。

望西山

百二關山接混茫，上林西望曉蒼蒼。峰當斷處看雲補，樹到無時倩石裝。一幅畫偏宜薄霧，半天霞好待斜陽。不知何地容棲遁，結得精藍避虎狼。

過柏摀菴先生新寓

薄笨車驅曲逕通，依然四壁向時同。筠籠有米新支俸，竈火無煙舊賃僮。市酒不妨浮大白，門牋且喜換新紅。日高日日容高卧，一任泥塗走玉驄。

喬光烈

字敬亭，號潤齋，上海人。乾隆丙辰舉人，丁巳進士，官陝西寶雞縣知縣。歷乾州牧、同州守、山西河東道，補直隸按察使，擢河南布政司，陞貴州巡撫，調湖南。以事落職，仍起甘肅布政司。履任兩月，以疾卒。其在寶雞，於李村鑿石穿土，引汧水入而成渠，人稱「惠民渠」。教民蠶事，郊郭曠野，藝桑萬株，人號喬公桑。在河東請濬涑水、姚暹、五姓諸河，變汙潦爲沃壤者四百里。居官三十年，孜孜以民事爲亟，其廉聲遂上達宸聽云。有《最樂堂集》，係在河東時所著，頗見崚嶒磊落之概。其後所作則不可得。

陪鍾掌科祭唐憲宗陵李北海雲麾碑即在陵左摩觀不忍去

黄門持節嚴秋祀，陵謁元和盛天子。禮儀牧守相且陪，空山松柏風自起。驚看陵側穹龜螭，雲麾之碑乃在斯。竟同索靖欲卧看，摩挲蒼蘚忘渴飢。右軍如龍北海象，李公此書妙難狀。干將莫邪鋒莫争，用張説謂北海語。萬古精神森石上。君不見《中興頌》得平原書，《元和功德》更絶殊。淮西有碑耀北斗，惜無北海摩崖揮禿帚，筆驅雷電蛟龍走。

秋日同磁州張觀察登華山至青柯坪而止

華岳四方如削成，五千仞上連空青。井蓮誰見花十丈，惟有馭風隨叔卿。我來清秋事登陟，要觀玉女摇明星。巉巖側足苦奔削，十步九折愁所經。十八盤中險初度，衣裳濕翠霑青冥。仰觀嶂峽倚絶壁，天窗石罅懸瓏玲。飛梯有脚不敢踏，騰身安得猿猱輕。張公好奇山水癖，有具濟勝徒怦營。鐵繩那復手自挽，片屐偕駐青柯坪。泉聲樹色好相待，旭日閃秘紅玲㻌。其間道士結茅屋，煎茶汲井分銅瓶。來遊到此即仙隱，洞户遍啓雲霞扃。投書忽笑韓吏部，乘危何事心魂驚。欲覓陳摶問丹訣，只今尚疑睡未醒。攜公一笑且歸去，詩成試寫坪間亭。

咸陽夜渡

渭水象天河，秋風起素波。扁舟乘夜渡，發棹一聲歌。不見煙林合，遥披星露多。踟躕問五馬，攬轡意如何。

潼關

天險由來設，經營壯思多。關門臨赤戍，城影入黄河。一道冰霜合，千峰劍戟羅。定知森氣象，飛鳥不能過。

棧道中觀音堂地處萬山中惟二三旅舍不敢棲止爲别搆數椽于天泉之左以便行客顔曰停雲并書一律於壁

萬山深處兩三家，雲棧遥穿路可嗟。虎豹愁侵行旅晚，猿猱嘑趁一燈斜。停雲别覆藤間屋，覓火堪煎石上茶。廣厦生平懷杜老，漫將詩句寫生涯。

鸛鵲樓

何處西風鸛鵲樓，煙沙蕭瑟滿汀洲。人間俯仰成今古，到海黄河日夜流。

凌應蘭

字春藻，上海人。侍郎如焕子。雍正乙卯舉人，乾隆丁巳進士，由河工任江西萬安縣知縣。著《静圃詩草》六卷。

吴江道中憶八弟時在楚中

九月涉平江，秋高水氣碧。霜風摇岸草，佇望遠帆白。棲鴉鳴古樹，荒村下冷日。瀟湘雁未來，吴苑夢愁夕。縈情屬令弟，服勞在行役。

防工書所見

黄河日夜射海東，百川秋至俱來同。長空一碧勢漭滉，氣與山嶽相争雄。奉職防工下相里，曉立堤旁看瀰瀰。赤鯉騰空浪欲翻，白黿簸盪窟頻徙。河灘茅屋多民居，柴門不閉竈有魚。妻孥露宿大堤上，堪憐家具少于車。入秋旬日多淫雨，塗泥霑體足貧窶。萬間廣厦徒空談，深林一枝聊可取。金風不日殘暑消，白露漸生波不驕。補葺舊巢聊入處，毋令雨雪來漂搖。

訪友人不值

小橋接石坡，谿流明可數。深樹寂無人，此間疑太古。

黄　槐

字浚望，號芷亭，上海人。乾隆丙辰舉人，丁巳進士，官山西太平、浙江松陽知縣，改徐州府教授。

和廖樾千不惹菴詩韵

數椽小築鄴西偏，一卷公餘閲幾年。面秀三峰圖畫裏，不須妙手皴雲煙。

茗碗薰爐位硯南，黄華山色護雲龕。從來尸祝原多事，不願人呼畏壘菴。

辛苦年來鬢欲絲，千村麥浪盡三歧。官清羞與旁人説，惟有階前白鶴知。

故園一髮九峰青，雲影天光翠欲零。薄宦豈能營别業，此州尚有狎鷗亭。

戴駿厖

字軼倫，號西樵，華亭人。雍正乙卯拔貢，乾隆戊午舉人。著詩集曰《甘所》，蓋取昌黎「零落甘所丁」語以名其集云。

《漱芳齋詩話》：孝廉自序謂：「先君子與吴日千、張洮侯、倪永清諸先輩爲忘年交，每謂作詩須得少陵遺意也。余少時多風月鏤繪之作，先子不取，故不敢存。今所存者，皆含毫欲下、淚與俱來之語云。」今觀其詩，朗然高唱，悉自性情中流出，而意境卓越，神味纏綿。

出門

古人惜別離，離别何足悲。得志及少壯，我行已暮遲。妻子非所顧，衰親獨繫思。臨行兩行淚，嗚咽無一詞。指點手中卷，訓言盡在兹。再拜出門去，腸斷西風時。

國士橋

孟嘗雞狗雄，雞狗爲之使。彼哉智伯者，豈能識國士。立馬國士橋，蒼茫一徙倚。知己良獨難，報稱非徒爾。憑弔悲風生，逝者汾上水。

發弟將之秦作白頭别

兄弟到分離，痛極號聲咽。白髮陵清霜，此行即永訣。一杯酒在手，飲我眼中血。吁嗟復何言，努力爲歡悅。

夢涑棟

一別痛數載，函關西復西。豈不願覯止，無由慰淒其。鱗鴻且阻滯，魂魄誰護持？緩步入我室，握手若曩時。曩時見爾喜，今朝見爾悲。悲喜互起滅，惘然無盡期。

自遣

蒼蒼意如何，阨我殊未了。初吉必終凶，因難欲試巧。壯也不如人，傷哉今已老。束手謝妻孥，無榮亦煖飽。朝出西里門，暮歸東城道。漫天壓陰雲，遍地起悲草。不見酒食場，但見溝瀆殍。尺地百屍棺，十室九巫禱。前鬼乍叫嚻，新鬼嗣傚擾。玩弄彼愚夫，聽覩常絶倒。我家託郊西，一廛結市杪。廚無越宿儲，囊有覆瓿稾。妻子故堅頑，顔色轉娟好。夭厲憐弗侵，夏秋望卒保。眼看田禾碩，計日餐新稻。是用相慰藉，灑然忘懊惱。

百篇詩稾

删剩詩百篇，心血半生苦。俯仰今古中，竭力追老杜。風雨哭友朋，窮愁結門户。不期重于珍，亦或棄如土。懸懸一寸心，屬之許民部。效愚服闋入都，瀕行曾以百篇詩稾囑其剞劂。

詩話：穆堂先生當日與酉樵師弟相契，觀酉樵《題穆堂扇頭小照》云「高陽才子曰臥廬，後起之中一飛將」，又《値風潮計許生啓行》詩云「風颶鼓怒愁江介，老病驚魂切故知」句，此其情誼可見諄切。乃其後未梓詩稾，別存於其高弟陳錦文家，陳後人已廢書，仍尚藏篋中。孝廉張査山得之，因以見示。豈其懸懸寸心，有默相呵護者耶？

得雨即止

大畏久晴後，一雨不可止。十日成春霖，愁滴衰人耳。衰人把酒興初豪，窗外淙淙如湧潮。潮聲乍起亦乍滅，在手酒杯猶未竭。放杯起視庭前花，夜黑無由見清切。

至夜 宗學官舍作。

至夜倍岑寂，囊空若爾何。一年流水過，萬事冷灰多。貰酒難邀客，愁吟不肆歌。老親無藉甚，歸夢亦蹉跎。

山禽

山禽豈解意，坐語亦蕭騷。辛苦依丹竈，風流各羽毛。人誇飛力健，自信託身高。老鶴歸何處？啁噍任爾曹。

山廚

石室雲爲址，山廚竹是扉。自收香稻滑，天種野蔬肥。淅米下飛鳥，炊煙籠翠微。道人能愛客，日日買魚歸。

舊友劉静山見過

窮愁鎮日掃難開，門掩晴秋賦《八哀》。屈指已無知己在，通名猶有故人來。少年意氣看如舊，老病鬚眉泣就頽。正欲從容傾别緒，那堪倉卒逐潮回。

莫惜

莫惜悲歡老去聲，眼前事事抵關情。支持雨力還青草，悵望春光有晚鶯。早起先愁午易倦，淺斟惟取醉難成。明窗净几宜瀟灑，且把詩文次第評。

登靈巖山

緣崖攀葛陟崔嵬，不住鐘聲引客來。古寺排雲千樹捧，層巒障水一門開。平分霽色藉雙眼，遠送秋光無八埃。多許塵襟消未得，歸思早爲夕陽催。

張成

字脩己，號澹菴，上海人。乾隆戊午舉人，戊辰赴試，卒於京寓。著《萬竹居詩集》。其書法歐、虞，工畫竹，並精醫學。

泊周家店閘記遊

歸舟距穀陽，水淺不可楫。登岸訪土風，云是古聊攝。平疇舒遠目，熏風振白袷。萬木何陰森，梨棗事常業。野老無姓名，樹下偶相接。樸陋藏至文，禮疎真意浹。自言種植功，陰陽具調燮。出入樂恬熙，春秋裕耕饁。愧我名利人，風波困跋涉。落日滿樹端，歸途看長鋏。

贈王日初

東莊老人真畫史，灑落胸襟似秋水。興酣縱筆天趣生，何處塵囂溷雙耳。畫中有畫畫未真，畫外有畫畫始神。箇中玄妙唯爾識，使余高望懷先民。荊關董巨合一手，雲夢胸中吞八九。畫卷之氣盎欲流，凡筆泚然僵不走。我不解畫有畫心，高山流水成知音。酒酣作歌爲君贈，上遊千古同開襟。

乙丑二月琉璃河遇雪

雪趁嚴風灑客衣，長途此日轍偏稀。催來生意何由見，壓盡紅塵不敢飛。柳眼乍舒還似倦，梅魂已瘦欲添肥。可能無酒酬清夜，旅榻支寒夢暫歸。

買杖玄墓道中作。

特地探幽制短筇，屈蟠形似葛陂龍。蒔區一段梅花興，扶到谿橋分外濃。

金　濬

字鈍餘，號東銘，本姓俞，字克猷，青浦人。乾隆戊午舉人，乙丑明通榜，官安徽建德縣教諭。

出門晚眺得所見悵然有作

行雲净四陲，長空淡以碧。浮郭起爨煙，曦烏未西匿。餘光薄連山，嵐靄成暮色。時當秋冬交，林風聽蕭槭。彼黍尚垂穗，青黄半阡陌。猗猗平疇菜，低昂不盈尺。地脈久失雨，滋養期膏澤。仰惟天聽高，獲全生成力。有隼窺晴皋，矯然將奮擊。物類知乘時，憔悴愴羈迹。

九華山歌

九華易名自青蓮，六朝但以九子傳。當年岸幘眺松雪，得句雅集相流連。陽崖陰壑引泉石，層巒半壁飛雲煙。此山峻極擬萬丈，出水菡萏羞芳妍。造化施設得天數，青瑩玉色輕藍田。自唐迄今號名勝，品題宛若千秋鐫。琢成巨麗妙二氣，偕之不朽垂鴻篇。才人逸士並寄迹，猶有祠宇祀先賢。航海一衲觀光至，駐錫修行山之巔。作詩寓意曉童子，一瓶一鉢箇中禪。譬若吾儒志道者，外緣却掃神綿綿。靈光一點永不滅，振興象教無窮年。梵宫莊嚴炫金碧，法堂精舍多於廛。旃檀香氣日縹緲，旛幢紛綸錦繡懸。奔走男婦矢頂禮，道途揚唄争來前。鷲嶺鴛舍不得路，西望匡廬差比肩。長江浩浩浴日月，陵虚似浸波中天。天遥水遠花開放，黿巢隱現將毋然。騎鯨仙人去不返，虎谿索笑苦無緣。不遺五丁爲開鑿，何人知道藕如船？

姜表正

字覲光，華亭人。乾隆戊午副榜。著《亭湖詩集》。

閒吟

荒村風雨草堂虚，睡起愁添一枕餘。短夢暗驚煙樹遠，天涯何處美人居？

陸秉笏

字長卿，號葵霑，瀛齡子，上海人。乾隆辛酉舉人。著《淞南小隱詩稾》。詩話：陸贈公以子錫熊於丙申召入聯句，欽賜御題楊基《淞南小隱》一軸，秉笏故自號淞南老人，以圖名與里居別號適合，欣作祇奉，恩光榮遇，洵是鄉邦佳話。

將抵家喜作

已過毘陵驛，舟行近五茸。客程初計九，吴人道里遠近，以九計數。鄉語競呼儂。雨洗山容瘦，霜酣樹色濃。回頭北平路，雲水渺重重。

張端木

字崑橋，號林長，煜子，華亭人。乾隆戊午舉人，壬戌進士，官金華縣知縣，歷諸暨、鎮海、常山、臨海五任，俱以廉介稱。著《雙清堂詩集》，自序謂嘗積稾盈尺，六十歲視之，盡餘唾耳，乃棄之。罷歸後復有所作，子客兒手録。兒痘殤，以兒手迹存之，志痛也。雙清詩所以存者不多。又著《錢録》十二卷，採入《四庫全書》存目中。

石屋洞觀蘇文忠公題名

法書流傳勒山石，名山又藉名人迹。愧余愛山又愛書，爲訪題名拂石壁。蘇公去今七百年，摩崖數字人争傳。洞左石壁題云：「陳襄、蘇頌、黄顥、曾孝章、蘇軾同遊，熙寧六年二月二十一日。」凡二十三字。鬼呵神護風雨避，苔蘚不生蝸絶涎。京惇氣燄猶糞土，眉山翰墨歸天府。碎金留得在空山，仿佛陳倉獲石鼓。

永樂古剌水歌爲楊退谷作

銅罐有刻云：「永樂十八年熬造古剌水一罐。净重八兩，罐重三觔。」

金川門開明鼎改，恣勤遠略越碧海。取寶船行過八荒，大小古剌俱搜採。山石獻琛澤獻珍，泉水靈異古未聞。天生神漿悦隆準，奇香辟惡還辟塵。昭陽霑灑石華袖，絶勝金顔與篤耨。經時不歇百浣餘，祕法重熬九火後。尚方精氣鏤青銅，丹爐鎔入紫泥封。一丸如塞函谷口，紀年小字款識工。仁宣兩朝相祖述，内家製造成奇僻。牽動邊臣媚寵心，重譯求來輸巨室。君不見鈐山堂内事權移，鄜塢貲財入度支。剩有此香十三罐，嚴嵩籍没，有洪熙、宣德古剌水十三罐。長安争咏弇州詩。弇州《鈐山岡》長篇有「薔薇古剌水」句。本來埋没羅施地，爨女㜸僮貪脂膩。忽然天上助新妝，恩寵六宫齊拜賜。異時青蓋入洛中，握節捐軀有左公。燕市作歌歌正氣，此水藴香香不窮。左公蘿石奉使入燕，買得古剩水，公賦長篇。弔古由來憑野史，銅雀遥飛銅狄徙。挈瓶小智共摩挲，滴水蒼凉閲朝市。

古意

千百樹桃花，春藏蘇小家。畫簾和月捲，繡裾受風斜。舊夢流黄簟，新歡油碧車。今朝非昨日，對面即天涯。

心齋弟赴任永道寄此代書并約明年往晤

南岳峋嶁石，峋嶁本作句婁，有平、上、去三音。西山鈷鉧潭。古人留勝迹，仕宦任幽探。地遠峰回雁，時和桑再蠶。明春思理楫，帆影轉湘南。

有以勾乘風俗詢者戲答

越國舊山川，餘風尚仡然。鴟夷養馬地，烏喙卧薪年。春雨千林筍，湖田萬頃秈。俗饒多訟牒，五載未鳴弦。

清漣寺

遥聞鐘磬下香臺，爲叩禪扉訪辨才。新閣忽然穿石出，昔年曾此聽泉來。池魚半作蛟龍化，庭樹重添桃李栽。流水出山清似眼，在山轉自染塵埃。

赤山訪勾曲外史隱居處

浴鵠灣頭叢竹林，仙家只愛入山深。三間茅屋閒開卷，萬壑松風獨抱琴。遺迹難論前代事，清詩常繫後人心。樵夫指點丹成處，一樹虬槐散緑陰。有古槐，甚奇。

夏益萬

字遺塵，號蕉桐。乾隆甲子舉人。事父孝，怡怡色養，不樂仕進。閉户著書，有《古詩注》《偲聞集》《玩意樓詩文集》。

雙節坊乾隆十三年爲胡炳文妻程氏、吴義瞻妻胡氏立。

小紅橋水芳流碧，夜夜孤輪一片白。照澈窮嫠矮屋簷，伶仃母女甘茹檗。胡母字程女字胡，翁壻一去無遺雛。兩口遞給憑廿指，夏日冬日雙影孤。載道可憐無異口，慈孝相看同白首。骨槁難籌巧作炊，心堅那計名俱壽。神明之宰長沙來，闡幽特地先巴臺。竹馬乍傳賢令過，原注：常邑尊造廬親訪。輶軒直達九重迴。巍巍綽楔朱谿道，芳徽到處流聲早。擬之勁柏與幽蘭，春風歲歲長相保。

屋後小圃蕪久不治鄭生貫一許移山卉植其中預作詩酬之

我亦愛我廬，廬後隙地畝。學圃擬小人，厥名亦難苟。冀將嘉樹植，節榦森不朽。非種有必鋤，好花等韵友。點綴小山圖，勝概添八九。芟治竟蹉跎，十年計何有。鄭生鼇峰居，峰故名材藪。顧我耽岑寂，知非名利誘。所慚涉園趣，高逸謝五柳。二十四番風，何以信無後。慨乞嘉卉移，起予不啻口。山風吹山航，山花不脛走。豁此老眼迷，净彼世網垢。丘園有經濟，品物位奇偶。高下順其宜，雨暘調其候。乘序遞争榮，洪鈞入我手。歌咏太平春，煙景長無負。古人重投桃，感生意已厚。酬答何長物，瓊瑶亦敝帚。會待花開初，飲生花下酒。生即散花仙，我作司花叟。意樹與心葩，激發隨所扣。小草則我甘，遠志期生久。

雜詩

梧枝高可棲，竹實差可養。鳳皇不如我，鼓翼乃直上。天風借之力，人亦丹羽仰。雲路耀飛翻，迴翔誰頡頏？凡鳥古人云，覽輝殆非誑。獨有冥冥鴻，遥山時引吭。稻粱一不謀，月明信所向。弋者縱有心，寥廓杳難量。

何處覓函人，矢人肩摩走。大德亦云生，生死于心剖。函矢無定術，以心不以手。轉移方寸間，託業猶其後。慎毋乖厥懿，而俾天良負。生意滿根荄，但各終其畝。穀種一不存，糠粃更何有？鄒嶧有微言，我非滕其口。

王　芳

字吹和，號悦亭，婁縣人。按察丕烈子。乾隆甲子舉人，官荆溪教諭。著《存樸齋詩集》。

度老龍嶺嶺上有藍關，舊爲龍川縣治，至青谿六十里。蓋吹和由粤入閩，至厦島道署定省，曾過此。

杖策老龍嶺，寒風撲面迎。巖巒時上下，洞壑任縱横。澗水穿林入，炊煙向晚生。青谿知不遠，極目迴含情。

李　牧

字近五，號抑齋，華亭人。甲子副榜。有《半村詩稾》。

詩話：半村詩係其季弟孝廉樵峰見示，謂兄才情敏捷，嘗夜和金抑翁《梅花》七律詩一百首，至曉而畢。鄉科抑置副車，後遂灰進取，縱情詩酒，任意破家，得斗粟即分鄉里，家不舉火，勿顧也。後陳給諫雲焬招之入都，俾就州判職，旋卒于邸。今按其集是隨意揮灑之作，取七絶一章以存其人。

雜興

窮鄉久乏故人來，滿徑蒙茸長緑苔。只有老梅憐舊識，一枝仍向早春開。

張鳳孫

字少儀，華亭人。雍正壬子、乾隆甲子兩中副榜，初舉鴻博，後薦經學，由謄録館發河工效用，官貴州縣丞，至雲南糧儲道，改刑部郎中。有《寶田詩鈔》。詩筆秀傑，并嫺駢體。

天馬歌

蒼龍夜墮紅蠶死，渥洼乃産天馬子。桃花漬汗蘭擢髓，滿月爲權骨隆起。雙瞳成人鑒秋水，踠足風雲輕萬里。天門開，天馬來。欻如一匹練，所過無驚埃。星流電掣勢莫回，羊腸九折行恢恢，君王乘之上瑶臺。掌中滿引黄金杯，弭節緩轡兩不猜。王良造父胡爲哉，必待駕馭非雄才。鹽車服，天馬辱，側身天地長蹙蹙。彼何人斯腰帶玉，前擁鳴騶後大纛。生不願選飛龍皂，亦不願食三品料。願舞丈八矛，騰踔青海頭，功成一洗凡馬羞。西風落日燕草秋，悲嘶道旁誰見收，惟有伯樂知驊騮。既知驊騮須翦拂，莫枉千金市枯骨。

擬杜工部王宰畫山水歌

畫山山欲行，畫水水有聲。清虚之氣遇冥冥，王宰力與造物争。滿堂颯颯風雨驚，老魚舞浪愁狷鳴。日出煙消樹新沐，一點花飛天地緑。奔泉倒瀉萬絲玉，中有人歌《紫芝曲》，毋乃商山與林屋。老夫生平好遠遊，乘興欲上沙棠舟。百年能著幾兩屐，向平婚嫁何時休？

聽馬君聲珩談鑿江事因爲短歌

沙河疾於箭，一石蹲如牛。洄波稍嘽緩，鈎挽過行舟。太守下令教鑿去，砉然山裂隤中流。瀰漫一望水新漲，神斤鬼斧施無由。銅艘銜尾下，誤則問主者。馬侯心魂驚，呼昊淚盈把。

清齋夜禱沙洲旁，至曙忽落三尺强。石公頂趾盡披露，劖削嵔崼成康莊。行行至烏鴉，斗巖萬尋立。刳壁作霞梯，石堅不可入。工倕環視技真窮，無那簡書星火急。是時馬侯不顧身，剖肝瀝血盟江神。無功即葬巨鼇腹，一官區區何足論。使君激忠義，役夫敢云瘁。腰鎚奮先登，作力齊贔屭。雲根甫斸五寸餘，應手剥落如墳壚。竟開腹道四十丈，旬有五日期不逾。吾聞此語三歎息，皇天自古親有德。誰言冥漠不可通，祗患丹誠蓄未極。强弩射卻錢唐潮，飛泉刺出昆吾刀。彼哉霸圖尚如此，聲靈況仗羲軒朝。吁嗟乎！曩時火色鳶肩子，旦入封章夕金紫。較將辛苦孰如君，致身早合登青雲。

尋橦曲

攢青削翠山嵯峨，江深百丈藏盤渦。斜陽微紅晚風急，一條雪練尋橦過。十五小妹顰嬌蛾，斑文褭帶濺緑波。身輕直欲賭飛燕，鞦韆影裏穿春梭。舳艫今日浮牂牁，桃花一櫂柔藍拖。寄語雙鬟遲打槳，急流須避漩如螺。

金牀行

博南山南北賧北，江沙晃漾黄金色。洪爐百鍊得精鏐，一流貨取十千直。蠻兒嗜利夙輕生，刳木爲牀臨不測。終朝之獲無錙銖，失足往往蛟鼉食。元明中使亟徵求，騷然一方廢耕織。投崖落塹不知數，貢作宫釵助容飾。國家百度鑒有殷，可因則因革則革。課從初額更不增，聊爲職方存舊式。恢揚前烈屬我皇，眷顧西南念民力。特頒明詔減什五，令甲永懸石深刻。昔聞古聖淡無營，蠲金沈珠示冲德。物華地寶豈不貴，嗜慾一開恐難塞。百金中止作露臺，漢文用以肥其國。今皇節儉實過之，要與黔黎共休息。金牀金牀盍舍旃，莫與風濤相轉側。

恭和乾隆甲子駕幸貢院御製詩原韵

玉堂遥接聚奎堂，雉扇輕籠寶鼎香。鹵簿兩行傳警蹕，韶音一片叶歸昌。龍門真得風雲氣，髦士親瞻日月光。千百年來成創舉，右文雅化軼前王。

珠聯寶額昨新頒，五色雲飛畫棟間。豈止文場添壯觀，欲求上理闢賢關。冰壺誰掌宜虚己，大冶無私豈鑄頑。敬繹綸音齊感激，姓名何必别孫山。

清時未分守蓬蒿，貧賤心期逐歲高。朋輩幾人紆紫綬，風塵猶自戀青袍。兩叨乙榜寧論屈，壬子、甲子。十踏秋闈敢憚勞。放眼天池何浩蕩，投竿終擬釣連鼇。

席帽頻看上苑春，傭書未負不才身。蓼蟲天性能茹苦，虀臼生涯合受辛。自小文詞羞剿襲，于今功令尚清真。短檠獨對重搔首，恐負朝廷養士仁。

黄鸝鵡

曾伴紅襟鎖殿廊，還山新作道家妝。隴頭寒色驚秋籜，天末餘暉戀夕陽。觸緒欲吟《金縷曲》，争憐應避雪衣娘。舊時中使希相識，銅鳳觚稜引夢長。可從金屋借輝光，匿影雕櫳月正黄。海鵠有心期太液，宫鶯無侶覓昭陽。誦經合傍曇雲座，銜盞宜浮菊蕊香。妄語近來都懺悔，敢將奇服耀南荒。

詩話：先生鴻詞報罷，佐縣南荒，感物寄情，現身説法，如是如是。彼瞿謝之有賦無比者，瞠乎後矣。

胡夔臣

字諧宇，一字與立，婁縣人。乾隆辛酉拔貢，是年舉人考授中書，乙丑進士，歷福建連江、將樂知縣，因公誤改徽州府學教授，歷十七載。其詩則金山朱一垞向其家録歸者，存之。

水仙一本開二十八花蓋漳産也拈春讌韵賦之

一色明妝下彩雲，輕塵不動緑羅裙。相憐霧鬢風鬟影，共映圓沙綴石紋。十二層城通閬苑，三千童女護秦軍。眼中曾見蓬萊水，試問麻姑淺幾分？花以沙石養之，不貯水。

秋山

王猷頬休拄，詩客屐方登。碎踏林間葉，危攀石角藤。尋詩應苦瘦，入畫益崚嶒。宛似高人意，招邀竟不能。

秋雨

蕭瑟迎涼雨，未來先作陰。聲聲碎蕉葉，陣陣颯寒林。夕照隱還見，殘虹斷欲沈。幽人正尋菊，得句獨行吟。

詩話曰：乙丑進士錢源龍，官稷縣知縣，不二載身故。有《感懷》詩三十律，句如「脛縱太長何損鶴，睛雖未點詎非龍」，「賺我飢寒文百軸，袪人愁悶酒三蕉」，「但使有方除白髮，何妨無藥鑄黄金」，率直自佳，附見于此。

廖景文

字覲揚，號古檀，婁縣人。乾隆丁卯舉人，授合肥縣知縣。五六載，以參案去官回家，卜宅青邑，別築小檀園居之。後以弟景班、景明、子雲魁先後以例出宰閩、粤，時復命駕一游，遇佳山水輒賦詩以紀其勝。著《吟香集》六卷，詩得《國風》「好色」之旨，以香艷勝。

登萬山巖

海上懸奇峰，一峰累萬石。登高望遠海，萬頃同一碧。終古送潮聲，不辨朝與夕。倚杖澹忘言，縱心遊八極。

題岳鄂王墨蹟

天容强寇不教除，何勿湯陰守敝廬。當日虛生萬人敵，到今争寶一封書。胸蟠壘塊皆忠義，筆落雲煙任卷舒。堪與《滿江紅》一闋，雙垂日月照寒虛。書云：「軍事旁午，未獲時候台安。遠蒙翰教，忠懷義氣，薄雲漢而貫金石。凡在含靈，能無感奮，况飛素叨同仇者耶？頃已鼓勵軍士，直抵淮陰，滅此而朝食，上報國家，下答知己，飛之願也。使還申報，不宣。觀文相公閣下。岳飛頓首。」

蔡鴻業

字廣勤，號西齋，華亭人。乾隆丁卯舉人，戊辰進士，遷刑部主事，轉員外、郎中，出爲廣東糧儲道，擢刑部右侍郎。緣事解任，旋授甘肅鞏昌道，陞布政司，以憂歸，卒。有《西林剩稾》。鴻業職在秋曹，熟精律例，其於比上比下，適輕適重，靡不引經斷獄，上佐寅清，所以獨結主知，職有由也。早歲工詩，通籍後不專吟咏，未嘗成集。比及歸田，避居廣富林，間有寄興，又多零落。今其外姪孫張子合高搜輯叢殘，彙爲剩稾，庶以存其約略。又生平善書，尤工小楷，直追魯公。其官京邸時，士大夫購得一縑，視如琪璧，今郡中猶寶其遺墨云。

題陳雨亭同年夢觀海市圖

海水浮天絡天空，大壑無底靈鼇宫。群仙翺翔戲溟渤，點化荒怪呈神工。山林杳冥驟風雨，金碧突兀盤蛟龍。移情爲歌伯牙操，信眉應愜東坡翁。雨亭山人心貌古，翩然一葉來海東。

推篷凝睇意何屬，元精耿耿搜幽窮。混茫一氣入淵府，俶詭萬狀歸昭融。三千大千幾塵劫，清醒濁醉詎異同。白衣蒼狗幻復幻，要如熾炭鎔爐銅。山人拈花發微笑，倚窗揮扇颺清風。

西廬清和義莊之西爲西廬，因山爲園，極花木水石之勝。

盡説西廬好，攜筇一過之。敦宗文正矩，報本曲江祠。甲觀星雲麗，午橋樹石奇。獨憐長往客，祇有一髡緇。時一泉和尚獨住此園。

和馮孟亭寫意一律

大隱原來城市多，幽懷只合近煙蘿。居淹鄭圃何須嫁，境類桃源詎曰訛。袁桷詩：「芝領圖空想，桃源境類訛。」插架瑶編多鳥迹，忘年古佛在雞窠。置身百尺高樓上，豈效漁樵荷笠蓑。

秦郵道中

江皋小樹點蒼苔，陣陣香風菡萏開。深夜月明谿水上，弄珠神女拍肩來。一鏡沿迴碧漲天，鴟夷小舸破輕煙。何緣乞得樵風便，共爾横塘聽采蓮。

沈　湖

字鏡涵，號心崦，婁縣人。雍正壬子舉人，乾隆戊辰進士，官潁州府教授。年七十七卒。著《矜細齋稾》。聞湖最工詩，當日有傳其《咏賀知章》一律者，今集中不載。

題徐虞門宣沙視牧圖遺照

昔讀芝雲詩，出關紀監牧。衝風登八達，懷古感土木。龍驤一萬餘，按視借苜蓿。自笑栽花手，辛勤同圉僕。今我展斯圖，恍如親上谷。沙磧黄雲飛，寒威何太酷。昔公宰臨城，繼直掖垣宿。赤縣勤撫綏，鸞臺多封駁。胡爲寫此真，若與鷩沙逐。前勞志勿忘，並爲後人勗。自今世守之，無念在尺幅。

玉簪蘭

生小不識玉簪蘭，識之始自來長安。豐臺婪尾春事闌，入夏突兀見明玕。擔花宛轉聲何驩，移來植之傍雕欄。形同白鶴乍展翰，大者如鶴小如鸝。晶瑩朵朵雪光寒，幾枝摇颺如可餐。南歸欲見脱復難，莳來瓷盆避日旰，叶。徒見葉長如散鬌。此花宜日曬，置室中則長枝葉無花。更求佳本花蕚攢，置之座隅殊可觀。誰將琴操谷中彈？幽香陣陣沁肺肝。此香至晚尤横干，佳在月明與露溥。佳人折贈寧無端，裊裊直欲上花冠。花光花氣一般看，誰與結夏别生歡。堪笑彌勒龕中頑，余自號小頑。得此空陪苜蓿盤。

題姜橡亭東歸圖橡亭，宣城人。以孝廉司翰祁門，爲萊州給諫埰曾孫，給諫建言，予杖謫戍宣州衛。鼎革後流寓吴門，遺命葬敬亭山，以終君命。後其子安節遂家宣城廬墓，而與其祖墳相隔絶。橡亭有意東歸而未能，先倩友寫此圖，并作長歌以見志云爾。按萊陽别有給諫之家，則其次子實節葬其蜕齒云。

家世萊陽舊，枌榆最繫情。前光爭日月，櫞亭高祖諱瀉里，崇禎癸未殉難，一門從死者二十餘人。遠道隔丘塋。露灑悽懷動，雲興望眼明。歸驂理未得，千里志長征。豈乏首丘想，初如君命何。敬亭遺訓在，濰水別年多。遂向披圖見，因思返駕過。棠梨花正發，矯首一長歌。

任滿歸留別潁郡諸同好

文物中都數順昌，州兼徐豫此分疆。黨魁氣節千秋重，賢守風流奕葉光。在昔典型資碩彥，於今奮起在宮牆。鄭家三絶談何易，每竭區區尚悚惶。蓴鱸風味最堪誇，倦客秋來每憶家。五十科名纔釋褐，七旬筋骨合懸車。湖心對月情猶戀，海角觀潮興倍賒。祇是故交多繾綣，離愁此後政無涯。

過舒城桐城憶夏江二子皆在潁郡課詩者。

崒嵂岡巒四面圍，籃輿迤邐過柴扉。生涯最是吟詩淡，逼歲行人歸不歸。

王麗天

字丕能，婁縣人。乾隆甲子舉人，戊辰進士，充咸安宮教習，卒於京邸。著《亦草吟》。

客中懷夏蕉坰同年

融融養志樂天和，玩意時憑巖與阿。謗起始知新史正，時與金邑修志事。家貧長買舊書多。庭前桃李皆成蔭，筆下珠璣不問科。高節羡君誰可仰，自維浪迹愧如何。

讀英夢堂司馬清涼山詩

曾從白下幾徘徊，來躡清涼石上苔。猶有舊祠堪弔古，空聞別館莫興哀。滿山爽氣天長隔，半幅秋聲字挾來。公詩集名《秋聲》。自此不須遊屐遍，攤詩如到翠微臺。

客中清明

紙錢摇曳哭聲哀，悵望南雲腸九迴。何事飄零不歸去，看人墳上子孫來。

吴世賢

字掌平，號古心，南匯人。乾隆辛酉舉人，戊辰進士，歷官湖南沅江、湖北黄陂等知縣，至靖州知州，後補廣東樂昌縣，卒。著《香草堂詩稾》。集中咏物詩嘗以示袁簡齋，許爲「意匠經營，不黏不脱，不似捃摭典故，走入兜玄國爲佳境者」。馮墨香謂「以卓犖俊偉之才，浮沈州縣三十餘年，而毫不介意，其詩有蓬勃之氣」。爲擇其尤善者録之。

悼陳丈柰邨丈名鴻業，字翼王，航頭人。

昔者先君子，授經終其身。屈指數獨行，柰邨乃其人。柰邨不富亦不貴，讀書自好全天真。十年相契水入乳，異姓客若箎與塤。庭繞芝蘭甕多酒，勝日欣然招勝友。淡飯黃虀愧薄筵，爐香茗椀稱閒叟。小詞一闋詩一篇，詩乃太白詞屯田。偶爾濡毫圖輞川，一皴一染皆雲煙。生平布襪與青鞵，乘風放棹來秦淮。有人空識斗牛氣，從此歸來長劍埋。點易臺，欠山閣，一兩山房同零落。海棠巢畔斷人腸，文彩風流夢如昨，大雅於今久不作。

夜雨

勞生會合亦匆匆，遍拍闌干倚晚風。愁似遠山來未了，事如積水漸成空。雄心半減秋聲裏，渴疾難消夜雨中。獨對尊前渾欲絕，碧天嘹唳有哀鴻。

西石崖

案：廣東昌邑乘載昌山十七景，而石室雲蒸僅居其一，若泐谿距縣郭西北三里，爲七十二福地之一，埋没荆榛，歷有年所。古心莅任，首唱捐修，因增八景，以補西山之勝。

樞室題石

鬼斧與神功，闢開自天剗。神仙留異蹟，漫認作碑版。

石牀趺坐

石牀遺孤影，僉云是六祖。刻舟而求劍，一笑是傖父。

面壁遲雲

暮看雲歸來，朝看雲飛去。身在白雲中，面壁無一語。

澄潭印月

月上潭影空，月落潭影碧。疑有弄珠人，出没蛟龍宅。

題董漁山芝龕記

萬里烽煙落日驚，鼉叢愁聽亂蛙鳴。繡襦甲帳桃花馬，知是秦家白棓兵。
忠孝神仙不二門，玉芝苕秀佛龕温。《竹林》《繁露》春秋筆，莫共香匳一例論。

鈕思恪

字作賓，號省齋，上海人。入華庠，雍正乙卯拔貢，乾隆戊午順天舉人。乙丑明通榜，選霍山縣教諭。戊辰進士，候補内閣中書。以終養卒于家，年七十有六。著《三餘草堂詩稾》。

詩話：翀祖母鈕太孺人係先生胞姊，幼時隨祖母登愛日堂，每蒙嘉獎。後從受業，講貫制藝，竊見詩不多作，此編是官霍山時著，而詩筆超越，不屑以臺閣見長。

望南嶽

晨起望南嶽，山靄何濛濛。浮雲翳不開，懷古思無窮。遐稽有虞世，柴望如岱宗。亦越漢武帝，封禪禮尤崇。時世今非昔，煙嵐亘古同。余懷志攀陟，願躡高飛鴻。群峭摩天碧，古寺隱霧中。嶔嵚何處洞，蒼翠何代松？會當陵逸氣，直上倚蘢嵸。放眼天地外，一覽萬象空。

登螺螄臺

招涼南陌外，散步陟崇臺。碧嶂排空倚，清風拂面來。俯臨谿畔草，遥蔭寺邊槐。一洗塵氛净，披襟放九垓。

宿采石磯

峭壁臨江峙，孤舟獨夜寒。水枯依淺瀨，雲起嶂層巒。寂寞英雄去，蕭條歲月殘。旅懷愁不寐，轉側起長歎。

謝穎元

字霞軒，號錦湖，鴻子。中乾隆戊午舉人，己未進士，官嘉魚縣知縣，調江夏，陞霑益州知州，終景東府同知。其在嘉魚建鳳鳴書院，在霑益則移置書院爽塏地，又嘗密捕石塘里積匪李純然、蓮子湫巨窩楊文煥，以除民害，並建景東石橋，此皆其政績之可紀者。著《春草堂詩集》二卷。

示畢生撫五

惜别才三月，淒涼萬事非。我歸收弟骨，舊冬歸時有季弟之痛。子在哭親幃。今古綱常奠，行藏忠孝依。

時生聞嗣母張恭人訃，有議奪禮者，故正之。含悲勤勸勉，流涕逐河揮。

魏武帝

丞相新書是《六韜》，孫權强對恰相遭。争知赤帝蒙孫在，但説黄家象闕高。佐命一龍方壞户，受遺三馬已同槽。西陵一閉英雄骨，昔昔悲風樹樹號。

喜晴

何幸晴光照四圍，捲簾是處仰清暉。虹收宿霧青山出，風飽輕帆紫燕飛。老樹迎陽陰乍滿，新苗含日色初肥。淮南士女休孤負，火耨勤時可療饑。

題畫四絶

濡毫不數米南宫，水墨煙村問淡濃。江上一犁梅子雨，遠山幾處白雲封。

萬里晴嵐接素秋，一泓如鑑荻花洲。綸竿不問鱸魚鱠，爲愛湖山入釣鈎。

國朝松江詩鈔卷四十一

鄉人姜兆翀璚山録
沈觥楣端木
錢仕秀師竹閱

單乾元

字寓春，號約齋，婁縣人。乾隆庚午舉人，官雲南寧洱縣知縣，告養回籍。著《滇南草》。

大兄東歸送別

我兄從東來，道路阻且長。羸馬走崇山，敝袍經風霜。豈不念勞苦，手足情難量。爲言遭凶歲，救死少糟糠。顧此簿書外，蕭然存空囊。去留兩踟躕，寢食摧肝腸。僕僕爲我來，匆匆別我去。去去念親年，一喜復一懼。離夢東南飛，重關隔煙樹。旅邸同胞情，高堂動思慕。河梁分手時，孤雲那得駐。送兄東城隅，殘雪白皚皚。征馬嘶荒煙，寒雲壓崔嵬。偷淚不敢墮，轉輾中心摧。豈是學兒女，所嗟兒力頹。恇怯病中身，天末往復回。西風吹衣衿，兒亦重徘徊。遊子信沈絶，旅鴈同羈栖。臨水思歸操，五絃清以淒。登山臨寒風，白雲望中低。母在東海隅，憂心繫黔西。兒孫如飄萍，徙倚出中閨。况復有行者，雨雪滿山蹊。分手孟冬時，旋歸歲云暮。水深蛟龍驚，林黑豺狼怖。饑寒各自知，晨夕應調護。我有百折心，隨見東去路。明月上青天，舉頭兩相晤。軫此離别情，惆悵月中訴。

喜雨行

心起霹靂山河鳴，雨暘嘘吸關蒼生。泥首三朝風雨應，一點一滴皆精誠。精誠格天雲陣佈，電弛雷懶天應怒。耳割乖龍鞭雨工，百靈共决天河注。决盡天河天有情，旱久得澤真滿盈。垂雲争立四海水，躍馬跌碎行雨瓶。行雨南荒甦石田，夏秋又患雨連綿。稻花如雪商羊舞，再叱陽烏飛上天。

班了法道中

日隱萬山東，晨雞唱曉風。馬嘶松月裏，人語嶺雲中。石徑穿林險，迷陽夾道叢。征途頭易白，不及野田翁。

登五華山憫忠寺

城郭不遮寺，招提占古丘。門懸雙塔影，窗嵌一滇秋。水鳥依天没，山雲拂几流。登高思作賦，人在夕陽樓。

滇省歲除竹枝詞

玉蘭如雪間茶梅，花市紛拏錦作堆。贏得春風吹不謝，瓦瓶珍重勝雲雷。玉蘭十一月已開，歲除更盛，南門三牌樓東至得勝橋皆花市也。其俗甆器絶少，銅器家家有之。

仙掌牆頭緑一叢，小街門巷惹春風。黑羅帕裹如花面，衫布新裁洱海紅。家家以仙人掌栽墻上。布以洱海水染之，極鮮紅。

松子元元瓜子黄，肉羹乳餅饗先亡。案頭一碗青青麥，灑向西風淚幾行。松子反黑，瓜子偏黄，乳餅煮肉，人以爲美。人家以或麥或穀合許貯碗中，發爲苗，則以祀先，謂爲魂魄所依。

一群蠻女入城中，如桶圍裙倩錦縫。最是姑姑高帽子，行來却礙兩街松。蠻女以錦作裙，圍之腰下，不能蔽膝，謂之桶裩。帽以鐵線爲胎，蒙以紗羅，有高尺餘者。人家度歲植二松樹於門前，高比屋簷，滿街皆是。

黄文蓮

字廷芳，號星槎，上海人。乾隆庚午舉人，官歙縣教諭，陞泌陽知縣。著《聽雨樓詩集》。《漱芳齋詩話》：星槎與趙光禄璞函、王司寇蘭泉等刻七子詩，其集爲沈文慤所定。聞其由校官任長吏，後别有詩集，未梓。至其作宰時頗著廉聲，則又不徒以聲律見長矣。

石琴精舍用韋公義演法師西齋詩韵

西峰古巖下，日夕聞清磬。蘭若無人蹤，松風悦禪性。茅茨帶修澗，香積依樵徑。回首望林端，白雲度山暝。

趙忠毅公鐵如意歌爲外舅作

空堂白晝生雷電，倏忽光芒射星漢。興酣决眼三摩挲，知是尚書舊時玩。尚書嶽立森孤標，彈壓婦寺清群寮。陳辭真欲誅曹節，抗疏何嫌劾趙嬈。茄花委鬼相糾結，忠義生平嘗憤切。想像悲歌擊節時，中宵起舞情嗚咽。一自飄零别玉鑾，荷戈遠謫雁門關。徒聞竿下金雞放，未見天涯戍客還。東林舊事成千載，古製蒼茫閲人代。碧草荒苔埋没多，天垣星斗依然在。太息孤忠照古今，留傳舊物等球琳。試將銘語分明誦，仿佛當時鐵石心。

題巫峽雲濤圖

何人畫此七尺練，雲濤微茫接天亂。草堂白日聞風雷，恍惚孤槎犯銀漢。巫山蒼蒼倚絶壁，盤渦急峽水勢立。鬼神怒劈百丈崖，黿鼉氣踏千重雪。岷山西來始束縛，萬里飛濤天上落。雲峰十二長崔嵬，青天突兀瞿唐堆。下灘巴船若飛箭，長年把舵顔如灰。上灘之勢更險阻，扣拍哀歌狀最苦。山木冥冥天一綫，牽江百尺走煙霧。猿嘑猱吟不可度，遥望雲安郭邊樹。黄陵廟口《竹枝歌》，盡是行人斷腸處。畫工圖此若有神，陰崖下瞰洪波奔。

羊腸虎臂在眼底，筆勢直與波濤吞。吾聞古者謫仙李太白，蜀道之難勸行客。子規嗁月山呼風，道遠征人暗流血。此圖命意良類是，挂壁蕭蕭雲氣濕。夜半洪濤挾雨飛，老魚跳浪寒蛟泣。

秋日游天平山白雲寺

野水閒塍路不分，空林攜杖日微曛。偶逢古寺看紅葉，便擬深山卧白雲。萬壑松風寒寂歷，諸天花雨散氤氲。軍持一勺清涼水，結足何當伴領軍。

潤州

東南鎖鑰控三吴，釃酒西風客思孤。一代文章屬蘇米，百年烽火靖孫盧。江天閣外帆明滅，海嶽菴邊樹有無。最是伯符遺恨在，孤墳落日滿榛蕪。

述感

短衣射虎心猶壯，長劍依人事可哀。醉裏高歌雙鬢在，愁邊畫角數聲來。請纓漫詫從軍樂，校獵休誇獻賦才。却憶故園三徑好，扁舟須趁早春回。

落花

斷粉零香滿玉墀，一番花信欲殘時。何人解讀傷心賦，有客重吟長恨詞。紫陌春深風裊裊，紅樓夜静雨絲絲。江南無限韶華景，禪榻茶煙付夢思。

徐　恕

字心如，號芳圃，青浦人。乾隆庚午舉人，辛未進士，授浙江寧海知縣，調平陽，陞宗人府主事，充河南、廣東主考，轉員外郎，放浙江湖州知府，調杭州，陞糧儲鹽驛分巡等道，擢按察使、布政使、護理山東巡撫，終山東布政使，贈都察院副都御史。著《補桐小草》。

詩話：副憲詩援筆立就，積稿甚夥，以司署災被焚，今所存者僅十之一耳。

天香書屋

清風響碧梧，疎雨分茅屋。馥郁散天香，蕭森披翠竹。方塘净如漪，遠黛青於沐。危石起孤雲，荒汀浴野鶩。何人枕北窗，有客來空谷。擬向圖中遊，卧看蕉與鹿。

題徐友竹仿董北苑夏山煙靄圖用東坡書王晉卿煙江疊嶂圖韵

衆峰盤礴如星連，一重一掩吞雲煙。千章夏木鬱皴染，空山清籟聲泠然。我家山人具丘壑，軍持挹注奔流泉。平生董習老不倦，浮嵐熳翠臨長川。倪黄文沈各家數，讓君奇筆能空前。風窗穴紙結盤互，金鞭玉鐙疑通天。人言山住筆亦住，手摹此卷無媸妍。炎風火傘不可遇，參差晻靄浮藍田。杉槽漆斛浴泉石，北窗高卧羲皇年。况復結隱吴江曲，莫釐縹緲霏幽娟。十指擁現堆萬壑，看山拄笏谷中眠。我來相見歷山頂，清臞鶴髮如飛仙。披圖隱現若神遇，金鼇左肱浮山緣。我今南行訪三竺，遲君顏長把酒篇。

渡沂河

沂水中分萬壑湫，艾山一碧亂雲浮。雕崖夜合螳螂派，閶嶺晴懸叟崮流。織女煙寒虛鳳翅，松仙河白下魚鈎。我來正值波生候，碧澗潺潺漲影秋。

雨中過白馬山

夏漲平分水半灣，幾家爨火透柴關。飛泉響落青牛峽，絶澗聲寒白馬山。地草無心皆索笑，嶺花有約爲開顏。只看一點蒼煙外，幾隊披簑帶犢還。

晚過嘉興

鴛鴦湖畔水潺潺，有客輕橈度晚關。梵雨春藏三塔寺，漁歌夜送半塘灣。青蓮有約虛明月，白紵懷人憶遠山。別後樓頭人語靜，誰將綵筆寫風鬟？

送王梅隱觀察告養南旋次顧鶴汀韵

依約風情三泖間，夢回蘭笋已成班。哺烏書上雲中闕，載鶴人歸雨後山。花下衣翻簪白髮，階前竹醉靄朱顏。陳情一曲槐陰候，非爲蓴鱸賦等閒。

歸時好趁麥秋天，十二亭虛芍藥邊。公皆山別業有十二亭。千里夢辭三郡月，一盃香泛九峰煙。披圖尚識王摩詰，得句如逢謝惠連。公別業中有《天台雅集圖》石刻。我亦望雲遲海岱，萊衣羨舞錦堂前。

寒食道中雜咏

子規啼斷艷陽天，麥隴誰家燒紙錢。遥憶杏花村外路，一尊酒酹淚潸然。先繼慈靈櫬暫安杏花村丙舍。

過劉忠毅墓

斷碑三尺没苔痕，春草青蕪鎖墓門。惟有平阡石馬在，年年風雨伴忠魂。

張孝泉

字蒙川，婁縣人。乾隆庚午舉人，辛未進士，選户部主事，陞員外、郎中，外授南雄知府。著《郡齋梅花唱和詩》，並梅花集句一百首，標爲《冷香集錦》。

詩話曰：蒙川爲東海十世孫。昔東海守南安，而蒙川守南雄，不過一嶺之隔耳。嶺本以梅鍝得名，而後世種梅其上，遂謂庾嶺之梅得氣獨早，因有「南枝先放北枝繼」之語。乃南安有「庾嶺小紅梅，風標天下絶」之作，而南雄之於梅乃咏之不已如是。梅花主人，豈固存乎世澤耶！

秋柳

銷盡黄金縷，臨風不耐看。瘦圍紅樹晚，疎映碧雲寒。客舍牽愁易，離亭折贈難。亂鴉棲未穩，落葉滿征鞍。

次毅菴四弟即事韵

一雨田疇潤，三農力作新。炎威同早夏，芳氣尚深春。谿叟皆參佛，邨巫亦降神。此邦風俗陋，强半雜鮫人。

五嶺頻爲吏，年年冰署過。民柔遵法令，地僻少申科。那得登循傳，惟應發浩歌。解簪何日遂，歸夢繞山河。

陸秉紹

字麗廷，上海人。乾隆庚午副榜。著《揖星樓詩集》。

和黄宫詹庚午科前後同年紀事詩原韵

車騎聯鑣赴綺筵，《鹿鳴》歌後謁高年。却誇蘂榜題名外，添得三朝一地仙。

週甲科名曾有幾，鄉邦舊事却重新。吾鄉王文恭重逢癸卯鄉科。東山久繫蒼生望，六十年前榜上人。

陳 憬

字蟾客，號雲煓，原名秉鑑，華亭人。乾隆壬申順天舉人，考授内閣中書，陞侍讀，轉郎中，擢監察御史，至吏科給事中，降員外郎，未補，卒。著《薝香吟稿》。並工草隸。按：燝祖文炳，字懋源，居北甕城，巨富，築園有寒香書屋。父天培，字玉田，能詩工書，貢生。自熠官京邸三十年，園廢。

讀繆少司寇餘園詩集余少讀湘芷繆司寇詩，天骨開張，詞旨清綺，鑄金之思，恒怦怦焉。歲癸巳，勤三司城以大父《餘園詩選》見贈，展卷見記公前世爲湘山寺僧，乃知夙根清浄，慧業轉世，因即用集中《題梁藥園維摩居士圖》七古原韵以題其集。

我聞禪宗第一義，華嚴樓閣非瓌怪。妙悟固在彈指間，以喻説詩珀與芥。吐納萬象歸一氣，山河包孕天地隘。光明金藏亦如是，蓮花不著水無蒂。鈍根空持兔園册，獺祭乃同菜傭賣。牛鬼蛇神皆惡札，庸妄慎無爲壁疥。先生夙世湘山僧，偶涉語言破禪戒。宰官現身刹那耳，五十八年墮塵界。少日掉鞅江淮間，屈宋祗堪隸衙廨。綿津山人尚歛手，餘子奚辭下風拜。錦贉百萬積胸中，鎔鑄底須秋日曬。高歌或作鸞鳳嘯，百盞玻璃餐沆瀣。掀髯四顧提筆立，醉墨淋漓駭聾聵。風騷一代續漁洋，臨濟曹谿本一派。華妙從知心印微，清超更覺機鋒快。青蓮舌本斯集在，風動毘嵐應不壞。平生早奉一瓣香，頗類枯禪性孤介。重以司城持贈意，手盥薔薇拂金薤。長安乞米久鼎鼎，此調不彈歲華邁。願鈔萬帙束歸裝，直令汗浹千斤犗。

瞿朝宗

字鑒王，號容川，婁縣人。乾隆壬申舉人，以例官廣西馬平知縣，至四川會理知州。

輓盧月川

讀罷遺編涕淚橫，寂寥難問舊鷗盟。廿年裙屐飄零夢，千里湖山寄托情。大曆共傳才子句，東都早識玉川名。堪嗟一鎩扶摇翮，空抱陵雲向九京。

袁世燾

字麗章，號辛虬，載錫曾孫，青浦人。乾隆壬申舉人，官廣西北流知縣。

莊師洛云：「辛虬詩稿甚夥，没後散軼殆盡。存詩九首，特吉光片羽耳。」

九江道中

陰雲下垂水起立，江豚吹浪江風急。小姑彭郎相喧豗，怒濤匝地奔殷雷。飈忽輕帆趁歸鳥，峰巒過眼青未了。石鐘之山不可尋，嶒峵鞺鞳沿江潯。須臾彭蠡更西去，謝公題詩知何處？江深月黑蛟蜃嗔，毛髮直豎寒侵人。詩魂驚怖酒膽弱，仰天一嘯天如幕。

鄂州雜咏

天塹限南北，英雄此力征。三分争漢鼎，一炬走曹兵。衰草烏林渡，蒼煙夏口城。山川原似昔，萬里快時清。

范棫士

字祖年，號芃野，纘孫，甫霑子，華亭人。乾隆丙辰舉人，壬申進士第二人及第，授翰林院編修，擢御史，晉工科掌印給事中。丙子順天鄉試同考，曾奏請于會試薦卷中選取老成績學者，用爲學正、學録。其居官甚貧，遇故鄉親友，極敦鄉誼。又與上海張主事鶴村于延壽寺街買房，創立雲間會館，俾鄉會試之年，至者如歸，其惠及桑梓如此。詩則當七歲時，其叔春江即課以昌黎、東坡詩，越日背誦，知其績學有素也，惜未成集。

一綫天

峻嶒巖下路，奇石呀然開。孰云一隙明，烏兔光徘徊。静寄攝萬象，時復披雲來。

鏡心亭

方塘涵净渌，虚亭浮遠空。輕煙時拂拭，塵翳何由蒙。轉憶山陰道，披襟嵐翠中。

友松嶺

峻節固非易，結交良亦難。森森嶺上秀，勁質陵霜寒。坐聽清風生，撫琴不復彈。

留雲塔

亭亭孤石幢，亦有擁出勢。秀倚竹林巔，淡映斜陽麗。歸禽此喧啾，閒雲獨摇曳。

黄達

字上之，號鳳儔，華亭人。乾隆壬申舉人，連捷進士，官淮安府教授。著《一樓詩集》十卷。

沈學子曰：「既自寫其性情，而復準于古人之格律。」

續柳公權聯句詩語

《唐書》：「文宗召柳公權，與聯句云：『人皆苦炎熱，我愛夏日長。』公權以『薰風自南來，殿角生微涼』續之。」昔人有議其非因事效忠者，因綴數語，以補未逮云。

人皆苦炎熱，我愛夏日長。薰風自南來，殿閣生微涼。憫彼治畦者，揮汗流如漿。戽水赤雙脚，桔槔聲低昂。日中未再食，饁餉遠攜將。坐憩緑陰下，火繖天高張。勤苦力田作，穲稏發秋香。粒粒皆膏血，包匭貢君王。《豳風》歌《七月》，《周禮》登籥章。繪圖倩好手，置諸黼扆旁。

郡庭銅柱歌

在淮安郡庭。

莽莽洪濤奔，屹然作砥柱。聳峙郡廨中，曰惟鎮淮浦。自昔勢滔天，關鍵憑兹土。金隄非不堅，蟻穴那能補。言採首山銅，制彼支祁怒。方位按四隅，空庭相撐拄。子爲母所伏，厭勝義有取。建標高插雲，日華互吞吐。緬思保障功，綢繆先未雨。千載清淮流，明德同神禹。

高麗古鼎歌

香雲繚繞濕牕紙，還疑煙篆晴空裏。相傳神物鎮淮濱，自唐迄今歷千紀。龍文夜射斗牛寒，天陰白日鬼燐起。想見裹衣馬革時，光怪應連鴨緑水。禪窟守護不堅牢，盜竊其鉉工割耳。惟餘空腹狀膨脝，老槐樹底蹲如豕。乃知古物落人間，千年存毁無常理。黄帝荆山漢汾陰，丹青剥落復誰是？君王修德勿炫奇，漫將至寶貽孫子。高句麗鼎入中朝，百萬之軍空戰死。

李北海沙羅樹碑

湖雲油油城角垂，晝戟晝静日影遲。我行郡庭心神爽，快讀李氏《沙羅碑》。沙羅昔傍官河路，歲占凶稔標靈奇。相傳北海多異政，點竄其事成鴻辭。輦來一片陰山石，規橅筆勢何淋漓。覆以危亭避風雨，森然屹立高廜㢓。當今舊製重臨搨，光怪尚爾蟠蛟螭。苔蘚剥蝕字迹古，摩挲令人生遐思。吁嗟樹本精藍種，太守感應發蒼枝。清陰普照人受福，恒春仙植同葳蕤。况兼文章堪不朽，磨崖《瘞鶴》孰加兹。嶧山有時焚野火，此碑永鎮淮水湄。

題車積中秋山風雨圖積中名以載，華亭人，名醫，善畫。

萬木怒號勢欲僵，挾風驕雨飛淋浪。奔泉競作玉龍舞，山南山北雲茫茫。巖隈古寺門晝掩，落葉如鳥翻長廊。濕鐘不肯度松壑，塔鈴亂戛金鋃鐺。何人臨澗開茅堂，依稀屋漏侵書牀。三重幸免被風卷，似聞擁鼻吟琅琅。吾鄉車叟擅能事，力追董巨兼襄陽。此圖經營非草草，想見用筆如挽强。小牕殘暑秋轉劇，挂壁颯颯生新涼。十年舊事忽在眼，聽雨曾宿山僧房。

大觀臺

霽色上高臺，憑虚望眼開。天疑浮海去，山欲渡江來。雲氣生仙窟，煙光作翠堆。幽探窮脚力，踏遍緑苺苔。

法華塔

七級盤空起，登臨已夕昏。晚煙紅葉樹，寒日白雲村。笳吹悲城角，帆飛下海門。婁塘收指掌，倚檻客銷魂。

書咏歸亭詩鈔後兼寄喆嗣南皋

咏歸亭子獨吟時，前輩風流尚見之。四海共聞徵士姓，三吴争購布衣詩。飄零依舊傷王粲，標格非常説項斯。遺我一編秋夜讀，滿牕蕉雨寄遐思。

于忠肅祠

當年鐘鼓動南城，敢道鑾輿瓦注輕。高廟有靈成再造，忠臣不殺懼無名。湖雲汀草藏春色，山雨江楓入夜聲。自是後來公論定，祠官典禮到今榮。

夏秉衡

字平千，華亭人。乾隆癸酉舉人，官陝西盩厔縣知縣。有《清綺軒詩集》。

妙高臺夜月

日落山影黑，月出江光白。夕磬伴歸雲，松泠泉聲嗌。高臺倚天半，俯瞰動心魄。孤峰不見根，疊浪潛崩湱。隱隱隔江燈，城市如咫尺。有時漁歌來，蕩槳天一色。

春杪送陳鐵巖師入都

才名久已達巖廊，重到西清姓氏香。心戀白雲安鶴髮，身馳紅日傍鴛行。馬頭春色隨官路，驢背新詩貯客囊。珍重旗亭分袂處，娟娟明月照河梁。

王昶

字琴德，號述菴，青浦人。乾隆癸酉舉人，甲戌進士。丁丑南巡召試，欽賜内閣中書，陞主事，轉員外，至郎中。以軍功擢大理寺卿，授江西按察使。調陝西，陞雲南布政使，調江西，晉刑部侍郎。壬子順天主考。告歸，卒年八十三。著《春融堂詩文集》及《青浦詩傳》《湖海詩傳》《金石萃編》《續詞綜》《琴畫樓詞鈔》等書。

施朝幹曰：「採經史之淵源，拯文章之流弊，至于《説文》、小學、叢書、石墨，靡不上下其議論，博觀約取，並發于詩。少以三唐爲法，暨乎壯，直綸扉，進參機務，巡蒐則從屬車，征伐則參韜略，開藩奉使，轍迹徧于海内，而東北踰興桓，西南出滇蜀，山水風雪之俶詭，烽火戰陣之恢奇，咸足以開拓心胸，發皇才力。」吴泰來述司寇論詩之旨謂：「吾之言詩，曰學、曰才、曰氣、曰調。學以經史爲主，才以運之，氣以行之，調以舉之。四者兼而奄陋生澁之病，庶不妄厠。」詩話曰：司寇全集美備，不勝采掇，要以邊徼詩境奇事闢，筆力雄肆，尤見瑰偉，故所採爲多。又翀於癸申間從事《松江詩選》，曾蒙寄示青谿詩數種，又札示云：「詩當以陳忠裕爲圭臬。」具見別擇之真解，益荷開示之盛心，遵佩不忘，宜何如耶！

咏愁

清愁本無端，觸緒乃繚繞。乍來似霏微，漸入更幽渺。杳如霧未收，遠若夢初曉。對月輒銷魂，聞歌愈盈抱。生平作愁人，愁味頗能道。非根亦非塵，象外每孤裊。意惟香莊嚴，差可證深窅。

洗馬玉樹枝，渡江百端集。綺羅尚不堪，慘顇安可及。袁郎届瀨鄉，登臨眺芳隰。遼落感江山，陳詞頗於邑。此皆工愁人，言愁最歍唈。夙昔攬其書，掩卷輒勞悒。何況晚燈寒，虚牕寡朋執。愁深不知愁，飄渺遠難戢。轉覺佳趣來，時於此中入。夜深梧竹鳴，風雨助凄急。時聞孤鴻來，伴我青衫濕。

雷回灘

船尾一枝柁，船脣兩行槳。篷間帆六幅，岸上繩百丈。兼以青竹篙，五物俱可仗。舟子四五人，取舍各有當。忽聞雷回灘，風霆戛漭瀁。家具竟齊施，賈勇並跳盪。叫呀張口吻，指點鼓手掌。手口偶未及，色授得其象。乍駭紛亂麻，諦視鮮鹵莽。分持仍併力，一氣謝心想。洵矣習坎能，於兹行有尚。昔聞庖解牛，惠施得所養。長史見劍器，草書更神王。今以悟吾詩，勞歌激豪宕。

自大萸谿至清浪灘長四十里上有馬伏波祠

天公欲游戲，駭此遠行客。截彼浮雲根，擲爲揵水石。高者矗尋餘，倭矮亦數尺。大或徑連畝，小乃展片席。摺疊類衣裾，剡鋭等圭璧。行次别堂斧，合離成蜀嶧。眈眈三門開，浩浩九逵闢。横磨十萬劍，一一與水敵。水跌忽成窪，急起復相射。幻師作幻技，信手妙摶埴。持以恐詩魂，且洗見聞窄。毛髮森欲寒，扣舷三歎息。

沙罾灘

一日過數灘，灘灘獻奇警。一灘亘數峰，峰峰露妍靚。峰根千萬石，作態互馳騁。其餘没中流，浮沈類蛙黽。不知水落時，巧怪復何等。况此沙罾灘，濃緑鬱千頃。宛疑吠琉璃，倒漾翡翠影。洲曲山更幽，杳杳接欸聲。篙聲如琴絃，答響亦清迥。惜哉住谿蠻，妙意誰能省?何當誅香茅,暫此適閒靜。

瀼水灘

灘奇雨亦奇,見客輒交射。每距數里遥,氣象已可怕。昨驚連珠險,灘名。瀼水亦其亞。未到先薄人,作色變嗚啞。殷殷春霆轟,浩浩高浪駕。助以陰霧霾,晦昧竟疑夜。石角怒而前,排奡欲争霸。舟水互搪衝,失勢忽一瀉。榜人稍恫惶,我命伺其暇。出奇復出險,椓纜向杉柘。回首嵐霧濃,風濤尚陵藉。連谿斑竹叢,冥冥叫山鷓。

文德關

兩崖雲樹交,百丈旌竿直。詄蕩關門開,大書表文德。我聞九股苗,處此實云逼。其人悉狼貪,其技甚鼠即。往往弄潢池,窮年費搜殛。殺氣之所鍾,箐林至今黑。邇者聲教敷,姎徒樂生息。群知國憲尊,胥奉長官職。嚴關空峥嶸,戍邏出遥碧。霜風卷哀笳,清曉壯行色。我願揭此名,移向蒲甘勒。庶幾鳥帑墟,萬古洗兵革。

宿橄欖坡竹屋

高黎貢如屏,龍江亘其肘。南爲橄欖坡,居蠻僅八九。此山萬古荒,茅茨亦何有。截取青蒼筤,規以安甂瓿。縷縷界紋簾,條條約疎柳。窄同鳥在篼,疎類魚潛罶。用紙繚繞之,不藉圬人手。山風日吹撼,裂痕互糾紐。行人度屋外,了了見踵首。疑洞垣一方,斯術授誰某？夜深展單衾，枕簟落星斗。夏雨倘淋漓，便擬作土偶。隨處等蘧廬，我已悟莊叟。

美篤寺

岧嶢美諾寨，寨後峰如蔟。厥寺更巍然，厥名曰美篤。嚴事者喇嘛，云本出天竺。非黃亦非紅，喇嘛有黃、紅二教，以帽爲別。白教世未矚。祖堂達爾黨，達爾黨，地名，在西藏之後。世傳在窮谷。有布魯思古，梵行衆所服。其胡畢爾漢，神魂之謂。轉輪每來復。其經達思拉，誦之可禳福。其佛色丹巴，尊與瞿曇屬。其衆盡獷猂，其術悉陰毒。番酋愚且頑，崇信等尸祝。層樓三重高，寶網四阿蹙。畫壁所見稀，猙獰千手目。纍纍懸髑髏，森森横劍韣。憶昔四天王，護法願已熟。臂或擎日月，身乃乘獅鹿。警兹行道人，清修倍齋遬。禦彼波旬徒，幻化免撓觸。何期變本初，遂作天魔族。嗚呼西方理，清净斷六欲。其衣尚壞色，其食僅齋粥。頗怪達賴徒，衣帛兼食肉。加以演揲教，秘戲佐淫瀆。何况奔布爾，像設示誅戮。睚眦起詛咒，鬭争助奔逐。鈴鐸仍鏗鏘，楣欄互起伏。旁行四書句，亦用銀泥録。曩宋莎羅奔，土司適子出家曰沙羅奔，庶子出家曰曩宋。出家擅威福。瞋習發交衡，併吞漸成俗。奇衺終無效，殺機久逾蓄。因致絶徼人，膏血塗草木。真當聚而殲，焚廬詎爲足。癸巳冬，是寺果爲官兵所燬。

宋謝文節公橋亭卜卦硯查恂叔屬題

歙谿一片寒於鐵，傳自弋陽謝文節。其修一尺廣半之，正氣棱棱迴不滅。上有題識字，云是橋亭卜卦時所置。旁有銘語鐫，云似窮餓不食守義賢。硯旁鐫程文海銘云：「此石吾友也，不食而堅。語有之：人心如石，不如石堅。誰似當年，採薇不食，守義賢也。」嗚呼！謝公風節真雷硠，上書傳檄何堂堂。提攜此硯閱寒暑，哀哉宗祏仍滄桑。團湖坪前鼓不起，飄泊垂簾建陽市。海陵風信浙江潮，天意寧容論卜筮。想當變名姓，遁迹茶板間。蟾蜍亦淚滴，相對含辛酸。乾坤否泰未可轉，明夷獨有貞艱難。石田可耕等採蕨，頑民誓同此石頑。何人創議徵遺士，飴甥厮養今誰是？江南豈復有人材，草屨麻衣欠一死。攢宮拜哭秋草毿，木波禮謁同朝參。指南有願竟未遂，翻幸此硯留天南。靈旗歸來風雨怒，十丈崩濤夜奔騖。蛟螭拏攫鬼神扶，洗濯材良出煙霧。硯左有趙元題字云：「明永樂丙申七月，洪水去橋亭，易爲先生祠，掘地得之。」何年轉輾來燕陲，月東畸人欣得之。星芒壓脚贈石友，什襲珍重侔槃彝。硯近爲津門周上舍月東所得，寶翫特甚。及病亟，敕其子走數千里至粵西，致硯於恂叔。酒闌眎客誰敢把，古色蒼然照杯斝。漬墨應揮思肖蘭，臨池肯寫鷗波馬。曹娥碑下塵冥冥，重吟采石悲零丁。雲根瘦削堪千古，如見西山疊疊青。宋劉如村《紀謝公》詩有「采石吟成期絶粒」及「千載西山疊疊青」之句，蓋公于興國軍安置時，因謫所西山層疊，自號疊山故也。見元李道源《謝公神道碑》。

鐵女祠行

唐時有孫姓者業冶工，以非罪獲重辟。將刑，其二女痛父冤，投爐而死，化爲鐵人。有司以聞，乃釋其父，並賜祀以旌之。

似鐵非鐵容模糊，似血非血形焦枯。迫而視之乃兩姝，灼爛靡有完肌膚。當時痛父嬰刑誅，九閽虎豹誰能呼？以死殉父明父辜，騰騰烈燄方歔噓。連衽一擲輕錙銖，下飲鐵汁如醍醐。冶神驚爆爭趨扶，肉耶骨耶知有無。鐵心鼓鐵成鐵軀，躍冶宛爾凝雙趺，旋活死父驚鄉巫。嗟哉剛烈鐵不如，後世重與鑄金俱。

斗狼箐道中遇雨

雨颯颯，風淒淒。據于石，需于泥。一轉復一折，一高更一低。轉折安可極，高低數千尺。上山卧肩脊，下山驚魂魄。怪樹如龍擘巾幘，怨鳥嘑空杳無迹。萬仞穹崖危已圻，半嶺飛泉碎璣璧，灌莽青黄濕煙積。足底千峰那可識，雲海蒼茫界天白。

游雲谿洞

昨登飛雲巖，如入華嚴閣。萬疊香雲華蓋雲，隨風作態巖前落。今來雲谿洞，如入修羅宮。天魔衆擊大海浪，手遮日月摩蒼穹。高十餘丈庨然垂，其袤兩倍深四之。沙石犖确流寒澌，洞復有洞千萬姿。其左洞二黑如夜，杳不見底寒氣射，疑有肥蟦此中舍。其右洞一開門閎，磬折而入通天光，洞口冰柱排明璫。最後一洞深冥冥，不見鬵沸聞琮琤，蒼峙洞天傳道經。頗聞龍虎翔仙靈，内藏鐘鼓鏘流鈴。迴潭百畝如鑑平，後出更見炊煙青。人家修竹開林扃，省志：「洞深二十餘里，中有蒼龍、白虎、石鐘、石鼓。」又潘淳游記云：「内一潭廣百畝，晶瑩澄澈。石壁間石穴僅可通人，匍匐而入，行十數武，豁然雲開，修竹茂林，望人家炊煙，上穿屋脊。」郵傳竊恐非真形。我友好事勿聽熒，況無列炬燒松明。時升之賈勇欲進，余以無炬止之。迴塗復上岑樓上，石室嵯峨並奇壯。寒骨悽神不可留，恐激天風忽排蕩。洞一名大風洞。潘記云：「洞中時殷作雷聲，少頃風起，不減海中颶。」

再渡大金江即事

《南荒經》南空未鑿，誰考江源溯臼霍。蠻暮南來大展拓，斷岸長天莽寥廓。何爲衝風振長薄，不見軒然大波作。埜田秋鶴長于人，盤雲忽落呼其群。大魚躍水蒼無鱗，丙穴石首非其倫。小船三人槳薄羸，時與阿補堂制府、諸肇仁臬司同渡。數尺斜陽射林邏。殺氣如山蔽空墮，激雹一聲飛礮火。

舁輿甚險偶爲短歌

下山走坂丸，上山逆水船。下用四夫夾，上用四夫牽。長繩繫版當胸穿，舁者四耦相回旋，二十四足争後先。如魚逐隊蟺附羶，如羊倒挂鴻鷺翩，尋橦之戲將毋然。輿聲格磔鳴秋煙，我身托輿輿托肩，肩上竿木緪以緣。脚底細路欹而偏，俯視何啻千仞萬仞懸，中有千石萬石森戈鋋。

軍抵山神溝

劍南自負多奇氣，直造岷山看江水。我今更度大荒西，已踰江源一千里。巖下哀磵琤琮鳴，濺人飛沫衣生稜。危石戴冰怒獅踞，喬柯凍雪垂龍横。層崖遠邁羊腸惡，駿馬十步九步卻。豈無健兒好身手，尚恐虚沙崩欲落。生平豪氣老不除，揮鞭徑上陵崎嶇。垂堂之言寧足戒，但恨奇險難爲書。空山忽聞撾大鼓，巨礮如雷走林莽。風旗獵獵舞龍蚍，云是將軍駐營處。

過天舍山至格節薩宿

朝抵松林口，午陟天舍山。玉龍倏忽戲雲海，琉璃萬頃堆銀盤。人言此是太古雪，白日不化封層巒。細路千迴若懸綆，雪爲階級冰爲磴。上山苦滑下更難，何限驊騮此蹭蹬。瓦寺番人等猨鹿，躡險梯空不留躅，乞與元戎作僮僕。五人曳馬鬉，十人持馬足。雙旗颯沓下重巖，走丸激箭誇神速。我老何由腰脚健，舍馬而徒行更蹇。道逢兩卒慣冰嬉，扶持始得如風旋。山木慘慘天將昏，手足皴裂拳肩跟。夜深茇舍燈火暗，恍惚魑魅呼精魂。

喜官軍收復美諾

水底委移纔詰屈，倏化狂鯨肆奔突。官軍仍次日隆關，誰料長驅張撻伐。是時初集陝楚兵，火器健鋭來京營。秋高士厲議再進，道旁築室紛喧争。或云宜向南山走，去聲。始能直出美諾後。或云中路尚可由，堂堂正正如前籌。木塔爾小金川頭目先來歸順者。言此非計，南山不如北山利。南山陰翳北高空，第克三峰事已濟。謂碩藏噶、阿卡爾布里及斯達拉。越别思蠻斷右臂，美諾居中安所恃。將軍擲帽忽色喜，是番之言良有以。更計先掀美美橋，橋東塞落皆應棄。子月廿九五鼓餘，奪橋之兵争風趨。北山諸峰亦克獲，中路守賊歸而逋。色渠東瑪皆橋東寨落名。已寂寘，一麾渡淵登兜烏。登達占固再服屬，諸道軍鋒如破竹。醜徒跂跂走金川，一旬僨拉全收復。嗚呼！古來用兵審大勢，一節一枝寧足擬。胸中全局斷乃成，批郤導窾皆披靡。憶昔造攻自斑斕，數日續得斯當安。資里沃日動數月，窮轟狼闘嗟艱頑。何況木果木變後，遺以兵仗多于山。兩酋合力作輸守，安得一舉陵巑岏。乃知名將洵神授，此言此計何從看。

攻克羅博瓦四峰作

山橫十里碉九座，喇穆巉巖不可過。偏師忽指此山偏，出奇絶險須臾破。偏峰崱屴登古名，前羅博瓦尤崢嶸。四峰相次賊門户，峰峰刀槊攢青冥。將軍愁寂計忽發，先令虎臣海蘭察。第二三峰汝往攻，佐汝以攻額與達。謂護軍統領額爾特、侍衛達蘭泰。是日天凍風如刀，緣厓積雪一丈高。軍未及登賊早覺，舉鎗投奔何嗃哮。自上下下衆不動，持滿而迎射輒洞。豕突狼顧躅且奔，乘勢飛追躡其踵。別隊紆道穿林躋，所據與賊地勢齊。兩軍合擊呼動地，兩峰連克無留稽。其第四峰亦席捲，餘第一峰尚未翦。領隊普爾普圍之，火器騰空盡焚燹。懸其首級陳其俘，取其器械充軍須。刲羊釃酒饗將士，更掃喇穆清前途。

克喇穆

二十二日月季夏，進取喇穆分官兵。茲山東西雖可下，均有石卡連木城，護以垣墉及堆坑。

醜徒戢戢潛而偵，屢劘其壘弗克勝。惟中兩峰聳然起，南北兩面同削成。戡之必從羅博瓦，下谿再上緣峥嶸。猖猱及此尚躑躅，豈料人力工飛騰。攻其不備首尾斷，妖獠何地容搪撐。聲東擊西各部署，中權六百抽其英。其時四更月乃明，乘黑先已穿栟櫻。千尋滑壁徑本絕，樹槎石角紛縱橫。以手援手手捧足，鱗集磵下嚴無聲。月高别隊前後起，火鎗金礟聲鏗訇。賊人叫呀各拒迎，擣虚誰覺奇兵升。拔刀突上超躍入，鯨鯢盡戮無留形。東葦下投兩木柵，赤燄勢掩朝霞赬。諸番望見心膽裂，欲潰而出圍層層。黑雲忽浮澍雨降，對面不見峰崚嶒。諸軍冒雨攻益急，賊乘以竄如鼯鼪。邀而擊之血於硎，數獲器物難方程。風吹劍槊血氣腥，番君蠻長賀且驚，此猶神鬼猶雷霆。從兹下取色淜普，壓卵形勢無留停。移營回首望喇穆，雙尖天半纔青冥。

葑谿夜行

歷歷聞津鼓，依依感櫂歌。風生蘋葉亂，露下藕花多。涼月曉將墮，煙江秋始波。最憐鄉思近，迢遞望明河。

蓉湖夜泊懷趙升之歸松江

昨夜北風起，秋聲一枕聽。朝來湖口望，落葉滿寒汀。迢遞層波外，煙帆入杳冥。因思圓泖上，歸客正揚舲。

東平

風色滿平蕪，蒼茫獨問途。沙崩山路窄，日落戍樓孤。地迥人難見，春寒草未蘇。蘆泉行在望，紫翠遠模糊。

秋暮遊漆山

振策緣危徑，循谿到古巖。飛泉當石碎，老樹入崖銜。細路盤梨峪，層雲覆玉函。枯林寒日薄，蕭瑟竄麏麚。

在昔

在昔誇投筆，於今屢枕戈。蝥弧誰敢呼，去聲。礟火竟頻過。江闊蠻雲重，林長賊壘多。賈生虛涕淚，渾欲損天和。

羅博瓦道中

炙轂塗泥滑，攢刀石角分。泉聲千壑雨，霧氣四山雲。驕馬嘶還躍，嗁烏聽漸聞。兵鋒乘破竹，速擬進前軍。

書李舒章與蒲圻相公書後

五馬南來已式微，一緘猶藉塞鴻飛。過江人物懷王導，入洛聲名感陸機。仳仳方誇争有穀，哀哀誰肯賦無衣。最憐蘇李知交舊，皇甫孤墳對落暉。謂卧子先生。

晚眺

雨過荒蹊長揭車，殘霞收盡暮天虚。春花墜砌見啅雀，野水臨門聞打魚。世事都消憑几裏，閒情只在看山餘。傍籬高樹緣坡竹，清夜含風一嘯舒。

宋玉宅

蘭臺舊宅傍江濆，誰識當時諷諫文。夢澤旌旗深夜火，陽臺風雨暮天雲。賦成好色規傾國，受得微辭冀寤君。賴有渚宮故事在，牆東城北溯遺聞。

瓦角曉望

連朝濃霧罨高旻，巨礮如雷隔嶺聞。雨霽猶留千嶂雪，風寒先凍一溝雲。深林點點盤雅陣，芳草茸茸散馬群。計日秋晴争深入，捷書先慰九重殷。

馳傳過清谿得冲之學使手書兼詩見憶讀已雪涕於逆旅主人索破紙倚馬背次而和之

絶塞飄零不記旬，勞君款曲溯窮塵。久因烽火淹青幕，忍向雲霄憶紫闉。雪嶺天炎冰塞徑，七月十六日過大礮山，諸峰積雪如玉筍，且有雪花飄灑。繩橋雨漲水連津。年來髀肉都消盡，六見迎秋六餞春。

千崖嵳崒虎牙同，礮雨中間藉首功。潦倒已慚青瑣客，衰遲久作白頭翁。故人藏血經秋碧，新鬼飛燐入夜紅。慟哭飢烏銜肉地，九原何路寄郵筒？謂鑑南、升之諸君。

慘切長如素女絃，老親書札枉頻傳。百年豈暇爲身後，萬事難堪是眼前。客久愁腸先已斷，山遥歸夢併難圓。裹屍馬革尋常事，寄語休嗤作計偏。

桃門驛次和韵四首示沈莘田太守 一存

沙蟲猨鶴未分明，循誦新詩倍愴情。河外一軍亡傅燮，鄴中七子失劉楨。升之與余輩向有吴中七子詩刻。衰年久已傷哀樂，戰地安能定死生。幾度相思畏相見，如河血淚恐齊傾。

振三以比廬詩見示蓋即今所云帳房也余前此已有詩矣復次其韵

氊帳穹廬詎足誇，幕天席地任生涯。壓來恐不禁風力，疎處偏能露月華。數幅縫成供小住，一竿揞就便成家。多君仍此揮椽筆，到處人疑貫月槎。

李長蘅西湖小幀

栢堂舊蹟久荒蕪，煙水迢迢接裏湖。風糝楊花濃似雪，清陰緑遍酒家壚。

次韵

年來鞍馬逐嫖姚，西出峨岷路更遥。一澗寒雲萬峰雪，不知櫻筍是春朝。

柳營無侶獨蕭然，毳帳風來燭影偏。禹步已窮河勢轉，西流終夜響潺湲。

國朝松江詩鈔卷四十二

鄉人姜兆翀㝁山輯
莊程鶩峙汀閲

施禮潼

字竹田，華亭人。漁帆子。乾隆丙辰諸生。有《偶存草》，自序謂「先人以詩名江左，往來多吟侶。余趨庭濡染，即解四聲。及奔走四方，遂多得句，不問工拙，録爲一編，紀年書地而已」云云。然其詩工麗，亦足媲美紅芋山莊。

狼山弔駱賓王墓

皇唐有駱丞，慷慨昭大義。千鈞筆力堅，一點丹心摯。唾罵竊神器，特矗勤王幟。所謀雖未成，斯文將不墜。何如博浪錐，不異擊鼓吏。鼓動揭竿心，亦挫奸惡志。世不用若人，誠爲宰相戾。故鄉不可復，一坏於此瘞。年年滄海日，照見忠魂碣。山名賴人傳，列入《五山誌》。南通州有《五山志》。我來薦蘋蘩，一抹海雲翳。

《漱芳齋詩話》：據此知駱丞之墓乃在狼山。此與韓學士墓在翁洲山者，同一堪憑弔也。韓學士偓入閩後無紀，至魯王棲遁海島，其少司馬惠安王忠孝字愧兩云：「近有斲山者，得其斷碑，知終歿於此。」以示徐闇公，徐作詩云：「先生早去國，不見受終時。欲遂冥鴻志，嘗懷捋虎危。史書淹舊迹，野老斲殘碑。爲誦香奩句，高吟續《楚辭》。」

塞上曲古北口屬密雲，古幽州也。甲戌春幕府作。

古北舊軍壘，庭牙矗旂纛。鈴閣環嶙峋，甲士屯山麓。堪歎此長城，當年費畚揭。嶺上月光寒，積雪迷深谷。朔風初起暮雲垂，塞草不逐春風緑。驚砂風篩疑急雨，淅瀝紙窗碎珠玉。土寒不見征雁飛，牆外馬嘶息馳逐。君不見服矢箙，乘駿騄。柳林比作細柳營，遠振軍威邊境福，鼓笳聲裏昇平曲。

冬日山行

滿日山川異，愁人感慨中。蕭疎董北苑，黯淡米南宫。谿走流沙白，山銜落日紅。匆匆爲底事，慚愧老冬烘。

甬東天風塔登眺

一柱擎天出，登高偶挈群。窺殘金界月，踏破玉梯雲。四面嵐光合，千條水勢分。憑欄堪一嘯，欲遏海中氛。

青石梁道中作梁在口外。

路轉問東西，揚鞭促馬蹏。谷深秋樹暗，嶺峻晚雲低。白雪摇丹桂，中秋後一日遇雪。朱闌俯碧谿。凡有御道峻險處，俱設朱闌。郵亭遥對酒，俯仰好留題。

登楊令公祠後樓和韵

傑閣碧雲間，登臨心自閒。谿源通瀚海，地勢接燕山。舊壘沈槍緑，殘碑濺血斑。我今來弔古，瞻拜令公顔。

謁楊令公祠和蘇子由韵

無敵奇勳著雁門，契丹流血貫沙痕。未從石碣山前議，留得陳家谷口言。苔蘚封碑名不朽，蘋蘩薦廟世猶尊。羈人偶作漁陽客，小句空招塞外魂。

山居雜吟

野鳥無名難問種，山花有色不聞香。叢生衆草紛披下，埋没芳蘭亂石岡。

嘗自登樓獨著書，荒山無地可相於。閒來何事堪消遣，小篆親鐫木石居。

姚培炎

號安國，原名蓮仙，字景青，婁縣人。衛庠諸生。著《緣情草》。

丹陽道中

大江南以路，疑是北邊行。古塔寒雲斷，孤城夕照明。車聲穿樹出，馬影入潭清。村店何寥落，空餘沽酒情。

遊宏濟寺題石壁

蕭蕭古寺枕江干，石徑禪關路屈盤。倒挂危厓疑欲墮，偶來大壑頓生寒。塵封貝葉鯨音寂，風静松梢鶴夢安。何日名場能撒手，煙霞容我盡情餐。

讀古香先生秋槎詩稿得句

公聞鳥語劇傷情，我讀公詩淚欲傾。一樣羈人三月暮，鄉愁攪入杜鵑聲。有聞杜宇句，淒楚欲絶。

楊履基

字鐵齋，號蘭谷，金山人。諸生，優貢。乾隆丁丑召試二等，被錦綺荷包之賜。後不遇而卒。履基潛心經學，兼工古文詞，詩則工部而外，昌黎、廬陵、眉山、遺山皆所詣造。受知于李鶴峰、劉穆菴，與江左諸名彦並相長雄。其《台蕩遊草》即隨鶴峰兩浙衡文時所著，録數章以見大概。按：洛北村楊閣學楷菴，人謂之西楊，有雙松堂；而鐵齋則人謂之東楊，宅亦有雙松。今一歸朱，一歸陳，此宋清遠作歌所以當泣云。

登椒石

一江夾山流，山斷忽平衍。挂帆未及里，望望見層巘。漸近景絶清，横江亘巨限。壁立如削成，沿波勢蜒蜿。風利不得泊，抵岸復迴轉。繫舟尋山徑，挈伴同登踐。沙石滑且踈，一步再三返。徐徐造其巔，支撑殊偃蹇。望中螺黛青，群峰收近遠。下山憩小閣，臨流鏡開展。對面金華山，歷歷皆可辨。長嘯林谷間，息足席苔蘚。山僧踏雲迎，烹茶盈雪盌。始信探幽奇，往往在閒散。興盡返孤舟，理愜斯情遣。

幽谿

幽谿景絶幽，彌望殊蕭瑟。藹藹竹徑深，杳杳松林密。石壁纏藤蘿，直上何崒嵂。下臨深澗泉，觸石愈蕩潏。昨夜聽泉聲，今晨起盥櫛。挈伴尋幽奇，清境難殫述。高高雲響巖，林風來翕欻。步入石洞中，天然搆虚室。石磴堪盤桓，空明了無物。惟聞澎湃聲，佐我吟終日。

登華頂峰

東南莫高天台峰，萬八千丈青濛濛。八重周羅森萬笏，環抱華頂居當中。氣吞滄溟收海嶠，勢薄霄漢陵蒼穹。日月出入光百道，炎天積雪堆重重。我昨信宿上方廣，飛流瀑布開心胸。今朝冒雨登絶頂，群峰有若兒孫從。山徑險仄僅一綫，下瞰不測蛟龍宫。蟻旋螺盤數百折，羊腸屈曲難尋蹤。時有嵚巖出異狀，猛獸怒目何匈匈。陰洞深崖灌林莽，奔流瀉澗聲洪鐘。山中樵採至此絶，扶蘇老榦撑虚空。茅篷散布六十五，板牆草蓋來天風。墨池在左井在右，子微採藥神仙逢。司馬承禎字子微。雲物迷離白晝暝，頃刻豁露晶光融。甌山幾點紛在眼，拜經臺畔泉淙淙。台山絶頂爲拜經臺，旁有泉出。倚天長嘯目千里，指揮萬象驅豐隆。

石梁瀑布

玉龍飛雪丈二千，翕張大口噴流涎。疾雷隱隱滿山谷，對面不得聞人言。石梁横跨兩厓岏，穿破玲瓏中迸裂。洪波到此鎖鑰壯，急峽懸流勢奔決。昔見陽之《天台圖》，李陽之畫《天台圖》手卷，極精工。細寫此景堪規橅。頗疑畫手或點綴，豈知親見猶懸河。冒雨曇花亭上立，披氈躡屐戴篷笠。震撼榲楣地軸摇，風捲雲飛衣袂濕。攀蘿援葛到水涯，照面波光更仄奇。排空巨浪山欲倒，漂沫星散珠霏霏。藍橋自昔多靈異，仙蹤蜕迹何容紀。只此翠峽走雲雷，便若乘風駕赤驥。

瓊臺雙闕

瓊臺縹緲陵雲煙，下臨千仞蛟龍淵。深崖絶壁周四際，峰峰危峭森巑岏。藤蘿蒙茸護陰洞，卓立一柱擎中天。上豐下削勢突兀，中有石磴如几筵。仰承又似挹露掌，一綫徑路難攀援。巍然雙闕前對峙，衝波直下奔流泉。我來初上含風闕，上含風闕即見瓊臺在天際。遥指瓊臺薄日月。今從桐栢度山岡，煙靄重重轉恍惚。澗深路仄幾曲盤，疑若誤投虎豹穴。陵虚倒影碧落宫，百丈潭空勢超忽。何年巨靈始鑿開，幻此勝觀天巧竭。高入層雲豈易近，安得身輕如飛隼，冲舉直到臺之巔。手摘星辰天地斡，《韵略》收此字作管音，與宛音者無異義。罡風捲起拂我顔。濃雲吹斷白晝寒，日光晶晶透金碧，但覺飄渺超塵寰。

登江中孤嶼次晉寧師韵學使劉穆菴曾輯江左二十二人之詩上呈乙覽，如桐柏、孤嶼作皆入選者。

注海江波駛，東南日夜流。中川孤嶼湧，雙塔碧雲浮。鐘動僧歸寺，風清客倚樓。遊蹤得勝概，景色正清秋。

謝公留屐齒，此地有書臺。江豁看雲去，天空待月來。清流沙渚白，净土瘴煙開。重擬深秋過，停橈隔宿回。

雨宿萬年寺次璞函韵

秀豁尋古刹，香湧法堂前。遠近環煙嶺，高低接水田。竹深蒙翠幌，澗曲激清泉。雨後雲生席，禪牀任意眠。

宿桐柏宫

仙蹤何處拂瓊琚，桐柏山中水竹居。纔向丹崖尋古洞，又從雲壑訪精廬。此行不爲金庭草，欲去須求玉柱書。曾讀子微《坐忘論》，琪花石髓竟何如？宮即子微修真處，有塑像。

過樂清望王梅谿先生故宅敬賦

左原地名。西望仰名賢，故第荒涼落照邊。曲徑石幽園小小，翠筠風滿徑涓涓。宅中有小小園、涓涓徑等名。中朝氣節崇山斗，上殿謀猷耀簡編。千古清流有定論，可將心事問寒泉。朱子《梅谿集序》稱其「大節偉然」。寒泉，朱子精舍也。

姚法祖

字近庭，號松巖，培益子，金山人。諸生，例貢。有《松巢遺詩》，附刻其父《惠迪堂後集》。

題張掖西蒹葭書屋圖

東湖秋老氣蕭森，碧水連空極望深。依約此中高士在，江寒花雪擬相尋。

凌存淳

字鯤游，號竹軒，上海人。侍郎如煥族姪。諸生，例監，官廣東府同知，題補雷州，以廉明善決獄稱。曾歷署縣州府事，將題薦瓊州府，以告養歸。著《竹軒詩草》。尤善擘窠大字，題榜最工。

送琴川蔣華林之晉陽省視

樽酒長安日共攜，送君遥向太行西。三春瑞露凝烏府，千里晴雲入馬蹏。舊學趨庭應有訓，新詩到處獨留題。臨歧不用歌楊柳，丹桂由來近月梯。

周　楷

字廷範，號迂齋。上海人。諸生，歲貢，官舒城訓導。著《華蕚堂詩草》。詩話：迂齋之官時年已望七，古心古貌，允爲師範。不一載，卒於任，殊可傷也。其子鳳藻，亦諸生。

龍舒雜興

舒城風景，余所久歷。見《盥花軒詩》云：「羃歷濃煙到眼昏，龍眠居士舊遊魂。畫眉聲裏穿雲去，削翠青松又一村。」令人戀戀。

余亦來遊宦，蒼茫此一方。國憐舒子舊，山接皖公長。花草新婚日，烽煙轉鬬場。道南留故宅，何處問周郎？

李大成

字容斯，青浦人。福泉諸生。

富春欲寄家書無便秋夜聽雨感賦

宵來聽澈雨如絲，滴瀝聲將漏共遲。天上雲深晴未得，人間秋到客先知。手書乍掩燈殘候，心事偏欺酒醒時。只有思親歸夢健，不分陰霽繞庭墀。

張夢喈

字鳳于，號玉壘，華亭人。丁巳諸生，例貢。著《塔射園詩稿》，前六卷沈文慤序，後六卷則袁子才稱之。王秋農以爲「始而才華，既而冲澹」，此兩言足蔽全集。

詩話：塔射園本許杲使舊居，後歸清河，以鄰西林寺塔，故名。園中巖石參差，池水映帶，其古藤、老桂，皆百年物。玉壘中年以後專意園居，讀書養静，襟抱灑然，宜其詩之所造如此。

水樂洞

潺潺巖中泉，幻作琴筑聲。山行偶見之，頓覺塵懷清。非惟我懷清，水亦適其情。分流赴萬壑，晝夜無停行。逝者本如是，静觀妙悟生。

虎跑泉

竹爲孟宗生，鯉爲姜詩出。至理默感通，儒釋本一律。聞昔性空師，開山欲築室。二虎移此泉，千載常洋溢。我來遊慧因，餘境未暇悉。一吸兹甘冷，塵念恍如失。自古栖禪人，神鬼供驅叱。道行不相侔，靈應何由必。酌泉想宗風，户外松濤疾。

讀虎阜陳希夷碑

希夷留秘語，勒石垂千年。括以十六字，恍如精一傳。我來再三讀，莫會其中元。譬如盲瞽人，披尋簡與編。字畫且懵如，旨歸尤茫然。倘能一悟徹，立地成飛仙。顧慚頑鈍姿，何來此機緣。撫摩久佇立，落照催歸旋。

金塗塔

阿育造塔供世尊，中有舍利光焞焞。錢王范金仿此式，祈延國祚千秋存。上鑿西方諸佛相，餵鷹飼虎百千狀。苦修聖果捨形軀，警醒愚頑功無量。四版合成製何巧，鏤金錯采週圍繞。高可五寸輕重匀，供向蓮臺前恰好。當時八萬有四千，藏瘞名山流播少。滄桑幾變歲月賒，掘地得之洵至寶。吾聞豐城之劍埋泥中，上有精氣如流虹。此塔鬼神隱呵護，豈無瑞靄浮虛空。惜我耳食未目覩，哦詩空對表忠譜。安得移置小齋中，焚香一日三摩撫。

看顧竹坡畫壁

摩詰工詩更工畫，畫詩各在華嚴界。文彩千秋杳莫存，藝林誰復擅揮灑？何期虎頭今又生，養真棲寂安江城。濡毫時覩雲煙起，落紙能令風雨驚。吾家素壁無雕飾，欲倩名人繪樹石。先生慷慨竟不辭，肯來蓬蓽留真蹟。五月薰風吹葛衣，雲山寫出無炎暉。千章古木隄邊繞，百尺寒泉石罅飛。路轉峰迴更幽曠，波光煙影相摩盪。恍歷武夷笻屐迷，如遊蓬島襟情暢。先生落拓性不羈，畫隨人乞不受貲。左右訕誚若充耳，終朝樂此忘其疲。吾謂先生須寶惜，妙墨流傳抵趙璧。君不見太白樓中尺木圖，鬼神呵護垂千億。

嘉定吴蓬仙過訪值池荷初放偕芋村兄分韻得盤字

波摇花影近雕闌，活色生香入畫看。清景共探今有幾，白頭相聚古來難。時聞戛玉風翻羽，忽覩跳珠雨瀉盤。鎮日臨流耽静賞，閒愁那許涴眉端。

觀荷倣家文敏體

讀罷《楞嚴》意若何？好花堪證六波羅。根栽活水原清净，蕚放初晨祇刹那。已悟色空祛幻想，聊參香妙養天和。漣漪得此猶功德，可許胚胎脱愛河？

詩話：文敏深于禪悦，往往以彼法語入詩，此得天居士詩派也。此作乃亦染指，存之以見詩中有此一體。

徐雲鳳

字春谷，華亭人。諸生。學問淹博，有聲於時。

詩話：春谷與朱訪酈並稱，而兩人不相能。春谷謂朱空疎，訪酈謂徐鈍拙。要亦各有所長，不相掩也。惜徐則無後，而朱之子廢書，其集皆失。

咏菊祝姚平山

依依門前五柳斜，疎疎籬下數重花。試看黄白高低映，已開未開相交加。迎霜一徑獻秋色，幽人餐英娱朝夕。南山削翠眼中來，采采忘歸意何極。

王景堂

字覲侯，號西岡，奉賢人。明按察副使明時後，衛諸生。其伯祖師植，諸生，於聖祖南巡獻詩官禁近。景堂承世業，善屬文，家貧，以筆墨治生，詩文都爲人借刻。年二十餘始發痘瘡，因眇一目，跛一足，時人以吾睹子比之。後以事被斥，失進取路，卒年六十。有《采山堂詩集》。

覽古

富貴多畏人，貧賤乃肆志。我讀《紫芝曲》，想見四皓意。蕭何左右手，一旦以屬吏。安知偉衣冠，不復動深忌。黄鵠翼已成，山人迹宜晦。奮袖還商榷，考槃安寤寐。漢季人倫望，千秋羡郭公。一巾偶折角，遠近且從風。韋布無寸權，動物如振蒙。帳飲在東都，鶴蓋行蔽空。唇吻略轉移，幾奪造化工。乃知齊桓紫，能爲五霸雄。

留雲塔

一塔非高標，約略幾尋丈。乃有倚天意，而作拔地象。片雲海嶠來，恰駐觚稜上。似因鴻濛言，欲息九垓想。

有所思

有所思，乃在碧雲端。仙人浮丘子，相期游汗漫。食我青麟脯，飴我絳雪丹。衣我六銖衣，乘我五色鸞。六鑿一以寧，三鼓更不奸。白日忽翀舉，瑣骨輕珊珊。九關無虎豹，謁帝良不難。忽然被罡風，吹落荒江寒。更欲隨浮丘，安得陵風翰。

烏棲曲

高臺烈風梧宫秋，烏雛八九聲啾啾，鐃歌橫吹百花洲。吴王歸來夜將旦，水犀無甲爲鵞鸛。六千君子臨江岸，西施曉妝猶未半。

青桐引

君不見龍門孤榦森百尺，日精月華養神魄。又不見景陽宫前曉月寒，珠實離離金井闌。桐花開晚葉落早，秋風一夜長安道。可惜中含太始音，莫令便以枯槎老。若使伶倫律管，倕工匠心。鍾期傾耳，伯牙披襟。魚龍悲嘯，風雨沈霪。方知青桐不同櫟社樹，無數名材枉斤斧。於今未作爨下薪，金徽玉軫期相親。俗情貴耳而賤目，焦尾殷勤説古人。

遊韜光寺

驀然入細膩，蝸角中間覓戰地。豁然胸襟開，山河大地俯一杯。須彌芥子反覆納，入者不迷迷不入。北高峰不高，靈隱非真隱。隱在靈隱西，高與北高近。蛇盤猿接捫青蘿，羊腸鳥道險更過。眼中迷白日，頭上翻金波。金鐃法鼓聲動地，劈面已是韜光寺。琳宫貝闕嵌空飛，碧瓦丹甍臨澗倚。轉身入小軒，寂寞聞清猿。金魚唼喈玩不足，掀天倒地聲何喧。石樓踞寺頂，極目觀滄溟。耳中聞漕漕，胸中平等等。龍王嫁女出東海，蜃氣騰樓飛五采。沐日浴月浸扶桑，三山十洲眼前在。石樓大幾許，吞江吸海殊容與。一粒粟中世界藏，三升鐺裏山川煮。世外原無世，元中别有元。遊人只向西湖去，遊得醯鷄甕裏天。

折桂閣懷古

春城無數閒桃李，摧折爲薪而已矣。閣中丹桂曾有無，仙尉家聲芬頰齒。紀瑞應同瀫鵃灘，懷人道是空桑里。當年殿撰忽左遷，原以言事遭讒痏。寧料一官等繫匏，生男亦復能濟美。靖康建炎蜩沸中，抗論不屑爲骫骳。爲相七十有七日，封章腕脱傭書史。一竄再竄足不停，只爲父書能讀耳。畢竟百年有定論，殿撰忠定咸不死。登臨此閣暫徘徊，一回憑弔一回喜。不見同時秦太師，熏天威燄騰騰起。格天閣上擲筆時，膝前立者何人子？

題趙安仁先生輓册

康熙六十年，臺臣論建儲被斥守燎者，陶彝等十三人，蘇州侍御趙安仁其一也。卒于塞外。自辛丑迄今丁丑，三十七年。予客金閶，公弟綠萍出示諸先哲哀輓一册，爰賦七言四章，以附簡末。

誄詞百幅展鮫綃，折檻攖鱗事未遥。詎是負龍升碧落，可仍載鶴上星軺。誓心天地千言策，撲面風塵萬里橋。仗馬從來鳴輒斥，空悲紫塞鬱岧嶢。

黄腸一具玉關回，消受同人奠絮杯。剩有青燐歸鶴市，可憐碧血染龍堆。文犀已壽詞林筆，面鐵猶寒御史臺。爲報九原聚帬屐，休休居士愧追陪。

金陵東山

薔薇花落叫黄鸝，謝墅追遊有客隨。半壁江山三語椽，八公草木一行棊。寧能倒笏陪司馬，便欲攜鐺上武彝。可惜西州人去後，夕陽亭榭草離離。

咏古

流水高山調易尋，摧弦摔軫謝知音。也知易操堪諧俗，不負成連海上心。伯牙。

玉文仙果樹東瀛，一顆能教上太清。童女三千正漂泊，安期枉自説長生。安期生。

鳳吹參差緱氏陽，旋騎白鶴上高臺。宫中尚有髭王在，望斷年年七夕來。王子晉。

療飢不待宿舂糧，三秀晨餐齒頰香。莫笑山人無實用，鬚眉英氣動高皇。四皓。

咏史

桐廬山水足幽棲，斗酒雙柑到處攜。畢竟生來原不俗，非關終日聽黄鸝。戴安道。

非發春芽菘帶霜，園蔬滋味不尋常。可憐三載山陰令，賣却鍾山舊草堂。周顒。

兩編《長慶集》聯名，元白交情不世情。檢點集中傷别語，峽猿啼出斷腸聲。元、白。

王金持

字學林，婁縣人。衛庠諸生，歲貢。翀幼從學詩，師性情灑脱，學問淵通，詩亦宗蘇、陸，有集。自翀客遊後，師作古人，三子亦先後卒，其家灰滅，不可復問。七絶一章，則當日口誦而能記憶者耳。又著《離騷分解》四卷，是師生前手授者，蓋將《離騷》及《九歌》、《天問》一一剖晰，分出段落，手自批注。昔人謂《騷》辭如孤嫠夜哭，斷續叨絮，不必果有起訖。然即此求之，亦可爲細心讀書之一法。今其本藏余家，惜未付梓。

韓侯釣臺

佐漢功名已渺然，釣臺終古峙寒煙。淮陰要被磻谿誤，妄擬封齊七百年。

張元鼎

字一哉，金山人。諸生，入監，由館議叙布政司經歷。著《客遊詩草》。

次唐六如題玉川煎茶圖詩韵

閒窗開處見山翁，茗鼎浮煙裊裊風。自是丹丘仙骨在，蘇蘭爇桂竹林中。

劉應巨

字璇南，上海人。庠生。

泊舟半塘橋

半塘秋水碧粼粼，七里風楊接去津。裊屐往來無蚤暮，相逢多是買花人。

談存仁

字恕行，上海人。庠生。

雁

往還南北任年年，縹緲長空羽翼聯。遠道相攜無弋篡，中宵尋宿有聲傳。每因歲晚來江上，應爲飢驅走路邊。白首弟昆難一處，孤燈遥夜聽凄然。

楊日照

字誠閒，華亭人，居亭林。己未諸生。著詩稿一卷。

烏棲曲

合歡杯舉瓊漿設，淺酌輕斟惜離別。月落霜寒烏夜嘑，窗前怨殺汝南雞。蓮漏沈沈夜未央，羅幃錦被函春光。東方欲曙林烏起，一別相思隔千里。

登讀書臺過雲蔚山房用江文通《擬謝叔源遊覽》韻。

偃蹇登書臺，衿履忘修整。誤此泉石情，何心羨華省。莫言苦晝短，尚覺秋光永。白日麗神皋，丹崖明秀嶺。遥天罨平林，澄波翻倒景。一往入山房，愈覺煩囂靜。吾道非空寂，性情適所秉。悠然天籟接，臨風思歌郢。

自鄧尉至香雪海

尋幽西山隅，山色何奧衍。野鳥鳴谷中，鐘聲出林巘。地僻遊人稀，峰迴路徐轉。古栢遡司徒，虯枝積蒼蘚。微微聞暗香，頓覺煩襟遣。引勝入窅深，登高望更遠。香雪盪心胸，林梅亂山阪。渺渺洞庭雲，無心任舒卷。

讀釋柯集

勝代多遺逸，雲間雅重公。執柯甘伐輻，握管戒雕蟲。大節懷孤憤，哀音入變風。詩成書甲子，名在布衣中。

中秋夜坐

涼飈徐拂暑全收，靄靄清光露氣浮。萬里陰晴此夜月，一生悲樂幾中秋。香飄蟾桂天邊樂，歌徹《霓裳》雲外流。遥想棘圍文戰者，唾壺敲缺不勝愁。

與張受亭客舍偶敘

張名掌絲，華亭廪貢。翀姑夫幼嘗受業其家，爲宋醫思雲藥室之裔。自元以來，世居妙嚴寺西。翁字仕登，歲貢，官安慶學訓導。姑夫乏嗣，房歸他姓，故址遂失。

知交零落半飄蓬，往事依依感慨中。笑我飢軀狂不改，羨君壯志老猶雄。一簷風雨當年共，當縣試時，楊與張俱爲某令所賞拔，後楊冠府庠，張冠邑庠，故云。滿眼鶯花此日同。太息荷谿謂蔣貽穀先生。已宿草，莫將名刺漫求通。

讀顧頌集

天高地厚一諸生，萬轉千迴故國情。每痛義熙身未死，披吟儼對晉淵明。先生《辭馮水甄看梅》詩有「百憂未死義熙身」句。

故國飄零剩一身，荒原落日盡傷神。當年不共文山死，長作西臺慟哭人。先生《感春》詩有「日落荒原哭太丘」句。

廣陵雜咏

春來勝事在山家，開偏江都芍藥花。最是傷心腸斷處，東風吹上玉鈎斜。

玉簫金管媚聲遲，愛殺揚州鼓吹時。杜牧風流今寂寞，阿誰更續竹西詞？「誰知竹西路，鼓吹是揚州」，杜牧句也。

從長泖過斜塘

孤舟容與布帆張，蒓滑鱸肥杜若香。萬頃白雲迷客棹，一灣秋水下斜塘。

顧元燈

字玉田，華亭人，居亭林。諸生，貢。博覽經史，兼嗜吟咏。

路過歡菴因識孫墓

取路經行野寺傍，牧人指點到禪房。荒苔徑澁花空發，新茗泉香話正長。駐錫有僧棲古刹，孤墳無主峙寒塘。荆榛滿路猿窺穴，零落殘碑卧夕陽。

張孝鋏

字虞耕，號澹遠，華亭人。諸生。著《餘齋詩稿》。其詩冲澹猶夷，絶非飣飣家數。詩話：虞耕爲沈學子妻弟，遺詩一帙，是其二子興序、興賡搜輯付梓者。學子序斥獺祭稗販者，謂「書帙滿前則心志瞀亂，塗飾爲工則性情汩没。以是言詩，芻狗糟粕已。虞耕則竭其心思，期于淵雅。筆研之外，不陳簡編；鑪錘之餘，不事摹仿」云云。此可爲填砌家針砭。然要非中無所有，空疎單薄之謂，此固須善會。

古意

雞鳴披衣起，遠寺鐘初發。東方天欲明，一燈寒未滅。啓户見南山，霜氣黯殘月。所思在天涯，關河阻津筏。北風何淒其，雁聲空外没。

紀夢

平生未遊處，昨夜夢見之。髣髴緣谿行，歷歷殊可思。白石何窈窕，流泉鳴清池。松風吹我衣，修竹碧參差。好鳥變春聲，嘉卉弄芳姿。行行境轉幽，心曠形不疲。石門倏洞開，山徑曲折奇。一士坐觀書，一士行采芝。問是仙與隱，但笑無一辭。石鼎然松火，瘦鶴舞瑶墀。白雲空中起，叆叆無定時。寒雞破我夢，豁然清心脾。

同堆山吟巖耕石出郊晚眺作

仲冬天無雲，薄暮行近郊。歸禽自來往，朔風何蕭條。燒痕雜歧徑，晚煙起平皋。荒邨蔽落日，寒潭上凍潮。塞雁鳴寥天，昏鴉噪空巢。同心二三子，游眺情偏饒。撫兹幽寂趣，曠懷薄塵囂。

訪袁海叟白燕菴

舊迹沈淪何處探，萋迷宿草伴花龕。當年倒跨烏犍客，此日空留白燕菴。一代詩人歸净土，千秋皓月照寒潭。往來豈少關心者，誰向荒郊一駐驂？

病起次韵酬寶無上人

曲闌深護草堂幽，斗帳寒輕獨坐愁。世味除詩無可好，我身多病復何求？荷枯尚滴瀟瀟雨，蛬冷微吟淡淡秋。讀罷瑶華感君意，沈痾今喜覺全瘳。

懷衛訥旃用張文昌寄劉使君韵同琴音晚香序鎔兩兒賦

五載離懷幾醉醒，思君豪飲倒長缾。秋風蕭颯憎孤枕，春雨廉纖憶短亭。别後鄉園憐鬢改，夢來京洛覺鐙青。上林歲歲花如錦，百囀宮鶯仔細聽。

張錫德

字南仲，號南垞，華亭人。諸生，壬申副貢，官青陽教諭。著《慎菴詩集》。錫德詩學得王孝簡指授，與條山、史亭輩共相唱和。其畫亦得董華亭傳派。

登戒壇

越宿戒輿丁，明發登戒壇。齋廚潔蔬蔌，七箸飽朝餐。取道愈峻仄，詰屈羊腸盤。上如梯雲棧，下如下坂丸。百步肩一息，氣喘不能忓。計里將一舍，古刹臨巑岏。石欄俯木末，青靄宿簷端。松柏不知歲，鬱鬱蛟螭蟠。一松峙殿左，西北拱長安。九龍錫嘉名，誌寵崇雕刊。松一本九起，大數十圍。御題曰「九龍松」。捫碣攷僧臘，苔剥石未刓。依稀大康字，諦審由傳觀。人立極覽眺，足下萬翠攢。置身在霄空，憑高思漫漫。便欲恣飛翔，但乏陵風翰。

笋名黄金間銀者産遲而味苦賦物興懷聊用解頤

閒箋老圃書，青畦羅嘉蔬。美無如春笋，芳香清且腴。年年社燕來，雨過園林疎。蟄雷奮勾甲，抽鞭冒輕蕪。是名曰燕笋，良足珍山廚。又有名哺雞，時當雞伏雛。登盤配朱櫻，芼羹陋新蒲。二者削青玉，未可分瑾瑜。節序轉孟夏，籜龍踰牆隅。復有竹乍萌，適口稍已殊。反用被嘉名，推理亦非迂。衆美既已歇，物乃貴所無。味殆美于回，五味苦亦需。寄語晚成者，待時休嗟吁。

海雲圖歌

生平愛玩黄山松，尤願躡屐一踏三十二蓮峰。足迹羈絆眼界迮，聽客艷述心匆匆。兹山拔地四千仞，丹崖翠巘多幽蹤。中間名勝一一未能紀，惟喜滃然雲起羃䍦金芙蓉。初看觸石合膚寸，瞬息霴䨴濕虚空。虬枝鳳蓋倏已失，陰厓石厂行俱封。但聞飛泉落百道，或時下界飄殘鐘。涼颸習習濕巾襪，口鼻觸拂紛霾雺。依稀金支翠旗光晃漾，將疑天吴海若來朝宗。飄瞥變幻腰脚勇，愁墜谿壑神惺忪。客話未竟意惝怳，飄飄如欲陵雲從。瞜城顧君好奇士，勝遊在目思無窮。圖向鵞谿十尺絹，虚堂白晝青濛濛。問昔遊遨者誰氏，容成子及浮丘公。來往偕攜緑玉杖，仙靈髣髴堪相逢。千里奇觀收咫尺，我夢何當落此中？

自題畫册

高嶺落樵響，微茫辨遠林。荒煙尋逕入，茅屋幾家深。葉脱山秋早，雲移巖晷陰。欲期阮遥集，長嘯在霞岑。

潑眼山光滴，迢迢横翠微。有鐘聞遠寺，無路款雲扉。松石自成侣，禽猨共息機。此中忘歲月，門掩幾家稀。

曹相川

字岱之，號鎔齋，金山人。博菴孫。諸生。中年棄去舉子業，不出門庭。長于詩，并工行草。

雜感

楚國有卞和，具眼能辨玉。忘其草野賤，出言便驚俗。以身示貴人，人矢我爲鵠。封之陽陵侯，榮名喪其足。君子慎懷寶，賢達貴無欲。黄石立空庭，歲歲春苔緑。

飲常公子慎齋寓齋話舊

金陵城下識君初，迢遞三年感索居。塵世但看翁失馬，曠懷莫辨子非魚。杯傾北海投車轄，家傍南陽卧草廬。樺燭未消情話絮，夜闌不寐更躊躇。

彭金度

字若村，號皖蜚，上海人。諸生。著《東皋吟》《北堂瓻稿》《利涉》《歸夢》等草。金度初與薛少文齊名，有合刻詩稿，又爲趙損之妹壻，其才氣不相下。大約噴薄爲豪，千言立就。惜終不遇，陳茹征《感舊》詩云：「數奇李廣誤鳶肩，蓮幕難忘入蜀年。杜甫祠堂曾慟哭，文人困厄自從前。」

游晉祠

詰曲山下行，經過太原縣。税馬叔虞祠，景物一何焕。堂宇鬱嵯峨，金碧更璀璨。四周古木環，千載春風换。其西障崇山，杳與霄漢半。下有聖母廟，世胄難可按。東向妥神靈，堂下水源現。西南難老泉，合流注隴畔。碧玉何粼粼，浸潤侵白粲。廟南臺駘祠，汾神享登薦。其東貞觀碑，手書光有爛。開國紀鷹揚，題名標髦彦。河東地險峻，烈風撲顔面。所在沙與礫，兩眼遭昏眩。矯首得清幽，飛梁結伴涣。芬芳草色鮮，嘉樹森叢灌。游戲魚心樂，衆鳥争鳴唤。故鄉山水姿，恍惚如可見。俯仰清興發，頓忘行旅倦。明朝赴前途，好夢有餘戀。

登泰山同王上舍步東

金鷄之精群嶽長，神靈窟宅勢嵣㟅。東臨渤海控河沂，蓬元太空騁遐想。行行策馬秋正中，碧煙緑樹來清風。森然動魄仰首視，蒼翠鬱律撑青空。御路威夷開窈窱，長松落落雲滿嶠。萬壑初涼草欲摧，六龍舊迹苔不掃。銀河奔挂有飛泉，繡谷靈和無虎豹。地底洞門石扇開，雲雷怒發鬼神趫。攬蘿跨磴五十盤，衆峰壁立紛巑岏。御帳磨崖出九有，秦碑李篆陵層巔。蓬島樓臺金照耀，龍門竹箭波潺湲。登此可以小天下，覽之詎獨低群山。精神四達高興發，左手擎天右持日。劃然長歗霹靂聲，散落九垓動帝闕。貽禽軒翥鸞毰毸，青童玉女紛紛來。笑我學仙何太晚，朱顔凋謝埋塵埃。指點碧城十二曲，殷勤貺此煙霞杯。

傴僂拜手謝不敏，塊然俗質難磨揩。儸途浩蕩歎夐絶，姗姗一去空徘徊。秋風蕭瑟夕陽紫，夜宿古祠天尺咫。平明且聽一聲鷄，滄海三竿日初起。

張宫詹南華先生招飲即席賦呈

前生真是古仙曹，風骨崚嶒壓雋髦。盛代人誰推鸑鷟，騷壇公合抱旌旄。門無俗客拖朱履，座有清尊致白醪。醉後歌呼容我輩，夜深亭館月初高。

修臨清志雜咏

耿貴人墓 漢清河王慶元妃耿氏，安帝立，尊爲甘陵大貴人。墓多蓮，俗稱蓮花池。

風雨蕭蕭衛水濱，一坏寂寞幾時春。夜臺不欲埋冰質，化作蓮花是後身。

寶藏碑 米書，大寧寺内。

豐碑突兀倚青蒼，梵院深深草自芳。走虺奔蛇争筆勢，至今人説米襄陽。

陸文啓

字苧東，榮秬子，婁縣人。諸生。有《琴谿詩鈔》。

諸葛銅章歌 蕪湖人諸葛永年，名祚，能鐫銅章，鍊銅鍊鋼，皆自爲之。沈丈昜哉客蕪湖，識其人，俾鐫三方爲贈，作歌以紀。

峋嶁石鼓文渺茫，六書精義留符章。赤銅鑄出私印小，炎劉制度逾圭璋。千百年來磨滅畫，花乳石刻争輝煌。阿誰嗜古能邁古，諸葛永年獨擅場。永年煉銅如煉石，温鑪密室搜精良。形模大小既就範，鐵筆出匣齊鋒鋩。秦碣漢碑供驅使，籀史秦相窮偏旁。興到偶然欣一試，蛟螭蟠屈生光芒。鐫成雙印傳海内，見者驚嘆心徬徨。鎔金削玉本閒事，陵獵古製難形相。永年三世神此技，秘竅止以傳諸郎。公卿購求不易得，絶藝敢用金帛償。我從勗哉沈夫子，千里馳送勞相將。入手把翫歎奇絶，撫摩再四喜欲狂。一心感激還自忖，區區姓氏藉以彰。生平無分隨鐘鼎，如見城南燭火光。宋相朱勝非微時，夜見城南火光燭地，掘之，得朱勝非私印銅章。

王澤深

字質夫，南匯人，居周浦。庚申廪生。

夏遊峰林篇

炎赫思静理，出郭肆幽尋。白雲盪我前，山澗流清音。捫蘿歷磴道，披榛憩松陰。探奇無倦目，陟險生危心。緬懷蘇門嘯，側想丘中琴。奚爲嬰世網，俛仰慚古今。

錢存寬

字昭武，號仲梁，南匯人，居錢家宅。諸生，歲貢。

題春江獨釣圖

獨釣春江上，春風引興長。曉煙棲草碧，流水帶花香。心事同沙鳥，浮生寄野航。荷衣塵不染，何用濯滄浪？

鮑　絅

字文圃，號木堂，南匯人。衛庠生。著《古桐書屋詩草》。

宿龍潭驛

夜宿龍潭驛，蕭蕭旅館中。煙光凝岫碧，燈影透簾紅。寒杵敲殘夢，孤鴻叫遠空。客愁那得寐，曉發日曈曨。

靈谷寺

松濤鳴廿里，靈谷隱朦朦。地僻僧容古，山高鶴唳空。郊原迷落日，禾黍淡秋風。晦翁先生句。獨立煙霞外，此懷誰與同？

送王子吟香任益陽縣佐

何期乍識石渠賢，忽報行旌赴楚天。莫歎宏才先小試，且將微祿養高年。風清月白人千里，沅芷湘蘭詩百篇。許陸經綸君自展，休教記壁續藍田。

王陳梁

字次辰，福泉人。諸生。

蘭亭集咏

爲遇山林勝，相於述禊修。虚亭欣列坐，田水快清遊。人與蘭同静，情隨畫共幽。騁懷殊未倦，觴咏聽溪流。

當春因寄興，人在惠風天。盛會當今日，清言猶昔年。臨文攬古迹，和咏集時賢。俯仰無悲歎，興懷每暢然。

陸貽穀

字鷺傳，號湘蕡，青浦人。辛酉諸生。貽穀幼即工詩，曾與廖古檀、繆毅齋、汪峭崖、笠夫輩唱和成帙。惜年甫强仕而卒。

詩話：湘蕡，臨漳之孫。嘗與新安吴墨怡論詩舟中，整衿曰「詩非兒戲，一字一句，既盡心血而爲之，耐可留詩不留命」云云。此可見其詩癖。

陳朝古檜歌

君不見滬城静安寺中緑雲洞之幽，一株檜樹陵高丘。有如穴窟蟠螭虬，左拏右攫煙雲浮。

又如怪石横潭湫，雨淋日炙風磨揉。後庭歌舞冷千秋，朽株突兀偏遺留。我來對此頻搔頭，昔聞此檜有與儔。兩株交合新枝抽，根行犖确勞探搜。樹輪蔥蒨撑岑樓，精氣直有神明投。靈禽翠羽鳴啁啾，題詩佛寺恣遨遊。從來才大多祟讎，宋家中使煩誅求。繪圖獻媚矜良籌，帝咨匠石馳星郵。斧斤將斫山靈愁，鬼物卻召雷霆謀。豐隆列缺助天矛，贔屭負去如潛偷。赫哉中使不敢收，魂驚魄動瞪雙眸。一株倔强存荒陬，槎枒根柢長悠悠。江山幾更歲月遒，桑田已作滄海流。樹旁嵌孔埋髑髏，樹底牽繩牧羊牛。悲號常起風颼颼，淒涼不敢驕梧楸。安得夸娥巨靈之力拔其尤，移諸崑崙山左之神州。雙株會合良有由，上承乾棟豐功酬。垂蔭要與扶桑侔，元氣萬古相盤繆。嗚呼安得夸娥巨靈之力拔其尤？

山居晚步

穿林多細路，傍水恰三家。客醉前谿月，風香隔岸花。望中孤塔聳，行去小橋斜。不覺青蹊冷，黄昏有露華。

舟行即事和家蓴鄉韵

一任黄金盡，何傷壯士顔。遣懷惟白墮，可意是青山。樹罨江邨秀，綸垂漁父還。平蕪堪縱目，昕夕自閒閒。

聽吟軒席上次素堂韵

亞欄披拂盡名花，與客平章逸興賒。玉篳談諧纓數絶，金鹽酬酢鼓頻撾。一聲長笛邀涼月，百韵新詩散綺霞。高會午橋應酩酊，問誰歸去帽簷斜？

泊舟運漕與古檀夜話再次前韵

劍舄追陪歷上邦，聯綿情話各心降。静中機械碁三局，客裏嬋娟花幾釭。詩寫烏絲香溢座，歌拋紅豆月窺窗。艤舟待遂乘風志，先奠封姨玉琖雙。

陸思誠

字希正，號開墅，上海人。乾隆丙辰府庠生，歲貢。品粹學純。其著書有《春秋左傳集評》十六卷、《四書精言》十二卷、《唐詩七律》八卷、《唐詩近體》四卷，自著有《慎初堂文集》，已刻。詩非所好，多散失。今存之於《嚶鳴集》中，得此一章。

讀嚶鳴集成二十韵呈默齋夫子姓何名泗淵。

昌黎《桃源圖》，疑其荒唐詞。茫茫塵世中，安得境如斯？今讀《嚶鳴集》，始信誠有之。西村殊不遠，宛在水中坻。往來諸種作，不過氓蚩蚩。一旦夫子往，不啻春風吹。溪流環屈曲，楊柳拂岸垂。阡陌交相過，屋舍儼參差。朝夕務耕織，外事咸不知。垂髫與白叟，相對自恬熙。先生顧而樂，絶境願棲遲。得意發長歌，振筆若雲馳。歷歷道所好，直欲追皇羲。句中皆有畫，不減摩詰詩。以此知古人，其言不我欺。誰謂避秦人，此風不可追。小子局羈絆，絳帳違吾師。今得對大篇，欲贊無一辭。惟有心嚮往，庶幾展寸私。春光正明媚，願介酒千卮。

劉廷柱

字成憲，號忽菴，奉賢人。戊午諸生，例監。能詩，尤工書法，與沈學子、王草香唱和。著《四本堂詩草》。

喜雨

桔槔鳴不止，正苦插秧時。一雨霑青壤，分流瀉緑池。晴光人事足，生意物華滋。頻聽農歌唱，欣欣各自私。

國朝松江詩鈔卷四十三

鄉人姜兆翀羹山録

李謹樵峰

王蔚宗春野閲

姚宏森

字周扆，號艮菴，華亭人，居郡城。乾隆甲子諸生。著《雙松草堂詩草》。

《漱芳齋詩話》：府志載雙松堂爲趙孟僩寓室，在府城試院東。乾隆初，姚氏居之，今尚有姚家衖之稱。楊退谷曾賦詩云：「尚稽志乘數名蹟，草堂幸托雙松存。草堂不知幾易主，雙松冷翠依古垣。」今則雙松化去，草堂亦毁，此真艮菴和詩所云「盛衰消息本無定，改柯易葉安足論」者邪！

柳汀出示所藏書畫，酒後漫題

畫叉萬軸聚騷壇，秉燭來看眼界寬。供養煙雲塵慮遠，蒐羅緗素墨痕乾。由來澤古探原早，漫道求全素隱難。斗室清談忘漏永，一尊酣共夜初寒。

柬張二掄元

梧桐秋老别懷縈，談笑依稀肝膽傾。異地看花偏少態，故鄉對月最關情。友朋氣誼千鈞重，身世浮沈一葉輕。幾度吴山高處望，酒中舊侣未寒盟。

題梅花册十八首次韻一存

柔枝無媚容，老榦有奇態。春光任去來，惟爾春常在。山城沽酒來，隔谿探梅去。看花日耽飲，醉倒花深處。

湯雲開

字鼎望，金山人。諸生。

讀朱古匏蘧廬吟感賦

掉頭不肯就徵車，處士嘗辭福邸聘。詩卷嘗留浩劫餘。一代風騷追栗里，五茸隱逸占蘧廬。令威自弔松楸冷，伯道誰憐藴藻虚。處士無子。尚論正逢秋欲涕，泫然筆露滴蟾蜍。

徐兆魁

字書城，號淡涯，上海縣人。諸生。著《遄喜堂集》。兆魁學問淵深，性情恬淡。嘗遊粤省，江山所助，形爲咏歌。其及門李賡芸序之，稱爲可傳世行遠。

飛雲頂歌贈冲虛觀沈道人傳是宣化人，不知名姓。不食，衣敝不脱，露宿飛雲頂，蛇虎不知畏避。訪見略談，確有至理，其殆有道者流歟！

羅浮山高三千六百丈，飛雲頂在丹霄上。憑虛遥望浩無窮，南粤東瀛如在掌。濛濛夜半氣縱横，静聽天雞天外鳴。須臾燭龍銜日出，爛然四照光晶瑩。我來選勝正芳春，捫蘿攀薜景物新。上有香臺石室聳翠靄，下有長谿峻谷繞清淪。冲虛觀裏明月夜，歡然邂逅沈道人。道人碧眼被金髮，飢寒不侵真仙骨。豺虎爲群蛇蝎遊，粲然一笑琪花發。不知何日入山中，往來倏忽隨長風。玄玄五千懶繙閲，心參造化仙靈通。安期靈芝紛下降，鮑姑同輩葛仙翁。或騎黄麟來絶巘，或乘白鳳招蒼穹。拍肩挹袖共游戲，一破萬古塵網空。吁嗟哉！人生富貴盡等閒，少壯幾何忽老孱。不見尚平讀《易》斷家事，相攜同好歷名山。又不見弘景解職樂蕭散，松風庭院獨閉關。一朝上真授仙監，至今身在蓬萊間。我今悟徹行路難，亦將從子學燒丹。仙壇寂寂少埃霧，瑶池泠泠泛綺瀾。芒鞋不愁玉鳶滑，竹杖寧畏鐵橋寒。金瑺玉珮樂復樂，吹笙并坐碧雲端。

白鶴觀唐玄宗東封，鶴集其壇，後改爲觀。

路入蓬萊七洞天，青霞四面裊輕煙。滎陽素羽曾飛集，江夏虹裳已渺然。荒蘚而今殘爪迹，雲濤依舊起松巔。呼童掃地焚香坐，三疊琴心憶舞仙。

廣州懷古

單帢閒尋朝漢臺，扶南葉上蝶飛迴。空傳流水龍興日，使者天朝陸賈來。黷貨從來智易昏，夷齊不易操堪論。沈香一片隨流水，廉吏清標千古存。

管　恩

字坤培，號牧子，華亭人。乙丑諸生。著有《蟲聲集》。按：恩學問淵通，才情偉麗。於制藝不拘家數，擬之輒工。其詩好龔芝麓、吴梅村一派，今則僅存寥寥數章，不成卷帙。

書鍾康廬詩稿後

靖節已云徂，韋柳亦千載。吾友生也晚，好古能不懈。示我一卷詩，如恐人猶愛。睠言懷斯人，其意在詩外。

送朱丈堆山之武昌即次留别原韵

廿載京華賦《子虚》，夫君豈合老鄉閭。天涯知己猶懸榻，江上扁舟又束書。北渚含煙愁亦好，南樓待月興何如。奚奴慎檢囊中句，更有新詩是醉餘。

吴默謙以詩見貽疊韵却寄

不向人間覓賞音，羊裘老子釣磯深。青山碧水今誰主？細雨斜風昔論心。却喜招邀南浦月，可憐塵土北窗琴。欲知別後相思處，滿院秋聲落晚林。寸莛幸許發鯨音，詩老詩情較舊深。自是英雄多宿感，敢云風雅獲同心。淒清篷背三更雨，沈寂松門一曲琴。尊酒何緣重過我，西窗猶記月平林。

詩話：牧子《庚寅歲朝》詩云：「直以因循成薄命，苦將多病累衰親。」意極衰颯。是年夏初即赴棲霞，讀書山中，作沈舟破釜之想。詎感寒濕，場後回家，疾發遽卒，亦可傷已。

楊世淦

字紹曾，號綺田，原名基豐，華亭人。諸生，後入監，應京兆試。遊甘涼，卒於道署。有《更炊後稿》。

夢覺

不夢乘高車，軒然入鼠穴。不夢持鐵杵，快意恣齒決。乃搆此邪緣，境象何惡劣。夢魂驚守身，未造泥犁孽。悸極流汗醒，是幻幸已滅。此豈想與因，妄念詎敢設。自責還自思，我心究未潔。鬼在旁揶揄，神亦儼在列。獨寐不愧衾，彌凛前人節。

商州道中

上山雲迎來，下山雲送去。出雲復入雲，咫尺莫辨處。峰峰張幙茵，萬壑滿裝絮。坦行夾岸中，安行叱其馭。俄焉霎𩙪疎，破空透朝曙。山川豁真容，俯視神色遽。危崕萬仞懸，徑仄容一箸。轉折輿半空，蹇驢步猶豫。飄風澗底來，吹衣欲失據。齒鑿列巉巖，森然奇鬼倨。寒流瀉其間，泠如琴筑御。鈴軑鳴郎當，四山亦和語。清峭快心胸，杳然滌塵慮。

沙磧 綺田敦友誼，聞人卓山戍邊，往省其母，送之出關。此詩蓋其時所作。

平沙一望明，人影粘天碧。曠無一鳥飛，四顧尋行迹。馬首任所之，但指遥山即。旋風轟驚沙，一綫亘天直。八月寒披裘，雲濛日易匿。待當皓魄升，萬里皎一色。清光得大來，浩歌發胸臆。

硤石道中遇雪

雲氣滿河東，殽函積雪中。周秦遺險在，風雨古陵空。沙澁蹇驢滑，橋傾凍澗通。丸泥封不用，關樹霧濛濛。

成皋道中

連山千級掌心平，屋樹人家面面迎。皴法天然大斧劈，終朝石谷畫中行。

趙文鳴

字宸藻，號清泉，上海人。光禄文哲兄。諸生。著《清泉詩集》。吴白華序謂其「無取縱横怪偉之觀，堆垛撏撦之智，祇是晨夕素心，因物起興，而自然流露，纏綿動人。」

慧山

策杖遊九龍，盤紆向偃卧。碧苔雨乍晴，石徑煙初過。雲林頗幽秀，禽鳥音相和。繁葩被峻嶺，翠竹萬千个。漪瀾與聽松，分峙若相佐。靈池湧清流，瀑布因風簸。對此興轉發，進步已忘惰。路細邃且深，遥聽維摩課。窈窕啓禪扉，高僧四五箇。清暉照經臺，香煙繞蓮座。沙彌心寂滅，開士神閒婧。共參無生理，永結跏趺坐。偶爾入空門，煩囂覺頓挫。

看月華

丁亥閏七月，十四夜將半。開樽酌香醅，束薪炊暮爨。暑氣既漸消，釋扇已忘汗。坐聽秋蟲鳴，起瞻流螢亂。啓户步庭除，月入風吹幔。因向渌渚遊，轉立紅蓮岸。舉頭盼金波，蔚若雲霞爛。中堆白玉盤，次緑團圞貫。紅繞青又環，紫圍黄作畔。幾重合璧瑩，五色冰輪奂。陰魄巧吐奇，水精忽舒燦。目覩心似驚，足移口先唤。婦聞趨仰觀，兒聆出争看。媳抱女并前，子負孫同玩。倏然瑶彩殊，便爾瓊姿换。盪颺無定形，變幻難積算。或如挂絳虹，或如挺蒼榦。或如出水花，或如陵風翰。或如苔蘚紋，或如錦繡段。或如彩鳳儀，或如斑龍粲。不淡亦不濃，不聯亦不斷。不捲亦不舒，不聚亦不散。曾聞政太平，多耀光特焕。公赤和黑分，升青象白判。幸今遇聖明，自然掞璀璨。四海衆口稱，萬國含笑讚。喜氣衝廣寒，歡聲動霄漢。余入把筆題，詩成《青玉案》。寫罷且長吟，還將古帝按。卿景宏一人，光華旦復旦。

題夏昶畫竹和弟損之

畫竹昔聞湖州文太守，胸有渭川一千畝。襪材堆案高興發，風葉煙條若揮帚。彭城派絶繼者難，仲昭差比王孟端。并刀快翦三尺水，點染瘦影何團欒。悄然坐我洞庭岸，萬頃煙波互陵亂。佩環無聲翠袖薄，日暮愁聞鷓鴣怨。翻憶小樓昨夜月色寒，仙之人兮騎青鸞。九靈之簫第三笛，吹墮碧雲雙翠欄。朝來空齋蹋壁卧，忽見琅玕兩三箇。始知神物解通靈，便擬擕筇日千過。東皋種竹今幾年，清陰已滿西牕前。江鄉如此洵堪樂，毋對圖畫空咏《歸來》篇。

壬午冬日送損之弟入都候補中書

雙津隻堠莫辭勞，九萬初看振翮高。一日清班聯北闕，十年舊隱共東皋。桑田廿畝猶堪種，書卷三車更足豪。出處平生行自料，西風歧路感霜毛。

離筵未罷淚先傾，長路裝如落葉輕。共説遇風詩自好，獨憐聽雨夢難成。弟婚計日須玄度，親窒關心藉曼卿。遥憶焚香東省夜，文無入手不勝情。

擬東坡和張安道讀杜詩

六季沿浮靡，夫君閒氣豪。許身同稷契，託興軼風騷。啓世承遺笏，賓王自譽髦。彈冠思貢禹，補牘失山濤。北闕還求駿，南郊正滌牢。螭頭傳賦麗，豹尾引班高。御宿虚仙仗，昆明溢戰艘。迹非軍府縶，情異斂盂逃。晝省聊騎馬，丹誠切戴鼇。一麾去關隴，萬里轉斜褒。結隱依潭水，爲農老隰皋。堂成移竹樹，客至弛巾袍。事業歸諸將，身名笑爾曹。江陵空望幸，灞滻絶歸遨。寂寞千秋恨，詀諵萬舌勞。徒教觀斧鑿，未許拔旌旄。鳳髓予滋愧，鯨牙爾獨遭。歌詩慚和郢，游迹憶觀濠。生計看華髮，心期託素醪。浣花鄰舊宅，好去翦春蒿。

王廷楷

字東田，號雲岑，南匯人。之瑜姪。諸生。有《攄懷集》。馮墨香謂乾隆丁卯、戊辰間，里中有詩會，會中人惟知石泉、雲岑。乃讀《攄懷集》，知多煌煌大篇，具磊落英多之致。《南村》一篇猶見酣飲高歌景象，惜乎此外莫考。

南郇草堂雅集呈主人藍峰并同會諸子

南村主人文章仙，暇日召客飛霞牋。首執牛耳敞高會，堂堂旗鼓司中權。雄風晉楚分戰壘，鞭弭櫜鞬相周旋。巢湖一軍長赤幟，横戈躍馬同幽燕。君家二難力與角，麻札斫陣無精堅。逐鹿未知死誰手，如鼎三足稱並焉。苦心更有草玄子，搜奇探祕忘蹏筌。真宰上訴混沌鑿，女皇煉石堪補天。誰其匹之朱芷仲，高文大册人争傳。出口不解世俗語，狂吸五斗驚四筵。悔堂才氣絶超異，險破鬼膽符真詮。諸君盡是江東秀，南金竹箭誰後先？我家大阮静者機，一字不苟心精專。園客獨藺音徽合，往往可拍諸君肩。獨有我文如曹鄶，不堪位置隨群賢。眼前大敵避三舍，羞澀直欲同寒蟬。殘鱗剩甲不須數，誰探頷珠我執鞭。

摇落

摇落情何極，棲遲興不窮。閉門黄葉裏，高枕白雲中。吟對支離叟，談邀亡是公。蟭螟能喻意，蚊睫覺天空。

毛　棟

字侶騫，號迂軒，南匯人。漢齊從孫。增生。

金陵感舊

一去秦淮兩蟀庚，重來舀足碧波清。捲簾舊雨鶯呼急，倚檻新雲柳拂輕。紙帳夜深頻有夢，畫樓人遠悄無聲。淮津橋畔盈盈月，還照當年惜别情。

倪思寬

字存未，號二初，原名世球，華亭人。丙寅諸生，歲貢，再薦不售。年五十八歲卒。著《讀書記》十卷、《經籍録要》十二卷、《文選音義訂正》、《二初齋詩文集》。沈既堂業富謂：「《讀書記》是王氏《困學紀聞》、黄氏《雜抄》之亞匹。」王秋農寶序謂其「好學深思，於經史子集，靡不探討。如究《周禮》之方田勾股，遂通九章之學；考《禹貢》之水經，因核古今方輿；至象緯、鐘律，皆所研究。乃其用意尤在《小學》《近思録》及元明以來諸大儒之書。」則不得僅以博洽目之。盛百堂灝元謂其「讀書確苦精熟，嘗暑夕苦蚊，則以雙趺納巨甕中，務畢其程而後已。至其獨契程、朱之學，尤以默識爲宗，故始終内而不出，但見粹然儒者而已。」鍾康廬晉謂其「見爲真見，得爲真得」。胡松谿鼎蓉謂：「文行如二初，足爲今之古人。」

詩話：《讀書紀》中於《孟子注》「所以知覺運動」句以「所以」字謂爲净妙明心，似未免援儒入釋語病。而其他具見鈎玄提要，非僅考據之學。至詩集未梓，其令嗣元坦見示藏稿。詩亦不多，要非擊壤家數。

和邗江吴舊浦本錫登海光樓望中條山旋至野狐泉小憩詩原韵

條山鬱嵯峨，彤霞豁晚霽。睠言路村南，岑樓矗天際。開櫺一曠望，咄哉希世瑞。績朗搖目精，拓落盪胸次。灣環海氣浮，灼爍銀光麗。時有素心人，憑欄作遠睇。探奇得未曾，濟勝興加厲。爰下棧巇堦，復至潺湲地。淵泉石罅流，曲榭高岡綴。熏風飄仙池，致有泠然意。陽春白雪歌，墨妙那堪繼。清景若爲摹，含豪更小憩。

干山周母節孝詩

干山一片石，閒雲何纚纚。中有飲冰人，夜躡青鸞尾。水琴山畫閒，隱約告山鬼。幼聞父母訓，婉娩頗習禮。何當待字年，突如失所恃。嫁殤吾豈云，誓死聊復爾。七年事笄菜，一旦捐簪珥。晞髮陽之阿，折馨水之涘。泉臺路杳冥，懸火忽延起。鬌鬌九約侯，鑒我精誠理。許以覯所思，含笑從夫子。吁嗟松筠操，軀命等螻蟻。誰言儜弱質，生死松雪裏。懿範重汝南，芳聲表彤史。綸音慰幽靈，綽楔式閭里。

送全椒王九亭入都

昔從近思齋，耳熟先生名。卅年相望不相覿，江南江北青山青。歲次玄默攝提格，摇鞭策馬來陽城。時余糊口就東冶，瞻韓不負平生情。夜分劇譚緗縹業，高懷磊落神爲傾。修途五品示了了，經學、道學、經濟、考訂、詞章。詞源百派聞泠泠。同人歡聚纔浹日，先生鴻願在帝京。十年林下養學福，一朝志趣歸蒼生。三旌五馬前路遠，此行驥足開初程。臨歧握手相送别，太行雲氣方飛騰。

題解吉菴清涼挹翠圖

頻年不作翠微遊，清涼山有翠微亭。今日披圖景倍幽。一路松煙從磵出，四圍嵐氣與雲浮。結茆林下成高隱，獨坐山坳挹素秋。知有鄉思石城曲，時吉菴客山石。秦淮是否漾虚舟？

謝吴季揚借西河稽求篇

寢衣制度本無傳，聞説西河有妙篇。沈厚田講「長一身有半」句云：「有半係朱子誤注，西河《稽求篇》可覆考也。」檢點不踰注疏義，厚田評語類空拳。

吟香風味久心降，假我瑶編續夜釭。正擬春明來僦屋，還書先學濟陽江。吟香，吴氏書屋名。

王嘉璧

字瑶峰，原名天擎，華亭人。諸生。著《爨餘詩稿》十卷、《西山皋》十卷。年八十六卒。初與張太史東亭倡和，東亭以「品高境苦，才大心雄」稱之。後偕王給諫文園修《華亭縣志》，人謂其簡率，則述文園之論，謂「府志宜詳，縣志宜略」云。

題王谷香水月澄懷圖

莫言月在天，瀨月何娟娟。莫言月在水，没水捉不起。泡影豈即真，底用貌色身。毫尖呈妙旨，繪理兼繪神。一月印萬水，一水函一月。見月會水源，對水參月窟。流水爲後境，明月作前生。見性月一个，明心水一泓。無水月亦霽，無月水亦逝。水月共澄清，悠然彌神契。青黄是這箇，花鳥即友于。静觀皆自得，况夫水月乎。

紀夢　夢焞、汲、栴三兒近並學佛，余乃以《論語》第一義叩之，曰：「學而時習之，孔聖與世尊是同是別？」汲兒即應聲曰：「一切有爲法，俱歸無間斷。」梵語、聖言打成一塊，殆將有得耶？因用其句，續成一偈。

一切有爲法，俱歸無間斷。憶昔開明師，精進功無算。群蟻蠹厥衣，敗葉没其骭。入定叢竹間，卅年如一旦。又聞瑞巖老，蒲團坐朝旰。認得主人公，聲聲恒自唤。我於古德中，得此兩公案。是以名頭陀，抖擻戒慵懦。世入與世出，原不分冰炭。誠能用苦修，相期到彼岸。

詩話：爨餘四子能文，不幸俱早卒。因有鰥寡孤獨萃于一家之慨，洵極人生不堪矣。夢中問答，要是無聊排解也。幸其孫緝熙成立，可卜繩武，足慰九泉云。

懊惱曲

春風吹落柳邊絮，不肯吹愁天上去。偶然愁去笑口開，却被游絲牽又來。英雄失路紅顔老，世上何人不懊惱。丁香結恨恨莫禁，萱草療憂憂愈深。唾壺玉碎歌未歇，殘燈半明新月没。

泖涇鎮寺門夜泊追次趙吴興韵

野岸秋容淡，深宵寄慨頻。草枯霜伐性，樹老月傳神。船子垂綸古，王孫琢句新。續貂慚疥壁，聊伴庾公塵。

輓棹旋師

攜將隻履趁煙霞，葱嶺蓮河歸路賒。牀下睡蛇鈎可去，瓶中飛雀手難遮。講堂罷説生公法，丈室空飄天女花。猶有一方明月在，夜隨龕影照横斜。

紀玉桂

字粟巖，號燕山，奉賢人。諸生。年七十卒。著《愛日書屋詩稿》。

南浦觀梅次董建頎韵建頎爲西西子。

見説梅花勝，相攜渡水濱。渾忘南浦遠，欲訪北枝春。屈曲蟉枝古，芬氲香氣新。灞橋詩思好，欲和愧同塵。

夏淵濤

字德明，號寒松，婁縣人，居七寶。諸生，例貢。有《寒松小草》。淵濤少孤力學，事後母至孝，鄉里稱之。則不僅以詩學見長。

贈周泠香

誰似周郎澈世清，塵緣抛却久逃名。半江秋雨閒垂釣，十畝春風早課耕。筆走龍蛇看夭矯，文成機杼劇縱横。年來我亦生涯淡，傲骨輸君出性成。

吴芝秀

字瑞凝，號冷軒，金山人。諸生。著《吟窩詩集》。宋清遠蓮謂其「有風骨而不粗獷」，知其得力王、孟，可以接武稼翁。

詩話：冷軒句云：「千古難逃真法眼，幾人無愧盛朝詩。」可知其宗尚殊俗。後其詩學乃傳於其猶子竹谿，别自有□□集。

讀孟東野詩用大蘇韵

吾愛東野詩，不作東野語。冥觀雲從龍，形摹虎變鼠。所貴精神通，百怪聚腸腑。氣象參合離，風騷自烹煮。孟言豈我欺，視今亦猶古。三復《峽哀》篇，會心忽眉舞。天花不著身，何由覓根土？天衣非翦縫，何從辨絲紵？李杜本同工，嘲戲到細苦。而况曠世人，相知同逆旅。

書日千先生頤頷集後

大雅久沈淪，淫哇喪妙質。轉移風氣人，閒世乃一出。雲間舊詩窠，秀靈終不閟。咄嗟吾宗老，振藻前明末。天地罹傾覆，元音懼寢失。盡摒帖括技，獨追風雅喆。高步李杜堂，直入王孟室。哀怨起靈均，幽懷期靖節。質至文自全，光芒齊日月。隱遯歷艱虞，行吟臻耄耋。身名既陸沈，焉用殁世疾。譬彼荒山阿，廟冷俎豆徹。我來奉瓣香，邈矣清虚闕。三字用《顑頷集》中贈詩語。伏讀《顑頷集》，太息繼以泣。古調久不彈，斯人竟淹忽。寥寥《廣陵散》，風流當歇絶。珠玉韞仍輝，江河流不滅。凝神恣冥搜，心期或可揭。

五人墓

古來布衣俠，盡解不平鳴。惟此五人者，真堪一死生。虎丘埋駿骨，龜石勒鴻名。太息專離輩，千秋浪有聲。

春燕

閲盡炎涼景，年年一度歸。主仍依白社，巷不羨烏衣。養子何辛苦，争巢有是非。喃喃如欲訴，入耳已忘機。

謁岳鄂王祠墓

宋代園陵禾黍悲，路人誰謁岳王祠？青衣遠辱君無子，碧血同歸臣有兒。半世精忠紆北伐，千秋遺恨托南枝。夜臺倘遇偏安主，慟哭猶應表出師。

白雲

白雲韞空谷，淡蕩本無心。一從作霖雨，不復歸故岑。

秦山山市竹枝詞

轉盻山林成市廛，店家笑語共譁然。漫誇香信生涯好，半是貧家紡織錢。

薛韜光

字少文，原名龍光，上海人。諸生。著《玉屏山人詩選》。並深經學，《毛詩竅啓》一書宜勝匡鼎。

野戍

日落煙蒼茫，停舟傍野渡。繁星濕春江，殘燈隱孤戍。夢破柔櫓聲，寒宵自來去。

春日集張皆六誦芬堂觀仇英清明上河圖

春風百六吹芳塵，遊絲落絮欲斷魂。況值吹簫擊筑伴，悲歌望遠愁金樽。主人花下披圖畫，燦然金碧何瀟洒。上河佳節盛東京，十洲畫苑工摹寫。憶昔鑿池習水軍，本期餘力事燕雲。題詩諸庫矢戎捷，事見《石林燕語》。轉眼宣和土木新。瓊樓綺殿連空起，畫棟璇題跨碧水。一自開池二月時，魚龍傀儡紛成市。見楊侃《皇畿賦》。鳳帽摇摇颺翠華，金隄緩緩度香車。樓中歌舞邀斜日，柳外旌旗駐晚霞。香塵如霧縈金錀，寶馬流蘇紛繹絡。此日真成國盡狂，普天漫説民同樂。牟駝岡上劫灰飛，四園回首總淒其。風沙北地愁千古，燈火西湖又一時。六陵草木錢塘路，寒食鬼燐風雨暮。朱鳥魂從何處歸，杜鵑嘑煞冬青樹。流傳粉本重唏吁，細柳新蒲認舊都。想見幽蘭老居士，斷腸一夢到華胥。

八月既望放舟黄天蕩夜半至真州作歌

我來金陵四十日，鳳凰臺畔莽蕭瑟。日暮忽生萬古愁，載酒共泛萬里流。是時秋高天宇空，柔櫓無聲浪自湧。一片寒光水上來，瓊田萬頃流銀汞。江南千疊山孱顔，蘸影動宕空明間。船頭欲闖山際寺，山鳥倒立龍宫間。玉輪旋旋移山頂，看月江中月不定。月光水色共澄鮮，翻轉青天作明鏡。我時倚醉輕江濤，劃然長嘯驚靈鼉。陰風颯颯生刁騷，到面凜凜生寒毛。仿佛蘄王誓師處，江聲翻石鼓聲助。鐵馬金戈颯煙霧，青燐點點精靈語。江妃倚笑騎神虬，素娥亦下滄江游。靈胥前驅馮夷舞，翠旗慘澹神光浮。蒼茫一葉逝不留，恍坐鶴背超瀛洲。流行坎止信有由，一聲鼓角來真州。回頭浩浩浪花白，更洗匏尊起命客，大笑何如遊赤壁。

焦山古鼎歌

古人動績重銘鼎，款識一一堪討論。詩書不載吉金載，揚君父美遺子孫。間象百物羅淑慝，蚩尤饕餮蛟夔軒。文縟事詭非觀美，曰是彝器法戒存。自逢祖龍銷金禁，劫火不特金鏡焚。此鼎何處避虐焰，閲二千載同朝昏。吾來松寥秋雨後，江風刁颯江濤渾。海雲堂中一拂拭，黄白飛動飛廉魂。瓜皮古緑間攻齊，翡翠斑駁萍花痕。叩之清越類哀玉，敬之敢褻五指捫。山僧煮茗爲述古，感激使吾雙眉掀。鈐山昔日盗國柄，生子很毒逾虺豲。假器不難太阿倒，一鼎豈得支崑崙。格天閣中曾幾日，袁江籍没歸祇園。琅琊鳳麟二王子，題詩黄鵠雙摩騫。釋文更得汪朱輩，光氣夜夜驚鼉黿。好奇嗜古有真癖，匱紙翠墨摹搨繁。僧窗焚香欣展閲，九十二字何蜒蜿。無專世惠重審覈，立位中仲無疑惃。旁推干支辨凹凸，棖觸不覺一笑喧。在宋伯陽居賜第，仿佛亦有螭龍耽。鐘鼎盠盉拓殆遍，冰山摧後珠仍完。厚之孟頫遞什襲，玉題金躞珍璵璠。奸臣不識忠孝字，肆彼貪虣如狼狟。至寶豈浼炙手熱，前後一轍聲可吞。焦山山高壓海門，朝潮夕汐日月奔。鼎乎孑立江海上，如老仙閲世涼温。藏舟無慮大力負，淪泗不信恒河翻。空諸所有可常有，陋彼銅狄懷舊恩。市丘齵美任詼笑，器大不用非吾怨。作詩無才繼《石鼓》，熊熊光燭榑桑暾。

謁卞忠貞公墓

冶城南畔卞侯墳，松柏蕭蕭掩墓門。芳草近迷何點宅，清風遠接謝安墩。青谿渡口悲貞魄，白木陂前洩怒魂。江左夷吾無恙在，忽忽取節藉陶温。

書吴漢槎秋笳集後

赴洛才名動至尊，漫因謡諑泣鉗髡。長流不分同金齒，垂老方憐入玉門。窮海風沙孤戍恨，中朝雨露故人恩。牢愁一卷千秋事，哀怨應從楚客論。

曹錫端

字松畦，上海人。諸生，廪貢，授江寧訓導。會開《四庫全書》館，曾綜理省中書局。

登陽庫城晚眺

古城此壯觀，乘興一登臨。海角迴天地，山根峙古今。夕陽飛堞外，積雪小池陰。不厭歸途寂，林間噪暮禽。

可中亭

生公石上講經時，天子親臨爲布施。料有窮簷待哺者，日中猶未得晨炊。

嚴允武

字敬章，一名文杰，上海人。諸生。

春煙

非霧亦非雲，漫天漾縠紋。萬山青不斷，一樹緑難分。入户茶香細，侵簾草色薰。嘑鶯何處覓？好是隔花聞。

丁　賫

字紹成，號肖巖，南匯人。蕉園從子。庠生。

次東軒懷蘭臺叔原韵

唱徹《陽關》柳影斜，遥情空結客途賒。雨衫風帽年來况，霧市雲樓别後家。千里遐天春去雁，一林殘照暮歸鴉。西疇倘得同耕處，舊板橋南渌水涯。

姚宏垚

字谷真，號捧雲，原名宏熹，華亭人。廷鑾次子。庚午諸生。善白描人物，精於琴，卒年三十八。著《高賦堂詩稿》。

神召彈琴歌

自記云：乾隆庚辰，館于金山衛城戎氏。三月十八夜，夢二青衣持刺來招，視其姓名，乃方鼐也。叩所以，曰：「奉仲子命，請君彈琴耳。」隨取琴授之，偕行數百步，見一朱門。入，主人降階迎，攜手登堂，有客先在，相揖入座。主人自言其字曰調元，指客曰：「此邘溝金道南，久聞先生善琴，願聆雅奏。」予諾。復導入東廂，童子焚香陳琴，予爲彈《梅花三弄》。曲終，皆嘆賞，請再鼓。乃更理絃，絃不調，捩軫少猛，戛然一聲，徽絃中斷。瞥見雙鐙高揭自廊下來，上署「炳靈公」字。主人起白：「予大人聞指法超妙，來共君揮麈清談矣。」予推琴趨逆，蹴閾而寤。既醒，呼戎生解囊琴，徽絃果斷，因述所夢。戎生曰：「炳靈公者，衛城隍神之封秩也。先生之琴，可謂通乎神矣。」予心動，自維徽者，事也。夢兆有驗，殆將有不祥事乎？豈果有神而嗜琴者耶？胡壁上之絃又與夢中之絃適相符也？紬繹不釋，因記之，并賦長歌云。

金山嵯峨排青霞，海波蕩潏飜雷車。成連仙去不復返，有神召我彈《梅花》。《梅花》曲是古風調，空山鶴唳猿清嘯。一彈能使人意消，再彈能索花神笑。三弄清霄環佩聲，七條弦上春風生。人間多少箏琶耳，争似靈神方仲子。千里嘉賓雅好同，要我夜坐名園中。名園樓閣娜嬛地，插架圖書標緑字。氤氳花氣沁心脾，玉屑霏霏通密意。感君密意眉飛揚，正襟揎袖朱弦張。身上羅浮弄明月，手攀瓊樹揮寒香。主客聞聲皆太息，謂我此曲終無雙。夜深重把沈檀爇，檐絓星旗漏未徹。援琴再作大蟹行，匣劍一鳴四絃絶。紅鐙閃倏紛何來，繞廊電掣靈光開。聞道上公偏愛客，使我悚惕心徘徊。鈞天廣樂合盈耳，耽此逸響胡爲哉？屏息曳踵弗敢騁，蹶步忽教幽夢醒。蘭釭在几琴在囊，啓視徽絃如斷綆。嗚呼！子晉之笙湘靈瑟，法曲仙音渺難匹。君不見高山流水無人知，伯牙長自悲鍾期。我生懊喪成孤獨，酸風射眸鬼夜哭。碎琴從此不須彈，凶吉何煩詹尹卜。

詩話：捧雲氏賦此詩後，即於是年九月中卒。碎琴一語，豈妖夢是踐耶？所著《高賦堂詩草》，聞於殁之前一年屬川沙蔡姓某謄抄，竟致遺失。哲嗣培咏云爾。然存此一詩，亦足不朽云。

張星會

字健行，號楓村，原名雲會，華亭人。衛庠諸生。有《住春園遺稿》。生平孝友，妻死，義不復娶。捐義田，創祠堂，以供春秋祭掃。即示科條，以教族人。其掩骼埋胔，惟力是視。晚年築白雲菴，茹齋禪誦。後疾，端坐合掌，稱佛號而逝，幾於古德焉。其詩閒中吟咏，是消遣世慮之作。

白雲菴

結廬人境隔塵埃，惟有閒雲自往來。日日菴中雲裏坐，何須行脚到天台。

沈然乙

字犀伯，號立齋，原名光炘，華亭人。鏡涵長子。諸生。有文名，真草隸亦克傳其家學。詩著有《矜細齋偶録》。

擬蘇東坡陪歐陽公讌西湖詩

醉翁詞賦陵《白雪》，興到樽前紅映頰。高秋高宴張西湖，一掃秋風氣慘烈。翁來遊此幾星霜，聚星光曜正炳煌。觴咏臨風極高致，迥非放浪豈云狂。清潁迥殊儋耳惡，堪嗤勾漏求丹藥。丹藥吞來未必仙，不如飲酒高歌樂。風吹水面縠紋生，飛蓋橋邊月正明。願取翁詩月下讀，洗盡從前聽笛箏。

峽石口

誰斲山根斷，東西一水分。嗟嗟夏后氏，明德溥淮濆。

壽塘關

山坳横絶閣，險扼壽春軍。宛似滁陽道，清流截亂雲。

姚慕曾

字駕飛，金山人。諸生。著《樵雲詩抄》。王草香序之，稱其「性情風致，無一非詩」。詎年三十餘卒。

常熟探清河姨母并遊虞山歸途成五百字

舟行三日程，虞山已在望。城郭跨其間，形勢絶雄壯。雙塔排雲高，屹然不相讓。遥瞻峰巒密，刻畫驚殊狀。靈秀鍾一隅，古今人物旺。肩輿紛路衢，河港集畫舫。佳麗競新粧，嬉遊覘風尚。我行入郭門，情切親故訪。外兄宦滇歸，知奉我母行。背鄉五十年，故業無依傍。賃居於此土，不取高門閌。生平未識面，入謁問無恙。雙鬢半猶蒼，行不扶鳩杖。行年古稀餘，康强逢天相。聲音笑貌間，吾母略相仿。備道始離居，骨肉情難忘。從宦客鄭州，禍最嬰無妄。姨母夫被累，殁鄭州官所。從母寄籍中州，撫外兄凖成名，宦淮西司馬，思歸故鄉，昨歲從滇南任所遷居常熟。幸喜得生歸，驚聞我母喪。老淚落潸潸，余倍心神愴。日晚置盤餐，命婢傾家釀。淳樸古所敦，燭跋情話暢。明欲造層崕，起待朝日亮。孫子外兄友，胸次殊淡宕。築居山之陽，惠肯挈偕往。何朝忠烈祠，誰氏賢良壙。爲我陳始末，令我生慨慷。緬昔言夫子，文教東吴廣。仲雍采藥行，奇節千秋抗。豐碑鬱嵯峨，人識此焉葬。拾級山腰行，亂石插屏障。磴道勢屈蟠，陟降眩俯仰。參天古木合，側足隘且妨。一徑趨靈宮，儼如登仙閬。高閣竦崚嶒，四遠延清曠。東西列兩湖，渺渺浮纖浪。赤日相蕩摩，暉焕餘滉瀁。所過萬斛舟，視等一葉放。欲尋拂水巖，更躡城外嶂。巉巖峰側立，瀑水噴其上。散入萬澗中，匯爲無底漲。尚書盛晏遊，山莊實手創。孰令尊黨魁，没世有遺謗。撫迹剩荒墟，行客爲怊悵。遠山夕照沈，傾耳聆樵唱。回路踏煙霞，泠然清風餉。登臨昔願存，私喜今來償。高談共孫子，清酌罄瓶盎。孤篷數日留，弱體困炎煬。便當辭密親，拜别情悢悢。待余塵事閒，重來約吴榜。

初夏雜詩

曉耕處處趁新晴，重碧秧針浸水清。十笏書堂近農舍，隔園時聽叱牛聲。

毛肇烈

字宰颺，上海人。諸生，食餼三十年，届出貢時已病，赴驗不準，歸而卒。所著《毛詩存説》二十卷、《毛詩音義》三十卷、《四書精義》二卷、《恒説》上下二篇、《紀績詩》七卷、《東山存》十卷。其詩筆崚嶒，非得力杜陵者不辨。

關山月

朔風吹戰骨，慘淡月輪高。萬里不同色，空勞照大刀。夢馳鐵騎擁，魂鎖玉關牢。欲訴天仙頂，霜飛十萬袍。

謁伍相廟

門激江聲勁，鼎浮劍氣孤。當年此面目，蒲伏乞菱夫。忠孝酣心日，波濤化碧區。何人牡伯䣭，寸斬雪亡吴。

别

挂帆催我别，魂已佇前程。不斷雨皆淚，何來風不情。心清一醉揹，聲咽萬言并。欲汲春江水，看君那處行。

泛秦淮

六朝此水在，一艇古誰同？惟有大江曲，與酬小榭風。鴉翻埭柳外，雁度皁雲中。載酒東山思，斜陽送淺紅。

題書堂

曉入讀書堂，披吟愛日長。羞他錐刺苦，得意忽如狂。戲鳥喧天暖，落花滿地香。更聞紅葯折，春到玉蘭旁。

客去

落花催客去，而我閉蓬門。有以樂其樂，無須言所言。風高颺燕子，雨細沐桐孫。或訪茲泉釣，沿谿過竹村。

鷄鳴山懷古

六朝壯麗只青山，山帶高城煙水環。人去雞聲遥野店，我來塔杪叩天關。玉簫金管荒涼處，虎踞龍蟠蒼莽間。惟快秋風湖畔起，樓船不到白鷗閒。

九日登西園新築土山望浦

夸娥初負峙江皋，快值重陽看怒濤。久向層臺追戲馬，今窮滄海跨靈鼇。九峰秋影涵雲淡，五浦晴煙湧日高。扶醉一登開倦眼，笑他措大競題糕。

次和畏壘夏五感興

五月榴花照眼明，原用韓句。北窗卧起午雞鳴。自憎意味薰難熱，天與文章解不平。謀食謀衣窮鬼笑，好風好雨故人情。怪他仙佛皆多事，總爲虚名了一生。

次友秋感

牛渚高吟萬里風，將軍憶昔鎮江東。梧飄人静月初上，鶴唳天空秋正中。幻迹差同梟鴞令，巧思肯讓鹿皮翁。不須白眼多青眼，慘緑叢浮百尺紅。

休憐屈宋動悲風，看雁揮琴滬壘東。漸化争心棋局上，强除豪氣酒杯中。解人曾信成當晚，年少無欺老唤翁。千古此秋千古月，霜花濃處桂花紅。

書堂閒筆

曉來盥手讀書堂，俯仰前賢愛日長。天竹喜張驅雀網，土爐閒炷逐蠅香。雀喜啄天竹，紅時張敝網其上則不至。秋每憎蠅，炷香則去。火烈而蛾就之，香美而蠅遠之，物之蔽情也若此。新詩偶得隨心句，上藥工求養性方。莫笑老生風味嗇，將功相業古何常。

梅花

呼雨峰頭鐵笛清，陵風臺下玉條傾。先爲萬象開真面，却使三生淡俗情。索笑豈嘗同燕趙，返魂何處是蓬瀛。迎晨更補花宜稱，一卷奇文金石聲。

詩話：東山梅花詩二十首，内如「氣轉陽萌含地髓，骨從寒鍊見天心」，「天根抉出非常艷，霜蕊妝成太古枝」，「風定龍涎還暗度，月低珠樹忽空浮」，「氣味人推存古淡，文章天遣步春陽」，「如見吾師憐宋玉，已知子志重王曾」等句，俱警絶。

靖邊

鋼鋤曉闢海雲邊，手握龍韜萬里天。但報霜花凝鐵甲，手麾飛將破蠻煙。

捫蝨而談

將軍跋扈正嚴裝，時桓温將伐蜀。那識英雄態不狂。開口直噴蟣蝨輩，何須借箸學張良。

題昭君出塞圖

三千鼓舞問誰知？立馬臙脂山頂時。空想漢家麟閣上，淋漓放筆畫鬚眉。

胡　源

字有瀾，號湘蕁，上海人。諸生，歲貢。著《小山堂詩稿》。其詩工麗之中自饒情韻。

和王質夫看梅七古原韵

雪花如掌風觱發，老屋枯禪坐超忽。苦好勝遊無勝具，株守窮年嗟兀兀。今朝風色何春容，古梅夭矯蟠虬龍。桑落洲寒少行客，楓香驛古無遊蹤。憶昔尋梅極幽僻，往往策杖招裙屐。春愁寂寞不知憐，月落横參那能惜。于今觸目愁春心，别離雨散乖朋簪。良辰孤往忽不樂，隴雲江樹空蕭森。往事追思重回首，剥啄忽驚來老友。一卷新詩香雪霏，屬和殷殷及下走。爲語南村二月前，官橋野店嫩寒天。縞衣翠袖雲林畔，瘦影疎香霜角邊。當時平子開池館，髹几螺屏列書案。偶來延佇一長吁，抱甕何年此中灌。愧乏蘇家二頃田，自娱泉石供雲煙。扁舟乘興即遠客，放鶴空山擬昔賢。解脱勞生塵鹿鹿，相依翠袖蕭蕭竹。

隴頭長發一枝春，坐領春華豁心目。誰吹玉笛忽飛霜，東風欄檻流雲光。啁嘈翠羽催歸去，僵卧山窗魂夢香。聞君此語風生腋，家具相攜同卜宅。掀髯一笑送君還，碧欄杆外梅花白。南村訪梅至小林泉張園贈一峰。

龍王廟晚眺

明流秀巘碧迢迢，霽景澄鮮野趣饒。人帶斜陽歸北蔡，鳥衔殘靄下南橋。黄雲十里麥垂穗，緑玉千竿竹放梢。多病經時風物改，落花飛絮夢難招。

新秋雜感

如洗遥天柳色新，暮雲歸處散魚鱗。半規涼月穿黄竹，一縷香風度白蘋。久旱雨偏逢甲子，無眠夜似守庚申。世情更比嵇康懶，赢得悲秋學楚臣。

銷夏次璞菴韵

軟塵十丈隔雲巖，一曲迴谿積翠緘。月散清光流曲几，花分香氣染輕衫。不妨自襲愚公號，儘許人加誕伯銜。多謝張憑能念舊，西風許我挂蒲帆。時少華過訪，兼訂中秋前後暢叙。

即事有感

懶從鷓蟀紀春秋，病掩文園早倦遊。生計已成梅止渴，醫方又禁酒銷愁。霧中花好虛經眼，時方目疾。鏡裏霜濃欲滿頭。老驥久無千里志，獨憐王粲尚依劉。

楊柳絲絲颺麴塵，忍寒擁褐負芳辰。依人作計原非計，勸客逢春不當春。老去忽驚週甲子，夜來常似守庚申。碧闌干外如規月，肯照維摩善病身。

鈕王鑑

字斐章，上海人。諸生。

送陳龍士北上

處處垂楊緑滿隄，天涯芳草又萋萋。扁舟夜泊知何處，早在吴淞閘口西。

華陳源

字崑來，號雲槎，南匯人。羲成子。諸生，歲貢。

秦淮道中

一路山光送客舟，輕風徐掉白蘋洲。城陰古樹緣青壁，野外疎籬露碧樓。憑檻澹忘雲葉晚，添衣涼近菊花秋。歸途莫漫縈鄉思，朋酒追驩未識愁。

遊觀音山遇雨返舟

滿天風雨晝濛濛，樹色山光一望同。扶杖不愁江路滑，孤篷斜泊荻花中。

張培翰

字浩參，南匯人。諸生，恩貢。有《繪香初稿》。

春日雜咏

歌殘《金縷》惜樽前，一點春光值萬錢。何處韶華常繫念，夕陽庭院杏花天。

東風吹雨滿孤村，料峭輕寒鎖蝶魂。寂寞柴門閒不啓，鶯啼花謝又黄昏。

陸文蔚

字靄卿，青浦人。諸生。

讀嵇叔夜養生論感而賦此

嵇生龍鳳姿，遐情軼天半。有心避網羅，寄書絶仕宦。藥從山中採，竈乘柳下鍛。絲竹妙寄懷，琴尊足留戀。豎論論養生，引年良有願。豈知无妄災，未克先幾見。耿雉羅於罿，冥鴻遭飛彈。服餌縱有效，羅織安能逭？性潔乃禍媒，才高招物怨。千秋爲銜哀，如聞《廣陵散》。

詩話：藹卿著《西霞詞》，張夢鼇刻繆雪莊詞，曾附梓焉。其兄文啓謂「弟爲詩餘，曾見賞于張進士大木先生，每爲辨論精微，推敲疑似。惜年未及壯，賫志以没。今得竿村付梓，想游魂不遠，必有悲喜填膺，于結習未忘者」云云。今按其詞是南宋家數，自可附驥雪莊。

周　鐸

字可大，本姓張，冒外祖姓周，上海人。甲子諸生。能詩善畫，一生好遊。每自擔竹笥，中貯詩文筆墨之屬，自署曰翰遊擔夫。終身不娶，恐妨遊興也。丁未至南塘，與張楓村友善。周本姓張，竟與楓村同始祖，于是拜家祠，復姓，遂留白雲菴中。暇則追遊屐所至，繪爲圖而系以詩，爲《住春園詩》。無何歸里，無疾卒，年六十有五。其詩則其徒吴基坊傳之。

偶咏和陶靖節門無車馬喧韵

貧無賓客到，門多竹樹喧。退老居茆舍，豈是情有偏。卧聞嘑鳥唤，唤起看雲山。山性寂不動，一任雲往還。幽趣只自曉，難以與人言。

舟行溪山一曲處

曉進山溪棹，南行轉自東。急流無直水，陡壁有迴風。景好身難寄，情深目不窮。欲摹北苑意，遠近碧煙籠。

吟樓

荏苒年華春復秋，一枝聊復借吟樓。浮雲逝水流光邁，落葉孤花景色幽。我似江淹才易盡，誰如崔顥句長留。寄身天地皆爲客，放眼須登最上頭。

題翰遊擔

一肩翰墨走天涯，勝水名山到處家。都道孤蹤如野鶴，風塵不染染煙霞。

住春園

住春園裏白雲菴，禪理詩情好并參。杖策板橋看野色，低頭楊柳拜瞿曇。

汪若錦

字用成，號慵城，上海人。宜耀子。諸生。父宜耀精于堪輿，自蔣大鴻著《地理辨正》，用三元法，而立説深奥，未易窺尋，宜耀著《發微》以闡其説，如鎖得鑰，關鍵始開，若錦世守勿失。近汪中丞志伊檄取以刻入地理□□，其書乃得行世。

遊神山

洞口晚霞新，停橈一問津。燒丹應有處，點《易》更何人？石瀨涵虚白，松花發古春。静中心可印，遺迹任湮淪。

西湖紀遊詩

六一泉聲清欲絶，三潭月色淡無痕。等閒參澈蓮池偈，不在山門在水門。

咫尺錢塘路覺賖，清波門外是儂家。峰頭歇脚湖頭泊，看盡曇雲與鉢花。

詩話：汪氏居上海之諸翟，亦作紫隄，與侯氏同鎮。兩家最有家法，足爲矜式。鎮界三邑，上海、青浦、嘉定也。侯氏自明震暘子峒曾、岷曾、岐曾，號江南三鳳，籍隸嘉定，實鎮之上海人。明季殉難，本朝勑建三忠祠。子孫後分居兩邑，而在鎮故居有所作竹亭遺址，故徐克潤《懷古》詩云：「鳳去江南不復旋，竹亭人往剩荒煙。」

黄明良

字賡拜，號樸菴，金山人。乾隆甲子諸生。有《桂芬草堂詩稿》。

遊靈巖

爲愛靈巖勝，摳衣上碧岑。峰迴一逕遠，寺古萬松陰。步屧荒涼迹，琴臺寂寞音。伯圖何處問？麋鹿走長林。

國朝松江詩鈔卷四十四

鄉人姜兆翀孺山録
朱子鄂蒨士閲

范熙之

字子揆，號心農，華亭人。乾隆辛未府諸生，歲貢。著《石林詩鈔》。

宋太初先生招集市隱樓即席分韵得以字

仙人好樓居，大隱隱朝市。豈必標異趨，所貴適志耳。忠齋年少時，銖塵視青紫。結搆闤闠間，坐卧擁圖史。春風吹簾帷，同好來閭里。日暮瓊筵開，有酒多且旨。予性苦煩囂，於兹輒憩止。喧寂自心生，悠然悟所以。

《潄芳齋詩話》：明季吴山人六益父端所先生，名醫也。居城中慧燈菴側，有松風草堂，藏書萬卷。陳徵君眉公嘗題其間曰：「大隱在朝市，仙人好樓居。」今心農移用於此，亦是恰合。

酬秋山惠天台古藤杖

聞道天台上，猶餘太古藤。生成扶老叟，投贈荷良朋。多病行吟倦，終朝足力增。還將尋華頂，逸興早飛騰。

覺非廬宴集

風光最佳惟八月，少長相攜纔十人。座列鼎彝色澤古，檻移花木經營新。老農力穡已勞瘁，騷客刪詩殊苦辛。快意直須援北斗，山中酌酒秋復春。

黄　新

字甸服，號鐵珊，原名安畿。奉賢人。諸生。有《南浦集》。詩品秀逸，其及門陳太史廷慶屢稱道之。

題錢貢畫

崇岡千丈勢嶇嶔，寒泉直落青松林。平橋路轉山欲斷，忽逢石洞桃花深。碧草靈芝來白鹿，呦呦時叫山之陰。調鶴仙人半山坐，執簡雙童常侍左。玉貌生成沆瀣姿，獨燒丹竈三年火。遥看紅日落青山，松頂白鶴時飛還。超然境界非塵世，想像方壺圓嶠間。

花朝是日恰值春社。

不見微雲點碧霄，和風已拂緑楊條。天緣久雨開晴旭，人爲尋芳過畫橋。海燕欲來巢社日，流鶯新出囀花朝。春紅次第庭堦放，留與書堂伴寂寥。

贈陸繡林神山人，長於詩畫。

第四峰頭卜隱居，雅懷更寄品泉餘。一枝玉綴徐熙筆，五朵雲形韋陟書。青眼殷勤遺畫卷，白沙咫尺望籃輿。相逢欲得奚囊句，久識雞林價不虚。

道院

養真道士好栽松，庭際森然蔭翠濃。昔日灌園人不見，斜陽樓上一聲鐘。

李皆春

字琴音。婁縣人。江防道傣裔孫，諸生。有《焚餘草》。

早梅

踈香邀仄徑，靚影護寒蕪。幾忘先春放，翻疑得氣孤。尋盟來鶴子，寫照寄僧雛。心性寡相識，詩人能省無。

長至日走訪六香先生新居

艾家橋畔走尋君，小築參差向夕曛。約略短牆先覓句，追隨長日細論文。梅花境地鋤明月，鳥迹窗棱掃白雲。筆閣墨牀兼酒盞，不辭盡興對鑪薰。

汪　烈

字芬遠，號峭崖，原名淡如，婁縣人。諸生。得詩學於邵檬軒。後遊閩粵，凡山川風土，悉入吟咏。著《佩秋軒詩草》。

玉山道中

二月初解凍，殘雪猶山隅。道傍多桃柳，春風吹漸蘇。客從遠方來，愛此光景殊。三里一茶肆，五里一酒壚。婦女作吴音，細辨稍齟齬。童僕欣相告，故鄉已須臾。抵家春未半，倘及梅花無。努力赴前途，前途日未晡。

悼亡

人生皆有死，顧汝死非時。上有白頭姑，下有黄口兒。汝竟舍之去，我生亦奚爲。翻將諸遺孤，累汝姑支持。姑今六旬外，筋力日就衰。衣薄念兒寒，食少念兒飢。終日況汝哭，兩眼爲昏迷。汝魂倘歸來，見之悲何涯。

憶昔合歡初，相期在白髮。中道忽棄捐，豈其有宿孽。前月獲妖夢，砉然齒牙脱。不信汝是踐，慘分肉與骨。汝以三月來，亦以三月卒。屈指才十年，況又欠四日。四日留何難，因緣就此割。

汝本名家女，乃歸孤寒士。井臼既親操，終歲勤十指。一家數口餘，仗汝助薪水。鍼線日未休，紡績夜不已。讀書伴更殘，憔悴深閨裏。前年下第歸，牛衣淚痕漬。慰予以好言，迄今猶在耳。貧賤妾能安，事在君爲耳。予愧未成名，汝竟先予死。憂勞不敢言，汝病當緣此。是誠予負汝，夫復何言矣。

空房絶人聲，冷風入窗隙。羅幃交蛛絲，塵封鏡臺側。桁上石榴裙，黯然慘顔色。靈膏被鼠翻，剩粉空自白。花樣偶拾起，蠅頭留字迹。紀年在己巳，與汝初相識。上繪同心蓮，兜央比雙翼。嗚呼人不如，一朝忽離拆。徬徨不忍看，珍藏比拱璧。

讀戰國策豫讓報讐事

晉陽不浸三版水，韓魏共謀滅智氏。以頭爲器山中逃，擊衣出血橋下死。身可漆兮炭可吞，范中行氏亦故君。偏是臣心工計較，衆人國士報紛紛。

割股行 爲表妹廖織雲女史作。

風凄凄，雪霏霏，空庭黄葉漸漸稀。妾命薄於葉，妾未來，舅先没。妾來事姑相妾夫，夫死惟存薄命妾。姑今病又殊，人言割股可療疾，區區何惜妾肌膚。妾幼閨中初識字，依稀記得非古志。雖非古志妾自悲，安忍坐視姑死爲。蘭煤半暈篆灰死，但聞風聲雪聲颯颯敲窗紙。剪刀剪刀光凝水，鏘然作聲鬼神使。割股飼姑姑色喜，此藥何來馨若此。姑疾安，妾淚乾。妾身痛，妾心寬。急洗衣上血，莫被妾姑看。妾命雖云薄，妾今仍有姑相托。獨憐舅與夫，九原不可作。水流東海日西山，一東一西何時還。白楊蕭蕭風雪寒，世間那得返魂丹？

洛陽橋橋長三百六十丈，中附小島，有觀音菴及蔡公祠。

夙傳蔡公蹟，今到洛陽橋。人鬼胥爲用，魚龍不敢驕。半空飛玉柱，萬里走銀潮。南海崇明德，何煩第二條。相去里許有賽洛陽橋，人鮮過之者。

寄家書後作

斜風細雨滿沙汀，蘆荻吟秋到枕屏。入洛以來惟善病，過江之後不曾醒。一身作客頭俱白，四海何人眼最青。回首鄉關勞夢寐，天涯煙樹影冥冥。

書金陵寓壁

鬢影蕭疎岸角巾，酒邊情緒夢中身。吟殘六代繁華夢，怨入三秋涕淚新。如此江山如此日，可憐煙月可憐人。此來況味堪魂斷，躑躅河橋憶膾蓴。

鷺門感懷和韵

梅花黯黯柳絲絲，正是行裝乍卸時。十斛軟塵尋舊約，半窗明月讀新詩。休疑我性因人熱，却畏君清鮮世知。昨夜秋風來海上，故鄉鱸膾已相期。

紀夢

未信身爲客，依然夢到家。門前烏臼樹，樹樹有棲鴉。

古意

不願朝爲雲，不願暮爲雨。願爲石尤風，吹郎暫時住。

壬辰九月二日芑豐自粵旋里

斜陽衰草暫停驂，握手長亭酒半酣。彭蠡秋風嚴瀨月，送君一路到江南。

詩話：《佩秋集》中佳句如「天遠斷雲微見樹，雨深新漲欲浮山」，「但願一家頻入夢，忽傳雙鯉怕開看」，「閒日信音通尚苦，各天兄弟別真難」；其綺麗句如「聞鬧隔簾嗔女婢，取涼歸帳惜夫君」，「鬟爲壓花看影數，屐因聽曲點聲頻」，「關心宛轉眉能語，促膝分明體自香」，「暗誓倩香通碧落，佳期藏謎待黄昏」，俱佳。

陳澤泰

字茹征，號雲邨，上海人。諸生，由貢授職理問。著《春柳堂詩集》及詞。其詩婉秀多風，真有濯濯春柳之致，詞亦翩躚可愛。

風篁嶺遇一僧所言皆得禪理詩以記之

夜夢入都市，車馬喧如雷。夢中苦行役，多謝晨鐘催。一醒正平旦，爽氣迎軒來。披襟待遲日，命駕臨高臺。言酌虎跑水，滴滴如醲醅。旗鎗出龍井，香味山中推。煮泉坐磐石，相遇有辯才。所言非放誕，覺路於中開。相對至日昃，静理待往迴。正如前夢醒，一洗春衫埃。

黄天蕩弔韓蘄王和書巢韵

晨光到船船已行，黄天蕩口潮初生。時平不見有征戍，長江一瀉烽煙清。推篷却憶南宋事，蘄王鏖戰何峥嶸。風帆如飛浪花舞，皓雪怒捲天爲傾。江南青山滿船畫，金戈佈列旌旗明。夫人亦爲執桴鼓，不獨將士能輕生。龍王廟中聞急鼓，玉帶紅袍走江滸。山上擊逐如奔雷，山下驚逃如脱罟。樓船邀戰攢江心，長絚一動艅艎沉。隔舟哀請語不已，中興第一名垂今。吁嗟解綬歸田速，轉眼朱仙有人哭。詩酒甘同樵牧遊，風波怎受君王獄。古來忠智説蘄王，未抵黄龍神亦傷。急呼停船酹椒醑，江雲黯黯江流長。

林屋洞歌

何年巨靈擘，挑破太湖底。東通王屋西峨眉，尺燧能行幾千里。石門一閉金壇空，塵世無人得來此。我來洞口探靈蹤，神鉦輕扣聲玲瓏。石函之書不可見，靈威之蹟誰能從。但聽濤聲落頂上，疑是馮夷之室蛟龍宮。傴僂入竇僅容趾，忽逢廣厦容千弓。燃犀照壁字奇絶，宋元題咏驚蛇龍。石鐘石鼓互鈎帶，琪花瑶草紛蒙茸。沿崖幽邃深且黑，但見百千蝙蝠如蠨蠓。中懸題額隔凡處，徑路忽斷雲烟融。昔人塞此亦何苦，否則桃源可到蓬萊通。洪崖拍肩彩鸞舞，胡用逐逐塵網同沙蟲。吁嗟乎，胡用逐逐塵網同沙蟲。

咏自鳴鐘

忽聽噌吰作，因知晷刻催。輕輪藏宛轉，弱綫抱縈迴。響逐銅壺漏，能符斗柄魁。寸莛何用叩，音節應時來。

詩話：世第以鐘表相詫異，不知鐘表固資巧力，而猶未極精微。我鄉徐闇公嗣子永貞，其孫翊淞，字齊南；翊漢，字葆華，並嫺渾天理數。今傳其侄孫諸生朝俊，益精其學，撰《中星表》及《儀器圖説》，又擇其説之淺近者，著《高厚蒙求》，以爲先路之導。至所製鐘表，奚啻洋器。同人推爲奇才異能，良非虚譽。附記于此。

和寶山韓湘巖明府登江灣文昌閣二首

東來佳氣接三山，水木真同消夏灣。歷歷檣帆通樹外，泠泠鐘磬出花間。金戈掩處沙沉碣，寺前有宋韓蘄王旗碣。玉版參時月照顔。我亦褰裳曾攬勝，幾回踏破蘚痕斑。

虚簷霧靄接蒼蒼，好事頻來到上方。詞客才名齊應阮，居人宅第有金張。千村靈雨迎仙吏，一片慈雲護法王。聞説郎官曾此宿，星躔昨夜動文昌。

寒山過趙宧光遺址小憩馳煙驛

荔薜原來不受塵，馳煙驛下水粼粼。齊眉竟效梁鴻隱，宧光妻陸卿子，能詩，著《雲卧閣元芝詩集》。那許青山冷笑人。

葉抱崧

字方宣，號書農，南匯人。承子，諸生。乙酉南巡獻賦，不遇，卒。著《涵雅堂稿》。葉恒齋謂其能詩以來，初以漁洋爲師，後更貫串古今，統攝正閏，春容大雅，自成一家。

巫山高樂府《巫山高》，遠道思歸之詞也。王融、范雲以來，大抵賦神女矣，因擬一篇，存古詞本旨也。

巫山高，淮水深。東風日暮愁春心。道逢江南人，貽我尺素書。發緘見當歸，心思鬱以紆。蜀酒雖美不如炊黄粱，遠遊雖樂不如歸故鄉。駑馬在門燭在堂，日月逾邁露爲霜。鵲營巢，鳥投林。今我不樂久滯淫，登樓遠望雲陰陰。巫山高，淮水深。

玉峰道中遇雨

客遊本無心，偶逐閒雲去。微雨散夕霏，寒風静江樹。煙深隱遠峰，潮來没孤嶼。點點投林鴉，泛泛忘機鷺。時聞漁父歌，蘆花最深處。

勤公一葦菴距余居不數里地偏景幽頗有石樹之勝諸文士時賦詩飲酒其中余以數出門未獲往也乃作詩一篇貽之用志憾焉

物諠溺遠心，徒然慕深山。豈知清浄界，迺在咫尺間。茅菴俯清溪，荻花覆柴門。道人撫孤松，逸客搴重蘭。暝濯波上月，静倚風中旛。養真道以超，冥懷物其間。高梧華揚揚，靈芝葉翻翻。我欲從之遊，怡顔釋矜煩。汲泉井水清，餐雪溪雲寒。

夢遊黄海歌寄胡教授

昔遊九華山，東望天都峰。丹崖拔地十萬八千丈，日華爛漫開鴻濛。神山可望不可即，恨無兩翼陵青空。歸卧松江十二載，雲中鶴鹿遥相待。馴象蹲獅冷笑人，蠶絲自縛誰能解。天風吹人鶴夢孤，但覺松濤謖謖涵清虚。前行老人迎，後行蓮花送。奇峰六六或有無，隱隱笙歌入巖洞。豁然天開萬象静，振衣直上光明頂。猖鳥悦禪心，星辰蕩清景。古今宇宙一浮漚，日曠天空神骨冷。山腰一綫雲逢逢，忽然宫闕玉玲瓏。煙冥冥而浴日，海浩浩以回風。俯視莽蒼混元氣，神工鬼斧胥陶鎔。千年古松卧巖罅，鱗而爪鬣出没騰虬龍。山僧招我坐瑶席，鳥語香清明月白。春和吹落丹鳳鳴，露寒浮動青螺色。浮丘公，安期生，拍肩把袂遊太清。左倚霞軒右星軿，欲往從之問玉京。崖崩路絶不可以徑度兮，迷花枕石涕泗零。空庭翩然墜木葉，雲梯百步無由接。覺來筦簟失煙霞，始信仙人脱凡劫。廣文先生荷篠翁，官舍卧對朝暾紅。日日看山受清福，别來想見天機足。世間萬事鴻毛輕，况復鯨波滿地生。何時從君文殊臺上共長嘯，真作懸崖撒手行。

歲暮行送彭若春之蘇州兼寄王使君

何人相賞風塵外，歲云暮矣愁無賴。相逢莫放酒杯空，漠漠寒煙雲靉靆。翰墨能争日月光，詩歌不洗窮愁債。漫勞得失感雞蟲，肯使芳馨遜蕭艾。老鶴叫嘯蒼煙愁，梅花澹蕩松颼飀。神物變化會有日，君今行矣復何求。挂帆倘過虎丘側，爲我問訊王固州。聚散遇合皆未定，檻外之水空悠悠。

寄家兄灤州

見説盧龍客，輕裝倚橐駝。朔雲横碣石，塞月落灤河。野戍逢人少，霜笳向晚多。應思去年事，花下共徵歌。

三月晦日留别王少林莊似撰

官亭楊柳漸婆娑，一鳥花間唤奈何。好夢易隨流水去，暮春便覺夕陽多。異時芳草愁邊路，幾處繁弦醉後歌。知有前期終惜别，索居歲月總蹉跎。

張泰源

字階六，號奕蘭，上海人。金山衛諸生。羸疾早卒。

神絃曲

幽精踏霧前村去，畏月風根暗相語。移鐙隔竹起眠尨，避入蘆垣不知處。鼉鳴巫舞邀神君，靈飈撞押天中聞。凝睛無言劍花落，青鸞表雜真檀焚。腥盤吹瘦霜煤冷，神來不來河耿耿。紙馬紅飄一院光，曉楣空閃雞符影。

王家楠

字交讓，號蘭莊，華亭人。草香四子，癸酉諸生。著《澤古堂詩稿》。姚平山謂其「天資穎悟，曾閱酈道元《水經》，略一寓目，即能成誦。」胡松溪謂其「輝映條山、秋農兩昆間，風流儒雅，僻耽佳句，脱口珠璣」。

城西郊遊林峰菴

秋霽萬景澄，霞明散平楚。幽尋不覺疲，緣溪信坦步。清風颯然來，磬音不知處。徑轉度略彴，招提入深樹。峭石若奔騰，竦泉自回注。鐘梵清道心，禪緣豁塵慮。須臾庭際陰，遥山靄層霧。惆悵夕鳥還，斜陽帶歸路。

自題澤古堂

近市穿深巷，門前野色横。繡塍石路闊，淺渚板橋平。沽酒斜陽晚，莳花細雨輕。劇談來知己，不厭送兼迎。

朱廷芝

字褱香，一字虹橋，原名廷梓，金山人。衛庠諸生。性慷慨，然諾不欺。幕遊燕南，歸，葬三代，并佽助戚友之不能葬者。著《樂耕草廬詩稿》，曹劍亭侍御序之。

宿襄國城外

晝行喜天晴，夜發喜月朗。吾徒日夕征，氣與秋争爽。鳳池深幾尋，鵲山高百丈。山水結宿緣，奔走成幽賞。風沙捲地起，樹在煙中響。早投茅店宿，匡牀資俯仰。羈栖方黯然，命酒復慨慷。題詩紙壁間，已作出塵想。

蟋蟀吟

鐙昏夜牕幽，蟋蟀争悲秋。爾亦何爲者，徹夜鳴不休。身長頟闊鬚如戟，天生才質本奇特。臨敵居然虎豹争，報恩甘竭螻蟻力。主翁莫道悲秋早，那堪一片傷心草。志在常懷遲暮心，長鳴亦恐泥塗老。

灤陽覽古

萬叠山高衆壑殊，烏城行勢壯行都。天圍朔塞雲無盡，地入中原草不枯。唐宋用兵多敗屻，遼元遺迹半荒蕪。於今内外皆王土，愛泛葡萄醉百壺。

贈吴太史涵時謫河倅

十載青藜侍直廬，睢陽佐理暫啣書。黄金堤固春濤穩，白玉堂深夜草餘。人自經筵傳翰墨，勳從盟府紀河渠。梁園賓客風流在，詞賦鄒枚恐不如。

鮑應蘭

字畹芳，南匯人。絅子，諸生。

即景

朗朗天光入座明，軒牕閒處好風生。日從踈竹影中過，人在亂蟬鳴處行。砌下有花多露氣，林間無葉不秋聲。塵氛滌盡精神爽，又手微吟適予情。

顧文涵

字鶴汀，青浦人。諸生。有吟稿抄存。

題莫三芷崖湖舫讌會詩册次趙玉泉韵

吟卷臨風次第開，西泠舊雨恰重來。一時賓主成嘉會，千古湖山屬妙才。作客最憐曾失路，悲秋猶記此登臺。黄花黄葉年年事，可更澆愁借一杯。

寄懷許二東山

與君折柳别河橋，旅館棲遲倍寂寥。三月鶯花春有恨，一燈風雨客無聊。夢魂環繞龍江月，離思縈迴鶴浦潮。記否去年高閣上，夜深同聽紫瓊簫。

徐鄰坡

字薝林，號石農，青浦人。諸生。乾隆乙酉南巡，召試二等。是年拔貢入都，屢困北闈。曾因永清知縣周震榮招致，主清暉、瑞林兩書院。後復入都，病瘵，以戊戌卒。高小琴收拾其遺稿云：「王蘭泉司寇謂『其才情富有，屬對名通，詞筆清麗，非近人能望肩背』。」詩話：石農卒于雲間會館。臨卒有詩云：「勞生擾擾役醯鷄，勘破蒙莊物理齊。客路殘生等蟬蜕，更無兒女繞床嘑。」「得詩隨改又隨删，蹋壁冥搜日夜間。最是生平有餘恨，未留著述在名山。」此可想其客况之慘，并其賫志之恨。此司寇《湖海詩傳》謂「採擷獨多，以慰九泉」者也。

陸宣公墓枯柏重青圖歌爲王岡齡賦

我來齊女門，荒榛莽平陸。巋然華表存，感歎溯芳躅。下馬披寒煙，整衣瞻拜肅。先哲去云遥，殘碑不堪讀。惟餘古柏根，精爽常倚伏。呵護神鬼靈，行人莫敢觸。傳之百千年，蟲螽穿空腹。石罅相連蹐，蕭梢老榦禿。倔彊走蛟螭，偃蹇蟠蛇蝮。雷燒翠鬣焦，雨溜蒼波縮。弔古摩挲頻，往來感樵牧。歲月幾變更，滄桑人代速。一朝發春容，浩氣回黍谷。樛枝虎爪拏，硬葉虬鬚矗。斑駁青銅姿，森陰漾寒淥。意公立朝端，慷慨陳諫牘。卓哉内相名，權奸頻首服。可憐時命乖，壯志終跧跼。同官裴與吴，傾軋肆謗讟。別駕遺忠州，高才遭放逐。活人鈔方書，避禍閉門足。太息永貞初，下詔空敦促。疑塚兩地懸，孤魂竟誰屬。或云屏風山，高封巖畔築。或云遺櫬歸，至今傳吴俗。黄腸骨已枯，圖經恣反復。畫師黄山樵，寫生妙手獨。金碧煙雲凝，潑墨滿横幅。好景收圖中，舊游宛在目。虚堂六月寒，清風來謖謖。吟罷一燈殘，林梢掠蝙蝠。

清風明月店

行行五百里，轉眼離京都。其地素未歷，老馬能識塗。每從所過處，信口隨諮諏。或者得佳勝，於此寂寞區。不特擴聞見，吟料時亦需。客言清風店，雙輪急前驅。清風竟何有，刮面黄沙麤。名不副其實，毋乃流傳誣。庶幾二三月，暖律回蘇蘇。道旁萬楊柳，裊裊纖腰扶。兹來適不偶，殘臘歲將徂。好景不可得，想像徒形摹。更前問明月，明月不可呼。風月占兩地，景同名則殊。天亦厭寒苦，欲佐游子娛。雖無風月趣，積雪如銀鋪。以此而易彼，造化工錘鑪。人生總夢幻，寓形真蘧蘧。如鳥得所托，何必高岡梧。風月不可買，有酒則可沽。嘲風與啸月，我能傲征夫。

黃山四面松歌爲王崗齡賦

停雲山齋秋氣清，客未入座聞濤聲。嗒然若喪神暗驚，知是三十六峰頂上千年不死蒼龍精。一朝仙蜕來空庭，鱗甲未變枝柯横。誰歟好奇盤溪生，對此忘却飢腸鳴。長廊白晝旭日晴，興酣潑墨撫其形。吾聞神物老愈靈，雷雨往往喧三更。松兮松兮但恐不久旋飛騰，化爲蒼髯一叟乘雲軿。黃山山頭衆仙紛相迎，我與王郎願騎白鹿從之行。

雪浪石

元章之袖奇章宅，好古真成千古癖。我愛掀髯長帽翁，虚堂突兀撑空碧。中山後圃野草荒，平地忽發千年藏。粼粼波紋灩瀩緑，靄靄嵐氣峨嵋蒼。蜀江萬里來户牖，雹掣濤驅不脛走。公餘坐嘯恣摩挲，尊則爲丈狎爲友。搆齋貯石齋已傾，安盆盆石妥帖平。只今銘字五十六，字透石骨猶峥嶸。軍營精整倉儲積，當年上殿陳七策。一片忠貞永不磨，想見此心即此石。物因人重繫人思，恒陽賢令尤嗜奇。殘碑處處遍搜討，而况片石公手移。嗚呼，世間過眼皆桑海，一石之遺徒礌礌。斷甃誰尋花石綱，平泉草木今安在。公今已去石尚留，恨我不獲從公遊。題詩附石冀不朽，石不能言或點頭。

京口夜泊

風定帆初卸，寒塘起暮煙。斷雲瓜步樹，殘月秣陵船。山翠來篷底，江濤落枕邊。十年湖海夢，回首一凄然。

真州

魚天涼浸碧波閒，野店村橋水一灣。細雨亂帆江上柳，夕陽遠寺道中山。屯田廢冢寒煙外，魏帝荒臺宿草間。今日臨風弔陳蹟，白沙亭下暮潮還。

別嚴東有鮑雅堂

天涯分手悵離居，衰柳長亭夕照餘。高會三秋傳白下，盛名一代敵黄初。風塵冠蓋交遊壯，雨雪江湖旅夢疎。明發孝侯臺畔路，相思千里盼雙魚。

九日憶家

豈緣風雨罷登高，每值佳辰轉鬱陶。名士祇今徒畫餅，詩人從古不題糕。驚心西日烏飛速，悁脰南雲鶴夢勞。空付秋鐙兒女夢，菊天誰共把雙螯。

追悼趙農部璞函

九載從軍阻雪山，首丘不見裹尸還。故鄉風雨遊魂黯，斷磧塵沙戰血殷。永伴將星沉大漠，與温將軍同殉難。虛隨卿月厠崇班。農部没後贈光禄卿。若教一死權輕重，何似尋常户牖間。

過浮休寺次笪谷韵

有約無虛伴輒攜，果然清景稱前題。山光群拱城之北，水勢平分磵以西。兩字雕鐫鷲壁立，半生飄泊羡林栖。坡翁往矣君能繼，此後知誰駐馬蹏。

凌賓光

字秋碧，作霖次子，華亭人。甲戌衛庠生。有《半霞稿》。

王太守知止山莊

山莊内皆山閣匾眉公手蹟。故汪笠夫句云：「風流宜太守，題識想徵君。」

千古惟一止，無如知者希。尊鱸聊可托，梅鶴儘堪依。野景登高曠，閒情縱目微。興來攜謝屐，活潑盡天機。

山莊名知止，隨意得吾真。鑒水魚留客，删花鳥駡人。閒來詩一卷，興至酒三巡。縱令貪夫遇，煙霞應自親。

袁錚

字致和，號鐵生，華亭人。諸生。著遺稿一卷。與楊退谷、陳西菴爲唱和友，與家海田弟尤莫逆。

即席

竹屋風清夜，銀屏翦燭時。情深多舊雨，興到得新詩。千古文章筆，三年離别巵。慙余非北海，喜客慰相思。

題畫

長天雲澹雁行斜，隔浦漁舟出晚霞。網得銀鱗歸去晚，一聲鐵笛落平沙。

程萬里

字秋崖，號北溟。原籍休寧，占婁籍諸生。著《鳴秋薙餘》等草，合爲《北溟山人詩鈔》。

檢存晚彫汪丈遺詩追次其壬午首夏見贈原韵

大雅凋零遺老去，十年夢斷高涇路。叢殘故紙剥雕蟲，無復騷壇旗幟樹。問政山荒策杖前，長鑱抵死傲高眠。自卜宅兆於新安之問政山。及没，遂葬於此。苦吟尚有塵編在，醒世空留警枕圓。詩多覺世語。擾擾浮名誰最久，先生自享千金帚。停舫追尋求是菴，顔吟室曰「停舫」。又有顔曰「求是菴」。爇香重注浣花叟。更闌坐久怨荒雞，對客依然喔喔啼。太息窮經頭半秃，一燈想見夜吹藜。

杜三懷谷來晤適申如先生在坐

細認平時面，重披别後襟。幾年經旅夢，久客半鄉音。桑梓依然聚，茱萸尚可簪。相看都健在，莫道二毛侵。

酬漁屋王上舍見贈元韵王名鎮，字太巖，詩人鼐曾孫。工詩，精岐黄。

每笑林和靖，妻梅未是鰥。有情人易老，無累客常閒。花月詩中境，煙雲筆底山。結交逢事敬，相見屢開顏。

簡寄越江先生 索讀詩餘近稿。

一硯梨花四壁禪，先生居硯雨齋。鬢絲低颺拂茶煙。手揮談塵霏霏屑，筆落歌珠串串圓。衰草微雲秦學士，曉風殘月柳屯田。嘯餘有譜憑誰示，欲乞先生按拍傳。

挽拙菴丈 前明吕公原後，來德堂、元霜臺皆其第宅。

釣璜家世歷滄桑，來德堂隨蔓草荒。隔代青箱餘白髮，一聲鐵笛弔元霜。琴高仙去同魚逝，丁令歸來化鶴翔。獨有平生風義在，招魂空灑淚千行。

披雲門感舊用蘇文忠岐亭詩韻 故人張兩鄉，王屋裔。舊居恬村，後遷于披雲門。曩與余同游嶺南，客花縣之見山閣，相得甚歡。歷三載，歸。余曾兩造其廬，屈指幾三十年，今去故人之殁亦廿餘年矣。丙申過此，感而有作云。

廿年不忍過東門，况是咸通橋畔村。流水空亭人已逝，夕陽古道草無痕。劇憐白髮清霜逼，苦憶蒼顏濁酒温。回首舊遊山閣裏，羅浮香夢與招魂。花縣去羅浮不遠，曩曾各有詩，故云。

頭白歸來合杜門，首丘可枕舊恬村。霜毫零落埋文冢，紙帳模糊舊墨痕。結社難逢三笑遠，聯吟謬許八叉温。虞淵日薄追遺績，鄰笛一聲欲斷魂。兩鄉并工繪事，曩爲予圖紙帳，至今存焉。又贈余詩云「仙品知非三醉吕，詩才酷似八叉温」句。以余不善飲也。余因答以秃盡霜毫句，附記于此。

訥甫兄重輯其尊人石芋遺稿屬題卷末

籯金遺不到兒孫，文稿詩編賸墨痕。余方鈔訂先君遺文。豐芑凋零桐蔭冷，豐芑、桐蔭余兩家舊額。先人手澤兩家存。

戴繩宗

字伯興，號村莊，又號一鷗。婁縣人。殿撰有祺曾姪孫，乙亥諸生。平生砥志行，工篆、隸、真、草。好詩。存《一硯齋詩鈔》一卷。

新晴晚眺

爽拂衣襟眺遠空，夕霏靄靄亘林叢。輟耕碧隴休農叟，短夢滄江卧釣翁。落日移陰催暮景，歸鴉側翅趁斜風。哦詩止恐慚幽境，又湧水輪到箬篷。

送汪峭崖之金陵

片帆明月翦江開，一曲高歌酒一杯。回首鄉關白雲裏，秋風獨上鳳凰臺。

姚念曾

字季方，號友硯，金山人。編修宏緒孫。諸生，乙酉拔貢。官湖北應山知縣。歷五載，歸。著《賜墨齋詩稿》。

徐豎先内姪以古歙硯見貽率成長句爲謝

端谿未開龍尾闢，片石貴與兼金敵。自從粤産出新奇，遂令此石少顔色。剛柔華朴品質殊，俗目何嘗有真識。吾齋藏硯三十餘，萬石羅紋曾罕得。去年偶泛松谿櫂，子來邀我觀圖籍。小樓灑掃絶纖埃，茗椀爐薰供晨夕。瞥見此硯棐几陳，着手摩挲三歎息。材大形端製作工，玉骨稜稜含潤澤。秋旻星點寒吐芒，曉瀨煙華遠凝碧。有虞仲房銘其除，辭甚春容字婉嫿。若非閱歷幾百年，安得斕斑聚古墨。叮嚀拂拭青眼看，免使歲深添剥蝕。今春包裹忽見投，知我愛硯老逾癖。匣以香柟藉文綺，手汲寒泉三日滌。明窗晴旭試研磨，颯颯風清動瑶席。却如座有古先生，媚子纖夫俱辟易。吾衰負此徑尺珍，難把如椽書鐵畫。呼兒什襲善收藏，永保子惠齊圭璧。

登盤龍磯閣

回首登臨處，流光已十年。今來吾老矣，秋氣正蕭然。淡日分江色，晴風卷岫煙。老僧嗟歲惡，持鉢向誰邊。

新蕉

甘蕉呈嫩色，低傍古牆陰。摇漾半簾影，卷舒一片心。清光風外拂，翠靄雨中沉。静對幽窗下，宜横緑綺琴。

李槎源

字德載，上海人。衛庠生，入監應京兆試不遇。有《漁村鐵筆》行世。

曉發陰平

魯甸征車發，微茫曙色分。鳥飛滕縣樹，馬度嶧山雲。愁思盈驢背，鄉心寄雁群。一鞭楊柳岸，攀折倚斜曛。

朝天宫懷古

風戰松杉起暮鴉，勝朝宫闕夕陽斜。金川事去仍留國，《玉樹》歌殘竟破家。夜月裁箋歌燕子，春風揮扇怨桃花。青溪幾曲流餘恨，半壁還誇晉永嘉。

湖隄喜晤姚星巖賦贈

潞河分袂幾經秋，明聖湖邊續舊遊。燕市賓朋縈遠夢，吴山風月話新愁。柳絲惹客隨歌舫，草色依人上酒樓。雲起雙峰歸路晚，醉餘同泛木蘭舟。

鄒忠榮

字效慈，號堯茨，青浦人。諸生。有《鶴巢詩稿》。

鶴澗用清遠道士韵

緩步登山椒，碧宇插天漢。略彴見魚跳，花叢識鼯竄。下儲一勺水，清泠可俯玩。旁有蓮花磯，波流稍平漫。躡磴繞修廊，汲綆下高岸。林深石乳流，雲散水紋亂。微微谷氣生，適協陰晴半。日斜鳥啅幽，月上人語散。山川得真意，忘機昧昏旦。今我復來遊，勝事染芳翰。鶴去名宜留，臨風發三歎。蓮寺漏微滴，静聽遠公贊。

袁　瑃

字□□，號碧窗，華亭人。國梓孫，幼孤，嗜學，占大興籍諸生，例貢，秋試呈薦，例取鴻臚寺序班，未補，歸養。性孝友，喜作詩。後以兩子秉鈞、秉直貴封。

天雄道署秋夜書懷和汪蘭齋韵

夜静微雲散碧天，關心往事不成眠。春山紅袖時移屐，秋水黄花滿泛船。此夕一樽忘爾我，故園千里隔風煙。自憐慣作天涯客，獨對金波意惘然。

徙倚閒庭意半醺，數聲哀角隔城聞。淒涼殘月窺羅幌，蕭瑟秋風透葛裙。濮上空傳垂釣蹟，宣房遥憶築宫勳。抗懷憑弔情無限，沙麓蒼茫起莫雲。

秋山晚眺

晚山一帶鎖蒼煙，蕭瑟秋光到眼前。紅樹千村圍落靄，黄雲萬頃接遥天。漁歸遠浦斜陽外，雁没荒洲古渡邊。搔首無端情曷極，登高作賦愧前賢。

陸申章

字人文，金山人。陸清獻姪孫。自其祖履平嗣於曹氏，遂居干港。仍以平湖籍入學。先生爲族叔祖士登公婿，余幼時曾謁祖姑母于干溪，得親道範。蓋讀書敦行，友愛群從，不愧清獻家風。

述懷次曹碧軒表弟韵

來日無多去日多，眼前風月肯蹉跎。莫矜名利兼收者，無奈君親兩負何。茅屋三間甘寂寞，良朋幾個樂經過。黄花滿地一尊酒，共坐寒牕發浩歌。

友人過訪

不辭訪遠趁冬餘，寂寂江村破草廬。試檢錢囊先問酒，欲安塵榻且移書。鐙前聽雁風偏急，雪後探梅意自徐。我輩疎狂原自許，百忙時候賦閒居。

吴 恪

字默謙，號四峰，華亭人。乾隆初諸生。後緣事匿迹舟居，以避偵邏。詩多寓意之作，頗極名雋。

古劍

匣中古劍干將氏，埋没年深涴泥滓。幾經磨洗見精靈，一道寒芒三尺水。荒雞三唱何處邨，攬衣中夜舞劉琨。疎星幾點天欲曙，慷慨長歌出門去。射虎雄心空自豪，屠鯨勝事茫無據。落拓風塵三十年，丈夫原不受人憐。黄公爐頭酒半醉，摩挲老眼心茫然。頭白歸來少知己，不堪重拊英雄髀。淚落干將點點花，干將不死心先死。吁嗟乎，遠遊不如躬力田，賣劍買牛東海邊。

柳絮

好花吹落不移時，絮暖將飛意重持。頗恨得春殊草草，未甘委地故遲遲。香歸何許先生境，妙入誰家静婉詞。却笑偶然閒拂夢，誤他雙燕漫差池。

梅影

夜到孤山處士家，平添三百樹梅花。横階寂寂都無語，繞屋依依一樣斜。月影半窗噴水墨，風來匝地走龍蛇。主人何處題詩去，薄靄輕雲淡淡遮。

桃花

一樹桃花傍宅邊，不窺墻外自嫣然。當時多事隨流水，此地何人問去年。香暖亦成春九十，日長便抵歲三千。等閒未許輕消受，知道山翁是嬾仙。

老馬

龍媒昔共鳥争飛，掣電連雲事已非。萬里馳驅殘雨雪，五花零落舊毛衣。骨猶未死懸金少，齒且頻加伴璧歸。若使主人憐此意，不應還把玉鞭揮。

老鶴

一伴山窗歲月深，蓬瀛應訝玉書沉。閒依淺水飄寒影，嬾挾孤雲過遠林。霜落滿庭支瘦骨，煙空萬里負初心。松陰忽繞相思夢，處士梅花太守琴。

舟居贈僧

篷窗寄傲水雲間，笑濯滄浪不買山。天地何人非逆旅，江湖容我老漁蠻。數聲柔櫓銜烟去，幾尺綸竿釣月還。豈有高情堪物色，勞君鄭重訪疎頑。

盆梅

置身香國愧微軀，獨抱冰心列座隅。閉户已將春不管，隔窗猶有月相須。玲瓏徑尺雕鎪玉，錯落盈盤大小珠。林下丰姿殊未減，一卷瘦石襯清癯。

何王模

字鐵山，青浦人。諸生。爲名醫。著《萍香詩鈔》。何氏自元何天祥官醫學教諭，以醫濟人。其元孫全正統丁卯舉人，克精世業，授御醫掌院正使。自後以醫名世者，代不乏人。至本朝，則歲貢炫克承世業，其於岐黄，彌益精詣。其子即鐵山，江浙人遠近争迎之。鐵山子、北海孫元長並以醫術馳譽云。

紀夢

一片紅絲吾石友，平昔常攜今獨否。篷窗作字苦無從，呵凍不勞惟束手。宵眠有夢經青溪，分明演漾獲澄泥。此間風景果何處，桃花開滿小橋西。捧將滴露研佳墨，光潤疑從顛米得。漫揮小札致良朋，欲假酒錢沽清碧。覺來片石成子虛，如蝶化去形蘧蘧。晝思夜夢良有以，曾無鼠穴入乘車。

遊石公山

石公始拜識，青削翠芙蓉。洞口雲歸岫，亭前鶴護松。探幽臨曲澗，長嘯落高峰。盡日遊忘倦，花宫報晚鐘。

村居

遊倦歸來掩敝廬，蛩聲唧唧小窗虚。貧時欲試朱公術，病後重抄黄帝書。木葉經霜千樹秃，菊花帶雨幾枝疎。秋光一片誰同賞，遥望停雲歎索居。

康山

淪落秦州客未還，此中風月寄清閒。琵琶一曲邗江冷，千古高情憶對山。

陸　琛

字懷玉，號蓴鄉，婁縣人。武諸生。著有《春麓山莊詩鈔》。

幽居

愛静結茅僻，生涯泠澹中。一甌竹葉緑，半釜荔枝紅。屏敞俗氛少，雲開幽徑通。最憐清意味，那遣外人同。

金陵水榭和秀水何龍田題壁韵

繁華舊院想風流，今日秦淮景更幽。兩岸鶯聲藏碧柳，一溪煙影漾朱樓。金尊檀板堪爲樂，畫檻珠簾可買愁。指點六朝佳麗處，空餘明月掛城頭。

范念春

字奕新，華亭人。諸生。著《寄枝吟》。

贈幻菴上人

坐破蒲團不記年，晨昏持偈禮金仙。曾邀束帛來天上，爲作長旛供佛前。此住持鄧尉因祝聖賜綾事。千點雨花飄法座，一聲風鐸遞晴川。於今南浦雲深處，玄度相依結白蓮。

張　深

字自超，用六子，諸生。有《遥青齋吟稿》。

集古詩十九首句亦得十九首

有序謂「十九首如天衣無縫，今翻於無縫者，割裂補綴，寧非妄庸。偶爾拈毫，聊以寄意」。

驅車上東門，東城高且長。上與浮雲齊，兩宫遥相望。歲月忽已晚，四顧何茫茫。欲歸道無因，徙倚懷感傷。歲暮一何速，游子寒無衣。還顧望舊鄉，各在天一涯。置書懷袖間，路遠莫致之。虚名復何益，不如早旋歸。昔我同門友，奮翅起高飛。冠帶自相索，含英揚光輝。遺我一書札，但感别經時。相去日已遠，引領遥相晞。玉衡指孟冬，孟冬寒氣至。浩浩陰陽移，涼風率已厲。今日良宴會，極燕娱心意。豈能長壽考，人生忽如寄。

山遊舟中口占

澹澹春流漾碧天，滿隄芳草緑生煙。行來不識前溪路，都有垂楊拂畫船。

許宗祺

字叔旃，號充齋，原名瑩，華亭人。明給諫譽卿元孫，乙丑府庠諸生。歲貢院試每前列，屢荐不售，鬱鬱卒。著《充齋詩稿》。

皋橋

斯人不可作，兹橋自昔傳。橋上車馬過，橋下煙雲連。當年歌舞地，誰知賃舂賢。仰睇騐浮雲，俯眺鏡長川。抗懷思古人，千載流清漣。

憶朱堆山黄鶴樓作用王弇州登太白樓韵

崔顥題詩處，猶傳黄鶴樓。昔人不可作，明月爲誰留。樹接樊山遠，帆迷夏口秋。登臨懷古意，無盡白雲流。

寒食前二日風雨懷袁古安

又逼清明煙火新，窗前誰與話佳晨。淒凉風雨迷今社，迢遞雲山憶故人。冀北梨花飄白雪，江南柳色惱青春。閑吟應自添惆悵，尺素何時到錦麟。

張超秀

字蔚然，金山人。諸生。所著有《耕心居詩草》。

行路難

行路難，何必白馬黄牛十八灘，眼前平地翻波瀾。天生聖人乃生麟，死於車子之手徒嗟嘆。所以丹山之鳳翔千仞，不向塵世耀羽翰。食蘖始知苦，食梅始知酸。身不出門，但知飢與寒。寒無袴，飢無餐，牛衣對泣悲亦歡。嗟哉家居者，子安知行路難。

過西村有感

憶昔西村叟，顧我呼小子。曰讀萬卷書，何如負耒耜。吾兒頗聰明，學農不學士。矜才假詩書，負氣恥耘耔。笑談聚燕朋，衣冠傲井市。去樸而就奢，飢寒從此始。予昔聞其言，而今過其里。里黨稀炊煙，其家猶盈止。

遊攝山

青嶂丹崖四面環，長橋平跨對禪關。蒼松老作飛龍勢，怪石奇鐫古佛顔。雲霧俱收山色净，囂塵不染寺門閒。回舟日暮天風起，吹落鐘聲杳靄閒。

登金山妙高臺

陵虚彷佛到蓬萊，巖石多從杖底開。江水奔騰山作障，天風浩蕩客登臺。才人韵事埋荒草，名將奇功付劫灰。憑檻獨斟京口酒，茫茫古意不勝哀。

題野老莊壁

鳥雀成群噪夕陽，聲聲引我到山莊。横溪略約通幽徑，繞屋籬笆罩緑陽。疊石當門行故曲，移花近榻夢俱香。年年觴咏南窗下，想見壺中日月長。

蔡鳳瀛

字鳴雝，號心梅，青浦庠生。工吟咏，以其父客楚至湘中，著有《楚游草》，又有《石公吟草》，邵西樵選入《懷舊集》。

大灘放歌

渡頭凌曉發，鼓枻平流中。扁舟忽來此，搜奇興莫窮。十八危灘名不同，高高下下灘聲雄。就中大灘尤險絶，終日對之心忡忡。洪濤迷積雪，白日生寒風。峆岈怪石立幽壑，毋乃亘古未闢之鴻濛。儼如天吳怪族慘慘吐靈氣，又如千軍萬甲肅肅争奇功。上有神禹荒祠在，行人禱祀矢愚衷。灘丁鼓力輕微命，下灘疑墮馮夷宫。倏忽出坎迅於弩，各各驚訝語莫終。人生行路難如此，曷禁回首感飄蓬。聊憑豪興躋丹壁，長嘯一聲世慮空。

張授書

字圯逢，華亭人。諸生，幕遊浙閩。著《雁山甌遊》《禾遊》《閩遊》等吟。

過峽石

夾岸山容瘦，如飛走櫓聲。煙斜衡塔斷，水涸吐沙明。酒力寒應薄，羈懷老更驚。孤吟敲未穩，只是軫遥情。

松蘿道中

松蘿秋色裏，行路及昏時。徑仄雲歸疾，山圍月吐遲。倦眸驚怪石，薄袂怯涼颸。遥指停輿處，明燈掛樹枝。

時金相

字賡揚，號墨蕉，金山人。諸生。有遺稿，吴冷軒嘗點定焉。

白雲

悠揚古寺鐘，寂歷蒼崖竹。咸兹一片雲，去來何處宿。豈必水之湄，或亦山之麓。跫然聞足音，依依共空谷。

送常邑尊琬解任歸湖廣

公車始憶下雲間，滿縣花封半壁山。百里已濡膏澤遍，十年不負簿書閒。平反政動輿情躍，報最能推吏治嫺。祇恐煙霞徵辟至，肯容長賦遂初還。

薛光鑑

字辰藻，號庚川，金山人。諸生。吴竹溪嘗師事之，且謂其詩筆似義山，惜全稿已軼。

曉見雙蝶

一對穿花蝶，羅裙幅幅新。似將同夢意，來伴獨眠人。粉薄光猶濕，鬚拳態未伸。昨宵香徑宿，戀得幾分春。

國朝松江詩鈔卷四十五

鄉人姜兆翀孺山録

顧子瀛舟山閲

朱椿

字大年，號性齋，婁縣人。祖琦，以軍功歷官鳳翔府。椿幼失怙恃，能自立，入貲以通判注選，由海塘石工勞，授湖北荆州府同知，旋擢金華府知府，陞温處道，晉廣西按察使、雲南布政使，改廣西布政使，陞巡撫，内遷都察院左都御史。其在雲南時，土夷内遷，日縻官廩，椿恐生息蕃衍，游手爲患，議請貸官錢，以謀生息，而編精壯入營伍，得旨嘉納。著《敦誼堂詩稿》。

己酉二月二日王父中憲公棄養誌痛

屺岵崔巍陟已空，那教重賦我辰窮。含飴猶記年來事，傳硯難堪慟後衷。觸處何殊離水鮒，孑身真似失群鴻。扶將三尺桐枝杖，盼煞西天夕照紅。

姚坳堂孝廉過山中見贈依韵酬之

海壖羈馵已三春，歷遍高岡及水濱。震谷鎚聲開石壁，蔽江颿影載雲根。躬勤筆硯寧云瘁，家罄田園肯道貧。多爾新詩能問訊，聊將微悃報君親。

朱龍鑑

字蒙溪，婁縣人。孝廉侃父，由河工例官安徽望江縣知縣。

和友竹韵

金石論交但率真，與君昆弟最相親。鄉評素行稱佳士，市隱高風憶古人。花鳥歡娛消歲月，煙雲供養長精神。有官不仕耽詩畫，筆底能生世界春。

范　皡

字觀峰，婁縣人。監生。文正公二十一世孫。乾隆二十二年聖駕南巡，皡偕族人於天平山義莊進詩册，蒙賞綵緞，有紀恩詩，并著《一匏軒詩鈔》。

宿天平兼山閣次壁間白雲泉韵

青山吸白雲，乳泉吐半麓。雲歸入畫屏，泉瀉鳴琴筑。山氣有升沉，雲泉同一谷。我來精舍遊，分得僧家福。烹泉煮白雲，雲起知茶熟。

登蓮花洞

未能躡屐慣攜筇，攬勝尋幽興亦濃。路絶但看雲靄靄，峰迴且喜石重重。湖光西望征帆遠，山色東來薄霧封。此處難逢僧面壁，不妨長嘯倚孤松。

張昀

字友竹，婁縣人。善畫，與從兄紹祖字滁田者並稱。昀畫筆墨瀟散，却又深厚沉鬱。乾隆丁丑南巡時迎鑾淮上，以畫獻，蒙恩賜緞。著《賜錦堂詩稿》，許穆堂序謂其詩「不落言詮，似其畫品」。蔡西齋謂「爲詩與畫，兼擅其美，如王摩詰」。

乞燕香分竹

素愛過牆竹，踈凈抱虚心。好風終日起，入夏暑不侵。我來登君堂，緑色映孤琴。冉冉盡秀拔，勝我植觀音。竹名。别來縈寤寐，相思碧雲深。維夏旱太甚，今晨得甘霖。記取向南枝，早晚漸成林。明年驚蟄節，煮筍伴君唫。

題梅花道人畫卷後

倪黄吴三家，同師浩與仝，面目各現圖畫中。迂翁腕底無纖塵，癡老蒼茫窮化工。梅花菴主筆超絶，猶如墨池潛老龍。之而鱗爪倏變幻，煙雲縹緲浮晴空。此卷直奪造化工，墨瀋淋漓山樹重。長林好似初雨霽，茅亭不動水淙淙。斷橋之外山無數，樹裏人家客過從。斂手暗嗟技神矣，焚香默對煙濛濛。

文南雲先生遺像

先生之孫曰靜專，學畫愛學癡與顛。昔來雲間我乎館，靜專嘗從家孟遊。花晨月夕相周旋。因瞻遺像識道範，龐眉皓髮鬚飄然。幅巾布袍意瀟灑，想見樂道躬耕年。生平抱負自有在，游戲翰墨全其天。高人狀貌必自寫，不爾時手誰能傳。我生已晚愧私淑，嚮往有志追先賢。題詩一笑懷我友，忍饑無恙吴江邊。

哭嫂

我幼即依嫂，妻亡兒復然。有恩逮兩世，無信寄三泉。渺渺音容隔，堂堂歲月遷。脯脩薦靈几，薄養媿生前。

葉萬榮齋梅花

崚嶒瘦骨欲撑空，不與繁華衆木同。欠合時宜如客傲，早争春意得神功。臨窗影淡三更月，卧雪堂横一笛風。此地勿嫌常寂寞，主人何必定逋翁。

廣富林訪西齋先生

柳罨溪橋容小船，此中幽致畫難傳。數間矮屋成書府，一半生涯在墓田。海内尚思沾化雨，皇恩暫假養流年。投桃敢望瓊瑶報，也費清吟和六篇。先生以和章見贈。

喜卓山自戍所歸諸生聞人倓，字卓山。

投荒豈敢望歸年，君獨沾恩匹馬旋。最喜高堂猶健在，那堪難弟竟長眠。青鐙聚首翻疑夢，緑醑論心無限憐。此後不須愁偃蹇，家山魂夢亦恬然。

詩話：卓山，詩人也。曾聞其有《蘇臺咏古》云：「閒訪蘇臺百感紛，屬鏤賜後諫無聞。夷光舞罷湖沉月，小海歌殘鬼嘯雲。墓道已荒金虎迹，獵場曾駐水犀軍。望中只有春山色，日夕招來麋鹿群。」殊有風骨，惜其後詩集未出，附記于此。

陳維城

字樹宗，號半村，上海人。係閩北溪裔，以其父貿易來松，家閔行，因占籍焉。維城善文工書能詩，遊沈文慤之門，文慤嘗至其家，爲書「春雨樓」額。乾隆辛未南巡，獻賦不遇，後以布衣終。著有《龍巖山人詩稿》。

玉玲瓏石歌石爲海上潘恭定公園中故物，時偕申江院長德清談明府立峰先生同遊。

一卷奇石何玲瓏，五丁巧力奪天工。不見嵌空縐瘦透，中涵玉氣如白虹。酷愛此石者誰氏，云是海上恭定公。恭定當年偶寄興，不惜購置藏園中。衹今來遊見石丈，使我兩人欲如顛米致鞠躬。太息頽垣壓斷澗，但有此石撐虛空。石峰面面滴空翠，春陰雲氣猶濛濛。一霎神遊造化外，恍疑坐我縹緲峰。耳邊滚滚太湖水，洪濤激石相撞舂。庭中荒甃開奩鏡，插此一朵青芙蓉。屋廢牆堙通路逕，牛羊成隊來横縱。兒童瓦礫亂抛擲，觸損玉質減真容。奇姿瑰異幾埋没，使我不樂心忡忡。安得貢之上林苑，遭際或者回重瞳。古來才士困草野，數奇亦與兹石同。我儕何必歎途窮，堅貞願與石始終，深山不出白雲封。

虎丘

名勝三吴地，遊人到此尋。山隨樓閣盡，水繞户庭深。頑質石猶在，雄心劍已沈。我來探虎迹，風起吼松林。

呈歸愚師由武林過桐江遊黄山天台諸勝四律存二

攀葛捫蘿上翠屏，插天三十六峰青。朝看宿霧巖前海，夜踏春雲杖下星。叢竹烏嘑風颯颯，亂峰猿嘯雨冥冥。更尋古洞軒轅蹟，想像仙壇走百靈。

上應台星冠浙西，勢陵五嶽壓雲低。尋來仙桂巖偏遠，采去靈芝路易迷。翠巘瀑飛疑玉液，赤城霞起聽金雞。石橋一度仙凡隔，他日重遊認舊題。

張澤榕

字楚年，號蔭海，華亭人。世維子，國學生。著《蔭海樓詩稿》。

居庸關

雄封扼塞鎖神京，巀嵲重重勢抗衡。古木參天長蔽日，巖關設戍舊屯兵。千層蒼翠南來擁，萬里山河北望平。爲報聖朝施德政，深林虎豹漫相驚。

黄知彰

字貫芬，號秋圃，南匯人。素次子，貢生。有《得得龕詩稿》。朱東村謂：「其師事者，始則舅氏環菴，繼則亞逋黄君，及黄中允、顧侍講後先歸里，尤得與講貫唱酬，故其詩縱横如意，有色有聲。」

盧生受枕處

乾坤設大夢，終古役衆生。盧生偶然覺，孤鶴長空行。我來索殘夢，欲驗塵世情。一夜荒祠宿，夢境晦復明。夢來何所自，夢破何所憑。明朝策馬去，門外寒山青。

乾隆乙丑十月眉亭卒東村先生作文哭之生平技能之妙述之詳矣余復作此追叙疇昔

世間多酒徒，無人知酒味。世間多畫師，無人知畫意。沈子好飲酒，甘旨非所嗜。沈子善論畫，脂粉悉吐棄。論畫不求形，飲酒不求醉。壺觴卷軸間，邈然餘古思。此旨難告人，聞者或詬詈。我有酒盈瓢，我有畫盈笥。味在淡泊中，意在空濛際。麴蘗化聖賢，水月參文字。沈子扁舟來，山齋日相對。左手持畫卷，右手執酒器。妙論絶近今，言言洩真秘。千古獨醒人，常抱煙霞氣。相見恨差晚，入林欣把臂。鷗鷺結閒盟，高懷失寤寐。定交未十年，一旦舍我逝。釀熟呼誰嘗，圖成與誰視。獨酌寒山空，悠悠思冥契。行將筆墨焚，遑惜罇罍碎。鍾期不復生，焦桐從此廢。

海大魚

雪濤夜拍南匯觜，一魚隨風海涯止。非鱮非魦非鰋魴，森然鱗甲長鯨似。雙珠已失月光寒，昆明頑石枯形峙。村童野老群走觀，冷渚窮沙鬧如市。矜奇好怪語不倫，爰居幾作東門祀。更值天垣見彗星，災祥又誤淮南子。不知滄海浩茫茫，吞舟之魚多於螘。有時掉尾風雷中，有時蜕骨泥沙裏。有時幻出北溟鯤，有時失却西江水。龍伸蠖屈亦尋常，豈與星躔共臧否。作詩我欲告鄉人，尺澤之鯢難語此。從今衆口任悠悠，吸盡百川聊隱几。夢攜長劍跨滄溟，墨池戲控琴高鯉。

過兄椒丘别業

數椽茅屋占溪雲，近市依然隔市塵。直與沙鷗争樂土，常攜野衲伴閒身。分開煙水通三徑，落盡蘆花見四鄰。淡泊生涯宜爾爾，莫留紅紫誤游人。

宋詩人儲華谷墓泳弟游墓相近。

高隱當年聚一門，四朝前事更誰論。徒留荒冢傳兄弟，可有遺文付子孫。孤棹撥雲黄葉岸，瘦笻披莽白楊村。古人不見空回首，歸去寒宵役夢魂。

寄題春江第一樓

眄斷春江第一樓，征帆葉葉路悠悠。不知楊柳誰青眼，空笑梅花自白頭。江水隨時流客夢，故人何處弄漁舟。舒姑負却當年約，懶掃閒雲認舊游。舒姑屏，壬戌春舊游地也。

閒中偶題

無邊詩境倦摩挲，敢怨東風驀地過。燕子但知香夢穩，梨花終怕雨聲多。暗窺瘦影憎明鏡，常護閒門感碧蘿。盡日苦吟吟不了，滿園芳草奈君何。

鄧尉探梅

雲隔遥林路不窮，疎疎粉墨自清空。看花有法如看畫，佳處糢糊淡淡中。

千年淪落老詩人，古怪清奇現後身。桃李叢中容不得，梅花邀去結詩鄰。「清奇」、「古怪」，司徒廟前四老柏也。

施光祖

字奐之，號四香，上海人。監生。乾隆丁丑南巡，召試不遇，後客遊以終。曹北居《懷人》詩云：「施子不羈士，文采珊瑚鞭。妻飢女號寒，吟咏獨欣然。長爲入幕賓，四海交豪賢。山川助詩興，風雅得真詮。」其詩以不歸里散失，存者寥寥。

夏夜雜咏

珠感懷川玉感田，進無捷足息無肩。水雲蹤迹三千里，風雨情懷二十年。佳境未逢空憶蔗，苦心欲剖但求蓮。無端一曲《梁州》怨，付與銀箏續響絃。

虹橋修禊和韵四首一存

横塘春暖漾芳舟，裙屐争因清景遛。江左風流仝洛下，竹西歌吹本揚州。波涵軟翠流觴飲，箋擘輕紅覓句酬。捲幔緑楊城郭近，勝遊疑在曲江頭。

張純熙

字仲時，上海人。監生。

落葉

春時曾憶伴嫣紅，杜宇枝頭曉月空。忽過秋聲驚別鶴，可憐羈迹類飄蓬。瀟瀟夜聽江南雨，嫋嫋晴飛塞北風。漫拂征衫添客恨，一鞭蕭索夕陽中。

祝爾和

字鎮坤，號鶴灘，南匯人，居川沙。貢生，議叙吏目。著《味古軒詩草》。

雜言

賣書欲買琴，千里問知音。賣琴欲買劍，千里問知心。琴劍兩不就，踟躇把書吟。

訪山中高士

由來幽微凹凸之區塵不到，花落水流巢禽噪。獨我崎嶇掉臂來，山鬼多情爲予導。出没松杉批荆棘，褰屐惝怳摇雲黑。欲知結茅在何地，應有絲桐漏澗側。豺虎尋常護短垣，寂寞柴扉容我擊。

月夜泛舟

澹明漾碧空，泛舟涼煙裏。辨得白波痕，乃覺櫓摇水。灣頭歌者誰，憑舷聽未已。

寄懷東魯劉大使希清

海角誰知己，天涯長者車。清風掛席遠，皎月照庭虚。選勝操瓢外，偷閒製錦餘。東山思不見，何處達魚書。

荒郊漫興

亦是有芳草，無人自古今。月來荒冢淡，煙合斷碑深。古樹藏殘堞，寒江戲晚禽。觸機隨處樂，何必定山林。

施粥米乙亥年。

予愧初無蓄，倉箱不解飢。久居多戚里，世好共因依。膏澤難倉卒，饔飧備細微。不堪老朽意，聊爾待春輝。

夜歸即事

窮日貪山色，相忘獨夜歸。路欹豐草合，影斷夕陽微。定性看林火，摳衣上石磯。到門無熟步，驚喜叩柴扉。

舟中即事

一葉輕橈渡遠汀，蒼茫何處是禪扃。平河初漲漁磯火，篾纜横牽野渡星。昨夜灘聲驚過客，今朝晴色蕩飛舲。摇空塔影知元墓，煙外雲峰數點青。

早行

征衫不耐漏聲遲，心事披衣扣角時。客店曉雞沉夜月，斷林宿霧漲晨曦。暗途半涉狐疑遠，旅夢頻驚馬迹移。欲著先鞭同祖逖，車行不礙露多時。

水月

誰將斗大珠，抛擲寒江暮。陡然逐浪騰，蛟龍抱不住。

沈之理

字質淳，華亭人。文恪元孫，監生。

登秦坡烹玉蟹泉

直上秦坡到碧空，泉聲百尺掛長虹。萬家雲鎖疑天外，一路人行似畫中。蟹眼拂煙沙甑白，松茅添火石鑪紅。陶然我亦忘身世，何必清談謁遠公。

和蔣山人山居雜興

君家清望重丹丘，筆有中書研有侯。爲愛白雲猶號洞，偶騎黄鶴遂名樓。留心採藥攜雙袖，乘興看花插滿頭。踏破晚霞情不盡，緑楊堤畔聽鳴鳩。

曉窗清露浸苔痕，曲逕縈紆安樂村。野饌烹鮮人饋鯉，柴門添口鶴生孫。虚名不上陵煙畫，白酒常盈醉月尊。日日起來無别事，茅簷補衲坐朝暾。

周其永

字涵千，上海人。布衣。著《二雲山人稿》。

雜感

玉藴山含輝，琢之傷其英。珠藏澤自媚，采之洩其明。猗彼蘭蕙葩，長在深山谷。歲久無人知，揚揚香愈馥。一朝遷客土，反自悲局促。翠以美而殃，蚌以珠而裂。文采不善藏，嫁禍之媒孽。良賈常若虚，盛德常若愚。遥遥景曩哲，令我長嗟吁。

偕香雪巽圃過華嚴菴訪松巖上人

天半孤鴻語，林端淡靄凝。無聊尋勝侶，相與訪閒僧。人仰東西晉，經參大小乘。坐深渾不覺，冉冉暮雲升。

寄茸城黄二葆和兼問城西蓮峰上人

黄名大年，青浦諸生，翀姑夫也。其家爲黄令荀裔，翁松齡，字章有，歲貢。姑夫與其兄實甫極孝友，不意俱無子絶。附記。

露冷蒹葭一片秋，索居終日思悠悠。西窗月落三更夢，東閣雲停萬里愁。才子文章堪吐鳳，鄙人心迹欲盟鷗。寄聲白社逃禪客，十畝青山買得不。

劉瀚

字鏡若，號清溪，上海人。監生。

客路

客路程難計，頻年愧往還。片帆天接水，遠岸日沉山。漂泊三秋老，蕭騷兩鬢斑。故園花著未，旅夢繞荊關。

諸祖潛

字璞山，青浦人。祖筠弟，監生。有《南村吟稿》。

録別

好花飛滿地，明月臨空墀。佳人起洞房，惻惻心中悲。有懷在遠道，遠道何時歸。昔在春風別，今已秋風吹。兩地能一心，休嫌相見遲。相見詎可得，宛轉長相思。妾貌桃李花，妾心松柏姿。懼君不識察，願持夢告之。獨睡夢易醒，語未畢其辭。曉來施丹粉，淚向鏡中垂。淚痕如不滅，當俟相見時。

對月即事和友人韵

坐久景逾好，長天一望收。美人應入月，仙子本居樓。爽氣窺檐額，閒情上筆頭。昨宵曾採藥，何物可醫愁。

細林山尋族祖九峰公草堂遺址

酒社詩壇此地存，同遊人至共尋論。白雲飛去青峰老，甎説平泉有子孫。

黄思怙

字鉢山，金山人，居張溪。工詩。

送范瀛山之黔中

書劍隨親去，迢迢萬里心。天連秋雨暗，山入瘴煙深。故國鴻邊望，新詩馬上吟。范雲才調美，異地足知音。

梅

煙霞爲性雪爲神，珍重江南太古春。一澗香寒風過水，四山月白夜無人。蹇驢馱醉詩情逸，短笛吹愁曲調新。安得移來茅屋外，竹籬苔徑伴閒身。

答和張友竹寄懷原韵

客况年來未易陳，羞將浪迹比閒身。重聯花月新詩社，猶憶江湖舊酒人。别後鄉山常入夢，愁中驛柳不宜春。金閶寄食渾無賴，憑仗雙魚慰苦辛。

平生性僻耽林壑，此日飢驅逐路塵。裘敝黑貂憐客久，書傳紅鯉見情親。梁鴻本不因人熱，鮑叔由來知我貧。九朵芙蓉動歸興，幾時偕隱樂天真。

詩話：鉢山，吾邑詩人，蹤迹失考。今觀《友竹詩集》，乃知其客遊去吴也。友竹於其《移居》詩云：「即日扁舟吴地去，莫忘峰泖舊時緣。」《寄懷》詩云：「他鄉可託無餘慕，客舍相依即是親。」可見。至其後九年歸葬，見某人詩内，非貧士失職者與？

宋鶴年

字也堂，華亭人。著《賦梅書屋詩鈔》四卷。

雨花庵即事得露字

煙光淡秋影，際曉屏塵慮。聯袂出門行，衣沾草上露。選勝叩禪扉，詩僧欣把晤。巖壑深以邃，池亭相回互。竹塢翠煙封，松磴白雲護。觸景抒高懷，客共搜新句。隔水幽禽嘑，楞伽亦解悟。不但心地清，兼以傾積愫。一笑别虎溪，歸來日已暮。

沈　梅

字秉陽，號竹伍，奉賢人，居南橋。布衣。著《灌蔬小墅稿》。

上留田古地名，其地有父母没，其兄不字其孤弟者，時人作歌以諷。

上留田，上留田，屬毛離裏，不相哀憐。四海之内皆兄弟，請君三復鶺鴒篇。上留田，豈徒然，兄弟二人即相憐。乾餱或致成失德，斗粟尺布豈徒然。

海客

海客忘年歲，叩之無姓名。自言却物累，本非薄世榮。直道而素位，白首不一成。因之坐滄溟，披裘釣長鯨。相逢一笑閒，握手似平生。

渡泖

澤國兼秋迴，輕帆轉岸楓。水圍魚破浪，雲陣雁排空。橘柚寒煙外，峰巒落照中。可憐波上葉，飄泊任西風。

韓蘄王別業

格天一德勢縱橫，西子湖頭策蹇行。居士杜門惟種菜，將軍絶口不談兵。金鼇山掩旌旗色，鐵甕城沉桴鼓聲。歲幣億千獄三字，英雄只合老躬耕。

錢塘懷古

錢王衣錦舊山川，鳳舞龍飛勝地偏。霸氣欲兼州四十，雄風直射弩三千。中原群盜亡唐日，海内謳歌屬宋年。保據遺黎旋籍土，至今俎豆古城邊。

夢遊西湖

夢入桃源路轉西，桃紅猶記武陵溪。濱湖古寺翻新燕，背郭人家唱午雞。孤嶼雪消新漲滿，兩峰雲净碧嵐齊。幾回欲放中流棹，一枕驚魂鳥亂啼。

春日獨尋一丘園

屋後青山暈碧苔，薜蘿門巷水雲隈。桃花又逐東風暖，爲問劉郎幾度來。

馬應輝

字清照，號伴鷗，華亭人。著《浮瓢草集》，中載其與王草香唱和，推爲詩人。

客中九日上伯仲兩兄

骨肉天涯見面稀，茱萸笑把夢耶非。半生復暖姜家被，千里空寒范叔衣。酒對他鄉松菊瘦，書來故國稻粱肥。聯翩好看隨陽雁，盡向江南一路飛。

朱象春

字寶樹，號巽圃，奉賢人。著有《觀水堂詩鈔》。象春詩格蕭疎淡雅，以韋、柳爲宗，其詩有「一簾詩思淡於秋」句，當即其自道也。

擬唐人詩四首存二

王右丞飯僧

晚歲頗好道，上人時往還。晨齋昨相約，灑掃啓柴關。洗鉢款脱粟，蔬果亦斕斑。餘粒飼鳥雀，散之苔石間。心空識無礙，理悟思投閒。焚香念慈悲，逍遥絶緣攀。松陰澹斜陽，送君歸遠山。

柳員外溪居

楚楚山鳥鳴，一花落溪上。迴風稍稍來，幸此謝塵坱。始愛雲雨霽，尤欣草木長。寂寞坐忘機，聊聽石泉響。

過白石山莊

探幽至西佘，言憩長林下。涼風吹我襟，曲澗寒泉瀉。觀濠尚遺構，云是幽棲者。門中事琴書，門外喧車馬。

秋夜獨坐

秋風動疎林，微雨晚來歇。山齋寂無人，心神覺超越。蕭蕭絡緯聲，逗入窗前月。

書陳妙珊卧齋壁間

月光照花花照几，一縷鑪煙硯頭起。欲眠不眠哦新詩，碧紗之幮清於水。

夜坐

茅屋蕭蕭晚，黄昏未掩扉。忽聞鄰犬吠，知是釣舟歸。新月簾前上，疎鐘風外微。挑鐙還隱几，常覺世情違。

遊細林山

不盡探幽興，支筇到細林。仙人何處所，一逕白雲深。古木鳴幽鳥，秋風滿素襟。晚香亭下坐，又聽暮鐘沉。

宿明行寺竹西房

林木蕭疎外，秋蟲三四聲。雨餘殘月上，照見一花明。斗室塵無染，空牀夢未成。竹鑪茶茗熟，梵磬擊來清。

客至小飲

桂花庭院嫩涼生，瑟瑟微風乃爾清。秋水滿陂群鴨戲，夕陽在樹一蟬鳴。蓬蒿徑翦賓初到，菱藕盤堆酒共傾。歲晚於人足嘯傲，况看華月入簾明。

訪曹鏡漪不值

雨後微涼生，遥村澹日脚。書堂寂無人，唯見松花落。

將移家留題觀水堂壁

東風料峭釀春寒，酒醒無聊倚曲欄。簾外有花花外月，明朝便作故園看。

張先路

字錫純，號印川，金山人。監生。著《三樂堂集》。先路初應童試，黄邑侯拔冠一軍，院試墨污不售。其後遂鋭意詩學，筆力矯健，足爲二鐵替人。

短歌行爲程山邨賦

樹頭緑長日出暗，客窗高踞繙書勘。碧流影動春盈盈，遥情擱住扁舟纜。登樓忽來青眼瞪，脱帽相看白髮憾。未罄平生冲澹襟，因嗟此事艱難擔。人間只有少年豪，老去空餘見地高。金鍼覓繡鴛鴦譜，鐵研磨穿鳳尾袍。憶昔抗顔虎座時貴招，紛綸腹笥到處填空枵。年華壯盛真有用，挑鐙旅夜高歌共。

雙松歌

東林寺旁雙古松，百年舊翠摩蒼穹。倏聽颯颯欲作雨，瞥見款款仍生風。棄置已失棟樑用，吼共百八晨昏鐘。神物混沌老未死，奇材偃蹇一哭同。君不見園亭臺榭誇繁盛，過而爲墟瞬息中。東園寓公亦薪木，鹿皋藉蔭何蘢蔥。高吟低唱聲未歇，瓦礫拉朽荆榛叢。何似空王此殿宇，千年法界留花宫。修鱗碎甲得所託，幸不化去如神龍。倚松摩挲三歎息，天地一氣資陶鎔。老去皈依附外道，古榦不逐空門空。人不自立如雙松，試問何以垂無窮。

詩話：我松使院内有怪松，枯而猶生，仁和施學韓曾作歌云：「何人鞭起甲蟲長，化成鐵幹高一丈。鬼斧劚斷已千年，枯枝時有白雲養。蒼鱗片片飛空冥，怒鬣乙乙恣排蕩。窮冬日瘦草木死，是公獨出矜無兩。盤旋或與風雨戰，聲落千山萬山響。嗚呼人生得意會有時，爨桐定遇知音賞。傲骨須知本天性，雷霆呵護避精爽。劫塵歷盡不回頭，此老毋乃太倔强。月光昨夜挂枝頭，溶溶翠滴仙人掌。客中幸遇抱節君，清風日日來相訪。」此亦可志松郡佳植也，因雙松而附載于此。

病起

十病死居半，殘生未斷魂。暮雲收急影，秋草滯孤根。白髮含愁亂，青衫咽淚存。閉門念同調，哀雁夕陽邨。

客樓偶成

望裏漁村渺，斜陽十里煙。詩成寄何處，夢好落誰邊。求友真難得，逢人漫乞憐。自來同調少，焦尾況無絃。

隙過

隙過光陰又一分，蕭騷短髮罥斜曛。閒愁樹樹飄黃葉，斷夢峰峰障白雲。世外浮生初警覺，人間底事太殷勤。荒原骨朽多年少，握手當時記舊群。

一枝菴二截句

釣灘東畔小橋西，草徑當門屋舍低。綠暗紅稀花樹少，但餘隙地種黃虀。

髹几藤牀入座兼，安排齊整小莊嚴。自來枯木無生意，吹滿東風不捲簾。

張希賢

字若愚，號德山，上海人。布衣。善吹洞簫，鼓琴，尤工古今體詩，排奡跌宕，自成一家。嘗遊京師，性不諧俗，所交惟朱秀才，後謚文正公珪，曹中翰，後贈副都御史錫寶，餘接之，如不屑所親贈之斧資歸，坐是益困。同里羅久成字南照，能吟咏，多蓄法書名畫，富而好禮，希賢常主其家，與他人亦齟齬不相合。年七十餘卒，有子，不能娶，卒無後。所著《疎寮稿》，今頗有傳者。

飲馬長城窟行

飲馬長城窟，天寒冰早結。馬渴當奈何，斧冰冰堅斧盡缺。刺我股血，飲我馬渴。驅馬突虜陣，黃塵蔽天飛。羽箭左右發，寶刀縱橫揮。驍騰數出入，人馬心相知。仆其車上旗，挾其名王歸。漢軍遥望之，人馬同光輝。我自報主恩，馬亦感我私。

馬鞍山擬古

不登馬鞍山，秋風慮前日。忽忽三十年，抱兹由然質。東西落葉路，青鞋踏蕭瑟。騁步攀危峰，百仞下無實。試足縣崖邊，一分垂外出。大呼我欲投，同輩色戰慄。笑言君弗恐，人命各有畢。憶居終南山，陰嶺渺天末。俯視浮浮雲，其態近可悦。擲身戲就之，復落冰炭窟。寒凝白玉肌，熱冶黄金骨。微吟契時流，翻厭語淒切。吾道固委蛇，彼哉豈特達。白石既以爛，而然注頹筆。雁王裂峻圖，礧磈如豕突。顧此老革囊，常爲褌中蝨。今日粉碎之，大樂不可説。借問王子喬，長存亦何必。

平原行

驅車平原道，聊作平原行。尚論平原君，意氣何驕盈。叩門躄者初不識，斷美人頭何無情。腐遷憤書逞私臆，所傳十九非公評。當時好客雖號四公子，大抵徒以豪舉要聲名。絀嬴至計不在縱，縱能拒嬴難絀嬴。邯鄲苟存乃其幸，此輩碌碌安有成。

飛來峰

白雲墮空一百丈，幻出招提了無象。神工鬼斧鑿不成，外嵌中空徧清朗。東山月出西山望，疑是帝座玲瓏障。却顧西湖碧一泓，露盤未上金人掌。大竅吹風小竅吟，似聽樂奏鈞天廣。我聞此地昔無峰，不識所來安知往。冷泉亭畔揖飛仙，花落空山寂無響。但恐他時復飛去，鎮以五百阿羅相。棲禪初地脚根牢，盡日青蒼撲人爽。庸夫俗子苦不識，到此何曾知息壤。西南一角更奇絶，風雨羅浮神惝怳。誰知隔澗雲林深，齋鐘午撞和泉響。開士門前一撒手，禪心粉碎非非想。

題吴曉門城南古柏圖

崛强偃蹇昂且伏，宛延夭矯嗟却曲。魚鱗刷盡鳥脚翻，迴柯攫雲撼枯緑。噫嘻僊矣若爲情，積雪嚴霜玉汝成。但恨千秋無繪事，至今桃李榜春英。延陵詩人老於客，對此矍然動精魄。墨枯筆秃可奈何，一笑秋空盪胸碧。問訊從來不計年，北陵東麓兩茫然。將藏莫付蛟龍匣，只恐相從飛上天。

醉時歌倚顧十三成卓韵

正兵直搗糟丘巔，奇兵四翦青州邊。天開賢聖此立國，但計户口不税錢。千秋未罷新豐市，又見城南二三子，邂逅侈爲良夜謀，其時北風涼于秋。雪花看人闖入室，興高客豪羌渴極。騎馬乘船屢舞仙，古往今來共此筵。王郎拔劍呼張顛，我非窮愁潦倒之放言。七尺爲壺亦聊且，未是全乎天者也。任爾浮雲事事非，瘦狂畢竟勝肥癡。神奇臭腐徒爾爲，東方須臾高知之。千瓶百甕垛東壁，百年一日醒不得。可歎崔嵬白石寒，大家挈榼登南山。

元宵鐃鼓行

赤闌橋北奎閣東，元夜鐃鼓誰能工。亦有短簫兼横笛，邇韵遠響相戛擊。金與革，節以拍，颯如梧雨灑秋夕。驟如劣馬怒脱銜，紛如雜花鬧晴陌。虎頭健兒夜斫營，長槍大戟接短兵。六州良家出雁門，騎鐵葉葉唫鏗訇。忽然疊破賺《哨遍》，滴溜滚入《伊》《涼》换。最是一聲清角悄，彷佛獨鶴叫空漢。噫嘻此聲殊不那，會中豈無失意者。去秋潮灾歲不登，號寒啼飢滿四野。我有八口無死所，憂心如焚淚如雨。角乎詎爾大有情，共登歡場獨鳴苦。噎哉先生夫何迂，逢歡不樂抑又愚。石田之粟堅且好，時至則穫奚踟躕。幸兹麗譙遲未交，磨舂明鏡窺秋毫。與君更爲樂上樂，聊逍遥以永今宵。

遇風胡子

斷雨因風吹不了，十年舊夢天涯渺。近來畢竟叩誰門，可歎英雄難得老。如何華髮也盈顛，話到平生意惘然。漂泊江湖多少事，白蘋深處一漁船。

夢虞山真如師

一别十年遲，何因夢遠師。亂山飛雪夜，老鶴放參時。與檜俱成佛，和雲寫入詩。覺來親記得，殘月冷峨嵋。

天竺寺

一方青借普陀天，古刹悠然空翠邊。磬合松泉勞選佛，樓寒竹雨倦遊仙。蓮花欲染雲藍色，桂子初參水月禪。滿眼會心題不得，瞎堂應悔落言詮。

偶作

嚬笑由他未足憑，紫簫一去竟無聲。金泥小篆書郎字，玉琢宫牌記妾名。舊日青衫紅淚在，當年别路緑蕪平。怪來閣道千迴曲，不到危峰不盡情。

乾坤容我渺焉軀，四十年華流水徂。珠以放光終按劍，蘭因當户每遭鉏。新書自悔蛇添足，舊什空瞻屋有烏。飽死侏儒饑死朔，西風何處覓頭顱。

登北顧山

總爲扶輿太不平，江山千載幾紛争。兼天高浪魚龍窟，拔地巉巖虎豹城。北國裂分蕉下鹿，南朝破碎橘中枰。當年多少興亡恨，我輩閒來一品評。

漫感

何年高卧白雲鄉，世上泥丸付蛣蜣。大古乾坤恩怨主，從來家國是非場。飛殘嶺雪梅香冷，吹盡松風鶴夢長。頭髮未星眉正緑，笑看東海又塵揚。

城南桃花我邑之勝昔年過之有美人鏡裏妬穠粧之句今春花復爛然重題是詩熱中太難爲情矣乎

望斷垂楊樓外樓，夢慵歡懶懶梳頭。當年崔婦非無笑，此度劉郎始欲愁。佳約繡帘知綺月，艷情錦被識薰籌。鴟鬟少小風流慣，嫁得憨奴未遠遊。

秋日旅懷

歸去來兮歸去來，田園十畝半蒿萊。千秋《白雪》本無調，何處黄金尚有臺。桂樹山中芳已歇，菊花籬下落還開。西風劈面吹人老，一卧荒江首重回。

梅辨 紅梅一題，古今作者多有，而余獨翻成案，非刻也，真僞之辨，不容不嚴，梅云乎哉。

玉質從無一點瑕，肯將姿色媚韶華。周旋薄俗顔何緩，體貼春風意已差。徑捷蹴翻高士局，山深隔斷老夫家。不妨移向終南嶺，唤作東皇隨駕花。

老木

只許靈椿校後先，肯同散木苟終全。將軍一去今何世，司馬重來又幾年。但使盤根深得地，詎須直榦更撑天。松高莫笑龍鍾甚，生意長滋落照邊。

曹枘

字愚村，號卧雲，金山人，居秦望山陽。著《雲間名勝詩》。

郁振故居 在千巷，字憩菴，弱冠入黌宫，便棄帖括，肆力古學，博覽群書，尤好吟咏，出入三唐，著《樵風晚唱》數十卷。

深深柳拂舊山川，一笛淒涼感昔年。朋好不禁雲散去，縹緗風雅孰能傳。

楊際亨居 在張堰南三里。屺園氏簪纓世胄，博學善文翰，工於詩，著《草閣閒吟》《清機館集》。

浮雲富貴獨能輕，亭有草玄夙擅名。世業縹緗還不斷，鳳雛藝苑又蜚聲。

張 溶

字純如，號益齋，婁縣人。用天子。以乾隆癸酉卒，年僅二十。有遺稿一卷。

彭真人祠

尋真到元都，探幽來空谷。霞外静無人，微風灑松竹。松竹相因依，雲煙屢單複。青蒼鬱藤蘿，婉孌成小築。桃花落滿庭，片片雕紅玉。瑶草延堦除，中有金蛇伏。登堂拜遺像，瞻仰仙容肅。何處覓神丹，空悲白日速。鶴飛不知還，瀛洲信異域。對此念身世，令我感心曲。徘徊不能已，夕照收山麓。復尋舊逕歸，月向春林宿。

江樓

霞散一天紅，樹簇滿山碧。渺渺望長川，紛紛煙似織。須臾萬象換，盡成明月色。何處一聲歌，使我心無極。

讀莊子

欲自消愁苦，須觀内外篇。文章天地外，事業帝王前。但得幽元解，何須向郭箋。秀才無兩大，今古並誰傳。朱子謂莊大秀才。

李宗袁

字式凡，號柳溪，上海人。由部員官廣西梧州府知府。著《南軒雜咏》。

過凌少司馬榆山先生水竹居

愛客常教啓夕扉，竹林深處翠成幃。斜陽影裏魚魚出，碁子聲中燕燕飛。晴入簾櫳閑寄興，涼生水榭静忘機。鯫生幸許頻來訪，拜賜珠璣滿握歸。

馬　灃

字倬周，號蘭渚，婁縣人。監生，候選州吏目。著《適樓吟》《東山紀程草》。馬氏，原籍洞庭東山，遷婁邑泗涇鎮。其父光覲，字鶴江，監生，有子，乾隆壬申將赴洞庭祖塋，舊恙復，作詩云「先人丘墓湖山隔，後嗣烝嘗夙夜情。抱病支離荒祭掃，含愁蹭蹬度清明」句。至《東山紀程》詩，則係灃赴祭時作也。此可見其父子殷殷墓祭焉。

婁江道中

晨光照艦水泠泠，回望崑峰刺眼青。盪槳婁江前路杳，大唯亭外小唯亭。

楊廷球

字壽朋，號栩菴，華亭人，居亭林。著《栩菴詩鈔》。

促織詞

秋風裊裊秋涼早，落葉滿階愁不掃。吉貝花開蚱蜢飛，凄凄蟋蟀吟枯草，草枯霜白夜沉沉，斷續聲隨斷續砧。孤館聽來愁不寐，客窗聞處最關心。關心似向深閨訴，刀環人隔金微路。雁足誰傳塞外書，月明空照機中素。遲遲明月影初斜，正對清宵咽露華。疋帛催成難寄遠，淚彈青鏡濕菱花。

頑仙廬徵君故居，今已蕪没。

頑仙舊隱地，名蹟重徵君。訪古一相憶，斯人不可聞。寒泉喧似筑，白石爛爲雲。長嘯空山裏，蒼茫日已曛。

鄒廷枚

字燕昌，號維吉，上海人。布衣，工詩，以賈、孟爲宗，無全稿。無子，其壻諸生周鳳藻録示數篇，存之。

秋夜偶次夏衡元韵

過雨斜陽落，蛩吟一逕幽。林疎初逗月，人瘦又經秋。望遠思燕市，臨風憶謝樓。此身聊自適，莫漫歎沉浮。

侯維熊

字雪巖，上海人。

九日訪友

九日快登陟，西風雨復晴。黄花高士宅，綠酒故人情。索句忘吹帽，看山不計程。莫愁歸路晚，明月逐人行。

何勳

字紀鴻，號吟梅，婁縣人。隨程□□之泱□□縣幕。著《棧中雜詩》。

赴寧羌道中作

策蹇衝寒赴武都，道經雲棧極盤紆。望中泉石成奇景，到處巖巒入妙圖。時友繪山行圖。驛路蒼茫羈思結，省垣迢遞客情孤。此時爲計初陽動，喬木遷鶯信有無。

鳳縣早發

清晨發隴西，躅躅傷行旅。峰迴路轉時，有人隔煙語。

王宗鏡

字叙倫，號涵碧，上海人。

題趙文度秋林釣隱圖

江左幾人精繪事，大癡之後推文度。毫端忽吐煙霞光，半幅生綃刷江霧。江上晴峰翠欲滴，誰拂珊瑚竿七尺。煙波來往不逢人，長嘯一聲山月白。即今颯颯秋風薄，夢入秋山與秋壑。松韵泉聲户外鳴，手把《南華》讀谿閣。

細林山訪彭素雲仙塚

神鼉峰畔叩靈關，短碣摩挲蝕蘚斑。羽駕何年騰白日，丹爐依舊閟空山。泉香古澗僧猶獻，鶴唳層雲夕未還。一片蒼蒼厓上石，更誰此地换塵顔。

國朝松江詩鈔卷四十六

鄉人姜兆翀𤎩山録
沈恕屺雲閱

廖景班

字集旉，號羨行，婁縣人。乾隆丙子舉人，以例官榆社縣知縣。

平梁道中懷汪笠夫

尊酒離亭慰藉勞，别來意緒轉蕭騷。文瀾可似長淮水，春雨平添緑一篙。

廖瑞龕

字綸客，號步瀛，婁縣人。丙子科舉人，初任雲南鹽大使，歷署縣事。丁外艱，起補兩淮鹽大使。詩有《游滇》《淮南》等集。

茶房山寺即事次壁間韵

策蹇高峰雲氣昏，尋幽一徑入空門。藥香雨潤羅荃島，葉落風飄枳臼村。羅荃、枳臼，地名。五夜定鐘醒客夢，孤燈禪榻息塵喧。山廚老衲殷勤甚，蔬笋芒鞵劚石根。

同人遊鸚鵡菴

重門迢遞隔塵埃，縹渺仙都接上台。蓮院花香延客至，院中玉竺盛開。玉泉釀熟待君開。巖空風送松聲遠，壇靜雲移鶴影回。暇日偷閒幽興愜，明年簫鼓約重來。滇俗：新春競遊其地。

張其煒

字策安，號心齋，原名咸熙，一鶚裔孫，金山人。乾隆丙子舉人，官崑山縣教諭。歸卒，年八十餘。著《容光詩集》，竇應王希伊序之，以爲冲和閒淡，覺其方寸之中無一字世俗語言意思者。今按其詩意超逸，無迹可尋，要是熟精《文選》，而又不襲其字句，故所造如此。其集現藏余家。

雜詩

清風來谿上，吹我石上琴。兩觸成一響，無心成至音。世人寡特達，邀盼賴黃金。結交總云固，結心苦不深。未能攄懷抱，曷以披素襟。所以遺世人，長往托泉林。

世無兩毛遂，孰試愛客誠。世若一曾參，孰識慈母情。燕石混符采，蕭艾雜桂蘅。豈惟形似合，直恐遼絶并。鳳皇巢丹山，百鳥嬲其間。聞聲百不應，自食青琅玕。豈不顧同族，所思頡頏難。矯翼翔八荒，一去何時還。

讀東野詩

古色無媚姿，苦調無淫聲。孤骨千刻削，危腸萬交縈。冤魄流碧血，沈魂吐丹誠。瑣屑不挂齒，囍澁日費精。醉夢尋幻滅，狂癡畢經營。好信斷青鳥，遊神落碧城。比匪懼蕭艾，懷馨感蘭蘅。一枝鳥翩倦，一勺魚尾赬。寥闊視天地，顑頷酬平生。雜懸畏鐘鼓，精衛填海瀛。掉頭別世態，談口羞儒名。寧知此身盡，而與萬物争。孤向遥爲弔，幽泣灑枯莖。

温文選

瓌異人競藏，一失畢生悼。孰與未嘗有，翻覺忘惡好。《文選》素珍愛，難字口俱到。荒落日就亡，何殊受剽盜。又如追逋逃，蹤迹孰爲導。廢然心目間，空復挂戀嫪。朝來理故帙，鞭心收妄躁。庶幾集翠存，太半嘉穎耗。難猝齟齬合，得免攟摭暴。黽勉耘業勤，庶望力田報。毋謂學舊史，永坐群兒譟。

璧有瑕

雙白璧，十五城，城價璧自輕。十五城，雙白璧，璧去城難得。此時璧入秦王手，此時城出秦王口。璧不歸來城不償，藺生睨楹何慨慷。勸君掌中莫自誇，小臣爲指璧有瑕。

攜酒過鄰園看牡丹獨酌成歌并當送春之曲

朝雲初散煙霏微，廉纖細雨吹春衣。姹紫妖紅看不足，眼中有此穠華稀。急趁香魂催舞燕，一尊桑落花前揮。笙歌休結隊，雲錦簇成圍。氤氳世界春如海，疊艷濃妝幾處在。人間何處舞霓裳，雲階月地長相待。天姿絕世詎等閒，解語端應訴真宰。無奈三生業在何，西施網入繡幃多。急筦繁絃催白日，薄命紅顔委逝波。賴得黄鶯歌宛轉，底須芳草歎蹉跎。一年復一年，艷冶爲誰妍。定許驚心復動魄，苔茵躧破不成錢。千金一笑知難買，遊絲落絮兩纏綿。坐惜佳期晚，紫騮嘶復遠。公子華筵顧曲遲，王孫玉勒尋芳返。只有銜酒清狂人，掩蘋肆若幾逡巡。擬蹋瑶臺月，先吹香國塵。《昔昔》《懊儂》聽不得，一聲鶗鴂送殘春。

貧居雜興

也向當壚飲，紅芳醉語花。彈心張緑綺，脱句贈明霞。嬌壓黄金屋，狂調油壁車。鶯歌將燕舞，梭擲剩年華。

雜興

今朝侵曉雨，前日立冬晴。雲重釀寒意，風微養病情。閒攜茶臼到，試覓菜畦清。即事成幽趣，逢人説代耕。

避俗時時嬾，耽貧事事賒。空牀堆敗筆，寒圃失殘花。歲暮美人思，天寒旅客嗟。懸旌無處所，夢及又天涯。

立秋即事

一番涼思罷天鶩，薜荔牆陰擬嘯歌。兩屐屢淹吴苑月，片帆又挂越江波。閒身作主清風在，好句牽人白芷多。窮迴游中蕭颯甚，蒯緱直得幾摩挲。

淩應曾

字祖錫，號叔子，上海人。如焕姪。乾隆辛未召試，癸酉拔貢，丙子舉人，官貴池縣教諭，其游黄山詩最工。

望黄山雲氣

幽居觀元化，寥廓無始終。彈指忽涌現，神光互西東。芙蓉絶窈窕，動影何冲融。飄飄御風子，徑斷風雲通。如彼兜羅綿，明暗皆因空。言尋静者論，虛室聞清鐘。

登韜光望海門

江海争一門，巉巖劈雙掌。水石相撞擊，乾坤日推盪。越王失故臺，宋室捲遺壤。獨有伍胥靈，乘潮自來往。

鐵索港謡

新安江之浦口，亂石怒生，牙錯環還數里而遥，奔流若激矢，長年刺舟，一篙半篙，悉中家法不敢越粒黍許，盤旋屈曲於千萬劍戟中，可云絶險。石色沈黑似鐵，土人呼爲鐵索港。

阿誰鑄鐵作岣嶁，犖确千尋斷行旅。女媧煉石補漏天，天星中夜隕如雨。水拍拍，峭且激，行路難，歌偪仄。乍疑雲峰奇，還似浪頭黑。或如棋盤錯，或如機杼織。或如兔脱犬，或如雅種麥。或如鬱律蛟龍蟠，或如飛鳥驚蛇迹。或如牛羊下山麾牧肱，或如鸕鷀銜魚振水翼。森森十萬横磨劍，肅肅塗山秉圭璧。沙場陣幕擊刁斗，獵圍禽獸爛磧礫。奸奇怪變真險絶，輕刀敗絮攢荆棘。獨漉獨漉苦泥濁，迷陽迷陽傷我足。王道由來號蕩平，何爲世路有屈曲。魂夢飛騰叫帝閽，我舌猶在疇能捫。精誠貫日虎豹遁，稽首地上蟣蝨臣。願勑六丁雷電下取將，鞭之見血驅群羊。投畀禆海擲天外，毋使當道如豺狼。帝有晬焉顧我笑，渾沌不勞鑿九竅。陳詞敷衽就重華，九疑山高雲窈窱。覺來漁舟有狂客，勸我酣歌啜糟粕。車輪一日九迴腸，袒跣何如呼五白。伶五斗，髡一石。崟崎歷落可笑人，胸中磈礧誰消得。吁嗟乎！胸中磈礧誰消得，仰眎元天幽且默。

寄懷吴甥企晉

離思颯然滿，涼風天隕霜。敝裘憐季子，斫地憶王郎。似爾神交少，深余契闊傷。每懷桃葉渡，夜雨話連牀。

簡潘二西白

咫尺潘郊老，離愁風雨時。重陽一尊酒，吟爾滿城詩。

早發白沙步

白沙清且迴，雞鳴理煙艇。日出兩三竿，雲中見山頂。

唐　芬

字馴叔，號然澤，班子，南匯人。乾隆丙子舉人。

題姓道人買花圖

春山過雨春如濯，竹擔挑來春一角。長紅小白向春開，攬取春風不盈握。道人尋春興不窮，芒鞋踏遍春山空。回頭一笑看春色，那知身落春風中。

題王皡如畫

鴉噪西風木葉凋，疎林夕照莽蕭蕭。故人家在寒煙外，落日扶笻過板橋。

春山雨過竹雞嘑，嫩緑煙梢蓊蓊齊。記得芙蓉江上泊，倚樓人在夕陽西。

陸惇宗

字望之，號莆塘，原名文洋，青浦人。乾隆癸酉副榜，丙子舉人，由教習期滿，選福建平和縣知縣，調閩縣。居官廉幹，方以卓異薦，因母老乞養歸，後丁母艱哀毁卒。惇宗能詩，工楷隸，尤精地理。著《秀林草堂存稿》，其規模蘇、韓，頗見具體。

荆軻

群兒寡遠謀，我恨田光耄。扶顛豈無策，而以狙引豹。柯盟安可再，桓政矧殊暴。成敗未須論，總之速焚燎。腐遷憤思俠，弄筆資悲嘯。後人復津津，嗟嗟眸子眊。

進木蘭 白石片子入口。

山行旬日嫌雷同，意謂前途可例必。豈知造物真豪縱，蓄勢特開大手筆。石門豁悶劃塵凡，畫圖陸續丹青設。峭巖重岨轉眼異，漸覺恢奇漸深入。矮松壁面列若眉，古蘚崇椒點如髮。天風振巖勢欲落，石虎當關路疑絶。蒙茸穉木不辨名，草香遠引馬蹏潑。一豀深碧清見底，漏汩盤迴作之折。我乘殘月踏歌行，四谷傳聲如和答。畫意滿眼手不敏，詩才即景詞苦拙。人生勝遊何容易，豀上桃花枉飢渴。從古争譏塞北山，風光孰信神仙窟。朅來遠逐芻蕘往，十載紅塵此一拂。明朝歸去別循塗，出哨不迴舊路。不知得否重緣結。

雪浪石次東坡元韵

中宫列星宿衛屯，遭謫墮者失其尊。塵沙埋没灌莽裏，風雨剥蝕窮朝昏。不中磨刀擊新火，但礪牛角中山邨。歲久瑟縮滅廉峭，更欲上天天鎬門。失意相憐得青眼，重與拂拭招遊魂。白蓮丈八作供養，醍醐蚤夜灌頂根。當時微意偶寓此，雪鴻隱約留餘痕。客來摩挲意未饜，髯公不起誰與論。紛紛真贗費猜測，眼孔自笑祇戴盆。傳者何爲必雪浪，艮岳花石今焉存。

記夢

夜夢復入長安城，涼秋襤褸紗衣輕。舉頭恰及淞南宅，故人拂袖恭前迎。堂中蠟炬白日明，執手叙别三年經。旁有一人裸且行，欲揖不揖氣縱横。我問何日登王程，答以二月春風生。俄聞近事駭可驚，密戚比屋俱公卿。妻兄子曰頰輔舌，姑夫口説其姓滕。頰以繕修揭屋瓦，誤連滕室同時傾。一時蠻觸紛然争，頰至削籍滕驕矜。我時聽之心未平，學斷斯獄擬重更。寤詫此幻何由成，得非我口過咎盈，作歌聊當金人銘。

次和吴二稷堂熱河留别韵稷堂入都，予赴木蘭。

半程未許税鹽車，又見南征雁影斜。餞客殘尊憑作夢，隨身長鋏本無家。天涯識面人如命，歲晚謀生計似花。寄語長安諸舊好，爻閒醉卧鹿眠沙。

沈樹聲

字得路，號香澧，初名若木，改雲際，又改今名。華亭人。乾隆癸酉拔貢，丙子舉人，丁丑進士，官池州府教授，陞内黄知縣。歷江西建昌、山西太原知府，浙江温處道，至長蘆鹽運使。著有詩稿，爲人借去遺失，向其家乞得叢殘，僅《園居詩草》三十首，及《閒情集唐》等作，大率多新艷之致。

園居

云何白晝掩柴扉，籬笋新簪蕨正肥。草長繡墩思即席，鳥嚯布袴憶無衣。因耽酒社迎風去，爲訪詩人帶月歸。流水未知何事急，閒鷗不語下漁磯。

行行止止復棲棲，貪聽松風獨杖藜。一架舊書防飽鹿，半窗新語益談雞。灌園老僕憎花冗，索筆騷人愛竹低。自喜栽培多次第，垂楊斜覆小橋西。

天教楓葉染紅塵，我卻何心羨葛巾。偶認鶴爲方外友，分明竹是个中人。鼾聲窗下童眠書，絮語枝頭鳥惜春。莫謂歸來張翰早，半生久矣棄鱸蓴。

窮水看雲不憚勞，非攜蠟屐即輕舠。儻知烹雪何妨拙，婢解吟風亦可褒。每笑鵲巢徒好大，更憐蝸角獨貪高。推窗朗誦青蓮句，借問當年釣幾鼇。

曹錫寶

字鴻書，號劍亭，上海人。乾隆辛酉舉人，考授中書，丁丑進士，選庶常，改刑部主事，歷員外、郎中，河南正主考，督山西學政，山東督糧道。入爲國子監司業，監察御史。著《容圃詩稿》。朱文正爲作行述，稱其爲侍御時，因見朝貴家人不法，劾之，訊無實據議革職。詔特原之，仍留任。及嘉慶己未正月，今上追念其慷慨敢言，不愧諍臣之職，且事亦並非失實，追贈副都御史，並蔭其子江入監讀書云云。侍御建白如此，洵可不朽。至其詩，如《木蘭》等作，是爲中書時所著，至晚年之作，則無專集。

賣菜傭倣樂府體

賣菜傭，西復東。負擔出門去，寧辭雨與風。朝來鋤菜恐傷手，日暮還過菜市口。飢不得食，寒不得衣，妻孥嗷嗷向户嘑。豪家但食肉與糜，誰甘淡泊餐黄韲。豪家但貪菜值賤，菜傭辛苦幾曾見。賣菜傭，爾勿嗔，如今長安豈無咬斷菜根人。

由蘇隄至斷橋遂入昭慶寺

亭午山氣涼，林泉富佳致。捫蘿扶孤筇，夤緣慰遐企。湖光漾微波，晴峰相青翠。息陰緑楊下，野花送香氣。每懷白與蘇，臨眺傷古意。沿流途屢變，引領復遥睇。孤煙靄飛閣，斷橋饒靈異。我來不見雪，苔蘚空滿地。須臾暮景侵，殘陽忽西墜。一徑通雲林，數武行即至。鐘梵叩寒雲，法侶暮歸寺。入門訪翠微，紛吾舊游思。竹房静真機，山殿絶塵事。白雲心所親，觀空情已醉。夙昔慕幽棲，道心積夢寐。願言從遠公，永脱世網累。

廣仁嶺

晨上廣仁嶺，疑入丹霄路。最高騁遊懷，乃覺觀覽富。修闌帶朝霞，幽花泫夕露。秋風天半來，颯颯響巖樹。一徑入禪關，馬首此暫駐。鐘魚静梵音，佛火明宿炷。道人啜苦茗，持向美甘澍。捫蘿極層顛，仰視天宇素。長嘯千仞岡，崢嶸怯轉顧。歷險氣自愉，循夷神反怖。以此滌塵胸，披豁消萬慮。賞心惟所遭，慨然平生趣。

發鄂爾楚克

申旦擁敝裘，祇役傍巖曲。徒旅静無譁，煙嵐紛遠目。密樹隱層巒，遥岑透初旭。奇峰露天骨，卓立向雲矗。直下盤虚空，峭壁如切玉。玲瓏兼綢瘦，斑駁雜青緑。明霞麗朝容，淺霜出新沐。好鳥抒幽響，野花吐奇馥。自余來絶塞，日夕苦奔逐。力怯倦逢迎，興極懶遐矚。勝概兹天成，微吟慰幽獨。豈惟得壯觀，兼之滌塵俗。何當暫結廬，留此十日宿。

水香園圖歌爲梅坪題照

黄山之勝天下奇，石勢入雲雲汨之。長風吹空雲斷石，亦裂虬松千樹萬樹夭矯揚之。而我生何爲落塵海，宿昔夢見徒嗟咨。新安汪君置身近福地，胸中丘壑窮端倪。朝蔭山中柏，暮採山中芝。偶來平地運慧力，得山之趣妙不經思維。阮谿夾明鏡，風來自生漪。紫霞如静女，過雨高鬟垂。仙人古洞有路不可入，惟見日月沐浴終古開雙池。頗聞柴桑翁，栗里留苗茨。桃源之説果何有，絶境髣髴移于斯。得非壺中别有天地追軒羲，不然世間疏泉疊石之技能爾爲。真形傳好手，要客題新詩。使我拄頰遠望掀雙眉，便與畫中猿鶴遥相期。一枝枯筇幾兩屐，斷凡橋外天風吹。

色勒蚤發

遂有寒風至，淒淒破曉眠。曙霞紅映樹，霜草白于緜。仙杖森林外，群峰到馬前。計程今已半，努力捉吟鞭。

秋日南城晚眺二首

寒色來天地，蕭條起暮愁。歸雲千嶂晚，落木一城秋。目斷行行雁，心依泛泛鷗。吾身真若夢，浦水日東流。

日落平沙白，潮來萬壑鳴。雲山迴暝色，風雨送秋聲。事業年華迫，文章道路輕。平生蕭瑟意，愁絶對江城。

秋塞雜咏

烏桓城下陣雲黄，白馬關前月似霜。百戰雄圖餘壁壘，累朝形勢尚金湯。天晴鐵騎排空見，日落龍沙極望涼。惟有灤江嗚咽水，年年長自繞邊牆。

長松巨壑翠千重，峻嶺興安秀獨鍾。磴道高秋飛雨雪，幽潭白日走蛟龍。蒼茫遠接崑都勢，突兀斜連長白峰。見説此中饒勝概，何時策杖一相從。

出古北口

六年三度此嚴關，景物清秋照客顔。崖鳥豈知人意倦，巖花如笑宦情閒。河山目極蒼茫外，風雨魂消指顧間。小吏相看莫相訝，終軍今已鬢毛斑。

即目

俱飛蛺蝶戲平沙，麥浪浮煙碧草斜。始信風光殊早晚，塞垣五月落楊花。

朱寬

字季常，號定山，鼒九世孫，華亭人。乾隆己卯舉人。是科鄉闈初行五言排律詩，定山夙能詩，獲售，後益以詩家稱之。乃其所著散失無存。

《漱芳齋詩話》：嘗見定山所輯家譜，及朱氏詩抄，内如朱元振、朱佑、朱豹、朱蟾、朱子起、朱察卿、朱家法、朱家聲等，除經《松風餘韵》選取外，其全稿俱存。他又有朱仁、朱時雍、朱從龍、朱紹堯、朱在廷、朱嵓，俱係明人，皆有詩，均當補入，惜其孫不學，業賈，盡將書篋擲之書舖，余因得見之，而姑代藏之。

遊九華

柝鈴纔歇促征蹏，殘月隨人徑未迷。嶺峻恰宜呼甲子，雲深常欲辨東西。籃輿到處開生畫，蘚壁何人續舊題。二載塵襟差一滌，此來端不負攀躋。

梅夏

乍晴還雨熟梅天，小閣登臨一灑然。最是閒來無个事，自煎活火試新泉。

王廷和

字碧珊，號愛吾，華亭人。乾隆己卯舉人，官海州學正。著《縹渺樓詩稿》。

詩話：司諭留心風雅，曾輯松郡國朝人詩，以續《松風餘韻》，共□十□卷。其所編排，以時代先後爲次，不從姚氏本之以姓排列者。又嘗自撰《婁縣志》，當乾隆五十二年修志時曾檄取入局，而不之用，後並將原本失去云。

入九嶺山爲蒼梧第一峰循崖委折直達獅子巖

南中有蒼梧，宛轉峰九疊。何年巨靈手，移向東溟插。其長綿百里，與海相吐欱。此峰居右臂，名與九疑合。崚嶒狀聳翠，起伏勢巀嶪。延緣遶山趾，雲霞若可踏。行行過新灘，民竈居相雜。前村爲當路，犖确澗流急。相傳鄒衍事，附會徒喋喋。招提得華嚴，蒼松影匝匼。每每山下田，疆畎判原隰。不虞水潦侵，長藉流泉納。樂土藉此方，問俗意良愜。策馬向亂山，獅子又離立。

彌陀菴即雲臺下院假館信宿遥望青峰頂未及上

洛迦南海懸，郁州東溟峙。佛地與道場，瞻禮一轍耳。兹嶺三元宫，香火走遠邇。每聞朝參者，取道率由此。我爲王事來，塵迹偶託軌。身列靈山麓，相距徒仰止。側聞盤陀上，九澗流若駛。躡步排雲梯，萬象歸履底。樓高觀海曙，升景蕩紅紫。陰森水簾洞，普潤常瀰瀰。福地七十一，光景不勝紀。徒爲行役牽，孤負山靈美。還當選休暇，再整尋山履。蒲團三宿緣，涼月白窗紙。

奉賢秦烈女歌

君不見曹娥救父投清湍，緹縈上書古所難。又不見凝妻斷臂留芳行，夏侯截耳堅且正。女孝婦烈皆有之，惟有女而未婦烈尤奇。鵲巢竚成罹急獄，六月霜凝氣慘酷。金雞望斷救何從，橐饘有願憐誰告。既不能學蔡文姬，含羞流涕詣曹公。復不能爲沈楊婦，飲血陳辭期代贖。山頭化石更奚辭，所爭一死志已足。吁嗟乎！世間男子一種柔媚腸，臨危卻顧多回翔。孰如弱女之死真慨慷，硜硜砥俗扶頽綱。東海之水波湯湯，東南日出照輝煌。秦家好女有如此，奚羨當年陌上桑。

奉檄往東海求鬱林觀摩崖石刻

摩崖古蹟溯唐代，神妙獨數中興碑。誰其儷者有崔逸，鬱林古觀鴻文垂。逸撰《東巖□記》，唐開元間隸書。後來還有宋時篆，祖無擇撰銘辭奇。祖作三言銘，係古篆。兩碑相距不數武，其一豎立一斜欹。年深古色翳苔蘚，神物暗護蟠蛟螭。因巖削成顯奇迹，蒼逸奚讓邈與斯。此碑在昔當勝代，摹搨絡繹無虚時。載之明人金石録，遠邇好事争奔馳。近來荒山置岑寂，陳迹罕有遊人知。我因奉檄始到此，訪尋遺觀存荒基。三椽茅舍閉榛莽，老猿嘯雨鼯嗁饑。曼卿題句猶仿佛，泠然坐久埃塵遺。石詩有「坐久涓埃塵，冠弁始泠然」之句。捫蘿踐滑步屢蹶，陟降峭崿臨厓巘。魂神飛越久始定，瞥見撰刻留巖崎。上臨數仞之絶壁，有懸流清如一匹練，石上鐫「飛泉」二字。下俯不測之流澌。擘窠巨製大於斗，摸識側立忘形疲。我生夙具嗜古癖，摩挲得此開心眉。流傳八十有餘紀，風雨剥蝕猶如茲。會須剜苔剔蘚選妙手，獻之西清甲觀供搜披。

黑風口待渡憩雪浪菴

一片熬波地，茫洋海若灣。黑風吹永日，白浪浴諸山。帆走平沙疾，天圍大野閒。卬須我欲濟，一息叩禪關。

王永祺

字延之，號補堂，婁縣人。歲貢，乾隆己卯舉人。事祖母吴以孝聞，父客死中州，徒步從風雪中扶櫬旋里。年近六十喪母，哀慕如童稚。平生於書無所不讀，詩文沉雄自喜，不染時趨，從遊者皆有造就焉。年六十六卒，其門人私謚「孝簡先生」。詩話：孝簡固深於詩，與及門頗講詩學，乃自著無稿，豈不欲存耶。今其孫優貢蔚宗，搜葺叢殘，略存卷帙云。

隨黄唐堂先生並徐今吾蔡紅椒沈學子諸公遊小赤壁以盪胸生層雲分韵得雲字

夙齡耽奇趣，赤壁徒耳聞。及兹快登陟，縱情搜荒雲。取道亂草間，迹與鹿豕群。怪石漸呈露，竹樹相糾紛。一峰抽空起，迢迢入紫氛。勢走一千里，屯若十萬軍。斧鑿誰所爲，頳霞色不分。皇天失位置，擲此野水濆。戀奇情難已，剜苔剔蘚紋。石意不相答，谘賞徒云云。惜無蘇子賦，地勝亦可欣。賴此賢達者，題詩揚清芬。

爲顧晴沙師題獨攜天上小團月來試人間第二泉圖晴沙，無錫顧光旭，係草香房師。

秀峰綿連九龍山，不知何許藏雲關。鳴泉截斷車馬路，似聞琴筑有無間。畫本亭臺開北苑，是處仙源迷近遠。月團誰品山中泉，坐愛松篁媚晴巘。漪瀾堂外蹙龍鱗，竹爐百沸聲清新。一杯先酹古陸子，名泉風味如高人。平生蠟屐未曾至，翠微入眼晴空寄。豈如先生夙釣遊，苔壁題詩擅能事。先生數載辭家山，才賢冠集鵷鸞班。官中作圖不無意，火前鬬茗何時閒。天上頭綱頻賜與，煮泉且讓眠雲侶。獨當水遞江南來，縹緲家山一延佇。

爲潘立庭題沈充齋墨蹟

書家各有真精神，天趣秀出超常倫。臨摹點畫特奇爾，天趣初不由古人。我觀充齋學士書，愛其舉體皆豐腴。花明柳媚引人眼，春波渌玉滿清渠。云師魯公太冲叙，意匠經營如可覩。當其精神所横溢，秀出天工難悉縷。立庭先生鑒賞家，平生彩筆爛江花。屬題寶墨愧無似，匆匆揮翰真塗雅。

寄張含光

吾愛張夫子，清風溢素襟。秋來一片月，相憶幾回吟。秔稻登場熟，芙蓉繞屋深。田園足幽勝，底用羡華簪。

焦紹祖

字成一，號二香，金山人。以敬子。戊午副貢，教習，知縣，捐知州。己卯舉人，官廣東化州知州。

效山谷演雅

蒺藜布地行得否，虺蛇作床卧得無。綸組不結腰下綬，布帛豈充身上襦。入腸大好足藜莧，到口底須知薺荼。低頭進屋狼尾蓋，跛脚出户腫節扶。天邊蓬飛滿頭髮，道上梟垂雙耳珠。守田一窠争似汝，守宫一株合伴奴。浮萍一生自流浪，卷葹不死空崎嶇。車前當道成悵望，馬尾當陸勞踟躕。名存實喪趙李輩，志大才疎小草徒。櫄樗栲漆貌如一，藿茖葝蒿種不殊。朝華木槿向夕隕，春抽蒲柳先秋枯。宛童寄寓矜得所，苻婁瘣磊嗟卒瘏。斧斤夭枉哀樸樕，臭味亂惑傷蘪蕪。王彗掃花埋越艷，蕮車送春唱吴歈。蘪舌吞聲復何道，蓮心最苦誰當刳。瓜將瓊報非所望，李代桃僵是所圖。當歸欲寄無人寄，芳草萋萋碧似朱。

蔡　源

字魯山，號遠泉，青浦縣人。己卯科副貢。其詩邵西樵以爲得詩人之遺。卒年七十有四。

題梅花書屋圖

孤村抱山足，溪水流寒泉。東風一夕至，巖阿得春先。高人耽幽趣，矮屋構數椽。長松依巖側，森森何春妍。修竹復猗猗，籬脚籠春煙。香風面面來，徙倚引流連。吟魂渺何處，斜月升窗前。憶昔九里山，結廬伴癯仙。嘯歌殊自得，風流至今傳。之子毋乃是，披圖思悠然。

偕友過真净寺

城南淡抹遠山痕，挈伴郊遊日未昏。斜度溪橋繞遠市，略停煙水便成村。桔槔聲斷横塘雨，林樾幽扃古寺門。一路秋塍行踏遍，疎鐘隱隱隔雲根。

訪友不值

曲逕沿迴溪，蕭蕭竹風冷。不見同心人，斜陽淡孤影。

高奮生

字奮生，原名羽翼，小湖晚舉子也，華亭人。乾隆癸酉舉人，庚辰進士，官中書舍人，以羸疾卒。

過瞿塘

我生嗜好探奇僻，胸次茫茫窮禹迹。一從岷山識江源，迤邐行過灩澦石。隤然兀坐色如珉，質朴古秀真絶倫。造化精神所凝結，對此能消萬斛塵。江流至此忽分劃，兩岸青山高百尺。誰云人力亦能開，疑是當年鬼斧劈。懸崖峭壁不可攀，層巒叠嶂互迴環。猿狖爲群鹿爲友，惟有樵夫時往還。曾聞靈壤世常有，此地云何莫與偶。山光隱現氣如雲，水色空明澄似酒。山光水色鬭清暉，一葉扁舟疾若飛。左顧右盼難遍覽，襟期浩蕩幾忘歸。白帝古城猶有在，永安故宫今已改。英雄遺蹟存幾何，上下千年生感慨。乃知造物恒好奇，滄桑遞嬗令人悲。惟有江山亘宇宙，歷盡劫灰不可移。我來登臨一憑眺，振衣千仞舒長嘯。狂風驟雨忽飛馳，莫能領略此中妙。竚看旭日照當頭，乘風破浪沿江流。會待他年再經此，縱目憑高續此遊。

送徐隣哉先生之任夔州

原名觀光，改名良，華亭人。雍正壬子舉人，由中書官知府。

鬱林遠道久旬宣，五馬初逢報政年。視草班應推閣老，唐中書舍人年久者爲閣老。揮毫望本是書仙。瞻雲北闕增新秩，話雨西窗續舊緣。慚愧塗雅邀月旦，賞音曾比伯牙絃。典郡遥臨白帝城，國門祖帳送雙旌。判書難得歐虞手，頒政方高召杜名。巫峽千尋開霧影，瞿唐一綫走江聲。瀼西風月依然好，想像公餘嘯咏情。先生書法爲董、張兩文敏之匹。假歸，後寓京法源寺，求書者日填庭户。

許寶善

字穆堂，青浦人。乾隆丙子舉人，庚辰進士，授户部主事，歷員外，轉郎中，陞浙江福建道監察御史，甲午、丁酉順天同考官，内艱歸，不出。侍御最工詞曲，著《南北宋詞填譜》。又嘗撰《東坡游赤壁》一齣，即以《赤壁賦》填曲，輦下梨園演唱無虚日焉。自著詩集及《穆堂詞曲》。

至和塘行

塘亘沙河之衝，三百年來塘石日圮。辛亥十月，中丞長公見而憫焉，命修之。明年三月功成，爲作此詩。

古人重守官，方鎮視嶽瀆。安民爲己任，周浹到樵牧。三吴太伯封，山川鬱含蓄。爰有沙河津，瀁漭浸平陸。有時風濤險，濁浪高似屋。潮漲無良田，舟行懼顛覆。昔賢致深憂，土石用以築。蛟龍偃洪波，永爲兆民福。歲月易推遷，水翻石鏃鏃。日久漸傾圮，斷缺莫能續。田疇及商旅，往往情觳觫。仁人有長公，覯之慘心目。令嚴心轉慈，慮匝工自速。恩澤垂千年，萬姓盡歌祝。如何昧昧徒，擾擾恣怨讟。若言無所利，畎畝賴豐熟。若言無所爲，盜弭濤勢伏。君子成人美，小人肆貪欲。以之牧黎元，豈非一路哭。余本無心人，隨境有感觸。吠聲每顛倒，老淚動盈掬。氣類非一途，即此見榮辱。歸來掩柴門，支笻看松菊。

後猛虎行

簫管聲停，琴瑟罷鼓。悲風卷地肌骨寒，聽我陳詞歌猛虎。斑斑文采飾爾軀，大人變化誠何殊。磨牙吮血食人肉，男啼女哭空號呼。腹飽脂膏貪未已，餘威猶假成豐狐。曷不爲麒麟，爲騶虞，生蟲活草不忍踐，至今仁厚傳詩書。虎聞我言淚交落，但聽人言虎心惡。試問人心與虎心，機械不知誰淺深。

東平道中夜發

山斷似無路，陰崖闢此門。風霜欺病骨，燈火辨孤村。石出熊羆鬬，宵長盜賊尊。故鄉歸未得，愁絶向黄昏。

寄蔣太史士銓

詩家正派流傳絶，四海茫茫最憶君。獨抱孤清秋夜月，自然舒卷嶺頭雲。微之第宅今應占，太白情懷孰與分。千里相思不相見，滿庭凉露欲紛紛。

夜登燕子磯

蒼茫烟樹昏，峻嶺聳毛骨。大風天上來，吹碎一江月。

王　熞

字淮南，號治堂，華亭人。乾隆庚辰舉人。有《杏花軒詩稿》。

偕陸嶽祥興園看梅即次其韵

梅花何皎潔，素影入澄溪。晴日含晶光，層層淡欲迷。疑色轉疑空，色空理亦齊。昔吾來園中，殘雪被春隄。好風自南來，芳草碧已萋。適我無非心，同志宜相攜。窈窕開東閣，暗香如可稽。主人雅愛客，笑言發天倪。坐久忽如忘，空外聞鳥啼。

沈維鏞

字荆範，號石村，金山人。由廪貢中乾隆庚辰順天舉人，充功臣館謄録，議叙授陝西鳳翔知縣，有惠政。丁艱歸里，服闋，後絶意仕進，以疾卒。石村爲人温雅，有儒者風，時藝外究心詩古以及六書小學。

鳳翔八觀歌

石鼓《詛楚文》、穆公塚、維摩塑像、王維、吴道子畫壁、真興閣、李氏園、東湖，共名「八觀」，東坡俱有詩。

蘇子雄才瀚且肆，奇聞壯觀激志氣。撫今考古列詩歌，八觀一一詳原委。嘗讀公詩神與遊，年來親向穴巖搜。半歷遺蹤半澌滅，星移物换幾千秋。中有石鼓文最古，非蝌非隸蛟龍舞。一朝安置太學門，免教異寶埋塵土。詛楚荒誕何足傳，穆公塚畔識寒泉。至今泉水猶如橐，麥秀垂垂繞墓田。維摩古像今何有，天柱茅茨等培塿。規模追遡舊時雄，老僧指點滄桑後。城隅有寺名開元，淒涼碧瓦長苔痕。畫壁何年風雨蝕，吴王神蹟有誰捫。中令藏真傑閣下，將軍縱欲營臺榭。未聞功德及斯民，赫赫聲施何足藉。惟有東湖水一灣，至今猶是碧潺潺。祇緣坡老留遺愛，山水高情得共攀。

登鼓山高峰望海歌

榕城四面山爲障，東西旗鼓遥相向。鼓山大頂最高峰，呼吸海濤俯雪浪。欲窮日出窺蓬瀛，拾級攀梯鳥道行。振衣直上雲霄畔，拂拂清風兩腋生。回看城市迷煙霧，水天一色滄波平。金光瑶草時來往，翠羽靈旗欲送迎。潮氣初迴白於練，輕綃天半隨風現。一片晴光點點浮，忽然騰湧奔雷電。滔滔滾滾接混茫，千軍萬弩來酣戰。是時潮上風怒號，馮夷擊鼓駕六鰲。蛟龍贔屭隱且現，島嶼幾欲浮洪濤。觀者神氣咸沮喪，頓教身世輕鴻毛。移時潮平風亦静，水晶宫闕動雲璈。琉璃萬頃淼淼碧，艒艚隱泛黿鼉宅。大小琉球隱約間，重嵐叠翠收几席。喜逢滄海慶無波，江漢朝宗瑞靄多。山自青青水自碧，臨風眺遠發謳歌。

過七里瀧

一櫂蒼茫挽急湍，富春山畔石光寒。當年遇合垂星象，終古經綸托釣竿。佐命豈同徵吕望，閉門差許卧袁安。荒臺古樹留遺蹟，祇有烟霞任飽餐。

陸錫熊

字健男，號耳山，瀛齡孫，上海人。乾隆己卯舉人，辛巳進士，壬午南巡召試，授内閣中書，遷主事，陞員外。四庫館開，由刑部郎中特改翰林院侍讀，充總校。陞庶子、學士，歷光禄、大理，晉左副都御史。充辛卯、壬辰會試同考官，山西、浙江、廣東鄉試主考，任福建學政。《四庫全書》倣劉向、曾鞏，每書作提要，冠簡首，進呈乙覽，無不稱善者，則皆成於錫熊、紀昀之手。後以奉天文溯閣所儲《四庫》書中多舛誤脱落，請自往覆校，至而病没，年五十九。著《寶奎堂文集》八卷，《篁村詩集》十二卷。王蘭泉曰：「工而不濃，婉而能切。」

詩話：篁村博聞强記，學贍才優，其提要一編，今已另行梓板行世。他如奉勑纂輯《契丹國志》、《勝朝殉節諸臣録》、《唐桂二王本末》，罔勿上稟睿裁，屢成鉅册，此由部曹入詞垣與王新城並美宜也。其居官廉介，勿問家人生産，竹素堂老屋數十椽，至不庇風雨云。

遊横雲山同陳雲村孫筠亭分賦得五古

火旻澄夕霧，桂岸沿輕橈。雅尚契清曠，惠好期逍遥。崖虚積蘚坼，徑顯叢蘭凋。漫漫渫雲屯，瑟瑟槁葉飄。攀陘仰延眂，趨峴俯折腰。鳴篁戛嫋紘，厲澗摐虡《韶》。向背見林壑，寒暄變昏朝。落日動大澤，浮光麗單椒。層巒抗紺宇，曲棧掛虹橋。名流絶髣髴，廢館闖牧蕘。物往悼遷斥，蹤存委蕭條。繕性得游衍，殊觀滌煩囂。本慙丘中賞，言慕谷口樵。于焉遲嘉客，薜荔若見招。結廬庶前諾，散髪申長謡。

自潛山至太湖山行雜書所見

大宫小爲霍，連綿不知里。蒼然水石精，松栝孕清美。駢枝既交蟉，密榦亦相倚。籠岡復被谷，離立競尺咫。風來四川動，高下紛靃靡。如收天水碧，染入鴉青紙。一片活光明，攬之不容指。童山半河北，色與死灰似。蒙頭謝鉛粉，袒背失衣履。奈此面目何，取憎固其理。南來飽巖緑，蘢葱盡可喜。峨冠雋不疑，氣折暴公子。苟無檑具劍，孰表男兒偉。連岡斷如玦，複嶂來抱之。一曲復一重，尻脽互撑持。中渟呀成窪，十畝涵清漪。嫣然白芙蕖，韶顔發春姿。抽莖或瑣細，偃葉交離披。可憐委叢莽，盡日無人窺。亭亭裊東風，獨立欲待誰。何當乘曉月，來看新粧時。

題趙甌北同年耘菘圖即送出守鎮安

君家舊住三間廨，一角壖田繞溪外。年年手種周家菘，欲把香葅敵薑芥。緑毛茸茸乍勤作，培土東西運畚蕢。疎芽簇棱帶雨栽，密葉分椏和露曬。生增細草芟易出，苦耐游蝸暗相嘬。雙丫小兒解使令，不用千斤買良犗。閒鷗似人識人意，等是無心絶機械。槐陰箕坐受遠風，滿腋涼輕癢爬疥。畝根頗覺滋味長，學圃早厭胸襟隘。明知羊酪那足道，西向長安笑生欬。前言戲耳沙上禽，鬱鬱安能常伍噲。十年館閣迴翔久，索米甚矣先生憊。承明一從通仕籍，便輟鉏犂束冠髮。朝哦藥樹移清陰，夕飲金莖挹仙瀣。朝天瘦馬晚獨歸，愛對妻孥問鄉話。畦南新甲抽幾許，憶到田園動深喟。頗聞七菜亦燕産，挑罷連車上街賣。餐錢月支足賤直，持抵江村聊一快。日高無事搜吟腸，奇語時時發光怪。將軍何曾負此腹，不遺酸虀了殘債。昨朝黄色上眉際，得郡南荒命新拜。虎頭食肉擁傳行，看遍江山到蕃界。天公非但昌子詩，寒儉更洗儒生派。君今上冢還過家，折柳都亭告遄邁。孤城迢迢在天末，火耨刀耕雜蠻呰。班春露冕通睢盱，植韭分葱煩告戒。使君江南種田叟，能向燒畬課禾稗。雖言非種在必鋤，長養要當問疴瘵。園中魯相待折葵，户下龐公休拔薤。稔君不可忘此味，毋以絲麻棄菅蒯。他時杞菊賦倘成，醉守籃輿定添畫。

廬山謡九江道中作

我聞廬山高高横絶攙青冥，南斗墮地流星精。瑶光破碎不復上天去，化作九疊春江屏。重跗複萼互包裹，四面轉側無常形。晴天雲霧不解駮，深護窟穴藏真靈。其間佛刹開幽扃，棟宇仿佛齊梁營。平田如罫敞深谷，把茅亦有耕夫耕。瓜牛之盛一區耳，乃令千巖萬壑皆得蒙其名。洞天福地莽寥廓，翠壁丹梯望如削。黄昏日月會高頂，白晝雷霆走懸瀑。書生只解鑽故紙，誰似飛猱插雙脚。不知遊人足迹多少不到處，山草山花自開落。徐凝惡詩洗難盡，周續遺文世誰作。中主書臺付礓礫，顛仙御碣空陊剥。可憐此山千載飽廢興，只有太白東坡尚如昨。我來浩蕩乘白雲，南遊興發尋匡君。夢中手執緑菡萏，半天鸞鶴徑接扶揺群。昨宵問渡潯陽口，人事蹉跎一回首。既無門生扶持舁籃輿，又無候吏逢迎送樽酒。腰間黄綬足下靴，翻笑形骸太粗醜。此時潯陽太守卧掩關，合眼不看城頭山。螟蛉蜾蠃爾何物，那識窈窕青螺鬟。江州已無醉司馬，清泉白石抑鬱爲摧顔。玉淵潭水挽秋雨，遺洗塵俗山寧慳。吁嗟乎！遠公社中舊相識，曾約歸來未頭白。放歌因續廬山謡，記我他年不生客。

漢甘泉宫瓦硯歌

翁覃溪學使從侯官林上舍見其祖吉人舍人所藏漢瓦，因倣製爲硯，并拓其文，裝成行看子屬題，因賦此篇。

阿房脈斷咸陽賈，軹道來迎卯金主。誰營宮闕文終侯，釭壁中天覆雲雨。未央複道通甘泉，湧現蓬萊化人宇。銀溝珠甋互層疊，工二搏埴刮摩五。吉文篆出龍鸞形，兩巳佩邪中句矩。長生爲祈世曼壽，常奉千齡閱今古。纖兒撞破好家居，一炬堪憐化焦土。孤雲墮地埋秋蓬，風濤雨鞴南山空。侯官舍人昔好事，亂礓手掇驚神工。中央迴讀周四角，叩之非石還非銅。漢宮煙月磨不盡，却入林家硯匣中。八方翠墨競摸致，銀鈎粉本光玲瓏。朱多王好兩老翁，題縑句炙抄謄同。重綈什襲秘葳鑰，子孫永寶貽無窮。覃溪先生抱奇嗜，一見摩挲不能置。嶧山焚後多俗姿，漢畫秦波此深契。卧觀三日指俱化，急琢雲肝訝神似。頭銜别領萬石君，銘背并識甘泉字。烏絲欄界百磚礫，骨力森張破餘地。先生婷雅道三蒼，古意挽筆千鈞强。羲娥摭拾笑潘薛，蟲鳥掛漏卑歐陽。紛紛洪趙那比數，手抉金薤羅琳瑯。七年使節駐炎海，搜巖剔谷無餘藏。遺文摹勒陷深壁，釵痕薑尾圍長廊。西齋晝静聞響拓，梧風撼紙霏清香。即看此硯文精良，墨精石德交光芒。延津龍劍倏雙躍，世眼分別誰低昂。何須更索林生本，便是人間真乘黃。

賦蘇文忠公雪浪石盆銘拓本即次東坡韻（集翁覃溪前輩《小蓬萊閣賦》。）

當年萬礟山中屯，書生偶握軍符尊。天吴劈浪露奇質，郡圃自剔苔花昏。故鄉山水聊寓意，豈知身墮桄榔村。離堆何處去無路，空望壁月思端門。流傳五十六驪顆，筆力欲返南遷魂。小蓬萊閣懸舊拓，厥狀圜轉尋無根。主人嗜古出新意，裝背不留補綴痕。居家大本定州刻，遺字同異嗟誰論。（銘中「畫水之變蜀兩孫」句，集本「蜀」作「獨」，「與不傳者歸九原」句，集本「與不」作「當世」。然此銘既東坡手書，自當無誤，不知集本何以互異也。）仇池蛾緑不復見，劫火零落高麗盆。曲陽白石爾何幸，獨賴銘文今尚存。

攜二子遊廬山圖爲蔣心餘前輩題

十年前喚潯陽渡，一塔西林指煙霧。脚韡手板苦匆匆，翠壁丹梯去無路。歸來夢寐思匡君，今吾欲往嗟離群。豈知先生懷袖裏，滿貯九疊屏風雲。雲開忽瀉明河水，濕透濛濛行看子。風帆沙鳥極望遥，蓮宇霞城半空起。籃輿直上窺清泠，二子拊節來同聽。玉龍昂首走深澗，欻入筆底争雷霆。江頭瀟瀟打篷雨，酒醒嚴城歇街鼓。山靈定愛瓊琚詞，故弄陰晴博奇語。蘭亭會上無獻之，酌泉空契眉山兒。寥寥千載數風雅，倡和誰得家庭師。昨朝捲圖邀我賦，一月沉吟不成句。山中息壤久負慚，畫裏浮嵐但相妬。桑橋舊乘失討搜，白牛翁作靈光留。（宋陳舜俞《廬山記》久失傳，近得之《永樂大典》中。）泚毫待續名山注，請爲先生紀此遊。

石鐘山

山根插江翠玲瓏，班班斧鑿留天公。寒濤夜捲乘江風，噌吰鞺鞳諧商宫。明堂合樂考大鏞，笙竽俗耳驚長聾。無緣金奏作石中，誰乃竅石勞鐫礲。若云風水偶擊衝，風收水落聲何從。太音出虚感即通，假石以鳴石無功。世間色相徒形容，是石非石鐘非鐘。題詩一笑卸短篷，坐聽萬籟號霜空。

彭城咏懷古蹟

千古雌雄閲項劉，荒臺落日迴含愁。寄奴自有天人表，亞父空爲豎子謀。幕府關中亦豪傑，參軍江左太風流。南岡睹跳須臾事，回首陰陵貉一丘。

黄樓樓下夕流黄，城角平臨僕射場。九日壺觴共王倅，一篇騷雅妙秦郎。山人野鶴招難待，父老花枝裊更傷。曾見兩翁清似鵠，逍遥堂後木千章。

定遠靖國公祠

定遠故有靖南侯黄公祠，王文簡曾爲賦五字詩。按侯以板子磯之捷，福王進封爲靖國公，今御定《通鑑輯覽》於乙酉五月大書靖國公黄得功死之，具爵示褒，千秋論定，因爲改題靖國公祠，而系之以詩。

景陽宫井已荒基，破廟猶傳颯爽姿。原識鹿亡難援手，可憐豹死但留皮。蜀岡鼓竭同時殉，荻港舟沉異代悲。華衮衹今瞻特筆，好題靖國勒新碑。

合肥龔端毅公故宅

祖帳都門願竟違，故山松桂儼林扉。身前出處煩青史，海内聲名感布衣。杜老詩篇終古在，醉翁賓客至今稀。蛾眉寂寞俱黄土，空愛叢蘭墨瀋飛。

渡潯陽江

斜風細雨馬當船，看盡東南半壁天。獨鶴唳開樊口月，神鴉飛破小孤煙。千家樓堞銷兵後，六代江山謫宦前。桑落洲頭望湓口，寒濤空捲義熙年。

廬陵文信公祠

宋家已失獨松關，丞相遺祠傍故闤。朱鳥何時聞慟哭，黄冠有客望生還。榜頭小録人争弃，獄底遺書史不删。我向南溟雪餘涕，浪花捲屋弔厓山。

登八境臺

雉影分涵鏡裏屏，天風攜我瞰疎櫺。日銜鴉背千山赤，城匝鰲身萬瓦青。乘蹻獨來干氣象，排閶誰與叫英靈。梅花遠信秋難寄，極目南荒涕泗零。

過大庾嶺

峻嶺誰教問斧柯，却分涼熱界山河。磴攀井孔千盤上，關劃星痕一綫過。驛使路長梅信晚，炎州天遠瘴雲多。滔滔不盡樓船水，只送南流奈爾何。

海珠寺

睥睨中流踏浪空，驚波直打海門東。沉鰲戴石千層出，翔鷁交帆四面通。蜑女緩歌愁暮景，鑾僧停唄起秋風。更攀烽火天南樹，想像燒雲二月紅。

木蘭扈從二十首

哨門千嶂似肩排，片石凌空鏡面揩。天遣奇峰表靈囿，赤文緑字首磨崖。哨門，地名。石片子青壁峭立，御製詩勒其上。

萬馬蕭蕭寂不鳴，巡籌傳警月三更。軍中號令風雲肅，不用清宵鼓角聲。御營舊例，以鼓角警夜，上特命罷之。

滿山輜重似雲屯，路近移營赴曉暾。齊候九霄張御幄，一時卓帳繞和門。每日置頓，俟御營安設行幄，扈從者方得支帳。

幔城周戟護金鈴，蓮漏丁丁響未停。騎馬黄昏望行帳，萬燈如雨亂春星。

數聲篳栗五更秋，雲際遥看纛影浮。催動一千三百騎，鴈行娖隊下山頭。

分翼雙旗會看城，長圍合處月同盈。御驄安吉騮閑吉，飛上千峰赭蓋明。

宣問郵書日幾回，丹毫一夜手親裁。黄門一騎衝圍入，丞相軍前驛奏來。

雕弧親彀笴如銀，獵罷争傳中的頻。又早閣章催進御，楯郎承詔喚樞臣。

蒼莽平川曉霧開，佽飛踴躍氣如雷。寒光一片鎗頭白，已報前山殺虎回。

圍場七十互周遮，盡傍山坳與水涯。誰似巴顔最蕃殖，毛羊角鹿總連車。巴顔圍場，獸所聚處。巴顔者，漢語富盛之意也。

突圍奔鹿未容逃，驚雉翻飛出野蒿。手接斕斑馬頭墮，地爐分肉笑兒曹。凡圍中麞鹿逸出，得之者皆獻於公，若得雉兔等物，則不獻也。

廣場什榜繡氍毹，鞠跽年年奉睿娛。馬上少年齊結束，繞山飛鞚捉生駒。

谷底濛濛散曉嵐，群峰如黛競抽簪。雲頭忽打穿林雹，知有前山海喇堪。山之有神靈者，謂之海喇堪，爲人馬所驚，每致冰雹。

地面看來紙面柔，淖泥還帶伏泉流。後蹄莫踏前蹄穴，陷馬須防塔子頭。

當年耕鑿剩溝塍，遺迹難尋大小興。獨向西風閲人代，亂山孤塔尚層層。西哨門内有地名半截塔，相傳元時所建。

僧機圖嶺湧青蓮，别是仇池小有天。不及捫多高萬仞，白雲常鎖翠微巔。僧機圖者，漢語玲瓏之稱，其山洞穴交通，最爲奇秀。捫多亦嶺名，險峻尤甚。

柳陰深處飲明駝，宛轉羊腸一線河。記得上番留竈眼，又移氊帳下平坡。

草枯沙淨馬蹄輕，認取枯椿渡口横。急騁休誇好身手，一橋掌大萬人争。

叠嶂峆岈望鬱紆，如絲鳥道入雲孤。樺皮梁上紅千樹，渲染秋光入畫圖。

萬里清光月掛盆，十分寒色雪埋轅。塞山好作中秋節，故遣飛霙入酒尊。

國朝松江詩鈔卷四十七

鄉人姜兆翀孺山録
　椿春木
姚
　楗建木　閲

鍾　晉

字爲霖，號康廬，華亭人。乾隆壬午舉人。著有《觀香堂詩鈔》《明日看雲集》《道中歌》。沈大成序之，謂其計偕入都，遂北遊齊、魯、三晉，南及甌閩，其詩資之性與學與遊，又久無所遇，益得肆力於古，宜其詩益工，而超然異於人若是也。爲存若干篇，以見梗概。

豫讓論

毁玉不毁白，刈蘭不刈香。士爲知己死，千載名逾彰。巍巍豫讓橋，雲氣何飛揚。仰看白日流，仿佛擊劍光。受德無不報，孰計存與亡。委贄慚二心，豈忍身毁傷。復讎讎感泣，義憤實激昂。國士難再得，金石非堅剛。

憫忠寺觀佛牙

覺性非外求，優曇豈真華。兒孫奉祖燈，衣鉢寧傳家。云何震旦地，像設如恒沙。舍利既璀璨，紺髮亦鬖髿。玲瓏徑寸龕，藏此古佛牙。好相憶編貝，巨骨想專車。焉知應化身，大小無損加。我儕本孤露，學道鬢已華。瓶鉢思樂土，寶筏迷津涯。來聽闍黎鐘，香飯兼茶瓜。得見未曾有，老眼三摩挲。讚歎復爽然，果腹聊相誇。

僧鞵菊

陶潛高曠人，採菊特其寄。後世遂紛紛，列品鬭精異。紅紫誠爛如，誰復識真僞。小圃有僧鞵，絇繶形模備。居然倚菊叢，毋乃非菊類。仁者分別之，幾時得了義。此引慧香翁詩注，謂洋種，是薏之例。

甕虀

富家一甕虀，稊米在太倉。貧家一甕虀，烹芼當羔羊。粗糲共一盤，大嚼充飢腸。歲時雜魚卵，賓祭亦得將。那無竈下養，旨蓄爲我藏。如何百本菘，色惡不可嘗。杜老種萵苣，課之嘗皇皇。蘇子出新意，玉糝名作羹。古人親小物，日用得其常。予愚更疎懶，生事豈不荒。

黯淡灘

一灘亘數里，一日磨幾灘。鐔州三千八百坎，重重遮眼青巑岏。就中黯淡實險惡，砯訇崩浪摇天關。馮夷畏喧不得住，干將躍去神光寒。上水緪屬石齒齒，下水箭激蒼鷹先。長年捩柁絶歌嘯，惟見磯頭篙眼蜂窩攢。人生畏途隨處有，敢以身試蛟龍淵。貪夫徇財逐傭販，來往百遍忘憂患。中朝大官持節至，豈惜胼胝勞隨刊。生平自斷坐迂拙，無端千里輕波瀾。安得嶮巇盡鋤削，區區此意徒夸謾。

蹋冰行

申江層冰深一尺，小狐汔濟無不續。擲之以塊玻璃聲，我欲從之愁皸瘃。嗟此寒威何太酷，翻憶秋風瓠子河。千官楗石勞如何，安得長年如凍塞。兒童趹舞空中歌，大堤姹女皆陵波。

若璿自粵中寄貝多羅葉并詩

詩人遠客桄榔邨，按圖指示超聲聞。江梅不煩驛使寄，貝多一葉函銀鱗。云即西方作梵夾，兩伊新舊白氎香。囊存南中草木實無兩，向稱番茉莉樹訛非真。我思印度之國去震旦，計程何啻千由旬。豈同葡萄苜蓿來上苑，何年好事移孤根。梵天青藏空想象，蠻煙蜑雨愁黃昏。在昔世尊出賢劫，華嚴上乘原無文。尸波羅戒是女師，雙樹悲智人天震。叶。豈知馬師人名，性愚癡。滿宿人名，性多嗔恚。偏雞吒，何止惡性車匿鑛穢摩尼輪。龍樹義諦廣第一，普遍吼動緣行勤。藏教七階次第列，五天九十六宗外道無由紛。看文讀誦證大果，大千蜎飛蠕動游光塵。自從榆欓負白馬，草堂翻譯傳沙門。既如錦綺背面花，仍含寶月琉璃盆。縱非毘勒最初藏，部分豈異菴羅園。盲師流傳失真諦，而況德瓶乍得生憍慳。貫花撰述庋高閣，徒供鼠穴兼蟲穿。三百二十萬字删可盡，應真漆匣牢錮何足論。逝多林中開士各悲涕，安得如來屈指爲光明拳。雪山萬里惟黑月，伽陵並命聲不喧。婆娑祇樹留瘴海，焉知持護非龍天。我生眼如葡萄朶，觀空要識蓮池蓮。不從無字覓有字，食蜜那得甜中邊。香花千車急自洗，魔衆下試休隨眠。飄零得循法輪轉，此葉一覩寧無緣。笑指庭前柏樹子，梧桐誰復持中間。西來刹竿防倒著，故人還當分我曹谿泉。

雪夜戲成索簡松心齋和

飢來望歲常惴恐，一白偶飛即群哄。元冥使者行天慈，四山雲起天無縫。不辭萬里發葱嶺，千隊飛仙翔白鳳。意誅蟲豸子靡遺，豈恤雀鳩無路控。欺梅壓竹競紛紛，入夜西風更喧鬨。短檠瘦焰慄不光，布衾獨宿腸疑凍。諸生苦吟欲刻冰，而我回文續殘夢。行看天女便當歸，散花肯耐人嘲弄。明朝冰柱亂簷牙，圓璧方圭竟何用。猙獰獅虎不須搏，布袋高僧心所頌。頑童歡喜急塑成，還擬舉瓢減十瓮。詩人有興渡谿橋，聽煮瓶笙添茗供。

復讐爲山右李某作

總角小兒志復讐，棄家亡命干諸侯。十年礪刃歸來晚，仇人歡若平生遊。一朝馳愬府君府，淋漓血擲仇人頭。府君平反民額手，感動仇家争悌友。譸張爲幻彼何人，空際白雲衣變狗。天門詄蕩白日光，人間魑魅削迹藏。

盧蔭娘蔭娘，南靖人。許字林中，中傭販海國，置篷室生子。中死海外，蔭娘矢志適林，躬耕織紝，事其病姑，以養以葬，撫孤成立，生孫，命孤負親骸，孤亦死海外。蔭娘遂與子婦勵苦節，年八十餘殁。

寡女悲，寡女不敢言悲。天生命獨苦，寡女自知之。孤鴻號外野，兔絲附轉蓬。轉蓬本無根，飄飄安所從。北山有修竹，南海有珊瑚，良人行賈隨賈胡。賈胡重利輕匹偶，吁嗟良人更娶婦。娶婦生兒枝葉茂，寡女甘爲君白首。海天茫茫，海水洋洋。夫君兮歸來望夫，君兮不歸，妾將誰依。上堂事我姑，膝下字君兒。身未入君幃，大義矢不辭。子規嘑血，精衞填海，海潮蕩潏，孤兒曷在？皇天無私，百物回春。女生不辰，顛連一門。摩機察綫血在指，負鋤擔揭血汗身。生不同牢，死不同域。惟願魂去海山歷海國，生不識君，魂兮焉逐。愁腸斷作寡女絲，不然便化望夫石。

《漱芳齋詩話》：盛丈百堂亦有此題詩云：「盧蔭娘，少小許字林家郎。林家郎，逐販夫。南海去，市明珠。東海去，網珊瑚。珊瑚論丈珠論斛，鴛鴦忽並山雞宿。塗林初致石榴子，粉蛾却貼屏風死。東家窺蔭娘，纖纖指爪長。西家窺蔭娘，奕奕青鬟光。可憐蔭娘命獨苦，可憐蔭娘意獨傷。丈夫雖死親在堂，妾應上堂事姑嫜。脱我錦綺裙，著我羸布裳，青閨髽髻稱未亡。屋角格格婆餅焦，女貞之木鵂鶹巢。烏尾畢逋孤鴈嗷，賤妾泣血敢告勞。惟願兒長成，去去收親骨。生不同牢死同穴，妾也茹荼甘似蜜。海山嵯峨海水深，海上風波多毒淫。何年赤鹵栽黄竹，忍看碧血化青燐。可憐白髮閭空倚，可惜紅顏明鏡裏。白髮紅顏相對愁，雙雙目斷海風秋。那信望夫重化石，那堪思子更名樓。樓前缺月少輝光，石上貞松空作行。湘江斑竹千春淚，巫峽嘷猿寸斷腸。人間那有可哀曲，但聽長謡盧蔭娘。」此詩見百堂稿中，與鍾作可並傳，附載於此。盛名灝元，字西原。

泛海至温台道中

奔流百道走峒門，兩戒層巒萬疊雲。旭日魚龍眠不起，中流虎豹駭成群。句指海中石勢。空濛不辨煙波極，南朔虚疑象緯分。堪笑温台落吾手，只于天外訪遺聞。

宿劉邨僧舍

官齋寂寞幾人同，隨意經行到梵宫。雨足秋塍蟲語碎，月寒荒塢虎心雄。名山已掃神人迹，陶復依然太古風。枯坐能忘身是客，鬢絲看映佛燈紅。

送王觀察遊大梁

春江細雨送孤舟，短劍長琴亦壯遊。吾黨幾人成此志，天涯有伴恰相求。謂胡二松谿。洪河倚馬隨星使，斜日高吟望嶽樓。在昔梁園遊宴地，故應述作重枚鄒。

秋中登甌山學舍新樓

十年行脚半天涯，事事輸人兩鬢華。滿眼亂山秋欲老，倚欄斜日客思家。煙霞夢熟多生癖，松菊緣深宿願賒。好謝谿流莫相狎，此身久已等虚槎。

陸芝

字嶽祥，華亭人。乾隆壬午舉人。著《大雅樓詩集》。沈學子叙之，稱其擬古樂府爲善學古人。今觀其詩，超脱矯變，非時下甜熟氣味，惜所刻僅庚申以前作，其壬午前後諸詩，則不可得。

君馬黄

君馬黄，臣馬斑，二馬不動屹如山。毛骨權奇勢跜跋，一落塵土誰剪拂。嗟馳非衆馳，食非衆食，嘶非衆嘶，息非衆息，志如行龍天有極。牛皂何爲耶，遭孫陽，三太息。二馬是國馬，寧能戀短豆，將以獻天廄。

古風

南方有兩鳥，雌雄相爲群。雄者忽棄雌，頸翼中路分。三年雌且死，宛轉鳴不聞。宛轉鳴不聞，雄更求其群。遺雛亦何怨，啄之不相見。方挾新得雌，作意成歡戀。白雲流茫茫，白水流湯湯。新人雖云樂，故人未可忘。親人樂未央，故人樂有央。白水咽無聲，白雲徒荒荒。此鳥亦何情，翩翩善其鳴。鳳皇與爲友，念之神内驚。

感遇

風流李翰林，斗酒詩百篇。狂侈談婦女，放誕涉神仙。乃其負剛耿，豪貴無周旋。英雄郭汾陽，傾心兩愛憐。百拜獻天子，橫劍除妖祆。所見何特達，兩目如炬然。古人不可測，我思爲執鞭。

雜咏

虺蛇噬六合，明空何其雄。百官盡低眉，雌伏何其工。灼灼蓮花君，傅粉居帳中。赫赫羅織輩，密網張四空。天意豈峨眉，元元遭鞠凶。禍生必有胎，龍漦流後宫。蝃蝀昏二曜，鏡光照妖容。桂芳子不結，棄置恨無窮。田家尚易婦，千載唾敬宗。

六王競戈鋋，秦人躭虎視。立談動人主，如蟻紛謀士。儀秦剪髮鬌，傭書守鄉里。苦無二頃田，挾策希貴仕。懸河鼓雄辯，反覆計何詭。伊昔商周時，誓誥疑畔起。鼎沸日流血，仁義草間委。不能安諸侯，掉舌殊可已。授以縱橫術，吾咎鬼谷子。

再遊飛來峰

昨日看山心未足，搜奇探奧今朝續。飛來之峰天外來，青蒼玉削靈神猜，其下巖扃吁怪哉。褰衣俯身窺陰洞，龍泓屈曲濤喧豗。玉乳射旭互宛轉，懸泉淅淅乳皚皚。奇石手捫如欲墮，通明一逕鬼斧開。幽森駭魄不能陟，旁穿卻出山之隈。山隈路轉到山後，歷磵攀蘿勢蚴蟉。草香藤古梯數盤，支笻登頓移時久。丹葩翠蕤歷歲年，蟠根崱屴龍蛇走。幽鳥孤飛時一鳴，泠泠仙語在耳右。此身逕造最高巔，層標絶壁淡雲煙。石梁西跨虹蜺旋，浮圖矗轟陵青天。支龍演秀自靈竺，諸峰形勢争起伏。靈鷲亘回環，稽留鬱拱服。月桂森若臨，蓮花秀可掬。巖嵒照耀滿吾目，劃然長嘯聲應谷。吾聞古之高士有丁飛，登兹鼓瑟弄清暉。宵深天籟殊激楚，青鸞白鶴群來歸。嗟哉斯人世所稀，塵鞿馳逐毋乃非。踞空盤薄不忍去，廖子詩成有神助。支公捉麈亦斐然，清風吹人澄百慮。蒼蒼落日滿林坰，浩然長揖辭山靈。崎嶇卻下石門澗，琮琤玉溜冷泉亭。兹遊奇絶平生鮮，吾興須知猶不淺。

昭君怨

漢家恩豈薄，無奈畫工何。貎以黄金重，愁從青草多。玉關思緩轡，瀚海幸收戈。怨恨琵琶在，誰聽出塞歌。

伍相神廟

何事鴟夷血未消，甬句恥辱竟難逃。鬼神不忿黄池會，天地長憐白馬濤。廟貎青山今尚在，亭臺故國昔曾高。長松怪石清森地，客到頻將短髮搔。

龍江古道

龍江古道凄如掃，塵打征衣不奈何。村社神鴉寒日色，戍樓畫鼓動江波。寥寥小市魚蝦貴，隱隱嚴城蘿蔓多。未得揚舲即歸去，卻思策蹇走陂陀。

弔林處士墓

靈羽無蹤客自來，幽宫寂寂傍林隈。胡僧玉硯終難覓，蜀客金書恐易灰。廬舍當時元有竹，子孫異代尚遺梅。碑文一讀高風在，有酒憑澆薜荔堆。

瞿應咸

字受之，號海儂，原名西熊，婁縣人，居天馬山。乾隆己卯副榜，壬午舉人，官湖北興國州知州。

題吼山雲石圖

行雲止石渺相連，點點青螺宿暮煙。我欲攀蘿穿屐去，不知身在米家船。
橫空秀色勢崚嶒，獅子峰頭影百層。不是蘇門長嘯客，錯疑山後有孫登。

張熙純

字策時，號少華，上海人。乾隆壬午舉人，乙酉召試，授内閣中書。著《華海堂詩集》。王蘭泉謂：「少華與趙損之同學齊名，後少華中歲卒於京，未經山川兵燹之奇，故未盡其才，然其恢張浩瀚，要堪匹敵。」

詩話：上洋凌少司馬榆山，傳北平黄崑圃衣鉢，告歸後掌教申江書院，教人以漁洋、竹垞爲主，一時趙璞菴、張少華皆其弟子，吴企晉亦其外甥，皆遵其教，而王禮堂、曹習菴同聲相應，一時人才之盛，要當歸功于少司馬云。此王司寇蘭泉先生云爾。蓋乾隆初詩派如是，其後詩人各因境遇，務竭才力，又有蔣、袁、趙三家出而搰之，則於竹垞尚獵其近似，至漁洋則庋置不論矣。

斑竹嶺

活活澗流迅，歷歷巖翠濃。筕輿繞谿轉，曲折隨雲峰。秋霽宿嵐淨，錦石錯萬重。松竹碧無際，參差間丹楓。飛泉瀉木杪，百道鳴琤琮。人家依巖曲，籬落開煙叢。我行出雲上，颯爽乘高風。徑迴愈葱蒨，厓削何玲瓏。慰情非一趣，涉覽無定容。每從一嶺度，倏湧千芙蓉。林霏映巾屨，谷音答于喁。躭奇屢休駕，顧景惜下舂。遥看下方雨，平楚青濛濛。

滿歌行

城上烏，無安居。日中烏，耀天衢。烏烏孰賢愚，子何以菀，我何以枯。黄土摶作人，横目略相似，巧命不相如。東門歎黄犬，長安泣牛衣。欲賤不可得，欲貴將何爲。鷦鷯細小蟲，化爲雕鶚摩天飛。摩天飛，上薄日月光，下啄禾稻求身肥。不知何年少，挾彈更發機，手搏雕鶚就醢醢。我欲入海馴蛟螭，蛟螭失喜瀝血解渴饑。我欲上山采蕨薇，彳亍刺足，道多蒺藜。道逢雲將言其私，雀躍掉頭謝不知。揮之去來，歸自歎嘻。西風清淒，披絺與綌，寒耶燠耶當語誰。昨日鏡中朱顔，今日霜雪盈顛。兩丸駛如箭脱弦，幽憂之疾何時痊。野鹿走踆踆，海鷗戲翩翩。天地所棄人無患，我從之遊樂忘反。

石梁瀑布

龍門突兀風雷作，洶洶崩濤天半落。冰簾萬丈捲晴霄，轉轂盤渦殷大壑。青巉玉峽高入雲，飛梁橫亘中穹若。疊嶂還疑神斧開，半規更類天弧拓。紆迴三折透谽谺，偪仄重關豁齦齶。遠從華頂沛仙源，地肺玲瓏互穿絡。萬派争趨赴一門，摩崖鬭險誰能縛。奔騰突騎鼓嚨胡，誰扣奇兵振錞鐸。捫蘿穿竹俯蒼冥，亭午迷濛日色薄。破空炯炯劃琉璃，濺壁霏霏散瓔珞。瀉入寒潭勢轉雄，衝飈捲沫起相搏。聞道靈湫深莫窺，中多神物蟠蛟鱷。緣谿一縷水煙生，往往浮金耀鱗角。天際常飄法雨迴，林端自有慈雲幕。是時秋盡海風寒，殘潦無聲群澗涸。誰從碧落挽銀河，元氣淋漓恣盤礴。人間真見玉龍飛，杖底深愁坤軸弱。曇華亭上俯危欄，極目蒼茫興遠託。應真奇蹟閟靈墟，終古潮音蕩寥廓。比似洹河久閱人，芒鞵幾輩登名嶽。夜涼白月照跏趺，一片秋聲撼虚閣。摇摇神觀不成眠，手攬長虹夢猶噩。

趙松雪天山射虎圖爲曹來殷題

黄雲壓空木葉赤，雕虎嘯風走沙石。天山健兒健于虎，怒馬秋原馳霹靂。二人持滿捩馬韁，目光睒睒箭鋒直。一人縱轡躡虎尾，白羽脱弸洞中腋。山君據地作雷吼，十丈挐空奮一擲。此時馬逸不可止，虎騰亦騰勇無敵。後來一騎振臂呼，飛鞚争先赴鳴鏑。豈謂山林至神物，失險投荒吭可扼。妥尾誰憐猛氣存，摩鬚尚有腥風激。弱肉强食總無常，牙爪雖雄亦何益。南朝王孫北朝客，對此蒼茫三歎息。歸來潑墨拂生綃，腕底峻嶒風雨疾。平沙莽莽草蕭蕭，據鞍仿佛弓絃砉。我生不識醫無閭，淺草平郊縱飛翮。弓彎卻月擊黄麞，意氣猶能輕老革。曹君示我三丈圖，令我神往天山北。安能唾壺塵尾逐吴兒，衆中但許文章伯。

自聖恩寺至吾家山觀梅還宿還元閣

昔者如來趺坐衆香國，應念散雨芬陀華。薄殑伽衆漢希有，遍十方界揚天葩。我聞此語志先滿，十年倦舉看花眼。逢春要作如是觀，天女何時法華轉。昨夜東風來，邀我登玉岑。半天落清梵，幾折開雲林。花塍接花塢，山陽復山陰。鼻觀乍觸神栩栩，眼界一豁心淫淫。得非優鉢曼羅倏湧現，祇樹林園移震旦。不然尋常春色東皇家，安得鏤瓊綴玉浩若恒河沙。谿流潺潺三百曲，雪浪行空罨茅屋。平橋修磴杳莫尋，卻怪松梢露蒼緑。逶迤漸上查山顛，怳挾雲勢俱參天。群峰歷歷似浮玉，其外香海百里還。周環珠宫貝闕在，人世豈無文螭白鳳來往瑶臺仙。君不見蹇驢幾輩趨黄塵，一枝愁殺江南春。又不見幽人枯槁鶴林静，日聳吟肩對疎影。焉知吴儂樂事真殊絶，沁骨寒香香不輟。琳宇遥聯萬壑雲，翠微晴泛千林雪。如澠之酒琉璃鍾，披襟藉草招微風。夕陽一片蕩影而下上，惟見林鶯山鷓吟哢春。濛濛微笑拈花浩歌起，平生結習聊自喜。泠泠韵鐸語天風，歸宿楞伽月如水。

登華頂放歌

我聞金仙座，常湧青蓮花。三千大千一覽盡，碧琉璃浄無塵遮。天台孕靈亦如是，絳趺層疊籠芳葩。香光雲中華頂矗，應真五百宜安伽。昨尋飛梁弄雪瀑，曉策孤笻造雲族。單椒玉立一萬尋，仄徑螺旋三百曲。秋花爛爛綴穹崖，古木叢叢暗深谷。隔林已度上方鐘，欲躡層巔勢迴複。層巔高揭連蒼冥，杪欏萬本環翠屏。香茅縛菴百有四，依山曲折開巖扃。蘿谿煙徑殊杳杳，禽聲竹韵常泠泠。恍疑陰森探洞壑，豈知絶頂臨滄溟。天風蕭寥扶兩腋，厲澗陵兢踏澗石。穿林屐齒鏗有聲，山僧啓關笑迎客。指點松梢雨欲來，倏忽煙霧滃瑶席。竹爐茶沸詎移時，一片晴光開暝色。晦明萬變直須臾，何事浮生苦煎迫。平生澹泊有微尚，火宅初離覺神王。木榻蒲團非世情，清泉白石超諸相。更上經臺證夙因，手弄華月倚飈輪。回觀塵世空雲海，誰識煙霄縹緲人。

感賦

只合滄江把釣竿，勞生是處足風湍。正平漫擬摧文舉，仲孺真慙拜武安。有客閉門彈玉具，幾人蒙袂逐金丸。浮雲涼雨迷南北，洵是人間行路難。

秋興

輟翰棲毫一惘然，守雌守墨亦忘年。肯教靈運先成佛，悔與嵇康共學仙。餐玉幾人曾入道，布金有客已通禪。欲知佳士飛聲易，夙世原生如意天。

柘林道中

勞勞何地稅征轅，蕭颯孤篷高下翻。鴉背斷雲横夕浦，馬頭殘照入秋原。無邊落木催寒訊，幾處清砧憶故園。輸與滄江垂釣叟，得錢沽酒老丘樊。

重過水竹居即凌榆山先生别業。

文窗塵網曲池平，小劫堪驚十載情。裠屐不來絲竹廢，東風猶自發山櫻。

詩話：余於癸巳、甲午間在京晤上洋朱凝臺霞，謂少華入中書後，閲歷坎坷，意趣頹唐，有句云：「境緣未歷爲佳爾，興到將闌亦惘然。」未幾遂卒，因嘆其縱横揮霍之才埋之地下也。凝臺乙酉拔貢，官河南獲嘉知縣，其詩求之不得。

趙文哲

字損之，號璞函，上海人。乾隆壬午以諸生應南巡召試，賜舉人，授中書舍人。以從軍遷户部主事。又從討金川，殉木果木難，贈光禄寺少卿，入昭忠祠，蔭一子。著《媕雅堂》《娵隅》等集。初文哲爲七子時，詩已最挺拔，顧自悔少作，謂當焚棄。至《藏海廬詩》四卷，則服官薇省時所作，爲《媕雅堂續集》，視初集已進一格。其《娵隅集》十卷，乃從軍時作，則更奇肆怪偉，自然中節。馮鴻臚曰：「氣愈傑，品愈高，直欲與少陵、東坡争勝。」

自魚子洞抵雷洄清浪二灘怪石亘四十里爲灘行絶險

山無一寸石，水無一寸土。大星倒河漢，磊磊自太古。一望吁可怪，風吹鬢毛豎。孰陳百萬兵，絶不依隊伍。立者虓怪豕，卧者瞰饞虎。大者亘數畝，鋭者卓一柱。亟奔群相從，特起旅而拒。左右互衝突，不知爲誰侮。三壘峙鼀䵷，中復陣散五。駭機不可踏，門門激飛弩。可憐孤征魂，闖然入其阻。千篙與萬篙，射石石轉怒。上。磨牙伏以伺，相顧禁邪許。竟於劍戟林，争此一銖黍。四十里而遥，奇弄一何苦。呼天天不驚，横空撒白雨。靁鼓數百面，作氣音未絶。誰將萬層浪，散作炎荒雪。於時天重陰，山山叫哀狖。久客性命輕，輕舟重超越。石陣勢忽變，沿江布勁卒。步步接短兵，一入復一山。日落路彌長，四顧氣欲奪。側聞矍鑠翁，穹祠冠巀嶪。將毋土室病，於此避毒熱。灘風捲靈旗，遺恨怒濤没。陳詞乞神休，臨江灑牲血。我行萬里遥，半途此弭節。朝聽灘聲號，暮聽灘聲咽。扣舷重悲歌，鐵笛爲吹裂。

大風過芝草白榕諸灘

夜雨聲蕭疎，晝雨勢稠密。山川水雲中，凝望渺如一。今日灘稍平，得雨翻蕩潏。小舟駕長風，輕矯故無匹。水石自豪縱，狃勝犯倉卒。中流一洄漩，長年爲股栗。豈知十幅帆，空際破狂獝。篙櫓未及施，卅里速傳驛。竟以不戰勝，此理《陰符》述。貪天亦何功，静念爽若失。行人幸無恙，何啻破冢出。

日暮風更横，去。横空與水搏。水亦飛怒濤，直向柁樓落。風水自相鬭，吾命果安託。瓶盎鏗有聲，衣屨濕難著。低蒲二三葉，一走不可縛。緣谿石嶕嶢，未敢著吾脚。進止兩無計，四顧徒駭愕。天憐我淹留，亦憎灘勢惡。送以飽帆風，使知壯遊樂。惜無萬斛舟，横海截鮫鰐。小舦薄于紙，詎足試盤錯。繫纜餘驚魂，言就荒戍柝。一望波連山，徒旅何處泊。是夕與僕人舟相失。

瀼水灘

危灘有物憑，每過風雨怒。吁嗟瀼水灘，欲唱公無渡。挽舟八九人，一趾著無處。自古刀箭叢，未闢一綫路。舟本藉縴行，人反緣縴度。不然千尺崖，直下豈神助。縴上復懸縴，此縴佐篙具。篙以使之離，縴以使之附。二者一人持，不使豪髮誤。船底走春霆，船頭蒙晝霧。見浪不見人，既見心轉怖。回舟復何如，急流一迴顧。

打鐵關

青山插天來，細路白一縷。晴雲千萬峰，半擁關門樹。輿人緣蟻進，輕矯如傳羽。兩肩屹不動，轉側在尻股。前挽左右扶，四隅相爾汝。二十有四足，不使愆累黍。每當斗絶處，竟藉懸繩舉。得非肉飛仙，空際挾翰舞。登登層霄嶺，天風莽撐拄。群岫如爾曹，其頂手堪撫。滇黔斯要衝，絡繹走徒旅。塗泥雜沙礫，林景翳霧雨。空勞翦紙招，征魂泊無所。我生亦何爲，累此僕隸苦。帝座信可通，淚落不能語。

蒼山雪

洱海終朝風，蒼山太古雪。炎炎祝融力，不能散凝結。我經龍尾關，積素群峰列。參差界白雲，一色入寥泬。初暾射倒影，半空玉龍掣。清光眩不定，銀海騾生纈。輿夫本老農，土俗能細説。南中三白少，隔歲偶飄瞥。往往不到地，絶頂皓以潔。我思盈尺瑞，利在殺螟孽。宜麥復宜禾，於此頌有飶。嶄絶十九峰，何處耕以鐵。六花自游戲，不救春田裂。況聞滇無冰，盤鑑無可設。金莖遠莫致，廣厦猶病渴。誰將一甌水，来餉三伏節。紅塵騎如花，石路幾踣折。馬上負雪人，不及飽糠籺。風日自消融，無辜撻流血。滕六實厲階，曷不見晛滅。

銀江月 即銀龍江，志乘所謂「銀江晚釣」是也。

銀江月晦月，傳之自郡志。謂爲無稽言，否或江有祟。去夏我從軍，有客騰衝至。乃云親見之，五月日廿四。是夜天宇晴，星緯爛相次。攔街人語喧，有月萬目視。客亦臨江橋，江流自清駛。紛紛白毫光，波中忽鱗萃。蕩漾既久之，圓彩爛於燧。心知此非月，非月無可譬。此江在城郭，見底玉沙被。潛祇不能藏，何物弄珠媚。今春我北還，道出永平治。江邊詢父老，娓娓述前事。言此不易見，見則爲上瑞。其兆爲銷兵，次爲大田利。憶昔金川平，垂象亦此地。引領望太平，嘉名天所賜。我聞月之瑞，重輪及抱珥。不知此何祥，存之可無議。獨感父老言，一灑征夫淚。

樂户行 明末，流賊張獻忠入荊州，自稱西王。時惠邸樂户有瓊枝、曼僊者，以色藝擅名。獻忠召以侑酒，瓊枝罵賊不屈，賊脅以刃，瓊枝罵愈厲，曰：「汝技止此耳，吾何畏？」群賊臠之以飼犬。而曼僊則極其技能爲獻忠所寵，遂乘間置毒於酒以進，獻忠昵之，令先飲，曼僊色變，不得辭，飲之，立斃。獻忠覺其毒，亦磔其屍。

獻賊來，城門開。王早遁，官乞哀。西王府中晝宴啓，侑觴才人自朱邸。獻賊喜，瓊枝怒，樂户雖賤非賊伍。玉肌白刃兩如雪，一笑相從飛碧血。獻賊怒，曼仙喜，樂户誠賤堪賊餌。酖賊不飲令先飲，恨不胥來殺諸枕。噫吁嘻！罵賊賊怒一死輕，古有之，雷海青。昵賊賊喜一死遲，古有之，高漸離。堂堂兩樂工，千載耀青史。不謂江陵城，更有弱女子。

阿襤曲 元至正中，梁王鎮善闡時，大理段功爲總管。明玉珍寇善闡，功來援，卻之。梁王德功，妻以女阿襤，因留善闡。其夫人高氏寄樂府，有「鴛鴦獨宿」語，功乃返大理。既而復往，有譖於梁王者，王召阿襤，授以孔雀膽，使毒功。襤以情告功，俾西歸，勿聽。明日王邀功東寺演梵，使蕃將格殺之。襤賦詩有「吐嚕吐嚕段阿奴，押不蘆花顏色改」等語，愁憤而死。功有子寶、女羌奴。羌奴亦能詩，將適建昌，以繡旗遺寶，謂「我束髮，聞母稱父冤，今歸夫家，將飛檄西洱，急應兵會善闡，此旗所以識」云。後寶爲總管，明玉珍復侵善闡，梁王乞師，絶之。

善闡傳分土，昆明肄習流。爭見南夷歸版籍，驟聞西寇擁戈矛。段家金戟開鴻業，封秩摩訶凡幾葉。官守祇承勢尚雄，鄰言罷責情方洽。報道宗藩久被圍，平章慷慨賦《無衣》。宋城將爲炊骸破，蜀將翻緣寄藥歸。碧雞金馬森相峙，鐘虡依然功莫比。授館猶遲返葉榆，射屏早促歌穠李。五華樓畔啓鸞扃，七寶車前引鳳鳴。玉簫吹處人如玉，團扇還愁畫不成。有人尺素傳魚腹，池上鴛鴦悲獨宿。故劍難忘舊日情，大刀好藉新詞卜。旌旗迢迢抱珥河，波瀠雲片柰愁何。驚鱗遠逝偏貪餌，逸翮迴翔竟撓羅。由來禍福相更迭，謗滿中山冤孰雪。不念今宵賜酖人，當年親裹創痕血。可憐窈窕膝前姝，頃刻愁腸轉轆轤。此語真教銜石闕，此身寧忍見金夫。由房切切聞私語，間道怱怱盍歸去。想像羅窗燭未殘，箜篌彈斷公無渡。明日招邀東寺東，畫橋幾曲控花驄。誰知旛影經聲裏，一片陰風哭鬼雄。香閨倉卒躬難代，泉路渺茫言肯背？歧舌應嗤雍糾妻，湛身願作孫權妹。魂返難尋押不蘆，生還望斷錦佉苴。素馨如雪銀棱路，游女猶歌緩緩無？興亡回首同朝暮，魚腸已出梁王墓。華岫空傳避暑時，菜坪誰問嬉春處。曾誦羌奴七字詩，復仇心事凜須眉。巫欷播後江山改，定有遺民望繡旗。

長歌行寄陸耳山

陸敬輿有荒莊，趙元叔有空囊。一貧至此非所恨，但恨一出一入相避成參商。與君結交久，樂事掛人口。銷夏雲林壁上泉，此壬午同寓武林湖上事。餞春繡谷花前酒。此己卯同遊吴下事。繡谷，蔣氏別業也。問君昨從吴越賦皇華，舊句已籠碧紗否。萬人海中藏我六載餘，君亦冗寄宣南坊畔廬。藏海、冗寄，余與耳山所居廬額也。深深青瑣闥，滑滑白玉除。十行之詔萬卷書，與君朝朝暮暮蛩駏如。今春歌上陵，去秋歌出塞。屬車豹尾間，簪筆兩人在。偶然拍馬欲飛前，草檄飛書立而待。壬午同年生，與君同命鳥。長安鴻泥蹤迹何足誇，别有千秋共懷抱。我昨一跌君不知，國門一出，十步三威遲。計程謂當於此傾蓋語，嗟哉楊朱之淚空灑歧路歧。行者萬里途，居者萬里心。楚山漸漸水淫淫，猿嘑雜鵑嘑，楓林連竹林。孤舟載煙雨，山鬼晝夜吟。知君朝回一燈對風雪，夢中千巖萬壑與我同登臨。陸敬輿，趙元叔，曷不雲龍共追逐？詩題日南至，書到日東陸。咏梅倘寄草堂篇，吹笛還酬武谿曲。

下凌

似雨非雨簷不鳴，似雪非雪花未成。千樹萬樹忽團飛，絮影十里五里踏盡碎玉聲。輿人呼曰凌，《爾雅》未釋名。凌人地官職凌陰，《豳風》篇取之在腹澤，不聞降自天。如珠者霰雹似拳，以冰爲質質則堅。不若此凌空濛吹，濕煙著地，鋪作白氍毹。凌之下，何䨿䨿，寒飈乍息寒轉嚴，中人肌骨霜刃銛。凌之消，何活活，碎石作沙冰作屑，一望陂陀泥有骨。天陰凌蒙頭，天晴凌没足。輿人亦良苦，凌乎何太酷。我聞木有稼，其占達官怕。又聞霧作淞，貧子歌飯甕。異名同物果安在，史志五行半茫昧，揣稱侔色凌豈殊。我識天心定仁愛，君不見黔山疊疊刀劍叢，嵐花谿箐蒸青紅。爔爔百毒冬不蟄，以凌殺之不讓三白功。嗟嗟輿人爾勿哭，山坂明秋多十斛。

瘦馬行 馬爲明制軍所贈。余隨征，既出萬仞關，所備副馬皆追不及，此馬備歷艱險，直抵老官屯，卒賴以濟。比其歸，精已銷亡矣。爰命圉人謹飼秣以終其年，並賦詩旌之。

我馬黑質白作章，瘦至見骨骨轉强。三千餘里四閱月，爾生我生我敢忘。嗚呼我馬瘦有以，人不自肥馬何望。軍興五年蓋藏盡，百錢束草千斗糧。師期未及困旅食，艱難我共馬備嘗。其秋王師遂罙入，西拊賊背東扼吭。我屬丞相究西略，萬古未闢蠶叢荒。盤根如繩繩作網，碎石如刃刃有鋩。走丸之坂泥滑滑，積齒之壑波汪汪。軍中雲錦六萬匹，大半寶勒兼絲韁。平時伏櫪飽芻飯，腸肥腦滿氣蹶張。初程夷坦善控送，馬步工與人輝光。外强中乾古所歎，入險駭汗流翻漿。或踣而卧卧猶喘，或瘘而走走且僵。或僨而奔奔轉怒，卒然而病死道旁。中途失馬競匍匐，空餘鞭策資扶將。嗚呼！士不臨難節不見，至此始信我馬良。我馬有德復有力，注坡驀澗如風檣。萬人指點詫神駿，夕刷昧谷朝榑桑。豈知馬亦臨事懼，不輕進乃無痍傷。憶昨金江水暴漲，獰飈怪雨排雷硠。因人作計太莽鹵，竟思犯黑一葦杭。二僕四馬先我渡，未到彼岸胥淪亡。斯時我馬出神勇，撇波一躍蛟龍翔。于林得之虩且喜，馬不我咎悲鳴長。瘴鄉水毒草似棘，經旬不食百鍊剛。一時瘦馬名大振，紫瞳赭汗紛形相。當其混迹誰一顧，正坐未餙千金裝。所惜我馬事非主，徒搦弱管參戎行。不然彎弧横劍大殺賊，草頭一點鷹飛揚，回視凡馬真群羊。歸來縱使血裹創，黄金寫女陳帝閶。嗚呼！孰謂我馬思戰場。嗚呼！孰謂我馬愁戰場。

黄果樹歌

黄果樹，乃在騰越州西四十里。地以樹名匪今始，果則非珍樹頗偉。我於樹有一宿緣，放筆試作譽樹篇。吁嗟樹豈二本生，胡以必藉千株百株合抱成。膠漆之黏鐵石固，砉然皮肉猶分明。干霄原非爾之質，蟠根既大亦復直上雲中撑交柯。陰籠五畝更十畝，密葉雨颯千聲連萬聲。清飈徐徐不知何處至，赤日杲杲自在當空行。安得道旁列樹去。長短亭，使我直出萬仞關外無一暍死兵。横枝忽作盤龍勢，龍髯垂垂下至地。奇哉樹梢乃是樹餘氣，復化爲根蔚生意。直如懸柱細於繩，已見風葉一枝兩枝弄清翠。我來卓帳日午連宵午，自結圓跏玩奇古。中爲大腹厥象離，定有木客來居夜吟苦。憐予對此難重陳，明朝樹亦愁爲薪。樹當軍行孔道，兵士旦旦伐之。婆娑自動攀槐歎，蕉萃誰知頌橘人。

山中古樹多爲藤所束縛所見老栝一株其被困之狀尤怪爲記之

老藤不實亦不花，厥類亦醜難梳爬。攀緣競進出天性，竟不愧死蓬生麻。吁嗟山中萬年古栝生也直，拔地倚天數百尺。棟隆之才孔有力，自削繁枝與亂格。彼藤初亦殊夭裊，漸成巨絙直且絞。作勢上奔肆纏繞，乖龍何以無指爪。毋乃驚蛇燒尾一怒不可拗，千縈萬絡到樹杪。樹身屹不動，無人爲除掃。譬諸冠劍偉然古大臣，獨立無如愠群小。一藤貼地穴枯根，數藤隨之如數入。奔。此穴一閉不復出，古菭黏處秋無痕。一藤與栝不相屬，横空盤硬剸栝腹。寢處其皮食其肉，穿脇而出一何酷。嗚呼！本之不固中太虛，授物以隙，栝之自防良已疎。食根者蝥食心螣，本非族類我無責，未若此藤工作賊。誅藤栝亦戕，斧柯歎何益。依附之門孰厲階，我先欲呵《宵雅》所稱女蘿施松柏。然而此栝雖困猶鬱葱，得非與藤合體臟腑同。古來操戈者，往往居室中。當其卵翼之，自謂吾乃若所翁。栝乎汝不見澗底枯柟枯至死，非藤制之曷至此。藤既脱朽骨，青青自揚起，蔓延又抱南山梓。

十二月十三日斑斕山紀事

連峰若環斷若玦，羊腸一綫天際豁。賊碉屹然不可拔，如猘之狂鼠之黠。一軍拒左遏賊衝，及山之半布成列。一軍右上躡其腦，俯瞰碉樓蟻在垤。朔風獵獵翻大旗，指點元戎中秉鉞。是時窮冬天苦寒，堅冰欲鼓山石裂。萬人裹甲如裹鐵，噤不成聲喉捲舌。豈知挾纊在一言，始信拊循勝鞭撻。鎗丸似雨煙似墨，一卒飛騰刀滚雪。上碉無梯下無穴，以肉鬬石怒衝髮。何來援賊氣甚囂，短兵一接魂魄奪。殺人無聲亦無影，人在陣雲自出没。生擒一賊挾兩頭，歸謁和門略陳説。生囚死馘互拴縛，一片模糊刃餘血。啃汝小醜恃在險，問天此險爲誰設。負隅之獸且莫攖，游釜之魚寧久活。詰朝再戰竊有請，若徇三軍須此卒。

次猛拱即事

江煙江雨捲雙旍，蠻塞居然汔小休。林下偶逢歸塞馬，軍中失馬者往往於林箐中得之。行間爭飽犒師牛。諸夷頭目迎獻必以牛分給各營，一牛可食五十人。草花泫霧猶含瘴，木葉銜颸更耐秋。忽憶故園近重九，菊鈴初綻酒新篘。

八虎踞關

近關僕馬盡歡聲，户杼場舂寫太平。賣劍便思爲佃客，棄繻何用識書生。誰封抔土無留碣，近關新冢纍纍，云皆彼年出征將士也。未塞丸泥有駐旌。關爲老官屯郵遞往來要路，方駐兵設將於此。慙謝候人迎問疾，緣江多少裹創兵。

行帳病中補山同年枉顧夜話有詩見示次韻酬之

身似殘弓不上檠，黄楊暮節鷃初程。尊前語咽胸埋壘，帳外人歸血洗兵。病枕自營求艾計，戰場頻作贈鞭行。時員外郎薩□□、太守王衣聞先後入關。笑談忽聽穿林礮，驚閃秋燈一穗横。行帳距賊寨一里許，賊人礮丸時從帳上過。

雲巖先生兵抵美諾追陪夜話有感而作次家雲松韵

笳鼓聲沈劍氣寒，依然奉席接衿鞶。喜心倒極驚三捷，歧路依違愧一官。主簿參軍從位置，兒童走卒問平安。細論兩戰場中事，白髮門生感萬端。

歸抵騰越

落葉空庭撲面飛，一燈如豆换征衣。百三十日歲云暮，萬五千人吾曰歸。時圍老官屯賊寨者，萬五千人。長吏繼庖空僕僕，老兵勸酒轉依依。予僕從死亡略盡，惟百夫長許登鳳給役甚勤，屢瀕于危而不懈，軍中無不知有許某者，今尚相依不去。重衾無限蕭閑夢，猶繞江屯鐵甲圍。

新街紀事

定策師西下，諸夷撫馭中。他時毋顧北，此地遂徂東。經略提大兵先由戛鳩西渡大金江，既撫定猛拱江西千里，無後顧之憂，乃取道蠻岡而東，與定邊將軍阿公會師于新街。慘淡新街曲，蕭條舊壘空。雙江流浩浩，蠻暮江自東來，匯于金江。十月氣爞爞。近接官屯險，先資將略雄。夾津爭要路，作檝勒成功。定邊將軍先駐師蠻暮，督造戰艦既成，乃放舟南下新街，即擊走賊人之守大江渡口者。由是東西兩軍往來如過枕席矣。閒道迎偏帥，時將軍伊勒圖前迎經略大軍于哈坎。全軍會上公。歡聲千帳合，密議一燈同。窺穴睛旋鼠，當輪臂奪蟲。藏奸深箐裹，伺隙敗蘆叢。敵陋宜輕掠，兵疲利急攻。逢剛占日吉，入險鑿門凶。礮石雷崩雨，鎗機電掣風。晝昏煙噴碧，水沸血浮紅。游釜魚寧活，毆林雀已窮。斷艘沈渚葦，殘幟委谿蕻。鬭歷朝昏久，威揚水陸通。飛騰投袂意，矍鑠據鞍翁。時果毅阿公駐營江西，舟師既下，偵知西岸尚有賊人，結柵自固。公提兵往攻，連破兩柵，賊遂宵遁。時公已久病，聞報即行，督戰竟夕，人皆喜公之矍鑠，而不知病由此增劇矣。烏幕偵將遁，雞籌唱未終。迴鉦波激宕，捲旆霧冥濛。破膽消逋寇，攻心散伏戎。斷流憑短策，下瀨試高艟。我亦思鳴劍，時方讓賜弓。時特賜經略三眼花翎，經略表謝不敢受。七旬斯送喜，一戰詎輸忠。橫海猷原壯，磨崖頌豈工。惟聞古有志，克敵在和衷。

許巽行

字子順，號密齋，原名國英，婁縣人。乾隆癸酉拔貢，壬午順天副榜，由教習官南陵縣知縣。著《益竹居詩稾》。

李松圃招同李桐岡李濱篁浦柳愚吴紫庭朱心池朱小岑王若農任春海劉松嵐遊七星巖分韵

羲馭無停軌，四運遰不留，商飇激虚牝，頳顔驚素秋。林間塵鞅息，巖際禪龕幽。睇目無近尋，冥心恣遠搜。束葦穿洞壑，乘桴歷環洲。俯窺水底天，仰視石上樓。披榛列茵席，傾榼羅肴饈。授簡騁妍祕，縢巵頻獻酬。徘徊日將夕，酩酊我欲休。餘興或未展，遲明期再遊。

同曾學博訪詩人馬古伯墓浙人，墓在興安西門外三里橋。

秋林蕭蕭風索索，中有潛寐黄泉客。停驂共讀道旁碑，云是詩人馬古伯。詩人去後百餘年，吟卷飄零無復傳。白骨蒼苔閉幽夜，清猨哀狖嘑寒煙。前修渺渺如相待，後代知音有黄海。翦棘重尋土一坏，荒凉遺塚今猶在。迢遥浙水隔湘濱，孰是君家幾葉孫。麥飯無人作寒食，天涯徒泣未招魂。黄海閩人，爲興安令。

韓莊閘渡河

河流瀰瀰柳毿毿，促渡征鞍酒正酣。行過韓莊裁八里，此身已是到江南。

國朝松江詩鈔卷四十八

鄉人姜兆翀孺山録
梅春小庚閲

吴省欽

字充之，號白華。南匯人。乾隆丁丑南巡召試，賜舉人，授中書。癸未進士，選庶常，授編修。大考一等，陞侍讀，歷庶子、講讀學士，光禄卿，順天府尹，晉禮部侍郎，調工部，又調吏部，陞都察院左都御史。辛卯、壬辰會試同考，歷充貴州、廣西、湖北、浙江、江西主考官，任四川、湖北、順天學政，癸丑會試總裁。以嘉慶四年罷歸，卒。著《白華前後詩文稾》。其散文堅卓古勁，大要以唐之孫樵、劉蜕，宋之柳開、穆修爲宗。其詩初猶以漁洋、竹垞爲宗，後則警闢堅挺，直與川楚之山雄水猛相抗，洵爲傑搆。王述菴曰：「意必堅凝，句歸清峻。」

灘鬼謡

下灘激箭，上灘引綫。匪楫匪帆，石心水面。水枯運剥，水漲救撲。剥船招招，救船嶽嶽。
過灘叫嚎，住灘翔翺。我有身手，子有錢刀。子唉我嗛，子覆我掩。含哺披裘，以佑重險。

大相嶺

既拜丞相祠，遂陟丞相嶺。祠荒嶺更荒，石筍怒交迸。一鞭蝨其間，尺寸靳移影。碎石軋馬蹏，危棧墮人頂。所喜身歷高，下方瞰眢井。蓬蓬鋪白雲，萬古混溟涬。得毋龍與蛇，噓氣蔽曦景。蟄物忌陽靈，鼓角響斯屏。當時景川侯，隻手鑿頑獷。爲德苦不終，鼇行命須併。不知未鑿初，丞相轡焉秉。時清險自夷，世亂坦皆梗。我亦渡瀘人，吟成越羅冷。

大渡河

南條尊大江，木塔溯戎徼。濫觴非自岷，特以禹功導。平羌首效職，直下卷飛瀑。是川不受成，突起勢雄奡。蚴蟉青龍尾，矯然作東掉。尋源在土番，到此極票姚。雖亦歸夔門，其利溥黎徼。揭來萬工坡，牲醴冀神勞。絶壑戒舟航，縣流成旂纛。大澤徙龍蛇，深山遷虎豹。如何畫斧人，斷渡棄南詔。智乃遜韋皋，積弱可先料。擊楫歌慨慷，何時計魚釣。

下相嶺歷象鼻至白石塘雨大作

下嶺馬足輕，微聞僕夫語。來程皆小坡，息肩謝邪許。峽泉輿下行，瀘沽匯支股。漸西勢漸驕，萬山更幽阻。化爲蠻象奔，鼻卷脊尚俯。臃腫堆囷輪，戍削立城府。兩巖鬬欲傾，一闋葬行旅。藉彼白玉龍，鴻溝判漢楚。奈何飛上天，作陣打急雨。洞門避不遑，深恐伏羆虎。虛空涉嵌閣，屐聲濕於鼓。石磴如卵危，石稜如劍舉。人生非草木，膽氣敢豪鹵。雲棧本夷庚，區區復誰數。

陵雲山壁大石佛

岷水來自東，蒙水來自西。沬水來西南，其衝山作隄。山下蟄鮫鱷，山上騰虹霓。峭立此終古，撇漩聲沙澌。九門突萬軌，舟勢輕鳧鷖。自非道人道，焉得慈航慈。椎鑿肖五體，坐卧忘六時。堂堂彌勒相，競禮天人師。覆以千花塔，智燈明琉璃。於時韋南康，讚歎雕豐碑。厥象類金狄，厥功同石犀。我鄉近淮海，横絶支巫祁。此佛如有靈，雷雨俾徙之。江流既以平，河流亦以治。長歠陵危椒，浩浩天風披。

雙飛橋（本名雙谿。）

一谿衝一橋，一橋束一谿。谿雙橋亦雙，胡乃名雙飛。劈開烏玉峽，積下元冰澌。側耳三日聾，怒虯騰水嬉。伏地奮擂鼓，坤軸翻東西。崖傾路磬折，咫步皆紆威。四山起殺氣，黯黮沈袷衣。魑魅晝寒栗，彳亍行且嘑。萬靈意恍惚，直以牛心（石名。）支。力持二水交，磨洗稜與圭。頗聞卜應泉，晴雨徵淅炊。道人修道處，取徑便扳躋。花壇鍊鉛竈，松院敲枰棋。草木死不萌，要足陵丹梯。喻彼廣長舌，去去蹤難稽。

雷洞坪

山精縱荒率，挂眼了無剩。決起風雨師，出奇肆雄横。砰訇鐘發杵，喧沓船走碇。雷車載鼓來，萬仞劈懸磴。彼坪殊不平，劣斷采樵徑。巖霏滑如乳，盲昧照孤檠。九霄落九淵，垂趾即危穽。叢欑交拄之，深景一扶凭。不見人迹投，矧乃人語應。略持精進幢，爲攬妙明鏡。

抵眉州不得謁三蘇祠

眉山一簣高，眉州一斗大。譬諸曹鄶邦，牛耳敢争座。堂堂三蘇公，崛起天荒破。萬古來瓣香，不遺弱一個。我乘下水船，浩歌出沙邏。婰娟修竹成，浩蕩白鷗過。摇摇飄酒旗，團團走茶磨。庶幾羞沼蘋，山城指牛卧。家法雖縱横，國才肯摧挫。誰知火急行，投足路真差。側聞池上蓮，留爲科名賀。堂堂玉局仙，制舉慶王佐。無田無可歸，九死入寒餓。松江煙雨疎，朦朧覓漁課。坡詩「醉眼朦朧覓歸路，松江煙雨晚疎疎」，江距州廿里。我亦别家江，推篷悵無那。

書院講堂落成

仲翁營講堂，名載常璩志。所講詞紛綸，豈止《春秋》義。是時黄老崇，儒術弁髦棄。太守來自舒，築舍等居肆。温故與時習，左右象鱗比。前有石柱聳，旁有石室庀。復選十八生，受經遣東詣。群遊博士門，鄒魯盛不啻。長卿浮薄徒，猶闡七經祕。而何傳儒林，蜀人無一二。遺蹤搆書院，風雨近積廢。雅懷高朕修，深痛獻賊燧。飭材垂一年，望古耿百世。豐碑付孱筆，遠媿廟堂記。往聞《孝經》成，紫微降天際。時亦稱講堂，説緯太盲昧。兹堂殆初祖，四大等苗裔。鴻生拾級升，數典戒忘墜。早求鹿洞規，次抉鵞湖蔽。禮殿共低回，詞章特餘事。

藏香

薰籠媚閨情，炷爐誦佛號。香市喧蜀都，卻被海南笑。謂乏龍腦珍，兼遜鷓斑燿。下駟安可充，先韋幸無躁。尸陀林各天，西藏直西徼。唾棄南北宗，貼耳奉黄教。吹螺響烏烏，轉幡影浩浩。正法如日懸，一氣大感召。甘松及珠貝，百鍊入鐺銚。搗爲元霜精，搓作金管貌。星星微火來，煙篆四騰掉。其臭淡無言，其爐光有曜。重帷閉少時，融液透百竅。辟邪具神通，那必數醫療。方今威德宏，神僧契元照。重舌赴東土，焚頂祕虔告。區區登貢餘，惹衣記廊廟。使臣荷分致，羌情驗讙叫。東香同東芻，價壓萬䝞噭。鄭重燒博山，心清遠聞妙。

天雄閣雨憩

天雄閣隱牛頭半，東斗闌干日中見。八窗皦裂猿鳥迴，多少征人淚流霰。後馬頭頂前馬䝞，兩䝞一攖升一梯。千梯萬梯逼霄漢，喘息溢涌慳扶攜。隴樹膠葛秦樹低，嘉陵江樹較近翻悽迷。怪爾斷無尺株寸杪媚煙色，惟有鐵稜破碎，如鱗如甲，龍公塌地排青霓。是時牛頭虓怒欲銜閣，黑飈吹帽壞裘薄。纖雲辣闖冰子落，只到牛腰不到脚。焉得喚起五丁力士來，畬犂犁作田砦屯炊煙，留此供眺西山雪嶺東日邊。我行不能住不得，玉女開笑電搜壁。

七曲山梓潼神廟

廟有獻賊金臉緑袍象，乾隆十七年始毁。

文昌神乃是斗魁戴筐之六星，五爲司中六司禄，以槱燎祀傳禮經。今之廟貌遍區宇，梓潼山頂云最靈。其山七曲水九曲，曲水繞練山開屏。丹闔半啓抽箳篂，緑袍烏幘形肖亦神肖，朱衣老吏執簡趨跉竮。盤陀片石神所瞑，乘氣仿佛翔天庭。如龍白馬八尺九尺問何用，立仗驕秣歌駉駉。或云吕光或孟昶，不若孝友張仲留儀型。不獨手授氏王鐵如意，鑄鼎作賦唤起舉子氍毹心魂醒。一賊金臉飄紫綎，貙目隅坐如有聽。吹簫貫箭骨成粉，妖狐依社百年後始湔餘腥。當時冒竊初祖冀神佑，神佑舊邦雞犬肯使屠伯惡滿逋天刑。能捍大難典宜祀，况説歲貢雷杍千載而上飛驚霆。是神是星語象涉惝怳，雲旗晝卷青天青。七曲倘應帝車次，齋戒穆卜持篿筳。

過大小關山

關上復有關，山上復有山。關山陟上更無下，一下百上增孱顔。初如螺旋後蛇蜕，步步紆折腰彎環。粗者爲砂大者石，石磵陰森卧蛟脊。晴天白日轟怒雷，亂灑飛湍打行客。林虚箐密熊虎驕，畏險不我爭秋毫。危峰壓人面休仰，颯瀝愁煞陰風摇。野店蒼涼傍荒戍，歇馬店前倚枯樹。山家卻指相公嶺，如此關山是平路。

支機廟大石是張騫所攜

君不見笻竹無蒟蒟無醬，西使功名虚博望。郭門片石爾何來，舊伴黄姑織天上。投梭軋軋河鼓鳴，當機照燿裳錦明。一拳貽贈重瑶玖，博物且問莊君平。波簾窣地眼花眩，艮象分明識爻變。十牛推輓體倍尊，五組包纏價非賤。錦江濯錦江色鮮，杼柚安得千星躔。九張須向樂府采，三品翻似奇章傳。茂陵玉盌人間出，不及黿城臢山骨。莫將餘巧鏤長鯨，鱗甲摇風莽蕭瑟。

仙人掌

木非木，卉非卉。似掌非掌指非指。掌如葵扇團，指如芒鞵底，厚或扶寸廣踰咫。初疑緑石割自洮河邊，又疑緑玉撈向闐河裏。土人拊掌紛呰謷，金莖承露誰所操。太華一峰現縮本，特與荒徼光不毛。瑶草琪花浩難訪，橘柚空庭致蕭爽。老饞扳弄思嘬之，聞道肉芝原似掌。

成都

參旗井絡影溟濛，霽景難流吠犬同。豈有山川歸李特，更無父老怨唐蒙。碧雞祀罷危坊損，金雁書來古驛通。不獨東吴懸萬里，觚稜回首五雲中。

登鬱姑臺

鬱姑臺似鬱孤臺，杳渺霜鐘法界開。亂水北吞三峽下，斷峰南擁七星來，荔枝一過霓裳散，桂樹重招鶴馭哀。爲是兩川冠冕地，醉扶藤杖獨徘徊。

陳和軒招同楊鈍夫呂陶村浦蘇亭竇青巖高月峰楊仁山馮小山集城南武侯祠精舍

丞相祠堂勝草堂，平消秋暑鬢生涼。二千尺蔭森森柏，八百株圍曖曖桑。略檢琴書參法座，竟攜葷酒破齋房。心知萬里橋頭水，不共行塵下故鄉。

永安宮康熙二十九年，夔州許嗣印因址築亭，在府學明倫堂後。

垂創三分國，存亡六尺孤。赤符謀復漢，黃鉞忿窺吳。持敵師偏衄，還軍路不紆。蠶叢懸夢寐，魚浦息艱劬。象祕星躔犯，宮深玉几扶。儲君宏後勑，元老亟先趨。治命彌留最，忠言繼死俱。螐靈號地坼，鵑血濺春徂。一自歸喪儼，重尋別殿無。翠華驅迹竄，珠幛蘚痕鋪。逝水長東逕，開門遽北俘。聽笳牆隱雉，過櫂闕朝烏。中道空王業，群雄祇伯圖。結亭存體概，立學改形模。下輦魂應戀，分香意孰誅。向來伊霍侶，主德爲交孚。黃初四年三月，月犯天心星。四月，帝殂。

寄題石硅秦將軍貞素廟石硅於乾隆辛巳改設流，廟割古司治爲之。

巾幗開前府，麾幢答勝朝。身名三史冠，儀象八鑾標。獄滯夫難望，封遺子待邀。一司歸總攝，百戰靖紛囂。滅播威初震，平奢氣不驕。勤王成遠涉，整旅隔危譙。今京師外城四川營，爲夫人入覲駐親軍處。日接平臺儼，天賡異數昭。玉音樓名。空展禮，金甲幾沈銷。大帥聰教瑱。渠凶走善趫。夔門驚決裂，砫石敢漂揺。逐北尸嘗遍，寧南將竝驍。請纓賫夙恨，束箸罷長傜。奕代鼇官土，因堂立廟祧。繡裾松影護，白桿蘚痕彫。恤緯同周隕，夫人以順治戊子壽終，葬會龍山。乘障較洗超。龍山藏骨地，端共奏笙簫。

喬鍾吴

字雲門，號鷗村，中丞光烈子，上海人。己卯舉人，癸未進士，官直隸滿城縣知縣，調遷安，陞甘肅岷州知州。著《宜亭詩鈔》二十二卷。

海上風氣淳漓不一值盛世之清和悉民間之俗尚率賦八首以誌土風

走關東美太平也

走關東，萬國同。海水不揚波，百川盡朝宗。梯航貢窮髮，飛艣來奇肱。遐荒聲教訖，况兹王氣鍾。禁擾吏奸戢，免榷水利通。大地不愛寶，閭閻三幣充。熙熙遼陽道，景物類岐豐。利涉浩無垠，休哉太平風。

百日稻憫農夫也

百日稻，百日熟。當午勤莳秧，汗滴秧幾簇。終夜勤戽水，趾瘃水不足。東隴穲稏歌，西疇桔槔曲。江鄉無露田，寬狹任杼軸。一夫三百畝，傭佃十五六。聖朝丁賦蠲，什一古制肅。

辛苦憫澤農，薄歛猶仰屋。

單梭布 憫女紅也

單梭布，單梭織。昇平免調庸，絹綿久無役。女吉古貝多，旦夕不遑息。素積十五升，尺幅四丈疋。精尤擬綸帟，細都如弱錫。夜紗旦成布，雞鳴市頭集。機杼聲咿啞，紡纑燈映壁。貝氈天下衣，三吴蓄貨殖。

趁夜航 憫傭民也

趁夜航，江之涘。有狐賦《鄘風》，飯牛歌白水。無業常轉移，作苦任驅使。呻吟一蝸舍，救助遍鄉里。僦賃寄夜航，賣傭衝寒起。蹣跚若跛奚，奴從百役使。飽食不計直，譴訶隨臂指。勞者賤之常，微命託輕鄙。

陽潮雲 憫風潮也

陽潮雲，占風色。暑退七八月，白雲去如織。秔稻芒抽鍼，木棉花欲副。三時望九秋，九秋在一刻。慮此上潮風，坐廢終歲力。匍匐祈神靈，仰天淚嗚咽。念我海邊氓，朝作暮不息。造化無成心，艱難惟稼穡。

浮塋槨 規停喪也

浮塋槨，田野間。云誰無父母，骨朽不相關。云誰非人子，親喪若等閒。有錢擇佳地，有地擇佳辰。富家不易葬，貧家葬尤難。歲月易遷流，門户忽衰殘。荒郊多悲風，吹此白骨寒。昔爲華屋人，今爲無主棺。

九斤黄 傲失業也

九斤黄，雞名揚。非良視羊溝，異聲來狼肓。燭夜每半露，伺潮獨鳴長。羽毛何褷褷，鑿垣棲寒鄉。酣豢三歲株，欺群任披猖。盛氣志虚驕，盜唬皆爲荒。白皃翁朱朱，勃公子昂昂。淮南譬善學，食跖如齊王。

十月白 慶豐年也

十月白，釀初熟。家家缸面清，朝朝甕頭漉。酒香甘如蜜，糟潔白于玉。洗盞賽田神，提壺饋親族。雞豚無失時，力耕歲租足。新棉綻衣褌，新茅補場屋。勿慮荒三春，麥田雪花六。婦子樂陶然，共享豐年福。

由老鴉山渡塢麻堡至寺兒溝勘被雹山田

邊隅氣候遲，孟夏麥苗長。火耕緣山腰，鳥耘薄坡上。前喜甘雨滋，羸弱藉慶仰。遽遭冰子虐，陵谷盡推盪。禿稈森隴頭，敗葉委泱漭。老幼馬首迎，環泣景悽惘。毋乃長官慵，伏陰肆狂攘。殷勤慰群情，量口給所養。溝界原隰分，嶺崇堉墝廣。荒陬乏素封，番土苦黑壤。陝歲食不足，况當儉年兩。撫諭遍窮簷，歸途越榛莽。

中堡渡河

界壑流潺湲，獨彴危灘曲。濃陰蔽層櫟，亂石砌幽澳。穿隴麥穗齊，緣谿野花簇。番語音嚌嘈，雉鷩飛樸樕。九折南川隄，百盤底藏麓。墨墨嶺上雲，前村莎雨緑。

由巴沙嶺至隆家山下劉家臺剪子河勘水冲田房户口撫慰群黎

陵晨上巴沙，環峰吐青紫。巉巉石作梯，一徑白雲裏。斷崖貼層樓，板簷露山觜。凹凸幾稜禾，紛披半萎毀。連村男婦來，哀聲盈兩耳。墝畬番地瘠，耕嶂石田圮。嗟此春窘迫，頳肩更秃指。疊遭陰脅陽，硬雨如卵纍。巖舍既肆虐，澗壥復冲徙。夜舂夫覓妻，朝薪父失子。不數牛與羊，但見沙横市。目擊心爲酸，聞言淚難止。慰我山中民，天運有泰否。斗粟藉耔糧，囊麥䘏慘死。力勸秋後莜，晚獲猶可恃。愧無補敗術，靦覥真刺史。策杖陟窮荒，終日不數里。薄暮陟崖前，悲風下谿水。

夜行峪兒嶺

穹谷萬籟希，夜半陟危嶺。榛樾陵回飈，颯若虎豹騁。蹴踏歸岫雲，披拂流星影。屐齒黏磴蘿，嵐霧濕衣領。絶壑振崆峪，兩耳瀑聲警。炬火列窮崖，蒼荒木征境。

分水嶺遇雷雨詢番民土風感而有作

簸林蹶石狂風顛，輷輘帝鼓震九阡。策蹇嶔崎斷崖側，鬬龍結陣驅神鞭。萬丸跳蕩窮簷亂，雙瀑淋漓絶澗穿。冲刷危磴石盡露，盪滌孤峰壁乍懸。傳聞此地界南北，前接岷江後疊川。叢薄蓊蔚木征舊，改流歸化民廛連。則壤同賦通漢語，樹領蛾伏頸盡延。手持草笠褐寬博，跪迎道左色可憐。把鋤婦女垂辮髮，嗚嗚莫辨歌蹊田。笑指出巖屋鱗比，亦安耕鑿欣堯天。牧羝月織賨百丈，斸藥歲儲茶千緡。犢車盈上束薪夥，榿板村邊填石便。絶俗朴誠勞來易，殊方渾沕羲皇前。莫嫌荒徼異族類，食德飲和二百年。撫綏愧乏長民術，驅雞喻政企前賢。群嶺冲霄萬壑下，御風衝雨行争先。

陔南軒放歌附跋：署舍向東，愛此數椽南面。余拙官十餘年，垂白老親未能乞養，因取眷戀庭闈心不遑安之義，以陔南名軒，不勝望深陟屺也。

宦海徒銜寸草心，月程年別懷酸辛。倚門倚閭親白髮，倥傯簿領悲霑襟。殘冬偃蹇辭上谷，單馬衝寒大河北。一帆煙雨雁歸遲，十載萍身駒隙速。慈闈苦戀三春暉，庭萱樓蓴歡追陪。國恩但許住旬日，波綠春江去鷁催。汗轎塵轡六千里，百二秦關路靡靡。腸回紅淚滴征衫，信杳冰魚上春水。西來孤宦泊窮邊，夏日重裘雪滿阡。傳舍東延岷嶺日，嚴城西接蜀江天。爽塏數椽虚白企，欄藥偏反映窗几。香清滿座賦采蘭，地遠循陔歌陟屺。烏私未遂白雲遥，歸夢頻驚雨滴蕉。番土殊風青鬢改，異鄉聞樂素顔彫。乞養還期歲云暮，江驛梅花歸去路。北堂祝嘏潔晨羞，再續《南陔》舊題句。

贈宕昌馬土司映星

奉職十六世，居番五百年。前明襲職至今。族分新息系，伏波之裔。名與宕州傳。雅致涵花竹，仁聲徧市廛。西園頻宴賞，玉樹後庭賢。

過野狐橋

洮流如帶峽風泠，頹岸輪囷石作屏。篺木縱横漩溜下，板橋逼窄縴輿經。孤村傍水連笐架，荒堠沿崗出戍瓶。衰草前堤穿詰曲，夕陽無限數峰青。

次洮州

蔀屋參差半枕山，枯林煙散石隄灣。邊城犖确千崖赤，近城山土皆赤。番市駃騠萬馬斑。番人市馬，千百爲群。戍險丹巴嚴蜀道，洮州南接四川，有九條丹巴之戍。軍雄鐵步障秦關。楊土司番兵稱鐵步。西來繞遍臨洮路，越巘穿谿去復還。自狄道至岷，復至洮州，皆半沿洮河岸行。

薛鼎銘

字象三，上海人。乾隆癸酉舉人，癸未進士。最嫻制藝，墨選風行，官浦江知縣。甲午房考，取士得解首。著《桃硯齋詩文稿》。

大陽嶺用金華錢處士原韵志稱大陽嶺者，謂高與太陽齊也。絶頂爲金華、浦江分界所，故有金浦寺。偶閲府志，見錢作，遂次其韵。

高高大陽嶺，金浦寺間分。欲界兩邊邑，長留一片雲。寒星馬上摘，語鳥雨中聞。嶺産畫眉鳥。百里堪爲政，塍連錯彩文。

得遷居八字橋家信仍用遷紫堤作居字韵

七十三年欠，唐詩「相看七十欠三年」。全家始有居。古人甘陋室，此屋異蓬廬。輪奐驚非分，衰殘樂有餘。山中舊寒士，飄泊尚何如。

徐來鳳

字小巢，婁縣人。乾隆乙酉科舉人，官含山教諭。有詩一帙，則含山諸生唐承翰、張問來録其平日手書相示之作也。

謝裕堂餉茶器

古人製酒具，一一皆有舟。茶飲雖後出，哥定争搜求。載以船一葉，利用無與侔。寒氈竟何有，瓦缶雜沓收。我友荆南歸，惠此瓊瑶投。兩甌妙埏埴，兩舟窮雕鎪。陶想昆吾範，漆是襄陽髹。自笑几案陋，他物難爲儔。呼童試新茗，便覺風颼颼。且免炙手熱，欣然發巴謳。何必馮相國，《周禮》煩驊騮。益都相國召客于萬柳堂，言及茶器，毛西河引「皆有舟」爲證，相國索《周禮》，走馬取之。

城南行

侵晨出南郭，落葉響林間。曲折路中路，迷濛山外山。茅菴泉入竈，野舍竹爲關。倘植官衙裏，時時俗慮删。

華錫瑞

字輯五，别字硯農，上海人。乾隆乙酉舉人，後官崑山教諭，截取知縣，入都，卒于通州舟次。

遊安山閘堤

湖堤饒野趣，到處即題襟。往事輸求點，歸途慕向禽。臨流多别調，前路少知音。南望雲深處，迢迢煙水心。

諸祖筠

字保和，號琴谿，原名祖乾，青浦人。乾隆乙酉舉人。著《琴谿詩鈔》。

訪山樵

乘月訪山樵，山樵乘月去，隱隱伐木聲，知在山深處。不唔唱歌還，月落江頭樹。

題太湖泛舟圖

迎風吸浪勢欲噴，湖光慘淡迷朝暾。蕭蕭荻葦連遥村，欲落不落雨氣昏。爾時出没愁江豚，誰人得魚江之濱。後有巨石江口屯，霜風刮面來無痕。驚濤箭射萬馬奔，十艟九退疑蛟門。如此繪事真入神，吾欲一口西江呑。

題徐俟齋先生尺牘手蹟爲嘉定王定山所藏名昭法，吳江人。

堂堂大義薄秋旻，遺卷曾看墮淚文。予曾見先生父勿齋先生告家文，故及之。爲弔彭咸勵清節，傳家賴有孝廉君。

右軍翰墨瘞荒丘，水到蘭亭嗚咽流。此日徐家真蹟在，草堂西澗月輪秋。先生居木瀆之上沙，顏其居曰「澗上草堂」。

詩話：諸氏之先居今婁縣界角釣灣。自永樂間諸英始。其裔爲隆慶庚午舉人諸純臣，官開封司李，居官清正，輸米自給，以疾致仕，籠兩鶴歸。開封人語云「來時運米百石，去時載鶴一雙」者也。純臣之高祖文明，字友桂，好爲德于鄉。父祥，字仰山，博雅能詩。與吳門博士文彭、司訓文嘉暨青浦令屠隆相唱和，其行事則與文明同。純臣仰承先志，樂善好施。兄弟四人。父没時，兩弟尚幼，純臣詣母所，誓終身不析産，諸姒化之，家政輯睦。其家初有永思堂，又葺培桂樓，以爲子孫讀書之所。又建聚慶樓，以無忘祖父之蔭。居鄉幾三十年，當萬曆二十三年，有唐汝謌重修永思堂記碑，即載純臣建樓始末。記即純臣書碑，高丈餘。至聚慶樓，俗呼堂樓，樓板長數丈，後爲大士香火院。乾隆五十三年修《婁縣志》時，採訪張興載親見之。又于村塾中遇一諸姓者，自云其後，出家譜則雜亂無次，内亦載諸祖乾名而無世系。然諸爲吾鄉舊族，固彰彰也，乃《府志》不載，《婁縣志》亦不載。今因琴谿，附記于此。

王嘉曾

字漢儀，號史亭，原名楷曾，金山籍。圖炳孫。乾隆癸酉舉人，丙戌進士，由翰林庶吉士授編修。庚子山西主考，性好古籍，日事丹鉛。行文純博絶麗。著《聞音室集》。

顔魯公祭姪文稾墨蹟墨蹟爲王氏家藏，故太史賦此詩。

天津橋上碧血流，顔公壯節懸清秋。河朔少年盛意氣，可憐父子謀同仇。潼關已破東都陷，漁陽突騎鼓聲儳。作質寧止客奴兒，象賢猶仗常山劍。此時義勇屬平原，欃槍夜掃旄頭昬。季明小字光日月，陳辭再拜招幽魂。故園首櫬語悽戀，史筆如山未曾見。泱泱河水日東流，誰爲英靈作佳傳。惟公大放瓊琚辭，潑墨屬草光淋漓。筆底蛟龍氣鬱律，一波一磔風雲馳。嗚呼，二十四郡無義士，一家節烈照青史。千年神物知有靈，圓印君看識天水。

季明是杲卿少子，同死于常山之難，故祭文云：「父陷子死，巢傾卵覆。擕爾首櫬，及兹同還。」

過秀甲園感賦

朝宿方經始，誅茅擬遂初。西州無限淚，東路幾行書。鶯語重簾隔，松聲小閣虛。年年金屈戍，苔緑意何如。

薊門雜咏

樓桑村

浦上童童羽葆形，鬱葱王氣産寧馨。頌成綿竹誇天險，讖合樓桑效地靈。蜀鳥思歸他日淚，楚鳩沈醉幾回醒。婆娑此樹隨塵劫，猶想條枝遠舍青。

劉去華祠

三殿傳宣啓正牙，上書容易得天涯。中朝涕淚存風漢，左仗干戈及大家。異代靈祠依璧水，當時吟卷對槐花。不知淪謫何年返，春雪黄陵日又斜。

延芳淀

延芳春漲碧於羅，講武平津娖隊過。花裏名王圖射鹿，陣前美女宴頭鵝。海東俊鶻真難致，河北鵶兒未足多。一種雄心天漢外，不堪把酒話沙陀。

白雲觀塑像

蒼涼神觀佛衣寒，風雨荒碑拂蘚看。雄主韜弓曾罷獵，高僧鑄印亦除官。雲堂瓊島傳中禁，虎幄冰桃出上闌。太息七真東海上，幾人説法向長安。

趙萬里

字昜恒，號筠莊，婁縣人。乾隆戊子舉人，由咸安宫教習期滿，授貴州天柱知縣。著《筠莊雜著偶存》。

捕蝗行

捕蝻不早捕蝗難，民捕不了官捕攢。大吏驅蝗如驅盜，小民籲天勝籲官。初時見蝻便疾捉，齊坎田塍曳長索。風馳雲捲納深溝，水漬土埋大蒻撲。遺孽詎知羽翼成，漫天蔽日聲轟轟。忽然壓隴赤一片，邨邨駭逐喧金鉦。幾家頓足哭無稻，幾家天幸尚完好。叩祈田祖速有靈，蔓延明日官知道。

游翠峰寺觀如鏡碑在豐潤縣北境。

華山西南翠峰寺，中有石碑載金志。聞説碑陰作鏡看，走馬探奇亦好事。空山一路無人煙，遥指前峰積寒翠。殿角微茫看有無，山光雲影相虧蔽。攀藤附葛到寺前，剥落門闌危欲墜。陰風四壁氣蕭森，但見穹碑尚贔屓。何年刮垢復磨光，一架琉璃凈無翳。轉面相看心膽寒，獨立蒼涼悵歸騎。吁嗟此石何精良，爲鏡爲碑兩攸利。須知佛地遍光明，應許衆生共瞻企。拜石米顛今已亡，誰乞千夫輦而致。可憐淪没荒山中，不得照人照魑魅。

諸葛洞在施秉縣東南。

舟行忽聽風雷鬨，諸葛祠前諸葛洞。舍舟避險陟其岡，石徑巉巖下穿甕。聳身俯矙見洞門，雪浪銀濤趨一縫。狰獰怪石密密排，萬馬千軍盡飛鞚。空舟直下箭離弦，目眩骨驚心惚恫。過此登舟放溜行，翻入水花箕簸弄。衛城百里隔重山，山山飛旋如轉環。或時峽黑天一綫，或時峰明日半銜。或時懸瀑作霖雨，或時虚閣幻仙巖。可憐奇境世未有，瞥眼一過難追攀。回頭指顧問舟子，停橈已泊漁谿灣。

魚梁江在平越境，一嶺劈開，兩崖對立。其壁矗削，其澗深黑。澗底有橋。橋南千山瀑布，聲挾風雷，俱從橋下奔突而過。崖邊鑿級，窄僅容足，行人貼壁升降，動心駭目，不寒而慄。

巨靈手擘太華裂，飛流界道銀河決。匹馬寒嘶絶壁風，長虹卧咽亂山雪。白日陰霾慘不開，山鬼駭逐聲喧豗。行人縴挽橋上度，陡立危岡踏雲路。

遊聖泉在貴陽城西門外五里，一名百刻泉。

貴山迤邐黔靈續，西郭煙嵐看不足。羊腸路轉入洞天，下有聖泉水洄洑。咄咄靈源方井欄，周遭十笏無多寬。清澈見底若止水，晝夜呵吸環無端。鎮遠刺史喜徵驗，立石中央平水面。顯從掌上試輿輪，頃刻盈虧移一線。湧金每給太守茶，樂音慣聽浪淘沙。太山之醴跪而浥，安豐之泉涌必譁。法苑珠林都志怪，黔地氤氲分遠派。此名百刻更絶倫，別有化工速機械。兩儀消長本無停，地軸天樞捷有神。泉源得氣且如此，何况人爲萬物靈。

程　超

字器之，號山村，金山人。乾隆戊子舉人。著有《山村詩稾》。

追和枳軒公訪南浦先生賦贈原韵

南浦蒼葭路，人欽通德門。結交思耐久，立説想鈎元。風已經時邈，文堪信手翻。清芬應不朽，垂世有名言。

九日登天空閣和吴竹溪原韵

近市留初地，巍然百尺臨。我來一以眺，極目足長吟。故壘沈煙斷，滄江載月深。從知堪覽勝，懷古動遐心。

朱谿竹枝詞

南浦潮通接秀州，帆檣西下此襟喉。往來不識風濤惡，一曲吴歈自在流。朱涇秀州塘，爲吾松至杭嘉湖孔道。

兩世冰霜節操齊，牌坊聳立古招提。年年酬愿邨農過，共把芳徽説向妻。十二圖門氏，少寡守節。其女亦早寡，相依度日，奉母至孝。及俱老，不能自給，里人張敦履輩倡首周䘏，請建坊東林。

鱗比人家紡織勤，木棉花熟白于雲。相期買得尤家錠，紡出絲絲勝綺紋。里尚紡織。錠，紡器也。鎮中鐵工尤駱所作爲佳，人無不資朱涇錠者。

茂庭妙筆工山水，薄宦天涯去不歸。三十年前揮灑意，零紈斷墨見偏稀。家運清，字茂庭，號元叔，工山水。乾隆丙午舉人，丁未挑發福建，歷任晉、汀諸縣，後家俟官。

汪佑煌

字誦芬，號苹洲，婁縣人。乾隆戊子舉人，己丑進士，官寧國府、蘇州府教授，卒于官。

題錢聘侯含翠軒印譜

秦篆漢隸不可作，一綫賴有摹印存。制沿璽節司出入，金玉晶木相紛繁。儒生揮毫有餘地，私印卻並頭銜尊。審定往迹剔真贋，摩挲鈎畫窮纖痕。惜哉八書世茫昧，蠹簡誰復搜根源。蟲魚科斗益悠謬，雜之二篆我尤寃。錢君讀書癖嗜古，上與千載交精魂。軒名含翠日坐卧，羅列卣鬲盤彝罇。墨林勝事寄刀劂，入手體勢驚蜒蜿。偏旁遠取徐與許，要將硬筆超其樊。昨攜印存來示我，諦視色動神飛騫。時無松雪著譜録，君擅妙藝誰能言。我聞黄神越章印文百二十，佩之入山百獸皆藏蹲。請君爲我刻一石，挈伴短策穿雲根。名山五岳有夙願，輕身便作摩霄鶤。

村居漫興疊韵

買得三間湖上居，春江花月獨何如。新縫袯襫脩漁具，舊著毠毨看佛書。蕉送緑風連嫩竹，花飄紅雨入新蔬。吟成《白雪》無人和，一枕羲皇静掩廬。

詩話：萍州先生需次長安，憶於鐵門寓所晤時，款款情話，終宵不倦，蓋在乾隆甲午時也。至嘉慶戊辰，其壻謝湘圃以先生《清泉白石圖》遺照屬題，因有句云：「恍覿清泉白石翁，那堪昨夢盡成空。依稀卅五年前事，猶憶長安邸舍中。」「措大何妨本分官，鵷鷀一嚇等閒看。要將清白留貽在，恰稱先生苜蓿盤。」

趙夢蟾

字錦文，號朗亭，婁縣人。乾隆庚寅恩科舉人。著《清芬書屋詩草》。

詩話：朗亭同年鄉舉時病已失音，欲阻其北上而不得。及春闈薦不售，買舟南下，卒于汶上舟次，幸浙江同年張君雲璈料理旅殯，始得歸櫬。時松江同年馮虞徵孝壽輓詩云：「須知鶚薦徒虛爾，説到貍斑益愴然。」

題説劍圖

若耶銅，赤堇錫，金錫合作萬人敵。干將莫邪各擅名，歐冶鑄者尤奇特。有時飛入楚王宮，駟馬千金購難得。秦客説劍劍氣騰，畫師圖之筆有稜。吁嗟乎！豐城獄，延平津，神物一見旋埋沈，常留此圖幻作烈風雷雨之龍吟。

孫炳烈

字衣聞，號筠亭，原名宗炎，上海人。乾隆庚寅恩科舉人。著《苕偈歸善集》《筠亭詩文稾》。

詩話：筠亭同年少負異禀。讀書日盈寸，作詩文援筆立成。爲人温粹，與人交無城府。鄉舉時已推耆碩，屢擯南宫。嘗應觀察曹容圃聘修《德州志》，並掌繁露書院。余曾于丁酉春過之，後不復晤，旋聞其歸家病卒。尤可痛者，長君鍾英，字韞華，府庠生，好學多才，亦以居喪茹素病瘵没，年僅三十六，讀書種子遂絶矣。余輯其遺詩，爲之泫然。

東鄉看梅至朱居士宅留飲

東風吹林百草香，野徑犖确驅牛羊。流水涓涓映茅屋，小橋曲岸紛松篁。此時心曠神亦曠，柳色春情俱蕩漾。沿洄合沓到農家，主人愛客開家釀。主人小隱種桑麻，亦繞園屋栽梅花。寒香萬片不收拾，點點春雪塗槎枒。今年村居苦寥寂，病眼三旬少遊迹。正月已盡二月來，忍見花開就狼籍。徘徊樹下行繞之，看遍南枝與北枝。花亦解人珍惜意，一片吹落黄金巵。

讀汲冢書穆天子傳

魯叟删述垂千年，嶽瀆在地日在天。何人敢操著作權，周衰諸子鳴亂蟬。咸陽市上黄金懸，靈蛇荆璧交駢闐。祖龍一炬禍更延，紛拏漢晉如雲煙。作僞思軼前人前，直欲攙雜古聖編。衛宏張霸聯尻肩，惜哉班劉筆如椽。藝文一語留蹏筌，逸書遂有十七篇。穆傳同出安釐埏，何人好事窮雕鐫。孔晁作注郭璞箋，句奇語怪斷復連。字體遽遻蛟蛇纏，殷盤周誥殊不然。爲問正攝何居焉，《明堂》《月令》略純全。又復竊吮二戴涎，職方直取周官填。意欲讀者信且專，夜光豈混魚目妍。一篇王會殊新鮮，江珠的皪貝錦宣。蒼茫黃竹瑤池筵，白雲在天道路綿。豈知三風與十愆，經史自足供便便。枉抛瓊瑶尋瓦磚，一波才動千波沿，比陽更有三墳傳。

病起

幽懷憺無豫，病起一微吟。隱几白雲晚，開門黃葉深。疎籬摇細竹，獨樹響歸禽。且憩塵中駕，因之静者心。

除夜校書

客裏流光又一年，寒燈猶自理殘編。從教食盡神仙字，卻笑何時脈望圓。

唐承華

字誕仲，號肯畬，原名丕承，南匯人。乾隆庚寅恩科舉人。

晤馮君南岑於永定禪院

爲訪騷人宅，來尋佛子居。長廊何曲折，大樹正扶疎。竹翠晨侵幌，燈青夜翦蔬。悠然塵外趣，著述近何如。

李逢春

字繡谷，號香巖，上海人。乾隆庚辰、庚寅兩中副車。逢春少與趙樸菴、張少華、徐玉崖齊名，後與望江檀默齋最相契。著《四留堂文稾》《楚遊淑蘇詩稾》。

縴夫行

船頭張蓋船窗坐，鳴鉦伐鼓官船過。官船峨峨進連山，縴夫折臂腰彎環。春來甲子占晴誤，日日淫霖泥没路。漢水泛溢成江湖，歸趨大壑如飛鳬。船頭競前水競後，十步進一退還九。瀝淖泥中草屨穿，二分垂外岸削肩。前趾拔淖後趾踣，腰曲可憐縴要直。公家于役有程期，邪許連郵那得辭。誰家少婦紅桃下，回面盈盈花婭姹。走報夫壻緑窗中，漢南使者來採風。

夜宿江上夢聽黄鶴樓吹笛歌

我從湞口來，乘春登大别。浩浩漢水流，扁舟坐超忽。短篷月出卧船頭，隔江照見黄鶴樓。絲絲鬢影弄涼露，濕銀千頃光陵秋。流波遥裔夢惝怳。高樓吹笛江天朗。四面朱軒近水開，一聲逸響緣雲上。單椒穋穋蒼煙堆，十光五色交徘徊。仙之人兮紛而來，雲車風馬一氣排。龍跑鴻鶩各有態，鸞笙虎瑟相追陪。金罍競傳鶤管奏，穿雲裂石魚龍鬭。虎咆熊吟不可聞，咫尺雲濤變昏晝。欻然變調水仙吟，曈曨星月寒沈沈。瀟湘洞庭半明滅，卷煙霏霧愁春心。俯身側聽倚絶壁，鶴翎飄翩墮松櫪。珊然骨節超天風，縞袂纖裳近可即。神光歷亂揺雲軿，五更吹角客夢醒。一片仙音何處覓，滿川明月緑楊汀。

送默齋回望江

秋前三日秋風涼，庭前梧葉颯以黄。君行急矣治歸裝，留君不住我淚浪。君才良璧出崑崗，摩天巨刃揚鋒芒，偶來作客向武昌。非意所樂義難諉，半年聚首同囷倉。來時未幾去何速，一别後會天蒼茫。君家門前大雷江，湯湯流至海東疆。憑君一語遠寄將，我亦起柁期春陽。君歸江上看颿檣，幅巾他日容登堂。丈夫離合未可必，豈效兒女徒霑裳。

重送錢秋圃託寄家書

前日作詩送君去，帆開復繫武昌樹。今日秋高又送君，攬袂留君君不住。經年獨客飽别離，況復心親久同聚。君有佳句我酬賡，我有新題君續賦。詩成酒酣數衷曲，肝膽輪囷劍光露。天涯投分豈易得，翻恨遲行不如遽。家鄉安穩歸最好，扁舟東下我猶誤。君家門前烏夜邨，我家門前吴淞渡。雖云吴越隔兩鄉，猶喜鄉音同一處。袖中我有尺素書，封題爲我寄親故。津鼓三撾不見君，夢魂隨繞君行路。

漢江遇風

黄雲黯黯天雨沙，江色漠漠檣旗斜。船頭水響峭帆飽，瞬息百里無難誇。狂飈忽發怒流涌，走電奔霆浩呼洶。如山雪浪潑船來，船輕不壓浪頭重。篷窗倒捲銀瀧沫，舟師絶叫情崩迫。短楫長篙不可施，大舸高桅競摧折。水聲風聲更猛烈，一痕未到船脣没。瓶盎倒翻衾被濕，天高岸遠嗟何及。魚龍出没天吴驕，可憐人命輕鴻毛。平生忠信雖可恃，豈必持此來波濤。

荆州懷古

長劍高冠賦遠遊，西風驅馬到荆州。江山南郡推雄鎮，關塞西陵蔽上游。往事霸圖空割據，依人名士半離憂。不須更騁登樓望，滿眼瀟瀟天地秋。

宜昌府

西陵城郭倚雲開，楚客茫茫犯險來。峽黑楓林嘑蜀魄，江寒騎火照秦灰。煙塵葛道青天戟，波浪荆門白晝雷。阨塞千秋幾戰奪，清時畫角自生哀。葛道，山名。

彭戭

字淵若，號稼山，華亭人。辛卯舉人，咸安宫教習，大挑二等，任宿州學正。丁憂歸，屆服闋，病卒，年六十。

詩話：稼山與亡弟海恬同年，平生最相契，其書大小字俱有法，遠近馳譽。予姪輩嘗欲從學書，則曰：「只每寫字，一筆不作草書，久之自工。」觀此則知與「心正筆正」之言相發。

姜海田同年以佳墨見惠長歌奉答

我聞黄海天都之頂松萬株，連山剷盡燒雲腴。密室瓷罌覆千炬，輕煙漠漠飛模糊。恰如元圃一峰雕玉屑，又如混沌宵戰天流血。萬杵千鎚搗不停，元霜一夜堅如鐵。海田年來真好事，官銜不惜兼金致。方今徽邑擅佳名，雲霞篆額金鏤字。閒來遠道得音書，愛我肯分一丸惠。朱印斜封白絹囊，入手霏霏暗香細。君不見易水生，千載絶藝通神明。衹今斷丸零落不可見，一笏之價逾連城。又不見墨瀋谷，風塵衣褐無邊幅。坡公一詩千載傳，冰壺秋月人如菊。當年我亦富隃麋，方程羅邵頗兼之。素心但愛知己賞，長物詎復堪留遺。邇來墨瀋空淋漓，隨手塗抹無妍媸。今朝逢君贈我忽大笑，此墨亦得稱瓌奇。啜汁聊爾師玉局，濡頭時復同張芝。知君雅意超流俗，我便揮毫日不足。他日相過請益時，莫嫌得隴復思蜀。

和葉景明琵琶詩韵

妙手玲瓏撥四絃，絃絃幽韵度簾前。舟中曲似江頭訴，馬上聲從塞外傳。最是淒清邀月共，非關騷屑動人憐。楓香一調如堪敵，莫説貞元侈往年。

和楊木齋州佐告歸未允

折腰陶令漫思歸，壯志寧教與俗違。官舍恰如僧舍静，勸君仍製水田衣。君自擬老衲。

淒清學圃亂花叢，暇授經書守素風。幾度欲歸歸不得，蒪鱸我亦憶江東。

國朝松江詩鈔卷四十九

鄉人姜兆翀孺山録

沈慈十峰閲

吳樹本

字芸閣，號銘茶。榜名昕，改敬輿，又改今名，婁縣人。侍講元龍曾孫。乾隆乙酉舉人，辛卯進士，點庶常，授編修，大考二等，陞侍讀學士。充庚戌、壬子鄉會同考，陝西、湖北主考，戊午福建正主考，未至，卒于道。著《清容堂詩集》。吳錫麒曰：「春和大雅，無愧作者。」《漱芳齋詩話》：學士夙工詩，乙酉獻賦行在。戊子冬沈學子序其詩，以爲吐辭典雅，動關倫理學術，有合風人之旨。今其集出，知其以清峭爲主，不以才豪氣猛見長。

榆陰讀史圖

庚子充四庫館纂修，得讀李忠簡《資治通鑑長編》，是從《永樂大典》校補者，得五百二十卷。其神宗、哲宗兩朝卷帙俱存，視竹垞跋是書所云「僅太祖至英宗朝一百七十五卷者」爲勝。故寫此圖。榆陰者，宣武門外寓所古榆也。

涑水忠君心，手創纂往史。編年著興衰，稽古佐治理。《春秋》後有作，《綱目》條其委。

誰爲紹先賢，丹稜足跂企。平生史學深，掌故筆久珥。一祖八宗朝，長編千卷紀。四十年辛勤，文字間生死。拳拳法祖心，懇懇復讐旨。書踵司馬規，爵應温國擬。祕閣失儲藏，《大典》賴排比。五百貫珠繩，三寫核亥豕。徽欽事雖佚，神哲卷已侈。校理欣祕文，尚論慨素履。纂言奉準繩，記事得則軌。讀慕勝之王，編溯眉州李。

木棉華歌

種稻祝滿田，種華祝滿阡。嚴冬禦寒具，所貴唯木棉。高邃膴膴不宜稻，農人種華望華好。三月藝芽，五月殺草，六月垂垂華開早。六月華開，七月華老，華鈴盈萁勝珍寶。較量顏色紫兼黄，提得華囊白似霜。秋蚤一筐來小市，秋深滿載去江鄉。風嚴露結寒侵骨，蒙茸幾輩裘更葛。數兩彈成玉漏沈，一機織出銀鐙滅。漏沈鐙滅淚如梭，生計全無可奈何。换米輸租難被服，連番紅作爲誰多。今年風雨失時節，華鈴零落華萁折。依稀絮貴似吴綿，窮巷空嗟衣百結。相看霜雪滿天涯，歲晏誰憐感物華。寄語狐裘錦帳客，田中應念木棉華。

蚜蚄神祠

索饗之制傳《禮經》，昆蟲無作神以亨。先嗇司嗇著美報，下逮貓虎皆紛迎。吹《豳》更玫《雅》《頌》什，《楚茨》多稼文尤明。凡害稼物畀炎火，唯於田祖祈丁寧。蚜蚄何神不可玫，叢祠趙代留神靈。《齊民要術》名偶載，物類似是特與螟。乃知是神非是物，除此物害名以名。有如《周官》翟蟈氏，能官是職職用成。吾聞伊耆始爲蜡，仁至義盡留先型。鴻荒朴略舊典軼，餒而致歎血食停。賴此陶唐舊都地，無文咸秩留維馨。有其舉之莫敢廢，一方掌故垂千齡。我歌此歌作迎送，神其佑饗來空庭。

普救寺示源祥上人

玲瓏塔影尚依然，太息空門少故椽。劫閱滄桑鼇抃外，境收河華鷲峰巔。連廂歌板空餘玷，出土銘詞幸未湮。一自阿師觀慧眼，六如往迹不須憐。

范瀛山先生以秋暑詩見示有懷卻寄

沈朱墓草久芊芊，沈有華師、朱堆山叟，皆先生倡和友也。何幸靈光獨巋然。萬里昔爲滄海客，三朝長閲太平年。先生歷游京師、黔、粵，宛平相公怡園曾見其盛時。柴門煙月供清興，京洛音塵悵各天。想象潭西親接席，好因撰杖和詩篇。

三山雜詩

髻堆花盎袖揎羅，素足珠孃韵自多。誰法柳州方計好，鄉風一挽曲蹏婆。南臺一帶多舟居之民，其女名曲蹏婆，如教坊樂户之類云，係元初貶斥爲宋固守不降者。

尚鬼由來是土風，牛巫蝶使眩神通。更搏方色司盟詛，靈澤無人溯五龍。閩俗淫祠最多牛頭愿像、獰惡胥吏，酬獻不絶。蝴蝶母像女形，欲誘人子女者，入廟許願云。五帝廟塑青、黄、赤、白、黑面神各一，謂争詛者各有所主云。

海族紛紛薦客庖，我來惜未遇江瑶。蟳蚶鱟蠣俱恒品，一齧西施意也消。西施舌一名沙蛤，色香味俱佳。

黄黄白白凍平田，開採猶傳自宋年。今日蓉巖看又盡，桃紅艾緑枉争妍。田黄、田白俱産田中。按土産壽山石採自大洞。廢後，别開芙蓉巖，今又成穴。

徐長發

字象乾，號玉崖，上海人。乾隆庚辰舉人，翰林院待詔。辛卯進士，授兵部主事，轉員外郎。中放直隸順德府知府、四川建昌道，以軍功賞戴花翎。著《寒玉山房詩鈔》，分《巖道》《魚通》《雪嶺》等集。蓋自乾隆壬子，巴勒布不靖，即奉檄駐打箭鑪等處辦軍需，首尾垂二年。繼以廓爾喀滋擾，王師致討，又總理郵傳饋餉，往來察木多拉里諸險隘。其詩皆軍務餘閒所作，而不尚劍拔弩張，有雅歌投壺氣象。吴樹萱序以爲詩得于雪谿冰磧間，以自吐其磊落自喜之概云。後以年逾七十告歸，卒于家。

觀音厓

覆頂一畝寬，側足二分劣。盤盤百丈懸，奔濤捲飛雪。昨夜雷雨轟，巨石當空裂。輪囷若鼉鼓，欄棧盡摧折。捫厓接趾行，仰視心戰栗。將崩未崩者，疑有神靈攝。巖道古稱難，此更當第一。我行兹十回，笑問何所急。敬告西土人，往來慎傾跌。

糌粑行 莜稞麥雜作薵食，即西土餱糧。

蠻鄉生未喻粱肉，祇有莜稞能撐腹。軍前白粲白似珠，以此易彼非所欲。匹諸芻豢悦我口，享以雞豚轉觳觫。吾聞嘉種貽來牟，稼穡用成先百穀。土磽水厲石氣寒，播種乖穜不乖稑。蒸團略似五侯鯖，三月裏來不言宿。霜凋雪幕夜半饑，賴此乾餱性命足。用慰封侯萬里材，唱凱歸來好爨玉。

過大關山

梯崖百轉勢騰騫，飛瀑飛霞迸作緣。誰拔鯨牙翻碧海，直騎鼇背上青天。雲嵐一氣千峰化，風雨平分兩地懸。叱馭未妨陵極險，兹遊奇絶興超然。

抵喝達城

卻曲迷陽道里長，始知風景别遐方。到來白露爲霜候，蠶豆青青大麥黄。

重陽

三間土舍聽風號，石作江湖雪作濤。萬里窮山登頓徧，重陽何用更登高。

賦得冬蟲夏草

小物旋形幻，葩經未識名。徂冬方在穴，入夏又舒莖。不鬬春時色，何争秋候鳴。異螢原不腐，向蟄卻重生。耐冷冰堪語，乘炎風自迎。芊芊疑昨夢，蝡蝡憶前盟。得免泥塗辱，還承雨露榮。奇情歸《演雅》，采擷互聞評。

施潤

字澤寰，號秋水，上海人。乾隆甲子副榜，戊子舉人，壬辰進士，鳳陽府教授。著《居敬堂詩稾》十卷。自以爲述情寫境，叙事紀遊，有一詩皆有身在其中云。

乾隆戊辰山東李學憲捐貲倡同官贖王新城各部書板還其家紀詩二十二韵

峨峨王司寇，著書等其身。洪莛叩十典，修綆汲萬春。詩文各爲集，説部彌紛綸。家言洎他氏，卷卷手自編。紙本布海内，棗木藏之山。烏衣夕陽下，稍見門巷寒。剞人舊刻琢，轉易留通闤。誰肩青箱重，求返《蘭亭》真。黄閣李學士，卓犖大雅群。藏史盈柱下，嗜書逾河間。凝香絳紗帳，沁心珍珠泉。濟南多名士，商榷評前賢。新城訪舊簡，聞失心憮然。獨捐杜暹俸，各解阮孚錢。昂直贖奇貨，得版如宋刊。部三十有六，廿架一屋安。倒顛春明本，訛墨汲冢文。汶陽一朝復，此義高天雲。仙僚互欣賞，塵客亦願聞。或譬鬱林石，疑取押歸船。而公不自據，亦未貯於官。命將車五兩，故物還青氈。

禪窟寺

昔聞禪窟寺好牽遠心，昔所未到到自今。千山萬山衆壑陰，千林萬林一隖深，寺昏白日天沈沈。外不見有寺，但見山與林。林凹山曲石泉出，活水遠瀉泠泠音。泉名石蟹蟹果有，或紅或白由人尋。地包餘味徑隱秀，宜有幽人臨澗彈古琴。可怪山僧乏料理，泉上亭圮不重起。近泉屋壁背隔泉，不引泉流入屋裏。屋裏亦通一道泉，乃通香積淆厨煙。僧言取汲便羹飯，山堂何用清漪漣。我意泉畔軒宜面，泉啓要使俯檻看。涓涓若在江東浙西地，此地可裝百千萬斛司空錢。我乘公塗一再宿，稍慰夙心心不足。儻得一間兩間僧舍精，可息勞筋醒塵目。作詩留示禪窟後游人，此有好山好林好泉，而無好僧與好屋。

長沙客感

七十二峰衡山麓，三十六灣湘水曲。水長山遠城門高，城繞千竿萬竿竹。客軒人寂如暮春，歲寒愁對雙玉樽。欲臨北渚望帝子，欲登南嶽瞻夫人。雲深路阻不相見，鷓鴣日午唬閒門。

保定遇易齋舅氏

十六年前别，三千里外逢。相看餘涕淚，各訝改形容。偕老榮雙樹，諸郎秀五峰。天涯家慶集，奚戀舊吴淞。

默默和尚

大年一百一，五十始爲僧。食肉昔無礙，談經今不能。以花微笑示，有石點頭膺。願滅廣長舌，同參無上乘。

九日叔父同遊曲江入慈恩寺登鴈塔次紀興韵

浮圖直上與天連，徑似登高太華巔。秦嶺浮雲三輔外，漢原落日五陵前。幾回吹帽人今古，一樣題詩輩後先。絶頂望來逵路合，京華近在斗東邊。

無爲州懷古

雲間風采李山人，華亭李乾間符明季流寓是州，稱李山人。遠借花林堡上春。魚米樂殊元右相，齊克讓。詩書雅似宋遺民。謝枋得。只容公子稱前輩，林古度子名誌。肯與儒臣作後身。楊元素。僑寓是邦偕不朽，我恭桑梓揖清塵。

王春煦

字子與，號冶山，婁縣人。乾隆乙酉拔貢，戊子舉人，乙未進士，殿試二甲第一名，點庶常，授編修，擢河南道監察御史。戊申己酉順天同考，庚戌會試同考，湖北宜昌府知府。卒于官。有《延青齋遺稿》。

陳觀察葯州署中題唐子畏夜堂送别圖同袁簡齋、王夢樓、金栢田、顧星橋、王條山賦。

于唱在前喁唱後，清娱往往資文酒。蘭亭觴咏西園圖，此事今希古嘗有。公移幢節渡江來，遠近湖山麗藻開。賓客南皮頻輻輳，樽罍北海競追陪。夜堂燭穗沈沈吐，酒半披圖屏寒具。指示前賢翰墨精，一篇抵讀江淹賦。名蹟摩挲動歎咨，吴中當日盛文詞。詩章繪事成千古，飲坫唫壇又一時。因思京國懷歸日，潞水秋風送帆葉。故人召客爲開尊，舊雨聯吟争惜别。此夕深盃許共傾，雪泥鴻爪倍關情。當歌好醉花前酌，觴次夢樓前輩攜家伶度曲。勝聽《陽關》第四聲。

興山産竹米作歌

興山小邑郡北隅，竹林生米米不如。金風報熟到三徑，盈顆綻玉芒垂珠。采而食之味清絶，勝抄雲子炊雕胡。古稱竹實今眼見，難得不與嘉禾殊。自慚官此閲兩稔，太倉雀鼠徒區區。心縈政拙百無補，降康幸賴神持扶。此糧豈是餽貧具，亟摇竹簏掀風鑪。滿甌煮熟供細啜，此君惠我加餐書。因憶襄樊水繞郛，災黎編竹多乘桴。饑腸火出待一飽，安得此米充朝餔。吁嗟乎！不耕而穫吾所恥，胡不移産此米往貸災黎死。

冶亭保鐵閬峰保玉兩學士聯牀對雨圖

似村公子老居士，酷愛詩人入骨髓。齋頭示我種竹詩，兩眼霍若開金鎞。余初於似村齋見冶亭學士《種竹詩》。竊喜同官中，有此好手筆。壎唱篪迭和，令弟更秀出。前年授簡明光宮，興酣作賦聲摩空。九重稱賞命遷秩，荆花開遍槐廳東。並直承明廬，互視瀛州草。一家高占蓬萊巔，匪直今無古亦少。即看作此圖，寄興尤絶殊。聯牀坐聽雨，意取眉山蘇。眉山遭際那及此，盛事清門還勝彼。我爲此語豈妄云，君盍持之質似村。

虎跑寺用坡公韵

入院惟聞薝蔔香，松濤鳴處欲生涼。詩留塵外偏宜澹，日到山中倍覺長。寒溜泠泠千派落，虛壇寂寂一池方。烹茶偶共閒僧話，絕勝匏尊付客嘗。

題百菊谿齡前輩玉堂聽雨圖次韵

玉堂孤坐不勝清，爽翠偏宜拄笏迎。積潤漸消三伏暑，斜陽忽放一番晴。梧陰小憩聽蟬曳，蘚徑閒過領鶴行。等是宦情能耐冷，好教舊雨接新盟。

李深源

字思澂，號静菴，華亭人。乾隆丁酉舉人，挑發湖北，署枝江縣。著有《詩草》。

蒙陰遇雨

渴龍倒吸江河水，噴作蒙陰三日雨。山頭歷亂飛澗泉，横流滿道皆黏土。笨車泥濘不得前，尺半深坑塊其輔。僕夫口叱手揮鞭，鞭之無數叱何怒。疲馬力盡空哀鳴，道旁觀者如牆堵。中有番番六十翁，掀車有力力如虎。謂言日暮且停驂，引我前村啓門户。草堂修潔羅酒漿，果有棗棃肴有脯。相逢意外主人真，頓忘鎮日馳驅苦。迺知隨處有仙源，何必武陵足千古。

汪春容

字蟾客，號小蘭，華亭人。乾隆丁酉舉人，咸安宮教習，卒于官學。有《小蓬萊居近稿》。

秋日書懷似張曲臺

十載依劉處，今來得重尋。冰霜寒士骨，風雨故人心。飄泊何曾慣，驅馳實未任。抱琴寧不鼓，祇是待知音。

蒙城道中口號

青牛柱史出函關，夢蝶仙人去不還。吾憶風流王子晉，紫鸞笙裏度緱山。

詩話：小蘭童時習賈，學幾廢，賴賢主人賞識並自奮得畢業成名，乃中道而卒。人事不可知，可惋孰甚。

汪　熙

字笠夫，號雲海，婁縣人。乾隆乙酉拔貢，丁酉舉人，以四庫館議叙授山東新城令。不匝月，丁内艱歸里，服闋，方擇日進京赴補，猝病卒。著《雲海樓詩》八卷。

詩話：雲海工詩善書，與其胞兄峭崕並稱。爲詩雖好旖旎一路，然筆力馳驁，足擅勝場。惜其蹭蹬，未與海内諸英流並騁也。丁酉、戊戌間，長安同寓，嘗聞其自誦「若登千佛名經上，便識鳶肩火色人」句，輒爲黯然。老大纔官令長，匍匐而歸，以艱嗣勉置婢媵，遽歸大化，仍無似續，未知其詩集落何所也，可勝吁悒。

江雨夜泊

夜氣暗菰蘆，澹月墮遥渚。捩舵迴風檣，篷牕濕斜雨。客心耿不寐，憂來渺無所。湖海倦遨遊，風波感羈旅。迢迢浮玉峰，茫茫瓜步樹。夜静積煙深，微聞榜人語。

曉望姑射山雲歌

一峰娟娟翠欲滴，一峰滑笏水墨積。兩峰互蔽虧，微辨鈎皴色。一峰渲慘緑，一峰點重碧。一峰露脊鬖鬆海上巨魚背，一峰頂湧佛螺髻，下有白毫光無迹。山風吹白雲，白雲朵朵生。一朵孤起芙蓉擎，一朵分苞接跗含遥情。一朵乍停數朵落，疑有散花天女空中行。雲山變幻烏可狀，曉來一洗倦眼神爲清。蒙莊有寓言，詭誕未敢信。寧知鹿女洞，神仙尚可訊。景成洪厓應不死，蜕卧千年同一瞬。浮雲出山不復還，華年誤損成蒼顔。人間莫唱可哀曲，采藥從此栖深山。深山久辟穀，丹成卧石屋。千年欠伸乍跂足，冰雪肌膚毛髮緑。白雲扶我直上蒼冥中，絶倒青山尚塵俗。

重過三丈夫祠

人生奇遇竟有此，相士權門一女子。壯夫豪氣不可當，張三終作扶餘王。虬髯張姓，行三，字仲堅。迷樓人醉管絃響，天下英雄起草莽。衛公此日尚龍潛，猝逢紅拂復虬髯。水頭沽酒肝膽決，從此功名兩奇絶。太原帝業劫灰空，神異千年古廟中。夕陽山郭重投宿，風急寒鷹下灌木。

送夏蕖莊之伊犁

夏名璇源，婁縣人。乾隆己丑進士，工部員外郎。癸卯冬至郊祀，以天壇燈索誤事獲罪，奉旨發往伊犁効力，雲海送之而作，蕖莊爲雲海拔貢同年。

夏侯骯髒才不羈，飛而食肉骨相奇。文場騰捷風霆馳，再戰再捷稱雄師。文明黼黻資龍夔，不然奏績如工垂。司空乞授屯田司，考覆屯政參機宜。好爲讜論論獨持，望塵而拜羞弗爲。十年不調志不移，白首奚怨爲郎遲。蹇蹇諤諤主自知，御屏昨歲名先題。漢廷諫議唐拾遺，殿頭佇睹諍臣姿。吁嗟李廣真數奇，忽遭詿誤非所思。譬若窮塞路獨迷，孤軍深入人後期。聖恩寬大在罪疑，左遷何啻重倚毗。青唐以外胥回氐，陰山大漠趨伊犁。重臣籌邊宣德威，經營屯籍煩諏咨。内歌《天保》外《采薇》，此行豈慮川塗危。夏侯撫劍掀雙眉，據鞍便欲馳斑騅。離筵恍惚聞鼓鼙，掉頭不與妻孥辭。曼胡之纓短後衣，矯如大俠隨健兒。揚鞭徑出都門西，心輕絶徼同籓籬。秦關霜落楊柳枝，戍樓月冷鳴笳悲。明駝出塞雪片飛，黄沙如霧苜蓿衰。朔風獵獵吹大旗，碉城夜望天河低。横戈磨墨草檄詞，渴羌傳箭驚神機。妖星匿影烽火稀，帳前羅獻牛羊肥。流光忽忽瓜熟時，賜環便許勞人歸。平生耿介卻重齎，葡萄十斛須相攜。與君痛飲三百巵，抗聲更讀從軍詩。

訪離幻上人 上人善種花，人稱「插花和尚」。

撒手繁華地，都忘兒女恩。人真離幻想，花亦斷塵根。來訪青山麓，重敲斑竹門。從師參半偈，一笑澹無言。

霍山道中

黄沙如霧染征衣，陡轉篼輿石徑微。峭壁插天多對立，斷雲出谷忽孤飛。風寒木砦霜華凍，日霽雷田麥葉肥。山田高下相次，土人呼爲「雷田」。其渠水曰雷鳴水。倘有神人似姑射，塵蹤未易叩巖扉。

桃花瓣

畫旛頻動小金鈴，紅雨霏霏不可聽。散入春風空艷冶，誤隨流水太飄零。息嬀墮淚開奩鏡，崔護含愁倚枕屏。輸與柳綿情未斷，三生猶自化浮萍。

爲吴啓周題牡丹立軸

濃淡分皴生面開，臙脂多買即廲才。倘從没骨尋宗派，記取南田是再來。

徐大容

字莪沚，號復堂，華亭人。乾隆己亥舉人。沈静好學，爲沈學子高足，將欲傳其經學，不僅事辭章也。惜年未及艾卒，未竟其志，并無子，可傷也。所著詩已刻者《拾是集》四卷。詩品潔净清蒼，非苟作者。

贈陳丈畬堂

宣聖脩《春秋》，褒誅寓筆削。隱桓逮定哀，紀日異詳略。經傳書日者凡六百八十一。自文公以上六公書日者二百四十九。宣公以下亦六公，書日者四百三十二。惟因魯史舊，義例自昭灼。奈何後世儒，私智務穿鑿。信注不信傳，啓關失管鑰。信傳不信經，就治棄橐籥。妄竄攷衺文，翦綴歆逵作。但知辨異同，詎惜論舛錯。吁嗟俗學陋，自昔等糟粕。先生述古懷，讀書喜該博。一官移疾歸，户外可羅雀。平生好《左氏》，排纂陋剽掠。以予有同癖，惠示不待索。忘年而下問，此事世所噱。何期滄溟深，乃不遺一勺。吾生少孤露，門祚日衰薄。非無蛾術心，百爲受拘縛。近從學福游，沃田先生。少識經生學。紅豆留傳薪，丹鉛儼如昨。借校意爲快，譬望屠門嚼。頗憎萬牛毛，敢詡獨麟角。作詩報知己，發蒙幸勿卻。

拾硯齋觀曹雲西山水畫卷

我不解畫解讀畫，草堂四壁圖天池。偏游五岳志未遂，快意藉慰長相思。舊藏墨妙二十幅，天籟賞鑒多題辭。惜哉雲煙瞥過眼，神物聚散無常期。乃知好古仗有力，賣踰頭目寧非癡。余家舊藏宋元人真蹟二十幅，近已散佚。重光之歲日長至，扁舟訪舊城南陂。主人愛客揖客坐，示我妙蹟邀題詩。開圖知出雲西手，絹素黯澹神淋漓。空江淜湃鬱渺瀰，絶壁磔卓攢厜㕒。白雲遮斷最高嶺，但見蒼蒼濕霧含朝曦。草枯無全葉，樹老無全枝。危橋曲磴互掩映，中有仙人來往乘雲螭。吾聞先生昔解組，羲爻一卷常相隨。抱膝長吟意不樂，睥睨横被群兒嗤。偶然放筆寫異境，性靈不受雲山羈。今觀此圖洵精妙，欲與真宰争神奇。流傳安得入君手，摩抄儘可忘朝飢。詩成跁跒發浩歎，擾擾得失將何爲。行當拂衣謝塵壒，待畢婚嫁知何時。

觀趙文敏書巴陵女子韓希孟殉節詩拓本

鐵騎蹴破巴陵城，巴陵女子能捐生。蘸血題詩四百字，字字悲挾寒濤鳴。宇宙撑持賴此死，褒貶何心計青史。夢餘書乞趙王孫，多事當年宋處士。无。王孫書法故通神，此卷遒勁尤絶倫。想當下筆意矜慎，墨光閃睒浮璘霦。取義成仁期不辱，書縱能傳非所欲。君不見文山亦有《正氣歌》，王孫不書人亦讀。

龍門寺訪鐵崖遺蹟示棹旋上人

古寺逶迤一逕開，幽尋彳亍傍城隈。當年聽雪人何在，此日題詩客又來。門外流泉緣碧甃，庭前樹影拂蒼苔。逢僧欲問楞嚴義，落日疏煙歸思催。

韵閣舊感閣爲從祖九玉公別業，在西佘山。

不登韵閣十三年，策杖重來意惘然。梯綴初桃紛鼠迹，壁留殘碣漫蝸涎。滄桑刧遽驚如夢，詞賦緣慳例入禪。眼底青山猶似昔，夕陽一角落檐前。

山之凹處水之涯，門外濃陰一徑斜。是地舊傳通梵院，我生猶及見梅花。梅花書屋外，循徑直抵古沐堂。飯僧田廢新封墓，翫鶴亭荒久種榇。莫怪鄰姬多狡獪，壓缸春酒不容賒。

吴應斗

字瞻衡，號水如，華亭人。乾隆丁酉舉人，庚子進士，以瘵疾卒。

貞孝録題辭爲費氏作。費許字儒童何焕章，未婚夫卒。氏初守節母家，後歸事舅姑，撫姪茝芬爲嗣。學使彭元瑞奬之。

古調何曾叶瑟琴，春風一縷感靈禽。杜鵑枝上三更月，常照空閨夜夜心。

陸伯焜

字重輝，號璞堂，青浦人。乾隆癸巳東巡召試，欽賜舉人，捐内閣中書。庚子進士，改庶常，授編修。乙巳大考第一，陞侍讀學士。辛亥大考，降吏部員外，陞鴻臚、光禄少卿，江西按察使，調浙江，引疾歸。著《玉笥山房詩鈔》。

憩下堯峰同麗農作

一徑入寒緑，迢迢修竹林。到門紅樹合，采藥白雲深。淺溜汩芒屨，微風流梵音。拈椎聞了義，獨契妙明心。

王　鼎

字祖錫，號條山，華亭人。孝簡長子。乾隆庚子舉人。著《蘭綺堂詩集》。

詩話：蘭綺雅負雋才，工詩善書，夙爲沈文慤暨夢謝山、李鶴峰諸先生所賞識，而如王光禄西莊、司寇蘭泉皆當日雁行交，惜久不遇，鄉舉時已屆六十，後仍困公車而卒。其詩才華辭藻發舒有餘，幸其嗣君述亭昆季梓行，得傳播藝林，共相擷誦。

西瑶

我聞王母居，乃在西瑶西。弱水三千里，羽輪爲之迷。瑶臺十二層。琪花被前谿。經歲花如春，仙靈朝出棲。邈與塵界隔，一往窮攀躋。笑彼求仙者，猶煩郭與嵇。爲我謝青鳥，勿啄階前泥。但願紅日光，常照山花低。

雲槎先生以閩産樹根東方朔像貽張玉壘作歌

東方先生神仙姿，每讀畫贊如見之。遺蹤忽接千載後，浮槎南海揚雲旗。肅如分甘侍仙謙，翩如昂首窗前窺。詼諧散誕略髣髴，金馬門外掀鬚眉。雕刻半資化工助，風雨蝕就非人爲。靈根蟠結迹何幻，略施磨瓏形益奇。雲槎得之自閩海，寶逾十尺珊瑚枝。灘河水石勢險惡，圓折方折光怪滋。朽株不死蘊神異，如玉在璞珠在池。首烏枸杞狀人物，茯苓琥珀皆松脂。得氣成象益世用，神鬼守護蟠蛟螭。半龕忽駐古仙影，衣裾拂拂雲霞隨。騰空紫氣生兩腋，一枝仙榦天風吹。誰言臣朔飢欲死，狡獪不爲王母疑。大隱小隱惟所目，屈伸進退因乎時。優游郎署標格在，遭遇有數非獨奇。求之迹外真乃見，桃梗土偶休相嗤。玉壘聞之再拜受，尚友自今有餘師。參同一卷得偕貯，素書不羨圯上貽。

飲葯洲觀察署齋題唐六如夜堂録別圖後

夜堂依約前賢集，林野迷茫寒靄結。酒酣賦物意悄然，唱徹《陽關》那忍別。名家豪素互流傳，荏苒星霜三百年。人物當時皆第一，風流未覺渺雲煙。六如畫筆枝山字，當年諸巨公餞別湯公文奐於傳菊堂，分賦獸炭、豆酒、官燭、陶鼎、春盤、桂茶、金橘，祝枝山併録成卷，六如補圖。一代聲華騁游戲。李趙陳楊各出奇，匏菴賈勇詞鋒厲。分賦七物，後吴匏菴復合題一詩。吾祖分吟陶鼎詩，山房餘稿感留貽。先文恪公著有《震澤山房集》。湯公契賞真風雅，想見飛觴翦蠟時。自古物常聚所好，雪鴻小築署齋名。儲奇奥。篋拭鄉嬛月共窺，香焚清閟塵難到。公來駐節古餘杭，勝侶東南集滿堂。政餘不廢扶輪業，大雅搜羅煥綺箱。此畫此詩珍未見，古香觸手因開讌。群公接席愛重題，隨園、夢樓諸公先有題句，余與竹香、星橋、冶山繼聲。拂拭珊瑚披錦韉。時値高桐爛吐英，霏微晴翠撲簾旌。座中頓觸懷人感，林外風傳笛數聲。時竹香將入都。觴次徵伶時一曲，催詩不刻當筵燭。分箋各體唱淋漓，界就烏絲書陸續。因憶年前嶺表遊，官齋秘本恣研搜。壬辰秋，謁觀察於粤東署齋，獲見迦陵先生《填詞圖》。《填詞》舊卷曾親展，先哲遺徽罕匹儔。竹垞漁洋諸鉅手，同時譜跋羅瓊玖。畫谿世寶足千秋，合與斯圖同不朽。故人攜帶入西清，《填詞》爲令嗣伯恭太史攜館閣。隔我煙江夢幾程。花枝蟾影人如昨，象板銀燈何限情。明春扈蹕來三竺，歸省期評金石録。畫錦重張湖上筵，兩圖璧合添題幅。即今佳會愜連宵，星聚真看競指杓。閣啓湘中懷水繪，歌翻秋柳接紅橋。芳辰謬厠芙蓉侶，百尺樓前半舊雨。授簡應輸紅藥詞，迴飈竊愧青鸞舞。傳菊杯盤閲代多，拈吟七物幾婆娑。幽情一縷毫端現，花塢如聞屐響過。六如故居在桃花塢。從來高誼欽前輩，文字交聯縠與珮。嗚珂小暇倡酬偕，離合殷勤衷可對。頻年孔李托元亭，擘脯常邀阮眼青。題成醉看新翻劇，露濕園花月滿屏。

尋金華三洞不得

聞說金華北，芙蓉三洞天。仙人乘鹿去，石室至今傳。雲暗紅鵑外，雨來白鷺邊。灘流驚五百，晚泊轉茫然。

和張漁山憶秦淮春柳

蕭蕭殘葉下寒流，春去秦淮感舊遊。夜月渾迷三婦艷，曉煙不散六朝愁。蝦鬚十二宜横笛，紈袖三千怯倚樓。芳草天涯秋又晚，夢魂重爲爾勾留。

書明季香樾盛公北上贈言卷尾

忍見河山烽火明，欲扶覆轍向夷庚。陸沈往代誰王衍，痛哭當年又賈生。瀝血書詞曾未報，攀髯遺恨竟難平。不知壯士臨歧際，幾許聞雞擊楫情。

清風嶺再和亦亭韵

黄埃散漫家何在，紅粉飄零影自扶。一片蒼崖一江水，長留清白報儂夫。已拚白璧千金碎，好仗丹心九鼎扶。無數空山謝皋羽，漁夫泣罷泣樵夫。

雷　琳

字得璜，號琴谿，又號曉峰。乾隆庚子舉人，官河南扶溝知縣。所著《賦鈔箋略》《漁磯漫鈔》《經餘必讀》及《西行記事》詩一卷。

經水簾洞

西行者，自西安至蘭州也。邠州西二十里有花果山。古洞石窟，水聲怒號，是名水簾。

環山石徑仄，攬轡俯深淵。霞落層巒外，雲飛古洞前。水簾流滚滚，花果長年年。翹首仙靈迹，鐘聲出暮煙。

登青嵐山會寧縣四十里安定驛過此。

晨起登千仞，崚嶒萬古同。寒凝千嶂雪，嵐散五更風。土人云，此山寅卯時嵐氣四布，辰刻漸散，故名。冰滑輪飛度，途危嶺乍通。馬瘏兼僕瘁，底事説蠶叢。

嚴家山涇州東三里許。土人云，此相府勾欄也。明代分宜後裔世充樂户，聚族而居山上焉。

幾枝芍藥騁娉婷，半幅湘裠拂畫楹。姊妹一行争笑語，不知前世是公卿。

張存誠

字松封，婁縣人。乾隆癸卯舉人。著《天趣軒詩稿》。其詩抒寫性靈，不事雕餙，于長慶爲近。惜其獲雋時年已逾艾，丁未會試歸，卒于東昌舟次。

石門曉次

推篷看曉日，早至禦兒城。小艇初依岸，離人甫計程。風生秋水闊，天霽碧雲輕。回首鱸香近，依依動客情。

聞蟬

亂山蟬噪急，高閣客心驚。不住秋來思，猶勞樹底聲。咽宜催落日，殘欲曳荒城。知爾餐風苦，淒然動我情。

張位中

字立人，號石虛，上海人。乾隆丁酉以宣化延慶州籍中舉人，己酉進士，授射洪知縣，署大足縣。時川北賊擾過境，遏之宕渠之東嶽廟，發矢殪其渠魁。已而賊大至，遇害。事聞，贈卹有加，賜入昭忠祠，蔭一子雲騎尉。著《萬竹軒詩稿》。

詩話：石虛恂恂，不欲以能詩名，殉難後，又經散軼，今所存僅一二，然筆力挺挺，可想見其毅爲鬼雄。

鸜哥石

石本不能言，能言史紀異。顧兹能言鳥，豈與石爲類。何年成合并，肇錫稱名字。雄飛知無時，雌伏應得地。迢迢卷洞門，矗矗鷲峰寺。依依雁塔旁，一鴿棲猶悸。説法疑點頭，誦經尠會意。從來弄巧舌，聰明竟安試。有斑如鷓鴣，有文如翡翠。嘴距落花殷，羽毛溜蘚漬。宛然戢其翼，鷹揚垂盼睞。靈頑訝殊科，鉅細復異致。擬以獅虎蹲，俗名獅子石。翔走憑位置。汝立朔風前，客衝飛霰至。鴻飛留指爪，感汝雪衣侍。丙辰冬暮于役竹陽雪中，過此而作。

己未除夕和竹樓原韵

一年争一宵，宵盡年已换。譬如縛狗尾，脱手即狂竄。簿書徒自擾，牧圉誰當扞。念兹伏莽戎，三歲猶多逭。足食先足兵，祈豐驗懸炭。勞薪豈任炊，良材或遭爨。暫喜夜圍鑪，終恐晨星散。以此感中懷，澆愁愁不斷。既令壯志消，坐失鷄鳴旦。非徒攬華絲，對影用憂歎。

同人各示和詩意在挑戰依韵和之

酒酣誦新詩，凡骨飄然换。諸君競倚聲，俊語紛塗竄。如逢善射人，各自佩玦扞。遇人類追逋，此逋無能逭。令我心膽寒，圍鑪屢添炭。頻年苦烽驚，到處稀煙爨。鴻離近稍安，蟻聚應遄散。寒城刁斗聲，澈夜猶不斷。幸兹片刻閒，致師迫迨旦。三施聊一酬，自嘲還自歎。

吴枚菴借書圖

鄭虔三絶畫書詩，精妙乃爾人言癡。州來伯子更癡絶，還書借書無休時。無錢買書借亦可，點圖自詅夫奚爲。揭來作客楚水湄，梱載戢戢牛腰垂。案頭群書稍借讀，一一細楷闌烏絲。積銖累寸行篋滿，問君右手將毋胝。君言手鈔尚强半，出門恐飽蟫魚飢。男兒識字亦寂寞，如此嗜好寧非奇。乃知借書不徒借，遇得意處無停披。菁華取盡糟粕在，還人空本人遭欺。偶然相誚幸勿怪。伸紙竊效神仙疲。君真癡絶不可訾，嗟彼童子夫何知。兩脚重趼應告痒，手提肩荷還欣嬉。

觀察徐玉崖丈寄示詩集懷舊之作每及先子讀之不勝感泣謹次集中韵志謝

登山臨水手誰攜，望裏靈光未許躋。一代高文推典册，兩編新咏重緘題。筦橋軍渡秋輸粟，雪嶺書飛夜刺閨。《魚通》《雪嶺》二集多征廓爾喀時轉運察臺之作。料得催詩同火急，蒖羅絶景在庭蹊。

文舉東吴問字初，每聞門外酒盈車。當年詎任慈明御，公與先君館武陵氏時，中方六歲。他日空疑仲悌書。客裏送人多作郡，家無長物便移居。自幼至今，居凡五遷。晚叨一第吾何有，半是先生欬唾餘。

王廷蘭

字畹香，原名史，青浦人。乾隆甲午舉人，己酉進士，官河南淅川縣知縣。著《水竹居詩》。

支硎

疾風颺輕舟，蒼翠忽在眼。弭棹循廣途，層崖肆陵緬。是時當仲春，風物正暄暵。雜花既繽紛，修樹亦婉孌。紺宇出林端，岡巒翫迴轉。崟崿互虧蔽，雲霞遞幽顯。辰良興故超，津遠思彌遠。丘壑平生心，囂塵自兹遣。

渡江

海天斜日麗金焦，飽挂征帆趁暮潮。北固樓臺秋色冷，西津雲樹晚煙消。無邊白浪連三楚，一髮青山認六朝。陳迹空懷天塹險，沙汀荻葦自蕭蕭。

劉爾榮

字桐引，原名濯，上海人。乾隆乙酉拔貢，己酉副榜，官副指揮。

冬日楊參軍汝諧招同雷别駕國楫單明府乾元姚秀才宏森集拜石山房分韻得寒字

凍合同雲歲序殘，空庭欲雪雨漫漫。尊移羃室先春暖，座飫深杯敵夜寒。拓戟高歌忘主客，翦燈軟語雜悲歡。憐余明發申江棹，高會南皮正未難。

康　愷

字欽和，號寧齋，又號起山，上海人。乾隆壬子舉人。

題寄塵上人載將書畫到江南圖小照

青草湖通洞庭水，煙波并入長江裏。滔滔東下無停留，直達江南四千里。八九山人長沙僧，但吞雲夢無傳燈。有身别悟俱舍論，有口禁誦《阿含經》。逃禪不禪故禪味，筆墨生涯打包走粤忽吴下，袈裟冠蓋相頡頏。吾聞四明山中老禪客，年去年來不語食。蘚斑入竅苔侵膚，蒲團可是極樂圖。人爲其愚我爲智，歡喜法門原不二。疎篷隨波汗漫遊，到處便逢卓錫地。揭來放櫂春江濱，袖中猶帶衡山雲。偶然游戲幻中幻，誰其摹寫身外身。迢迢折水蒼葭露。七十六灣來唤渡。若非薙髮米襄陽，即是披緇趙子固。天風浪浪海山蒼，空中受想仍清狂。書卷氣。惠崇小景素師書，瘖澈能詩更非易。

騎牛

騎牛來賢侯，夜半郭門開。騎牛去關吏，清晨留不住。功名道德在騎牛，一時奇遇傳千秋。忽看短笛横秋影，迤逦秋隄楓葉冷。夕陽返照牛背紅，騎牛豈是牧牛童。芒鞵竹笠希晚風，定有野趣藏胸中。前村不遠信所從，肯向赤日馳鐵驄，更何計較窮與通。堪哂一編挂牛角，道旁屈膝陽越公。

灌花

好花不出好勝局，群兒游戲漫徵逐。捉搦花枝就縛束，自詡新奇列滿屋。人皆謂花真絶俗，花氣與人總不屬。何如一任花所欲，高下淺深自芳馥。君家闌邊種罌粟，借得春風糧幾斛。無心玩花花芬郁，隨意澆花花有福。親執噴壺類湖目，甘霖在手注自足。争與紛紛鬬綺縟，緑陰清晝水雲曲。

放鶴

擊碎唾壺心不死，自有高情寄山水。高情所寄誰得知，白鶴一雙舞乍起。鶴知人意鶴乃仙，意所到處鶴能傳。手持如意揮之去，一舉直上丹霄間。予持如意招之還，萬里歸來丘壑閒。梳翎養就摩天翅，蹴踏浮雲真如意。眼前便試秋風高，啄得紅芝天上地。從今須令孤山山不孤，逋仙仙不逋。張家亭畔相招呼，鶴飛去兮空踟躕。

看劍

精神日用用日出，鋒刃愈淬淬愈銛。英雄治心如治劍，摩厲不令繡澀粘。君家此劍鑄誰氏，料是古時歐冶子。金精爲質星爲文，餘鍔紛紛無足齒。一看夫容生再看，龍虎騰常看不厭。天神驚寶氣，直向牛斗横。休變蒼虬下滄海，世間自有風胡在。

大觀

我欲觀日出，思登日觀峰。昨過太山下，一宿催行蹤。心知曦輪轉海底，夜半射出光芒紅。恨無飛仙借兩翼，萬仞一舉乘天風。坐令奇觀在咫尺，不得披豁瑩雙瞳。前年渡江侵曉陟妙空，又嘗葛嶺初日看曈曨。兹遊雖奇未叫絶，大勢僅亦同吴淞。須知瀕海高處皆可觀日出，不若泰山之巔呼吸風雲通。雄鷄一聲海水黑，忽照松頂摩紫穹。問君此圖究何從，定是齊魯雄岱宗。何當挈我上絶頂，一闢眼界開心胸，攜手大笑天門東。

椎晉鄙

邯鄲危，晉鄙勇。秦王怒，魏王恐。十萬師，不敢動。公子有姊姊婿愁，公子有客客善謀。兵符在手將軍訝，四十斤椎當頭下。將軍擊死秦兵還，大梁之甲存邯鄲。前事後來誰可例，項籍揮刀殺宋義。

昆陽戰

莽軍百萬來乘城，昆陽城中將士驚。天生文叔真龍種，見小敵怯大敵勇。旌旗千里敵勢雄，自將步騎衝其中。以少擊衆衆陣亂，悉鋭乘之遂破散。天大雷雨淄川溢，長人束手虎豹慄，吁嗟塊磊空新室。

白桿兵

白桿兵，血漉漉，殺賊如草秦良玉。秦良玉，女土司，請纓親率勤王師。萬里沙場陣雲起，一騎紅妝見天子。思陵勞賜親製詩，巾幗英雄古誰比。守土不解防身嚴，兄弟死事忠勇兼。佛圖關來藏血刃，逆獻休賁僞金印。

東昌登光嶽樓

雨過東城暑氣收，仲連臺畔一登樓。水移故地河形在，山帶遥天嶽色浮。微子城空無舊堞，高陽陵古剩荒丘。危欄徙倚閒憑弔，身世蒼茫獨此游。

任丘

白楊城郭散斜曛，黄土荒荒見古墳。下馬獨來摹短碣，姓名猶識漢將軍。

李枝桂

字健林，上海人。諸生，例貢。乾隆壬子以年七十以上賜副榜，甲寅，賜舉人，乙卯會試賜國子監學正銜。詩著有《澹竹軒集》。

詩話：健翁初本有家，以馳逐名場，家遂中落，然猶憶其于乙未、丙申間買宅北倉，與爲鄰比。竊見每日課文半篇，不少間斷，後雖以耄齒邀恩，亦足稍償其平日苦心云。

讀史

唐家甘露變，千古同悲歎。宦寺一横流，衣冠盡塗炭。君看陳尸者，豈盡訓注誕。事定天子閒，深宫備妍粲。嗟哉孝本女，宫中序魚貫。乃有直諫者，詞亦誠侃侃。不思此宵人，欲將忠愛斷。深恐女入宫，直以忠佞判。細剖宸旒前，君心一朝换。大奸真若忠，成此無忌憚。閒窗讀青史，使我憤扼腕。

雜憶

我憶錢唐風篁嶺，清陰濃翠通龍井。夜深瀟灑響琅玕，明月一輪幽谷冷。

唐曾颺

字楙村，號竹舟，南滙人。嘉慶戊午舉人，由挑取實録館謄録，議叙知縣。

雨後約張大重遊昆明

濯枝新雨下龍津，筦蒻微涼不染塵。料得望湖亭子外，拍隄新漲碧粼粼。

徐士泰

字彙仲，號雲舫，華亭人。明大學士階十世孫。嘉慶丙辰舉孝廉方正，戊午舉人，辛酉進士，官工部營膳司額外主事。一年省親歸，旋丁内艱，服闋，以父老告養在籍卒，年僅四十有四。爲學以潛修爲主，制行謹飭，待物謙和。其徒顧子瀛爲作傳，述其言曰：「學人通病，其外面多一分，其内心必少一分。」此可想其得力處。諸門人私謚靖孝先生。

獅兒山店夜宿

就枕方須臾，幻境逐夢來。策馬入都門，閶闔九重開。同官悉在列，握手相追陪。忽然到庭除，攬衣賦循陔。老親顧我笑，問我幾時回。斂容欲致詞，恍惚驚春雷。蘧蘧夢已醒，擊柝聲相催。月落横疎櫺，曉風飛塵埃。戒途從僕御，回想兩徘徊。

謁滕文公廟

七國方龍鬬，公能識大賢。井田經百畝，喪禮定三年。爲善非圖王，成功獨信天。至今荒草外，遺廟尚巍然。

陸鍾秀

字以任，號嘯樓，上海人。戊午舉人。有《花陰深處詩稿》。王一亭鍾謂其「不求宦達，不近聲色，端方廉潔，有古高士風。爲文清真朴老，不屑時下習氣。韵語亦不苟作，自謂不足以存。」今所抄者僅其應酬之什云。

遊李和庵北園偶成

之子躭清逸，翛然迥出塵。看雲聯舊好，對月悟前身。花木堪娱意，煙霞好結隣。芳園工點綴，留住四時春。

天然開圖畫，兀坐有餘閒。如入衆香國，疑遊群玉山。庭空留鶴舞，草長唤僮删。清福君消受，支笻數往還。

嘯樓新葺紀詩

紅塵遮斷緑陰連，近市翻疑别有天。隣笛吹殘深巷月，沙鷗掠破隔溪煙。閒披蠹簡傾家釀，静爇龍香拂素絃。取次韶光頻入座，何妨容膝小於船。

夏初野望戲集劍南句

頻報園花照眼明，青鞖隨意出柴荆。巡簷更有欣然處，閒聽争巢燕子聲。
風日初和晝漏長，短籬幽徑獨相羊。形容野景無餘思，歌起陂頭正插秧。
壞垣欹屋兩三家，桑柘陰陰一逕斜。行偏山南山北路，草深無處不鳴蛙。
滿原煙草蝶飛飛，穀雨初過换夾衣。最喜夕陽閒望處，柳陰人荷一鋤歸。

馬德彰

字伯言，號守愚，婁縣人。澧子。庚申恩科舉人。幼即能詩，淡于世味，捉襟納屨，晏如也。嘗有句云：「拙惟安我素，貧怕受人恩。」可以得其梗概矣。

欲登富春山因雨不果

四望煙光擁翠螺，舟人撥棹尚披簑。疎花幾樹留春在，危磴千盤奈雨何。習静頓生塵外想，探幽不覺畫中過。欲呼予季暌千里，夜夜篷窗遠夢多。

寄示心友二弟

半生聚首最堪欣，白苧城西袂乍分。悲到極時難作語，情緣摯處總無文。我探黄嶽峰頭月，君盼申江渡口雲。昨夜依依同膝下，夢回謦欬杳難聞。

松江總集叢刊

彭國忠 主編

［清］姜兆翀 輯

韓立平 唐玲 徐儷成 楊焄 趙厚均 整理

國朝松江詩鈔

第四册

國朝松江詩鈔卷五十

鄉人姜兆翀孺山録
潘洪聲韵樓閱

姜紹渠

字敬銘，號醴堂，華亭人。爾暘子。乾隆丁丑諸生，例監。工文能詩。著《高鴻堂詩稿》。爲人沈静好學，詞采清麗。後從其舅廖古檀爲贛粵遊，詩尤恣肆卓越。性最肫篤懇摯，與翀先君悦軒公叙兄弟行，每相見款款情話，如親手足焉。惜年及艾遽卒。

七里瀧

何處問嚴灘，瀧流傳七里。桐廬西向望，萬山森壁壘。峽口霽靄濃，灘響出船底。泝流幾曲折，豁達洞天啓。一碧涵青山，嵐光澹若洗。平生恣幽賞，到此欲狂喜。打頭風不惡，客意且樂此。引興倚舵樓，曠望坐移晷。松篁交掩映，石狀難繪擬。前邨花亂落，片片隨流水。翠羽間關鳴，清響殊快耳。瞥然躍倏鱗，謂觸飛湍起。山環水曲路未已，舟行忽窮忽無涘。風光萬片影迷離，分明出没桃源裏。西子湖邊千萬山，幾多脂粉污煙鬟。何似此間幽且浄，別有天地非人境。峰峰錦繡相簇列，中有雙峰更奇絶。云是子陵舊釣臺，釣臺百尺亂雲埋。舟人指點總疑似，我愛清風但仰止。雲山蒼翠江水清，鎮日無窮懷古情。不見山頭一片石，長在風流終古屬先生。

過惠州城

舟過惠州城，忙喫惠州飯。欲問坡公和陶處，篷窗徙倚徒相羡。東風不爲住行舟，片帆一刻疾於箭，硃池墨沼何處尋，白鶴雲封高不見。亭角雕窗開面面，仿佛臨風揮羽扇。緑陰深處露檐牙，是否當年舊庭院。想公置身行雲如，謫居轉徙復何戀。天教地以公得名，無公此地無筆硯。知與俗客本無緣，莫怪舟師失方便。臨風歎息日已暮，回首東江浄如練。

秋晚經北榆塘邂逅汪子雙谿遇雨憩野菴別後寄示一律和以長句

野田一色雲連黄，風吹何處殘桂香。谿流灣環徑轉折，煙迷落日古榆塘。榆塘人去空歎息，（時復茗吴翁甫逝。）秋容黯淡花無色。意外偶逢知己好，得閒因悟禪棲逸。微雨蕭騷過野菴，竹籬茅屋小橋南。白板雲扉雙啓處，泥落空梁燕飛去。（不見舊時老衲。）精廬遺構兩三椽，篔簹拂户藤垂檐。老松虬枝五百年，滿身松枝緑玉鈿，松下蒼苔誰晝眠。（羅漢松一株，相傳元代物，大可十圍，僅存兩幹，碧葉交翠。）蒼香筆蹟勢生動，黄葉好句宛神仙。（壁間有陳蒼香黄門舊句。又雙溪父峭崖有「亂鴉黄葉寺，小犬緑蘿扉」舊句。）感時懷舊意慘愴，出谷隱隱晚鐘傳。雙谿少年故人子，羡爾乃翁身不死。别後飛箋寄妙詞，風期爲溯斜陽裏。來作尾聯云：「籬脚西風催録别，寺門深鎖又斜陽。」

過石門懷曹大佳木曹客山右，家石門，未知其處。

曉發鴛湖棹，斜陽過石門。蒹葭何處所，桑柘復前村。古堞迷寒霧，哀鴻繫旅魂。風流有曹霸，韓榦不須論。

十八灘

峪岈覓罅送帆過，失手堪驚一刹那。水底何人排劍戟，篙尖無處撥矛戈。蹺蹊世故還應爾，磈礧胸襟合付波。月上停橈怯回首，洞簫有客起悲歌。

贈劉某劉某，百夫長也，落職多年，齒過五十而狀貌偉然，猶媢武事。

披堅當日慣從戎，射虎傳聞膽氣雄。七尺昂藏翁矍鑠，十年飄泊路西東。壯心貪看龍文劍，柔手輕彎烏角弓。應有九方勤物色，不教騏驥老秋風。

聞鶴

篷窗欹枕倦聽鴻，有鶴騫飛過澗東。半夜静兼霜月冷，一聲朗覺海天空。華亭人在寒灘外，赤壁魂驚宵夢中。倘借陵風雙健翮，不愁霄漢路難通。

諸葛菜

碎碧輕煙遍野塘，風流終古弔殘陽。大儒未老田園業，小草偏分姓氏香。世味於今思澹泊，軍行到處寓農桑。茅廬歸卧終難遂，一片青青惹恨長。

粵遊雜興

半耕山角半平央，嶺外經秋又插秧。其田一歲再熟。蝴蝶更營新繭出，家家機杼織程鄉。羅浮蝶七月營繭，其絲織程鄉繭。

程鄉織繭舊馳名，熟骨洋青紙扇輕。興寧土産扇。最是估帆雲泊處，西郊慣作看花行。西郊歌舫，遊人所聚。

楊　超

字玉衡，華亭人。禹襄子。丁丑婁庠諸生。著《竹村詩草》。早卒。

春陰

游絲濕不飛，煙雲竟何著。不聞簷雀喧，但見庭花落。

薛渭潢

字持甫，上海人。諸生。

早行城南道中

煙中人語聲，微辨前村樹。霜葉濕不飛，粘屐冷官路。酒家起懸燈，野航初喚渡。杳杳傳疎鐘，龍華渺何處。

閒居雜興十首存二

江上三間屋，翛然稱野居。栽花時著譜，種樹豈無書。村店容賒酒，隣家多釣魚。渾忘人世事，底用出思車。

閒裏渾無事，聊誅三徑茅。課兒澆菜圃，防客弋鴉巢。室自同懸磬，身無笑繫匏。千人何所得，幾輩數知交。

許鍾

字雲裁，號樸齋，華亭人。光禄礜鄉元孫。戊寅諸生，乙酉召試，是年拔貢，由正紅旗教習，官海州學正。著《樸齋初稿》。其詩亦從漁洋入手，而才情瑰麗，氣勢浩瀚。然所見是早年作，其後詩未見。

春遊曲

江南三月花蕊紅，煙汀月嶼多芳叢。美人脩嫮姿態工，珠軿玉軑嬌春風。夕陽掩映低林薄，行行盡説江南樂。相約明朝逐水嬉，蘭橈載酒紅橋泊。

留餘山居四首山陰陶驥所築，御題名曰「留餘山居」。

憶昔三台寺，三台山法相寺，舊有穎秀山房，即今陶氏莊。今成陶氏莊。玲瓏芳檻設，次第翠屏張。架屋緣穹岫，飛泉界畫梁。聽泉亭上有小紅橋。探奇轉深曲，行憩小亭涼。

登四香亭

偶來眺望向東田，徙倚闌干欲暮天。野艇乘潮偎岸草，夕陽和樹亂谿煙。空餘惠遠談經處，誰是初平入道年。此地會容高尚者，好將卜築息塵緣。

長門怨

門巷碧苔深，簾櫳語雙燕。飛飛不見人，別入昭陽殿。

凌賓嘉

字芳垂，號曉窗，作霖子，華亭人。戊寅諸生。有《振雅堂稿》。

新綠

絲絲隨意綠，景物得來新。帶雨抽條嫩，因風拂翠勻。數邀青眼客，一愴白頭神。快意江天日，分明是此辰。

唐閑

字在初，奉賢人。諸生。著《海襟墅詩鈔》。

登曠觀亭望後湖

欲泛玄武湖，惜無青雀舫。賴有曠觀亭，登茲縱遥望。灣環百頃餘，風鼓湖波蕩。傳聞前朝時，圖籍作山藏。易代屢春秋，總歸劫火葬。遺獻亦消亡，參稽多僞妄。惟留湖水清，宛轉發漁唱。

鄒忠公祠

羈管新州萬里行，忠心耿耿本忘名。觸邪獬豸知無補，蝕月蟾蜍勢已成。公因諫劉后立，故得罪。良友論交前决絶，謂田晝。蒼天錫類後蕃盈。公後人連掇大魁。古祠重見飛丹䨼，適見修祠。五尺階除氣未平。

陳太學東

豫大豐亨唱蔡京，宣和弊政孰澄清。舉朝無復蒼鷹擊，上殿偏成丹鳳鳴。伏闕陳書昌士氣，薦賢報國愜輿評。里門猶認雲陽路，六百年來振直聲。

顧鍾秀

字達天，號禮村，婁縣人。府庠廩生。性忼爽好義。朱子美卒，與朱月航經紀其喪。里有欲鬻妻殯母者，爲捐貲與之。好吟咏，著《禮村詩鈔》。

村居

昨日微陰今日晴，郙前郙後勃姑鳴。牧童倒跨烏犍去，短篴横吹一兩聲。

題畫

憑誰僦得米家船，小泊梅花明月邊。雪滿千山雲滿屋，一雙飛鶴去飄然。

張寶鎔

字花農，華亭人。孝鍈子。諸生。著《牀山堂集》《西泠唱和詩》。素工詩文，歲科試，每以古學拔萃，顧不得於棘闈，乃槖筆江浙間，與其賢士大夫遊。其卒也，梁學士山舟爲作小傳，稱其「學博詞贍」。吴縠人序以爲「身經憔悴，志更蕭閒。古音別操，靈響自結」。楊蓉裳序以爲「棄膚抉髓，斂志詣微。窮興寄之殊軌，極律切之能事」。《漱芳齋詩話》：農老爲沈學子妻姪孫，幼即從遊，又爲姜氏嵎谷壻，亦有濡染。其詩學兼綜各家，而要近元、白。所惜年僅六十有八而卒。以丙寅六月七日逝，與司寇王蘭泉先生同日辭世，家鄉並切老成凋謝之感云。兹幸《牀山堂集》二卷則姚春木糾資已爲付梓。

黎嶺道中作

既雨磴道滑，脚踏亂澗聲。入雲還出雲，人行山亦行。少焉日開霽，林縫漏微明。髻鬟施膏沐，媚我何輕盈。美人渺天際，恍聞鸞鶴鳴。不覺歷險巇，餘霞足移情。

題金冬心先生畫達摩面壁圖

杭郡冬心居士畫《達摩面壁圖》，蔣君山堂得之，仿米帖小楷，寫《般若波羅蜜多心經》於左方，贈吾友胡三竹。四月十有四日，三竹過慧安寺，見超公瀟灑絶俗，爰以此圖歸之。余亦合掌頂禮，歡喜讚歎而作是詩。

達摩曰初祖，法迺多羅傳。同時有二師，大勝多大先。爲二甘露門，而演六宗傳。祖爲起歎喟，彼自取縛纏。肯惜見神力，各各問所宣。六衆咸皈依，化輒被南天。卓錫躬震旦，遂泛滄海煙。梁武遣使求，蕭昂禮亦虔。如何人天果，有漏非廓然。空寂歸本體，是浄智妙圓。祖復拂衣去，直躋嵩山巔。終日默無語，面壁越九年。安心導慧可，立雪求之專。一花開五葉，説偈真入玄。冬心老居士，好手過龍眠。貌作圓頂相，蒲團兀坐堅。蔣君爲寫經，蠅頭仿米顛。二者俱神妙，一切都唐捐。洎入吾友手，能結方外緣。法侣逢德雲，宏願廣福田。素壁浄無塵，僧房一幅懸。既爇旃檀香，更發芬陀姸。種種作供養，毋乃居竺乾。紛吾慕禪悦，亦欲闚真詮。隨衆同和南，倡歎慈雲前。笑指打包僧，將上渡江船。時顛公將之會稽。

輓姜明府海田

此農老挽三舍弟作。情至之語，不堪卒讀

君告我赴杭，我亦欲赴杭。君去甫半月，我尚未俶裝。昨聞附書至，主人病在牀。館粲不暇計，人事多倉黄。倏來第二函，匪君手自將。主人遺舊僕，猝報君忽亡。舉室盡失聲，痛甚摧肝腸。伯氏遽理櫬，扶櫬湖山傍。令子號泣隨，恨欲吞錢塘。君家重友愛，棣萼喜成行。共被失一人，奚不心悲傷。溯自登賢書，作宰稱循良。斷獄輒平反，至今思甘棠。讀禮不復出，幕府用所長。刑書手鈲摫，明允要致祥。當局促補官，謂當再騰驤。豈料奪吾友，天問不可詳。兩載西泠遊，曾共詩酒狂。素旐今已返，賸我徒傍徨。解纜重懷舊，灑泪辭谷陽。

題宋茗香助教台黄紀游詩草

赤城霞，黄山雲，仙人拍手鸞鶴群。桃花顧而笑，欲以待夫君。千丈水精簾，挂君嶔崎歷落胸懷間。狂歌大叫見寒拾，藥苗滿路披斑斕。天都忽相召，去去窮躋攀。木蓮花發不得雨，起看初出東方暾。軒轅臺畔吐奇句，放聲直令雲海翻。一讀使神王，再讀解心煩。陡覺兩山落吾手，飄飄乎恍若從君跨鶴驂鸞還。

雨夜

節候纔當暑，蕭然夜氣清。山應同客夢，雨欲替秋聲。閣閣沈蛙鼓，泠泠瀉鳳笙。詰朝瓜熟美，不盡去留情。

喜陳大麓復至安宜

緑水浮瀏瀨，青山叫鷓鴣。扁舟從此到，春色與之俱。健者輕千里，勞生倒一壺。客中重把手，豪興不能無。

題蘇潭方伯浙東小艸後即用卷中遊鴈宕詩韵

鸞鶴清音響碧空，輶軒四出興誰同。涪翁詩派開江右，謝客游蹤徧浙東。放眼山川千里遠，關心廬舍萬家通。旬宣餘事憑斑管，到處人傳吉甫風。

圖經傳説此名山，康樂重來喜叩關。閩越地連陵絶嶠，海天雲盪數層鬟。搜神玉笈宜探祕，濯足龍湫莫保慳。昌黎詩「保此一掬慳」。日暮放歌仙馭近，高臺恍見御風還。

使君問俗漫停鞍，戴月披星行路難。後乘自隨廚傳薄，前旌早戒僕夫寒。磨厓碧蘚途中記，霖雨蒼生卷裏看。屏翰即今扶大雅，蓬巒在望仰雄壇。「蓬巒」，署中軒名。

過竹田通府湖上寓樓

一櫂夷猶拂曉過，樓頭竝倚俯晴波。青山未必嫌人老，緑柳依然綰客多。只有湖天如讀畫，底須簫管更聞歌。春光大好宜延佇，十日留君意若何。

和百堂九日同人集皇甫林展祀黄門詩韵

九日登高撥櫂開，紙錢挂樹看飛灰。瓣香欲奉祠邊入，斗酒重澆墓上來。峰泖英靈留壯氣，文章流别詫雄才。年時我亦陪諸老，慷慨曾歌小海迴。

詩話：皇甫林爲陳忠裕葬所。今陳太守廷慶於其地建祠，内奉夏忠節、陳忠裕兩公神位，稱陳、夏合祠，以訪忠節葬地未得，故並祀焉，并附與陳、夏一時同殉難諸人。祠宇修整，香火莊巖，傍福乘菴之左，藉僧守護，可以永久。遂定於三月三、九月九糾同人於此設享，此誠表彰忠義，爲我鄉第一勝舉云。

莊王雋

字二白，號玉村，婁縣人。諸生。有《吟嘯廬詩草》。館于姚家角吴氏。其晚年詩燬于火，所存者僅其初稿。

歸棹

解纜茸城外，中流擊楫回。帆欹隨岸轉，風急湧潮來。客感荒村集，歸心落照催。月明欣滿載，率意且啣杯。

題陸氏居

草緑苔青一徑斜，板扉臨水映餘霞。籬邊松菊陶公宅，池上詩篇白傅家。生計會須逋客老，官銜惟願醉侯加。年來若把行藏問，笑指門前數畝瓜。

程來泰

字符章，號斗村，金山人。諸生。端方正直，鄉里所推。曾遊夏焦桐之門，嘗集其詩文謀刻之包山，其篤于師誼如此。

詩話：斗村知予有選詩之役。曾以洙谿詩數種見寄。乙丑夏初，挈其子見，顧甫十餘歲，并以其祖枳軒先生《泌陽樂飢圖》見示。不意别後遽于是秋作古也。其圖尚存余家，當俟其子稍長還之。

朱涇燒香詞

船子宗風自昔傳，寶爐透出一絲煙。山門摩合人無數，可是今年勝去年。

十五吴娃髮覆肩，紛紛結隊禮金仙。低頭細詰無人會，自繡花旛挂佛前。

華燧

字鏡軒，南匯人。諸生。好讀書，能詩，著《潛心齋胠存詩稿》。華氏自無錫分支，世居横沔，燧以重宗派輯家乘，因控族姪某侵吞祭産，當事疑其訐訟下獄。幸邑宰胡志熊知其冤，得釋。

金東瀛自臺灣幕歸此贈

東瀛名王謨，字修來，榜姓徐，南匯人。乾隆壬申武解元，官守備，因詿誤，謫戍甘肅。後隨制軍李侍堯征回部，又隨福康安征臺灣。時值効力有功，還家省墓云。

君是人中傑，聲名天下聞。節同蘇屬國，才並鮑參軍。謂其在幕府時，以孤城死守事。至所著《平臺頌》尤極博贍。既佐平涼績，旋消閩海氛。大臣真鑑在，青史並垂芬。

自昔聯文轡，分擕四十年。此辛未府試握手論文時事。勳名君震疊，境遇我迍邅。佐幕忠心著，封墳孝行全。

歸來一握手，自顧總茫然。

廖雲龍

字承符，號翠崖，青浦人。衛庠諸生，例貢。

浦口

棹歌一曲挂帆行，蘆荻洲前駐晚程。野岸春潮乘月上，亂山殘雪隔江明。三吴春繞懷人夢，六代城餘弔古情。惆悵舊遊煙水闊，共誰雪涕説平生。

王榮善

字季先，號補亭，原名積善，華亭人。贊善奕仁孫。庚辰，與弟積慶同入縣庠。

不寐疊韵

反覆皆從夢裏過，休憑織女贈機梭。耐寒欲唤杯中聖，積習難降字裏魔。詎有枯魚能索肆，可憐拙鳥不爲窠。蹉跎歲月年將晚，真箇人教被墨磨。

殷廷梁

字石渠，號卧雲，華亭人。諸生，例貢。乾隆甲辰南巡獻賦。著《餘香軒稿》。

過允上人齋

平野一禪林，林迴石逕陰。地幽香刹迥，心遠寺門深。近午鐘聲寂，當龕燈影沈。霏微流梵唄，歸路聽餘音。

費鏞

字南珩，奉賢人。諸生。有《澄觀堂詩稿》。

踏青

二月風光百草榮，冬衣初换覺身輕。兩三里路春皆好，六七處園花俱明。流水小橋村店酒，暝煙遲日柳塘鶯。幾回彳亍纔歸去，醉倚枯藤趁晚晴。

沈蓉鑑

字瀛岫，號南村，金山人。諸生。著《南村詩鈔》。

與徐瀛舫郊外散步

郊外楓林一徑開，閒來攜伴踏城隈。正看雁陣排雲出，落葉聲隨小雨來。

邵淮

字遇清，號餐霞，青浦人。諸生。嘗從其叔西樵客遊，入楚粵學幕。著《紀遊草》一卷。以瘵疾卒，年僅三十三。其詩亦梓存《西樵懷舊集》中。

登南嶽放歌

我從江南來，十日渡江口。一葉扁舟萬頃波，亂山無數落我手。兹峰特立天下奇，峭入天半勢厜㕒。攀蘿不用扶青藜，已有犖确紛高低。身未山之半，衣染山上雲。縱步上躡三千丈，直探扶輿靈窟氣氤氲。南雲北夢眼底合，湘波盪胸青衫濕。神瀵濺沫銀龍鳴，俯視下界塵障絶。震淡淡兮烘雲，風飄飄兮吹樹。瓊漿石髓不可遇，但聞哀猿離獸遠自風煙落日之中去。酒酣高叫屈與宋，一代才華付塵夢。風流長此不可追，青山終古自迎送。試心石與半雲峰，殘碑贔屓蒼苔封。我來憑眺卧長松，一聲清嘯答山鬼，舉頭惟見山月流寒空。

秋日感懷

晴氣藹平楚，清空蔭碧槐。江風捲霧去，山色抱雲來。小鳥親人慣，幽花向客開。聊如蝸負殼，守拙半弓苔。

戊子立春

忍對辛盤宴又開，十年蹤迹困蒿萊。夢如曉月無痕去，愁比春風有信來。雨氣暗隨蕭寺磬，雪花低鎖野塘梅。故園兄弟知無恙，此夜吟殘白墮杯。

桂林竹枝詞

二月濃煙障碧紗，劉仙空洞焙新茶。催歸剛報春將盡，門外家家荳蔻花。

碧隴參差合老槐，新秧耕婦帶雲栽。鴉頭十五都長大，不束蠻裙上市來。

曲岸人家款竹扉，半弓煙雨藥苗肥。木棉花樹漫山合，山鳥一雙相背飛。

居人禮數宜敦樸，太古遺風似此鄉。送得檳榔紅顆顆，小姑已許嫁彭郎。

張大坤

字安吉，號晴峰，華亭人。莊懿裔。辛巳諸生。著《雨餘樓詩鈔》。

即目

瓣香息機緣，居然成野衲。微睇蒼煙中，孤螢冷閒闔。

北郭晚步

犖确何嫌放步難，隔谿魚尾晚霞殘。荻花楓葉秋如許，一路青山送暮寒。

張孝力

字文山，號毅菴，華亭人。諸生。爲沈學子壻，追隨吟侶，許爲詩才清麗。後其兄蒙川守南雄時，留佐署中數載。歸後卒。著《守拙齋存稿》。

詩話：文山爲東海九世孫，其家取「汝宏其德，以安世澤，忠孝崇文，雲仍是則」十六字爲命名之次，自來世業書香，每代必有二三人獲科甲者。今以文山子崇懿且輯其一家詩，自東海汝字起，至文山孝字止，共十世，得九十一人。亦可見世澤勿替，較諸王氏七葉之人人有集者，殆又過之云。

落燈後一夕集外父瓜牛廬分韻得介字

梅蕊禁春寒，東風凍未解。淫雨苦連綿，春水盈溝澮。小飲立高齋，末座厠賓介。同志四五人，風味俱瀟灑。實爵起獻酬，揮麈共清話。述古尚皇墳，扶衰斥隱怪。直探風雅源，娓娓溯宗派。敢忘蛾術心，日月期征邁。頓使蓬心開，一豁塵襟隘。

珠江夜月

小艇衝煙去，無端愴客情。櫓摇江月碎，雲截暮山平。有酒殘樽淺，無風細葛輕。客心隨逝水，與世更無争。

何國炎

字坤元，號二白，奉賢人。鄉賢汝閾五世孫。諸生。由莊行徙居白龍潭上。家貧，落拓，愛書史，日以鈔撮爲事。一子三樹已入學。中暑卒。坤元得偏枯疾，依寡媳，猶不廢吟咏云。所著《玉簡堂集》四卷。

題一泉山人畫梅

横雲老僧學懷素，神龍夭矯興雲霧。有時放筆畫梅花，柔條强榦何觰沙。紛披歧出之貌。揮灑鈎剔不停手，長箋短幅家家有。離合向背交枝柯，凛凛寒氣侵肌膚。不須經意臂指應，攪翻墨汁池爲罄。無殊張璪昔畫松，雙管並下分枯濃。上人書畫兩奇絶，一去年年蹋燕雪。

山中蚕歸

雞聲驚客夢，侵曉發山莊。踏破橋邊月，吟殘袖上霜。江雲開曙色，林鳥弄晴光。指點前村裏，依稀是草堂。

坐雨

連朝雲潑墨，雨脚趁風斜。三月春如水，伊人天一涯。那堪驚别夢，况復惜殘花。寄語老桑苧，松窗好鬭茶。

咏史

海濱竊負事雖虚，天下由來敝屣如。怪底分羹爲謾語，上皇幾作釜中魚。

何須强語作賢人，大位偏宜斷袖臣。張放韓嫣誰得似，自當早奉屬車塵。

遮莫故人頒鳳誥，其如男子戀羊裘。伏波得罪司徒死，何似江干弄釣鈎。
悖出當爲悖入哀，休憎奴輩利吾財。幸留一斛明珠在，含笑相攜到夜臺。
晉家再造恃長沙，九錫三公屬舊家。聞殺柴桑陶處士，東籬日日醉黄花。
處人骨肉最疑難，調護三朝父子安。兩出衡山迴造化，莫將衣白等閒看。
膽識直將燒佛骨，精神兼可格豚魚。昌黎抱負難埋没，不惜三投宰相書。
陳橋返旆攘遺孤，難仗韓通隻手扶。妻不成喪兒自殺，好還天道肯模糊。
鏖糟鄙俚叔孫通，輕薄曾傳蘇長公。何况紛紛聾聵者，立朝争得有心同。
商君變法治嬴秦，介甫師之法一新。宋室規模初不改，可憐鄭俠畫中人。

何文遇

字渭招，號樸菴，金山人。諸生。品行端正，學問淵深。著有《樸香齋詩集》。

憶遠曲用高青丘韵

客帆一挂秋風起，南浦相看隔千里。江樓水榭認當壚，蒼黄驛路聽嗁鴂。遨遊遍迹紅塵道，飽看他鄉景色好。閨中望斷郎未歸，殘鐙獨照淚沾衣。離愁無那憑枚卜，客途何故羈郎足。歸期杳杳遠奔波，閱歷關山風雨多。人生鬢髮容易白，勸郎莫作江湖客。

曹錫璜

字伯熊，號書圃，上海人。附生，例監，四庫館謄録，山東布政司經歷。著《杏花春雨樓稿》。

雨宿欒城縣

鎮陽久無雨，春暮麥乍抽。青青才寸許，擾擾農人憂。千村集男女，雨師舁街頭。柳圈各戴首，鉦鼓鳴道周。我行欒城道，日匿陰雲稠。疾雷催急雨，溝澮俄交流。敝車席爲蓋，傾注如綴旒。近郭有古舍，襆被聊相投。僕夫怨勞勩，我意殊悠悠。豐年既可望，行旅何所尤。隔牆有嘉樹，緑意臨窗幽。坐來恰相對，歷亂風修修。入夜月上黑，明日知晴不。且復掩關卧，鄰家聞借牛。

八月十六夜枕上聞雨

孤鐙焰影雙魂語，梧桐窗底鬧秋雨。紅欄漠漠寒香開，水晶弔影空徘徊。昨宵秋露濕苔蘚，太清萬里無纖埃。自吹短笛訴明月，零落秋風一身骨。玉女披衣素女愁，淚落瀾翻海波竭。芙蓉雙槳迴江汀，銀河微茫掩衆星。兔臼擣成不死葯，試問萬古誰長生。金雞不鳴天不曉，閒愁如雲夢草草。

新秋夜

一螢風外落，簾幙静無人。涼自高樓得，秋從此夜新。長貧惟鍵户，多病且閒身。誰與清江上，沿流採白蘋。

嵐州即事

疊嶂迴峰客路賒，萬山深處有人家。柴門早閉因防虎，四月將殘未見花。撲帽狂沙連朔漠，經春寒雪滿蘆芽。馬蹏又入樓煩道，怕聽清猿雜暮笳。

顧　松

字鶴巢，青浦人。諸生。著《吟壑抄存》。

對影

死生不相間，附我却何因。本是夢中夢，而分身外身。

贈别

寒雲澹青山，落葉紛古渡。莽莽林薄間，帆影荒江路。故人勸加餐，遊子慎行路。夕陽下平蕪，愁思煙中樹。

林如璋

字宗孟，號吟秋，本姓趙，青浦人。諸生。少耽吟咏，尤愛《玉臺》、《香奩》等體，年未三十卒。有詩一卷。

春莫有感

憔悴東君幾度秋，紅稀緑暗懶登樓。西塘夢斷三更月，南浦魂消一葉舟。鶯老珠江春欲去，花殘金谷恨長留。遥知薄病窗紗下，爲我相思晚更愁。

春遊雜感

棗花簾底漾文魚，春到江南二月餘。正是尋芳風月好，玉樓人倦午晴初。

柳𩌏鶯嬌色色妍，馬嘶金埒杏花天。東風莫道無情緒，惹得晴絲裊翠煙。

柔波曲曲板橋通，一帶紅欄入望中。眼底春光看不了，最銷魂是落花風。

半篙新水漲魚鱗，陌上緗桃占盡春。折得一枝紅欲語，眼中花是意中人。

王　陶

字孟公，華亭人。癸未諸生。與吴陶宰、楊柳汀唱和。著《聽雨篷蓽圃詩稿》及《吉羊館詩餘》。

詩話：孟公居東郊三里汀，爲明初管長史訥舊里。《蚓竅集》所云「我家三里汀前住」是也。孟公流連桑梓，慨慕芏蘅，其詩集自署「三里汀」，頗有景仰之意，而長史詩清新優柔，春容疎達，品與袁景文相似。孟公則好生僻，與長史恰不相似。又其家藏長史集，嘗欲付梓，余曾有詩促之，諸同人俱屬和，顧以大暮旋及，所志未酬。

戊申首春作

是日同赤霞元之訪獨樹主人，遂涉賢遊涇，弔袁海叟墓。顧見平疇曲水，野屋數家，頗饒閒蒨，若營一墅於兹，便堪送老。作詩記之，是亦一時興到之語爾。

早春作清遊，拖屐逐兩生。城東訪老友，迤邐賢遊涇。涇南曲水莊，淡淹揺初晴。臨流一浣濯，顧望高人塋。野屋八九間，竹挺梅花横。略彴斷塵市，宛在僊源靈。借問何家居，寂寥無姓名。我曹亦海客，興到偏多情。如得千金裝，便築三休亭。不見東海鰻，圖畫留閒評。人生適志耳，無處無蓬瀛。與其駕車出，何如買山耕。兩生顧而笑，君言良可聽。往請獨樹翁，證此息壤盟。

咒桃圖

三里汀前桃花渚，記室當年吟詩處。我家小樣春水船，仿佛茅堂夢中路。年年二月汀風生，紅到人間有情樹。菰蘆才人白鳳皇，别搆仙源種花住。闖堂有客寓此圖，傳語殷勤屬題句。因思屑我黄金泥，爲君和花萬杵合生塑。又思濯我青瑶罌，爲君釀花千日熟酒酤。不然積以千花塔，智月玲瓏慧燈布。不然縛以百花節，虹橋遊戲霧窗駐。幅間名手兩布衣，翁石瓠、吴玉田。滴粉搓酥照縑素。我今風動舌不廉，擇言往往失故步。何當坐守折脚鐺，爛煮桃花作飯哺。

贈退谷作退谷舊收坡翁書《烟江疊嶂圖》詩，自詡墨寶。近又獲晉卿此畫，似非近代老祠堂摹本，後有子昂所書蘇詩，可云一時三絕也，屬題此詩。

老生有眼不肯瞎，讀畫評書俊如鶻。囊錢日投故紙堆，白癡拚落市兒黠。自收長公題畫詩，盈箱壓架誇恢奇。人心最苦不知足，夢想寶繪徒嗟咨。朝興喜氣滿大宅，冷攤意外獲聯璧。上又初訝王郎名，展尾并忻魏公蹟。漁舟葉葉鼓枻前，煙耶雲耶渺無邊。持來黏合髯翁篇，但見千疊山，百道泉，小橋野店行人翩。大抵浮空積翠江吞天，快哉頓還我舊觀。特運媧工塞其摩抄又論魏公筆，補寫此詩必有説。知公見畫未見書，黨人名字曾删除。特運媧工塞其缺，也應放筆一快活。何意東皋三絶成，煙雲結個歲寒盟。還當酹以金蕉葉，倩取春鶯囀一聲。

荒村

葦閒經信宿，地僻晝關門。燕燕三家市，牛牛百步村。有年隨草本，無字長兒孫。破傘遮頭客，相過卜夜論。「牛牛」，見張籍詩。

顧正誼墓熙園萬米峰。乾隆庚子南巡，浙商購往安置杭州行宫。

叱叱牛犂處，衰翁述舊聞。斥多田助役，無滴酒澆墳。白洫春流上，黄茅野火焚。壞坊高義字，挂漏一家文。高義坊在熙園前，《華亭新志》不收坊墓。

丙申初春移家汀西

西畽移家得放閒，桃花繞渚水彎彎。面堂雨洗千科竹，背郭雲增幾尺山。求藥豈應逃海上，數錢惟計入河閒。筆牀茶具還粗了，吾欲相從買白鷴。

邨鼓迎神報歲和，雞豚冷局等閒過。醉鄉天許成名易，吟社僧誇得雋多。柳已生孫交舊蔭，禽能將子出高窠。從今大有輕軒奉，傳語流光一返戈。

笙園招退谷子白笛泉雲樵小集

小樣《西園雅集圖》，團頭促膝捋髭鬚。不能痛飲非才子，直許高歌到老夫。夜未試鐙挨月早，天方釀雪惜花臞。何當借夢留人住，馬滑平拚翠袖扶。

復雨即事

遶郭谿光上蓽門，蒼厓有屋向東屯。例難肉食容何墨，天判書淫眼未昏。五步伏尸蟻子怒，一丸封穴蜾蠃尊。新詩那許論朝士，乞我黃藤老瓦盆。

春行蟠龍塘上見籬落野花頗艷野人云木瓜也

板橋直路兩三家，春漲當門一道斜。緑荔圍牆茅舍小，夕陽紅到木瓜花。

莊景濂

字玉川，號蓮谷，婁縣人。諸生。所著有《嶺南遊草》。

歸次燕子磯

征人萬里唱刀環，帆卸磯頭水一灣。遠夢尚驚彭蠡浪，舊遊重看秣陵山。寥寥旅况誰青眼，僕僕長途愧白鷴。最是他鄉人易老，到家應訝鬢毛斑。

粤中風景

番人黑白到洋船，怕煞冬來冷瘴天。遊遍十三行畔路，市中齊數鬼頭錢。番鬼有黑白二種，畏冷，冬寒呼爲冷瘴。洋錢有人頭者像鬼子，故謂鬼頭錢。

阿姑辮髪尚鏤纓，兩槳如飛沙面迎。送得趕墟人去後，五仙門外月初明。蛋女披髪覆額，名「鏤纓」。

朱雲梯

字寶蟾，號月航，金山人。諸生，歲貢。雲梯家無宿儲，而勇于爲義，與同姓生紱善，紱没，無子，妻又繼死，遺二女，無歸，乃爲鳩葬其夫婦，攜二女歸，嫁之。後猝以喪長子之痛，不久遽殞。所著詩集則其次君少華，攜在行篋。未得，僅將昔所贈余之《孔雀記題詞》録存，以見一斑。

姜鏝傭孔雀記傳奇集唐

一時傳喜到妝臺，遂使驚飛往復迴。孔雀自憐金翠尾，雙含雲氣暫徘徊。

樂府皆傳漢國辭，窗前空展共飛詩。因思往事成惆悵，欲咏無才是所悲。
馬頭對哭各東西，未可匆匆便解攜。最是一聲腸斷處，廬江小吏仲卿妻。
廬江小吏朱斑輪，不擬教人哭此身。爾母溺情連夜哭，此身何用處人倫。
歎被泥埋澗底沈，此身豈負百年心。門前便是仙山路，白日屏幃還重尋。
日映西陵松柏枝，城頭太守夜看時。夜深醒後愁還在，不盡龍鸞誓死期。
絶藝如君天下少，空令懷古意徘徊。旋翻曲譜聲初别，消得向前冤恨來。
幾千年後轉清氛，賦咏思齊鄭廣文。萬里更求新孔雀，要看摇颺在青雲。

馬德淵

字元量，號筠莊，金山人。諸生。能詩，著《香閒軒詩鈔》。

秋興

占得潛龍初九爻，一椽小築信天巢。何須班固酬賓戲，却怪楊雄解客嘲。處世無心分醉醒，懷人有句費推敲。紙窗鐙火淒涼夜，愁絶秋聲到枕凹。

鈕　淳

字愚堂，上海人。諸生。

丁酉秋仲遊師子林

幼輿志丘壑，意在得所適。平生尠出門，苦未暢遊屐。拽篷白下歸，舟泊吴閶驛。潁川賢主人，開樽召狂客。要我師林遊，快遂煙霞癖。良朋助勝情，曲折穿繡陌。秋風既颯爽，秋桂亦分積。此中有真趣，工巧非塗澤。迴廊面方池，浮梁鋪金舄。凝眸一盼睞，塵鞅盡冰釋。犖确插嶙峋，嶔巇聳崱屴。鶻落倚危峰，兔起撲絶壁。矯若挂龍尾，削若蹲鶴脊。形盤怒虎卧，勢矗駿馬勃。拱立或如人，頽然秃簪幘。萬狀殊難名，一一矜標格。嘉樹鬱奇姿，槎枒矯松柏。根老石稜包，枝垂瀑布滴。廊腰轉東來，妙境又奇闢。亭軒何窈窕，上下競叱嚇。攀緣陟高岡，飄忽墮巖隙。欹側探洞穴，一線復偪仄。如蟻穿九曲，長人尤跼蹐。傴僂笑侏儒，竄跳輕鼠鼫。嵌空以玲瓏，懸崖路險窄。回望西垣隅，秋篁静寒碧。人巧一至此，功奪造化迹。好事謂鬼工，令我發粲劇。耳熟師林久，峆岈覩突兀。如何在肆廛，乃有此秀特。别具物外情，心遠地自僻。炳燿焕宸翰，山靈倍生色。坡公説仇池，嗜好任取擇。平泉誇真奇，今已成沙礫。天平雖神峻，此妙間咫尺。倘逢顛米來，吁拜肅袍笏。卓哉雲林子，高名思無斁。古人不見我，怡緬訂莫逆。重遊謁金門，楓落期先刻。何以寫相思，一往情脈脈。

姚蘭泉

字栽亭，號秋塘，南匯人，居周浦。廩貢。有《秋堂詩草》。蓋自乙未入蜀，客遊三載，徧歷川南北，得詩二卷。己亥冬卒。馮墨香謂其「筆墨淋漓，波瀾壯闊，得江山之助，爲不淺云」。

金雞關

金鳳横縣北，金雞環縣東。兩山各分翅，勢欲啄蔡蒙。自入雅安路，略與雲棧同。登頓歷高下，氣候值蘊隆。關前一結束，崖削摩晴空。接葉暗灰逕，奔流阻長虹。禽言易得巧，馬步難爲工。戍卒盡出塞，一夫守有功。折臂詎非幸，莫漫嗤新豐。持以當玉門，早晚歸兵戎。

大茅峽

石尾露孤青，水心漾深碧。輕舟放溜遲，寒風打頭逆。微聞酒香來，小艇喚行客。欲泊未泊時，仰見千仞壁。逕踏雨後沙，言訪雲中宅。洞門結玲瓏，梯躡傅兩翼。上層豁然開，憑闌縱遠覿。疊崿互蔽虧，連檣走絡繹。峰頂蒼鷹盤，巖腰黄葛蝕。啞羊扶竹鳩，怖鴿依金狄。長年瓜蔓浮，篙師慘顔色。不待巫峽驚，波瀾蕩魂魄。

兩關山

小關山，大關山，山容齾齾水潺潺。槎枒百尺蔽圭臬，魍魎九鼎遺神姦。盤紆蛇徑怯壯趾，寥落雁户攢羸顔。籃輿忽聞縴夫語，如船上水争邪許。涼蟬爲我送秋暑，白露冷兮清風舉。不惜苧衣寒，愛將雲霧看。雲消霧滅分層巒，陵虚縹縹生羽翰。危乎高哉坐三歎，兩關山，行路難。

登嘉州城樓望峨眉山

岷嶓蔡蒙登《禹貢》，誰摭星宿遺娥羲。有山峨峨逼閶闔，一雙對峙如蛾眉。美人娟娟不可即，秀絶雲際横參差。金鎞刮膜一憑眺，龜龍犀鳳諸峰隨。大峨蔽陽景，中峨半糿之，小峨雖遞減，猶被罡風吹。八十四盤通帝座，猱升蛇退誰能窺。琪花瑶草珍禽怪獸到眼若箝口，何况合離遠近涉想而懷疑。仙子呼欲出，狂客歌莫知。竺國形象徧震旦，自西徂東首莅兹。布金卓錫宏梵宇，粥魚茶版容禪師。雷爲鐘鼓助鏜鞳，電作燈炬明琉璃。雪如堅玉積寒暑，冰或雜米耐蒸炊。佛光湧現暈五色，浮空惝恍罕定姿。天孫織機飈錦彩，女皇鍊冶騰石脂。我聞五岳多異境，兜羅綿裹紛葳蕤。逝將裹糧擴奢願，匡廬羅浮武彝黄海各探靈奇，勿使矯首頓足徒付管與蠡。不然巾箱徧繪真形垂，剖却芥子藏須彌。

升菴前復添緑萼一株和榕巢觀察作

絳衣偏仄練裳舉，兩梅肩隨如静女。緑萼後至三相參，新知何莫非舊侣。花紅萼亦紅，花白萼不同。紅萼扶瓣仍碧玉，緑萼坼蕊忽青葱。遠疑含緑近却白，近乃甚澹遠始濃。羅浮月落夢初醒，翠羽飛來弄清影。合伴仙姝蕚緑華，鬟容薄薄春衫冷。種梅畫梅還吟梅，筠廊虚敞歌徘徊。昔未曾有今已衆，騷經補缺直使笑口靈均開。

鴻門

一劍向季揮，一劍還翼季。一劍怒不平，玉斗碎在地。壯哉樊將軍，彘肩巵酒氣如雲。危哉張子房，出告警入謝楚王。楚王東歸志已决，遂與戲西成永訣。群策既懲群力乖，亞父那能敵三傑。鴻門閉，鴻溝開。霸上有喜垓下哀，新豐故老猶話項伯來。

甘后墓

香魂來玉几，應見墮龍髯。遺褓長黄乳，封墳照白鹽。吴磯靈孰倚，陽坂魄曾淹。繐帳非綃帳，淒凉泛夜蟾。

灩澦堆

自爾插江底，無人無戒心。鼉靈遺一鑿，蛟沫上千尋。沾泪幾時歇，行雲何處深。我來輕象馬，三度驗浮沈。

登雅州城樓次杜凝臺觀察韵

危譙突兀上青雯，漢甸蠻鄉表裏分。山勢繚垣排巨鎮，江聲駭弩沃斜曛。秋防柳色先侵雪，春貢茶香尚帶雲。父老謾驚烽燧舉，兩階千羽亦行軍。

重慶

蒼蒼山館亂猿嘑，巴蔓君臣宿草犁。一櫂秋煙明月峽，雙柑春日海棠谿。浮雲關塞迷江北，落木心情下瀼西。猶記唐宮新樂府，荔支香裏籥霜蹏。

夔州咏古

誰告成家十二期，縱横躍馬獨登陴。空倉雀起終年耗，深井蛙沈有客窺。漫喜隗囂收北面，即看吴漢下西師。畢逋烏尾荒闉曙，那見群朝柏柱時。

雄圖辛苦逢屯數，東下寧由孝直亡。千里猇亭空轉戰，一官魚浦兀相望。同仇誼豈遺兄弟，顧命言如古帝王。玉殿虚無萊莽合，衹今膠序有輝光。永安宫趾，即夔州府學。

神機豈肯示桓公，方陣平開制不同。亂疊八行魚武鎮，怒濤一罅虎鬚通。堂堂未敢穿吴艦，磊磊還教傍漢宫。蹋磧人歸城隱暮，尚聞石鼓鼓長風。

蒼涼身世遷流晚，渾漫詩篇飄泊多。刈稻客從巫峽下，薦蘋我以浣谿過。老辭供奉心猶壯，刬轉昆明迹未磨。欲向生平論哀怨，蘭成臺榭屈原沱。

孫震川

字珠淵，號心泉，青浦人。諸生。著《澹吟小草》《讀史雜咏》。青浦孫氏隱君逸後裔。震川詩，其叔茂園先生郵示，存之。

血映石

望夫石，石不轉兮堅似鐵。血映石，石可轉兮血不滅。明季王師起，黄公甘致死。夫殉國，妻殉夫，忠肝義膽在青史，至今一片斑斑血。血痕直與日月共争光，照耀湘江之竹森森節。我來見之欲下拜，想見英風凛凛女中傑，應入千秋廟祀列。

午睡

世味老來淡，衹餘睡味濃。寸心歸静穆，萬事付疎慵。樹密蟬聲曳，簾斜日影重。小年容易過，何事漫攜笻。

病後

秋來岑寂愛村莊，客館微痾正不妨。隨意繙書開老眼，有時得句出枯腸。疎慵晝後方欹枕，潦倒鐙前漫舉觴。却信六淫我未感，底須藥裹覓醫方。

朱清榮

字紹元，號祖洲，南匯人。癸未諸生，歲貢。有《祖洲吟稿》。

題樂水軒

石池澹秋影，蕭然兩叢竹。獨鳥忽飛來，白雲蕩空曲。竟日不逢人，涼風吹野菊。

常春廬雨中即事

欄外空濛雨，松寮鎮日陰。碧池春漲合，紫竹晚煙深。泛覽高人傳，緬懷作者林。逌然殊自得，庭樹語歸禽。

蔡文鈺

字書樵，號夢華，南匯人，居川沙。癸未廩生。著《夢墨草堂詩鈔》。

書楊鐵崖集後

放翁不作遺山死，邵菴先生嗟已矣。鐵崖一笛破空來，石裂雲崩驚俗耳。會稽地拔浙海東，連波激浪迴魚龍。翁時晞髮鐵崖頂，坐覺雲海澄心胸。萬卷樓深閱五載，《麗則遺音》歎空在。功名奔走五湖間，困頓獨應歌小海。蒲桃緑漲浮仙舟，青童玉女坐兩頭。柁樓醉卧弄鐵笛，青天倒入杯中流。却思小日逢春色，轉眼傷春頭已白。益裝賣馬志何高，零落天涯長作客。柱頰樓前蔓草荒，小蓬臺畔日初長。錦繡詩篇爛天地，樓臺千載空相望。後生懷古增幽怨，裂月撑雲魂欲斷。直當轟醉泖湖濱，唤起笛仙吹夜半。

陸魯望宅次述山韵

下田蕭瑟野禽呼，招隱當年寄碧蕪。三徑高風留杞菊，半塘寒水冒菰蒲。盟鷗信杳煙生艇，鬬鴨闌荒月滿湖。猶憶松陵詩句好，秋來攜酒薦銀鱸。

楊大春

字士補，號青冶，南匯人。諸生。著有《青冶詩稿》。

夢遊三山歌

我聞三神山，乃在大壑中。虛無縹緲可望不可即。縱有峨舸大艦無由通。昨夜我忽夢，夢度扶桑東。往來頃刻倏萬里，兩腋御以泠泠風。忽然竦身入雲氣，手攬日月攀長虹。道逢盧敖遊汗漫，引我宛至蓬萊峰。蓬萊宮闕簇金碧，空中照耀光熊熊。群仙出没了可睹，一一緑髮方青瞳。得非赤松子，無乃青羊公。投壺玉女顧我笑，笑我飄泊如秋鴻。五年塵土在腸胃，三斗柴棘堆心胸。金丹不餌良可惜，擾擾人世真沙蟲。是時日脚直射波神宫，笑看碧海翻霞紅，白雲一點摩青銅。須臾剛風獵獵起天外，怒濤萬丈奔魚龍。覺來恒沙閱千劫，雲煙過眼徒忽忽。啞然一笑復何有，海山兜率終虛空。世間萬事莫非夢，昨夢今醒將毋同。人生行樂須快意，豈作三日新婦闗房櫳。我將鑿穴而隱師臺佟，不然青鞵布襪踏遍青芙蓉。安能效向平，猶待婚嫁終。終日戚戚思慮成衰翁，雖有五嶽誰能窮。

淡巴菰歌

有手不執鐵如意，有手不捉玉麈尾。但握湘筠吸縷雲，絶似茗柯有實理。心火豈因外火然，青霞一口嚼芳鮮。胸中柴棘久化盡，煖氣習習歸丹田。此中空洞千卷儲，淡巴菰妙同於書。頻頻入口了無得，繼乃至味來徐徐。乾坤清氣入胸臆，吐納萬象供卷舒。詩魔暗嬲睡魔攪，藉此兼以書驅除。其餘人嗜我非嗜，那識瘡痂如鰒魚。

夢游集玉溪絶句

寒塘好與月相依，珠箔飄鐙獨自歸。惟有夢中相近分，夢中來數覺來稀。

豈得真珠始是車，不教容易損年華。年華若到經風雨，笑倚墻邊梅樹花。

國朝松江詩鈔卷五十一

鄉人姜兆翀羆山録
潘　鑑朗巖閲

朱　紱

字子美，初晴曾孫，華亭人。乙酉廩生。子美與予同入學，家貧而讀書自好。後年逾五十，遽卒，且無子，初晴先生之嗣竟斬矣。搜得二章，爲之忏悒。

謝姚明府友硯 序：丙申冬十月，明府以舊所購余曾大父手録詩稿見歸，捧讀之下，不勝泫然。紱曾大父著作極富，遺失滋多。今叨收拾叢殘，俾還手澤，存没均感，政復何如！稿中有《挽沈潛夫詩》云「老成凋謝誰仝惜，遺稿飄零始憾貧」二語。以曾大父詩文傳且五世，曾不獲表章以壽諸梓，飄零之慨，豈非讖與？而明府之嘉惠至矣！因賦以志謝云。

霜風颯淒淒，木葉飛蔌蔌。造化示屈伸，時運有剥復。高人來名園，出示詩一束。云汝曾祖著，精靈想棲宿。自從數年前，得之市頭鬻。今以還故主，豈敢秘私簏。展視乍傷神，哽咽未能讀。鄭重感君意，令我慚似續。吾祖昔生前，牖下苦局促。十上迄不遇，一官終苜蓿。著書數萬言，聊以當歌哭。伏惟先人意，乃貽後人穀。嗟嗟余之生，門單更丁獨。賦命何伶俜，自小幾顛覆。初識六七時，先子痛無禄。大父時在堂，紹述頻諄勗。余自知讀書，黽勉入鄰塾。更奉慈訓嚴，寒燈共機軸。忽忽二十年，日月似轉轂。蹉跎學無成，老大尚雌伏。欲銘先祖美，何以能表暴。况又抱殘缺，未能盡編録。蒙君念後昆，遺我逾金玉。從今鶴墅堂，庶幾殘本足。敬爲曾祖謝，如枯骨生肉。小子荷高誼，銜結在衷曲。安得待他年，并以壽棗木。作詩以爲志，眼淚盈一掬。

七松草堂即事 高碣黄太史瀛山築，其婿戴殿撰讀書其中。後歸程王臣，又歸李秉良。

五畝村莊占水濱，數椽小築亦堪欣。風來酒旆飛牆過，月上漁歌隔浦聞。清籟入松常似嘯，遠山横閣半疑雲。悠然識得逍遥處，鵬鷃相安盡作群。

王士琳

字元瑞，號少海，婁縣人，居青松石。諸生。自幼耽詩，又工于藻繪，試詩賦輒高等。年二十九卒，其妻瞿氏後挈其子歸天馬山。

雷别駕松舟集

藝苑風騷伯，翛然鸞鳳音。泖峰推吏隱，湖海訂交深。綵筆千秋業，冰壺一片心。倘容攜酒過，吟嘯落松陰。

題吳蒿田課孫圖

屈指君年四十强，弱孫已上讀書堂。與君笑指簷前竹，坐看陵霄百尺長。

王錫康

字衢平，奉賢人。諸生。工詩，劉諸城學使賞識之，俾應召試，以家貧不任行李而罷。後以病卒，無後，亦無詩稿，惟存試作若干首云。

恭和御製靈巖雜咏疊沈德潛韻

館娃宫

館娃貯西施，日夕酣鼓舞。鴟夷五湖遊，艷骨成麝土。英靈自來往，日暮托芳杜。色藝倘絶倫，自足冠今古。

琴臺

白石浄拂拭，孤琴響悠然。清風灑六合，餘韻誇千年。山色撲空翠，澗水流潺湲。銀宇挂冰輪，高臺人未眠。

響屧廊

山腰築迴廊，地勢得寬敞。春風躡利屣，步步瑽琤響。甲楯五千來，勝境蕪榛莽。官刑警淫風，古訓式曩往。

采香逕

不復畏艱苦，夙夜行多露。三五二八年，懿筐愜心素。北山界長川，南山暗重霧。攜手笑語歡，徘徊日將暮。

姜汝温

字廷球，奉賢人。廩生。

秋夜泛舟擬温飛卿池塘七夕次原韵

星移銀漢露横秋，懶上人間乞巧樓。隔浦遥憐波似鏡，滿船空對月如鈎。仙橋有路通烏鵲，碧落何人問女牛。依約笙歌空外繞，池塘燈火記清游。

季常春

字壽先，號東江，婁縣人。諸生。有《芰谿吟草》。

《漱芳齋詩話》：東江爲余張姑夫綬廷師高足，幼時即知其能詩，今亦不得其集。卒後家極窶貧，其夫人某氏設帳授蒙訓誨，甚至兼講制藝，出門而即遊庠者甚衆，此亦女師之可傳者。

揚州懷古

劇憐隋主氣空豪，今日來遊首重搔。樹外人家瓜步鎮，江邊秋色廣陵濤。迢遥板渚餘青柳，寂寞雷塘長野蒿。二十四橋憑弔處，一灣明月下城濠。

江樓春望

迢迢紫陌暖煙浮，水面輕風皺碧流。如酒春光晴更好，畫簾半捲倚江樓。

焦起漢

字蓮塘，號樸菴，金山人。諸生。詩集被盜失去，其子晉録示，存之。

贈程秋崖

不見山人動經月，何時樽酒共高歌。黄花冷落愁穨節，紅蓼飄殘感逝波。與我素心非易得，望君穿眼幾時過。吟來詩句殊難定，爲正推敲意若何。

王坤培

字元載，號梅嶼，上海人。附貢生。

獨處

獨處忽不懌，酌酒臨前除。寒月鑑虚牖，朔風吹周廬。四序相代謝，奄忽復歲除。壯志獨無就，戚戚增嗟吁。我有同懷友，意氣耀里閭。匪伊富貴羨，樗散不可居。終焉束蹇足，躑躅溷樵漁。

絶句

蓬鬢依然絶世姿，敢將新様畫蛾眉。鴛鴦欲繡偏難繡，腸斷回針欲刺時。

曹洪鐸

字聲招，上海人。諸生。

舟行

横林渺渺夜生煙，野水茫茫遠拍天。菱唱一聲驚夢斷，始知人在釣魚船。

姚伯鳳

字陶章，南匯人。諸生。

藝菊

折腰此不惜，灌水好扶持。他日風霜裏，白衣送酒時。

諸自穀

字貽孫，號固堂。青浦人。廩生，丁酉拔貢，官寧國縣訓導，遷浙江義烏縣知縣。著《固堂詩稿》。王蘭泉司寇曰：「清疎朗映，詩格在香山、眉山間。」

石磬靈璧産也容溪以贈鏡堂既各有詩矣鏡堂復作五古并再三疊韵援據攷核致極精確因次韵和之

泗濱出浮磬，《禹貢》重講繹。成器然後入，所以不言石。宫懸珍廟廊，先王著流澤。華原後世混，用舍致歎惜。后夔掌擊拊，此尚留其迹。立辨取諸介，審音傾瀝液。絲竹縱滿堂，一響振喧咋。王通家淮南，土産列拱璧。憶往攜贈我，雲根駭開闢。嘉惠等百朋，法物識華碩。造作本神明，安用攷圖籍。舊製式有三，總同金磬擲。自愧瓦釜鳴，未敢污青碧。强鄰千里來，寓居連巷陌。一見訂石交，詩筒時供役。制度探本原，齹蹇備抉摘。往復不憚勞，攷核麗典册。堂上發清越，寧止布工尺。即今定雅樂，朝廷設壇席。一朝登天府，精英凝地脈。律吕自相生，何異通肝膈。洞天石一品，非效米老癖。鐘鏞既在御，戛擊並無斁。泠泠《韶濩》音，悠然見古昔。欽其寶莫名，珍重永朝夕。

題蘇文暉虚谷圖名廷煜，蒙城人，官無爲州訓導。工書畫，其指頭畫竹尤佳。

大虚斯能受，唯虚乃善入。君子虚乎中，其理無不實，虚之時義大矣哉，若谷爲懷非可及。況是先生善畫竹，習習清風指尖疾。解説虚心亦我師，淋漓不惜金壺汁。偶然一拳倚琅玕，嵌空更欲驅頑質。既虚而虚神妙生，不虚之虚超曠出。谷神不死有真詮，吉祥止止來虚室。淵乎其量渺窺尋，大道無言在守一。後來虚者實之基，賤子敢爲重引述。

海若屬作瞿硎石室四大字鐫山門石壁志焉未逮有詩來促次韵漫答

雲鎖仙蹤已有年，洞開石室悄無邊。翠珉風結藤蘿篆，丹竈煙凝蝌蚪鐫。補壁舊詩纔許續，摩崖古隸敢争先。瞿硎容我留題字，拚損尋山挂杖錢。

李雪濤進士贈詩因次韵走答

一行不作邊陲吏，六載重爲博士師。雪濤由甘肅令請改安慶教授。雄略甲兵猶在腹，從勦回逆，著有《會寧紀事》。高談咳唾尚交頤。莫因小極愁無限，近日患瘧。自見長生福有基。二十二人推領袖，時在使院，同事諸君，雪濤最爲年長。得從壇坫快攀追。

慈兒擬登太白樓而雪融泥濘不得上岸有詩誌憾用其韵示之

不放登臨眼界寬，雪泥蹤迹滯江干。湖山名勝欣初到，詩酒神仙見本難。從此高樓狂客少，若教孤艇睡鄉安。白頭尚可談天寶，供奉聲華在舌端。

周有慶

字咸中，華亭人。釜山先生元孫。丙戌諸生。極聰穎，尤工書法，惜一子早殀，無後。

過廢園作 此余少時同課，見其書扇之作。

池館何年客散回，舞衣零落委莓苔。灌園剩有龍鍾叟，笑指棠梨昨夜開。

戴克嶷

字岵瞻，號吟山，婁縣人。諸生，例監，孝廉駿龐孫。一歲而孤，母俞氏苦節，撫育以至成立。性孝，藉幕遊以供菽水。後以母老不能遠出，屢屢告匱，境極窘窮，要以爲親而屈，亦可諒也。母八十卒，吟山亦屆六十，於病中亟亟葬親訖，不半月，遂卒，想亦九原無憾云。

江上

長夏共君行，蒼江萬里清。山光過雨濕，樹影與雲平。破浪渾忘暑，尋詩不計程。壯遊惟我輩，那惜別離情。時同問莊盛三北上。

葉本

字聲黄，號固菴，奉賢人。諸生。早卒。著《南津萃閣集》。

咏荆卿

壯哉荆卿使秦國，掉頭不顧無難色。羽聲慷慨易水寒，以身投入虎狼域。咸陽宫前獻頭顱，於期之首血模糊。舞陽振慴亦兒子，函中手出督亢圖。圖窮霍霍匕首露，秦王睨視壯士怒。殿上殿下驚不前，此際祖龍汗如注。倉皇負劍劍欲抽，夫人匕首向空投。不中秦王中銅柱，生劫毋乃非良謀。倚柱一笑荆卿死，無復生還報太子。惜哉此事遂不成，嗚呼已死田先生。

秋夜

樹樹落黄葉，寒蛩繞户庭。一聲何處笛，孤客此時聽。小雨仍流月，疎雲欲漏星。夜深知露重，涼氣逼紗幮。

水村

一簇疎籬繞水灣，柴門鎮日鳥關關。無多園地宜栽菊，如此湖光獨少山。清晝客來鄰犬静，夕陽人立柳陰閒。生涯好結沙鷗伴，釣艇漁簑任往還。

題佘山圖

輕勻淡筆寫煙霞，婉孌山光碧樹遮。猶記舊遊逢穀雨，僧房古鼎試新茶。

宋維熊

字渭田，號鹵齋，金山人。諸生。與張琅玡、吴竹谿、賴豫仙、董香蓴輩友善。其論詩，諸人咸韙其説。於唐、宋、元、明詩評隲尤精，而未嘗自作詩，問之，則以不能對焉。

昭君詞 此詞在乾隆五十八年川廣教匪之變，聞已投順，大將福公奏請往撫而作。越數日，果有劫盟失事之報。

一曲琵琶出塞聲，遥天煙月接邊城。君王莫倚妾顔色，便撤龍堆遠戍兵。

鍾桂森

字馥齋，華亭人。丁亥諸生。著《紅蘭草》。

雪曉

密雪撲簾輕，聽殘到幾更。疎櫺風吸紙，破屋月流楹。氣冷水應凍，宵長天未明。誰家陵夜起，杵臼已聞聲。

刁炘

字景炎，奉賢人。諸生。著《玉屏樵子詩草》。

石屋洞

怪石聚山椒，谽谺成空谷。俛視杳冥冥，舉步還瑟縮。言燃辟邪犀，屈曲入山腹。剨豁一線開，巖穴自成屋。佛像嵌玲瓏，金碧耀遊目。旁有古篆文，漫漶不可讀。坐對覺寒生，陰風吹肅肅。出險尋歸途，夕陽下林麓。

支硎山

絶壑松聲滿，臨風上翠微。買山人不見，繞樹鶴常飛。清磬聞高閣，寒泉冷石扉。歸來重回首，靄靄夕煙霏。

李錫勳

字瑞五，婁縣人。諸生。甫十餘齡遊庠，後惜未壯卒。著《蒔花居詩存》。

雨中發申浦

昨迴青谿舟，又鼓黄浦楫。濕雲起前峰，勢向遠天接。不知午潮來，但見浪花疊。疾如萬馬奔，高忽一峰壓。野鷺破煙飛，江豚拜風跕。帆檣行霧中，隱隱小於葉。此中有畫意，志和願未愜。何似打魚人，拔簑掉輕艓。

夜泊

疎燈出東壁，臨水幾柴門。亂犬吠深巷，荒雞嘑遠村。懷人衾獨擁，消夜酒重温。惘惘嗟行役，羈愁不可論。

枕畔鳴鼉急，孤舟欲二更。窺窗殘月小，墮水一星明。獨客方無緒，美人况遠行。他鄉聞《子夜》，多少故園情。時一如入都。

秋暮

落葉紛紛滿四隣，白雲無事獨相親。坐看紅樹不知遠，羞見黄花無數新。自解剎那通佛性，時余注《金剛經》將峻。能將疎懶背時人。物情多與閒相稱，共喜閒來得養神。

絶句

近市苦囂塵，結廬愛寂寞。雙徑客不來，松花自開落。

曉抵金澤

落月輕銜薄霧黄，遠山低罨亂煙蒼。行人繫纜前隄去，十里曉風稻葉香。

吴大復

字翔雲，號竹谿，原名光復，金山人，居張堰。節愍嘉允七世孫。諸生。著《南湖》《南塘》等集，有《秦山竹枝詞》三十六首，爲時所稱。

茸城晚眺

落日城西隅，涼風吹松笠。高樓試一登，縱目可遠及。遥天倚蒼葭，亂流分道接。衰草露豐碑，寒鴉栖古堞。野老指前村，平原已紅葉。歎息内史去，高軌誰跨躡。

蒜山

但覺兹山好，登臨快結群。鶴巢松頂日，人破嶺頭雲。樵斧穿林出，江聲入寺分。貔貅屯十萬，歎息舊曾聞。

潤州

鐵甕雄千古，重來一置身。潮聲併江海，山氣擁金銀。寺説南朝建，兵誇北府神。茫茫人代速，雙鳥去前津。

晚眺

地僻稀行客，天高豁遠畔。山撑霜後骨，雲洗雨邊秋。古樹還藏寺，寒沙欲起鷗。吾懷本蕭瑟，吟眺暫忘愁。

吴山懷古

襄陽雪羽傍晨飛，詔遣勤王舉義旂。宋曆已終淮海運，元師肯撤浙江圍。歌殘燕市臣何恨，血灑厓山帝不歸。空悵冬青無地種，夕陽禾黍故宫非。

大同城上擁旗旌，彰義門前殺氣横。日月全由奸豎蝕，乾坤獨仗老臣撑。南宫復辟心非忍，西市銜冤事有名。遺廟青山存正氣，陽巫指點泣書生。

秦山竹枝詞

吴氏之先名潮者，以助海塘工，先朝以秦山賜之。潮字南崖，遂於山上鑿「南崖洞天」字，今其後人猶稱家山云。

山門金粟絶紅埃，佛閣鐘樓峰頂開。重向超然臺上望，海天風日捲濤來。

十里山塘水色鮮，菱花開處藕花連。輕舟蕩入波心裏，只少吴娃唱采蓮。

落盡紅桃燕子忙，山南山北菜花黄。臺心入市須清早，换得時新白蜆嘗。

列市山前百貨饒，東風村店酒旗招。遊人歸醉春泥滑，扶上山西亭子橋。

朱鳳洲

字邵堂，號南田，南匯人。諸生。著《南田詩草》。

葉恒齋曰：「才氣多而學問博，使事確，造意新。金和玉節，水流雲在，如奏鈞韶，如聞天籟。」

《詩話》：雷松舟嘗摘其佳句云：「落月猶在江，殘星細堪數。」又：「寒塘澹不流，疎星落秋影。」又七律如：「菰葉寒塘荒驛遠，槐花細雨古關秋」，「波濤夜撼雲根動，星斗秋涵水氣寒」。以爲皆可誦。

歸櫂

蘆灘聲淅淅，夢醒江潮上。涼月滿孤篷，搴裳盪秋槳。吴楓湛露寒，楚鴻遏雲響。彼美望已遥，臨風結遐想。

贈華丈紫電梅杖

千年老蛟骨，遺蜕寒巖側。化作香雪枝，稜稜古鐵色。昨逢王方平，山中拾瑶艸。手斧倚霜根，驚看歲華老。斫取一枝春，林泉勝仙馭。翼吾亂山中，孤雲乘風去。攜歸挂艸堂，山魈遁林麓。持贈地行仙，馳驅勝龍竹。

題唐秀章牧牛圖

邯鄲道上車擊轂，軟紅十丈嘗眯目。何如村童雙髻丫，短策驅牛牧空谷。牛頭齕草蹏亍亍，兩角彎環尾禿速。山外夕陽明雨足，山前飛鳥鳴相逐。煙起遥村歸未歸，平岡淺草遠天緑。

題談秋田踏雪尋詩圖

同雲如鐵風如刀，陸無檀車川無艘，千林糢糊懸崖高。何人衝寒跛驢馱，狐裘蒙茸氈笠破，日暮尋詩石梁過。雪深路阻泥污鞍，吟肩陵兢行未安，眼光惝怳前林端。城中張宴豪絲急，金貂四座長鯨吸，華鐙繡幙寒不入。君何爲兮谿山徂，奚奴不從癯影孤，旗亭道遠何處沽。剡谿今無戴安道，藍田未乏襄陽老，想君豈愛王元寶。行行且訪梅花林，林中故人袁安心，三日僵卧猶苦吟。

初夏園居自述

地僻塵喧隔，門前野景多。空林嘑啄木，遠水浴淘河。漁艇輕于斛，茅亭小似螺。濛濛煙雨外，不斷插秧歌。

句容道中望茅山

觸熱行長道，陵晨度故關。鷄聲催夜月，馬首滿秋山。地古人煙聚，時清野戍閒。回看茅嶺鶴，縹緲白雲間。

送黄碧塘遊粵並寄文若

春老谿山草木陰，鳴鞭重賦越鄉吟。梅花路遶盤雲驛，榕葉村嘑向日禽。萬里征衣慈母線，千絲錦字玉人心。登臨漫説蠻山好，回首鄉園路淺深。

張雅宗

字習之，青浦人。夢鼇子。諸生。早卒。著《操縵居詩鈔》。

戊子冬日與從兄應宿從弟子元夜話

鴻雁成行悵各飛，欣看次第理征衣。應宿兄先於去秋歸，子元弟近亦歸里。三年僑寓同鷗泛，千里間關信馬歸。漫引濁醪消積悶，共挑短檠惜清輝。依依相見渾無恙，回首含飴事已非。

雨窗得青字

顛風送雨入疎櫺，簷溜淙淙怕獨聽。水漲小橋浮鴨緑，煙凝遠岫失螺青。苔痕斑駁盈階戺，草色凄迷繞户庭。漠漠愁雲終不散，未容乳燕試疎翎。

何二淳

字文止，號㵎山，一碧子，奉賢人。己丑諸生，壬子恩貢。

平原郵

何處碧雲起，蒼然暮色横。秋風江國早，不到洛陽城。

客邸寄内即疊元韵

來詩云：「纖錦絲絲理舊愁，別來彈指記從頭。非緣兒女貪流淚，親倚門閭妾倚樓。」又寫「山外青山樓外樓」寄贈。

帽影鞭絲繫客愁，匆匆漫唱大刀頭。分明省得狂遊處，山外青山樓外樓。懷中字字記新愁，苦憶門閭倚白頭。偏是西風江路早，晚來吹遍仲宣樓。

石渠

字午橋，原名晉，婁縣人。諸生，更名入監。奇才蹭蹬，作客四方，徧歷秦、晉、梁、宋、吴、楚、黔、滇，到處皆有留題，人争傳頌。著《石田子詩鈔》四卷。梁谿楊芳燦序以爲：「雄深而蒼秀，清峭而纏綿。」洮陽吴鎮序謂：「造物欲昌其詩，而故使之縱覽名山大川，以發洩其藴蓄。窮乃益工，自足千古。」又其幕遊時曾著《律例薈鈔》一百三卷，其板今藏朱生祥占家。

太保山晚眺

暫欲避塵喧，直指城西上。扶笻拾級登，勝具齎屐兩。静境厭俗僧，恣情自來往。忽逢荷薪者，捫蝨搔背癢。頓覺心境閒，尋幽興倍爽。蹬折捫壁蘿，筋力强疇曩。青青澗中松，謖謖濤聲響。空翠落飛簷，夕陽射方丈。明鏡浸玻璃，縹緲陵虚想。俯視萬户煙，嵐氣相盪漾。一鳥掠山飛，識是支公放。欲待明月升，静作清夜賞。兒童倦言歸，餘情增悵怏。

牟珠洞 山下爲響琴峽。

響琴曲未終，盤旋復天上。躑躅半山亭，古洞聊瞻仰。石磴滑於油，神王不須杖。入門初有得，趺坐蒲團廣。此爲大漏天，明月照方丈。復入深冥冥，探奇發技痒。憐爾好事僧，束炬恣欣賞。捫壁識其真，光怪涉夢想。鑿以五丁力，拓似仙人掌。壯士峨豸冠，羽流披鶴鞶。華蓋散天花，鐘磬作梵響。净瓶楊柳枝，怖鴿依佛像。日月終古幽，風雨相摩盪。應是蛟龍窟，將無藏魎魍。

虎頭灘 河口逆流而上十里，俗名「老虎灘」，稱險。

昨下青浪灘，石壯冬風寒。撇漩筶離弦，險絶摧心肝。今日泝流上，詎復角奔湍。篙師筋力緩，百丈牽璘珊。側身入虎口，牢潔齒牙完。懼其頷欲動，聊以供一餐。途窮歲云暮，阮生淚闌干。遠游誰云樂，嗟哉行路難。

黄絲灘

酸風射眸眸子酸，沅州江上江水寒。殷其雷聲動地來，千軍萬馬奔三韓。三老竭誠致香帛，云下黄絲滚洞灘。怪石楂枒撑兩岸，餘氣磅礴波心攢。張牙舞爪隱若現，掉頭昂首峨其冠。噴雲吐雪瀉千里，下兮黄泉上兮巘。如蟻緣垤牽百丈，嗚嗚欲上青天難。順流一下撇千尺，離弦竹箭脱手丸。風雨颯沓蜃氣合，此中應有蛟龍蟠。冒險而出習坎止，不忍回首摧心肝。

馬頭崖 浦市放舟不三十里，右岸石壁峭拔，俯瞰急湍，舟不可泊，陸無可登，而上有植木，或縱或横，狀如屋者，又有狀如船者，此非人力之所能及也。攷《漢書》馬伏波征武陵蠻，水疾船不得上，士卒多疫死，援亦中病。穿崖爲屋，以避炎暑。據此則陵谷變遷之謂與？而千數百年，風剥日蝕，植木不朽，殊不可解，俗稱「仙人屋」，亦聽之而已。

昔聞五谿多毒淫，上蒸下潦愁鳶禽。又聞蕭楊二公施神力，力能呵護鈐制蛟龍侵。我來寂寞千載下，不戒垂堂傷大雅。放舟浦市幾由旬，石壁臨江施廣厦。上有古木舟，寂寂何年留？蘭橈桂楫渺何許，我欲乘之入斗牛。又有三間白板屋，虚無縹緲何人築。菰蘆咫尺絶世喧，我欲移家於兹卜。寒雲漠漠江水濱，千尋壁立峥嶙峋。猿猱不到鳥難度，當年結搆毋乃神。嗚呼！陵谷滄桑局屢變，此屋此船閲盡興亡與代禪。云是仙人是耶非，扁舟直下浪花濺。

積石

嘗聞導河自積石，臆量窮荒中外隔。及今渡大夏，河西西北崔嵬路纔百。去河州百二十里。青嶂插層霄，遮絶陵雲翮。下有黄河流，繞出崑崙腋。峽束怒激湍，一路龍門迫。元聖躬親勞，八年不返宅。至今人指斧鑿痕，云是當年巨靈擘。此役應須萬萬人，不然何得通山脉。惟是洪荒之世民晨星，何况氊廬面未革。吁嗟！聖不可知謂之神，龍門以上平如席。

觀漁

五谿潦盡飛烏鳶，峭帆打槳來桃源。昔聞漁人徑入桃源洞，再尋却復迷其門。至今寂寞幾千載，沿谿漁艇偏常在。日暖風微兩槳輕，船頭剥啄不停擂。煙際鸕鷀千百飛，鷹撮狗逐南山圍。策策堂堂一齊出，銜鰓張鬣隨指揮。出水須臾拔趙幟，獻俘獻馘告成事。昂頭鼓翅欲論功，一寸銀鱗頒上賜。

和蓉裳九日橫城登高放歌

吴山絶頂崔岧嶤，遊人九日恣登高。廿年行脚未曾到，夢中夜夜聞江濤。醒回詫訝身是客，呼廚快作去。重陽餻。一餐香飫金釵溜，駕言何處堪遊敖。城西仙尉折簡召，師弟甥舅相聯鑣。琉璃杯深琥珀紫，瑪瑙盤飣紅葡萄。一叫帽落杯在手，顧覺右手空無螯。有酒不飲君記取，非直亡羊而補牢。歸問閽人車停處，報君今在長城壕。雄邊絶塞佳節併，極目千里紓煩忉。詰朝相見話未已，新詩袖出輝銀毫。星軺轣轆塵坌集，時蓉裳赴站照料入覲之士爾扈特等回巢差務。夫君不讓劉郎豪。讀罷還君三歎息，吾儕幸與昇平遭。此地絶古稱險要，紛紛割據雄脽尻。天順以後棄河外，河冰一夜紛馳騖。鐵柱泉邊虎豹窟，芀苫灘頭豺狼嗥。今看西山如駮馬，穹廬遠徙弓矢櫜。驛舍星連炊煙接，明駝橐橐來西獒。文華武英峰簇簇，會葬何用戈矛操。中衛靈州俗尚送葬，男女或數十百。相傳明季邊堡套虜，常伺人葬，出劫衣服，故戚族多聚而爲之備。君今攝官已三載，政成民俗無訾皋。銅口河流建瓴注，青銅硤，《水經注》稱「銅口」。石岡砂磧恣芟耨。幅員千里隱一國，宰割正合操牛刀。迎刃而解導竅理，羨君餘事主風騷。登高懷古作林立，一見咋舌誰喧囂。勝地良辰禁不得，放歌例合歸吾曹。風雨重陽句難續，寸鐵持向蘭山鏖。

蒲津

蒲津門外道，下馬一追尋。帶水分秦晉，斜陽澹古今。天空看鳥遠，日暮覺煙深。亦有漁罥挂，悠然濠上心。

響水關 廣通境，明楊升菴太史采蘭處。

昔日采蘭道，今名響水關。奔流何太急，辛苦幾時閒。客子頻深省，村童慣往還。胸中多塊磊，付與此潺潺。

永昌懷古

猶是哀牢六詔間，山川不改舊時顔。西方門户金沙路，南土籓籬鐵壁關。萬里烽煙迷寶井，滿江舟楫指茶山。明遺内臣入緬開寶井，諸彝悉叛，由金沙江直指茶山。撫彝長策原非易，諸葛營前幾往還。武侯平南不議留置，人問其故，曰有三不易。

廬墓猶傳舊漢家，城外有營，武侯屯兵之所。及還，有漢人遺于此者，聚族而居，至今呼爲舊漢人。功曹一檄達荒遐。雍凱倚孟獲爲叛，功曹吕凱檄諭禍福，是爲永昌文字之祖。看山樓上書成軸，明張志淳建，藏書甚多。偃草坡前日欲斜。明鄧子龍戰處，至今草不仰指。桑樹螟弓追走馬，蘭江鬼彈吸長蛇。蠻煙瘴雨看消盡，譯使西來貢象牙。

興安署齋次壁間韵

中流擊楫怯秋濤，雉堞臨江氣象豪。月谷川饒三月稻，香谿洞放小春桃。五民久革懷磚俗，四壁猶誇兼肉高。《地理志》：漢中之人，雖蓬户柴門，食必兼肉。興俗近之。生聚艱難資貨殖，阜財解愠想琴操。地稱古姚墟，五方雜處，商賈盈闃。乾隆三十六年，漢水決隄，全城冲没。今生聚日蕃，視昔尤盛矣。

望驪山

削立芙蓉近可攀，驪宫遥指出雲鬟。紛紛應接真無暇，愛煞陰盤雪後山。

方　源

字蟾賓，號秋浦，金山人。廪生。著《秋浦詩初稿》。

柘林古樹

古樹荒城得，蒼蒼不計年。孤承天上露，寒入海中煙。枝響濤千尺，根盤石一拳。浮槎萬里客，指點落帆前。

莊鳳翔

字于岡，號蝶仙，金山人。諸生。

曲巷

曲巷無人到，悠悠有遠心。紛然三徑草，清絶一牀琴。籬落荒煙冷，茆簷積雨深。閒來幽夢醒，沽酒帶香斟。

王炘

字景炎，號子乘，上海人。諸生。所著有《吴淞草堂詩稿》。褚華爲作傳，稱其工温、李近體，間爲五七言長古，猶未脱初唐排偶體。後去而學小蘇，又染指隨園詩派，故多刻露俊爽語。惜生平好洪飲，患腹脹卒。其遺稿則崑山徐嬾雲、江右方大章刻之。

白蓮涇放生社開池得古井泉徵詩紀事爲賦短句一首用東坡示陳季常戒殺詩韵起四句即坡翁語

我哀籃中蛤，閉口護殘汁。又哀網中魚，開口吐微濕。仁哉玉局叟，學道信有得。故能盡物態，畏死情最急。蓮谿放生社，如雲畜鵞鴨。穿池四畝餘，忽發古井羃。神瀵自地湧，下有砂鏃赤。鯈魚得其所，潑刺銀刀白。坡翁儻來兹，失笑應墮幘。爲問在沼樂，何如過河泣。疏浚歲宜勤，隄防久毋缺。敲針謝稚子，操罟拒暴客。勿持調水符，徒作煮茗集。

追和沈石田莫斫銅雀硯歌

石田翁嘗以古硯示劉草窗，劉訝曰：「此銅雀瓦也。」將斫之，石田賦詩勸令勿斫，且爲圖以紀其事。癸丑夏，繡谷主人出圖相示，因有是作。

阿瞞自命英雄也，百戰河山留片瓦。手提快劍横斫之，地下奸魄亦已褫。石田勿斫計尤妙，留與後人發嘲笑。吾持一語賀曹侯，生幸不逢斫硯劉。君不見，圖中劍氣寒如秋。

卞玉京刺舌血書法華經歌用吴祭酒過錦樹林玉京道人墓韵

掃眉才子多奇節，刺血書經血不竭。舌端真有妙蓮華，血色花光兩無别。茫茫塵海回頭顧，清磬聲中成覺悟。浮萍逐水絮隨風，紅顔自被多情誤。桃葉初辭白下門，蘼蕪苦憶横塘路。「記得横塘秋夜好，玉釵恩重是前生」，祭酒詩也。玉京本意委身祭酒，而祭酒不欲，後遂轉徙淪落，以至于死。祭酒旋亦悔之，觀集中感舊諸詩可見。絃管秋登海湧峰，鶯花春訪真孃墓。可奈琴臺易夕曛，長卿無意戀文君。驚心世事桑成海，覆手交情雨變雲。畫閣尚懸翡翠帳，空箱長疊石榴裙。判將別鵠離鸞恨，草築埋香瘞玉墳。風懷那及河東柳，詩共尚書論可否。黄絁翦就道人裝，斷粉零膏復何有。獨念居停舊主人，謂保御氏。十年方外相師友。蓮華一卷答慈心，貝葉千番出纖手。此經是血血是經，歷劫恒河沙不朽。一杯黄土九龍山，水石猶疑響佩環。楓樹霜清凋錦纈，松梢月落冷禪關。煙雲變滅無真相，縑素流傳即大還。髣髴南朝瓦官寺，青蓮花現莫教攀。

題鄭堂所藏紅拂圖

雙瞳翦水寒于星，美人眼爲英雄青。衛公昔日未得志，浪遊偶出懷中刺。金貂貴人易視之，執拂侍兒獨心醉。瞥如鷙鳥辭樊籠，易衣夜出重關通。鐙前相視一相笑，天下未有人如公。誰拋心力寫生面，俠氣癡情兩如見。手持紅拂不動塵，女兒之中有此人。

題黄平泉詩稿

具區全匯揚州水，三江一瀉五百里。杯中海若愁不容，日夕潮頭打沙尾。平泉家住淞水陽，吐納江海爲文章。江濤怒挾雷電走，海色倒浸星河光。有時雲氣浮蛟蜃，樓閣虛空結闌楯。金支翠旗神女游，仙樂啁啾風輒引。去年三月始識君，落花時節悲離群。今年九月復相見，恍挹海月披江雲。高吟當得江山助，余亦耽游癖奇句。青蒼一氣江海空，攜手莫鰲最高處。

寄子白松江兼簡吟蕉竹士

相見尚悽惻，别離當奈何。愁偏隨酒到，淚更比詩多。飛雪催梅信，横琴待月娥。好移香海櫂，花下結吟窩。

從鄭堂借山谷集

風雅憑誰正始崇，性靈陶冶有奇功。十年綺語泥犂下，一夢開情錦瑟中。解脱近知聞道晚，辟支深怪鏤詞工。欲探雙井源頭水，試薦寒冰語夏蟲。

還鄭堂山谷集

詩派江西配瀼東，力追正始避雷同。試看竄逐涪黔外，何異棲遲隴蜀中。插脚波濤天忌直，鏤心文字鬼争工。一瓻未報宜城酒，慚愧傭書老蠹蟲。

答問詩者

鏜鏞瓦缶總吾師，甘苦年來自得之。但寫性靈休别派，不空經史莫言詩。蘇黄要豈文章著，李杜終緣氣節奇。我縱苦吟如絡緯，一秋織作不成絲。

次韵子白聽雨見懷卻寄同嬾雲作

月暈鐙昏雨又成，空階一夜紫苔生。人判愁死無須酒，花泥春陰轉畏晴。香夢欲醒聞燕語，暖風無賴送鶯聲。箇儂心緒今何似，不定游絲罥落英。

贈别喬仙洲赴選京師

公子乘春賦遠遊，腰間錦帶佩吴鈎。鳶肩暫作千夫長，燕頷終當萬里侯。别路緑波催畫舫，離筵紅袖勸金甌。玉璫緘札須頻寄，一夜鄉心幾處愁。仙洲姬侍甚多。

新晴

連宵風雨落花聲，落盡梅花天始晴。妄想近知無是處，隨緣聊慰有涯生。嵐光湖上千峰净，春意江南百草萌。白袷單衣端可試，緼袍吾欲貨宜城。

把釣

一竿横清流，雙魚見而避。我是直鈎人，設餌聊相戲。

陳育姜

字鳳昌，號補山，青浦人。由諸生例入國子監，充四庫館謄録。卒于京邸。著《瓣香詩鈔》。補山從其外父沈二良遊，又與崑山孫芷佩、新陽周有筠、嘉定張誦芬、同邑陸璞堂交。其詩在

《長笛滄波集》者，大約綺麗纏綿之作爲多。

五峰曉發登靈泉絶頂

策馬五峰西，躋攀路欲迷。松杉晴挹翠，冰雪曉横谿。覔食飢猿舞，號寒怪鳥啼。靈泉登絶巘，秋色萬山低。

柳枝詞和汪綗青

參差樓閣暮雲昏，十里長堤緑掩門。風影酒旗南北路，亭長亭短總銷魂。

蔡文星

字映台，青浦人。諸生，著《月香居小稿》。丁酉卒，有《病榻愁吟自述》，多係傷悼之旨。

漪園

行入漪園逕，秋風逐雁群。池懸千澗水，門掩半山雲。柳色分遥翠，鐘聲送夕曛。六橋簫管沸，此地挹清氛。

金鴻書

字寶函，青浦人。諸生。有《清省堂詩稿》。

送胡曙樓歸新安兼約他年黃山之遊

君從新安來，離家度越嶠。顧我清谿頭，時時共談笑。謂我恬淡人，天姿特清妙。我亦隨君游，馳光仰末照。贈以青蘭花，答之紫霞誥。各有天際想，拂衣可同調。陵晨辭我去，飄然理歸棹。咆哮七十灘，孤帆幾時到。應聽浦陽歌，獨上富春釣。江空秋月明，山冷夜猿嘯。遥望黃山雲，天都勢陵踔。地有硃砂泉，仙人留藥竈。想君到家時，蓮峰一登眺。我家東海濱，探幽難獨造。行當裹糧從，雲林寄嘯傲。永謝塵世喧，庶諧夙所好。

高樓曲

鸞簫鳳吹徹綺樓，美人高居樓上頭。玉缸溶溶花照夢，蘭煙春暖襲衣重。明月流素光滿天，薄寒夜半驕紅綿。捲簾但覺風露冷，嬌魂欲墮愁不眠。薰鑪香盡煙初燼，羅衣裊裊釵橫鬢。相思一夜芙蓉銷，自起妝成對明鏡。

湘絃曲

芳洲莎草連白雲，芙蓉北渚滋蘭芬。湘絃沈沈寫幽怨，翠華不返蒼梧魂。秋風秋月沅江渡，水凈煙明蕩輕素。一聲楚調悽嬋娟，殘夜猿嘑竹枝露。

題謝臯羽西臺慟哭記後

魂朝往兮何極，暮歸來兮關水黑。化爲朱鳥兮，有咮焉食。我讀謝公西臺詞，放眼浮雲動江色。舟沈厓海天地塞，玉匣昭陵斷消息。傷心柴市血痕斑，灑向燕山亭下石。參軍布衣丞相客，慟哭山頭淚沾臆。石根敲斷竹如意，萬里北魂歸不得。嗚呼！萬里北魂歸不得，六陵慘淡冬青蝕。

題楊升菴先生集後

有明作者誰擅場，登壇何李犄角張。新都才人盛文藻，高岡鳴鳳流清商。宮懸微茫溯韶夏，廟廷典重披球琅。先生氣節殊謇諤，不獨餘事矜文章。當時世廟議大禮，折檻抗疏嚴風霜。仗節直欲死闕下，撼門大哭聲煌煌。直言自古攖螯蠆，淋漓杖血堪悲傷。憶昔韓琦濮禮議，史稱巨論主歐陽。廢宗絶世乃大痛，社稷之重須綱常。張璁桂萼悉附會，小人聚訟盈朝廊。明堂秋饗配太廟，泛濫更足嚴隄防。諸奸但欲竊富貴，坐使忠義投炎荒。金沙江頭夜獨宿，賦詩往往悲沈湘。蠻煙瘴雨雜峒箐，淚憑江水流瀾滄。是時先生擁伎飲，簪花粉面何清狂。旋聞定武紛寇亂，慷慨殺賊臨戎行。大節要使炳天地，轗軻豈足迴剛腸。我投遺文感激烈，長歌中夜涕泗滂。雲南萬里雁不到，欲從何處排天閶。寄詩空有閨中婦，盼斷金雞到夜郎。

江南舟送朱萬熙歸金陵

江南舟，玉簫金管乘中流。風起桃花飄錦纜，香生杜若吹芳洲。歌吹白門路，楊柳長干樓。

邸第亭臺紛夾岸，一天春色似皇州。前王宫殿鎖煙霞，何處當年后主家。惟餘明月青樓夢，腸斷春風樹樹花。君買江南舟，鼓柁江南行。我本江南客，能無江水情。江水含愁紛别淚，送君遥度石頭城。憶昨相逢虎阜麓，閶門煙樹紛紛緑。日暮春寒上酒樓，雙鬟争唱黄河曲。花殘酒盡换流年，又是江頭送别天。芳草緑波三月路，青山流水六朝船。旗亭執手成嗚咽，黯然消魂與子别。别後相思知幾何，一尊同照江南月。

玉山道中

春晚玉山道，家家茶筍香。輿人蓮葉帽，壚女藕絲裳。草色分花艷，泉聲引澗長。山雲殊婉孌，亦學美人妝。

關山月

一片關山月，秋高永夜明。邊風吹不斷，流入古長城。遥憶金閨裏，刀環空復情。那堪聞《折柳》，併起塞垣聲。

七夕 時甘省用兵。

露下高城月半彎，榆花歷歷杳難攀。斗牛空闊低銀漢，戎馬倉皇阻玉關。道上白狼傳樂府，天邊烏鵲怨刀環。乘槎爲訪支機石，使節河源尚未還。

送人之楚南

楚雲縹緲送孤舟，九派長江接漢流。黄葉西風潰口路，白沙夜月洞庭秋。悲歌自愛騷人地，作賦應懷旅客愁。想到湖湘春色早，好搴蘅芷薦芳洲。

潘基密

字遜鄉，號菊畦，上海人也，以諸生歲貢。

登雨花臺借席子恒常、洞庭山人。

秋風秣陵道，三過雨花臺。此地雲根下，何年石磴開。山光青入畫，樹影碧於苔。精舍差堪築，無爲躡屐來。

駱蓉鏡

字闠圃，華亭人。庚寅諸生。其先浙人，始祖仁恪應徐文貞延師之聘來松，後以貢官陜西咸陽令。歸家，于松卒，葬于白龍潭上，墳即徐氏所築，子孫遂家焉。蓉鏡，其四世孫，又弟蓉錦，癸巳諸生。

拜祖墳

潭水澄清北向通，孤墳三尺夕陽中。宗人業廢先疇盡，祭田爲族人某售去。隴樹年深遺蔭空。此日紙錢飛野草，當年絳帳坐春風。鄉民猶奉先生號，俗稱「先生墳」。道義千秋感相公。

張　位

字時升，號蓮溪，青浦縣學生。少負雋才，尤工書法。應京兆試，復不遇。奉諱歸里，服闋北上，猝遭時疾，殁於臨清舟次。有遺稿載邵西樵《懷舊集》。

登横雲山游張氏園亭

山行不見山，宿霧滿山麓。稍聞午雞鳴，輕暾散修竹。楓葉堆紅霞，苔泉漱蒼玉。秋巒此徘徊，蔥蒨宛新沐。窈窕尋園林，犖确轉巖谷。晴天一鶴遲，遠溆雙凫浴。境静隔塵囂，心閑異局促。松陰人不來，長吟自賡續。

村居漫興

廬破不加葺，翛然遠俗情。雨飄花圃膩，風入竹林清。禽鳥自來去，賓朋謝送迎。吾生計已得，何事苦經營。

潘禮畊

字聿修，號曉庵，青浦人，諸生。著有《城南吟》《岑溪吟》諸藁。

俠少年

年少誰家子，彎弓出羽林。報仇輕七尺，排難却千金。風色長安道，寒雲易水心。酒酣還起舞，一劍斗牛侵。

張應曾

字用楫，號稼邨，華亭人。增生。

同戴□□過張溪板橋野步

客館俱無事，衝寒到野隄。雲移山寺外，人向板橋西。攜手同心話，斜飛斷雁嘶。舉頭秦望近，欲至路偏迷。

顧　棟

字夔聞，號一菴，奉賢人。歲貢。著《自如居率意草》二卷。

登柘林靖洋樓觀海

澤國枕滄溟，層樓靖百靈。煙沈餘蜃氣，日落帶龍腥。駛舶飛輕鷟，群峰列點星。凭闌一長嘯，潮急霧冥冥。

徐鳳池

字壽平，號懷西，金山人。府附貢生。著有《古榆書屋詩鈔》。

木末樓遠眺

天寒高閣遊人少，日暮登臨興轉加。西望江南多疊嶂，不知何處是棲霞。

劉瑚

字策名，號二火，華亭人，居亭林。婁諸生。

讀蕭中素釋柯集

勝代多遺逸，雲間雅重公。執柯甘伏蠖，握管戒雕蟲。大節餘孤憤，哀音入變風。詩成書甲子，名在布衣中。

馮日藻

字丕肇，號匏菴，華亭人。世居北俞塘，前御史恩八世孫，婁諸生。邑特建父子忠孝祠，祀馮及楊。歲久將圮，乃集族中有力者出資修理，以得不墜。年八十卒。

人日逢雪

人事成蕭索，應難此日晴。雨飛雲靉靆，風勁雪縱横。椒酒含情碧，瑶華入望明。冬籌今夜盡，搔首問春畊。

唐　昆

字孟和，原名蓮，華亭人。以慤長子，諸生，早卒，配孫氏，守節。

《詩話》：唐氏自其先世唐熙，好學有隱德，遇異人，授祕術，以醫活人。正統二年，奉禮咨進京，大内治病多奇中，欽授太醫院使，尋告歸。天順二年，加太常寺卿，復召，辭不赴。郡紳葉冕以「同善堂」題額贈之。後子孫聚族大吴橋，咸能世其業，孟和亦其裔，其兄晟以孝廉出仕云。

七夕

天上苦長别，人間空復情。遥憐星炯炯，只隔水盈盈。離合并今夕，悲歡促啓明。何當裁巧思，免費鵲經營。

金夢熊

字占一，金山人，諸生，著《蒓薌詩鈔》。

焦以恕云：「襟懷磊落，至其詩，格調清新，自成一家。」

留餘山居觀瀑布

夙昔聞廬山，千丈飛瀑布。每吟太白詩，奇景惜未遇。今春蠟兩屐，踏徧西泠路。尋幽入山居，恰到雲深處。夭矯一白龍，噴沫勢欲怒。又疑銀河水，傾下直如注。滴石聲淙淙，聽之發静悟。逝者本如斯，千秋同朝暮。會心更無言，盤桓撫古樹。

澹菴伯購得米元章書杜詩戲題畫山水圖真蹟出以共玩予乃作歌

襄陽野老性好奇，縱横書法何淋漓。陣馬風檣筆底見，蘇公歎美非溢辭。流落人間絹一幅，古氣磅礴千秋垂。十日畫水五日石，一筆揮灑工部詩。卷末元豐紀歲月，米顛署名夫何疑。至今生氣尚坌涌，精采奕奕軒鬚眉。想當興酣蘸墨瀋，筆所欲到神先之。我昔經過潤州路，海嶽菴畔生遐思。外史風流不復作，舊迹零落空嗟咨。今觀此卷信神物，不覺心慕復手追。吾伯嗜古同米老，寶之鄭重逾鼎彝。閒來展卷一賞鑑，雲煙滿幅光迷離。

梅亭

咸平處士梅花主，身在梅花國裏住。風流一去已千年，寂寞花開誰與語。冰雪丰姿依舊存，一番春信到山邨。月夜暗香清徹骨，懸知亭畔有吟魂。

登金山衛城樓望金山

高樓突兀鎮鯨波，此日登臨景若何。海上潮聲驅鐵騎，城南山色浴青螺。康王轍迹荒煙冷，博陸祠堂蔓草多。極目島夷咸服化，昇平久矣息干戈。

國朝松江詩鈔卷五十二

鄉人姜兆翀孺山録
高崇瑚菊裳
崇瑞葯房 閱

趙禮

字後菴，華亭人。乾隆壬辰諸生。精于醫。所著《竹居詩鈔》。

龍門寺

寺荒僧盡散，地僻鳥偏鳴。此日尋幽客，無窮懷古情。一杉煙外老，寺有楊鐵崖手植杉一。片石水中横。猶有蕭蕭竹，吹來鐵笛聲。

舟行書所見

幾陣梅風水拍隄，新秧如翦碧齊齊。老翁簑笠谿橋上，遥指東南雨脚低。

馬亮

字超亭，號春岡，奉賢人。諸生。工詩并善書，客吴門三十年，以書名噪吴下，一時士夫家靡不以得其筆蹟爲屏障光。嘉慶辛酉歸松，病卒。著《春岡詩鈔》。陳桂堂太史謂其明麗秀雅，與其書法異曲同工，蓋其書不襲唐人筋骨，而於宋元諸名家之秀勁者，實能遺貌取神，進而益上。

姚培咏曰：「麗而不靡，新而不鑿。」

擬柳儀曹谿居

愛此清谿流，結屋清谿曲。撥石疏泠泉，開徑引深竹。華組本非願，幽境幸娛目。興到發長吟，聊以慰煢獨。

靈棲洞在壽昌縣西四十里，一名「風洞」。相傳唐李頻遊此，有「石上生靈草，泉中落異花」之句。

縣西靈棲洞，土人詫奇絶。兹辰駕言遊，筍輿侵曉發。迤邐陟高岡，窅窱探幽窟。蕭蕭榛莽中，有洞風從出。側身一俯睞，杳黑不可踤。相將爇松煙，痀瘻互蹩躠。爬沙鼠入窠，宛轉蟻歸蛭。彳亍四五步，脚底稍平闊。乳竇多嵌空，嶙峋狀非一。或蟠如潛虯，或亘如雌蜺。或障如罘罳，或立如綽楔。或聳如浮圖，玲瓏七級瞮。或垂如車蓋，飄摇半空拂。飛或現群仙，趺或成古佛。或若兜羅綿，或若優曇鉢。赭或若流丹，黝或若積鐵。青或青于螺，白或白于雪。詭異難强名，荒渺詎能説。若非鬼工搜，應是神斧裂。勝境在人世，幽討何可忽。吾吴有林屋，名在福地列。西達峨眉雲，南接羅浮月。生長五湖間，惜未一覽謁。

此遊頗愜意，吾願亦云畢。所嗟李頻後，大雅久淪没。石草與泉花，欣欣爲誰説。懷古一長歎，聊爲後遊述。

仙姑洞

風洞更西去，青削多奇峰。曈曨上初日，一一擎芙蓉。言尋仙姑洞，靄靄紅雲封。捫蘿陟危岫，緣磴穿深叢。陰崖生晝寒，虛壑駕晴虹。仿佛逗小穴，巖竇相交通。列石逞奇詭，訝與靈栖同。瞥見窅黑處，夭矯盤雙龍。攀援上其背，恍若陵長空。下隱百尺潭，但聞泉淙淙。傳昔有室女，夜績操女工。黠鼠將其麻，引入馮夷宫。群譁爲仙靈，立祠表芳蹤。丹青壯廟貌，羽珠綴儀容。至今岡嶺半，環佩摇天風。回步踏幽徑，小憩依長松。礀水鳴濺濺，崖瀑懸重重。仰視發遐想，俯瞰愜懽悰。兹遊良不惡，還當重攜筇。

題毛丈介峰簪花飲酒圖

人生天地信如寄，俯仰一身貴適意。皋夔巢許迹雖殊，亦由好尚從人致。先生古貌復古心，不夷不惠忘年侵。玩世何妨近城市，逃名豈必依山林。平生所嗜竟何有，長吟之外惟花酒。看花時蠟謝公屐，蘿徑巖扉恣尋覓。愛酒常挂阮生錢，山亭谿館慣留連。留連清景憶昔遊，看雲弄水無時休。喧風芍藥雷塘墅，初日芙蕖笠澤舟。有時豪興忽騰放，揚舲獨坐空江上。劃然長嘯起魚龍，欲破連天萬里浪。涉險探奇不知倦，勝地名區幾歷遍。身無束縛任逍遥，寧有浮榮堪係戀。何須侍宴柏梁臺，何須揺佩披香殿。想見高情良有托，肥遯林泉樂復樂。倩寫簪花飲酒圖，鶴髪仙姿氣盤礴。西風吹秋天影高，蕭蕭落木翻林皋。回首萬卉俱凋謝，欣有黄花破寂寥。折得一枝爲一笑，插向白頭還自照。尊中緑酒喜常盈，興生豈藉王宏到。先生早息漢陰機，杜門却貴知者希。絶似陶潛賦歸去，南牕晨夕琴書依。幸叨末契慚卑幼，書劍飄零見聞陋。何當折取東籬花，親捧金罍爲君壽。

七里瀨

舟入嚴陵瀨，紆迴七里遥。山形隨舵轉，灘勢挾風驕。流水清如此，高蹤遠莫招。釣臺陵百尺，千古壓江潮。

和陳憨泉移居山塘韵

二月山塘路，春風七里長。花招人鬭艷，蜂入市争香。樓閣層層接，笙歌處處忙。却愁煙月裏，無地著詩狂。

同周夢蘭放舟至横雲山

横雲濃翠潑汀洲，短櫂相將載酒遊。十日雨晴春在水，一谿花發鳥隨舟。沈沈香刹緣林出，杳杳茶煙隔澗浮。好共攜笻陟層巘，紅泉碧磴細探幽。

雜興

如流歲月去堂堂，得馬忘羊費較量。剖蚌求珠空有淚，持荷作鏡本無光。病來難覓安心法，饑至頻思辟穀方。自是生涯寥落甚，鬢絲禪榻總淒涼。

蕭蕭木葉下亭皋，旅館涼生白紵袍。望裏晴山吴苑樹，佩來香草楚人騷。秋風遠道思長鋏，夜月相思唱大刀。獨上江樓倍惆悵，側身南北首頻搔。

留别壽昌諸同社

半生蹤迹落江湖，泛泛真如水上鳧。桃葉渡頭春放棹，杏花村畔雨提壺。津亭紅燭題鸚鵡，山店黄茆聽鷓鴣。惆悵南轅兼北轍，雄心消盡泣窮途。

陳廷贊

字襄懋，號墨農，奉賢人。諸生。著《書葉軒稿》。廷贊爲古華太守兄，家有一丘園，中有小桃源、鏡心亭、友松嶺、留雲塔等景，吟咏其中，方欲仰承閬耕遺緒，不意早卒，今其子遷居城。

過南園

迴闌繞仄徑，步步上蒼苔。滿地踏殘雪，春風吹落梅。還過石橋去，瞥見水亭開。久坐不知返，前峰細雨來。

書葉軒遣悶

蒼水捫絛意氣雄，當簾曉月愛張弓。未嘗拚醉思逃寂，豈必工詩欲送窮。冷落封泥惜朱果，飛揚就日看青蟲。更刀解割三年矣，依舊全牛兩目中。

抵白門

鍾嶺崔巍似嶽尊，諸峰羅列似兒孫。功名莫説妨行樂，看盡青山到白門。

周厚堉

字仲育，婁縣人。諸生。

《潄芳齋詩話》：厚堉世居于山，自宋、元及明，藏書萬卷。朝廷開四庫全書館，周經進三百五十種，上賜以《佩文韵府》，又題其所進宋本《兩漢博聞詩》云：「遷創班承范繼哉，纂言功足補秦灰。博聞特舉兩書要，頗謬還兼百卷該。撰者或訛楊及魯，注之刦讓馬和裴。因披遺籍知來雨，正值望霖雨庶來。」此係乾隆甲午年御筆，厚堉因搆亭于家，以恭奉宸翰，并及賜書，敬謹藏弆焉。蓋藏書之家，其上膺帝眷者如此。

擬陸機樂府二首

短歌行

酌酒巨羅，對君高歌。日月逾邁，我生幾何！來日苦少，去日苦多。曦不返晷，川無停波。曜靈西匿，難返揮戈。露滋華榦，霜殞衰柯。溯兹川汜，陟彼陵阿。登高極目，涕泗滂沱。

願言醉酒，朱顔以酡。短歌擊節，中夜婆娑。

塘上行

弱蒲生塘上，清影垂滄浪。被蒙懷盛意，移植華池旁。青青滋雨潤，葉葉隨風颺。托根既得地，發藻含餘芳。逝節忽不處，榮落何無常。朱顔忽以老，飲泣臨華觴。昔爲骨與肉，今爲參與商。浮萍逐流水，去去天一方。寵衰媚不發，愛失心難臧。微軀焉足惜，顧君愛景光。

沈見

字素行，金山人。諸生。著《鶴林詩草》。

望海

汪洋不可極，憑眺獨長吟。一氣連天地，環流自古今。扶桑紅日近，仙嶠碧雲深。欲問乘槎客，茫茫何處尋。

梅

素萼衝寒發，孤根倚檻斜。病餘人更瘦，不敢比梅花。

華煦墅

字頑甫，南匯人。諸生。著《明北草堂吟稿》。

步月

宵氣澄碧宇，升月皎軒楹。披衣延幽賞，步檐出前庭。遥空聽霜杵，微風相與清。芳馨草際辨，涼意露下生。良辰非易覯，俯仰有餘情。

客中

書劍飄零悵滯淫，寂寥朝夜伴空林。花逢冷落猶争放，詩到淒涼不可吟。壯歲功名餘瘦骨，故鄉節序繫歸心。涼生破篋寒衣盡，桐葉風高急莫砧。

陳　逵

字吉甫，號東橋，原名夢鴻，青浦人。諸生。著《東橋詩鈔》。

詩話：東橋詩文外，兼工書畫，而畫蘭尤佳。曾著《墨蘭》一册，王司寇蘭泉序之云：「花卉易于象形，難于取韵，而蘭尤爲韵之尤者。必其標格清幽，襟懷恬淡，迺神與之俱，而筆達之。東橋翛然物外，屏絶喧俗，一以書畫自娱，而畫蘭最勝。蓋其韵與蘭似，故不求工而自工，斜見側出，如燈取影，皆有天趣存焉。非翰墨所能摹，詞章所能贊也。閲是册者，宜如放翁云，從今斷火、食飲水、讀仙書，庶可悟其少分焉爾。」又裴山錢楷贈詩云：「雲煙眼底經過幻，芳草天涯氣味親。楚畹騷情全在手，金荃才子是前身。」

八月十六日四明觀競渡作四明以十六爲中秋節。相傳史浩母以十六日生，遂易是日爲佳節，并以龍舟娱其親。世俗相沿不改，余偶遊其地，作詩紀事，兼弔越王。

去年十五秦淮月，把酒高歌醉佳節。今年五月南徐遊，笙簫畫鷁盈中流。良辰樂事固游戲，不信天涯風景異。我來四明十日留，中秋無月一尊愁。旅窗寂寞寒燈灺，孤館淒清夜雨秋。曉聞乾鵲披衣起，一片笙歌陡盈耳。傾城雜沓競龍舟，盡道中秋今日是。翠旗幌漾朝暾紅，劃波畫槳迎長風。一聲鼉鼓千艘集，錯彩流霞捲碧空。余時目炫輒歎奇，不道良時故後期。重陽上巳當年展，里俗沿譌容有之。傳聞史直翁，斯辰上母壽。令節偶展期，流風尚沿舊。往事繁華又一時，西湖賜第今誰守？行人想像紹興年，富貴功名誇世胄。南渡風流莫更論，越王殘碣晚煙昏。飛鳧水馬成千古，仿佛浮湘弔屈魂。

措大營唐末明州刺史黄晟築館待士，號「措大營」，今謂「君子營」。

君子久猿鶴，遺蹤有柳營。風流傳刺史，戎馬館諸生。一代能尊士，千秋負令名。至今窮措大，弔古不勝情。

明州鎮海樓

憑江俯海古明州，戎馬烽煙異代愁。越國山川推重鎮，唐家節使盡通侯。時清罷擊千門鼓，海晏晴開萬里秋。笑語燕齊迂怪士，三山何處問丹丘。

白雀寺

孤篷雙槳白雲灣，指點琳宫縹緲間。秋水白蘋漁繫艇，夕陽紅樹寺藏山。偶經蓮座聞三要，便擬菩提建八關。稽首古龕彌勒笑，笑人卅載落塵寰。

紫微道院爲謝靈運西林故址口占

曾讀西林道士詩，當年謝客擅林池。祇今一片西林水，猶抱仙人太乙祠。

顧世傑

字諟天，號一齋，婁縣人。癸巳府諸生。幼多疾，三十外始入學，性仁厚，能施予。爲文尚簡勁，朱芷湄有「細筋入骨」之評。注《尚書禹貢便蒙》，有《一齋詩鈔》。

泖湖

周官考稻人，有瀦以畜水。旱潦或不時，委輸于焉恃。雲間有三泖，圖經昭舊史。上游洩太湖，泱漭得少止。傍受嘉湖水，浙東亦賴此。譬若人身中，有胃納其滓。吴淞與歇浦，如腸瀉厥委。奈何日以淺，而不復其始。農氓利爲田，爲田自蒲起。種蒲一二年，旋作良田視。兼之糧或無，隱漏緣爲宄。遂令泖湖中，什七堪耘耔。計算田日多，歲入高塍比。一朝水勢大，高塍反被累。汙下既無歸，入海迂道里。三鄉上中下，一望成漫瀰。吁嗟泖邊人，勿利泖田美。水利與農田，相濟有定理。詩成留篋中，敢待採風使。

聞鐘有感

清夜一聲鐘，令我發深省。乘風倏遠揚，蕭然物俱静。此心於此時，萬慮一以屏。皓月當天心，圓輝澈古井。所願百年中，永視此俄頃。

李烺墀

字涵照，原名鑑，婁縣人。乙未諸生。著《一樂齋詩集》。

除夕

卅年歲序最匆匆，老我頭顱此夕中。無事獨憐雙鬢白，多愁空對一鐙紅。酒逢知己真堪醉，貧是家風莫送窮。更憶異鄉爲客處，望雲同此憶江東。

金式珪

字扶九，號夔齋，青浦人。兩玉孫，諸生。少工詩，嘗客關中，不三載病卒。著《鳳栖山房稿》，閔玉井華序。

冷泉亭

遊人都不閒，流泉只自冷。峰勢如飛來，寺門落幽境。風起千波寒，日涵萬籟静。低頭照清水，渺渺蓬壺影。

望終南山

太乙浮寥廓，千仞懸風漪。結青配西華，石闕陵孤危。我讀義谷銘，地肺昭神奇。緑槐及秋市，舟楫相通移。壯觀今在眼，獨上堅後期。嘯風暑皆避，吸瀣神自怡。河流盪心目，曷復悲炎曦。

觀西安府學内諸碑刻俗名碑洞。

金石千百年，其壽永天地。列代留文銘，庠序森排次。一一編魚鱗，屹屹交贔屭。篆隸及行真，各體紛志記。所嗟漢石經，有唐重刊置。皇宋傳邢疏，殘碑無一字。靖康後，石經亡，高宗重刻于臨安。《孝經》睹環鑿，石臺《孝經》，唐玄宗建。七篇補明季。《孟子》七篇，萬曆時刻入。六法訛點畫，識者或疵議。昔讀《倉頡篇》，邈然會形義。寺司曾猶嘗，偏旁配僧侍。試以射矮論，兩兩應互位。二字轉换，前輩有此論。字説譏臨川，無乃續其僞。瞻注疲心目，默識參同異。文字張參祥，形樣元度備。行當遍搨摩，槖載咸臚誌。弆篋時檢校，玩古娱神意。

張仙斷碑歌碑在鶴林寺杜鵑樓上，爲宋蘇明允書。明允求得二蘇處也。遭火燹，全文不可見。與夏子欽搜得斷者三四枚，共寶藏之。

杜鵑樓上燎煌煌，火燥谷很兼山狂。檐楹一炬石俱焚，髣髴薦福轟雷光。我與夏君酷嗜古，零金碎石勞披覯。碾煤敷紙日摹搨，奚啻之罘及石鼓。到此剔蘚覓殘碑，見寶得之互護持。形同元甗部其半，一片蒼玉誰瑕疵。其色闇然文爛如，筆畫方正蟠蛟螭。終然鬼物所睢盱，不使光怪埋荒陂。當年唐卿撰飛白，仁宗六點遺龍迹。眉山弗以八法名，學術貛郎矜堅僻。辨姦惜不聖明知，迺令蒼生誤安石。自宋迄今五百歲，蔓草寒煙空揮涕。尸居餘氣冥不靈，蜀主荒唐冒祈筮。鸛去深山仙人遥，生子無如二蘇慧。俳佪落日倚危峰，爾我清興誰相從。泥塗沙礫幸免累，藏宜裹以錦繡重。風磨雨濯露精氣，天光電影生新容。有材沉没嗟已久，石如能語誇奇逢。

與楊大蕢山別八年矣相見各系以詩

寒飈盪日凝雲幕，客子長安正寥落。故人八載音問希，見面驚嗟互參錯。相逢告我殺賊多，伏羌被圍，邑令楊蓉裳禦之，君間出奇計，并手自斃賊云。朱極三慣精弓繳。素能射。寶刀紙薄繡血腥，至今光怪中宵作。其時鼠輩五技窮，各鳥獸散無奔託。若然設伏在要道，一皷而俘拉朽索。陋儒喪志守章句，多事那知解權略。我于六月過崤函，赤羽紛馳白陽鑠。汗流走者盡南下，獨上潼關看城郭。萬里投筆學從軍，却笑眈棲戀丘壑。君才倜儻邁同儕，讀書致用匪剽掠。千言漫自詡鋪揚，隻手何如旋歸縛。咿唔牖下成唐喪，極望咸秦莽清廓。

春夜偶成示誦芬

皎皎當空静，皚皚積素浮。不知雪與月，一片寒光流。冷落嗤生計，虚明騐道脩。來朝看霽色，萬象轉和柔。誦芬云是摩詰飯僧，後悟道語。

張興載

字坤厚，號晦堂，華亭人。丁酉諸生，由貢署新陽訓導，歸卒。著《寶褉軒詩存》。王芑孫謂其以微婉生情，以駘蕩取致。

《詩話》：晦堂幼慧，九歲即能詩。有咏鶴句云：「警露三霄唳，陵雲五岳心。」其伯父東亭太史激賞之，有「吾家千里駒」之譽。長益淹雅，未竟所藴，可爲惋惜。

七月小盡日雨夜昆陵趙味辛舍人桐溪金鄂巖比部枉過小園家大人留飲觀西林寺塔燈即席分韵得匹字

急雨鳴瀟瀟，涼風吹瑟瑟。巖扉爲客開，夜色晦於漆。通籍兩詩仙，才名世罕匹。高軒昏黄過，談諧劇奇逸。醉想月華飛，遊憎燭淚溢。忽瞻窣堵波，焰百湧級七。豆點發始微，星輝散何疾。恍若萬山巔，排雲聖鐙出。流光炫銀海，陡覺陰霾失。却憶天寧寺，昔賢粲詩筆。謂竹垞、初白諸公。燕吴境雖殊，歡賞情則一。小園邇招提，塔火今宵密。晴朗閲年年，懶檢鴿王帙。兹邀君子看，鈴語中秋律。天意阻登臨，佛心期著述。一宿既難淹，八叉庶可必。領悟大光明，苦吟笑秋蟀。

柳如是遺鏡歌爲鄭使君賦

鏡背銘云：「照日菱花出，臨池滿月生。官看巾帽整，妾映點妝成。」使君讀初白菴主《金陵雜咏詩》，證爲河東君物，屬余賦詩。

使君好古才華盛，佳書妙繪親論評。叶。寶匣新收丙午鈎，使君藏古銅鈎十二，内一鈎銘云：「丙午鈎，手抱魚。宜公侯。」的係漢製。珠囊復貯河東鏡。團團如月照瓊筵，鑄溯江心不計年。拂拭共詩前代物，傳觀同頌好詩鐫。好詩鏡背分明在，物得所歸知有待。土蝕斕斑錯繡文，錫花璀璨增光彩。却憶當時對鏡人，滿身婀娜畫樓春。風流裝束嬌無匹，瀟灑才情句斬新。東山唱和開文醼，奩清想映芙蓉面。閒裏鉛華獨自妝，箇中嗔喜千回變。柳花如夢那堪吟，暈碧裁紅淚不禁。玉蘂軒前遊興阻，我聞室外別愁深。金釵從此歸黄土，身去相隨心獨苦。莫話前番太好奇，争憐晚節非無補。流傳此鏡競摩挲，消受他山七字哦。龍漢劫殘灰欲散，秦臺鍊就質難磨。一朝忽入使君手，脂痕粉澤猶存否。持向明窗珍重看，佳人雖遠名寧朽。由來才子易情鍾，此日丹青繪玉容。使君近繪《河東君小像》卷。茶熟酒香開卷處，鏡中一笑恍相逢。

吴蒿田齋中敬觀先文敏公白描大士像

吾家從父筆奇矯，書畫出手天然好。御評八法繼羲之，十萬麻牋流布早。臨池餘技及梅花，鐵榦斜斜蕚皎皎。吾生已晚不識公，媿乏囊錢收法寶。「法寶」二字，本御題《天瓶齋帖》。一朝忽瞻滿月容，癡雲居士舊祈禱。瑞像知仿十洲仇，心經兼摹松雪趙。款云：「仿仇英畫相，臨趙孟頫書經，送癡雲居士供養。」莊嚴瓔珞鬑鬖髿，衣摺無多淡墨掃。得未曾有珍重看，歡喜贊嘆爇龍腦。底須更圖紫竹林，恍疑身在普陀島。吾聞從父悟三乘，慈雲妙相由心造。是幀臨寫更絶倫，人書到此俱已老。想見明窗下筆時，海波無聲佛日杲。留傳應有神護持，篋衍適逢我探討。敢嗤故友葛蓀田，贋鼎示人太草草。蓀田名泳，善摹文敏公書畫。

壬子懷古 宋熙寧壬子清明，東坡先生看花錢唐吉祥寺。金盤綵籃獻花者五十三人，有「吉祥寺中錦千堆」之句。三百一年爲明洪武壬子，楊眉菴基清明日於西江省掖看花，有詩貽後之君子。又三百六十一年，恭逢國朝雍正十年壬子清明，諸名士讌集京師，怡園先從父文敏公有詩紀之。乾隆五十七年甲週壬子，節届清明，上溯熙寧七百二十有一年矣。園居無俚，與舍弟遠春各賦一詩，并告好事者。

桃酣柳重海棠妍，看花第一清明天。攜尊花下忽懷古，今年又逢壬子年。憶昔熙寧吉祥寺，獻花人爲坡仙至。後來省掖與怡園，作意嬉春成故事。我慕蘇髯竝慕楊，况吟司憲好詩章。金盤想像千堆錦，彩筆流傳一瓣香。七百廿年如轉轂，佳話應招詞客續。君不見陶令東籬亦偶然，至今重九争觴菊。

揚子舟次

蘆荻蕭蕭兩岸秋，大江日落更停舟。水痕淺淡横星闕，燈火參差出柁樓。南渡君臣輕宋室，北來兵馬過揚州。長波空自兼天湧，不識興亡萬古愁。

岳祠銅爵 爵高五寸六分，容黍四合，重四百八十九銖。中鐫「精忠報國」四字，左側有小印曰「岳珂建造」。今藏桐川金鄂巖家。

牛角山河不復存，靈祠宗器照乾坤。孤臣地下歆家祭，異代人間識酒罇。碧血長埋三字獄，黄封想紀九重恩。珂有《紀恩詩》。繡旗涅背摹文在，一奠南枝一愴魂。

新陽江櫂歌

玉桂臨江二百年，湍迴浪捲欲浮天。櫂郎炊熟紅蓮米，愛説仁皇泊御船。玉桂，塔名。康熙丁亥，南巡駐蹕。新陽江老農顧需獻紅蓮米，曾邀賞賜。

問潮館内問潮頭，四馬橋西候八騶。惆悵彩旗今寂寞，笙簫猶導玉人舟。問潮館在駟馬橋西。舊志潮生日設酤于館彩旗迎潮。

粉閣喧傳小吏妻，五貞三烈志原齊。至今湖上朝飛雉，羞學鴛鴦作對棲。三烈祠，其一，邵小吏妻薛氏，爲押卒所逼自經粉閣中。五貞祠在馬鞍山陽。邑西北有湖，名雉城。

明粧少婦盼刀環，花影當樓鏡聽還。憐妾淚封雙鯉石，願郎身到六鼇山。雙鯉石，在車擔，六鼇山，在石浦，以文節居此，故名。

命駕秋風早返吴，水天一色渺菰蒲。好攜蓴菜橋頭艇，去釣思鱸巷口鱸。蓴菜橋，在縣治西。思鱸巷，在華亭。

陳　榕

字自華，號改菴，華亭人。三蕉濟子，諸生。恃才狂放，至爲當事所戒飭，後卒以不得意而卒。

芭蕉花歌

吾松郡廟芭蕉，癸巳初夏抽莖葉，華華四出，作黄碧色，瓣大於蓮。人固不恒見，遂訛傳爲瓊花。考之紀載，蕉本有華，三年始發，是名甘露。惜無有辯之者，因作歌以紀之。

江南死草華風注，香蒲欲泣鑾華妬。摇摇十丈大芭蕉，咄哉頃刻華頭作。叶。仙人晝下雲滿空，青鳳騎來尾散布。緑玉之樹寶窗深，白日高高撒煙霧。雕槃擁蠟光浮膩，老蚌吐珠滴朝露。道人好事更好奇，掃榻焚香邀客顧。是時我亦列衆中，汗帀頭顱發慚懅。人境諠譁神血乾，訛傳仙物等閒遇。三年開花不落葉，紅芽甘露舊傳注。金蓮寶相識者誰，可憐此花開此處。青春讀書浪自苦，能言知被花神惡。酒客題詩手莫牽，翠蛟咋舌驚懷素。

詩話：芭蕉作花，閩廣恒産，不惟有花，而且有實，彼處人且以飣食案也。沈學福理蕉詩云：「靈妃感我意，神光孕胚胎。夜半火齊吐，已開牆東枝。」又云：「花拆落嘉實，剖之甘若飴。登槃一梳黄，不減輕紅肌。」可證也。至在我松，則蕉不耐寒，一經冰凍，其樹已萎，何由得花？若一兩年冬煖培護其本，無不花者，何云仙物耶？

新居華谷山莊在白龍潭上用明莫雲卿龍潭間泛詩韵

去歲移家碧水濆，龍潭古蹟渺難聞。相傳是處曾興雨，指點其間有暮雲。極浦歸潮喧薄午，平林繫馬帶斜曛。美人若作陵波步，好揭瀟湘六幅裙。

幾家煙火住清濆，靈迹虛傳古老聞。如畫村莊春入座，過橋竹樹影連雲。深杯劇喜波摇晃，破笠生憎夕照曛。夜静何人吹鐵笛，頻驚龍女泣羅裙。

詩話：雲卿原詩云：「蘭橈閒泛碧江濆，一片笙歌水面聞。湘浦珠還疑是月，楚臺人去想成雲。凉生蘋末知秋早，影落杯前見夕曛。别有艷紅看不盡，荷衣十里妬榴裙。」此已載府志。

曹洪儒

字文伯，號需人，上海人。諸生。早卒，著《需人詩稿》。

喬將軍劍歌將軍殉節布達里岡，是萬曆四十六年事。

一條秋水生白虹，閃奎爍壁精神通。何年聚此一鼓鐵，鑪冶躍出青芙蓉。曾經斬蛟斫犀刺虎豹，至今血漬桃花紅。劃然拔鞘火迸出，故鬼新鬼潛無蹤。將軍明季之豪雄，防身長劍摩蒼穹。學成韜略萬人敵，鼎足而立綎與松。權姦誤國明祚斬，雖有智勇無成功。真人天際一麾手，遂令碎骨滴水崖名。成精忠。從劉綎、杜松，戰敗，投崖死。將軍身死百餘載，此劍流傳故里中。將軍係吾邑人。神物呵護子孫保，藏之櫝匱如潛龍。聖王御宇天下靖，精剛百鍊無所庸。易名之典死節顯，乾隆四十一年賜謚忠烈。拂拭霜鍔欽英風。

沈秋崖招集五畝園分韻得魚字園本先中翰別業。

園林小築比巖居，泉石清幽五畝餘。秋雨未荒三徑草，夕陽留映半床書。登堂忽訝今爲客，窺沼渾疑我亦魚。多暇日從文酒會，東陽風雅較何如。

張蘭言

字敷在，號蓴湖，南匯人。諸生。

遊玉峽園次秋山弟韻

飽飫煙霞數往還，天然圖畫逼荆關。夢游浪説千巖裏，心賞真宜五畝間。近市結廬稱小隱，閉門棲寂便深山。堪嗤多少紅塵客，幾箇題詩肯愛閒。

蔡文治

字暉吉，號得研，青浦人。戊戌諸生。綺歲能文，尤工詩，絶似中晚唐人筆意。年僅三十一卒，陳東橋藏其遺稿。邵西樵賞其性情真切，選入《懷舊集》中。

大湞尋趙松雪讀書處

鎮有壽寧寺，相傳爲松雪讀書于此，其東管家衖則謂爲管夫人生處焉。

古人偶經行，異代相誇美。風流三百年，我懷趙承旨。吳興清遠地，相隔不盈咫。爲愛峰泖居，當年此栖止。豈無傳述疑，故老言近是。不見讀書人，猶存書臺址。蕭蕭楓樹林，渺渺寒溪水。悵望荒江濱，秋風颯然起。

通天臺銅人歌

武帝離宮三十六，連綿齊向華山築。就中獨自起高臺，上與天通肆遐矚。仙人聞説好樓居，甲帳珠簾徹太虚。十二金人相對立，露盤高仰滴方諸。九天沆瀣金精咽，服食方傳和玉屑。煙火人間自掃除，神仙别有餐霞訣。青鳥殷勤信使通，阿環昨夜降宫中。郎官自是歲星謫，曾見蟠桃三度紅。漢家天子秋風客，百尺盤傾露華溢。使者初從海上迴，三山畢竟無消息。奄忽當塗典午遷，茂陵一帶草如煙。飄零玉盌人間出，忍説銅仙下淚年。長生難學學不死，富貴古來如敝屣。大藥黄金兩不成，盤中空進一杯水。秋槐落盡暗傷情，金馬門前銅狄橫。過客摩挲誰下拜，斷腸只有沈初明。

塞上曲

落日邊城起暮笳，蒼茫古戍接龍沙。三春瀚海無芳草，六月陰山有雪花。馬踏河冰嘶苜蓿，霜清蕃帳濕琵琶。休誇婦女多顔色，久已焉支屬漢家。

閲新疆程站感賦自嘉峪關至伊犁。

雄邊遥隔古長城，戈壁袤延草不生。九阪盤山雲裏度，雙厓束澗水中行。黄沙滿路思調馬，紅柳成園怕聽鶯。一片秦時明月在，祇應愴斷玉關情。

過家少司寇西齋富林别業

卜築曾煩疏傅金，廬居十載歲時心。右軍倦憩懷蘭渚，中散風流想竹林。簪笏幾年餘舊澤，松楸一夕起清陰。墓門便是西州路，此日羊曇涕淚深。

蔡春榜

字虞封，號梧堂，華亭人。辛丑附生，例貢，春榜。天性孝友，沉静好學，中年攖疾，絶意進取，與其兄福堂及友謝寒農倡和。没後篇什散佚，其孤景齊，從謝寒農《摘韲稿》中録出。詩境清粹，在右丞、中郎之間。

過平等寺訪明雲上人

倚醉憐夕陽，東林漫游衍。溪無避獺魚，門有迎客犬。紆迴竹徑深，蕭疎草閣淺。古松罨茶煙，禪榻澹香篆。時時快哉風，不覺泠然善。禮數容脱略，是亦興所遣。前宵春雨足，籜龍隱而顯。方法別烹嘗，兹約我當踐。約飲筍茶。

聽雨得耳字偕謝寒農家福堂作

濕雲障前山，暗雨戛牕紙。誰與耿未眠，坐聽皆秋士。涼意焦護留，清響竹撼起。簷花落鐙前，蟲語咽石底。蕭疎憺然曲，不入箏笛耳。寒廳有三人，新漲定幾里。想見橋外邨，朝來滑芒屩。夜深亂螢飛，茫茫隔煙水。

暨陽舟中望君山歌

我從春申浦，來望春申山。春申山上雲自閒，春申山下江水流潺潺。江流千載長嗚咽，魂兮欲歸歸不得。當時隕身棘門外，此地孤墳誰物色。得毋鴟夷踵僇含煩冤，楚人招來葬其魂。三千珠履爾何物，無人揕胸仇李園。從來禍福半无妄，先見朱英語非浪。女子蒙恩多負恩，小人得志旋無狀。可憐好士竟何成，田文趙勝徒相傾。券焚薛債雖真義，絲繡平原亦强情。君不見南飛鷓鴣嘑懊惱，章華鄂渚生荒草。何如一杯永奠清江滸，行人往來指點談春申。

秋夜有憶

落葉不成夢，臨風喚奈何。人隨秋水遠，愁似亂鴻多。枕簟鋪寒玉，簾櫳耿曉河。海濤時正壯，若爲助高歌。

病中柬謝寒農

病魔鎮日影隨形，粥煑防風湯茯苓。多爲近醫諳藥性，不緣消渴讀《茶經》。石牀一任堆黄葉，蘭槳無由打白萍。三十壯懷竟潦倒，應憐短鬢易星星。

贈程梧軒

廿載論交翰墨場，年來不減舊清狂。文壇名震軍中范，客座才高幕下王。河海有誰傾意氣，風雲何處問行藏。遥知近日南樓興，乘月閒登老子牀。

孫鍾英

字藴華，號涵齋，上海人。炳烈之子，入府學，廩生。早卒。

題焚香默坐圖

焚香消世慮，獨坐洗孤清。十笏生虚白，三心證妙明。茶煙上琴薦，花氣撲簾旌。盡日忘言説，幽禽獨贊名。

褚　華

字秋鶴，號文洲，上海人。諸生。著《蜀香詩稿》。性情頹放，才氣兀奡。所著稿一存松太道李廷敬處，李故後不可問；一存吴縣知縣萬承紀處，萬緣事後亦未付梓。今所存者，僅其零星散見之什云。

遊鄧尉山

言尋給孤園，遂上須彌頂。峰峰數河沙，而入一莖莛。虚閣還其元，諸天照高迥。功德非希金，臭味非列鼎。衆香國中香，浩乎渺滄溟。薝蔔同妙觀，觀妙鼻亦醒。聲聞辟支乘，宗風在何等。比丘優婆塞，袈裟壞色褮。豈汝意念忘，色相善窺詗。過午食方飽，齋廚煮春茗。如是醍醐甘，於我惠然肯。居士誰參禪，三四坐相竝。日沉下阿蘭，迦陵答人謦。

半日行淺港中至亭午始見山

水淺船低齊兩岸，硬草蕭蕭撲窗亂。上横樹葉下樹根，轉舵愁逢汊港斷。魚驚欲避無水潯，約略竟入蘋花深。還從船尾繞船首，大比食指纖於針。横瀝東來水漸長，處處雲林動秋爽。舟行至此疑登天，青色玻瓈滑無兩。道多麯車沽勿遲，沙鷗勸我數舉巵。當窗紅粉莫猜我，我愛好山如蛾眉。九峰峰峰上初日，背面腰腹皆近拙。不如亭午棹船來，空翠迢遥看第一。

遊牛首山作

城西遊清涼，城北遊鷄鳴，遊人往往不出城。牛首去城三十里，載酒欲往誰同情。顧吴二子好奇者，陵晨招我山中行。騎馬度高岡，岡身忽斷山田平。村墟人語寂不聞，但聞繞隄泉水喧作聲。解鞍尋曲徑，徑勢陡轉溪風清。梵宫天末望未見，但見蔽空峰嶺青交掌。沿波路古人不經，十步九折漸歷山千層。松陰亂處殿角露，朱櫺呀豁包廣廷。脱衣揮扇各就坐，僧窺客至喜出迎。齋廚茶飯亦足療飢渴，登眺留客開重扃。山頂樓，何崢嶸，樓梯廻出白雲上，天有寒暑無陰晴。山腰洞，何窅冥。洞門深與碧草合，佛有今古無死生。夕陽催人不敢停，抗手欲別愁山霧。來何紆徐去何促，山雨欲到風先鳴。力疲縱轡恐顛墮，電光一綫乃肯導我尋歸程。僧寮借住佛鐙畔，千峰入夢得未曾。晨興回望昨遊處，祇有浮圖金碧蒼煙横。

司徒廟古栢

湖頭古祠六株栢，其栢著名惟四株。吾謂二株年亦淺，有曰古曰怪獨殊。一株中空容人立，一株横倒用石扶。遭逢春風似快意，肆發嫩蘖垂鞭粗。圍墻周帀不能蔽，遠處望見青模糊。夜深驟雨捲空際，根自乾燥但頂濡。山僧作屋畫金碧，正對數栢無束拘。奇哉有此大手筆，點綴先彼鄧與吾。丹墀日晴憇黄纖，樹下想可千官趨。

造吴太虚齋話别留飲作此托致汪墨莊滕容門

鴈奴嘑寒霜滿天，我行欲歸呼畫船。爲誰遲留棹不前，故人戟閥城西偏。讀書謝客名四傳，勃如鳳噦龍噴涎。有時獨往煙中川，目送蒼翠心陶然。我來適逢把瑶編，暫停雒誦迴奔泉。驪黄牝牡持論堅，不以皮相賢時賢。刻皃爲觴戒未愆，公榮觀飲可甕邊。月輪好事爲客圓，照此四尺豚蹏筵。汪君吾黨士，宜同賞月色，兩往訪之俱不值。滕君却住濠水南，路簇繁華難辨識。留兹欲盡不盡情，布帆别後長相憶。

賀王淡香移居

林中臺榭水邊船，分住東頭屋數椽。楊朴家人情盡逸，張華圖史手曾編。竹多少卧風生夜，窗闊堪吟月出天。况有鼠姑花點綴，春香庭院醉年年。

吴淞

海蜃氣高風浩浩，山礬水急雨踈踈。扁舟獨向吴淞北，晝掩篷窗讀《漢書》。

聞人軾

字定之，號隱廬，婁縣人。壬寅府諸生。將及艾卒，著《蕉雪齋詩稿》。其師張花農爲作傳及詩序，稱其抒寫性靈，駸駸陶、白閫奥。

連夕夢見農師以詩示我晨起得書恍如所夢詩以誌之

經歲疎筆劄，無書達我師。連宵師入夢，高咏開我眉。覺後醉兀兀，謂是晝所思。晨興得素書，彩箋紛新詞。屈指書來日，與我夢同時。我夢偶然耳，書來竟如期。得書輒展玩，詩還酒下之。絶妙四賢咏，千載成心知。朗吟已復醉，拈毫書小詩。詩成付一笑，不告師告誰。

錢　塘

字容聲，婁縣人。諸生。有《陟屺小稿》。性孝，母疾割股以療，不愈，哀毁得疾卒，年僅二十九。胡鼎蓉、趙萬里均爲立傳，徐大容并爲作哀辭云。

清明前二日陰雨

東風作意變春晴，極目新陰黯淡生。策蹇客迷沽酒路，捲簾人憶賣餳聲。濕雲十里屯芳草，翠浪千層汨早鶯。最是一年腸斷處，絲絲煙柳欲清明。

送春

青荳朱櫻上市新，碧窗曉起最愁人。柳花不屬東君管，一任迷離散麴塵。

陳逢堯

字愷之，號華苹，南匯人。諸生。有《耕雲書屋稿》。

遊清涼山登翠微亭

江濤湧曉日，萬象森然秋。豁達山霧開，絶頂資尋幽。石徑去轉杳，深院鳴鈎輈。高亭勢如翼，古樹風颼飂。緬景蹟易失，延賞目靡留。一覽空濛際，江水接天流。凭闌結遐想，企石散殷憂。薜蘿時在眼，落葉盈荒丘。古人去已久，今人復來遊。迢遞蒼江上，秋聲滿石頭。

毘陵道中

曉風殘月泊孤舟，夾岸人家紅樹秋。西北諸山相對起，白雲一片到瓜洲。

孫企衡

字湘巖，青浦人。增生。著《半城書屋遺稿》。

晚眺

攜屐從西來，行行遠城市。風定凝村煙，雲低接溪水。蒼茫晚景幽，隔岸漁歌起。

盛　熙

字瑞徵，號方白，華亭人。甲辰廪生。

遊千佛山

走馬城南路，招提晚眺時。僧閒貪佞佛，客至健題詩。洞口飛花寂，山坰落日遲。數聲歸鳥去，斜倚獨撚髭。

登成都城

天開益二古山河，萬堞芙蓉縱目過。北向煙巒巴閬入，西來風雨雅黎多。乘槎浪擬三秋客，捷足還輸萬里駝。見説烏斯征鼓急，頻年尚未靖干戈。

莊肅哉

字振聲，號石亭，金山人。諸生。

中秋後一日與仲兄夜話

叵耐貧爲祟，怎禁雨作霖。一鐙兄及弟，半夜醉猶吟。舊事愁中憶，秋懷別後深。到家如逆旅，明發泣傷心。

何世義

字方其，號見山，青浦人。諸生。

長馨刹即事

一塢白雲閒，翛然静掩關。微塵吹不到，使我住忘還。時泛溪邊棹，頻看湖上山。夕陽詩景好，小酌一開顔。

題胡可園别駕十畝園十景

采石堆作山，山成象艮止。放眼群峰高，未必穩如此。卷峰小憩。

無心出岫雲，漠漠上寥廓。載雨濟寰瀛，一片歸丘壑。遲雲榭。

皎皎月初升，一廊忽四徹。廊中人未眠，心地皎如月。月滿廊。

鼻觀妙微參，所經得消息。方欲窮園林，驀入衆香國。香界。

陳純嘏

字量揆，號錫園，金山人。乙巳諸生，例貢。著《晴雪山房詩稿》。

秋夜懷人

雲浄暮天澄，波平夜船發。玉露洗空林，微風漾華月。遥憶水仙吟，朱絃夢清越。

苦雨

病客如僧懶，多寒擁毳裘。雙峰一夜雨，四月滿城秋。海瘴連雲起，江潮入市流。釣竿如在手，便可上漁舟。

馮寶華

字奎光，號小樹，金山人。丁未諸生。能詩，尤工畫，其山水、人物，與嚴德沛齊名，惜早卒。

仿倪高士畫

筆墨因緣不自閒，朝朝洗硯寫青山。箇中會得雲林意，只在蕭疎澹遠間。

朱文燮

字和甫，上海人。戊申府諸生，早卒。

聞雁有感

何處驚寒起雁群，嘹嘹嚦嚦度江濆。數聲棲斷巖城角，萬里悲傳絶塞雲。錦字曾煩愁裏寄，銀箏猶記醉中聞。銷魂一曲《湘妃怨》，彈遍揚州月二分。

牛女事詩人多誣詩以正之

朝雲暮雨巫山女，翠羽明珠洛水神。自是騷人多寄托，不須真箇怨天津。

金　和

字應咸，號祖香，華亭人。庚戌諸生。著《祖香詩鈔》，年二十七卒。按：和家貧，母老妹幼。就館百里外，薄甚，無以爲養。又家有骨肉乖刺，母得氣疾，歸執母手慟哭，或責其不詳，勿顧也。爲諸生十年，屢見優于學使，未嘗鄉試，曰缺養母饘粥費，心何安？其爲詩，婉雅明秀，而其中則有幽怨怖悸，慷慨淒凉之隱。母殁，家難愈甚，屢哭，亦病。閉户困阨，以至於死，人皆痛之。其友欽秀才善爲作傳，謂爲「匪獨詩人，實爲孝子」。因編次其詩，并載其家信二通，蓋皆奉母勸慰語也。祝文瀾輓詩云：「十載傷心憶祖香，六溪猶是挹餘芳。當時但把清狂擬，未見家書十五行。」

題虞姬探營圖此出傳奇家之言。癸丑夏，山泉主人出此圖，屬題辭，不獲已，作此詩應之，不足存也。

漢王不中鴻門擊，豎子無謀受雙璧。一世英雄垓下亡，半天吹起江東笛。八千子弟聽悲歌，淚落沙場感慨多。絶代虞兮心獨慧，潛身虎帳試經過。妝嚴寶劍明秋水，愁重春山斂翠蛾。側耳微聞語聲亂，離心其奈六軍何。嗚呼誰無父與母，那堪白骨河邊朽。卸却征袍歸去來，倉皇各向咸陽走。軍心已涣不可回，重瞳霸業遂成灰。一時都中留侯計，駿馬名姬并可哀。從知天意原亡楚，何須有力空如虎。不惜頭顱贈故人，可憐紅粉埋黄土。窄袖戎粧耀錦螭，披圖想見好風姿。英雄兒女堪千古，愁絶當年倚馬時。

聽俞秋圃彈琵琶歌

俞郎年少人如玉，妙手能揮古桐緑。薄遊湖海知音稀，碎琴更習琵琶曲。琵琶一出妙無雙，不數當年賀與康。《金縷》舊聲翻玉鎖，緑腰新調换《楓香》。懷風抱月争欣賞，雅俗家家思供養。但得翩然挾具來，一曲令人千日想。年來遊迹滯當湖，冷落家山舊酒徒。學唱鶤雞渾不似，繁絃嘈雜奈愁無。扁舟乍返城西路，訪我殷勤重道故。巧值枌榆社正開，詩懷争乞商聲助。段師抱器赴街東，妙曲先傳漢大風。指下雄師揮十面，江頭單騎走重瞳。萬馬盡嘶聲忽歇，垂絶一絲悲切切。紫塞悠悠怨玉關，烏孫公主傷金玦。哀聲未遠接歡聲，清夜鑾輿紫禁行。群艷恍疑螢火照，迷樓想見月華明。興亡一霎絃中了，目送飛鴻天外杳。四座聞之意氣揚，一鐙如豆乾坤小。我聞此器出絃鼗，名士傷心半愛操。兩漢而還推孔阮，開元以後有王曹。瓦爲銅鑄曲遺久，幾個能兼左右手。摩詰《輪袍》已失真，坡翁地阮空傳後。俞郎何處得新聲，十指飛揚妙絶塵。白日幾能亂風雨，夜池可得躍蕤賓。我無楊氏脂鞓帶，偷學無從增感慨。但願今宵醉不歸，請郎再鼓酬良會。我爲低唱爾調絃，佐以清歌倍可憐。雅謔從教比商婦，絶勝明月滿空船。酒闌歌罷人争起，後約重申情未已。半窗明月松影多，我欲爲郎彈緑綺。

香光樓在南匯城知止菴側。董思白嘗讀書於此，有「繡佛前」三字遺蹟，邑尊□公重建。

尚書昔日逃禪處，池古蓮花族劫灰。百尺樓臺雲際起，千章桃柳水邊栽。使君真有元龍氣，吾輩慚無崔顥才。記得勝遊當四月，紅裙烏帽一時來。

同唐筠門奚月橋遊横雲遇雨

百錢新買緑漁蓑，第七峰頭載酒過。雨洗青山遊屐少，水浮黄葉畫船多。望中野色皆仙境，醉裏詩情似釣歌。却喜晚晴歸去好，一彎纖月挂煙蘿。

曹汝梅

字冠英，號夔堂，上海人。辛亥諸生。年二十九卒。

秋日登樓晚望次薌林弟韻

秋氣增人爽，翛然獨倚樓。疎林明夕照，隔浦起漁謳。撫景襟懷曠，思歸道路悠。家鄉疑在望，極目暮煙浮。

陶本華

字馥岡，號崧南，青浦人。諸生。

表節篇

邑胡氏女，幼許字熊某。未婚，其夫緣事繫獄八年，得改遣戍。氏矢願從夫，顛連就道，書此以誌其節。

千載從夫志，休將小信看。釵分清淚濕，巹合寸心安。琴瑟荒郊御，鋃鐺客路難。只緣明大義，總莫話悲歡。

王錚

字幼瑩，號鞠人，原名鑑，上海人。坤培子，癸丑府庠生。工詩，竝精隸篆，擅蘭竹。

訪陳二□村居

枳籬半横欹，清流夾蕩漾。蔚然幽以深，一椽架其上。之子息交遊，地遠絶塵鞅。徑狹樹扶踈，庭空鶴來往。昨夜新雨足，石上青苔長。長嘯孤松間，泉聲答清響。日暮起相思，我心增惝怳。

讀子乘二兄淞南草堂詩卷次韵

繞指柔成百鍊堅，早知坡老共摩肩。羨君不愧鬢如戟，對此都疑骨亦仙。劍匣太阿寶藏氣，潭空秋水净寒煙。一回吟罷一回味，細嚼梅花夜不眠。

憶武陵舊遊同一亭大兄作

喬松青翠鬱千章，薄暮鐘聲出上方。法雨空花隨處現，此間真笑白雲忙。

朱增泰

字岱雲，上海人。嘉慶丙辰諸生。

金陵道中

四望巉巖疊幾層，舵樓縱目興堪乘。片帆高挂斜陽裏，一路看山到秣陵。

曹雲翔

字介仲，婁縣人。己未諸生。年二十與兄雲糺同入學，家貧，館于鄉。有感輒賦小詩，病咯血，以戊辰三月卒，其兄拾得遺詩二卷。

擬山居二首

我非山中人，每愛山中居。白雲滿空谷，門巷絶軒車。好風何處來，吹我架上書。無絃不張琴，有酒聊引壺。既樂山寥廓，復喜樹扶疎。洵乎紫桑言，吾亦愛吾廬。

子猷對西山，朝來挹爽氣。淵明卧北窗，涼風颯然至。而我半弓室，山窗共明媚。雲無出岫心，鳥有還巢意。繞籬四時花，開落自成歲。寄語山外人，箇中有深味。

凌孝熊

字飛卿，號四香，上海人。諸生。早卒。有《吟草》一卷。孝熊幼慧，能詩，下筆灑灑千言而不自慊其書。每爲詩，輒令其弟孝叔字潁卿書之。孝叔書法婉麗，與孝熊詩才雄放，人目爲二難。未幾孝叔得疾卒，年未二十也。其明年，孝熊入學歸，不兩月，亦卒。褚文洲謂「飛卿之才加以學力，何難與古人相上下，而乃夭其天年。」遺集數卷，余爲删定以存之。

晨訪鉄舟聽琴再用東坡次僧潛韵

我來大寺瞻三清，萬象退聽魔逃形。拱立門外忽有聲，五調迭發如《咸英》。宫者非宫角非角，聲音微妙動幽冥。有時風雨驚驟絶，有時波浪排峥嶸。有時中肯若解刃，利劍霍霍新磨硎。有時鏗鏘發金石，幽渺直使鬼神驚。孤惸庶孽偶一聽，哀怨恍惚杜鵑城。大絃春温小廉折，牛鳴雉雊溢里庭。倏焉暫歇作餘響，落落三五如晨星。初疑中絶忽復發，始與爲距終爲迎。乃知七絃抱幽獨，身世本若浮雲輕。我心抑鬱久不展，聽之使我和心情。開門相見拍手笑，理絃爲予一再行。懵騰愧非知音者，危坐不覺心煢煢。飛鴻天外揮手去，世間凡響徒盈盈。作詩贈君兼謝君，從此朝夕心遄征。世人莫笑我狂躁，一見便欲肝腸傾。

高岑

字韵臺，華亭人，錢塘商籍。諸生。著《江湖夜雨吟》。

王兆熊曰：「隨意抒寫，妙趣天然。」

甬東三古樹歌爲丘東河先生作

四明山高鑑湖碧，中有營丘傳舊宅。石壇夜静鶴争嗥，鬱鬱蒼雲堆百尺。受命于地誰最優，兩松一栢枝蟠虬。陰森日月互虧蔽，仿佛時有青羊遊。歷宋元明迄昭代，太息滄桑幾興廢。此樹猶爲一姓留，銅柯鐵榦精靈在。喬木世家争濟美，藉藉先生名早起。昂藏自具歲寒姿，飽閲冰霜有如此。天生大材必有用，樹邪人邪無二理。一麾出守來常山，澤比黄河潤千里。始知神物鍾靈秀，正直扶持垂不朽。歸心日夕甬江東，試問蒼髯無恙否。

陽羨書院舊有東坡先生祠吴門韓旭亭山長得宋本真像勒石其中歲壬戌余忝主講席孟夏率同人致祭因賦二律

七百年來無此人，雪泥鴻爪認前因。宫中久已呼才子，海外胡爲有逐臣。萬里瘴鄉歸得計，一溪罨畫夢常親。知公魂魄猶應戀，陽羡山中處處春。

修竹祠堂結數椽，瓣香晨夕禮名賢。當庭正好重栽橘，負郭還宜共買田。經世文章歸玉局，及時櫻筍薦芳筵。奇才大節今誰繼，西望岷峨矗遠天。

庚申立秋後三日初發昌樂

獨輪車上客孤還，行李蕭然意轉閒。野日殘雲丹水渡，秋風細雨穆陵關。廿年蹤迹同飄絮，半老心情羡白鷳。旅館燈青渾欲倦，夢魂先已到家山。

癸丑早春赴皖

抛卻園梅載酒筒，迢迢千里逐征鴻。孤篷細雨三更夢，埜岸斜陽一笛風。東皙近遊仍未得，仲宣詞筆爲誰工。九華恰有前期在，望裏青青入畫中。

國朝松江詩鈔卷五十三

鄉人姜兆翀孺山録
王元宇秋泉閲

沈映輝

字朗乾，號雅堂，婁縣人，居楓涇。附貢生。乾隆乙酉，高宗南巡，獻詩畫，親擢第一，給事禁中。每以所作稱旨，賜予無算。辛卯應京兆試，不售。子步垣中式，上命以落卷進呈，極蒙温獎，竝許試帖《百川灌河》詩深得汪洋顥瀚之旨。又諭：「爾子獲雋，與爾獲雋無異也。」侍直八年，乞假歸。後以子步垣官御史，晉封。著《庚齋俟删存詩稿》一卷。

《潄芳齋詩話》：我朝以畫學入内廷極蒙知遇者，前後三人。康熙朝則葉秦川，雍正朝則陳殿掄，乾隆朝則沈雅堂也。顧其才藝則一，而境遇不同。如秦川之喪，則蒙軫恤。殿掄之婚，則邀賞賚，而後乃落魄以死。若夫國恩家慶，老境恬熙者，惟我雅堂年伯爲極盛云。

高昱寺越音上人惠山原倡即步其韵

每憶毘陵道，秋江繫客船。興酣山作供，事往夢猶牽。品酒丹林下，論文翠閣前。凡心如可洗，何必問山泉。

東君謝比部集同人倣九老會時乙巳九月三日

松菊三秋興未孤，招來群彦氣交孚。耆英留待他年憶，時則東君六十八，余年六十九，餘五人皆五十以外。真率重教此日娱。約以客不迎送，餚不多品。小户那堪仙作侣，放懷略與古爲徒。優游領得閒中趣，祇覺風光不負吾。

題春山白雲圖

春山飛白雲，柳晴藏花密。中有樂天人，長吟常抱膝。

倣黄一峰春山瑞靄圖并題句

静對春山意與遲，箇中趣味耐尋思。冲和亦作調琴想，奈少風光擬大癡。

倣王山樵江干老樹圖

經年老榦飽霜秋，茅屋無人意自悠。一片風帆何處去，閒情争似泛江鷗。

趙秉淵

字少鈍，上海人。光禄文哲子。乾隆四十二年以難蔭改補中書，官成都府知府。著《卯君初稿》《小斜川叢稿》。

木果木軍營題巴兵部尼琿金江淬劍圖

我來西嶺觀軍容，和門高捲紅旗紅。行廬定省得少暇，軍諮祭酒紛過從。先生嗜古本儒雅，投筆不爲通侯封。穴中群鼠喜觸鬭，忽爲狼狽交相訌。王師聲罪致厥討，務使荒徼消煙烽。先生躍馬任參伍，橐筆磨盾陪元戎。昨冬先掃兔一窟，短蓬零蘀隨秋風。降人感涕竊有獻，一劍脱手詞何恭。先生撫之投袂起，誓以此劍齒兩兇。人心劍氣歘然合，怒欲出室鳴宵中。金川之水何瀧瀧，渟沙激石行如龍。臨流坐愛清見底，山光樹影交玲瓏。昔曾請纓今枕甲，以水淬劍他山攻。匣中三尺本如水，匹練躍出青芙蓉。爛於初日艷於雪，撇波化作干霄虹。横磨十萬此其一，指揮頭白難攖鋒。我今觀畫若觀戰，便思手挽百石弓。無勇非孝古有訓，竟請摩壘從諸公。鷗膏不如逆酋血，三釁三沐旌爾忠。龍身虎氣繼讚頌，倚天欲共陵崆峒。

宋謝文節公橋亭卜卦硯歌爲查榕巢先生賦

信州城，一彈丸，安仁溪，一衣帶。謝公當日作逋臣，忍死須臾有母在。崎嶇轉茶坂，蜿蜒朝天橋。上有突兀之老屋，下有嗚咽之寒潮。麻衣草履貞苦節，東向飲泣無昏朝。國家金甌已傷缺，不及區區片石猶堅牢。犀紋鴝眼詎存好標格，但覺墨光黯淡和淚痕難消。垂簾聊學成都客，卜肆沈埋人莫識。遺民姓氏混塵埃，我道明夷在《周易》。無端空谷下旌招，不道公心介于石。瓦全玉碎各有志，豈待行藏問龜策。燕山寺中鐙影孤，南冠憔悴一餓夫。碑問女子寧汝愧，抗節直與首陽徒。橋亭人去久寂寞，杜鵑啼血空模糊。滄桑轉眼五百載，殘石猶有神明扶。打城洪水漂不去，天使光怪騰泥塗。流傳何日到公手，寶之不異千璠璵。摩挲再四誦銘字，令我懷古心縈紆。嗚呼！玉帶生，信公友，此石千秋與同壽，文山疊山兩不朽。

過緑雲菴

逕曲蹤難覓，苔生白板扉。花香入齋鉢，竹色上僧衣。梵響隨風細，鐘聲度水微。此中參静理，愜賞欲忘歸。

瞿叔游華寄示江村漫興詩即用原韵奉酬

幽棲地僻少塵埃，著屐删花踏緑苔。水霧漸看朝雨合，林烟先向夕陽開。茶經藥録時三復，竹塢梅坪日幾回。早晚故人倘相訪，牀頭共醱舊香醅。

陳　韶

字九儀，號花南，青浦人。以四庫館議叙官浙江通判。有《花南詩集》四卷。詩筆雅近錢、劉，竝工山水。

詩話：别駕性情蕭散，意興高閒。署烏鎮同知，後買屋于西湖之梅莊。自序以爲問渡西泠，得一帶長隄花柳掩映地，名梅莊。故老相傳謂得斷碣，知是韓蘄王廢園也。堤外桃花港，隔岸霍山上有名池，深不可測，相傳吴公子磨劍處。因思重建水閣梅坡，以復古韓園之舊。年來乃僦老屋數椽居之，編籬插竹，備極其趣。于是花晨月夕，挈同人觴咏于此。而杭之好事諸人，遂争赴焉。此亦一段佳話云。

西塘尋族祖忠裕公寓處

歸途愛鄉語，客心驚歲暮。空波黄葉飛，瘦盡江村樹。緬懷蹇蹇臣，茫茫此僑寓。九天丹鳳詔，千年碧血墓。美人香草思，空誦長沙賦。

梅莊寓齋寄烏鎮故人

攝官芙蓉浦，四月事簿書。歸來對殘菊，三逕猶未蕪。門户雲氣入，捲簾松翠俱。水流聲潺湲，曲曲繞我廬。我廬何所有，詩書與畫圖。茗烹白沙泉，盤列西溪魚。雖無五斗米，鄰舍多園蔬。興來招素心，聯吟一提壺。夕陽照楓林，四川落葉初。無傲不須寄，南窗心自舒。豈必盤谷隱，頗愛愚溪居。陋室足俯仰，曲肱樂有餘。凌雲賦不讀，侯門何曳裾。尚有惓惓意，雲樹渺愁余。尺書託雙鯉，投報無瓊琚。迢迢爛溪水，粼粼明聖湖。迴望讀書館，甑山烟模糊。爲問諸父老，别後復何如。

登滕王閣

晴洲仙觀畫圖開，秋盡登臨落木催。終古江山成地主，幾人詞賦擅天才。微茫南浦鷗偏狎，蕭瑟西風雁又來。我亦一帆嫌過客，逢迎須醉菊花杯。

春盡日見故友蔡得硯讌集予家水鏡山房送春詩愴然有作

春去他鄉倍黯然，客窗懷舊展殘編。南柯一夢人千載，東壁三生事廿年。舊雨飄零思海內，新愁撩亂又花前。故園櫻笋應無恙，歸計偏遲下水船。

九月二十九日同人梅莊展重陽

名士逢迎便咏觴，秋殘猶及菊花黃。一年捉麈幾回醉，四海論文吾輩狂。喜見白頭聯舊雨，王條山孝廉，余松屏副車，年皆七十五。愛看紅樹對斜陽。歸來吟筆知還健，不爲西風感鬢霜。

沈璧璉

字熙之，號梅泉，上海人。候補光禄寺典簿。著《文咏樓詩》十四卷，《香雪草堂詞》二卷，《蛾術編》十三卷，《文咏樓隨筆》二十卷，雜著十卷，均爲可採云。

擬王摩詰飯僧

少歲頗學道，晚家南山陲。言從方外遊，雲際採紫芝。過我或就食，時烹園中葵。柴門鳥雀下，嗷嗷似有飢。散之就掌食，澹然隨所施。磬聲殷空齋，習静忘世爲。悵然望雲山，焚香無盡時。

黄山歌送黄芳亭廣文赴歙

黄君官獨冷，逸思雲煙紓。平生分置一丘壑，天風忽送來天都。天都拔地四千丈，晴空劈出蓮花掌。半山已盡域中觀，絶頂真窮天際想。蒼松夭矯奔乖龍，斷霞片片飛孤峰。有時捲入雲海去，紫瀾磨洗青芙蓉。噓雲一縷起平麓，彈指虛無風振木。九天下垂白茫茫，陡覺波濤盪陵谷。須臾解駁散遥岑，三十六峰迴望深。歸來欲攬浮丘袖，興發還爲吴會吟。打頭屋小青山卧，苜蓿盤餐自理課。他年招我往名山，揮手斷凡橋下過。

旅夜

歲晚天涯客，羈愁獨坐生。寒山沉月色，古樹折風聲。正有高堂夢，虛懷故土情。夜深驚伏枕，鴻雁向南征。

歸渡黄河

歲歲中流渡，風濤客易驚。帆開滄海日，秋老大河聲。擊楫歌原壯，乘槎計未成。何如南下好，且逐舊鷗盟。

呈阮薹村先生

解組歸來絶世榮，逌然遠迹闔閭城。青山濩落增文獻，白社飄零見老成。高隱傳留方孝緒，閒情賦就擬泉明。故園櫻筍淮南近，贏得蕭蕭鄉夢清。

過崑山懷顧仲瑛

湖光山色似當年，不見詩人意惘然。褭屐一時推盛會，風流千載屬名賢。當筵佳麗衣香遠，深夜笙歌月影圓。好境不知何處是，從今已悟六如禪。

良鄉道中

罥鞭楊柳曉風分，西望龍泉山名。見白雲。跋馬廣陽城外過，更誰人憶望諸君。

沈璧琮

字安之，號夢蘿，上海人。貢生。有《海日樓詩鈔》。

遊九龍山

川迴歇蘭橈，步屧事幽討。山深受日遲，樹古得秋早。斷嶂劃烟村，飛湍瀉木杪。谷口散紅霞，澗邊發瑶草。振衣歷層巔，彌望絶飛鳥。仙籟飄疎鐘，月出群象杳。

山中曉起

山人曉起遲，洞口寒欲雨。風傳蓮社香，僧送梵堂鼓。開軒望翠微，炊煙起縷縷。彈指化湖雲，明滅蕩空宇。元言究已了，晴旭猶未覩。

度長圻嶺

理策尋高峰，憑將樵徑躡。紆迴穿松杉，迅霜振寒葉。石亂步難縱，崖虛氣先讋。群猿嘯重雲，孤筇上千疊。石仄細鞭牽，坂斷危梯接。赴前力愈猛，恐退神轉慴。峰尖膝不受，天低頂欲壓。去路澹欲暝，蒼翠沾衣褶。

披耶西硯山歌爲砥亭叔賦

輕雷沈山月暗沙，寶雲朵朵浮官衙。滃然紫氣逗簷際，迎眸艷質羅窗紗。崑崙山前五色水，桃花倒浸蒸煙霞。煙精霞氣互凝結，斑斕浮出仙源槎。良工巧運法外法，玲瓏鑿出無纖瑕。烟鬟霧髻簇四面，中央細徑縈秋蛇。名山入手宦情淡，遂思解組迴渝巴。天都之峰普陀腹，移來几席争谽谺。摩挲丹嶂起風雨，灑作臙脂萬點花。

羅浮山歌送友之河源

我昔博羅曾夢遊，峰峰巉絶天南頭。誰割蓬萊一峰浮海至，終古石梁鐵鎖相連鉤。鐵橋銅柱駕空起，五峰明滅煙雲流。山風乍息山光碧，空青一髮開琉球。何來道上羽衣客，指點花間葛洪宅。戲弄麻姑五色裘，化爲蝴蝶紛無迹。倏忽前峰雨欲來，雲氣蓬蓬滃丹壁。崖回路轉不移時，萬疊濃陰開曙色。瑶臺縹渺山玲瓏，手摘星漢騎長虹。百靈潛藏山鬼匿，揮鞭直欲陵蒼穹。須臾報道神光發，有似火燄騰虛空。紫霞更聳三萬六千丈，疑是九天倒插金芙蓉。桂父澗邊餐玉髓。興酣長嘯天風起。空山石氣蒸雲英，吹來化作蓮花水。君今作邑臨仙鄉，何由相伴同翺翔。嶺海迢迢不復見，高歌一曲蒼天蒼。

旅夜

旅榻當窗卧，東風尚薄寒。鄉關雲路繞，何處問平安。雨滴愁心碎，鐘敲客夢殘。孤燈憐寂寞，把酒强爲歡。

遊汲雲菴

秋色動遊情，禪關香氣清。煙濃飛鳥没，山缺夕陽明。曲徑浮花影，空堂出磬聲。老僧雲外至，採藥笑相迎。

舟夜

昔夢江都月，飛花遍古城。今逢淮海雨，入夜助秋聲。雲水沈鄉信，風塵悵客情。年華留不住，飄泊負生平。

送友人之楚

山程水驛肅高秋，重向荆門訪勝遊。萬里平江翻赤壁，雙崖積鐵鎖黄牛。猿啼日暮騷人遠，雁叫雲陰帝子愁。客裏依劉艱活計，懷鄉應上仲宣樓。

喬鍾沂

字樸園，號檀園，上海人。中丞光烈子，候補光禄寺典簿。檀園揮霍之才，心存嘘植，至爲其弟岷州積逋官帑，彌補一清，則尤見其情殷手足焉。好爲詩，不留稿，存者寥寥。

鎮江懷古

京江遠望思無垠，兩岸晴煙夾去津。外史書傳題海嶽，華陽鶴返瘞江濱。山中招隱梁王子，亭畔留雲唐上人。王濬樓船何處所，石城帆影十分春。

常州懷古

纔得鴻山姑幕連，一天風色錦帆懸。芙蓉湖畔花如霰，罨畫溪邊竹似椽。碑識延陵思季子，菴臨善卷憶高賢。祇今惟有毘陵水，曾與前人結酒緣。

楊汝諧

字柳汀，號退谷，華亭人。監生。工詩，兼長書畫。初著《崇雅堂詩鈔》五卷，沈學子字之，謂：「以意爲主，而刻厲風骨，興寄磊落，善寫情事，摹繪景物。」後又有《話雨齋詩存》五卷，則王孟公序，謂其嗣吟閣孫杏舫屬訂者，而其詩較前爲更灑脱云。

冬日訪東臯艸堂故址

步出漁塘西，朔風一何厲。敗葉辭霜柯，落日半輕翳。向聞孫雪居，鴻裁愧獺祭。脱腕飛煙雲，懸鍼走篆隸。當其守漢陽，政績不遑計。却恐田園蕪，一官等委蜕。如何榛莽中，但可辨門第。雪堂知何存，墻角倚老桂。一椽風雨餘，衰草滿深砌。圮壁圖雙松，漫漶勞凝睇。昨見此門開，今見此門閉。試問門中人，白骨竟誰瘞。欷嘘剩老翁，向我説陵替。今昔本無殊，於兹得妙諦。悦然拂袖歸，胸中洗芥蔕。回首莫雲横，遥岑擁螺髻。

北禪寺久廢有僧海闊趺坐雨雪中隣人結茅庇之歡喜布施山門克日落成夏至前一日忽然化去額際隱見紫紋彼教中詫爲舍利光云

師從何方來，乃向此閒住。住亦無多時，一旦忽化去。凡人莫不死，死或有其處。以兹選佛場，纍纍多丘墓。但存祭鳥臺，不見雷轟樹。風雨哨鬼車，榛莽走狐兔。師偶止不前，露宿了無怖。歡喜動愚人，結茅底用募。方謂整家風，自有伽藍護。豈無順世心，亦復隨物故。或云舍利光，隱隱眉間露。何期此化人，却在方外遇。即今多闍黎，試問誰堅固。如何了生死，如何是覺悟。多師示涅槃，庶幾西方路。

梅花庵歌

圩塘之北梅花庵，梅花繞屋臨清潭。廿年夢想足未到，攜朋忽漫窮搜探。到門石丈當户立，竹木蕭灑圍香龕。名區舊是觴咏地，東西園峙傳淞南。圩塘南北有顧氏西園，別有東西兩園。是庵在中，爲王氏園故址，竹石最勝云。滄桑轉瞬化烏有，此庵猶作梅花談。珠林獅象一以寂，別有妙解開優曇。是時秋半月剛吐，晚風林下歸樵擔。衣上簌簌滿金粟，對此不樂其誰堪。我初得句神已旺，客未飲酒狀若酣。世塵滚滚盡可滌，悔不早聽經繙三。不知梅花何日開，是庵願與諸君面壁跏趺參。

尼山古硯歌爲天都汪十三作

尼山之石世所奇，以之成硯無不宜。硯長七寸廣五寸，方爲墨地員爲池。背上有銘略可識，惟聖克念云云辭。銘云：「尼山之英，融而爲硯。祐啓後人，惟聖克念。」松煙研處金圭轉，雪水融時玉帶圍。銘旁獨辨此二語，信乎舊斵人間希。我聞孔子廟中硯，其製古朴神凝脂。得毋仿此先師物，緝之所記或見茲。伍緝之《從征記》孔子廟中硯。天都汪子好古者，一旦得之邗溝湄。便攜過我泖涇曲，摩桫盡晷渾忘疲。我生好硯漸成癖，硯寮聚硯分姸媸。無如此硯最古朴，亟試石髓加毛錐。殺墨如風淬筆利，蘇黄之語不我欺。酒酣輒欲割所愛，謂須作歌以易之。作歌未竟硯先至，拜君雅意豈敢辭。逝今珍重永不負，三災可畏頷歛眉。嗚呼！三災可畏且勿計，但願石交爾我長不隳。

春日雜詩

山居頻自課，結習未全除。乍得催花法，旋鈔種樹書。落蘠因雨護，磽确帶雲鉏。且埽羊求徑，罇中酒不虛。

鵯鵊聲隨雨，溟濛失四山。震雷林筍長，急霤瓦松刪。酒盡詩腸澀，書來客況慳。祇應著蓑去，一聽水潺湲。

住近泖涇曲，時看拍岸潮。片帆來極浦，孤塔射危橋。風雨連郵暗，魚鹽入市囂。何當置酒庫，滌器一相招。

太白騎鯨去，天公置酒星。於今卑畢卓，終古學劉伶。我不從人醉，人將笑我醒。逝當日沈湎，與爾訂忘形。

夜坐懷吴大鈞

煙鏁遥峰隱翠嵓，海門雨過味偏鹹。花前抱甕終違俗，松下彈棊自隔凡。拔地奇才誰斲削，插天怪石待鑴鑱。空霄唳鶴雲程遠，朗月高涵千丈巖。

登稻孫樓有懷施三秋水

杪春小住經三日，文酒追歡悵昔遊。却媿生涯餘敝帚，劇憐人意屬閒鷗。烏藤入手曾聯袂，緑玉敲窗獨倚樓。底事十年期太早，空教杜牧費勾留。秋水有十年之約，故留海上不返。

馬夢蓮

字再青，婁縣人，家泗涇。監生。家處素封而多文字交遊，於佘山眉公舊隱處，作白石山莊，楊退谷贈詩云：「後來者何人，扶風馬氏子。薙草剔沙礫，于是見經始。」又云：「扶風公子好品題，買山搜剔成幽棲」者也。又於其家中葺小園，嘗自爲園記，屬王秋農書之，而勒諸石。著有《白石山莊集》及《幻題百咏詩》。

苔裀

緑雲一片墮堦傍，清潤偏宜襯石牀。雨氣滋培春有迹，花跗點綴土生香。客來應笑青氊薄，門静何憂蠟屐傷。豈必錦鋪方稱意，悠然相對亦相忘。

曹錫辰

字北居，上海人。例監。初著《北居詩稿》，後爲《畏壘山人集》。棲空上人嘗序其詩，謂「不必徵求典故，無非自寫性真」。《詩話》：山人曾輯《國朝海上詩鈔》九卷，又《初》《續》二卷。雖僅止一邑，而上洋文獻可藉以傳世。

徵訂我邑國朝人詩作此柬諸同志

邑乃游札鄉，先民富篇什。忍令千古事，韜晦文明日。虚谷動天籟，希聲奏琴瑟。删述吾豈敢，遺言且無失。

靈巖次孟東野題從叔述靈巖山壁韵

迹偶山林迹，情即山林情。翩然躡雲蹤，身如一銖輕。褭屐有時歇，木石露孤清。空中吼蒲牢，一杵千萬聲。狥物易成累，自得難强名。煙霞無定姿，悟賞由静生。氣至動禽籟，我亦相隨鳴。

李文襄祠

滇粤既咆哮，八閩亦猖獗。吴越一不支，中原不足没。仙霞浙門户，當關問誰傑。羽書初報警，賊騎已衝突。將士無鬬心，前驅逗不發。桓桓李制軍，奮勇仗節鉞。移師壓太末，練卒齊步伐。時來功名會，智勝敵謀詘。吴越竟保全，金甌遂無缺。勳業表旂常，忠義貫日月。百年留廟貌，萬古仰遺烈。遺恨范忠貞，空存駡賊舌。

石觀音院

石頭非頑亦非辨，大士幻身隨處現。門前車馬如雲屯，院在金陵驛後。門裏潮音起秋殿。一心頂禮妙蓮華，慈悲可監皈依願。如來都是木心腸，大士何時回冷面。南朝煙雨多樓臺，祖師躡屐從西來。四百八十今何在，獨此蕭寺逃塵埃。院爲梁飛白蕭寺右鹿苑寺。千年遺象猶尊奉，普門一品人皆誦。楊水時時灑世間，笑余未醒黄粱夢。君不見石頭城外冢纍纍，石碑倒仆眠翁仲。

賣花詞

秦淮河畔紅鐙爛，長板橋心衆香灌。楊柳風横邀笛船，鴛鴦水濺臨春岸。玲瓏簾揭倚闌斜，手擲金錢笑相唤。公子清游暑氣闌，美人小睡香魂亂。織翠帷中夜夜新，盤龍鏡裏朝朝换。朝朝夜夜賣花游，花謝花榮幾度秋。自小生來花裏活，爲他人製百花球。蝸廬一角清溪曲，筠籠雙肩結綺樓。兩三盆盎爲恒産，居食于斯無外求。但愁秋雨秋風至，花市花工一旦收。六朝佳麗亦如此，江左風流長已矣。十四樓荒夜月孤，三千客散侯門燬。群芳開落總無言，香色千年不曾死。可惜移來擔上看，可憐辱在街頭市。山川種玉歷多時，簪珥聯珠費巧思。已分賣花心獨苦，敢言買花人不知。梨園愛唱新翻曲，狎客争傳絶妙詞。來朝花樣知何似，檢點花枝賣向誰。

虎跑泉次東坡韵

跳珠濺沫滚滚上，水性下流此獨仰。渴喉正欲吸西江，玉乳金膏掬盈掌。井中湧沸豈其源，石罅横流時作響。泉出僧亡虎亦無，幻夢奇蹤貽我想。

雪後江干晚眺次賈閬仙雪晴晚望韵

春雪無留迹，陰雲暗幾重。吞城惟有水，拔地更無峰。沙渚馴鷗鷺，人家蔽竹松。不知何處寺，歷歷度疎鐘。

夜泊吴松江口次賈浪仙暮過山村韵

荒江移棹遠，偎岸即爲鄰。急水喧欺枕，盲風冷趁人。笑談思魏晉，文字拾周秦。僮僕昏昏睡，孤燈乙夜親。

夜渡江

薄游如鳥倦飛還，水闊天空且破顔。萬里秋風催木葉，一船明月過金山。魚龍潛伏何曾見，星斗高懸不可攀。浩蕩江流寥落夜，壯心空對白鷗閒。

山塘夜泊

朱欄碧檻幾人家，不斷生香四季花。水面按歌停畫舫，望山橋外月初斜。

老少年

任是非花亦可憐，如楓如柏媚霜天。不知青鬢垂垂老，猶賣文章鬭少年。

李心怡

字昆和，號竹田，上海人。監生。穎異嗜學，藏書萬卷，題所居曰「味經樓」。年十五應京兆試，歷南北闈，不售。初爲副憲竇東皋高弟，後爲學使劉石菴所激賞，梓其詩入試牘中。著作甚富，爲友人攜去，失之，僅存《香巖詩草》一帙。

龍門用高青丘韵

窈窕天平山，於中富奇蹟。地聳兩崖青，天坼一線白。禹功不到處，豈煩巨靈劈。而何岩嶺形，陰靄韜日夕。時聞風捲濤，瞥見雲吐石。晝暝雨欲來，春和霰猶積。望望窮煙霄，天路定不隔。神魚任飛行，翻笑膺門窄。昔聞青丘生，于此振吟魄。一朝奉宸和，龍光射東璧。探驪得其珠，風雅任推激。煌煌御書奇，突兀冠鯨額。流傳百代後，嘉話重圖籍。詎侈百尺桐，結賞兔園客。

焦山古鼎歌和沈歸愚先生韵

寶氣閃爍金精屯，伊誰鑄鼎示後昆。三詔亭邊鶴銘畔，沐日浴月光乾坤。周室至今幾年代，屹如魯殿巋然存。深林月黑有神護，山根齧浪擬龍蹲。瓜皮争鮮星吐彩，光怪直奪蚩尤魂。雷回雲紜互迴伏，匠巧不露斧鑿痕。苔花半蝕蝌蚪字，辛壬丁甲誰能云。摩挲三嘆愛且重，何嘗天上星辰捫。巧偷豪奪笑嚴老，徒誇氣勢高崑崙。詎知珠還一彈指，神物義不污權門。敲雲吐景閱塵劫，依然終古全胚渾。時來忽蒙聖人顧，珠璣萬斛光祇園。千秋黯澹一朝洗，如懸日月開塵昏。曰崇曰貫未足數，汾陰之出難竝論。而况紛紛尊與鬲，雲夢奚止八九吞。東陽尚書擠群雅，仰瞻鳳藻喜且奔。從兹奎文照耀寶鼎見，會有榮光煜煜輝天閽。

覺生寺大鐘歌次沈歸愚先生韻

蒲牢屹立蟠雲龍，苔花暈碧日映紅。雷紋螭紐壓欒銑，如鼎象物圖姦凶。昔聞景王鑄無射，不柞不鬱將無同。旋幹篆枚各有制，偶然考擊震四封。鳧氏遺規未湮没，突兀覩此萬石鐘。此鐘流傳自永樂，國師親鼓耶谿銅。當年逐燕高飛去，白檀山下揚霜鋒。可憐九天紈袴子，笙歌夢裏忘高舂。煌煌金印繫肘後，一軍坐使成沙蟲。東征斨斧指君側，孤臣舌戰標孤忠。齊黄謀國吁可怪，虎踞專恃江山重。靖難事往四百載，王氣久逐秋濤空。此鐘巋然獨無恙，静閲人代歸禪宗。想當鼓冶倕齕指，全銷兵氣洪爐中。大地瑰怪供模寫，蛟龍贔屭紛相從。曰剽曰棧詎足擬，九乳森列無窊隆。石鯨發響雉應雊，鏜鞳不受煙雨蒙。《妙蓮花經》列千偈，沈度奉勑點筆工。銅人亂際筍虡改，已分零落隨西風。何期忽邀聖人顧，安置妥帖依花宫。梵天法海恣盤礴，如穿月脇披天胸。十枚二肆久寂寞，羨爾獨不埋蒿蓬。會諧夔磬節鼉鼓，金聲出振揚九功。不然晨叩一百八，霜曉亦是開盲聾。我皇摩挲振天藻，聖謨璀璨超文雄。從兹斯鐘鉷禪窟，歷千萬祀留芳蹤。大厦深簷芘霜霰，參天古榦陰童童。一物位置亦不苟，髣髴石鼓陳西雝。東陽有語道不得，雷門敢詫聲逢逢。

題施秋水紅葉西村夢影圖

我愛左太冲，奇懷卓犖摩蒼穹。我愛江文通，筆花忽發驚群蒙。二子風流冠當代，先生才地將無同。十年挾策走京洛，循陔歸卧滄江東。偶然示疾散花室，午夢忽若陵煙鴻。不夢結綬遊秦宮，不夢謁帝登銅龍。但見石林斑斑楓葉赤，崯岈一徑光冥濛。漁莊咫尺渺難即，此身儼墮菰蒲叢。覺來俯仰失身世。愁聽四壁鳴秋蛩。不知人間何處是此境，徑欲攬衣躡屩相追從。吾聞夢隨心起滅，一一變幻無終窮。脱非多生餘慧業，豈有煙霞異境開心胸。又聞至人出世法，榮華顛頷都成空。矧乃夢境本惝怳，何異海市隱現浮雲中。展君此圖顧君笑，妙諦參自玉局翁。新詩綺語亦安用，相與變滅隨東風。

秋感

金粟飄殘冷畫簷，空餘珠露伴銀蟾。待温好夢頻欹枕，爲惜濃香不捲簾。脩竹倚來憐袖薄，空階行處怯風尖。《比紅》咏就增惆悵，枉向尊前捋短髯。

續潘邠老句

滿城風雨近重陽，對酒高歌興未央。放鶴客歸黄葉渡，賣魚人過菊花莊。迷離遠岫雲千疊，點綴長天雁幾行。一幍秋光容易畫，續將殘句入奚囊。

學田喬丈招同王太史史亭暨令姪檀園明經駕鼇茂才小飲即席分賦得秋字

竹林豪飲氣方遒，把臂深慚接勝遊。道北群賢高月旦，周南有客擅風流。觥船嘆汎千鱗碧，寶鑑光懸萬里秋。怪底蛩吟催漸急，歸途猶憶庾公樓。

顧學須

字遲翁，號荷舫，原名懋猷，華亭人。監生。本姓徐，禎稷五世孫，出繼於顧，冒姓。著有《誦豳堂詩文集》六卷，徐光衡序謂爲「隨行得句，即境標題。自得風流，別有寄托」。

伊昔行示楠械枋栒

伊昔我尹公，體國子萬民。官糧條定制，法守有司存。同量昭畫一，升合悉平均。斗級給官府，糧户自執勤。米粒若可數，揚簸無纖塵。餘粒任取回，擔負群欣欣。官錢五十二，自外輸其文。廒場嚴肅地，私錢不入門。衣冠知有恥，不敢陵官尊。上下循禮法，肅然攘奪泯。歲或有不登，情狀急上陳。喉舌出天語，軫念開皇仁。量畝別蠲緩，民無稱貸貧。發棠徧閭閻，萬物煦陽春。誰言海隅遠，同戴高厚恩。歷歷昔年事，兒曹寧不聞。教誨有餘閒，樂爲道津津。

次潘芷堂壻同翁石瓠錢問山遊龍門寺韵

支公愛神駿，聽雪敞高軒。對客談詩興，無人證梵言。辨才多佛性，幽寄少塵喧。欲矯名心淨，還嗟斧鑿痕。

無恙廉夫植，孤杉傍月臺。可憐狂颶作，偏向梵宮來。遺杖方哀逝，靈根亦就灰。人琴無限恨，往事首重回。

世稱韋柳竊以爲不然既見東坡云柳子厚詩在陶淵明下韋蘇州上因知隨聲附和庸有失當

千秋品目總難憑，自昔嘗疑荀孟稱。欲矯柳韋從論定，若非坡老更誰能。

鍾鯤飛

號薌圃，華亭人。國學生。康廬姪。著有《薌圃小草》。

采香涇

夾岸花光明，相傳采香處。美人竟何之，明月自來去。

張　婁

字夢園，婁縣人。監生。有《偶留草》，其詩以遊皖江者爲上。

大風過天門山

高峰聳兩肩，嶄絕不可仰。大江截中流，豁達開天仗。上棲鷹鶻巢，下瞰蛟龍藏。偃風起漩渦，倏忽相摩盪。馮夷亦狡獪，欲與山靈抗。鬬險觸危磯，排空壓巨浪。煙光紛陸離，作勢殊萬狀。艑郎好身手，到此心膽喪。屏息戒勿喧，燒紙邀神貺。疾雷驚一霎，回首失群嶂。同行顔始開，相顧勞無恙。臨深古有訓，此意胡不廣。作詩招征魂，落日聞漁唱。

遊滴水崖在建德縣城外。

夙昔抱微尚，山水有奇緣。今兹來堯城，雨雪方連綿。閉門十日住，寂若守枯禪。曉聞乾雀聲，霽色開檐前。四山列几案，一氣浮春煙。中有滴水崖，陡插西南天。題名見邑乘，勝迹想當然。興來不暇嬾，决起思騰騫。振策度雲根，半嶺已涓涓。漸轉漸幽邃，撒手垂青蓮。自崖豈容返，賈勇許我先。玉龍千尺餘，白日空中懸。昂首復掉尾，散作萬斛泉。陰森逼毛髮，沾灑迷垓埏。傍有佛者廬，結搆始何年。香火乏僧守，蘿薜當門穿。惜哉造化巧，匿影同棄捐。我欲叩山靈，于此思息肩。忽聞樵歌來，暝色催層巔。

寒食和馮柘潭次袁海叟韵

索戲紛紛鬧近郵，偶因佳節一窺園。牕銜初日通花氣，岸拍新潮長雨痕。無礙藏煙逢病客，難憑剪紙弔吟魂。知交中如桐崖輩，近皆相繼徂謝。劇憐百五風光好，粥冷香殘静掩門。

張崇鈞

字緑春，號沃旃，華亭人。孝泉子，監生。少穎敏，十五赴京兆試，即與諸詩人相唱和。著有

《趨庭集》二卷，僅其甲申至庚寅年所作。徐復堂序謂其「才多而不雜，思敏而能密」。

上元高晴峰挹翠樓觀長干塔鐙次桐城方肇卿韵

千炬插雲際，高標臨上方。星月失其輝，吐燄流軒廊。玲瓏結奇構，五彩耀天閶。被酒輒狂叫，仰觀神揚揚。愛此萬琉璃，的爍閃錦章。大寶擲空外，試玉燒琮璜。誰歟張箕口，一笑非崑岡。羲和御既倦，頓轡憩扶桑。鍾山老燭龍，遊戲呈奇光。爝火竟長夜，夜明黯可傷。六代燼已久，寒燐閟陰房。鐙王爾不息，炙天飛精芒。物理苟能知，吾醉起投牀。

歸舟至皇甫林

數里家園近，孤舟風雨懸。遠山青入郭，野水白吞天。漸覺鄉音熟，翻嫌客夢牽。榜人煩指示，深柳到門前。

珠江

江濤中湧一珠圓，無數樓臺入望連。色辨大旗番鬼市，哥傳高尾蜑人船。澄潭雲盡乾坤闊，稍西爲白鵞潭，最險闊。碧海潮來島嶼懸。獨立蒼茫南極下，梵鐘吹落客帆邊。

張先進

字裕昆，號竹亭，金山人。監生。性恬静，事親以孝聞。好吟咏，秘不示人，嘗自焚其稿，曰：

「詩以道性情，豈爲弋名具耶？」

南山道中

愛入名山游，乘興著春服。策杖何所之，聽此鳥語熟。風日正自佳，處處攢花木。言訪古道場，謂理安寺。廿里香風逐。行行南山南，曲徑往而復。峰陰轉午涼，草長延天緑。山家避俗居，松樹倚茅屋。跫然聽足音，窈窕空山曲。蒼籐學龍蟠，怪石等虎伏。解衣磅礴間，隨意弄幽瀑。清風林下來，泠泠豁心目。劃爾一嘯開，四山高矗矗。

謁水仙王祠在西湖上，今名蓮池菴。

稽首水仙王，芙蕖又一方。梁空飛燕影，門掩落花香。白日遲山郭，清風足草堂。秋寒泉薦菊，「配食水仙王，寒泉薦秋菊」，東坡吊和靖句也。疇復配烝嘗。

暮抵横江飲鋤雲草堂

蒹葭無際水雲昏，秋冷江干第幾村。風急中天迴雁影，月明古渡落潮痕。東籬漫問花三徑，北海重開酒一尊。永夕聯吟頻翦燭，蕭蕭誤聽竹敲門。

丁益琳

字桂山，號子香，金山人。監生。天性孝友，兼能任卹。好學能詩，善畫蘭，不永年而卒，孤寒多爲下淚云。

郊外訪友

尋幽攜素侶，縱步訪名園。花暖橋邊路，煙荒郭外村。萍蹤千里合，風雅幾人存。之子真堪羡，春蕪緑到門。

寄間別墅與諸同人集程侍御維岳所築。

年來遊處出塵寰，聞道園林便往還。泉石却無斯地好，衣冠能有幾人閒。一時雅會還金谷，千古風流又玉山。公子西園如愛客，載將吟具住溪灣。

羅　燾

字甫田，號春淵，上海人。監生。善書，工于詞，詞稿失。詩著《石鼓山莊稿》，亦僅存數十首。

舟泊便民河

潮轉轟雷秋氣回，潤州城郭夕陽開。隔江風弄蕭蕭荻，絶似孤篷細雨來。

黄大成

字集之，號魯亭，金山人。監生。

春日泛舟

古岸桃花照水流，沿塘釣艇逐輕鷗。太原舊事重迴首，何處仙人洞壑幽。

鄒　銓

字致平，奉賢人。監生。

遊西來堂

散步來幽處，禪堂足净心。細花晴弄色，修竹午含陰。時有清風至，從無塵迹侵。蒲團聊一坐，梵罷磬流音。

郭其炳

字心齋，上海人。監生。工詩，曾選《明百一詩鈔》，人以爲精於裁别。

北梁天移井

天能移井形，不能改井名。但驚移井奇，不悟移井情。我來摩碑碣，歷歷記分明。此理自難曉，朝暮分枯榮。鵾鵬及雀蛤，物類亦變更。奄忽過一世，感慨諒難平。丹訣如可得，吾將學無生。左拍洪厓肩，乘風向蓬瀛。

樂天窩題壁

曲徑絶塵緣，軒開别洞天。瘦篁隨雨長，嬌鳥挾花眠。樹古籐爲幔，魚肥水給鮮。濁醪能醉客，何必羡瓊筵。

高乃昌

字誦銘，華亭人。監生。著《客塵集》。

仲春四月同徐泗翁北宅看梅

春色已如許，深居尚未知。今來香雪海，得見白雲姿。凜冽嚴霜候，朦朧夜月時。此中饒逸興，高咏燕公詩。

姜紹坤

字培中，號厚夫，華亭人。爾榮子，監生。著《四香居雜咏》。張花農序謂其「不爲羔雁鞶帨，而清雅可誦。」

戊戌湖上雜詩

話到情癡景亦癡，青山笑我放舟遲。客懷自昔移於晝，天影何年倒入池。曾是騎驢留舊詠，幾回放鶴覓新詩。吟鞭欲指逋仙宅，一路寒煙落日時。登高日落見江村，往事蒼茫何處存。泉斷山腰迷客路，雲封樹杪護禪門。步尋殘碣苔全碧，坐弔遺宮雨半昏。無限旅情吟不盡，猿啼鳥語總消魂。

王佩曾

字瞻廷，號芝山，金山人。監生。瞻廷表弟，係翀母姨之子。幼曾從學，粗知拈韵，惜年未及壯卒。

秋夜次薛淇園韵

素居自嘆百無成，節序經秋更易驚。伴我鐙檠剛一點，催人街鼓欲三更。天邊孤雁哀無薄，砌下寒蛩訴不平。欹枕幾曾逢好夢，楸梧交戰又風聲。

和人重陽壽日得花字韵

籬下寒英正欲斜，有人相伴醉流霞。他年壽似黄宫允，也賦樽前六十花。

詩話：唐堂先生生日對菊，創爲一韵體，成六百字，此故引用，附載于此。詩云：「斟酌送來酒，勸酬澆此花。孤芳標九月，清品冠千花。南斗吾初降，東籬爾正花。秋容占晚節，春夢憶浮花。徵命書中蠹，織長筆底花。螢囊頻替火，雪案慣堆花。陶宅蕭蕭竹，中江瑟瑟花。嗜違羊矢棗，踏欠馬蹄花。飄蕩隨風絮，優游逐浪花。乾坤鄉外客，山水道旁花。湘楚天如畫，揚吴女似花。烏啼薊門柳，鸚語日南花。記室蠻牋檄，歌場羯鼓花。家書轉魚雁，旅邸度鶯花。日月雙丸矢，星霜兩鬢花。淬磨歐冶劍，攀折廣寒花。辛苦從闈棘，蜚騰附榜花。始窺中秘署，能賦上林花。玉作排班笏，金爲歸院花。趨朝五更漏，儤直八甎花。御硯端州石，宫袍漢府花。承恩香滿袖，奉使錦添花。官廨三條燭，征軺四照花。賁鏞巡泮水，衡鑑拔江花。曲曲灘流路，番番風信花。雲形無定影，機樣不同花。絳闕仍依日，玄都重看花。驚飈吹斷梗，涷霧著蔫花。官拙顛盈霰，精衰目炫花。竟辭公廩粟，還對故園花。田僅供鉏菜，溪應比浣花。晴牕乾墨瀋，雨几落燈花。徐市神仙藥，尚平兒女花。生涯殊草草，世界儘花花。醉曰池邊樹，飛鴻堂裏花。杖藜扶足力，啜茗潤心花。天竺尋湖艇，長干訪雨花。漫遊爪印雪，微笑手拈花。志館叢殘藁，詞壇爛漫花。纂修既陳迹，宏博又虚花。協律心通籟，談經石湧花。料難迴槁木，翻使發鮮花。學殖多荒莽，辭條乏粲花。功名草頭露，事業眼前花。化入莊生蝶，幻開湘子花。後彫存碩果，前劫付殘花。晉代姬名葉，唐朝將姓花。也成墳上土，差勝溷中花。東野歌留句，詩人命屬花。相逢須痛飲，欲醉必名花。庚漸垂八秩，甲逾周一花。今年秋又盡，老圃昨初花。葭白一方露，楓紅二月花。重陽過風雨，旬日斷煙花。天到隨陽鳥，地生延壽花。稽之古月令，明是我家花。徑掃非緣客，筵空亦坐花。幾叢霜下蘂，十色盎中花。豈祝期頤算，聊娱隱逸花。頹齡當素節，幽賞答黄花。」

顧作球

字企夔，號香巖，華亭人，居亭林。監生。性孝友，博雅好古，遊迹所至，每寄吟咏。著《適意詩集》。

大營盤觀海

雄風標大纛，重譯控諸蠻。旗影低銜日，潮聲怒捲山。蜃樓飛碧落，弱水阻塵寰。禹德留江漢，朝宗到此間。

過龍珠菴國初妖僧六如，私留安昌王幼子者，即此。

曲徑通初地，枯松絡古藤。風高全是竹，寺冷若無僧。法相留三乘，空堂只一鐙。問誰參大覺，秋水寸心澄。

原韵答鞠介峰

亭湖潮長駕輕航，坐我春風到墨莊。醉後無詩非李白，夢中有筆是江郎。瓜洲問渡懷秋水，是夜，臥談金陵之遊。栗里尋花話夕陽。復有九日之約。留箇茱萸簪短鬢，看君揮麈破愁腸。

閒居雜咏

讀書堆畔是吾家，幾尺漁竿釣水涯。箬笠半欹紅日晚，歸攜鴉嘴種閒花。

屋角新栽幾樹梅，花開花落獨銜盃。爐頭鶴避茶煙裊，丫髻雙童報客來。

獨酌

半生落魄更疎狂，豁我愁懷有杜康。醉卧藤床舉眼望，白雲舒卷爲誰忙。

王　鈺

字式如，號仲堅，上海人。監生。仲堅爲余同年吴静巖婿，性極謙下，知余選詩，曾裒上洋人詩一二十種見示。洵爲嫻雅之士，惜年未强仕而卒。

由佘山入慧日寺同弟子民作

路轉出林表，蒼然夕照中。稼收平野闊，雁盡暮天空。古逕疑經雨，深山不斷風。野僧閒共語，日落去匆匆。

積雪宿村舍

煨芋香殘酒十分，雪深三尺已黄昏。朔風吹動茅簷月，潑面寒光逼酒痕。

朱鴻飛

字衍吉，號少雲，華亭人。監生。

三女岡用宋人韻。

昔日曾埋玉，岡留三女名。珮聲風外斷，燐火雨中生。寂寞荒墳在，蕭疎古木平。惟餘斜照月，流影闔閭城。

張坤貞

字慎齋，婁縣人。著《潭西草堂詩稿》。

題董宏仁小照

碧天如拭淨無埃，瀟灑秋光潑眼來。此景一年纔兩月，桂花看到菊花開。

戴見元

字陵雲，號雲樵，婁縣人，居泗涇。事母至孝，曾割股以療母疾。不婚，不試。能詩，工書畫，有《書窗遺稿》一卷。

虞美人花

摧殘劍血托春叢，此日仍存垓下風。最是香魂芳徑裏，猶疑雨淚哭重瞳。

楊　潤

字松巖，號晚香，華亭人，家金山衛城。監生，屢應闈試，未售。居家厚道，孚于衆口。晚年以詩酒自娱，年七十一卒。

梅下飲

春來梅塢共招尋，偶借飛觴細論心。豪氣未除曾說劍，幽情所寄且横琴。日移翠竹花間影，風送黄鸝枝上音。剩有平生閒興在，敢邀郢曲和巴吟。

錢樹本

字根堂，華亭人。監生。著《漱石軒詩草》。樹本爲越江裔孫，曾與弟甜南梓《葆素堂詩文集》行世，俾學士著述争覩爲快，允爲錢氏賢裔云。

牧童詞

朝牧牛，牧牛牛放春芳路。晚牧牛，牧牛人在斜陽渡。吴中闊幅裁作袴，風吹簑笠披煙霧。横笛一聲騎背去，三三兩兩江邨暮。

讀國朝諸大家詩各係絶句

梅村七古宗元白，近體清華格律雄。頭白歸來說開寶，銅駝玉馬泣西風。吴梅村。

玉鼎金衡品自超，合肥詞藻轉飄蕭。晚年時露興亡感，不獨青山送六朝。龔芝麓。

觀察天才壓衆英，一編《安雅》獨錚錚。激昂排宕非關杜，十載南冠氣未平。宋荔裳。

朱絃清廟奏熙雍，數百年來博雅宗。樓閣華嚴都縹緲，不勞秋谷著《談龍》。王阮亭。

萬死投荒劇可傷，《秋笳》多半寫蒼涼。紅顔白髮遥天末，零落金陵王倩孃。吴漢槎。

坡詩津逮得商丘，放浪生新筆更遒。自是尚書有宿契，故教通守到黄州。宋牧仲。

周珪

字敬貽，號研山，華亭人。監生，由衡工例候選從九品。研山望湖舊族，三十後折節讀書，築西廬别業。栽梅種竹，嘯咏其中，間從父執盛百堂授五七言字。著《碧蘿小草》一卷，惜甫逾四十而卒，未得竟其業云。

陪祀陳夏二公祠作

龍潭風雨放扁舟，八曲溪流碧似油。半畝祠新光俎豆，一抔土作繞松楸。文章幾社聲名盛，氣節熙朝禮數優。秋菊春蘭應勿替，年年風雅許陪遊。

國朝松江詩鈔卷五十四

鄉人姜兆翀孺山録
焦晉萼樓
張坤恬雨 閲

葛維嵩

字厚卿，號蘆坪，婁縣人。詩工各體，不求人知。自壯歲訪其戚張別駕于陝西，歷遊二十餘年。歸無家，僦居僧房，惟以詩爲事，吟咏不輟。雖日不舉火，親友訪之，口不言錢，其辛苦自立，人以爲真布衣云。年七十餘卒，友人會葬之。著《蘆坪詩鈔》。初陽羡李英作序，時蘆坪方壯。詩已高古清麗，其後益造磊落豪宕。吴敬輿曰：「栗密以要渺，淵邃以峻潔。」

遊孔望山龍洞

足繭踏山坳，土淺積巨石。誰鑿混沌天，而無斧痕迹。乳竇堆烟霞，中有蛟龍宅。白日下西岑，四野圍秀色。一鶴海上來，引吭叫空碧。

楊白花

柳條青，楊花白，飄入深宮弗著力。昔爲春可憐，今爲春可惜。可憐楊花不飛來，可惜楊花只飛去。盡道楊花千里飛，楊花那得飛千里。

養蠶歌和邗江唐再可

三月晴明蠶乍生，攜筐采桑陌上行。朝不得寧，暮不得息，夜半起來飼蠶食。足無完屨，身無完襦，浴蠶煮繭上繅車。蠶孃伴蠶不伴婿，小兒黄口索白乳。四月繅絲，五月賣絲，蠶家作苦無已時。一絲成，萬蠶死。急蠶租，入蠶市。

鬼妾篇

龍堆雁塞捲朔雲，邊城一歲三從軍。男兒格鬭不顧死，立功異域棄妻子。傳聞流血滿墩煌，夫君白骨誰收藏。肝腸腐爛心斷絶，夢魂夜作生離別。念夫昔遠行，妾時初有身。生兒十六已成丁，軍書兵册有兒名。腰間白羽箭，挾劍上高堂，孤兒偏屬羽林郎。鬼妾生死無一可，盛年新婦又空房。

鬼馬篇

梟騎捐軀鋒刃端，長坂騰踏路漫漫。十年馳北傷馬骨，野宿不收星斗寒。主死不裹革，總有苜蓿那忍食？大宛汗血從西來，風雲四足絶塵埃。倏忽萬里稱龍媒，櫪中騏驥何有哉！

僕夫常顧問，老馬敢伸恨。白玉裝馬鞍，黄金飾馬羈，欲賣燕客并州兒。長嘶悲風立踟躕，此意不願他人騎。

僕夫謡

上危坡，車擊轂。下危坡，車轣轆。總有御史驄，那能行步工，陰崖幽壑吹寒風。上之上者不能上，下之下者不能下，但聞鞭箠呼喝空山中。奔蹶力盡疲四足，車輪欹側車折軸。馬鬃焦黑騍尾秃，積雪滿脛行人哭。

六盤山雪行

山雪接雲雲接天，混茫難辨山之巔。一車未得前，兩馬安敢上，尻脽氣喘隨俯仰。層崖膠凍裂千尺，巨壑陰霾又深黑。疑是山鬼木魅嘯復嘑，此中險昧莫可測。不聞古木鳥聲幽，但聞千里百里風颼颼。不見高原麋鹿遊，但見千里百里光浮浮。太華雲，終南雪，生平好癖心已折，六盤之山亦奇絶。

丁娘子

吾松丁娘子，經緯機上新。紫花花如金，白花花如銀。抱布獻天子，聖祖南巡，曾以布獻。曾爲皇家珍。篝鐙勤夜織，勞苦難具陳。一人事織作，不能衣百人。安得一娘子，化爲什百身。

相思江

省齋濮君青年訂交，稱莫逆。既而幕遊廣西，稽留醒齋朱方伯署。倏忽廿載，相遇于白苧城邊。予年六十有四，省齋亦周甲矣。因憶桂林有相思江，遂作歌以壽之。

相思江，隔千里，橐筆乘舟遊漢水。王粲尚依人，劉蕡偏下第。十年五年望彼美，茸城桂林各仰企。會合歡然話白頭，手抛紅豆相思子。相思江，隔千里，今來歸，情何已。

唐六如文姬歸漢圖

吴閶才人唐伯虎，丹青妙技指屈數。衰草黄雲滿紙生，披圖我欲争先睹。明眸皓齒美嬋娟，云是仲道之妻中郎女。何當父没夫凶終，虜掠左賢部中去。曹瞞市義千金輕，贖回沙漠萬里程。前列强弩引衆隊，後擁戈矛十數輩。中護黄皮緑眼老番兵，鬔眉如蝟齒牙碎。腰間束縛酒葫蘆，醉袒貂裘駱駝背。窄襟小袖青兕靴，銀鞍斜跨白鼻騧。雛兒抱頸聲哇哇，將離不忍離，欲别難爲别，馬頭倒地草根嚙。黑狐城北絶人煙，白狼河西浪拍天。笳聲吹過陰山前，歸來早嫁校尉董屯田。君不見烏孫王老不語，太息江都一公主。安得鷙谿十丈生綃中，更寫毛嬙入故宫。

長平公主歌

公主名徽娖，愍帝長公主，周皇后産也。年十五，將下降都尉周世顯。值國難，帝揮劍斷公主臂，絶而復甦，舁歸國戚周奎家。順治二年，上書求爲尼。聖朝憫恤有加，特訪元配周子，備物遣嫁。卒以憂傷成疾，婚甫周歲而逝。

前朝烽火連天起，倉皇龍去鼎湖裏。萬乘尊爲社稷亡，銅仙淚滴如鉛水。后妃嬪媵下黄泉，曲榭高臺悉化煙。蝴蝶羅裙無復問，鴛鴦繡瓦盡堪憐。宫車舁出花如雪，十五輕盈氣嗚咽。愍帝曾揮寶劍鋩，慘傷玉臂還流血。身世迍邅命不猶，參媒商妁失鸞儔。芙蓉帳欲迎公主，孔雀門還待小侯。那知碣石沉雄翠，夕陽蔓草中原地。五陵南去奏金笳，三輔西來屯鐵騎。昔日宮幃擁管弦，祗今閭巷得生全。尚留舊粉沾羅袂，休道新香藴翠鈿。朱顔憔悴天潢系，河山故國頻流涕。昭代恩深特見憐，金門詔下尋夫婿。兹身但願寄鐘魚，求乞爲尼急上書。幽憂非獨爲生别，家國悲難一日除。門前立馬盈車轂，象管鸞簫動絲竹。青鳥窗邊開鏡奩，黛螺低壓愁蛾蹙。太息瑶姬下嫁時，周郎錦席訴相思。皇家外戚君情重，細説從前寵幸私。共憐弱歲丁喪亂，僅存殘喘驚逋竄。梓宫金椀出人間，荒涼不是平陽館。霧鬟雲鬢憶往年，舞衣歌扇篋中捐。含冤滄海填精衛，無那天津哭杜鵑。經時愁怨恒悽惻，少女風吹悲曷極。薄命偏生帝子家，空教紅粉無顔色。

三月三日長安馬市歌

長安城頭雉堞雄，長安城下草蒙茸。奔騰蹴踏塞衢巷，絡繹萬馬嘶春風。觀者堵墻號呼洶，勒金踣鐵青絲籠。駑駘裝飾彌神奇，峻嶒骨骼連錢動。豈無褭蹄龍媒姿，長楸伏櫪雙耳批。虎毛壯夫不敢騎，未知愛妾换者誰。吁嗟相士以居馬以輿，騏驥往往困鹽車。塞翁得失難自保，圉人厮養驊騮老，短箠牽出横門道。桃花梨花三月開，城窟飲水鳴悲哀。堆盤苜蓿供一飽，王良伯樂安在哉。忽憶駿骨非終埋，日月照耀黄金臺，中原麟鳳天上來。

懷月耕

送我五泉亭，春風晝欲暝。雪花如此大，柳葉幾時青。雨向三吴會，雲從太華停。勞君枕上淚，夜夜夢初醒。

永濟寺

亂蟬聲裏竹林疎，路入城西步亦徐。荒徑爲尋水部業，順康間，爲見山顧水部別業。墨痕猶認太常書。額係烟客王太常所隸。丹楓欲下西風急，黄菊將殘落日餘。細剔蒼苔題壁罷，手扶籐杖賦歸歟。

和顧石坡讀穆天子傳

漢武求仙尚後塵，祁宫穆滿古來聞。一身雨雪歌黄竹，萬里山川唱白雲。瑶島巡行徒擾擾，方壺求藥竟紛紛。緣知挽轍無謀父，終逐崑崙駭馬群。

讀李供奉詩

騎鯨碧落遍神州，誰謂仙人不可求。千載虚名成浩嘆，百年中酒解煩憂。豪情逸思無班馬，惜命憐才有宋劉。惆悵星沉明月下，至今牛渚憶扁舟。

登太華

蓮峰高插片雲開，上有明妝玉女臺。勢壓黄河千里下，光摇白帝九天來。戈矛出塞明于雪，鼓角從征聲似雷。矯首函關西北望，尚勞名將靖邊才。

塞上

秦時白起漢時班，飛將如雲絶塞間。蓋世英雄争死戰，幾人功業得生還。笳邊夜月明青海，笛裏春風度玉關。幸際太平金甲靜，千群牧馬嘯天山。

從翻溝驛抵西𦋐驛過天竺寺

道逢七十二流湍，澗底人行水不乾。諺語：「七十二道脚不乾。」古驛夕陽孤戍怯，亂山殘雪一僧寒。津梁到處何曾穩，止宿尋常總未安。欲覓菩提無患子，晚鐘聲落碧雲端。

途中見杏花

青帘斜矗酒初香，撲面塵沙日色黄。一種春愁銷不得，杏花開落小村莊。

移居白梅草堂南陽計子山故宅也爰賦二段句

野夫潦倒幾人知，静掩柴扉醉酒卮。風竹蕭蕭伴紅袖，青鐙夜著草堂詩。

北牖初開竹未删，隔牕溪水緑彎環。梅花今日誰爲主，前夢風流計子山。在城内莫府後街。

吴　鈞

字陶宰，自號玉田，華亭人。隱士懋謙曾孫。未弱冠即捐去帖括，以布衣稱詩。著《獨樹園詩稿》《鼠璞詞》。其詩不襲雲間舊派，戛戛獨造，苦心孤詣。華亭教諭王芑孫嘗作《華亭兩布衣傳》謂：鈞與翁春石瓠也，而吴詩較翁詩爲健。又嘗搜採我郡本朝人詩稿爲《淞南清氣集》。惜已裒輯未梓。余所見其殘本，不下百餘家，俱係手録，并有考核評注，研究如此，宜其自運日工也。又見其所輯詞一本，亦不全。

爲汪西溪得山谷石刻詩賦次黄韵

西溪得二石於東佘山，蓋舊刻山谷自書答周彦公詩也。詩起結俱亡，惟存中數語，西溪架小軒貯之，屬余賦之。

此石煙薶幾百年，剜除緑蘚濯以泉。兩頭缺蝕中更斷，如劍脱鋏琴無絃。物之顯晦視人命，昔日塵奩今皎鏡。摩挲古墨手如龜，石響登登應山磬。奇花異木栽滿門，松風閣倚陶隱君。裴池行看長十尺，開覺觸手騰風雲。陳倉庚鼓春擊舊，稂莠叢中驗禾秀。底須改作時世妝，去與玉環較肥瘦。我來山樓嘯秋月，主人指碑爲誇説。滎州老僧緑玉椽，此君軒後公當傳。《山谷集》中題滎州祖元大師此君軒，詩即此韵也。又自次其韵以答彦公，即今西溪所得者是。山谷又自注云：「此詩始元公欲刻之此君軒，可聽渠摩本也。」

汪君貯石之室予戲以八分書之仍名此君軒次前韵

殘碑泐石埋幾年，拾來不費刀與泉。玉田老人走相賀，爲君酌酒彈絲弦。人生莫厭長饞命，讀畫評書皎如鏡。捷徑終南不肯行，且伴山僧打清磬。滿堂賓客孟嘗門，煙霞供養輸與君。西風刮地紅葉舞，醉卧蒼山看白雲。軒顔戲署滎州舊，檻拂青鸞幾叢秀。名園競種肥牡丹，我愛秋篁骨中瘦。杯底天心一雙月，此境難爲外人説。八分三字愧如椽，他年是額因君傳。

次韵王孟公泖涇一曲遣興四首

「泖涇一曲」，錢文通公所築别業舊額。

金字誰家屋，臨流印數間。露花紅點岸，風柳緑侵灣。客羡池魚樂，人分水鳥閑。江干多怨竹，我欲概從删。

讀元次山集二首

初盛著書流，我思元道州。卮言祖莊叟，寱語怒郤侯。忠孝儒之術，乾坤戰未休。杯湖與讓水，出處一扁舟。

擬作浮家計，難灰報國心。山龜同奉詔，王虎不争林。字矯九經樣，文聱太古音。潛君懷不得，哀怨一何深。

咏霸史十首 十六國，八代。

三分割據異曹劉，晉、燕、秦。先主重看得武侯。斫地有材騎白虎，李賀詩：「秦王騎虎遊八極」，又有《白虎行》言秦皇事。鑿天無力到牽牛。李商隱咏北齊詩：「鑿天不到牽牛處」，牽牛爲江南分野。

運興東海魚爲帝，事去西風鶴亦讎。剩見咸陽千挺樹，槐花落盡渭橋頭。秦世祖符堅。

渡馬曾占百二秦，金刀歷數忽重新。同朝劉毅非難弟，裕呼毅爲弟。曠代曹瞞有後身。功到斬鼇方見力，勢成騎虎本難臣。十陵風雨年年恨，孤負關中涕泣人。宋高祖劉裕。

憂患頻年已得生，誰教邪術誤賢明。但令博士收書讀，豈有仙人鍊藥成。天地欲興黄帝後，風雷浡起黑山營。東龍西虎燕秦主，謂慕容垂、姚興。未可匆匆議北征。後魏太祖拓跋珪。

新莽文章魏操兵，中興新法創初成。翠華西幸終非福，黄鉞東揮却有名。差喜江通荆蜀貢，翻因雨濕洛瀍城。九龍阿母謂齊婁太后。兒如虎，半面山河竟不爭。周太祖字文泰。

蘆子渡吴松江合黄浦入海處。

遠渡招招喚不膺，東風打槳浪千層。未經滄海心先阻，倘有高丘我欲登。絶壑蛟龍興寶氣，中宵風雨度神鐙。微生敢列千金子，范石湖句。貪向樓船看日升。

和張夢園螐磯廟三首

一江形勝控三都，習習靈風起渚蒲。莫話文昭板函事，曹家玉殿久虚無。文昭皇后識坐板函，鄴民耕地得之，是甄皇后神座前物也。

翁　春

字澹生，號石瓠，華亭人。布衣。著《賞雨茅屋詩》。王司寇述菴序謂爲能詩好古，中年不娶，教授生徒以自給。詩清幽疎勁，翛然自拔於塵埃之表。又王芑孫嘗稱翁詩爲好元人云。《漱芳齋詩話》：石瓠爲學子高弟，於詩詞外尤精小楷，點畫聲韵，犁然不苟。承其指授者，迥異俗傳。所刻詩集，則其及門雷畹輩裒輯梓行者。

陳西菴攜酒見過兼以手鐫小玉記相贈留飲草堂作詩貽之

江上風雪定，故人刺船歸。豈緣念寒卧，一叩陋巷扉。土銼久斷煙，抱景正無賴。忽枉尊酒貽，翦蔬作良會。徘徊出小印，温栗光艷眸。上鐫石瓠字，冰鑑蟠朱虬。脱手入我手，再拜嘆希有。一日三摩抄，行當繫諸肘。呼鐙復細斟，快論平生心。勿謂蘿垂帶，而忘鵲剖金。顧我貧轉狂，惜子病尤嬾。置身木鴈間，聊以護其短。英英感寸玉，斵削遞相傳。安知今日寶，不爲他人憐。有名斯是壽，好學即爲福。我歌子和之，月色凍春醁。

徐氏遺硯歌爲復堂作

硯故爲無念先生物，其從弟闇公銘之，久棄廢圃中。乾隆乙未春暮，爲其族孫思垂得之，歸諸復堂。是歲有詔，録明季殉節諸臣事，先生特邀祀典。復堂因爲記，以誌硯之獲非偶也。

翦鐙夜讀遺硯記，奎壁光騰忠義氣。硯銘曰：「芝英玉理，上應奎壁。文字之祥，乃獲斯石。」正遇褒揚大節時，獲從荒圃尤珍異。摩抄銘篆興遐思，中有碧血纏紅絲。翼塌九閶不可舉，墨濤怒湧潛神螭。寶不終閟知有俟，金昆玉友溯本始。淬厲發爲文字祥，行分朵殿印泥紫。君不見文節橋亭賣卦名，文山幕佐玉帶生。閲世流傳幾百載，區區片石憑精英。品重翻從贗鼎轉，豪家綈几羞同玩。土花剔出誦前芬，獨幸天留故笏伴。歌以長歌節唾壺，風窗淚滴蟾蜍枯。黄羊縛筆白硾紙，更書此記傳通都。

送朱丈堆山遊武昌

去年送君遊武昌，飛花燕子隨風檣。今年送君遊武昌，斗柄插江月滿堂。景光易遷人易別，斗酒須臾便相失。去去西風回首時，梅花香壓吴山雪。

錢忠懿王金塗塔歌爲晥江朱大中丞作

錢王宏俶忠且勤，世守兩浙稱慈君。齋宮深閟修佛事，寶塔紀年乙卯始。塔求阿育真形摹，烏金爲質黄金塗。圖寫禽獸悉生動，妙品蓮臺面面涌。觚棱八達頂珠圓，星日倒垂雷雨纏。斷取陶輪入寸室，諸佛相揭波羅密。慈悲不障舍利光，普示元元況國王。云一塔除一煩惱，八万四千功德造。花膳香龕供養之，吉祥心印人天師。王既納土民加敬，願民阜財天子聖。散藏所部名山中，呵護不假神鬼功。幾歷人間兵火劫，或現全身或片葉。方泉稱詩始著名，宋周文璞《方泉集》有《姜白石齋禮金塗塔歌》，竹垞甚稱之。憨山作記尤蜚聲。明憨山釋德清有《過洞聞上座觀金塗塔記》，尤爲詳覈。昔聞已奇今目視，一滴味全大海水。嶽嶽中丞理學儒，嗜古與俗酸鹹殊。緹油著書正未已，試舉斯塔徵詩史。中丞自爲序并詩，考銘證史，得洗傳譌之陋。錦袍玉帶功臣孫，河山誓券同長存。

金鄂巖比部家藏金陀銅爵爵高五寸許，有流，有鋬。底有方印曰「岳珂建造」，又銘曰「精忠報國」，蓋倦翁所鑄祖廟祭器也。

椒釀流中活翠生，銘深涅背溯哀情。笵來應痛黄龍語，傳出寧誇金鳳名。韓蘄王以所佩金鳳瓶傳酒縱飲，示兀朮，見《名臣言行別集》。八郡香盆拋血淚，兩宮玉匣委鐙檠。休將鄂國編重續，手酹南枝恨未平。

題林和靖集後

吟履何曾踐市廛，風流管領半隅春。一時梅鶴逢知己，千古湖山得主人。水月慣依摇筆影，硯簪長伴卧雲身。至今七字懷清節，齒冷汾陰獻頌臣。

九日登一覽樓

偶入空王祇樹林，危欄縹渺試登臨。海天香界三生夢，風雨青山九日心。雲擁濤聲來海上，帆移秋色出城陰。年華浪擲成何事，黄菊羞將短鬢簪。

渥齋招同屠静巖丈陸西序唐東園小飲馬氏白石山莊聽女郎度曲和韵二首

弄晴花鳥一番新，窅窱青山貯好春。碧浪笙歌三月舫，夕陽裠屐五茸人。驚心貍首多餘恨，到眼蛾眉有夙因。擕酒且邀檀板勸，莫教孤負此芳辰。馬再青白石山莊内即其妻邵氏殯宫，故有「貍首」句。

夜過潭上

紫荷花老碧潭虚，一帶頹垣草不除。馬策再過沈醉後，雞壇重憶定交初。風凄柳岸空歸鍛，月冷松窗罷著書。剩有騷魂招未得，遠鐘聲裏獨欷歔。

顧柱

字竹坡，婁縣人。能爲詩，早年業賈，後廢其業，棄故廬。素善畫，有山水癖，頻游大梁、齊、魯、燕、趙間，歸亦無常居。晚年王梅隱觀察於知止山莊之左，曾闢一廛居之。至年八十，竟以窮餓卒。其詩與其弟石坡合刻。

東飛伯勞歌

東飛伯勞西飛燕，同在春風不相見。女郎十五顏如花，梳頭善學雙髻丫。卷簾夜坐月華明，玉簫嗚咽翻新聲。新聲半是别離曲，獨樹鸝雌鳴斷續。

春江淘網歌

春初，漁人括農船截流江面。漁船網集波心，農亦藉以罾取，名曰「淘網」。

春江波暖春冰澌，游魚潑潑揚鱗鬐。鄰翁約我捕魚去，侵曉畢集江之湄。農船銜尾截江面，彼起此落罾歷亂。網提船舷網没水，不放窮鱗漏一綫。漁船衝突江波心，擲叉撒網洪濤深。村雞喔喔日輪吐，沿流九點排遥岑。曉光射波散赤綺，漁榔一聲網即起。浪花灑鬢風雨驟，農船漁船疾於駛。魚腥水氣不可聞，鮎魴百萬那足云。槎頭禿尾不及計，赤鱗躍破春江雲。吁嗟乎！數罟不入古善政，而乃如此斯物命。鄰翁鄰翁勿復言，我仍歸釣心無競。

關山月

塞外秋風早，蕭蕭木葉殘。關山今夜月，鄉國幾人看。萬里黄雲暮，三更白露寒。愁心寄征鴈，南向達長安。

金山

江水不可極，孤峰亦壯哉。若教在滄海，又作一蓬萊。鐵甕帆檣接，金陵煙樹開。欲窮吴下勝，直上妙高臺。

雲棲歸途偶成

來時風雨去時晴，不住幽禽處處鳴。雙澗練飛千樹合，四山螺轉一江横。煙迷檣檝沿塘泊，日射波濤隔岸明。眼界頓殊谿壑在，始知靈境畫難成。

報金丈二如書

躡雲追電壯心違，干謁無能忍揜扉。一輩才名原兔苑，百年風日自漁磯。溪山煙艇秋頻過，兄弟鐙窗老共依。孤負尺書謝素友，不堪改製芰荷衣。

過莫勞邨

亭號勞勞斷客魂，何如此地莫勞邨。白雲石洞山僧院，碧月松陰處士門。歸鳥倦飛知有意，浮萍浪迹本無根。前來記得曾題句，摩壁難尋舊墨痕。

顧　楨

字繼宗，號石坡。亦有詩，與兄竹坡合刻。秀水汪大經序謂「竹坡言平易，而石坡詩慷慨」。後亦窮餓西郊以卒。

雜詩

蒙莊生衰周，積鬱多慨慷。著書洩憤懣，吐辭遂荒唐。視經若糟粕，至道爲秕糠。蠻觸争一蝸，臧獲同亡羊。言死灰槁木，庶幾憂可忘。後世昧厥旨，注釋紛乖張。附會修金丹，能使壽命長。誰知南華老，已久齊彭殤。

篆冢 冢在細林山之麓，明初朱芾號滄洲生，瘞其平生所書篆處。

吾聞項籍云，書足紀姓氏。又聞坡老言，識字憂患始。二公事不同，所見各有以。有明滄洲生，平生好奇字。力追鐘鼎文，積書數千紙。垂老忽自悟，棄置等敝屣。閣幸免雄投，坑乃效秦燬。神鼉土一抔，瘞與文冢比。我昔事老錐，每爲壯夫鄙。中年竟棄捐，託迹向廛市。不識史官籀，不知丞相李。今來撫此冢，心亦茫然耳。我生非上古，朱公其知矣。

空城雀

空城雀，饑欲死，去年旱，今年水。官倉私倉無米收，左跦右跳日未休。老雀聲嘖嘖，小雀聲啾啾。飲啄有定所，飢時難强求。雀乎雀乎爾何不入鷹隼族，療飢不藉麥與粟。城南城北多死人，巨喙利爪攫其肉。

石印歌

李斯史籀久不作，金石刻畫誰能爲。六香父子相挺出，六香見《雜感》，令嗣山田名書龍。腕力直使千人靡。西菴陳鍊。沈名皐。杜名蘅。工瘦勁，各以寸鐵争權奇。雷轟電掣怪石裂，乖龍怒勢文之而。娟娟或作娬媚態，落花婉轉縈游絲。鳥文蝌蚪相間作，霞蒸雲蔚光參差。近追雪漁及文氏，遠宗周鼓兼秦碑。余生好古辨奇字，摩挲衆石心神怡。銘鐘勒鼎非所願，姓氏願托瓊瑶垂。天生太璞固有意，合鑿巢許惠與夷。不然或鐫古名句，先秦文字三唐詩。赤文丹篆世莫識，所在呵護勞神祇。

秋蓮寄戴蓮峰作

煙波寂寞恨無端，南國魂銷曲已殘。蓮葉蓮花何處好，秋風秋雨涉江難。劇憐披拂仙衣薄，誰念蕭條客幕寒。遲莫那堪重悵望，白蘋紅蓼滿前灘。

寄懷月樵

只合頻頻醉酒巵，莫教容易鬢成絲。杜陵寄食依嚴武，牛相談兵重牧之。月下游蹤傳報帖，天涯愁思託新詩。太平戎幕恣吟嘯，草檄無煩騁妙辭。

詩話：此謂趙月樵，名鐘，華亭人，能詩。石坡《雜感》詩所云「怨草愁花詩百首，直將哀艷比《離騷》」者也。嘗求其詩不得。又石坡《雜感》詩内稱：張筠巖軒、徐琴川琛、汪德容栻俱詩人，而詩皆未見。

朱鼎玉

字光被，號荆山，晚號約夫，婁縣人。司業大韶七世孫。能詩，兼工篆隸及繪事。與其兄鼎揆堆山及陳詩桓、金量玉輩結詩社于黄家潭上。後遊越、陳、晉至瀋陽，所遊歷皆有詩。嘉慶乙丑歸，卒年六十餘。所著有《自怡集》二卷。

上黨郡署德風亭 唐玄宗爲别駕時建。

自足供吟眺，古亭號德風。府衙唐舊邸，驛舍晉離宫。人世有遷變，山川無異同。摩挲兩峭石，扼險頌前功。明時，姜逆騷擾，使臣夏言於玉峽、虹梯設列二關，勒銘於石。

登壺關城

一倚孤城思渺然，壺關高處太行巔。紫團山名。南指羊腸繞，玉峽關山。東瞻鳥道縣。采藥二姝仙去邈，唐時樂氏二女采芝山中，得道飛昇。上書三老古來傳。漢令狐茂，武帝時上書白太子寃。江鄉千里知何所，惟見重山障遠天。

重遊招寶山次朱月樵元韵

一拳名共普陀齊，亦普陀岩，石碣在焉。往復登臨路不迷。潮勢遠吞江岸闊，山形半束海門低。此中壺嶠皆仙境，就裏番夷有佛泥。佛泥，海中國名。蜃氣不教成異彩，常看日月自東西。

何恒信

字罄宣，一字遯廬，金山人。著《遯廬詩草》。青年喪偶，終身不娶。習青烏家言，著《周易彙萃》《理氣發凡》《水法備考》等書。

述懷

門前紫荆樹，交柯本同形。商飈倏忽至，霜露中夜零。華枝半凋謝，蕭蕭掩寒扃。一雁向南飛，孤鳴投遠汀。徘徊失群侶，四望嗟零丁。酸辛念骨肉，在原緬鶺鴒。仰睇雙棲翼，關關高樹端。翺翔乍離合，不覺觸流丸。雌者一以墮，雄者永以單。感此傷心鳥，令人起長歎。之子重泉下，爲歡良獨難。嗟予廿年來，誰與同歲寒。鰥居撫弱女，聊作掌中看。

遊林屋洞

湖山有真趣，我來得勝賞。洞口纔受肩，深入陡軒敞。寒氣逼人膚，仰聽怒濤響。那能窮仙蹤，隔凡成獨往。至隔凡處，不得入。靈威昔此探，禹書亦欺罔。孤遊誰與偕，道人頗俊爽。一訪東園公，令人結遐想。

武林雜詩

城南紛滴翠，云是紫陽山。怪石連雲起，幽花傍逕閒。香風低檻外，雨意滿樓間。徙倚長松下，夕陽人未還。

縱目萬山巔，還登小有天。樓通三竺雨，門帶六橋煙。塔影南屏麓，鐘聲浄寺前。浪遊仍未厭，重過北流泉。

送亡友黄鉢山歸葬先人墓次

八載人天隔，吴雲慘至今。一棺歸故里，終古畀荒岑。不下羊曇淚，誰知范式心。精靈應有託，相藉共幽陰。

雲間洞天宋錢良臣別業。

參政名園何處尋，城南花木接重陰。杯流亭名。曲渚邀明月，客坐東巖堂名。拂綺琴。盛事已隨蕉覆鹿，遺墟空對雪中禽。里仁坊下躊躕甚，懷古詩成感愴深。

夜渡龍潛港寄席大

煙水微茫滯客舟，一帆飛處月如鉤。鐘沉野寺蟲聲雜，樹隱迴塘暝色浮。短夢忽驚前度約，孤情難繼昔年遊。依人跋涉皆無賴，底事能銷我輩愁。

胡　焕

字雲倬，號漁村，上海籍，居華亭莘莊鎮。監生。績學耽吟，陸副憲耳山嘗賞之，惜不永其年卒。著《漁村初稿》，則僅其少作云。

泊北簳山下作

落日淡山光，涼風起天末。一聲山寺鐘，林間上新月。沙禽背人飛，漁鐙隔岸没。美人天一方，孤坐自清絶。

江村即事用東坡游張山人園韵

杜鵑開罷櫻珠熟，衆鳥流音集新竹。林深邨午客行稀，一逕蒼苔宛山谷。偶來獨立碧溪頭，桃花乍漲春流速。何當攜壺席芳草，醉遣嬌兒彈啄木。

七夕小飲贈吴古心先生

詞客江鄉喜乍逢，虚堂坐對思無窮。當筵懷抱唫《梁父》，前輩風流識鄭公。露氣暗浮仙塵上，月華低聚酒杯中。年年有巧輸人乞，迢遞雲霄悵望同。

楊修

字得軒，華亭人。退谷從弟，曾移家漁塘北故聶氏園址。性嗜詩，篇什甚富，惜早世，存《白石山房剩稿》。

與琴川徐劍娱訪詩僧不值

白蓮社裏久知名，山外遊蹤何處尋。枯坐池亭看落葉，一天秋影澹禪心。

顧世望

字渭珍，華亭人，居亭林。攻時藝，兼習詩。早卒，有《困學齋詩草》。其婦翁葉鳳毛有序，謂其爲人仁且樸，篤學好禮，無夭徵。又題四詩云：「問學能勤肄，詩文日就工。」又云：「後生良可畏，短命竟如斯。」

擬陶靖節移居二首用原韻。

命駕復何之，南村有安宅。常時游好人，今且共晨夕。相將共講習，豈暇從時役。衡茅膝可容，雲煙生几席。謀道得同心，氣誼敦古昔。願言常相從，無爲久離析。

登高有時賦，閒居欲論詩。獨處難爲情，素心常念之。彼此得相見，傾壺慰相思。笑言兩不厭，觴咏無罷時。農務既閒暇，行樂方及兹。交友有損益，古人豈余欺。

春暮自新場歸遇雨舟中有感而作

今晨當返棹，百里泛歸舟。樹色連村暗，濤聲挾雨流。春情寒悄悄，岐路晚悠悠。小住爲佳耳，能無感别愁。

朱　曜

字乾一，號心田，華亭人。布衣。年九十餘卒。

耘

夜來一雨足，水積滿田疇。驅兒飽餐飯，先我去開溝。荷笠至南畝，草長苗亦稠。芟除務及時，敢使萌蘖抽。非種理必鋤，滋蔓良難謀。食力況我事，日入肯歸休。

慈慶寺納涼

何處襟懷爽，侵晨到上方。山深空日影，林静受風光。老衲同揮麈，閒禽自鼓簧。偷閒堅坐久，身世類羲皇。

吴應鑾

字晴帆，華亭人。明參政衡裔孫。習舉業，未售，早卒。工于詩，其子春詔輯其遺稿一卷。

偕王藹園晚步

桔槔聲斷雨餘天，矗矗秧針水滿田。薄暮農人已歸去，緑蓑斜挂夕陽邊。

徐克潤

字田瑛，上海人。有《藍谷詩草》。

摘桑鳥

相傳蠶婦爲虎所食，化爲此鳥。蠶月山中多有之，其聲曰「摘桑看虎」，哀迫動人。

昔有蠶婦，虎噬而亡。其魂不死，化爲摘桑。年年蠶月，山中飛翔。叫曰看虎，意甚徬徨。

生前辛苦，死猶馴良。惡者肆毒，善者罹殃。蒼蒼者天，此命誰償。我聽其音，爲之心傷。

古意

春色渾無賴，微風颺落花。舊年雙燕子，今又到儂家。

自君之出矣

自君之出矣，春風入翠幃。思君花下立，花下蝶雙飛。

馬天秩

字東平，號闊海，婁縣人。監生。因親病，究心岐黄，遂精醫理，以醫濟人，貧者每以藥餌之。著有《四香稿》。

雜詩

大鵬摶扶摇，直上九萬里。斥鷃翔蓬蒿，彼志亦云已。小大固絶殊，逍遥寧異理。古人懷獨行，落落良有以。

劉生

三輔最奢豪，劉生名價高。酬賓留玉劍，袨妓曳珠袍。重氣□山嶽，輕身等羽毛。烽煙倘未息，一爲展龍韜。

雨夜聽楊枝蕩人間話

酒盡燈殘斷客魂，賴君瑣屑話黄昏。一方煙火楊枝蕩，四面人家茭葉邨。水急採菱愁没角，泥浮種芡恐飄根。澤農亦畏三時雨，簷溜瀟瀟聽正喧。

馬元瀓

字宛山，號秋蟾，婁縣人。性穎悟，帖括外兼習詩賦。嘗問業于王光禄西莊，頗加激賞。著《白石山莊詩》一卷，惜年二十六卒。

晚登騎龍堰

四山初落木，爽氣雨餘添。寺古簷牙缺，泥新屐齒黏。牧人歸弄篴，酒市晚收帘。指點孤雲外，依微露塔尖。

頑僊廬

頑僊舊築知何處，野棘荒藤指顧迷。隱約頹垣林左右，模糊斷碣草東西。春風經眼愁花月，往事傷心悟雪泥。一片巖雲誰管領，朝朝抱影度寒溪。

邵　培

字厚堂，青浦人。西樵嗣孫。早卒。著《荔香小草》。

題魯公遺像

長松百尺趁朝陰，趺坐偏饒物外心。鐵面偏能平怨獄，清風曾記却遺金。公有却金之事。承歡情切簪投早，爲政恩多棠愛深。此日披圖瞻雅像，德威千載使人欽。

高山岑寂白雲飛，赤舃青袍仰德輝。循吏當年如此重，儒林今日似公稀。碑穹峴首同羊祜，祠建生時憶陸機。幸我有緣交喆嗣，聊將蕪句弔遺徽。

臺城有感

秋色淒涼白日昏，臺城如帶繞孤村。佛貍事業餘殘壘，寂寞荒原弔餒魂。

成佛生天事渺茫，比丘空自懺梁皇。雞鳴山下南朝路，不及當時卧首陽。

施興祖

字繩繡，號西佘，華亭人。漁帆孫。著《雪香草堂詩》二卷。

崑山道中

病渴何堪路又賒，欲沽村酒問誰家。舟人指點前山下，一簇人煙雜杏花。

夜雨泊瓜步

西風吹雨灑平沙，客立船唇夜憶家。江上忽聞人語近，一星漁火出蘆花。

改師立

字汝安，號蓮洲，華亭人。

王嬙故里

千年棄水水猶香，共説明妃此故鄉。青冢芳魂埋不住，歸來化作彩鴛鴦。香溪多五色石子。有宦于其地者，於溪中得一石子，大如斗，内隱然有物，剖之，得石鴛鴦雌者一枚。二年又得一石，與前石略相似，剖之，則得雄鴛鴦焉。見《筠廊偶筆》。

盛岱青

字稼筌，號尋雲，張溪人。布衣。

題吴氏舊宅

世守南崖業，秦峰舊草堂。開池連徑曲，種樹拂雲長。座右春風滿，庭前書帶香。幾多崇大厦，煙圃一同荒。

熊鶴群

字大椿，金山人。布衣。著有《效顰草》。

江中晚興

暮雲千里合，風穩一帆輕。漁火參差起，歸鴉歷亂鳴。天高遲月色，秋老厭砧聲。且向沙頭宿，江潮任暗生。

春日即景

蜂翻蝶舞燕飛忙，處處花開處處香。着箇名山通市徑，愛兹古樹抱村莊。青帘漾處堪沽酒，翠籠攜來欲採桑。試問春風誰領略，玉簫金管在沙棠。

李學本

字端伯，號淨香，上海人。心怡長子。幼嗜吟咏，下筆有中晚人風致。兼工駢體，温雅流利，自成一家言。惜年三十五卒。

題張憶孃簪花小影

煙鬟霧髻不勝春，點染風流別様新。留得崔徽身後影，簪花認取卷中人。琵琶聲斷月黄昏，衫袖何人印淚痕。小插花枝矜獨立，春風冷淡暗消魂。

葉敬琦

字伯華，號茀菴，初名滿林，南匯人。鳳毛子。有異稟，博習多能，且欲植基小學，循循禮法，惜早卒。

題王若谷秋山行旅圖

鈴馱紛紛何處來，穿林入谷路迂迴。草凋木落秋山瘦，明滅夕陽雲半開。

蔡文彪

字寄山，青浦人。

夜坐大觀樓

兀坐高樓上，超然物外心。溪聲流碎玉，竹韵和鳴琴。把卷眠雲讀，披衣抱月吟。有人當此際，長嘯落平林。

欽巨椿

字大受，號蕖畦，婁縣人。弱冠工詩，與翁石瓠爲友，曾在蓮生菴結詩社，惜不永年卒。石瓠有《過亡友欽蕖畦故居詩》云：「長卧有人寧覺曉，落花無主可憐春。」惜詩稿散失，僅存一二而已。

詩話：欽氏原籍湖州長興，自其先有某者於楊將軍征閩時投營自効，後隨任來松，子孫遂家焉。今大受姪欽善爲華庠諸生，近著《聖像應修議》，松江戊辰修學，文廟中設像始此。

村居雜咏

柳眼初開麥葉黄，通波塘水起微涼。野人一種閒情況，九里亭邊望夕陽。
古園歷久漸荒蕪，修竹仍看綴碧蘿。冀得繞籬三百樹，種來梅核不嫌多。
寶塔相傳在宅東，遺基猶是塔成空。年來吾欲仍留塔，買紙西溪問畫工。
爲看鋤田花事荒，稻花何似百花香。却憐病骨因花瘦，不及隨人學種秧。
五里波光暎帶中，泗涇塘逞往來風。入城并不須徒步，穩坐輕航半截篷。

徐在田

字處山，婁縣人。著《問月樓詩草》。

送春橋之南徐即次留别韵

此後相思况，平將兩地分。求魚初作計，鳴鳥舊同群。草濕江頭雨，花蒸嶺上雲。一鞭吟宛轉，肯使故人聞。

遊細林山

一坏土覆仙人骨，三尺碑傳義士文。不惜芒鞋此憑弔，頓教踏破嶺頭雲。

改學孔

字□□，華亭人。總兵光宗子。

寒林

迢迢四望景糢糊，認取枯枝興不孤。漫道此中無勝景，雪天一幅米家圖。

秦聯鑣

字軼塵，婁縣人，居泗涇。布衣。著《吟雪樓詩鈔》。

落梅

片片飄來撲酒樽，横窗空憶影黄昏。笛聲一夜吹殘後，衹剩春風點額痕。

張爲霽

字彩衢，金山人。布衣。著《陶然齋詩》。

湯山徐逸士墓

剩有一抔土，幽靈安所之。姓名生不俗，山水舊相知。海近歸雲濕，山圍落日遲。何人來此地，酧酒寄遐思。

錢學綸

字昜經，號銓蘧，華亭人。初讀書，後習市業。又由府户房吏，考取以縣佐注。醒性孝友，耽翰墨，好吟咏。所居與袁海叟白燕菴隣近，菴爲里人改稱延壽，其墓益侵削蕪廢，醒蘧具呈縣府，乃封其墓、新其祠，且春秋具祀焉。著《增訂白燕菴紀事》一卷，其詩爲《白燕菴雜咏》。

春薦即用白燕詩韵

丁令重來景自非，空山人老話依稀。銀塘抱郭仍如舊，玉翦欺春不復歸。日落平原懷逸叟，鐙昏古刹問緇衣。一杯澆處東風薄，紙蝶多情作意飛。

陳　鍊

字在專，號西菴，華亭人。布衣。工篆刻，著有印譜及《適安草堂詩草》。沈學子序其印譜，以爲識字莫先于《説文》，而篆刻爲小學之犧羊。《説文》之綿蕞。今西菴所著，一本于《説文》，若「魏之从山，沃之从草，璉之从木」，守前賢之規榘而不敢紊云。

閒居

澗户秋風起，幽人獨閉關。白雲飛極浦，黄葉滿空山。虚牖琴樽寂，荒庭松菊閒。倐然無一事，趺坐聽潺潺。

姜　培

字實生，號老榕，華亭人。業裝潢，暇則浣花一册，終日吟哦，有《破窗風雨樓集》。

送改澹園從定軍門備兵中州

君本幽燕士，平生負慨慷。輓弓能兩石，倚馬可千行。此去憑肝膽，歸來愈老蒼。臨岐無所屬，白髮在高堂。

小醜潢池弄，皇心重殺傷。受降頻下詔，輓粟屢開倉。竚見烽將熄，今看將選良。一麾氛四散，捧檄早還鄉。

相　枚

字克猷，號素園，華亭人。布衣。弱冠後廢書，居卜肆中，以蓍策爲業，并習青烏家言。暇坐斗室，肆力于詩古文詞。所著有《適意吟稿》，約四百餘首，張進士若采選刻于紅蘭閣中。

堂堂曲

楝花風急燕將乳，啼鶯歷亂團飛絮。堦前新緑照眼明，明日春光在何處。喜春來，惜春去。只恨與春情太深，莫恨留春春不住。牡丹風，幽蘭露。露未晞，花自飛，落紅滿地胭脂汙。

賦白駒，春不語。

舟行即景

一葉隨風去，波澄浪亦平。水郵漁笛短，茅店酒帘橫。日暮嵐光淡，天高爽氣清。百年曾有幾，空自負鷗盟。

夏日寓吴門伏龍山承天寺

名山同寄迹，時與桐江夫子應海門祝氏之招。蕭寺一徜徉。澗水流幽壑，松風引戒香。煙深驅酷暑，竹密透陰涼。叢桂花開早，師生逸興長。

春感

狂風吹雪下江干，萬樹宫梅滯歲寒。舊事已憑春夢覺，新詩待約故人看。煙霞有福青山在，名利何成緑鬢殘。四十年來空落拓，臨風惆悵倚闌杆。

和吴門道士袁守中朗吟閣原韵

遥聞仙閣朗吟詩，十丈藜光透墨池。對景揮毫開卷足，憑闌待月引杯遲。逋仙亭畔閒招鶴，四皓山頭獨採芝。君到蓬壺原咫尺，何須重問大還時。

山行即事

之也橋邊芳草長，春風兩岸盡垂楊。相將載酒尋幽去，花綻鶯嗁總斷腸。

頹然荒塚少人知，聞道當年蕭寺基。莫羨藏風真吉壤，滄桑能有幾多時。

金斗滿

號點易子，婁縣人。嘗在超果寺賣卜，年八十以外。欽善于其已死後拾得此詩，以爲有見道語，見示，存之。

七十詠懷一首

谷水西偏一腐儒，年逾七十識拘迂。閒庭不長鈎衣棘，古樹惟慚返哺烏。悲喜心空猶稚子，崎嶇步穩亦夷途。邇來無力償文債，門外時聞索舊逋。

錢觀光

字國英，婁縣人。澹園子，年十三卒。生性聰慧，初入塾，日讀數十行，過目成誦。歲星一週，諸經畢盡，遂取秦漢以來古文讀之。又嗜爲詩，唐宋諸名家略皆上口，效唐人小賦極工整，詩亦居然成律。所惜天靳其年，蘭摧玉折，存一二以誌缺陷之憾云。

寒鴉分得遲字

何處鳴聲急，寒鴉乍過時。一群翻落木，數點過荒祠。影逐斜陽晚，嘑隨夜月遲。兩三棲不定，呼伴集枯枝。

家飲

釀得陶公秫，家庭樂事全。圍爐多至戚，把盞話新年。小閣風光好，華堂燭影偏。融融和氣滿，促坐共留連。

咏蟬

參天密樹緑陰圓，嘒嘒常聽噪晚蟬。競唱豈真餘宿恨，清心雅許脱塵緣。蕭疎微雨高齋外，斷續斜陽古道前。莫道枝棲矜自得，恐教螳捕入琴弦。

朱一飛

字羽寰，號鏡天，金山人，居衛城北。工詩，尤善書法，與董香蒓、熊海莊、張瑯琊、朱二垞等結吟社。著《浦東唱酬集》。嘉慶丙辰卒，年六十有三，其子得秋葺《四印軒遺稿》。

登雨花臺贈别友人

一片花雨臺，千秋講經宅。不見講經人，空留雨花石。石上坐者誰，此是遠行客。客去動長謡，江光千里白。

北郊行同董香蒓作

寒鴉噪白楊，野獾穴青草。死者不復生，荒墳臨古道。斷碣字不存，尺土誰常保。君不見西鄰作墓不十年，一坯未乾犂爲田。

國朝松江詩鈔卷五十五 閨門

鄉人姜兆翀儒山輯
受業 吴 本
張錫彤 校

范壼貞

字蓉裳，號淑英，華亭人。歸諸生胡琬生。著《胡繩集》八卷。其集初係范大參長白選刻，陳眉公序。歲久版失，夫人之曾孫胡維勳訪求積年，僅得詩若干首，分爲三卷，屬沈大成重序刻之。謂其詩「尤長于古五言，原本樂府，而聲情横溢，得晉宋六代之遺。七言宗鮑明遠，下亦規仿張、王」云云。《明詩綜》訛以華亭爲吴江，又譌其夫家之姓爲吴，今正之。

《漱芳齋詩話》：華亭范副使允臨之妻徐媛，名小淑，有《絡緯吟》。小淑詩文與長洲陸卿子齊名。蓉裳爲太僕中方曾孫女，孝廉君選女，而小淑之從孫女，師承有自。篇什以多峰泖著聲，駸駸吴會，此閨媛之詩之最著者也。乃傳之久遠，已在若明若晦間，其他之湮没者更可知已。考楊朋石夫人，能識鑪罐字，蓋世宗夢此二字以問，舉朝無一知者，惟夫人知出《道藏》，爲小鬼求食意。徐文貞即以入奏，世宗大悦。博識如是，豈少篇什，乃竟無一字存者，殆皆散失耶？又祭酒陸子淵女七姑，著《古今説海》，如于卷分淵、選、纂、略四種，以顯其父名。今其書尚在，事異語捷，可稱作手。乃著書方侈，忽焉遽卒。其兄楫乃收其詩文盡付之火，此亦當銜恨九泉者。兹故廣爲搜羅，薈萃於此，務使零璣碎玉，勿致飄風冷煙云。

聽君達四叔彈琴

吾叔千古士，抱琴游花間。泠泠發清響，心與情俱閒。楚雲巫峽静，湘水碧潭寒。虚林振飛瀑，急雨喧空山。聽者俱掩面，淚下各潸潸。此調鍾期死，今人誰復彈。

春曉曲

梨花脈脈飄香玉，閨中春暖睡未足。雲母屏開孔雀飛，水晶簾動波光緑。波影沈沈香霧濃，月光半墮闌干曲。可憐曉夢正關西，雞聲鸎聲相斷續。

讀眉公先生詩

眼底何人真不朽，藝苑詞壇總芻狗。葉公好龍君知否，倘遇真龍直驚走。眉公故是霹靂手，能挽天河吸北斗。千言奔筆獅子吼，光晶磊落連城剖。眉公先生誰與偶，前三百與後十九。庭前有花盃有酒，山中日日開笑口，群輩烏烏徒擊缶。

貞女詩 序：里中楊氏女受唐聘，未婚而壻夭。女之父母欲令他適，女不從，遂自經也。爲之歌以傳其事。

泉流不迴山上水，弦開不迴弓上矢。一日許名便許身，女也剛腸有如此。讀書不多解識字，古來識字幾男子。女生不生七尺棺，女死不死萬人齒。謂女不生真不死。吁嗟乎！睺問白練飛白虹，扶得青娥上青史。

綵書怨

含淚楚天秋，鸞音不易求。忽逢萬里信，翻起百年憂。香冷鴛鴦帶，雲深杜若洲。相思多遠望，望切大刀頭。

泖上

不盡芙蓉浪裏青，高懸佛火破滄溟。可無鶖子來參學，定有龍王爲説經。日月倒垂天影黑，魚蝦争市海風腥。蒼茫一塔雲邊出，蘆荻蕭蕭煙雨冥。

賦得原上望春草

軟風駘宕子城西，一望平皋緑已齊。紫塞馬嘶征戍怨，朱樓人醉夕陽低。晴光摇曳春陰薄，香霧空濛遠岫迷。却怪群鷗亂飛處，年年和雨没長隄。

陸　氏

夏考功允彝妾。

追悼

錦瑟蒼涼憶舊蹤，芳年行樂太悤悤。濃香簾幙圖書静，明月樓臺笑語通。人並玉壺丘壑裏，才分綵筆黛螺中。衹餘華表魂歸去，夜夜星辰夜夜風。

夏淑吉

字美南，華亭人。允彝長女，歸嘉定侯岐曾子㫬。二十一而寡，後爲尼。改名神，一字龍隱，有《龍隱遺稿》。初，節婦自㫬卒後，忍死撫遇歲孤檠。後其翁之兄峒曾及子演、潔殉難，允彝亦自沈，兩家第宅俱爲瓦礫。先是，節婦避兵結廬曹谿龍江閘，兩家奔命，得所棲止。演室姚，潔室龔，咸來從居，所謂東園歲寒亭也。已而岐曾復以陳子龍案死，母龔太恭人赴水死。節婦夜艤舟潛往棺殮，兼收庶姑劉氏屍，舁置祖塋旁。隨遣人間行求其舅屍于雲間。初，峒曾季子瀞亡命，有司名捕捕之，岐曾季子浤挺身以代。其妻適死于上洋，節婦營救，抱其子撫之。事稍平，孤檠字武功，才而夭。節婦曰：「吾數年來，三百六十骨節交付太虚空，更無繫戀矣。」節婦中表妹盛韞貞來歸上谷，禮節婦爲師友。姚、龔二節婦形影一室，至康熙壬寅。節婦疾終，姚、龔亦先後歿。盛乃次其生平，私爲立傳。盛守節三十年，與三節婦合葬圓沙之阡。

《詩話》：夏内史存古有《懷龍隱女兄》詩云：「空谷存三隱，名閨美二男。」蓋謂龍隱及女弟昭南，號蘭隱，而自號小隱也。又遥憶大姑處天花落草菴，蓋考功殉節後夫人入道故有是云云也。後内史殉難，其配錢孺人亦守節空門云。至侯武功爲太倉張西銘壻，順治壬辰間，已經入贅，見杜登春《社事本末》。又九皋輓詩云：「君家忠孝概，可以感友生。欻從前人逝，哀痛徒塡膺。」按：武功死於癸巳，年十七歲。

悼亡

蕭蕭鑒元夜，幽室生微涼。眷言念君子，沈痛迫中腸。音徽日以杳，翰墨猶芬芳。靈帷空蕭條，齋奠眞荒唐。舉聲百憂集，泣涕不成章。

六姊孫儼箫没於丁亥家難爲賦一詩

憶昔于歸紈綺叢，郎家聲譽擅江東。肅雍自叶房中樂，散朗仍歸林下風。日暖畫樓彤管麗，春深珠箔麝蘭通。綵雲散後空憑弔，野哭荒郊恨幾重。

閨思

碧天明月影遲遲，翠袖輕寒香露滋。海内風塵勞客夢，江東羅綺擅文辭。頻驚桂棹迴前渚，時整花鈿立小墀。子夜明燈猶未寢，魚箋珍玩感婚詩。

夢遊天台

石梁飛度接花茵，殿閣經行覿勝因。香氣入衣初不觸，鐘聲到耳迴無塵。木童石女賓中主，翠竹黄花覺後身。憶釋臨風三歎息，碧潭明月影磷磷。

二月雨雪同静維招南棲止曹谿忽得畷城家信即事感懷兼寄再生

尺素頻傳慰草萊，謝庭非復舊池臺。彤雲未許蛟龍奮，琪樹寧辭鸞鶴來。黄竹歌聲遥仿佛，玉壺風色好徘徊。梅花深處無人到，脈脈心期更幾迴。

憶王菴舊遊寄再生

人生聚散本浮漚，回首蒼茫感昔遊。曉露未收花力重，午陰欲定鳥聲幽。聞香小坐忘塵世，步月清言掃舊愁。梅影横斜應似畫，殘英滿地有誰收。

重過横雲山懷静維

翠竹丹崖倚碧流，輕橈重撥意悠悠。山靈未許同招隱，畫棟飛雲鎖上頭。

夏惠姞

字昭南，考功次女。

二月雨雪同静維棲止曹谿偕美南姊作

天涯風急雁飛鳴，雨雪相依倍有情。點點遠山寒玉映，層層深樹夜珠明。論心此日歡方洽，惜别他時感又生。便欲隨君愁未得，梅花香夢隔蓬瀛。

蘇隄春色

暖風晴日冶遊天，柳拂長隄引馬前。掩映珠鞭花外見，參差錦帶樹中還。夭桃夾岸生紅浪，芳草連雲起碧煙。忽憶髯翁吟笑日，水光山色盡詩牋。

中秋見月憶姊妹還家之約

千門夜色暎晴河，萬里潮聲起白波。玉露新凋梧影薄，清風遥送桂香多。故園空有三秋約，野逕難逢一雁過。兩地相思同此恨，好憑朗月寄離歌。

盛藴貞

字静維，華亭人。文學慶遠女。許字嘉定侯峒曾第三子瀞，未嫁瀞以亡命死。氏著《懷湘賦》以見志，卒歸上谷。本係夏淑吉中表妹，旋斷髮，禮夏爲師。有《寄笠遺稿》。

題訥言春草堂詩二首

謝公遊眺地，春草已無根。夕巷牛羊下，空簷鳥雀喧。可憐盰眕盡，徒有簡編存。泪灑西州路，何人酹一尊。

十載重遊地，孤城帶落暉。西園迷舊迹，北渚長新機。玉樹人俱盡，金庭事已非。何須聞短笛，獨立自霑衣。

贈聖幢師

自是閨中秀，超然遠物華。心能同水月，骨自帶煙霞。翠長真如竹，黄開般若花。寄言劉鐵磨，應識趙州茶。

郜居雜感

春山斜遠郭，淥水滿晴川。白鳥孤雲外，青林返照邊。風波何處少，耕鑿此中偏。莫作窮途哭，聊同鹿豕全。
自我來茲地，重門曉夜扃。蕭條門外柳，幾度向人青。采蕨懷商土，占時感歲星。但能安病骨，不必問池亭。
烽火吴關遠，煙花谷水明。孤墳應宿草，白髮隔重城。遺行書難就，玄言較未成。愁心托幽夢，茲夕倍縱横。
蓬徑無人迹，春廚斷暮煙。稻粱謀自拙，僕隸義相捐。薄俗終難入，幽栖性自便。尺書兼斗粟，慙愧主人賢。

寄兄 盛太學慶遠宅，在陸家橋。本陸萬言宅，前對烏龍潭。

一自雙親盡，鄉園不忍旋。七年三見面，稚子漸齊肩。夢斷燕山月，春歸海樹煙。書來能念我，三復脊令篇。

章有湘

字玉筐，又字令儀，自號橘隱居士，華亭人。羅源令章簡次女，安慶孫中麟振公室。初玉筐與姊瑞麟，妹玉潢、回瀾、掌珠，並擅才名。乙酉，父殉節，後于歸。及振公登進士第，五日而殁，玉筐自經者再，俱以救免。長齋事佛，爲未亡人十七年而卒。著《澄心堂詩》《望雲草》《再生集》《訴天雜記》等書。按：章氏宅，在思鱸巷。

晚眺

嶺峻隱青猿，松高飛白鶴。山雲挂樹梢，風捲殘英落。新蒲已抽芽，細草媚巖壑。景物最傷心，桃李還如昨。誰家少女郎，背立鞦韆索。貌態衣不勝，歡笑風前樂。春來無所爲，鬬草爭花萼。何事深閨人，終朝常寂寞。

秋日寄家姊俞夫人

八月秋風振山谷，黄花初放銀塘菊。一枝手折欲贈君，遠道茫茫愁極目。閒將玉紙寫新詩，新詩賦就動遠思。蕭蕭鴻雁隨雲度，寂寂虬燈擁漏遲。憶昔同在翠微閣，飛文聯句誇奇作。那知江海各天涯，青鳥無情雙寂寞。蘇合房中愁索居，尺素遥傳錦鯉魚。爲問江淹五色筆，擬成團扇近何如。

秋懷

露華寒夜滴柴扉，留滯天涯未擬歸。吴下雲深鴻雁杳，楚江秋老鷓鴣飛。穿針結縷人誰共，咏絮吟風事已違。聞道故園蓴菜熟，他鄉回首淚霑衣。

至日泊舟江上大風有懷

令節初逢起問程，停橈還喜片帆輕。旅魂欲到親帷側，一夜江聲夢不成。

章有渭

字玉潢，即玉筐妹。嫁嘉定侯泫初，上谷多難，夫婦遁迹偕隱。既而仍還故里，共保于毀巢破卵之餘者，皆氏力也。著《燕喜堂草》。按：泫，字研德，後更名涵，字中德。鄉黨私謚「貞憲先生」。

行園

爛漫花如繡，閒行碧沼邊。浴鳧還泛泛，舞蝶自躚躚。羅袂香風襲，紗窗翠篠連。徘徊看落日，彩霧絢青天。

舟行即事

曉霧迷離綵鷁輕，櫂歌徐動見新晴。臨湍鷺子亭亭立，夾岸蒲花漫漫生。遥指小山遮塔影，忽經深樹出鐘聲。晚涼不覺羅衣薄，自愛澄湖片月明。

懷瑞麟姊

一聲唬鳩覺春闌，懷舊離魂不自寬。猶憶繡牀人病起，殷勤頻爲囑加餐。

再懷玉筐

臨別殷勤置酒盃，西風揮手畫船開。春來苦雨音書滯，幾度聞簫憶鳳臺。

春感

舞蝶莊生夢，啼鵑蜀帝魂。紫芝逢勝友，芝草想王孫。小閣聞雞唱，閒庭聽鳥喧。曉煙迷麥隴，春霧瑣柴門。魚戲青萍動，風吹碧葉翻。綵毫題玉柱，綠蟻引金尊。乍摘葳蕤草，長依翡翠軒。避春無絶境，何必問花源。

王微

字修微，號草衣道人，江都人。光禄許譽卿姬。著《遠游草》。初修微往來西湖，游三楚、三岳，急人之難，揮灑千金。繼則歸心禪悦，參憨山大師于五乳，歸造生壙，有終焉之志。偶經吴門，爲俗子所嬲，乃歸光禄。許在諫垣多所建白，修微有力焉。及相依于兵燹間，誓死相從，居三載，臨歿，在薙刀裓衣屬光禄，俾其于急難之中得爲自全之計云。

詩話：《遺愁集》載《奇女子傳》，謂修微與柳如是。顧修微以歸許得載，若柳如是相傳以爲松江人，非也，實是盛澤鎮人，特曾爲松江某孝廉妾耳。然既已謝去，則無所附屬。即歸虞山，固由龍潭登艫，要豈得以「茸城媒雉即夗央，銀鴨金鑪一水香」二語，即訛爲松産耶？方其羈蹤北里，稱楊影憐，早有盛名，門多車馬燕。又尚木嘗攜姬集龍潭舟中，時大樽亦在座，姬出其《壽眉公》詩云：「李衛學詩稱弟子，東方大隱號先生。」句以相示。大樽爲賦《秋潭曲》云：「美人嬌對參差風，斜抱秋心江影中。摘取霞文裁鳳紙，春蠶小字投秋水。」爲姬作也。是大樽與姬固相識，且賞之，後姬投女弟帖，希欲委身，而顧不之許，豈非入群不亂者耶。顧姬亦巨眼，能知人，乃王歸霞城，而柳不得歸大樽，殆亦其遇之各殊哉。

重過雨花臺望春江

春姿静東岑，雲影結遥燦。坐覺高臺空，不知翠微半。落花自古今，啼鳥變昏旦。撫化良易遷，即事聊成玩。况乃晴江開，緑波正拍岸。

舟次江滸

一葉浮空無盡頭，寒雲風切水西流。蒹葭月裏村村杼，蟋蟀霜中處處秋。客思夜通千里夢，鐘聲不散五更愁。孤蹤何地堪相托，漠漠荒煙一釣舟。

冬夜

獨坐渾無語，含顰應有思。私心自不寐，何事倩君知。

送生甫

爾别何所遊，月明江上舟。異日思君處，憑欄看水流。

和宛叔

昨夜花灼灼，今日花已落。盛衰自有時，君恩隨厚薄。

秋日閒賦

露寒殘月上蒹葭，近日離魂未有涯。寂寞經年人不見，空房夜夜數歸鴉。

同太史過湖上未幾先歸余獨留湖上苦雨感賦

秋風一葉打輕鷗，消受湖光十日留。閒自不留閒自住，償他寒雨數番愁。

吴　朏

字華生，又字凝真，號冰蟾子，華亭人，家璜谿。適千谿諸生曹焜允明。冰蟾工詩善畫，初與張訥菴夫人王鳳嫻唱和。乙酉，焜以亂被害，寡居。後福清魏惟度，新城王西樵皆不遠千里乞其詩詞。至其繪事，筆墨生動，人争寶之。著《忘憂草》《採石篇》《風蘭獨嘯》三集。子重十經，媳李玉燕，孫女鑑冰，皆能詩。

遠眺

秋光瀟灑散平湖，水白沙清浴野鳧。近渚風多殘葉落，遠山翠染碧雲孤。閒將静閣供憑眺，淡取疎林入畫圖。夕照漸低村樹隱，銀蟾一點漏高梧。

艷曲

金屋暖長春，蘭階人似玉。但願如月圓，不願如月缺。

贈妾紫金環，遺郎白玉玦。郎恩環不解，妾心玉比潔。

採蓮曲

弱柳擊游驄，叢花映嬌面。郎佩紫紋囊，儂從扇底見。

彭淑

字又徐，華亭人。燕又女，沈友聖配。按：董閬石送友聖適楚詩云「河梁詩句知多少，惜別何人似細君」。周宿來集友聖郊居詩云：「若論偕老工文筆，應是龐家愧不如。」知其室能詩而未見遺集，并無姓氏。於鄧孝威《詩觀》内得此一章，而閨閣芳華，足以不朽矣。詩話：《王西亭集》有《哀彭少君詩爲沈山人作》云：「夫子殉高義，少君乃善成。朝汲寒井水，暮聞吟咏聲。唱予和女，月落參横。歸來纔拂衣上塵，即叩袖間詩句新。見何異書友何士，貰酒引滿爲具陳。君名在隱逸，君業在詩文。兩賢相配豈徒爾，黔妻萊婦古所云」等句，得此益足爲彭夫人立一小傳云。

和友聖送別友人詩

唱別《陽關》正夕曛，一行哀雁訴離群。高朋分手如虧月，游子閒情似片雲。社裏忍違陶處士，座中曾指孟參軍。挂帆風色吴江冷，尊酒何時再論文。

寄外

闌干徙倚夕陽天，愁向銀釭照我眠。此夜斷腸君不見，秋風吹落月嬋娟。

支氏

字□□，崑山人。適上海陸鳴球。有《日涉園小稿》。

中秋

桂枝初滴露華新，千里相看月一輪。寄語嫦娥休下照，須知無限倚樓人。

王雙鳳

字□□，華亭人。光承女，適中書楊憺。著《玉榮草》一卷。

寒夜

歲籥云殫百感攢，爐灰撥盡淚頻彈。殘燈落寞然孤夢，空館荒涼倍苦寒。隣舍歡呼矜得意，兒曹誦讀喜還安。傷懷幾許憑誰述，且擘蠻箋强自寬。

詩話：黄中允唐堂謂《玉榮草》與《冰蟾子集》皆曾見雕本，知當日固已流行，今則求之不得已。

陶文柔

字□□，青浦人。冰修女，適贛州訓導葉永年。著《白雲樓詩草》。

秋日東歸夜泊

玉露傍江浮，歸風何處洲。人疑湘水夜，月照故鄉秋。短燭消殘夢，清尊破旅愁。别離難自主，淚灑白雲流。

春日偶見蕙娘遺畫感悼

月暝花零思渺然，重看遺畫不勝憐。柳綿吹散朝雲斷，愁向春風聽杜鵑。

唐惠淑

字冰心，婁縣人。唐醇女，許字金峨綬。未嫁，金卒，女守貞，誓死，因母邁，逡巡未果。歷二十九年，母没，氏泣拜舅後，遂死，之時康熙丁丑五月也。節婦性穎慧，通經史，長詩賦，兼善繪事。

咏梅三十韵

覽遍群英致，梅花信獨乎。圃餘分幾種，籬畔植千株。地遠心仍傲，林疎貌若殊。乍開堆碎玉，初綻結明珠。比節松差近，評香雪亦輸。苔封横鐵榦，竹伴逞冰膚。冷艷三春獨，塵粘半點無。名隨妃子拜，癖與首陽俱。著雨姿凝白，烘霞蒂染朱。晴光添皓素，陰影入模糊。臘後風光占，宵深月正須。煙消妝淡淡，雲護骨臞臞。傍水原從僻，耽山豈曰迂。蝶鶯垂粉翅，蜂避斂香鬚。若爾清何極，如君俗不污。何郎慚白面，阮籍動青矑。枝挺斜還直，根蟠曲更紆。嚴冬芳獨冷，新夏葉紛敷。已奪梨花潔，堪羞桃蕚腴。瘦容擬沈約，逸品重林逋。庾嶺時多變，羅浮竟足娱。灞橋驢背穩，東閣兔毫濡。紙帳黄昏静，紗窗碧影孤。笛中聲細出，額際瓣輕鋪。幽絶陵霄漢，修然賽畫圖。書傳驛使便，夢覺美人誣。調鼎鹽微拌，裁縑墨淡摹。嚼來寒沁腑，吮去味盈壺。雅譽稱高士，新題賴石湖。江南推第一，相拜是誰乎。

徐鍾璧

字賓姮，婁縣人。廩生徐允貞麗冲女，適王豫躔星遠，三月而寡，矢志守節。《江南通志》載，康熙三十七年旌表，其兄懷祖作行略，稱其夙慧，能詩文，然終不肯自炫云云。

憶姑

風雪連宵冷不支，藥爐茶竈鎮相隨。老姑可得猶强飯，相見無由苦夢思。

曹鑑冰

字月娥，一字葦堅，華亭人，居干谿。曹重女，歸張曰瑚殷六。著《清閨吟》。工詩詞，善丹青。殷六半世青氈，乃能和氣怡怡，同賡偕老，洵爲清閨淑德矣。曹氏有《三秀集》，則以葦堅之祖母冰蟾子吴氏，其母李氏，與葦堅合編也。其弟編修鑑臨序之。

立秋

銀河欲曙鵲橋收，一葉梧飄早報秋。殘暑雨來應退舍，新涼月上好登樓。芙蕖子綻浮冰椀，茉莉香濃貯茗甌。只恐從今清漏永，候蛩嘑送一番愁。

秋日漫興

柳經秋老不藏鴉，景物因時莫浪嗟。一卷楚騷消永日，數聲齊女咽殘霞。榮華心已霑泥絮，冷淡情猶濕雨花。倚遍曲闌難自遣，瓦瓶汲水獨煎茶。

搖落何辭兩鬢蓬，自開竹牖引清風。倉皇蟻陣秋苔裏，擾攘蜂衙曉露中。世事久知同夢鹿，人生須信易沙蟲。分明静處無仙境，休憶蓬山問路通。

蓮花

紅藕花開夏日長，薰風吹動一湖香。可憐君子無人識，却把芳容比六郎。

張　静

字秋山，婁縣人。華亭莊肇龍室。秋山病劇時，作《别書》詩云：「那知終不如蟫蠹，死後身猶在簡編。」其嗜學之心應亦冢生書帶也。著《清閨集》，曹鑑冰序。秋山爲葦堅小姑，故序其始末云。

蟻垤

柯下起高封，仰視若千仞。與之説泰山，舌弊終不信。

蜣丸

一丸能幾何，推轉常不已。易之明月珠，爾心終不喜。

張汝傳

字□□，松江人。淵懿姪女，李定妹，適蕭縣訓導徐基。其天姿穎異，又沐浴於父兄之教，故其詩超於尋常閨秀焉。所著《繡餘草》，吴日千序之，稱其事母孝，嘗割股療疾，不僅以文采見。

塘村烈婦

終古世人無超越，暮春桃李求榮發。駒隙富貴曾幾何，鬒眉頓改如修蛾。塘村女子心鐵石，釵笄未肯同巾幗。碪胸斷頸獨忘生，玉碎花飛不爲名。紅顔多少埋黄土，誰能青史垂千古。巍巍廟貌享明禋，不是龍章翟帔人。

題桃花源圖

孤舟垂釣幾經旬，此日尋幽渡碧津。風動落英隨舞蝶，水黏飛絮聚遊鱗。座中白髮衣冠古，世外青山歲月新。一自武陵人去後，桃花開盡不知春。

和家昆季感懷之作

風景蕭條異昔年，吟成掩卷一悽然。伐殘陶令門前柳，稅起顔家郭外田。神劍銷沈終有合，明珠晦暝豈常捐。且從嵩嶽尋師去，坐月眠雲倚碧煙。

弔西子次家昆季韵

響屧廊空徧地蕪，祇留明月留嘑烏。不知亡國千年恨，煙水孤篷逐五湖。

何志琁

字韞潔，别字琢齋。順治己丑進士何鏗孫女。父遠宗，以女許字馮尚賢，時甫三歲。父歿，尚賢入學，庚午秋闈，以疾卒。訃聞，女哀悴，母以議婚未聘，别訂姻好，于義爲正相勗。女謂：「氏之婚，父所議也。今而忽，更，死我父也。」其兄志鼇曰：「定例，未婚者，弗旌，没無所名。」女謂：「豈爲名計？顧母欲我有家而家亡矣，而顧使違父命也耶？」自此依母兄者十年。及侍母錢孺人疾，勞瘁成瘵，卒。女性絶慧，自工文辭，不由師授。存《苗斑奴傳》一篇，詩餘數十首，爲《幗衍存稿》。吳綏眉傳贊謂：「《柏舟》矢志，是未嫁守節，故孔子取之。脱令已嫁，則世子之婦自無改適。且衛君爲政，父母安得奪之耶？今何氏義等共姜，而所傳詩餘亦與《柏舟》共千古云。」

詩話：《禮記·曾子問》篇「夫死亦如」之句，鄭康成注：「女服斬衰。」此固臆斷，婦人不貳斬，在家從父，非所自主也。而未嫁之女爲夫守節，明儒斥爲專以身許人，則不然。伏讀欽定《禮記義疏》，御案云「男未娶，女未嫁，總聽命于父。前之納徵而受，請期而諾者，非父命乎。則壻死，而父改字他族，亦父有二命也。女果貞烈，固守初命，不從後命，即斬衰奔喪，誓死不二，庸何傷」云云。此條聖斷煌煌，允爲千秋示訓，不意何氏以深閨弱女子，先能暗合也。且何氏父已死，更無父命乎，又曷不固守初命也耶。

集草堂句

此本集詞，則亦《採蓮子》《楊柳枝》《浪淘沙》《小秦王》《阿那曲》《欸乃曲》之類，要亦七絶也，故附於此。

落紅鋪徑水平池，寂寞鞦韆兩繡旗。燕子還來尋舊壘，黄昏微雨畫簾垂。

謝了荼蘼春事休，煖風吹動繡簾鈎。沈吟不語晴窗畔，兩點青山滿鏡愁。

節女存詞數十闋，俱和平淡雅。其《小重山·和陳黄門》云：「不盡長江天際流，秣陵佳麗地，昔曾遊。秦淮春水泛行舟。堤邊柳，風裏弄輕柔。往古事悠悠。莫愁湖畔客，迴含愁。後庭玉樹已千秋。臨春月猶照，閲江樓。」《南歌子·輓胡烈婦王氏》云：「荆布生偏苦，堅貞性本殊。凜然大義竟無渝。不信鬚眉臨事、反躊躇。姓氏光青史，冰心映玉壺。綱常薄俗賴卿扶。爲賦辭章聊以、代生芻。」其詞婉而毅，直而温，可以千古。

徐紛吾

字□□，婁縣人。袁時室。與良人食貧唱和，頗有閨房風味，袁寒篁即其族女。

春詞戲集曲牌名。

手折紅英上小樓，小樓連苑曉春幽。真珠簾外風光好，滿苑花香憶舊遊。
驀驀山谿刮地風，雨中花落小桃紅。淡黄柳底雙雙燕，似訴園林好景空。

袁寒篁

字青緗，華亭人。文學玉屏女。青緗早失恃，奉侍椿庭，有才思。著《緑窗小草》，時人稱之。至其境遇之苦，則焦徵君南浦爲賦《嬌女篇》，所云「寄迹窮巷間，蒿草掩裙幅。惡少頻窺覘，掩袂日嗁哭」者，當日情事，略可想見。乃初以所字非偶，因誓不嫁，卒之終身失所，抑鬱以終。嗚呼！遇之不淑，命之不猶也，豈以才華折除福分哉。

遠眺

簾捲倚高樓，青山相對愁。夕陽摇酒斾，野渡繫漁舟。樹密煙光亂，江空水氣浮。斂眉無限恨，身世等悠悠。

隋隄

汴水溶溶浸碧空，只今何處認隋宫。亂鴉自集斜陽外，芳艸猶存斷岸中。惟有客舟依夜月，不留御柳舞春風。千秋艷態真陳迹，珍重羅衫淺淺紅。

雁

霜輕煙淡日微明，夜静時聞旅雁聲。肅肅每驚金屋夢，嗸嗸猶帶玉關情。陣銜天外霞應斷，影落灘邊荻自横。待至三春花爛漫，思歸知不戀香秔。

竹影

新篁弄影碧窗東，清韵珊珊動曉風。閃處休疑鸞鳳尾，須知節節異頑空。

宋玉音

華亭人。徵璧女，孫張澤忻室。著《紅餘草》。王苧東曰：「宋爲虹橋巨族，其夫斜川亦有詩名。」

村居

緑楊流水一谿寒，畫舫輕橈別小灣。燕子乍來如舊識，簾前飛去又飛還。

遣懷

一簾微雨一簾風，透入雲屏十二重。和淚出門相送處，斷腸人在畫橋東。

高藴素

字□□，華亭人。袁瑋室。

美人倚欄

春滿池塘盡日温，楊花點點向空翻。貪看魚戲憑欄久，不覺柔肌印釧痕。

楊恭人

江都人。昭武將軍捷女孫，歸華亭王静巖，年十九卒。著《父書樓稿》一卷，其孫給事中憲曾刻之。

蠟梅

黄梅初放蕊，晴日映簾櫳。正色何須白，幽香不在紅。種從真蠟至，瓣與蜜脾同。却笑黄山谷，題名意未工。

秋日登金山

扶筇浮玉興悠然，一片秋光到眼前。宛轉曲欄圍水面，嵯峨高塔峙山巔。銀濤瀉海看今日，鐵鎖沈江憶昔年。六代蒼茫何處是，風流且自話坡仙。

蔣季錫

字蘋南，常熟人。南沙相國女弟，華亭王圖煒室，侍郎興吾母也。著有《清芬閣詩草》。至其善繪花卉，鈎染設色都佳，則更其虞山家學云。

擬古

通明蹲虎豹，凝虛集鳳凰。中有古仙人，出與浮雲翔。修影玉鞭瘦，香靄翠旗光。青童侍左右，遺予藥一箱。云是紫金丹，再拜不敢嘗。茂陵松柏枯，空傳却老方。不如崇令德，千載含芬芳。

車遥遥

車遥遥，揮駑馬。紅塵撲面金鈴遲，鞭呼恃有驅車者。路旁楊柳藏驛樓，十里五里行不留。蒙山之陽泗水北，石路險澀程途憂。僕夫告瘁行復來，行人多向黄金臺。晚月晨星競馳逐，三萬六千雙轉轂。車遥遥，駑馬驕。儂家家近白蘋浦，幾時歸去乘吴舠。

江天夜月詞

木蘭之檝大隄頭，輕濤瀉碧長空流。銀盤蕩漾素娥愁，瓊樓絳闕天四周。雲摇星淡河影浮，孤城脈脈臨沙洲。鳴榔女兒凝歌喉，隔江一唱聲何悠。群雁驚飛繞蘆溝，叢條淅瀝風颼颼。空明不爲行人留，明宵明月在揚州。

侍袁太夫人夜弈

小院梧桐月上時，夜涼無事試敲棋。婦姑原有相傳譜，莫怪今宵下子遲。

顧　英

字若憲，一字蘭谷，長洲人。歸青浦張之頊。其舅德純罷常山令，逋帑數千金，英傾嫁時貲以償之。之頊爲印江縣知縣，以舊事牽連，禍且不測，英遣子鳳孫詣闕請代，且營贖鍰，乃得釋。英喜讀書，著有《挹翠閣詩詞》。

病後

昨苦舊疾作，幾至神不守。今朝霍然愈，痛楚一無有。足知憂與喜，泡幻俱非久。何如適心志，閉門探二酉。倦來酒數杯，興至詩一首。况得同心人，疑義相與剖。傳經有佳兒，篤實異儕偶。貧乃士之常，榮禄不可苟。委心以任運，毋爲外物誘。

春陰

惻惻輕寒透袷衣，東風料峭雨霏微。淡煙遠護黄金縷，薄霧低籠錦帶圍。無可奈何殘夢醒，誰能遣此落花飛。多情不放簾垂地，爲有梁間燕未歸。

哭娣婦幼芳姓許氏，雲間望族，與予先後歸清河，妯娌之情最篤。

麗句新詞信手裁，蠶眠小楷絶纖埃。思君便欲翻芳訊，把向風前讀幾回。

雲箋玉研憐誰共，寒雨幽窗祇獨聽。欲覩眉峰何處好，遠山微逗一痕青。

陸鳳池

字元宵，自號秀林山人，青浦人。陸祖彬女，歸上海曹一士。年三十三卒。著《梯仙閣遺稿》。詩話：夫人少受《詩經》，及長尤愛《離騷》。嘗私語曰：「我愛楚詞，恐此生當不得意也。」先生因贈詩曰：「幽意閒情不自知，碧窗吟遍楚人詞。添香侍女聽來慣，笑説書聲似舊時。」已而果亡。

咏大姒簪素菊

寒凝嶺上霜，皚若山中雪。淡淡舒幽芬，亭亭抱高節。此梅梅未清，比蘭蘭未潔。歲寒堪結伴，永與春風別。姒早歲守節。

寄大姊

去年畫閣記同登，風景依然恨不勝。曲檻月移花影散，疎簾風細篆煙凝。漫期共把消愁盞，何日重挑話舊燈。可憶隔江小妹在，緑波一棹夢難憑。

忽見燈花落，更闌人乍眠。小窗風雨急，吹夢到君邊。

寄外

煙水迢迢泛木蘭，寒風殘雪怯衣單。客來自看江邊雨，莫作臨行淚點看。

病起

病裏生涯百事賒，一絃一柱譜《平沙》。彈來却怪人偷聽，閒倚闌干看落花。

顧　步

字佩徽，青浦人。徐舜庭室。著有《絮愁集》。

偶成

漾漾花陰月，清光分外增。倚闌貪賞玩，一任鼠窺燈。

沈　瑛

字彩琳，號冰方，婁縣人。著有《針餘草》。

朱友倩云：「冰方詩，工於賦物，想入非非。」

雨絲

釀成半雨半晴天，密織斜篩斷復連。最是空濛堪入畫，柳條山色盡含煙。

白菊

秋英如雪映蒼苔，玉質英英次第開。只合白衣人送酒，臨風相對獨徘徊。

新篁

新篁一帶緑成陰，留得鈎輈好鳥音。擬闢幽齋坐相對，與君永結歲寒心。

林　氏

字□□，婁縣人。適同邑貢生徐穎柔。著有《青蓮舫詩鈔》。黄唐堂爲則所六十雙壽序稱：「林夫人訓其子，經史詩文靡不授也。」此可見其以内助爲家學焉。

同弟輩飲桂下

臨窗老桂發，天氣乍涼時。掃石依花徑，論文舉酒卮。共憐秋易老，更悵月來遲。慢誦《閒居賦》，高歌《棠棣》詩。清風入庭院，金粟布堦墀。久坐忘時暮，衣單玉露滋。

徐　賢

字省齋，華亭人。訓導十峰女，適貢生沈迪德。夫婦倡和，篇什遂多。以其母張汝傳有集名《繡餘草》，故名《續繡餘草》。黄唐堂序之，謂「願爲嗣音，毋爲絶響，是不忍忘其母，而孝思克永者也。」

步月

仰視天無星，俯視月如霜。月正人影短，月斜人影長。斜正豈天命，短長不自保。圓缺本天時，不過三五好。人事渾難知，中心常纏擾。

過露筋祠

筋露貞心見，身歸正氣存。千秋瞻玉貌，一夕散芳魂。俗易蚊留迹，碑殘字有痕。依依徒景仰，未得薦清尊。

漢宮秋

如對秋風憶上皇，小庭日日向朝陽。傾城傾國歸何處，猶倣宮人額染黄。

詩話：其《龍山客夜》云：「江山千里恨，風雨一天愁。」《古離别》云：「春草有生色，燕子無歸期。」七言：「丹桂暗飄香繞月，碧梧亂落影翻風。」並佳句可誦。

董夢月

字□□，華亭人。五峰長女，適毘陵錢名世之子某。

送春

芳春歸去也，人嬾似蠶眠。花雨飄紅淚，雲山鎖翠煙。韶華成黯黯，愁緒自年年。鎮日紗窗閉，由他撲柳綿。

顧　氏

字□□，上海人。太史成天姊，適同邑朱學博之棟。

典石婿篋中有二弟見懷詩步韵誌感

夢到家鄉未是歸，難逢竹葉畫中飛。別懷宛轉吟高韵，離思縈迴念式微。衰鬢漸驚添白髮，敝裘每訝化緇衣。故園三徑荒蕪久，冷署何堪又歲飢。

陳　瀫

字□□，上海人。程觀察兆麟室。著《寓書樓詩稿》。其甥錢文端陳群序之，謂霽巖先生歷官中外，太夫人實左右之。後搘拄艱難，克保門户。其詩風骨樸古，一洗脂粉之習。又陳群極被太夫人賞識，嘗以詩寄我母曰「異時勳業名臣傳，少日文章大雅宗。」每念太夫人之言，未嘗不感激而自勉云。

阮步兵咏懷

落日啓虛牖，微風激松林。天清白雲遠，獨坐彈瑶琴。仰視孤鴻飛，俯視幽泉深。炎光既徂謝，凋落方自今。松柏有本性，梧竹弄清音。守正養太和，穆然寫我心。

闔閭墓

玉帛爭雄志未酬，一聲鐘梵夕陽秋。鐵花半落春猶艷，磵鶴孤飛水不流。虎穴終看埋霸業，魚腸應自悔深謀。黄金神木黄絲布，長使空山王氣收。

題畫

一棹載春風，白雲涵古渡。日出不逢人，鳥語花深處。

南湖絶句

一簣鉼山枕碧流，數聲鴻雁夕陽秋。寒雲合疊煙波外，何處裴公放鶴州。

閔氏

上海人。閔瑋女，黄素室。

蟬

一響開清曙，群聲亂夕陽。高居新蜕濁，熱性亦追涼。碧檻濃陰合，炎天晝漏長。西風紈扇罷，求汝在何方。

計氏

字□□，上海人。張永皓室。

廚箴

織紝之餘，庖廚有俶。酒漿籩豆，膳飲饘粥。烹飪必親，勤率婢僕。衣食之原，艱難用勗。淡泊安分，所以養福。

朱穆

字月軒，上海人。朱式文孫女，周冰持外孫，適吴興姚淞廬，三月卒。有《面浦樓遺稿》。

讀外高祖鶴静堂集

正襟捧讀大文章，奕葉猶傳翰墨香。聞説括蒼傳俎豆，爲處州守，有政績，人名宦祠。千秋遺愛似桐鄉。

劉應月

字銀蟾，上海人。劉夢金女，許字曹錫輿，未婚而嫠。

素蘭

便點微紅亦自芳，鉛華不洗祇尋常。誰知薄命紅顔者，血淚垂垂濺素裳。

孫淡霞

字□□，華亭人。諸生廣益女，適青浦曹策彝，婚不一月而寡。舅先卒，逮事姑，孺人以婦代子職，綜理家政，爲舅卜葬地，爲姑作壽域，並祔殯策彝，撫嗣子鈞，督之甚嚴，有聲黌序。孺人幼工詩，既寡，閒有所作，輒焚其稿，故所存者少，沈大成序之，以爲可傳。

小樓對月

櫛栗上高樓，長空月皎皎。乍喜出雲端，旋看穿樹杪。星斗射芒寒，園林誤昏曉。一繩度嶺鴻，幾處栖簷鳥。牕中列遠山，漠漠寒煙繞。坐久欲忘眠，憑軒豁幽抱。

秋夜

深閨無意緒，涼夜起新愁。一榻空如月，千聲并作秋。金風吹樹杪，玉露滴階頭。坐對蘭釭久，茫茫百感投。

吴茝椿

字淑洲，華亭人。中書吴南林女，適婁縣王同知祖慶。著有《蘭谷集》。

海棠曲

海棠一抹胭脂色，簾幙垂垂紅欲滴。邀勒輕寒不肯開，春風澹蕩嬌無力。寶几煙消睡鴨香，横斜花影月昏黄。紅雲漠漠迷鶯燕，不倩銀燈照晚妝。華清仙子馬嵬死，剩粉殘香寫春思。曉窗一曲《雨霖鈴》，滿院芳魂招不起。

盧御鎮

字静宜，奉賢人。朱象春室。

書堂納涼次外子韵

疎雨晚初歇，書堂景色幽。清言不著暑，涼意正如秋。竹塢蟲微響，蓮塘螢暗流。新詩吟未了，茗椀此淹留。

張佛繡

字抱珠，進士大木女，歸姚惟邁。姚有肺疾，時時卧牀，茶煙藥裹中相唱和，亦相惜也。夫婦詩皆清虚工雅，憔悴婉篤，所謂其境過清，不可久留者。年三十三以病卒，未幾，惟邁亦卒。佛繡有《職思居鈔》二卷。

秋日雜詩

秋氣入我樓，西風報初寒。郊原過微雨，景物肅以閒。澄泓泛遥波，蒼翠浮重巒。艸荒露華白，林媚楓葉丹。海燕去不息，落木紛江干。榮瘁有代謝，節往獨無還。自非達觀人，誰能弭憂端。

擬謝元暉郡内高齋閒望答吕德曹

郡齋亦清曠，俯仰窮高深。澄川映疎牖，孤寄眄遥岑。風清獨鶴唳，日隱飢鼯吟。不對樽中酒，空對窗間琴。思君安可極，朝夕勞中心。幸藉精神通，惠我瑶華音。何時遂延頸，嘯傲愜幽尋。

遊横雲山莊 西廬以嘉樹谷聽松山房爲勝。

一徑穿雲入，雙扉面水開。有山都抱屋，無砌不封苔。雲氣縈衫袖，嵐光落酒杯。到來塵境隔，何必問蓬萊。

暮秋懷古嵺大兄

杪秋風景稱田家，洗盞裁箋事事嘉。黄綻半簷霜後果，香生小砌雨中花。詩成硯北何由寄，酒熟郵西正可賒。日暮柴門閒極目，不堪離思滿蒹葭。

夜生

枕簟涼生不成夢，殘燈斜月相共明。打窗冷雨忽數點，傍砌暗蟲時一聲。

杜　瑽

字佩玉，號浣雲，華亭人。昌丁女，適吴縣監生范志。著有《竹雲樓草》。

谿上觀魚和外韵

神龍巨鯤横滄溟，噴雲吹浪揚其靈。飛潛騰躍不可測，怒濤震蕩連青冥。逍遥海運忘其大，性得情安與化會。動則山傾静岳峙，茫茫萬頃隨沾匄。凡物有分亦有時，修鯈出水光參差。香萍碧藻春意暖，飛絮落花春景遲。淺渚可潛亦可躍，得遂天機有餘樂。侈思難忘分減恩，相羊聊借餘波托。隨群逐隊共相安，縱逸何知江海寬。已免虪涔乞河伯，不貪香餌避漁竿。鼓沫呴波堪假息，千里風濤寄咫尺。禹門變化且須時，川澤容身養潛德。

晚坐耕雲軒

點筆石欄前，虚亭野色連。境幽閒獨會，詩淡愛誰傳。蕉葉緑如拭，桐花香可憐。日斜風瑟瑟，秋意已蕭然。

王　芬

字蕙田，婁縣人。文學青選女，上舍唐壽椿室。

詩話：蕙田幼即與其女兄某同以能詩名。蕙田歸於唐，亦風雅士，唱隨相得，惜不永年。其兄鑣嘗欲取二媛詩刻之。

自題小影

微雲蕩虚薄，月上雙梧陰。徘徊眷良夕，秋聲淡可尋。蕙風入瑶軫，寫以幽澗琴。世乏女鍾期，安能範黄金。假爾清影癯，託我遥情深。罷琴桐葉落，碧露沾衣襟。爾爾復我我，妙悟同無心。

陳　氏

華亭人，居亭林鎮。景寧縣訓導陳垵女，候選州同劉立方配。著《一則集詩稿》。

寄和觀察叔天台雅集韵

群仙喜挹八騶歸，嶽頂晴雲滿繡衣。翻出天台新樂府，金釵十二座交輝。點點湘梅信未遥，帽簷側處暗香飄。冶春但説桃花艷，風景嬴渠廿四橋。

悼胞姊楊夫人

隨倡崎嶇境，經今二十春。榮封歸夢幻，大命萃艱辛。未盾姑嫜櫬，先拋夫倩身。那堪千里外，腸斷白頭親。

扶病治夫裝，臨歧神自傷。有憂煎血脈，靡藥挽膏肓。憔悴憐兄步，焦勞傳子方。命傾誰可屬，慘絶一呼娘。

輓吴江費節婦

皜皜吴江冰雪姿，黑罡風軟倩維持。鏡分嫠室凭睽隔，案舉泉臺終倡隨。取義故甘三寸鐵，履仁遂感百篇詩。只緣識透綱常字，贏得芳名萬世垂。

春夜偶成

簾捲風清香滿衣，一庭苔蘚露光微。多情最是中天月，直送梅魂到素幃。

金紉蘭

字翠峰，華亭人。歸太學生雷朝幹。著《榷藻樓詩鈔》。子瑩，戊申舉人。

小樓書秋用咸熙韵

數間樓屋面江城，秋水涵天分外清。坐處風光何淡宕，望中景物倍輕明。葉飛乍覺千峰瘦，溪净還同一漢横。到眼不愁花寂寞，白蘋紅蓼自多情。

村居

林密不聞衆鳥喧，青山幾點暮煙昏。蒹葭環水渾無路，隔浦斜陽又一村。

汪佛珍

休寧籍，華亭別駕張夢喈次室，訓導興載、舉人興鏞之母。著有《貽孫閣詩鈔》。王光禄鳴盛序謂：「女子能詩而得歸詩人者，唐惟吉中孚妻張夫人，元惟傅汝礪妻張氏。若玉壘之得碩人，則福慧雙修，不在吉中孚、傅汝礪下。」王鼎曰：「音旨知雅，罕而彌珍。」隨園稱其句如《對月》云：「萬户恍臨城不夜，千年惟有免長生。」《對雪》云：「自攜尊酒酹滕六，莫損水邊竹外枝。」

喜晴

久晴不雨曾望雨，久雨不晴復望晴。連朝愁霖今始霽，快哉初日懸銅鉦。濛濛巖端開黛色，泠泠石罅送泉聲。幽禽出巢鼓雙翼，引吭兩兩相和鳴。當庭小立恣瞻眺，恍覺物態移我情。此時弄筆硯水清，碧油窗紙琉璃明。琴書久潤重料理，花木向陽倍敷榮。何當題箋邀大婦，相隨更作南園行。

新秋對雨

坐久涼生袂，吟餘雨到林。和煙迷別墅，如霧鎖遥岑。竹外商聲動，花邊秀色深。綺寮清暇甚，取次撫瑶琴。

國朝松江詩鈔卷五十六 閨門

鄉人姜兆翀孺山録
受業朱祥占
祥智校

曹錫淑

字采荇，上海人。給事中一士次女，適舉人陸秉笏。著《晚晴樓詩稿》一卷，曾採入《四庫全書》。欽定提要：「一士有《四焉齋詩稿》，至其妻陸鳳池亦有《梯仙閣餘課》。錫淑承其家學，具有規範。大致以性情深至爲主，不沾沾于儷偶聲律之間云。」梁文莊謂：「五言古沖淡和雅，直入古人堂奥。」

《漱芳齋詩話》：黄宫允廜堂曾題《晚晴樓稿》云：「魏朝父子多風雅，却少閨中繡虎才。」又云：「牋毫不數班彪女，名媛豐生是一家。」曹豐生是班昭妹，有才慧，故以相況云。

大人信至

尺素傳雙鯉，離懷慰北堂。書中無限意，元鬢比來蒼。名重文章著，家貧菽水香。趨庭復何日，心與鴈飛翔。

寄書翁大人并附呈一律

一紙平安信，離懷幾許思。餐加千里外，健慰六旬時。惠女痴無恙，熊孫勇讀詩。好爲怡旅況，夏景恰遲遲。

秋夜不寐

夜静獨無寐，秋空月倍明。梧桐今夜落，蟋蟀去年聲。幽院少人過，空堂鬭韻清。搗衣當此際，抽思復含情。

除夕憶大姊

圍爐憶向小窗前，歲月無情負錦箋。詩句分題應未就，漏聲催夢不成眠。銀燈今夜因君剔，青鏡明朝爲我憐。瘦却梅花春又别，好將笑語送殘年。

追贈張烈婦一首 烈婦，浦東吴姓女。年十六，歸華涇張氏。其夫久病瘵，成婚未幾卒。婦於清明，值全家俱出，自縊以殉。

共説華涇張烈婦，從容殉死出鄉村。貞心豈但松筠並，烈性惟堪史策存。春草不生蝴蝶夢，寒梅欲返杜鵑魂。從今更築鴛鴦塚，千古詩人有淚痕。

燈下課大兒古詩拈示一絶

夜長燈火莫貪眠，喜汝繙詩繞膝前。漢魏遺風還近古，休教墮入野狐禪。梁文莊序云：大理在髫齔，夫人即教誦讀，漢魏古逸，及唐人五七言詩，皆能上口。六歲就傳，每日退塾，輒授一詩，爲講解，甚具童蒙之訓。得之母氏者居多。此詩可見其概。

曹錫堃

字采藻。曹一士次女，陸秉笏繼室。著《五老堂詩稿》。

龍華寺

寺古鐘聲斷，牆高落照陰。有僧掩關坐，避世滌塵心。塔出當窗影，鈴吹隔院音。河橋如畫裏，歸鳥噪空林。

和李氏甥遊豫園韵

聞得西園樂事多，東風戀客興如何。花深野徑春留夢，人渡河橋影入波。暇日攜尊尋勝去，老年扶杖踏青過。一門融洩天然福，坎止流行有太和。

甥舅當時意氣連，兩家兄妹遽歸仙。謂外與歸李氏姑。慰人親串猶今日，奈我心情已老年。課讀南軒娱漏永，謂外館李氏。閒吟北苑喜花妍。遥知伯仲聯芳處，楊柳春旗拂畫軿。

曹錫珪

字采蘩，自號半涇女史，上海人。曹一士女，葉承室。著《拂珠樓偶鈔》二卷。

春夜書懷

蕭條孤館一鐙紅，百感都來此夜中。千里歸期三月雨，半生心事五更風。吴山花柳他鄉夢，越水波濤遠客衷。囊槖已空春已去，不堪搔首問蒼穹。

池陽仲春雜興此是隨道源在池陽學署作。

歸燕營巢玉翦斜，芳園桃李競榮華。最憐蘭蕙同薪束，盡日街頭叫賣花。

舟中寫懷

離別匆匆不自由，一江風水送行舟。白雲縹緲鄉關杳，明月梨花何處樓。

張　藻

字于湘，青浦人。德純女孫，歸太倉畢禮，以子沅貴，贈一品夫人。有《培遠堂詩鈔》。

清流關懷古

山行遵前轍，山勢忽奇變。層岡拔地起，横術依林轉。洩雲逗朝陽，曠野騖遥盼。古滁界淮北，形勝南州冠。緬維顯德中，英雄此龍戰。暉鳳就巾車，金陵氣蕭散。地險自嶙峋，時清息組練。蕭蕭苦行姿，影出青崖半。雖嗟鄉國異，差供耳目玩。更憶韋公詩，停車問西澗。

靈巖山館夜坐

圓景下絶壁，山館忽已暝。石磴静張琴，雪泉清瀹茗。不知夜已深，月上青松頂。

勖兒作

讀書裕經綸，學古法政治。功業與文章，斯道非有二。汝宦久秦中，洊膺封圻寄。仰沐聖主慈，寵命九重賁。日夕爲汝祈，冰淵慎惕厲。譬諸欂櫨材，齗小則恐敝。又如任載車，失誡則懼躓。捫心五夜慙，報答奚所自。我聞經緯才，持重戒輕易。教敕無煩苛，廉察無猥細。勿膠柱糾纏，勿模稜附麗。端己勵清操，儉德風下位。大法則小廉，積誠以去僞。西土民氣淳，質樸鮮縻費。豐鎬有遺音，人文鬱炳蔚。况逢郅治隆，陶鈞綜萬類。民力久普存，愛養在大吏。潤澤因時宜，撙節善調理。古人樹聲名，根柢性情地。一一踐履真，實心見實事。千秋照汗青，今古合符契。不負平生學，不存温飽志。上酬高厚恩，下爲家門庇。我家祖德貽，箕裘罔或墜。痛汝早失怙，遺教幸勿棄。歎我就衰年，垂老筋力瘁。曳杖看飛雲，目斷秦山翠。

關山月

猶有秦時月，山頭入夜清。暈隨邊陣合，光射寶刀明。絶塞征人怨，登樓思婦情。流光千里共，偏是隔長城。

正月十二夜

銀釭暗畫堂，坐數漏偏長。雁影半牆月，雞聲萬瓦霜。夜吟多遣興，春夢不離鄉。庭下微風起，梅花入幕香。

南園老梅 係王文肅手種，名「一隻鶴」，地今屬僧舍。

城南卜築尚依然，石徑幽尋雪後天。幾陣寒香浮竹院，一枝瘦影出籬邊。遥知華表歸來日，應憶平泉手植年。囑與禪師勤護惜，樂郊無樹起荒煙。

小園

小園半畝寄西城，每到春深信有情。花裏簾櫳晴放燕，柳邊樓閣曉聞鶯。《漢書》舊讀文猶熟，晉帖初臨手尚生。自笑争心仍未忘，閒招鄰女對棋枰。

松徑

曲徑彎環石級高，滿亭山色緑周遭。松風似厭泉聲小，自寫雲門百尺濤。

柢署

連朝話舊到更深，不盡婁江望遠心。莫怪老人添白髮，兒童幾輩换鄉音。周遭竹嶼與花潭，檻外雲光映翠嵐。儘有瑣窗詩料在，不須回首憶江南。

趙婉揚

字茀芸，上海人。廣文趙旭生女，字徐秉哲，未婚卒。著《幽蘭室詩草》，曹一士序之。

秋夜

浮涼入小窗，連夜聞風雨。落葉對幽人，相看俱不語。

和采荇曹表姊半涇雜題

隨意栽松竹，牽衣共笑歌。煙霞秋自在，山水興如何。花外鶯聲滑，簷端燕語訛。聯翩新句好，閨彦本東阿。

凌存巽

上海人。璿玉姪女，許字嘉定金惟驪，未婚金卒。女泣數日，目盡腫，問之，以病目對。年餘，母以榴花簪之，稱疾卧，拔花置几上。後有來議諳者，女微聞，闔樓自經。死年十八，乾隆十三年七月十五日也。

遺詩

鞠養恩難報，此身愧歉多。自甘同穴去，不許井生波。

徐懋蕙

字畹香，奉賢人。給諫賓孫女，適鄒如岡。有《綺窗遺咏》，王祖慎序許其情深文明，終和且平云。

秋雲 次先王父給諫公集中詩韻。

繡罷停針坐，閒雲滿望中。輕颸疑隔霧，淡蕩欲追風。低蔭南山麓，遥隨北塞鴻。歸期應不遠，還藉伴征篷。

冬夜不寐

宿雨初晴後，殘燈欲滅時。霜天夜半月，照徹幾人知。

董雪暉

華亭人。撫於葉氏，後適姚廷鑾。工書畫，著有《飛霞閣詩草》。女史曹錫珪序之，謂：「于夫家又得女中師友，誰謂文字知交不在吾輩耶？」蓋序中俱質言情好之實也。姚，金山諸生，有詩集。

馬貞孝女詩

馬氏香閨貞孝女，舊在張涇堰口住。吾嫜於姬爲内姑，幽光潛德知之素。自昔雙鬟婉孌時，訓遵詩禮嫻閫儀。諸兄六人弱女一，父母掌上羅英奇。稍長行媒擇門户，跪向高堂淚如雨。兒有微志乞親憐，兒有夙心今一吐。大兄海隅依外父，三兄淪落天南路。就食鄉城悲兩昆，五兄貿易他方去。同胞星散爲飢驅，晚景桑榆垂日暮。依依弱息誤晨昏，揮淚思子常沾巾。一旦許作他家婦，形影孤危益斷魂。嫂氏遺留惟一子，生孩七月病不起。筦簟彌留親托孤，耿耿數言猶在耳。八十風光仗此孫，繩武教誰延血祀。人去盟寒魂亦號，此心負義不如死。二老垂涕哀其衷，轉移女志須從容。真姬立志不可奪，保赤奉親力惟竭。膝下藹藹釀春和，空閨冷冷照秋月。撫姪成人纔樂泮，辛勤廿載髮如蒜。繡佛長齋已半生，人天道隔精誠貫。大孝終身輟環瑱，承歡菽水怡親顔。北宫有女嬰兒子，至行同炳天壤間。那知心秏芳年促，芳華四十身就木。僊裾飛入月宫寒，老幼幽明同一哭。一生貞孝一生悲，苦志深情待告誰。南望秦峰翠欲滴，芳魂隱現雲迷離。

詩話：馬貞孝女事，得雪暉詩而傳。又聞有泗涇諸生周魯璠女淑英，父卒母老，無兄弟，不願適人，易男妝訓學以養母。母終殯葬成禮，服闋，年四十卒。有挽之者四絶云：「孝烏反哺本天真，巾幗叢中竟有人。千古北宫留樣在，環瑱拋却换儒巾。」「一卷殘編手自披，敢同韋幔絳紗垂。旁人那解傷心處，還道前村有女師。」「幾年孝養志彌堅，直送萱幃到九泉。馬鬣一封兒事了，夜臺還願侍親前。」「頑脂俗粉也飄零，不櫛書生姓氏馨。冷落芳魂應不散，一坏坟草總青青。」此等至孝，何得以謂非庸行苛之耶？

曉窗

窗下覺寒悄，曉妝羅袖輕。遠鐘敲落月，清沼點疎星。猶睡花房蝶，將唬樹杪鶯。晨光淡天末，已映緑紗明。

谿邊古梅

讀書梅花下，谿光照人冷。暗香何處尋，淡月空潭影。

黄　氏

上海人。黄素女，曹錫朋室。

秋海棠

淚痕化作此花枝，不似春風睡足時。千載斷腸人在否，秋香徑裏認殘脂。

閔　氏

上海人。閔鈺女，黄家角黄知彰室。

題畫菊贈外

籬脚斜陽淡欲無，月中留影半模糊。白衣金紫無高下，同上高人水墨圖。

沈珮桂

字紉英，上海人。著有《秋綺軒吟草》。

題石田翁秋山飛瀑圖卷用東坡煙江疊嶂圖韵

白波倒捲吞秋山，雲勢倏挾山中煙。煙雲繚繞不可辨，惟見一角浮蒼然。澗脣中束落晴雪，千尺下擲鳴流泉。懸崖注竇悉奔赴，琤琮側出爲平川。三椽老屋安川口，如坐飛瀑之梁前。松聲作龍半空吼，夭矯拔起升青天。石田老翁畫事絶，遠勝枯槁爲清妍。上有煙封之古洞，下有瑶草之閒田。我欲移家便躍入，夢想靈境今幾年。即思仙苑亦如是，豈真蓬島争聯娟。林屋洞天可逕到，不煩縮地壺中眠。晴窗清絶思决起，陵霞抱氣追真仙。一丘一壑性所得，此生不結塵間緣。卷圖投筆風雨至，他時定有招我桃源篇。

題觀海圖

鯨波萬里接滄洲，東極冥冥碧漲流。海色一杯胸際合，神光三島望中收。潮來地轉魚龍動，浪蹴天低日月浮。準擬排雲陵八表，披圖蜃市散高秋。

邵思

字媚嫺，華亭人。仙遊令邵用濟女，適婁縣監生馬夢蓮，僅十七月卒。能詩工書，兼精帖括，有《承雲樓剩稿》。

和夫子春園即事

地隔紅塵若箇知，板橋斜壓柳絲絲。偶思清味閒鋤笋，爲採新茶自汲池。好鳥喚晴風細細，名花争笑日遲遲。晚牕何事添幽致，衣裏籠香拜月時。

陳敬

字端寧，號髻儒，婁縣人。陳虞在女，周忠炘誠閒室。有《山舟紉蘭集》。其佳句如「歸雲擁樹迷山岫，落葉隨風墮客船」，殊有淡遠之致。並能寫花卉翎毛。以赴舅喪，侍父疾，染病卒。

遠行吟

大風忽起欲拔木，中宵不寐起然燭。亦知風雨事尋常，無奈愁人縈心曲。狂風吹妾妾憂君，今夜扁舟何處宿。

九日

樓開當九日，蒼翠染秋郊。新酒初成釀，寒花欲拆苞。輕風捲羅幙，淡日在林梢。漫坐評今日，佳時未忍拋。

十五夜有懷諸女兄及從女弟

一片空明夜色幽，自驚孤影在江樓。西牕聽雨三更燭，南浦乘潮八月舟。閨閣有情天共遠，弟兄無計月同遊。懸知清露沾羅韈，只與蛩聲互唱酬。

李韞玉

字□□，吴縣人。婁縣周忠忻妾。有詩草。苧東曰：「良常虞東皋掌鐸吴門，時李氏二媛皆從受業，故並有所指授。」

春日苦雨

一谿春雨綠浮隄，落盡紅英碧草萋。庭砌積陰牆蘚合，霤簷凝濕瓦松齊。煙籠瘦蕊花鬚迸，雲滯柔枝柳眼低。終日垂簾愁獨坐，隔窗遥聽雨鳩嘶。

李馥玉

字復香，吴縣人。華亭徐畝妾。有《沁園集紅餘小草》。

秋荷

十里香初散，田田葉乍稀。粉消吴女面，翠減楚臣衣。太液歸應晚，耶谿望已非。棹歌迎笑處，惟見鷺飛飛。

詩話：閨閣稱詩，固推名媛，然必濡染父兄，漸摩姑姊則可。若越境從師，出門結友，此男子事，非女人事也，不然何以異于家規所載，謂近來婦女結社赴會哉。所以吾鄉若焦徵君之兄袁寒篁，沈學子之師徐若冰，皆當削而不存，毋使波盪爲女弟子作俑，庶見内不出閫，無玷閨箴。若東皋之于二李，皆爲人妾，則或非大家，姑無責矣。

申元善

字清修，上海人。桂能之室也。

楊花

穿簾透幙影微微，天半游絲好共飛。瑶瑟乍希棲玉柱，雕鞍纔過點征衣。幾回有夢浮花徑，盡日無人撲釣磯。漂泊塵寰何處好，嗁殘謝豹不如歸。

邵　琨

青浦人。成正女，汪烈室。早卒，峭崖有悼亡詩。

題西湖春泛圖 按：氏有針神之譽，其圖自作，不亞元人，并自題云云。

斷腸風信今番幾，吹得湖山分外青。好放木蘭艇子去，春光容易過西泠。

桃花如雨柳如煙，點染西湖上可憐。屈指春光如夢境，吴綾一幅記年年。

曹柔和

字荇賓，上海人。孝廉黄文蓮室。其寄外詩有「芳艸渌波人别後，小樓紅雨燕來初」句，爲時所稱。

趙忠毅公鐵如意歌同芳亭作

我家草堂葭水灣，圖書彝鼎安如山。中有三尺鐵如意，照眼古色何斑斑。黄白曣嗢作雲氣，革匱緹巾煩位置。日星河嶽儼遺銘，高邑尚書有題識。尚書嶽嶽垂朝紳，曰鄒曰顧稱三君。良心剖露再上疏，一時臺閣推名臣。平生苦心在察典，巢耳蟲絲任成繭。想像篝燈獨坐時，如意揮來奮雙腕。群狐白晝競吹脣，頭白可憐戍雁門。莊浪永昌去萬里，臨風一慟天爲昏。吉祥之樓味蘗室，一篋殘書銷歲月。觚稜回首隔浮雲，擊節應教唾壺缺。只今奸骨已灰消，十三陵樹總蕭條。惟公大節照青史，蒼巖白石争岧嶤。十年漆室憂偏切，遺物摩挲重嗚咽。永作草堂席上珍，不祥可祓同桃茢。

關山月

明月當三五，迢迢挂碧空。關山千里隔，涕淚幾人同。雲鬢侵香霧，征衣度朔風。不堪雙照斷，緘意向飛鴻。

顧　氏

上海人。中翰昌時女，適桃源教諭朱侶陳。著《有甘荼草》。

惜梁燕巢成不返

羨爾盈盈掌上輕，難教陋室貯卿卿。差池柳外争飛絮，摇漾花前蹴落英。莫爲銜煙迷曲徑，多緣帶雨阻歸程。漢宫春色何從遇，徒負開簾一片情。

葉慧光

字妙明，自號月中人，南滙人。中翰鳳毛女，王進之室。甫嫁即寡，隨以抑鬱而卒。其父編其集曰《懷清樓稿》。

雜詩

碧荷生清池，紅蓼垂低岸。林株不相連，華秀同所翫。鳧翁引其雛，相將戲波瀾。鴻雁從北來，安知有危彈。浮生無根柢，憂樂起恩怨。在地爲江淮，在天爲河漢。秋風吹飛蓬，天地忽中斷。

畫竹歌

虛中直節有本性，雨打風吹立端正。誰拈秃筆寫蕭疎，如見闌檐明月映。孤標清絶兩三竿，蒼雪紛紛畫影寒。泪血由來沾帝子，竹花可待飼孤鸞。

咏蘭草

九畹滋何處，數莖開自馨。春風生昔昔，殘雪帶星星。哀怨騷人意，嬋娟帝子靈。同心惟爾我，相對各娉婷。

渡浦

珠履三千鑿大河，鯨魚吹浪下滄波。此中亦有彭咸宅，不得傳名比汨羅。

葉金支

字秀華，南匯人。鳳毛次女，適曹錫辰。有《效顰集》。

菊影

映壁疎花形影親，柴桑居士認前身。冷香已悟空餘色，瘦骨從知别有神。鐙下移來情更好，鏡中照出見非真。湘簾半捲玲瓏月，一片秋痕入眼新。

葉魚魚

字湑兮，中書鳳毛女，顧世望室。夫病，刺指血具疏焚禱，請以身代。既没，守節二十年。姑目眚，舐之復明。撫子德言成立，卒時年四十，請旌。所著有《鼓瑟樓詩草》。其生平境遇與妙明相似，而詩筆流美亦可並傳。

雨不止

一雨復再雨，旬日猶未休。薄寒廢絺綌，節序如九秋。苔痕緑於染，谿水東西流。雲陰散還合，棲鳥聲啾啾。室宇濕如灌，引我萬斛愁。安能開霽色，明月照小樓。

采蓮曲

晴雲四映光曈曨，波塘菡萏花破紅。誰家女兒打輕槳，煙鬟霧鬢隨薰風。薰風悠悠來十里，鴛鴦游戲花叢裏。偶然折得一枝花，却對波心競雙美。新花出水最宜人，田田翠蓋遮芳塵。一時弄影忽無際，不斷生香如有神。采采蓮花日將暮，遠香清影迷歸路。嬌聲齊唱采蓮歌，一抹明霞照前渡。

雨後偶成

向晚雨初霽，當窗風景清。斷霞千樹碧，遠水一郵明。寂寂花無影，蕭蕭竹有聲。幽懷何處寄，小立暮煙橫。

李心敬

字一銘，上海人。常熟歸觀察朝煦室。有《蠹餘草》。

秋夜

風定蘭堦落葉輕，隔牆遥度晚鐘聲。絮空殘柳鴉初宿，枝净疎桐月漏明。傍水亞欄珠斗墜，對山小閣翠屏橫。乘槎欲訪支機石，天際銀河分外清。

曉發金山

青山紅樹曉鶯嘸，帆影中流入望迷。遥指海門通一線，白雲千疊大江西。

雜咏

井梧一葉報新秋，漫學張衡咏《四愁》。午夢北牕纔半晌，畫簾已挂月如鈎。

莊　燾

字磐山，奉賢人。歸金山人訓導徐祖鎏。工詩并善小楷，有《翦水山房詩鈔》。女史古裝布服，如老師宿儒。於近時所稱袁、蔣、趙三家詩，評論得失，蓋痛詆倉山，而傾心鉛山，閨中心目亦如此。

秋懷

秋氣薄林麓，歸鴻天際鳴。悵然登高樓，秋思鬱難平。何用寫我抱，援琴發商聲。峨峨青山峙，上有白雲横。青山長自好，白雲無世情。願言往從之，川路浩以盈。

寒夜檢書自嘲

陶翁薄甚解，孔明觀大略。古來善讀書，不爲章句縛。大道本無言，聖人寧有作。小哉闔闔人，行墨苦搜索。寒鐙灺復明，問汝奚所樂。

十二月初三夜紀夢

昨宵一夢遊何遠，涉水俄焉逢絶巘。溯洄忽見有人家，青蛾緑鬢紛如麻。上有講壇香霧鎖，白衣真人趺足坐。呈滿月相光熾然，現處女身髮鬖髿。以迦陵音呼我前，以兜羅手拍我肩。謂我多生多業債，欲求度世猶無緣。我佛如來在目睫，女目不覩緣難接。曷不草疏以自陳，予作導師爲緩頰。我時稽首承命行，便登小閣竭精誠。窮思殫慮移晷刻，欲書一字竟不成。曉鐘忽來驚夢醒，嗒焉起坐衣裳冷。朱扉瑶殿不可即，身世茫茫但孤影。吁嗟聰明能誤人，衣珠自解投輕塵。因思言絶道乃見，擬焚筆研全吾真。

聞笛歌

遠山幾縷殘霞暝，澹澹澄江夕風定。誰家横笛度清聲，有客層樓發孤興。煙外無心宛轉吹，商聲嘹嚦羽聲悲。急響蕭騷落秋葉，曼音摇曳嫋遊絲。此時滿山下白露，明月臨谿弄幽素。西風驅雁度江干，檢點綿衣忍淚看。遥憶客窗微雨夜，老年容易覺秋寒。

初晴敬懷姨父沈鐵巖先生纛幼從學詩鐵巖名泰字杲之乾隆癸酉孝廉居北郭

庭雀語綿蠻，催晴欲啓闗。微風弄修竹，殘雪點遥山。雙鯉憑潮汐，孤鴻失往還。有懷北郭叟，惆悵暮雲間。

舟行即景

分手雲亭一雁迴，夕陽圖畫霅然開。櫓聲人語隨潮去，山色谿光潑眼來。景入殘秋偏覺媚，詩當離席易生哀。蒼茫水國停橈處，萬疊殘霞映酒盃。

飛花

何處飛花度短垣，東風徐動佛前旛。春光過半慵回首，細把殘紅無一言。

楊鳳姝

字蘋香，吴縣人。主事大琛女，歸上海李心耕，以夫典郡衡岳封恭人。自其少時薰習謙山家學，早工吟咏。後隨遊宦，開張心胸，故其詩益豪，非僅區區咏絮頌椒金閨家當也。

秋夜

誰將團扇影，挂在白雲邊。千里共一照，長空横暮煙。蕭蕭雲外樹，向夕弄清妍。飄飄樓中人，意欲陵飛仙。延佇復徘徊，素心托鳴絃。清風指上生，悠然俗慮蠲。須臾月轉廊，空翠滿花鈿。

憶龍井

異境苦不到，到復難久處。回首浙中勝，吾惟龍井與。巉巖開嶂崖，軒豁闢堦户。中有百丈泉，懸瀑争飛舞。俯窺澄潭空，净渌清何許。疑是神龍藏，張吻潛吞吐。又疑蓬萊水，攜向此中貯。泠泠如松濤，皎皎若鍾乳。陰森不言寒，瀟灑竟無暑。飲此手中水，撲我面上土。净洗玉壺盛，徐將活火煑。天下第一泉，移贈非虚語。自從阻遨游，夢寐時一覯。幽光與清響，任人自攜取。一游永不忘，豈數登天姥。

望衡嶽不得到因賦

坤輿形勢三楚長，千峰萬嶂分南荒。七十二峰秀獨出，屹然坐鎮摩穹蒼。人生登山不登嶽，何殊河伯一見秋水誇汪洋。揭來陟高望南岳，楚天凝碧煙蒼茫。南方火德符大夏，豁然開朗浮清光。磅礴鬱積誰能究，上有朱鳥炯垂芒。就中祝融峰最尊，有時雲氣如飛霜。綺霞絢爛明一角，魏夫人降驂鸞翔。又疑湘靈鼓瑟罷，芳蘭集佩斟瓊槳。洞庭光涵萬頃玉，風雲來往時飛揚。三湘七澤波勢湧，靈氣盡向此中藏。引領坐覺心胸拓，便擬躋攀石磴觀。群芳寸步難到豈非命，欲擲盃珓徒傍徨。憶昔吴逆僭名號，么魔竟敢肆猖狂。天兵一朝雷電掃，山川奠定天篤慶。百年以來佳氣擁，望祀俎豆列冠裳。豫章之材輸内苑，橘柚之包陳上方。即今遊人遥望皆歎異，百神呵護威靈彰。吴山越山秀而媚，未若此山峨峨千載雄南邦。何當登巔攬其秀，一一采取入詩囊。

雨夜昌兒讀孟子作詩勗之

入夜細雨如絲懸，茶烹活火汲玉泉。吟哦一卷夜不眠，稚子侍坐温芸編。高山在望景昔賢，式穀願汝一經傳。七篇妙藴貴精研，學古有獲藉志堅。古來亞聖起一廛，千秋絶業獨仔肩。性善一語著真詮，守先待後道脈延。齊梁歷聘豈偶然，要使聖道常昭宣。狂瀾砥柱千萬年，功媲神禹孰後先。遺示來學在兹篇，至今鄒魯陳嘉籩。汝曹志氣陵雲煙，涉古祇欲葆性全。博覽無爲逞詞妍，爲山一簣志獨專。美哉始基盍勉旃，芝蘭並處茅化荃。深愧賢母有三遷，五經腹笥早便便。此身應置青雲邊，小窗雨過景色鮮，書聲琅琅月正圓。

遊憫忠寺

英靈一朝盡，埋骨尚留基。風雨魂歸夕，沙場血戰時。危樓盤勢迴，古木動聲悲。憑檻徘徊望，天邊獨馬遲。

挽趙璞函太親姆張宜人

萬里埋征甲，三秋哭繐帷。那知《蒿里》曲，復繼《柏舟》詩。笑語猶前日，凄涼已異時。

家聲忻克紹，宜人兩嗣君俱值禁苑。應慰九原悲。

遊靈巖

忽驚身在萬峰頭，點點芙蓉繞畫樓。懸瀑聲中晴亦雨，古籐陰裏夏如秋。琴臺客散絲桐冷，香逕人歸麋鹿遊。回首寒山夕陽紫，漁莊汀艸立沙鷗。

遊二閘

春風不泛木蘭舟，時在江湖夢裏遊。忽見澄波涵一碧，頓教爽氣豁雙眸。憑欄静對雲中樹，鼓棹相隨沙畔鷗。點點紅塵飛不到，夕陽古刹倍清幽。

月夜舟行

雲銜蟾影漾空虚，一抹青山畫不如。笛轉疎篁人迹杳，兩三漁火卸帆初。

馮履端

字正則，上海人。丁岵瞻室。

南湖别業呈夫子

小築幽深一水湄，青畦碧樹望參差。新豐雞犬頻來往，香茗文章舊倡隨。嬌女摘花晨露濕，奚童驅犢夕陽遲。先生倘欲逃空谷，冀缺餘風尚可思。

馮履瑩

字守樸。丁岵瞻繼室。

和大姊咏草原韵

芊綿嫩緑繞幽居，點綴苔階不可除。半榻詩情來夢裏，一庭晴色入簾餘。芳塘夜雨喧蛙鼓，繡陌春風響鈿車。莫漫傷心行樂地，青陽可踏且隨余。

唐　貞

字閬遺。奉賢諸生莊志熙室。

秋日攜皆兒舟行

細浪逐輕舫，悠然入渺茫。秋蘆遮岸白，古樹對江蒼。漸覺夕陽晚，翻嫌歸路長。推篷兒指點，隱隱已家鄉。

哭姪媳鄔氏

迢遞重泉戢影單，爾姑念爾便長歎。養能遂志從來少，貧不生嫌薄俗難。入夜漏聲催短夢，先秋霜氣打叢蘭。翦刀寸尺俱陳迹，香閣淒涼鎖畫欄。

張介

字筆芳。婁縣張孝泉幼女，横泖沈璧璉室。著有《萬花樓詩鈔》。

題王麓臺松壑流泉圖

設色染峰巒，濤聲殷松樹。巖壑一何深，煙雲繚無路。其上飛瀑流，曲折向低赴。穿石似琤瑽，寒輝玉龍度。何當此消夏，驅暑過停午。松泉奏清音，和我朗吟句。

銀瓶怨

金牌十二來軍中，黄龍不搗中原空。上下相蒙和議定，穹廬那得歸兩宫。蘄王解柄鄂王死，百戰勳名付流水。長城失自小朝廷，偏安屈辱甘蒙恥。丸蠟潛通搆陷成，銀瓶欲墜志難更。風波三字定冤獄，覆巢之下豈獨生。如花竟向井中没，冰心一片澄寒月。宋家半壁竟難支，閨中弱質餘芳烈。古甃深沈久不波，瓣香瞻禮今如何。

落葉步家大人韵

秋來何處促魂消，一望千林頓寂寥。抱樹寒蟬餘斷梗，歸巢夜鵲訝空條。聲隨鐵馬因風送，影趁蒲帆帶月飄。詞客不須頻悵悵，春來依舊緑陰饒。

姜雲

字韞紛，華亭人。詩人嵎谷女，歸張花農寶鎔。中年多病，早卒。有《巢燕樓詩鈔》。

早梅

嚴寒耐霜雪，一放值殘冬。瘦骨偏甘冷，香心不愛濃。願爲松竹伴，未與李桃逢。寂寞孤山夜，曾留處士蹤。

舅氏泖上未歸

飄蓬泖上幾淹留，蘆荻蕭蕭響暮流。料得夜深吟獨坐，一輪明月伴孤舟。

張玉珍

字藍生，華亭人。張夢喈第三女，適婁東金鋤。著有《得樹樓稿》。

夜坐

簾開夜氣涼，庭院雨初足。蛩聲一何悲，幽咽鳴牆曲。輕風出遠林，微月淡深竹。心清境自閒，身暇意不俗。寂坐此鐙前，復理殘書讀。

夜雨

捲簾涼榭驅塵囂，銅壺箭急金徒驕。夜深冰簟不成夢，打窗猛雨風瀟瀟。此際離懷向誰道，欲寄相思拾香草。明朝試起看庭前，落紅萬點和愁掃。

和天台雅集韵

仙山從古忘春秋，前後何妨兩度留。澗水斜飛元鶴舞，桃花應笑客科頭。

焦妙蓮

字□□，金山人。□□女，適華亭陸允茶。著《日餘吟草》。自序謂：「筆墨非性靈，無以發其光。性靈非詩書，無以通其滯。」二語實括作詩大旨，不意閨閣中乃拈出如是。集則其子陸鵬海所梓。

咏後五代史

廟還三矢父仇伸，克用初疑有後身。十指果能膺帝位，三年胡遽狎伶人。守錢承業寧違旨，直諫崇韜不避嗔。底事兩賢皆致死，固知主德未清淳。李存勗。

擬宋之問三陽宮石淙侍宴應制得幽字

扈蹕承恩紀勝遊，仙宮路轉出靈湫。忽聞乳竇鏘金玉，欲瀉銀河照冕旒。露挹澗松天酒泛，筵開蕙圃國香浮。清泉白石光輝滿，堯日宏臨萬象幽。

歸南村

踈籬一帶接中江，輕棹歸舟渡緑楊。村巷犬聲人未見，野風先送稻花香。

胡静嫺

字□□，華亭人。恪靖女，適青浦戴□□。著《安貞齋嘯餘小草》。胡吟鷗序謂爲：「清微遠澹，貞静幽閒。孝友之性，溢于筆墨。」

癸卯元日步先恪靖公韵

債主今朝不到門，條先考舊句。椒盤餳箸亦天恩。雖無積粟情偏適，尚有餘香室自温。卷軸猶存先手澤，尊罍空漬舊醪痕。年來多少淒涼況，喜我仍然咬菜根。

金　淑

字純一，號慎史，嘉善人。婁縣沈錫章室。善書畫，著有《得樹樓集》。《墨香居畫識》謂「金氏本舊家，多藏名人手蹟。慎史性地明慧，習見臨摹，動多神似。兼以吟咏，其自題畫一絶，風格甚佳」云云。

題自畫山水

尺素煙霞起，孤峰户外斜。隔谿翠微裏，猶有幾人家。

姚允迪

字蘊生，金山人。培和女，適崑山定邊令戴嗚球爲繼室。戴先之任，氏奉姑往，詎姑與夫俱卒于任，奉兩柩還，奔馳六千里，已極困躓。後以孤子殤，逐哀痛病卒，年四十一。蘊生未字時，從其嫂張受學。喜談《毛詩》、《周易》，能析奥理、星數、醫卜雜學，一一津逮。詩其餘事。著《秋琴閣集》。

徐夫人以西湖圖見贈走筆謝之

狂沙入户春風顛，他鄉度日如度年。囊琴束書了不御，羈愁忽忽心茫然。謝君惠我圖一幀，西湖萬里來窮邊。不知兩眼困塵土，斗覺滿座生雲煙。前年我亦曾遊此，正值柳嫩花初妍。艤舟處處尋古勝，孤山山下重流連。逋翁已没梅鶴老，野桃蹊杏空嬋娟。夜登湖樓更幽絶，明月恰挂山之巔。枯桐一奏萬籟息，平湖十頃波文圓。臨風舉酒吸清影，乃知人世别有天。分無仙骨難久住，惟有清夢時相牽。揭來西遊真謬算，癡蠶自縛亦可憐。春光九十過已盡，一花一草俱無緣。得歸茆屋願亦足，此身敢望棲林泉。羡君家居山水窟，百年相對真神仙。何時暫脱塵俗累，許我來賦重遊篇。

定邊雜感次外韵

故里知何在，迢迢路百盤。長城空有月，野冢自生寒。遠道愁難散，還家夢易殘。塞鴻南去盡，未遣此心安。

久知邊地冷，仲夏似秋深。水絶平和味，天遲長養心。塞長疲駿馬，雲擁失歸禽。唐漢先賢碣，茫茫何處尋。

寄懷四兄湖北

別時花落柳毵毵，霜冷關河雁又南。誰使離愁消不盡，夢隨明月到江潭。

張　屯

字麗然，婁縣人。鳴璧長女，適監生褚明懷念劬。二歲而寡，侍姑撫遺腹子，矢志《柏舟》。研究《周易》，工卜筮，著《易道入門》二卷，及《自箴語》。與諸女弟唱和，彙爲《小華萼集》二卷。陸夔序其集，謂：「皆寫其冰雪之心，斷機之志，一一皆至性至情之所發云。」詩話：乾隆五十三年，婁令謝廷薰修志。時節婦尚在，而破例將《易道入門》載入《藝文志·經部》。謂其注《易》大旨以先天象數，全本《河圖》，而非專讀卦爻者可比。後婁令寧貴已于五十□年爲請旌表，並將所注《易》稿攜往安徽。兹聞已于無爲州任所梓成，將來當求其本歸松云。

江南曲

疎牕軋軋鳴機聲，三日織來匹未成。迴腸曲曲如絲亂，亂絲不斷腸偏斷。昨夜西風吹枕寒，夢回頓憶客衣單。江南塞北音塵隔，生死無憑憂不釋。君若堂上無老親，妾身拚化山頭石。

雁

落葉隨孤影，秋風萬里心。一聲霜月裏，喚起數家砧。

徐　氏

上海人。明徐文定□世孫女，王昊室。

素心蘭

國香言格不言姿，况有如冰似玉枝。我是終身縞素女，相逢相對兩相知。

唐靜嫺

自號種玉田婦，南匯人。同邑生員李根室。著《瀉珠閣遺稿詩》三十餘首。靜嫺曾割股以療母疾，人稱其孝，年二十五卒。

讀閨秀集有感

靈氣入胸臆，化作文與情。雖曰兒女疇，亦令風雨驚。謝詩何足道，班史留其名。苟非聖賢心，才重身已輕。多謝脂粉儔，立品防譏評。筆端務繁艷，何以對太清。

臨法帖

但守靈臺正，何愁筆勢偏。臨池摹艸聖，醉墨學書顛。笑我雲煙少，輸他水月傳。可知比舞劍，妙悟啓前賢。

立秋夜即景

何物驚人魄，庭梧葉落聲。情深蓮漏永，夢斷繡衾輕。釭影風逾小，蛩音雨更清。披衣吟絡緯，一字不能成。

繡人

針針摹狀復摹神，卓犖鬚眉自有真。勉盡工夫全七尺，一絲少懈不成人。

朱文毓

字秀甫，號旦華，上海人，水部□□女也。幼受業於母舅劉指揮禮園，能書善詩。針黹之餘，吟哦自適而已。歸王仲堅鉦，倡隨相得，惜年二十五卒。

見甥

母死誰憐汝，相攜更痛心。呱呱啼不止，猶是姊聲音。

夢中作女史未病時夢中作此，自謂不祥，卒踐妖夢。

銀蟾抱月沈西去，碧落清秋皓風露。仙山樓閣不分明，獨躡青霞向何處。

春暮

春去多時有淚痕，撚絲微雨灑黄昏。殘紅落地無人掃，蝴蝶飛來亦斷魂。

施承粲

字芳英，上海人。進士潤次女。未字，年十七卒。

月夜懷香蔭姊

同胞闊别悵經年，迢遞鄉書遠夢牽。玉映樓頭今夜月，可添清興續新編。姊歸江夏黄氏，其姑曹柔和，有《玉映樓稿》行世。

夏閨

香羅疊雪試輕衣，纔見雕梁乳燕飛。只是小園花事盡，新妝好摘晚薔薇。

朱　秀

字蘭英，謙豫女。能詩，年十八未嫁卒。

送弟

錦帆高挂碧谿灣，落日旗亭遊子顔。那得鴈行真似雁，年年飛去復飛還。

王如圭

字麗則，婁縣人。年二十卒。著《環翠樓稿》。

題秋江觀濤圖

一舸争流出，秋江五兩風。濤聲驚似弩，客信氣如虹。匹練微茫外，層巒縹緲中。蓬瀛知不遠，日照海門東。

潘素春

上海人。沈沙港漁婦。

雜感

簾外輕寒逗曉風，柳枝無力漾清空。墮樓魂返珠還緑，記曲人遥豆不紅。夜半臙脂收塞北，春深銅雀鎖江東。自知不是鴛鴦侶，漫訴愁腸托遠鴻。

月移

雲間女子，不傳其姓。

題涿州旅壁詩

自跋：家君作宦都門，氏隨母赴京邸，有感書此，時年十七齡。按：此見若菴《停驂隨筆》，而歙人程哲《蓉槎蠡説》中亦載之。

寒雞初唱已中宵，獨擁銀釭伴寂寥。一月不將奩具理，侍兒猶道黛痕嬌。

密意深深人未知，自將新恨寫新詞。郵亭多少題詩客，誰是當年杜牧之。

詩話：嘉善殳山人妻陸觀蓮，字少君。女殳默，字默姑。山人攜家入九峰，妻與女皆卒于辰山。少君有《辰山步虚詞》云：「鬱蕭宴罷列仙歸，彩鳳青鸞各自飛。敕賜珍珠三百斛，滿身纓絡繞天衣。」默姑《辰山步虚詞》云：「閶闔初開黄道邊，鳴鐘伐鼓會群仙。多緣誤折瓊枝樹，謫下瓊臺十五年。」蓋少君入九峰病卒，又三日女亦逝，年十五云。女自跋詩卷云「駕言當秋，攜家渡泖。覽九峰之奇勝，仿佛金庭；尋一壑之幽閒，飄飄雲嶠。折瓊縻而延竚，齊玉軑而上馳。爰奉命于慈闈，篇分甲乙；冀流輝于彤管，字辨宫商」云云。存此以紀山中一則遺事云。

華亭妓

姓氏不傳，顧桐封未遇時遊雲間，與之密好，約三年後娶之，顧落第，遂愆期，過其家，已祝髮爲尼矣。

答顧桐封

三年刻骨苦相思，鎖入空門總不知。自是桃花生薄命，不愁難斷是荷絲。

沈　雅

字倩扶，華亭人。黠慧有殊色，善畫，工詩。與無錫吴媛同爲吴梅村東山勝侣，著有詩集。

調張星

年少翩翩客，風流弱冠初。能將畫眉意，悟入折釵書。《國朝畫徵録》「倩扶善花草，多寫意。工詩，有集。嘗口占一絶，調善書者張星」云云。

題破水道人梅花書屋圖

閒凭烏几眈幽僻，想見高人静坐情。窗外梅花牕内月，與君心事一般清。

文　娥

華亭人。詩見《檇李詩繫》。

賦答沈上舍南疑

幾縷爐煙蕩晚風，斂衣閒立小庭東。生憎蝴蝶偏多事，拂落山櫻滿地紅。

緑窗無事懶搊箏，小捲蝦簾坐聽鶯。客到不勞鸚鵡報，隔谿吹送踏歌聲。

詩話：徐覽有《悼文娥詩》，序謂：「文娥昔至柘湖，與沈子微通邂逅。既而沈子聞娥物化，賦詩悼之。迨沈遊雲間，而娥實無恙，始知向所傳聞者適與娥同其小字耳。嗟夫！舜華未落，儼癡夢之重圓；薤露仍留，喜疑腸之頓釋。再過娉婷小市，鶯坐花梢；重聽《子夜》新歌，月移牆角。是夕也，連浮大白，各賦短章，屬在同人，成爲佳話。奈時未兩年，娥真永逝。釵頭玉燕，輒化香塵；裙上銀鵞，長爲黄土。覓九莖之仙草，生也難回；笑四兩之胡香，魂兮莫返。僕也，念沈子之鍾情，腰宜益瘦；傷文娥之薄命，死則何知。追憶舊遊，聊成小什：『莫唱當年夜度娘，返魂今日絶無香。城南幾尺臙脂土，真箇西風葬海棠。』『紅板橋西小雨收，緑陰青子儘堪愁。香魂定不輕吹散，先到君家八咏樓。』」此可補入本事，以爲佳話，附載卷末。

國朝松江詩鈔卷五十七上 釋子

鄉人姜兆翀孺山録
受業 張光緒
廖瀛露 校

常瑩

字珂雪。工山水，一丘一壑，俱有别致。與趙左齊名，嘗爲董文敏倩筆，竹垞詩所謂「隱君趙左僧珂雪，每替容臺應接忙」者。國初卓錫郡城西郊之息菴。丙丁之際，張帶三、王勝時嘗偕陳大樽往遊，師道風淵穆，迥異緇流，大樽喜得禪友，往還無間。後大樽殉節，師始示寂云。兹于友人處得其題畫詩一首，存之。

題畫

雨滴陂池藕葉凉，風吹茅屋稻花香。碧榆夾岸牛眠穩，斜枕簑衣看夕陽。

行誠

字無凡，華亭人。俗姓汝，名應元，字善長。少讀書，通翰墨，有勇幹。隸張肯堂麾下，舟山破，肯堂以二十七人死之，應元已爲僧于補陀之茶山，乃詣轅門，求葬故主，諸帥欲斬之，有一帥憐其僧也，語之曰：「汝不畏死耶？」曰：「願葬故主而死，死不恨。」其帥乃曰：「吾今許汝葬，葬畢來此。」曰：「諾。」乃歸，殮張公並諸骨爲一大龕瘞之，竟詣轅門，諸帥皆驚，乃命安置山中。又詗知張公子茂滋羈鄞獄中，會有薦無凡通禪學，得入帥府，乘間爲言，茂滋忠臣裔可矜，且孺子不足慮，遂詣當事，求出茂滋，不許，請以身代，不許。會鄞義士陸宇爗請以闔門保之，閩中劉鳳翥亦爲言之，茂滋得出。無凡又爲力請，得放歸華亭。數年，茂滋病卒，無凡守墓終身，卒于補陀。

守墓作用江陰黄公介子獄中詩韵

海外茫茫歲易過，此身久已付維摩。眼看瀝血真成劫，豈有游魂更作魔？烏兔奔忙頻易序，魚龍雜沓吼成波。一坏諒少椒漿奠，終付荆榛亦奈何。

《漱芳齋詩話》：當日張太傅在舟山，有傳黄介子詩至者，太傅和韵云：「生死蜉蝣一瞬過，于今踵頂正堪摩。三年碧釀千秋雪，方寸丹排萬丈魔。北宿定知親日月，騎鯨猶覺劫風波。六旬往矣聊乘化，無事空嗟老去何。」同時何儀部等均有和作，宜凡之熟習而和韵也。

濟志

字慧鋒，號鶴山，華亭人。殉節孫士美孫止文子。初剃頭于葦菴，歷萬峰、武康、石湖、釣灘諸山，晚主吴之聖恩寺，有《鶴山外録》。王時鴻爲作塔銘，載鶴山初事舉業，年十五，忽朗吟曰：「重著袈裟猶是幻，那堪回步入紅塵。」其父聽之，驚曰：「孤雲野鶴，非世網所羈。」遂依牯道人薙髮，尋參澈大師于慧日，深入堂奥，歷僧臘七十年，至康熙庚子自作《封龕封塔偈》，無疾而化。其詩離麗奇邁，具縱横疏宕之氣，如入寶山，光怪瑰異，不可迫視。王玠右云：「鶴山蟬蜕華腴，證無上義，其詩高清獨上，有雲霞萬仞之姿，若夫體格崇偉，結搆宏貴，雖山林之音，有瓊樓寶閣氣象。」

秋日言懷示諸子

賦情雖殊萬，幽懷適我欲。鸞鶴翔層霄，麋鹿赴遠谷。既鮮身外纏，在世心恒獨。朝來川上行，暮向雲中宿。往者余不追，來者余焉卜？陽燄非真波，何須騁馳鹿。天秋肌骨清，葉落風始肅，曳杖遊田間，盤桓撫松菊。誰謂林室虚，好鳥鳴在竹。誰謂知音希，明月照我屋。抗言足千秋，與子勤夜讀。

題王穉微畫壁

我遊山水半天下，石瀑崖松那肯捨。草鞵挂壁二十年，爛盡青苔無識者。忽然寫入畫圖中，輞川摩詰將毋同。劈天太華走其掌，括地洞庭生遠風。問君云是蘇門子，萬仞煙嵐插面起。爾時落筆如有神，壁上光芒遠于紙。我移一榻卧青山，山頭之石换霜顔。

次韵酬白下沈恒文都護

河梁惜别後，懸想慰鴻篇。慷慨歌中見，交情句外傳。秋風三泖月，衰草六朝煙。不負平生約，還擕江上船。

故人訪余湖上感賦

去國知何地，從前事可傷。飄零千里月，離别五秋霜。芋火寧甘獨，江流莫恨長。雪鬢驚老大，生死見肝腸。

遊石簍新閣留題

不到名藍久，重來坐翠岑。雲開層閣出，花覆曲欄深。鳴磬來池月，吟松入夜琴。還須擕謝屐，乘興一登臨。

曹紫微過晤

歸帆風浪急，繫艇問桃源。别墅新成院，長松舊蔭門。燈寒一夜話，雨暗幾家村。回首重期覿，湖光萬疊昏。

薛雨

紛紛空翠結高層，野色相宜對老僧。四面雲根垂破壁，一條雪瀑下蒼藤。猿攀亂葉宵愁滑，鳥度疎煙曉怯騰。箬笠芒鞵晴更好，約君峰頂幾回登。

沈香潭

臨泉觸影潑幽香，風韵泠泠到筆牀。老石矗天容我坐，深潭浮碧許誰嘗。乳雲欲滴蓬牕冷，珠雪空澄茶竈荒。最喜茗傳陸羽手，一甌落照萬山黄。

登陵雲絶頂

萬仞峰頭鳥道看，武林千雉縱遐觀。江間水氣疑如合，嶺外雲回勢若盤。絶頂池潭星斗冷，半空日月檜松寒。摩崖細讀欽師傳，長嘯一聲天地寬。

珂老宿暨自在師招余住石湖未幾兩師皆作古感紀

謝公池館面山開，重爲君家折柬來。芳草那能忘故國，嘸鶯何事傍荒臺。半窗玉蕊春風細，一榻銀燈曉角催。聞道瀏陽歸去後，祇餘笠影掛蒼苔。

宿邁菴淡日兄挂瓢處兼憶慧日澈大師

扁舟摇曳傍垂楊，麥隴風煙一壑涼。鳥到故山花有韵，人歸舊院草俱香。鬱葱樹色欣無恙，闃寂禪關事可傷。莫謂大陽消息斷，青鷹他日待商量。

四明嵩岳過訪

十年隔絶杳鱗鴻，此夕拏舟訪舊蹤。握手驚看頭盡白，烹泉閒話燭摇紅。寒雲黯黯愁飛雪，行李匆匆欲轉蓬。越嶠餘青頻悵望，芒鞵仍向亂山中。

馮奕繡社兄養痾草廬適夏東步過訪漫賦

蒴蒴春風花影妍，多君遠放剡谿船。白駒空谷維今日，芳草池塘紀昔年。木榻香浮簾月外，篝燈話對藥爐前。南村喜得襄陽侶，金匱丹經世莫傳。

留宿水月山房與僧兄夜話并送還山

不用高歌吾道窮，千秋上下與誰同。霜前雁度重巖月，句裏猿嘑萬壑風。短燭坐消前史恨，曉鐘聲斷刦灰空。偶話張司空、熊給諫舊事。春令原上欣追日，又唱驪歌夕照中。

歸洙水時同旅兄和尚

瓢囊依舊就村居，洗却風塵意自舒。屋裏谿山雲外樹，牕前花鳥枕邊書。竹爐茶熟清宵後，瓦鼎香殘落月初。無事方知心地寂，春來吟咏興偏餘。

清遠軒

一雨千澗鳴，萬山青如洗。孤雲昨夜來，伴我層巖裏。

石湖山房

晝静春逾長，鳥嘑聲未巳。偶來聚落間，猶在深山裏。

漫吟

白蕖斜照入秋塘，枯竹聲消茶竈香。一卷《維摩》繙未盡，牀頭月色冷如霜。

村居

高低深淺一谿紅，麥隴輕寒翦翦風。借問舊時隱君子，碧桃花下醉漁翁。

雨雨晴晴四月天，榴花紅爛賺啼鵑。晚來散步谿橋外，池水猶寒草似煙。

九峰紀遊

水滿池塘花滿枝，橫雲飛翠醉遊時。江南三月繁華夢，泣盡啼鵑總不知。

自扃

字道開，長洲人，寓普照寺。

重過雲間朱宗遠園居

過從追昔日，菊信候重陽。葉脱如無逕，山寒欲上堂。改移經手妙，迂曲再來忘。乍可攜琴去，相將刺海航。

海洪

字向若。主法忍寺慈雲院，建香來閣以居，一時名流如曹谽仙、沈子凡輩相與往來唱和，曾刻吟稿。

過干谿曹谿仙先生招同峨雪太史朗齋上舍集采芝堂

乘潮杯渡會南皮，柳暗江皋客到遲。暮雨一簾開白社，松風三逕聽黄鸝。鄴中作賦推昆弟，谿上垂綸愧我師。雅集不堪旋别去，麈談啜茗夜深時。

香來閣雜詩

小閣臨流衹半間，囊空落得一身閒。閉門不管人間事，題遍江南處處山。
性躭高隱混漁樵，小閣香從世外飄。更覓半間閒空處，牕前牕後種芭蕉。

讀　徹

字蒼雪，雲南人。有《南來堂藁》。居吴之中峰。

自吴門之雲間

春雨夜淹淹，春波幾尺添。背花摇短櫓，礙柳揭高簾。三兩家村落，一行書酒帘。華亭看不遠，的的九螺尖。

别吴中諸子

相對了無意，臨歧還黯然。回看吴苑樹，獨上秣陵船。春老還山路，江昏欲雨天。白鷗頗怪我，聚散緑波前。

山彦

字亦樵，婁縣人。住錫廣化寺。相傳爲董蒼水門人，知其宗法，有《自兀羃苦吟稿》百篇，不存。

咏觀音柳

江亭煙鎖萬千枝，未是慈雲手内持。花放小紅渾似蓼，葉抽新緑細于絲。即看嫋娜風摇處，便解淋漓雨至時。才士紛紛多麗什，何曾爲賦赤檉詞。

題水墨牡丹旁有淡色桃一枝。

默默經春閲衆芳，小桃淺立似催妝。也知脂粉遭時誚，故著緇衣出繡房。

詩話：「磬聲清鶴夢，月色澹梅魂」、「共嗟别久形容瘦，獨奈愁多眼力頽」，亦樵斷句，亦可誦。

本月

號旅菴，寧波人。曾受知于世祖皇帝，特書「天上無雙月，人間第一僧」十大字以賜之。後放歸，駐錫于我郡之崑山，即二陸讀書處，所謂「婉變崑山陰」是也。嘗募貲欲種松萬樹于崑山之麓，以爲十年之後可與蘇臺之靈巖，吴興之白雀齊驅，乃所願未遂，忽感疾而卒。

詩話：董閬石《感逝篇》謂：師好賦詩作字，雖未盡鎔鑄，喜無蔬笋氣，於其卒也，爲作偈云：「旅公天人師，久轉大法輪。諸相既已空，而亦通世法。賦詩及寫字，出入帝王家。供養與演説，總屬有漏因。今離一切苦，得證無上道。」

登迎仙亭懷古明世宗建。

乘時騁望兔峰南，臺高百仞名旋磨。上有迎仙之虚亭，鑾輿屢幸凭几坐。臨風幾度學吹笙，夕朝勤惕曾無惰。翠屏今已屬誰家，空欄只見鳴鴻過。丹成帝主未飛昇，徒將鍊石爲功課。

次答瞿菴大師見寄

特旨宣留駐帝京，舊交自爾隔孤城。門連省掖車塵影，地遠空山夜雨聲。鳴鶴幾聞增別怨，驛梅初寄慰離情。幽期倘遂林泉請，共賦歸來白雪盟。

椒園懷兀菴冰心兩和尚

御苑招蓮社，禁林成梵宮。何如松竹下，輸與霅谿翁。

宗　渭

字紺池，華亭人。少學于宋觀察荔裳，中年後遊尤侍講西堂之門，得所傳授，嘗謂詩貴有禪理，勿入禪語。《宏秀集》選唐人詩，實詩中野狐禪也。即其議論，可覘其品概。

次韵酬九來

風急樹蕭蕭，思君夢易銷。烏啼黄葉寺，僧語夕陽橋。得句霜鐘度，安禪佛火燒。十年詩律苦，珍重貯山瓢。

錢塘觀潮

落日海門下，錢塘潮正來。半江堆響雪，兩岸起驚雷。頃刻銀山合，奔騰白馬迴。夫差遺恨處，終乏霸王才。

懷余廣霞處士

才氣真飛將，東南壁壘分。長鑱皋廡月，短褐孝陵雲。金盡還交客，詩成最讓君。深秋煙水闊，何處倚斜曛。

浦城下水

隔宵戒語過清晨，細雨枯蓬出劍津。舟子下灘常鬬水，估人過險只呼神。空門無我休言命，逝者如斯任此身。兩岸鳥啼行不得，徧山紅紫杜鵑新。

贈行公

十年行脚衲衣寒，同調憐君乞食難。松麈每尋高士論，髻珠未許俗人看。青山夜雨啼猿洞，白苧春風唳鶴灘。莫謂雲鴻蹤迹遠，此身不住此心安。

重過海印菴

三年重向虎谿遊，石路依然碧水流。鳥背斜陽微帶雨，寺門衰柳漸迎秋。弟兄誼重難爲別，師友情深竟莫酬。歎息此身閒未得，天涯明日又孤舟。

智操

字寒松，青浦人。青龍隆福寺僧，在國初與能印同以詩名。

即景

樹色前朝寺，臨春映卧龍。門連江水闊，地接海山重。殿古風鳴磬，樓高月和鐘。一塵飛不到，時有白雲封。

咏影

相親相近已忘年，盡日殷勤不變遷。秉燭看花隨客後，臨流把釣占人前。詩尋雪夜同扶杖，月載煙波共泛船。幾度欲離離未得，倦來仍與抱雲眠。

能印

字空江，青浦人，住金澤頤浩寺。王西亭嘗贈詩云「印公今才子，遯世脱白服。百篇咏梅花，泠泠叩清玉。愛君落花吟，一句爲三復。詩情老更健，天賦疑所獨。難得古人内，何暇論流俗」云云，惜未得詩稿，存此一章，可見大概。

少年行

侯襲元封舊富平，雲鬟須重印須輕。夜深飲罷青樓月，醉擲金鞭信馬行。

元璟

字借山，平湖人。嘗寓超果寺西來堂，其詩有《完玉堂集》。借公受業于華亭翁蟄園，其詩派本出雲間，後與松江諸名士唱和，其集亦幻花所刻，蓋亦佛家所謂因緣也。

西谿結茆奉酬蟄園翁先生

入山愧未入深山，黄茅一把叢翠間。掃花飼鶴起我早，了無別事分餘閒。西谿谿水白於絮，舊是先生垂釣處。茶煙竹粉滿谿香，不礙輕鷗自來去。

一覽樓

未放九峰舟，先登一覽樓。天清鶴孤唳，地盡海東流。佛土由來净，神仙不易求。松風和梵籟，滌蕩客中愁。

寄焦南浦居士

南浦焦居士，高風世所稀。泥塗視軒冕，荻雪閉柴扉。大海漚原幻，空宗義自肥。蒼葭流白露，鼓枻問漁磯。

樂土真堪羨，聲聲西日新。花爲所生母，佛是苦心人。玉臂來摩頂，金階絶點塵。蓮臺虛上品，切莫讓遺民。焦時專修净土，故以此勗之。

詩話：南浦又與雪田上人契，師爲蘇州風巢菴廣及法嗣，故稱鳳凰兒。二十二歲得法，諸方皆稱狀元，嘗贈南浦素紙一方，有句云：「元沙白紙分明，寄與南村知己。」又嘗緘封一無字寄之，以示心印。所著有《松谿集》。南浦曾爲長句，云「獅吼鸞吟安可得，一顆摩尼照昏黑。百花有種與生薑，震蕩心魂歎奇特」，蓋雪田句云「誰人敢道花無種，看取生薑辣萬年」也。惜其集不可得。

信宿樂郊草堂賦贈陸孝質孝穀

頑陰不散雨絲斜，愛讀奇文過陸家。二月草堂逢社燕，一春花事到山茶。鄰雞屋角聞堪舞，蝨卷牀頭課有加。自是機雲好兄弟，門才江左最清華。

姚旨聞梅花下同大雅諸公賦得皆字兼送陳葯文之廣陵

春風蘊藉入奇懷，梅下聯吟事可皆。屈鐵著花疑畫稾，涼蟾似水浸苔階。客遊澮宕愁俱失，地主清真話亦佳。忽漫風前吹別調，紅橋芳草是天涯。

華亭雜感

木落霜清白苧城，暮碪一動旅魂驚。攬衣立盡秋星影，訪舊聽殘鄰笛聲。畫手有神同鶴瘞，陳彦達。詩壇無主散鷗盟。董樗亭。青谿一曲紅橋路，今日何人肯好名。

不見風流柯九思，周郎詞曲慣傳奇。謂冰持新製樂府。人情未必皆如此，吾道紛然孰可爲。蹋月偶尋黄犬冢，臨波難辨赤烏碑。菊花亦是多愁物，一夕催人上鬢絲。

送吴孝子還雲間

三十餘年夢寐空，何曾誦得《蓼莪》終。而今始有人生樂，方信天心咫尺通。
請聽烏烏烏鳥聲，辛勤返哺出中情。老僧臨别無他語，珍重雲間孝子名。
秋到江南金粟香，笑扶白髮上高堂。新粳米飯鱸魚膾，夫婦雙雙奉阿娘。
我亦鬖齡失恃慈，至今風木有餘悲。燈前爲作尋親記，一角袈裟淚又滋。

感舊絶句謂高士吴日千先生。

狂歌忍餓老蒿萊，高節萬牛挽不回。地下若逢兩死友，陳卧子、王玠右。固應含笑上西臺。

訪曹十經先生先生工詞曲，尤善花卉，自號錦水漁郎。

重向華亭繫釣艖，舊遊落落似摶沙。白團扇子紅樓笛，争把漁郎絶調誇。

題畫酬朱雪田先生

翠壁丹崖絶點塵，奚囊歸去不愁貧。先生頗解山僧癖，寫箇雲邊垂手人。

楚　琛

字青壁，華亭人。

西湖感舊

支笻兩過采蘭辰，十錦塘邊已暮春。飄絮沾爲苔面雪，落紅踏作馬蹏塵。當年白社驚誰在，此日青山似故人。遥想南屏峰頂路，緑蘿菴畔絶無鄰。

送行宗禪師之維揚

千峰楖栗五湖艭，心折彌天見則降。爲訪蓴絲辭越嶺，解吟楓葉泛吴江，雲寒揚子看杯渡，雪滿邗溝指法幢。寄語北風應爲我，好吹明月到山窗。

元瓏

字牧堂，華亭人。住持禪定寺。俗姓李，自云李雯姪。或以爲興化人。康熙癸未、乙酉，兩次南巡，俱接駕，並刻奏對録。其先後應制詩，如賦「山色有無中」及賦「龍出曉堂雲」，俱稱旨。

沈文慤曰：「牧堂初爲詩取捷，晚歲自悔苦吟，故存者寥寥。」

詩話：乙酉南巡，於瑞應禪院賜名禪定寺額外，又有賜元瓏「般若相」扁，「總看千佛出世，曾無一法與人」對聯，及御書扇上寫幸玉峰詩「萬井人煙春雨濃，菜花麥秀滋丰茸。登高欲識江湖性，染翰留題文筆峰」。又元瓏帶圓明寺僧本冲、樵隱菴僧行瀾一同接駕，上賜本冲「性覺寺」額，「浄域長齡」扁，「片石孤雲窺色相，清池皓月照禪心」對聯。賜行澗「雲峰寺」額，「禪林宗宿」扁，「曲徑通幽處，禪房花木深」對聯。此皆宸翰之有關松郡者，謹識于此。

秋胡行

養蠶勝養兒，養蠶猶吐絲。養兒防親老，而乃離親闈。君憐采桑婦，不念桑榆人。桑榆景苦短，桑婦時悲辛。還君相贈金，請君斷諸妄。君意在桑間，妾情非濮上。攀條謝郎君，倚門人久望。

乞食

林間常定起，洗鉢出門行。童子亦知善，設齋非愛名。説經酬飯價，回施合凡情。果腹便歸去，寒山萬木平。

命書御扇進呈

恭迎法駕出金閶，南北間關道路長。千里撥雲瞻泰岱，一帆移日渡淮黄。繞隄柳樹風前緑，隔岸桃花水畔香。屢奉至尊巡幸處，野僧仍侍御舟旁。

香篆

天香寶篆御爐生，紫氣排空玉宇清。座上已凝千縷細，簾前不斷一絲輕。飄來馥郁原無相，散去空濛詎有聲。静裏冥心知自得，殷勤恰傍日華明。

明　穹

字蒼菴，俗姓吴，華亭張堰人。初祝髮于旃檀林，後主超果寺方丈。康熙乙酉、丁亥，聖駕南巡幸松，兩次迎鑾，命賦詩，賜克食，呼爲老實和尚。賜「超果講寺」額，賜明穹「台宗闡教」匾及御書宋儒詩「雲淡風輕近午天，傍花隨柳過前川。時人不識余心樂，將謂偷閒學少年」條幅，明穹曾摹上石。

詩話：超果寺又有撞鐘和尚，毘陵人，居雨花殿，能詩，卒後其稿爲同伴竊去僅存斷句，云「不雨秋偏爽，陵霜菊自佳」，「江流神禹迹，海見魯連心」。至「空餘煙水千秋想，剩有荒寒五夜心」，則其過釣臺句也。附載於此。

送郡博張覺菴旋里

茸城矜式已多年，振盡名流類昔賢。妙理横渠千古學，鴻詞平子《二京》篇。歸時吟就催籬菊，遲日書來慰社蓮。最是亭皋深落葉，令人遥溯八公巔。

德　真

字見性，上海人，居指松菴。

次韵雨窗即事

獨坐聽蕭蕭，閒吟最寂寥。梅殘風昨夜，柳嫩雨今朝。簾捲寒雲色，谿添碧水潮。青山常對面，偶藉散無聊。

丁丑歲除雨窗次和芋村居士原韵

小住茅菴歲月深，隨緣老衲分宜任。甆甌茗飲誇禪味，紙帳梅花見佛心。一榻雲煙香繚繞，半窗風雨思蕭森。年華冉冉催人老，轉眼難辭白髮侵。

指幻

字□□，湖廣人，住禪定寺，在牧堂後。著《學禪語録》並詩集。

贈魯菴和尚

一上青蓮閣，心空絶世緣。坐談秋水碧，遥望晚村煙。丈室無餘物，高齋有妙篇。曇花香滿座，開卷益人天。

青山

鈯斧隨身好住山，荆榛斫盡片雲還。任他魔佛無棲泊，惟有青山伴我閒。

飄過海雲

游僧，寓興聖寺，其聲音似安慶人，善章草，日揮毫以博醉而已。

塔鐙偈

一面檀那三面佛，者邊墨黑者邊紅。四十門通七寶月，金波萬古大瀛東。

興徹

字犀照，江西人。初住江州能仁寺，後遊上海，住鐸菴，作偈而化。王苧東曰：「犀公爲宏覺老人高弟，俗姓劉氏，具夙根，善豁悟，工詩。人謂其從光明藏中流出，無蔬筍氣。書法亦瘦硬清峭。」曹北居曰：「犀照最工詩，稿多散失，今人但知其書法。」

寐語

呂梁千載未能平，世外冥鴻自不驚。但種黄花留正色，勿留病葉帶秋聲。壑舟還變須臾事，燕趙悲歌自古情。雨過捲簾看夜候，上方明月欲三更。

次韵張越九欲游廬岳不遂

滿船山色碧崢嶸，擊楫遥憐猨鶴盟。却怪青山不繫客，杳無風雨向江生。識得廬山真面目，鬅鬆多恐是前生。登峰自許他年事，終不臨風造次行。

静安寺

摩空蕭寺見荒陬，殿古僧殘夕照流。明月久虚雙檜影，閲人海眼碧千秋。

本暄

字寶無，松江婁縣人，雨花菴僧。

吾廬

深林喧鳥語，曲逕遠塵氛。花落一簾雨，香燒滿几雲。買山殊不必，經世復何云。鎮日攤書坐，蕭蕭對此君。

九日泛舟

去歲重陽愁積雨，今年九日喜初晴。寒花得日香方吐，遠雁穿雲字不成。鹿苑皈心銷結習，牛山回首薄浮生。扁舟到處秋光好，絶愛江聲雜櫓聲。

初夏偶吟

泯泯田流因雨加，閒中清思浩無涯。蛙聲村後村前亂，燕影谿南谿北斜。新竹一林初解籜，垂楊滿岸半飛花。此時惟賴詩陶寫，遠目迷離興不賒。

湖心亭

孤亭四面在滄瀛，返照遥山炫眼明。煙冷古隄凋柳色，雲深晚寺出鐘聲。湖光淡沱粘天碧，秋意蕭森入樹清。歸去西風獨惆悵，棠舟蘭槳縠紋生。

明照

字漏雲，吴江人。俗姓陳，翰林陳沂震之次子。當家難時逸出，侍文覺禪師，晚年曹誕文延居上海鐸菴，其婿某持浙憲，不屑依托也，荒村托鉢而已。著《漏雲詩草》上下卷。

咏雪

寒深不出户，疑是葉飛聲。滴硯冰先凍，讀書堂轉清。人閒茶話細，林静紙窗明。憶向畫圖見，人騎驢子行。

送夏次東軒高使君原韵

九夏忽忽去意重，一杯相餞且從容。收殘微暑三更雨，賣盡清風六月松。解帶倦還留薤簟，看山奇更想雲峰。經時團扇愁捐棄，漫聽秋聲入曉鐘。

登松顛閣

不到松顛十五年，千峰蒼翠尚依然。修篁百尺蔽群木，清磬一聲開冷煙。法雨下時天地合，寶華落處水雲鮮。何當著我松間住，高枕青山帶月眠。

春夜驟雨旋晴

飛空無鼓響雷鳴，疾灑重簷宿鳥驚。小閣如舟吞野浪，大江入夢聽潮聲。人依殘燭光疑曙，天卷荒雲夜乍晴。生怕落花紅滿地，明朝早起問流鶯。

鹿田春耕

緑遍郊原白滿川，老農家計正忻然。梨花砌玉封羊石，麥穗舒金布鹿田。雨渥一犁春萬頃，風迴雙洞柳三眠。村庄子婦遥相慶，從此熙熙得所天。

故紙中忽見余八歲時手書梵册因讀先人示語感而賦此

息心菴裏夢初醒，十五年前是智齡。記得升牀殘暑後，枇杷樹下教《心經》。余八歲皈依斷巖大師，錫名智齡。

詩話：犀公詩如「雲盡江天碧，村孤日月寒」，「骨瘦寒先覺，年衰起漸遲」，「白首向人貧有骨，青山愧我夢無緣」，「數聲幽鳥此中意，幾處青山別後心」，「冉冉碧雲空舊夢，飄飄黄葉認前身」，「偶尋圃事諳生趣，喜值園丁與立談」等固佳。雲公詩「江風雙島走，寺雨一鐘沉」亦佳，均爲鐸菴生色云。

方　璿

字睿石，松江人，住雲林寺。著《旅菴》《冷泉》《嚴江》等稿。

春日遣懷

不覺春將半，身閒種種思。雨來楊柳重，寒壓海棠遲。久閣登山屐，新吟送雁詩。梅花殘鄧尉，却負故人期。

立春夜同徐而菴話舊

靈峰看雪已經旬，每對寒檠話獨親。司馬病身偏客路，少陵詩骨老風塵。冰巖夜凍猸聲斷，曉樹春來鳥哢新。且閣藍輿同過歲，先生原是住山人。

過選佛場

招提來訪不辭遥，行盡松杉過板橋。新燕向人尋舊壘，老僧留客話前朝。緑迷曲徑環池柳，紅映疎籬隔岸桃。此地悠然真可羡，何時高卧聽江潮。

本　源

字兀菴，浙江湖州人，住錫上海。

曉發川沙

日出向南征，飄然天際行。晴霞開曉色，遠樹轉灘聲。春水船頭發，江花櫓後生。鶴沙行欲盡，海上見孤城。

明　智

字文慧，住南匯寶光菴，有《禪餘草》。

答顧巽容七夕憶舊之作兼懷黄秋圃

長日松關感擲梭，閒雲又見隔秋河。心融明鏡塵埃少，夢觸飛花聚散多。擬向武陵尋舊約，還從叔度借餘波。谿邊新月依然好，手把君詩獨自哦。

元澄

字蜃菴，上海人，住周浦永定寺。

曹北居曰：「蜃菴詩佳句最多，清遠閒淡，無蔬笋氣。」

山中

山頭鳥聲碎，山半綠蘿晴。坐愛白雲滿，因之遺世情。偶逢荷鋤者，共作林間行。

聞泉

隔谿寒響落，斷續度秋潯。咽石看山鳥，穿雲碎玉琴。亂流何處去，一枕聽來深。洗耳人安在，清吟自古今。

喜友過天童

寂寞霜天思正濃，芒鞋忽喜到庚峰。漫言遠别經年事，且看重栽廿里松。滿塢白雲迎野雀，清池皓月起潛龍。吟殘黄葉秋風老，高閣寒鐙古寺鐘。

越州明覺寺弔古

青冢黄埃覆寺基，夕陽野草不勝悲。鐘聲寂寞清谿冷，鳥語淒涼古道危。華表春秋猿鶴夢，殘碑風雨薜蘿垂。堪嗟人事真無定，明月空餘洗骨池。

大定

字覺空，嘉興人。遊方至周浦，憩息永定寺最久。

結茆南屏後峰却寄念莪丁隱君

磨杵成針芥忽投，天涯螻落暫歸休。十年風雪關河老，四壁雲山寤寐遊。破衲長懸焚誦地，儒冠終戀石泉秋。他時憶我南屏路，好買西湖一葉舟。

智潛

字慧劍，永定寺僧。

登天香靈境閣和潘韵

來尋香閣獨登梯，萬象蒼茫物外齊。海上怒濤千疊險，雲間浮世一齊低。鐘聲夜動江皋鶴，梵唄晨驚别墅雞。極目河山隨處闊，不知紅日已沈西。

和印微師雲門弔古雲門山最多，此係青州府雲門。

一雙赤脚走青齊，絶險雲門杖策躋。馬耳徵詩隨意寫，牛山感泣盡情嘶。蓋公堂外荒煙合，富相亭邊落日低。松耶柏耶還在否，傷心七十二城西。

普澤

字曇潤，初名元澤，□□人，住鐸菴。

張一菴見訪次答

空谷人聲亦甚難，多君來此勸加餐。不嫌蔬笋山家氣，共話千峰雨雪寒。

世鑑

字自峰，青浦人，出家徑山。有《耕餘集》。王牖菴璐嘗稱其以詩寫畫，以畫寫詩，淺深疎密，無往不曲折相赴，然就諸體較之，五律最工，乃所謂梵音高雅，令人願樂欲聞。

贈金師東溟

高深杳難尋，飄然出時輩。妙性等虚空，浮雲看世態。道以沈寂超，名山偏所愛。獨有二高士，矯矯無緣礙。清風拂塵蹤，明月常相對。何當領静閒，惠我以三昧。

山行

清谿流渺渺，天末屬遥看。明月依山出，疎星落澗寒。鹿鳴紅葉徑，雁宿白沙灘。榔栗横雲際，乾坤吾道安。

贈牧菴兄

短棹清依岸，言尋高士廬。徘徊殘竹裏，相見落花餘。山色横晴檻，梧陰伴竺書。睦州遺故事，羡爾獨嗟余。

懷家大人在洞庭山

洞庭木葉下，林屋正清幽。白首兼遲暮，青山伴晚秋。鄉書暌遠道，歸信問來舟。何日家園好，棲遲罷客游。

雲間至武塘道中口占

蒼蒼雲樹鎖禪關，爲訂同心竹徑閒。橋外隔籬村犬吠，故人小艇繫谿灣。

真　慎

字心一，松江人

西湖

大蘇隄頭西復西，那株楊柳不鶯嗁。無數青旗争駐馬，一番紅雨怕沾泥。

德　性

字宗維，上海人。住青浦指松菴。

咏齋前梅次韵

一樹梅花一箇僧，竹籬茅舍自堪矜。十分寒色高情在，千載幽香苦節徵。古貌却看温似玉，春心誰識冷於冰。定知密受中峰印，五葉傳燈證上乘。

梅影次韵

數枝仿佛動莓苔，坐看花陰轉石隈。幻色莫教枝上現，冰魂却傍月中來。重重點染横谿路，寂寂蕭疎入鏡臺。一段冷光人不識，戍樓殘角任相催。

上　晏

字雪松，□□人，住鐸菴。

新年紀興和山主曹巢南韵

平生蹤迹與誰論，聚首天涯爲弟昆。世外飄零求粥飯，城西幽敻擬山村。拈花有愧傳心意，薙草難忘捨宅恩。暮鼓未撾人未寢，梅花樹下立黄昏。

上　慧

字天覺，□□人，住七寶寺。

晚秋遣懷

荆南渭北路迢遥，忽把黄山一擔挑。回首欲尋投宿處，鐘聲和月渡谿橋。

智　涵

字雪筏，□□人，住西林菴。

雁字

阿誰寫景荻蘆邨，鴻爪迷離逸勢存。一一書中知遠意，人人影裏幾消魂。暮雲樓閣題應遍，秋月瀟湘過有痕。最是鄉心渺天末，數行盼望欲黄昏。

湛　霽

字蒼崖，初名湛啓，字越三，□□人。住西林菴。

晚歸

秋色不照地，夕陽猶在山。風隨殘葉去，人與暮禽還。野闊月先到，地偏門早關。廚中有餘飯，明日尚能閒。

秋日即事

褊性頗相愜，人閒境亦幽。閉門終日雨，落葉滿牀秋。有客欣然至，無錢不敢留。倘甘一瓢水，酌飲共忘憂。

濟

字大壑，□□人。住青蓮菴。

友人邀往三角地觀桃

三角谿中百樹桃，似將紅雨壓塵囂。老僧不管人間事，但見名花亦道嬌。

澂

字平一，□□人。住新場雷音寺。

即事

麥浪初平柳浪濃，梅花白盡海棠紅。濃家也愛春光好，一任韶華到眼中。

寶源

字一泉，青浦人。初名二友，居白鶴江，投來青菴出家，自號梅花船子，游戲筆墨，愛寫墨梅。先是，張文敏照搆義莊於横雲山，請以住院，適鑿井有甘泉之應，更名一泉。乾隆十六年南巡，進呈梅花長卷，上嘉之。晚年北遊至京師，尋住保定府之蓮花寺，久之入滅。

緑蕚梅在冰玉山房，其梅由廣化寺移植，乾隆戊寅、丁卯間張恂如於鄉曾梓《緑蕚梅詠》。

年來搦管寫冰條，争似今朝到綺寮。色相除非雲可比，支離豈是墨能描。苔紋已向階前合，竹葉休從牆外飄。我欲拈花供佛笑，可容折取杖頭挑。

大銓

字際權，號棹旋，居龍門寺聽雪廬。初爲打飯僧，晚忽工繪能詩，所謂浮屠人多幻者。

自題畫蘭

樵夫無路人，靄靄空山春。蘭蕙自相語，毋以香媚人。

衡麓

字寄塵，號八九山人，長沙人。寓上海之豫園，後隨趙文楷出封琉球，卒于福建。寄塵初受詩法于我郡吴古心，後又從袁簡齋遊，其居上海最久，與諸名士唱和尤多。

十月廿八日喜晤袁簡齋先生過訪豫園

黑雲磊如山，冷風尖入骨。釀雪天色黄，寒鴉噪不歇。獨坐觀物理，頓令忘歲月。忽聞剥啄聲，開門見皤髪。陸地一神仙，倒屐狂喜發。詢知去來蹤，擕香至玲瓏。園中磊石名玉玲瓏。海上祝南極，雲間訪阿蒙。幽興復不淺，意氣陵蒼穹。行年八十一，炯炯兩方瞳。憶昔羅浮遊，甲辰秋隨先生遊羅浮。返老更還童。天下震文名，難親矍鑠翁。盤桓恰三日，話别去忽忽。相思腸九轉，一十二時中。

遊清涼山過清涼亭茶話

四圍皆是樹，希見有人家。亭立翠微上，雲開夕照斜。長蛇横北固，尖角露棲霞。何處滁塵滓，清涼一椀茶。

題秋山讀書圖

爲愛秋山好，山深樂隱名。白雲迷竹逕，流水和書聲。妙悟襟懷闊，澄觀天地清。若能添箇我，相對話無生。

詩話：僧家不必盡以詩見，有癡和尚號解拈，狀如瘋癲，入郡城乞食，不持戒律，與之酒肉，或即大嚼，有拒之者，多不吉語，多奇中。康熙中旱，師言雨在井底，及雨，乃井日後一日也。雍正十二年奉召入都，召見，仍率癲狀，放歸。後化去，林太常豫仲挽之，云：「不失嬰兒意，何知天子尊。慈悲時作戲，透漏偶微言。」又有白龍潭萬佛閣八和尚者，涇縣人。赤足蓬頭，徹夜不眠，飢食柏葉。周比部漁山訪之，叩其所養，不答，徐曰：「精足不思慾，氣足不思食，神足不思眠。」此種殆别有戒行者與？

國朝松江詩鈔卷五十七下 道士

鄉人姜兆翀纕山録
受業袁斯鳳校

周　望

字渭徵，號綸仙，婁縣人，居金山衛城鎮海門。隱于黄冠，著《樵唱軒稿》。綸仙長于駢體，其詩入宋人之室，與徐稼翁友善，稼翁嘗序其詩。

寄沈樗菴

許身夙昔比南金，晚節情移丘壑深。大隱何妨三畝宅，高吟長寄五湖心。入林聽鳥閒攜稿，憑几看花静理琴。此日優游良足慰，庭前珠樹已千尋。爽氣澄秋病骨蘇，煩襟恍若滌冰壺。朱柑熟後詩能就，紫蟹肥時酒可沽。良晤久思親杖履，醉心何必覓蒓鱸。裁書欲寄山中客，爲問西風雁有無。

秋和王子上九日同湯珍登查山

查阜巑岏夕照前，漫攜雙屐躡晴煙。黄花酒餉何人處，白雁書傳若個邊。清磬數聲林隱寺，孤帆一片水浮天。同遊況有文章伯，應續龍山落帽篇。

飲楊雲祓齋

半生淪落困蓬門，頻醉田家老瓦盆。惟采山蔬供七箸，寧如綺席足雞豚。野人對酒形容朴，公子留賓笑語温。曳杖不辭歸路晚，嚴城擊柝已黄昏。

稼翁移居新第奉寄

羡君新卜鹿門居，岸幘高吟處士廬。留客春風花下酒，課孫秋雨案頭書。軒窗岑寂心無競，竹石經營趣有餘。惟惜舊朋相隔遠，幽懷渺渺獨傷余。

晤鄒奇徵

書劍天涯賦遠遊，相逢千里慰離愁。升沉有命還青眼，契闊無端感白頭。擊筑高樓明月夜，思家溟海碧雲秋。知君蓮幕陪清議，早辦封章識馬周。

送慎言弟還武林併致子靖南宫昆季

弱冠相逢志激昂，即今重晤鬢俱蒼。側身天地容鳩杖，彈指光陰老雁行。數日言旋期太促，一尊道故話偏長。西歸寄語諸昆弟，詩酒耽情較昔狂。

錢凝煙

字紫山，江右人，居上海水仙宫。爲韵語有別致，與曹暎、曾春浦遊。

春日閒吟

不憑幻術説神功，身意疎頑木石同。最愛朝來微雪下，水仙花放水仙宫。

秋燕和曹春浦韵

清秋燕子故飛飛，慘澹離情語落暉。我亦故山歸未得，不禁殘淚欲沾衣。

沈清正

字默夫，號一誠，爲道士後，號蟾陽子，華亭人。清正襁褓而孤，母倪氏誓死守節，前母兄無行，利母再醮，誘往落伽山進香，將鬻于海舶。母覺，投海死。其兄遁不返。清正育于母族，稍長，稔其事，刺血寫疏禱于天，冀得母屍。嘗宿一古廟，夢神告以母在金塘島，遂浮海渡蛟門，泊一島，詢其名，果金塘也。訪居人，有告以某年曾瘞一投水婦，示其處。清正露宿其側，夢母慘容泣下，呼清正小名。清正哭而醒，憶念音容，與得之母族者肖，乃負骨歸，葬父墓。清正尋母屍時，遍歷沿海諸郡，及渡海遭颶風，舟幾覆，獲全。出門三年，水陸數千里，終以痛母故出家。著《鷗亭詩稿》。

《漱芳齋詩話》：《蟾陽子傳》係張文敏撰，而未詳其出家後蹤迹並其詩稿。前張晦堂曾示傳略，後附詩數首，旋即索去，余屢訪求，忽得汪西村所購藏殘稿三册，知其康熙丙申遊楚，丁酉遊豫，戊戌入都，有《宿御書館》及《出古北口至熱河御苑召對》等作，乃知其當聖祖時固曾引見，惜未詳其何緣遭際也。丁未在松至杭嘉，庚戌年六十遊天台，其梗概如此。至其詩尤雅健警闢，卓然不群，於方外中固當高置一座。

瑞石山紫陽菴訪丁野鶴真身像

兹山萃靈秀，石怪翻名瑞。窈窕青芙蓉，滴露噴煙翠。雪洞與駝峰，上有雪風洞、橐駝峰名勝。峭削何幽邃。中有紫陽菴，花艸略點綴。天風吹我來，何處人間世。瞥見抱膝翁，目注竝心異。避塵聊結茅，餐霞獨堅志。鳳笙未一攀，鸞鏡竟早棄。遺蜕輕于蟬，無緣詎有累。自去還自來，死生等遊戲。借問阿師誰，丁姓野鶴字。

至均州見天都李伯農三原李□園慨然成咏

三鳥飛來襄江上，朝鳴暮宿每相向。豈意襄流支派多，咫尺分離隔千嶂。春花處處逐波紅，各啣花片問東風。

題清風漁隱圖爲項雪村作

清溪一漁人，豈是披裘客。悄然倚孤舟，倒影寒潭碧。終日求魚魚不得，笑他用拙鉤何直。心已灰，頭半白。達觀肯被一絲牽，何不將竿盡抛擲。

湖口對月

萬派歸湖口，雙峰鎖石門。月浮横樹影，波湧動雲根。徹夜鐘聲静，連天水氣昏。篷窗人獨坐，愁殺是吟魂。

留別武昌潘東柳先生

旅館消長夏，論文慰索居。秋風吹大别，落日憶三閭。天遠獨爲客，舟孤惟載書。好嘗漢陽酒，不釣武昌魚。

喜南畇彭夫子札至

握晤知何日，離憂直到今。吴江春水闊，嵩室暮雲陰。魂夢三千里，乾坤一寸心。空中傳尺素，珍重比南金。

同曹晳庭過蔡桐川適園

泛泛漁舟去，桃源路未賒。一雙鷗立石，幾點水流花。麟脯何須擘，龍團洵可誇。謾論桑海事，小憩蔡經家。

題曹晳庭白牛村圖

作賦獻天子，掉頭歸里門。誰歌紫芝曲，我愛白牛村。湖海心偏遠，衡茅道自尊。歲寒松柏在，相對已忘言。

適園次壁間韵贈桐川

容易東風去，尊前惜好春。漫論金馬客，相對竹林人。雲卷心偏遠，花含意自親。悠悠濠濮上，莊惠看魚頻。

湖上

最喜朝來霽，清風一洗塵。瀉泉千澗合，皴翠萬峰匀。野客情何曠，山禽語亦新。探奇忘絶險，着屐躡嶙峋。

遊赤壁

兩賦當年思赤壁，片帆此夜泊黄州。江山遺恨烽煙冷，風月無情碧樹秋。七尺孤身凫泛泛，三分往事水悠悠。振衣獨上巉巖立，長嘯猶驚落斗牛。

漢川道中有懷東柳先生併武昌諸友

秋江霜落變楓林，借得漁舟到漢陰。濯足好諧孺子意，灌園誰識丈人心。煙波一棹陽臺渡，風雨高歌《白雪》吟。小别已過愁大别，别愁無奈暮雲深。

登汴梁城樓

匹馬西風立戍樓，繁臺艮嶽剩荒丘。蟬聲咽斷千林雨，雁影横來萬里秋。故井梧桐寒露落，廢宫禾黍暮雲愁。古今不盡英雄恨，滚滚黄河天際流。

早行

沉沉漏箭月輪低，向野提鞭一望迷。鞍上續成殘店夢，驛邊慣聽異鄉雞。寒飄露氣侵人骨，暗入瓜田礙馬蹏。自笑我遊方外久，也來路口問東西。

晤華山王踵息於青陽道院即席限韵

當門老樹飽秋霜，翠靄深深帶草堂。高卧看花人獨健，雄談捫虱客何狂。百年天地詩千首，萬里風煙劍一囊。快矣騷壇逢老將，今朝又露舊鋒鋩。

留别鄧州彭海客先生家鳴皋祝詞源吴燾夢近思游頊千茅建亭俞沛正郭秋巖陳天一

遠道常輕賦采真，宛南不覺過三旬。食分鶴料多慚我，卧借琴床最可人。煙嶺層層幾緉屐，水鳬泛泛百年身。垂纓不用清流濯，半點何曾染洛塵。

山曉閣訪孫海屋不值賦贈

廿載神遊傑閣中，千秋名與選樓同。搜羅星斗文心古，吞吐煙雲眼界空。屬有後人能負荷，遂令斯世想流風。我來未得聞鸞嘯，獨撫青松落照紅。

答陸是堂見贈原韵

桂閣裁花盡少年，於今須髮訝蒼然。馬蹏縱踏長安道，鶴背仍歸自在天。倚斧漫看棋局幻，披簑只把釣絲牽。相交四海誰同調，流水高山别有緣。

讀張伯雨詩集先生曾修道書、仙史于茅山華陽洞，故號句曲外史。

古調高風不可攀，每吟遺句一開顔。圖書當日棲句曲，仙骨前身卧華山。初日芙蓉光灼灼，淡雲河漢意閒閒。毫端瀉出詞源湧，家在錢塘浴鵠灣。鵠灣艸堂，先生故居也。

鶴歸堂白蓮堂即方伯杜真君祠。限紅字。

不向廬山問遠公，却來閬苑宴青童。《拾遺記》：西王母與周穆王高會，進崑流素蓮。珠盤瀉露光無定，玉井飄香影亦空。欲墮有時迷曉月，含情漫道怨秋風。鶴歸猶恐人相識，煉就元霜頂落紅。

伍相祠

春秋吴越不勝悲，最是傷心伍相祠。嘗膽忍人窺隙始，捧心尤物欲來時。冤飛腥血鴟夷叫，怒激風濤白馬馳。抉目懸門何忍看，臺前鹿走艸離離。

水中雁字

西風霜早念同群，可是臨池學右軍。蝌蚪不驚秦帝火，魚龍錯認禹王文。秋彈錦瑟湘波怨，月渡銀河雲篆分。尺素浮沉無處問，天涯兄弟杳無聞。

包家山題玉蟾菴菴自宋朝賜住。

紫微仙子跨金蟾，吹下天風到海南。特向臨安探阿姥，狂呼明月醉青帘。

七月二日特賜金扇筆墨恭紀

月兔秋毫勁帶霜，穎端猶自吐天香。應書麟鳳千年瑞，更寫煙霞五岳章。

非玉非金一寸雲，香清詞客最先聞。匣中夜夜祥光透，上有天章五色文。墨上有御製詩文。

晤同門琴師吴桐村高士排律十二韵

一别三千日，相逢在薊門。行藏皆莫問，客路却難言。浪捲黄河急，塵飛白晝昏。關山難極目，風雨易消魂。異地悲鴻雁，連枝念弟昆。情交君子淡，友道古人敦。晏子裘何敝，虞卿履尚存。狂歌遊帝里，乞食笑王孫。慘淡同秋菊，飛騰謝海鯤。半瓢藏歲月，一劍老乾坤。筆勁神逾古，琴高品自尊。朝來多快意，山水細重論。

劉　敏

字坤培，號伴霞，青浦人。爲道士于萬壽道院，宗符籙，從周邠裔爲師，嗣西河薩真人，宏宣法派。住院後，築室靚深，鑿池涵澹，又建達磨利支天傑閣。工琴能畫，與詩人往來，如張巨來夢鰲、邵玨庭玘，咸相唱和。

静岑曾夢到山與余同宿俄聞風雨咏斜風細雨不須歸之句醒而作詩見寄用和其意

豈更勞清念，悠然欵我扉。迹疎翻得夢，吟健恰投機。草榻留雲宿，蓬窗聽雨飛。無端雙劍合，臨覺轉依依。

神賞吟紅葉，詩成寄白雲。故人猶念我，遠客每憐君。虚負韶華景，徒滋老大云。年加衰馬齒，共訂惜陰分。

寒村漫興

吾廬傍水非山阿，殘冰摇蕩如鳴珂。寒梅消息杳難問，古松顔色還如何。好詩欲題倩落葉，奇韵可聽惟漁歌。隣翁隔岸泛小艇，不風不雨常披簑。

次韵酬且拙

皓月娟娟照兩心，雨餘緑漲一篙深。庭花撲檻如招隱，梁燕窺簾似索吟。托興漫裁新玉版，賞音重拂古瑶琴。詩狂欲據南樓坐，煙暝前村樹色沉。

元旦夜分上茅山上宫進香候曉望三峰勝景

爆竹如雷獻歲新，頂宫燈火亂星辰。香蒙地肺留仙杖，雲鎖山腰隔世塵。極縹緲間投五體，大光明裏見三真。瑶階長跪陳何事，願乞年豐樂萬民。

宿茅山中宫

一榻真同樹杪懸，巖風作陣吼霜天。分來太乙然藜火，颺出茅君煮朮煙。鶩露廢眠同老鶴，抱枝高唱似秋蟬。不因守歲終危坐，仙境重來未有年。

何　時

字嘯客，華亭人。爲人不婚娶，習符水，與道流遊。能詩，有《西湖詞》四十首，爲時所稱。

小倉山房曾採入詩話。兼善匾額大字書。以乾隆庚子卒，吴陶宰爲視含殮，王孟公有詩輓之。

西湖詞

秦亭山頭暖氣匀，秦亭山下早梅新。嫁郎願嫁秦亭住，占得梅花第一春。
暗香陣陣易魂銷，山妒修眉柳妒腰。欲問風光何處勝，鎖瀾橋對景行橋。
長短蘭橈拂渚汀，聲聲簫鼓集西泠。爲誰唱出桃花曲，儘着蕭郎簾外聽。
忽雨忽晴梅子黄，採茶未了採桑忙。郖家不慣施朱粉，一朵山花媚鬢傍。
共郎湖口共鳴榔，白藕衫輕風日涼。日落雷峰不即落，郎情須似夏日長。
飛來峰上樹短短，飛來峰下草離離。冷泉一道流日夜，爲是多情無住時。
八月中秋秋氣涼，越孃換却緑羅裳。澄波如鏡照儂面，學得西施淺淡妝。
繞渚芙蓉艷亦幽，渺瀰湖水十分秋。渡江饒有耶溪女，愛看芙蓉放竝頭。
月色微茫星色稀，武陵門外耀鐙輝。那知繡罷寒牕下，夜夜守郎夜市歸。
澹煙羃羃風刁刁，數折沙隄雪未消。豪客偏能攜粉艷，衝寒一至段家橋。

婁近垣

字朗齋，婁縣人，居楓涇北栅。出家仁濟道院，習五雷訣。雍正五年入都，世宗嘉其禮斗誠恪，授上清宫四品提點，欽安殿住持。十一年，封妙正真人。乾隆間，奉旨祈禱晴雨，每極靈驗，前後賜予，不可悉記。四十一年卒於京城北之妙緣觀，年八十有九。

快活歌此載世宗御選《語録》。

快活快活真快活，一切葛藤都擺脱。如今不用覓真詮，任我去來活潑潑。時人不解真實義，只得遇緣參活佛。誰知活佛眼睛前，争奈凡夫愚不識。此心何異頑石頭，此身不啻朽株橛。聖恩一指髑髏碎，恰似盲人見日月。見見之中絶見聞，方得名爲大休歇。眼聞耳見也尋常，不動週行八萬億。舊時窠臼潑生涯，一一於今都掉脱。我非我兮彼不知，彼非彼兮我都識。大地原來真是我，一切非我是真説。不知往古與來今，誰道長生及寂滅。憑他春夏與秋冬，任聽炎蒸寒徹骨。東西南北懶拈名，懵懵懂懂忘分别。自在縱横無定體，即是天仙三世佛。閒跨泥牛海底行，或乘木鳳雲中涉。千峰頂上弄瘋顛，十字街頭打鶻突。穿衣喫飯只隨緣，混俗同塵應時節。有酒一杯復一杯，有歌一闋復一闋。愚人笑我是誑言，誰解我言真老實。由他笑我非笑我，我只如今且快活。

觸境會心偈四首

泉流明月月流泉，上是清溪下是天。就裏元機誰識得，只應分付釣魚船。

觸目無非大道場，明明遍界不曾藏。金風一動全身露，巖桂傳來八月香。

一池秋水月爲心，萬象森羅倒影沉。北斗藏身南斗住，無聲曲和没絃琴。

幻滅覺圓圓即幻，衆生與佛更何殊。妄心盡處真心耳，説箇真如早不如。

詩話：憶乾隆壬辰、癸巳間，曾聞真人能詩，而松郡人未聞與之唱和，惟揚州鄭燮有《宿光明殿贈真人》詩云：「老聃莊列人中仙，未聞白晝升青天。五千妙義《南華》詮，虚静恬澹返自然。秦皇漢武心如烟，騰空飄幻無涯邊。茂陵樹接驪山阡，牧羊奴子來燒煎。金丹服食促壽年，元和大曆無愚賢。我朝力掃諸從前，踢翻藥竈流丹鉛。真人應運來翩翩，神清氣朗心静專。妙與天地爲方圓，出入仁義恢經權，藏和納粹歸心田。有何燒鍊丹磨研，有何解脱尸蛇蟬。我來古殿夜宿眠，銀龍金索摇星躔。雕闌玉砌朝露鮮，名花異草相綿連。費民千百萬金錢，有明事業諸所傳。真人假寓心棄捐，毁之重勞姑置焉。天子曰俞聊取便，匪令逐逐還沾沾。富而教之王政全，萬國壽命同修延。」此詩未知真人有和作否也，然要知詩對會家吟，固知其能詩而不傳耳。附記于此。

虎卧仙師

有《桐鳳園詩集》。孤竹張霔爲作傳，謂不知何代人，不言名姓，但曰虎卧。性高簡，好飲酒，喜與山人逸士遊。虎卧云者，謂其筆墨之似右軍也。孫澧有謂師工詩，興會所至，揮灑千言，至摹歷代書法，悉抉閫奥。

贈程魯得即孔卓著「他山集」已失。

山翁何所得，致爾發童蒙。李郭春風裏，游揚夜雨中。乾坤情共合，今古志相同。爲愛雲間彦，欣當吾道東。

寄懷魯得

命世人無幾，敦倫似爾稀。風塵閒陟屺，魂夢憶牽衣。當暑黄河出，迎秋白雁飛。别來思會面，蕭瑟望餘暉。

和孫灃有原韵

能從斯世振風騷，似入晴雲聽玉璈。細雨漸微春樹曉，游絲不動午煙高。劍鳴雷焕塵中匣，花發江淹夢裏毫。只此相依情繾綣，豈應還憶廣陵濤。

詩話：灃有曾有懷仙師詩云：「再親函丈概無因，儘有漁郎一問津。紫塞塵中空極目，白雲埠上累何人。」注謂壬申正月白雲觀有燕九之會壽巖子。謂虎臥先師現坐白雲埠上，云可知乩仙唱和，似虚而實。今郡中尚有藏虎卧老人乩上所書對聯者，附記于此。

玉局仙真

有《香雪集》。陳屾嵐所録，謂仙真筆墨游戲，觸化機而現，惟真所謂鳶飛魚躍，無非道也。甲申歲家孟有邗江之行，仙真作詩送之，約早歸。其寫梅花天趣。正月杪飲和歸，仙真潑墨甚酣，作《香雪圖》，自爲寫照，有詩有頌，寓意尤深。余次第録爲一集，總以「香雪」名之，以志天人之至樂云爾。

題羅浮夢遊圖

飲和爲見聞所溷，我欲以冰雪洗之，潑墨作此，并系以詩，可以灑然蕩滌一切也。

玉骨冰肌劇耐寒，天然清韻畫應難。羅浮澹蕩無多遠，日日閒眠夢裏看。

題倚月吟花圖

梅花神致在香色之外，乙酉春初，山人復過岝嵐讀書處，挑燈清話，戲墨爲此圖，清空淡蕩，是花是人，請參之。

幾番風信幾番寒，轉眼繁華上藥欄。惟有山中無戀着，穠花只作雪花看。

誰將香色品梅花，點綴疎枝瘦碧崖。坐到色空香寂處，閒吟倚月思無涯。

題香雪圖

山人餐霞茹雪，遊乎無何有之鄉，幾不知有人間繁華態味。偶來此間，借游戲筆墨，抒寫空靈性地。梅花真快友也，復爲此圖，拈花静坐，香色都空，爰作頌曰。

平章風月，花各有譜。香雪滿山，是誰題品。呼爲美人，恐無此格。贈曰處士，或損其神。

先春而花，遺世而立。仙乎仙乎，非香非色。塵寰之外，巖洞之間。中有人焉，與花偕隱。

花開之晨，坐卧寢處。拈花微笑，肺腑欲語。花亦欣然，式歌且舞。惟我先生，是真知己。

花朝作是圖畢復系一絶

玉玲瓏是花逍遥，習習春風蕚緑驕。折取一枝留半偈，先生端不負花朝。

題梅花小影

春月何如秋月清，春容别是一番情。月也多情花也動，雪衣微步到三更。

詩話：慧香居士於仙真詩皆爲屬和，而和香雪圖頌尤警，附録于此。其頌曰：「栴檀之香，花開何處。嵰山之雪，香從何起。鏤雪生香，寒梅如是。寒香其性，白雪其質。究竟都空，非香非雪。不可思議，云何落筆。惟我半生，別樣風華。造次顛沛，必於梅花。天然位置，月地雲階。嚼雪而吟，嗅香而坐。千樹非多，一枝亦可。天雨曼陀，先生會麼。」

鬼詩 順治癸巳老儒黄生雪芳寓横雲之蕭寺，一日薄暮，獨步林莽間，見一客幅巾紵袍，揖生坐石上，相與談論古今，吐詞清雅。謂曰：「聞君善詩，偶得一絶，願奉聞，可乎？」遂即吟云云。生驚曰：「何乃似鬼語耶？」回顧忽不見，悵然而起。

山花不復春，磵霧滴如雨。寂寞青松根，鳥嘑墓門樹。

國朝松江詩鈔卷五十八 游寓

鄉人姜兆翀孺山録
秀水汪大經西村閱

朱賁

字吉白，休寧人。國初來寓陶宅，卒。賁係文公裔，崇禎中以歲貢爲某邑訓導，尋署邑令，明末致歸。其同學金翰林聲倡義守徽，練士民，繕甲兵，大閱，與賁乘而觀之。賁曰：「此子弟兵，不足恃。」後果敗。其來松教授于里人路氏，一日讌會，梨園演莊烈帝故事，輒起立掩淚遁去。

《漱芳齋詩話》：後又有王時昌，字與楨，金華人。賣藥市門，而能爲詩，亦移家陶宅，與黄中允唐堂唱和，至老不倦。年八十五，卒。其詩則不可得。

吊陶宅四隱 四隱明初人。姚汝嘉陶宅人，楊仁壽天台人，李暐冀北人，華文瑾無錫人，皆葬純陽菴側，明鍾薇有傳。

四皓漢家地肺英，陶溪又有四先生。我來瓢笠隨雲住，東海譜中贅一名。

殳丹生

字彤賓，號山夫，浙江嘉善人。來松曾居泖北，後還楓橋，以貧死，葬寒山寺側。

集秀林草堂

素雲橋南華宅成，飛花拂水態輕盈。鷫冠白髮踞上坐，春酒玉壺相對傾。齊梁以下安可作，曹劉之間空復驚。臨流祓禊有幾日，伯勞又欲穿林鳴。

野望

天回白雪春申浦，日落秋風萬里船。多病故人相見少，還家稚子獨堪憐。昨來曾寄鷦鷯賦，老去頻登玳瑁筵。羈客自應疎散久，短簫横笛不勝前。

熊曰蘭

字畹仙，江西南昌人。因其族有熊貴者，自明初爲金山衛前所百户，子孫世襲在松。畹仙值明季江西亂，因投衛城，遂家焉，居篠館街，以堪輿自給。性剛直，豪于詩。著《□□集》。

夏日城居

孤城真寂寞，不雨故人疎。古寺聽僧梵，高齋讀道書。晴疏泉灌菊，曉帶月耘蔬。還念長安客，何年得自如。

訪大林禪隱不遇

握手來花窟，悠然對遠岑。白雲松榻卧，緑樹板扉深。結以人間境，清其塵外心。慚予役世網，空作虎溪尋。

故城雨懷友

絶嶂連江走，莽蒼氣勢奔。海雲横暮色，山雨漲秋痕。清角荒城動，潮聲獨夜吞。自慚杯酒在，不共故人論。

對酒

東籬寒菊冷，對酒獨凄然。霜葉江頭醉，秋山林外鮮。寄心滄海上，歸思白雲邊。落日悲禾黍，漂摇已十年。

春居寄藻鄰

長掩荆扉只史論，庭前嚦鳥静朝昏。杏花香滿扶風帳，楊柳春歸彭澤門。爲謝公車侵草迹，因教老鶴護苔痕。同人爲肯頻相訪，藜杖何妨蘿薜捫。

蘭風過訪且示贈言因次韵

自來肉食輕先輩，百代文章愧馬班。郢里《陽春》人莫和，梁園賦雪豈能攀。意中嶽色毫端出，眼底星文掌上看。何日重飛仙履定，與君高唱醉青山。

閩中嚴我維見訪

荒城寂寞悵離鴻，故友何緣千里篷。夕照半山紅樹外，高秋一鶴白雲中。心知吾子金蘭誼，慚愧貧家鷄黍風。草徑菊前聊醉月，歸時莫哂此宵同。

秋興

秣陵王氣迴高秋，五馬南來水自流。晉室河山空落照，漢家宮闕半荒丘。蒹葭月裏笳歌動，籊箑霜中野哭收。無那衰年逢戰代，西風吹殺白蘋洲。

即事

寒煙覆古道，庭樹歸禽早。紅葉滿荊扉，秋風一夜掃。

漁父詞

不貪英雄名，自樂滄波業。二句集唐。蘆花煙水中，披簑釣明月。

晚望

秋楓半醉晚山天，樹擁人家倒碧川。鄰寺一聲鐘未盡，前灣歸鳥破寒煙。

王懋忠

字思岡，浙江蘭溪布衣。明季遷青浦，順治戊子卒，著《樊圃詩稿》。是爲司寇蘭泉之高祖。

漫興

一自經兵火，鄉村生事微。斯民猶菜色，吾輩合鶉衣。疎雨黄花候，斜陽白板扉。卧聽飛雁過，歷歷下漁磯。

草木悲摇落，無風葉墮谿。疎星三徑裏，斜月九峰西。列戍傳烽火，嚴城急鼓鼙。榮枯休問卜，共灌漢陰畦。

滄浪亭詩同宋既庭顧茂倫劉西翰沈石均作

煙外吴山數點青，寒波渺渺抱空亭。國門尚奉將軍令，海徼方高處士星。豈悔鄒枚惟作賦，何妨申伏且專經。臨岐不作楊朱泣，漁父滄浪曲可聽。

朱元太

字若冲，休寧人。明諸生。國初遷華亭干谿鎮，與曹次典、陸履平諸人爲友，著《藥齋詩文稿》，是爲諸生棟始遷祖。

中秋與博菴漁山梯寒白巖集再我東溪草堂

曾坐東溪堂，堂築東溪邊。茶烹東溪水，魚擊東溪鮮。閒吟東溪月，載酒東溪船。東溪日習我，夜火與朝煙。豈無二三子，來往恣流連。觴咏遺暇日，形骸一時捐。及今思此樂，魂夢猶糾纏。二癸忽相逾，已歷十餘年。事往付太息，皓魄依然圓。主翁酒屬客，東堂啓芳筵。割炙大于掌，行酒快流泉。芡粺雜菱角，品物皆清妍。何必絲與竹，風清竽籟宣。有時發浩歌，醉中其天全。何歲無秋月，何秋不可憐。時地或相左，往往嘆徒然。今宵東溪月，又得主人賢。當前樂復樂，莫談後與先。

宿日千齋賦贈

九峰秀氣艸堂靈，亂後萍逢眼倍青。丘壑自編高士傳，海天人識少微星。新詩擲地鏗金石，碩望如山重典型。今日逢君猶恨晚，欲行乃向柳邊停。

尤 銘

字誠書，蘇州人，國初時寓松江之金山衛城。

鷄鳴曲

鷄初鳴，夜將半，爛爛明星隔河漢。鷄再鳴，起辟纑，朝來易米奉舅姑。一夜偷安逸，一日不得食。綺閣張筵富貴家，銀箏撥斷换琵琶。

吴門歸舟遇雪

長風送我歸帆疾，二月吴江春水碧。月落星沉欲曙天，漫漫忽作彤雲色。回首金閶雪滿空，銀城玉闕水晶宫。市酒一瓢詩一卷，却疑身在畫圖中。

二陸草堂

刹古鐘聲在，臺荒草色湮。衹餘棲澗鶴，不見讀書人。識寡輕投主，才多誤殺身。草堂遺址在，憑吊一傷神。

倪　暹

字思曼，平湖人。國初寓松。

贈顧樵水陳長發

黄鵠摩青天，音響一何悲。羞與群雀伍，奮翅雲中飛。道路非所苦，但惜知音稀。四時變氣候，安能處重闈。盼睞貴適志，臨風正徘徊。念我同心人，伏策惠前綏。感君區區意，新詩枉見遺。自古非金石，豈得偶相諧？欲因今夕會，展此平生懷。

與張冷石昊東夜話兼懷王玠右名世

亭亭山上松，鬱鬱園中柏。春華不加妍，經冬無凋落。爰居集魯門，高人隱城郭。投簪有夙心，長作丘園客。筐篋滿異書，四壁仍寥廓。朋友輒命觴，樂飲忘日夕。非必列八珍，所好在靈液。何事發清歌，歡笑有餘適。愧余乏仙才，師此浮丘伯。

得陸孝曾近信作此輓之

陸生本是高賢後，才名少小藉人口。常操月旦恣遨遊，梁苑燕臺競趨走。策蹇歸來隱鹿門。薛公山下草廬存。杖藜召客頻留榻，秉燭雄文喜共論。東鄰宵小忽見妬，酒邊更觸高陽怒。南州座上咤叱聲，俛首自著《懷沙》賦。辭家磊落去何從，手披荆棘援喬松。梁鴻出關《五噫》作，阮籍登車途路窮。朔風獵獵生飛雪，黄河冰凍馬蹶裂。衝寒已覺無完膚，長嘯呼天氣鬱結。故鄉諸子盡憐才，爲道招賢東閣開。誰料膏肓病不起，旅櫬無依良可哀。以兹感憤心不懌，人生結交竟何益？念我猶蒙新息冤，如君更是彭城厄。吁嗟乎！彦升死後妻子飢，分宅何人下泣稀。厲鬼還疑伯有至，野鶴須知丁令歸。

鄂　曾

字幼輿，錢唐人。寓居青浦。

春暮遊漕溪登青華閣贈諸公

捎捎蘆荻滿春洲，勝侣招邀勝境遊。落日尋僧同看畫，野雲遲客正當樓。寶旛影裏鱗音動，佛爪瓶邊貝葉收。花欲避人渾瀉竹，冷煙寒水足淹留。

吴晉蕃

字受兹，亦作受菴，平湖人。

同張漢度聞九沈御高山中對月

偶來山徑裏，攜手上層巒。煙起孤村暝，風吹古木寒。漁歌前渡出，野燒隔林看。愛此巖間月，歸來夜已殘。

銅雀臺

銅雀臨漳水，琱梁鎖暮煙。綺羅非此日，歌舞憶當年。蕭瑟臺邊草，凄涼柳外蟬。空餘一片月，寂寞對晴川。

秋日道經福山有懷

邊海波濤月倍明，涼風瑟瑟塞鴻鳴。山河慘淡寒煙滿，城郭蕭條秋草生。沙畔健兒朝射獵，軍中少婦夜彈箏。那知獨醉蒲萄酒，采菊登臨更有情。

李　焕

字雄文，新安人。隨父嘉言徙居青龍江。焕與弟燧俱以文名，焕著《棨圃草》。

二月朔雪霽同顧宣隱陸藝堂集王雲岫玉樹堂觀梅

放艇相過杜若洲，高齋文醼好淹留。花當雪霽疑經雨，酒爲春寒不計籌。荒磴鳥棲棊局散，閒園人静竹煙浮。更闌促坐能忘倦，翦燭論詩未肯休。

李　燧

字光五，號陶莊，刻本或又作嘉定人，殆以不常所居故。

舟中暮雨

密雨亂溪聲，舟行清見底。雲低天欲昏，茫茫何所止。漁翁不脱簑，酌酒蘆花裏。兒童放犢歸，笛響寒煙起。寂寂前村家，趁晚烹菱芋。含風竹數竿，當户青如許。誰念客中人，蕭條對風雨。

蒙陰道中

龜蒙古勝地，蕭索似村家。女織機中繭，人收石上茶。荒城間牧馬，遠渚始鳴蛙。鄉國今何處，春殘感歲華。

西空獨坐柬石子佩

虚窗獨坐聽嘑鴉，淡淡春風入樹斜。小逕久晴慵薙草，鄰園無伴懶看花。繩床客去殘書亂，茶竈煙寒夜雨賒。何日君家同酌酒，還乘清興到山家。

待渡

寒日渡頭斜，舟横雲影斷。隔溪人不來，獨立蘆花岸。

張宏祚

字爾培，蘇州人，國初隨其父紫垂僑寓唐家行，遂家焉。爲人質樸，性好吟咏，著《桐花集》二卷。年九十一卒。

首春訪周丰來

風迴春暖日徐徐，緩步尋芳當小車。一路梅花香不斷，來探二酉洞中書。二酉，周君讀書處。

宋琬

字玉叔，號荔裳，萊陽人。丁亥進士，仕至四川按察司。曾被枉陷請室中，久之乃釋，客遊吴越，十年不歸，於松郡尤多寄迹云。

暮春吴六益招飲梅花書屋

先生元北郭，小築面西山。花影共成幄，鶯聲獨閉關。酒從田父貰，詩讓布衣閒。風格君偏老，黄初大曆間。

松江大水後將返棹姑蘇偕蕁客又文登細林山

亂蟬嘒嘒草萋萋，歸櫂蒼茫問泖西。古木看來惟見杪，小舟牽去已無蹊。白波萬頃迷秧鼓，落日千村哭鶻鵃。别後應須愁米價，移家何處武陵谿。

夏瑗公先生廿載淺土盛珍示卜地葬之以其夫人祔高其義爲詩以贈忠節丙戌三月葬家高祖送葬詩云：「痛君投汨勇，惜我到山遲。」至此豈改葬，并易地耶？

幾年松檟欲經營，負土荒原賴友生。曾賦國殤哀翟義，竟無傭保付王成。月明大鳥來華表，劍合雙龍捲素旌。二陸冤魂應共語，雲車風馬笑相迎。

陸圻

字麗京，杭州人。諸生。嘗偕武塘蔣茂才篆鴻來雲間訪陳卧子遺文，寓王勝時家甚久，後以莊廷鉞《明史》一案牽累，得雪後，棄家出遊。傳聞其嗣法嶺南，其子冠周，徧求不得云。

華亭許山公從閩歸詩以問之樂善孫。

離别易水久，閩遊今始還。幾人江令筆，何處子期山。炎海通南徼，無諸到百蠻。終聞風土惡，那得似雲間。

詩話：自忠裕官浙，流風所被，實有淵源，故西泠派亦即雲間派也。今觀麗京、篆鴻不忘師澤外，又如毛先舒稚黄，亦在門墻，亦嘗寓松，有贈陸日爲七古云：「雲間自古稱才藪，節義文章無不有。陸君豈是風塵人，寄迹丹青一高手。有時興發潑墨新，筆勢縱横大於帚。浮青歷落數點山，淡緑蕭疎幾枝柳。此鄉書手多絶倫，文敏文度能通神。惟君腕底無不可，寫意亦復兼寫真。微茫忽覺空際没，恍惚精神入毛髮。吴淞昔日我遊遍，黄門夫子不可見。宋玉招魂哭楚雲，華亭鶴唳豈堪聞。三泖岸曲草俱白，五茸城荒日欲曛，南中渺渺一回首，相對欷嘘惟有君。」觀此，知毛君情誼，可與陸、蔣竝記云。

徐　崧

字松之，號臞菴，吴江人。曾采詩來松，寓石筍里。後與天都汪晉賢、汪周士選《詩風》，自序謂徧採數十年來海内大家之詩，自名公巨卿，以至山林散人，凡名篇無不徧入云。

金山南安門觀潮

浩蕩知何極，天東日欲昏。橋低仍斷水，城盡竟無村。嫩草浮鹽色，平沙剩浪痕。兒童思采掇，遥望鳥孤翻。

鹽竈煙猶濕，沙隄更幾灣。浮雲吴地客，片雨浙江山。騎馬城東渡，觀潮日暮還。何時休海戍，此地即邊關。

横雲山篆菴訪溯本開士不值題寄嘯壁

倚棹秋林下，青山一片横。入門驚壁立，隔澗少人行。松竹交加緑，煙雲斷續生。奇峰能引我，不必有逢迎。

冬日同晉賢渡吴淞江時新開，尚未築閘

人患吴淞塞，新開故道通。岸高黄帶日，波冷碧隨風。荇藻生舟底，鳧鷖入鏡中。具區從此注，安得濬垂虹？

黄周星

字九煙，江寧人。晚寓嘉善，依其壻吴。九煙係上海張太常元始鄉榜門生，張居新場，九煙於順治庚寅曾至松，後康熙庚申復至，寓元始之子□堂家，竝以其季女許字其子潮。及歸，即於是年，午日踵沉淵故事焉。

同人偶集緑野園分韵

十載春風誤馬蹏，旗亭此日手重攜。繁華滿眼才人老，貧賤雙眉壯士低。繞席緑雲羞鳳吹，隔江紅雨想鶯嗁。溝頭蹀躞如尋夢，可是鶯花舊竹西。

解脱吟

苦海無邊七十年，文章節義總徒然。今朝笑逐罡風去，縱不飛昇也上天。

丁裔沆

字涵巨，嘉善人。李素心婿，來雲間與郡中諸老宿唱和，詩才倜儻，共推其佳，著《香湖草堂詩集》。

贈沈友聖

巖阿高隱見風期，磊落偏宜宋玉悲。源憶桃花曾作記，樓名黄鶴慣題詩。信陵車騎夷門遠，曹覇丹青彩筆垂。顧西巘侍御邀吴梅村、沈友聖同遊虎丘，繪圖紀勝。自古神交能有幾，年年草緑繫相思。

贈董蒼水余訪蒼水于看雲草廬，出《浣花仙》雜劇見示，長歌當哭，因以絶句贈之。

霜染長林映碧山，浣花谿畔水潺潺。浩歌一曲更懷古，月白空庭雁往還。

趙潛

字雙白，原名炎，字二火，福建漳浦人。著《冷鷗堂詩集》，竝選國初人詩名《蓴閣詩藏》。康熙間來松，僦一廛于郡城笏溪之上，太倉吴祭酒梅村來松嘗訪之，僻巷衡門，一簋用享，結歡而去，人兩賢之。後康熙辛巳，年屆七十，雙白尚在松，周舟壑詩云：「圓泖久牽蓴菜夢，幔亭每憶荔枝甘。」

詩話：觀雙白《鄴山感興詩》，知其父兄嘗與黄文明同事者。又王横雲有贈雙白短歌云：「憶昔干戈走百越，東泛蓬瀛弄日月。安期骨朽金闕摧，鯨呑鼉吼嗟毫髮。百戰餘生到五茸，子居巷北我巷東。酒酣奇句落我耳，恍若豫章翻長風。君不見盧循帳下歸來客，金印銅章累侯伯，吾子磊落嶔寄復何益。」然則謂其避鄭成功亂攜家江浙，固亦嘗仕唐、魯二藩與？

烏夜嗁

烏夜嗁，嗁不止。三聲兩聲秋月來，十聲九聲秋風起。秋風秋月無限愁，散入深閨夢魂裏。夢魂杳杳路漫漫，隨風飄萬里。萬里征人不知處，東方乍白烏飛去。

園房

不盡園居興，茶蔬爲客添。殘花人倚笛，小閣月窺簾。湖面疑青草，山形異白鹽。飄零何必嘆，樵牧力能兼。才短非劉尹，家貧似阮咸。魚租仍有禁，荔信只空緘。雨葉秋聲變，城根水氣銜。琵琶多少淚，不用驗青衫。

陳昌箕先生過訪有贈奉酬

榕社同星散，回思各黯然。客帆終月雨，江草六朝煙。骨尚崚嶒在，詩多慷慨傳。出門常自悔，欹枕劍灘船。

初春集董榕菴光復堂

天下董公健，佳辰手竝攜。看人除白額，呼客倒紅蠡。老夢疑飛蝶，兒年憶鬭鷄。不如多飲酒，乘月遶春谿。

訪林定遠超果禪房别後有詩寄懷次韵奉酬

一榻招提古木幽，書籤藥裹外無求。客來大泖鶯前日，花愛孤山水上樓。白髮從添心尚壯，黄金易盡舌難柔。煙波浩蕩知君意，萬里相將好狎鷗。

贈梅村先生

婁水龍門未易親，休官無過隱之貧。蒼梧往事餘雙淚，白首名山只一人。鷗鳥欲分高士席，梅花能伴苦吟身。投閒自是千秋計，落日寒江理釣緡。

哀漳城紀壬辰事。

城裏無煙白日荒，軍來搜盡萬家糧。戈船蔽海天常黑，鐵騎飛空霧轉黄。一郡飢魂秋哭雨，千山戰骨夜埋霜。我生不盡哀時感，衰草寒原幾斷腸。

路逢故鄉客

知是故鄉人，都忘呼名字。相逢山路間，彼此俱迴顧。

題畫

曉日繪山遠，喬松隱坐深。行來衣盡濕，嵐氣欲相侵。

冬青行

悠悠萬里雲，鬱鬱千年樹。上枝棲古魂，下枝掃古墓。

蓴盧小集同周釜山董且菴諸公

茸城安旅榻，野户對秋嵐。岸荻遮溪口，沙禽浴舍南。花迎高士駕，雲護定僧龕。雨葉鐘前墮，川光閣裏含。菊將催九九，峰已訂三三。訪戴心偏切，依劉計弗堪。百年愁未遣，五字夢常耽。有石何難拜，無源不欲探。雁高翻落照，魚細數清潭。稚子煙霜慣，山妻稼穡諳。一氈憐舊業，四壁嘆空甔。草尚能知忍，泉猶不可貪。思蓴如别荔，得蟹豈忘蚶。物理推莊叟，人情忌魯男。山明看隔浦，竹暗卧鄰菴。坐客多奇想，鄉風作雅談。文章誇左馬，妙道契曇曇。事到雙眸冷，情餘十日酣。歌先裁白紵，信久斷黄柑。自覺因人懶，依然顧影慚。乾坤身栩栩，江海鬢鬖鬖。幸托風流地，漁樵老亦甘。

徐鯤

字左魚，號復菴，浙杭郡人。明諸生，順治甲午登武榜，累以輓漕奏最陞江寧守備，己亥海寇犯境落職，因遊燕、齊間。至丙辰，自淮揚至衛城，與徐稼翁輩善，詩筒往來。其詩純任天真，不拘法律，積詩文集三十卷。有友之官建安，强拉之去，不一歲，卒于閩中，其集已失，存者十不二三云。董香蓴芬曰：「復菴詩抒寫性情，不專雕餙，而揮霍自如，風格傑出。」

感懷 照董香純芬改本録。

富貴無兼日，貧賤亦循年。紛華心易擾，澹泊志彌堅。消長各以時，得失終聽天。窮高自趨危，履坦躓亦全。誰將劍頭炊，易我抱甕眠。人生同覆載，於何爲故園。栖栖三十載，計里難具論。花開不擇徑，遇客即傾罇。聚散夙昔緣，浩蕩隨乾坤。中懷無蔽虧，誰爲怨與恩。夢寐矢泉石，終當避塵喧。

磻溪行

勳業固分定，還於少壯圖。當其垂暮年，蹤迹憑江湖。如何八旬老，白首佐征誅。鷹揚成武功，分封青海隅。遂令磻溪水，萬古聲名俱。吾聞桐江叟，天子笑狂奴。先後不同時，居然兩釣徒。悠悠千載後，誰爲賢與愚？

查山詞

金山無山只濱海，海中屹立金山在。金山因以此山名，此外竝無山可采。俄聞城北有查山，山距康城數里間。年年麥秀菜花發，時有遊人相往還。天晴伥伥出城去，不見峰巒惟見樹。荒途屈曲逼河干，山形忽在林深處。林木無材山亦低，平原樓閣與山齊。一寺傾頹支敗笠，數僧零落暴寒雞。週遭敗塚如瓶側，日昃風悲成鬼國。新鬼舊鬼眼界窄，看山應自稱奇特。我客臨淄四五秋，日登泰山如登樓。俯視衆山皆培塿，而況區區歷此丘。一朝躡屐上崑崙，仰攀銅柱叩天門。又思海外三山去，方丈蓬瀛渺何處。此境悠悠不可思，漢武秦皇夢見之。芥子須彌等量視，臨風高唱查山詞。

哀材官吴某作

順治己亥十月海上之捷，一軍皆全，惟材官吴某傷于炮卒。長至之日，余過市西，聞破屋中有一老嫗哭之甚悲，蓋其母也，因爲短章以哀之。

海風夜捲驚濤漲，皂纛横披獨山上。飛羽連馳到戟轅，大旗雲集青天障。矢石駢驅鐵騎輕，血光浴雪寶刀明。當鋒斬獲囚蛟鱷，蹀躞遺戈踏未平。追奔直過迴塘下，窮寇緣艓如墜瓦。一縷腥煙起疾雷，吴生撲地奔空馬。白髮傷心斷倚閭，哀號莫訴涕漣如。愁魂不散來清晝，長歎看人奏捷書。

春日康城曉望

早起登樓望，孤城未啓關。海雲潮氣濕，堠火夜臺閑。水漲疑無岸，嵐收忽有山。初陽浮珀色，晞髮不知還。

流覽當三月，春融澤國遥。花香昨夜雨，草緑去年橋。日起山雲薄，龍馴海漲消。九衢車馬動，高卧尚漁樵。

久客廣陵來遊婁邑故鄉在望不能一返感賦

陋巷無人晝掩門，虚堂苔緑半墻痕。新來定是成荒磧，歸去應難識舊村。收拾鄉音還父老，支撑貧骨見兒孫。年時仰羨陶彭澤，到此偏饒酒滿樽。

漸覺難勝往日衣，客懷那得老腰肥。月於今夜遲三舍，天較當年窄幾圍。江左諸生消息斷，雲中舊守特恩稀。也知才拙閑閑好，十畝無聊敢曰歸。

丙辰中秋江門營對月懷康城同社

江門堡上中秋夜，浩海潮來月正中。萬里沙痕明到水，獨山樹影冷涵空。心隨孤鶴翔天路，眼見妖蟇落蕊宫。自歎一身如扣羽，清尊未得與君同。

陸隴其

字稼書，浙江平湖人。康熙庚戌進士，後贈内閣學士，謚清獻，從祀孔廟，著《三魚堂集》。其居泖口與婁邑接壤，順治庚子館泖涇周氏，前後凡六年，從學者如周纁、趙鳳翔、趙慎徽、夏嘉、陳王聘、程儀千、唐定昌輩，皆嘗受業焉。

贈張長史庶常

自余來京師，樂與君周旋。倉皇顛沛中，感君意纏綿。相期在千古，知君念已堅。慚余學鹵莽，不能有所宣。徒與俗齟齬，自省亦多愆。幸遇浩蕩恩，得放早歸田。自此共野老，耕鑿安堯天。但樂聞賢者，所學益精專。正誼明道志，皎然日月懸。繭絲牛毛理，直接先民傳。正學既昌明，爝火盡棄捐。統紀從兹一，王道惟平平。始信俗可移，只在日乾乾。村農亦狂喜，光耀滿林泉。

詩話：庶常潛心理學，故不以詩傳，今觀三魚贈言，益知其致功有在云。

葛景中

字蓮乘，號若洲，崑山人。歲貢，官來安訓導。曾設教于珠街角，學者争趨之。

蘭筍謡

青浦之佘山産筍，味香美獨異他所，都閫張公採以貢尚方，後遂爲例。今歲三月上特賜御書「蘭筍山」三字榜其山之寺。書至，百僚衆頫萬姓聚觀，草莽之臣聞而感焉，恭賦《蘭筍謡》一篇，以紀盛事。

《水經》不注佘山名，《竹譜》不傳蘭筍號。何人用意採幽沉，厥貢年年帝京道。帝京奇食羅海山，終教玉版開天顔。千里使星移日下，一行垂象賁雲間。百僚奔馳萬民喜，錫以嘉名自今始。空谷幽蘭合讓香，會稽竹箭誰云美。培塿難酬帝渥深，空中萬歲騰清音。籜龍好護春雷蟄，長奉君王旰食心。

綽墩晚眺懷古有作相傳爲唐時黄旛綽葬處。

驪山繡嶺已無存，猶指荒丘話綽墩。斷樹炊煙縈夕靄，平沙歸牧點秋痕。梨園往事浮雲夢，檀板遺聲蔓草魂。惟有舊時南内月，照人吟罷入孤村。

江宏文

字書城，嘉定人，僑居婁縣。幼有神童之稱，九歲能劈窠大書。康熙間未弱冠，獻詩，欽賜監生，命入武英殿纂録，將得官，以放浪被劾，歸。其末路以刀筆爲生，乾隆初猶在，有詩二章，沈文慤謂其抑塞之中自饒磊落。

感懷和周鐵門韵兼呈汝南公

九重宫闕隔雲霓，昔夢曾依朵殿西。青瑣幾人猶索米，玄都千樹莫留題。孤鴻出塞驚衰草，旅燕尋巢識舊栖。遥憶東山橋下路，秋風起處暮煙迷。

单衣短褐話當初，潦倒空悲歲月虚。擊鼓誰云丞相怒，掃門自與舍人疎。陸沈漸覺風波險，老去還依骨肉居。三十三年多夢夢，此生猶在黑甜餘。

張琳

字佩嘉，號玉田，杭郡人，寓于松。康熙甲午、乙未間，於西角村搆居曰芥舟，與馮方山唱和，爲《西村集》。後又與朱初晴、徐景于輩聯詩會，名《于野集》。後丙午卒於松，周介文哭之云：「三尺旅墳憑友築，一牀古籍倩誰收？」

説虎

越中多巉巖，實乃虎之穴。日晚陰風生，此物頻出没，長嘯劃林巒，頑皮耐兵鐵。瞠光發深夜，睒睒掛雙月。倀鬼相因依，人畜恣饕餮。官家比獵户，箭戟未敢掣。時和少猛政，或者不復出。茸城煙水鄉，浩浩圍大澤。其間惟蛟宫，節制在河伯。海山隔已遠，安得此蟲迹？昨者聞人言，沙頭出白額。豈能渡海來？誰與傅以翼。或云本鯊魚，變化肆横逆。越人習見慣，吴儂實怖嚇。傷殘雖不多，及早建良策。網羅須乘時，大爲三日索。殲惡在剛果，觀望戒瑟縮。我作説虎詩，重爲賢者責。

起蛟行

君不聞千年老蛟能裂山，蛇身獨角尾有環。或乃潛形在幽壑，偶逢渴虎恣吞攫。又聞魚身長成三千六百鱗，蛟爲之主魚爲臣。升騰變化詎可制，每借風雨矜其神。今年戊戌月建午，小盡之夜將二鼓。忽驚狂飆振六合，石捲沙崩木飛舞。風車奔騰雨隊隨，疾雷一聲破垣堵。神鞭鬼馭疑往來，靈華倏閃勢莫覩。天瓢翻，地軸浮。拉雜摧巨屋，擊磕沉維舟。黿鼉徙深窟，狐貉竄荒丘。老夫不寐支枕頭，感時望歲增隱憂。雖無良田與廣宅，只恐漂泊連西疇。上帝本爲施膏澤，震撼乾坤縱此物。九峰同時起四蛟，捲盡銀濤洗山骨。背郭沿城江一帶，未能降雨先爲害。若使周處之劍至今在，安容此蛟遁滄海？

和五菊歌

十載移家榜西麓，蒿徑蓬門歎幽獨。邇來添得水雲鄰，大小二馮欣比屋。短垣密樹交相遮，竹翠蕉陰洒窗緑。相過不悋借書頻，磊落牙籤幾千軸。時從蘭燼分餘光，静夜朗吟響空谷。今年秋卷惜未收，困頓鹽車跎兩足。主人恬淡僕命騷，閒覓花翁走溪曲。異種移來植瓦盆，品壓攢金與疊玉。斯時有思盈蕭齋，相對悠然不移目。揮毫拂紙追柴桑，昔之五柳今五菊。挂壁寒香晚更佳，留賓却喜酒新漉。廣文先生白髭須，大叫一飲三百斛。德藩。朱老自是詩中豪，畊方。醉墨淋漓駭神速。狂吟起舞繼潘子，悟斯。笑墮烏巾髩毛秃。余也小户忘其疲，急醆分飛不辭數。今宵勝作餐英人，花影亦向酒盃浴。休嫌新月易西墜，仰視酒星明煜煜。醉歸那得枕手眠，快讀奇文爇紅燭。方山有前後五菊兩記。

登興聖寺塔

偶尋興聖前朝寺，中有浮圖倚太清。閲盡江山餘過客，題殘今古賸空名。寒香春隔梅花井，饒吹風低細柳營。欲借金繩陵絶頂，曠懷都向此時生。

題馬湘蘭畫蘭

美人去後紫煙消，十四樓空舊板橋。不道數莖香草細，尚留金粉話前朝。

朱　荃

字子年，浙江桐鄉人。乾隆丙辰續榜鴻博。其在華亭最久，熟于郡中風土佚事。

雲間雜詩

玉勒嘶春大道斜，鈎闌一曲是誰家。何郎老去周郎死，腸斷菖蒲北里花。

詩話：何郎謂元俊，周郎謂勒卣，後世猶詡風流，傳爲佳話，要此二人，以其有文采，故相稱述，不則溺志梨園，湛身翠館，世之紈袴子弟，似此者豈少哉？

姚啓嗣

字倫紹，自號吴鄉野人。其先世居上海閘港，六世祖□遷長洲之甫里，五傳至倫紹，客南橋，贅泗涇，從其鄰許作霖學詩，又就正于董平銓，著《客醇詩稿》十卷。二鐵序謂其杼寫性靈，優於古而絀于今，不以慶賀燕集爲事者。其云客醇，緣人以客人呼之，且湛于酒，故以自號云。六十外客死于南鄉楊姓家，適予三弟海田在彼，搜其敝簏，得詩稿攜歸焉。

學古

岧岧西北樓，曨曨東南日。朱欄繞綺疏，旭彩耀深密。樓中有美人，窈窕世難匹。曉起理嚴粧，端麗妙容質。粧成獨無事，纖手彈瑤瑟。疾遲鼓數行，一曲未終畢。玉顔忽不怡，盛年傷空室。褰幔當春風，凭窗眄飛鳦。澤畔采芳草，杜若蘭與芷。我愛久馨香，種以待君子。良人遠行役，迢遥三千里。初離夢猶見，長别意若棄。欲寄一札書，殷勤付雙鯉。長河急東流，難泝西上水。蹉跎日復日，歲月今如此。庭下春華殘，樓外秋風起。

獻歲

久客逢獻歲，清景當初春。開軒臨前庭，堦草緑已新。中懷恒不怡，念我堂上親。遠離經三稔，欲歸恨無因。雖有近音信，倚閭多苦辛。弟妹猶弱齡，豈可奉昏晨？羈留亦何事，抑鬱志難伸。悲來填胸臆，涕泗獨沾巾。良友每勸勉，酌酒眷嘉辰。願得晨風翮，翻飛附此身。

海棠詞

翠簾半捲朱欄曲，薄霧輕霞籠朝旭。剛是花魂初睡足，羞顔微轉泛紅玉。有情無語含淺嚬，艷姿弱態嬌于人。妖姬晨粧脂粉新，當軒未敢争芳春。

可中亭

頑石何嘗頑，解聽生公講。慧心暗點頭，無煩不瞎棒。却恨遊人蠢不靈，春風秋月可中亭。管弦易斷綺羅去，誰知頑石獨惺惺。

咏荆棘中梅

本是瑶臺種，何因在棘林？瓊姿承月淺，鐵榦受霜深。豈欲親時蝶？常應對暮禽。春風遲亦到，不負歲寒心。

至頭陀港在泖溪，昔有行脚僧獨持一杖擊退倭寇，故名。

日出潮初定，風微天正和。陂塘秋漫長，舴艋午輕過。泖水清于酒，崑峰淡似螺。行僧戡亂處，小港號頭陀。

寒夜飲汪濟雲和陸在田

落日風號古樹林，掩扃共坐話愁深。棲遲異地逢殘臘，潦倒中年感壯心。身可許人聊撫劍，世無知我莫彈琴。寒宵欲别難成醉，鐙下同爲越客吟。

問吴宫鄉余居甫里，里名吴宫鄉。唐陸魯望有《問吴宫鄉》辭，余作《問吴宫鄉》詩云。

野水彎環遶四鄉，故宫何在説吴王。想應歌舞亭臺處，恐是樵蘇畎畝場。玉砌金鋪無瓦礫，鬥雞走狗剩牛羊。廢興千古憑誰問？晏坐蓬門醉一觴。

題畫山水

春山雨過染新藍，北苑南宫筆正酣。騎騾帆飛人不看，看山人在竹間菴。

漁翁

漁翁冬亦傍湖居，夜半敲冰出打魚。日出有魚歸市賣，食魚人尚卧蘧蘧。

金熙泰

字傅舟，號春帆，桐鄉人。諸生，爲張玉壘外孫，幼隨母居婁之塔射園。工詩文，試冠軍，辛酉浙闈薦未售，遽得疾，卒，年僅二十二，有《春帆遺稿》二卷。

卜居六章存二。此春帆奉母來雲間買屋塔射園東之作。

大光明透碧窗紗，門巷蕭條避世譁。性好名山移入畫，天貽佳日好栽花。瑶琴調雅供三疊，古硯香融待八叉。修葺幾番還灑掃，比鄰漸識寓公家。

株守難將祖德酬，金貂七葉紀恩稠。鶯乘淑氣遷喬木，人對斜陽隔畫樓。懶僕不因呼即至，高朋或肯挈同游。北堂眠食看猶健，飲恨當年未報劉。外祖母同居，因悲先祖慈曾許來松，詎料於乙卯見背。

錢德震

字武子，號虞鄰，嘉興人。明季占華亭籍，諸生，後以奏銷案罣誤。自其少時好詩古文辭，著《青鶴堂詩集》。吴日千序之，稱「斂才就法，麗質生文」。焦南浦稱其詩筆妙一時，年老髮垂兩耳，不甚櫛沐，蓋壽八十餘，卒于松云。

横港舟中望九華山

輕濤溯猶夷，修渚勢連緜。引睇媚秀色，峻賞森風煙。平生蘅杜懷，久羈山水緣。迨兹獲九峰，爽氣結青蓮。松門悦可辨，薜幄若在懸。雲日既朗舒，草石亦開鮮。靈區抗書堂，遺勝豁往賢。冥鴻翔穹霄，啼狷躍飛泉。晴空蕩盤紆，命駕阻攀搴。偃憇抑何時，俯念愧鳴舷。

贈毛大可

按：大可初工詩賦，好度曲，陳大樽爲推官時賞識于童子中，得入學，其講考據、談理學，則後之轉境云。

乘舟尋南滸，湖水澄我襟。長懽協嘉候，共濟邁崇林。暄氣感群植，飛榭羅新陰。黄鳥何交交，迎風揚好音。主人篤遐誼，旨醴相獻斟。徙席帶清川，鮮雲被連岑。撫時傾妍譚，各言叙所欽。千秋託令譽，豈患歲月侵。悠悠山水間，一往含高深。

郡志初成述懷《松郡志》武子與修，又嘗與修《江南通志》。

捲簾桐花疎，焚香清晝永。徐理縑帙繁，稍覺几研整。寸陰不暫留，經年切相警。既叨金玉資，竊深葑菲幸。雞鳴墨已濡，漏盡燭猶秉。流峙憑山川，推遷閲疆井。靈秀藴才賢，醇疵異風領。時至見浮榮，迹往起餘省。千載若逝波，竹帛亦俄頃。豈不慎闕如，微文衆所炳。庶免鄙魏收，或可駕孫盛。歷落胸懷明，森沉氛霧屏。用以昭來兹。芳徽播遐景。

懷陳其相

不得元龍信，淮南事若何。秋鼙連野急，晚燧入江多。造次憑飛檝，提攜避荷戈。浮雲迷北望，蕭瑟滿關河。

張登子招同李仲木張書乘徐彦和范祖生毛大可子壁弟集南華山館

水邊疎樹亂飛花，石徑高亭映玉沙。洞有藏書承北闕，人臨解組悟《南華》。邀賓筵外青山近，薄醉歌中鳥匼斜。終擬紉蘭來結伴，老年蹤迹愧煙霞。

夜宿大梁有感

大梁城北俯黄河，寇盜當年擁白波。霖雨未聞投璧馬，陸沉終已誤干戈。九州沙溢夷門路，萬户人愁瓠子歌。最是王孫飄泊盡，故宫煙草不勝多。

過硯銘山齋同鬗淵步原上隔溪與个臣共話

徑繞疎籬漾白沙，高原雲物望中斜。潮衝晴堰分魚塍，鳥過春塘破杏花。翠竹有隣仍易看，香醪無地作交賒。風前懷抱俱堪放，帆落空汀動晚霞。

送白東谷學士祭告孝陵及南嶽壬午。

睿德隆虞秩，崇僚肅楚征。驛亭珠仗麗，江路錦帆明。弓劍憑天塹，松楸對石城。攀髯千古事，歸胙百官情。望嶽涵雲樹，浮湘引澤蘅。朱陵神宅迥，蒼水玉書清。享用菁茅近，祠看圭幣榮。山川雄勝賞，典禮邁精誠。向月懷仙署，經秋計使程。尚過湓浦上，太傅舊知名。

同高查客過顧長庚園居其地在熙園西南隅。

光禄園林接野田，閒游如夢記當年。亭臺經劫笙歌燼，百尺苔峰尚儼然。

葉有馨

字予聞，占上海諸生，歲貢。宋存標贈詩云：「喜子浮家老洞庭，開函莫笑舊明經。」知其實是蘇籍，今《太湖備考》已載。

縹緲峰

君不見具區連峰龍虎蹲，縹緲視之皆兒孫。半里漫漫泄雲氣，黃雲湧起白雲屯。絶頂孤圓無草樹，俯挹北斗窺天門。天門不即開，眺望嗟無已。楚山越山數點煙，九州盡在空濛裏。

低頭近看太湖水，皛皛浮光五百里。青山倒掛碎天璣，漁帆欹側走翠微。日出日落紛照耀，紅霞萬道無定暉。大風吹月度五湖，魚龍戲舞山鬼呼。雲中車蓋來咫尺，舉觴酬之問疇昔。悲帝子，思重華，焉知此山有巴陵之地脈？

飛雲渡

百折安陽水，奔流大壑開。鮫人潛古渡，海鳥下空臺。日落風雲動，潮生天地迴。求仙秦博士，曾否到蓬萊？

初冬社集曙戒堂分韵

緑酒如淮泛玉巵，天涯賓客共心期。寒花猶照邗宫月，古壁還題鄴下詩。妙舞筵前翻橘柚，高歌洲畔起鷫鷞。回思楓落江南岸，庾信飄零祇自悲。

沈受宏

字台臣，號白漊，太倉州人。占華亭籍，爲諸生。李學使振裕歲試第一，庚午薦不售，以歲貢終。著《白漊詩集》。受宏十二歲工制藝，十四工詩。又吴祭酒梅村授以作詩之法，每一篇出輒稱許。遊京師，當路皆折節定交，又遊閩豫，出山海關，遇山川名勝，題咏殆遍，乃才名甚著，而迄不得志。其入華庠年已三十，且是時以捐納例得雋，非是則一衿不得矣，不知何以蹭蹬若此。

哭梅村先生

天上空聞記玉樓，南朝宮闕井槐秋。是非百代從青史，哀樂千場送白頭。山客累惟多辟召，詩人名自足風流。松陰碑碣他年墓，官爵傷心話故侯。

詩話：以上三人皆係占籍在松者。松江試院自康熙三十九年始設，前皆江陰、崑山通考，又無例禁，故多占籍，如嚴虞惇、張兆鵬、陳聶恒、孫致彌輩俱係冒籍，與松無交涉者，故不載。

高景光

字自栢，號桐村，元和人。諸生，初以國泰名入松江庠，除名後，又入天津，南北試不售，遂肆力詩古文詞之學，著《夢草書堂詩稿》。景光爲朱二垞婦翁，極誇其娟秀工麗，然晚年之作已失。

雪夜喜王祖錫至

三載辭京國，天涯歎索居。何期風雪夜，忽枉故人車。生死千行淚，時得劉雲山凶信。飄零一卷書。承惠雲間二子詩。蘭釭花半蕚，相對渺愁予。

感懷

雲泥今始判龍蛇，淪落翻同温八叉。每向青天思跨鶴，還期碧海漫乘槎。舍人聲價傳黃絹，蘭泉御試第一。學士風流擁絳紗。西莊典閩試。我是夢中親聽得，雪霜壓樹不開花。丙子中秋夜夢中女子吟贈之句。幾載煙波別玉京，桃花潭水思盈盈。曉風殘月鴉啼急，細雨荒村噩夢驚。下土有人憐薄命，宿遷道上遇一羽士，熟視良久，曰：「吾子才高命薄之士也。」上清無地乞長生。選官選佛諸公事，讓我江湖載酒行。

贈邵西樵

繁華閱盡愛清幽，風雅承擔八十秋。偶遇達官羞仰面，每逢奇士便低頭。拈花微笑裁新句，話雨遥情憶舊遊。祗恐九重徵碩彦，泖濱不許着漁舟。

白鶴江竹枝

黄葉西風短櫂歸，夕陽秋水稻花肥。生來白鶴江邊住，不見横江白鶴飛。

錢肅潤

字礎日，號十峰，無錫人。康熙中來爲扶風書院山長，後書院以經費不足遂廢。

御帳坪

大中祥符改元歲，宋帝登封自泰岱。朝升步輦指天門，扈從如雲氣百倍。中道行看壁插天，翠華掩映愈增妍。偶來松間一駐蹕，儼如亭立成班聯。借問松間是何地，當年風雨秦王避。風雨何爲狂暴來，翻因造物陰加忌。嗚呼！前人干天怒，後人迎天庥。天何言哉豈有書，鴟尾曳帛誰之謀。澶淵有恥不能雪。漫將封禪誇奇策。至今御帳猶森然，仿佛旌旗面面别。

尤烈婦詩

姓陸歸尤，居邑治之西，鬻蒸餅爲業。夫死，其家逼令再嫁，遂自經。

未受寧王寵，居然憶餅師。生歸何足羡，死殉始稱奇。易拭看花淚，難纏續命絲，一時多賦咏，愧我遜王維。

楊大琛

字兼山，元和人。乾隆己未進士，官刑部主事。著《古香堂詩稿》。乾隆間爲上海申江書院山長。

遊陶然亭次壁間韵

欲雨不雨春晝陰，城南亭子同登臨。雪痕消盡葦根出，磬響斷時禽語深。且喜僧寮無俗韵，漫將官迹托沉吟。丁香幾樹才含萼，記取花時策杖尋。

秦宫

五丈旗飄複道寬，曉粧人試緑雲盤。虚懸照膽秦宫鏡，不見長城白骨寒。

舟中

斷雲作意横遥嶺，明月多情送短篷。最愛風標兩公子，一生消受緑蘆風。

祝德麟

字芷堂，海寧人。乾隆癸未進士，官監察御史。著《悅親樓詩稿》。嘉慶初爲雲間書院山長，卒於院中。

院中玉蘭樹下放歌

去年虎丘看玉蘭，花光山勢争巑岏。自從陟岱小天下，其餘瑣細不足觀。吾家詒美堂後一株雪，枝榦將近二百年。家司空公第也。堂堂燕子已無主，瓊瑶十斛委道邊。吴淞主講始昨歲，到日一樹剛開殘。今春二月又秀發，簇簇萬朵喬柯攢。此樹雖低亦三丈，特立未覺中庭寬。滄桑坐閱幾家破，寂寞長伴風騷壇。此屋再經籍没，近始改爲書院。老夫垂暮惡白頭，獨此頭白方嬋娟。月中縞袂出皎皎，風前玉佩來珊珊。貌如薝蔔較肥膩，意與梅格矜高寒。似嫌側生及倒挂，花頭一一齊朝天。可憐胎孕幾匝歲，此花隨落隨綻新苞。祇供三日遊人看。預愁來朝雨打損，苦無獺髓能醫瘢。吾生萬事盡銷歇，蕭閒獨與花爲緣。從今賞翫更幾度，繞樹彳亍還三歎。人間興替安足道，爽鳩之樂誰能專。借花飽看亦奇福，儼然作主何媿焉。書院初在西郊官房後，康府尊基田遷于城内。

過超果寺

緑竹紅牆郡郭西，新晴步屧過招提。平橋蕩漾雙匳鏡，飛觀高寒百級梯。林外偶聞吠花犬，牕前閑立聽經鷄。老僧盞飯終朝了，不省人間有笑嘑。

詩話：雲間書院由婁縣知縣謝廷薰創始，乾隆五十三年落成，初爲山長者吴江吴翰讀古餘舒帷，後爲翰編馮鷺亭集梧，俱倹補採其詩。

國朝松江詩鈔卷五十九名宦

鄉人姜兆翀孺山録
欽善吉堂
改琦七薌閲

陳鑑

字子明，廣東化州籍，莆田人。前戊午歲貢，順治二年膺薦任華亭縣知縣，旋遯去，後卒於郡城。《漱芳齋詩話》：相傳邑侯有《祭卧子頭顱入嶽》文云：「緬予友公，始於燕京，再於餘杭。重公品行，愛公文章。王李之後，大雅洋洋。天喪斯文，餘子孰匡。嗚呼，一腔熱血，三載孔艱。目猶直視，髮且上干。義形于面，忠溢于顔。漢之北海，宋之文山耶？」邑侯此文豈欲附忠裕以不朽？

憶家園荔枝

吾園多荔子，不藉橘千頭。鞅鞨蒸梅雨，臙脂染麥秋。放歌白社醉，飽卧絳雲稠。自作江南客，淒凉萬户侯。

寄王子雲黄州

正是離鄉日，那堪獨雁飛。長鳴今夜苦，遥憶故人違。霜月催疎鬢，寒雲送夕暉。我思縈赤壁，汝却在江湄。

詩話：順治閒松江知府李公正華，字茂先，獻縣人。清剛正直，第一名宦，惜求其詩不得，去任時四縣鄉民哭送于道，或以米麥豆菽，或以瓜蘲蔔菜，頃刻山積，舟小不能載，農民以農舟載送之，真千古美談也。無名子乃造「吴地由來異鬱林，歸舟壓浪影沉沉。不須更載華亭鶴，江上青山識此心」一詩以譏之，真不知好惡者矣。附記于此。

黄元埈

字辛子，福建海澄人，拔貢，康熙三年任華亭主簿。

招董蒼水觀劇次原韵

響遏行雲曉，棠花醉後春。嬋娟夢裏影，潦倒意中人。寶劍贈於我，琵琶淚又新。相將知己意，勿負此芳辰。

詩話：辛子曾於府南建置衙署，即陶冰修棠溪舊宅，嘗招盧文子飲，故文子有詩云：「回首棠溪往事賒，春宵三徑一停車。」

傅爲霖

字世楊，號石漪，福建南安人。康熙六年任糧捕通判。

登小武當

長嘯水邊村，遊興正縹緲。垂柳繫輕舟，扶藜恣登眺。況復雨初晴，煙嵐散清曉。門逕繞雲根，樓臺懸樹杪。亂石響灘聲，中心忽于悄。夕陽半在山，四顧惟歸鳥。夜殘月滿川，舟移山已杳。

三別詩

廨前一小亭，亭邊有石，石外有竹與梅，晤對數年，今將去矣，乃作此以志別。

別梅

空庭有梅樹，一枝復一枝。念君孤潔姿，與我獨相宜。憶昔初來日，正當孟夏時。愛彼青青葉，其實復離離。倏忽春欲花，疎澹映前池。微香兼薄雪，殷勤進一巵。于役三五載，南北嗟驅馳。風霜殺草木，勿復相追隨。黄昏空回首，繫我逍遥思。返觀造化内，榮枯各有期。今我被摧折，慙愧與君辭。別來應有使，珍重東風吹。

別石

我觀寥廓中，此身聊一寄。斯亭亦偶爲，花木且位置。有石安其傍，孤立聳無比。獨存太古心，細結寒山翠。我今別丈人，悒悒情何已。

別竹

西廨半畝間，幽篁遶亭子。前吏陰未成，後吏茂方美。堂前對此君，蒼翠落烏几。我常處其中，因之掛綠綺。清夜一撫弦，如聞風雨起。高節飽風霜，貞操誰可比。但恐生鄙懷，於茲長徙倚。別後竟何如，猗猗寒夢裏。

寄旅菴和尚以康熙四年來住崑山禪院。

二陸讀書處，今爲獅子林。名山空瘞玉，長者獨鋪金。鶴認賢官影，雲知聖主心。萬松何日種，分我半峰陰。

送李元星歸泗州次雙白韻

纔下雲間榻，翻從浙水遊。甲兵催白髮，天地寄青州。燭短他鄉夢，鐘殘亂葉秋。行行將惜別，明月送歸舟。

訪吴梅村

向來閩嶠挹宗風，此日吴門識巨公。百畝花開秋色裏，十年官冷鶴聲中。士龍入洛名偏重，司馬遊梁賦愈工。祇恐蒼生猶在望，未容高枕戀江東。

集諸乾一玉山草堂得林字

才名世共歎嵜嶔，身占諸峰家細林。花徑杯添金谷滿，草堂人對玉山深。尊罏獨許分清話，丘壑相將足素心。贏得南陽且高卧，興來《梁甫》易成吟。

周　肇

字子俶，號東岡，太倉州人。順治十五年順天舉人，康熙十一年任青浦教諭，舉卓異，擢江西新淦知縣，以疾卒。肇自幼穎悟，數歲能爲文，總角即爲張天如高弟，名冠婁東十子中，詩才嫺雅合節，固其餘事。

何省齋生日即事感寄

早歲金閨客，何郎勝事偏。吟詩推謝朓，述祖邁韋賢。桃葉三年雨，鐘聲六代煙。蒼茫重回首，着處即神仙。

咏海蛳次韵

清明紅釀色嫣然，買向漁莊趁小鮮。半寸雪花圍鏁甲，幾彎碧肉透螺鈿。曉浮沙堰蝸廬外，夜落春潮蜆市邊。倘與何郎門下議，不教楚蛤獨流涎。

楊才瑰

字□□，山陽人。甲辰進士，康熙十一年任松江府學教授。

松例給俸以錢壬子除夕對錢有感拈錢字

青衫曾惹御爐烟，春雨瀛臺曩蒙御試，有《春雨》詩、《瀛臺賦》。鳳闕前。對策職應支五斗，陳情願改傚三鱣。治安草石皆調燮，喜手植物。品第詩文亦選銓。自笑寒氈殊不小，領來官俸幾千錢。紙窗竹屋已蕭然，微雨淒風歲莫天。刀貝養廉曾瑣瑣，丘園束帛愈戔戔。仞堂昔慨樵薪士，鍾粟曾悲負米賢。罔極心傷余更慟，一文不及拜君錢。

接家漢臣兄信作仍得錢字

知去歲清水溪口又決，淮民飢甚。

恥傚侏儒飽獨全，皇恩涓滴敢予偏。分言群隸毋沽酒，持諭諸兒早着鞭。嘯竹吟梅當管笛，烹葵剥棗代肥鮮。雲間亦有貧于我，躋我公堂共此錢。時有分俸贈貧士事。淮南淮北久淒然，浩浩河波又接天。瓠子歌殘沉璧馬，褒斜鑿破悵谿淵。田禾種後歸新浪，茅舍支來更遠遷。最是灾黎聞啜泣，有人演劇費金錢。

酈蜚煌

字□□，號雯眉，浙江會稽人。康熙十二年任華亭縣丞。

夏日遊龍潭

久懷丘壑志，未能脱塵鞅。避暑入深林，忽聞衆山響。野曠絶人煙，風聲自森莽。靈氣邈然來，乃在澄潭上。茂樹蔽炎曦，幽禽狎清泱。境静遂寡營，慮淡成孤往。我豈羲皇人，得此心神爽。

王永譽

字孝揚，陝西西安人。以世家官松江提督，善詩能書，恂恂一儒生，每出行僅一馬二卒，遇者不知其爲將軍也。在郡二年，軍民兩安，旋調任廣東去。

望海

指顧疑無地，洪荒今尚存。波濤噴日月，浩蕩湧乾坤。江漢終難匹，威靈此最尊。長風如可駕，一息遍崑崙。

己未仲夏許鶴沙宫允招飲西園即事

幾年戎馬愧勞勞，此日欣承折柬招。俗客豈能酬雅調，名園端可避塵囂。採山釣水疑盤谷，嘯月吟風愛午橋。只恐蒼生望霖雨，謝公未忍竟逍遥。

寄懷何左車次金念齋韵

憑軒盡日望中賒，渺渺離懷未有涯。匹馬曉衝鄣郡雪，小樓晴數秣陵花。徵求已下山林詔，肥遯能安處士家。聞道珍珠傾一斛，春風曾迓七香車。

詩話：王軍門匪獨以詩見，如丙寅修學嘗捐俸，事載縣志。又康熙五十八年提督趙珀修學，則令遊擊王三爵監修，千總周子貴督工，以武職而振興文教，尤爲可傳。

魯　超

字文遠，號謙菴，紹興人。順治庚子副榜，由中書出爲蘇州同知，康熙十五年遷任松江知府。守郡九年，舉卓異者再，巡撫湯文正薦廉能第一，後陞至布政使。其在郡創建扶風書院，培植後進，人尤仰其嘉惠多士焉。

次和王將軍宴集許觀察園原韵

碧幢坐鎮運籌勞，棋墅還從謝傅招。雅集千秋追勝事，清詞五韵出塵囂。花迎小隊香沾旆，柳拂行營緑映橋。佳興庾公真不淺，武昌風月未云遥。

兩年清晏慰民勞，風雅欣聞幕府招。寧止韜鈐安壁壘，更將翰墨靖氛囂。平泉花石開詞苑，北海賓朋集畫橋。二陸才華應再盛，郢中白雪和聲遥。

楊自牧

字謙六，號下人，昌平州人。以任子官華亭縣丞。著《潛籟軒稿》。下人家貧力學，善吟咏，其詩英悍，得邊塞之氣居多。

秋日感懷

且將生事付沈冥，領略秋光到草亭。阮籍酒能澆壘塊，陶潛菊可度頹齡。步來野鶴形同瘦，看到孤松眼倍青。采藥賃舂千古上，何人浪許少微星？

李　鴻

字青立，號青嶼，鄧州人。由中書左遷青浦縣丞。著《紅香閣稿》。

和王山長櫻桃

華林青曉露珊珊，綵索金鈴護上闌。的皪如逾桐乳滑，芳香絶勝蔗漿寒。風前磊落星堪摘，雨後鮮新鳥未殘。莫向西園苦吟和，野人相贈足朝餐。

溪邊

江柳青青江水渾，潭花暮雨又黄昏。一灣漁艇鴉歸處，紅杏穿籬是妾門。

趙　崙

字閬仙，號叔公，萊陽人。順治戊戌進士，歷官太常寺少卿。著《因樹屋集》。康熙壬戌、癸亥任江南學道，松郡庠有頌言一册，知府魯謙，寒畯率不得與。公屏絶苞苴，禁止竿牘，歲科得士，類皆孤仄，郡學之士感公之德，作爲詩歌，以揚休美，彙爲一册，付之梓人云。

金山

一柱砥中流，三峰望裏收。山光無地接，塔影與波浮。鷗鷺思依榻，江潮欲上樓。鐘聲何處是？隔岸聽悠悠。

詩話：松郡頌言一事，自康熙甲子詎今嘉慶戊辰，已閲百二十五年，欲求原册，渺不可得，而太常五世孫曾北嵐明府來尹江南，攜有藏本，出以示人，因得想當年政績，多士傾心，并以見其家裕，後承先，世澤久遠也。至卷中人物，現在搜集郡中人詩内，如張翮、廖賡謨、賡融、朱霞、張澤孚、張榮、王鶴江皆有詩在集，至朱培榕、吴子煌、吴汾、顧受昌、郭鋭、翁謙吉、葉子楨、張璘、王宗渾、盛雲龍等，固皆未見其詩，而此亦未能遍採。内惟陳鶴翔爲陳龍翔之弟，夙負詩名，向求不得，今當以此補之。其詩云：「端木遊吴鄉，斯文示來裔。夫子泰岱英，足與前賢配。講臺百尺懸，浮雲消天際。旭影燭妍媸，爍爍光難翳。搜拔盡名流，藝苑起凋敝。至今絳帳痕，感恩尚流涕。持此謝九閽，不負右文意。伊昔茸城才，陳夏噪海内。風流久不作，浮譽矜時輩。夫子初下車，指天誓暗昧。鈴析絶魚鴻，素風指鮭菜，此念鬼神通，嘖嘖口碑在。賤子樗櫪姿，上擬園中桂。不假春風吹，寂寂小山背。願植廣寒宫，清光待覆被。」附記于此。

朱雯

字裔三，浙江石門人。由進士官松江知府，後陞山東提學道去。郡侯雅善詩文，竝重聲氣，案牘之暇，不廢遊覽。

丁卯新秋同錫山錢十峰先生講學扶風書院庭前紫薇亭亭秀發詩以紀瑞

秋麗雲間講幄開，九峰秀挹十峰來。已將劉峻薇巖護，更取康成薤葉培。處士星高通帝座，赤城霞起映天台。群看紫氣花間發，一夜逢君百日陪。

題仙舟圖贈田學使兼崔郡伯次黄子仙裳韵

學使田公綸霞校士維揚已竣，太守崔公蓮生宴餞南浦，田公遣使邀黄子仙裳、宗子定九同酌，而兩生舟已前發。後仙裳有「夜半停燈待布衣」之句，且繪爲《仙舟圖》以志佳話，遠近和者一百七十四首。

聖世宏開羅士網，郊關正喜息軍威。絳帷撤席還招隱，黄石韜光獨見幾。一夕星雲留客座，滿江風雪釣漁磯。雕龍繡虎争相待，何事高歌竟拂衣。

詩話：婁令李遇陞，字素僕，豐城人，康熙三十五年任。嘗以詩課士，題爲「雨中春樹萬人家」，取李霞第一，詩云：「雨中春樹萬人家，潤澤靡遺洵足誇。村裏煙深堪入畫，天邊雲擁間流霞。重重翠幄藏鳴鳥，處處苔茵護落花。造化滋培真不淺，敷榮桃李及桑麻。」李霞後拔貢外，府學則張折、王湛，華亭則衛錫瓚、韓應昌。又婁則張文授、王柱、朱楝、劉鼎。金山衛則王鈖諸人，因刻《婁江詩課》。豐城留心風雅如此，惜其自著詩不傳。

苟鴻儒

字雲亭，成都人。舉人，康熙辛巳授華亭縣知縣。居官清廉，解任後囊槖蕭然，至不能具行李，僑寓集仙街，惟一老僕自隨。僕既没，躬親爨汲，見者不知其爲故令云。

送張覺菴歸和州覺菴華亭教諭，名鐸，康熙四十三年乞歸。

博學同安世，多聞接茂先。芳名傳貢籍，雅化起寒氊。共擬青雲客，偏懷緑野賢。嗚珂推故里，好賦去來篇。

張雲翼

字又南，陝西咸寧人。康熙□十□年任松江提督，封一等侯，乙酉聖祖南巡至松，侯創建世英堂行宫以奉駐蹕，上賜提督「方略詩書」匾額。「千里山川須在目，一軍甘苦務同心」對聯，又詩扇一柄「萬井人煙春雨濃，菜花麥秀滋丰茸。登高欲識江湖性，染翰留題文筆峰」。又詩綾二幅，其一五律一首：「滿目湖山麗，九峰負海隅。沃野吴淞境，横雲館驛衢。觀風來澤國，非是喜靈區。雨過泊舟處，星連映水珠。」其一五絶四章：「風平揚子渡，舉棹過長江。暮色林低水，晴光月照牕。」「愛竹爲長緑，南方已滿林。喬松分路側，并作映江潯。」「夜過丹陽道，紅塵不染帆。氤氲存五内，浩氣托經函。」「延陵曙色闌，意與渚田寬。人盡農桑力，文風表裏觀。」又賜其祖墓「克昌厥後」匾額。至後行宫，詔爲禪院，其張侯建祠，即賜以「世英堂」額焉。

嚴灘

漫整荷衣拜逸民，灘聲猶自動星辰。富春近日誰漁父，光武當年有故人。名到先生纔是隱，貴爲天子不能臣。只因曾作梅家壻，外氏家風最隱淪。嚴先生爲梅福壻。

詩話：軍門詩如「明月到樓忘是夜，桃花無水不成春。」至《巖灘》詩或又署錢塘潘問奇作，而末句作「羊裘去後煙波闊，留得桐江一釣緡」，不同。

俞楷

字陳方，號正林，泰州人。貢生，康熙間官華亭教諭。早年有俞子書三刻行世。聖祖南巡召試時，進經學劄子，分析五經源流，特蒙賜閱，以纂修議叙授官。在任時嘗於姚藥巖齋中主人請賦飛鴻矜署四字作長歌，援筆立就，意愜飛動，觀者歎絶，惜無嵩集。

閒居春事

閒居春事劇，風日自開明。山意澹欲寫，溪聲閒轉清。三松眠有道，十竹醉無情。最愛芳洲草，春風努力生。登臨隨遠近，談笑及春晴。所到皆怡悦，何之非性情。尋幽超勝致，采隱愛無名。别有煙霞地，何曾人世行。夜夜聽蕉雨，朝朝對竹陰。雲深羞月色，花落負春心。愁思徒時日，清言自古今。鳥鳴空谷外，樵采有深林。枯坐松嵐上，春光日以加。和風秀芳草，曲水照桃花。雲月生文字，江山老歲華。世人群異趣，令我思煙霞。

李文淵

字再復，漢軍正紅旗人。由監生於康熙甲午冬授松江知府，有詩，丁酉被劾去。

望海

海風吹斷岸，入夏尚衣裘。縹緲金山樹，迷離焦嶼舟。鯨鬐翻駭浪，蜃氣結虚樓。遠宦嗟卑濕，那堪望遠愁。

乙未元旦立春喜雪即事

欣逢元旦正春開，谷水纔從奉命來。玉曆乍頒新歲月，瑶光忽徧舊樓臺。紛披碧砌疑飛絮，盤舞寒林似落梅。太史自應占大有，歡聲竚聽慶陽回。

覽鏡有感

老我根根白髮侵，鏡中愁骨漸崚嶒。宦囊蕭索復何有，世態逢迎非所能。中夜撫床愁歲惡，半生彈劍感年增。等閒舟楫長爲伴，祇對江山獨撫膺。

暮春菜花甚盛偶句

畫舫輕摇碧水流，河邊歌吹響岑樓。春光無限留難住，滿地黄花勝九秋。

雨中閱海塘十二韵

若木蒼茫外，蓬萊在望中。一天迷蜃市，萬象漫蛟宫。縱目渾無際，朝宗渺莫窮。三秋愁泛溢，百谷混洪濛。囓岸驚奔馬，衝隄失斷虹。東南成巨患，億兆訴哀鴻。民隱中丞切，鄉心士庶同。捧符慙辱命，冒雨力鳩工。楗石籌財匱，菑畬計歲豐。經營安地軸，捍衛奪神功。竊念虚民力，寧甘勤厥躬。爲魚差可免，歡舞到兒童。

洪亮采

字揆菴，貴州畢節人。由舉人揀選，至康熙五十三年官青浦知縣，嘗以四事自勵，勤民、厲操、恤士、崇學，任四年，丁艱去。

和府憲乙未元旦立春喜雪原韵

條風初扇蓂初開，五馬新從霄漢來。百道霞光隨綵仗，滿空玉屑燦瑶臺。纔敷化雨沾群卉，已兆和羹放早梅。此日雲間多韵事，青蓮詞翰賦陽回。

郭嗣齡

字引年，號述堂，江都人。康熙辛卯舉人，乙未進士，官松江府教授。雍正癸卯分校浙江，取金澳卷，争元不得，抑置第二爲憾，而純乎《檀弓》筆法，町畦獨闢，人皆稱其衡鑒之當焉。著《述堂文稿》。

題松江童子張延年小言集

八歲小童子，書卷不釋手。更能運妙腕，筋骨競顔柳。字大徑如箕，小亦圓于斗。一時賢長令，延致惟恐後。親見落筆時，驚嘆曾未有。復試以小言，錦心而繡口。我習聞阿翁，交遊絶不苟。閉户著名山，校書窮二酉。不謂陋若予，翁竟許爲友。每服翁貽謀，累積良孔厚。是翁生是子，造化豈其偶。翁年雖余齊，迴異予衰朽。日視兒詩文，芳名不脛走。才調既神奇，器亦堪大受。翁樂在天倫，優游登上壽。

侯嘉繙

字元經，號樵客，天台人。選拔署華亭主簿，自方温八叉，古風排律，伸紙直書，不加點竄。後卒于江寧。

寄西枝作

兩雄相角莫欺吾，李西枝，號玉屏山樵，予來雲間，亦號樵客。火急新詩理積逋。一笑今年恃官票，要徵字字串成珠。余奉憲檄徵租，年豐投牒者絶少。

欽　璉

字寶光，號幼畹，浙江湖州長興人。由雍正癸卯進士，以四年官南匯縣知縣。著《虛白齋詩集》。沈文慤序謂「其言微旨遠，色澹味真，不必雕鏤涂澤」云云。然所見是初稿，其之官後詩未見。

樊將軍噲擁盾入鴻門拔劍切啖生彘肩

垓下兵誇跨下功，漢家龍準勝重瞳。誰知蓋世英雄氣，輪盡屠門大嚼中。

灌將軍駡坐坐客去魏其事武安者盡爲失色

世態炎涼何重輕，直教憤懣自難平。滿堂愧色心先死，誰似將軍氣尚生。

王　道

字直夫，號鹿皋，福建海澄人。由貢生教習以知縣用，雍正十三年授金山縣知縣，至乾隆二年罷，僑朱涇數載。能詩，初爲《鹿皋集》《京華集》，其在松爲《江湖閒吟集》，蓋取江湖魏闕之意，抑取左申江而右泖湖也。自謂以靈妙變化爲上，卓犖自然者次之，雕縷藻繪不與焉。乃屬黃宮允庴堂序之，曰：「潮州退之，海外子瞻，江湖直夫，厥詩配焉。」

詩話：余幼時即聞王邑侯沉酣爲詩，公案之上，以判筆作吟毫，興之所之，簌簌滿紙，時值端午角黍，將糖誤投硃墨硯而不知也，滿口紅黑，侍者竊笑，此亦可以想其詩癖焉。

移居詩 丁巳去官僑廨西畢氏，己未徙東園，淹七稔，爲居停雷氏所促，還蘭玉堂。堂本陳氏質庫，毀餘八九間，不蔽風雨，稠疊灑掃，縻金錢十千，精力大耗，感而有賦，寄示珍兒。

松竹自有林，何忍辭喬木。秋深風雨多，一枝非所托。西顧蘭玉堂，爽塏異幽谷。舊有好樓居，傾頹不可築。强半爲市廛，聊以備饘粥。雖無素心人，亦具一丘壑。

一身爲孤舟，十載繫洙水。今朝纜乍移，乘潮載行李。前艙數篋書，後艙數升米。送我返自涯，迎我又同里。入室遂歌謡，稺兒與嬌女。我亦顧而欣，可仕還可止。古屋間無人，甎苔若有根。終朝勤洒掃，帚過尚留痕。諸生頻履即，共目爲西園。所嗟無隙地，爲圃折柳樊。買薪日不給，買菜日以煩。何時舍此去，屯種漳南村。閒來好倚閭，徒招路人目。猶有識舊官，趨前一俯伏。慰勞赤子情，慚予衆母鞠。憶昔朱使君，眷戀桐鄉俗。緊欲踵前徽，漫云蘧廬宿。揮琴操《猗蘭》，無田可種玉。長歌歸去來，悠然見梁鹿。

田柴歌松人名禾稾爲柴，元夕以木束稾立于田間，祭而焚之，取添財同音之義，蓋土俗也。

村頭社尾高崔巍，杉松十丈建田柴。紙旆飛揚風怒捲，非旟非旐相磨楷。撾鐘伐鼓迓神降，丁男婦女無疑猜。老翁居前拜且舞，有肉如山酒如淮。酹畢讙譁争舉爆，銀花火樹一時開。照徹東南千萬户，歌聲四起動春雷。明朝數點廉纖雨，盡説財神帶雨來。

馮魯淵見過金山舊令。

西林飛一葉，暮雨遠相尋。之子真憐我，何人見此心？交新吾道古，宦老世情深。已覺清言快，猶懷報好音。

洙涇巫風

黄昏鳴小鼓，處處祝神謡。勿藥醫師賤，焚香太保驕。俗病者不求醫，惟以太保祝獻，人亦多死。命隨三品盡，風逐五牲臊。最是雞聲斷，無從候早潮。

官事漸平漫書答友

倚壞山樓十二欄，强將愁緒爲君寬。依然河朔陳琳在，莫作潯陽李白看。赤土莫施干莫利，紅光初散斗牛寒。要知萬里飄零苦，惆悵秋風淚未乾。

黄唐堂前輩序予江湖閒吟集詩以答之

龍文百斛莫能扛，風力泱泱抗大邦。玉尺入闈衡第一，金鍼貽我號無雙。欲登壇坫推爲伯，望見長城已受降。元晏三都原足重，未應聲價壓三江。

俞　焯

字餘齋，泰州人。雍正十三年任婁縣教諭。

飛鴻堂梅花

飭新門徑古槎枒，煙郭争喧赴看花。有客再來尋舊隱，此堂比昔更紛華。飛鴻蹟老春猶在，放鶴風高興正賒。聞説主人能大雅，徧收佳句入籠紗。

榮落風前歷幾家，緑鬢相倚寂無譁。態疑仙帨珊珊骨，色澹春空冉冉霞。一道盤根通地脉，雙柯索笑慰天涯。玉顔冰魄分明是，東閣當年未較差。

常琬

字婁山，湖廣長沙人。雍正庚戌進士，乾隆六年任金山知縣，時共推爲循良吏焉。

錢塘懷古

曾聞勁弩檔城隅，潮際熙朝信不誣。乍浦以東黿鼉窟，揚州之域斗牛樞。勞他戰伐無王業，如此江山有霸圖。閒立錢塘重回首，南來匹練是勾吴。

張繼曾

字衣吉，號味青，霍山人。舉人，以賢良方正徵，不樂就州縣，由合肥訓於乾隆十三年升任華亭教諭。著《懷岳堂詩集》。沈學子有送其歸序，謂其律己廉，待物温，於吾黨之士，直視若親子弟，見則興之講學行，論詩文，諄諄詳勉焉。至其爲詩，固長各體，而所刻僅七律二百五十首，則尤其所愜心者。又其書法直追山谷，書卷之氣盎然。

次韵答蔡紅椒

久知高隱在菰蘆，掃迹紅塵夢亦無。壟畔晴調雙齒犢，潭邊雨釣四腮鱸。名山著作新詩卷，小市生涯老酒壺。把臂入林容客否，擬當暇日重須臾。

讀薦坡櫪驥草書後二首

又上軍船報遠行，片帆催羽逐江程。嗷嘈繹絡雲沈雁，鱗甲開張浪撲鯨。蛆甕寒澆霜鍔嘯，羊裘凍灑雪珠驚。虎丘夜泊依鐙舫，竊聽鄰歌感舊情。

黃河待渡氣陰森，那惜囊中浪費金。罷噞魚腮冰霰澁，禁鳴馬口鐵銜噙。風柔巨浪人回棹，韻寄高山客抱琴。老我病頑醫未效，新詩一讀勝砭針。

改光宗

字昭來，號敬齋，原籍北平。雍正己酉舉人，庚戌進士，選侍衛，官至壽春總兵。初爲松江參將，母米氏卒，不能扶櫬，即葬于松。至光宗卒後，遺表懇請入籍松江，奉旨准其所請，今子孫遂家于松焉。

壬戌秋奉命入覲宿遷舟中望月作

西望蟾宫景色幽，孤鴻遠影碧波流。玉鈎斜挂風飄外，早有清光到帝州。

劉景殺

字豸坡，號近山，廬陵人。雍正庚戌進士，歷仕至江南提標、後營遊擊。著《櫪驥草》。

和張於鄉緑萼梅韵

幺鳳宜棲最上枝，木難顆顆入新詩。月浮黛影看無定，酒泛清香飲爲遲。羅袂輕回花底夢，翠翹嬌向笛中吹。名花不許傾城比，一任東家也姓施。

王　緯

字象文，潘州人。乾隆十七年九月任婁縣。著有《澹園詩删》。

雨中赴鄉即事

知時好雨解民憂，插蒔村村緑滿疇。一路霏微凉入袂，頓教五月便成秋。農人箬笠緑蓑衣，荷鋤田間放水歸。徑滑難行經薄暮，禪房一榻借相依。

易祖拭

字淑南，號嘯溪，湖南湘潭人。乾隆二十年間署青浦主簿。工畫山水，以及蟲魚，無不精詣。丁憂歸，病卒。

自題畫山水

嘘氣變春夏，但聞鳥雀喧。嵐深媚夕景，花淺清朝暄。風雨來造次，怡顔對田園。晴雨换山氣，草木流清芬。脈脈夢魂碧，此情屬隱君。俯仰不可極，崇朝生高雲。

趙天秘

字仙枝，號鶴野，江寧上元人。乾隆甲子舉人，二十六年選青浦教諭。有《南北集》。

秋郊即事

高秋發清興，曉出探煙蘿。步入山中去，身從雲裏過。紅飛霞彩迴，青裛露痕多。借問林間叟，東籬菊若何。

棉花

葆英原小草，採製用方宜。似雪偏奇暖，名花非艷姿。遇彈鋪玉版，入紡吐銀絲。衣被功何溥，寧煩貢島夷。

高辰

字景衛，號淡齋，四川金堂人。乾隆辛未進士，選庶吉士，出爲知縣，歷清河、震澤，乾隆三十二年知華亭縣事，以才能卓異薦，内陞禮部主事。著有《樹耕堂詩鈔》。

以畫松貽雷參軍松舟竝繫七古一章

我聞終南多蒼松，屢欲結茆往相從。忽忽因循四十載，轉眼此志多成空。塵鞅自謂聊復爾，縞紵往往欣良逢。茸城參軍字松舟，西來吏隱浮江東。雄談不亞王景略，耽詩才媲崆峒翁。等身著述肯示我，紀程尤足開心胸。即向卷中略流覽，應接不暇煙雲封。愛君氣誼獨遠俗，多君風雅尤堪宗。恨予形勞簿書裹，那得從君師談龍。吁嗟談龍不可續，松枝聊贈酬高蹤。暇將撥冗詣清齋，還聽麈尾揮松風。

戊子夏舍弟奉老母來署喜而有作

七年違膝下，今日接慈顔。薄宦慙迎養，高堂喜問安。萱花仍健茂，荆樹竝團欒。即此稱家慶，天庥莫易看。

庚寅仲夏隨計入覲却寄諸同人暨茸城都人士竝示諸父老

一官江國久栖遲，十載勞勞鬢欲絲。撫字有懷憐我拙，催科無術喜人知。但將清白傳先訓，敢望循良奏御墀。曠典幸逢慚伏櫪，駑駘何以答天慈。

海服頻年政未成，微才那敢盜虚聲。不希江表三岑望，願學錢塘一葉清。但等群黎安堵樂，何妨匹馬負裝輕。計程返轡期三月，父老無煩擁去旌。

邱漣

字□□，江西南豐縣人。乾隆丙子舉人，分發江蘇，署太倉州，於三十五年埸後署華亭縣事，又署南匯，實授無錫縣，又兩次署婁縣事，後調元和，罣誤歸。詩話：南豐爲翀房師，初謁師于華亭署中，後往來南北，屢于錫山晉謁，荷蒙略去師生分誼，親若家人。奈翀以寒氊自廢，負師期望，非徒抱愧荒莊已也。又師署華亭篆事，縣志失載。

題雷别駕松舟漫泉秋釣圖三首

稻蟹吴儂生計贏，野煙一抹衹平蕪。君家鄠杜源頭上，十里空濛得似無。

龍山詩卷本清真，太息宗工宿草新。公詩經長州沈歸愚先生序行。他日灞橋風雪句，强尋詩派又誰人。

新署頭銜號漫泉，葦間石磴獨延沿。秋風幾度郊原裏，爲釣槎頭縮項鯿。

王廷士

字溶川，長洲人。乾隆辛酉舉人，官華亭教諭。

蘭

尋幽攜策入山中，移藝靈根石砌東。竟日影移三徑草，偶然香動半簾風。經寒有骨非標傲，媚世無心不尚工。我亦紉蘭思結願，獨留清意對芳叢。

楊師震

字西英，漢軍人。乾隆辛酉舉人，三十六年官青浦縣。有《敬齋吟稿》。

重陽後三日偕諸友遊橫雲山

客興濃於酒，徘徊久滯留。踏殘黃雪徑，吟遍碧雲秋。愛水頻臨檻，看山幾上樓。此遊須盡醉，支許等風流。

趙秉鐘

字豐山，涇陽人。乾隆癸酉舉人，以知縣試用江蘇，署川沙同知。

送宋雲峰還廣陵

相見已成悲，相別還成泣。留君不得住，樽酒慰今夕。君去渡淮水，帆影落揚州。感我心斷絕，慘慘集百憂。所憂亦奚爲，十口未得歸。更有高堂念，白雲晚霏霏。舉頭共明月，道阻不可越。人事固多乖，歲月坐飄忽。家人念行役，稚子數歸期。因君寄消息，莫道長旅羈。

宋紱

字愛蒼，江西奉新人。以縣佐分試江蘇，借補南匯縣。

病休候代偶賦二首

此地多鱸鱠，休歸爲病纏。阿昆嗟望切，慈母夢呼憐。葉掃隨風落，鐙殘帶雨然。客心不可問，嘒嘒咽寒蟬。官閒任去住，卧病亦何悲。玉液思貽我，麥舟擬向誰。故園章水外，冷署菊花時。提抱小兒女，歸與慰阿慈。

黄考祥

字纘亭，揚州興化人。乾隆乙酉歲貢，金山縣訓導。

七十自壽 癸丑二月江村客中。

宦遊纔四載，解組已三年。五十二年八月涖金山學任，五十六年七月歸里。雖得霑微禄，何曾買薄田。生涯歸筆硯，陶冶賴詩篇。易識平陂理，無煩費卜錢。問具何年事，辛勤早爲儲。時兩兒爲予夫婦擇木。歲時原有制，囊橐太無餘。素業三間屋，詒孫一卷書。江鄉舊遊地，花柳亦憐予。

褚啓宗

字亮儕，號望亭，合肥人。乾隆庚辰進士，授青浦縣知縣。在任濬吴淞江，最著勞績，以丁艱歸，服闋病卒。

次韻和楊敬齋新開小池二首

使君清似水，餘潤掬新池。竹近含秋早，花深得月遲。垂青峰弄髻，摇碧荇抽絲。枕漱風流在，鬚眉只自知。

偃仰成丘壑，森如物外遊。遥傾三泖碧，别貯五湖秋。逕滑苔侵屐，檐低花拂頭。夜來纔小睡，清夢到羅浮。

登六浮閣

峰頂嵐煙午未收，依依應爲閣中留。風帆繚繞山如筏，雲水迴環屋亦舟。借問須彌誰着落，知同芥子自淪浮。具區一角能開眼，世界何人夢十洲。

季夢荃

字雪堂，江蘇太倉人。乾隆乙酉拔貢，以教諭借補奉賢訓導。著有《雪堂詩文鈔》。

永濟寺同上海薛少文通州吴崇貫作

白雲蓊然飛，墮地化爲石。玲瓏數百丈，突兀撑空碧。下有旃檀林，脩然絶塵迹。山僧瀹流泉，如有遠來客。相邀各問訊，差足破岑寂。登樓遥送目，青山列几席。

雨後觀瀑布

雨過遥空聳翠巒，千尋飛瀑挂林端。雷奔峭壁蒼龍健，雪壓炎山白日寒。鳥道紆迴堪縱屐，松門颯爽欲彈冠。應知到此炎歊盡，疑向匡廬頂上看。

吴昌宗

字大聲，號文園，江蘇吴縣人。乾隆壬申舉人，以教諭借補南匯縣訓導。著有《燕山遊草》。

飛燕行

燕燕羽差池，施生亦有時。喃喃梁上語，辛勤哺其兒。兒生就口食，學母聲孜孜。一朝毛羽豐，飛上高樹枝。舉翅不顧返，無復戀母爲。來歲營新巢，兒當復有兒。呼兒兒不歸，能勿臨風悲。

雷國楫

字松舟，陝西蒲城人。以例爲州判，署華亭縣丞。四十四年署婁縣事，尋告歸，卒。有《龍山詩鈔》。又有《盍簪集》十四卷，是選刻近人詩者，而採松郡詩獨多。王禮堂光録云：「松舟生長三秦，又遍遊四方，北及燕晉，南届甌粤，以山水友朋爲性命，故其詩益奇。」

西湖道院酌五色泉

養魚池久湮，唳鶴灘何在。湖上舊琳宫，瞻仰迹未改。見説丹池泉，有時現五采。雷雨夜交作，其中騰光怪。丹氣入雲液，一飲消痱瘇。小甖汲嘗之，甘冽不予紿。深惟柔脆姿，一栗渺滄海。今古誰長年，稚川已千載。

萬歲亭亭在谷陽門外白龍潭上。

龍潭翠輦未經行，瞻仰穹碑萬歲亭。禹甸豫遊恩自溥，鼎湖父老涕猶零。霜林寒駐高春日，鏡水宵涵拱極星。五十載餘佳氣繞，巋然遥映九峰青。

王希伊

字耕伯，號在川，寶應人。乾隆辛酉舉人，由陝西白水縣知縣降補青浦縣教諭，乾隆五十八年來任。祀孫烈愍公父子、陳忠裕公於忠義祠，又爲校定其詩書。制府麟巡撫江蘇制府初時嘗從耕伯遊，過青浦，來謁耕伯，書四語贈之云：「上報君恩，下守庭訓。採擊壤歌，扶太平運」未幾病歸，卒。

愛讀碑文

二百青銅燕市得，三千里外署中隨。於今勒石昭天壤，拍手來看愛讀碑。丙申得楊椒山先生字「愛讀秦碑兼漢篆，好尋奇字到雲亭。揚繼盛書。」攜來白水，戊戌春刻石。

劾嵩草藁在祠堂，會與容城令一商。若得鈎摹金石永，風吹何止滿城香。聞公疏稿存祠堂，新令到任必呈閲。余以愛讀碑竝顔魯公草稿碑寄容城令，請以草稿勒石云。

國朝松江詩鈔卷六十

兆翀孺山録

受業陳縉書填諱

姜翥

先高祖行述，有王薇士楨所著《傳略》，今載于此。傳曰：君諱翥，字翼威，號遠非，華亭人。中書諱雲龍孫，文學諱爾珠子也。母朱氏，舉人應熊女，延平通判宗遠姊。崇禎甲戌，年十六，入嘉興庠。後嘗一再闈試，不售，輒棄去。壬午丁父憂，哀毁逾禮。及世閲滄桑，居址屢易，曾家莘庄韓施涇老宅，又遷横潦涇環樹山莊。奉母依依，罔違色養。後又遷城，晚年始與弟暉發同居焉。平生嚴一介之取與，竝無泛交，至一二至戚外，不輕以半刺相投，其字遠非以此。然極周䘏貧乏，于親黨未嘗薄待。如于歸朱門姑母，青年守寡，爲撥田以膳之終身，此其一也。好古書，自經史外至稗野無所不窺。中書公藏書甚富，兵燹後散失殆盡。君凡遇簡册之鈐記昭然者，輒購取珍藏之，其篤嗜如此。書法學董文敏，臨摹小楷，幾于逼真。配尚寶丞徐無念女，無子，撫弟暉發子開平以繼大宗。所著詩有《梅花樓藏稿》。

述懷

書生自位置，托迹非耕夫。遺構在南浦，其陰皆膏腴。初不慕生産，先疇分一區。平楚蔚然深，老屋新塈塗。甚苦耘耔務，性豈耐飢劬。閒中樂静養，聊以寄微軀。優游姑卒歲，叩户無催租。此中别天地，我將忘故吾。蹉跎已白首，奉我堂上萱。油油與弟偕，于焉樂晨昏。秋穀待登場，春酒先盈樽。新詩歌介壽，依依共笑言，我母念舊居，謂此猶山村。仿佛在甪里，破碎憐家門。舅氏遊宦去，卅載無還轅。音信曠不達，脉脉傷人魂。海風不成霜，涼風已滿户。中夜夢微醒，幽香吹一縷。想像樓前花，精神相鼓舞。此境即深山，清光洗六腑。轉思手植時，一一經培護。朧朧花月下，先靈定猶駐。人固已千秋，花亦成太古。我欲酹此花，相期葆貞素。殘書尚盈軸，古帖猶未裝。暇即拂縑素，興到加丹黄。慨念手澤遺，能無待後望。籯金笑他人，青氊庶以將。山妻痛早逝，兒子亦已殤。茫茫先世緒，奚以永烝嘗。中年已漸去，轉輾未能忘。區區抱此志，時以語雁行。

和大父訶林大集用歐嘉可咏月元韵

何方無好月，偏溯粤城秋。入漢鬟多濕，穿雲御自由。一痕將破鏡，千里正明樓。試極人間賞，聊寬天上愁。素馨花匝地，想值此高秋。翻以經時滯，聊爲遣興由。披緇方入寺，分白半横樓。留得新詩在，渾忘化坱愁。

謁單麻城先生于白燕菴時清父飄仙兩翁在座即事

按《圖畫寶鑑》載：葉舟，字飄仙，松江人。善花卉，晚年惟畫佛像，籃中折枝尤妙。兹在座者，想即其人，清父則不可考。

佳氣氤氳乍茁茁，高人宛在瀼東橋。鄰多白足持千偈，客送青山抹一聊。鑄古自絃疏越調，耽幽不鬻艷陽嬌。香爐茗碗粗能具，竹外惟聞學士簫。

輓徐厚源表叔

飄然笑入白雲鄉，一旦銘旌在草堂。萬里錦江愁竹馬，五朝卿月失星芒。林宗自遠門無黨，龔勝先辭印到床。夙昔憂時雙鬢老，可堪春盡忽飛霜。

蒼茫閲世痛何深，非止存亡判古今。通國飢寒猶仰澤，畢生臨履尚開衾。寰中正值風塵滿，天上欣占象緯森。此日羡君餘慶在，豈堪匍匐獨椎心。

送宋姑夫轅文北上二律

慈裾深戀久愆程，迢遞驅車此一行。燕市朔風催遠道，漢宫香霧拂前旌。雄才夙擅摩空句，往烈多傳擊筑聲。謂幼清翁往時著作多在燕。不是士衡輕入洛，難辭輦下早知名。

東牆一笑久窺鄰，豈待今朝始遇春。夾路光生珠照曜，登壇價重玉璘珣。鴻邊穩渡銷鋒盡，馬上應條奏語新。從此沉翔成異軌，蓬茅倘念有儒巾。

姜鎏如

先本生高祖行述有門人宋楚鴻所作傳頗詳，今録于此。傳曰：我師諱鎏如，字暉發，號在齋，中書公諱雲龍次孫，文學公諱爾珠仲子也。師幼即穎悟，九歲能搆時藝。中書公閱賞，即有如挾快刀在手，可以横行之評。通五經，於四子書尤會通剖析無遺義。行文不拘一律，歲科試無不特拔。辛卯闈試定魁，數日後，以次藝「子庶民」題文中露百姓字指爲犯下而罷，僅以貢官太湖訓導。在任時，修學宫，并復置俎豆尊罍柷敔籥翟之屬。邑修志，由師秉筆，犂然文獻，允爲巨觀，閲六載告歸，乙亥卒。性孝友，與伯兄翼威公怡怡一堂，直至白首。伯兄高簡，足迹罕及户外。師則有幹濟才，匡維門户，俾兄得優游圖史焉。又異母姊適殷君廷飏，亥子間，殷以家難幾至不測，師極力營救，至破産不恤，後竟讓南村故居居之。其他待宗黨姻戚恩禮有加。所著有《敬和堂稿》《晉熙自在吟草》。

趙香沙曰：「古風秀逸如顔、謝，蒼潔如高、岑，近體整練流利，出入錢、劉。」畢琪光曰：「文章妙天下而尤長于詩，叉手成篇，撚髭敲句，無不俊逸倩新。」

詩話：先五世祖慈授府君，諱爾珠，卒崇禎壬午。先五世叔祖雨玉府君，諱爾玨，卒順治丁西。俱載吴次尾《復社姓氏後集》松江府册中，而著作俱失。至先高祖暉發府君於順治甲午春，與幾社諸舊人共赴文壇大會，事見杜登春《社事本末》。又於丙申春，與陶水修、董律始、盧文子、王崍文共起棠溪詩會，此可想當日風雅，夫固藝苑馳聲云。

初夏游龍山

邑北有高峰，巋然獨蒼秀。層崖不可攀，排空矯靈鷲。嶺上存古祠，廢瓦竄松鼬。其下有碧潭，天雨聞龍吼。暮夜川氣騰，氤氲嵐露透。佳景在近郊，遊蹤每輻輳。我來值夏初，四野田禾茂。天霽豁雲煙，微風起巖岫。崎嶇覓徑入，古碑捫篆籀。登眺足忘疲，曠懷空宇宙。日昃欲迴車，青翠沾衣袖。

龍眠畫馬歌

唐時繪馬推江都，將軍曹霸能相符。後來伯時誇獨步，渥洼龍種畫作圖。追風逐電殊佛仿，慘澹經營絹素上。雄姿似從域外來，猛氣猶作戰場想。吁嗟霧腕自天生，寫出霜蹄踏雪輕。銀鞍金勒青絲絡，若將剪拂使長鳴。旁有圉人豢水艸，昂首高驤何矯矯，殫智窮工傳腰褭。憶昔王毛仲，張萬歲，牧馬而馬肥，千群一望雲錦圍，遂令屏障生光輝。人羡龍眠化工筆，韓幹漫誇能入室。畫肉畫骨兼畫神，毫端變化誰堪匹。相驥倘遇九方歅，披圖索駿知何人。

戊辰清明日過棠梨謁睢陽公像同廼菴王明府作

寒食纔過隄柳緑，新煙裹裹起郵屋。朝來相約赴西郊，逶迤十里登山麓。上有高祠祀睢陽，陳牲設醴威儀肅。兩廊石碣盡嶙峋，神像莊嚴坐神幄。憶昔真源起義兵，誓師泣像何錚錚。江淮捍蔽惟孤旅，四百餘戰抗危城。合圍久困增寇壘，偏裨求救嚙一指。滿城鼠雀作軍糧，愛妾殉身歸視死。瘡痍饑卒不能興，望南再拜力竭矣。嚼齒期將逆賊吞，厲鬼猶能殺安史。維公丹心激發真，同難當年更許君。憑仗南雷偕就義，待教李郭得成勳。巍峨廟食江南徧，瞻拜階前虔一奠。維公死久尚如生，千秋試讀昌黎傳。

鐙明山

相傳靈蹟異，陟頂見崔巍。樹密群郵隱，蹊盤疊嶂圍。金光嘗拂磴，黛色欲沾衣。煙火郊原近，樵人負擔歸。

仲夏雨中舟行到皖

暑月如秋半，清涼透葛衣。泉隨急雨下，鳥帶濕雲飛。岸側人煙杳，溪邊樹影微。孤篷竟日掩，兀坐已忘機。

登大觀樓

邑東稱勝地，登眺自巋然。傑閣三層峻，疎隄一水連。雲山環壁壘，城郭繞風煙。搖筆思題賦，誰同王粲傳。

惠山登眺

與客招攜到上方，層巒廻合翠屏長。雲封巖壑奔珠溜，風走松濤散夕陽。縱步荒原苔蘚重，披襟高閣芰荷香。那堪隔舍聞羌笛，故國園林尚辟彊。

登皖城樓望南湖

龍舒登堞睇雄流，南顧搴芳蹟尚留。舊有搴芳堂載郡志。蕩潏波光迷遠岸，蒼茫樹色映荒洲。疆通吳楚千帆接，派合江淮一勺收。此日憑高襟自豁，何須更上庾公樓。

冬杪懷葉丹佩

歲臘重逢黯自驚，與君同切故鄉情。天邊望雁書初到，枕上聞鷄夢未成。羈客關河千里別，窮交意氣寸心盟。莫嫌咫尺疎良晤，仰首懷人月正明。

詩話：丹佩名楓有，癸酉小至客潤州靈建寺，與姜暉發酌別詩有「浪迹十年情易倦，思家千里夢難真」語。合之此詩，知其人亦客遊士云。

皖郡錢鶴亭進士過飲

詞壇宿將重幽燕，對策天人海内傳。秀挺龍山千岫裏，名題雁塔五雲邊。向歆經術承家學，荀寶才名啓後賢。瞬息春雷騰膝下，金華甲第羨聯翩。嗣君扶南試禮闈。

增修太湖邑志成漫賦

湖邑志自前任章雨齋令君監修詳備，迄康熙戊辰又數稔矣，邑中户口有增，墾荒田賦有增，官吏銓除有增，民間節孝有增，可不亟爲編入乎？予與王令君迪庵商之，徧購剞工，稍捐薄俸，增廣者什之三，且于舊志原本詳加校正，魯魚豕亥無訛。書成，質之周郡侯深，爲擊節作序，以弁其首，而龍眠陳默公先生亦曰此良史才也。

知古知今可續無，暫將邑志倣《三都》。蒐羅軼事非誇富，獎勵清標幸不誣。向説纂修推漢代，誰云作述擅熙湖。他年若備輶軒採，載筆深慚附董狐。

登湖邑城樓看諸山積雪

凝陰連夕絮花飛，山色今朝失翠微。四顧瓊瑤光耀日，袁安何事掩雙扉。

姜盩如

高叔祖字冰南，號介亭，五世叔祖兩玉公第七子。府學生，考授州同。

賀妹倩王微士秋捷

家世鷺莊久擅名，羨君才氣倍崢嶸。青箱積學窮三傳，黄榜標芳冠百城。聲望不因門第重，品題自遇鑑裁明。始興相業深期待，瞬息扶摇到紫瀛。

冰南公長子瀠，字炎公，號冰心，華亭貢生。雍正四年欽旌孝子。惜其一切事實及咨詳案牘俱遺失莫考，惟相傳有《臨没》詩云「但願曾元養曾子，誰知顔路泣顔回」二語，則琳幼時，受全叔祖述及之。後見黄進士《達一樓集》中有《姜孝子傳》一篇，訛以孝子爲名元凱，以孝子父名鏡如，此則兩玉公次六子及孫，竝非以孝旌者，其所撰事迹皆依倣不可據。今孝子墓在潢潦涇，所建坊亦已毀，惟存兩石柱焉。

姜毓麟

先祖字圃馭，先曾祖徵書府君諱開平衛庠生長子，婁縣學生，雍正癸卯拔貢。乾隆己未，年四十六，先曾祖卒。先祖事曾祖克盡孝道，依依孺慕，朝夕不離。偶有所往，出告反面。曾祖畏雷，每夏月雷時，即深夜亦必趨侍。選貢後，曾祖已逾六旬，一赴朝考，後不復出，臨没惟以不獲終事爲戚。先没之三年，夢神謂汝禄已絶，因汝孝，假汝三年，果又三年而殁云。

孟夫子廟

鄒邑巍峨廟祀垂，巖巖氣象想當時。放辭距行功神禹，養氣知言學仲尼。四配漫云私淑乂，七篇豈似子支離。齊梁未用虚名世，平治天心未可知。

駐馬摳衣日正長，肅瞻廟貌嶧山陽。秦松漢栢堂廉古，泮藻宫芹俎豆光。天震井泉源自潔，人留碑石墨猶香。楸花幾樹看初落，紅韵虚廊映紫蒼。

贈同年朱補園

小軒投分共徘徊，鄭重年情此一來。夙昔聲華由筆墨，一時意氣且樽罍。科名遲早非關學，人品污隆豈尚才。最是無端誇玉樹，平生襟抱爲君開。補園贈聯有「江左才名玉樹枝」語，故有此答。

姜本源

叔祖字南良，炎公公長子，監生。乾隆元年，由樂善好施議叙州判，歷任叙州、全州州判，吉安、開封府通判，以河工勞績陞陝州知州。壬午年卒。

訪魏野草堂遺址

樂天古洞已荒涼，來訪高人舊草堂。仍似彈琴留竹韵，問誰載酒醉花香。高懷豈藉求詩顯，雅操非因贈秩彰。魏布衣有契丹使來求詩，及身後贈秩著作郎事。七百年來憑弔處，雲山洵可樂徜徉。

詩話：先嚴悦軒府君，諱熿華，增生。壬午秋，曾在叔祖署中。魏布衣草堂遺址在陝東郊，暇日曾同往訪，因得是詩。詎是秋先君歸未幾，報叔祖卒，且無子，門祚衰歇，可勝慨然。

姜　曦

亡弟字心葵，號海田，先君悦軒府君第三子，出嗣於冰南公支叔祖晟字西平公爲孫。乾隆辛卯舉人，由景山教習任懷寧縣教諭。卓異保舉，陞江西永新縣知縣。丁本生父母憂歸，以中寒疾卒於客中，年五十有四。所著有《條例約編》七十八卷。同年寶山李保泰爲撰墓誌銘，曰：「時安徽臬使玉公將輯自雍正十三年爲始至乾隆五十七年冬各内外臣僚陳奏駁議及制誥、更改各件爲《條例約編》，以屬君。君發凡起例，排比年月，以六部分隸備志，其往復論議，出入輕重之由，爲當世在官者準則，以補例之所不及。蓋君性通敏，嘗習法家言，是以勾摘貫穿上下六十年間事，目營心識，爲世之老于幕學者咸有所不逮。君既卒業是編，大吏咸以所能薦。甲寅冬，任江西永新縣知縣。至其明年，邑人許青奇謀死胡華國事起，許欲佔吴方谷山場，會吴與胡以鬥毆架訟，許謀毒死胡，嫁禍于吴，而徼利之。君往騐視，如《洗冤録》法以銀針探喉，盡黑，因盡發其謀毒情事具讞。時許以三千金行賄，君立斥之，因別爲道地，而詳讞之文頓却，主謀者竟無恙。君爲賦《永新獄》七言一篇紀其事。旋檄解貴州軍餉，比歸，丁艱，服既闋，卒于浙江臬使幕中。嗚呼！君一生精力欲爲有用之學，及其身一試之而不效，且幾幾以賈禍。因爲綜叙真事而以納于幽。銘曰：昏昏者庸，昭昭者詘。何人事之不齊，望九京其鬱鬱。」

詩話：余二弟夔音庠名灝，少余一歲，三弟心葵少余六歲。記余二十左右夜誦，時三人共燈火，常至夜分，此景宛然似昔。詎三弟于嘉慶己未卒，二弟又于戊辰卒，雁行兩坼，痛心何如！三弟夙善詩，而未能成集，今所存僅抄撮零雜而已。

軒轅臺

予生三季後，慨焉念皇初。傳聞古軒后，靈德鍾坤輿。熊羆戰失利，廼作指南車。吹角爲龍吟，蝄蜽亦已除。巍巍涿鹿野，鬱鬱帝者居。阿閣及苑囿，作宫固有諸。遺蹤易蕪廢，安在非荒墟。蒼茫臨薊丘，延眺徒躊躇。

題宋恒圃尊人山水畫册即志别

達人明德後，秉鐸皖江濱。憶從訂交後，晨夕如飲醇。情好日以篤，眎我先世珍。煙雲蔚蒼秀，游藝妙入神。彭城古徐方，雄闊佳山水。楚漢紛戰争，遺迹幾遷徙。想像戲馬荒，指點雲龍峙。此中有草堂，翳君舊桑梓。丈人富韜略，壯歲登巍科。太平静金革，宣勞在防河。游心托繪事，造化胸中羅。點樂釣遊地，尺幅渺煙波。分袂忽河梁，捧檄去江右。歸途朔雪中，重飲故人酒。世守出縑緗，丹青仰鉅手。箕裘期遠大，相勗在别後。

秦女卷衣

美人灼灼如花紅，一夜飛入咸陽宫。宫中樓觀二百里，曉洗殘脂潑渭水。玉環綰臂捲綃衣，盤龍刻鳳香馡馡。真人縹緲蓬萊去，寂寞嫱鬟竟誰主。蒙筝搊罷欲黄昏，蟠螭鐙下夢承恩。嬴家公主蕭家婿，乘鸞昨日雙雙逝。至今樓上曲瓊鈎，明日相將樓上遊。

永新獄

殺人者死罪無赦，煌煌憲典誰不聞。五聲之聽在聰德，高下出入毋紛紜。伊昔雜診漢遺法，變鬥殺傷寃必伸。迄宋宋慈權臬事，《洗寃》集録諸家言。驗毒有法用釵探，證以爪甲及齒齦。越元王與海鹽令，别釵真僞妙義申。銀釵足色變黑色，擦洗不退爲毒真。自元迄今四百載，守之弗替如典墳。更有虛弱身即死，屍身弗現青黑痕。以釵探視果色變，仍以毒論無可原。别説撿毒視骨色，毒否以骨黑白分。毒輕毒重概勿辨，矛盾驗法何足云。咄哉余治永新獄，朋謀下毒群奸民。裝傷矇驗狡誣賴，衆口附和如犬唁。如法視驗毒乃現，質究屍屬及伍鄰。供吐明白首從判，幕胥交搆大吏嗔。置釵勿問謬詰駁，慘令死骨遭蒸燔。教囚翻異縱囚出，如縱虎逸放蛇奔。詎知寃魄現白晝，群奸陸續亡其身。從來果報不足道，兹事親歷非無因。嗚呼寃魄勿予瞋，巨金弗受智弗昏。

送王青來同年之廣平

行篋飄零甚，頻年古瘴鄉。珠江蠻雨黑，瓊海蜃雲黃。青來遊粤數載，遍歷瓊崖諸州。橐筆歸何晚，驅車役未遑。西風漫蕭颯，深恐鬢蒼浪。蝨口邯鄲道，迢迢客感睽。短衣蒸赤日，匹馬捲黄沙。何處無楊柳，相將贈木瓜。不堪南望遠，我亦滯天涯。

哭同年蔡蘭陔

蔡名夢菉，上海人。舉人，壬辰卒于京。

一去泉臺白晝昏，漫漫長夜滯歸魂。蓋棺便委形骸蜕，伏枕猶交涕淚痕。十日相思勞夢寐，與蘭陔别十日，竟長逝矣。半年旅食負鄉園。到家豈緩須臾死，忍見生芻在薊門。

古意

珠閣生成絶可憐，迴頭一笑最嫣然。纖趺肯學齊宫步，柔指羞開漢主拳。巧織李文裁錦袖，閒拈火齊飾花鈿。仙家艷説藍橋話，未許瓊漿締好緣。

曾聞鄭重訪瑶臺，鴆鳥如何使作媒。無賂易污延壽畫，多金翻借長卿才。化爲蛺蝶偏遭彈，誓作鴛鴦必見猜。長分年年明月夜，破空一曲紫簫哀。

湘管牙籤鎮自隨，未婚羞賦定情詩。漫教私受紅羅贈，那得偷從青瑣窺。門外梧桐須種早，窗前荳蔻任開遲。笑他交甫非靈匹，解佩江皋空爾爲。

錦屏小掩奈含嚬，蝶怨鶯愁又一春。柳絮前因須有主，苕榮昔夢付何人。捧心最是經時病，擁背猶然向日貧。會御青鸞訪瑶島，臨風訴與淚沾巾。

題儒山大兄孟子篇叙後

嶧山道接尼山統，萬古光昭此七篇。漢代置同《爾雅》矣，漢孝文帝時，《論語》《孝經》《孟子》《爾雅》皆置博士。宋儒尊竝《魯論》焉。四子書出自宋儒程、朱表章。注推趙氏如開創，漢蜀郡人趙岐，字臺卿，作《孟子章句》。疏托孫公但蔓纏。孫興公奭疏，朱子謂邵武士人僞托，但糾纏字句，毫無發明。張陸編摩今失舊，唐張鎰、陸善經有注，今皆失傳。程朱闡發實鈎元。未宏輔世長民業，直紹知言養氣傳。杳杳千秋標嶽瀆，迢迢百代朗璣璇。惟看字句因文顯，未抉篇章以次編。「篇叙」二字，原本趙氏，但括篇首爲説，如謂仁義之道，堯舜爲上，故以梁惠問利國，對以仁義爲首。又謂仁義存心，然後可以行政，故以公孫丑問管晏之政次之也。他皆類此，其説迂闊，不足爲據。聿自半生常屹屹，得成巨製異戔戔。文章自古如跗蕚，體式由來象斗躔。手自差排原有準，心惟位置俾無愆。全函貫串宜詳爾，首帙開宗更判然。總以颺言於主上，無非獻策在王前。《梁惠王》全册俱是與當日諸侯王面陳者，故自梁惠王、襄王、齊宣王、鄒穆公、滕文公、魯平公，皆以次而紀，平公却未曾見，豈以有欲見之意，故亦附簡末與？齊滕往返誠多故，《公孫丑》全册皆是爲齊，上半册來齊，下半册去齊，以力假仁，五章不露齊字，而所言皆以發明齊事。《滕文公》上册全是言滕。梁宋周旋亦有緣。《滕文公下》半册是言梁宋事，陳代四章不言梁，而所言晉國，實與梁惠篇合。爰與及門相往復，更從同列共披宣。如公孫丑、陳臻、充虞、陳代、彭更皆與論齊梁事，若景丑、沈同、陳賈、時子、景春、戴不勝、盈之等，皆齊、梁、宋人也政謨剖晰離婁喻，性體敷陳告子詮。治有樞機宜祖帝，功歸奥窔在承天。《離婁》全册言政，《告子》全册言性，皆一意衍接，逐章魚貫。論量往迹評衡當，《萬章》全册皆是評論古人言行。隱括零文纂輯全。《盡心》是零文碎語附于簡末，是收拾全書之體。齒齒相銜成櫛比，纍纍作貫儼珠駢。因推爾日周流地，竝溯當時閱歷年。惠值改元方税駕，舊注梁惠王三十五年至梁誤，實是改元十五六年，而慎靚之元，二年也。宣方增紀迺停旃。孟子之齊，在宣王二十四年，至二十九年丁未去齊，則宣王之年不得作十九年，當以立年從《史記》卒年。從《通鑑》，而增爲二十九年耳，則慎靚二年赧元年也。憑陵無奈乘秦楚，西喪是改元後五年入河西，七年入上郡，南辱是十三年敗襄陵事。搶攘還當搆趙燕。伐燕而趙救之，是宣王二十八九年事。靚赧之間多轣轆，魯鄒而後得安便。《告子下》半册尾是紀居鄒後事，又葬于魯。今孟母墓在鄒四基山，則鄒魯通稱也。其間形迹堪依據，況乃文辭匪襲沿。枉不可爲寧在見，「陳代」章言枉道，在見之外，在見之後，非以見爲枉道也。得此解而向來執不見諸侯之説，謂首章之見梁王便自抵牾者，可以釋然。樂何妨有莫訕賢。「雪宮」章言賢者，不指賢士，仍以人君言，知此而章末「先王無流連之樂」句，乃以無字對有字，而孟子畜君之旨，可以豁然。惠夷去就將身證，《公孫丑》册「伯夷」章是孟子借夷惠以申就齊去齊之旨，隘不恭字非言夷惠。儀衍縱横與候遷。「景春公孫衍」章因孟子在梁適衍相梁，張儀罷相留梁，故有此問，非泛論也。勘事固應加別白，衡人尤在破拘攣。淳于豈屬田威使，《孟子》書中淳于髡是孟、荀傳中人，決非滑稽傳中人，緣世次不符也，不可不知。烏獲須爲秦武員。烏獲、孟悦惟見秦武王時，而孟子稱之，可見其時相值也。又孟悦疑即孟賁。何必白圭真老宿，白圭傳魏文侯之説，轇轕不已，實則白圭周人也，一句已斷，下當魏文侯時句，是屬下李悝説，不連白圭在内，則白圭固係孟子時人。豈容季子誤枝連。季子趙注無「孟」字，孫疏即下卷季任，則「孟」字是後人誤加。考亭集説原能核，複壁支辭惜未湔。成賦漫分鄉與遂，授廛寧得邑兼田。注：鄉遂貢法，都鄙助法。按：六鄉在内，六遂在外，則鄉即是都，遂即是鄙，分屬非是。又二畝半在田，二畝半在邑，亦不可行。衰麻豈以中宮壓，筆削非侵南面權。孟子壓于嫡母，及孔子南面之權等，皆趙注之未革者。直奉宸音爲槼臬，遂於聖籍入丹鉛。舊注誤處皆本諸經中御案以正之，最確。四書自幼皆成熟，一卷何人肯獨專。未必竟從高閣庋，有誰細向夜窗研。精心運處原如鏡，巨手揮來直似椽。游歷欲尋郝邑舊，登臨如上泰山巔。温公刺處緣旁例，温公《刺孟》，是爲王安石而作。蘇老批來亦小禪。十一篇中乍開面，二千年後獨仔肩。靈樞未許床頭秘，巨構應看市上懸。欲向後人作留贈，待從剞氏乞雕鐫。

姜翼

大姪爲五弟華五橋長子，字薛紉，性聰穎，好讀書，十九歲卒。

雪

冰花一夜下，隱隱失柴關。遠渚分銀漢，前村盡玉山。雲籠征鳥斷，風擁蹇驢還。此際誰言冷，寒漁在浦灣。

姜岡

二姪爲五弟次子，字亦佳，二十一歲卒。

遊佘山弔陳徵君

東佘卜築此當年，青史今留隱逸編。誰向山中咨宰相，好教世外著神仙。驚才自負風騷主，治習偏多裙屐緣。此日捫蘿一憑弔，可憐片石峙寒煙。

姜　雋

四姪爲五弟季子，字曼倩，號杏園。嘉慶庚申諸生，著《杏園詩草》，花農張寶鎔序之，曰：「天水氏有才子曰雋，字杏園。歲庚申補博士弟子員，次年試高等，將食餼，適遘咯血病，瀕于危，今年未弱冠，遽賫志以殁矣。憶夏四月間，余走視其病體，杏園出詩一卷，屬爲點定，因即敦迫付梓，孰知殺青甫就，竟成永訣，令人泫然。不禁想像其平日嘔心之所爲，豈不悲哉！尊甫五橋萬難排解，録其詩以存其人，屬綴數語于簡端，且以諗世之愛才而具有同心者。」詩話：憶余乙卯解官歸，諸姪頭角顯露，恂恂好學能文，先府君顧而喜之，命余自爲督課，余亦以成立望之。詎料門户衰薄，五六年間横遭摧折。今輯詩至此，不禁老淚之縱横也。

擬陸士衡於承明作與士龍即用其韵

人生苦行役，迢迢萬里征。辭家赴京洛，戚戚弟與兄。邈爾南歸思，惄焉北邁情。洒淚忽言别，分轡彯華纓。我行遂翻飛，揮手承明亭。道旁猶佇立，哽咽不成聲。山川修以阻，辛苦難自明。回首思故園，渺渺動愁予。慘澹回夕景，陰翳望平楚。會合將何期，頓觸千萬緒。庶幾駕言旋，振棹三江渚。

祖龍行

荆軻匕不中，力士椎不死。後世皆嘆息，我意獨異是。天欲速秦亡，有意縱奸宄。不然早摧抑，扶蘇作天子。或可保金城，未必遽授璽。

冒雨尋梅圖

平生愛花有奇癖，何况梅花好標格。記得前春細雨中，寒香曾訪孤村白。誰歟箬笠更芒鞋，春早無花擬看來。莫是老逋同况味，一幀初將圖畫開。遥想溪邊香一線，望中依約數枝見。重重雨漬透寒衣，不悟春寒未開遍。伊人非頑亦非癡，迹所未到意先之。笑勸歸來不肯住，此意旁人豈得知。九十春朝忍虚度，逡巡那惜閒余步。密密濛濛分外奇，凈洗鉛華須此雨。君不見襄陽孟浩然，渠亦尋梅趁雪天。一從雪裏一雨裏，同結梅花世外緣。

虢國夫人早朝圖

五夜丁丁玉漏聲，雞人唱罷雞初鳴。繡韋珠鐙來華清，侵曉恐誤東方明。閶闔此時才啓鐍，朝門多少班聯立。九齡遠謫内無人，未響鞭聲誰敢入。忽驚香騎翻輕塵，一條軟繡何紛綸。侍監如雲不知數，輝煌識是椒房親。素面朝天共歆羨，宫中早已開朝宴。傳旨君王不視朝，鵠立群臣各免見。阿環此際轉相容，行樂杯浮綠蟻濃。三郎沈酣八姨醉，釵細斜墮雲鬢鬆。雖言炙手終消歇，潼關幸未傳烽疾。從今暮暮更朝朝，還擬趨朝待明月。吁嗟乎！五家車騎争馳驅，可念陳倉道上無。蛾眉淡掃空陳迹，忍見丹青一幅圖。

鍾馗按劍圖

終南進士形崛奇，英姿颯爽揚鬚眉。陰風吹動毛髮豎，萬鬼見之魂魄離。目光閃閃舌欲鐺，手提三尺芙蓉劍。幾番梅雨屆端陽，神像爭看懸畫堂。劍未動，神先揚，雪鍔光騰除不祥。魑魅魍魎曷勝紀，一一啗之無餘類。猶憶當年天寶中，詔令道子貌英雄。想見三毫添頰上，生綃一幅奪天工。維時正值群邪勢盛日，驕淫侈靡不可述。楊李與禄山，競作呼嘯恣神姦。秦虢與太真，更逞妖媚如陰燐。馗乎馗乎，竟無一術施，坐令此輩恣所爲。平昔雄風果何在，無怪後世懷然疑。然而老馗鬼爲食，朝吞三千暮八百。况此魏魏鬼一群，遇之敢不早闢易。又聞元夜馗出遊，儀從雜沓擁行騶。幺魔魃魊各奔散，屏氣詎作聲啾啾。我今向馗陳一辭，苦遭二豎殊堪悲。快將霜鋒一指驅之去，沈痾速愈如平時，定當酬君觴酒陳牲犧。

觀弈

涼窗初過雨，枕簟覺餘清。不復有人迹，惟聞落子聲。仙家猶好勝，敵國儼爭衡。學道縱横術，無言各自明。

讀陳忠裕公集有感

峰泖天生節義臣，鄉邦憑弔重逡巡。心隨蜀鳥堪千古，身託江魚此一人。素抱經綸愁未用，遺編文藻漫稱珍。墨飛筆舞留奇賞，未忍閒窗展誦頻。

詞壇早歲已稱雄，詩卷長留天地中。漫説風騷追七子，可知根抵本三通。公嘗云：「人而不讀『三通』，不得謂之通。」

前賢媲美文丞相，良友同心夏考功。最是聖朝恩似海，煌煌謚典特褒忠。

雨花臺

高臺突兀雨花名，引動君王佞佛情。至竟空花成底事，何如雨粟施臺城。

揚子雲

校書天禄久名聞，宿學應推揚子雲。數卷文章傳後世，可憐中有美新文。

王逸少

大雅當年重典型，中興人物佐明廷。早知身爲書名掩，悔寫《黄庭》一卷經。

春申君廟

七國紛争日，群雄戰鬬年。説秦排大難，相楚擅機權。遭際君臣契，聲華遠邇傳。鐵衣兵十萬，珠履客三千。歸國公何智，全身世共賢。分封淮右地，移建闔城邊。疏鑿涵深浦，奔騰息巨川。水將功德著，渠借姓名懸。遂有安瀾慶，長懷厚澤縣。酬恩營閟寢，食報設靈櫋。閲世祠堂在，關心歲月遷。估船資利涉，農畝藉回漩。不覺濤侵岸，何愁浪拍天。涵濡三泖合，浩渺大江連。香火迎神像，牲牢奠几筵。蒼茫懷往哲，頫仰思悠然。

國朝松江詩鈔卷六十一 遺老

鄉人姜兆翀孺山録
莊師洛蒳川閲

徐銘常

字成紀，比部三重孫，副使楨稷子，華亭人。崇禎癸酉舉人。乙酉後終身不出，惜其著述零落，王苧東於其家藏《表忠册》中獲此一章，可以想見其概焉。《潄芳齋詩話》：副使當乙酉時，年已七十餘，謂銘常曰：「我於大義不可辭，然亦不必使人知也。」杜門不食卒。又副使從弟丙晉，字用錫，崇禎癸未進士，爲福寧州知州。廉潔無私，妻子不免凍餒，隆武舉爲清官第一。閩破，歸里，隱佘山。歲餘，嘔血死。范氏《説品》載其死時有鄉人自蘇歸，遇官舫榜曰「廣東某府」，詢何人，則以用錫對。歸家問之，則用錫死日也。忠正爲神，理或然歟？附記于此。

建昌王副使死節

百六逢屯難，正氣鬱相望。成仁固烈烈，取義何堂堂。卓哉建昌守，抗節死封疆。分符知報國，國破與俱亡。不爲顯爵餌，寧懼白刃戕。稜稜不少屈，折脛氣益剛。引頸向銛鋒，驕陽黯無光。丹精通帝座，大節明秋霜。武昌君子墓，懿好表忠良。時靡競俯首，誰復挽頹綱。煌煌漢臣骨，直與文山方。碑陰看勁草，萬古景遺芳。

李　蒸

字竹西，原名長苞，華亭人，平湖籍。崇禎丙子舉人。後朱履升贈詩有「同榜人何在？辭官誓已堅」句，此亦終身淪隱者。

宿遷對月

此地經鐃吹，中流復棹歌。百年幾皓月，萬里下黃河。星𧈧臨霜迥，雲帆帶雁過。秋風曾有歎，不爲暮愁多。

寶應訪李素臣

鳳城河閣敞秋陰，烈日繁霜變古今。大澤有輝仍白璧，高臺無恙自黃金。君恩直上初承露，客思將歸更入林。此夜月明高不極，欲憑雙劍拂江潯。

包爾庚

字長明，上海籍。崇禎丁丑進士，官羅定州知州，有善政。三年内擢，以母老辭，歸後遂隱居，自號宜壑居士。順治初，詔徵山林隱逸，巡撫土國寶、知府廖文元、李正華先後薦之，俱辭不赴。康熙初，應知府郭廷弼之聘，修府志，人稱其詳核。著有《直木居詩集》。

錢塘早發

古渡今人問，殘山剩客看。郵籤今夜急，津鼓及秋寒。鴻雁愁安堵，蛟龍笑築壇。十年塵未已，四海血曾乾。

登大觀樓

大觀樓下大江流，往日干戈此日遊。但許黿鼉吞國恨，未須鴻雁語鄉愁。吴帆楚纜仍千里，隋柳陳花共一秋。見説東南多野哭，還時春夢繞揚州。

伍大夫祠

古廟丹青半舊朝，行人遺搆冷山椒。元猿尚哭荒臺月，白馬新奔大壑潮。何歲登祠無擊鼓，當年入市有吹簫。西湖未少興亡恨，漫遣靈旗過六橋。

單恂

字涓菴，號蓴僧，華亭人。前庚辰進士，麻城知縣。國朝僑居白燕菴，自號白燕菴頭陀。著《枯樹齋詩集》，刻于崇禎丙子，董其昌序謂其「削滌浮綺，别著孤清」。楊文驄謂「槁木其心，澄澹其骨」。至晚年詩則未有專集。

往龍井小憩鉢池庵

澗音曉清急，芒鞵踵樵斧。筠壁訛曙昏，蘿泉謬晴雨。煙小野人家，缺墻枳花補。數折呈雙扉，犬吠山禽舞。巖幽草必文，寺老僧也魯。茗白芹芽香，默對令人古。起拾墜硃紅，一聲木象午。

宣銅香爐歌

漢武少勒燕然功，太平黄金賤於銅。柏梁宴罷奎章灑，焚香乙夜博山紅。雪繭花瓷劇工緻，虎鷄復陋商周器。詔宣史籀作銀鈎，宫名隱鑄乾清字。金箱埋碧西陵草，月黑昭陽秋窅窅。御鑪如夢落人間，鷓鴣雲銷泣遺老。

日本刀歌

扶桑老蠻勝鵶九，兔腎鑄成秋水走。試切于闐玉自裝，龍雀金鐶五絲紐。那用芙蓉華陰拭，一揮畢白鮫人首。皎如練影冷如霜，青犢嗚鴻安足偶。紫濤不揚卉服來，宛渠螺底精靈吼。太平古花鸊鵜繡，何處秋宫啼鬼母。天陰匣裏脱光愁，愁抛孟浪荆卿手。

春游曲

三月楊花滿船墮，船頭紅亂棠梨朵。抽得輕帆疾似飛，白鷗驚起黄鸝坐。一篙漲玉晴溶溶，煙開列岫新黛濃。四聲五聲漁叟笛，忽斷忽續山家春。山家酒香緑陰下，紫荆一樹交簷瓦。緩櫂門前沽滿壺，縷衫過盡春游馬。幾度東風寒食催，幾程芳草好銜盃。東風甦草年年碧，如水韶光逝不回。

歸思用駱義烏韵

頹齡此蒙難，轉覺鬢毛侵。怖鴿虛廊影，哀猿獨夜吟。竹林良友佇，蘭沚尺書沉。何日龐通酒，重論讀《易》心。

白門旅思

昨近要離冢，風喧江燕鳴。今歌莫愁渚，霜重海鴻驚。過客黄花候，離人白苧城。夢憑窺我月，腸斷此時情。以上二首江寧逮獄而作，以松江知府張羽明發覺泗涇龍珠菴潛住明遺孽朱光輔、朱拱潤結黨謀逆。及嚴緝光輔、拱潤不獲，僅得同謀八十餘人，皆下獄。其後獲免者惟恂與常州蔣曜，及僧豁堂，餘皆棄市云。

泛海登洋山覽海外諸島

紫濤迴峙翠峰疎，霞射危帆曙色初。桑桂千尋籠蜃窟，珊瑚萬樹燭鮫居。天驚勢掣神山去，日老光吞太古餘。此際願攄重譯頌，賦才誰羨木玄虛。

溟波沃日曉蒼蒼，紫貝明珠閃晝檣。星月綴查空外度，金銀駢闕渺相望。鏡浮鱷浪鹽胎素，碁散蠻洲卉貢長。更擬樓船陵碧嶼，刺霄碑柱照龍荒。

祖花菴聽經和顧偉南韵

荇絲菱刺動溪香，雙樹陰陰午磬涼。佛鏡静過蟬影迅，農簑風引梵聲長。溈山豈是慵栽粟，靖節居然學斷觴。潮落未愁歸艇夕，半規紅日正蓮塘。

惆悵詞

露濕澄塘紅藕花，金螢無賴貼香紗。碧欄杆外傷心月，灑酒三更祭押衙。

風吹薇帳動蟾痕，涼夜空消蝴蝶魂。獨卷翠簾星下坐，沈香親刻老崑崙。

徐孚遠

字闇公，號復齋，華亭人。侍郎陟曾孫。明壬午舉人。初孚遠與陳、夏倡立幾社，其詩文略見壬申選中，在海外詩有《釣璜堂集》，閩中林霍序。又有《海外幾社集》，鄞陳士東與焉。並著《十七史獵俎》一百六十卷。自順治乙酉，大兵南下，孚遠與吴易等舉兵太湖，至泖澱及敗，子度遼見殺，乃脱身奔閩。時唐王已據福州爲天興府，孚遠至，則授推官，以張肯堂請募兵海上，擢兵科給事中。閩潰，入浙。值魯王駐舟山，乃寨于定海之柴樓，以爲聲援。遷右僉都御史。辛卯舟山破，從亡至鷺門，魯王上表于滇桂王。戊戌，滇遣其平章周金湯至海上，遷孚遠左副都御史。是冬，隨金湯入覲，道經安南。安南要以臣禮，不屈，乃不得達而還，仍居島中。時鄭成功於魯王致寓公之敬，諸臣之從魯王者，皆依成功，相安者幾十年。己亥，鄭成功入白下，不克，尋入臺灣。壬寅，成功卒。魯王亦以是冬殁。孚遠屏居空谷，與後妻戴氏伐薪煨芋，僅而得存。輾轉入潮州山中居一年，以乙巳五月卒，年六十七。戴氏上書州守乞骸骨歸葬，許之。其仲子永貞扶櫬歸。

詩話：闇公詩文初亦爲雲間體，其海外所著從腹笥傾倒，委輸不竭。然憔悴瀕危，發抒忠義，藉以言志，非取摛詞，視其初固變一格，而要可與騷雅並珍也。至其與鄭成功周旋，則以成功初肄業南監，嘗欲學詩于闇公，故尤敬禮，是亦以詩文結緣也。若成功死而後魯王薨，此可以洗成功沉魯王之誣，亦具著於其集中。

寓島作

昔賢所避地，遺迹尚依然。賈傅井不没，羅含宅幾椽。後人尋往牒，憑弔有千年。今我浮海嶠，盡室狎蒼煙。島上多遺黎，闤闠皆受廛。郭外高下居，青山間流泉。荷鋤登丘壠，欝欝桑麻田。誓將息蹇足，誅茅擇所便。所嗟垂橐入，安得買山錢。僑寓無根底，歲月徒推遷。怱怱苦奔命，永爲高人憐。

古詩

我聞昔奇士，豁達無媿辭。把臂有成言，存亡諒不移。季布重一諾，千金脱若遺。少小感此義，行己無猜疑。何爲客居此，斯風杳不追。轉盼皆市交，不復矜鬚眉。嗟此筐篋物，能使人磷淄。古賢戒所習，染絲墨子悲。薄俗難久安，褰裳慎勿遲。

生平寡干謁，高卧門如水。雖曾客春申，未嘗曳珠履。嗟爾三千士，前却如蜉螘。喜怒在一言，黄金走都市。荆棘牽人衣，轉盼生瘢痏。我欲縱所如，披襟對蘭芷。采之何所遺，芬芳盈我几。美人時見過，把玩適相似。

種瓜篇 哀黄虎癡也。

種瓜東皋上，半夜起桔槔。瓜蔓始綿延，主人已嗷嗷。但愿瓜實早，不惜瓜根傷。同根而異蔕，乃還自相戕。往謝彼姝子，作事何不量。本枝當相扶，棣萼永芬芳。東周刺王叔，達人美子臧。嗟此灌園苦，願君勿暫忘。

贈張元著

高才不可作，恢豁嘯滄溟。吾子扁舟至，令我見生平。清秋掣鷹隼，瀚海飲長鯨。遺我詩三篇，字字珠璣傾。絾之氣浮動，朗咏神氣清。比來日有製，燦燦飛瓊英。道大波瀾闊，豈惟筆墨榮。王明汲泉源，顧盼陵公卿。瑚璉君子器，安步彯冠纓。軍符雖易取，請勿再受兵。子房一借箸，可以驅韓彭。廟謀乃鼎足，力用古所輕。我哀子方壯，萬里看升騰。

梁明卿贈楚辭

乙酉秋八月，棄家向南走。奚囊且未攜，書籍其何有。憶昔久周旋，飄零良有負。島上少文籍，何從問小酉。生平所披攬，一二猶在口。默識愧前賢，腹笥亦復偶。珠玉失光輝，几席空塵垢。我友贈一編，騷雅陵北斗。千秋屈宋詞，忽然落我手。吟咏慰寂寥，奇懷激林藪。仍歎古賢人，往往厄陽九。今我亦遠游，令名期不朽。

陳陸交

陳子武林彥，才氣陵青霄。同里陸大行，後出亦人豪。一巢不兩雄，名論互相操。結友亦分部，嘲笑聲謷謷。陳子捲舌去，旅食嘗飄搖。戎馬臨江嘯，壺漿盡爾曹。大行偕其室，潔身赴斗杓。江南多死事，高風誰與邵。陳子度江東，嘉歎徹九皋。一豁睚眦怨，翻成存没交。遂掣螭頭筆，輝輝華衮褒。激揚動四裔，將令琬玉雕。其後西陵陷，亦赴浙江潮。在昔張與陳，少小賦同袍。既秉將相權，奮戈不崇朝。賢達猶如此，而况彼鷦鷯。哲人惡其然，所以甘寂寥。或乃絶冠蓋，三逕委蓬蒿。余觀陳與陸，真可稱久要。小言不假借，大節乃漆膠。持以勸後人，永爲壇坫標。

裂嶼

余昔自北來，始卜居此嶼。茅屋四五間，局曲如穴鼠。地偏少穀食，半倚薯爲糈。飯已出捕魚，家家有網罟。其俗頗敬客，傾筐兼倒瓻。鮭菜進所鮮，日給不須沽。時或進香醇，草間設樽俎。老夫感淳風，經過相爾汝。問徵此嶼名，土人爲余語。兹山本連綿，閩粤同處所。趙宋末帝時，南奔避厥虜。萬馬方崩騰，天忽開此溆。宋帝乘舟行，蛟起天吴舞。風雷震百里，咫尺那得駐。自爾數百年，一裂不復補。嗟哉當此時，宋曆亦可睹。首尾四年間，神物猶環扈。天意多徘徊，未絶猶須護。兹言或虚傳，事往何從遡。劉翁與張翁，維皇誰去取。

白足婦謡

島上諸健兒，長技在戈船。舉體被番衣，紅布裹其顛。紅布何從出，家家有丁錢。丁錢既已徵，望屋算突煙。尚有無名税，飛檄正紛然。抹額者誰子，連伍到門前。東家婦新嫁，小姑亦隨肩。爾家不飽飯，何用雙行纏。傾筐復倒篋，但怨行步妍。俄而到西隣，西隣長跪言。我家婦白足，不繼粥與饘。正賦久已畢，便可過別阡。爾勿嫌白足，白足勝嬋娟。汲水數里外，以薪復以佃。白足亦輸餉，有何負皇天。嗟爾島居民，娶婦良爲難。有婦須有足，巨細兩辛酸。

石青以養兑處潛見勗作此以當書紳

我生喜豁達，交情無薄厚。懷意恥囁嚅，是非紛然剖。行己三十年，盡言亦罕咎。爾來南海濱，適當亂離後。世事不可測，荆棘固多有。諒哉石青子，戒我兑其口。况在乾爻初，保身良非偶。人苦不自知，多君能善誘。從此凛如冰，養默以自守。臧否付秋風，豈曰藏山藪。庶幾寡悔吝，持以報我友。

同諸公遊石帆 雙石似帆，故名之，海潭洋中之勝地也。

沈郎兄弟好幽討，擊楫夜汎陵晨昊。萬頃不動波汎瀾，月挂峰頭石色老。勝情一往心悠悠，明晨攜我復來游。伏嶼數點欹側過，中流容與狎輕鷗。須臾日出光徘徊，雙帆天際欲飛來。排空駕浪自萬古，日日乘風不肯開。牽舟沙際躡屐立，潮汐吞吐苔痕濕。呀然兩石騁面勢，其一如蹲一如揖。下窺離立無山根，疑是浮遠來崑崙。不然巨靈劈太華，肌理零落今猶存。對此驚奇傾杯酒，笙鶴過時一揮手。嗟我羈留不得去，欲騎翠羽驅日御。

古浪觀鹿耳訖放舟

沙頭雙石名鹿耳，兩邊峰頭翠如洗。游者三人倚以徙，沙脚入水水泚泚。余時欲渡買小舟，放舵隨波搴中流。恍惚不聞岸上語，風煙裊裊陵滄嶼。

郎官謡

彼姝者子尚書郎，去年行殿飛雙舄，今年脚踏島上霜。問郎何所有？揮袖春風中。其人雖悴屋則豐。不知誰何鋭頭子，三三五五醉眼紅。搴帷呼嘯入其室，主人傍皇反如客。攜孥含淚出門去，道旁觀者救不得。嗟嗟爾輩何其武，未見敵時猛如虎。

賽天妃

季春下澥海南頭，喧喧鉦鼓賽湄洲。天妃降真在此地，相傳靈迹無時休。我昔游此當高秋，與客聯步登粧樓。雲梳雨櫛山作鬟，仙衣窈窕風颼颼。桂之醑兮菹爲羞，真官駕者龍與虯。長年作歌我不解，滿堂欣欣紛少留。

詰鼠

旅客悲秋夜不眠，有物床頭來剥啄。囑我笈中書，穿我藏衣橐。點汙几案間，有似相戲謔。朝來起視菱花側，口脂膏粉皆狼籍。公然竊我皂夾煎，使我婦女無顔色。碩鼠碩鼠竊此物何爲，嗌之那得甘如飴。豈有仙人九轉成，真符已下將上昇。雞如鳳，犬如龍，相攜游戲白雲中。爾欲洗爾胃，滌爾胸，隨之直入紫霄宫。紫霄之宫宫九門，赤符使者如雲屯。嗟爾食溷不潔難浣濯，胡能一旦朝至尊！司闢之神執玉杵，赫然下擊無處所。皮裂毛摧委糞土，勸爾慎勿上天徒自苦！

同黄張祀伏波將軍廟歌

自古中興稱建武，將軍挾策求真主。東廂一見展筴謨，腰懸組綬分茅土。晚年仗鉞向炎州，樓船下瀨漾中流。朱鳶已定日南服，重開七郡獻珙球。靈迹千秋銅柱存，蠻夷長老咸駿奔。至今廟祀江之滸，舟師日日薦芳蓀。我從國變山中哭，鳥折其翮車無軸。衰老難跨上將鞍，麄疎方似當時璞。一聞交海近行都，便隨商舶駕雙鳧。高檣狎浪看轉側，陽侯驤首陵天吴。忽然濃霧迷南北，天地黯慘長年惑。長年無計焚片香，歸命將軍頌明德。須臾雲净四山開，如見拓戟光徘徊。從此揚帆兼合檝，擊鼓吹簫取道來。沙淺江平識去津，翩翩蝴蝶引行人。我行衹謁神祠下，青青竹色水粼粼。古碑斑剥字畫漫，執圭衣黼著蟬冠。酒馨牲腯來夷女，拜手陳詞看漢官。將軍上殿喜論兵，聚米還成山谷形。此日聖王方借簪，好將圖畫入承明。廟在安南，詩載《交行稿》中，此是過之而作。又有《上安南西定王書》，言「我朝遣使于貴國，只行賓主禮。孚遠濫居九列，恭承王命，不得行拜禮。伏惟殿下商定，使某得以受教于殿下，且以不獲罪於朝廷，不貽譏于天下後世」云云。即此可見其不辱君命，至誤入一線沙，得東風始出，危而獲全，不誠死生以之者與？

初至舟山張、朱二公重晤于此。

北來昌國晚，此地尚車書。耕鑿驚魂後，衣冠入眼初。相逢得數老，歲晏正愁余。自顧無長物，蕭蕭鬢髮疎。

過大小鑿

浪逐山根出，風花接白雲。經過大小鑿，忽覺死生分。舟楫真何恃，蛟龍亦失群。驚魂招未得，空誦景差文。

懷奐若婿

老妻隨女去，羈客幾時歸。國難干戈滿，家貧秔稻稀。他年傷墓草，今日憶征衣。試上峰頭望，天南有雁飛。此謂其前妻姚氏，至後妻戴氏則係一總兵女，謂閣公文弱，故以女佐之。夫人曾上陣，其遺照猶戎裝也。及歸，與姚夫人叙姊妹云。

出亡後呈伯叔兼示弟姪

煙塵動地浩漫漫，回首悲歌行路難。烏石淒清西照晚，螺江蕭瑟北風寒。病深莊舄猶吟越，家散留侯欲報韓。八世簪纓今未絕，可無一個泣南冠。

俠侯盛言大瞿可以遁世聽之欣然有感

足迹嘗經滄溟外，相傳海上有遺丘。初登只似連鰲背，遠望猶疑幻蜃樓。自此紀年書甲子，還愁把卷得春秋。武陵溪畔人間土，倘厭風塵可訪求。

閒行

長晝攜壺郭外行，啼鶯飛燕暮春情。生平故舊多丘壠，亂後交遊失姓名。他日周郊誰鳳峙，即逢軒鼎總梟羹。於今約略存亡事，否泰由來不可并。

思吴

年華冉冉向西嵎，避地南遊計亦迂。霸業漸乖空寄越，交情畫冷更思吴。沈郎頻奏通天表，費掾難施縮地符。何日鍾陵王氣起，扁舟河畔種彫胡。

六釣灣山莊

閻公又有《六釣灣新居》七古云：「經營面勢結茅屋，前搆方池後修竹。」此乙酉以前事。

泖濱一曲水潺湲，昔有高人隱此灣。擬種芙蓉開小沼，更栽修竹伴青山。誰知魯仲終逃海，況乃梁鴻久出關。回首經營真在眼，迢迢槎上幾時還。

感逝者作

十年蒼嶼歎烏烏，衰骨仍愁風雨俱。已感中郎書籍散，更悲元伯墓田蕪。人間伏櫪歸應異，此地營巢老且孤。收取漁竿碧浪裏，嚴陵灘上正相須。

題南越王尉陀廟此亦在安南事。

遺史千秋一丈夫，却瞻祠宇薦靈芻。乘時截嶺分秦地，折節開關綰漢符。樹葉青青藏雀卵，碑文黯黯辨龜趺。陸生使後誰人到，猶喜相聞《新語》無。

陸慶臻

字集生，號笏田，華亭人。文定曾孫。明壬午舉人，順治八年，揀選推官不赴。後貧甚，不克葬其親，嘗泣曰：「得墓田一笏營葬足矣。」故以自號。嘗遊秦晉間，晚始歸老，至八十一卒。著《薺菴詩稿》。

賦得婉孌崑山陰

我宗秀江左，振纓翼朱軒。藩朝曩未踐，讀書茂金昆。華亭自有谷，平原亦有邨。猗彼崑岡峻，下乃藴璵璠。往烈粲遺躅，芳徽與年存。世爲水鄉士，跼蹐半畝園。遵途盼故疇，餘翠若可捫。嘉林枕平莽，惟見蘿薜垣。散步攬瑶華，徘徊竹柏根。媿無南金賦，可希積玉言。

初，文定宅在沙家橋，門額曰「天恩存問」。後曾孫慶臻昆季皆比屋而居。國初爲提鎮官房。

乙未四月初十夜渡河南還泊舟白洋河作是夜夢陳黄門過余，握手話舊，因拉余往遊曲廊小閣，云是俞彦直内室。俞出講賓主禮，時黄門着單葛衣，汗浹襟袖，余與欵延移時

洒晤。嗟乎！富林一别，星霜九移，自非夢中邂逅，即欲再覩黄門，豈可得哉！因感成二律，悲形乎詞矣。

吾友真成別，心期枕上論。一坏塹葛恪，百錬感劉琨。細雨故人夢，扁舟獨夜村。茫然大河曲，何處可招魂。

終古孤臣夢，偏隨逐客過。好辭餘繡虎，遺恨滿銅駝。談笑疑宣室，衣冠慟汨羅。靈風應肅肅，日夜繞黄河。

同趙使君宿晉祠作

朝陽古洞白雲横，洞口應逢衛叔卿。月出迴聞鸞鶴下，栢歆深見鼬鼯行。手摩石碣燈前字，夢冷星源瀉後聲。明發登臨還不厭，知君山水有餘情。

雜感

歲華朝暮去堂堂，攬鏡鬚眉一片霜。性格甘貧因少病，頭銜是狷亦兼狂。人矜自在山林福，天賜終身魚稻鄉。不怕硯枯磨不出，眼前樂事費平章。

江東男子老諸生，七尺長身百不成。年表回頭羞自注，墓碑到土信誰評。支吾世漫推遺叟，辜負天教飽太平。三十可憐抛一劍，至今猶帶繡花鳴。

題所畫小幅贈龍眠陳默公

千尺飛流近釣磯，水村西去是山扉。幽人深坐白雲裏，點點午鐘來翠微。

宋存標

字子建，號秋士，華亭人。堯武孫。明壬午副榜，注選翰林孔目。後里居優游。東田高隱，蓋存標與尚木雖昆仲，而出處不同。王勝時詩所謂「小宋守南海，大宋附東郭」者也。嘗作西北祠，祀列代忠烈，其志趣略可想見。生平以揚扢風雅爲事，所著《鳳想樓詩稿》中如社集咏皥、求是、德聚、中美、崇厚、後樂等堂，均有詩紀之，至君子堂，則其家社也。又遠及鴛湖、虎阜，爾時聲氣之廣如此。至《遥和集》，是遍和唐人者，又有《棣萼新詞》及《國策本論》十六卷。

古辭

道旁有兔絲，不可以爲衣。田中有燕麥，不可以爲粢。虚名奚足羡，徒令識者嗤。白駒隙中過，青霜草上靡。良農愁儉歲，無使甫田荒。嗟彼禾與黍，不戢將萎黄。頽齡能不歎，齠稚已悲傷。努力各自持，臨風共徜徉。

讀周忠毅公道德經解

忠孝淵源遠，道德貴清虚。高視俯寥廓，玄言得其樞。塵累都蕩滌，貞心金石舒。湯鑊且不避，就義自捐軀。宣尼頌三人，甯武賢其愚。立功與立言，立德豈有殊。遐思漆園吏，神與造化俱。著書五千言，豈果荒唐與？發而爲義激，韜則惟心居。何以得知己，千秋以爲儲。吴江明月冷，柱下讀奇書。參玄定立志，生死視區區。流光啓百世，清風繞玉除。輔嗣注韋編，視此殆何如。

醉時歌

鐘聲入雲開晝省，霜滿玄亭煙半冷。土肥菜熟權充肉，知止何愁不知足。遙望蘭臺聲價重，東墻有客人稱宋。蘭啓九莖芳不息，瓢盈五石藏堪供。文章意氣世莫嗤，曾誦羔羊咏素絲。高視千秋同旦夕，迎風招月開襟期。大夢既已醒，小憤何足疑。木石相爲友，衾影自爲師。酒酣茶熟更番酌，膽瓶水凍花先落。人生何必居高山，要使胸中有丘壑。長作煙霞老逸民，權領龍門草鳳閣。十畝桑間任往來，耕田鑿井何悠哉，高車駟馬驅塵埃。秋鴻春燕年年至，風掩花村覆玉杯。

贈閩中林衡者會稽祁奕遠諸兄

三吴彦會百花洲，閩越群英分已投。漳浦遺書來上座，剡溪畫舫滿中流。南皮勝事雄千古，北海樽罍消百愁。朱近修、陸麗京、沈子相、嚴既方諸同人，續舉社事于禾中。爲悼山陽新奏笛，大風煙霧隔滄洲。姜如須歿于吴中。

上許霞城先生

碩人高隱在南村，酌酒登堂知幾樽。久謝簪纓尋梵衲，閒依香火鎖重門。春風滿袖憐新景，宸翰開函憶舊恩。祇是堦前蘭玉滿，遺懷繞膝抱文孫。

憶李中翰慰其令嗣雲樞

此哀中書待問之作，破巢之下，尚有完卵也。而秋士仍締姻好，初不以菀枯異視，惜雲樞始末無攷。

騷人才藻美青蓮，北海偏驚翰墨傳。筆走龍蛇吹麥浪，心堅鐵石冷松煙。名駒無恙勤相昴，舊雨多情黯自憐。久矣朱陳諧夙好，空追皓月過前川。（忠節宅在坦水橋，有玉裕堂。所著《玉裕堂詩集》未梓。）

春暮集君子堂送梁谿敖山來擬賦建安聯句

良朋慶高會，聯袂集華堂。（四明柳鶉中。）芳徽憶建安，四顧何蒼茫。（宋子建。）和風來大野，嘉樹覆金塘。（馮羽公。）主人敬愛客，妙論揚芬芳。（馮水甄。）庶饈列廣筵，哀絃激清商。（范樹鋑。）曲終發三歎，知己良難忘。（張洮侯。）佳醑泛長夜，珍禽來翱翔。（彭古晉。）金鐙照綺疎，歡樂殊未央。（當湖倪思曼。）與子賦離別，山川高且長。（董得仲。）握手謝明德，詎言天一方。（敖山來。）起舞屢回旋，餘韻遶河梁。（宋楚鴻。）

張若羲

字昊東，號帶三，華亭人。明癸未進士，榜後馳歸，迨閩中唐藩建號，曾就泉州推官。清剛明決，卓異著稱，竝能制悍帥鄭芝龍，嶽嶽不少下。既而內召，乃赴天興，則國事大變，無路效忠，遂奉母東還，隱居白龍潭，號曰如菴，薙髮僧服，蕭然終老。及後發病嘔血，自謂此萇弘之血，千古不化者也，于是四十年之苦衷稍稍共見焉。卒年七十六。著有《楞嚴經注》。董閬石《感逝集》云：「先生好詩文，落筆便成。性愛酒，每浮白大呼，意氣甚壯。然外雖頹唐，而內實沉照，人莫窺其際云。」

謝董蒼水惠酒

臆問猶記老狂生，翠釀春燈眼倍明。世事悠悠交態變，緑楊深處儘埋名。

彭彦昭

字韋齋，初名彦臣，華亭人。明癸未會副，魯藩時爲常山令。居官清慎。時羽書絡繹，乃練習丁壯，以備不虞。民苦兵之貫城出入，爲别開一道，導城北以便往來，民始安堵。並馳書止帥某之屠掠，又贖鄰邑所被掠之子女，還其家。政聲大著。方選授監察御史，浙潰，歸隱，居横溪，與農夫爲伍。有勸以俯仰世資者，如不聞。著《苔月軒詩稿》，王玠右序謂「爲笙簧肆好，而不爲狄濫，鐘鼓張皇，而不爲猛起」。惜其集未見。

題王建昌表忠册

九疑雲夢暮天高，兩字孤忠壯勝朝。玉燭樹前凝血碧，常山城上聽風號。貞心光溢千年事，浩氣秋懸萬里濤。生祭不須憐後死，英英毅魄繞蘅皋。

朱灝

字宗遠，華亭人。應熊子，監生。崇禎間以保舉授延平府通判，及見閣公詩，乃知其在魯王時曾爲待詔，卒於海外也。閣公《輓朱待詔》詩云：「園林知畫理，詩句有清才。雖已紆麟紱，猶然養鶴胎。」又云「自到三山日，看君杜德機。留得仙棺在，難從海舶歸」云云。得此而後灝之履歷乃可考證云。

詩話：宗遠園亭在西陸村，中有定尋堂，爲幾社中人遊賞處。今知宗遠爲待詔而死，是固相從蒙難無望招魂者已。昔宗遠與吾家有姻，七世祖神超公壽宗遠祖母文，稱宗遠爲吾鄉之平原、清河，才名滿天下。又稱其攻苦發篋，冀借鵬翮一奮，以展報劉之志。又詎知忠義所結，卒至殞身海島哉！

獨漉篇

獨漉獨漉，水骨泥肉。測涯際深，濡轜淪舳。龍鰍雜活，海江厭闊。風滓自揚，鳴機危末。蚊雷飽同，饑蟬餐風。石信於裹，中悶納聰。魚困迷津，高雲隱輪。妖草弄夭，欲陵大椿。騰蛇飛聲，篠籠病鸚。鏗鍧劍語，久銜不平。蟻弟蛙昆，喜鬪怒喧。當衢豺豹，自爲大言。

題自畫秋山疊巘圖

筆走每驅山，冥墨已失曉。獰石猶攀欲墮嵐，峻巖并拒孤飛鳥。松紆竹鬱似無天，蒼突狂崖怒噴泉。遠空約略沙草煙，霽斷復與前村連。棲雲歸壑尚帶濕，刷翠削青千峰立。複島穠葉封微茫，閉杳祇容輕霧入。水閣回溜縈咽聲，遥林駢翳翠微酲。霜綃自露秋冬骨，冉冉枯毫幽氣萌。

避地

清涼以利見，冰性去炎洲。七户謝聲木，九關納息輶。雲開無住地，花有不時秋。騰氣神樓結，唯栖大塊舟。

聞滇

碧雞阻漢長妖纏，赤白横馳逆毒煙。魑魅吹風猶嘯勁，螭蛇撼日不知年。益州饒鷙盤天柱，滇海騰波梗地船。未洗甲兵河夜動，鑾雲亦復帶腥前。

夜度娘

星心識私路，玉宇納潛兔。雲多縮地思，暮魂返煙步。

王廷宰

字昆翁，號鹿柴，華亭人。嘉定籍，明貢生，官六安州教諭，遷沅江知縣。甲申福王立，嘗一至金陵，見時事不可爲而歸，後隱居張堰。《府志》謂其有文采、無宦情者也。著《畫境集》、《緯蕭齋集》。朱竹坨《明詩綜》僅載其《社草》二章，而昆翁節概未見，故補著於此。

鸚鵡洲

淵淵《漁陽撾》，鏘鏘《鸚鵡賦》。碧血灑芳洲，江聲泣朝暮。大好竊魁柄，側目視英雄。

枉殺天下士，誰能保其終。今年翦楊修，明年芟孔融。殺機先禰生，假手鍛錫公。漢鼎已沉淪，何處可生活。不如漫駡死，氣作長虹發。吾登黄鶴樓，俯瞰洲上月。不見鸚鵡飛，但見芳草茁。如何銅雀臺，千古竟湮滅。

詩話：此詩是毘翁之官沅江時所作。其任沅江時詩云：「半是居民半沙雁，不知何事也除官。」又云：「割得水雲剛半畝，此官合唤作漁翁。」蓋沅江爲洞庭西涘，當五溪下流，水族頗繁，家以網罟爲活，縣無城郭，開門即見魚蠻子與烏鬼、鷺鷥出没煙濤中。每歲季冬二十四日，縣出與士庶縱觀打魚。毘翁作令當癸酉冬，漁船數千，鱗次縣門，曰官不出，不敢漁。令出則隔江布席河上，下令曰「如故事」。於是，擊楫如雷，江聲如沸鼎，銀刀玉尺飛擲水面，有以縮項鯿來獻者，一頭重可二十斤，吾江南所無也。日旰令起，衆船皆散。縣人家家以烹鮮爲樂，漁人賣魚買酒，婦子無不沾醉，亦一時快事。

由勝果寺登鳳山絶頂 相傳南宋時閱戎于此。

中峰知幾仞，鬱然蒼靄中。仰面見絶壁，墮水寒淙淙。初疑白塔影，何由掛虚空。松頂出微逕，始覺精藍通。青蒼拂僧舍，叠嶂紛玲瓏。蕭蕭度壑雲，泠泠回巖風。扶我登其巔，曠若開鴻濛。左挹湖水清，右攬長江雄。大海日夜流，滔滔繞其東。前朝羽林隊，擐甲鳴瑚弓。射殺山中鹿，敵塵仍滿空。中原既板蕩，寧得誇武功。至今叢靄間，想像龍旗紅。凭高騁遐眺，悲來號無窮。

夜大雨項園客放舟湖中醉歌

山頭作雲湖作雨，夜色沉沉薄漁罟。老翁縮項如宿鳧，暗中切切呼其豎。雨聲颯颯風倒吹，蘭橈盡繫垂楊枝。何來此客偏好奇，進艇不畏波濤欺。碧色葡萄壓船尾，痛飲但恨杯行遲。雨師見此氣已奪，故挾銀河瀉空闊。衝煙激水不得住，鯨飲差堪潄焦渴。狂來擊缶歌滄浪，舉燭照水青茫茫。醉呼山靈山走藏，但見翠旗恍惚紛翱翔。龍王小女名第七，若遠若近煙中出。風鬟乍沐態更妍，陵波向我彈瑶瑟。瑶瑟怨兮傷我懷，酹以一杯嗟復失。君不見，春寒風雨幾番過，明日桃花逐逝波。老夫自醉君自歌，人生不飲當奈何。嗚呼！人生不飲當奈何。

木末亭晚坐乙酉

建業諸山繞鳳城，孤亭突兀與雲平。一鈴塔上占亡虜，時李賊就擒。萬鼓江干雜戍兵。謂四鎮。鴉影故宮迷北望，鴈聲殘角怨南征。誰憐野老傷心目，坐到斜陽不肯行。

甲申秋大冢宰張公檄往淮上參史相公幕府

先皇弓劍歎天根，江左干旌特地臨。豈謂軍中須劇孟，如聞闕下得陳琳。黄河北渡琱弓遠，紫蓋南來玉殿深。慙愧如雲趨幕府，一生芹曝野人心。

大中丞祁公亦以淮事薦及咨移史相公

長淮千里接金焦，强弩臨江拱聖朝。未有卧龍紆策起，應知老馬識途遥。丹書鐵券終難恃，玄甲銀鞍尚可招。時事至今那可問，都人莫訝士也驕。

御史唐公以史局薦辭之

先帝崩年紀載虚，賊臣逆節漏刑書。編年此日抽金匱，故老何人領石渠。耳目較真公穀輩，文章不朽馬班餘。昌黎縮手多遺恨，何况兵戈泣社墟。

乙酉歸草堂庶徵爾章爾宣后張相繼見訪乙酉

草堂荒落四無隣，萬死來歸一幸民。陵樹到秋淒白露，城笳入夜弔青燐。登壇灑泣思諸將，謂我郡總戎吴公與署參戎候公輩也。伏節臨危惜老臣。時吾友大冢宰徐休公殉節。賴有宗盟能慰勞，殺雞炊黍話酸辛。

雨中絶糧示稚子

亦知兒女苦朝饑，上市無錢得米遲。門巷泥深風雨急，老夫方咏《伐檀》詩。

鳥雀群飛不肯來，長饑老鶴啄青苔。經營一飽真難事，漫摘黄花滿把回。

詩話：昆翁當丙戌時，時有推轂之者，作詩絶之，云：「臨風一長嘯，滅迹青雲端。」又云：「斯饑貞不字，嘉遯吉無疑。」又云：「丘園雖寂寞，束帛亦何榮。前有於陵子，後有蘇雲卿。」存此高尚，有以窮餓而不悔也。

周規

字象圜，一字公履，上海人。少時學擊劍、騎射。戊午、己未間，上書數萬言論邊事於朝，不報，遂棄去學詩。華亭蔡樅奇之，稱莫逆交，删定其詩爲百篇。蔡死於松城破之難，詩亦失去，别本又燬於火。後徙嘉定，以訓蒙終。爲人舉止疎野，所存詩有《醉餘草簡》，質如其人。

訪蕭子羽

木葉秋風裏，因君幾度尋。路從黄浦曲，門掩白雲深。斷雁飛寒影，遥鐘送晚音。相看同一笑，隔水是東林。子羽好道，居近招提。

雨後同人過小齋晚集限韵

爲望西山來爽氣，簾開石畔洗莓痕。白沙鷗卧雨初歇，青嶂雅歸日漸昏。天放騷人尋竹塢，月隨酒侣到柴門。病魔喜是今朝去，正可相陪倒夜樽。

憶别

記得江樓一夜風，落花簌簌滿溪紅。重攜琖酒東園别，獨棹孤舟煙雨中。

哭季直

禰衡賦就憐鸚鵡，玉碎誰收骨一函。我欲哭君何處所，月明飛夢繞江南。

盛國芳

字香樾，號澹餘，華亭人。明諸生。甲申首春入京獻策，言滅流寇事，不報，遇變，南歸隱於老圃。曾倣宋時王鴻漸《野菜譜》作《老圃志》，於藝植澆莳諸法，言之頗詳，并附贊語。

無聊曲 甲申四月，燕京新破，獨坐旅館，感念故鄉，率然賦此。

庭前槐樹依然緑，南望故鄉幾萬曲。廢興自古不多見，值我來時易陵谷。易陵谷，堪慟哭。世事竟如此，反覆若轉轂。上策氣雖豪，不如田間逃。優游忘歲月，静卧聽松濤。聽松濤，須及早，鬢毛漸斑年非少，擾擾乾坤幾時了。偃息城南隅，垂竿亦自好。

盛朝組

字荆篚，華亭人。明金山衛諸生。偕其叔國芳上書，京城陷，歸家。後遂不應試以終。朝組幼孤，母氏撫之成立，弱冠即名噪諸生中，爲人師，得脯資以奉甘旨者將五十年。至康熙癸亥，母喪，及乙丑服闋，時已逾七十壽辰矣。其子魯得補行觴禮，吴隱君日千序之。著有詩稿一卷。

詩話：荆篚詩得之其裔孫所，訛署山篪名。按之詩中接搆人物，恰不相值。觀其乙卯六十自壽詩，政與乙丑七十相合，乃定爲荆篚詩。詩甚清越，似非徒規規雲間派者。

雜感

讀書無實用，勞我此風塵。感舊添新淚，悲今念古人。寢興終日事，生死百年身。憔悴天涯客，如何慰老親。

重過落馬湖 甲申夏，隨季父問渡於此。今季父辭世，從者亦逝，援筆之餘，不能成句。

追隨杖策走京華，荏苒俄驚歲月賒。衝雨重經千里棹，乘風猶憶廿年槎。由來喪亂原難濟，衹是存亡更可嗟。此際衫痕添淚濕，非關别舫有琵琶。

趙　泂

字希遠，華亭人。諸生。博學能文，王時敏、董其昌皆折節下之。福王時，楊文驄爲馬士英戚，作書招泂，泂曰：「國事危若累卵，而君相耽樂，此冰山必不可恃。」作書謝之。晚年以書畫自娱，移家梅花源，與沈□求友，絶意進取。著《盟鷗惺園詩稿》及《題畫録》。未幾卒。

泛泖

江湖漫叟忘機客，隨處煙波堪作宅。歸舟斜繫泖湖濱，閒看湖心秋月白。月光如練水連空，九點芙蓉落鏡中。曲沼洄沿憑短棹，迴塘宛轉任輕風。中流仿佛疎鐘度，塔影層層隔遥樹。縹緲斜分島嶼雲，微茫欲墜蒹葭露。客心對此轉茫然，遥望蘇臺入暮煙。我欲掛帆乘月色，夜深重泛五湖船。

顧在觀

字觀生，晚號東籬子，華亭人。十三即補諸生。自少通敏，長益博極群書。陳繼儒見其《史選》，謂當在師友間，因推鳳皇山來儀堂别業以居之。初泗州楊文驄爲府學教授，重其才，令二子受生、貞生師之，又薦之入士英幕府。在觀嘗以近昵懷寧，群情致憾語士英，及士英入相，方欲起用老成，而大鋮欲以一網盡之。在觀又語士英曰：「如大鋮之才智雄傑，加以十七年傷心刺骨之怨，使其一旦得志，爲所欲爲，必不顧其後。此事關公門户，亦千萬世清議所係。」且以告士英子鑾。鑾幾諫，至涕泣隨之。其時不至起同文黨錮之禍者，在觀力也。後在觀知事不可爲，告歸。所有瘠田二頃，耕織自給焉。及以逋賦失産，貧窶卒。至文驄以乙酉過蘇，掠庫銀二十萬奔浙，丙戌降于我師見殺，馬士英亦降見殺。

金陵懷古

江上風煙吴楚連，地形盤屈帶三川。兩朝南北衣冠正，六代車書日月懸。會獵壯言嗤孟德，投鞭失計笑苻堅。如何天塹風流主，欲向臙脂井底眠。

十年不見石城秋，萬事皆隨江水流。晉代五龍空往讖，謝家雙燕有新愁。千門衰柳懸殘月，一劍清霜感敝裘。滿目相逢無限恨，那堪重上仲宣樓。

龔志楷

字宛楞，華亭人。明諸生。崇禎末，嘗草《救時疏》欲入京獻之，其兄慮賈禍，乃以母命止之，而志楷每展已策輒流涕，後竟不應試。其兄勸以浮沉諸生中，可免踐更累，不聽，卒以徭役廢産而不之悔。剪髮爲頭陀，自號頭陀子。畜頭陀草一盂，動以自隨。一日草忽枯死，歎曰：「吾其死乎！」卧病七日而卒，年六十有五。其子震亦奇士，遊京師與龔宗伯遇，接談甚久。後不往謁，龔謂吾鄉姜中翰于逵曰：「龔生才甚佳，盍來一叙昭穆？」姜以語震，震泫然曰：「非先人之意也。」竟不許。

送范香國回四明

范名兆芝。送茂滋回松，郡中諸人送范而作。

報國倉皇殉闔門，雪交亭畔仰忠魂。綱常自繫千鈞重，似續仍看一線存。刀斧營中能破械，波濤海外送歸艑。多君誼在王成上，未有生前付托言。

詩話：太傅殉節，孫茂滋被執。其得生也，賴松江汝應元與鄞諸生陸宇璟、前户部董守諭、董德偁，崇明諸生沈龍，鄉貢進士蕭伯闇，閩劉鳳翥，定海諸生范兆芝等救之，以免。事見茂滋

《餘生録》。范又送至松江，其仗義如此。余于故書攤上得抄本送范香國詩一册，僅存四五頁，于其詩可存、履歷可攷者，如龔志楷、何一痦諸人焉。

蔣平階

字大鴻，初名雯階，字馭閎，華亭人。初在幾社中，崇禎壬午間，與宿來、水修輩爲雅似堂之會，又師事陳大樽。當乙酉亡去，赴閩，事唐王，授兵部司務，晉御史，嘗劾鄭芝龍。丙戌閩破，遂亡命，戴黄冠，假青烏術浮沉于世，至齊、魯，轉徙吴、越間，樂會稽山水，遂家焉。《紹興府志·寓賢傳》載其好談幾社遺事，感慨跌宕，滚滚不能休。酒闌燭灺，涕泣隨之，聞者服其才，而傷其志焉。卒後，遺命葬若耶之樵楓涇。其詩文皆詳贍典麗，無稿。其堪輿精三元法，著《地理辨正元五歌》及《歸厚録》等書，至今江左多宗大鴻。

寄懷王丹麓

淵海濯靈藻，珪章挺秀實。若士潛幽心，早年稱入室。勞謙譽有終，濡如美貞吉。臨世揚芬葩，風標浩難匹。逍遥道藝津，灑然盛作述。聲華隘五都，輪轅通四驛。鏧折規前修，陶鎔見天質。國士紛交衢，相須比膠漆。嘉覯傾素期，思君如朝日。

越中咏古

句踐城荒越舊都，越王高塚枕兵符。誰啣寶劍酬明主，空采黄金鑄大夫。四野春畂餘馬櫪，五湖秋水冷冰廚。何來霸氣爲南斗，苦竹山前聽鷓鴣。

登會稽山絶頂春草塞路不得達而返

稽山鳥道與天齊，杖底煙蘿萬壑迷。禹穴幾時探玉簡，秦碑何處覓金泥。雲封斷壁蛟龍卧，日落懸崖虎豹棲。肯惜春風生羽翼，重來此地問丹梯。

寄王玠右名世兼問韓閔二子

連輿高謝五湖東，别恨年年寄塞鴻。世上幾逢青眼客，吾曹應乏黑頭公。飯牛夜渡柴桑月，聽鶴秋高薜荔風。猶有鹿門賓主在，不妨蹤迹且飄蓬。

送羅夢章比部省親還蜀

歸心遥繫武功天，巫峽春風萬里船。錦水無桑堪養母，邛關何地可籌邊。雲連八陣愁魚復，路轉三巴泣杜鵑。自歎碧雞詞賦客，十年旌節竟空懸。

哭朱彦兼

空山織屨不知貧，欲識桃椎總未真。滿地秋花無五緉，也應愁煞路旁人。

開士堂前桂樹枝，天香國裏慰相思。我來不見朱公叔，愁絶今年花落時。

禹陵

撬輦逢堯祀，垂裳拜舜年。剖圭開日月，瘞玉鎮山川。南幸遊方豫，東巡駕不還。衣冠辭岳牧，劍舄步神仙。寢廟春常閟，宮車夜自懸。千秋明德遠，萬象寸心虔。海闊滄江外，星臨斗柄前。金莖留曉露，碧殿鎖秋煙。罔兩猶留鼎，蛟龍想負船。秦碑荒草合，漢畤白雲連。蒼水書難得，元狐籙可傳。按圖通百粵，淚盡九疑天。

崇川顧圭峰出其先公大司馬所遺賜香作供賦贈

慶曆開鑾邸，奇香萬里傳。波輕安息使，風利日南船。白象馱方物，黄金寫貢箋。朝廷雖却御，鞮譯自争先。辨味殊蘇合，徵材異甲煎。方書留外庫，藥局筦中涓。獸炭消宮井，薰爐近講筵。秘書朝辟惡，暖閣夜求仙。披拂天顔動，氤氲玉帳連。五侯新賜火，七貴乍分煙。司馬金城寄，籌邊借箸前。趨朝漱雞舌，退食袖龍涎。似玉涓涓潤，如珠的的員。好將温鎧甲，還用拭貂蟬。物以君恩重，名將世業懸。芬芳猶在握，什襲已多年。零落因時數，收藏倚後賢。薰蕕豈同器，芝蕙自相憐。頓有尊前客，長歌寄簡篇。

李延昰

字辰山，初名彦貞，字我生，籍上海，今分南匯，所城人。諸生。家有渼陂小築，後棄去。隱于醫，晚居平湖佑聖宮爲道士。其卒也，以書籍二千五百卷贈朱竹垞。著《放鷴齋集》，並《南吴舊話》二卷。

詩話：竹垞《明詩綜》稱辰山生長士族，人不知其門閥；策名仕版，人不知其宫階云云。蓋當日更名棲遁，故不言氏族。所云仕宦，殆亦仕于浙閩，故亦諱言之耶？觀其與閶公過宣和嶺至義和，非同閶公奔赴天興時耶？至《南吴舊話》皆載明人嘉言懿行，足爲鄉邦文獻。又「昰」字，古體「是」字作「昰」，「夏」字亦作「昰」，今人但讀爲是耳。

城西舊圃

新霽豁川原，披襟坐茅屋。數畝雖就荒，猶可媚幽獨。垂楊夾清流，高下集群鶩。鐘鼓渡前溪，雲寒隱喬木。離市雖不遠，溝渠亦迴復。優游念江湖，采掇尋杞菊。黽勉事耕鋤，庶幾備饘粥。出處各有爲，惻惻保初服。

齋中讀書

結廬西渼陂，披雲攬丘壑。絶塵自奔軌，翰墨欣有託。寤言聊獨賞，古人良可作。非必琴酒娱，頗得詩歌樂。達生貴知命，引興在寥廓。微陽明夕扉，窈窕青山郭。

歸家作

吾生困行役，星鬢還自嗤。今始得暫歸，勞歌難重思。灑掃憐老屋，風雨猶蔽之。布席聊宴坐，高吟古人詩。鼠飲期滿腹，鳥棲擇高枝。獲遂丘壑情，吾道庶在兹。富貴非不欲，貧賤安所辭。顧彼閒雲游，自得山野姿。

緑溪行

瘦筇不老芒鞵輕，青錢三百隨我行。溪橋數折入人境，日落更喜群山青。酒墟遥對菊花好，東籬豈有陶淵明。

留鬘持

君莫行，朔風號。經月走冰雪，能使馬骨高。桑梓情親應不少，歌呼豈必他鄉好。投竿方覺河瀨寬，開卷更知天地小。余齒日已暮，余交日已稀。眼前賴吾子，議論相因依。彈琴擊筑樂事多，漏殘更進金叵羅。男兒肝腸自有素，世上紛紜皮相何。

郡城送翊堂從姪歸南滙

我下浙西路，君來滄溟東。相見傾斗酒，言去何匆匆。家居瀨一曲，陸文裕公云：南匯者，瀨之一曲。烏啼麥苗緑。雅意學荷鋤，書將乘暇讀。丈夫寂寞須自甘，上下千古寧負慚。吾宗子弟盡可數，幾人自足持門户。歸歟謹守先人廬，莫恃才高賦鸚鵡。

永安湖送戴集之歸婺州

一片滄浪水，南湖與北湖。柴扉明落日，漁艇暗春蒲。聚散當佳節，悲歡屬老夫。戴公棲隱處，風物滿長塗。

送邵漢旬歸蘭溪

屈指蘭溪路，乘風四日程。江聲欹枕急，山色滿船輕。汝自謀行止，人誰解送迎。金華仙洞裏，瑶草石臺生。

上海

萬里朝宗水，喧豗滬壘東。稽天新漲碧，浴日曉雲紅。地控三吴盡，潮分兩浙通。春申遺廟在，社鼓賽村翁。

過宣和嶺至義烏界追憶先師孝廉徐闇公先生相期卜築處

《佚史》載其康熙丁亥卒，年七十，誤。又如言則順治丁亥十歲，烏得從闇公。謂二十走桂林，更誤，丁酉時桂藩在滇。

聞説烏傷界，前期似夢中。四圍青嶂合，一道白雲通。棲隱終難遂，飄零轉易窮。先生後終潮州。門生頭白盡，無路哭遺蹤。

渼陂小築

卜築城西路，溪流面面通。但教鷗鷺滿，不畏稻粱空。净掃延虚白，閒窺落小紅。閉關良醖足，便可傲無功。

偶成

早歲辭鄉國，歸來鬢已華。朔鴻乘雪起，海燕受風斜。興起因鱸膾，飢還倚蕨芽。故交零落盡，不敢嘆無家。

東歸

東歸寂寞遂餘生，不向漁樵負夙盟。十畝低田勞築岸，半間破屋待支楹。編籬設棘爲多事，貯月藏雲本至情。幸比蝸廬成就易，嘉賓雅意莫經營。時浙中諸君子有欲爲余謀山貲者，辭之。

寄兄子天石寶摩

異地經時聽鳥鳴，花深孤館倍關情。吾爲癡叔無長策，汝是難兄有令名。浦口布帆春雨重，山蹊蠟屐野雲輕。最憐歸思頻相憶，極目菰蘆野色平。

岐升從叔夜話

相從寂寞款柴門，身世真難仔細論。何處旗亭將進酒，此時帶水欲招魂。閒看薇蕨貧堪戀，慢數鷄豚趣自存。若向竹林尋舊事，仲容差可擬諸昆。

同仲來登南城遠眺下至福泉寺謁方相國遺像感賦

荒城是處可張羅，拉伴尋春柰樂何。碧海迴瀾喧落照，青旻驚隼下平坡。人多隱德輕操翰，地入邊防重荷戈。從小平津曾伏謁，掃廳無復但悲歌。

最憶

年年作客不歸家，緑遍平蕪一望賒。最憶竹堂西畔坐，茶煙吹過紫藤花。

國朝松江詩鈔卷六十二遺老

鄉人姜兆翀潘山録
徐朝俊恕堂閲

沈浩然

字雪峰,本名明初,字東生,華亭人。明侍郎猶龍子。少爲名諸生,能書善騎射,蔭錦衣百户。大兵南下,猶龍守城,中流矢死。浩然遁去,挈妻子航海,將入閩,閩已潰,乃依其故人黄斌卿于昌國。會魯藩來駐兵,張名振使阮進殺斌卿,而浩然署爲侍從,浩然好彈射譏議,同事側目,故浩然詩云「衆口無勞怒,微臣亦自知」也。及至辛卯破昌國,浩然削髮爲僧,歸吴,改今名。時尚有傳侍郎遁迹吴興山寺者,浩然行脚求之不得,歸以衣冠葬焉。其葬地在東城外白衣菴前。晚駐錫于城北之善應禪院,卒年五十一歲。二三友人爲之含殮,檢其室,瓦器、單衾、杜詩一册而已。董閬石曰:「雪峰詩文俱有别調,字寫吾家文敏,爲人風流儒雅,古道照人。惜遭難早衰,未幾圓寂也。」

《漱芳齋詩話》:《聞雪峰詩稿》在千山董氏及董五峰,故轉輾落華亭何訥紅樹處。吴陶宰選《淞南清氣集》時，曾於何處見之，謂分四卷，約六百餘首。及嘉慶九年，紅樹猶在，余訪求之，則謂自三十年出門以後，不知何時遺失矣。蓋今所存者，祇此數章耳。倘精氣所棲，或尚流傳在世耶。

優游行

桓圭雖裂，不爲全瓦。瓊枝雖折，靈仙所把。解一 蝮蛇殺人，劇於震鱗，鷙飽而嬉，鶴饑不嗔。解二 鞅棄聖訓，斯滅六雄。禍彌天地，亦喪厥躬。解三 曾參歌商，聲出金石。莊周辭相，卮言抵擊。解四 純鈞揚輝，不能綻補。君子抱才，不事秦楚。解五 窮則介石，達則在田。優哉游哉，聊以窮年。解六

悒悒行

悒悒復悒悒，空山獨坐泣。朝看大火流，暮聞金飈集。解一 鸕鷀在江湖，狐兔依山岡。一身多所迫，安能守故鄉。解二 阿母七十年，送我到江湄。授我故時服，問我何時歸。解三 長跪再拜言，願母壽南山。康寧好强飯，有弟在目前。解四 兒女寄他家，饑渴不得食。宛轉牽人衣，去去各努力。解五 仗劍何所求，念我故時侶。臨水復登山，颯颯吹風雨。解六 刀矛夾道傍，擇人以爲餉。沅湘不得渡，頓足徒惆悵。解七 憶昔弄白日，曾爲滄海行。望見扶桑樹，辛苦難爲情。

八解扶桑自森森，白日自杲杲。躑躅今如何，沉憂我將老。九解男兒不易心，猛虎不回頭。形骸化爲土，魂魄尋吴鈎。十解

怨歌行

融蠟作桃花，當春不羡日。鑄金成孤鴛，臨風不求匹。艷陽隨波流，此物良悠悠。在君不解恨，那識他人愁。

苑花謡

紅爲苑中花，白是路上雪。苑中金鳳凰，啄花花葉折。蹀躞御溝上，緑楊被春風。風急烏復嘑，滿城殘照紅。

愛妾换馬

金勒嘶躑躅，嘑粧行逡巡。强使金埒暖，忍無寶帳春。垂楊正堪繫，落花豈更新。衣香馬尚齧，扇棄妾惟嚬。不見漢家帝，意氣最難馴。遠求大宛國，兼愛李夫人。「衣香」句用魏文帝事。

思親操丙戌年渡海時作。

海波怒兮我舟欹，我則有粟兮炊爲糜。不知父兮飽與饑。海波静兮我舟安，我則有褐兮頭有冠，不知父兮暖與寒。聞有上帝兮赫赫在空，日照我心兮月照我躬，嗟嗟奈何兮罪與

天通。

雜感 端州作。

人言赤松子，手掇麟火芝。有時朝玉京，戲弄扶桑枝。入海雀爲蛤，變化其羽儀。而我何闒闟，形神苦披離。穀食非神仙，誰能忍朝饑。孔明起草間，火德爲崔嵬。草付霸朔方，相惟王猛才。古來聰明主，肝膽不易推。感激誓終始，天地生雲雷。奈何駑馬骨，欲召赤驥來。已開麒麟閣，翻令識者哀。

同施元曠徐對三看西山夕照

草堂偕二妙，夷猶眺西山。莫辨重巒幾，盡入餘霞丹。澄湖歛清暉，喬樹翠闌干。崖藏法鼓響，雲出珠殿端。缺月未流照，絺衣起微寒。感彼孤飛鶴，矯矯何時還。

述仙四首

黄帝治民已，鑄鼎於荆山。鼎成飛龍來，將獨棄人間。百靈前後驅，修鱗尾蜿蜒。九關詄蕩蕩，春雲雜紫煙。後宫數百人，色若芙蓉鮮。有情不別離，婦女爲神仙。

美人在何許，渺然滄海中。白日爲之佩，扶桑爲之宫。下愚苦不識，疑是東皇公。此身無羽翼，何時遠相從。我有緑綺琴，乃是嶧陽桐。絶絃已五載，歲暮心冲冲。

道逢赤松子，攜手謡且行。贈我黄金膏，佐之以玉英。飄摇陵五嶽，倏忽歷千城。豺虎與狐狸，人立而怒睛。齧人無賢愚，血流骨相撐。九州乃如此，何忍求長生。

奉君黄金巵，願君顔色好。人生時幾何，何患鬢不皓。灼灼芙蓉花，紛披滿池沼。始秋先戒霜，採之固已早，歲寒氣肅殺，天地同枯槁。製爲衣與裳，芬芳聊自保。

丘山路作

九州道不存，名山余所託。朅來賞心侶，窈窕入巉崿。叢桂自紛如，險磴誰爲鑿。瑶澗咽復鳴，丹崖傾未落。清飈玩朝暾，夜月延虛壑。涼氣登幽篁，層軒帶華薄。緬思九秋遊，重至朱明灼。歲月忽成今，煙巒澹如昨。履二有幽人，肥遁何綽約。得一我可喪，天刑迹屢削。歎彼鮑焦蔬，哂兹子雲閣。庶幾實與名，兼遺付冥漠。

東山行

張名振奉魯王至舟山，張肯堂勸黄斌卿奉迎，斌卿不從，卒爲張名振使阮進殺之。東山在昌國城南二里，迤邐入海，斌卿之舟在焉。己丑九月二十四日夜見殺。于是作《東山行》。

東山山頭落日黄，樓船萬舳刀如霜。東山山頭落日黑，長星夜飛半天赤。侯死時，有巨星隕其處，光如流電。星飛却入鮫人宫，侯兮侯兮歸其中。海若哀嘯鼇足斷，老蛟騰出爲長虹。城中老翁洗血視，願侯同生復同死。侯無在舟侯在舟，高牙大纛焚於此。東山巖巖滄海波，山高水深奈侯何！

黄係道周侄，阮以舟山破時見殺。

倀呼

猛虎食人倀作奴，我來丘路聞其呼。人言爲虎擇人肉，獸何兇黠鬼何愚。山雲慘慘暮欲雨，山路磽确行人懼。忽然團風群嘯去，白礬花深不知處。

悲歌

百車載金買一劍，光如芙蓉氣如電。結交得一奇俊人，當其感激能捐身。雄飛雌伏皆偶然，何用珠玉高於山。君不見鵷雛恥受鴟鴞嚇，哀鳴叫血青雲間。又不見古來凍餓盡聖賢，寸心雖好皮不妍。歲云暮矣淚潺湲，白日欲落誰能搴。紇千山寒凍死雀，何不飛上蒼蒼天？功名不成垂羽翼，王孫臝葬死亦得。殷勤爲謝世上兒，莫爲黄金變顔色。

贈錢纘曾兼寄朱士稚

君不見錢生高卧震澤傍，抱持竹簡歌虞唐。又不見山陰朱郎丞相後，家散萬金身不有。陽烏西飛難再東，世間萬事將安窮？血入厚土九州碧，火燒衣冠五嶽紅。稚也曾也志則同，如形與影朝暮從。灑墨銜杯僅餘事，講求多在天人中。莽莽塵埃得二子，颯颯巖桂生清風。麒麟獨出或被縛，鸞歌鳳舞真冲融。我來已識錢生顔，皎如玉樹雲霄間。回視江東裙屐子，竟成寂寞無琅玕。不見朱郎長歎息，如是男兒苦難得。已能脱死病何爲，皇天未許埋寃魄。浮玉山根秋水深，泬寥將變青楓林。南望洪濤生禹穴，松風十里稽山陰。感古悲今置莫道，去去滄波共君老。

秋夜宴吴樞部水閣

王室尚如此，蒼生其奈何？高秋成痛飲，五載一悲歌。風勁吴山角，雲深楚塞戈。歎君神意壯，余病轉蹉跎。

懷黄鹵侯作

愁眼拭雙淚，依微絶島雲。怒濤喧八陣，飛雪聚孤軍。玉輅恩仍遠，珠盤義莫分。由來麟閣上，不畫一人勳。結有諷意。

登湖州峴山逸老堂

杖策碧林杪，登堂秋日明。嶺雲依去棹，沙岸抵孤城。越水煙中白，吴山雁外平。新亭有遺恨，處處淚縱横。

答殳彤寶過訪見贈

城郭邊聲起，荒郊落蕊紅。燕歌曾遠别，楚老復相逢。鼎鑊身如故，衣冠道易窮。各隨萍梗泛，忍淚向春風。

金閶道

小艇衝煙出，蒼茫置此身。溪行皆失路，鳥語辨清晨。客思如流水，天寒猶釣緡。予生或有托，風雨即河津。

讀吴太史梅村詩二首

北風驅雁南樓過，夜讀西京遺老詩。王朗在東終被召，薛方詭對不能辭。難消聲價黄塵裏，高卧江村白首時。暖閣宵衣無限事，辛勤話與世人知。

春盡遣興

一卧禪宫歲屢新，無家終在五湖濱。花飛片片皆如夢，麥秀蕲蕲祇送春。竊把文章酬造化，漫將名字入風塵。蒼顔衰鬢誰相識，野鶴長鳴下白蘋。

招提歲暮

惆悵湖山歲月更，多羅樹下朔風輕。不來殘客寒花笑，自引深杯獨鶴鳴。誰遣一身歸半偈，漫將八卦問三生。赤松可學辭黄石，何必人間事業成。

丘山路口號

六月渴太甚，呼奴汲澗泉。雲深愼出入，猛虎不相憐。

哭徐復齋歸櫬

徐闇公壬寅後以提督吴六奇庇之，得至潮，完髪而卒。

白雁隨丹旐，歸來谷水間。登堂一長慟，羨汝不生還。

惆悵詞四首

二存

銀海陰沈浪不生，玉魚零落暮雲横。十三陵上悲風起，併作秋聲過鳳城。

身外看花容易落，眼前杯酒不教空。勸君莫話承平事，年少聽來似夢中。

寄陳處士仲先黃文學與參

能文江夏今安在？凍餒於陵又七年。莫聽笳聲便惆悵，四明山色尚依然。

題桃源圖

南入煙霞路幾層，桃花源内色如蒸。秦王亦有休兵日，不遣干戈到武陵。

絶句二首

獨卧江湖獨自行，寒看落木暖聞鶯。誰將江左清商調，翻作哀笳朔馬聲。

蹀躞花前赭白驕，急裝長見劍横腰。江南王謝休揮麈，愛向秋風學射雕。

詩話：東生弟巖生亦一詩人也。觀其在海外時，則徐闇公贈詩云：「君家兄弟亦奇哉，二陸原推洛下才。」可知其弟與兄並也。及歸松，有《四十自壽》詩，周釜山嘗稱之。後去吴，蹤迹莫考，匪獨其詩失傳矣。又有沈某者，當乙酉時以護東生兄弟見殺，闇公《沈君歌》云：「沈君一生好寶刀，淬之嘗用鸊鵜膏。華陽土拭光照水，剸犀截兕如吹毛。君家司馬開旌門，軍事旁午若雲屯。君方手持赤白羽，内備鈴閣外鎮撫。玉帳飄摇何所向，隻身被縛氣逾壯。慢駡不肯洩諸孤，血肉淋漓歸塵坱。試取君刀斷君頭，鬚張眥裂憤未收。捧君之頭城西樓，凄風苦雨鳴啾啾。」云云。此人惜失其名，然存此可以補《沈忠烈傳》所未及。

王光承

字玠右，華亭人。其先籍江右，以分戍金山衛之中前所，遂爲郡人。光承弱冠補上海諸生，力學好古，博綜群書。自陳、夏創立幾社，而光承兄弟又分爲求社，與徐闇公各評選會藝，遂駸駸有並立之勢焉。福王時貢入太學，上江南時務五策，不用，隨父君謨之官新昌。屬魯王監國，徵書屢下，不就，上書力辭。浙東潰，父子徒跣萬山中，爲避世計。未幾，天下大定，乃歸。卜居海上之二團鎮，後遷新場，與弟烈力耕養父，不入城市者三十年。康熙十六年卒，年七十二。啓手足于友人丙舍，雖夏馥之土穴、幼安之遼海，不是過云。所著有《鎌山堂集》。

吴日千曰：「孝友惇摯，鄉黨化之。其律身信古而不膠于俗，與人異趣而人不敢謗，其品卓絶千古，無藉于詩，而詩又氣骨高峙，聲采閎麗，俊于北地，而雄于信陽。」金天石曰：「忠愛出于天性，和平本乎自然。又值可哀可怨之時，發而爲詩，故神氣聲音與李、杜諸君並。」詩話：玠右更工草書，王漁洋《齋中三咏》於王玠右草書云：「自是高人筆，非關餓隸書。」

戰城南

戰城南，轉城北，鬬深日落沙場黑。我爲客豪見敵安可奔，戰死復何葬？野鳥之腹爲我墳。水深茫茫，蒲葦芃芃。梟騎委黄沙，駑馬躑躅春草中。縣北第，賜君居，君不識，賜田千頃君不食。願爲駑馬，駑馬安可爲；願爲梟騎，梟騎戰不歸。殤子良臣，白骨離離。

上陵

上陵何高高，下津何湯湯。問客從何來，自言水一方。陽侯佐刺船，馮夷爲櫂郎。鮫人榜且歌，朝暮瀟與湘，西盡三巴東。鉅野鴻雁隨山林，載飛載下，曾不知天地之大，神山之宫。光澤何歷録？鳳爲驂，麟爲服，櫛瀛州，沐暘谷。往來銅池中，芝露皆五色。環坐吹簫笙，萬年壽無極。

女兒子

漁陽古道日光低，欲落不落上人衣。
只慣蓮舟不慣馬，髻墮腰環雙淚下。

雜詩

秋蘭何冉冉，結根湘水濱。驚飈忽已至，吹我燕山陰。燕山非故鄉，獨行常畏人。沉沉白日暮，歌鐘起四鄰。侯家良宴會，簫管浮春雲。笙歌日以好，天地日以老。悲風西北來，蕭蕭寒百草。棄置何足傷，所傷在遠道。玠右未嘗至京，此詩蓋托言耳。長歌曲變音，久客人變心。越鳥巢北山，悠悠忘故林。青樓多好女，顧盼輕千金。飛觴沉白晝，鼓舞一何深。我有鴛鴦綺，裁爲合歡被。萬里寄君前，棄之如敝屣。聚散各有時，悲泣亦何爲。願君常歡樂，享此黄髮期。

秋風動木葉，千里起朝涼。念我同心人，乃在天一方。盈盈白玉姿，凛凛當嚴霜。依樗還采萵，飛鴻集高木。金盡一身多，况乃童與僕。白袷苦無袪，野宿苦無廬。仰天見明月，明月照單車。宛洛多貴遊，駑馬獨趦趄。兒童前溪來，釣得雙鯉魚。欣然剖鯉魚，其中無素書。平安不可問，垂涕滿長裾。

方壺既靈府，圓嶠亦天都。宮闕遥相望，群仙羅四隅。築室一何高，植基一何疎。戴之以巨鰲，浮沉與之俱。金玉盈萬仞，安危托一魚。上帝以爲巧，毋乃成大愚。一朝釣鰲去，兩山皆淪胥。敗户猶有樞，朽木猶有株。如何龍鳳闕，萬里寄空虚。魯藩兵敗後駐兵舟山，此詩蓋危之也。

東浦沈瑩

東浦有新塋，鬱鬱松與柏。問是沈氏阡，里人重嘖嘖。沈氏初式微，家徒四壁立。乃祖及乃父，未能就窀穸。兄弟四五人，伏臘空歎息。咄嗟建猶子，拊膺獨號泣。再拜告繐帷，馬鬣兒之責。纍纍載四喪，輀車滿道側。堂下從昆弟，麻衣冠素幘。斂容前致辭，祖喪宜共力。君今舉大事，而我何獨逸。徐之四五年，我當助繒帛。親兄亦嗚咽，親弟皆蹙額。摳衣前致詞，昊天同罔極。劬勞皆父母，豈君獨銜恤？今兹太匆遽，所願更諏日。建猶收淚言，痛心非朝夕。白骨照寒月，中夜嘗踊躃。河清不可俟，啜矣嗟何及。東市買槀椑，西市買瓴甋。南市買帷翣，北市買縗紼。丹旐具威儀，食轝高十尺。簫鼓擁素旗，薤歌逐哀笛。

親戚苦路旁，會葬車盈陌。里中諸父母，聞之皆動色。歎息世間人，多男非所急。子孫一人賢，何用詩則百？

漢宫篇

東井咸陽道，西秦函谷關。蕩蕩終南樹，巍巍龍首山。未央宫闕當山起，控引黄河連上畤。日月倒臨金馬門，虹霓飛出昆明水。虎威列署接林光，複道排空三百里。後宫臺館更紛紜，懸黎垂棘蕩星文。芙蓉雜畫樓如錦，波弋名香氣似雲。朱簷緑篆瓊瑶榜，罘罳直在青霄上。開户平看太華峰，垂簾下視仙人掌。仙人玉露濕春風，吹入沉沉桂閣中。蓬萊海月琉璃影，牛女星橋翡翠通。翡翠金幃雲罽織，流蘇細結雙鸂鶒。中有婭娥諸貴人，窈窕繁華好顔色。軟組輕輿玳瑁裝，屭珂小馬明珠勒。宫婢扶車各往來，永巷相逢不相識。五采翻鴻宛轉絲，炫粧妖服競良時。今日調笙靈女廟，明朝侍燕影蛾池。影蛾池裏群山緑，少女微風吹綺縠。弱柳千條映翠眉，奇花萬樹扶膏沐。况兼四海久昇平，朝廷大政委公卿。蓮勺先生嘗頌聖，富平公子伴微行。此日宫中徵伎樂，此時鼓舞换新聲。歌舞名姬天下選，瓊英如雨珠如霰。掖庭秘戲三萬人，江河刀火空中變。别有傾城趙主家，鳳毛步輦初相見。一曲青娥落御筵，六宫粉黛無嬌面。先王金屋未精奇，掄材先搆昭陽殿。昭陽門闥紫霞封，懸鈴飛鑷亂鳴鐘。畫閣丹楹三玉鳳，高堂壁帶九金龍。金龍五色擁神仙，結緑珊瑚銀漢邊。百尺榱題鱗甲椽，千重錦繡合宮船。巧窮丁緩迷三象，蛤出真夷號萬年。月墜月升都白晝，草枯草緑總春天。一家專寵擅椒房，君王夜夜夢高唐。歸風送遠聽皇后，雙鳳離鸞出慶郎。侍女招摇雲母扇，妖童掩映紫犀牀。昭儀常嘑帝常喜，聯居並輦花光裏。異錦鮫文賜老奴，緑綈敗篋盛龍子。涎涎燕尾啄皇孫，假父新侯輕許史。自言富貴當窮期，不知一旦皇孫死。露華少嬪滿蒼苔，碧樹周阿鎖不開。少嬪細劾前朝事，翟茀凄涼棄草萊。飛塵已暗青熊席，蹋地誰歌赤鳳來。半晴半雨含風閣，花落花開月影臺。鴻嘉烜赫桑田改，姊弟驕奢竟誰在。昔日蕭條班婕妤，猶奉園林倚素車。十年反覆看黄土，紈扇優游自著書。

贈非臺上人非臺上人，吾鄉世胄也。高曾以來，數世爲大將軍王，父復以文章顯，策名虎觀。滄桑之後，披緇入山，四方名流重其高清，且慨念其家世，多爲詩歌，余亦作辭贈之。

海灘漫漫海沙白，野荒村僻無人迹。樓船萬舳摧爲灰，田横賓客田間匿。憶昔連城雄海岸，信公版築横天半。原注：海堧五十餘城，皆洪武時湯信國所築。青邨邊徼獨繁華，萬家鐙火蒸雲漢。就中甲第誰最豪，君家累世建旌旄。祖父銀鞍青玉勒，子孫繡帶緑雲袍。美人帳下猶歌舞，一旦風塵摧百堵。錦衣將軍騎槖駝，主人爲鼠客爲虎。門前榆柳作薪芻，架上圖書散如雨。王孫零落半無家，寂寞東陵學種瓜。此時上人振金策，含笑登山看落花。雲霞縹緲依精舍，十年趺坐蓮臺下。迴塘曲水閉門深，朗月高懸映道心。閒階碧草長春色，出谷流鶯和梵音。君不見榮華富貴如飛絮，乍辭楊柳條，即向東流去。盡在非臺定照中，清磬一聲天欲曙。

得友人入蜀信

使星趨益部,猶滯武昌樓。月色疎宮柳,天河近客舟。青楓鴻雁信,白帝古今秋。楚蜀三千里,茫茫江水流。

長門

自得君王寵,芳華不可論。一宮長白晝,六院盡黄昏。珠玉空天下,風雲傍至尊。寧知十載後,揮淚買長門。

夜坐懷何次張

何子栖南浦,村人不識名。大山雲外立,小艇月中行。宿鳥侵花氣,疎鐘度雨聲。知君常夜咏,愁思一江清。

土城村

越王得西施,三年學服而獻吴王,即此地,今在五雲門外。

新築西施館,名倡教鼓琴。關山馳白羽,閨閣費黄金。賤妾三年舞,君王一片心。時危憑女子,花霧土城深。

家君挂冠避地董村剡東之僻者也侍行二首

解綬離官舍,驅馳叢棘中。懸崖一以斷,星漢不相通。木魅溪前火,山神馬後風。從人多戰栗,偶語怨而翁。

此地稱奇僻，緣崖上碧空。弟兄千里外，父子萬山中。野店龍王井，深林虎倀風。家君偏嘯傲，不肯泣途窮。

石門古女陽亭也。

勾踐行成日，單車此地過。甲兵三戰盡，臣僕一身多。石室中宵泣，蘇臺永夜歌。十年還躍馬，囚虜竟如何。

群帥

群帥稱强勇，連營慰聖朝。國家輕爵土，七較盡金貂。賜馬馳前殿，横旗出大橋。燕然高幾里，仍欲問嫖姚。

席上贈王將軍

緣幘少年裝，還家髮半黄。寶刀忘歲月，戰馬死疆埸。殘夜明孤燭，雄心盡一觴。錦袍今百結，猶裹舊時瘡。

慷慨辭軍幕，蕭條返故鄉。金戈秋月冷，大樹暮雲長。部曲皆豪貴，妻孥半死喪。國家求舊將，寶劍尚光鋩。

南康道中此詩亦見吴六益集，此疑誤入，以玠右未嘗之江右也。

遠山睥睨齊，萬里過江西。索米勞妻子，擔簦聽鼓鼙。江黄龍母渡，風黑虎倀嗁。辛苦南康道，蕭蕭倚杖藜。

海潮

潮勢蕩天門，蓬萊倒石根。雲山時大小，日月變朝昏。急雨沉南極，長風徙北鯤。江湖亦自古，終讓谷王尊。

聞逮示名世弟

偶爾親柔翰，寧期害及門。貪夫思即鹿，野老禍亡猿。遣興嘗千首，傷生在一言。此身如霧散，不必賦招魂。

長安飛檄下，斧鉞盡風生。獄吏從來貴，爰書不可更。褒融莫争死，范季自齊名。訊鞫來朝事，壺觴且共傾。

逮釋示名世弟

草間猶可活，爾我復如初。努力惟加飯，窮愁莫著書。但求兄弟健，敢望稻粱餘。舊釣歸還理，前溪尚有魚。

此屬有天幸，言歸舊草廬。三人成市虎，一紙活枯魚。秫熟仍釀酒，雲深又把鋤。諸兒驚甫定，且慢課詩書。

詩話：康熙丁未，沈天甫、夏麟奇、吕中摭《啓崇遺詩》中疑似之語增飾之，以爲謗訕，擊登聞鼓以聞，其實所言爲故明死于魏璫、死于闖寇之事，行世已二十餘年矣。事下江南督撫逮訊，集詩者爲故明太僕陳濟生，作序者爲故明相吴甡、黄門姜埰、比部薛寀、明經葉襄、文學陳三島及光承也，并與名，較閲七百七人，及鞫沈、夏、吕三人，察其誣罔，以爲冤污良善，揺動天下，請斬東市，所逮諸人皆釋。玠右之詩所爲作云。

咏史

南國花光上紫霄，芙蓉水殿白雲揺。貢琛使者新乘傳，按舞中官舊賜貂。千斛葡萄浮夜月，六宫簫鼓動春潮。君王不信毛延壽，親駕朱龍選孟姚。

齊梁江水舊潺湲，車馬春遊雜紫煙。玉殿仙人長倚瑟，金吾騎士解調弦。新亭草緑供杯酒，瓜步雲深繫畫船。正是太平風日好，公卿高會已今年。

建業山河變古今，東南春色望中深。輕車短隊遊原廟，大駕長旄宿上林。百二秦關皆白羽，三千漢吏盡黄金。薰風解愠吾王事，舜日迢迢自鼓琴。

曲部新歌夜未闌，何來風物似長安。衮衣甲第頻開宴，錦纜春江議築壇。三輔軍聲雲外迴，六朝山色雨中寒。旄頭夜夜明如月，多少閨人夢裏看。

木末亭

遥天鉦鼓散軍聲，木末亭中見旆旌。五世張良猶作客，十年葛亮未知名。邊樓風雨寒龍塞，相府笙歌接鳳城。潦倒江干君莫笑，材官此日盡繁纓。

江樓遠望

待詔金門且未迴，憑高此日自啣杯。人橫短笛吹吴市，天曲長江繞漢臺。虎豹久閒春草長，魚龍欲動晚潮來。蒼茫世事今如許，飄泊誰憐祖逖才。

禹廟

南鎮遺宫鎖寂寥，山城伏臘自蕭條。萬方玉帛埋春草，百越君臣散海潮。青簡雲霞猶在望，蒼龍風雨尚來朝。夜深鐘鼓聞祠廟，疑勒王師伐有苗。

送友人從軍

慷慨投書學荷戈，今朝行李定如何。砧聲夜静城邊落，木葉秋高塞上多。家在垂楊朱雀桁，人行衰草白狼河。鍾山舊友能相憶，此地從來有雁過。

讀西域傳

諸番稽首盡南轅，戊己旌門立上原。右將夫人朝帝闕，名王侍子與郊膰。縣官新駕西戎馬，公主初教外國言。漢使往來三百輩，可憐猶未識河源。

一奉軍書出遠邊，故鄉雲物又經年。皮山落月人難度，積石浮沙馬不前。薤上遊魂招谷吉，城南思婦怨張騫。寄聲塞外功名客，休勸君王戍酒泉。

懷聖時弟

瑯琊男子按龍鐔，不數詞人賦汾陰。日月下看千古事，虹蜺遥指萬年心。弟有大義，事過欒布。春風南國時驅馬，秋水東皋獨鼓琴。自夢西堂今幾載，徘徊池草一沾襟。

古意

聞郎有兩姬，雙枝並婀娜。同是一家人，何爲不見我。

昭君怨

一曲琵琶塞外彈，君王歌舞夢中看。宫人不識邊庭苦，猶説長門月影寒。

城南秋感

清秋落月重徘徊，愁見城南古鳳臺。一夜西風行萬里，黄河草色渡江來。

懷人

離思漠漠野亭東，十里溪光怨落紅。夜色不知天遠近，愁君猶在暮煙中。

感懷

宫外垂楊引御隄，數株猶拂苑墻西。黄鶯不信無人到，飛上枝頭不敢啼。

王　烈

字名世，明金山衛學生。與兄同隱石筍里，先玠右卒。所著詩有《鎌山堂别集》。

烏棲曲

繡帳歡筵度紅燭，北堂夜夜人如玉。與郎同心秋水頭，感郎殷勤水不流。

録别

大江起悲風，遊子方驅車。驅車復何之，行行遠故廬。明星高在天，烏雀歸其巢。曠野何茫茫，白楊聲蕭蕭。常爲千里客，良馬慘不驕。顔色無常好，誰爲王子喬？

題雪山書屋

雪嶺蒼苔静，幽人獨去閒。潮聲落庭樹，月色動寒山。嫋嫋秋風下，飄飄飛鳥還。機雲初入雒，離思滿鄉關。

寄懷天則上人兼示諸子

西山暗色曉煙青，縹緲花宫倚翠屏。杯渡春雲生極浦，詩成《白雪》動滄溟。百年招隱同蓮社，此日論交一草亭。最是石牀堪避世，人間還有少微星。

秋日家兄移居

樽前執手淚沾衣，蘆荻蕭蕭木葉稀。都恨不如湘浦雁，江南江北一行飛。

吴　騏

字日千，華亭人。明諸生。世居郡城西郊。父中芝，字泰符，乙酉兵燹，父遭兵傷，左臂創甚，騏以悲痛，遂棄諸生，閉門奉侍，後連遭大故，爲親營葬於細林山中，即葺茅，課徒其間。嘗剪髮覆額，自號九峰遺黎。遷亭林鎮，與僧鎧一之徒遊，又自號鎧龍。生平力學不倦，靡所不窺，詩古文辭，信筆立成。及絶意進取後，間有所作，輒悲憤不自勝，有言及啓禎時事者，每泫然久之。所著詩曰《顣頷集》。生神宗四十八年，卒康熙三十四年，壽七十有六。

王玠右曰：「日千工詩，出于天性，少時即出入于開元、大曆間，中年悲憂慷慨，百感積中，其詩益工，變者爲龍，雄者爲虎，華者爲鸞，高者爲鶴。」王勝時曰：「吴子孤懷幽憤，一往而深，而其論必源于三百。蓋得《國風》、《小雅》之意，而後可以讀《離騷》；得《離騷》不淫不怨之旨，而後可以言少陵；得少陵爲《離騷》之意，而後可以讀吴子之詩。得其意、辨其象，而言中之色，絃外之音，又有出于意象之外者。」吴六益曰：「日千詩法隨意轉。」

短歌行

徘徊丘陵，白楊蕭疎。念我骨肉，千秋黄壚。一解豈無少壯，忽焉不存。自顧二毛，嗟復何言？二解林中雙鳥，翻飛挾雛。螘休于垤，亦云有家。三解我獨何爲，身爲栖苴。憂來萬端，日與死俱。四解天地廣大，厄我豈私？父耶母耶？何然此時？五解觴酒在前，强爲嘯歌。豈不欲樂？憂如之何？六解

黄鵠篇

原注：爲徐無念賦。無念文貞公曾孫也，乙酉之變，闔門盡節。按：無念名念祖，蔭尚寶司丞，松江破，書絶命辭於壁，與妻張氏，妾陸氏、李氏，女逑姑、美姑，暨僕孫汝濱、孫喜、倪采以次就經。幼女六歲，不能自縊，趨而投井。乾隆丙申，賜謚節愍。

黄鵠中天飛，徘徊獨哀鳴。漢家全盛日，建都咸陽城。咸陽多甲第，樓閣入青冥。虹窗炫白日，珠箔列辰星。中有侍中郎，渥顔如舜英。侍中少貴盛，赫奕無與儔。曾祖田丞相，賜爵富民侯。小車入内殿，元衮賜七旒。父祖及叔伯，朱輪夾道周。金鞭揮列騎，綺服羅蒼頭。侍中最儒雅，不喜事貴游。聚書數萬卷，丹鉛自較讐。置酒宴嘉賓，清論相獻酬。談經駁服鄭，考古核鐘球。天道有盈虚，人事有變易。爲樂能幾何，天地忽崩拆。熹平初改元，黄巾毁王室。外患乘内隙，觀兵下南極。淮陽初失璽，白水未當璧。迎降恐後者，連城二千石。時有翟太守，憤然獨濟師。雙輈終易敗，一木豈能支？日暮火燭天，孤城勢已危。須臾攀壕上，呼聲動四陲。侍中時城居，攬衣起徬徨。臣力既已竭，大勢轉披猖。傳呼家人來，我是漢男子。先祖格皇天，載在帝本紀。我無子房才，猶有魯連恥。不忍南冠生，寧赴東海死。夫人前致詞，妾父大宗伯。奉命侍光儀，實以慕世德。生既爲伉儷，死亦共窀穸。嬌女前致詞，弱質敢自憐。夙奉大人訓，禮儀素所嫻。雙珠蕲共碎，尺璧不俱全。群僕前致詞，老奴敢一語。世受相國恩，生死從吾主。僕婦前致詞，婢子計已周。死亦竟死耳，安能作俘囚？侍中囅然笑，爾曹乃如此。公卿盡爾曹，何至誤國事。乃命司衣女，取我舊簪纓。絳袍黄金帶，象簡碧玉珩。此衣朝廷賜，服以見父兄。夫人亦盛服，二女咸嚴妝。玉釵九雛鳳，綾文雙鴛鴦。帶懸招涼珠，耳垂明月璫。寶冠文犀導，羅衣紫綺裳。僕婢亦整衣，相率來中堂。侍中命置酒，觴酒凡三行。肅然起北面，四拜辭漢陵。四拜辭祖廟，左右哭失聲。侍中獨揚揚，神采如生平。徐起援衣帶，自縊於中堂。夫人縊於寢，二女侍兩傍。僕婢死廡下，男女各成行。迨及天黎明，朱扉寂空扃。游騎破門入，相顧乃大驚。投戈咸再拜，愧愕不自勝。時有感慨士，避居太山陰。織屨不糊口，負薪時行吟。一聞侍中死，淚下獨沾襟。吁嗟漢道衰，士節無復存。昔年常侍橫，假子多搢紳。迨逢赤眉亂，北面即稱臣。大義久湮没，古道誰與論。侍中一以死，正氣彌乾坤。火德炎劉盛，中原正朔尊。史官如有作，不廢野人言。

楊白花

金陵春盡日，楊花飛滿天。東皇太乙竟何在，坐令爾輩恣狂顛。長干女兒淚如雨，傳語楊花且教住。本是我家池上生，何忍飛騰度江去？古詞《楊白花》悵其南來，先生此詩則恐其北去，借題抒發，可謂巧于立言。夏存古《楊柳》篇，亦是此意，而此篇旨趣彌遠。

孤鳳篇爲陸麗京母夫人賦

孤鳳棲高桐，鳴聲何啾啾。下有鵷雛三四，光彩無與儔。夫君昔宦六百石，乘鶴歸丹丘。仲子侍中郎，鼎湖龍去攀髯上逐軒轅游。伯子抗節不仕，採藥養母，柴車駕羸牛。阿母語伯子，忠孝大節古所求。汝能如是，吾復何憂？伯子跪白阿母，天道否泰有去留。大人强健進飲食，坐俟曜靈光九州。伯子獻樽酒，季子獻脯脩。諸婦進棗栗，諸孫起舞揚清謳。阿母一笑且爲樂，爲樂眉壽三千秋。

挽歌

賓客停素車，僕從駐白馬。聽我《薤露》歌，慰君重泉下。樂莫樂于死，天玭忽相捨。不受世故驅，更識形骸假。宇宙無窮憂，盡以遺生者。今我猶爲人，憂來不能寫。觀化何遲遲，悵望對荒野。

雜詩

夜長苦難寐，薄帷鑒明月。披衣立中庭，星漢燦以列。夜分群動息，蟋蟀哀音徹。念我同心友，夙昔展歡悦。如何金石交，三年傷離别。離别何足恨，履行貴無缺。丹青信不渝，在遠逾昭晰。蒼蒼松與栢，各自陵霜雪。詎學女蘿草，柔枝相糾結。

北郭三五里，纍纍多古墓。貛貍據幽宫，葬者失其故。牧豎縱野火，草盡白骨露。當時卜宅兆，願爲千年固。一朝見毁傷，寧能久安卧？我聞王子喬，今古猶旦暮。黄金既可成，人世亦可度。騎龍傍日月，下顧但雲霧。苟能學其術，青天有衢路。擾擾名利人，至死永不悟。

贈汪長源

長源豪邁世無比，手揮萬金如脱屣。肩輿北到長安城，門前軒蓋若流水。青樓縱酒開瓊筵，美人絲竹聲沸天。參横月落舞未罷，日午抱花猶醉眠。天星亂墜成白石，豺狼擇肉生羽翮。歸來窮巷少賓客，容顔憔悴鬚髮白。長源長源莫感傷，一樽且盡鐙燭光。孝陵松栢尚在否，我輩安敢不自量。中原十城九荆棘，崔盧王謝皆消亡。生存幸得對妻子，黄虀作羹同蔗漿。爲君話舊久未已，數觴不覺沉醉矣。嗚呼古來饑寒老死巖谷裏，此中無限奇男子。

青村甲第篇贈李宏雅

青村城中有甲第，畫棟雕楣入雲際。戟門行馬大道傍，李侯過之輒流涕。自言居此三百年，虎符金印相蟬聯。中都秉玉朝原廟，遼海分麾縛右賢。風塵澒洞昏黄屋，毛人一夜攀城哭。世爵空餘原上瓜，資身且賣成都卜。只今六十鬢已絲，奔走衣食無寧時。高懷未免妻孥累，正論翻爲俗子嗤。我言李侯莫歎息，人生各自有豐嗇。狐鼠能分南面貴，兕虎不奪東家德。晉之陶謝俱名臣，世有封邑垂子孫。淵明饑餓行乞食。人言長沙真有人。康樂兩朝受爵秩，臨海市上何倉卒。大節原慚魯仲連，長鬚復施維摩詰。富貴莫喜貧莫憂，倚伏反覆不可求，修身勿爲父祖辱，布衣何必殊王侯。與君相勉惟令名，被褐懷玉古所榮。莫言苦節不可貞，君不見青村城外王先生，履仁蹈義長躬耕。

醉歌

拔刀斫柱礎，刀石俱碎竟何益。吾生已失意，奚用對酒復歎息。舉觴爲君歌，雄心拂鬱如江波。青丘大風亦易射，手無弓繳將奈何？

鬼火效長吉

黑雲載雨壓樹頭，陰風夜度聲颼颼。荒墳蒿草深一丈，蛇狸出穴各有求。石麟卧脅空蚯蚓，枯楊濕鬱發黄菌。夜深鬼火泣空垣，恨骨千年消不盡。松栢吹折風雨緊，梟巢墮地巢子隕。誰家巫鼓薦遊魂，青螢幾點前相引。

輓吕貞母吴氏貞母，監生吴汝翼女，歸庠生吕廷禧，解元克孝媳。早寡，撫孤成立。甲申聞烈王變，自縊死。吕居清水石橋。

早歲失君子，冰霜三十年。寒鐙背風雨，塵土滿釵鈿。九廟今安在，微生敢自憐。殷勤囑陶侃，努力向幽燕。

社稷有今日，諸公將謂何。自慚弱女子，無力障狂波。窀穸歸何恨，衣冠事尚多。淮南四大帥，幾日渡黄河？明年乙酉，兵至，子吕稷守母棺不去，遇害。

宴張冷石齋分韵

吴山越海邊，處處起烽煙。尊酒且今夕，人生誰大年。雄心空萬里，知己自燈前。况有歌鬢在，娟娟復可憐。

帶三先生齋看牡丹

念爾真高潔，孤懷霜雪清。胡然種繁艷，國色照檐楹。尊酒一爲醉，雄心時暫平。千秋彭澤恨，應自托閒情。

送林岱生之淮上

楚南齊北境，扼要是淮揚。天地存形勝，英雄悵渺茫。君行及春水，相望隔垂楊。莫惜瑶華句，雙魚遠寄將。

輓沈雪峰

鯨海留餘息，蝸廬託晚年。相看各無語，酒後獨凄然。壯志摩殘鐵，微辭寄短箋。無窮埋骨恨，不得象祁連。

白髮

偶照青銅影，蕭蕭白髮盈。百罹心自苦，九死淚常傾。滄海填猶闊，恒山削未平。茫茫空對此，何忍學長生。

錢存拙齋咏皷

生世逢今日，能毋將帥思。援桴忘勁敵，受諫有危辭。鷺隱雷門革，魚雕蜀木枝。慚無救日力，空效嗇夫馳。

甲申秋觀吴淞閲水師

横海將軍大勒兵，艨艟氣壓海波平。前驅欲近扶桑島，後壘猶依滬瀆城。五色旌旗圖水怪，四天鼙鼓動潮聲。南夷久已歸王化，講武終當厲北征。

春感

澤國移居老漢臣，清江處處柳條新。年華屢見元熙曆，雲物疑逢異域春。失意英雄栖白社，乘時花鳥傍黄塵。可憐陰雨兼旬月，矯首無繇望北辰。

漢皇陵寢鍾山上，珪瓚年年事祝釐。永夜群靈朝虎帳，有時陰晦見龍旗。青銅溜雨千章木，碧瓦含風百尺基。七載不窺松栢路，夢中瞻拜重淒其。

計子山樓頭坐雨

窮交促膝話飄零，風雨樓頭晝晦冥。悵望九州雲氣黑，摩挲三尺劍花青。樽前無計留殘臈，天外遥傳有漢庭。竹馬舊遊如昨日，相看華髮總星星。

贈陸翼王

文山昔日乘箕去，流落人間有謝翺。仰望雲旗時仿佛，醉歌《天問》轉牢騷。交游滿眼皆鷗鳥，今古陶情有蟹螯。四十年來多逸事，麟編衮鉞待君操。

題周釜山使車雜咏

文山兵散柝聲殘，使者軺車去不難。閩越峰巒雲外出，晉陽詩句夢中看。城連荔樹温風濕，岈落桐花驟雨乾。莫道偏隅非勝地，福州亦是舊長安。乙酉，唐藩陞福州爲福京。丙戌，鄭芝龍以州降于我師。

城南訪菊同陸集生徐霄賓

白苧城南路不斜，攜朋來訪故人家。三年病卧行先倦，十月霜遲菊正花。泛酒陶公曾乞食，餐英楚客竟懷沙。憑欄惆悵無窮事，滿目殘陽噪暮鴉。

次楊耐菴韵

黄旗紫蓋已成空，風景新亭迴不同。捫蝨未甘依塞北，儈牛只是老墻東。美人忽贈雙明月，快意如乘萬里風。詩就何人能却寄，北來鴻雁許相通。

送昭道人還洞庭山

道人不作登樓賦，偶逐冥鴻任往還。休到莫釐峰上望，煙雲滿眼是鍾山。

詩話：日千先生著《鳳凰説》，緣當日湯潛菴撫軍有意物色，吴作説以寄幕中計子山、湯徵乃已。其辭曰：寂默子隱于山椒，以寂默爲樂，聽泉覽雲，甚適也。鳳凰聞而欲觀之，集其庭樹，有蕘牧兒見而呼曰：「鳳凰來矣。」里人相聚觀之，老幼還集，喧噪闐咽，藩籬皆破，園蔬頓盡。寂默子向鳳凰再拜曰：「子其赦我乎！」鳳凰應時飛去。然而傳言遠近，一夕百里。里胥告于縣，縣令、丞、簿、尉前後繼至，從者踰百，争問鳳凰顔色若何，大小若何，音聲若何，駐幾時，食何物，當聞上臺，疏于朝。好事者絡繹于門，遂宣著爲文章，登于郡乘。工于逢世者遂謂：「非常祥瑞，此吾君有重華之聖，郡守有黄霸之賢，令君有卓茂之治，宜長篇大章，歌咏聖化，穹碑深刻，用傳千古。」善繪畫者又細詢膺履戴負，仁、義、禮、智，分别之宜。寂默子送迎酬對，求一息之寂而不得，求一息之默而不得，乃逃去不返，鄰翁歎曰：夫逃者，罪人所以冀免其死也。寂默子無罪而至此，豈鳳凰初意哉？本以愛之而適使盡失其生平之樂。嗟乎！鳳何輕集也云云。此可以見其辭世之概，附録于此。

國朝松江詩鈔卷六十三　遺老

鄉人姜兆翀蕅山録
殷瑞星喬閲

金是瀛

字天石，華亭高橋里人。明諸生。任俠有氣概，當乙酉時，遠近村落無不集兵自固，因而劫略相讐殺。高橋推天石主兵，天石不戮一人，而里中安堵無敢譁者。松江兵起，以指揮常騊爲參將，以材官蔡長爲遊擊，守郡城，及破，騊夜縋南城出，謂其友管馨聞曰：「朋友有義概可托死生者，獨金天石耳。」明日遂投天石。天石爲覓海舟，送之入閩。長亦挈妻子奔天石，天石又送之入閩。松江定，知府執馨聞訊騊所在，詞連天石，天石以辨得脱。其節慨如此。初天石以詩謁陳大樽，大樽嘉之，而惜其入於元、白，後乃大縱力于詩，盡焚其所作，以蒼老平淡爲主。家益貧，嘗北遊燕、齊，資筆札以治生。又居宋采臣高苑署中。康熙乙卯歸，卒。著《蓬山集》八卷。吴日千謂：「其五言古，上追魏、晉。五言律，逼近少陵。餘體亦出大曆上。」《江南通志》稱其文簡浄有法，又長于詩，與吴騏、王光承倡東皋詩社云。

《漱芳齋詩話》：《奉賢志》載其入本朝，當事聞其名，與同里吴騏、王光承並以隱逸徵，不起。云云。此説未足徵信。觀宋際作吴日千行狀，稱撫軍余佺廬聘修《江南志》，司寇徐健菴聘修《一統志》，皆稱疾固辭。此非以隱逸徵也。若詔舉鴻博，沈文恪、施清惠皆欲繕疏入薦，計子山力止之而罷。是吴日千未入薦也。而天石以康熙十四年卒，玠右以康熙十六年卒，俱不及己未薦鴻博時，何年天石與吴、王並薦哉！特其隱逸之操當並薦而不起，故日千爲天石作傳，嘗以節俠忠義稱之云。

三良詩

秦有子車氏，結髮事明君。生既事帷幄，死亦從丘墳。大義不可虧，焉得中道分。昊天終莫報，微軀何足云。國人賦《黄鳥》，三良不欲聞。非欲身殉君，三子明大義。受恩良以深，微生捐亦易。軒轅昔乘龍，烏號空墮淚。三人不二心，致命志乃遂。臨穴本怡然，旁人爲惴惴。

有所思

有所思，在海湄，玉簪繡段空相遺。愛而不見今三歲，春華零落涼風吹。燃燭照空局，悠然未有棊。抽刀雖斷藕，不斷纏綿絲。明月皎皎入羅幃，嘯歌傷懷當此時。一心而不豫，南山良可移。

處女吟

東鄰美女顏如花，十二丹樓映曉霞。碧玉步摇遊桂苑，黄金條脱浣春紗。飛燕翔鸞誰得似，宜與侯王作妃子。風前羅帶散奇香，月下鳴琴奏流水。一朝誤嫁怨陽春，宛轉蛾眉羞向人。巧笑千金何足貴，空將珠玉委灰塵。

李將軍甲第歌

李將軍者，余婦家也，世守青林三百年矣。萬曆時，經濟、自芳父子，相繼爲中都留後。婦翁中書舍人延庚博物，善文章，內兄總戎唐禧，國變，伏節于浙東，所居化爲虛空，行人見之，莫不殞淚。悼往，爰作長歌云。

漢皇封建初，甲第賜飛將。乃在青林城，朱甍屹相向。照耀朱甍海日紅，青林城裏起東風。籠堤弱柳春煙淺，映砌嫣花曉露濃。細舞盡歸華燭下，嬌歌不斷綺筵中。李侯奕葉中都守，印刻黄金繫肘後。後昆雅好古文辭，能發竹書讀蝌蚪。子孫世世專城居，魯國儒生半曳裾。小婦倚屏開翡翠，上賓摇劍散芙蕖。芙蕖劍佩夷門客，翡翠屏間隱薌澤。戲將如意擊珊瑚，投却車輪斟琥珀。愧我秦樓鳴鳳吹，女蘿冉冉喬松翠。水閣山亭百度過，珠簾繡箔千迴醉。庾郎馬埒等閒開，謝傅後堂終日闔。一朝碧海變桑田，辭漢金仙涕泫然。萬户千門荆棘底，將軍甲第在誰邊。可憐伏節越王臺，血污歸魂招不來。曲沼平時鎖煙霧，彫墻空處滿莓苔。獨有西州門外客，夕陽垂淚立徘徊。按唐禧建牙福建時，天石從行，嘗著《南征賦》，亂曰：「幅幀千里，建羽纛兮。一失其身，百何贖兮。」附記。

詩話：李公唐禧自松兵潰入閩，由閩入浙，時都督張廷綬，字雲衢，鄞人，鎮台之海門。唐禧至，監國使治軍于台，都督讓之，凡署銜列坐，使居己上，而唐禧則每事必咨都督而行。兩人和衷共濟，日夕練兵。大兵入台，唐禧謂都督兵已逼，不如偕我早死，多殺士卒，無爲也。都督曰諾。各遣散士卒，兀坐營門。大兵至，皆死之。此事在丙戌五月。

夜色

日落群峰暝，暮禽相與飛。悠然溪上月，忽已照柴扉。萬里黄龍戍，誰家錦字機。凄凄逢夜色，清淚不堪揮。

别袁介人

獨有離群者，深知秋氣悲。那堪逢落木，正是别君時。緑醑違朋好，黄雲滿路岐。東歸偃蓬蓽，何處寄相思？

冬夕懷玠右

夜静萬緣息，朗然月在軒。流風忽動竹，棲鳥一相喧。梅較霜前瘦，花疑雪後繁。只愁歡不見，誰與倒清樽？

秋日

惆悵秋寒薄，淒然已中人。關河摧木葉，天地暗風塵。欲着登山屐，還欹漉酒巾。閒雲帶天末，向晚碧粼粼。

張昊東先生留飲

暇日相過陶令宅，疎籬仄徑菊花開。莫論舊事翻增感，欲散窮愁數舉杯。鴻雁天邊秋色遠，黄雲城上角聲哀。攜壺更就修篁飲，一任西江返照來。

閨怨

三月煙花不見君，十年征戍憶離群。憑將紅粉樓中夢，散作燕支塞上雲。

金是崑

字黄石，天石弟，亦有詩數百篇，王玠右序之，謂「天石縱横，黄石秀惠，其淑音亮節，風骨日高」云云。惜其稿已失，得此一章録之，以存其人。

閨思

鶯啼花落掩雙扉，人去天涯竟不歸。惟有畫梁雙燕子，春風還向舊巢飛。

何安世

字次張，明河東兵備副使萬化子，華亭人。府庠生。後退居南浦，閉户潛修，著述縱横，而詩居其一。著《畹蘭堂集》。

王玠右序曰：「音諧金石，體備質文。守格律則静，發才思則動。」

詩話：副使平建昌賊張普微，事定，以疾請告，故封賞未及。居鄉五載，遭國變，病不肯服藥，卒。通籍三十載，無所營建。祖居浦濱，書室數間而已。安世更無定居，嘗僦他人舍，間歲一徙，其父子清節如此。吳日千贈詩云：「百篇醉後才猶健，十畝荒來餓不妨。」

艾如張

艾而張羅，虞人孔多。此機彼械，伏於四野。山有雀，不之下，合沓高飛，莫知所届。雀自高飛羅奈何，虞人虞人奈雀何？

擬古

猗蘭生空谷，芙蕖艷緑池。和風共披拂，馨香發幽姿。但恐霜雪至，零落無人知。采以贈同心，道遠莫致之。安能不凋謝，旦夕揚華滋。未置君懷袖，何由慰相思？

有所思

有所思，乃在隴水之涯，隴阪之曲。隴阪連綿隴水長，煙雲慘淡迷南北。欲往從之道路艱，長松老檜高參天。但見千山萬山杳無際，黑貙元豹遊其間。鵂鶹常夜嘑，山鬼時晝嘯。陰崖積雪多，峭壁長蛇繞。哀猿悽惻日無光，漫天瘴厲天難曉。令人念此摧心肝，朱顔何得長相保。可憐繡被雙鴛鴦，何日雙棲白玉床。藏之篋中長不寢，徒令三載空輝光。空輝光，杳難滅，朝朝暮暮望隴頭，隴水有盡思不絶。

結客少年場行

金鞍寶馬鐵連錢，明珠轡勒珊瑚鞭。雕弧象服平陵下，一發射落雙飛鳶。獵罷歸來過平樂，二八當壚紛綽約。玉缸傾盡酒如澠，沸耳笙歌復縱博。横行都市挾莫邪，白日殺人如刈麻。手提人頭報知己，埋名直入魯朱家。夜深常聞劇孟過，把臂説劍如懸河。黄金散盡不復惜，片言投分交荆軻。君不見，魏其客，一朝勢去堂閴寂。又不見，翟尉門，人情翻覆如風輪。少年獨有真肝胆，輕薄紛紛何足云。

登眺

碧檻臨春浦，明霞倚落曛。楚雲江上遠，越岫海中分，古道迷隄樹，輕風送雁群。孤城吹畫角，悽絶不堪聞。

山樓春夜

斜日懸千嶂，危闌俯百蠻。盤江明木末，歸雁落雲端。病客難爲酒，山花不盡看。東風向夕起，吹入畫樓寒。

早秋登樓

客裏風霜早，凭高萬里秋。遥天連海闊，片月帶江流。顥氣來河嶽，虚簷下女牛。清砧何處發，應動漢宫愁。

贈張洮侯

張衡才藻擅江東，湖海交遊意氣雄。幾度清觴飛夜月，當年縞帶賦春風。青萍色動雙龍匣，白雪悲深五柞宫。寶瑟空山時一鼓，知音寥落許誰同。

秋日雜興

玉壘龍門蜀帝都，蠶崖處處擁瑀弧。鯨鯢夜沸三巴水，虎豹秋開八陣圖。巫峽猿啼白晝暝，峨嵋雪照錦城孤。憑誰試問興亡事，千載英雄想渡瀘。

擬登金山望大江

嵯峨丹嶂接中流，俯仰乾坤萬里浮。九派驚濤天際合，六朝餘恨望中收。旌旗夜捲遥山月，風雨龍吟大壑秋。南北空傳天塹在，登臨徒切古今愁。

韓　范

字友一，華亭人。明諸生。工制藝，兼善詩學，爲王君謨弟子。癸未前嘗與烏程閔山紓選刻《東華集》，後與玠右兄弟、金天石、吴日千、何次張、吴懋謙輩聯詩社，稱雲間七子，則已在荒村蜚遯時矣。著《雲頌堂詩集》，玠右序之，稱其學問性情意氣。蓋學問以博聞强識言，性情以仁孝忠愛言，意氣則以朋友族黨死生患難之交言。謂此皆無與于詩，而詩之工以此。又著《左傳測要》，謂是談兵之書，而因推測其事迹，非徒在文義字句間也。惜其書已失。詩話：友一詩中有惓惓閩中故人處，並有《巫山夜泊》《滄海夢遊》等作，此必非無端托興也，豈亦嘗遊宦浙閩耶？惜身後無傳，當更考。

自君之出矣

自君之出矣，滔滔海中波。終朝天欲曙，妾若城上烏。夜眠誰更起，城烏可奈何。君從萬里歸，波濤奈若何？

登高臺

登高挹清風，山河落日中。帝鄉渺何在？驅車乘雲龍。孤鳥去不返，懷人五湖東。江水清且寒，芝蘭芳以叢。悲歌想萬里，長嘯落芙蓉。吾生良須臾，天地何無窮。

明月子

清江何泯泯，永夜何迢迢。有懷不能寐，登樓思寂寥。明月照我床，故人隔三湘。三湘歷三秋，一曲九迴腸。

感懷

東風燕子西風雁，畫梁南畔長相見。但見年年燕雁飛，春花秋月雨霏微。桃花落盡青梅小，桂花落盡秋風老。花落亭皋真可憐，回首花開又一年。宇宙茫茫杳何極，四顧江雲入暮天。

悲秋

河上西風老，清砧入塞垣。浮雲終不返，白鳥竟無言。摇落揚雄宅，蕭條陶令園。古今同涕淚，不必聽玄猿。

八月

濤聲八月上危樓，載酒行吟憶舊遊。海内故交皆白髮，天邊飛鳥自滄洲。平沙日落千山暮，故國風高萬里秋。此日飄零池上客，江南渭北可勝愁。

介人以詩見投兼索小詞次韵奉答

海日蒼茫映薜蘿，一尊風雨任高歌。學憐揚子空投閣，客弔田横愧執戈。秋入江鄉黄葉滿，詩來蓬户白雲多。嗟我小詞非漢曲，肯教金玉惠餘波。

冬日懷君謨王老師

我師高卧只山林，白髮常多感舊心。鸛鶴三山斜日外，風煙萬里一冬侵。窮愁杜甫詩偏壯，磊落虞卿恨轉深。亦有昔時門下士，十年長嘯到如今。

懷天則上人

把酒高樓聽鳥鳴，江花飄泊故人情。春雲把袂青山外，落日離心白苧城。久厭風塵多病色，誰能世外有詩名。可憐蓮社千年事，此夕支公對月明。

詩話：上人有詩集，王玠右序之，謂爲「沉麗娟懌，時見雄氣」。且謂「在玄門則爲道林，在臨池則爲懷素，在畫苑則爲日觀，又不獨以詩名也」。今其詩則不可得。

釣臺

萬里江雲一釣臺，秋風回首夕陽開。嚴陵此日知何處，漢室山河更可哀。

感昔

姑蘇臺上半春蕪，南去青山近有無。勾踐當年身不返，范蠡何計更亡吴。

吴懋謙

字六益，華亭人。名醫中秀子。中秀，字端所，家净土橋，與董宗伯、陳眉公遊。乙酉年八十餘被難，懋謙負屍趨北郭，洗血葬之，廬墓三載，遂絶意進取。康熙間，海内底定，壇坫事興，乃挾册放遊，自荆、豫、齊、晉、嶺南、薊北，所至與名卿老宿交，人以七子中謝茂秦比之。又與北地申凫盟齊名，有南吴北申之號。晚歸老郡城，築别墅于東門外，與白燕菴鄰比，稱獨樹園，年七十三卒。其門人私謚貞碩，有《華苹初集》《苧菴二集》及《豫章》《處州》諸稿。魏楚白云：「六益五言未盡本于建安，而筋力出諸作者之上。」

空城雀

空城野雀，唧唧群啼。刺促屋角間，鼓翼同卑棲。餵飼諸小鷇，長成各自飛。薨薨群下城，跳踉啄我穀，使我心傷悲。誰家夫與婦，竹竿箠箠打野雀，爾何暴虐至此爲。辛苦種得禾，官家征税在其内。汝今千百啄之，使我老幼常苦飢。我將告汝於鷹隼，致汝於虞羅。喈喈啾啾，還來集禾，鷹隼虞羅，其奈雀何？

武昌旅次望月二首

悠悠夜未央，鐘聲起我早。莎鷄振羽鳴，零露被百草。玉繩倏霏微，金波益縹緲。冥然群動息，側足徒心悄。四宇淡微雲，層柯宿高鳥。履虛情固夷，守湛道可保。跋涉令人悲，憂傷令人老。一展紫芝歌，萬慮盈懷抱。

驅車歷孟夏，遊子倦行役。靈雨洒崇崖，渫雲屯廣陌。忽然涼颸來，蕩我煩憂積。危城吐白毫，絳霄展華魄。參差萬象明，的皪射床席。念我同袍人，遺徽渺難即。既已隔笙竽，復此乖羽翼。在滿慮漸虧，持盈難再夕。君子以維身，慷慨媲金石。

野猪行

曲阜城南山崒嵂，黄沙撲面塵蓬浡。羶風忽起林芬間，蝟毛豕蹢真衝突。村人競起持弓刀，一箭着體還遁逃。更一少年瞋目怒，足着紅皮靴，手持丈八矛，左右蕩決風颼颼。摺脅折齒尚噬人，須臾擊死南邨頭，滿村之人俱張眸。刳腸剖腹盡我力，我禾我黍咸爾食。銅盤灼膏血塗地，梟張未足褫爾魄。猿狖狐狸盡陰類，爾曹聞之亟奔潰。蕩蕩康莊大道間，白日那敢群爲隊。歸來皮肉健馬馱，主人共余飲復歌。擊鼓吹簫芳樹下，茱萸小女進叵羅。繁鐙如花月如練，半酣出視鐵絲箭。君不見鳳筱麟檻何悲哉，野豬遍野咆哮來。

茸城遊獵曲

茸城水，滑如油。茸城地，桑蔴秋。八月九月西風遒，滿城花雨芙蓉稠。谷水郙莊石齒齒，大葑湖上九峰紫。美人晨起束遊裝，踏秋小靴紅鵲嘴。吴王騁馬古獵場，紅纓罨㲉青絲韁。前驅力士擁狼纛，射殺獐貍血滿鏃。鵁鶄鸂鶒聲啾啾，毒眼老鷹掠空谷。吴王歸卧館娃宫，銅盤將炙牖脂紅。匡牀毾㲪飾香雪，捧出西施真玉容。南海之珠木難寳，婀娜粧成顔色好。一時君臣同醉倒，吴城今已生秋草。

長安雜詩

西山開古寺，極目暮雲飛。日月此茅屋，乾坤今布衣。夕陽陵闕改，耆舊姓名非。樂土今何在，春風燕子歸。

落日黄雲動，千山堠火明。野瓜纏廢井，乳虎出荒城。天地風霜候，江湖草木兵。蒼茫身世淚，無計獨含情。

曉起不成寐，淒然念此生。鈎簾忘櫛髮，出郭聽嗁鶯。風雨存朋舊，陰陽變世情。十年追往事，慷慨意難平。

兩值重陽節，天涯客未還。老能留皂帽，貧且傍青山。風雨愁聞笛，乾坤此閉關。桂花秋偃蹇，滿樹不需删。

遊青原贈方大師永曆元年丙戌，方以智曾爲大學士，旋罷去。

青原新霽後，竟日此登臨。鳥語自來去，山光閱古今。夕陽移杖外，花雨閉門深。一得遠公笑，空庭下夕陰。

鐵佛寺作

一葉下高樹，臨溪得好風。鐵蕉垂露碧，金菊待霜紅。磊落人情外，虛空佛法中。乾坤真浪迹，不必怨飄蓬。

送杜于皇歸金陵

楚客愁中夜，吳雲報早春。黄初前代格，天寶舊時人。細草荒城濕，梅花晚磬新。金陵歸棹去，煙月未全貧。

嶺南雜詩

戲題短句托飛鴻，雨過晴村積翠同。溪冷哀猿移斷碣，松深野鹿竄秋風。諸天錦樹凋殘後，千里青山戰伐中。把酒羈心愁萬縷，歸鴉幾樹夕陽紅。

辭家便典鷫鸘裘，司馬淒其已倦遊。路指番禺蠻雨夕，帆迴湞水瘴煙秋。降王舊築蓮花寨，洞女新開椰酒樓。此日孤身憑眺望，短歌清笛不勝愁。

燕京秋懷

仗内傳呼驍勇士，詔書親自獵龍堆。即看羽衛陵晨出，遥見旌旗大駕來。十道貔貅御馬苑，三秋金鼓晾鷹臺。君王樂事真無限，煙鎖彤墀晝不開。

紇干朔氣馬毛僵，野燒千堆照大荒。青塚黄雲驅斷鴈，白登黑月射群羊。煙花臺殿非吾土，南北山川是異鄉。萬里天涯真夢寐，征笳急管意茫茫。

題王歙州天女圖

曉雨絲絲濕紫薇，陵空忽下六銖衣。王郎不落人間夢，遥見雲軿白鳳飛。

崇禎宫詞

金羈玉勒羽林郎，天子新開内教場。夜半宵衣宸慮切，煌煌炮火照宫墻。

賊破河南羽檄驚，將軍戰死洛陽城。君王自此常憔悴，不聽梨園歌吹聲。

計南陽

字子山，號罍齋，原名安，華亭人。明諸生。天才俊逸，詩文涉筆即工。少以文贄于何職方慤人，慤人驚禮，呼爲小友。又謁夏考功，考功命存古兄事之。時存古早負才名，而子山抗顔督責，不少假借。既何、夏俱殉國，存古亦被難，子山棄諸生，放浪山水間，爲詩益悲歌慷慨。鄉先生張泠石、張帶三，與舊交數人互相延飲，日日沉醉而已。後遊沈繹堂、李素心之幕，多所畀益。麻司馬總督兩江招致，極相得。及歸，而麻思之，竟不可復召也。子山多貴交，而絶不奄阿依倚。省中嘗薦海内十人，擬以子山爲首，子山手裂其麻，聲色俱厲，沈文恪、施清惠相顧愕然，謂不意剛介乃爾也。至性孝友，三娶皆無子，客遊所得皆散之親友，視甥姪如子。既卒，甥姪爲執子喪而葬之。詩才在右丞、東川之間，古詩宗二謝，竝工行楷草書，著《負鐙草》《江楓集》。鄒程村曰：「《江楓》一集，句删字削可想見細心微詣處。」

渡河感懷

九月渡長河，陰風生夕涼。浮雲散千里，明月懸高檣。游子心不怡，中宵起徬徨。笳鼓四面發，旌旆時飛揚。念我平生歡，邈然天一方。仰視衆星燦，零露沾衣裳。絺綌感寒飇，葛屨嗟微霜。如何燕雀姿，翻從黄鵠翔。

燕京上元篇

上元三五夜，長安十二樓。但見春星麗，誰思故國遊。憶昔宸遊平樂觀，九衢鐙市暉如旦。鳷鵲宫前月乍明，琉璃屏外星初爛。建章延壽一時開，鯨魚鱗甲勢崔巍。盤螭七尺交銅柱，舞鳳千枝拂露臺。盤螭舞鳳光無主，荷蓋蘭膏焰還吐。竝蔕偏宜進合歡，雙鸞更擬飄飛羽。至尊親御七香車，後宫嬙嬪屯雲霞。祈年競進魚龍戲，扶荔新栽芍葯花。侯門戚里笙歌起，桂火萸煙碧霄裏。寶騎青絲似錦雲，芳輪玉軸如流水。平陽池館正臨春，金谷園林處處新。星毬半挂珊瑚樹，蟾桂横斜細柳津。别有水簾啓深院，魚鐙鳳蠟銷銀箭。芙蓉釵重落金鈿，翡翠勝懸摇紫燕。此時盧家白玉堂，此時孺子倚新妝。一意歡投雙跳脱，同心顧慕兩鴛鴦。遨遊盡屬金門客，冠蓋逢迎聚今夕。列炬頻張玳瑁筵，提壺屢瀉瑶文席。朱城隱隱聽鳴珂，翠幰闐闐度玉河。南林公子饒金彈，西第佳人盛錦韉。扶風豪士欣相讶，鬬雞走馬章臺下。儘教碧玉舞前溪，復遺桃根吟《子夜》。急管繁弦動地來，華槃錯采徹明開。十里紅塵渾未定，九霄天樂尚徘徊。可憐朝市須臾改，盛事芳辰不相待。虹梁重建綵霞居，仙掌空餘暮雲在。昨日大酺賜承明，羊酥十斛傾銀罌。宫人尚識齊家令，朝士終嗤老伏生。依稀庭燎輝華棟，摇曳繩河繞飛鳳。人間行樂幾回多，天上風光暗相送。却笑羊裘卧海田，翻從燕嶠度芳年。惟憶漢家祠太乙，千秋環珮散寒煙。

漳河

曉騎衝寒發，漳河入望來。晨光開浩渺，微月隱樓臺。水落鵁鶄近，秋深木葉催。綺羅如在目，回首不勝哀。

吴門别馮天垂

好懶余無似，憐才君幾人。論心當夕照，把袂及河津。未别吴江月，先愁代馬塵。異時風雨夜，秉燭各傷神。

送吴岱觀之烏程

誰謂掄才切，頻年放賈生。不聞宣室召，聊乞鑑湖行。絳帳群峰接，沙棠六月輕。雪川風日好，來往對青城。

送徐貫時南歸兼示王公沂

春來客思正紛紛，其奈長亭欲送君。濁酒數杯西嶺月，青山百轉大江雲。黄鶯紫燕舟前過，折柳飛花笛裏聞。若遇王生應問訊，故人千里念離群。

關河

關河流水野城荒，禾黍離離客子傷。豺虎滿山迷氣紫，英雄伏草嘆雲黄。霜寒驛路愁官長，夜逐飛符到海王。鑾府參軍雄此夕，月明千里戰袍涼。

癸巳夏秋與于逵聚首燕邸感舊之懷或喜或悲擬同南還而余忽有大梁之行徒增悵然率賦二章留别

骨肉交情二十年，中間南北兩茫然。亂離君自哀王粲，飄泊余今老伏虔。燕市酒酣還説劍，吴山秋好欲歸田。如何又有河橋别，碧柳江亭倍可憐。

共擬扁舟一棹輕，嗟余獨往大梁城。無邊月色霜前白，不斷河流雨後清。入洛風煙嗟歲暮，隔江花草憶生平。知君尚有飛騰意，匹馬藍田夜獨行。

題李長蘅畫

江山幾點太嬋娟，一抹閒雲捲素煙。夜半月明天在水，只無人泛子猷船。

張彦之

字洮侯，一字峭巖，初名慤，華亭人。之象玄孫。幼與弟漢度、九苞有三張之目。初王屋讀書山在細林，與陳徵君白石山莊相望，後洮侯盡斥其田宅，即細林别業，亦讓于其弟漢度，而隱于窮巷，第取遺書讀之，托於酒狂以自廢。工詩，著《浴日樓詩稿》。朱朗詣謂其「蒼莽不事繩尺，質本景純，而臻于嗣宗」。又有所著《九峰詩》，周釜山謂其「詩甚富，而即此已可單行」。

擬古

遨遊寫幽憤，志士良足悲。團扇感晨露，秋風不復施。君子被短褐，饑寒非所知。哀哉歷世變，盛衰各有時。大道已非昔，末運當告誰。茂林翔鵾鴞，觸意展新詩。紅顔日零落，徘徊將何之。

荆棘滿四野，浮雲一何多。宿昔抱大志，典墳聊婆娑。豈無絶代姿，結交守煙蘿。倏忽傷老醜，孤遊西山阿。風雅日沉淪，揮淚起浩歌。秋霜卉頹落，酸辛寧有他。念彼同門友，貧賤傷蹉跎。

贈朱朗詣

徘徊溪水側，重闈不相屬。遊子事四海，河梁曠遐矚。風雅未淪喪，行行悲殊俗。空閨有佳人，立志在不辱。榮名固所期，恩義日以篤。網羅蔽四野，江湖迷黃鵠。懷彼同心人，俯仰聊躑躅。

偕祁奕遠奕喜張公綬陸子元徐武静游佘山分韵

層巒眷户牖，鳴鳥依深林。楊柳何蕭疎，清輝邈寒陰。山川不可極，游思故難任。念此友朋樂，飛觴同高唫。振策苦晝短，秉燭恣招尋。一自寄高躅，志豈在城闉。斗酒不云薄，金石聊爲心。

弔靖南侯虎山黄公

輓季輕武弁，動即受裁制。功罪棼莫定，刑賞恒倒置。三軍鋒刃餘，樞輔濫恩被。人心具解體，責賂猶孔亟。侵漁過十六，實支無十四。上與下相蒙，中與外俱蔽。流氛倉卒起，朝寧瞢如醉。疇昔諱言兵，奚從諳武衛。青徐暨楚豫，在在僨厥事。督臣及師臣，瞠目漫長喟。寶劍出尚方，徒虚明主賜。盈廷乏勝算，建議調邊帥。僉曰得功賢，他將殆兒戲。往分鎮太原，負氣藐當世。臨陣身必先，勇決不少憩。大小經百戰，首虜寧數計。竊度公之才，辦賊誠甚易。勢分各有心，名盛滋衆忮。大業用勿成，孤忠懷憤恚。跋扈若高傑，借闖行自恣。擁兵據偏隅，於國將不利。怨公爲最深，幾欲乘其弊。若彼劉澤清，書生而無賴。夤緣握兵權，斂怨媚中秘。良佐亦劉姓，賊内自拔致。一旦荷龍光，報稱應獨至。曾無分寸功，驕蹇高靡異。三蘖實漢賊，詎肯相指臂。左將能料敵，所部亦精鋭。闖獻竝畏之，望風期偃幟。甫圖批其根，毋使蔓難薙。俄傳閣部楊，輕舉陷重地。初也冀攘功，終焉自經縊。賊勢此披猖，良玉反顛躓。本懷誓殉國，因激背大義。伊嗣襲其命，留後頗無忌。金陵方建都，犯順睨神器。敕公截上流，三戰敗狂穉。豈虞天塹雄，大兵已潛濟。抽營遽還戰，一矢出不意。公知事已去，齒劍裂雙眥。薄海爲慘慟，乾坤不復霽。誰云鄭鴻逵，長江永屏蔽。數騎偶揚帆，全軍已奔避。逆左固當族，逃鄭豈宜貰。何哉許定國，豫土元戎莅。不善高所爲，詭詞從結契。酣飲其帳中，斬高首以逝。相國方恃高，詔發擬逮繫。許懼竟北走，兩河遂虛寄。俾若得長驅，其咎將誰諉。鼎鼎諸强藩，争先願委質。靦顔建旄節，初不少慚愧。屈指兩朝間，惟公渺難企。魏云大帥惟虎山公一人，其餘真堪愧死。如此序事，惟史遷筆力有之。

家帶三堂斷藤峽石傳自慎齋公宦遊所攜歷傳百年世家所未有奉仰前徽聊志古歌

斷藤峽石何巃嵸，苗夷恃險陰濛濛。崇巖峻嶺開門户，水霧山火行無窮。猛虎怪獸逆天際，雄虺毒蠚騰青松。蠻威伏莽阻聲化，雨矢雷鼓煙雲中。昔日襄毅展神武，丈人閫外真英雄。我公慎齋佐韜略，一麾萬里收全功。聖朝何重軍容使，致令世猷淪蒙叢。我公偉績亦湮没，抗疏歸里餘清風。堂上素享大母澤，不紀勳庸紀明德。窮陬立救萬姓生，階前綵舞悦慈色。斷藤峽内有何奇，還舟只載此片石。子孫世守此堂中，後人覩之思寶惜。靖節風高埋草萊，右軍墓誓輕塵埃。功烈山銘意不介，璽書歷賜寧壯哉。鳳樓燕喜志詎在，珠簾傳食顔方開。曾元繼起珍此意，祖功世譜名臣才。

禹廟

濟世人何少，洪流勢未平。甲兵存廟火，天地走江聲。沙暝煙雙槳，烏嘑雨一城。蒼生回首處，懷古不勝情。

懷王勝時青齊之游

知君才獨健，猶未倦風塵。萬里花雙淚，千山月一人。江湖豪氣舊，幕府賦詩新。已識窮通理，寧忘共隱淪。

贈顧翊南

老去元言莫過從，扁舟誰問五湖蹤。故人猶有憐張載，名士應知識顧雍。夜坐秋光垂薜荔，波聲落日滿芙蓉。衡廬久托煙霞遠，寧戀荒城一夜鐘。

上巳前一日同友人虎谿公讌

黄鶯聲欲起烟蘿，白鳥來成《子夜》歌。萬里交游勞夢寐，千秋詞賦滿山河。雕梁掩映依春麗，畫鷁飄揚向晚多。斗酒頻傾梁苑飲，相看落日未蹉跎。

錢太史過雲間有作賦和

静參鹿苑説無生，却憶鑪煙遠漢京。玉樹隼高長史墓，珠簾風冷闔閭城。衣冠入夢悲三楚，象緯驚人逼五更。莫道窮途無涕淚，酒闌愁見暮雲平。

秦淮竹枝詞

金甲銀鞍戰士豪，六軍承詔著功高。而今攻守江南静，百鶴空思賜戰袍。兵尚書閲兵，衣百鶴繡袍。

御柳低垂曉色開，天壇香繞净蒼苔。陪京國學當年事，紫色鐙虚祭酒來。百官燈白，祭酒燈紫。

莫秉清

字紫仙，號葭士，華亭人。中江曾孫。明諸生。亂後遷上海，幅巾道服，絶意進取，當事欲見之，辭勿許。著《采隱集》，書法摹晉人。

諸葛武侯畫像

意在漢丞相，丹青寫龍伏。澹然塵埃外，寧静若可掬。昔公抱膝時，管樂標其目。識者謂伊吕，豈止雜伯局。微觀長嘯旨，此論未爲篤。周當東遷後，天王等臣僕。强者肆其喙，弱者祀旋覆。共主仲尊之，殘燕毅也復。劉氏運再傾，群雄更逐鹿。以漢埒之周，一車同脱輻。得公支大厦，火德乃延續。所稱真英雄，時勢籌之熟。伊吕雖王佐，不借以私淑。揚廷感三顧，對已矢淵獨。夙夜必公家，謀猷本素蓄。漢賊不兩立，誅討凛私旭。漢家四百載，非公誰補浴。須眉留忠貞，莊嚴代慟哭。前千百年生，流風猶飫沐。後千百年生，精神表專屬。蘇公何好奇，曲論恕荀彧。

墨池此爲沈與可梅源咏也。凡十咏，則抱節林、寒香廬、梅源草堂、藤橋、墨池、水檻、迴瀾閣、貞居、梧隱齋、語影軒也。齋與軒則其子白讀書處。

事非足千古，吾必不欲爲。人非足千古，吾必不欲師。有池亦非墨，儼在山陰陲。未嘗違經術，豈徒芳樹姿。

辛卯五月公餘仲兄過舍以曾王父所書翰墨傳家四字贈予爲别今已匝歲矣展卷懷人因題數語

一别不覺久，嗟兹歲月徂。别久情易隔，得無歎其疎。但疎亦因地，情劇于古初。兄弟八九輩，誼固未嘗殊。微觀意所在，肝膈或可輸。惟兄爲我謀，反能勝于余。雖作八年别，夢寐恒與俱。回念客五月，得相問起居。把袂快一聚，中懷各欷歔。慰我以庭闈，廣我以飢劬。情至詞愈篤，涕泪沾襟裾。歡極乃悵然，念兄有歸途。非不欲久留，客貧百慮孤。鄭重四字别，紙少意有餘。什襲此四字，百朋夫豈虚。歸余固有數，寢食沐黄虞。前哲慶貽硯，仰企存詩書。于我復何似，展卷益慚愚。庶幾借詞義，以示後人模。

溪鐘

僧窗無定即江鄉，一葉驚看昨夜霜。相士果然先器識，論交何敢借文章。溪鐘擬聽三年雨，秋草堪炊幾日糧。漁艇荻花猶未可，若爲幽夢到沅湘。

寄周象員

最是秋能動客思，寒塘偏怪獨棲遲。雖居草莽還求士，自信英雄亦著詩。鬼谷恨無逢世術，賈生想見上書時。廿年襆被頻來往，白首看君恐未知。

竹枝詞

江南處處好良宵，水郭山村接畫橋。樓上美人樓外月，月中新柳正千條。

贈田客

曲巷斜溪石逕平，新梟作隊柳條輕。于今止是田園叟，衣服秦時漢姓名。

桃源

亂極何妨潔此身，天留一境著遺民。桑麻雞犬能忘世，不識圯橋進履人。

沈　求

字與可，號貞居，上海庠諸生，案姓名作唐鳴球。少有雋才，餼于庠，申酉間當貢，棄去，隱于梅花原，以詩文自娱，年五十七卒，私謚貞愍先生。著《杜詩肆考》十卷、《箴言集》十六卷、《梅花集句》一卷。其子白年十三，童試衛學首拔，而貞愍不欲其與試，遂亦隱居，詩另見。

絶句

一天雷雨真堪畏，千載風雲漫起思。留得間身卧田舍，静看蝴蝶掛蛛絲。

瞿　穀

字式似，號筠冲，上海人。年十五已補諸生，以父蹇官滕縣知縣，殉國難，乃負骸骨歸葬，終守墓廬，不求仕進，授徒著述，年八十餘卒。著《澹遠齋文集》《删删詩集》。自序謂「運極滄桑，終天抱痛。一寒落魄，入口誰依。乃爲五七言以寄興，數年來取漢、魏、六朝、唐、宋、元、明與夫近日諸人之詩，遊神肆志焉，然風雅情深而英雄氣盡矣」。又謂「余之勤勤于删者，必至一無可存而後爲余之真詩云」。張積祥云：「冰心浩氣，觸人肺肝。其雄雋自命之概，頓令籍、湜僵走。」

異節篇爲王貞媛賦

媛吴江人，許字于蘇，未成巹而夫死。媛即自誓終守，歸蘇，事舅姑如已婦者。今五年矣，年尚二十二也。邑中侈其事，士大夫多爲傳記歌咏序述，故頌而勉之。

千古有正則，君子以偕老。未結其褵，胡見其廟。疑禮之過，疑情之矯。匪情之矯，匪禮之過。人各有心，誰謂荼苦。風激霜高，天空月午。

蕭子羽挽詞

子羽剛毅姿，鬱爲睙城傑。沉森仍慷慨，少小奮遊俠。髭髯列戟張，顧盻偉英發。齊楚燕趙秦，迹復遍吴越。歸來隱申水，唾壺欲半缺。所交雖最親，過不容毫髮。詆訶叱詈之，往往遭面熱。捉臂遊三年，晨夕惟擊節。豈余寡疵尤，諒子敦歡洽。丁未浦濱秋，吞聲爲死别。痛惜斯人亡，舉世無激烈。

懷沈賁園

冉冉翔雲稠，慄慄悲風咽。繆繆鮮所之，慨慨何能悦。念兹歲寒人，經年苦離别。每撫時運遒，彌傷懷抱切。良會昨流連，文章揚大業。觴咏無留歡，冰霜有餘烈。縱酒發雄歌，誓言回浩劫。子嘯我其吟，天意殊不屑。音塵忽以乖，行復嚴冬接。引領望華原，斜日雲山結。一片梅花海，樹樹含素節。宛轉君毫端，落紙成飛雪。冷香照浩氣，萬古光如月。

寶劍歌

葛天金冶飛霹靂，宇宙精靈注三尺。霜華欲熱電華寒，雌霓青絢雄虹赤。養成光嶽萬年神，鍊就英雄一片心。躍處芙蓉朝爛爛，函來秋水夜沉沉。沉沉匣底空相守，鐵花繡澀還知否。縱然秀色掩鹿盧，何必奇光上牛斗。寧藏斫地倚天鋒，孰是屠龍斬蛇手。拂拭鐔間明月光，爲君起舞看欃槍。漫漫天地誰知己，滚滚龍蛇黯自傷。荆聶彼哉曷足齒，風胡薛燭疇能視。微軀不惜贈周旋，戡定風塵原在此。珊瑚玉珥錦紋縧，百花錯落七星高。若個明珠投暗裏，莫同太白睒秋宵。神物終應闢理亂，還須黼黻太平朝。君看四海銷兵日，出匣龍泉是彩毫。

驅暑陸㤪庵盛悔亭潘及江邀集葭士傍秋庵分韵作

炎炎促裝蟲蟲走，餘燄熏天猶炙手。低徊何計得他行，願縛涼風作長帚。掃灑煩溽無留蹤，別開世界迎秋空。疾首揮汗誠已久，祇令下土生怨恫。六旬之酷逾湯火，請君莫再人間坐。君功何功過何過，我又奚容擢髮數。君且休矣漸無權，蠅蚋蚊蛆意索然。從知世上趨炎者，應有無窮失所天。

哭亡弟

兩年我病與死伍，熨灸扶持恒賴汝。今年糊口各西東，羡汝精神十倍予。我病我衰汝輒憂，詎知神理還多悔。衰羸予尚戀愁埸，强壯汝偏辭逆旅。病胡倉卒逝胡速，七尺煩冤殉荒塾。廿里踉蹌撫汝屍，雨没寒鐙一夜哭。嗟予兄弟三人耳，同爲人後稱孤子。中年轞轆實相依，命不敵貧汝死矣。生既無家死亦然，嗚呼生死學寒烟。荒原淺瓦權爲厝，未知歸魄又何年。膝下遺孤但累累，長雖抱子少猶痏。且幸俱未識之無，硯田喜斷揶揄鬼。殯宫有婦共藟棵，斜陽蔓草映齊眉。痛來萬古吞聲地，與汝泉臺兩自知。

舟行月中

雨後溪聲出，移舟共夜猿。光生孤嶼小，煙與亂帆喧。一路灘爲夢，千山月作魂。行行何所止，我欲問漁村。

秋日感懷次陸簡兮韵

萬里乘高望，悲歌獨上臺。風塵應有盡，懷抱幾時開。且自耽佳句，憑誰笑死灰。故人秋興滿，吟罷夕陽來。

意氣諸君末，窮愁千古前。最憐終宇宙，無奈此金錢。花徑朝尋社，霜天夜坐禪。壯心殊未已，慎莫耗餘年。

贈江右周曉窗

念昔我先子，與君堂上尊。前朝同賜第，異數寵臨軒。明發徒流涕，相逢各斷魂。何因秋色裏，重把世交論。

卓侍郎祠

卓公諱敬，死靖難時者。永嘉其本鄉，鄉人廟而貌之，祠在江心寺，右與正氣堂東西頡頏，兩塔復爲兩祠翼，海山錯愕，有凛色焉。王季重所謂「卓公月午天，空可伴信國」者。

碧血千年迴未消，海天蕭瑟廟岧嶢。已拚碎首陳危疏，贏得歸魂起怒潮。華表月明雙刹曙，几筵秋靜萬山遥。今朝日斷流氛痛，忠憤應知念本朝。

浙西道中作

扁舟葉葉出江城，直指錢塘風浪平。萬里新晴聞擊楫，一簑寒月夢談兵。縱横天路烏成陣，埋没空山虎作聲。曉起海門聊騁望，幾回煙霧護潮生。

春日聞岸過小齋有愁色因賦贈

坐對東風感慨真，與君何計不沉淪。埋將劍氣寒天地，草就窮文笑鬼神。漫説英雄哀一飯，從看花鳥作三春。那能力挽銀河水，洗盡人間甑上塵。

家頑素草先君子傳見示泣賦以答

裹革封疆迹幾湮，閱殘家乘淚逾新。天留金管談忠孝，文學韓公辨遠巡。附載吴令事。血碧自完當日事，汗青誰借百年人。痛來《莪蓼》空教廢，掩卷猶存不死身。

歲寒雜感

嚴風朔雪海天餘，百貨横陳市舶居。大貝明珠争入税，珊瑚翡翠不勝書。填填精衛羞翎雀，鬱鬱神龍變蠹魚。極目寒波波上影，鮫人蜑户正趦趄。

何物消寒遣歲華，探梅煑菜是生涯。冰酥雪脆三冬味，月艷霜香五出花。豈有詩名稱野老，從無酒債到山家。畫圖亂寫柴門景，掠樹盤雲點點鴉。

冬日漫興和沈天庸韵

大地風塵大海漚，幾時民物見安休。極天事業空雙眼，唾手山河祗半洲。誰向滇南驅鐵騎，不聞蜀道闢金牛。酒樓花洞英雄概，漫化龍幢寶篋流。

春來

飛花落絮亂沾巾，淡月柔風事事新。莫道雄心消不得，春來多病是情人。

柏古

字斯民，一字雪耘，華亭人，居清風涇上。工詩，兼長書畫，著《雪耘詩抄》，田鼒淵、錢爾斐校刻。魏青城稱其古近體清新高渾，品格在陶、謝、王、孟間。子立本，亦工畫，弱冠入宋元人室。

出塞

上堂拜父母，入室别妻子。餘淚辭親朋，戎衣挾弓矢。父母向我悲，汝今奉驅使。努力事戎行，移孝作忠理。妻孥哭吞聲，中心識生死。親朋餞東郊，祝我著績紀。大旗動馬嘶，霜風寒易水。黯然天地愁，萬里今日始。

釣灘聽蜀僧談峨眉之奇

月起水聲中，泛泛溪之曲。遠村暝寒煙，疎鐙認茅屋。泊岸犬吠夜，棲鳥驚簌簌。僧談峨眉奇，暑日雪滿谷。形勢半乾坤，三峽從飛瀑。萬里托耳登，歷歷疑在目。話久夜已殘，繩床我分宿。

韜光呈晦山

數里盤雲上，疎鐘出寺樓。湖光煙外渺，山色檻前收。泉亂晴疑雨，巖深夏入秋。静觀參妙理，身世悟空浮。

宿瓜埠曉行維揚道中

跋涉辭兒女，田園托老妻。孤身千里夢，野店五更雞。殘月寒人面，清霜滑馬蹏。維揚城外柳，一望一淒迷。

維摩嶺

路向維摩上，孤遊鳥作群。深林疑蓄雨，積石欲生雲。海没盤峰見，泉飛隔嶺聞。相逢僧話久，殘碣照斜曛。

古意

寒風吹房幃，絡緯唱秋草。古鏡不照人，儂顔知自好。

采石弔太白

君遊千載前，我遊千載後。休問幾浮沉，江山一杯酒。

張積祥

字香巖，上海人。才氣恢詭，著述甚富，所刻《芥舟小草》是崇禎戊辰時作。至國朝康熙間，曾因其姪天培官黔陽知縣入黔，年八十餘卒。瞿冲筠悼之云「雄視八十載，著述云誰匹。觀其摇筆時，後進皆愓息。何宫遘奇窮，耄耋嗟逼仄。負薪者何人，殘編盡狼籍」云云，可以得其大概。

小孤山行

光熊熊，氣魂魂，倏已生子石紐村。鑿江東注萬里奔，巨靈斬石開龍門。屹然卷峙中流存，激湍捲雪摇雲根。巖崖峭削膚頭髡，有齒鑿鑿亡其唇。揭來饕奇士，雅慕燃犀温。飛舸欲近，坐愁攀援。愁攀援，奈何陡，誰從一綫剜成口，剥鬣翠壁令可蹂。磴未受趾先受手，捫藟獨上不容偶，膝承顣頷肩接肘。猿猱掛樹翻仰走，回眸膽墮江濤吼，崩青隕黕山腹黝。紆徐上瑶臺，兀若鯨背負。混茫天地中，一碧渾未剖。吴楚蜀洛，旅旅窶藪。入琳宫，踐飛閣，千載遺香在丹雘。憑欄弔古悲歌作，於乎神禹神工拓。回舟舉綱呼桑落，月明風送山巔鐸。

夢聖清弟戊辰仲秋十一夜。

每念鴒原痛，今宵入夢親。攢眉憐善病，握手慰全貧。欲問黄壚幻，無看赤縣真。欷歔驚蝶化，秋月冷花茵。

詩話：芥舟自著《詩撮》，謂「鷄肋難捐，而梓復未易；鶴脛可截，則句自堪留。今姑更撮之」云。五言如《同叔席上》云：「量闊推中户，才雄敵大家。」《友善琴畫》云：「山水絃中得，風雲筆底看。」《書懷》云：「移山成北谷，喝海俟西流。」《夜集》云：「妙唱傳紅豆，雄談縱碧鷄。」又：「任俠思論劍，違時欲善刀。」七言如《贈宋比玉》云：「文心自許能穿札，飲量何人不倒戈。」《談近事》云：「中原此際誰君父，意氣于今止弟昆。」《吴山遠眺》云：「青江抱地三千里，丹嶂迴天十二峰。」《玉樹軒對雨》云：「萬點玉鳴牕外雨，一盤珠落坐中歌。」《小集》云：「酒伴重來參玉版，侍兒新學唱金衣。」《感被逮諸臣》云：「數載攀龍親日月，一時履虎感風雷。」《元夕》云：「架有冰毬懸滿日，庭開寶樹落繁星。」《正月十七夜》云：「嵐收鰲駕光逾燦，雲净蟾輪魄未刓。」《書懷》云：「老至喜言求也退，醉來狂語舜何人。」又：「壯志尚憐懸馬骨，衰顏却喜學鷄皮。」以上諸聯，要皆可摘。

國朝松江詩鈔卷六十四 遺老

鄉人姜兆翀羺山録
弟　韶夔音閲

沈　楫

字宏濟，華亭人。明學士度八世孫。弱冠補諸生，工四六及詩詞，兼精八法。遊夏瑗公之門，最賞鑒之，夏任長樂，挈之同行，命存古從遊焉。夏殉國變而楫亦遭家難，屏居薛山祖墓之間。久而困甚，時其姪孫文恪荃方秉憲大梁，迎往，任奏疏箋啓，兼總刑錢。又王敬齋宗伯迎楫往，俾佐其少子山西任，遺書其子，有「宏濟醇古君子，所謂人師，非但經師之目」。性剛執，一言忤意，即拂衣歸，故取世資甚薄，時或不給，每賴筆墨以續食。一日，將應武林高澹人之邀，顧室中有箋扇百餘，不欲使求者失望，乃窮日夜之力盡書之，忽得疾卒，年七十有八。無子。所著詩文稿則門人方景高收輯之。

羈旅行

馬疲不及前村宿，停鞭解鞍惟破屋。月光射户霜滿場，朔風獵獵吹枯木。年荒吏猛無宿儲，客無酒漿馬無菽。頻呼麥飯不能飽，天寒夜長難瞑目。我命逢此分所應，傷哉可憐累及僕。主人睡足輒復起，爨無餘薪掬寒水。匆匆上馬出門去，明日行蹤更何處。

自吴由浙復至新安

擊櫂錢塘路，江濤溯湃來。連天昏宿霧，落日見孤臺。衣薄春寒逼，杯殘夜色開。壯懷銷歇盡，頭白轉堪哀。

得曹魯元書

聞君高卧地，煙水自漫漫。繫舸藤花合，開門竹色寒。病餘除藥裹，客至有盤餐。何日同樽酒，聽詩坐夜闌。

新安道中

蓐食晨征速，司閽乍啓關。炊煙藏密樹，水碓響空山。路遠輪蹏雜，風淳雞犬閒。農家遺世事，亦復嘆時艱。

旅懷

鮦水依蕭寺，槐陰一逕斜。初晴逢劇雨，入夏有寒花。客久方音習，衣單物候差。莫爲投轄意，孤負此年華。

林希顥

字式齋，號敬生，華亭人。明貢生。其初手録經史要略、朝章國故，又殫稽天地，咨究兵謀，上詹星緯，下窮樂律，著書五百餘篇。晚經世變，乃委心任運，静默自守。年逾艾，遽卒。學者私謚貞文。

《漱芳齋詩話》：敬生嘗以理數推擇時日鑄鏡，或期當中夜，必危坐調息以候之，晷刻不愆。家人亦疑其過信所學，及卒後數年，有一圓鏡未成者落漁人手，質緡錢于張澤市中。市人置諸室，一日，見暮夜有光，意中有寶，搥而碎之，則皆水也。又張憲副安茂至一寺中，見懸一鏡，光明奪目，詢之，曰：「此希顥所鑄，每日鏡必有聲。」人始知其學通天人，非豎儒所能及。

舟中對酒

水國風來爽，江鱸今日鮮。布帆秋色外，巵酒暮雲前。兩岸丹楓樹，千村白屋煙。客情方寂寞，漁笛起前川。

春日龍潭寺閣眺望

珠閣倚茸城，江天三月晴。香臺高縱目，芳草遠含情。地拔九華碧。潭開一鏡清。夕陽孤磬外，静坐悟無生。

曹　谿

字谿仙，號空谷山人，華亭人，居干谿。嘉善庠諸生。幼有才子之目，素與陳徵君眉公友善。其生平事親色養，力周貧族，持己甚嚴，惡聞人過。又嘗曰：「小人不可與作緣，亦不可與結怨。」後謝去青衿，優游觴咏。國初與從兄峨雪創小蘭亭詩社，所著《谷音花嘯集》，又《論隱集》。順治壬辰卒。

仁山禪師卓錫小普陀

卓錫開初地，依稀佛降年。心空調白象，舌本吐青蓮。祠宇懷先哲，家風愧後賢。名山堪寄迹，西壁好安禪。

丙戌上巳雨中感懷

搴芳消息又蹉跎，風雨聲中憶永和。客去共誰臨水曲，庭空畢竟落花多。謀生計拙蝸耕壁，避亂身輕燕點波。若使幸逢重霽日，出門依舊足高歌。

和熊留菴登普慈閣

登臨詞賦見宗工，高閣憑虚望轉雄。騷客共吟紅樹外，空王遥禮白雲中。開簾海氣晴疑雨，捲幔山光夜有風。何日與君同極目，一樽酬唱滿詩筒。

詩話：谿仙詩稿内如「馬嘶郵墅頻驚犢，鶴放天涯頗類鷗」，「攜來艾葉鋩如劍，乞得榴花貴似砂」，「曾聞青虎眠煙草，不信金鰻化鐵針」，「帶來香霧疑傾國，翻出紅雲欲贈人」等句，俱可誦。

王應騏

字開濟，號允錫，又號藿菴，華亭人。明天啓甲子武科乙榜。精韜略騎射，明亡，棄家栖亭林寶雲寺。嘗以紗幞首，用瓦罐煮食，故人稱爲紗裹頭，其家稱砂鍋頭。老人云，晚年與蕭芷厓談詩，立作欖間，講論不倦。臨没自焚其稿，僅傳題照一絶云。生萬曆癸巳，卒康熙丙辰，年八十有四。

自題小照

老子胸中有甲兵，破紗裹首足逃名。錯依蕭子論詩立，漏洩機緘付寫生。

詩話：藿菴爲農山先生之叔，家門鼎盛，而棲遁終身，殆所云士各有志者耶？

張　密

字子退，號適齊，華亭人。明恩貢生，授兵部司務，後終身高隱者。其兄寬，字子服，以吴勝兆事與陳臥子同殉節。初甲申春哭臨時，奄黨紳某欲隨班行禮，僱青手自衛。子退與徐武静各率義烏力士戴宿高等，各執白棒擊退青手黨不敢逞。此可以見當日之士氣焉。晚歲客遊滇中，送閣公子孝先扶柩歸松江。其詩稿聞以被盜失去，求于其後人，得此一章，彌足珍云。

同徐孝先謁青原老人

孝先名永貞，閣公仲子，生于閩，即扶櫬歸松江者。青原即桐城方以智，出家名無可。

少小文章伯，中遭喪亂時。飄萍依净土，炮藥汲天池。還是簾藏易，偶然瓢納詩。死生無不可，此緋任支離。

詩話：孝先從兄孝持名永基，存承子。汪舟次有《送孝持入青原山觀瀑布歌》云：「爾去青原尋瀑布，我令僕夫告其處。」又云「記取經過十九溪，爲我一溪留一賦」云云，兹因孝先之在青原，附記於此。

何　潤

字一痡，原名汝闇，華亭人。明諸生。好古文辭，自賦記傳序以及詩歌，皆抒寫性靈，自然工妙。曾爲張鯢淵記室，至丁亥，鯢淵謂之曰：「吾在此竭力盡分，義不可辭，若子無民社之責，且家有老母，可以去矣。」潤乃灑淚而别。歸而盡棄舉業，改名隱居，授徒養母。嘗有《元日》詩云「淵明自是晉遺老，甲乙丙丁作紀年」句，可以觀其志矣。長子壽世教以詩書，而戒其進取。壽世亦隱居終身，食貧，以《九章》法爲錢穀家乘除，得貲以供甘旨。親没喪祭誠敬，六十年如一日。

送范香國歸四明

竟送遺孤返，蒼茫海外來。爰教宗祏衍，不盡國殤哀。高誼雲天上，陰風島嶼隈。得如方氏裔，遥望拜泉臺。

憶昔哭相送，真成殉鼎湖。因循慚我在，患難似君無。去去蛟龍伏，荒荒日月孤。故人今奉佛，道澗致區區。謂無凡師也。

郭開泰

字宗林，號罍恥，上海人。世居鶯脰湖。明歲貢生。後隱居不仕。著《五經指訓》《味諫軒雙玉樓詩稿》。

送别關中孫裕堂

遠别送良友，悠悠臨路岐。驪歌將欲發，執手暫徘徊。一杯請更盡，萬里有餘悲。本自天一方，今兹反睽違。春日一何淡，春風一何淒。欲折柳枝贈，不忍彼依依。相看各已老，會面恐難期。烽火况未收，消息何可知。眷言惟自愛，出入慎所之。

輓張鯢淵先生張肯堂，字載寧，魯王用爲大學士。八年，大兵破舟山城，自焚死。

海外風波起，雲間節烈身。一門誰惜死，百口共成仁。魂魄群誰附，蘋蘩遠莫陳。向空重拜手，灑淚濕紅巾。忠穆宅在東外果子巷。

輓朱聞京先生朱永祐，字爰起。魯王時爲吏部侍郎。舟山城破，被獲見殺焉。

平生崇節義，不但魯朱家。正氣陵銀漢，忠魂逐翠華。一時人化鶴，半夜道横蛇。死矣雖無補，千秋芬齒牙。烈愍宅在城内羅神廟東。

村居感賦

薜蘿冥冥又修篁，老我村居徑半荒。獨坐鐙前終夜雨，三年鏡裏一頭霜。論詩有律尊開寶，沽酒無錢典鸘鷞。莫更撫今重念昔，從來心事付滄浪。

未能買山聊爾壘石振生兄爲我賦之次韵奉酬

若能閉户即深山，况復山深几案間。疊就巒層蓮九品，削成峰秀女雙鬟。經營歲月知多事，徙倚朝昏爲愛閒。最是生來多嬾病，不曾五岳一躋攀。

次曹子玉先生馬上看西山韵

馬上看山山亦走，望中翠黛盡清娱。皇都遠倚居尤壯，仙巘斜迎骨太癯。爽氣定收王氏笏，真容堪入顧家廚。人間鞭鐙多忙迫，若問先生興自殊。

贈張用諫

我亦詞場潦倒人，多君意氣獨嶙峋。謀官每笑朝廷士，殺賊常稱草野臣。粧次畫眉猶有筆，臺邊走馬更無塵。英雄也覺風流甚，肯用浮名絆此身。

曾記

曾記鍾陵落日前，秦淮風景似依然。尚無叢棘迷冠珮，仍有啼烏泣翠鈿。舊事重翻吴晉日，新愁莫問永洪年。花殘月暗難回首，無限繁華逝水邊。

贈蔣際飛

不因遲莫即蹉跎，壯爾斜陽挽魯戈。涕泣牛衣寧若是，慨慷馬革竟如何。家聲忠孝黄門舊，國士官階白簡多。借問封侯何處覓，三邊出塞待君歌。

顧章甫

字魯斐，上海人。允貞子，明歲貢生。《張所珍傳略》云：先生既貢，授職縣丞，見天下多故，不欲取榮，退居海濱，以造就後學，敦厲風教爲務。史可法將薦入國子監，固辭，足不入城市。至國朝詔舉山林隱逸，省臣檄府徵聘，不赴，時以先生爲東南隱士之冠焉。

春杪雜詩

舞裙有意欲留仙，枉把春心托杜鵑。六尺珊瑚籠絳雪，相招重和紫霞篇。春濃翠幙懶晨粧，教婢迴針細較量。小劈霞絲成朵朵，玉樓常帶指痕香。

林子襄

字平子，明諸生，子卿弟，華亭人。棄去青衿，終身高隱。嘗客遊嶺南，病歸，道卒。著述散失，子卿收拾叢殘，存遺稿一卷，謂其步趨古人，句櫛字比，工于摹擬。

述征詩

五載還鄉邑，逾月復遄征。遄征亦何之，迢迢指任城。我友在屯難，世網忽來攖。炎岡有餘燎，毀厦無完楹。告密類鈎黨，雀鼠正縱横。誰謂伐枳易，置薤已見傾。身當憂患途，怵惕易恒情。昔賢稱免戮，古訓重懷刑。豈惟羈旅故，中心若懸旌。寢興靡安節，静言忝所生。夜發清淮湄，朝遵濁河渚。鬱鬱火雲興，炎歊照下土。蒼鷹爰學習，莎鷄亦振羽。農夫望膏澤，築塲待穫黍。前瞻下相城，綿邈亘齊魯。婦子盈原疇，籥管祈田祖。山川悲滌滌，曷由致甘雨。伊我征途人，病涉亦誠苦。升高陟崇丘，蒼然見平楚。萋萋惡木枝，綢繆自相聚。繁陰雖可息，吾寧終久處。

喜周宿來入都

燕市驚相對，從來舊酒徒。馳驅消歲月，風雨憶江湖。鄉國人無恙，文章道未孤。高談時過從，稍喜慰窮途。

遣興

遊子飄零悵失群，南轅北轍自紛紜。曾探禹穴浮江水，更渡黄河望嶽雲。身似閒鷗隨地着，書憑候雁隔年聞。遥憐兄弟時相憶，愁説歸程春草薰。

其二

朔氣蕭條歲欲闌，冰霜滿目思漫漫。十年閉户空華髮，千里投交愧素餐。落日風傳羌管急，清宵月照晚砧寒。江南梅萼今應發，抱膝長吟行路難。

薊門雜咏

天壽諸峰直北看，先朝陵寢在長安。祠官春罷櫻桃薦，原廟秋生薜荔寒。翠被有無虚玉座，鳳笙縹緲閟仙壇。遥思封樹無樵采，異代常滋雨露寬。

袁　穌

字介人，華亭人。部郎定之子，明諸生。著《雪皋草堂集》。王玠右稱其「英而不犅，和而不柔，藻潤山川，經緯雲日」。又謂「閉門鍵户，風雅自娱，日吟數章，以當薇蕨」云云。此可因詩以觀其人品焉。又宋轅文嘗作《於陵孟公傳》，宋與陳雖舊交，而趨舍異路，辭多失實，介人作文以駁之，尤可見其能持公論焉。

懷秦方回客燕

昨夜西風下井梧，故人曾到鳳城無。築臺久已空千古，擊筑仍知屬我徒。詞賦未逢謁者監，鷫鸘先付酒家胡。可能早拭陵陽淚，回首吳雲白日徂。

孔　衡

字崖秋，華亭人。明諸生。吴日千贈詩云「鰲圖忽變革，鳳羽息騰騫。不羡應劉貴，惟知沮溺賢。家臨滄海曲，身寄豆苗田」云云。可以想其風節。按康熙壬申盧文子尚序其新什，以爲「琢句工，鍊字警」，可見其老尚耽吟，并享多壽焉。

寅谷既别賦示晼九（寅谷是李暘。）

李白方辭去，黯然共此懷。中年頻作惡，小住即爲佳。南浦秋帆别，西窗夜雨偕。憐君有同病，空負酒如淮。

唐　醇

字復西，改名景真，華亭人。明季諸生。入國朝不復應試，幅巾布袍，屏居一室。其初有聲幾社，後與楊北園、吴綬紫輩相倡酬，詩律工細。著《馬蹟堂詩稿》。馬蹟者，以唐志大試時其祖權降靈于堂，有馬蹟之異，故名，在十六保顧望塘。

詩話：余所見其詩稿僅七律、七絶兩種，又係誰何摘録，僅存其應酬諸作以供勦襲者，其真詩不可見矣。略録一二，以存其人。

輓孔傅巖

湖上攀髯慟晚春，雲中騎尾惜先臣。不忘忠孝垂千載，何意文章賦百身。天闕承恩空雨露，夜臺何處展經綸。黄扉舊有調羹手，留與勳名待後人。

白門有黄琉璃龍瓦彬兒見其遺墜投諸大江因和其句

昔時照耀雲霄裏，今日攜來付碧流。此後好隨河伯去，得舒龍爪附王舟。可憐遺瓦伴秋蛩，分付東流貯舊蹤。爲語馮夷應護惜，好教清水浴黄龍。

朱履升

字貞階，號古匏，義士璧八世孫，華亭人。明諸生。其《告家廟文》云「乙酉春予春秋三十有三，即解青衿而服黛耜」云云。後貧困以老。二子一孫皆夭折。所著《樵隱稿》，張洮侯曾刻之。又有《蘧廬稿》，陳威玉序之，以爲貞階登第，亦黄門、考功之流也。胡舜齋序謂爲

「紆青拖紫，不必盡出科名，而古匏終已不顧，蓋寧爲此，不爲彼也」。今其集有抄本尚存。

送人朝普陀山

海表多靈蹟，名山萬古傳。蛟龍奔濁浪，島嶼出遥煙。劫火餘猊座，曇雲護寶蓮。此中藏毅骨，爲我訪祈連。聞張鯢淵葬此。

途遇李竹西賦此寄之李竹西，名長苞，改蒸，華亭人，平湖籍。丙子浙江舉人。

神氣看逾壯，翩翩李謫仙。舉觴傾一石，染翰得千篇。同榜人何在，辭官誓已堅。當年秦博士，矍鑠未應先。

坐客言及天爽亡來陳徵君遂已無後相與歎息爲賦詩弔之

徵君名姓動天閽，鳳詔慇懃幾度頒。二葉高蹤傳谷水，千秋詞翰托名山。文園已歿前徽杳，供奉由來後起慳。自是瓊花天上去，不教遺種落人間。

文讌追隨縞紵親，朗陵未許侍車輪。予與天爽交。四方縑素徵文急，廿載郵筒問字頻。每向遠公參法偈，好從樊素醉花茵。自慚年少疎狂甚，遺集虚傳北面人。天爽梓《晚香堂集》，置予門人之列，蓋私淑云。

讀龔芝麓集

青鏁先朝物望崇，鼎遷忽復作夔龍。多君博洽琅嬛業，家傳偏遺漢兩龔。

董黄

字律始，號得仲，其昌再從子，華亭人。隱居不試，著《白谷山人集》，蓋所居在白石之谷，故以名集。自謂初從陳黄門，講求格律。及富林廬墓，盡出指授，得所宗法，後乃取所刻《朱萼堂稿》《高咏樓稿》删存若干首云。至其畢生梗概，則蕭子羽贈詩云：「一褐常見肘，數椽聊庇身。所志在不與，食力甘苦辛。」又陳其年序其文集云「托泉石以終身，狗烟霞而不返」等語，可以得仿佛焉。

雜詩

功名我所願，富貴不可爲。趙王顯蘇季，秦人榮李斯。勢位一朝失，俄頃榮華移。禍至不旋踵，黄犬徒生悲。被褐衡門下，寵辱我不知。好鳥翔林木，安棲在一枝。高飛良冥冥，弋者何所施。

吴梅村祭酒見枉草堂衆賓既集陳徐二子繼至偶叙夙昔感慨係焉

暮宿神鼍館，朝遊東佘嶺。新篁引弱枝，緑樹布清影。曲池聊徙倚，芳徑還馳騁。極目縱所之，巖壑皆幽境。衆賓本羊求，肥遁同箕潁。論文綿晨夕，懷舊忘日永。對此嵇紹孤，中心良耿耿。拭淚歌楚些，餘音猶《哀郢》。舉觴相勸酬，開懷娱夏景。醉坐清風生，披襟不覺冷。

許霞城光禄村居行

憶昔漢皇居甲帳，君集夔龍鳳池上。青瑣直聲天下聞，白簡霜威驅罔兩。從容攬轡長安中，海内澄清猶指掌。何期復有佞諛人，李杜忠貞忽鈎黨。一朝拂衣歸去來，荆門肥遯老蒼苔。鼎湖去後無消息，橋山涕淚空沾臆。仲蔚蓬蒿不見人，伯夷薇蕨猶堪食。溪上桃花惟一姓，門前楊柳誰能立。高閣平臨湖水流，東籬緑菊扶桑映。我來南山采芝草，慷慨爲君歌四皓。霞城先生是終身披緇者，欲求其詩不得，而此詩可以傳其梗概焉。

張帶三述閩中山水詩以紀之

寒風吹雨西山來，荒庭日暮掩蒼苔。故人咫尺闕相問，濕雲蒼漭浮高臺。張公移棹叩柴關，酒酣爲我述閩山。閩山嵯峨幾萬重，中有一洞蟄蛟龍。千尋碧水寒如玉，朝朝暮暮瀉巖曲。山上紅霞波底明，山下泉聲漾空緑。風唫雨號安得辨，虎嘯猿啸轉相逐。此中仙客亦無數，白雲飛斷桃花路。嘗聞鳳管雜清歌，時看黄鶴乘煙霧。我欲登之屐齒折，飄飄似向青冥度。玉童霞君匿不得，自言此是仙人府。一朝解組歸去來，雲山萬里空相慕。

東湖在佘峰之南溪口甚狹中間一泓兩峰夾翠游屐罕至乙酉深秋遊覽其中癸巳秋杪復與洮侯直方泛舟攬勝因各賦一律

不信澄潭上，青峰兩岸開。白雲還北向，翠靄自西來。浴鷺當風立，潛魚觸釣迴。中流一鼓枻，秋色動人哀。

有歎

迴立蒼茫大瀨東，不堪落日照孤忠。每歌易水思燕客，欲賦平陵哭義公。一片鋸鋙寒夜雨，三千油幕任悲風。濮陽周氏人寥落，任俠朱家何處通。

春日雜詩

五羊城迥鬱嵯峨，駝馬千群一夜過。咫尺桂林開日月，岧嶤銅柱阻兵戈。百蠻自識任南海，故老寧忘馬伏波。大庾嶺梅春寂寂，明珠瑇瑁嘆蹉跎。

金陵遇陳其年

元龍一別幾經秋，此日孤帆遇石頭。六代池臺荒草没，二陵宫寢暮煙浮。悲歌漫聽桓伊笛，清嘯還登孫楚樓。極目鍾山愁不盡，當年王氣黯然收。

江總宅

青溪橋下水盈盈，江令樓臺倚鳳城。花落後庭歌《玉樹》，風吹别院動銀箏。黑頭漫曳尚書履，紫禁争傳狎客名。一自景陽鐘寂寞，金鋪翠閣緑蕪平。

西陵雜感

武林原是宋長安，宫闕飄零故蹟殘。芳草不知香輦路，鳳凰猶在五雲端。青山下見樓臺盡，湖水高憑睥睨寒。獨有飛泉依舊在，千峰夜落未曾乾。
宋主當年能好武，六宮粉黛盡從戎。射聲校尉紅顔裏，細柳將軍紫袖中。長信故姬争射虎，昭陽新寵自當熊。可憐不渡黄河水，惟有旌旗滄海東。

曹重

字十經，號南陔，華亭人。初名爾陔，以父諸生烺乙酉遇害，乃絶意進取，風雅自耽。博學工詩，善繪事，尤長于詞，著《濯錦詞》十卷。并好度曲，有《雙魚譜》流傳，絃索千里生，其自號也。初家干溪，晚年移居郡治東郊，築臨溪書屋居之，爐香茗椀，古色斑然，至今風流，猶可想見。

澄江旅舍尤展成司李見貽近刻

逢君郭璞宅，雲影入江寒。緑柳遥侵袂，青山早掛冠。一鐙家是夢，千里月同看。持贈陽春曲，高歌玉漏殘。

送董蒼水遊粤

桄榔山下月，旅舍白雲閒。此地堪憑弔，憐君獨往還。文章驚怪鱷，書信斷烏蠻。陸賈歸囊滿，風流復可攀。

黄鳥

睍睆枝頭鳥，常教蝶夢醒。畫樓人已遠，莫向緑窗聽。

雲間竹枝詞

十經先生有《竹枝》百首，意取諧俗，不似竹垞《櫂歌》古雅。今存數首，以見一斑。

不堪分緑與窗紗，葉嫩如槍待試花。昨夜一番新雨過，鄰家已焙本山茶。

笋籜分開玳瑁斑，放梢新葉碧如鬟。儂來呼渡吴淞口，小艇無人立白鷳。

露桃塗額約雲鬟，風柳誇腰賽小蠻。見説瑶臺花下住，草橋浜裏采菱還。

九朵晴巒到眼前，黄雲紫燕晚秋天。詰朝准擬登高去，暫借鄰家放鴨船。

急水斜塘出秀州，稻堆高過屋山頭。家家種得烏鬚糯，釀就村醪好醉遊。

雪夜歸來與婦謀，床頭窨得酒消愁。今年不醉金錢蟹，只醉盈罈沙裏鈎。嘗見姚佺《詩源》選本，以「松江」爲「嵩江」，蓋乙酉時，避福王嫌名有此，亦一異聞。

曹埈

字上衡，華亭人。重弟。闇修好古，不求聞達而豪于吟，酷似其兄。有《聽嚶軒稿》《無聊吟》。

野望

極目蒼茫裏，商飈動地哀。斷雲低野樹，落日照荒臺。遠渚沙鷗宿，長天塞雁來。干戈知未息，回首獨徘徊。

浦上

欲濟南溪檝，乘潮向早行。斷霞飛極浦，落月照嚴城。宿鳥高林出，秋蛩遠岸鳴。可憐餘壯志，飄泊愧平生。

宿晉陵驛

迢遞關河此舊遊，布帆仍向夕陽收。千條碧柳臨官路，幾點青山出郡樓。風引玉簫牽客夢，月移銀漢照孤舟。停橈莫話當年事，自愧浮名逐水流。

採桑度

昨儂采桑來，春風宛轉回。今儂采桑去，滿徑傷心處。

曹　爚

字冷民，松江人，嘉善籍。父檭，以入火救親柩病廢，冷民侍父眠食，盥洗躬親。父卒，廬墓。事載《浙江通志》。著《鈍留齋詩集》。

集次典壽香亭對菊限韵

雅會雜山農，風流羨仲容。秋花成五色，寒影見千重。日晚開高閣，村深聞遠鐘。杖頭吾未辨，率爾一相從。

雲起秋山老，風吹暮雨寒。故人江海上，蓬鬢一漁竿。

懷林子白

唐鎔

字歐冶，又字冶父，華亭人。初在幾社中，與談公叙、章宗李輩，皆奉闇公爲師，後與諸遺老相唱和。其集則陸范鐮家藏之，古體已失，僅存近體詩六十六首，已選刻于王司寇《青溪詩傳》中。其兄鉉，字玉汝，與冶父同爲幾社名士，其詩則不可得。

中秋

不必南樓上，平蕪引眺頻。故園今夜月，亂世昔年人。急雨層檐歇，疎蛩獨坐親。乾勤難便料，河海足垂綸。

過子固感贈

搔首蒼蒼問古今，百年身世已浮沉。青衫未展逢時略，皂帽徒存故國心。白日鷙鶬盤塔影，黄昏風雨送鐘音。見聞此外渾非昔，可但京華麥秀吟。

寄懷許介夫

此霞城長子，名□□，高尚不仕者。次子由公名□□。

亂離吾土亦天涯，兵老穹廬感歲華。才子家風曾諫獵，故侯心事但耘瓜。弓彎沙磧雲中月，笛怨江南雪裏花。玄度與誰同擲麈，幾年今雨草堂斜。

呈許霞城先生

十載蓬萊供奉情，當年請劍有高名。淚因家國青衫濕，夢遶園陵白髮生。世上傭耕多燕雀，域中寇盜半鯢鯨。最憐景略年方壯，好向南方佐論兵。謂介夫。

沈　麟

字友聖，華亭人。其父坤仙，著《編年考》，其法自初生以至百歲，凡歷代名人事迹可考者，皆隨年紀之，頗極淹博。友聖工詩文。其初嘗率妻子躬耕松江之濱，凄風苦雨，屏絶人事。後復杖策遠遊，渡山梯谷，其詩益豪。王玠右謂其詩以遊東越者爲上。惜其稿已失，兹僅選本中得其一二而已。至其入都與顧侍御如華交，及侍御卒于楚，友聖不遠千里奔赴其喪，則人皆義之云。

寒夜寄侯研德

雲樹三江路，星河半壁天。分襟將判月，安枕是何年。霜重塘光苦，風高澤腹堅。邇來猶繳滿，雁帛莫輕傳。

己亥上巳後同韓聖秋宋牧仲十五子集燕都聖安寺即席分賦兼贈黄仲丹之齊徐存永韓叔夜之豫紀伯紫之閩方孟甲之晉時方子有選詩事。

天涯星聚共襟期，何事離群又此時。詩爲五君分手咏，賢仍千里比肩隨。直從岱嶽看嵩少，更溯嚴江入武彝。見説唐風猶可問，行行努力各相思。

詩話：友聖爲明癸未進士沈汯臨秋姪，見懷謝軒跋。臨秋固以孝稱，實則其游越披剃，更名宏忍。及戊子，奔叔父喪，到家一慟而去，旋卒於梅溪之智澄菴者，尤本愚忠，所當表出，其詩已見《松風餘韵》中。又其弟龍，字友夔，與臨秋同榜進士，甫釋褐即遭國變，遁迹山林。其所著《遂初堂詩稿》，陳仲醇序者，則要是在前明時所作，兹故未載，附記於此。

范彤弧

字樹鏦，上海人。浪遊不仕。初爲勒卣門人，勒卣卒，彤弧心喪，至于廢食。後入都，從范文肅文程遊。嘗至遼瀋，覽袁崇焕壁壘，閲戰地，因詢父老述崇焕功甚詳。又讀范文肅行狀，知其以反間殺崇焕也，歸每爲人言崇焕之冤。知崇焕冤而龍錫之枉益見，此可以定機山功罪，故著于此。嘗著《繡江集》，網羅見聞，纂集遺逸。

蒼玉峽歌

汀州城東蒼玉峽，錦石參差雲氣壓。明月崩巖倚翠濤，落日寒松宜白帢。飛花客淚兩淒其，汀水南流無盡期。憑高祇見蒼梧遠，腸斷猿鳴十二時。

閩中秋夜送張處中歸吴

干戈滿眼生荆棘，與君同作炎荒客。白髮初添三四莖，縱横意氣猶如昔。興酣訪古攀層霄，釣龍臺高天泬寥。有時長歌擊如意，泉鳴石上風蕭蕭。嶺水瀠洄東入海，閩王一去已千載。百尺星橋挂彩虹，子規朝暮聲無改。君望羅浮求列仙，我思海上友成連。蓬萊宫闕半明滅，欲往不得心茫然。昨夜涼風生桂樹，憑高遠作登樓賦。斗酒同看月滿簾，明朝匹馬秋山路。留君送君不可攀，孤雲一雁三江還。故園若逢兩稚子，道我天涯常閉關。

汀州

白雲遥上翠微間，五嶺南遊竟不還。越徼春流分二水，蠻方落日照千山。羽林甲胄虚滄海，銅柱樓船隔楚關。只有舜祠瑶瑟在，鬼神中夜泣龍顔。

孫　逸

字中麓，青浦人。富而好義，順治庚子卒。繆侍講彤表其墓曰：「青溪有隱君子，其志立而正，其言確而厲，其書無所不讀，而風致豪爽，望若神仙。」

新豐曉行

炎漢初興日，移封錫號新。老人多念舊，天子善娛親。晨火三家市，秋風萬里身。戴星行路早，籬落犬狺狺。

送江石淳移居

入林不厭密，高士屢移家。長物餘雙屐，殘編勝五車。卜居先問竹，臨水便烹茶。門限還須鐵，求書客似麻。

廣陵

我夢江都勝十洲，隋皇於此建迷樓。瓊花一旦承金輦，蔓草千年罥玉鈎。無復木妖存大業，空餘月姊照邗溝。嗟嗟叔寶雷塘路，同此蕭條土一丘。

春日感懷和貞蕤韵

茅簷朝旭弄陽春，緩步晴看草木新。萬里旌旗連百粵，十年烽火暗三秦。衣冠村僻還留古，圖史情偏屢拂塵。泌水洋洋飢可樂，肯將短髮問傍人。

林企俊

字鶴招，號寄亭，青浦人。居青龍江，故其詩爲《詩史龍江集》。鶴招與柏斯民、繆子予、倪雲程輩，竝高隱節，客溪上，每依孫衍孟爲居停。

詩話：鶴招之卒也，周介文挽之云：「亡書三篋都能記，有酒盈樽飲欲痴。羅隱詩窮緣忤俗，唐衢哭死爲憂時。」此可以存其概云。

寄青城弟

五茸城外聽嘑鳥，夜雨人經陸瑁湖。弱弟辛勤憐遠別，幾年顑頷泣前途。風塵天外傷離索，消息年來問有無。知汝此時應憶我，陟岡遥望一相呼。

西園舅氏將遊京師同人徵詩祖送尚滯黄谿未還奉寄

幾回明月照燕關，君滯黄谿猶未還。馬首京華依北斗，驪歌絲竹怨東山。十年慷慨悽殘劍，萬里風雲遲別顔。却愧從遊猶未得，殷韓渚側淚潺湲。

夏　治

字再我，華亭人。明貢生。與蔣漁山同時，尚志節，篤氣誼，學邃于古，尤長于詩。時人目漁山肅肅如寒風振松，再我凜凜如霜臺籠日云。

讀若冲近作集陶詩以贈

奇文共欣賞，撫劍獨行遊。總髪抱孤念，顧瞻無匹儔。昭昭天宇闊，冉冉星氣流。此事真復樂，忘彼千載憂。

張　燧

字景明，號皇人，上海人。初以孝聞，嘗割股療母。後隱居不求進取。又甚風雅，著《千秋一覽》《藝苑英華》《梅花詩》《菖竹居詞》《三影集》。

春居

梅花摇落燕初歸，剥啄無聲晝掩扉。二月正逢榆莢雨，一尊且典芰荷衣。

梅花

倒影亭亭在碧潭，蹇驢時向雪中探。引人詩思牽人夢，半在江南半嶺南。

詩話：董蒼水摘句「小橋寒食路，細雨杏花村」，「門前楓老迎寒色，馬上人歸背夕陽」，「煙蒙帆影疎林見，雨霽鐘聲隔岸聞」，「雲飛暮嶺千盤色，風起寒林共一聲」，「但使故人攀日月，不妨我輩卧煙霞」，諸句皆膾炙人口。

王大綬

字聖佩，上海人，居鶴沙。早負才華，尤工吟咏。後絶意進取，閉户著書，有《寫心集》二卷。没後，其子健園乞吴隱君日千序之，稱其原本忠孝，抒寫性情，允爲東皋隱君子云。

孫伊文見訪

二月春光半，良朋慰索居。鳥啼新月後，魚戲落花初。學圃慙無力，吟詩賴起余。綢繆知意氣，應不笑迂疎。

曉起

紫陌塵飛日掩關，獨余春睡任疎頑。坐簷鳥語呼人起，倚檻花光任我閒。袖手不梳頭上雪，閉門只看畫中山。衰年大藥無從覓，倒得蘭陵亦駐顔。

過錢氏新居即余昔僑居處也感賦

乘暇行遊尚及春，尋君更渡緑楊津。庭花但覺依新主，簷鳥何曾識故人。漫賦青山留翠柏，還看白髮老紅塵。獨憐廿載經營苦，搔首呼天問水濱。

陳曼

字長倩，上海人，居川沙。明庠生。年十五六始習句讀，後涉獵經史，竝嫺吟咏，書宗二米，秀雅絶倫，性好潔，亦有倪高士之風焉。

陳眉公先生齋坐雨

自歸麋鹿境，迢遞已無鄰。復此歲時晚，兼之風雨頻。山寒青不減，鶴老性難馴。坐到忘言處，煙雲已滿巾。

簡沈二成

林中分手處，落葉定依然。遥憶黄花下，秋來幾醉眠。思深寒雨夜，人遠白蘋天。空谷無人迹，憑誰附寸箋。

酬董君節

爲別一何久，相思恒苦辛。每當風雨夜，常憶素心人。秋晚雁來少，江空楓落頻。遥憐歲寒意，千里獨相親。

陳　謨

字遜欽，青浦人。甲申後鍵户讀書，不樂仕進，或有勸駕者，輒謝曰：「國破家亡，我安適？」歸，自邑中移居北亭鄉之小岑溪，終年不入于城市。張誠菴題陳氏居詩有「地僻真難到，人高豈易逢」之句，蓋紀實也。康熙二十五年卒，葬於佘山之騎龍堰。生平所著詩文散佚殆盡，兹從《横溪選詩》中鈔録得之。

二陸祠

二俊當年竝擅名，蕭條故國不勝情。秋風空憶鱸魚美，夜月徒悲鶴唳聲。一代文章懷鉅手，千秋蘋藻薦香羹。可憐魂魄歸來候，終古華亭餘恨生。

南都感事

剩水殘山半壁天，魚羊竟兆甲申年。故宫已種瓢兒菜，樂府猶繙《燕子箋》。忍見朝周來玉馬，驚心辭漢有金仙。長江自古分南北，不道王師下日邊。

午日

榴紅蒲緑一番新，弔屈年年愴客神。贏得尊前須盡醉，於今莫作獨醒人。

張三秀

字畹史，青浦人。著《醉墨堂集》。

朱克岐云：「畹史雲間高士，少贍學，後博極群書，而詩尤爲高古。」汪文乾云：「畹史詩五言學摩詰，絶句學青蓮。」

金陵懷古

巍巍石頭城，湯湯秦淮水。城高水復深，興亡遞遷徙。平原渺渺戍煙中，路人遥指六朝宫。往日繁華君不見，離離禾黍起秋風。

冬夜行閘口道中

新月嶺頭生，揚鞭問海程。近村雙杵動，遠寺一鐙明。古道無人迹，哀鴻有夜鳴。空憐歲月晚，辛苦復長征。

送宏覺禪師還永嘉山中

去去東甌道，千山木葉稀。自來無定處，此去又何歸。妙果三車演，曇花一路飛。無因隨慧遠，巖下掩雲扉。

秋夜陪張冷石先輩龍潭宴集

使君林下有高蹤，尊酒招尋此地逢。百頃澄波涵皓月，一天秋色散芙蓉。頻移短楫驚沙鳥，長嘯中流起蟄龍。急管繁絃莫辭醉，西風午夜露華濃。

金瓊階

字德宏，自號終去逸叟。其先本鳳陽人，始祖黑兒明初以戰功賜爵，世襲金山衛千户，故遂爲郡人。瓊階生有至性，家藏孝陵遺像，每歲朝展拜，終日不食。善鼓琴，其學得異人傳授，孤憤悽怨，聞者莫測其意，得其傳者爲王汝德，德傳于其子端，端死而瓊階之學無傳矣。瓊階八十餘卒。

送范香國還四明

破巢完卵忽來還，感動旁人涕欲潸。此去幽魂應護汝，一帆直至四明山。

周　楨

字香巖，華亭人。有《問難俚言稿》。初楨以順治丁亥五月行遁至武林集慶寺。與省南、玉衡兩上人遊，故云問難也。至其以何人事牽累則未明言，及後歸里，以訓蒙終。

殷氏里觀桂有感同金雲六分韵

潮生八月滿江干，一片蒼茫野景寬。秔秫登場墟里在，蓬蒿塞徑草堂殘。美人黄土魂應返，烈士青鋒血未乾。幸不消亡存老桂，尚霏黄雪與人看。「美人」句謂元素妾某氏，主人被擒，别後即縊死。

詩話：殷元素家横潦涇，有園名香菴，陳卧子素與往還，及丁亥在富林時嘗遊憩其村墅，至香巖避難時與元素次子陵飈偕往，在杭寺時曾與陵飈唱和，惜陵飈詩不可得。又有《賀元素長子翮冲歸里》詩云：「玉堂重見聯珠湧，青閣仍看舞雪霏。」注：「玉堂青閣，翮冲書室名。」是知香巖與殷氏最契也。

謝球孫

字稚荆，華亭人。居素封，性好義，明季曾建斜塘兩橋，諸先達皆爲折節。後郡守李日華舉行鄉飲，延以爲介，球孫抗聲曰：「二十年寡婦，何必定要我嫁？設我與鄉飲，何以見諸先生于地下？」即日剃髮爲僧。

菊

品竝疎筠翠，情同介石貞。相看兩不厭，把酒泛寒英。

陶獨

無名字，金山衛城凝霞門外人。明末其親死于兵，遂不娶，絶葷酒，樵採之餘，輒借書把誦。曉地理，好吟咏，常被草衣，以青布裹其額，人咸謂之獨云。後營葬其親于凝霞門外月牙池上訖，隨遁去，不知所終。

除夕

菜羹疏食不爲貧，白紙糊窗也换新。莫道山中無曆日，梅花已報一枝春。

謝沆

字□□，華亭璜溪人。游擊謝漢弟，漢爲吴志葵軍鋒，死桐里之戰，所招募義勇五百人皆死焉。後各家妻子咸集漢家，哭曰：「將軍死國固其所也，吾儕小人，何以養贍孤寡？」沆乃盡斥賣田宅、服御器用，以分給之，萬金之室，一旦都盡，乃赤身走數十里外，假一椽爲童子師，終身不言貧。

自悼

駒隙茫茫歲月徂，半間車厩作潛夫。年來不復臨風慟，六十餘生老淚枯。

無端烽火暗塵埃，盡付沙蟲亦可哀。昨夜三更渾噩夢，戰場也困痎心來。

殷日車

字山卿，居青村。其父希夷，與唐抑所、袁太冲等稱雲間十三子者，著《殷氏二十四帖》，自天文、地理及禮樂、刑政、草木、蟲魚，共二百餘萬言，今其書尚有殘本。山卿乃其季子，著詩集，王玠右序云「取才沈宋，蕩姿岑祖，麗若錦綺而不專于實，空若雲漢而不專于虛」云云。順治戊戌六十，玠右壽文稱其「全材」云。

鸚鵡冢爲范長公賦。長公于潘生處得緑鸚鵡，客至必歌，風雨必舞，一旦化去，乃爲塚以瘞之。因爲之賦。

碧海飛騰遠，金籠智慧多。一抔埋翼綵，四座失音和。嘆昨雞同話，憐今鶴共歌。高陽時命酒，驚見手中螺。

蔣□□

字漁山，華亭人，其居干港。明諸生。所學淹貫，敦尚氣節，晚年棲窮巷，不能舉火，見貴人輒嫚罵，人以爲狂。詩著《留笑集》。

同人舉消暑會

我本忘情客，頻年感易生。故交多鬼哭，射臣、彦博先後化去。新雨少人耕。有酒能逃世，無衣托裸形。是中常醒處，一笑此浮名。

晚雲涼似早，夏氣中先秋。好景閒人得，真詩静處求。遠村煙一線，野水月雙鈎。把盞情懷適，寥天放壑舟。

友人過訪報之僧舍旋别去

剡溪棹後見延陵，冬雪秋風盡可憑。覓我酒徒惟蔣濟，偕來名士類王澄。難爲蔬果貧中客，賴有居停世外僧。未盡離情還别去，何時重話艸堂燈？

范啓宗

字宗文，號海民，自號宛鳩生，華亭人。濂曾孫，明諸生。嘗壯遊浙閩，順治庚寅卒。其詩頗見峻嶒可喜。

陟挽舟嶺一名挽丹，相傳純陽煉丹于此，爲山精所竊，追至此而得之。

我行問閩程，挽舟稱最險。似有孱灄雄，力移千斛艦。誌復稱挽丹，仙家事離坎。山精噉成熟，奔月同逃閃。兩事絶不蒙，傳録俱鉛槧。字加一撇殊，語怪隨指點。山靈無正名，默默受驅染。輿登最上頭，但覺罡風撼。北行極嵂嵂，此猶非轘轅。漢帝不毛鄉，來往車轞轞。始知□□□，呈統九有奄。

孝婦刲肝處 海濱有亭，題此五字。

日日陟山椒，行復近大壑。仰西似捫星，墜又如縋落。漁網颭腥風，海塗見沙漠。循崖詰屈旋，有亭飛丹堊。標以刲肝處，閃見令人愕。尊章是阿誰，何自殷朱鍔。納之聞弘演，茲乃出而淪。豈有鳩摩孔？寧敷華佗藥。色變觸針鋩，毛豎當蜂蠚。弱手持霜刀，毅然于胸擢。想是鮹海神，情極而作惡。不知刲之後，劇耶將毋霍。夫人死和生，何年事明焯。燦然盈亭詩，惜未一捫模。敢告善男女，性能非緣學。

游滴水巖 岩在泰寧，有陰陽二洞。陰洞有仙床、仙竈、仙羊、滚龍袍諸石，可炬而觀。陽洞儼然三門，又分二間，外洞滴水琤琮不絶，可汲，有宋方城諸公碑記，内洞稍低，明豁可列座，傍有石鼓、石鐘。

客閩已經年，驅車偏山麓。洞穴奥窔間，未曾入其腹。茲行隨使軿，看山兼水陸。小舠循峻崖，仰瞻芙蓉矗。怪石自森生，石象炫朱緑。地靈名石輞，云肖武夷曲。舍舟問靈巖，陰邃神凜肅。燃炬入隧中，巧造烟霞屋。暗裏見明星，仰視一罅燭。諸石肖所名，若爲神仙築。捫至硆砑處，僂行自扶服。出陰而入陽，蕩然虚堂宿。石竅突兀開，蓬蓬鼉鼓伏。有石清越音，泠泠金鐘觸。置酒游其間，洞天響絲竹。雲腴釀爲泉，滴瀝堪漱沐。名公詩紀多，録之當盈簏。

游寶蓋巖 巖旁有丹霞寺，爲李忠定綱讀書處。巖寬平，如大殿堂，臨下陡絶，而其上爲田可耕。忠定生吾鄉尉廳，喜得其蹟，且有裔孫焉。

忠定生吾鄉，此其讀書處。賢者不一國，忝嘗有遐裔。人傑地以靈，矧地有靈巖。上乃播稼田，其下不漏泉。三面鏟平壁，當陽納雲煙。儼一大堂皇，但欠櫺牕椽。堂前如砥場，呼月并呼仙。可以讀《離騷》，可以撫五弦。可以恣揮霍，長劍倚青天。

新婦橋 橋在泉南，其長亦亞于雒陽。昔有長者生女美甚，誓願有能造此橋者，以女妻之，後果如言，其僊捐千萬緡，橋乃成，里人因名之，以表兩家之美。

有女美傾城，有女美造梁。造梁爲文定，茲以福其鄉。窈窕育青閨，瓌姿聞四方。不願尺綺縠，不願寸明璫。百丈飛虹橋，乘載利官商。果有鳩僝工，遥遥跨溪隍。行者離涉險，佳人歸洞房。鵲橋渡天孫，雲中路渺茫。亦有夫人城，保障功無疆。吾代行者祝，一願爾萬年，交頸錦鴛鴦。一願爾世世，孫子金鳳凰。

過仙遊界上不得遊九鯉湖題其圖上 九鯉仙，何氏父爲漢淮南王客，兄弟九人，閉目韜精，惟長兄以一目視。避地至九漈，居人范氏館之，而竊食其所煉丹，因迷眩，仙人以白雞血解之，遂躬執役。一日九鯉化龍，仙乘之去。後人叩夢九仙，以白雞祀范即得靈應奇驗。祠前潮水泓深，瀑布雷轟，上有昇仙閣、水晶宮諸勝。

九鯉九仙水九漈，瀑布雷轟響雲際。霏霏水氣幻空濛，白晝疑入鮫綃宮。篁檜陰森洞小有，恍遇列真騎鯨走。載拜焚香祝范侯，南柯兜元恣遨遊。人生榮悴真前定，茲何管領黑甜境。我亦范姓乘白雞，余造酉生，故云。不遑磕睡卜所疑。世境皆夢何談夢，夢仙隻眼同歸懜，任運騰騰勿受弄。

陟北嶺嶺高一千八百步，宋連江令樊紀所鑿。志言巔阿有胭脂團二百餘步，膏潤紅爍，閩郡主粧樓在焉。

描唇點絳剩餘芳，傳似吴宫脂粉塘。貴主騎鸞遊碧落，旅人穿屬覓丹香。空餘鳥道盤千步，極望葭洲渺一方。叱馭使君輕九折，探奇我輩亦高岡。

小春北發籓司譙樓志樓高九十八尺，深八十一尺，僞閩九龍諸殿，宋端宗垂拱殿處。

麗譙百尺切雲霄，閩宋遺宫響寂寥。不賦《黍離》傷茂草，猶開薇省鎮江潮。左旗右鼓瞻形勝，後越前方竝竦翹。旗鼓、越方，皆山名。聖世文聲覃薄海，藩侯拱北貢琛瑶。

菡萏灘一曰黯淡

灩澦水平昭孝感，錢塘波惡怖秦王。何來簇簇分花瓣，怪底森森立劍鋩。白鳥乍飛僧入定，素螭群舞聖思剛。鬬牛冰守縷空繫，沉璧澹臺劍已亡。謹避澓洄佯退舍，牢持柁櫓受歸降。智師老馬經行穩，夷險波濤莫漫嘗。

孫彦朝

字元賓，中麓子，青浦廩生。順治乙酉八月病卒。包宜壑序其詩文集，以爲博洽好學，執古信禮。

席仲遠過訪即事

自君歸泛五湖船，彈指聲中已二年。震澤山間人有信，石頭城外客如僊。清樽對咏中秋月，芳草同尋上巳天。每憶舊遊今忽見，一聲無恙兩潸然。

寄胡仲弢丁鶴來

村傍青山多隱淪，劈箋分韵往來頻。詩工沈約腰逾瘦，語好周昌態自新。氣誼久孚無過淡，文章入妙莫如真。秋風准擬來三泖，二仲相攜共采蓴。

甲戌秋仲庭梅忽開

西風蕭瑟露華流，消息誰傳到隴頭。欲折一枝憑問訊，恐君驚見倍傷秋。

邵梅芬

字景悦，青浦人。初受知于知府方岳，貢入學，後在幾社中與張處中、徐桓鑒、王勝時同受業於陳卧子，故卧子云其詩均可問世也。乙酉邵子先卒，故夏存古乙酉詩憶景悦云「幾日浮生哭故人」；又一首云「邵生黄土風騷盡」也。景悦所著有《青門集》。夏存古云景悦詩勝轅文。其後人訂爲《鳳輝堂集》。

東飛伯勞歌

伯勞東飛燕西飛，蟠龍斗帳鴛鴦機。誰家女兒年十五，金籠玉索調鸚鵡。墮髻珂峨香作雲，湘裙窈窕波成紋。坐惜紅顔芳草暮，傷心祇見桃花路。紫韁白馬望郎歸，嬌歌踏臂怨春輝。

贈嚴子岸度

別君如昨日，奄忽踰春秋。躊躇踐四野，睇望悵悠悠。浮雲千里別，逝水東西流。意氣誠不改，秦越同衾幬。何能長執手，比目結綢繆。願飛無羽翼，欲濟無方舟。望風托情愫，努力崇芳猷。

詔徵張西銘先生遺書

使者下輶車，名山故史書。文章通秘府，諫草動宸居。主德然藜後，臣心拱木餘。定知親夜覽，三嘆憶相如。

寄陳卧子

使君爲政地，廳事越山頭。樹朗天台月，雲生禹穴秋。開軒一水積，卧閣萬峰幽。莫漫悲留滯，風塵傲吏謀。

送顧偉南張子服之浙江應王學憲聘。

竝馬三秋出，連鑣二妙來。山迎天目起，潮折海門開。旅食無歸計，生涯恃賦才。風塵雙鬢老，涕淚一登臺。

讀詔此是福王初立時詔。

玉祚原非改，皇輿欲問難。聲名存萬國，慟哭拜千官。雲夢山川遠，鼎湖霜雪寒。三軍親縞素，囓指向長安。

鳳詔從天下，歡呼萬里興。中天新日月，奕世舊雲仍。縗絰朝方岳，牲牢哭孝陵。先朝侍從在，勇氣盡飛騰。

何慤人守維揚力戰赴井死

毅魄留天地，悲歌感大招。起兵因北闕，誓死在南朝。白日明金井，黄金葬寶刀。千年仍旦暮，青史重雲霄。

訪瑗公師於山中

先生卜築近煙霞，路入千峰一徑斜。共識歲星歸帝國，還留明月近山家。窗開古屋窺蒼兕，户落飛泉走碧沙。自是登堂人最少，獨留轍迹問侯芭。

贈桐城方密之先生

去年騎馬到君堂，劍舞悲歌九月霜。此後風塵違出處，遂令湖海各行藏。魚龍夭矯秦淮夜，鴻鵠高飛日月旁。天下太平相望久，不妨余自老滄浪。

送黄石齋先生之逮

先生初製薜蘿裳，誰道天威捧御章。漢世才名歸太史，梁園痛哭爲鄱陽。豺狼自在關山道，鷹隼從來霄漢旁。賈傅料能終不死，聖朝雨露本無疆。

送何慤人職方率水師南上

先朝待詔主恩偏，建節新皇御極年。攬轡未馳驃騎馬，嗚鐃新集下江船。千檣落日魚龍動，匹練西風組帳連。指顧波濤天險處，提兵直欲向幽燕。

諸將五首

元戎天子賜琱弓，建纛高牙對武功。一夜羽書傳渭曲，千屯堠火出湟中。前軍翼騎新豐斷，大將旌麾細柳空。極望黄雲連北斗，寧知殺氣動悲風。謂孫傳廷也，時周遇吉死寧武。

親從相國護强兵，夜捲龍旗晝徙營。飲馬直過清濟水，彎弓曾射廣陵城。開屯萬畝魚鹺地，錫命千年帶礪盟。聖主優容恩不淺，急消兵火衛神京。謂興平伯。

北極鑾輿望不迴，嗚弦夜走出徂徠。復仇不見銜枚上，跋扈惟思捲甲來。下相城高兵色冷，射陽湖静陣雲開。三齊舊是先王地，横草前驅仗異才。東平伯。

先皇襄楚藉奇勳，七命彤弧大將分。鼓吹惟傳蕃漢樂，翱翔重賦衛清軍。臨營湘水浮青練，夾帳蒼梧起白雲。十載恩深龍馭遠，肯教赤羽夜紛紛。寧南侯。

司馬南行奉赤符，將軍夾道帶雄弧。瞻天漫喜開青土，割地初分駐白湖。芒碭雲沙連鐵騎，園陵風雨護金鳧。萬年無恙興王地，異賞同心指帝都。謂廣南侯、廣昌伯。

名馳寶劍西河外，夢繞朱衣北斗班。今日磻溪春正好，不妨流水照紅顔。

先生高義迴難攀，誰謂江南謝傅閒。草詔雲霄開五色，談兵風雨雜千山。

姜神超内翰

《先六世祖神超府君事實》，姚通所永濟所作。行述載于家乘，今録于此，曰：君諱雲龍，字止念，號神超，姜姓。其先世汴梁人，自始祖諱德明官兩浙茶馬司，卒葬金山衛城，子孫遂家于松。四傳至清，正統戊午舉人，官臨潼教諭。又三傳至允，以貢官撫州訓導。又三傳至君，萬曆丁酉舉人，官中書，至本朝乙酉卒。方君少時具異敏，九歲時蒙師尚指物作對破，一日命作風破，曰：「捲一天之雲霧，揚四海之波濤。」師甚異之。及官中書時爲誥敕，時尚駢儷，而君于工整中有骨力，所著《代言草》可案也。又時值魏璫薰灼，君獨守正不阿，如於遣三中使到關事，當君操筆，君慮其横也，白閣臣盡去監車典兵等字，致與璫忤，遂爲其黨郭興祚所糾參落職。崇禎二年起復，遂奉旨往粤調兵，并造火器。行後兵部檄催，及事竣，回至南昌，忽奉部劄停止，竝坐使臣以馳騖之罪，蓋仍由璫軋之也。及聽勘，事白，又削奪歸，自是居林下者十有五年。居鄉時于桑梓公事無不身任其勞，又嘗以吾郡踐更之困，欲仿嘉湖例，紳士自優免外，與民一體輸税，而倡爲均田之議，會有尼之者，不果行。暇時課子及孫，并以提唱後學，多士翕然從之。晚年厭城市之囂，于橫潦溪築環樹山莊居之，吟嘯其中，著詩文草若干卷云云。讀此可知府君一生梗概，至其詩見《松風餘韵》僅一首，而家中亦已殘軼，至景悦爲此詩，則在崇禎壬午，府君七十時云。

後序

歲在天黿，月次鶉火，孺山先生栞所選《松江詩鈔》方竟，其子皋之友梅春謹叙其後曰：竊聞世南越人，昔受野王之學；陳壽蜀士，載存公紀之辭。而張翰之詩，僅選于蕭統；陸凱之集，已佚于劉昫。作者不傳，傳者不永，喟其歎已！先生三世傳學，一門有集。掌儒林之故實，舉詩史于胸情。其詩選自國朝，後乎《松風餘韵》也。續成《流别》，不廢摯虞；撰爲《文海》，是謂圓肅。是以詢事安雅之席，述言納書之庭，張一目之羅，獲十朋之貝。元結篋中，衹有七人；謝客集詩，逢之輒取。故夫緑字可傳，黄紙自送。或覆諸醬瓿，或見之牀頭。曩時相要，在此數句；後世知己，能定其文。蓋其佇神思而杼柚，殫竹素而裴回，暝寫晨諷，有年載于兹矣。

昭代人文豹别，著作雲興。楚謡漢風，魏製晉造。三六雜言，二十四品。幾于聚皋塗之桂，抵崑山之鵲。至乃沙門支遁，道士江旻，釋老成家，詩文稱首。魏收在途作賦，王筠以官爲集。顔竣别撰婦人，楊泉始書處士。誦周詩于孝若，括緣起于彦升。莫不河漢涇渭，分爲一流；青藍絳蒨，染成衆采焉。是蓋詩傳沈約之鈔，評擬鍾嶸所定。方之劉珍，記筰都慕德之作；亦若常璩，載巴人祭祀之詩。時無左史，不讀九共；後有中郎，便志郡國。本嚴遵以作方言，因陸澄而述地記。采其本事，以爲閭史。先生之選，實乃權輿。且夫躍雲津之龍，唳華亭之鶴。蜚英詩府，振藻雲間。二俊挺奇，君苗爲之燒硯；太常入夢，少瑜從而擇筆。然則讀是編者，其有茂先寶氣之驚，稚川泉源之歎乎？通家子梅春頓首拜撰。

皇清勅授修職郎安徽廬州府舒城縣教諭例晉文林郎候選知縣顯考孺山府君行狀

曾祖開平，金山衛學廪生。

祖毓麟，婁縣拔貢生。

父熿，華亭縣學增生，貤授文林郎、江西永新縣知縣。

本貫江蘇松江府華亭縣民籍。

府君姓姜氏，諱兆翀，字健翮，又字墁傭，號孺山，晚自號如三老人。先世爲中州望族，自元季十七世祖諱德明，任兩浙經歷郎，勸内農兼茶馬政事，卒於官，不能歸，遂著籍華亭。十五世祖諱廉，洪武初以人材徵爲廣西武靖通判。十三世祖諱清，正統三年舉人，任陝西臨潼縣教諭，有惠政，卒，祀於名宦祠。七世祖諱雲龍，明中書舍人，累官太僕寺少卿，以六君子之獄被劾。歸，崇禎初原官起用，加一品服，使西洋。六世祖諱爾珠，金山衛學廪膳生。六世叔祖諱爾珏，天啓甲子副貢生。並見於貴池吴應箕所著《復社姓氏録》。五世祖諱鑾如，以歲貢生官太湖縣訓導。自通判公至府君凡十五世，或仕或不仕，皆注籍博士弟子員。府君兄弟四人，長即府君，次夔音公諱韶，華亭學生。次海田公諱曦，辛卯舉人，江西永新縣知縣。次午橋公諱華，華亭附貢生。府君生而體貌厚重，性端嚴。以先祖考西巖公家庭多故，至九歲始與諸弟入家塾，年十有五即課蒙，以佐菽水之資，夜讀至雞鳴以爲常。爲文好沈博絶麗，每一伸紙，千餘言不能休，府縣試必居前列，一時如張綬廷、王學林、金抑洪諸老宿，皆極口稱之。歲乙酉，以古學受知於學使梁公，入金山衛學。戊子，省試不售，歸，遂改習《禮記》，且盡發漢宋以來諸儒之説而參究之，典據之中，不廢義理。閲明年成《曲臺酌注》四卷。庚寅舉于鄉，主試者爲新建曹公、錢塘汪公，同考官署華亭令南豐邱公。辛卯應禮部試，其秋，海田公亦舉于鄉，壬辰同留京師。癸、甲間，館於翰林院編修今兩江總督百公家，課其弟今内閣侍讀桂公齡，暇即習奏御應奉文字，傭以自給。乙未，復下第，買舟潞河南返。丙申，館於浦南莫氏。是年成《尚書今古文解》一卷、《禹貢山水考》一卷。丁酉五月入都，考取景山教習，仍館百公家。明年百公爲山西學政，同往爲諸生校閲文字。庚子十月回里省視，辛丑二月復北上，大挑列二等，壬寅五月，署溧陽訓導。閲十月始去任，中間成《讀詩識》四卷。是書以小序爲本，不敢附和，以古音爲讀，各有疏證，其他鳥獸草木必求其義類，以合比興之旨。甲辰十月，赴舒城教諭任。其明年，八閲月不雨，大荒，餓殍滿道，樹皮草根皆盡，縣議分四鄉設廠，各以官董之，先設局於明倫堂，帑金廉俸及富户捐輸不下鉅萬，府君實司其成。後分往陶城各莊發振，無濫無遺，或擁擠時必親手持錢以散老弱婦孺，至有感泣者，其後聞府君來，皆循循魚貫而入，有見青天之目。府君亦每旦焚香告天，茹素五月以畢其事。吏胥以爲刻，官僚以爲迂，勿顧也。丙午夏成《春秋偶讀》三卷，附《地理氏族考》一卷。大旨按切時勢，尚論書法、名物、制度，參訂必精。丁未成《易論》一卷，以爲《易》有古今二本，古本經二卷，傳十卷，《御纂周易折中》已還其舊。今本析彖、爻、象、文言附於卦而列繫辭五篇於後，脉理貫通，較便誦習，然《乾》卦先彖辭、爻辭，次彖象，尚爲有序，以大象列彖傳之後，亦未協，若他卦之先彖辭，次象傳，又將爻辭、爻象隨爻分列，不顧爻象傳爲有韵之文，揆之聖人贊《易》之旨，必不爲然。擬先文王之彖辭，次周公之爻辭、大象以贊伏羲易，彖傳以贊文王易，爻象以贊周公易，庶各適其職。又成《讀易摘存》二卷。後在舒，過邑之周瑜城，及余忠宣之青陽山房，懷古撫今，荒傖滿目，遂成《周郎記》《余公記》傳奇各一卷。又時有情深伉儷，誓死相從，雖悖於常理而不顧者，遂取《廬江小吏詩》成《孔雀記》傳奇二卷。又以學校書院歲久頽廢，欲人士之英拔，文章之雅正，是在提唱振興之，遂取舒之春秋山文黨事，成《文翁記》傳奇一卷。又舒城地當孔道，官差過境者，月凡數起，例起鄉夫以應其役，日久書役緣以爲奸，遇一差先盡呼而閉置之，得錢則縱之去，事不集又盡拘之，民以爲苦。庚戌歲，府君延紳耆議之，籍四鄉民去老弱孤苦外不下萬人，以東南西北輪次應役，歲可一再到縣或出己資而顧募者聽。遂同聲歡呼以爲便，如議，告邑令王公霽行之，有《鄉夫議》一卷。辛亥十一月，六年俸滿，驗看畢，告假省親。明年三月回任，十一月倡修文廟。癸丑四月興工，十二月大成殿告竣。甲寅春，兩廡、門牆以次重建，有《修學紀略》一卷。先是，海田公在懷寧校官任，以卓異保薦送部引見，照例用，於六月選知江西永新縣，偕叔父午橋公同往。府君以先祖考西巖公、先祖妣黄太孺人春秋高，是冬遂引疾去任。是年屬門下士曾太史秩、程中翰浚、高明經華諸君校集參訂，成《四書隨筆》二十卷。明年二月回籍，五月先祖妣起患噎。隔十月，先祖考起患脾泄。府君醫治罔勿至，且茹素願減算代疾以祈，詎意至明年二月先祖考、先祖妣同時去世。府君哀毀幾絶，且痛念一生侍膝下時恒少，甫歸而又棄養，因一意挫抑，屏甘旨不御，曰留此素口於地下相見，遂至於今，十有八年，嗚呼痛哉。丙辰冬承先祖考遺命，謀安葬於莘莊韓施涇之原。明年，成《家譜》四卷。己未，海田公卒於杭州，府君聞之，亟往視，謀所以歸者。是時府君適除服，親戚友好多以起官相勸，府君以姪甥輩林立，須自課之，俾有成就，絶意不出。庚申成《孟子篇叙》七卷、《孟子篇叙補編》一卷，以爲孟子是亞聖，手叙篇章次第，自有條理。《梁惠王篇》記歷説梁、齊、鄒、滕、魯事；《公孫丑篇》重叙在齊事；《滕文公篇》重叙在滕及梁、宋事，絶不陵雜；《離婁篇》以行仁政兼責君臣歸本修身，直推到君子深造，是以學術、事功爲貫串；《萬章篇》全是論古，以類相次；《告子篇》言性善，逐章銜接，至叙入居鄒，見著論在居鄒時；《盡心篇》零文剩語，隨手撰記，是册尾雜叙體裁。其他年次人物，一一詳考，附以新説，非如趙氏岐篇叙，僅將七篇篇目聯貫也。時浙中丞阮公元、同年程公瑶田見之，皆移書相訂論。辛酉館於杭嘉湖道同邑袁公秉直所，課其子。其秋爲浙江學政今兵部尚書劉公鐶之聘，校諸生文字。明年回里，成《明末松江忠節録》二卷。癸亥輯經史子集之創論剩義，古音别解，成《來生秘》若干卷。甲子，始有《國朝松江詩鈔》之舉，至戊辰成書六十四卷。計此五年中，不孝皋日侍几席間，見府君合一千五百餘家之集，先案百六十餘年之時事，而次第之，姓名更改，籍貫舛錯，悉爲証訂，晨鈔暝寫，雖嚴寒酷暑不輟，亦不以爲煩。至小傳、詩話，或考逸事，或舉生平，一以秀水朱氏《明詩綜》爲法。己巳，選各家詩集中文之散見者成《國朝松江駢儷文見》八卷，又成《松風餘韵補遺》三卷。庚午，輯《華亭文萃》，擬自漢迄唐宋爲一集，元明爲一集，國朝諸名家爲一集，事關吾郡文獻者，罔勿登，已有端緒，尚未卒業。辛未，成《漱芳齋雜録》□卷。府君素患便血，去年五月，一夕暴下過多，氣爲之逆，不孝皋竊以參雜粥飲進之，遂愈。歷冬春不復發，康健如常，私心以爲喜。詎意五月十三日，忽患下痢，繼且腹瀉，稍愈，而氣逆不止，六月初八日遂捐館舍。

嗚呼痛哉！不孝皋不人不子，視疾無狀，且庸劣不自樹，立致府君以垂暮之年，尚事筆耕，坐耗心血，弗克享期頤之壽。不孝皋婦李氏歿又四年矣，平時飲食羹湯，命之臧獲，當亦有不謹者。不孝之罪，上通於天，尚何容偷息人間，靦顏苟活耶？所不敢即死者，伏念府君文章言行皆可垂後，不及今追憶纂集，使後世無以聞，是再死吾府君也。嗚呼痛哉！府君至性孝友，稱於鄉黨。先叔父海田公之卒也，哭之慟。戊辰，先叔父夔音公繼之，府君尤悲傷，見遺像哀不自勝，題其端有曰：「余兄弟四，惟我與爾自小相倚，竟先我去，今在何處？」悲不能語。又間爲不孝述當年三人一燈作文，至夜半，出入如形影，未嘗不嗚咽。今年四月，叔父午橋公風疾發，沈綿牀席間，府君夜必起視，日爲減一餐，時時命不孝爲經紀其後事，無令伊幼子失學，以爲此即遺言。姑母三，長適己亥舉人王公巽，晚而貧病，府君每有以恤之。次適廖氏，府君偕妹倩健元公至舒授之讀，歸而游庠，再歸食餼。次適郭氏，早寡，撫孤獨處，府君解組回見之，命之歸，割宅以居，教其子以慶至於成立，及授室方去。府君在官十載，與諸生講學，娓娓不倦，從游者恒數十人，時或置酒，佐以果蔬一二品，命之角藝。諸生或挾微嫌不相下，府君知之，爲判曲直，無事涉訟，勝者具餽獻，嚴却之，不勝者不以爲怨，以爲師實全我家，逢元旦嘉節，必叩門外。武生某暴於鄉里，府君呼而善導之，卒改行。去官日送者數百人，有走百里餘至河干淚下者。及今士子以秋試至金陵，遇我郡人，尚以府君興居爲問。府君不問户外事，惟二三老友盛百堂、汪西村諸丈，偶相過從，近年來多半凋謝，終歲不出。家居不謁當事，惟前署太守黄公定文造廬相訪，一爲往還。與人言不設城府，訓迪人詞色必厲，然賢者尤以爲和易。家藏書籍，丹黄過半，終日不釋卷，目力至老不衰。見後進一行之善，一藝之工，必舉以訓不孝，或命與爲友。又若歸同官之喪，助友人之葬，孤苦廢學者教之成名，貧老卧病者施之藥餌，府君恒不以爲德也。府君詩文古辭有《茨山集》數册，選《松江詩鈔》後，自以爲不足存，盡舉而焚之，收之灰燼者二卷而已。又著《存吾春齋制藝》二卷。府君生於乾隆六年二月二十日，以嘉慶十七年六月初八日卒，年七十有二。先妣張孺人，敕授孺人，國子監生同郡鳴岐公女，先卒。子一，不孝臯。娶李氏，國子監博士寶山保泰公女，先卒。孫一，盛鏞。嗚呼痛哉！府君生平行事，恒不肯自言，不孝之生也又晚，諸叔父已先殁，或病不能言，謹就不孝所聞見者，含血濡墨，瑣屑陳述，語無倫次，伏望當代大君子蓄道德能文章者，哀其昏迷，恕其庸妄，賜之以碑表銘誄之文，俾光幽壤，匪惟不孝之幸，世世子孫感且不朽。

嘉慶十七年六月二十七日，不孝孤哀子姜臯泣血稽顙謹狀。誥授奉直大夫、雲南黑鹽井提舉司、護理開化府知府、前雲南路南州知州、山西安邑寧鄉縣知縣，己酉、庚申科鄉試同考官，景山官學教習，乾隆丁酉科舉人，年愚姪唐祖樾頓首拜填諱。